W0224031

Im Herzen des Hochlandes
An der englisch-schottischen Grenze sind alle Clans miteinander verfeindet, Plünderungen und Viehraub alltäglich. In dieser elisabethanischen Epoche ist es für die Warden, die Landeshauptmänner, mühevoll, die Ordnung aufrechtzuerhalten. Alexia Carleton, die Tochter eines Warden, nimmt als Junge verkleidet an einer Grenzland-Versammlung teil. Bei einer Rauferei mit schottischen Jungen taucht Jamie Maxwell, Sohn des schottischen Clanführers, auf. Er rettet Alexia aus der brenzligen Situation und küßt sie. Jahre später – die politische Lage zwischen England und Schottland hat sich zugespitzt – treffen die beiden wieder aufeinander …

Unter dem Himmel von Notre-Dame
Paris kurz vor der Revolution 1789: Seit ihrer ersten Begegnung sind die schöne Gabrielle und Maximilien de Saint-Just, unehelicher Sohn, aber einziger Erbe eines mächtigen Adelsgeschlechtes, füreinander entflammt. Doch ihre Liebe wird immer wieder durch die dunklen Geheimnisse, die beide ängstlich voreinander zu verbergen suchen, auf die Probe gestellt: Gabrielle wird von den Verwandten ihres verstorbenen Mannes gejagt, die ihren Sohn entführen wollen. Maximilien hat als verachteter Sproß eines Seitensprunges seines Vaters früh lernen müssen, skrupellos in den Gossen von Paris zu überleben.

Penelope Williamson hat Geschichte und Journalismus studiert und danach einige Jahre in einer PR-Agentur gearbeitet, bevor sie 1987 ihr erstes Buch veröffentlichte. Sie lebt heute mit ihrer Familie in Kalifornien. Ihre erfolgreichen Romane sind alle auch als Fischer Taschenbuch lieferbar: ›Aus ruhmreichen Tagen‹ (Bd. 13037), ›Im Herzen des Hochlands‹ (Bd. 13119), ›Manchmal in all den Jahren‹ (Bd. 13038), ›Über den Wolken‹ (Bd. 13120), ›Unter dem Himmel von Notre-Dame‹ (Bd. 13118), ›Westwärts‹ (Bd. 13412), ›Die Widerspenstige‹ (Bd. 13039), ›Wagnis des Herzens‹ (Bd. 14681) und ›Wege des Schicksals‹ (Bd. 14883) und ›Flammen im Wind‹ (Bd. 15936).

Unsere Adresse im Internet: www.fischerverlage.de

Penelope Williamson

Im Herzen des Hochlandes

Unter dem Himmel von Notre-Dame

2 Romane

Aus dem Amerikanischen
von Helga Weigelt
und Brigitte Gruss

Fischer Taschenbuch Verlag

Limitierte Sonderausgabe
Veröffentlicht im Fischer Taschenbuch Verlag,
einem Unternehmen der S. Fischer Verlag GmbH,
Frankfurt am Main, März 2005

Im Herzen des Hochlandes
Die amerikanische Originalausgabe erschien
unter dem Titel »Beloved Rogue« by Avon Books,
a division of the Hearst Corporation, New York, U.S.A.
© Penelope Williamson 1988
Für die deutsche Ausgabe:
© Fischer Taschenbuch Verlag, ein Unternehmen
der S. Fischer Verlag GmbH, Frankfurt am Main 1997
Unter dem Himmel von Notre-Dame
Die amerikanische Originalausgabe erschien
unter dem Titel »Hearts Beguildet« by Avon Books,
a division of the Hearst Corporation, New York, U.S.A.
© Penelope Williamson 1989
Für die deutsche Ausgabe:
© Fischer Taschenbuch Verlag, ein Unternehmen
der S. Fischer Verlag GmbH, Frankfurt am Main 1997
Gesamtherstellung: Clausen & Bosse, Leck
Printed in Germany
ISBN 3-596-50830-4

Band 1

Im Herzen des Hochlandes

Kapitel 1

Alexia Carleton trat mit nackten Sohlen von einem Fuß auf den anderen. Sie spähte durch das Gitterfenster hinab in den Hof. Selbst durch den dichten Binsenbelag kroch ihr die Kälte aus dem harten Holzboden an den Beinen hoch.

In dieser Stunde vor dem Morgengrauen spendete der untergehende Mond noch genügend Licht, so daß sie die hohe, kräftige Gestalt ihres Vaters unter den anderen Männern des Clans leicht erkennen konnte. Er trug seine Stahlhaube und sein Wams – die ärmellose Jacke aus kräftigem Leder, die mit Metallplättchen besetzt war. Das hieß, er rechnete mit einem Kampf. Selbst hier oben, in dem im dritten Stockwerk des Bergfrieds von Thirlwall gelegenen Schlafzimmer, spürte Alexia die erwartungsvolle Spannung, die da unten herrschte. Pferdehufe schlugen unruhig auf den festgetretenen Boden, Speerspitzen und Lanzen blitzten silbrig im Mondlicht, und sie hörte die Nervosität selbst in dem unbändigen Gelächter ihres Vaters, der sich gerade sein Schwert umschnallte.

Als sie sich vom Fenster abwandte, fröstelte Alexia – aber nicht nur vor Kälte. Sie war aufgeregt und vielleicht auch ein bißchen ängstlich, denn was sie jetzt tun wollte, war gefährlich, möglicherweise sogar böse. Gewiß, Lady Edwina, ihre Mutter, würde es für skandalös halten. Bei dem Gedanken mußte sie unwillkürlich lächeln.

Auf Zehenspitzen schlich sie hinüber zu der Truhe am Ende ihres Bettes und hob ein Bündel Kleider auf, das mit einem Bindfaden zusammengebunden war. In der Dunkelheit fummelte sie herum und tat sich mit den ungewohnten Kleidern schwer: Unterhose, Reithose, Hemd und Wams, abgenutzte Lederstiefel mit heruntergetretenen Absätzen. Die Kleider gehörten dem Stalljungen Willie Bell, beziehungsweise hatten ihm bis gestern gehört, als sie ihm die

Kleider beim Würfeln in einem der rückwärtigen Ställe abgenommen hatte. Alexia hatte darauf bestanden, sich das Pfand an Ort und Stelle geben zu lassen, und sie dachte amüsiert daran zurück, wie der arme Willie sich ein Büschel Stroh vor den Leib gehalten hatte, um seine Nacktheit zu verhüllen. Er hatte sie gebeten, ihre Augen mit den Händen zu bedecken, und sie tat ihm den Gefallen. Aber das hielt sie nicht davon ab, doch zwischen den Fingern hindurchzuschielen.

Die Kleider paßten ihr beinahe wie angegossen. Schließlich war sie groß für ein Mädchen, zu groß, sagte ihre Mutter oft; kein Mann wolle eine Frau, die ihn überragt. Alexia hoffte, daß das stimmte, denn mit vierzehn wollte sie noch keinen Ehemann. Hoffentlich hatte Willie Bell keine Flöhe. Als sie daran dachte, mußte sie sich sofort überall kratzen.

Sie nahm noch einen letzten Gegenstand aus der Truhe. Die Kappe hatte sie entdeckt, als sie an Michaelsmeß auf dem Jahrmarkt in Gilsland an einer Bude vorbeiging, und sie hatte drei Schillinge dafür bezahlt. Es war aber auch eine großartige Kappe; weicher roter Samt mit einem breiten Rand und einer Feder, die über den Rand herunterhing.

Am Abend zuvor hatte sie sich ihr langes, dunkles Haar in zwei dicke Zöpfe geflochten, die sie jetzt elegant über die Stirn zog. Sie versuchte bei dem bißchen Mondlicht, das durch das Fenster fiel, sich in ihrem Stahlspiegel in männlicher Verkleidung zu bewundern. Die rechte Hand auf dem Herzen, machte sie eine weit ausladende Bewegung zu einer großartigen Verbeugung, so wie sie es bei einem Kavalier auf der Hochzeit ihres Vetters gesehen hatte, dann hielt sie sich die Hand vor den Mund, um nicht laut zu lachen.

Ein gedämpftes Fluchen und das Schlagen einer Tür erinnerten sie daran, daß sie sich beeilen mußte, um nicht zu spät zu kommen. Auf halbem Wege merkte sie, daß sie das Wichtigste vergessen hatte.

In ihrer Eile vergaß sie, leise zu sein, und Willies Stiefel, die für ihre Füße zu groß waren, knallten gegen den Bettsockel, als sie sie anzog. Sie hörte einen Seufzer und das Rascheln der Bettwäsche. Sofort blieb sie stehen und hielt den Atem an, dann zog sie langsam den Vorhang zurück. Im Dämmerlicht konnte sie gerade noch in

Umrissen den Körper ihrer Schwester Evie erkennen, deren dunkelbraunes Haar auf dem Bettuch ausgebreitet lag. Sehr vorsichtig langte Alexia unter das Kopfkissen, wobei sie ihre Schwester nicht aus den Augen ließ, und packte geschwind den Dolch.

Sir Thomas Carleton übertönte mit seiner lauten Stimme alle anderen Geräusche im Hof, der Dampf seines Atems legte sich wie eine Wolke um seinen Kopf.

»Verdammt noch mal! Rufus!«

Ein kräftiger, junger Mann mit dunkelbraunem Haar, der gerade seinen Sattel festzurren wollte, blickte auf und sah Alexia direkt ins Gesicht. Sie trat zurück und versteckte sich, eng an die rauhe Hofmauer gepreßt.

Der junge Mann sah über sie hinweg zu ihrem Vater hinüber. Sir Thomas pflanzte sich vor seinem Verwalter auf, hinter seinem breiten Rücken konnte der Mann Alexia nicht entdecken.

»Verdopple die Wache bei den Herden, Rufus«, befahl Sir Thomas. »Ich würde sonstwas wetten, daß Maxwell einen Überfall wagt, sobald wir weg sind.«

Rufus Hall stieß dem Wallach sein Knie in die Flanke, das Tier schnaubte. »Ich dachte, Lord Maxwell müßte auch zur Grenzland-Versammlung kommen.« Er ächzte, als er den Gurt fester zog. »Da er doch schottischer Landeshauptmann ist.«

»Ja, der Bastard muß schon dort sein. Nicht aber seine Söhne. Ich selbst hatte schon daran gedacht, seine Herden zu überfallen. Und wenn mir schon dieser Gedanke gekommen ist, kannst du fest damit rechnen, daß er auch daran gedacht hat. Verdopple die Wachen.«

Rufus blickte störrisch vor sich hin, aber er sagte nur: »Ja, Sir.«

Mit einem Fuß im Steigbügel zog er sich in den Sattel, und Alexia schlich davon. Hätte der Verwalter sie trotz ihrer Verkleidung erkannt, hätte er ihrem Vater das gesagt. Rufus Hall ließ nie eine Gelegenheit vorübergehen, sie in Schwierigkeiten zu bringen.

Sie rannte an der Holzwand des achteckigen Küchentrakts entlang bis zum Misthaufen am hinteren Ende. Selbst in der frischen, frühen Morgenluft stank der Haufen bestialisch, und sie versuchte, nicht durch die Nase zu atmen.

Hier war es dunkler, und es schien kälter zu sein. Sie schlang die Arme um ihren Körper und flüsterte laut: »Willie, wo bist du?«

»Hier, Fräulein.«

Alexia erschrak, als ein magerer Junge mit Wuschelkopf hinter dem Mehlschober hervorkam, der einen Fuchs am Halfter führte. Er trug wenig mehr als Lumpen und zitterte vor Kälte. Alexia hatte ein schlechtes Gewissen, als sie erkannte, daß sie ihm offensichtlich die einzigen anständigen Kleider weggenommen hatte, die der arme Willie besaß.

Sie lächelte ihn an, als sie nach den Zügeln des Pferdes griff. »Ich werde dir deine Sachen sofort zurückgeben, wenn wir heute abend heimkommen, Willie.«

»Ihr solltet das nicht machen, Fräulein.«

»Aber ich tue es trotzdem.« Sie zog auf ihrer Seite am Zügel. »Laß los.«

Er zog von der anderen Seite. Der Fuchs schnaubte und schlug aus. »Ihr werdet Ärger kriegen. Großen Ärger. Werdet Ihr Sir Thomas erzählen, daß ich irgend etwas damit zu tun hatte?«

Alexia hörte das Kratzen und Quietschen des Fallgitters, das am Tor hochgezogen wurde. »Ich werde keinem Menschen etwas sagen.« Sie hielt die Hand am Griff ihres Dolches. »Ich schwöre es auf mein Schwert.«

Willie warf einen skeptischen Blick auf den Dolch.

»Das reicht«, meinte Alexia. »Verdammt, Willie Bell, laß mich los.«

Er seufzte und ließ die Zügel los, dabei tat er einen Schritt zurück, und Alexia stieg schnell auf, ehe er es sich anders überlegen konnte. Sie trabte lässig hinter den Außengebäuden hervor, um sich der Nachhut das Clans anzuschließen, von der einer nach dem anderen durch das Tor ins Freie trabte.

Das Schwierigste stand ihr noch bevor: Unter den Männern des Clans zu reiten, ohne daß man sie bemerkte, bis sie von Thirlwall Castle weit genug entfernt wären. Weit genug entfernt, denn wenn ihr Vater sie dort erst entdecken würde, wäre er gezwungen, sie mitzunehmen. Dann mochte er schimpfen und sie anschreien, soviel er wollte, er würde es nicht wagen, sie allein zurückzuschicken, und er konnte es sich auch nicht leisten, auf einen seiner Männer zu verzichten, der sie hätte begleiten können. Außerdem, dachte sie, würde er gar nicht so böse sein. Er wußte, daß sie gut auf sich aufpassen konnte. Dafür hatte er gesorgt, denn er hatte sie wie einen Sohn erzogen und ihr gezeigt, wie man mit dem Schwert, mit der Lanze und mit dem Langbogen umgeht.

Sie umfaßte das geschnitzte Heft der Waffe an ihrer Taille. Ihr Vater hatte sie ihr am Neujahrsfest geschenkt, und ihre Mutter hatte ausnahmsweise einmal kein Wort darüber verloren, daß das Geschenk unpassend sei. In den Grenzländern, wo der Tod mitten in der Nacht aus dem Norden geritten kommen konnte, schliefen selbst Edelfrauen mit Dolchen unter ihren Kopfkissen.

Alexia hielt ihren Kopf gesenkt und die Kappe tief ins Gesicht gezogen, als sie durch das Tor und auf die Zugbrücke zuritt. Als der kleine Trupp sich verteilte und zu einem schnelleren Tempo überging, wandte sich der Reiter vor ihr um und sah ihr ins Gesicht. Es war ein Junge, kaum älter als Alexia selbst, und er sperrte den Mund auf, denn er hatte sie offensichtlich sofort erkannt. Alexia legte einen Finger auf ihre geschürzten Lippen. Er wurde rot und wandte sich ab.

Alexia drehte sich im Sattel um und blickte zurück auf Thirlwall Castle. Die riesige Silhouette der Burg mit den vielen Zinnen auf ihren Mauern hob sich schwarz gegen den grauen Himmel ab, der allmählich von der aufgehenden Sonne in weißes Licht getaucht wurde. Die Festung wirkte sicher und uneinnehmbar, was Alexia ein beruhigendes Gefühl einflößte. Solange Burg Thirlwall über dem Moor von Cumbria emporragte, würden die Carletons da sein, sie zu verteidigen.

Die Sonne war bald warm genug, um das dünne Eis über dem Sumpfgras wegzuschmelzen. Es war zwei Wochen nach Michaelsmeß und schon wurden die Oktobernächte kalt. Aber tagsüber war es noch immer ungewöhnlich heiß. Die Sonne hatte die trockene, aufgebrochene Erde Tag für Tag weiter ausgedörrt, bis die Heide selbst ein stumpfes Graubraun angenommen hatte, die Farbe von abgestorbenem Adlerfarn. Im Sommer hatte es wenig geregnet und jetzt im Herbst noch gar nicht. Die Ernte war schlecht gewesen, die Jagdbeute erbärmlich. Diesen Winter würde es zu einer Hungersnot kommen, und die Raubüberfälle würden nichts erbringen.

Andererseits hatte es Überfälle immer schon gegeben, auch während der Jahre relativen Wohlstandes in den Grenzländern. Das gehörte dort eben zum Leben dazu. Plünderungen oder Räubereien, zunächst nur im Kampf ums nackte Überleben durchgeführt, waren schließlich zur Gewohnheit geworden. Und im Laufe von drei Jahrhunderten ständiger Scharmützel waren auf beiden Seiten der Grenze englische und schottische Familien zu Wilden geworden. Nachts ritten die verfeindeten Clans über die zerklüfteten Hügel und verlassenen Sümpfe, um sich gegenseitig die Wohnhäuser zu plündern und zu verbrennen und einander die Pferde, die Schaf- und Rinderherden zu stehlen. Tagsüber trafen sie sich in den Tavernen von Carlisle oder auf den Rennplätzen in Langholm. Und dort betrogen sie einander beim Kartenspiel und Würfeln, oder sie schlossen irgendeinen zweifelhaften Pferdehandel ab. Und in den Jahren, in denen die beiden Länder offiziell im Kriegszustand miteinander lagen und Mord legalisiert war, schlachteten sie einander hemmungslos ab.

Ein- oder zweimal im Jahr wurde für einen Tag ein Landfrieden verkündet, damit an diesem Tag eine sogenannte Grenzland-Versammlung abgehalten werden konnte, an dem die Clans der Grenzländer zusammenkamen, um eine Beilegung ihrer Differenzen zur Abwechslung einmal auf friedlichem Wege zu versuchen. Sir Thomas Carleton war nicht nur das Oberhaupt des Carleton-Clans, sondern seit den letzten zehn Jahren auch Landeshauptmann für die englische Westmarsch. Zu seinen Pflichten gehörte es, die Grenze gegen Invasionen zu schützen und Gesetz und Ordnung in diesem gesetzlosesten Teil von England aufrechtzuerhalten. In dieser Eigenschaft hatte er die Grenzland-Versammlung mit seinem größten Feind, Lord Maxwell als schottischem Gegenspieler durchzuführen.

Die englische Königin Elizabeth hatte dazu einmal bemerkt, es käme ihr so vor, als ob man zwei rivalisierende Diebe beauftragen würde, die Kronjuwelen zu reinigen. Die Landeshauptmänner, selbst zwei der schlimmsten Räuber in dem Moorland, hielten sich niemals lange genug an eine vertragliche Vereinbarung, um sie auch wirksam werden zu lassen, und so mancher Landfriedenstag hatte in einer offenen Schlacht geendet.

Frauen waren bei den Grenzland-Versammlungen nicht zugelassen. Huren waren natürlich dabei, zusammen mit Hausierern, Jongleuren und Tierbändigern; aber keine einzige anständige Frau. Und ganz gewiß war nie eine adelige Dame dabei. Das war der Grund, warum Alexia, die schon vor langer Zeit herausgefunden hatte, daß Männer alles, was im Leben Spaß macht, für sich allein haben wollen, fest entschlossen war, an einem solchen Treffen teilzunehmen. Außerdem würde diese verfluchte Maxwellbrut dort sein, und sie hatte noch nie einen Maxwell richtig gesehen – außer abends und aus der Sicherheit des Bergfrieds, wenn sie über die Grenze gefegt kamen, um Carletons Vieh zu stehlen. Aber das zählte nicht.

Sie träumte gerade mit offenen Augen davon, was sie tun würde, wenn sie einen der Maxwells in ihre Gewalt bekäme, als sie merkte, daß der Lyne-Fluß bereits erreicht war. Aufgrund der anhaltenden Trockenheit war der Fluß nur noch ein Rinnsal, dennoch war die Furt schmal und konnte nur einzeln überquert werden. Sir Thomas zog sein Pferd zur Seite, sein Verwalter folgte ihm, und sie ließen die übrigen vorbei. Alexia versuchte, sich in die Mitte zu schlängeln, und als sie an ihrem Vater vorbeiritt, bedeckte sie ihr Gesicht und hüstelte.

»Alexia!« brüllte Sir Thomas.

Sie tat, als höre sie ihn nicht, was lächerlich war, denn alle hatten angehalten und sich in der plötzlichen Stille entsetzt nach ihm umgesehen.

»Alexia, verdammtes Mädchen. Komm her!«

Alexia schluckte und wendete ihr Pferd. Sie stand ihrem Vater gegenüber und hielt den Kopf demütig gesenkt, solange er seine Schelte auf sie herniederprasseln ließ. Er drohte ihr, sie würde eine Tracht Prügel mit dem flachen Schwert von ihm bekommen, danach würde er sie eine Woche lang bei Brot und Wasser in Thirlwalls Keller einsperren, und – die schlimmste Drohung für sie – er würde sie Lady Edwina zur Bestrafung überlassen.

Aber schließlich beendete er seine Tirade: »Wahrscheinlich kann man nichts tun. Du kannst jetzt nicht mehr zurück.« Er drohte ihr mit seinem knochigen Finger. »Aber stell nur nichts an, Göre.«

»Ja, Vater.«

»Und halte dich von allen Maxwells fern. Wenn sie dir auf die Schliche kommen, nehmen sie dich als Geisel und bringen mich an den Bettelstab, wenn ich dich zurückhaben will.«

»Ja, Vater.« Alexia hob den Blick. Der Verwalter lächelte süßlich, offensichtlich genoß er die Schelte, die auf sie niederging. »Rufus würde dir sicher raten, mich ganz abzuschreiben, Vater. So wie eine Schafherde, die räudig geworden ist. Nicht wahr, Rufus?«

Sir Thomas schnaubte. »Sei nicht unverschämt, Fräulein. Und nenne ihn nicht Rufus. Du bist noch immer ein Backfisch, und wirst dich gefälligst dazu bequemen, Älteren mit Respekt zu begegnen.«

Alexia spielte die Überraschte. »Aber wie kann man mich noch als Kind bezeichnen, wenn ich doch alt genug bin, um verheiratet zu werden? Das bin ich doch, nicht wahr, Rufus?«

Sir Thomas brummte und gab seinem Pferd die Sporen. Rufus, mit hochrotem Kopf vor Wut und Scham, folgte.

Alexia lächelte. Sie konnte der Versuchung nicht widerstehen, Rufus zu necken. Er tat immer so großartig. Und sie vermutete, daß er sie nicht besonders leiden mochte, obwohl er ihrem Vater gegenüber angedeutet hatte, daß man eine Heirat arrangieren könne. Rufus war ein Gentleman, aber der jüngere Sohn einer verarmten Familie. Sir Thomas hatte eigentlich Höheres im Sinn.

Alexia runzelte die Stirn bei dem Gedanken an Heirat. Sie war ihres Vaters Liebling, und dieser hatte keine Eile, sie einem anderen Mann zu überlassen, der sie von ihm wegholen würde. Aber Sir Thomas hatte keine direkten männlichen Nachkommen und hoffte verzweifelt auf Enkel. Und Evie, die arme Evie, würde niemals heiraten. Alexia war die einzige Hoffnung ihres Vaters.

Sie trafen sich mit den anderen englischen Clans auf ihrer Seite des Esk-Flusses. Alexia entdeckte ihren Vater, der bei Rufus stand und zusah, wie sich die Schotten auf der anderen Uferseite sammelten. Sie ritt zu ihnen hin und stieg ab; dabei ignorierte sie Rufus' Versuch eines versöhnlichen Lächelns.

»Die Maxwells sind hier«, sagte Rufus. »Ich sehe ihre Standarte.« Die Standarte der Maxwells war ein silberner Falke im Flug vor blutrotem Hintergrund. Die Fahne hing schlaff in der stillen, heißen Luft.

»Vater, welcher ist Lord Maxwell?«

In Sir Thomas' faltendurchzogenem, sonnengebräuntem Gesicht stand der Ärger geschrieben. »Ich dachte, ich hätte dir gesagt, du sollst still sein und außer Sichtweite bleiben.« Er drehte sich wieder zu Rufus um. »Diese Bastarde von Maxwells vermehren sich wie die Karnickel. Und seine Frau hat gerade wieder einen Jungen in die Welt gesetzt. Das macht jetzt fünf.« Sir Thomas fluchte und spuckte in den Dreck. »Fünf Söhne!«

»Es gibt keine Gerechtigkeit auf dieser Welt«, meinte Rufus und sah Alexia an.

Alexia blinzelte gegen die allzu helle Sonne. Sie versuchte zu raten, welcher von den Männern, die auf der anderen Uferseite herumwuselten, Lord Maxwell sein könnte. Als Kind hatte sie Alpträume wegen ihm gehabt. In ihren Träumen hatte er gespaltene Hufe und einen zweiteiligen Schwanz, wie der Teufel auf einem der Holzschnitte im Gebetbuch ihrer Mutter. Sie wollte schon immer wissen, wie er wirklich aussah.

Niemand hatte ihr je sagen können, womit die Feindschaft zwischen den Carletons und den Maxwells angefangen hatte. Sie war jahrhundertelang immer wieder aufgeflackert und hatte sich vor vierzig Jahren zu einem Höllenbrand entwickelt, als der Vater des jetzigen Lord Maxwell sein Schwert bei der schottischen Niederlage in der Schlacht von Solway Moss an Alexias Großvater verloren hatte. Das Schwert hing jetzt über dem Kamin in der großen Halle von Thirlwall Castle. Die Maxwells hatten wie ein Mann geschworen, es zurückzuholen, selbst wenn sie die Burg Stein für Stein niederreißen müßten.

Ein einzelner Schotte durchwatete den Fluß und kam auf ihre Gruppe zu. Sir Thomas zog seine Reithosen hoch und den Bauch ein. Er übergab Rufus die Zügel und schritt hinaus auf das rote Sandufer.

»Was werden sie tun?« fragte Alexia Rufus. Sie hatte vergessen, daß sie ihn ignorieren wollte. »Werden sie kämpfen?«

»Sie werden den Landfrieden vereinbaren, der bis zum Sonnenaufgang gilt. Dann kann die Versammlung beginnen.«

»Aber wie kann Vater darauf vertrauen, daß Lord Maxwell die Waffenruhe nicht bricht?«

Rufus sah sie verwundert an. »Und warum sollte Lord Maxwell deinem Vater vertrauen?«

Alexia warf den Kopf hoch. Eine so lächerliche Frage wollte sie gar nicht erst beantworten.

Sir Thomas war hochgewachsen, aber der schottische Lord war mindestens noch einen halben Kopf größer. Sie blieben stehen und starrten sich an. Dann nahm Lord Maxwell seinen stählernen Helm ab und warf ihn auf den Boden. Sir Thomas tat das gleiche.

Lord Maxwells Haar und Bart waren feuerrot, so daß sein Kopf in der Sonne zu glühen schien. Die beiden Männer sprachen miteinander. Alexia konnte das knarrende, cumbrische Gebrumme ihres Vaters und Maxwells schottischen Singsang unterscheiden, aber die Worte konnte sie nicht verstehen. Schließlich streckte Sir Thomas die Hand aus, und Lord Maxwell schüttelte sie, woraufhin die englischen Clans begannen, die Grenze nach Schottland zu überqueren.

Die Grenzland-Versammlung war eine riesige Enttäuschung für Alexia. Die zwei Landeshauptmänner saßen unter einem Baldachin und hörten sich eine endlose Beschwerdeliste an. Alle schrien sich an, aber es kam zu keinem Kampf.

Gelangweilt schlenderte sie zu einer Stelle, wo einige schottische Händler aus dem nahen Dorf Gretna ihre Zelte und Karren aufgestellt hatten, von denen aus sie alle möglichen Waren und Erfrischungen verkauften. Sie entdeckte einen Mann mit einem Tablett voll Wildpasteten und kaufte zwei, die sie herunterschlang, während sie an der Reihe der kleinen und hastig aufgestellten Stände entlangspazierte, auf denen viel Plunder, aber auch mancherlei Nützliches zu überhöhten Preisen aufgestapelt lag. Neben einem mit Holzböcken und roh gezimmerten Tischplatten vollbeladenen Wagen stellten zwei Männer eine Plattform für eine Hahnenkampfarena auf. Mehrere Kampfhähne hingen in ihren Säcken, wo sie warten mußten, bis sie sich gegenseitig umbringen durften.

Die Pasteten hatten sie durstig gemacht, und so trat sie in ein riesiges Zelt aus gestreifter Leinwand, das ein Tavernenwirt errichtet hatte. Das Zelt hing in der Mitte erheblich durch, weil der Stützpfosten nicht tief genug in die trockene, festgestampfte Erde getrieben werden konnte. Aber drinnen war es kühl, und man war vor der heißen Sonne geschützt. Alexia ließ sich einen Krug Bier geben und beobachtete ein paar Männer, die auf Bänken um die Bierfässer herumsaßen und um die nächste Runde würfelten.

Auf einem nahe gelegenen Feld spielte eine Gruppe schottischer Jungen, die nur mit Hemd und Hose bekleidet waren, Fußball. Alexia schlenderte hinüber, um zuzusehen.

Sein Haar war das erste, was ihr an ihm auffiel, hellblond mit von der Sonne gebleichten Strähnen. Sein Schopf wurde immer wieder zwischen den dunklen Köpfen der übrigen Jungen sichtbar, wenn er gelegentlich hochschnellte oder sich freilief. Leichtfüßig und schnell rannte er auf der Weide hin und her. Mit verbissener Wildheit und wagemutig kämpfte er gegen die anderen um den Ball.

Ein Junge mit feuerrotem Haar riß sich von der Meute los, das Leder im Arm, und rannte auf das Tor zu. Der blonde Junge war der einzige, der eine Chance hatte, ihn zu fangen, und im allerletzten Augenblick warf er sich vor die Beine des Rotkopfes, der klatschend in den Dreck fiel. Der Ball kam frei und sprang hoch in die Luft. Alexia lachte laut auf.

Die Jungen jagten dem weiterrollenden Ball nach. Nur der Rotschopf nicht. Er stand vorsichtig auf, klopfte sich den Staub aus den Kleidern und beugte sich vor, um die Risse in seinen Kniehosen zu inspizieren. Nur ein Maxwell konnte Haare von dieser Farbe haben, dachte Alexia und lachte wieder.

Der Rotkopf hörte sie. Er fuhr herum und starrte sie einen Augenblick an, dann kam er mit geballter Faust auf sie zu.

»Und über wen lachst du gerade?« wollte er wissen. Er sprach mit dem Knarrton der Schotten.

Er war stämmig gebaut und hatte große Hände. Sehr große Hände. Sie sahen einander direkt in die Augen. Die seinen waren schwarz wie Kohlen und funkelten bedrohlich.

»Über dich«, sagte sie, weil eine Carleton lieber auf das Schafott ginge, als sich vor einem Maxwell zu verkriechen. »Ich habe über dich gelacht.«

Der Junge legte seine Hände flach auf ihre Brust und stieß sie um. Sie landete auf ihrem Hintern im Dreck, die Beine breit gespreizt.

»Jetzt kannst du lachen, du widerlicher englischer Laffe.«

Alexia rappelte sich auf und wollte ihn nun ihrerseits umstoßen. Aber es war, als wolle man einen Felsen wegschieben.

»Ach, Kleiner.« Er grinste und holte mit der Faust aus. »Da hast du dich wohl etwas übernommen...«

Eine Hand schloß sich von hinten um das Handgelenk des Jungen, so daß er das Gleichgewicht verlor. »Benimm dich, Sandie-Junge, das ist unser Gast.«

Es war der Junge mit dem hellblonden Haar. Er sprach mit leicht mokanter Stimme, aber Alexia bemerkte, wie seine Knöchel weiß wurden, als er den Griff am Gelenk des anderen Jungen verstärkte.

Drei weitere Rotköpfe hatten das Fußballfeld verlassen und kamen auf sie zu. Alexia dachte an die Warnung ihres Vaters, sich von den Maxwells fernzuhalten.

Der Rotkopf fletschte die Zähne. »Mann, du wirst deine Knochen im Korb nach Hause tragen, wenn wir mit dir fertig sind. Zusammen mit ein paar Gedärmen, die du vom Boden abkratzen kannst.«

Der blonde Junge warf einen Blick über die Schulter und sah dann wieder Alexia an, und in seinen Augen saß der Schalk, so daß Alexia unwillkürlich lächeln mußte. Er lächelte zurück. »Erst wirst du mich fangen müssen, Sandie-Junge«, sagte er und stieß sein Knie grob in den Unterleib des anderen Jungen.

Der Rote sackte in die Knie. Dann fing er an zu schreien. Die anderen Rotschöpfe sahen, was passiert war, und fingen an, auf sie zuzulaufen. Der blonde Junge packte Alexia am Handgelenk und zog sie mit sich zu den Zelten und Wagen.

Sie hörten die Schritte hinter sich, und Alexia wagte es, über die Schulter zu sehen. Die Rotköpfe gewannen an Boden.

Als sie an einem Wagen vorbeirannten, der bis oben hin mit Küchengeräten beladen war, ließ der Junge ihre Hand fallen, packte sich einen großen, schwarzen Topf, der von einem Haken herabhing, und warf ihn dem führenden Rotschopf vor die Füße. Dabei traf er ihn am Schienbein, und der Junge stolperte kopfüber in einen Leiterwagen, auf dem Berge überreifer Äpfel aufgeschichtet waren. Alexia brüllte vor Lachen und klatschte in die Hände, und der Junge grinste sie übermütig an.

Alexia schnappte sich eine Pastete vom Tablett des Pastetenverkäufers, der stehengeblieben war, um zuzusehen, und warf sie dem Rotschopf an den Kopf. Sie landete mit einem Plumps im Matsch.

Der Junge lachte. »Du wirfst wie ein Mädchen.«

Er griff sich ebenfalls eine Pastete und zielte. Sie traf den Rotschopf mitten ins Gesicht, und dieser brüllte, als das heiße Fett seine Haut versengte.

Sie liefen zwischen den Wagen und Zelten hin und her, wobei sie alle möglichen Gegenstände, die ihnen in die Finger kamen, den Verfolgern als Hindernisse vor die Füße warfen. Fässer, Äpfel, die Holzbälle eines Jongleurs, Rollen mit buntem Garn, das sich entrollte und um die Füße ihrer Feinde wickelte. Für ein paar Augenblicke waren sie die Verfolger los, weil sie sich unter einen Wagen rollen ließen, bis sie an den Hahnenkampfplatz stießen. Alexia lehnte sich an die Plattform und rang nach Luft.

»Verdammter Mist.«

»Was ist?« preßte Alexia hervor.

»Ich habe meinen Dolch dort drüben gelassen. Ich brauche jetzt ein Messer.«

Alexia gab ihm ihren Dolch und sah mit Überraschung und Bewunderung zu, wie er einen Sack nach dem anderen aufschnitt. Innerhalb von Sekunden hieben alle acht Hähne wild mit den Schnäbeln aufeinander ein. Schnell versammelte sich eine aufgeregte Zuschauermenge, die ihre Wetten so laut hin und her schrie, daß das Schreien und Krächzen der Vögel übertönt wurde. Einer der Hahnenbesitzer brüllte vor Schmerzen. Er war in die Arena gekrochen, um einen hellgelben Hahn vor den wütenden Hieben seines rotbrüstigen Feindes zu bewahren.

Der Junge kroch in das nahe Bierzelt, Alexia folgte ihm dicht auf den Fersen.

Die Leute schrien, und das Zelt fing an zu wackeln. Alexia erkannte mit wachsendem Entsetzen, daß sie nun schon weit davon entfernt war, nur eine Tracht Prügel von ein paar rotköpfigen Maxwells zu riskieren – inzwischen hatte sie halb Schottland gegen sich. Und das alles wegen eines verrückten blonden Jungen, der in dem Zelt von einem der aufgebockten Tische auf den nächsten hüpfte, wie ein Baumfäller, der beim Floßtreiben von Stamm zu Stamm sprang.

Die Leinwand wankte wieder, und zwei Rotköpfe stolperten herein. »O Gott«, betete Alexia laut und sah sich vergeblich nach einem anderen Ausgang um.

Der Junge hatte das Ende der Tisch- und Bankreihen erreicht. Er hob die letzte Sitzbank hoch, schwang sie im weiten Bogen um sich und auf den gebogenen Zeltpfosten zu. Der Pfosten krachte zusammen, und das Zelt schwankte, ächzte und fiel dann in sich zusammen.

Mit Alexias Dolch schnitt der Junge ihnen beiden einen Schlitz in die Leinwand, und dann liefen sie weg, hinunter zum Esk-Fluß. Er führte sie über den Fluß und hüpfte dabei behende von einem glitschigen Stein zum anderen – ein Kunststück, von dem Alexia annahm, daß sie es niemals im Leben mit solcher Anmut nachvollziehen könnte. Sobald sie auf der anderen Seite in Sicherheit waren, warf sie sich auf den Sandboden und wollte sich totlachen.

Der Junge stand über ihr, die Hände auf den Hüften. »Und über wen genau lachst du, du widerlicher englischer Geck?« dabei imitierte er die knarrende Stimme des Rotschopfs so perfekt, daß Alexia den nächsten Lachanfall bekam.

Jemand mit kupferrotem Haarschopf war aus dem Wirrwarr von Leinwand hervorgekrochen, schrie und deutete in ihre Richtung. Alexia stöhnte und vergrub ihren Kopf zwischen den Knien. »Ich kann nicht . . . ich kann nicht mehr weiterrennen.«

»Wir werden uns verstecken«, meinte der Junge.

Sie bahnten sich einen Weg durch den dichten Bewuchs am Fluß und folgten einem trockengelegten Abflußgraben bis zu einigen überstehenden Felsen. Alexia kroch zuerst darunter, dann klemmte sich der Junge neben sie.

Sie hörten Schreie und Rufe vom Fluß herauf, und einmal hörte Alexia einen Schrei und ein lautes Spritzen. Sie kicherte. »Still«, wisperte der Junge streng, aber sie spürte, wie er sich amüsierte.

Jemand brach durch das Gesträuch, und ein paar kleine Kieselsteine rieselten an dem Felsüberhang herunter. Dann rief ein anderer, offenbar aus unmittelbarer Nähe: »Komm raus und kämpfe fair, Jamie Maxwell!«

Maxwell!

Einen Augenblick war Alexia nicht einmal sicher, ob sie richtig gehört hatte. Dann keuchte sie und wollte ihn wegschieben.

»Sei still«, zischte er ganz nah an ihrer Wange.

O ja, sei still, dachte sie. Sei still, damit er mir, wenn sie alle weg sind, den Hals durchschneiden und andere, noch schlimmere Dinge mit mir machen kann, der dreckige Maxwell. Da hat er mich nun mit seinen Tricks dazu gebracht, ihm zu folgen, damit er mich hier in Ruhe umbringen kann. Und das mit meinem eigenen Dolch! Sie schluckte und preßte die Augen zusammen, blieb aber ruhig.

Da lagen sie, dicht aneinandergedrängt, unter dem überstehenden Felsen und warteten darauf, daß der Verfolger wegging. Alexias Gesicht war gegen seinen Hals gepreßt. Sie konnte den regelmäßigen Pulsschlag spüren und sein leises Ein- und Ausatmen hören. Einer seiner Arme drückte gegen ihre Brüste. Es schien ihr, als ob die Wärme seiner Haut sie durch Willies Lederwams und das rauhe Wollhemd hindurch verbrannte. Sie selbst hatte ihren Arm um seine Taille geschlungen und durch das feine Leinen seines Hemdes spürte sie seine sehnige Brustmuskulatur.

Sein Knie war irgendwie zwischen ihre Beine geraten. Als er sich ein wenig bewegte, rieb er gegen die Innenseite ihrer Oberschenkel. Alexia stockte der Atem, und in ihrem Bauch begann es zu kribbeln. Unbewußt zog sie ihn enger an sich.

Er rollte unter dem Überhang heraus und kam auf seine Knie, dabei zog er sie hinter sich her. »Um Himmels willen, hör auf, dich an mich zu kuscheln wie ein liebeskrankes Mädchen...« Und er stieß sie so heftig von sich, daß sie flach auf dem Rücken landete.

Einen Augenblick lag sie erschrocken da und rang nach Atem. Dann zog sie sich hoch und stützte sich auf die Ellenbogen. Ihre Kappe, die sich hochgeschoben hatte, fiel jetzt vom Kopf, und die schweren Zöpfe sprangen auf ihre Schultern.

Jamie Maxwell setzte sich auf seine Fersen und starrte sie an. Alexia starrte zurück.

Es war nicht nur sein hellblondes Haar mit den Strähnen, es waren auch seine Augen. Sie waren von einem seltsam dunklen Grün, wie Moos an einem Fluß oder wie das alte Grün eines Grenzhügels Ende Oktober. Er hatte hohe, markante Wangenknochen und eine schmale Nase über einem breiten, vollen Mund. Selbst wie er da im Schmutz kniete, mit nichts an als einem mit Grasflecken übersäten Hemd und aufgerissener Hose, wirkte er so lässig und überlegen, daß sich Alexia mehr denn je wie ein schäbiger, ungewaschener Stalljunge vorkam. Zum ersten Mal im Leben war es ihr wichtig, welchen Eindruck sie machte, und sie dachte voller Verzweiflung und Wut, daß sie wohl schrecklich aussehen mußte.

Sie kannte ihre Fehler; sie waren ihr oft genug von der Mutter vorgebetet worden. Flach wie ein Nudelbrett, lang und dürr wie ein Maibaum. Ihre Nase war zu dünn und viel zu groß und ihr Mund viel zu voll. Ihre Beine waren schlaksig, ihre Füße zu klobig. Ihr einziger Vorteil waren ihre dunkelbraunen Haare mit den rötlichen und goldfarbenen Strähnen dazwischen, wie Herbstlichter. Aber wie konnte er ihre Haare bewundern, wenn sie total verfilzt und zu Zöpfen geflochten waren?

»Du bist ein Mädchen«, sagte er schließlich, als ob er es noch immer nicht glauben könnte, lächelte aber.

»Sag es nicht meinem Vater.«

»Guter Gott, weiß der das nicht?«

Alexia knirschte mit den Zähnen bei seinem spöttischen Lachen. »Das habe ich nicht gemeint. Und außerdem, ich bin es nicht.«

»Nicht was?« fragte er heiser.

»Liebeskrank!«

Wieder lachte er sie aus. Sie wollte aufstehen, aber er hielt sie am Arm fest und drückte sie hinunter.

»Sie werden drüben am Fluß auf uns warten.«

Sie blickte in diese Richtung. »Wer waren denn eigentlich diese Rotschöpfe?«

»Johnstones, Gott möge sie ausrotten, die tun mir nicht leid. Aber die guten Leute aus Gretna, o Gott.« Er lachte. »Da drüben ist ein ziemlicher Schaden angerichtet.«

Alexia zuckte mit der Schulter. »Sie wissen nicht, wer wir sind. Und übrigens, mein Vater wird sich darum kümmern. Er ist der Landeshauptmann.«

»Sie wissen sehr gut, wer ich bin. Ich will nicht einmal daran denken, was mein... Landeshauptmann?« Er starrte sie an, seine Augen weiteten sich, ungläubiges Erstaunen stand darin und plötzlich aufkeimende Wut. »Um Gottes willen, du bist nicht nur ein Mädchen... du bist eine Carleton!«

»Alexia Carleton.« Sie hielt ihre Hand hin, als wären sie einander gerade im Salon eines Londoner Schlosses vorgestellt worden. Er nahm die Hand nicht.

»Willst du mir damit sagen, ich habe das Risiko auf mich genommen, von einer Meute von Johnstones verprügelt zu werden, habe halb Gretna ruiniert..., davon wird mir mein Vater jeden Schilling vom Hintern abziehen..., und das alles für eine verdammte Carleton?«

»Hör auf, das so zu sagen! Als wäre ich eine Aussätzige oder so etwas.«

Sie funkelten sich an, dann lächelte er verschmitzt.

»Ach, egal, es war die Sache jedenfalls wert. Und sei es nur, weil wir die verfluchten Johnstones blamiert haben.«

Alexia lächelte ihm ebenfalls zu. »Das war wirklich verrückt, was du da unten gemacht hast. Ich hoffe, daß du nicht allzuviel Ärger bekommst.«

»Das ist schwer zu sagen. Mein Vater würde sich freuen, wenn er wüßte, daß ich den Johnstones eins ausgewischt habe, aber er trennt sich nicht gern von seinem Geld. Außerdem hätte ich bei der Versammlung dabeisein sollen. Ich werde eines Tages ebenfalls Landeshauptmann werden.« Das sagte er so, als ob diese Aussicht ihm nicht besonders gefiele.

Eine Weile saßen sie in geselligem Schweigen beieinander, ihre

Rücken an die Felsen gelehnt. Alexia betrachtete immer wieder verstohlen sein herrliches Profil, wenn sie meinte, er würde es nicht merken.

»Darf ich bitte meinen Dolch wieder zurückhaben«, sagte sie.

Er zog ihn zwischen Hemd und Hose hervor und wollte ihn ihr gerade geben, drehte ihn aber um und betrachtete die feine Schnitzerei am Heft.

»Mein Vater hat ihn mir geschenkt«, sagte sie stolz.

Er wog ihn in der Hand. Seine Finger waren lang und schlank und die Nägel sauber und gepflegt. Alexia versteckte ihre eigenen Fingerkuppen mit den abgenagten Nägeln hinter dem Rücken.

Mit einer plötzlichen Bewegung, die so schnell war, daß sie lediglich einen dunklen Fleck vor den Augen wahrnahm, griff er den Dolch an der Klinge und warf ihn auf einen Baum zu, der zehn Meter entfernt stand. Er schwang unregelmäßig hin und her, nachdem er sich tief neben einem hervorstehenden Astloch in die Rinde gebohrt hatte.

»Danebengeworfen!« krähte Alexia.

Er stand auf und holte den Dolch zurück, dann warf er ihn von Hand zu Hand.

»Er hat kein Gleichgewicht«, sagte er.

Sie sprang auf und schnappte ihn weg. »Das stimmt nicht.«

Er starrte sie amüsiert an. Dann zog er an einem ihrer Zöpfe. »Selbst damit siehst du aus wie ein Junge.«

Das tat weh. Lächerlicherweise wollte sie weinen, obwohl sie kaum je weinte. Sie wollte ihn ebenfalls verletzen, und plötzlich fiel ihr ein, womit ihr das gelingen konnte.

»Wir haben das Schwert deines Großvaters«, sagte sie.

Er fuhr sie an. »Nicht mehr lange. Ich werde es zurückholen.«

»Haha. Du und welche Armee?«

Er wandte sich ab.

»Wo gehst du hin?«

»Zurück. Ich gehe zurück.«

»Oh... nun. Lebwohl.«

Aber er ging nicht. »Alexia...«, sagte er sanft und tat einen Schritt auf sie zu. Nahe genug für sie, um die grauen Lichtflecken zu sehen, die seinen grünen Augen diese seltsame schummerige Farbe verliehen. Er nahm ihr Kinn und rieb es mit dem Finger. Dann neigte er den Kopf und küßte sie auf den Mund.

Seine Lippen waren warm und fest und ihre Bewegung auf den ihren schien ihr zugleich unendlich geheimnisvoll und vollkommen vertraut. In ihrem Bauch spürte sie wieder dieses seltsame Flattern, als ob Tausende von Schmetterlingen mit den Flügeln schlugen.

Sie fühlte noch immer den Druck seiner Lippen auf ihrem Mund, selbst nachdem der Kuß zu Ende war. »Weshalb hast du das getan?« Es klang wie ein Quieksen.

»Ich weiß nicht, ich hatte Lust dazu.« Er schüttelte den Kopf. »Ich muß wirklich dämlich sein.«

»Tu es noch mal.«

Er ging einige Schritte zurück, immer noch den Kopf schüttelnd. Dann wandte er sich um und trottete davon in Richtung Fluß. Während sie Jamie Maxwells schlanker Gestalt nachsah, wie er leicht von Stein zu Stein sprang, fühlte sie ein heftiges, unbekanntes Ziehen, wie den Schmerz der Einsamkeit.

Sie fragte sich, ob sie ihn jemals wiedersehen würde.

Kapitel 2

Gewitterwolken, wie sie zu Beginn des Frühlings häufig auftreten, hingen tief über der Stadt Carlisle, so daß es an dem Abend recht früh dunkel wurde. Laternen schwangen quietschend an ihren Ketten über den Eingängen der wenigen vornehmeren Häuser. Sie warfen nur ein flackerndes Licht, das nicht sehr weit trug, in die gewundenen engen Gassen. Einzelne Windstöße fegten Blätter und Schmutz um die Beine ihrer Pferde.

Ein Blitz erleuchtete kurz den Himmel über der Burg vor ihnen. Einen Augenblick lang sahen die roten Sandsteinmauern aus wie Gesteinsschichten aus glühender Kohle. Dem Blitz folgte ein lauter Donnerschlag, und Alexias Stute scheute und drängte zum Pferd ihrer Schwester hinüber.

»Es wird gleich anfangen zu schütten«, meinte Evie. »Bis wir durch sind, ist dein neuer Mantel hinüber.«

Alexia hatte schlechte Laune. »Hoffentlich, ich hasse diesen Mantel.«

»Alexia?« Sir Thomas zwängte sein Pferd zwischen die beiden. »Was soll diese Vorstellung, Mädchen? Ich dachte, du wolltest ihn haben.«

Ein Regentropfen fiel auf Alexias Sattelknopf und hinterließ einen häßlichen Fleck. Sie blickte kurz hinüber zu ihrem Vater, aber es war zu dunkel, um sein Gesicht zu erkennen.

»Du wolltest ihn.«

»Aye, aber...«

»Was, aber? Du hast doch das erste Mal keine Rücksicht auf meine Wünsche genommen, warum jetzt?«

»Das war etwas anderes. Du warst damals noch zu jung, um zu wissen, was gut für dich ist.«

»Meinst du, ich würde Seymour deswegen heiraten? Weil ich mit neunzehn entdeckt habe, daß ein Howard in meinem Bett gut für mich wäre?«

»Lieber Himmel!« Sir Thomas brüllte laut genug, daß man ihn bis nach Schottland hätte hören können. »Hast du schon mit Seymour Howard geschlafen?«

Evie keuchte. Aus der Gruppe bewaffneter Begleiter, die hinter ihnen ritt, kam unterdrücktes Kichern. Aber Alexia lachte nur.

»Wenn du mir Enkel schenkst, Alexia, mein Mädchen«, diesmal brummte Sir Thomas sanfter, »paß bloß auf, daß sie ehelich sind.«

Sie ritten durch das Tor der Burg in den von Fackeln hell erleuchteten Hof. Schnell sprang ein junger Mann hervor, um Alexia vom Pferd zu helfen. Er war sorgfältig gekleidet – in grünweißen Bundhosen und einem dick gepolsterten, mit Edelsteinen besetzten Wams.

Eine steife weiße Halskrause hob sich gegen seinen dunklen Kopf ab, und ein goldener Ohrring glänzte in einem Ohr.

»Ich habe lange gewartet, dachte schon, Ihr würdet nicht kommen.«

Er zog ihre Hand an seine Lippen. »Willkommen.« Ein warmes Lächeln huschte über sein Gesicht, seine dunkelbraunen Augen glänzten.

Er drehte sich zu ihrem Vater um, der neben ihr abstieg. »Sir Thomas, danke, daß Ihr sie mir gebracht habt.«

»Na, na, ob Ihr mir später auch noch dankbar seid, müssen wir erst noch sehen.«

Alexia stieß ihrem Vater mit dem Zeigefinger in seinen leicht vorstehenden Bauch.

»Gib ihm was zu essen, Seymour. Er hat Hunger, und wenn er Hunger hat, wird er brummig.«

Der junge Mann lachte und betrachtete Alexia mit glänzenden Augen. »Ich habe Anweisung gegeben, für die späte Abendstunde eine leichte Mahlzeit in meinem Empfangszimmer zu servieren. Und ich werde dafür sorgen, daß Eure Männer gut untergebracht sind.« Er sah sich um.

»Ich sehe Lady Edwina nicht.«

»Lady Edwina«, erwiderte Sir Thomas, »wird morgen mit den

Gepäckwagen nachkommen. Ihr bekommt nicht nur meine Tochter, junger Howard, sondern auch noch sechs Wagen voll von Dingen, ohne die Frauen offenbar nicht leben können. Inzwischen könnt Ihr« – und er zog Evie aus der Gruppe seiner Begleiter, die im Schatten hinter ihm standen, hervor – »meine ältere Tochter Evelyn kennenlernen.«

»Ach ja, das ist Evie, nicht wahr?« Seymour verbeugte sich tief vor ihr, als er ihre Hand nahm. »Ich fühle mich geehrt«, er reckte sich lächelnd auf.

Das Lächeln erstarrte, als er die Gazemaske über dem Gesicht des Mädchens sah, und er warf Alexia einen erschrockenen und fragenden Blick zu. »Alexia hat oft von Euch gesprochen«, fügte er verlegen hinzu.

Es entstand ein kurzes, betretenes Schweigen. Dann fing es an zu regnen. Große Tropfen platschten auf den Boden. Es hörte sich an wie das Getrappel von Hunderten von Füßen.

Alexia hakte sich bei dem jungen Mann unter. »Führ uns bitte ins Haus, Seymour, sonst ist mein neuer Mantel gleich ruiniert.«

Alexia warf ihren Mantel über eine Truhe und sprang aufs Bett, von wo sie ihre Schuhe auf den Boden schleuderte.

»Wie kommt es, Alexia, daß du nie in ein Zimmer kommen kannst, ohne daß es innerhalb von Sekunden aussieht wie auf einem Schlachtfeld?«

Alexia seufzte und warf sich auf die Kissen. Die Arme hinter dem Kopf verschränkt, überlegte sie, daß sie dieses Zimmer nun eine ganze Woche mit Evie würde teilen müssen. Dann würde sie in Seymours Zimmer umziehen, als seine Frau.

In Seymours Bett.

»Was hältst du von ihm, Evie?«

»Er sieht gut aus. Er hat seelenvolle Augen«, Alexia setzte sich auf und betrachtete Evies gesichtslose Maske.

»Seelenvolle Augen ... So was Komisches.«

Sie ging hinüber zum Fenster. Es bot den Blick nach Nordwesten, auf den Solway Firth und zu den Ländereien der Maxwells in Schottland in der Ferne. Seelenvolle Augen. Er war inzwischen

Lord Maxwell – jener verrückte hellblonde Junge. Und kein Junge mehr. Sie überlegte, was wäre, wenn sie auf ihr Pferd steigen und über die Grenze reiten würde, um ihn zu suchen. Er würde sie für verrückt halten – das wäre alles. Er hatte sie nur ein einziges Mal gesehen, vor mehr als fünf Jahren, ein mageres Mädchen mit Zöpfen und in den Klamotten eines Stalljungen. Selbst wenn er sich erinnerte, was an dem Tag geschehen war (und was war denn schon geschehen?), gab es nur einen einzigen Grund, warum er sie jetzt würde haben wollen: das Lösegeld, das er von ihrem Vater erpressen könnte. Und wer war er schon? Ein Schotte, ein Grenzräuber, ein Maxwell.

Es war lächerlich, jetzt an ihn zu denken, wo sie in Seymour verliebt war.

»Wenigstens dieses Mal wirst du freiwillig zum Altar gehen«, meinte Evie und hängte ihrer beider Mäntel in einem Wandschrank auf. »Ich bezweifle, daß diese Familie einen weiteren Versuch, dich noch einmal zu einer Ehe zu zwingen, überleben könnte.«

Alexia wandte sich vom Fenster ab. »War ich wirklich so schlimm?«

Evie schüttelte den Kopf. »Schlimmer.«

Es war damals das erste Mal in ihrem Leben gewesen, daß Alexia Carleton ihren Kopf nicht hatte durchsetzen können. Ihr Vater, der ihr immer alles durchgehen ließ, war hart geblieben: Sie würde Nicholas Forster heiraten, und wenn er sie an den Haaren in die Kirche schleifen müßte.

Sir Thomas konnte nicht verstehen, warum sie so hysterisch Widerstand leistete; sie hatte den Mann doch noch nicht einmal gesehen. Es stimmte, man konnte Nicholas Forster nicht gerade als jung bezeichnen. Er war dreißig, aber damit war er noch lange nicht friedhofsreif. Man konnte ihn auch nicht als gutaussehend bezeichnen. Das Wichtigste: Er war ein weltreisender Kaufmann, einer der Teilhaber der vornehmen »Muscovy Company«. Wenn seine nächste Unternehmung – ein Tauschgeschäft: englische Wollstoffe und Metalle gegen russische Pelze und Fette – erfolgreich verlief, konnte er das Vierfache seiner Investition herausholen und würde zu einem der reichsten Männer in England. Als Sir Thomas versuchte, ihr diese Vorzüge klarzumachen, hielt sich Alexia die Ohren zu und summte ihm ins Gesicht. Damit hatte sie Sir Thomas so provoziert, daß er sie zum ersten Mal in ihrem Leben schlug. Ihre Reaktion bestand darin, sich ihm vor die Füße zu werfen. Aber ein solches Verhalten glich so sehr den Darstellungen in italienischen Romanen, deren Lektüre Alexia verboten war, daß sie sich selbst ausgelacht hätte, hätte sie nicht so viel Angst gehabt.

»Vater, bitte zwing mich nicht, diesen Mann zu heiraten«, flehte sie ihn an und weinte nun wirklich. »Bitte.« Sie suchte verzweifelt nach einer Erklärung, und über das, was sie dann schließlich fand, erschrak sie fast so sehr wie er. »Ich liebe einen anderen.«

»Wen, um Gottes willen?« brüllte Sir Thomas. »Nicht etwa Rufus? Ich dachte, du magst ihn nicht einmal.«

»Ich hasse Rufus!«

»Wer ist es dann?«

Sie schüttelte den Kopf. Wenn sie den Namen »Jamie Maxwell« erwähnte, würde er sie umbringen.

»Wer auch immer, es wäre nicht schicklich.« Er packte sie an den Schultern, zog sie hoch und schüttelte sie heftig. »Du wirst Nick Forster heiraten.«

»Lieber würde ich sterben!«

»Dann wird ihn eben deine Leiche heiraten. Aber tot oder lebendig, Alexia, du wirst seine Frau.«

Alexia machte sich mit den ständigen Wutanfällen in der Folge immer wieder krank, und die Hochzeit mußte jedesmal verschoben werden. Endlich, am letzten Tag vor seiner Abreise nach Rußland, traf eine dünne, blasse Alexia in der winzigen Kirche von Gilsland Nicholas Forster zum ersten Mal. Sie stand neben ihm vor dem Altar, und er reichte mit seinem Kopf gerade bis an ihr Kinn.

Sie verbrachten ihre Hochzeitsnacht in ihrem Mädchenschlafzimmer auf Thirlwall Castle. Alexia lag im Bett, wohin sie eine Gruppe kichernder Carleton-Cousinen gebracht und dann völlig ausgezogen hatte. Sie beobachtete ihren Mann, wie er sich auszog. Sein Körper war muskulös und über und über mit schwarzen Löckchen behaart, und sie haßte ihn.

Er stieg ins Bett und streckte sich neben ihr aus. Auf einen Ellenbogen gestützt, betrachtete er sie. Alexia dreht sich um und vergrub ihr Gesicht im Kopfkissen.

»Du kommst mir vor wie eine Gefangene, die auf die Folter wartet«, sagte er und streichelte ihr Haar. Dann legte er die Bettdecke etwas zurück und umfaßte eine ihrer kleinen, knospenden Brüste. Mit dem Daumen massierte er ihre Brustwarze. »Alexia... ich weiß, du wolltest diese Heirat nicht.«

»Nein.« Seine Berührung war sanft. Vielleicht wurde es nicht so schlimm, und weil sie dachte, sie hätte ihn gekränkt, fügte sie hinzu: »Aber das war nicht wegen Euch. Es hat nichts mit Euch zu tun.«

Zu ihrer Enttäuschung ließ er ihre Brust los und rollte auf den Rücken. »Vielleicht wäre es klüger gewesen zu warten, bis ich aus Rußland zurück bin.«

Nach einer kurzen Pause sagte Alexia: »Mein Vater wünscht sich einen Enkel.«

Er lachte leise und zog ihren steifen Körper an sich. »Dann wollen wir doch mal sehen, was wir für ihn tun können.«

Nicholas Forster war sich der Tatsache bewußt, daß die Braut in seinen Armen kaum mehr als ein Kind war, und eine Jungfrau dazu.

Er wollte sie erst einmal beruhigen, indem er sie eine Weile sanft in den Armen hielt und streichelte – eine Behandlung, wie er sie einem Füllen zuteil werden ließe, das zugeritten werden sollte. Aber er hatte in den letzten drei Monaten täglich bis zu achtzehn Stunden gearbeitet, um sein Schiff *Resolute* für die russische Expedition auszurüsten. Er war die zweihundertfünfzig Meilen von London herübergeritten, ohne öfter zu halten als notwendig, um die Pferde zu wechseln. Außerdem hatte er beim Hochzeitsmahl dem Essen und dem Wein so zugesprochen, wie es sich für einen Bräutigam gehört.

Das Nächste, was er wahrnahm, als er die Augen öffnete, waren die helle Sonne und das schmollende Gesicht seiner Kind-Frau. Als er nach ihr greifen wollte, schreckte sie zurück.

Er setzte sich auf und schwang die Beine über die Bettkante. »Du hast heute morgen nichts von mir zu befürchten. Ich will dich nicht vergewaltigen, und dich zu umwerben fehlt mir die Zeit.«

Sie hatte sich zurückgelehnt, die Bettdecke fest bis unters Kinn gezogen, und beobachtete ihn beim Anziehen. Als er fertig war, stellte er sich ans Fußende des Bettes und sah zu ihr hinunter.

»Alexia, wegen heute nacht. Du bist noch so jung, eigentlich kaum mehr als ein Kind. Und es kann das erste Mal sehr weh tun bei einer Frau. Wenn man es erzwingt oder zu schnell ist, wird es nur noch schlimmer. Ich wollte nicht, daß du schließlich vor mir Angst hast oder mich haßt.« Er lächelte wehmütig.

»Und dann bin ich eingeschlafen. Es tut mir leid.« Als sie nichts sagte, beugte er sich hinüber zu der Truhe und hob Mantel und Hut auf.

»Nicholas?« Er sah sie an. »Du bist ein guter Mann.«

Einen Augenblick zögerte er. Dann ging er zu ihr, lehnte sich über sie und drückte ihr einen sanften Kuß auf die Stirn. »Wir werden noch viele Nächte haben, wenn ich zurück bin, meine edle Gattin.«

Aber er hatte sich geirrt; es sollte keine gemeinsamen Nächte mehr für sie geben. Alexia wartete über ein Jahr, und auch die Muscovy Company wartete. Dann rüstete die Gesellschaft ein weiteres Schiff aus und schickte es dem ersten nach. Als Alexia erfuhr, was Nicholas Forster und der *Resolute* zugestoßen war, mußte sie feststellen, daß sie bereits seit drei Jahren Witwe war.

»Hör auf, dich hin und her zu bewegen«, befahl Evie. Sie versuchte, rote Seidenbänder durch die hoch aufgetürmten Locken ihrer Schwester zu ziehen.

Alexia seufzte. »Beeil dich dann aber. Er wartet.«

In der Erinnerung lag ihre Hochzeitsnacht mit Nicholas sehr sehr weit zurück. Jetzt war sie im Begriff, sich wieder zu verheiraten. Trotz ihrer Andeutung dem Vater gegenüber, hatte sie noch nicht mit Seymour Howard geschlafen. Seymour wußte natürlich, daß sie Witwe war. Er würde also annehmen, daß sie das Ehebett im wahrsten Sinne seines Namens kannte. Sie meinte, er sollte vor ihrer Hochzeitsnacht die Wahrheit erfahren, aber es war nicht leicht, dieses Thema zur Sprache zu bringen. Sie konnte doch nicht einfach hinausposaunen, daß sie, obwohl Ehefrau, noch immer

Jungfrau war. Sie mußte bei ihrer Wortwahl über sich selbst lächeln, als gäbe es verschiedene Grade der Jungfernschaft.

So wie es Grade der Erfahrenheit gab.

Mit vierzehn hatte ihre Erfahrung in der Liebe aus einem einzigen Kuß von einem Jungen bestanden, den zu hassen ihr beigebracht worden war. Drei Jahre keuscher Ehe mit einem Geist waren gefolgt. Dann hatte sie Seymour kennengelernt. Er hatte sie auf den Weg zu sinnlichen Freuden geleitet. Sein Mund und seine Hände hatten sie geführt, bis ihr Körper sich in einem Schwebezustand befand, kurz vor einer Erfahrung, die sie sich selbst nur halb vorstellen konnte. Sie war bereit, mehr als bereit, den letzten Sprung zu tun.

Aber es war ihr Körper, der dazu bereit war, nicht ihr Geist. Alexia hoffte, daß ihre letzten Bedenken in ihrer Hochzeitsnacht mit Seymour sich in nichts auflösen würden, so wie die Angst eines Kindes vor der Dunkelheit verschwindet, wenn der Morgen naht.

Evie klopfte ihr auf die Schulter. »Da, siehst du, ich bin fertig. Bitte versuche mein Meisterwerk nicht zu zerstören, bevor er Gelegenheit hatte, es zu bewundern.«

Alexia stand auf und tanzte auf Zehenspitzen herum. Ihr Kleid blähte sich über ihrer Krinoline und ließ rote bestickte Strümpfe sowie passende Schuhe aus weichem spanischen Leder sehen. Ihr Überrock aus goldener Seide war in der Mitte geschlitzt, so daß ein Unterkleid aus elfenbeinfarben besticktem Satin hervorblitzte. Das Mieder war steif und reich bestickt. Die Ärmel fielen auseinander und enthüllten karminrote Unterärmel. Ein gestärkter, schneeweißer Kragen stand weit ab und ließ ihre glänzenden braunen Locken noch besser zur Wirkung kommen.

»Nun? Was meinst du, Evie?«

»Ich glaube, so wie er dich ansieht, könntest du in Lumpen gekleidet sein, und er würde dich noch immer schön finden...«, Evies Stimme zitterte, und sie wandte sich ab.

Alexia hörte auf zu tanzen. Die unausgesprochenen Worte schienen im Zimmer widerzuhallen: Niemand würde jemals Evelyn Carleton für schön halten; nicht Evie mit ihrem narbenübersähten und vom Feuer zerstörten Gesicht. Und Alexia spürte wieder den stechenden Schmerz des Schuldgefühls, der ihr die Brust immer schier zerriß, wenn sie daran dachte, was sie ihrer Schwester angetan hatte.

»Willst du wirklich nicht mit uns zu Abend essen?« fragte sie sanft.

Evie schüttelte den Kopf. »Jetzt noch nicht. Gib ihm Gelegenheit, sich an mich zu gewöhnen, an die Vorstellung von mir.«

Alexia hatte die Lider gesenkt und betrachtete ihren Verlobten schüchtern von unten. »War die Königin böse, als du sie um Erlaubnis gebeten hast zu heiraten?«

Seymour lachte herzlich. »Böse? Das kann man wohl sagen. Sie warf mir eine Konfektdose an den Kopf.«

»O nein. Konntest du ausweichen?«

»Ich habe es nicht gewagt. Schließlich mußte ich meine ganze Überredungskunst aufwenden, um mich vor dem Tower zu bewahren.«

Er nahm ihre Hand und küßte ihre Finger. »Nur eine von den vielen Schlachten, in die ich freudig für dich, mein Liebling, gehen würde.«

Sie entzog ihm ihre Hand. »Du wirst eher gegen mich kämpfen müssen, Seymour. Ich habe dich gewarnt, daß du keine einfache Ehefrau an mir haben wirst.«

»Das hast du gesagt. Ich glaube es aber zufällig nicht.«

Sie saßen nebeneinander auf dem Fensterbrett in seinem Empfangszimmer. Hinter ihnen peitschte der Regen gegen die schwarzen Scheiben, aber im Zimmer war es warm und gemütlich. Im Kamin brannte ein Feuer, und von den getünchten Mauern herunter spendeten die Binsenlichter in ihren Wandhaltern freundliche Helligkeit. Auf einem mit einem Teppich belegten Tisch standen große Platten voller Fleisch, Käse, Obst und Nüsse. Alexia konnte das schwere Aroma von gewürztem Wein riechen.

»Die Königin ist in solchen Dingen komisch, nicht wahr?« fing sie an. »Sie will nicht, daß ihre Favoriten heiraten.«

Alexia hatte Seymour Howard kennengelernt, als sie die Schwester ihrer Mutter besuchte, die Hofdame bei der Königin war.

Seymour war einer der vielen Höflinge, die Elizabeth Tudor umschwärmten und gut zu ihrem Hof mit seinen rohen Sitten und seiner Vergnügungssucht paßten. Drohnen, die um die Gunst einer Königin wetteiferten, die gut aussehende, virile junge Männer liebte, wenn sie Witz, Charme und Mut besaßen.

»Es scheint, als wäre sie gierig nach Liebe, nach Jugend, und... was starrst du mich so an?«

»Deine Augen. Du hast wirklich erstaunliche Augen. Braungelb und bernstein-gefleckt, wie die Augen eines exotischen Tieres.«

Alexia versuchte nicht zu lachen. »Du stellst mich so dar, als sei ich etwas, was man in einem Zoo ausstellen müßte.«

»Und dein Haar. Es ist so weich, wie Marderfell, und doch glänzt es, als läge Goldstaub darauf.«

»Bitte, Seymour, wenn du anfängst zu dichten, muß ich dich auslachen.«

Er lächelte und neigte den Kopf über sie. »Also muß ich dich statt dessen küssen.« Sie spürte das sanfte Kitzeln seines Bartes und die Wärme seines Atems, dann schloß sich sein Mund über dem ihren.

Ein lautes Husten erscholl von der Tür her. »Ich würde ja gerne sagen, ich komme später wieder, aber ich habe so einen schrecklichen Durst.«

Seymour sprang auf und errötete. »Sir Thomas, bitte tretet ein.«

Er geleitete den älteren Mann zu dem einzigen Sessel im Raum. Das Möbelstück war nach der neuesten Mode gedrechselt und hatte Armlehnen, und obwohl der Sessel breit und bequem war, war er zu eng für Sir Thomas' erheblichen Leibesumfang. Er stöhnte und brummte, als er sich in den Sitz zwängte.

Seymour gab ihm einen Zinnkrug. »Etwas Wein, Sir?«

Sir Thomas trank einen Schluck und stieß einen zufriedenen Seufzer aus. Seymour goß noch etwas Wein in ein Glas, verdünnte ihn und brachte ihn Alexia.

»Also sagt mir, junger Howard«, fing Sir Thomas an. »Wie findet Ihr das Dasein als Landeshauptmann? Mehr Kopfschmerzen als die Sache wert ist, würde ich wetten.«

Sir Thomas hatte sich von dem Amt zurückgezogen, als seine

Gicht schlimmer und die Schmerzen beim Reiten zu groß wurden.

Er hatte die Königin gebeten, Seymour Howard an seiner Stelle zu ernennen, und sie war der Bitte nachgekommen und hatte den jungen Mann nicht nur zum Landeshauptmann der englischen Westmarsch ernannt, sondern auch zum Burgherrn von Carlisle Castle. Außerdem war ihm die Domäne Rose Castle zugesprochen worden. Jetzt war Sir Thomas zufrieden. Als Howards Frau wäre Alexia versorgt, und der Bursche war jung und zeugungsfähig genug, um Vater von vielen Söhnen zu werden, die Sir Thomas im Alter Freude machen würden, besonders jetzt, da die Zeiten der Räuberei für ihn vorüber waren.

»Ich habe kürzlich einen dieser schottischen Schufte gefangen, von denen Ihr mir erzählt habt«, sagte Seymour, »aber ich kann mich nicht entscheiden, ob ich ihn verkaufen oder hängen soll.«

Sir Thomas brummte. »Verkauft ihn. Man kann immer Geld gebrauchen, und auf einen Räuber mehr oder weniger kommt es nicht an. Wer ist es?«

»Eigentlich war es ein glücklicher Zufall.« Seymour schnitt ein großes Stück Rinderbraten ab, legte es auf ein Stück Brot und reichte es Sir Thomas. »Meine Patrouille stieß zufällig auf eine schottische Räuberbande, als sie das Ödland von Bewcastle abritt. Leider sind sie alle davongekommen, außer dem Jungen. Sein Pferd war mit dem Bein in eine Kaninchenfalle geraten. Ich müßte ein gutes Lösegeld für ihn bekommen, wenn er, wie er behauptet, Malcolm Maxwell ist, der jüngere Bruder von Lord Maxwell.«

Alexia zuckte zusammen und vergoß Wein über ihre Hand. Schon wollte sie sie an ihrem Kleid abwischen, hielt sich aber rechtzeitig zurück und leckte sie statt dessen ab.

Sir Thomas schlug sich vor Vergnügen auf das Knie. »Ein Maxwell, bei Gott!«

»Ich dachte, Ihr kennt ihn vielleicht, und ich hoffe, es macht Euch nichts aus, mit ihm an einem Tisch zu sitzen. Der Junge mag kein freiwilliger Gast hier sein, aber er ist immerhin ein...«

Sir Thomas stand brüllend auf, so heftig, daß beinahe der Stuhl umfiel. Er stieß ihn wütend weg.

»Um Gottes willen! Er sollte im tiefsten Loch Eures Turms stekken, anstatt frei hier herumzulaufen wie ein Taschendieb auf einem Jahrmarkt!«

»Aber er hat mir sein Wort gegeben, daß er nicht versuchen würde zu fliehen.«

»Sein Wort! Er ist ein Maxwell. Ihr solltet ihn lieber gleich morgen früh auf Harraby Hill aufhängen. Damit die Welt wenigstens von einem Mitglied dieser verfluchten Brut befreit ist.«

»Bitte, ich habe eine ganz außergewöhnliche Abneigung gegen das Hängen«, ließ sich eine gelassene, lachende Stimme von der Tür her vernehmen. »Besonders wenn es um mich geht.«

Der Hauptmann der Wache am Torhaus war nicht in der Stimmung, die warme Wachstube zu verlassen und nachzusehen, wer um diese Nachtstunde und beim schlimmsten Regensturm seit der Sintflut an das Tor pochte. Andererseits konnte es ja ein Bote aus London sein.

Von denen waren in letzter Zeit viele gekommen, seit der neue Landeshauptmann seine Residenz in der Burg errichtet hatte. Nicht wie früher, als der Mensch sich, wenn er nachts auf Wache war, ein ruhiges Schläfchen gönnen konnte. Schimpfend zog Hauptmann Mapes seine Stiefel an und zwängte sich in sein Wams.

Als er durch das Guckloch blinzelte, trieb ihm der Wind den Regen klatschend ins Gesicht. Er rieb sich das Wasser aus den Augen.

Dann merkte er, daß das, was er für einen Geist gehalten hatte, lediglich ein bartloser junger Mann mit einer grauen Wollkappe auf dem Kopf war.

»Was willst du?«

»Ich bin's, Jim, Sir.«

Hauptmann Mapes rollte die Augen zum Himmel und erflehte Geduld vom Herrgott. »Und darf ich fragen, wer...«

»Ich bring das Bier, Sir.«

Der Hauptmann spähte dem jungen Mann über die Schulter. Er konnte durch die Wasserschwaden ungenau die Umrisse eines mit

Fässern beladenen Ochsenkarrens ausmachen. »Heute ist Dienstag«, meinte er.

»Was?«

»Das Bier kommt nicht dienstags. Es kommt immer am Donnerstag. Und es kommt am Nachmittag, nicht mitten in der verdammten Nacht.«

Der junge Mann nahm seine Mütze ab und kratzte sich an einem Büschel seiner schmuddeligen blonden Haare. »Wollt Ihr dann, daß ich es zurückbringe?«

»Nein, nein, Augenblick.«

Hauptmann Mapes öffnete das Tor und wartete mit kaum verhohlener Ungeduld, daß der junge Mann die Ochsen durchlockte. Bei dem schwachen Lichtschein, der aus der offenen Wachstubentür fiel, betrachtete er die fröstelnde Gestalt von oben bis unten, nahm die nackten schlammverschmierten Füße und den ausgeblichenen Lehrlingskittel wahr. Regenwasser rann in schmutzigen Bächen von den hohlen Wangen des Burschen herab, und ein großer Tropfen blieb an seiner Nasenspitze hängen. Der Hauptmann mußte gegen einen plötzlichen Impuls ankämpfen, den Tropfen wegzuwischen.

»Wie kommt es, daß ich dich noch nie zuvor gesehen habe?«

Der junge Mann zuckte die Schultern. Der Regentropfen an der Nasenspitze zitterte, fiel aber nicht herab, und der Hauptmann seufzte.

»Der Meister liefert sonst immer das Bier für die Burg selbst aus«, plauderte der Lehrling drauflos. »Ich verlauf mich immer.«

Das erklärt alles, dachte der Hauptmann und mußte lachen. Man stelle sich vor: sich auf den fünf Meilen zwischen der Burg und der Corby-Brauerei zu verfahren!

»Nur, er ist krank«, fügte der Lehrling hinzu, »ist der Meister.«

Hauptmann Mapes war stolz darauf, ein gewissenhafter Mensch zu sein.

Er untersuchte den Wagen von unten bis oben, ob er auch wirklich nur Fässer geladen hatte und die Fässer nur Bier enthielten. Erst dann trat er in die Wachstube zurück und brüllte nach einem seiner Männer.

»Führe diesen Burschen zur Burg hinauf, Cuthburt, zeig ihm, wo der Bierkeller ist. Und paß auf, daß er sich nicht verläuft«, fügte er, über den eigenen Witz lachend, hinzu.

Beim Klang dieser bekannten, neckenden Stimme hatte Alexias Herz schneller zu schlagen begonnen, und sie war ungeschickt aufgestanden. Aber der junge Mann, der da durch die Tür kam, sah seinem Bruder überhaupt nicht ähnlich.

Er wirkte schwächlich und hatte sehr dunkles Haar. Als er ins Zimmer trat, merkte man, daß er einen Fuß etwas nachschleifte. Zuerst meinte Alexia, er habe eine Verletzung, aber dann sah sie, daß er wegen einer Mißbildung hinkte, denn eine Schulter stand höher.

Er blieb stehen und machte eine gespielte Verbeugung vor Alexia. »Madam«, dann mit einem unverschämten Lächeln zu ihrem Vater hin: »Carleton.«

Alexia ging hinüber zu Sir Thomas, der finster dreinschaute und wie ein wütender Bär von einem Fuß auf den anderen trat. »Setz dich hin, Vater, bevor dich der Schlagfluß trifft. Und du, Seymour, steh nicht so rum wie ein Narr. Biete deinem Gefangenen ein Glas Wein an.«

Seymour warf Alexia einen erschrockenen, beleidigten Blick zu, griff aber unwillkürlich zur Weinkaraffe.

»Ich hoffe, Ihr habt Euch nicht gegen meine Auslösung entschieden«, warf Malcolm Maxwell lässig hin, als Seymour ihm ein Glas in die Hand drückte. »Mein Bruder Jamie ist weit weniger knausrig, als es mein lieber verblichener Vater war.«

Sir Thomas räusperte sich und spuckte in die Binsen. »Da hört Ihr die feige Seele einer Memme.«

Malcolm hob die fein geschwungenen schwarzen Augenbrauen. »Warum Zweckmäßigkeit mit Feigheit vermengen? Ein Mann ist dumm, nicht unbedingt tapfer, wenn er am Galgen baumelnd stirbt. Im übrigen, wenn Ihr mich aufhängt...« Er sah Seymour an, und bei seinem Lächeln stockte ihr der Atem, denn sie erinnerte sich. »Mylord, mein Bruder, wäre sehr, sehr böse.«

Alexias Lachen klang laut und etwas gezwungen. »Vielleicht solltest du, Seymour, dich vor diesem jungen schottischen Lord in acht nehmen.«

»Sollte ich das? Ich habe gehört, er hätte etwas von einem Gecken. Sie nennen ihn Jamie, den Hübschen.«

Sir Thomas schnaubte. »Hübsch könnte er schon sein. Aber er ist kein Weichling.« Er warf Malcolm einen bösen Blick zu. »Erzähl ihm, Junge, wie der schottische König eine Konspiration veranlaßt hat, um deinen Vater während des Aufstands der Barone umbringen zu lassen. Und wie dein Bruder dem König den Kopf des Mörders auf einem Spieß dargebracht hat. Jamie Maxwell ist vielleicht ein Schuft und ein Bastard, aber er ist aus hartem Holz geschnitzt«, wiederholte er für Seymour, sah aber weiterhin den Jungen an. »Ihr tätet gut daran, Euch das zu merken.«

Alexia betrachtete Malcolm, wie er in seinen Wein starrte, sein scharf geschnittenes, fuchsartiges Gesicht war glatt und ausdruckslos.

Aber in seinen grünen Augen, seinen Maxwell-Augen, blitzte ein heimliches Lachen.

Der Wachmann lehnte sich gegen den Türpfosten der Vorratskammer und beobachete den Lehrling, wie er ein Bierfaß vom Wagen hob und leicht auf der Schulter absetzte. Der Kerl mag ein Schwachkopf sein, dachte Cuthburt, aber er ist stark, stärker als er aussieht.

Der Lehrling trug das Faß hinein, kam dann zurück und stellte sich vor dem Wachmann auf, hochrot im Gesicht. Er betrachtete aufmerksam den Boden zu seinen Füßen.

»Ich werde dir nicht helfen, das Zeug abzuladen«, sagte Cuthburt gereizt. »Es ist nicht meine Aufgabe.«

Das Gesicht des Burschen wurde noch röter, und er murmelte etwas vor sich hin.

»Aha, also mußt du erst mal was rauspissen, nicht wahr?« fragte Cuthburt lachend. »Hast das Bier deines Meisters angestochen, was?«

Er führte den Lehrling zur Rückseite der Vorratskammer und öffnete mit einem Ruck eine kleine Tür, die in einen dunklen engen Gang führte.

»Dort hinten, aber beeil dich.«

Er sah dem Lehrling nach, wie er den Gang hinunterschlurfte, die Latrine fand und darin verschwand. Dann schloß er die Tür. Der Gang war zugig, und er hatte sich schon eine Erkältung eingefangen.

Der Lehrling lehnte sich gegen die Klotür und wäre von dem Gestank fast ohnmächtig geworden. Er wartete zehn Sekunden, ohne Luft zu holen, und schlüpfte dann zurück in den Gang. Mit der Hand am rauhen Stein entlangstreifend rannte er, bis er auf das glatte Holz einer kleinen Hintertür stieß. Sie war ihm beschrieben worden. Er fand den Riegel und schob ihn zurück. Der bewegte sich leicht und geräuschlos, denn er war erst kürzlich geschmiert worden.

Als er in den windgepeitschten Regen hinaustrat, baute sich vor ihm die Erscheinung eines Riesen auf. Die Erscheinung erwies sich als ein sehr großer Mann in Lederjacke und mit einem Stülphelm, der im strömenden Regen stand und leise fluchte.

»Ist das naß«, fluchte Big Jock und lehnte sich platt gegen die Sandsteinmauer der Burg, als wolle er sich unterstellen. Er schüttelte seinen mächtigen Kopf, dann teilte ein breites Grinsen seinen schwarzen Bart. »Ihr seht unheimlich blöd aus in dieser Aufmachung.«

»Ich fühle mich auch unheimlich blöd«, gab Lord Jamie Maxwell zurück. »Wo ist mein Schwert?«

»Hier. Habt Ihr den Bergfried gesehen?«

»Er sitzt nicht im Turm. Er diniert mit dem verfluchten Landeshauptmann. Und mit seinen Gästen.« Jamie machte eine wirkungsvolle Pause. »Den Carletons.«

Big Jock ließ dieses besondere Geräusch vernehmen, das er Lachen nannte. »Aye? Das kann ja lustig werden.«

»Oder unser beider Tod. Sind Robin und seine Männer in Stellung gegangen?«

»Halbwegs zwischen hier und dem Tor. Er kann sie sehen, aber sie sehen ihn nicht.«

»Gib den anderen ein Zeichen, daß sie uns ins Haus folgen sollen, einer nach dem anderen.« Jamie hob sein Schwert zu einem gespielten Salut, und Big Jock konnte das Lächeln in der Stimme Seiner Lordschaft förmlich hören.

»Also gehen wir meinen Bruder aus den Klauen des Bösen retten, und nebenbei, Jock, werde ich vielleicht etwas tun, was ich sehr sehr zu bereuen haben werde.«

»Aye, Mylord?« Big Jock seufzte. »Aber dann doch wir alle.«

Sir Thomas schlug mit der Faust auf den Tisch. Dabei kippte ein Weinglas in die halb leer gegessene Platte mit Speisen. »Gebt meiner Tochter ein Schwert in die Hand, und sie ist jedem Mann ebenbürtig!«

»Vater ... bitte«, Alexia protestierte.

Seymour neigte sich zu ihr herab. Sein Gesicht war von dem guten Essen gerötet. Er starrte sie mit erschrockenen, etwas unsicheren Augen an.

»Das Schwert, mein Liebes? Ich hatte keine Ahnung.«

Malcolm Maxwell rührte mit seinen Fingerspitzen in einer Weinpfütze.

»Ich würde Euch kaum herausfordern können, Madam. Die Zeit eines Fechtmeisters ist zu teuer, als daß man sie an einen Krüppel verschwendet hätte.« Seine schmalen Lippen verzogen sich zu einem hämischen Lächeln. »Zumindest pflegte das mein Herr Vater, der Lord, zu sagen.«

»Das Schwert«, sagte Seymour wieder, kopfschüttelnd.

»Dann fordert sie heraus, Howard«, Sir Thomas gab niemals auf, wenn er meinte, eine gute Idee gehabt zu haben. »Ein gespieltes Duell, ja? Wenn Ihr es wagt.«

»Jetzt?« fragte Seymour.

Alexia hob den Kopf, und ihr Blick traf ein spöttisch dreinschauendes Augenpaar Maxwellscher Abstammung. Eine unvernünftige Wut packte sie, und sie ballte ihre Hände in ihrem Schoß zu Fäusten. Sie wandte sich an ihren Verlobten. »Nun, Seymour? Wagst du es?«

Sie schoben den Tisch an die Wand, während ein Diener ausgesandt worden war, um ein Paar Rapiere zu holen. Seymour zog sich bis aufs Hemd aus, und Alexia legte ihre Krinoline ab. Es war auch ohne den großen Reifen um ihre Hüften nachteilig genug, daß sie in ihren Röcken fechten mußte.

Seymour übergab ihr mit einer weit ausholenden Verbeugung einen Degen mit dem Griff nach vorn. Er nahm diesen Kampf nicht ernst, nahm sie nicht ernst, das wußte sie. Außerdem hatte er viel mehr Wein getrunken als sie. Seine Sinne würden getrübt sein, seine Reaktionen zu langsam. Als sie den Degen aus der Scheide zog, stellte sie fest, daß sie schon jetzt Seymour als ihren Gegner betrachtete, als einen Feind, den man übertreffen mußte.

Es war eine italienische Waffe, von der Spitze bis zum Knauf vier Fuß lang. Die starken Muskeln und Sehnen an ihrem Handgelenk spannten und dehnten sich, als sie ein paar Übungsstöße und Hiebe ausführte, um das Gewicht und die Stoßkraft des Rapiers zu prüfen. Dann kreuzten sie die Klingen, und das Duell begann.

Sie tauschten ein paar leichte Hiebe und Stöße, so daß sie die Schnelligkeit und den Rhythmus des anderen abschätzen konnten. Alexia merkte sofort, daß Seymour zu sehr auf der Hut war. Sie prüfte ihn, indem sie seine Klinge hochschlug und dann einen tiefsitzenden Hieb landete, und wenn es ein echter Kampf gewesen wäre, hätte sie schon jetzt sein Blut vergossen.

Auch Seymour wußte das. Er preßte die Lippen aufeinander und begann, ernsthaft anzugreifen. Alexia ging zurück, mit dem Rükken zur Tür und in Richtung auf den einzigen Bereich im Zimmer, den die flackernden Binsenlichter nicht erleuchteten.

Sie hörte das Kratzen von Stiefeln eines Bediensteten auf der Treppe und das Geräusch eines Schlüssels, der sich im Türschloß drehte. Sie wählte diesen Augenblick, um in den Schatten zu treten. Seymour kniff die Augen zusammen und erkannte ihre Strategie, die Dunkelheit als Schutzschild zu benutzen. Gerade wollte er seinen Kommentar dazu abgeben, als die Tür aufgerissen wurde und gegen die Wand schlug. Anders als Alexia, hatte er das nicht erwartet. Sein Mund blieb offen und sein Arm erstarrt in der Luft stehen. Sie parierte seinen unterbrochenen Stoß mit einer kreisenden Abwehrbewegung, die das Heft seines Rapiers traf und die Waffe durch das Zimmer schleuderte.

Der Eindringling war kein Diener. Sie erkannte das in der Sekunde, die Sir Thomas brauchte, um ungläubig loszubrüllen, und die Malcolm brauchte, um in freudiger Überraschung über das ganze Gesicht zu strahlen.

Im nächsten Augenblick schwang sie ihr Rapier hoch und herum, bis es klirrend auf die erhobene Klinge von Jamie Maxwells starkem Schwert traf.

Kapitel 3

Lord Jamie Maxwell hob instinktiv sein Schwert, um dem Hieb des Rapiers zu begegnen. Die Wucht des Stoßes stauchte sein Handgelenk, aber an der harten Kante seiner großen Klinge zerbrach die empfindlichere Waffe. Mit einer raschen Bewegung hatte er dem Mädchen das Heft aus der Hand geschlagen, und die Waffe war auf die Binsenmatten am Boden gefallen. Er richtete die Spitze seines Schwertes auf ihre Brust.

»Bewegt Euch nicht!«

Ein Lichtstrahl traf den blanken Stahl, und das Mädchen zuckte zusammen. Jamie starrte in ein Paar unvergeßliche bernsteinfarbene Augen, und er war sich des Feuers, das in ihrer beider Blicke lag, bewußt.

»Keiner von euch bewegt sich«, wiederholte er mit kalter und strenger Stimme, »oder sie stirbt durch dieses Schwert.«

Jamie Maxwell war ein Tatmensch, und das bewies er jetzt wieder, indem er seine Stimme und seine Miene auf überzeugende Weise grausam wirken ließ. Seymour Howard war einen Schritt auf ihn zugegangen und dann erstarrt. In seinen Augen stand Angst, aber auch gespannte Aufmerksamkeit; der alte Sir Thomas ballte die Fäuste und brummte in hilflosem Zorn.

Jamie wandte seinen Blick wieder zu Alexia Carleton, die mit hochmütigem Gesichtsausdruck dastand. Entweder war sie weniger leicht zu übertölpeln oder weniger leicht in Angst zu versetzen als die anderen. Ihre Miene wirkte so erhaben, daß er einen wilden Lachanfall unterdrücken mußte.

»Ihr verdammter, räuberischer, Maxwellscher Schuft!« röhrte Sir Thomas. »Wenn Ihr sie auch nur ankratzt, werde ich...«

»Malcolm, hat dich jemand am Fußboden festgenagelt?« fragte Jamie, und Malcolm schreckte auf. »Erleichtere diese Herren um ihre Degen und...« Er hörte Schritte hinter sich im Treppenhaus und sah, wie Alexia ihn anstarrte. »Aha, Jock«, sagte er und drehte sich nicht einmal um. »Was ist mit den Wachen?«

»Alle hinüber, wie Säufer in einem Bierfaß.« Big Jock mußte sich ducken, um unter dem Türbogen durchzukommen. »Mann, die haben da aber ganz schön Silber ausgestellt in dem Saal.«

»Beherrsch deine unedle Habsucht, Jock. Wir haben es ein ganz klein bißchen zu eilig.«

Jock lachte brummend in sich hinein und schob den Griff einer abgerundeten Axt in seinen Gürtel. In der einen Faust hielt er eine Rolle Seil, und die warf er Malcolm zu.

»Gibt es keine Ehre mehr in Schottland?« giftete Seymour Howard, als ihm Malcolm seine Gelenke hinter dem Rücken zusammenband. »Ihr habt Euer Wort gegeben, daß Ihr nicht zu fliehen versuchen werdet.«

»Er flieht doch gar nicht«, kam es gedehnt aus Jamies Ecke. »Er wird bloß ein bißchen gerettet.«

Alexia schnaubte verächtlich, und Jamie lächelte sie an, aber seine Schwertspitze bewegte sich nicht.

Sir Thomas spuckte aus. »Euer Clan wird hierfür bezahlen müssen, Maxwell. Wir werden Euch zur Hölle schicken, und Ihr werdet Eure Tage am Galgen baumelnd beschließen...« Sir Thomas' Gebrumm wurde von Big Jock unterbrochen, der dem alten Mann eine zusammengeknüllte Serviette in den offenen Mund stopfte. Alexia versuchte zu protestieren.

Jamie konzentrierte seine Aufmerksamkeit wieder auf sie. Er fragte sich, warum sie mit einem Degen auf ihren Verlobten losgegangen war. Offensichtlich hatte sie ihren Hang zu verrückten und ungewöhnlichen Streichen noch immer nicht überwunden. Was die anderen Eigenschaften betraf, an die er sich erinnerte – ihre Anlagen zu Anmut und Schönheit, zu einer seltenen Geistesstärke, die er in einem schlaksigen, jungen Mädchen an einem heißen Herbsttag entdeckt hatte, als er selbst erst siebzehn war – all diese Anlagen waren in der Frau, die jetzt trotz der Bedrohung durch sein Schwert furchtlos vor ihm stand, voll zutage getreten.

Er riß sich von dem Anblick ihrer bernsteinfarbenen Augen los, betrachtete ihre festen, schön geschwungenen Lippen und senkte den Blick dann auf den viereckigen Ausschnitt ihres Mieders, unter dem sich ihre Brüste sanft hoben und senkten. Er meinte, ihren Herzschlag förmlich sehen zu können, und wußte plötzlich, daß er sie haben wollte, daß er sie so sehr begehrte, wie er es nie für möglich gehalten hatte. Es kam ihm vor, als hätte er sie immer haben wollen und sein ganzes Leben auf sie gewartet.

Er hob den Blick, und sie sahen einander an. Ganz bewußt ließ er seine Gedanken, seine Absicht, auf seinem Gesicht widerspiegeln.

»Das würdet Ihr nicht wagen!« zischte sie durch zusammengebissene Zähne.

Er lächelte und flüsterte sanft: »Für Euch, Alexia Carleton... würde ich alles wagen.«

Irgend etwas blitzte in diesen unglaublichen Augen – Angst, Verachtung. Vielleicht auch Triumph. Der Gedanke, daß es Triumph sein könnte, erschreckte ihn so sehr, daß er plötzlich finster dreinblickte.

Er bemerkte, daß Big Jock etwas gesagt hatte. »Was?«

»Das Mädchen, Mylord?«

»Stopf ihr den Mund, und fessle nur ihre Hände. Sie kommt mit uns.«

»Das könnt Ihr nicht!« schrie Seymour, und Malcolm stopfte ihm lachend eine Serviette in den Mund.

Schnell band Big Jock Alexias Handgelenke fest zusammen. Da er keine weitere Serviette fand, riß er mit seinem Degen ein Stück vom Tischtuch ab und band es ihr um den Mund. Er hob den Blick und sah die bekannte Begeisterung in den Augen Seiner Lordschaft blitzen, und ein breites Grinsen trat auf sein zerfurchtes Gesicht.

»Ist das das winzige Etwas, das wir alle bereuen werden?«

»Ja«, lachte Jamie.

Big Jock schnalzte mit der Zunge. »Und Ihr wolltet mich nicht einmal ein bißchen Silber stehlen lassen.«

Jamie packte Alexia am Arm und zog sie an Seymour und Sir Thomas vorbei, die auf den Binsenmatten zusammengebunden lagen wie zwei erlegte Wildgänse, bereit, gerupft zu werden. Als er das Schaudern durch ihr dichtes Ärmelfutter spürte, betrachtete er sie erstaunt, aber er sah nur Wut, keine Angst, in ihrem Gesicht.

Er betrachtete Sir Thomas von oben. »Wenn Ihr sie zurückhaben wollt, macht das fünfhundert Pfund... und das Schwert meines Großvaters.«

Sir Thomas ließ erstickte Wutgeräusche hinter dem Knebel hören und kämpfte gegen seine Fesseln. Seymour Howard dagegen bewegte sich nicht. Er starrte nur hinauf zu Jamie, Haß glühte wie ein Torffeuer in seinen dunklen Augen, und sie gaben einander ein lautloses Versprechen, ein Versprechen auf Rache und Tod. Ein Versprechen zwischen zwei Männern, die wußten, daß sie beide die gleiche Frau wollten und daß nur einer von ihnen sie bekommen konnte.

Bis zum Morgengrauen hatte sich der Regen in dichten Dunst verwandelt. Alexia war noch nie so naß und elend gewesen. Einer der Schotten hatte ihr einen Mantel geliehen, aber innerhalb kurzer Zeit war auch der durchnäßt. Sie saß hinter Jamie Maxwell auf dem Rücken des Pferdes, die Arme um seine Mitte geschlungen. Und es war nur ein geringer Trost für sie, daß dieser diebische schottische Schuft in seinen dünnen Lehrlingslumpen noch nässer war und noch mehr frieren mußte als sie.

Sie war, über seine Schulter geworfen wie ein Sack Steckrüben, durch eine unverriegelte Hintertür der Vorratskammer hinausgetragen worden. Keine Spur von der Burgbesatzung, aber einige Schotten, die plötzlich in ihren Stülphelmen und Lederwamsen mit Äxten und Hellebarden bewaffnet aus dem Nichts aufgetaucht waren, um ihnen auf ihrer Flucht Deckung zu geben. Im Schutz der Dünen, die hinter dem unterhalb der Burg dahinfließenden Fluß Eden aufragten, warteten die Pferde in der Obhut zwei weiterer Schotten auf sie. Schon jetzt führte der Eden sehr viel Wasser, und Alexia sah mit Entsetzen, daß, wenn nicht bald Alarm geblasen würde, jede Hoffnung auf Verfolgung und Rettung vergebens wäre. Sie blickte zur Burg zurück, und einen kurzen Augenblick lang schlug ihr Herz schneller, denn sie sah eine Gruppe Reiter und faßte Hoffnung, als sie die dunklen Schatten vor den grauen, riesig aufragenden Festungsmauern sah. Im nächsten Augenblick erkannte sie, daß es noch mehr Schotten waren, abgeordnet, um einen Hinterhalt zu organisieren, falls die Verfolgung aufgenommen wurde.

Es war ein wagemutiger, gut durchgeführter Plan gewesen, und Alexia mußte unwillkürlich die Verwegenheit des Mannes bewundern, der sich das ausgedacht hatte. Ein schottischer Räuber mit einer Handvoll Männern war in eine englische Festung geschlichen, hatte eine Geisel aus fremder Hand gerettet und sogar eine neue eigene gewonnen. Und wenn der Tag käme, an dem sie Lord Jamie Maxwell für das Verbrechen hängen würden, wäre sie gern bereit, das Seil und das Schafott zu spendieren.

Sie galoppierten an dem roten Ufer des Esk-Flußes entlang und hinein nach Schottland. Aber anstatt nach Westen in Richtung der Festung der Maxwells in Nithdale zu reiten, ging es weiter nach Norden in die trostlosen Sümpfe des Tarras Moss. Ihre Grenzpferdchen, die in der Lage waren, das schwierigste, sumpfigste Gelände im dichtesten Nebel der schwärzesten Nacht zu durchqueren, hatten sie bald dorthin gebracht, wohin ihnen niemals eine englische Patrouille würde folgen können.

Als der starke Regen etwas nachließ, ritten sie aus dem Moor und begannen, zu den kahlen, rostbraunen Kuppeln der Cheviot Hills hinaufzuklettern. Der Himmel wollte gerade hell werden, als sie vor einigen Hirtenhütten anhielten. Man baute solche Hütten aus Eichenrinden und bewarf sie mit Torf. Die schottischen Hirten verbrachten in ihnen die Sommermonate.

Jamie Maxwell glitt vom Pferd und hob Alexia herunter. Er hatte zunächst außer einigen möglichst kurzen Befehlen nichts zu ihr gesagt, aber als sie die Grenze von Schottland überquert hatten, hatte er anhalten lassen, um ihr den Knebel und die Handfesseln abzunehmen. Dabei hatte er sie so berührt, daß sie es für sanftes Streicheln gehalten hätte, wenn es ein anderer und eine andere Situation gewesen wären. Es war zu dunkel und der Regen zu dicht, um sein Gesicht zu sehen.

Einen Augenblick standen sie nebeneinander, und seine Hand blieb auf ihrer Taille liegen, bis sie sich steif machte und vor ihm zurückwich.

»Alexia, ich...«, fing er an und unterbrach sich dann. »Kommt herein und trocknet Euch.«

Drinnen war es warm. Ein Torffeuer brannte im Herd, vor dem ein Klapptisch stand, gedeckt mit Roggenbrot und Lederkrügen mit heißem Bier. Man hatte sie offensichtlich erwartet, obwohl von den Bewohnern der Hütte nichts zu sehen war.

»Eßt lieber etwas. Wir reiten in einer halben Stunde weiter«, sagte er hastig und verschwand wieder nach draußen.

Alexia breitete den durchnäßten Mantel über einem Hocker vor dem Feuer aus. Sie zog die Nadeln und Bänder aus ihrem Haar, schüttelte es und versuchte, es mit ihren Fingern zu kämmen. Der Regen hatte das Scharlachrot der hübschen seidenen Bänder zu einem matten Rosa verfärbt. Sie benutzte eines, um ihr dichtes, bis zur Taille reichendes Haar aus dem Gesicht zu binden. Ein Kratzen an der Veranda schreckte sie auf, dann humpelte Malcolm Maxwell in die Hütte. Er riß ein Stück Brot ab und hielt es ihr hin.

Sie schüttelte den Kopf. »Ihr habt ihn gestern abend erwartet, nicht wahr?« fragte sie.

Malcolm lachte: »Im nächsten Winter werden sie darüber Balladen an den Herdfeuern singen. Es war genau die Sorte verrückter, hirnrissiger Pläne, die meinem Bruder Spaß machen.« Er zuckte mit seiner schiefen Schulter. »Natürlich habe ich ihn erwartet. Er hat einen Spitzel in der Burg. Übrigens mehr als einen.«

»Seymour hat Euch vertraut.«

Malcolm schüttete etwas Bier aus einem größeren Krug. »Ich will Euren Verlobten nicht herabsetzen, meine Liebe, aber Seymour Howard ist ein Narr. Aber mein Bruder hat die Angewohnheit, die meisten Männer lächerlich wirken zu lassen...« Dann sah er sie zweideutig an. »Und die Frauen.«

Draußen auf dem Rasen hörte man das Dröhnen vieler Hufe und dann laute Begrüßungen. Malcolm trat aus der Tür, Alexia folgte. Ein Reiter sprang vom Pferd, noch ehe es vollständig angehalten hatte, warf die Zügel und seinen Stülphelm dem nächsten Mann in die Hände und ging mit einem breiten Lächeln auf Malcolm zu.

»Robin!« rief Malcolm. »Hattest du Gelegenheit, ein paar Engländern die Köpfe einzuschlagen?«

»Nein, die Bastarde ergriffen das Hasenpanier, als sie uns sahen.«

Alexia fiel es nicht schwer, diesen Maxwell als den Sohn des alten Lords zu identifizieren. Er hatte den gleichen Schopf feuerroter Haare und einen ebenso hellen sorgfältig geschnittenen Bart, der sein ganzes Kinn bedeckte. Grüne Maxwell-Augen schimmerten vor Freude, als er seinen jüngeren Bruder umarmte und ihm einen mächtigen Schlag auf den Rücken versetzte, der Malcolm fast zu Boden warf.

»Er hat dich rausgeholt! Ich kann es kaum fassen.« Dann bemerkte er Alexia, und sein Lächeln verschwand. »O Gott, was hat er denn noch angestellt?«

»Er hat nur Sir Thomas Carletons Tochter entführt«, meinte Malcolm lapidar.

»Carletons Tochter. Herrgott! Der König wird seinen Kopf dafür haben wollen. Warum, um Gottes willen, hat er das getan...«

»Für fünfhundert Pfund und das Schwert unseres Großvaters.«

Bei diesen Worten kam Jamie Maxwell aus der Tür der nächststehenden Hütte. Er hatte sich gewaschen und die Lehrlingskleidung gegen ein Batisthemd und Reithosen aus weichem Wollstoff in hohen Lederstiefeln eingetauscht. Er trug sein Lederwams lässig über die Schulter geworfen, und sein blondes Haar, vom Regen dunkler gefärbt, lag eng um seinen Kopf geschmiegt.

»Du Lügner«, lachte Malcolm. »Du hast sie mitgenommen, weil sie hübsch ist und du sie haben willst. Gib's zu!«

Jamie ignorierte ihn. »Wurdet ihr verfolgt, Robin?«

Robin Maxwell sah Alexia so intensiv und prüfend an, daß sie errötete. »Nein... nein, wir wurden nicht verfolgt.« Er wandte sich an seinen Bruder. »Jamie, bring sie zurück.«

»Nein.«

»Um Himmels willen, Jamie. Es lohnt sich nicht, für sie zu sterben...«

Jamie grinste und sah Alexia an, die ihn so böse anfunkelte, daß er wieder lachen mußte. »Robin, das war nicht sehr galant von dir. Alle schönen Frauen halten sich für wert, daß Männer für sie sterben.«

»Du kannst sie nicht nach Caerlaverock bringen. Mutter würde…«

»Ich bringe sie zu Tante Mad in Kilchurn. Wenn das Lösegeld ankommt, laß es mich wissen, und ich werde sie sicher in Howards Arme zurückführen. Und in mehr oder weniger dem gleichen Zustand, in dem ich sie bekam.«

Er sah zu ihr hinüber, und in seinen schummrig-grünen Augen stand der Schalk genau wie an jenem Tag bei der Grenzland-Versammlung. Dann lächelte er, und wieder schien der Junge von damals durch, aber nur solange er lächelte.

Für ihn ist es nur ein Spiel, dachte sie. Ein Räuber-und-Gendarm-Spiel gegen Seymour und ihren Vater, der Schotten gegen England. Er benutzte sie nur, um jene zu demütigen und zu besiegen.

Sie betrachtete ihn, wie er wegging, um einen Schwall von Befehlen an seine übrigen Männer loszulassen. Er bewegte sich mit der gleichen Aura adeliger Eleganz, die ihr schon das erste Mal aufgefallen war. Er war jeder Zoll ein Lord. Sie wunderte sich, daß er die Wachen auf Burg Carlisle so hatte täuschen können, daß sie ihn durch das Tor ließen, trotz seiner schmutzigen Verkleidung.

Plötzlich merkte sie, wie Robin und Malcolm sie beobachteten, und riß sich von Jamie Maxwells Anblick los.

»Ich darf nicht zulassen, daß Ihr in Bedrängnis geratet«, bemerkte Malcolm mit einem hochnäsigen Lächeln, das einen verrückt machen konnte. »Er wirkt auf jeden so.« Und Alexia spürte, wie brennende Schamröte in ihr Gesicht stieg.

Robin seufzte und schüttelte den Kopf. »Eines Tages wird er zu weit gehen.«

Die Männer stiegen auf und ritten in kleinen Gruppen weg, bis nur noch Alexia und die Maxwell-Brüder zurückblieben. Alexia ging wieder in die Hütte, um ihren Mantel zu holen.

Sie saß am Klapptisch und kaute auf einem Stück Brot, dabei dachte sie an Flucht. Sie hatte noch nie von einer Burg Kilchurn gehört, das hieß, sie lag nicht im Grenzland, sondern irgendwo tiefer im Innern Schottlands. Wenn sie fliehen wollte, müßte das bald geschehen, solange sie noch den Weg nach Hause finden konnte.

Wie es anstellen war eine andere Frage. Sie würde ihn nie überwältigen, noch schneller laufen oder schneller reiten können als er. Sie hatte bereits die Hütte nach irgendeinem Gegenstand durchsucht, den sie als Waffe benutzen konnte, und war dabei sogar auf Händen und Knien über die verrotteten und wurmstichigen Binsen gekrochen, aber sie hatte nichts gefunden. Sie würde ihn überlisten müssen.

Ein Schatten verdunkelte den Türeingang, und als sie aufsah, erkannte sie Robin Maxwells stämmige Silhouette. Er betrat die Hütte und warf sich neben sie auf eine Bank.

»Gieß mir Bier ein«, forderte er.

Sie wollte ihm gerade sagen, er solle sein verdammtes Bier selber eingießen, als sie einen gewissen Ausdruck auf seinem Gesicht bemerkte. Wortlos hob sie den schweren Lederkrug mit beiden Händen hoch und kippte ihn über eine Deckelkanne. In diesem Augenblick spürte sie, wie etwas in ihren Schoß fiel.

»Danke«, sagte Robin. Er stand auf, nahm das Bier und ging weg.

Alexia sah hinunter in ihren Schoß. Es war ein altmodisches Speisemesser, schmal und etwa sechs Zoll lang. Ein Messer, wie es die Gäste mitzunehmen pflegten, wenn sie auswärts aßen. Sie versteckte es zwischen ihrem Mieder und dem Brusttuch.

Warum hatte Robin es ihr gegeben? Natürlich wollte er, daß sie flieht; er war mit dem, was sein Bruder getan hatte, nicht einverstanden. Aber mußte er nicht befürchten, sie würde es bei der ersten Gelegenheit benutzen, um Lord Maxwell umzubringen? Vielleicht meinte er, sie als Frau hätte keinen Mut, damit zu drohen. Wenn Robin dachte, sein Bruder sei mit Drohungen einzuschüchtern, kannte er offenbar Jamie Maxwell überhaupt nicht. Und wenn er annahm, sie hätte Skrupel, ein Messer in einen lügnerischen, räuberischen Schuft von Schotten zu stoßen, dann kannte er sie nicht.

»Halt!«

Jamie zügelte das Pferd und drehte sich um. »Was ist los?«

»Ich muß mich ausruhen.«

»Ausruhen? Wir sind erst ein paar Stunden geritten. Ich wußte nicht, daß englische Mädchen so empfindlich sind.«

Den Seitenhieb ignorierend, glitt Alexia aus ihrem leichten Damensattel und sah sich um. Öde Hügelketten, bedeckt mit Gras und häßlichen Klumpen aus Adlerfarn, übersät mit Felsbrocken, so weit das Auge sehen konnte. Der Wind blies ihre Röcke platt gegen die Beine und peitschte ihre Haare um das Gesicht. Er blies in das Gras, so daß kleine Wellen entstanden, wie die, die sich auf einem See kräuseln. Ein Zwergfalke kreiste über ihnen auf der Suche nach Futter.

Jamie stieg neben ihr ab. Sie machte sich auf den Weg zu einer dichten Ansammlung von Felsen und Bergheide.

Er holte sie ein. »Wo geht Ihr hin?«

»Was meint Ihr wohl?«

»Ich glaube, ich gehe besser mit Euch.«

»Zum Teufel noch mal. Kann ich mich nicht einmal erleichtern, ohne daß Ihr mich anglotzt wie ein geiler kleiner Junge?« Sie ließ ihren Mund weich und zitternd erscheinen. »Habt Ihr mich nicht genug erniedrigt?«

Er errötete ein klein wenig und blieb stehen. Aber sie ging weiter auf die Schutzwand aus Felsen und Buschwerk zu, ohne sich umzudrehen.

Sie verschwand dahinter, bückte sich, riß ein gutes Stück aus ihrem Unterrock heraus, breitete den Stoff auf dem Boden aus und ließ die eine Ecke hinter einem der Büsche hervorschauen. Dann kroch sie tief am Boden entlang und hinunter in eine mit Schlamm und Felsbrocken übersäte Schlucht. Als sie meinte, weit genug weg zu sein, so daß er sie nicht hören konnte, begann sie zu laufen. Sie achtete nicht auf die scharfen Steine, die das weiche Leder ihrer Schuhe durchbohrten.

Die Cheviots sind trostlose Hügel, von vielen kleinen Rinnsalen und schroffen Klippen durchzogen, wo man sich an tausend Stellen verstecken konnte. Aber es war sein Land, mit dem er sicherlich sehr vertraut war, genauso wie sie jeden Zoll des wandernden Morastes um Thirlwall Castle herum kannte. Also rannte sie so schnell wie möglich, bis das Seitenstechen unerträglich wurde. Je mehr Abstand sie zwischen ihn und sich bringen konnte, bevor er ihre Flucht entdeckte, um so besser, denn dann würde er seine Suche einschränken müssen, und sie hätte eine Chance, eine winzige Chance, ihm zu entkommen.

Und Jamie Maxwell zu entkommen wäre nur der Anfang. Sie müßte dann ihren Weg durch eine feindliche Landschaft zurück nach England finden, von räuberischen Clans und wandernden Banden Gesetzloser bedroht und von Männern, die ihr den Hals durchschneiden würden, um an die Perlen in ihren Ohren zu kommen.

Sie rannte in eine Sackgasse und schlitterte hinein, bis es nicht mehr weiterging. Sie wurde von Panik ergriffen, und sie atmete heftig. Anstatt zurückzuweichen, zog sie sich an einem steilen Felsen hoch, hielt sich an dem rauhen Buschwerk fest und steckte ihre Fußspitzen zwischen die Felsen. Sie riß sich die Handflächen und Knie wund, und eine ihrer Schuhsohlen wurde in der Mitte aufgeschlitzt. Sie spürte etwas Klebriges an ihren Füßen, aber ob es Schweiß oder Blut war, konnte sie nicht sehen und wollte es auch nicht wissen.

Als sie die Spitze des Felsens erreicht hatte, blieb sie stehen und sah hinunter. Sie rang nach Luft. Das weit in die Ferne reichende Ödland da unten sah leer aus. Sie lauschte angestrengt. Das Hufeklappern der Verfolger war nicht zu hören, nur das anhaltende Heulen des Windes.

Als sie sich mühselig erhoben hatte, wandte sie sich um und wollte weiterrennen. In dem Schwung stieß sie an die Metallplättchen auf einer Lederjacke. Da schlangen sich starke Arme um ihren Leib, und sie wurde hochgehoben. Sie schrie erschrocken auf und hieb um sich. Es gelang ihr, einen heftigen Stoß mit dem Ellenbogen zu landen. Er fluchte und ließ sie los. Aber sie hatte nur ein paar Meter gewonnen, denn er griff sie von hinten erneut an, packte sie um die Hüften und zog sie hinunter auf den harten, steinigen Boden. Er fiel zusammen mit ihr hin und rollte auf sie. Sie schwang ihre Faust. Aber er konnte sie leicht abwehren, packte ihr Handgelenk und hielt es über ihrem Kopf fest.

Sie schaute in lachende grüne Augen.

»Du kleine Närrin«, neckte sie Jamie Maxwell und gab ihr einen Kuß.

Seine Lippen lagen fest und doch zärtlich auf ihrem Mund, und in ihr löste sich etwas, das sie fest unter Kontrolle gehabt zu haben glaubte. Sie schien unter seiner Wärme dahinzufließen wie Butter auf einem frischen, warmen Brotlaib. Einen ganz kleinen Augenblick lang vergaß sie, wie er sie benutzen wollte, vergaß, wie sehr sie ihn haßte, vergaß alles, spürte nur diese arrogante, rauhe Männlichkeit und das Gefühl seiner Lippen auf ihrem Mund.

Sie riß sich los. »Wollt Ihr jetzt Euren anderen Verbrechen auch noch Vergewaltigung hinzufügen, Mylord?«

Er lächelte spöttisch. »Das klingt verdächtig nach Einladung.«

»Ooh! Wenn Ihr meint, daß ich... ich hasse Euch! Ich würde lieber sterben als...«

Sein Mund schloß sich über ihrem, diesmal fordernder. Seine Zunge zwang sich durch ihre Lippen und preßte gegen ihre Zähne. Sie widerstand noch einen Augenblick, dann aber entspannte sich ihr Mund, und sie küßte ihn wieder.

Er ließ ihre Handgelenke los, um ihren Kopf zu streicheln. Seine Lippen wanderten weiter, weg von ihrem Mund, und entdeckten die empfindliche Stelle unter ihrem Ohr. Sie stöhnte leise.

»Lieber Gott«, murmelte er. »Alexia, Alex...«

Er streichelte ihre Brüste mit der rechten Hand, seiner Schwerthand, und die Schwielen an seinen Fingern fühlten sich rauh auf der empfindlichen Haut an und erregten sie. Ihre Bauchmuskeln strafften sich, und sie spürte die harten Metallplättchen seines Jacketts. Sie fühlte auch eine andere Härte, voller Begierde und Verlangen.

Ihre Finger zwängten sich zwischen ihrer beider Körper und unter ihr Mieder und schlossen sich um den Griff des Messers.

Er sprach sanft, sein Atem warm an ihrem Hals. »Sag mir noch mal, wie sehr du mich haßt...« Er hob den Kopf, um sie anzusehen, seine Augen waren so dunkel, fast schwarz.

Er mußte die Absicht an ihrem Gesicht abgelesen haben, denn er warf sich in dem Augenblick zur Seite, als sie zustieß. Das Messer kratzte an seinem Oberarm entlang, zerschnitt leicht seinen dünnen Hemdenstoff und stach in sein Fleisch.

Er entwand ihr das Messer, ehe sie noch einmal zustechen konnte und warf es über die Felskante. Es glitzerte in der Sonne, als es durch die Luft schwirrte und zwischen den Felsen verschwand.

Er setzte sich zurück auf die Knie, eine Hand fest auf den Schnitt in seinem Arm gepreßt. Das Blut quoll zwischen seinen Fingern hervor. »Verflucht, Alexia. Das war ein neues Hemd.«

»Ich hoffe, Ihr verblutet daran.«

Er zog sie grob auf die Füße. Mit eiskalter Miene fragte er sie: »Welcher meiner Brüder hat dir das kleine Spielzeug gegeben? Macht nichts, ich kann es erraten. Zieh dich aus.«

Alexias Unterkiefer fiel herab. »Warum ... was wollt Ihr tun?«

»Du bist zu begeistert von scharfen Waffen, meine Süße. Ich will sichergehen, daß du nicht noch eine kleine Überraschung irgendwo für mich versteckt hast. Also zieh dich aus, oder ich werde es für dich tun.« Er tat einen Schritt auf sie zu.

Mit zitternden Fingern fing sie an, die Haken an ihrem Mieder zu öffnen. »Ihr werdet nicht hingucken?«

»Was für einen Sinn hätte es, wenn ich nicht aufpassen würde?«

Er paßte sehr wohl auf. Ärmel, Rüschen, Leibchen, Mieder, Röcke und Unterrock häuften sich zu einem kleinen Berg auf dem Boden zu ihren Füßen. Sie hielt inne, als sie bei ihrem Korsett mit seinen steifen Eisenstäben angekommen war. »Weiter«, sagte er mit ausdruckslosem Gesicht.

Ihre Finger zitterten so heftig, daß er ihr mit den Schnüren helfen mußte. Das Blut war durch seinen Hemdsärmel gedrungen und tropfte jetzt in den Schmutz. Der Schnitt war tiefer, als sie gedacht hatte. Es tat ihr leid; jetzt würde er sie hassen.

»Du brauchst das nicht«, sagte er, und seine Stimme war rauh. Das Korsett folgte dem Messer über den Felsen. »Du bist sowieso dünn genug.«

Der heiße, brennende Blick in seinen Augen erregte sie wieder. Sie schwankte leicht, und er stützte sie mit einer Hand unter ihrem Ellenbogen. Seine Berührung ließ sie erschauern. Sie fühlte sich heiß und kalt zugleich, sehnte sich nach etwas und fürchtete sich gleichzeitig vor dem, was sie begehrte.

Die Augen auf seinem Gesicht, fingerte sie an den Bändern ihres Unterhemds.

Er bedeckte ihre Hände mit seinen: »Nein. Das reicht.«

Sie dachte schon, er würde sie wieder küssen, als er den Kopf neigte, aber er tat einen Schritt zurück, bückte sich, hob ihre Kleider auf und warf sie ihr in die Arme.

»Zieh dich an. Ich hol das Pferd.« Im Weggehen drehte er sich um und rief: »Lauf nicht wieder weg.«

Sie schüttelte den Kopf. Ihre Kehle war wie zugeschnürt, so daß sie kaum sprechen konnte. »Jamie ... ich wollte Euch nicht umbringen.«

Ein amüsiertes Lächeln spielte um seinen Mund. »Sicher, das wolltest du nicht.«

Kapitel 4

Lautes Glockenläuten weckte Alexia aus ihren Träumen, und sie erschrak. Als sie wieder zu sich gekommen war, fand sie sich gegen Jamie Maxwells Rücken gelehnt. Ihre Wange ruhte an seiner Schulter, und ihre Arme waren fest um seine Taille geschlungen. Entsetzt über sich selbst, gab sie sich einen Ruck und ließ ihn los. Ihr Pferd, müde von dem langen Ritt, stolperte, und sie glitt fast aus dem Sattel. Widerwillig legte sie wieder die Arme um ihn.

Er drehte sich mit einem Lächeln zu ihr um, und sie starrte wütend zurück. »Das sind nur die Glocken des Armstrong-Clans, die unsere Ankunft ankündigen«, erklärte er. Mit einer Hand drückte er ihre Hände fester gegen seine Taille. »Die Familie von Big Jock. Wir werden eine behagliche und trockene Unterkunft für die Nacht vorfinden.«

Alexia stieß seine Hand weg. Vor einer Stunde hatte es wieder angefangen zu nieseln. Sie wäre dankbar für ein warmes, trockenes Plätzchen, egal wo, denn sie war durchnäßt und hungrig und sehnte sich danach, auf einem schönen weichen Bett mit sauberen, frischen Laken und auf einer dicken Federmatratze auszuruhen.

Sie dachte an ein Bett und alles, was ein Bett bedeutete, auch an die intimen Dinge, und plötzlich wurde ihr Mund trocken. Er würde doch nicht erwarten... Er würde nicht meinen, daß sie... Das würde er nicht wagen!

»Warum knirschst du mit den Zähnen? Du klingst wie ein Hund, der einen Knochen anknurrt.«

»Das stimmt nicht. O Gott, ich hasse Euch, Jamie Maxwell!«

Er lachte. »Nein, du bist nur durcheinander, meine Süße. Was du da fühlst, ist Liebe.«

Alexia schloß die Augen und stellte sich ihn vor, wie er die Treppen zum Galgen hochging. Nur sie hatte die Macht, ihn zu begnadigen. Er betrachtet sie, und seine Augen flehen um Vergebung, aber leider wendet sie sich ab, und er senkt den Kopf, im vollen Bewußtsein ihrer Rache. Der Henker legt die Schlinge um seinen Hals, und die schreiende Menge ist plötzlich mucksmäuschenstill und wartet auf ihr Urteil. Sie hebt die Hand und...

»Alexia«, sagte Jamie. »Hör auf, dahinten rumzurutschen, du fällst sonst runter.«

Am liebsten hätte sie ihn geschlagen. »Ich bin nicht herumgerutscht.«

Sie kamen auf eine Anhöhe, von der aus man einen Wehrturm erblickte, der den Eingang zu einem engen Tal bewachte.

Der Wehrturm war ein typisches Bauwerk des Grenzlandes, bei dessen Architektur auf Bequemlichkeit zugunsten von Sicherheit verzichtet worden war. Es war ein allein stehender, viereckiger Turm, drei bis vier Stockwerke hoch und von einer Vorwerksmauer umgeben. Vieh und Pferde konnte man im unteren Teil, genannt »Pend«, vor Räubern schützen. Die Quartiere darüber waren über eine enge, gewundene Treppe zu erreichen, die im Uhrzeigersinn aufwärts strebte, so daß der Schwertarm eines Verteidigers immer frei war, gegen jeden auszuholen, der versuchte, die Treppen hinaufzustürmen.

Das Pferd, das die Nähe von Nahrung und Stall spürte, fing an zu traben. Jemand am Ausguck schrie »Hallo«, winkte, und Jamie hob den Arm als Antwort.

Als sie durch das Tor in der Vorwerksmauer ritten, wurde ein Fensterladen im obersten Stockwerk des Turms aufgestoßen, und ein massiver Kopf voller verfilztem schwarzen Haar und einem wallenden Bart schrie zu ihnen hinunter.

»Jamie Maxwell, du Bastard und Hurensohn eines englischen Zuhälters! Sei bereit, deinem Schöpfer gegenüberzutreten!«

»Armstrong, du Waschlappen und Hohlkopf!« schrie Jamie zurück. »Du nennst dich einen Schotten? Du könntest nicht einmal einem Baby seine Klapper abringen!«

Jamie glitt vom Pferd. Der Kopf verschwand. Kurz darauf wurde die Tür des Wehrturms aufgestoßen, und ein riesiger Mann, der Zwilling von Big Jock, kam herausgeflogen wie eine Kanonenkugel.

Jamie stand da und hatte die Füße fest auf den Boden gestemmt. Er blickte ihm entgegen, die Hände in der klassischen Ringerpose ausgebreitet und hoch erhoben. Big Wat Armstrong kreiste vorsichtig um ihn herum, seine beiden Schultern bis unter die Ohren hochgezogen, seine Arme lose an den Seiten herunterhängend.

Dann sprang er vor. Jamie fing ihn mit der Leitschulter auf, wirbelte ihn durch die Luft, packte ihn im Flug an einer seiner Wamslaschen, hob ein Bein und stieß ihm seinen Fuß in den Leib. Damit schickte er den riesigen Mann durch die Luft in das Gelände hinter ihnen, wo er wie eine gefällte Eiche niederfiel. Jamie folgte mit einem anmutigen Purzelbaum und landete mit dem Knie auf Big Wats Hinterteil. Dann drückte er ihn so lange nieder, bis er keuchte.

Jamie drehte Wats Arm auf den Rücken, und der brüllte. »Himmel noch mal, Jamie, Junge. Du brichst mir den Arm.«

»Du hast meine Vorfahren beschimpft.« Jamie Maxwell war ganz lässig. »Ich will Satisfaktion. Sage jetzt: Meine Mutter war eine Engländerin.«

»Oh, du bist grausam, du...« Big Wat schrie wieder auf, als Jamie ihm den Arm verdrehte. »Schon gut, schon gut! Mine Mudder war 'ne Engländerin... die Hure.«

Jamie war schnell wieder auf den Beinen. Big Wat kam langsamer hoch und massierte seine Schulter. Er grinste Jamie an, dann sah er Alexia.

»Wer ist das Mädchen?«

»Eine Engländerin«, antwortete Jamie und lachte.

Alexia saß auf einer Bank vor dem aufgebockten Tisch in der großen Halle und tat so, als sähe sie nicht zu, wie ein Mädchen mit schwarzgelocktem Haar und einem frechen Lächeln in ihrem hübschen Grübchengesicht die Schnittwunde an Jamies Arm reinigte und einen Verband anlegte.

Da der kindische Unfug auf dem Hof dazu geführt hatte, daß die Wunde wieder blutete, hatte Alexia kein Mitleid mit ihm.

»Ihr müßt furchtbar stark sein, Mylord.« Das Mädchen himmelte Jamie an, und Alexia ließ einen undamenhaften Schnaufer hören. »Furchtbar stark. Was, wenn er mich so hingeworfen hätte?«

»Man muß sich nur der Hebelwirkung bedienen«, meinte Jamie und lächelte das Mädchen an. Es war das süßeste Lächeln, das Alexia je gesehen hatte. Sie funkelte beide an.

Das Mädchen ging mit einer Schale blutigen Wassers hinaus. Jamie saß ganz nahe bei Alexia auf der Bank, viel näher als nötig. Seinen Oberschenkel preßte er gegen den ihren, und sie nahm seinen scharfen männlichen Geruch wahr – eine Mischung aus Pferd und nassem Leder.

»Ich würde gerne lernen, einen Mann so hinzuwerfen«, sagte Alexia.

Jamie warf einen Blick hinüber zu Big Wat: »Das würde sie wirklich.«

Er legte eine Hand auf ihr Knie; sie schob sie weg. Um seine Mundwinkel zuckte es.

Big Wat schüttelte den Kopf. »Ich kanns nich glauben, daß Ihr Carletons Tochter gestohlen habt. Der König wird ...«

»Er wird nicht.« Das Mädchen hatte eine Holzschale mit Eintopf aus geschmortem Rindfleisch und Steckrüben vor Jamie hingestellt. Er schob sie zu Alexia hinüber. »Wo war ich letztes Jahr um diese Zeit, Wat?«

»Ihr wart ein gesetzloser Rebell, Ländereien und Titel abgenommen ... Und auf Euren Kopf stand ein Preis von hundert Pfund.«

»Und wo stehe ich jetzt?«

»Ihr seid jetzt Lord Maxwell, mit mehr Land, als Ihr am Anfang gehabt hattet. Ja, ja, Ihr habt's geschafft, Jungejunge, kein Zweifel. Aber dieses Mal ...«

»Der König braucht die Maxwells viel mehr, als wir ihn brauchen. Mein Vater hat das letztes Jahr bewiesen, auch wenn er dabei umkam.«

Alexia erriet, daß Jamie mehr zu ihr als zu Big Wat sprach. Sie aß den Eintopf und tat so, als sei sie nicht im geringsten interessiert.

»Die Maxwells sind die stärkste Kraft an der Südwestgrenze«, fuhr er fort. »Stark genug, um die Engländer in Schach zu halten, und stark genug, um unabhängig von König James und seinem Kabinett von calvinistischen Schwatzbasen zu regieren. Die Maxwells kontrollieren die Grenzländer. Und ich kontrolliere die Maxwells.«

Big Wat leerte einen Bierkrug, dann wischte er sich mit dem Ärmel den Bart ab. »Ihr habt auch vier Brüder, denkt daran, und der junge Robin ist geil wie der Teufel auf Euren Platz.«

Alexia sah Jamie von der Seite an. Er schien überrascht und dann wütend.

»Nein. Du irrst dich in bezug auf Robin.«

Alexia griff nach dem Deckelkrug, der zwischen ihnen stand. Er enthielt eine stark riechende braune Flüssigkeit. Sie nahm einen langen Zug und verschluckte sich.

»Verdammt noch mal! Was ist das für ein scheußliches Zeug?«

»Aqua vita.« Jamie beugte sich über sie, seine Schulter eng an die ihre geschmiegt. »Davon wirst du betrunken, und dann kann ich mit dir machen, was ich will.«

Alexia lächelte ihn an und trank einen kleineren Schluck. Das zweite Mal brannte es nicht so sehr beim Runterschlucken, obwohl es noch immer scheußlich schmeckte. Sie bewegte ihren Fuß und ließ ihn absichtlich an seinem Bein reiben. Dabei sah sie Überraschung und Mißtrauen auf seinem Gesicht. Sie lachte vor sich hin. Zu zweit konnte man sein kokettes kleines Spielchen noch besser spielen.

»Ihr habt recht, Euch Sorgen um Lord Maxwell zu machen«, erklärte sie Big Wat, der zwischen den beiden hin und her sah, als ob sein Kopf auf einem Drehstock säße. »Mein Vater wird jetzt nicht länger ruhen, bis Lord Maxwell für seine Tat bezahlt hat.«

»Ja? Och, Jamie hat von Kindesbeinen an die Grenze unsicher gemacht, und bisher ist er noch nie gefangen worden. Erinnert Ihr Euch, Jamie, wie Ihr damals bei der Grenzland-Versammlung umgebracht worden seid?«

»Umgebracht?« Alexia betrachtete Jamie von unten herauf. »Wollt Ihr damit sagen, daß mich ein Geist entführt hat?« Sie langte nach ihrer Serviette und fuhr dabei mit der Hand an seinem Oberschenkel herauf.

Er neigte sich zu ihr und knurrte ihr ins Ohr. »Du spielst mit dem Feuer, meine Süße, und ich bin nicht...« Aber sie hatte sich herumgedreht und wollte Big Wats Geschichte weiter hören.

»Der alte Lord, der wo Jamies Vater war, seht Ihr, hatte geschworen, Richie Armstrong bei der nächsten Grenzland-Versammlung vorzuführen oder dem Basta..., äh, Sir Thomas Carleton statt Richie eine Geisel zu geben. Ja, und 'n Gauner von der schlimmsten Sorte war Richie Armstrong, auch wenn er mein Onkel war.«

»Ich sollte die Geisel sein«, sagte Jamie. Er hatte seinen Arm um Alexias Taille gelegt. Sie machte sich steif und beschloß dann, es dabei zu belassen. »Ich war zwölf, glaube ich. Vielleicht dreizehn.«

»Na ja, der Tag der Abrechnung kommt«, fuhr Big Wat fort. »Kein Zeichen von mein Onkel Richie, und Jamie hier hatte die Aussicht, sich eine Gefängniszelle im Turm von Carlisle von innen anzusehen. Wir versammeln uns am Esk-Fluß und die verdamm... äh, Engländer wollen gerade übersetzen, als dieser dumme Junge seine Hände an die Brust schlägt und quiekt wie ein Schwein in einem Schlachthauspferch. Und ein großer Pfeil steckt zwischen seinen Rippen, und Blut fließt herunter wie ein Highland-Wasserfall. Dann fällt er vom Pferd... tot.«

Alexia schnaubte. »Den sind wir los, würden manche sagen.« Und sie lehnte ihren Rücken gegen Jamies Brust.

»Dein Vater hat nicht gewußt, was geschehen war«, sagte Jamie, und sie fühlte, wie sein Atem ihr Haar bewegte. »Aber er sah nur einmal hin und beschloß, so schnell wie möglich abzuhauen.«

»Ja...« Big Wat lachte so sehr, daß sein Bauch den Tisch zum Wanken brachte. »Wir waren alle bereit, den englischen Bast... äh, wir waren alle bereit zu folgen und hatten die Herzen voller Rachegefühle... auf einmal setzt sich Jamie auf, lebendig und grinsend wie ein Pfarrer, wenn die Kirche voll ist.«

Alexia dachte, das war ein feiner Trick, auch wenn ihr Vater das Opfer war. Sie drehte sich um und lachte ihn an. »Also fand die Grenzland-Versammlung niemals statt, und Ihr mußtet nicht als Geisel Eures Vaters nach Carlisle gehen.«

»Jawohl«, sagte Big Wat und lachte noch immer stillvergnügt vor sich hin. »Der Anblick seines Sohnes und Erben als auferstandener Lazarus war zu viel für den alten Lord. Er fiel ohnmächtig um.«

Alexia lachte, und Jamies Arm legte sich fester um ihre Taille. »Dieser Teil war nicht so komisch«, sagte er. »Ich konnte eine Woche lang auf keinem Pferd sitzen, nachdem er mir sein Mißvergnügen hatte zuteil werden lassen.«

»Mißvergnügen!« trompetete Big Wat. »Lieber Himmel, er hätte vor Wut beinah seinen Hut gegessen.« Er schüttelte den Kopf. »Ich weiß noch immer nicht, wie Ihr das gemacht habt, Jamie-Junge.«

»Ein zerbrochener Pfeil, würde ich denken. Und eine Blase voll Schweine- oder Kuhblut«, meinte Alexia. »Außerdem eine Horde närrischer, einfältiger Männer.«

»Siehst du«, sagte Jamie zu Big Wat gewandt und sah dabei traurig aus. »Wäre sie dabeigewesen, müßte ich noch immer in einem Kerker von Carlisle schmachten.«

»Und genau dort werdet Ihr hinkommen...«, begann Alexia, hielt dann aber inne, als Big Wats Tochter, eine Laute am Hals haltend, hereinkam.

Das Mädchen legte eine Hand auf Jamies Schulter. »Würdet Ihr ein wenig für uns spielen, Mylord?«

Jamie zögerte. »Nun...«

»O bitte, versagt uns dieses Vergnügen nicht, Mylord«, fügte Alexia sarkastisch hinzu.

Jamie grinste sie schief an, stand auf und nahm die Laute. Er stellte ein Bein auf die Bank und legte das Instrument mit seinem birnenförmigen Kasten auf seinen Oberschenkel. Mit langen, schlanken Fingern zupfte er die Saiten, und er fing an, eine Grenzland-Ballade zu spielen. In der Halle, die voller lautem Gelächter und Geschwätz gewesen war, wurde es sofort still.

Das Mädchen sang mit belegter Altstimme:

Es kam ein Mann am Mittag
Er spionierte aus, was er brauchte, und ging fort
In der gleichen Nacht trug er es dem König zu
Der brach in mein Gemach und erschlug den Ritter mein.

Alexia war erstaunt, wie gut er spielte. Sie konnte ihn sich leicht bei Hofe vorstellen – sein geschmeidiger, athletischer Körper in Samt und Seide gekleidet, ein hoher Kragen mit Edelsteinen besetzt, der sein goldblondes Haar betonen würde –, wie er für die Königin spielte. Er würde alle übertreffen, dachte sie. Essex, Raleigh, Drake, sogar Seymour würde neben ihm blaß wirken. Sie merkte, daß sie im Begriff war, eine neue Dimension an Jamie Maxwell zu entdekken, die sie niemals erwartet hätte. Sie fragte sich, wie es möglich war, daß dieser Mann, der eine Liebesballade in so herzzerreißender Reinheit spielte, der gleiche war, der den Kopf eines Mannes aufgespießt seinem König schicken konnte.

Mehrere Leute hatten jetzt in den Gesang eingestimmt, auch Big Wat, der eine erstaunlich hohe Tenorstimme besaß. Alexia lauschte den Worten, und es wurde ihr eng um die Brust.

Wie traurig war da mein Herz,
Als ich den Kranz auf sein golden Haar gelegt.
Mein Herz, mein Herz, wo bist du jetzt
Wo geh ich hin, wo geh ich hin?

Keinen irdischen Mann mehr lieben will ich,
Jetzt da mein Ritter erschlagen ist,
Mit einer Locke von seinem golden Haar
Will ich mein Herz für immer ihm weihn.

Jamie hatte aufgehört zu spielen, seine Augen ruhten auf ihr. Sie starrte zurück, Tränen schimmerten auf ihren Wangen. Und sie machte sich nichts daraus, daß er sie sah.

Das Gesicht der Figur war in Todesqualen verzerrt, und große Tropfen hellroten Blutes rannen aus ihren vielen Wunden. Die Tür hinter ihr öffnete sich, und Alexia wandte sich von dem Kruzifix ab, das an der Wand über einem klapprigen, wurmstichigen Betstuhl hing.

»Diese Leute hier sind Papisten«, sagte sie zu Jamie gewandt, der die Tür hinter sich schloß. Er zog sein Wams aus und jammerte ein wenig, als er seinen verletzten Arm berührte.

»Ich dachte, die katholische Kirche sei in Schottland für ungesetzlich erklärt«, beharrte sie.

»Du kannst den Glauben eines Menschen nicht für ungesetzlich erklären«, sagte Jamie.

Alexia fragte sich, ob nicht vielleicht auch er zu diesen häretischen Katholiken gehörte, aber der Ausdruck auf seinem Gesicht nahm ihr jeden Mut zu fragen.

Sie sah sich im Zimmer um. Es war ein Schlafzimmer neben dem großen Saal, und aus dem typisch männlichen, unordentlichen Zustand zu schließen, war es wahrscheinlich Big Wats eigenes. Das Bett war riesig unter seinem Himmel mit Damastvorhängen voller Mottenfraß. Es hatte eine altmodische Strohmatratze, aber das Bettzeug sah einigermaßen sauber aus. Jamie setzte sich auf die eine Ecke und fing an, seine Stiefel auszuziehen.

Alexia stemmte die Hände in die Hüften. »Ich werde nicht mit Euch in dieses Bett gehen.«

»Fein«, brummte er und zog an seinem Stiefelabsatz. »Du kannst auf dem Fußboden schlafen. Oder bei den anderen Männern im Saal.«

Als die Stiefel ausgezogen waren, stand er auf und schälte sich aus seinen Reithosen. Er warf sie über die Schulter auf einen Hocker, verfehlte ihn aber. Sein Hemd folgte, auch das fiel daneben. Mit einer Bewegung, die ihre Schwester Evie zu Tode erschreckt hätte, beugte sich Alexia vor und hob Jamies Kleider auf, faltete sie ordentlich zusammen und legte sie auf den Schemel.

Sie richtete sich auf. Seine Unterhose, die jetzt nicht mehr an die Hemdenecken geknöpft war, sackte auf seine Hüften herunter, und er zog sie lässig weiter aus. Sie starrte auf sein nacktes Gesäß, seine schlanken, muskulösen Oberschenkel und hielt den Atem an.

Er beugte sich vor, um die Bettdecke zurückzuschlagen, dann wandte er sich um. Sie sah schnell weg, konnte aber noch den vollen Beweis seiner Absichten erkennen.

Sie bekam hochrote Wangen, als er lauthals lachte.

»Ich kann nichts dafür«, sagte er. »Ich bin fast verrückt, weil ich dich so sehr haben möchte, Alexia. Und du willst mich auch ...«

»Ich will nicht. Ich hasse Euch, Jamie Maxwell!«

»Das hast du schon einmal gesagt. Eigentlich sogar mehrere Male.« Er machte die zwei Schritte, um sie in die Arme zu nehmen. »Wenn du nicht aufpaßt, wirst du mich noch überzeugen.«

Sie war sich seiner Nacktheit nur allzusehr bewußt. Seine Haut schien Hitze auszuströmen wie die Esse einer Schmiede. Er hielt sie gegen seine Brust gepreßt, seine Handflächen flach auf ihrem Rücken, und sie spürte, wie sehr er sie begehrte.

Er neigte den Kopf, seine Lippen berührten die ihren.

»Alexia, meine Geliebte...«

»Laßt mich los!« forderte sie scharf und schlug gegen seine Brust. Er ließ sie los und trat einen Schritt zurück.

Sie stapfte hinüber zur Truhe, die an der Wand unter dem Fenster stand und hob ihren Mantel auf. Sie betrachtete die Truhe. Sie müßte lang genug sein, um auf ihr schlafen zu können, wenn sie die Knie anzog.

Sie hörte das Stroh rascheln, als Jamie sich ins Bett legte, und wußte, daß er leise über sie lachte, obwohl sie fest entschlossen war, ihn nicht anzusehen.

»Alexia, bist du sicher...«

»Ja!«

Er löschte die Kerzen aus, und der Raum versank in Dunkelheit. Die Fensterläden waren geschlossen, so daß die Schwärze jetzt vollständig war, bis auf das rote Glühen des ausgehenden Feuers. Hinter ihnen im Pferch muhte eine Kuh. Alexia krümmte sich auf der Truhe zusammen. Das Möbelstück war mit Messingnägeln beschlagen, und darauf zu liegen war, als würde man sich auf einem Folterbett ausstrecken. Sie seufzte laut und krümmte sich noch etwas mehr.

Sie hörte, wie Jamie fluchte und ein Feuerstein angeritzt wurde. Um das große Bett war es plötzlich hell. Er stand auf und fing an, sich anzuziehen.

Sie spähte durch eine Falte ihres Mantels und betrachtete ihn. Nackte Männer hatte sie schon früher gesehen und ihren Anblick immer für leicht grotesk gehalten, aber sein Körper war schön. Sie liebte seine Bewegungen, die katzenartig waren und von einer schlanken, muskulösen Eleganz.

Und er begehrte sie noch immer. Das war ganz deutlich zu erkennen.

»Wohin geht Ihr?« fragte sie ihn, als sie überzeugt war, daß er sich vollständig angezogen hatte.

»Ich« – er funkelte sie an – »gehe in den Saal zu den Männern um das Feuer, wo ich zumindest sicher sein kann, etwas Ruhe zu finden!«

Die Tür fiel hinter ihm zu. Alexia wartete einen Augenblick, um sich zu vergewissern, daß es kein Trick war, dann stand sie auf, verließ die Truhe und nahm seinen Platz im Bett ein. Sie glitt mit der Hand über das Bettlaken. Es strahlte noch immer seine Körperwärme aus.

Die Gipfel des Ben Cruachen hoben sich hoch und majestätisch vor dem blauen Himmel ab. Die helle Sonne glitzerte auf dem Wasser des Loch Awe. Auf einer Insel am Ende des Lochs schien Kilchurn Castle auf einem See aus geschmolzenem Silber zu treiben.

»O Jamie, es ist wunderschön!« rief Alexia.

»Ja, das ist es«, antwortete Jamie, obwohl er die Landschaft überhaupt nicht betrachtete. »Wir werden noch zwei Stunden brauchen, bis wir dort sind. Wir müssen um den Loch herumreiten.«

Jamie betrachtete ihr Profil. Er wußte, sie begehrte ihn. Das spürte er an der Art, wie sie ihn ansah, wenn sie meinte, er würde es nicht bemerken. Wie sie zitterte, wenn er sie berührte, und wie sie sich nicht beherrschen konnte, sondern ihn immer wieder berühren mußte. Aber sie war so zimperlich. Hätte er nicht genau gewußt, daß sie bereits verheiratet gewesen war, würde er sie für eine Jungfrau halten.

Er nahm an, sie wollte ihrem Verlobten treu bleiben und bewunderte ihre Treue. Aber es wurde verdammt schwierig für ihn, mit seiner Begierde zu leben. Sie hatten sich beide in einen solchen Zustand sexueller Spannung gebracht, daß etwas geschehen mußte. Entweder würde sie nachgeben, oder er würde vollständig den Kopf verlieren und sie mit Gewalt nehmen. Bei manchen Frauen würde so etwas funktionieren, aber er dachte: nicht bei Alexia Carleton.

Er ließ sie an den felsigen Ufern des Lochs stehen und ging zu dem angebundenen Pferd. Nach einem Augenblick des Zögerns nahm er ein Blatt steifes Papier und ein Stück Holzkohle aus der Satteltasche. Er setzte sich auf einen Felsen und fing an, das Mädchen vor dem Hintergrund des Lochs, der Burg und des Berges zu zeichnen.

»Was tut Ihr da?« fragte sie.

»Zeichnen.«

Sie drehte sich zu ihm um. »Mich? Ihr zeichnet mich?«

»Ja. Wackle nicht hin und her. Und stell dich dahin, wo du vorher warst.«

Sie gehorchte. Sie versuchte zu sehen, was er da tat, ohne ihren Kopf zu wenden. Dadurch sah sie aus, als ob sie schielte, und er mußte sich das Lachen verkneifen.

Es war lange her, seit er das letzte Mal jemanden gezeichnet hatte. Sein Vater hatte es immer für unmännlich gehalten, wenn sein Sohn und Erbe seine Zeit mit so etwas vertat. John Maxwell war auch nicht mit dem Lautespiel und den Büchern seines Sohnes einverstanden gewesen. Schließlich hatte sich Jamie daran gewöhnt, diese Freuden heimlich zu genießen und seinem Vater gegenüber so zu tun, als ob er lieber auf Falkenjagd ginge oder Schießübungen machte, beziehungsweise sich lieber mit den Johnstones und den Carletons schlug. Die Ironie dabei war, daß er auch das mit der Zeit gern tat, weil er es gut konnte.

»Jamie?«

»Ja?«

»Warum habt Ihr mich entführt?«

»Ich habe es dir gesagt. Ich habe es allen gesagt. Für fünfhundert Pfund und das Schwert meines Großvaters. Meinst du, ich hätte noch weitere Motive, oder hoffst du nur? Runzle nicht die Stirn.«

»Ihr gebt wohl niemals auf, oder?«

»Nein. Und das willst du doch auch nicht.«

Sie seufzte. »Nein. Seid Ihr noch nicht fertig?«

»Komm her und sieh.«

Sie rannte herbei und blieb hinter ihm stehen. Dabei legte sie die Hände auf seine Schultern. Sie betrachteten beide das Mädchen auf der Zeichnung. Sie hatte ein starkes, auffallendes Gesicht, aus dem

Humor um ihren breiten Mund und lebendige, intelligente Augen strahlten.

»Die ist aber schön«, sagte Alexia und errötete dann, wütend auf sich selbst.

Jamie lachte. Er warf die Zeichnung auf den Boden, nahm ihre Hände und drehte sie, bis sie auf seinem Schoß zu sitzen kam. »Soviel Bescheidenheit«, neckte er sie.

»Das ist es nicht, was ich gemeint habe, Jamie Maxwell, und Ihr...«

Er zog ihren Kopf herunter und küßte sie fest. Einen Augenblick lang blieb sie steif, aber dann öffnete sie ihre Lippen gierig unter den seinen und schlang ihre Arme um seinen Hals.

Seine Hände glitten von ihren Hüften aufwärts über ihren Rükken, und seine Finger lösten fachmännisch die Haken an ihrem Mieder. Endlich lagen ihre Brüste frei vor ihm, und er zog seinen Mund von ihren Lippen ab, um seinen Kopf zwischen ihnen zu begraben. Als er ihre Brüste streichelte, wurden ihre Brustwarzen hart, und sie stöhnte. Sie bog ihren Kopf zurück, und ihr Haar fiel wie ein Wasserfall über seine Knie bis auf den Boden. Sie grub ihre Nägel in seine Schultern...

Der Wald explodierte hinter ihnen. Äste krachten, und man hörte Wutgebrüll.

Jamie sprang auf, stieß Alexia von seinem Schoß und zog seinen Dolch. Es war ein wilder Eber, das gefährlichste dem Menschen bekannte Tier zu jener Zeit.

Schleim tropfte von der Schnauze des Keilers herab, und seine kleinen, runden Schweinsaugen glühten rot. Die Stoßzähne, die aus dem Maul aufwärts standen, waren dick, scharf und tödlich. Jamie hatte einmal gesehen, wie ein wilder Keiler einen Mann von unten bis oben aufschlitzte. Das war kein Tier, das man leicht töten konnte. Zumindest nicht mit einem Dolch. Was er jetzt brauchen könnte, wäre ein Speer, etwas Langes, Scharfes, was er dem Tier zwischen die breiten, höckerartigen Schultern stoßen konnte, solange er noch vor dem endgültigen Angriff weit genug entfernt stand.

Der Keiler senkte den Kopf und grunzte. Seine Hauer wühlten im

Boden. Jamie fühlte, wie der Schweiß von seinem Handteller am Degengriff klebte. Er hörte, wie Alexia hinter ihm scharf den Atem einzog.

Dann drehte sich der Keiler schnell um und rannte zurück in den Wald.

Jamie blieb, mit dem Dolch in der Hand, angespannt stehen. Erst nach einer ganzen Weile drehte er sich zu Alexia um. Sie war dabei, in aller Ruhe ihr Mieder wieder zuzuhaken, und er sah an ihrem entschlossenen Gesichtsausdruck, daß das, was beinahe geschehen wäre, jetzt nicht mehr geschehen würde.

Er ging das Pferd holen, verfluchte die Götter und den Keiler und am meisten sich selbst. Sich in eine Engländerin zu verlieben war närrisch. Sich in eine Carleton zu verlieben war geisteskrank.

Kapitel 5

Alexia ließ sich vom Rand der Holzwanne in das heiße Wasser gleiten und quiekte vor Vergnügen, als es ihren Körper umgab.

Jamies Tante Mad hob Alexias Röcke und das Mieder auf und hielt sie am Fenster gegen das Licht. Mad hatte sich als Lady Madeleine Campbell entpuppt, die Gräfinwitwe von Argyle. Sie war ganz anders als alle Gräfinnen, die Alexia je gekannt hatte.

»Ich fürchte, es ist hoffnungslos, meine Liebe. Nicht mehr zu reparieren. Welcher Teufel hat den Jungen geritten, dich in diesem Aufzug zu entführen und dann den ganzen Weg bis hier oben heraufzuzerren. Ich kann es einfach nicht glauben. Er hätte eine Tracht Prügel verdient.«

Alexia lächelte vor sich hin. Sie bezweifelte, daß irgend jemand es wagen würde, Tantchen Mads geliebten Neffen zu schlagen, denn Mad war die Art Frau, die man, wenn man höflich sein wollte, als mollig bezeichnete, und sie betete Jamie ganz offensichtlich an. Sie würde ihn gegen jeden Angriff verteidigen, dachte Alexia, so wie eine schwarze Bärin mit einem mächtigen Hieb ihrer riesigen Tatzen ihre Jungen verteidigen würde.

»Du kannst hier nicht in Lumpen herumlaufen, meine Liebe«, gab Tante Mad gluckenhaft zu bedenken. »Es hilft nichts, ich werde dir ein paar meiner alten Kleider leihen müssen.«

»O Mylady, aber bitte nicht«, protestierte Alexia und versteckte ihr Lachen hinter einem vorgetäuschten Hustenanfall.

»Ja, ja, da mußt du lachen.« Tante Mad lachte ebenfalls. »Nein, ich bin jetzt vielleicht so fett wie eine schwangere Sau, aber in deinem Alter war ich ein genauso langes, dürres Ding wie du. ›Maddie Liebes‹, pflegte mein Archie zu sagen, ›du bist so schlank und rank wie ein Birkenzweig. Und genauso rauh!‹« Und sie lachte wieder.

»Dann machte es dem Grafen nichts aus, daß Ihr so groß wart?«

»Ausmachen? Unsinn, Kind. Dabei war er eher etwas klein. Aber die Größe spielt keine Rolle, wenn man zusammen auf einem Bett liegt.« Sie kicherte und fügte hinzu: »Zumindest nicht die Art Größe, von der wir sprechen, stimmt's, Mädchen?«

Alexia wußte, daß sie rot geworden war, aber sie konnte nicht anders, sie mußte lachen.

»Also!« Die Gräfin klopfte sich auf die Schenkel. »Ich werde ein bißchen auf dem Dachboden herumstöbern und dir etwas bringen. Denk daran, es wird natürlich etwas aus der Mode gekommen sein. Heute vor fünfzig Jahren war meine Hochzeit. Am Tag danach habe ich angefangen zu essen und seither nicht mehr aufgehört!« Sie verließ kichernd das Zimmer.

Alexia verschwendete hemmungslos die kostbare, parfümierte Seife, die man ihr gegeben hatte, und wusch sogar ihr Haar damit. Als sie endlich fertig war, hatte sich das Wasser abgekühlt, und sie stieg zitternd aus der Wanne. Sie trocknete sich kräftig mit einem Tuch ab, das zum Wärmen am Kamin gehangen hatte, als jemand klopfte. Alexia erschrak und versuchte, das Handtuch um sich zu wickeln, aber es war zu kurz. Also schnappte sie sich den Bettüberwurf und hielt ihn wie ein Schild vor sich hin. Dann rief sie: »Herein!« Ärgerlicherweise hatte ihre Stimme dabei einen quäkenden Ton angenommen.

Zum Glück war es nur ein Dienstmädchen, das die Kleider der Gräfin brachte. Alexia dankte ihr und schickte sie weg.

Die Kleider paßten ganz gut. Sie waren nach der Mode aus den Tagen des alten König Heinrich geschneidert und rochen etwas nach der Zedernholztruhe, in der sie aufbewahrt worden waren. Aber eines der Gewänder war wirklich wunderschön. Es hatte herabhängende, zurückgeschlagene Ärmel, so daß das wunderschöne Brokatfutter und ein reichbesticktes Unterkleid zu sehen waren.

Da sie nun angezogen war, konnte Alexia ihre Umgebung näher betrachten. Sie befand sich in einem hellen, luftigen Schlafzimmer mit zwei Fenstern, statt wie üblich einem. Aber der Reiz der großen, unterteilten Glasscheiben wurde durch eine grauenhafte Wandmalerei auf der gegenüberliegenden Seite gemindert. Sie zeigte einen alten Adler, der von seinem wilden Jungen angegriffen wurde. Die

Binsen waren mit süßer, duftender Heide und Thymiankraut in eine Matte gewoben. Das große Bett besaß seidene Vorhänge und eine weiche Federmatratze, wie sie durch Auf- und Abspringen festgestellt hatte.

Alexia war praktisch im gleichen Augenblick, als sie und Jamie ankamen, hier heraufgebracht worden. Jamie hatte man weggejagt, und die dankbare Alexia war der Gräfinwitwe zur mütterlichen Betreuung überlassen worden. Und während sie sich um Alexia kümmerte, plauderte Tante Mad ein wenig aus dem Nähkästchen.

Sie zeigte Alexia die Miniatur eines griesgrämig dreinschauenden Mannes in einem winzig kleinen, edelsteinbesetzten Rahmen. »Mein einziges Kind, der sechste Graf von Argyle«, sagte sie mit leicht angewiderter Miene. »Der Kerl ist so fromm, der Teufel sollte ihn holen. Er meint, wenn er schwitzt, käme Weihwasser aus seinen Poren. Ganz anders als unser Jamie.« Sie stieß einen tiefen Seufzer aus und zuckte mit den Schultern. »Aber als Mutter hat man keine Wahl. Man muß lieben, was man bekommt.«

Sie erzählte Alexia von ihrer Kindheit als Tochter eines ortsansässigen Müllers von bescheidenem Wohlstand und ihrem atemberaubenden Aufstieg zur Frau eines Grafen.

»Natürlich heiratete mein Archie unter seinem Stand«, gab sie zu. »Und viele Male wurde ich daran auch erinnert, doch niemals von ihm. Niemals von Archie.« Sie lächelte breit. »Aber abgesehen von den Erniedrigungen und dem Getuschel hinter meinem Rükken, das ich erdulden mußte, habe ich als Gräfin von Argyle und als Archie Campbells Frau viel Freude genossen. O Gott im Himmel, wie habe ich diesen Mann geliebt. Ich vermisse ihn noch immer, jede Minute an jedem Tag. Obwohl er mir schon vor fünfzehn Jahren genommen wurde.«

Es bedurfte nur eines winzigen Stichwortes von Alexia, und schon sprach sie über die Maxwells.

»Annor, Jamies Mutter, war die jüngste Schwester meines Archie. Und niemals sind zwei unterschiedlichere Babys aus dem gleichen Schoß gekrochen, aber je weniger man darüber spricht, um so besser. Es genügt zu sagen, daß Annor Maxwell und ich kein Wort miteinander reden. Früher nicht und in Zukunft auch nicht. Jedenfalls, seit sie diese armen Jungen abgestillt hat, wurde ihnen das Wort Pflicht in die Köpfe gehämmert, den bedauernswerten Burschen!« Sie kicherte in sich hinein, ihre riesigen Schultern zitterten. »Aber die Tatsache, daß du hier bist, beweist, daß zumindest Jamie nicht alle Lektionen angenommen hat.«

Sie machte eine Pause, um Luft zu holen, und fuhr dann fort: »Es hat noch einen Jungen gegeben, John, er wurde nach dem alten Lord benannt, und war vor Jamie geboren worden. Aber er starb jung. Ertrunken. Ich habe immer gedacht, Jamie wäre glücklicher gewesen, wenn er der zweite Sohn geblieben wäre. Jetzt bin ich nicht mehr so sicher. Er ist an seinem Titel gewachsen, und er wird noch weiter wachsen. Er wird doppelt so groß werden wie der Lord Maxwell, der sein Vater war.« Sie blickte Alexia mit offensichtlicher Berechnung an. »Besonders, wenn die richtige Frau ihm hilft.«

Daran dachte Alexia jetzt, als sie am Fenster stand und zusah, wie der Sonnenuntergang den Loch erst silbern, dann golden färbte und schließlich schwarz und abweisend hinterließ. Nein, Tante Mad irrte sich. Jamie Maxwell hatte sie nur mitgenommen, um es den Carletons und den Engländern zu zeigen, und sich dabei gedacht, wenn er bei der Gelegenheit mit ihr ins Bett gehen könnte, würde es seinen Triumph einfach noch ein bißchen vergrößern.

Aber ihr war das jetzt egal. Ich liebe ihn, dachte sie. Ich liebe ihn, und es macht nichts mehr aus, ob er es weiß oder nicht.

Sie hörte ein leises Geräusch hinter sich und drehte sich langsam um. Er stand da, gegen den Türrahmen gelehnt, und betrachtete sie. Der Leuchter im Treppenhaus zeichnete eine Aureole um sein blondes Haar, aber sein Lächeln war eher diabolisch.

Sie machte einen Schritt vorwärts, und als er den Ausdruck auf ihrem Gesicht sah, verging ihm sein Lächeln. Er reckte sich auf und ging ihr auf halbem Wege entgegen, zog sie heftig an sich und küßte sie wie ein Verdurstender, dem man plötzlich ein Glas kühles Wasser reicht. Er hob sie in seinen Armen hoch und trug sie zum Bett hinüber. Er legte sie nieder und streckte sich neben ihr aus.

Er küßte sie wieder, so leidenschaftlich, daß Flecke auf ihren Lippen zurückblieben.

Unten wurde zum Abendessen geblasen.

Jamie hob den Kopf. »Verdammt«, sagte er. Er vergrub sein Gesicht in ihrem Haar und zog sie enger an sich. »Du riechst so gut. Laß uns nicht hinuntergehen.«

Sie schob ihn von sich. »Nein, sonst verhungere ich.«

Er seufzte und rollte sich von ihr weg, packte sie dann aber am Handgelenk, als sie aufstehen wollte. »Wenn du mich heute nacht nicht in dein Bett läßt, Liebste, kann ich für nichts garantieren ...«

Sie strich mit dem Finger über seinen breiten, eleganten Mund. »Ich will dich auch, Jamie Maxwell. Verdammt noch mal, spürst du das denn nicht?«

So gern sie es getan hätten, waren Alexia und Jamie zu gut erzogen, um nach dem Essen sofort in ihr Zimmer zu stürmen. Nachdem der Tisch abgedeckt und der letzte Diener gegangen war, nicht ohne einen Krug gewürzten Wein zu hinterlassen, setzten sie sich und spielten eine Partie Backgammon vor dem Kamin bei Tante Mad, die an ihrem Wandteppich stickte.

Alexia schlug ihn mit Leichtigkeit in zwei Spielen hintereinander. Hauptsächlich, weil er mehr herumalberte, als auf das Brett zu achten. Immer wieder gähnte er und streckte sich demonstrativ.

Endlich, nachdem Jamie ihr schon das fünfte Mal gegen das Schienbein getreten hatte, stand Alexia auf. Sie wagte nicht, ihn anzusehen, und sagte zu Tante Mad, sie sei müde und wolle sich früh zurückziehen. Jamie begleitete sie bis zur Tür.

»Wie lange?« fragte er flüsternd, seine Lippen dicht an ihrem Ohr.

»Eine Viertelstunde«, wisperte sie zurück.

»Lieber Himmel.« Er schnitt eine Grimasse und rollte mit den Augen, als sei das eine Ewigkeit. Sie lachte sanft und strich zum Abschied mit einem Kuß über seine Wange.

Die Gräfin sah von ihrer Stickerei auf. »Ich muß dir etwas sagen, Jamie Maxwell.«

Er schenkte ihr sein charmantestes Lächeln. »Tante Mad, könntest du nicht dieses eine einzige Mal so tun, als seist du wirklich so weise, wie du bist?«

Sie hatte die Hände zum Ausruhen in den Schoß gelegt und sah zu ihm auf. »Du weißt, daß ich mich normalerweise nicht in das Leben anderer einmische. Leben und leben lassen, das habe ich schon immer gesagt und es auch so gehalten. Aber das hier, mein armer Liebling, ist etwas anderes. Du bist verrückt nach ihr, nicht wahr? Ja, man kann es sehen. Aber du kannst sie niemals heiraten, Jamie.«

»Ich weiß das, Tante Mad.« Es war gegen die Gesetze der Grenzländer, daß Schotten und Engländer heirateten. Auf das Mädchen würde es Schande bringen, für den Mann Schlimmeres. Der bloße Gedanke daran ließ ihn erschauern.

»Du willst mir wohl erklären, du hättest die Weisheit auf deiner Seite, nicht wahr?« meinte Tante Mad. »Das Mädchen ist keine Dirne, und doch hast du beschlossen, sie dir auf jeden Fall zu nehmen, ohne sie zu heiraten. Und was wird mit ihr passieren, wenn das Lösegeld bezahlt worden ist?«

Jamie stieß mit dem Fuß gegen ein Holzscheit im Kamin. »Dann muß ich sie nach Hause schicken, nicht wahr? Mein Gott, Tante Mad, sie ist nicht nur Engländerin, sie ist eine Carleton!«

»Ja.« Sie prüfte ihre Stickerei, dann biß sie einen losen Faden mit den Zähnen ab. Was Jamie getan hatte, was er noch tun würde, könnte leicht zu einem Blutbad zwischen den beiden rivalisierenden Clans führen. »Und was wird dann aus ihr?«

Jamie stützte sich mit den Händen auf den Kaminsims und starrte ins Feuer. »Sie wird tun, was sie getan hätte, wenn ich sie in Ruhe gelassen hätte: einen Engländer mit Namen Seymour Howard heiraten.«

»Denkst du, der würde sie dann noch haben wollen? Nachdem sie es mit dir getan hat?«

»Er braucht es ja nicht zu wissen ...«

»Dummkopf, für was für eine Art Mädchen hältst du sie? Ihre Liebe zu dir glänzt in ihren Augen wie eine Weihnachtskerze. Meinst du, sie könnte so tun, als ob sie den Engländer mag, so wie sie für dich empfindet? Und was ist, wenn sie ein Kind von dir bekommt? Männer!« Sie schnaubte und erhob sich schwer atmend, um ihn so zornig anzufunkeln, daß er für einen Augenblick ganz verwirrt war. »Blinde, egoistische Narren seid ihre alle. Und du bist keine Ausnahme, Jamie Maxwell.«

Mit wachsender Beunruhigung sah Jamie zu, wie sie aus dem Zimmer stapfte. Wenn er Frauen kannte (obwohl er mehr und mehr den Verdacht bekam, daß er überhaupt nichts von ihnen wußte), war sie auf dem Weg hinauf zu Alexia, und wenn die beiden mit ihm fertig wären und kein gutes Haar mehr an ihm gelassen hätten, würde er heute abend mit seinem pochenden Ding höchstens an Alexias Tür vorbeilaufen.

Er fluchte und goß sich ein Glas gewürzten Wein ein. Aber nachdem er ihn kurz gekostet hatte, stellte er das Glas weg und durchsuchte die Schränke nach etwas Stärkerem. »Wo ist denn hier ein Männergetränk?« brummte er vor sich hin. Er entschied sich für einen alten Bordeaux, setzte sich und starrte brütend in den Kamin.

Er begehrte Alexia Carleton so sehr, daß es schmerzte, aber er wollte ihr nicht weh tun. Er hatte immer gedacht, wenn jemand für diesen kleinen Entführungsscherz zahlen müßte, dann er allein. Er sah ein, was für ein Narr er gewesen war, blind und selbstsüchtig, wie Tante Mad gesagt hatte. Er war aufgebrochen, um Alexia Carletons Herz zu erobern, ohne auch nur einen Gedanken daran zu verschwenden, was er damit tun sollte, wenn er es einmal hätte. Es stimmte, er hatte sein Herz vor langer Zeit an sie verloren. Aber er hatte gewußt, was er tat. Hatte gewußt, daß es nicht für immer sein konnte. Nur hatte er sich selbst eingeredet, daß ein paar süße Tage und Nächte genug sein würden. Weil das genügen mußte.

»Jamie?«

Er drehte den Kopf und wandte sich brüsk um. Sie stand im Türeingang in einem Nachthemd, so dünn wie ein Nebelhauch. Er konnte deutlich die dunklen Höfe um ihre Brustwarzen und den Schatten zwischen ihren Schenkeln wahrnehmen.

Er holte tief Luft und kämpfte um sein inneres Gleichgewicht.

»Ich habe lange gewartet, Mylord«, sagte sie und lächelte nervös.

Jetzt sollte er ihr sagen, das für ihn alles nur ein Spiel gewesen sei, eine Art ›Haschen‹, und jetzt, wo er gewonnen hatte, wolle er seine

Ruhe, hätte genug davon. Genug von ihr. Aber er stellte fest, daß er nicht den Mut zu einer solchen Lüge hatte, also sagte er nur: »Geh zu Bett, Alexia.« Und schließlich genügte das auch.

Es schien, als müsse sie zusammenbrechen. Mit der geballten Faust hielt sie ein Schluchzen zurück, dann drehte sie sich um und lief weg.

Alexia legte den Kopf in den Nacken und beobachtete einen Falken, der mit schnellen Flügelschlägen über den Baumwipfeln dahinraste, hinaus auf die flache Seite des Lochs, wo die Reiher auf der Jagd nach Futter waren.

Es war sein Falke, aber Jamie interessierte sich nicht für die Jagd, sondern betrachtete Alexia.

Sie trug einen Mantel mit einer Kapuze aus Zobelfell, und ihr Haar hing lose über der Kapuze, Ton in Ton mit dem kostbaren Pelz. Ihre topasfarbenen Augen glitzerten im Sonnenlicht wie ein Paar geschliffene Edelsteine. Um sie lag eine atemberaubende Spannung. Für Jamie sah sie herrlich lebendig aus, und seine Brust schmerzte unter dem Druck einer Sehnsucht, die mehr war als bloßes sexuelles Begehren.

Aber heute umgab sie noch etwas Besonderes – eine Art stiller Heiterkeit. Die Heiterkeit einer Frau, die mit sich und der Welt in Einklang lebt.

Im milden Licht des Morgens am Frühstückstisch hatte er versucht, ihr zu erklären, warum er in der vergangenen Nacht nicht in ihr Bett gekommen war. Sie hatte zugehört, aber nichts dazu gesagt. Nur etwas von der Verkrampftheit, die zuvor um ihren Mund lag, hatte sich gelöst.

Und später, als er sie fragte, ob sie auf Falkenjagd gehen wolle, hatte sie zu seiner Überraschung ja gesagt. In dem Augenblick hatte er zum ersten Mal diese seltsame Aura des Friedens und der Gelassenheit an ihr bemerkt. Er dachte, es sei wahrscheinlich deswegen, weil sie sich seine Worte überlegt und erkannt hatte, wie weise seine Argumente gegen eine körperliche Bindung waren. Offenbar hatte sie beschlossen, ihre Gefühle für ihn zu verbannen. Es tat ihm weh, daß es ihr so leichtzufallen schien.

Der Falke war zum Angriff bereit. Er schwebte hoch über ihnen und schien auf einmal in der Luft zu stehen, dann stieß er mit plötzlicher, tödlicher Schnelligkeit herab und packte sein Opfer mit starken Krallen, so daß es sofort tot war. Er ließ die Beute fallen, damit die Hunde sie holen konnten, und kehrte gehorsam zum Federspiel zurück.

Jamie hielt seine Faust in dem Handschuh ausgestreckt, und der Vogel landete mit einem letzten Schlag der blaugrauen Flügel. Er zog ihm die Fesseln über und flüsterte ihm zärtliche Worte zu.

»Du Süßer. Du wunderschönes Baby.« Er sah auf und entdeckte, daß Alexia ihn anlächelte. Es war das erste Lächeln, das sie an diesem Tag für ihn übrig hatte, und ihm wurde das Herz leichter.

»Er ist wunderschön«, sagte Alexia. »Hast du ihn selbst ausgebildet?«

»Ja. Möchtest du das Nest sehen, wo er herkommt?« fragte er, weil er wieder ein Lächeln bei ihr hervorzaubern wollte.

Der Wunsch wurde ihm erfüllt. Dieses Mal strahlte sie über das ganze Gesicht. »O Jamie, dürfte ich bitte?«

Ich würde dich bis zum Mond auf Händen tragen, dachte er, wenn du mich immer so ansehen würdest.

Sie lagen nebeneinander auf der schmalen Kante eines steilen Felsens des Ben Cruachen. Alexia hatte ihren Arm um Jamies Hüfte geschlungen und drückte sich fest an ihn.

»Alexia, um Gottes willen...«

»Jamie, bitte. Ich leide unter Höhenangst«, log sie.

Gegenüber in einer tiefen Schlucht und zehn Fuß unter ihnen gab es eine noch engere Felskante, und dort schmiegte sich ein Falkennest an den Stein. Das Nest war randvoll: fünf Nestfalken mit weit aufgesperrten Schnäbeln. Sie hatten schon ihr volles Federkleid, konnten aber noch nicht fliegen.

»O Jamie, sie sind so wunderbar«, girrte sie an seinem Ohr. Ihr Atem berührte ihn sanft, und als sie das Zucken um seinen Mund sah, lächelte sie heimlich.

Wenn Alexias Singstimme nicht so unmöglich gewesen wäre, hätte sie an diesem Morgen am liebsten ein Lied angestimmt, als

Jamie ihr alle seine albernen Gründe vortrug, warum er entschieden hatte, daß sie sich nicht lieben durften. Nach einer qualvollen Nacht, in der sie immer nur daran denken konnte, daß er sie nicht mehr begehrte, war die Freude bei der Entdeckung, daß er nur unter dem Anflug eines fehlgeleiteten Gewissens litt, um so größer. Außerdem begehrte er sie nicht nur, er liebte sie wirklich! Warum sonst würde er ihr Wohlergehen und ihr zukünftiges Glück über seine eigenen männlichen Wünsche stellen? Sie dachte, daß dies zwar sehr anständig und ehrenhaft von ihm sei, aber völlig unnötig.

»Gerade jetzt sind sie im richtigen Alter, um sie einzufangen und auszubilden«, sagte Jamie mit belegter Stimme.

»Oh, nimm sie nicht weg, Jamie. Diese nicht.« Sie rieb ihr Bein an seinem Schenkel.

Jamie stöhnte und vergrub seinen Kopf in den Händen. »Alexia, wenn das deine Vorstellung von Rache ist, muß ich dir sagen, sie ist höchst teuflisch und grausam...«

»Hilf mir aufstehen, Jamie. Ich glaube, ich bekomme einen Krampf.«

Mehrere Meter über der Felskante gab es eine mit weichem, schwammigem Moos überzogene Kuppe. Sobald sie dort in Sicherheit waren, wollte sich Jamie von ihr lösen, aber Alexia tat, als ob sie in seine Arme gestolpert sei. Er erwiderte ihre Umarmung und stieß dabei einen Seufzer aus, halb aus Verzweiflung, halb nachgebend.

Er strich über ihren Rücken, ließ seine Finger durch ihr Haar gleiten und hob ihren Kopf. Sie starrte tief in seine Augen, bis ihr schien, als sähe sie das Spiegelbild ihrer Seele darin. Dann legte sie ihre Hände um seinen Hals und zog seinen Mund gierig herab.

Die Wildheit dieses Kusses nahm ihr den Atem, und ihr Herz drohte stillzustehen. Als Alexia diesmal schwankte und sich an ihn lehnte, war es nicht Teil eines Spiels, und sie wäre gefallen, wenn er sie nicht festgehalten hätte.

Der Wind hatte ihr Haar zerzaust, und Jamie strich ihr die Haarsträhnen aus dem Gesicht.

»Alexia...«

Sie legte ihre Finger auf seine Lippen. »Nein. Mir ist gleich, was morgen ist. Liebe mich jetzt.«

Seine Augen wurden dunkel, und er ließ seine Finger an ihrem Hals herabgleiten bis auf ihre Brüste. Und als sie sich jetzt küßten, gab es kein Zurück mehr. Für keinen von ihnen.

Der Kuß, der so begehrend begonnen hatte, wurde weich und zärtlich.

»Ich werde deinen Mantel holen, damit wir uns darauflegen können«, bot er leise an.

Sie sah ihm zu, wie er zu dem angebundenen Pferd ging und den zusammengerollten Mantel holte. Sie dachte, daß der kühle Bergwind, der seine breiten Hemdsärmel aufblies und sein blondes Haar zerwühlte, der gleiche war, der ihre Wangen wie mit Schmetterlingsflügeln zu streicheln schien. Sie standen unter dem gleichen tiefblauen Himmel, umgeben von dem gleichen reichen Aroma der nach Moor riechenden Erde. Nichts trennte sie jetzt mehr, weder Clan noch Land.

Er breitete den Mantel auf dem Boden aus, nahm sie bei der Hand und zog sie neben sich.

Er begann, sie auszuziehen. Nach jedem Kleidungsstück hielt er inne und streichelte mit Händen und Lippen über jeden Körperteil, den er gerade enthüllt hatte. Es schien, als feiere er ein großes Fest, als bekäme er nie genug davon, sie anzusehen, zu berühren und sie zu küssen.

Er verweilte lange bei ihren Brüsten und sagte ihr, wie schön sie seien. Sie hatte ihre Finger in seinem Haar vergraben und drückte sein Gesicht an sich, als müsse sie ein ängstliches Kind trösten. Ein Gefühl von Zärtlichkeit und sorgender Liebe für ihn überkam sie, als wäre er wirklich ihr eigen Fleisch und Blut. Er saugte an ihren Brustwarzen und liebkoste sie sanft mit seinen Lippen.

Dann wandte er sich kurz ab, um sich auszuziehen. Sie half ihm und wunderte sich über die Glätte und Festigkeit seiner Haut. In Kleidern schien er schlank, aber seine nackte Brust war breit und muskulös. Ihre Finger wanderten über seinen ganzen Körper. Sie liebte die Art, wie sich die feinen Muskeln am Rücken bei seinen Bewegungen anspannten und wieder glätteten.

Ihre suchenden Finger stießen an seine angespannte Männlichkeit und ergriffen sie in ganzer Länge. Er holte tief Luft und zitterte.

Sie ließ los. »Jamie? Habe ich dir weh getan?«

»Oh, nein... oh, nein«, lachte er und führte ihre Hand zurück.

Seine Küsse glitten über ihren ganzen Körper, bis sie kaum noch stillhalten konnte.

Dann wanderten seine Hände hinunter zu ihren Oberschenkeln und zu dem dichten, lockigen Haarbüschel. Als er sie dort berührte und mit seinen Fingern in sie eindrang, schien ihr, als sei sie selbst ein Falke, der hoch in den blauen Himmel schwebt. Immer höher, immer höher bis zum Gipfel und dann hinabsinkend auf die grüne Erde. Alles schien sich im Kreis zu drehen, und ihr wurde schwindlig.

Sie öffnete die Augen. Sein Gesicht schwebte über ihr, und er betrachtete sie glücklich lächelnd.

»Jamie? Was hast du...«

Er liebkoste ihren Hals. »Alexia, Geliebte, mein Wunder, meine Freude... Ich habe gerade erst angefangen.«

Mit zärtlichen Händen drückte er ihre Schenkel auseinander. Er nahm ihre Hüften auf, zog sie an sich, immer näher und näher. Sie war so von dem Wunder erfüllt, daß er sie ausfüllte, daß sie seine Erschrockenheit und Überraschung nicht bemerkte. Er zögerte etwas und begann dann, langsam in sie einzudringen. Bei seinen langen rhythmischen Bewegungen kam das Gefühl des An- und Abschwellens wieder über sie, wie vorhin. Aber diesmal traf sie ihn auf halbem Weg und bemerkte, daß ihm das gleiche widerfuhr und er sich über sie bog und erschauerte wie sie selbst.

Sie atmeten beide schwer und waren schweißbedeckt, trotz der kalten Brise. Er legte sich neben sie und zog sie an sich, um sie lang und innig zu küssen.

»Gott hilf mir, ich liebe dich, Alexia«, sagte er sanft. »Ich liebe dich so verdammt sehr.«

Alexia lag nackt in Jamie Maxwells Armen, eingehüllt in ihren großen Mantel. Alles an ihr zitterte, und sie war müde, auf einer Welle von Frieden und Glückseligkeit schwebend.

»Alexia?« Er streichelte sanft ihre Hüfte. »Ich dachte, du wärst verheiratet gewesen.«

»Das war ich. Aber die Ehe ist nie vollzogen worden.«

»Ja, das habe ich gemerkt«, sagte er trocken.

Sie erzählte ihm die Geschichte ihrer Hochzeitsnacht. Aus ihrem Mund klang sie so komisch, daß er lachen mußte. »Aber warum hat er mir gesagt, es würde weh tun?« fragte sie schließlich. »Du hast mir überhaupt nicht weh getan.«

Jamie sah außerordentlich zufrieden mit sich selbst aus. »Es muß beim ersten Mal nicht immer so weh tun«, sagte er und küßte sie auf die Wange. »Obwohl ich gern das ganze Verdienst für mich beanspruchen würde, daß es so schön war, muß ich dir sagen, du bist eine sehr leidenschaftliche Frau, Alexia. Mein Glück, daß dein Kaufmann nicht so lange dageblieben ist, um zu entdecken, wie leidenschaftlich du sein kannst, sonst wäre er nie nach Rußland aufgebrochen. Und heute wärest du eine fette, überhebliche Ehefrau mit vier ewig schreienden Bälgern.«

Alexia versuchte, ihn in den Bauch zu pieksen, aber er fing ihre Hand auf und brachte sie an seine Lippen. Er küßte ihre Fingerspitzen.

»Überheblich vielleicht, Jamie Maxwell«, sagte sie. »Aber ich werde niemals fett werden!«

Er lachte und rollte zurück auf den Rücken. Sie stützte den Kopf auf ihre Hand, so daß er ihr Gesicht sehen konnte. »Ich nehme an, daß du Hunderte von Frauen geliebt hast.«

»Tausende«, sagte er und versuchte, ernst und niedergeschlagen auszusehen.

»Erzähl mir von der ersten.«

»Warum?«

»Weil ich alles über dich erfahren will.«

Er streichelte ihren Unterarm und spielte dann verlegen mit einer ihrer Haarsträhnen. »Da gibt es nicht viel zu erzählen, Alexia. In dem Sommer, als ich dreizehn wurde, beschloß mein Vater, ich sei alt genug, also nahm er mich mit zu seiner Lieblingshure in Dumfries.«

»Wie war sie? War sie hübsch?«

»Ihr Name war Annie, und sie war zwanzig. Vielleicht war sie hübsch. Ich dachte, sie sei wunderschön. Ich habe Liebeslieder für sie auf meiner Laute komponiert und schreckliche Sonette über ihre rubinroten Lippen und ihre perlweiße Haut gedichtet.« Er seufzte, nicht unglücklich. »Ich war schrecklich verliebt in sie.«

Alexia küßte sein Schlüsselbein. »Armes Baby. Hat sie dich wegen eines anderen verlassen?«

Er schnitt ein Gesicht. »Alexia, sie war doch eine Dirne. Sie hatte bereits Dutzende anderer. Nein, die Nichte der Köchin kam aus Annan, um in unseren Küchen zu arbeiten. Also sie war wirklich schön. Ganz rosa und weiß und golden...«

»Oh!« Alexia kniff ihn und nicht gerade sanft. »Ihr Männer seid alle so unbeständig!«

»Schlag mich nicht, du Untier. In dem Alter ist jeder unbeständig.«

Alexia sagte nichts. Aber sie mußte lächeln. Ihre erste Liebe war ein verrückter, blonder schottischer Junge. Und sie hatte ihn nie vergessen. Noch hatte sie je aufgehört, ihn zu lieben.

Sie faßte zwischen seine Beine. »Jamie... wie geht das? Kannst du das noch einmal?«

Er brach in unbezähmbares Lachen aus, und sie lachte mit ihm gemeinsam. Er packte sie um die Taille und zog sie auf sich. Sie fühlte, wie er wieder hart wurde.

»Woran denkst du?« fragte er heiser.

»Ich denke daran, daß ich dich liebe, Jamie Maxwell.«

Kapitel 6

Aus einer Entfernung von dreihundert Metern sah das Ziel nicht größer aus als ein Taschentuch, das Schwarze darin wie ein Punkt oder ein Monogramm.

»Haben wir uns also verstanden? Wenn auch nur ein Pfeil außerhalb der Markierung landet, wirst du mir eine ganze Stunde lang jeden Wunsch erfüllen«, sagte Jamie.

Alexia war bereit. Ihr Bogen war gespannt. Er war aus biegsamem Eibenholz und hatte genau die richtige Länge für ihre Größe.

Sie sah zu ihm auf, und die Einladung in ihren Augen war deutlich zu erkennen. »Aber wenn es mir gelingt, dann darf ich die Stunde über befehlen?«

»Ja, natürlich.«

Alexia mußte über den selbstsicheren Ausdruck auf Jamies Gesicht lächeln. Er dachte, er könne nicht verlieren, weil er annahm, sie würde das gleiche Pfand fordern wie er, eine Balgerei auf dem großen Bett in dem Zimmer mit den kämpfenden Adlern. Aber Alexia hatte eine Überraschung für ihn bereit.

Alexia paßte den Armschutz an und stellte sich quer zum Ziel auf. Sie setzte den Pfeil ein, hob den Bogen und spannte die Sehne. Sie visierte das Ziel nicht über die Pfeilspitze an, sondern konzentrierte sich auf die Markierung.

Mit einem Zischen schnellte der Pfeil durch die Luft. Der Mann, der am Ziel stand, warf die Arme in die Luft. Ein Treffer.

Sie und Jamie lächelten sich an. Sie zog noch einen Pfeil aus dem Köcher.

In den sechs Wochen, seit sie auf Kilchurn Castle waren, hatten Alexia und Jamie viele Stunden lang Wettkämpfe miteinander ausgefochten, und sie hatte ihn jedesmal besiegt. Es gefiel ihr, daß er nichts dagegen hatte, sie als besseren Bogenschützen zu akzeptieren. Im Gegenteil, er schien stolz auf ihre Geschicklichkeit und war froh, daß sie die Liebe zu diesem Sport miteinander teilten.

Sie hatten festgestellt, daß sie auch die Liebe zur Fechtkunst teilten. Aber in diesem Bereich hatte sich Jamie deutlich als Meister erwiesen, obwohl er sich nicht scheute, Alexia ein paar seiner Tricks zu zeigen. Und er war ein geduldiger Lehrer, der zwar ihrem Geschlecht kleine Zugeständnisse machte, aber ihre ernsthaften Bemühungen um Wissen und Geschick respektierte.

An anderen Tagen waren sie wieder zusammen auf Falkenjagd gegangen oder hatten lange Ausritte um das Loch und über die Berge unternommen. Neben einem Bergbach oder auf einer sonnigen Wiese pflegten sie ihre Mahlzeiten einzunehmen. Gewöhnlich hatten sie einen Korb dabei. Danach pflegte Alexia zuzusehen, wenn Jamie zeichnete, und sie sprachen von wichtigen und unwichtigen Dingen. Aber wovon sie niemals sprachen war die Zukunft.

Einmal ruderten sie in einem kleinen Boot hinaus mitten auf das Loch, und dort liebten sie sich in der heißen Sonne auf dem Boden des Bootes. Bei seinen Bewegungen verwandelte sich das Boot in eine Wiege, und sie fühlte sich von einer Zärtlichkeit übermannt, die sie fast zum Weinen brachte. Zum Schluß wäre das Boot beinahe umgekippt, und ihre bittersüße Freude verwandelte sich in ausgelassenes Lachen.

An manchen Tagen regnete es. Dann blieben sie zu Hause, spielten Backgammon oder Schach. Oder sie unterhielten sich lange über die Bücher, die sie beide gelesen und genossen hatten. Über Kopernikus' neueste Theorie, daß die Erde sich um ihre Achse und sie und alle anderen Planeten sich um die Sonne drehten, hatten sie ihren ersten ernsthaften Streit. Jamie bestand darauf, daß die Theorie etwas für sich hätte. Alexia dagegen meinte, sie würde vorne und hinten hinken. Erstens, wenn die Erde sich wie ein Kreisel dreht, müßten sie doch die Bewegung spüren. Und was den Rest von Kopernikus' lächerlicher Theorie beträfe, so sollte doch Jamie einmal ins Freie treten und beobachten, wie die Sonne am Himmel entlangwandere, um zu erkennen, daß die Sonne sich bewegt und nicht die Erde. Sie wurde ganz wütend, weil er, dickköpfig wie er war, es ablehnte, sich angesichts so überwältigender physikalischer Beweise überzeugen zu lassen, obwohl sie ihm am Ende erlaubte, mit seinen Küssen ihre Gunst zurückzugewinnen.

Das einzige, was Alexia mit Jamie nicht teilen konnte, war seine Liebe zur Musik. Sie genoß sie, hatte aber keine tiefere Beziehung zu ihr und war vollkommen unbegabt, ein Instrument zu erlernen. Jamie, der nicht nur die Laute, sondern auch die Harfe und das Spinett beherrschte, war außerordentlich erstaunt festzustellen, daß Alexia nicht ein einziges Musikinstrument spielen konnte, denn zu jener Zeit versuchte selbst der dümmste Bauer, aus irgendeinem Gegenstand Musik hervorzubringen, und sei es auch nur eine Schilfrohrpfeife. Sie konnte noch nicht einmal mit ihm zusammen singen. Das eine Mal, als sie es versuchten, zuckte er – trotz heroischer Anstrengung, sich zu beherrschen – zusammen, als ihre krächzende Stimme ein paar falsche Noten hervorbrachte. Sie tat so, als sei sie beleidigt, und warf ihm ein Kissen an den Kopf. Schließlich endete es damit, daß sie sich auf dem Boden des Musikzimmers liebten.

Sich lieben. Hätte Alexia diese Wochen nur damit zugebracht, das Leben mit Jamie Maxwell zu teilen, wäre sie glücklich gewesen. Aber ihre körperliche Liebe gab jeder Minute ihres Zusammenseins einen besonderen Akzent. Manchmal schien es, als könne sie diesen himmlischen Flug zu ihrem Höhepunkt allein schon dadurch erreichen, daß sie seine Hände auf ihrer Taille spürte, wenn er ihr vom Pferd half oder seine Schulter die ihre streifte, wenn sie durch eine Tür schritten. Einmal war es fast passiert, als sie sein Lachen aus einem anderen Zimmer kommen hörte.

Jedes Geräusch, jede Berührung und sein Anblick waren jeweils nur das Echo von dem, was zwischen ihnen auf dem großen Bett in dem Zimmer mit den kämpfenden Adlern stattfand. Und in den frühen Morgenstunden, wenn sie in seinen Armen lag und er noch schlief, versuchte sie sich ein Leben ohne Jamie Maxwell vorzustellen und wußte, es war unmöglich. Sie hatte davon gehört, daß Menschen von fremdartigen Drogen aus dem Vorderen Orient süchtig werden, und sie dachte, sie müsse sicherlich süchtig nach ihm sein, denn sie brauchte ihn nicht mehr nur noch, um glücklich zu sein, sondern um überhaupt leben zu können.

Sie erwartete mit Schrecken den Tag, an dem einer von Jamies Brüdern mit der Nachricht käme, daß das Lösegeld bezahlt sei. Dann müßte er sie zurückbringen, zurück zu ihrem Vater und zu Seymour. Zurück zu einer Heirat mit Seymour, an dessen Gesicht sie sich nicht einmal mehr erinnern konnte. Den sie sicherlich nie wirklich geliebt hatte. O ja, sie hatte ihn einst ganz gern gehabt, und zweifellos hätten sie einige zufriedene Jahre als Mann und Frau miteinander verbracht. Aber jetzt von ihr zu verlangen, daß sie Seymour liebte, wäre, als ob man eine Prinzessin, die in einem Palast aufgewachsen war, zwingen würde, den Rest ihres Lebens in einem finsteren Loch zu verbringen.

Sie fragte sich, ob es Jamie genauso ginge, und wartete, daß er darüber spräche. Aber obwohl er ihr immer wieder sagte, wie sehr er sie liebe, sprach er nicht ein einziges Mal zu ihr davon, daß er sie nie verlassen würde und sie auch nie zwingen würde, ihn zu verlassen.

Und eines Tages sagte ihr Auntie Mad, warum.

Die Gräfin hatte Jamie unter dem Vorwand ins nächste Dorf geschickt, mehr Goldfäden für ihre neueste Wandstickerei zu benötigen, aber in Wirklichkeit nur, um mit Alexia allein zu sein. Sie ging ohne Umschweife auf das Thema los.

»Es gibt etwas, was du von Jamie wissen mußt, meine liebe Alexia. Es wird mir weh tun, es auszusprechen, und es wird dir weh tun, es zu hören, aber ich muß es dir sagen.«

Alexia zwang sich, der Gräfin in die Augen zu sehen. Sie waren freundlich und voller Mitleid, so daß sich ein Kloß in Alexias Hals bildete. »Ich ... ich glaube, ich weiß, was Ihr sagen wollt, Mylady.«

»Ja, mag sein, du weißt es.« Sie holte tief Luft und begann dann mit ihrer vorbereiteten Ansprache. »Für die Maxwells steht der Clan an erster Stelle. An erster Stelle vor dem Land und an erster Stelle vor Gott und ganz sicher an erster Stelle vor der Liebe. Es liegt nicht in Jamies Wesen oder seiner Erziehung, dich oder irgend jemand anderes vor seine Pflicht gegenüber dem Clan zu stellen. Ein anderer Mann an seiner Stelle könnte seine Titel und seine Familie aufgeben, auf den Kontinent fliehen, um mit der Frau zusammenzusein, die er liebt. Niemals aber Jamie Maxwell. Bitte ihn nie, seine

Liebe für dich auf diese Weise unter Beweis zu stellen, Alexia, denn er würde es nicht tun, und dir würde es nur das Herz brechen.«

Alexia nickte und schluckte den Kloß herunter, der bei Auntie Mads Rede immer größer geworden war. »Ja. Danke, Mylady. Ich werde ihn nicht darum bitten.«

Auntie Mad nahm Alexias Hände in ihre eigenen, großen, weichen. »Wenn es ein Trost für dich ist, meine Liebe: Er liebt dich wirklich. Ich bin mir ganz sicher.«

Alle sechs Pfeile saßen auf einer Stelle zusammengedrängt, die nicht größer war als die Faust eines Mannes, in einem Viereck im schwarzen Zentrum des Ziels.

Jamie stand hinter ihr, seine Hände unter ihren Brüsten verschlungen. »Die Stunde gehört dir, mein Liebes«, sein Atem blies durch ihr Haar. »Wie lautet dein erster Befehl?«

Alexia lehnte ihren Kopf gegen seine Schulter. »Daß du mir beibringst, wie man einen Mann so wirft, wie du Big Wat damals geworfen hast.«

Er packte sie und drehte sie um, so daß sie ihn ansehen mußte. »Du kleiner Teufel! Du hast mir zu verstehen gegeben... Wieso komme ich mir vor, als hätte man mir eben einen zerzausten Klepper mit einem lahmen Bein verkauft?«

Alexia machte große Augen und schmollte. »O Jamie, wie konntest du jemals denken, daß ich dich reinlegen wollte?«

»Hmm!«

Aber er führte sie gutmütig zu den Ställen, wo sie Stroh auf dem Boden ausbreiten konnten, damit sie weich fallen würden. »Du mußt lernen, richtig zu fallen, ehe du lernen kannst zu werfen«, erklärte ihr Jamie.

Sie betrachtete ihn mit Mißtrauen. »Ich traue dir nicht, Jamie Maxwell. Ich glaube, du willst nur, daß ich Purzelbäume schlage, damit du lüstern nach meinen Beinen schielen kannst.«

Er schielte nach ihren Beinen. »Ja. Das gehört alles zu einem teuflischen Plan, um dich in mein Bett zu schleifen. Ich verführe alle meine Frauen so.«

Als er sich überzeugt hatte, daß sie fallen konnte, ohne sich weh zu tun, lehrte er sie die verschiedenen Methoden, wie man das Gewicht und den Schwung eines Feindes in Hebelkraft umsetzt, um seinen Angriff abzuwehren. Dann fragte er sie, ob sie jetzt bereit sei, die Theorie in der Praxis anzuwenden, und sie nickte begeistert.

Plötzlich torkelte er auf sie zu, bösartig wie ein Kobold und die Zunge heraushängenlassend wie ein Irrer. Er brüllte: »Jetzt komme ich und hooole dich.«

Alexia quietschte, packte ihn am Ellenbogen, hakte ihren Fuß von hinten um sein Knie und schickte ihn breitbeinig mit dem Gesicht voran in das Stroh.

»Es hat geklappt!« rief sie. »Machen wir es noch einmal.«

Jamie lag ganz still auf dem Stallboden.

»Jamie?«

Er stöhnte.

Sie beugte sich über ihn. »Bist du verletzt?«

Sie quietschte wieder, als er seinen Arm hervorstieß, ihn um ihre Beine legte und sie mit einem Ruck umwarf. Sie fiel auf ihn, und er rollte sie auf den Rücken, um sich rittlings auf sie zu setzen. Lachend küßte er sie.

»Jamie!«

Er hob blitzschnell den Kopf und sah sich um. Zuerst konnte Alexia nichts sehen, dann stieg er von ihr herab und kam auf die Beine. Sie sah zwei Gestalten in der Stalltür stehen, aber die helle Sonne draußen blendete sie.

»Mistress Carleton... geht es Ihnen gut?« fragte eine tiefe, irgendwie bekannte Stimme. Dann trat eine der Figuren einen Schritt in das Halbdunkel des Stalls, und sie sah, daß es Robin Maxwell war. »Hat er Euch weh getan?«

»Sei nicht albern, Robin«, meinte Jamie. Er hielt Alexia die Hand hin, um ihr aufzuhelfen. Sie merkte, daß ihre Röcke hochgeworfen waren bis über ihre Hüften, und zog sie eilig hinunter, ehe sie ungeschickt auf die Füße kam.

»Aber Jamie, ich habe doch gesehen, wie du... ich hörte sie schreien«, sagte Robin. »Zweimal.«

Alexia fühlte die Hitze in ihre Wange steigen, und sie konnte Jamie nicht ansehen. »Mir geht es gut, wirklich. Es war ein... Spiel.«

Die andere Gestalt trat auch ein, ein Mädchen. Sie war ganz in Weiß und Gold gekleidet, ein Stück Konfekt mit Zuckerguß aus einer Pralinenschachtel. Selbst mit dem Aufbau ihres silberblonden Haares in festen Locken auf ihrem Kopf reichte sie Alexia nur bis an die Schultern. Sie sah so zart aus wie belgische Spitze und war sicher nicht älter als sechzehn. Alexia war sich sofort bewußt, wie sie sich neben diesem Inbegriff weiblicher Schönheit ausmachen mußte. Braungebrannt wie ein Spanier nach den vielen Stunden im Freien. Schmutzig und zerzaust vom Herumrollen auf dem Stallboden. Und groß, lang und knochig, wie ein hölzerner Spielzeugsoldat.

Alexia schob sich eine lose Haarsträhne aus der Stirn und funkelte das Mädchen an. Sie haßte sie schon beim bloßen Anblick und wußte instinktiv, daß sie hier eine Rivalin hatte, eine nicht zu unterschätzende Rivalin.

»Elspeth«, sagte Jamie. »Was tust du hier?« Er klang nicht böse, nur erstaunt.

»Sie wird unsere Anstandsdame sein«, antwortete Robin.

Jamie warf den Kopf zurück und lachte. »Anstandsdame? Wofür um Gottes willen?«

»Wir, Elspeth und ich, sollen Mistress Carleton nach Stirling begleiten, wo ihr Vater auf sie wartet...«

»Mein Vater!« rief Alexia. »In Stirling?«

Robin nickte ihr zu. »Ja, Madam.« Er blickte seinen Bruder an. »Ich hatte dich gewarnt, Jamie. Jetzt heißt es, du sollst dich im Schloß des Königs in Stirling melden. Dort wirst du wegen unrechtmäßiger Gefangennahme und Verrat angeklagt werden.«

Verrat. Alexia dachte, das Herz müsse ihr stillstehen. Dann betrachtete sie Jamie, und er lächelte ihr ermutigend zu.

Das Mädchen Elspeth schritt vor und legte ihre Hand auf Jamies Arm. »Es ist alles ein albernes Mißverständnis, Jamie. Du mußt dem König das einfach erklären.« Sie wandte ihre leuchtenden blauen Augen Alexia zu und hielt ihr eine winzige Hand entgegen. »*How do you do*, Mistress Carleton. Sicher hat Jamie von mir gesprochen?«

Robin sah Jamie an, der mit leerem Blick auf ihn zurückstarrte.

Er räusperte sich. »Äh, ich bitte um Verzeihung, Mistress Carleton, darf ich Lady Elspeth Campbell vorstellen?«

Das Mädchen kicherte. »Ich weiß, daß ich nicht wie eine Anstandsdame aussehe, aber ich versichere Euch, daß ich mich sehr dafür eigne, denn seht...«, und sie blickte zu Jamie hinüber, ein Lächeln ließ zwei schillinggroße Grübchen in ihren modisch blassen Wangen erscheinen, »ich werde Jamies Frau.«

»Ehefrau!« Alexia drehte sich um. Sie hatte die Arme fest vor der Brust verschränkt. Sie und Jamie starrten sich über das riesige Bett hinweg an, das jetzt so leer und feindselig aussah wie eine Wüste. »Du hast eine Frau.«

»Zur Hölle, wie oft muß ich es dir noch sagen: Elspeth ist nicht meine Frau!«

»Dann wird sie deine Frau werden. Was ist der Unterschied?«

»Ein großer Unterschied. Wir sind noch nicht einmal verlobt. Es gibt keinen Vertrag, kein Aufgebot.« Jamie machte eine ungewisse Bewegung mit der Hand. »Nur eine Art Vereinbarung...«

»Eine Vereinbarung, daß sie deine Frau wird!«

Er knirschte mit den Zähnen. »Also gut, verdammt noch mal. Ja. Irgendwann. Aber dein Hemd ist auch nicht gerade blütenrein, was das betrifft. In all den Stunden, die wir in den letzten Wochen zusammen verbracht haben, habe ich niemals den Namen Seymour Howard über deine Lippen kommen hören.«

»Du hast von Seymour gewußt. Ich wußte nichts von ihr.«

»Gütiger Himmel.« Er warf die Arme hoch. »Was glaubst du, was ich tun würde, nachdem du nach England zurückgegangen bist? In ein Kloster gehen?«

»Mein Gott, ist sie auch deine Geliebte?«

»Nein!« Er holte tief Luft und versuchte, mit ruhiger Stimme zu sprechen. »Sie ist eine Cousine meiner Mutter, Waise seit ihrer Kindheit, und so wurde mein Vater ihr Vormund. Wir sind zusammen aufgewachsen. Sie ist für mich wie eine Schwester. Eine reiche und politisch mächtige Schwester.«

»Oh, so ist das. Du willst dich um deines kostbaren Clans willen dazu zwingen, sie zu heiraten.«

Alexia lächelte leicht hämisch. »So, wie sie aussieht, kann ich mir vorstellen, was das für ein schreckliches Opfer deinerseits sein wird.«

»Ich liebe Elspeth nicht, ich liebe dich, Alexia... Erinnerst du dich nicht? Wir haben darüber gesprochen, daß es nicht für immer wäre. Ich habe dir nichts von ihr gesagt, weil sie in die Zukunft gehört, wenn du einmal weg bist. Ich wollte dir nicht weh tun...«

»Nein, du wolltest nur mit mir schlafen!« rief sie. Riesige Tränen rollten ihre Wangen herunter und fielen wie Regentropfen auf ihr Satinmieder. »Und du hast ja wohl mit mir geschlafen. Und wie du mit mir geschlafen hast...«

Sie wandte sich ab und versteckte ihr Gesicht in den Händen.

»O Gott, Alexia...« Er trat auf sie zu, hielt dann inne. Seine Arme sehnten sich danach, sie festzuhalten, sie zu trösten, aber er wußte, er hatte nicht mehr das Recht dazu. »Ich werde Auntie Mad bitten heraufzukommen. Wir fahren nach dem Essen nach Stirling.«

Robin wartete auf der Treppe gegen die Wand gelehnt. Er hatte zugehört.

»Es war wohl nicht genug, sie zu entführen?« sagte er und folgte Jamie die Treppen hinunter. »Du mußtest sie auch noch verführen.«

Jamie drehte sich so abrupt um, daß Robin fast über ihn fiel. »Ich habe sie nicht verführt. Ich habe sie vergewaltigt.«

Robin wurde schreckensbleich. Dann sagte er: »Nein... nein, ich glaube das nicht. Aber ich sehe, was du willst, und ich werde dir helfen, denn das schuldest du ihr. Aber, mein Gott, Jamie, wenn du verbreitest, daß du sie vergewaltigt hast, ziehst du dir damit die Schlinge um den Hals.«

»Es ist mein Hals.«

Colin Campbell, der sechste Graf von Argyle, stand am Fenster seiner Kanzlei in Stirling Castle und betrachtete die wogenden grünen Felder von Bannockburn. Dort drüben hatte vor über zweihundertundsiebzig Jahren Robert the Bruce die Engländer geschlagen und Schottlands Unabhängigkeit errungen.

Es war keine Unabhängigkeit, die man leicht aufrechterhalten konnte, und der Graf von Argyle war der Meinung, daß diese Unabhängigkeit seit langem unnötig war.

Mit einundfünfzig würde Englands Königin aus ihrem jungfräulichen Schoß keinen Erben mehr hervorbringen. Der stärkste Thronanwärter und legitimer Nachfolger war ihr Vetter James Stuart, jetzt König von Schottland. Und der Graf von Argyle hatte einen großen, ehrgeizigen Plan: den Hintern seines Königs fest auf Elizabeths Thron zu setzen. Durch James würden die beiden Länder unter einer Krone vereint und, was für den Grafen am wichtigsten war, in einer einzigen Religion, dem wahren christlichen protestantischen Glauben.

Wenn der glorreiche Tag der Vereinigung käme, würde der Graf von Argyle, als einer seiner vertrauten Berater, den königlichen Knaben nach London begleiten. Der Graf würde dann von diesem elenden, rückständigen Schottland befreit sein, diesem von Wilden bewohnten Land, und er würde in eine politische Arena treten, die seinen besonderen Talenten eher entspräche, seiner Fähigkeit zu herrschen. Dann, erst dann, würde sein Schicksal erfüllt. Ein Schicksal, das ihm von Gott verliehen war.

Jemand klopfte an die Tür und störte ihn in seinen erfreulichen Betrachtungen. »Was ist?« bellte der Graf.

Ein Offizier der königlichen Wache trat ein und salutierte. »Der Gefangene ist im Südturm eingeschlossen, Mylord.«

»Ausgezeichnet, ausgezeichnet.« Argyle rieb seine trockenen Hände mit den blau hervortretenden Adern aneinander. Er hatte noch nie einen dieser Maxwell-Vettern gemocht – gottlose Rebellen, alle. Aber Jamie Maxwell haßte er am meisten. Der wilde und verwegene Jamie Maxwell, der dem Grafen seine ehrgeizigen Pläne wie einen Spiegel vorhielt und sich dann über ihn lustig machte. Dessen Lebensweise allein schon die Pläne des Grafen wie die Hirngespinste eines Verrückten erschienen ließen. Oder schlimmer, wie die schwächlichen Darbietungen eines Langweilers.

»Er darf keine Vorzugsbehandlung bekommen, verstehst du. Gleich, was er oder seine Familie zu zahlen bereit sind. Außerdem« – Argyle lächelte kühl und vieldeutig – »du könntest den Beschließer wissen lassen, daß eventuelle Unbequemlichkeiten, die der Gefangene zu erleiden hat, nicht unbelohnt bleiben würden.«

Der Soldat klappte die Hacken zusammen. »Ich verstehe, Mylord.«

Kaum war der Mann weg, klopfte es wieder an die Tür. »Nun, was ist?« schnappte Argyle.

Ein Page öffnete und meldete: »Mylord, der Botschafter am Hofe Seiner Majestät, König James VI. von Schottland, als Gesandter Ihrer Majestät, Königin Elizabeth I. von England.«

Ein kleiner, fast glatzköpfiger Mann unbestimmten Alters und unbestimmter Herkunft, ohne irgendwelche ausgeprägten Merkmale, betrat das Zimmer und schloß die Tür sorgfältig hinter sich. Er lehnte sich dagegen, die Hände noch um den Griff geschlossen und begegnete dem kalten Blick des Grafen von Argyle.

»Dieser Grenzräuber, Lord Maxwell. Ist er festgenommen?«

Ein Lächeln breitete sich langsam auf dem verkniffenen Gesicht des Grafen aus. »Aber natürlich.«

»Und das Mädchen?«

»In Sicherheit. In einem Gasthof nicht weit von hier. Ich habe gerade ihren Vater dorthin geschickt. Es sollte eine rührende Wiedervereinigung werden.«

»Ist sie vergewaltigt worden?«

»Mein lieber Botschafter, ich habe wirklich nicht die geringste Ahnung. Wenn das Euren Zwecken dienlich ist, behauptet es doch auf jeden Fall. Soviel ich weiß, ist sie Witwe, also brauchen wir keine ärztliche Bestätigung des Gegenteils.«

Der Botschafter ließ sich in dem Stuhl vor Argyles riesigem fleckenlosen Schreibtisch nieder. Er saß einen Augenblick still da und rieb sich mit den Knöcheln einer Hand gegen die Zähne. Der Graf betrachtete ihn leicht amüsiert.

»Eine ekelhafte Geschichte, Argyle«, sagte der Botschafter endlich. »Eine sehr unangenehme Geschichte.«

»Dann sagt mir, mein lieber Botschafter, was wünscht unsere Königin?«

Der Gasthof lag versteckt in einer engen Gasse im alten Viertel von Stirling nahe der Burgmauer. Aus ihrem Fenster im obersten Stock konnte Alexia die zwei behäbigen runden Türme des riesigen Burgtors sehen. Die Burg, eine der königlichen Residenzen, war auf vulkanischem Felsen über dem Fluß Forth gebaut. Sie fragte sich, wie wohl die Kerker dort aussehen mochten.

Als sie durch das Stadttor geritten waren, fanden sie sich plötzlich von einer berittenen Abordnung der königlichen Wache umringt, und Lord Jamie Maxwell war im Namen des Königs, James VI. von Schottland, festgenommen worden. Sie hatten ihn in Handschellen gelegt und weggeführt. Erst dann war die Wirklichkeit endlich in ihr Bewußtsein vorgedrungen, und sie hatte vor Wut und Schmerz laut aufgeschrien.

»Nein!« schrie sie und hieb dem Pferd ihre Fersen in die Seite.

Robin Maxwell legte eine Hand auf ihre Zügel und hielt sie zurück.

»Laßt. Ihr könnt jetzt nichts für ihn tun.«

»Jamie!« schrie sie.

Jamie drehte sich im Sattel um und warf ihr das gleiche kecke Lächeln zu, das sie immer dann auf seinem Gesicht bemerkt hatte, wenn er einen besonders teuflischen Plan ausheckte. Einen Augenblick lang war sie fast überzeugt, daß alles in Ordnung kommen würde.

»Robin?« Elspeth hatte ihr Pferd zu ihnen hingetrieben. »Es ist alles nur ein dummer Irrtum, nicht wahr?« Dabei war Alexia in hysterisches Lachen ausgebrochen.

Ein Irrtum, dachte sie jetzt und preßte ihre Stirn an die kühle Scheibe des Gasthoffensters. Nur ein dummer Fehler. Oder ein schlechter Traum, und sie würde in dem großen Bett in Kilchurn Castle aufwachen. Jamie würde seine Arme um sie geschlungen haben und mit seinen lachenden grünen Augen auf sie herabblicken.

An der Tür hörte sie ein Scharren. Dann öffnete sie sich mit leisem Quietschen. Alexia drehte sich um.

»Vater!«

Sie flog Sir Thomas in die Arme, und er drückte sie fest an sich, immer und immer wieder ihren Namen aussprechend.

»Alexia...« Er hielt sie um Armeslänge vor sich. »Laß mich dich anschauen, Mädchen.« Er grinste breit, gab ihr dann einen Kuß auf die Wange, wobei sein Bart an ihrer Haut kratzte. »Du bist ohne Hut in der Sonne geritten.«

Sie legte ihre Hände an die Wangen. »O Vater, sehe ich schrecklich aus?«

»Nein, nein.« Er umarmte sie wieder. »Ach, meine Tochter. Du weißt gar nicht, was ich die letzten Wochen mitgemacht habe. Ich...«

»Bitte Vater, reg dich nicht auf. Wie du siehst, geht es mir gut. Nichts... Schlimmes ist mir zugestoßen.«

Sie sah ihrem Vater ins Gesicht. Er schien gealtert zu sein. Neue und tiefere Falten waren um seinen Mund eingegraben, und seine Augen hatten rote Ränder von ungeweinten Tränen. Ein Schuldgefühl stieg kurz in ihr hoch; in all diesen Wochen, die für sie von Glück erfüllt waren, hatte es Menschen gegeben, die um sie litten. Und sie hatte nicht einen Gedanken an sie verschwendet.

»Ich habe dich vermißt, Vater«, sagte sie und freute sich, daß er lächelte.

»Ja, ich habe dich auch vermißt, mein Mädchen. Und Seymour. Der Junge ist fast verrückt geworden vor Sorge um dich. Ja, und ich weiß, du willst ihn auch unbedingt wiedersehen. Aber darauf müssen wir eine Weile warten. Bis nach dem Prozeß.«

Alexia fühlte, wie der Atem sie verließ. »Prozeß? Vater... Sie haben Lord Maxwell wegen Verrat festgenommen.«

»Ja, der verlogene, diebische, räuberische Schuft. Und er wird als Verräter sterben.«

Alexia wurde bleich und schwankte, so daß Sir Thomas sie am Ellenbogen festhalten mußte, damit sie ihr Gleichgewicht wiedergewann. Sie hatte noch nie gesehen, wie ein Verräter zu Tode kam, hatte aber Beschreibungen gehört. Der Verurteilte wird aufgehängt, nur um noch lebendig wieder abgenommen zu werden, so daß er fast erstickt und um Atem kämpft, dann werden ihm die Geschlechtsteile abgeschnitten und vor seinen Augen verbrannt. Denn wenn er jung und stark ist und der Scharfrichter geschickt, dann wird er noch leben. Und das ist noch nicht alles, denn dann werden seine Gliedmaßen nacheinander abgehackt und Aasgeiern zum Fraß hingeworfen. Man braucht dabei viele Stunden, um zu sterben, und jede Minute ist eine Höllenqual.

»O Gott...«, stöhnte sie und achtete nicht darauf, daß sie jeder im Haus hören konnte. »Das ist lächerlich. Warum sollte meine Entführung als das Verbrechen des Verrats betrachtet werden?«

Sir Thomas sah sie lange und nachdenklich an. »Indem er dich mitgenommen hat, dich, eine englische Untertanin, hat Lord Maxwell das Land in die Gefahr einer bewaffneten Vergeltungsaktion gebracht.«

»Aber du verstehst nicht. Keiner von euch versteht. Es war mehr ein Spiel als alles andere. Er wollte nur das Schwert seines Großvaters zurück und dich und den Rest der Carletons ein wenig austricksen. Er hat mir nicht weh getan, das würde er niemals tun...«

Sir Thomas' knöchrige Hände packten ihre Schultern.

»Alexia, hast du mit Lord Maxwell geschlafen?«

Alexia sank auf einen Schemel. »Ja.«

»Freiwillig?«

Sie hob ihr Kinn. »Ja!«

»Lieber Himmel.« Sir Thomas wandte sich zum Fenster, von wo er die Burgtürme sehen konnte. »Bekommst du ein Kind?«

»Ich... ich glaube nicht«, sagte Alexia, nachdem sie kurz nachgerechnet hatte. Sie hatte ihre Regel kurz nach der Ankunft auf Kilchurn gehabt, seither aber nicht mehr. Nun, sie war nie sehr regelmäßig gewesen. Aber immerhin... könnte sie möglicherweise schwanger sein? Sie wußte, daß sie bei dem Gedanken entsetzt sein müßte, statt dessen geriet sie in Verzückung. Jamies Kind? Sie und Jamie würden sich auf jeden Fall trennen müssen, aber wenn sie sein Kind haben dürfte...

»Ich nehme an, der junge Howard wird dich jetzt nicht mehr wollen«, sagte ihr Vater.

»Ich will Seymour nicht mehr heiraten.«

Er sah sie fest an. »Ich kann nicht glauben, daß du dich so sehr verändert hast, daß du eine Hure geworden bist. Ich nehme also an, du meinst, du müßtest diesen schottischen Bastard lieben. Du kannst keinen Maxwell heiraten, Mädchen. Ich verbiete es.«

»Jamie…, Lord Maxwell… hat nicht um meine Hand angehalten.«

»Nein, das würde er wohl nicht tun, oder?« Sir Thomas durchmaß den Raum mit drei großen Schritten. Er packte sie an den Oberarmen und riß sie auf die Füße. Dann schüttelte er sie heftig. »Und er kann dich ganz gewiß jetzt nicht heiraten. Selbst wenn er plötzlich ein Gewissen annehmen würde. Er ist in den Kerkern in Stirling, und dort bleibt er bis er zu seiner Hinrichtung. Bis er tot ist, Alexia!«

Kapitel 7

Der König der Schotten blickte herab auf das rötlich-blonde Haar des Mannes, der zu seinen Füßen kniete.

»Lord Maxwell, wir dachten, Ihr hättet das Rebellieren aufgegeben.«

Jamie hob den Kopf. Er sah dem jungen König in die Augen und konnte darin keine Wut entdecken, nur Verwunderung. Hinter dem König lehnte sich Graf Argyle gegen den Fensterrahmen, die Schadenfreude stand ihm ins Gesicht geschrieben.

Jamie lächelte seinen Souverän an. »Eure Majestät, seit wann bedeutet ein paar Engländern eine Nase zu drehen Rebellion gegen den schottischen König?«

Der Graf von Argyle schnaufte laut und vernehmlich. »Ihr behauptet, die englische Grenze zu überschreiten und das Land zu besetzen, eine englische Garnison zu überfallen und eine englische Untertanin zu entführen, seien...«

»Lord Argyle!« sagte der König mit scharfer Stimme. »Wir erinnern uns nicht, Euch das Wort erteilt zu haben.«

Argyles blasses Gesicht nahm plötzlich Farbe an. »Vergebt mir, Euer Gnaden. Ich wollte nur...«

»Ihr dürft uns verlassen.«

»Aber, Euer Gnaden...«

»Laßt uns allein!«

Der Graf zögerte noch einen Augenblick, dann verbeugte er sich steif und ging rückwärts aus dem Zimmer. Jamie blickte zu Boden, ein Lächeln versteckend.

Nach seines Vaters Ermordung und der erzwungenen Abdankung seiner Mutter hatten die Adligen Schottlands James Stuart untereinander wie einen Ball hin- und hergeschoben. Denn jeder, der des Knaben physisch habhaft wurde, hatte die Macht, in seinem

Namen zu regieren. Mit fast zwanzig Jahren fing James VI. gerade erst an zu erkennen, daß er jetzt die Macht hatte, als König zu regieren, daß sein Königreich jetzt ihm gehörte. Jamie nahm es dem jungen Mann nicht übel, daß er seine ungeübten königlichen Muskeln jetzt einmal genau vor den Männern spielen lassen wollte, die ihn als Kind gebraucht und mißbraucht hatten.

»Wir wünschen Euren Tod nicht, Lord Maxwell«, sagte der König weich, sobald sich die Tür hinter dem Grafen geschlossen hatte.

»Ich bin erleichtert, das zu hören, Sir.«

»Steht auf.«

Jamie stand elegant auf, obwohl er so lange Zeit gekniet hatte. Obwohl fast gleichaltrig, Jamie war nur drei Jahre älter, hätten die zwei jungen Männer nicht unterschiedlicher sein können. Der König, dünn und blaß, ungeschickt wie eine Gliederpuppe in seinen einfachen schwarzen Kleidern, hob sich deutlich gegen Jamie Maxwells vornehme Erscheinung ab. Ein Fremder, der den Raum betreten hätte, wäre unwillkürlich vor dem falschen Mann niedergekniet.

Aber James Stuart hatte keine Selbstzweifel hinsichtlich seiner Königswürde. Er betrachtete seinen rebellierenden Untertanen mit großer Strenge. »Habt Ihr wirklich Carlisle Castle eingenommen?«

»Nein, Euer Gnaden. Ich habe mich einfach nur hinein- und dann wieder hinausgeschlichen.«

»Das hättet Ihr nicht tun dürfen.«

»Nein, Euer Gnaden.«

In des Königs Mundwinkel zuckte es. »Und doch ... mit zehntausend Männern wie Euch, Mylord Maxwell, könnte ich jeden Thron in Europa ins Wanken bringen.« Der König starrte Jamie gedankenverloren an, als träume er tatsächlich von etwas Derartigem. Dann seufzte er.

Er betastete mit seinem dünnen, knochigen Finger die Wunde auf Jamies Wangenknochen. Es war fast wie die Berührung einer Frau, und Jamie mußte gegen den Impuls ankämpfen, ihr auszuweichen.

»Wurdet Ihr geschlagen? Wenn Ihr wollt, werde ich den Beschließer dafür auspeitschen lassen.«

Jamie zuckte mit den Schultern. »Der ist nur ein Werkzeug gewesen.«

Der König hob die Augenbraue. »Und wessen Hand führt dieses Werkzeug?«

»Die Hand meines Vetters, des Grafen von Argyle.«

»Ah...« Der König lächelte. »Leider kann ich den Grafen von Argyle nicht auspeitschen lassen.«

Jamie lächelte zurück. »Leider.«

Der König wandte sich um. Er blätterte in ein paar amtlich aussehenden Dokumenten, die auf einem einfachen Holztisch vor dem Kamin ausgebreitet lagen. Das Zimmer war schäbig möbliert. Der König der Schotten war um einiges ärmer als seine Untertanen.

»Ihr werdet das Mädchen heiraten«, sagte er mit dem Rücken zu Jamie. Und das Lächeln verschwand aus Jamies Gesicht.

»Euer Gnaden?«

»Ihr werdet dieses englische Mädchen heiraten, das Ihr dem Carlisle weggenommen habt. Ihr habt sie gestohlen und dann entehrt. Und jetzt werdet Ihr sie heiraten. Meine liebe Schwester Elizabeth wünscht das.«

»Ach... so.«

James Stuart wollte verzweifelt König von England werden, um der Armut und Erniedrigung zu entkommen, die er in Schottland erdulden mußte. Und seine »liebe Schwester« Elizabeth hatte die Macht, ihm diesen Wunsch zu erfüllen. Er würde alles tun, um ihr zu gefallen.

»Warum will sie das?« fragte Jamie den König. »Es wäre eine Ehe, die auf jeden Fall in die Brüche gehen müßte, denn wir kommen nicht nur aus verschiedenen Ländern, sondern auch von rivalisierenden Familien...«

Der König wehrte ab. »Vielleicht werdet Ihr durch Eure Heirat zwei Familien vereinen. Die Feindschaft wird dann nicht mehr bestehen. Genauso wie Wir eines Tages hoffen, die Vereinigung Unserer beiden Völker unter einer Krone zu erleben. Das ist es, was Unsere gute Schwester im Sinne hat, glaube ich, und sie möchte mit Eurer Ehe einen Versuch starten. Ich bin dafür.«

»Aber Alexia für meine Untaten zu bestrafen...«

»Bestrafen?« Der König lachte. »Das Mädchen will doch nichts mehr, als Eure Frau werden. Soviel hat sie jedenfalls gesagt.«

»Ihr habt mit ihr gesprochen?«

Ein angewiderter Ausdruck huschte kurz über das Gesicht des Königs. »Nein, natürlich nicht. Argyle sprach mit ihr.« Seine Miene wurde starr. »Wir haben gesagt, Wir wollen Euren Tod nicht, Lord Maxwell, aber wenn Ihr uns in dieser Sache trotzt, laßt Ihr uns nur geringe Wahl.« Plötzlich ließ er die königliche Maske fallen und wurde zu einem jungen Mann, der sich gegen einen anderen jungen Mann behaupten muß. »In Gottes Namen, Maxwell, was kostet es Euch, außer einem bißchen Stolz? Glaubt Ihr, ich könnte mir nicht vorstellen, wie Ihr fühlt? Aber wir müssen alle eines Tages heiraten. Es ist unsere Pflicht, für Euch ebenso wie für mich: zu heiraten und Erben zu zeugen. Ist Euch das Mädchen so zuwider...«

»Nein!« Jamie holte tief Luft. »Es ist eine Frage des Prinzips, Euer Gnaden. Letztes Jahr, als ich Euch den Kopf des Mörders meines Vaters sandte und wir uns das erstemal trafen, sprachen wir, Ihr und ich, über das göttliche Recht der Könige. Erinnert Ihr Euch? Wir sprachen von der Macht, über eine Nation zu regieren, über Menschen... als Privileg, nicht als Recht...«

»Und seither habe ich mir überlegt, daß Ihr im Unrecht seid. Es ist mein göttliches Recht als Euer König, Euch zu befehlen. Ihr werdet dieses Mädchen heiraten oder die Konsequenzen tragen!«

Jamie blickte James Stuart direkt in die Augen, bis der junge König wegschauen mußte. Dann sagte er: »Ihr könnt den Gehorsam eines Untertanen mit Gewalt erzwingen, Euer Gnaden, aber Ihr könnt seine Wertschätzung nicht aufgrund eines Befehls gewinnen.«

Der König sah ihn verächtlich an. »Was kümmert mich sein Respekt, solange er mir gehorcht.«

»Dann habt Ihr einen Untertan verloren und einen Sklaven gewonnen.«

Der junge König sagte im Augenblick nichts. Dann entließ er ihn mit einer Handbewegung. »Geht zu Eurer Braut, Lord Maxwell. Sie wartet auf Euch im Garten.«

Jamie Maxwell schritt ärgerlich den mit den zerstoßenen Muscheln bestreuten Weg hinunter, nahm die herrlich kontrastreichen Farben der Sommernelken, der Löwenmäulchen und grünen Stechpalmenzweige nicht wahr, die die Blumenbeete in geometrischen Mustern auf beiden Seiten des Weges füllten. Alexia sah hinter einer Eibenhecke, durch ein Guckloch, wie er näher kam. Bei seinem Anblick lächelte sie völlig unbewußt.

Dann erinnerte sie sich: Wenn man ihn freigelassen hatte, mußte er die Forderung des Königs erfüllt haben. Plötzlich fürchtete sie sich, auf ihn zuzugehen. Sie kannte seinen heftigen Grenzländerstolz, der verletzt sein mußte, wenn jemand so anmaßend in sein Leben eingegriffen hatte, selbst wenn dieser Jemand sein König war.

Sie wartete, bis er fast vor ihr stand. Dann trat sie hinter der Hecke hervor und verstellte ihm den Weg. Sie machte den Versuch eines Lächelns, aber es geriet mehr zu einer Grimasse.

Er funkelte sie an. »Also, Madam. Mir scheint, wir müssen heiraten.«

»O Jamie, dein Gesicht!« Sie wollte ihn berühren, aber er wandte sich ab. Mußten sie ihn wirklich schlagen, damit er bereit war, sie zu heiraten?

»Ich habe dich unterschätzt, Alexia«, sagte er. »Ich hatte keine Ahnung, daß du soviel Einfluß hast. Es scheint, du brauchst den Fürsten des Reiches nur zu befehlen, und sie gehorchen dir.«

Heiße Wut überkam sie, und sie konnte die Worte nicht zurückhalten. »Glaubst du, ich habe um diese Heirat gebeten?«

»Du hast dem König gesagt, daß du dir nichts Größeres wünschen würdest.«

»Ich habe nur versucht, deinen elenden Hals zu retten. Meinst du, ich möchte mit einem Mann verheiratet sein, der mich nicht haben will? Gezwungen sein, in einem Land zu leben, das ich verabscheue? In einer Familie, die ich verachte...«

»Lieber Himmel, wenn das deine Gefühle sind, würde ich fast lieber hängen. Eine Ehe mit dir, bei dieser Einstellung, wäre ein Tod, bei dem man noch langsamer erstickt als beim Hängen.«

Alexia wischte sich ein paar Tränen ab. In der plötzlichen Stille schienen die bösen Worte zwischen ihnen zu schweben wie ein Miasma. Noch einmal hob sie die Hand, als wolle sie ihn berühren, dann ließ sie sie fallen.

»Oh, Jamie... ich dachte, wir lieben uns.«

Der harte Zug um seinen Mund verschwand langsam. »Ich dachte das auch. Vielleicht lieben wir uns ja noch immer.«

Er sah auf sie herab, seine Augen von einem unaussprechlichen Gefühl erfüllt. »Elspeth und mein Bruder sind hier in unserem Stadthaus in Stirling.« Er hatte seine Stimme fest unter Kontrolle. »Zweifellos wird auch meine Mutter bald ankommen. Du wirst bis zur Hochzeit bei ihnen wohnen.«

»Ich ziehe es vor, da zu bleiben, wo ich bin, danke«, antwortete sie ebenso steif.

»Aha. Und willst du so deine Gehorsamspflicht als Ehefrau erfüllen?«

»Gehorsam!« Sie hatte sich breitbeinig vor ihm aufgestellt, die Hände zu Fäusten geballt. »Du kannst zur Hölle gehen, Jamie Maxwell.«

Er lachte und küßte sie schnell, ehe sie Zeit hatte zu reagieren. »Ja, Gehorsam. Ich werde in einer Stunde jemanden nach dir schicken. Versuche, pünktlich zu sein. Ich liebe Pünktlichkeit bei einer Frau.«

»Also so etwas...! Wie kannst du es wagen! Wenn du meinst, du kannst... Ach verdammt, Jamie Maxwell, ich...«

Aber er lachte nur wieder. Dann drehte er sich auf dem Absatz um und ging zurück, ohne sich noch einmal umzusehen. Sie fühlte noch immer seinen Kuß, als sei sie von einem heißen Eisen gestreift worden.

»Das werde ich nicht tun!« brüllte Sir Thomas. »Mein Gott, Mann, das kann ich nicht tun.«

Der Graf von Argyle legte seine Fingerspitzen aneinander und lehnte sich im Stuhl zurück. »Werde nicht? Kann nicht? Beantwortet man so den Befehl seiner Königin?«

»Ich versichere Euch, Sir Thomas, das ist keine leichtfertige Bitte«, warf der englische Botschafter ein und sah Zustimmung heischend zu Argyle hin.

»Richtig«, sagte der Graf.

Sir Thomas funkelte die beiden Männer über den leeren Schreibtisch des Grafen hinweg an. Er verstand nicht, was da vor sich ging. Er war in dieses gottverlassene Land gekommen, um seine Tochter zurückzuholen und zuzusehen, wie einem diebischen, räuberischen, schottischen Schuft Gerechtigkeit widerfährt. Statt dessen hatten sie ihm mitgeteilt, daß seine Tochter, seine kostbare Alexia, mit diesem Hund verheiratet würde. Was hatte der Botschafter gesagt? Die Königin sähe diese Ehe als Gelegenheit, das Ziel der Vereinigung beider Länder zu symbolisieren. Pah! Sir Thomas glaubte nicht eine Minute daran. Die Wahrheit war, daß der junge Howard ein Liebling von Elizabeth gewesen war, und sie hatte es noch nie ertragen können, einen Favoriten an eine andere Frau zu verlieren. Wenn Alexia aus dem Weg geräumt und in Schottland wäre, könnte die Königin Seymour Howard wieder in ihrem klebrigen Netz einfangen. Und Alexia...

Sie versuchte noch nicht einmal zum Schein gegen die Ehe zu protestieren. Sie liebte den Mann, den diebischen, räuberischen Maxwell-Bastard. Sir Thomas wollte vor Wut und Enttäuschung heulen, aber statt dessen blieb er still und sah zu, wie es geschah, weil er wußte, daß diese Heirat das war, was seine Tochter wirklich wollte. Und er hatte ihr noch nie etwas abschlagen können.

Aber das, was man jetzt von ihm forderte, war zuviel.

»Ich werde es nicht tun«, sagte Sir Thomas wieder. Sein Gesicht war vor Wut und Verzweiflung völlig verzerrt. »Gott im Himmel. Zuerst sagt Ihr mir, meine Tochter müsse den Maxwell-Bastard heiraten, und das ist schon mehr, als man ertragen kann. Und jetzt wollt Ihr, daß sie ihn auch noch ausspioniert!«

Der Graf wollte protestieren, aber der Botschafter kam ihm zuvor. »Spionieren ist gewiß ein viel zu hartes Wort für das, was wir wünschen. Wir bitten sie lediglich, Überbringerin von Berichten über den Zustand in den schottischen Grenzländern für uns zu sein. Papiere weiterzugeben, die unsere Agenten für Euch vorbereiten, und Ihr wiederum werdet sie an Walsingham in London weiterleiten. Für Eure Tochter besteht keinerlei Gefahr...«

»Keinerlei Gefahr!« Sir Thomas schlug sich mit der Faust auf das

Knie. »Es gibt so manchen Mann auf beiden Seiten der Grenze, der seine Frau für weniger als das töten würde.«

»Ihr übertreibt doch sicher«, meinte der Botschafter, seine Stimme war glatt und vertrauensvoll. »Und die Gefahr, wenn es überhaupt eine gibt, ist gering gegenüber der Belohnung, die einem daraus erwächst, daß man seiner Königin und seinem Lande dient.«

»Es gefällt mir nicht«, brummte Sir Thomas, aber die beiden anderen Männer bemerkten, wie er allmählich schwächer wurde. »Irgendwie scheint es nicht richtig.«

Der Graf fixierte Sir Thomas mit seinen schwarzen Augen. »Hier geht es doch einfach darum, daß man seine Pflicht tut...«

»Natürlich gibt es eine Pflicht der Ehefrau gegenüber ihrem Ehemann«, warf der Botschafter schnell ein, als er sah, wie Sir Thomas den Mund aufmachte. »Aber es gibt auch eine höhere Pflicht...«

Der Graf von Argyle stand auf und ging hinüber zum Fenster. Er überließ es dem englischen Botschafter, sein übliches Wunder zu bewirken. Der Mann war ein Genie, wenn es darum ging, Menschen mit Worten zu manipulieren. Argyle lächelte vor sich hin. Sir Thomas, ein einfacher, ungehobelter alter Grenzräuber, hatte keine Chance.

Argyle sah hinunter in die Gärten. Jamie Maxwell lief schnell den Weg entlang. So wie ihm der König erzählte, soll dieser wilde, junge Vetter von ihm sich überhaupt nicht gefreut haben, als er erfuhr, daß der Preis für sein Leben die Ehe mit dieser englischen Maid war. Aber der König kannte Jamie Maxwell nicht so gut wie er. Er kannte Jamies Schauspieltalent nicht. Der Graf verzog das Gesicht. Der Gedanke gefiel ihm gar nicht, daß Jamie sie alle irgendwie ausgetrickst hatte und jetzt bekam, was er die ganze Zeit schon wollte.

Das englische Mädchen trat hinter einer Eibenhecke hervor und stellte sich Jamie in den Weg. Selbst aus der Entfernung konnte der Graf erkennen, daß sie sich stritten. Er fragte sich, was Jamie bewogen haben mochte, das Mädchen überhaupt zu entführen. Der Graf war Alexia Carleton nur einmal kurz begegnet, und das hatte ihm gereicht. Er konnte sich überhaupt nicht vorstellen, wie jemand mit ihr ins Bett gehen wollte. Sie war zu sehr – ja, zu sehr von allem etwas. Der Graf bevorzugte sanfte und stille, selbstlose Frauen.

Alexia Carleton bestand aus lauter scharfen Knochen und noch schärferen Worten. Was noch schlimmer war, sie hatte einen Geist, der wie der eines Mannes funktionierte. Die Ehe mit ihr mußte die reine Hölle sein, dachte der Graf, und über seine schmalen Lippen huschte ein winziges Lächeln. Genau die Art Hölle, die ein Mann wie Jamie Maxwell verdiente.

Alexia Carleton schlenderte durch die Galerie, ihre neuen Schuhe aus weichem Leder glitten mit einem leisen, schleifenden Geräusch über den in schwarz-weißem Schachbrettmuster ausgelegten Steinfußboden. Die warme Maisonne strömte durch die vielen Glasscheiben und heizte die Galerie auf.

Die Galerie lief an einer Seite des in E-Form gebauten Stadthauses entlang. Eine ganze Wand, die Wand zum Innenhof, bestand aus Fenstern, und in der oberen Hälfte eines jeden Fensters aus farbigem Glas befand sich das Bild des Maxwellschen Wappentieres – eines grauen Falken im Flug.

Die Galerie endete am Fuß einer modernen Holztreppe mit viereckigen Endpfosten. Alexia strich mit den Handflächen über das glatte, polierte Holzgeländer, als sie zum ersten Stock hinaufstieg. Dort blieb sie wie immer vor dem Porträtbild einer Frau stehen.

Obwohl niemand Alexia gesagt hatte, wer die Frau auf dem Porträt war, wußte sie, es war Lady Annor Maxwell. Die Frau hatte helles, rotblondes Haar, und ihre Augen waren von einem tiefen Zinngrau. Ihr Gesicht war zu arrogant und streng, als daß man es hätte schön nennen können. Es war ein Gesicht, das eher zu einem Mann gepaßt hätte als zu einer Frau. Es war das Gesicht ihres Sohnes, Lord Jamie Maxwell.

Der Mann, den Alexia bald ihren Ehemann nennen würde.

In den letzten Wochen waren alle Formalitäten geregelt und das Aufgebot bestellt worden. Morgen würde Alexia Carleton Lady Maxwell werden, die Frau von Lord Maxwell, dem Schloßherrn auf den Nithdale-Burgen von Caerlaverock, Lochmaben, Threave und Eigentümer der sie umgebenden Güter. Sie seufzte bei diesem beängstigenden Gedanken. Seit dem Tag in den königlichen Gärten hatte sie Jamie nicht ein einziges Mal wiedergesehen. Er wohnte in einem Gasthaus, und sie mußte hier im Stadthaus der Maxwells leben. Es war ihnen verboten, sich vor dem Hochzeitstag zu sehen, und Jamie gehorchte widerwillig.

Das hatte ihn jedoch nicht daran gehindert, seine eigenen Anordnungen zu treffen. Sein erster Befehl galt Alexia: Sie hatte nicht nur ein Hochzeitskleid, sondern eine ganze Garderobe auf seine Kosten zu kaufen. Weil, so hatte er dies begründet – und seine Worte waren ihr durch seinen Bruder Robin übermittelt worden –, er nicht wolle, daß seine Frau aussähe wie die Braut eines Grenzräubers. Alexia ließ ihm sagen, wiederum durch Robin (der inzwischen ein bißchen mitgenommen aussah), daß sie keine Bettlerin sei und ihre eigenen verdammten Kleider kaufen könne und daß sie sich außerdem anziehen würde, wie es ihr gefiele.

Elspeth Campbell hatte sie begleitet, als sie zu den Anproben für das Hochzeitskleid ging. Alexias Erwartung, daß zwischen Elspeth und ihr eine peinliche Atmosphäre entstehen würde, hatte sich nicht erfüllt. Elspeth plauderte über französische Mode und versuchte, Alexia zu einem Haarteil zu überreden, weil, wie sie meinte, die Haare eines Mädchens niemals voll genug aussehen könnten. Elspeth, so hatte Alexia festgestellt, verbrachte Stunden um Stunden mit ihrem Aussehen. Sie bleichte ihr blondes Haar, damit es noch heller wurde, drehte es mit einem heißen Eisen in Locken und Wellen. Sie legte sich Bleiweiß aufs Gesicht, damit die Haut noch weißer wirkte, zupfte die Augenbrauen und färbte sie dunkler. Sie strich sich mit einem Antimonstift um die Lidränder und färbte ihre Lippen mit einem Saft aus Blasentang rot. Elspeth schnürte ihr Mieder ganz eng und polsterte ihre Hüften, um die ideale weibliche Figur zu erreichen. Sie malte sogar blaue Venen auf ihren weiß geschminkten Busen und tropfte sich mit einer Feder Belladonna in die Augen, damit große, samtige Pupillen entstanden. Das alles tat sie, um die Illusion zerbrechlicher Anmut zu verstärken, die bei Hof so beliebt war.

Alexia fragte sich, ob diese bemalte Porzellanpuppe das war, was Jamie sich als Ehefrau erhofft hatte. Sie ging sogar soweit, sich ein paar von Elspeths Kosmetiktiegeln geben zu lassen, weil sie sehen wollte, ob sie den gleichen Effekt erzielen konnte. Aber was an Elspeth modisch aussah, wirkte an Alexia grell und abstoßend. Sie entschied, Jamie würde sie so nehmen müssen, wie sie war.

Da sich Elspeth immer nur mit den oberflächlichen Dingen des Lebens befaßte, glaubte Alexia zuerst, das Mädchen hätte die Heirat akzeptiert wie eine politische Zweckmäßigkeit, bis sie eines Nachts, als sie an Elspeths Zimmer vorbeiging, gedämpftes Weinen hörte. Da wurde ihr klar, daß Lady Elspeth Campbell Jamies Heirat nur deswegen akzeptierte, weil sie keine andere Wahl hatte.

Alexia sehnte sich in diesen Wochen nach jemand, dem sie sich vor der Hochzeit anvertrauen konnte. Jamie durfte sie natürlich nicht sehen, und in gewisser Weise war sie erleichtert. Die Leichtigkeit, mit der sie auf Kilchurn Castle miteinander intim waren, schien verflogen. In den Augenblicken größter Verzweiflung hatte sie Angst, daß sie dieses Gefühl niemals wiedererlangen könnten. Und Sir Thomas war nach England zurückgeritten. Er wollte versuchen, Lady Edwina und Evie zur Teilnahme an den Hochzeitsfeierlichkeiten zu bewegen. Alexia hatte wenig Hoffnung. Lady Edwina würde keinen Fuß in das barbarische Schottland setzen, und Evie wäre nie in der Lage, einem ganzen Land voller Fremder entgegenzutreten, selbst wenn sie ihre Maske trüge.

Auch war Jamies Mutter, Lady Maxwell, noch nicht aus Nithdale herübergekommen. Aber Robin hatte Alexia gewarnt, daß sie der bevorstehenden Heirat nicht mit Vergnügen entgegensähe.

Sie habe Jamie einen Brief geschrieben, in dem die Wut knisterte und heraussprühte wie Fett aus einer heißen Pfanne, hatte Robin ihr erzählt. Aber er verriet ihr nicht, wie Jamie reagiert hatte.

Sie haßt mich schon jetzt, dachte Alexia. Da lagen so viele Hindernisse auf ihrer beider Weg zu einer glücklichen Ehe. Und eines der größten war sicherlich Lady Annor Maxwell.

Alexia starrte wütend auf das hochmütige Gesicht auf dem Porträt. »Ich werde nicht zulassen, daß du ihn gegen mich aufbringst«, sagte sie laut.

»Vielleicht solltet Ihr versuchen, mit einem Ding zu sprechen, das antworten kann.«

Alexia drehte sich um, und das Blut schoß ihr ins Gesicht. Die Frau aus dem Porträt stand in Fleisch und Blut am Ende der Treppe.

Das rotblonde Haar war eine Perücke, und dünne Falten ließen ihr Gesicht alt erscheinen. Aber sie strahlte mit ihrem ganzen Körper den gleichen brennenden Stolz aus wie alle Maxwells. Zwei riesige Bulldoggen saßen gehorsam rechts und links von ihr, und sie fixierte Alexia, die Lippen süffisant gekräuselt.

Alexia machte einen ungeschickten Knicks. »Mylady, vergebt mir. Darf ich mich vorstellen, ich heiße...«

»Ich weiß sehr wohl, wer Ihr seid.«

Annor Maxwell kam die Treppe herauf. Die Bulldoggen folgten ihr auf dem Fuß. Als sie Alexia gegenüberstand, blieb sie stehen. Alexia mußte sich zwingen, den Blick aus den kalten, grauen Augen der älteren Frau zu ertragen.

»Ihr seid das Mädchen, das sich vorgenommen hat, meinen Sohn zu vernichten.«

»Das stimmt nicht!« Alexia holte tief Luft. »Ich weiß, Ihr seid nicht für diese Heirat, aber...«

»Für diese Heirat? Mein Sohn macht eine Dummheit, und jetzt muß er sein ganzes Leben lang dafür leiden. Unsere ganze Familie muß leiden...«

»Dann macht ihn doch dafür verantwortlich, nicht mich! Ich liebe Euren Sohn, Lady Maxwell, und ich verspreche, daß ich ihm eine gute Frau sein werde. Ich bin in jener Nacht in Carlisle nicht freiwillig mit ihm gegangen. Selbst er wird Euch das sagen.«

»Aber es gibt keinen Zweifel, das Ihr ihn dazu gebracht habt. Jamie ist ein weicher und schwacher Mann und leicht zu verführen.« Sie sah hinauf zu ihrem Bild in Öl. »Er hat das Porträt gemalt, müßt Ihr wissen.«

Der abrupte Themenwechsel brachte Alexia durcheinander. Sie zwang sich zu einem Lächeln. »Jamie ist ein sehr begabter Künstler.«

»So?« Annor drehte sich von dem Porträt weg und ging weiter die Stufen hinauf, die Bulldoggen folgten ihr. Sie hielt einen Augenblick inne und drehte sich um. »Jetzt beschäftigt er sich nicht mehr mit solchen Narreteien. Ich hoffe, Ihr werdet ihn nicht ermutigen.«

Dann durchquerten sie und die Hunde mit steifem Gang die große Halle und verschwanden hinter einer doppelten Eichentür.

Alexia zitterte so sehr vor unterdrückter Wut, daß sie sich auf die Treppe setzen mußte. Warum nannte Jamies Mutter ihn weich und schwach, wenn das doch ganz offensichtlich nicht stimmte? Ihr Herz tat weh vor Mitleid mit ihm. Sie wußte, wie es war, eine Mutter zu haben, die einen ständig kritisierte. Ihre eigene Mutter, Lady Edwina, hatte nichts als Verachtung für ihre jüngere Tochter übrig und es auch nie für nötig gehalten, dieses Gefühl zu verbergen. Alexia hatte darauf so reagiert, daß sie sich immer genau anders benahm, als ihre Mutter es sich gewünscht hätte. War es das, was Jamie die ganze Zeit umgetrieben hatte – einfach nur der Wunsch, sich aufzulehnen?

Alexia hob den Kopf und betrachtete noch einmal das Bild. Die strengen, grauen Augen, die sie von der Leinwand herunter anstarrten, waren ohne Glanz und erbarmungslos. Sie drohte dem Porträt mit der Faust. »Und du wirst ihn in Ruhe lassen!«

Hämisches Gelächter ließ Alexia herumfahren.

»Mach dir nichts daraus«, sagte Malcolm Maxwell. Er stand am Fuß der Treppe und auf seinem finster und sarkastisch dreinblickenden Gesicht zeigte sich auf einmal ein Ausdruck von Belustigung. »Ich habe das gleiche schon oft selbst gemacht. Es ist viel leichter, als mit ihr von Angesicht zu Angesicht zu sprechen. Ich nehme an, du hast gerade die wirkliche Person getroffen?«

Alexia lächelte. »O ja.«

Sie ging hinunter und begleitete Jamies Bruder durch die Galerie. Sie schlenderten zusammen den ganzen Flur hinunter. Sein Humpeln schien schlimmer geworden zu sein. Vielleicht, weil er gerade den langen Weg von Nithdale hergeritten war. Sie betrachtete ihn aus den Augenwinkeln. Von allen Maxwells war er der komplizierteste. Sein Humor hatte oft eine dunkle, bittere Seite.

»Mach dir keine Sorgen um meinen Bruder, den Lord«, meinte Malcolm. »Mutter ist natürlich wütend auf ihn, aber wenn er dich heiraten will, dann will er es.«

»Der König zwingt ihn dazu.«

»Nein. Wenn er es nicht gewollt hätte, wäre auch ihm das nicht gelungen, König oder nicht König. Die eigentliche Frage ist, willst du ihn heiraten?«

»Ich liebe ihn«, sagte sie einfach.

Er hielt inne, zog sie herum und sah sie fest an. »Wenn du klug bist, vergißt du Jamie, vergißt alle und machst dich auf den Weg nach England.«

»Warum? Weil deine Mutter mich haßt?«

»Ja. Zum Teil deswegen. Sie haßt dich, weil du Engländerin bist und eine Carleton. Und sie wird dich nicht so dominieren können, wie sie Elspeth dominiert hätte. Und Robin haßt dich, weil du neben Lord Maxwell die größte Gefahr für ihn bist, wenn du einen jungen Maxwell auf die Welt bringst. Dann wird Robin noch einen Schritt weiter von der Herrschaft entfernt sein. Und Elspeth haßt dich, denn sie ist dazu erzogen worden, nur eine einzige Sache zu wollen, und wegen dir wird sie sie nie bekommen. Was meine beiden jüngeren Brüder, Diccon und Andy, betrifft, die haben dich noch nicht kennengelernt, aber sie hassen dich schon jetzt aus Prinzip und weil Mutter ihnen gesagt hat, sie müßten das.«

»Und du? Warum haßt du mich?«

»Ich?« Sein Mund verzerrte sich zu einem zynischen Lächeln. »Ich hasse dich, weil du mich mit dem Schwert besiegen würdest, warum sonst?« Er hob stolz den Kopf und forschte in ihrem Gesicht. »Geh zurück nach England, Alexia Carleton. Geh zurück nach England, wohin du gehörst.«

Alexia trug ein tief moosgrünes Hochzeitskleid, ihr Unterkleid und ihr Mieder waren mit Goldfiligran und kleinen Perlen bestickt. Sie hielt eine Silberschale voller Rosmarinblüten in der Hand. Die Blüten waren himmelblau und dufteten süß. Lange, grüne Bänder fielen von den Griffen der Schale herab und flatterten im Wind.

Zwei kleine Jungen, die sie nie zuvor gesehen hatte, gingen vor ihr her. Sie waren in Seide gekleidet und hatten ebenfalls Kränze aus Rosmarin an ihren Handgelenken. Hinter ihr folgten die Musikanten, dann kamen die Brautjungfern, ebenfalls Fremde, die den Hochzeitskuchen trugen und vergoldete, zu Sträußen gebundene Weizenähren.

Jamie wartete auf sie vor der Kirchentür.

Auch er war ein Fremder – ein großer, blonder Mann, reich gekleidet in ein mit Edelsteinen besetztes, weißes Wams und weiße Hose. Ein Mann, dessen hübsches Gesicht kalt und fern wirkte. Ein Fremder.

Dann nahm er ihren Arm und sah zu ihr herab. Und sie sah den vertrauten schalkhaften Ausdruck in seinen Augen. Sie lächelte ihn zitternd an.

Die feierlichen Worte schwebten an ihr vorüber wie in einer Ohnmacht. Sie hörte, wie sie die richtigen Antworten gab, hörte Jamies Versprechen, sie zu ehren und zu behüten. Als alles vorbei war, gab er ihr einen kühlen, kurzen Kuß.

Sie tranken aus dem silbernen Brautkelch auf ihre Zukunft. Dann gaben sie ihn an die anderen Gäste weiter, die alle auf ihre Gesundheit tranken, außer Annor Maxwell, die ihn, für alle deutlich zu sehen, ignorierte.

Jamies Brüder bestanden darauf, die Braut zu küssen. Robins Kuß war brüderlich. Malcolms Kuß nicht.

»Nun, Tochter«, sagte Sir Thomas und hielt Alexia fest an sich gepreßt. In seinen Augen standen Tränen.

»Lady Maxwell«, der Bischof rief sie aus der Sakristei. »Ich brauche Eure Unterschrift.«

Annor Maxwells Kopf schnellte herum vor Erstaunen. »Meine Unterschrift? Wofür?«

Es gab eine lange, peinliche Stille. Das letzte Restchen Farbe wich langsam aus Annor Maxwells ohnehin blassem Gesicht, als sie merkte, daß der Bischof nicht sie gemeint hatte, sondern das englische Mädchen. Die neue Lady Maxwell.

Sie drehte sich um und schritt verkrampft durch das Kirchenschiff hinaus. Die schwere Tür mit den Messingbeschlägen schloß sich hinter ihr, und Malcolm lachte. »Offensichtlich haben wir hier eine peinliche Verwechslung von ›Lady Maxwells‹«, gab er mit breitem Lächeln von sich. »Vielleicht könnten wir in Zukunft Nummern verteilen...«

Robin trat drohend auf seinen jüngeren Bruder zu. »Halt den Mund, bevor ich ihn dir mit der Faust schließe.«

Dann warf er Alexia einen wütenden Blick zu und verließ ebenfalls die Kirche.

Jamie legte seinen Arm um Alexias Taille und drückte sie sanft an sich. »Es wird schon gutgehen«, sagte er.

Aber sie glaubte ihm nicht.

Die Moriskentänzer machten Hüpfsprünge um den Eßtisch im großen Saal herum – Pfeifer, Drachen und andere Gestalten. Der Narr, dachte Alexia, sieht König James seltsam ähnlich.

Er blieb vor Jamie stehen, machte eine alberne Verbeugung und klapperte mit seinen Glocken. Dann holte er aus seiner Tunika eine stachelige Artischocke. Er übergab sie dem Bräutigam mit einer Verbeugung, und alles brach in lautes Lachen aus. Zu Alexias Entzücken errötete Jamie. Artischocken galten als Aphrodisiakum.

Riesige Platten mit einem Eberkopf, einem gerösteten Pfau und Fischreihern, süßen Kartoffeln mit Öl und Essig übergossen, wurden vor Alexias Augen hin und her gereicht, aber sie war zu nervös zum Essen. Sie konnte Jamies Stimmung nicht einschätzen. Er war ihr gegenüber aufmerksam – goß ihr Wein ein, schnitt ihr das Fleisch vor und bezog sie in die Unterhaltungen mit ein, aber sie vermißte sein Lachen.

Von der Galerie der Musiker über dem reichverzierten Eingangstor tönten die würdevollen Klänge einer Pavane.

»Komm«, sagte Jamie und zog sie auf die Füße. »Wir müssen den ersten Tanz anführen.«

Die stolzen Bewegungen eines Pfaus, die in der Pavane enthalten waren, wirkten anmutiger, wenn Jamie sie ausführte. Sie zitterte, als seine Hände leicht über ihre Taille strichen. Sie suchte nach etwas, was sie ihm sagen konnte. Es schien unglaublich, daß sie jetzt mit ihm verheiratet war.

Sie erreichten das Ende des großen Saals. Gerade wollte sie sich umdrehen, als sein Arm sich fester um ihre Taille schloß und er sie zurück hinter die Eingangswand zog. »Jamie, was...«

Er hielt die Hand über ihren Mund. »Still!«

Weiter die Hand über ihren Mund haltend, zog er sie durch eine Seitentür hinaus. Die Nachtluft war ziemlich kühl, verglichen mit der schwülen Wärme in dem überfüllten Saal. Windgepeitschte Wolken zogen an einem dicken, runden Herbstmond vorbei.

Alexia packte seine Hand und versuchte, ihn wegzuziehen.

Jamie ließ sie los und pfiff durchdringend. Man hörte Hufeklappern auf den Steinen, dann brach Jamies Pferd, zum Ausreiten gesattelt, aus dem Schatten und rutschte fast aus, als es plötzlich neben ihnen zum Stehen kam. Jamie sprang auf und hielt Alexia seine Hand hin, um sie hinaufzuziehen.

Sie stand still und starrte ihn an. Silbernes Licht flackerte über sein Gesicht und gab ihm einen geisterhaften, makabren Ausdruck. Seine Augen funkelten.

»Wohin bringst du mich?« fragte sie, aber er antwortete nicht.

In dem Augenblick erkannte sie, daß, obwohl sie ihn von ganzem Herzen liebte, sie ihm dennoch nicht ganz trauen wollte. Und er wußte das. Es war eine Prüfung, vielleicht die erste von vielen, und wenn sie jetzt versagte, würde sie ihn für immer verlieren.

»Nun, Frau...«

Und Alexia hob den Arm und nahm seine Hand.

Kapitel 8

Schwerer Dunst hatte sich wie ein weißes Grabtuch auf den Wald gesenkt, die Äste und Zweige in Hexenklauen und ihre Schatten in umherhuschende Dämonen verwandelt. Sie hörte ganz in der Nähe eine Eule schreien.

Hinter ihr ging quietschend eine Tür auf, und Alexia stand, als sie sich vom Fenster abwandte, plötzlich ihrem Mann gegenüber.

»Wo sind wir hier?«

Sein Haar war feucht vom Nebel, und er versuchte, es mit seinen Händen trockenzureiben, während er umherging und einige Kerzen auslöschte. Das Zimmer war von parfümierten Kerzen in silbernen Kerzenhaltern hell erleuchtet. Den Raum dominierend, stand auf der einen Seite ein massives Bett mit vier Pfosten und einem riesigen, purpurroten Samthimmel. In das Kopfteil war das Wappen des Königs geschnitzt.

Jamie ging auf sie zu. »Das ist des Königs Jagdhütte. Er hat sie uns für diese Nacht geliehen, wahrscheinlich seine Vorstellung von einem Hochzeitsgeschenk.« Er strich sanft über ihre Schultern und hinab zu ihren Brüsten, die sich unter dem tiefen Ausschnitt ihres Hochzeitskleides abzeichneten. »Du warst eine wunderschöne Braut, Alexia.«

Sie hatte vergessen, welche Reaktion seine Berührung stets bei ihr auslöste, wie sie die ganze Kraft aus ihren Muskeln zog und ihre Haut zum Brennen brachte. Sie zitterte deutlich, und er mißverstand die Ursache.

»Verdammt, Alexia, warum hast du plötzlich so viel Angst vor mir?«

Sie gingen hinüber zum Kamin. Auch an der hinteren Kaminwand und auf den Feuerböcken war das königliche Wappen eingeschnitzt. Die Schöpfungsgeschichte schmückte den Sims. Darin war der wollüstige Ausdruck auf Evas Gesicht dem Künstler besonders gut gelungen.

»Hättest du eine Wahl gehabt, du hättest mich sicher nicht geheiratet«, sagte sie.

»Es hat nie eine Wahl gegeben. Was wäre gewesen, wenn ich als Hochlandbauer geboren wäre? Oder als Schmied in Carlisle? Hätte ich dich dann geheiratet? Hätte ich es können?« Er drehte sie an den Schultern herum und sah ihr ins Gesicht. Einen Augenblick ließ er seine Hände auf ihren Schultern ruhen, dann strich er an ihren Armen herunter und ergriff ihre beiden Hände. »Ich habe nie erwartet, in einer Ehe auch Liebe zu finden, aber bei dir habe ich sie gefunden. Was soll ich dir noch sagen? Ich liebe dich, Alexia.«

Sie schüttelte den Kopf. »Nein. Es ist eine rein körperliche Sache. Du willst nur mit mir schlafen.«

»Um Gottes willen. Wenn man dich so hört, könnte man meinen, ich sei nur ein Tier. Ist dir noch nicht eingefallen, daß es mir auch Freude machen könnte, mit dir zu sprechen, mit dir reiten zu gehen oder einfach nur mit dir zusammenzusein? Lieber Himmel, Alexia, manchmal genügt es mir, dich einfach nur anzusehen.«

Er blickte ihr tief in die Augen, bis sie meinte, unter seinem intensiven Blick dahinschmelzen zu müssen. »Habe ich dir nie gesagt, wie sehr ich es liebe, wenn du deine Augenbrauen hochziehst, wenn du wütend bist?« Und er küßte eine nach der anderen. »Oder wie sich deine Nase kräuselt, wenn du lachst.« Er küßte ihre Nase. »Oder wie sich dein Mund mit einem Seufzer öffnet, wenn ich in dich eindringe.«

Er küßte sie leidenschaftlich und schloß sie fest in seine Arme. Sie wandte den Kopf ab und schob ihn von sich.

»Siehst du!« rief sie etwas atemlos aus. »Schon wieder versuchst du, mich zu verführen.«

Jamie stieß einen tiefen Seufzer aus. »Alexia, es ist unsere Hochzeitsnacht. Wollen wir uns nun streiten oder lieben?«

»Du meinst, du brauchst mich nur ins Bett zu locken, und alle unsere Probleme werden gelöst.«

Jamie hob ihr Kinn und sagte zärtlich: »Es wäre zumindest ein Anfang.«

Sie wollte gerade den Mund aufmachen, um zu protestieren, als er ihn mit einem innigen Kuß schloß.

Sie hatten einander schon so oft auf diese Weise geküßt, daß Alexia meinte, sie müßte inzwischen daran gewöhnt sein. Aber jedesmal war sie von der Intensität ihrer Reaktion auf die zärtlichen Bewegungen und den festen Druck seiner Lippen überrascht. Sie vergaß fast jedesmal, Luft zu holen, und wenn er schließlich aufhörte, blieb sie, nach Luft ringend und mit weichen Knien, in seinen Armen. Dann konnte sie ihm nicht mehr widerstehen.

»Nun, gnädige Frau und Gattin«, sagte Jamie, und seine Stimme war rauh, als er langsam die Haken an ihrem Mieder öffnete. »Bist du fertig mit all deinen närrischen Ängsten und lächerlichen Argumenten?«

»Ja, Mylord und Gatte... für den Augenblick.«

Sie entzog sich ihm wieder, aber dieses Mal nur, um sich auszuziehen. Er sah ihr zu, mit Blicken voller Leidenschaft. Als sie schon alles weggelegt hatte, bis auf Hemd und Strümpfe, zog er sie wieder in seine Arme und vergrub seinen Kopf an ihrem Hals. Alexia stöhnte und bog sich ihm entgegen, ihre Nägel gruben sich in das steife Material seiner Ärmel.

Sie fingerte verzweifelt an den Schlaufen, mit denen sein Wams zugeschnürt wurde. Sie wollte unbedingt mit ihren Händen über die festen Muskeln seiner Brust fahren dürfen, um sein nacktes Fleisch zu spüren. In der Hast riß sie ein Band von seinem Hemd ab, und er lachte in ihr Haar.

»Noch ein neues Hemd, das du ruiniert hast, meine Liebe. Wenn das so weitergeht, werde ich bald in Lumpen herumlaufen müssen.«

Alexia antwortete nicht. Sie preßte selig ihre Wange gegen seine Schulter und sog tief den warmen, moschusartigen Geruch in sich ein. Dann zog sie ihm Wams und Hemd aus und fuhr mit ihren Handflächen über seine Brust, diese typisch männliche Verbindung aus Muskeln und Haut bewundernd, die gleichzeitig so hart wie der Stahl seines Schwertes und so weich wie die Wolle an einem neugeborenen Schaf war.

Zum Verrücktwerden langsam zog Jamie die Schulterbänder an ihrem Hemd herunter. Mit den Lippen folgte er dem Weg seiner

Finger, hob mit einer Hand ihre Brust und führte die Brustwarze an seine Lippen. Gleichzeitig zog Alexia zielstrebig seinen Hosenlatz beiseite und strich an der ganzen Länge seines Gliedes herab. Es war bereits hart und schien noch mehr anzuschwellen, bis es ihre Hand füllte. Er stöhnte, hob sie hoch und trug sie hinüber zu dem riesigen, königlichen Bett.

Er legte sie jedoch nicht hin, sondern stellte sie neben das Bett und setzte sich selbst auf die Bettkante ihr gegenüber. Seine Hände ruhten leicht auf ihrer Taille. Dann, mit seinen Augen auf ihrem Gesicht, zog er ihr Hemd bis hinunter über ihre Hüften und ließ es zu Boden fallen. Jetzt war sie vollständig nackt, bis auf die Strümpfe, und er ließ seine Augen über ihren ganzen Körper wandern, stolz und besitzergreifend. Er schien sagen zu wollen: ›Du gehörst mir, du bist meine Frau.‹ Und Alexia zitterte unter seinem beherrschenden Blick.

Seine Hände bewegten sich über ihr kleines, festes Gesäß bis zur Mitte ihrer Oberschenkel, wo blaue Satinstrumpfhalter ihre Strümpfe zusammenhielten. Mit seiner vom Schwertkampf schwieligen Hand fuhr er zwischen den Strumpfhalter und ihre Haut. Sie schloß die Augen, lehnte sich auf ihn und zog seinen Kopf zu sich heran.

Sie fühlte, wie seine Lippen über das weiche Dreieck zwischen ihren Oberschenkeln strichen, und hielt den Atem an, als ihre Bauchmuskeln sich in unerträglicher Weise anspannten. Bei seinen Liebkosungen an den Stellen, an denen sie am empfindlichsten war, begann sich das Zimmer um sie zu drehen. Immer schneller und schneller und sandte Körper und Seele hinaus zwischen Himmel und Erde, wo sie zu vergehen meinte.

Als sie die Augen wieder öffnete, lag sie ausgestreckt auf dem Bett und er auf ihr. Auf den Ellenbogen gestützt, betrachtete er sie. Er senkte den Kopf und sah zu, als sie sein hartes Glied in die Hand nahm und ihn führte.

Er hatte keine Eile, bewegte sich mit bewußten, rhythmischen Stößen in ihr, bis sie mit eigenen heftigen Bewegungen unter ihm antwortete. Schließlich übertrafen sie sich gegenseitig in der Wildheit ihrer Leidenschaft, bis sie ihren Rücken zu einem Bogen formte und den Kopf tief in das Kopfkissen preßte und seinen Namen in einem hohen, grellen Schrei ausstieß.

Sie fühlte, wie sein Körper still wurde und sich anspannte, und hörte ihn nach Atem ringen. Sie öffnete die Augen gerade rechtzeitig, um zu sehen, wie die Ekstase sich über seinem Gesicht ausbreitete. Ein seltsames Gefühl überkam sie, das teilweise aus brennender Zärtlichkeit und einer seltsamen Erkenntnis der eigenen Macht bestand. Einer Macht, die aus dem Wissen stammte, daß sie in der Lage war, einen solchen Ausdruck auf das Gesicht eines Mannes zu zaubern, der so stolz und stark war wie Jamie Maxwell.

Die warme Morgensonne lag auf Alexias Augenlidern, und sie bewegte sich träge unter der seidenen Bettdecke. Vertraute Lippen strichen über ihren Mund, der von den tausend Küssen in der Nacht noch immer weich und geschwollen war. »Guten Morgen, Frau.«

Sie spürte, wie die Matratze sich unter ihr bewegte. Kurz darauf hörte sie Wasser spritzen. Sie öffnete die Augen.

Unbefangen stand Jamie nackt vor dem Waschbecken und bürstete seine Zähne mit einem Stück rauhem holländischen Leinen. Sie sah zu, wie er seinen Bart mit der Kante seines Degens abkratzte. Plötzlich mußte sie daran denken, daß sie nunmehr jeden Tag, für den Rest ihres Lebens gemeinsam diese Art morgendlicher Intimität teilen würden. »Warum läßt du dir keinen Bart wachsen wie alle anderen?« fragte sie ihn.

»Weil...«, er spülte seine Gesicht ab, »mein Haar zu hell und fein ist. Es würde kein ordentlicher Bart wachsen, sondern ich würde aussehen wie ein schlecht gerupftes Huhn.«

»Oh, du bist also eitel. Das habe ich mir fast gedacht.«

Er rieb mit einem Handtuch über sein Gesicht und grinste sie dann etwas linkisch an. »Vielleicht bin ich das. Ein bißchen.«

Alexia spürte den überwältigenden Drang, ihn zu küssen. »Komm her«, befahl sie.

»Nein, ich wage es nicht«, sagte er lachend und schlüpfte in sein Hemd. »Du hast mich total ausgelaugt, Frau. Außerdem wartet meine Familie auf uns. Heute müssen wir alle nach Caerlaverock zurück.«

Alexia schauderte bei dem Gedanken daran. »Caerlaverock ist dein Zuhause, nicht das meine.«

Jamie ging zum Bett und setzte sich neben sie. Er packte sie an den Schultern, und seine Miene wurde so ernst, wie sie sie nie zuvor gesehen hatte. Seine Augen waren dunkel und abweisend, wie der Wald vor dem Fenster draußen.

»Du bist meine Frau, Alexia. Du teilst nicht nur meine Ländereien und Burgen, du teilst auch meinen Namen und mein Land. Du bist jetzt eine Maxwell. Eine Maxwell und eine Schottin.«

Alexia schüttelte hartnäckig den Kopf und entzog sich seinem Griff. Sie stützte sich auf die Ellenbogen und schrie ihn an.

»Nein! Bin ich nicht. Ich bin Alexia Carleton. Mein Land ist England, und meine Familie ist englisch. Du wirst das niemals an mir ändern können, Jamie Maxwell. Niemals.«

Jamie sprang auf. Er stellte sich neben sie und funkelte sie an.

»Na gut. Wenn du das so siehst... Aber auf jeden Fall sind wir verheiratet, und unter den Umständen unserer Heirat scheint eine Auflösung dieser Ehe ausgeschlossen. Das einzige, worum ich dich bitte, Alexia, ist ein Erbe. Zwei Söhne müßten ausreichen, um die Erbfolge zu sichern. Wenn du sie mir gegeben hast, kannst du in dein verdammtes Land und zu deinem verdammten Clan zurück. Mit meinem Segen!«

Heiße Tränen stiegen Alexia in die Augen, und sie konnte nur mit Aufbietung all ihrer Willenskräfte verhindern, daß sie weinte. Als sie ihn ansah, merkte sie, daß sein Blick ebensoviel Wut und Verletztheit enthielt wie ihr eigener.

»Ich werde dich beim Wort nehmen, Mylord. Zwei Söhne und dann darf ich heimgehen.«

Er nickte steif. »Das habe ich gesagt, nicht wahr? Du hast mein Wort darauf.«

Jamie sagte nichts mehr. Er zog sich schweigend fertig an und verließ das Zimmer. Nachdem er gegangen war, legte sich Alexia noch einmal zurück und ließ ihren Tränen endlich freien Lauf.

Die süße, freudvolle Liebe, die sie sich in der Nacht gegeben hatten, war von einem Augenblick auf den anderen durch ihre heftigen, unüberlegten Worte ausgelöscht worden. Was machte es also aus, wenn er sie nur um der einen Sache willen wollte? Die Freude, die sie beide bei diesem einen, einzigartigen Akt hatten, würde sicher ausreichen, eine Grundlage für ihre Ehe zu schaffen. Sie sehnte sich danach, ihm das zu sagen, aber ihr unbezwingbarer Carleton-Stolz ließ es nicht zu. Zwei Söhne. Wie lange würde es dauern, ihm zwei Söhne zu gebären?

Sie rieb mit der Hand über ihren Leib, der schon nicht mehr so flach war wie noch vor einem Monat. Sie hatte ihm heute morgen von dem Kind erzählen wollen und würde es noch immer tun müssen. Er würde es jedenfalls bald selbst sehen. Vielleicht würde es ein Mädchen werden. Sie betete, daß es ein Mädchen würde.

Sir Thomas Carleton betrachtete das Gesicht seiner Tochter, und seine eigenen verwitterten Züge nahmen einen sorgenvollen Ausdruck an.

»Alexia... ich dachte einen Augenblick lang, du wolltest diese Ehe nicht...«

»Ich wollte diese Ehe, Vater«, sagte sie. »Und ich will sie noch immer.« Jamie will sie nicht, dachte sie bei sich. Sie zwang sich zu einem Lächeln. »Ich glaube, ich habe so etwas wie einen Kater.«

Sir Thomas lachte leise. »Ja. Ich habe mich an dem Morgen, nachdem ich deine Mutter geheiratet hatte, genauso gefühlt. Tatsächlich... na ja, macht nichts.«

Er blickte hinter sich, wo die Maxwells in einer Gruppe neben ihren unruhigen Pferden beieinanderstanden und mit schlecht verhüllter Ungeduld warteten, daß Alexia mit ihrem Abschiednehmen fertig würde, damit sie sich auf den Weg machen konnten.

Er senkte die Stimme und sagte eilig: »Hör zu. Ich muß dir etwas sagen, Mädchen. Aber versuche, keine Reaktion zu zeigen.« Er erzählte ihr vom Plan des Botschafters, Spionageberichte nach England zu senden. »Einmal im Monat werde ich dir mit Kurier einen Brief schicken. Briefe von einem Vater, der seine geliebte Tochter vermißt, das wird der Wahrheit nahe genug kommen. Gott helfe mir. Du kannst die dir übermittelten Berichte mit deinen Antwortbriefen an mich weitergeben. Kein Mensch wird das je in Frage stellen.«

»In Frage stellen?« Alexia sprach etwas zu laut, senkte aber schnell die Stimme, als sie das angstverzerrte Gesicht ihres Vaters sah. »Willst du mir sagen, ich soll meinen Mann ausspionieren?«

»Ich bitte dich nur, an deine Heimat zu denken.«

Alexia biß sich auf die Lippen. Hatte sie nicht vor kaum zwei Stunden genau die gleichen Worte benutzt? Sie hörte Schritte hinter sich. Sir Thomas' Kopf flog schuldbewußt hoch, und er errötete.

Jamie Maxwell legte einen Arm besitzergreifend um Alexias Taille. »Ihr braucht Euch wegen ihr keine Gedanken zu machen, Sir Thomas, ich werde gut für sie sorgen.«

»Ja«, brummte Sir Thomas. »Nehmt Euch in acht und vergeßt es nicht. Ihr räuberischer, diebischer Maxwell, sonst könnt Ihr was erleben.«

Jamie lachte. Seine Hand glitt von ihrer Taille über ihren Reifrock, und er gab ihr einen Klaps. Alexia sah ihn böse an.

Sir Thomas räusperte sich. »Da ist noch etwas. Alexia hat ihrer Schwester Evie vor Jahren etwas versprochen. Das Mädchen wird niemals heiraten, wißt Ihr, und Alexia versprach Evie, daß sie bei ihr immer ein Zuhause haben würde, selbst nach ihrer eigenen Heirat. Jetzt sind zwar die Umstände hier etwas anders, als wir alle vorhersehen konnten, aber...«

Jamie sah seine Frau an. »Möchtest du noch immer dein Versprechen halten, Alexia?«

»Habt Ihr etwas dagegen, Mylord?«

»Nein. Ich frage nur, weil vorschnell gegebene Versprechen oft später bereut werden.« Er sah sie seltsam an, gleichsam als wolle er sie auf die Probe stellen. In seinen Augen glitzerte der Schalk, aber gleichzeitig lächelte er ihr freundlich zu.

Er wandte sich an Sir Thomas. »Laßt das Mädchen nach Caerlaverock bringen, wenn sie kommen möchte. Sie wird bei uns ein Zuhause finden, solange sie und Alexia es wünschen. Und jetzt, Alexia, es tut mir leid, wir müssen gehen.«

Sie umarmte schnell ihren Vater, und er strich ihr über das Haar. »Ach, Mädchen...«

Sie trat einen Schritt zurück, damit sie ihm in die Augen sehen konnte. »Du wirst mir schreiben, Vater«, sagte sie. »Einmal im Monat?«

Sir Thomas' Gesicht entspannte sich zu einem breiten Lächeln. »Ja, Mädchen, ich werde schreiben. Einmal im Monat.«

Der klare Fluß Nith schlängelte sich mit schnellem Lauf durch das grüne, hügelige Land. Die untergehende Sonne erleuchtete die Felder mit wilder Baumwolle und karminroten Mohnblumen. Alexia seufzte vor Vergnügen angesichts von so viel Schönheit, aber Jamie schien keine Notiz zu nehmen. Er und seine Brüder ritten mit der einen Hand am Schwert, mit den Augen unter den Rändern ihrer stählernen Helme aufmerksam den Horizont absuchend.

Da sie selbst in den Grenzländern geboren und aufgewachsen war, wußte Alexia, daß trotz ihrer natürlichen Schönheit in den schottischen Tälern untergründig die Gefahr wohnte, ebenso wie in den hinterhältigen Gezeiten des Solway Firth. In den Mooren überfielen die gleichen Männer, die tagsüber halbherzig die Felder bestellten und die Herden bewachten, mit Begeisterung in der Nacht das Land. Sie schliefen mit Dolchen unter ihren Kopfkissen und hielten ständig ein Pferd gesattelt, bereit zur Flucht. Heute war Frieden mit England, aber keiner konnte voraussagen, was morgen geschehen würde. Rivalisierende Clans hatten wenig Respekt vor Friedensverträgen und besonders wenig vor Grenzen. Nach dreihundert Jahren kriegerischer Konflikte glaubten die Grenzländer fest daran, daß Sicherheit nur durch das Schwert und den Turm gegeben wäre. Sie lebten von Überfällen, und sie starben dabei.

»Nachtrab!« rief Robin Maxwell aus und schreckte Alexia aus ihren Gedanken. »Die unsrigen?« fragte er seinen Bruder.

Alexia sah in die Richtung, in die Robin gezeigt hatte. Eine Gruppe Pferde war gerade auf der Hügelspitze in einiger Entfernung rechts von ihnen aufgetaucht. Brennende Fackeln, die auf den Spitzen mehrerer Lanzen wie tanzende Glühwürmchen auf und ab hüpften, und tintig-dunkler Rauch kräuselte sich in den düsteren Himmel.

Der »Nachtrab« war eine einzigartige Tradition in den Grenzländern. Er erlaubte den Opfern eines Überfalls ganz legal, selbst Rache zu nehmen und den Räubern zu folgen, um ihr Eigentum mit

Gewalt zurückzuholen. Die einzige Regel war, daß der Nachtrab innerhalb von sechs Tagen nach dem ursprünglichen Überfall zu erfolgen hatte. Die Absicht, einen Nachtrab auszuführen, mußte von den Verfolgern dadurch signalisiert werden, daß sie brennende Torfstücke auf den Lanzenspitzen trugen.

Drei Reiter hatten sich von der Hauptgruppe abgesetzt und galoppierten auf sie zu. Jamie hielt sein Pferd an, und die anderen taten es ihm gleich. »Es ist Big Jock«, sagte er.

Es war Big Jock. Die anderen beiden Reiter waren Knaben, und Alexia nahm an, daß sie in ihnen die zwei jüngsten Maxwell-Brüder kennenlernen sollte, die sie grundsätzlich haßten. Schon weil ihre Mutter ihnen das befohlen hatte.

Einer der Jungen mit blondgelockten Haaren und großen, grünen Maxwell-Augen sah kaum älter aus als sechs. Er ritt ein scheckiges Pferd mit so breitem Bauch, daß er kaum die Beine weit genug spreizen konnte, um auf ihm zu sitzen. In einer grimmig geballten Faust trug er ein gefährlich aussehendes, abgesägtes Schwert.

Er hielt sein Pferd neben Alexia an und fuchtelte wild mit dem Schwert in der Luft herum. »Bist du die englische Dame?« fragte er.

Big Jock grinste einfältig seinen Herrn an und zuckte mit den Schultern. »Ich habe ihm gesagt, er dürfe nicht mitkommen. Er ist aber doch mitgekommen. Wir waren auf Raubzug.«

»Blut und Hölle!« schrie Jamie und ähnelte dabei erstaunlich seinem Vater, dachte Alexia.

»Wann?«

»Die Johnstones-Bastarde griffen unsere Herden beim Morgengrauen an und verschwanden mit gut drei Dutzend Tieren. Sie hatten ein ganz klein wenig Hilfe von den Grahams.«

»Englische Grahams.«

Der ältere Junge hatte gesprochen. Er war wohl vierzehn oder fünfzehn und sah eher aus wie Robin, stämmig und rothaarig. Er funkelte Alexia an, sie funkelte zurück.

Jamie lachte. »Ich wäre vorsichtig, wenn ich du wäre, Diccon. Sie könnte dir das Alphabet mit ihrem Schwert auf deine Brust ritzen, ehe du deines überhaupt aus der Scheide gezogen hättest.« Er lachte wieder, und in seiner Stimme lag ein Ton der Begeisterung, den

Alexia seit Wochen nicht mehr gehört hatte. »Worauf warten wir also? Gehen wir und fangen uns ein paar gottverdammte Johnstones. Nein, du nicht, Andy, mein Junge«, sagte er und zog den großen Schecken an den Zügeln zurück. »Jemand muß dafür sorgen, daß die Damen gesund nach Hause kommen.«

Der kleine Junge reagierte rebellisch, dann aber leuchtete sein Gesicht. Er wedelte mit dem Schwert in der Luft. »Und wenn wir von den gottverdammten Engländern angegriffen werden, werde ich sie totmachen. Ganz allein!«

Alexia sah zornig, wie ihr Mann von zwei Tagen fröhlich davonritt, weil es ihm Spaß machte, mit einem Pack Johnstone-Räubern zu kämpfen. Und mit englischen Grahams. Aber nach ein paar Schritten wendete er sein Pferd und kam zurück. Er lehnte sich im Sattel zu ihr herüber und gab ihr einen kräftigen, schnellen Kuß.

»Willkommen auf Caerlaverock, Frau.«

Big Jock und Jamie Maxwell ritten Schulter an Schulter in die immer düsterer werdende Dämmerung. Ein starker Wind trieb dunkle Wolken an dem blassen, aufgehenden Mond vorbei. In der Ferne öffnete sich die Tür einer Schutzhütte und schlug wieder zu, wobei ein Licht aufblitzte.

»Also hat der König Euch gezwungen, sie zu heiraten?« Big Jock lachte, so daß seine Zähne weiß in seinem schwarzen Bart aufblitzten.

»Ja«, antwortete Jamie mit ausdruckslosem Gesicht.

»Hat Euch wohl geradezu in Ketten vor den Altar gezerrt?«

Jamie lachte leise. »Gut, ich gebe es zu. Ich habe sie gewollt, seit ich sie das erste Mal sah. Oh, ich habe mir eine Zeitlang vorgemacht, daß ich nur mit ihr schlafen wollte, sonst nichts. Aber es war, als wäre ich in das Moor von Solway gefallen. Je mehr ich dagegen ankämpfte, um so tiefer geriet ich hinein. Ich glaube nicht, daß ich jetzt noch ohne sie leben könnte, Jock, aber sie ist...«

Jamie unterbrach sich. Er wollte nicht über den teuflischen Handel sprechen, den er mit Alexia eingegangen war. Zwei Söhne, und sie wäre frei, nach Hause zu gehen. Er hätte ihr sagen sollen, sie sei seine Frau, verdammt noch mal, und würde seine Frau bleiben, ob es ihr gefiele oder nicht. Aufgrund seines extremen Stolzes hatte er den Gedanken nicht ertragen, daß er sie gegen ihren Willen festhielt. Zumindest hatte er sich etwas Zeit gekauft. Zeit, um sie zu überzeugen, daß sie zu ihm gehörte, in dieses Land und zu seinen Leuten.

»Jedenfalls habt Ihr ein schreckliches Risiko auf Euch genommen«, meinte Big Jock. »Das Mädchen auf diese Weise zu entführen. Sie hätten Euch dafür hängen können.«

Jamie grinste ihn an. »Ich hatte mehr von Alexia zu befürchten als von König James.«

»Es war schrecklich schwer, sie zu zähmen, nicht wahr?«

»Na ja . . . ganz so schwierig war es nicht.«

Big Jock brummte und schüttelte den Kopf. »Ich hätte nie gedacht, daß ich den Tag erleben würde, an dem Jamie Maxwell wegen einer Frau den Verstand verliert.«

Kapitel 9

Zuerst sah Alexia von Caerlaverock Castle nur ein blutrotes Rechteck aus Türmen und Befestigungsanlagen als Silhouette im Dämmerlicht gegen den rosafarben leuchtenden Himmel.

»Die Maxwells haben Caerlaverock vor mehr als dreihundert Jahren gebaut«, erklärte Annor Maxwell und lenkte ihr Pferd neben sie. Annors Zelter versuchte sich mit der Schnauze an Alexias Stute zu reiben. Die Stute schlug mit dem Hinterbein aus, und der Zelter machte einen Schritt zur Seite. »Wir hatten die Burg zweimal an die Engländer verloren, bekamen sie aber immer wieder zurück.«

Alexia streichelte die Stute am Hals, um sie zu beruhigen. Die tief bernsteinfarbenen Sandsteinmauern der Burg sahen großartig und wehrhaft aus. Wenn der Wind über sie hinwegstrich, schienen die Sumpfgräser im Umkreis die Farbe zu wechseln, von stahlgrün nach silber. Unterhalb der Burg spiegelte sich die untergehende Sonne im Solway Firth wider. Die Stille wurde nur vom Rauschen der Flügel eines Uferläufers, der über ihnen schwebte, gestört.

»Es ist wunderschön, Mylady«, sagte sie.

»Meinst du? Jamie verändert innerhalb der Burgmauern alles. Zum Beispiel reißt er alle alten Wohnungen heraus. Dafür hat er irgendeinen aufgeblasenen italienischen Architekten engagiert. Aber selbst Jamie muß die Realität akzeptieren, daß die Außenmauern stark genug bleiben müssen, um einer Invasion zu widerstehen.« Annor gab ihrem Pferd die Sporen. »Komm, es wird bald dunkel.«

Von außen war Caerlaverock tatsächlich eine Festung, die uneinnehmbar wirkte mit ihren dicken Mauern, den beiden riesigen Türmen, die durch ein Torhaus verbunden waren, das den Giebel des Dreiecks bildete. Aber sobald sich Alexia innerhalb der Mauern befand, hielt sie vor Staunen den Atem an. Das neue Wohnhaus wies mehrere Reihen verglaster Fenster auf, so daß die Wände wie aus Glas, nicht wie aus Stein aussahen. Zwischen jedem Fenster waren Ziergiebel eingelassen. Über ihnen standen Steinfalken mit ausgebreiteten Flügeln. Noch während sie in ihren Anblick versunken war, reflektierten die Fenster die Strahlen der untergehenden Sonne, so daß es schien, als ob die roten Sandsteinmauern Feuer gefangen hätten.

Alexia stand im Hof und beobachtete das Spiel von Licht auf Glas, bis die Dunkelheit die letzte Flamme wie eine Kerze ausgeblasen hatte. Dann betrat sie Caerlaverock Castle zum ersten Mal, und sie war allein.

Die Maxwells beschäftigten einen Diener, dessen einzige Aufgabe es war, sich um die Kerzen zu kümmern, die Kandelaber und Wandleuchter regelmäßig nachzufüllen und die Dochte zu trimmen. Er war gerade dabei, die letzte Kerze in dem eisernen Kronleuchter des großen Saals anzuzünden, als Alexia eintrat.

Sie durchmaß den riesigen, leeren Raum in seiner ganzen Länge. Am Ende, vor dem Kamin, stand der Sessel, oder auch Thron, des Hausherrn, auf einem Podest am Kopf des Tisches. Daneben ein kleinerer Stuhl für die Hausherrin.

Alexia zog mit den Fingern das Muster des geflügelten Falken nach, der in den Stuhlrücken geschnitzt war. Wenn sie Gäste hätten, würde sie hier als Hausherrin neben Jamie sitzen. Oder würden jetzt eventuell gar keine Gäste mehr nach Caerlaverock kommen? Würde überhaupt irgendein Schotte, gleich wie niedrig sein Stand war, mit einer Engländerin, noch dazu einer Carleton, dinieren wollen?

Ich werde dafür sorgen, daß sie mich akzeptieren, schwor sie sich. Es soll nie geschehen, daß Jamie Maxwell sich schämen muß, weil er gezwungen worden war, mich zu heiraten.

Ein silbernes Salzfäßchen in der Form eines Schiffes mit gehißten Segeln stand auf dem Tisch vor dem Stuhl des Hausherrn. Der Schiffsrumpf hatte die Form einer Meeresmuschel. Alexia beugte sich herab, um die herrliche Arbeit näher zu betrachten.

»Faß das nicht an!«

Andy Maxwell stapfte auf seinen kräftigen, sechs Jahre alten Beinchen durch den ganzen Saal. Er hatte sein Schwert irgendwo abgelegt, aber seine Fingerchen lagen um den Griff eines kleinen Dolches in seinem Gürtel.

Alexia ging in die Hocke, so daß sie einander auf gleicher Höhe in die Augen sehen konnten. »Ich wollte es nicht stehlen.«

»Doch, du wolltest. Alle Carletons sind Diebe.«

Alexia mußte sich auf die Lippen beißen, um nicht zu lächeln. Sie erinnerte sich, daß auch sie mit Geschichten über die diebischen, räuberischen Maxwell-Schufte aufgezogen worden war.

»Wir könnten einen Friedensvertrag schließen«, sagte sie. »So wie es die Landeshauptmänner am Tag der Grenzland-Versammlung tun.«

Andys kleines Kinn mit den Grübchen wurde vorgeschoben. »Mein Bruder Jamie ist der Landeshauptmann.«

»Ich weiß. Aber wir brauchen ihn doch nicht, um unseren Friedensvertrag zu schließen. Er soll nur zwischen dir und mir gelten.«

Andy dachte darüber nach. »Wir könnten einen Eid schwören«, meinte er. »Mit Blut.«

Er zog seinen Dolch heraus und drückte die Spitze in seinen Daumen. Blut floß aus dem Stich. Er gab Alexia den Dolch.

Sie schnitt in ihren eigenen Daumen und drückte diesen dann gegen den Daumen des Jungen. »Von diesem Augenblick an sind deine Feinde meine Feinde und deine Freunde meine Freunde.«

Er wiederholte die Worte feierlich.

Sie lächelte ihn an. »Jetzt sind wir wahrhaftig Bruder und Schwester.«

Ein Geräusch, als ob jemand tief Luft holte, ließ den Jungen auf dem Absatz kehrtmachen. Annor Maxwell stand genau im Eingangsbereich, ihr Gesicht war weiß vor Wut.

»Wie kannst du es wagen, meinen Sohn so zu manipulieren?«

»Das habe ich nicht...«

»Laß uns allein«, sagte sie und deutete auf Andy.

Er zögerte einen Augenblick und rannte dann in weitem Bogen um seine Mutter aus dem Raum. Alexia, die erkannte, daß sie im Nachteil war, wenn sie in der Hocke blieb, richtete sich auf. Sie widerstand einem Drang, an ihrem blutenden Daumen zu saugen, und verschränkte statt dessen die Hände hinter ihrem Rücken, als Annor Maxwell auf sie zuging.

Auf der anderen Seite der Empore blieb Annor stehen. Sie starrte Alexia einen Augenblick an und hob dann eine Ecke des türkischen Teppichs, der den ganzen Tisch bedeckte, hoch. Es war einer der schönsten Teppiche, die Alexia je gesehen hatte, in satten indigoblauen und scharlachroten Tönen.

»Sieh her«, befahl Annor.

Alexia trat einen Schritt vor und betrachtete das Holz. Es war ein alter Tisch, und die Oberfläche trug viele jahrhundertalte Narben. Jemand hatte mit tiefen Rillen den Namen CARLETON und das Datum 1513 eingeritzt.

»Wie du sehen kannst, waren schon früher einmal Carletons hier, als Besetzer, aber niemals lange.«

Alexia schaute auf und begegnete ihrem kalten Blick aus den grauen Augen. »So? Ihr hattet also Eure Burg eine Zeitlang verloren. Mein Großvater hatte zwei jüngere Brüder. Sie wurden beide bei einem Überfall der Maxwells getötet.«

Annor klappte den Teppich zurück. »Egal, was du hier erreichen willst, es wird dir nicht gelingen.«

»Ich will nur in Frieden im Hause meines Mannes leben...«

»Caerlaverock gehört nicht Jamie. Er regiert hier, aber nur im Namen des Clans. Und du wirst nie hierher gehören. Es wäre klug, wenn du dir das merken würdest.«

»Ja? Dann wäret Ihr klug, Lady Maxwell, Euch daran zu erinnern, daß eines Tages mein Sohn auf dem Thron sitzen wird. Mein Sohn wird als Lord Maxwell hier regieren.«

Alexia drehte sich um und ging weg. Sie spürte, wie Annor Maxwell ihr nachstarrte. Sie brauchte sich nicht umzusehen, um zu wissen, daß diese Blicke voller Haß waren.

Elspeth stand im Treppenhaus, direkt vor dem Saal. Sie mußte alles gehört haben, aber ihr Gesicht war reglos.

»Ich dachte, Ihr könntet jemand brauchen, der Euch die Zimmer der Herrschaft zeigt.«

Der große Saal befand sich im zweiten Stock. Alexia folgte

Elspeth einen weiteren Treppenabsatz hinauf. Jamies Wohnung bestand aus einem großen Vorzimmer, »Solar« genannt, und einem Schlafzimmer dahinter. An das Schlafzimmer angebaut gab es einen kleinen Ankleideraum, wo er seine Kleider aufbewahrte.

Alexia blieb in der Mitte des Vorraums stehen und sah sich um. Das Zimmer war von Öllampen in Schalen aus allen Ecken hell erleuchtet. Obwohl es sauber und aufgeräumt war, sah das Zimmer bewohnt aus. Musikinstrumente und Berge von Büchern lagen überall herum. Aber es war auch modern und luxuriös eingerichtet, passend zum Rest der Burg. Auf den Böden lagen keine Binsen, noch nicht einmal zu Matten geflochtene Binsen, sondern Orientteppiche mit hellen, geometrischen Mustern. Es stand nicht nur ein Sessel darin, sondern zwei, mit Kissen, die direkt an den Sitzen befestigt zu sein schienen. In der einen Ecke stand etwas, das Alexia noch nie gesehen hatte. Es sah aus wie eine Truhe, hatte aber Schubladen.

Sie ging und nahm das Möbel näher in Augenschein.

Elspeth räusperte sich. »Mylady ...«

»Du mußt mich Alexia nennen, und ich werde dich Elspeth nennen.« Es war tatsächlich eine Kommode. Alexia zog jede Schublade heraus, weil sie sehen wollte, wie das funktioniert.

»Mylady«, sagte Elspeth wieder und zog an ihrem Ärmel. Alexia drehte sich widerwillig um.

»Es tut mir leid. Was ... ?«

»Ihr müßt mit Mylord über mich sprechen, bitte. Ihr müßt ihn fragen, was aus mir werden soll.«

»Warum fragst du ihn nicht selbst?«

Elspeth biß sich auf die Lippe und schüttelte den Kopf. »Nein, nein, das könnte ich nicht. Aber wenn ich noch immer bald verheiratet werden soll, dann müßte ich das wissen, nicht wahr?«

Sie tat Alexia leid. »Ja, natürlich. Ich werde Jamie fragen, wenn du es willst.«

Die sorgenvolle Miene wich aus Elspeths Gesicht. Sie kicherte. »Vielleicht werdet Ihr jetzt meine Anstandsdame.«

Alexia lächelte, und Elspeth lächelte zurück. Aber Alexia meinte, etwas in den Augen des Mädchens entdeckt zu haben, das zu der kindlichen Unschuld auf ihrem Gesicht nicht paßte.

Etwas Unaufrichtiges und Berechnendes. Und Hartes, wie Eis im Winter.

Jamie blieb die ganze Nacht und einen weiteren Tag lang weg, und es war spät, als er schließlich durch das Tor von Caerlaverock ritt.

Er stieg müde die Treppen hinauf und versuchte, so leise wie möglich zu sein, als er das Vorzimmer betrat, denn er erwartete, daß Alexia schon schlief. Doch der Schein einer Öllampe drang durch die Türritze des Schlafzimmers, und er sah ihren Schatten, als sie im Zimmer umherging. Sie summte etwas, natürlich falsch. Er erkannte das Lied, aber die Version, die ihm geläufig war, war ziemlich ordinär. Er fragte sich, ob sie diese Worte kannte.

Er ging auf die Tür zu, etwas widerwillig, und mußte über sich selbst lächeln. Er fühlte sich wie ein kleiner Junge, der unartig gewesen war und jetzt der Bestrafung entgegensah.

Er lehnte sich an den Türpfosten und sah ihr einen Augenblick zu. Sie schob eine Wärmpfanne zwischen die Bettlaken.

»Alexia...«

Der Bettwärmer fiel scheppernd zu Boden, dabei machten sich ein paar glühende Kohlestücke selbständig. Sie warf sich ihm in die Arme. Ein plötzlicher, brennender Schmerz ließ ihn aufstöhnen, aber er hielt sie fest an sich gedrückt.

»Jamie, du bist verletzt!«

»Nein, es ist eigentlich gar nichts. Eine Speerspitze ist an meinen Rippen abgeprallt. Alexia, ich glaube, der Teppich fängt an zu brennen.«

Sie ließ ihn los und rutschte auf Händen und Knien über den Boden. Mit der bloßen Hand versuchte sie die Kohlenstücke aufzusammeln und fluchte, als sie sich die Finger verbrannte.

Jamie nahm die Pfanne und stieß die Kohlen mit seiner Stiefelspitze hinein. Auf dem Teppich waren schwarze Brandflecke zurückgeblieben. Alexia saß da und saugte an ihren Fingern. Ihr dunkles Haar lag wie ein Mantel über ihren Schultern, und ihre bernsteinfarbenen Augen schienen zu glühen wie die Kohlen. Er merkte, daß er nicht mehr müde war.

Sie stand auf. »Habt ihr euer Vieh zurückbekommen?«

»Ja. Wir haben sie auf den Dryfe Sands erreicht.« Er griff nach ihr, aber sie entzog sich ihm.

Sie füllte eine Schale mit Wasser aus dem Hahn über dem Waschbecken. »Und was wurde aus den Räubern?«

Er zog sich vorsichtig die Jacke aus. Sein Hemd starrte vor Blut. Die Schnittwunde war schlimmer, als er gedacht hatte. »Es gab einen kurzen Kampf. Aber sie rannten davon, als sie merkten, daß wir in der Überzahl waren. Niemand wurde getötet, aber wir haben ein paar von ihnen im Kampf verletzt.« Nach dem Gesetz hätte er sie aufhängen oder ihre rechten Hände abschneiden können. Als er den Ausdruck auf ihrem Gesicht sah, war er froh, daß er es nicht getan hatte.

Er stand vor dem Kamin, während sie seine Wunde auswusch.

»Es machte ihnen nichts aus, daß sie das Vieh wieder verloren haben«, sagte er. »Sie waren allein für den Überfall gut genug bezahlt worden. Von Seymour Howard.«

Sie war gerade dabei, ein Stück abgerissenes Bettlaken um seine Brust zu wickeln, hielt dann aber plötzlich inne. Sie errötete. Er hatte nie zuvor daran gedacht, sich zu fragen, ob sie noch etwas für ihren früheren Verlobten empfand. Jetzt tat er das, und seine rechte Hand machte eine Bewegung, als wolle er nach seinem Schwert greifen.

»Woher weißt du das?« fragte sie.

»Ich habe ein ausgedehntes Spionagesystem überall im Moorland. Mein Vater hat es eingerichtet, und ich habe es verbessert.«

»Das klingt genauso, wie man sich eine hinterhältige Tat vorstellt, zu der ein Maxwell so sehr befähigt ist.«

An dem Trällern in ihrer Stimme konnte er erkennen, daß sie ihn neckte. Sie sah durch ihre Haare hindurch zu ihm auf. Ihre Mundwinkel verzogen sich kurz, dann lächelte sie ihn an. Er lachte, zog sie in seine Arme und küßte sie heftig. Er begehrte sie so sehr, daß es weh tat.

»Ach, Alexia«, murmelte er, seinen Mund gegen ihr Haar gedrückt. »Du hast mir so gefehlt.«

Sie rümpfte die Nase. »Du riechst nach Schweiß und heißem Metall.«

»Soll ich mich baden?«

»Nein, es gefällt mir.« Sie setzte kleine Küsse überall um seinen Halsansatz. »Liebe mich, Jamie Maxwell.«

»Die Laken sind voller Blut«, sagte Alexia. »Du warst zu überschwenglich bei der Liebe, Mylord.«

Das Sonnenlicht strömte durch das Fenster. Alexia zog das Bett ab. Jamie versuchte, den Verband, der an seiner Wunde festgeklebt war, aufzuweichen. »Ich habe nicht gehört, wie du dich heute nacht beschwert hast«, meinte er.

»Laß mich das machen.« Sie schob seine Hand weg.

Der alte Verband wurde durch einen neuen ersetzt. Die Schnittwunde war tief. Er würde eine Narbe behalten. Der Körper ihres Vaters war mit Narben übersät. Bei Jamie würde das auch so sein, wenn er fünfzig ist. Wenn er überhaupt fünfzig Jahre alt würde. Wenn er nicht in einem Überfall oder Nachtrab oder in einer Fehde getötet würde. Sie dachte an das Kind. Sie wollte nicht, daß es in ein Leben voller Wunden und Narben und dem Tod an jeder Ecke geboren würde.

Sie beobachtete, wie Jamie sein Hemd anzog.

»Wir bekommen ein Baby«, sagte sie.

»Was? Bist du sicher?«

»Natürlich bin ich sicher!«

»Ein Baby...« Der Ausdruck auf seinem Gesicht verwandelte sich in reine Freude. »Aber das ist ja... Warum bist du wütend?«

Jemand klopfte an die Tür des Vorzimmers. Jamie fluchte leise. »Was ist?«

»Mylord...« Ein Junge in grober Kleidung betrat das Schlafzimmer. »Mylord, Ihr habt mir gesagt, ich soll ihn herbringen, sobald Ihr zurück seid.« In einer Hand trug er einen jungen Falken in einer Socke, einem eng anliegenden Leinensäckchen, an beiden Enden offen, so daß der Kopf des Vogels auf der einen Seite und Füße und Schwanz auf der anderen Seite herausragten. In der anderen Hand trug er eine Sitzstange, an der ein Falkenriemen befestigt war.

Jamie lächelte Alexia an. »Er kommt aus dem Nest auf Ben Cruachen«, sagte er. »Ich dachte, du hättest ihn gern zur Erinnerung.«

»Mylady«, sagte der Falkner und übergab ihr den Socken. »Er ist noch immer ein Ästling und hat kaum mit dem Training angefangen. Er muß besonders behandelt werden, der da. Aber er ist scharf, das schon. Und hat Mut, hat er. Das kann man gleich erkennen, kann man, welche Vögel Mut haben und welche nicht.«

Der Falke zitterte in Alexias Hand. Sie sprach leise auf ihn ein. Der Falkner machte eine ungeschickte Verbeugung und ging rückwärts aus dem Zimmer. Dabei strahlte er über das ganze Gesicht.

Alexia sah zu ihrem Mann auf. »Ich weiß nicht, was ich sagen soll...«

»Du kannst sagen...« Er hielt plötzlich inne und zuckte mit den Schultern. »Du brauchst nichts zu sagen. Es ist mein Hochzeitsgeschenk für dich.«

Sie streichelte den Kopf des Falken. »Er ist wunderschön.«

Jamie war mit dem Zuknöpfen seines Hemdes fertig. »Alexia... ich freue mich so über das Baby.«

»Ich auch, Jamie.«

Er sah aus, als wollte er noch mehr sagen, tat es aber nicht. Statt dessen hob er seine Jacke auf und ging hinaus. Alexia stand da und lauschte seinen Schritten auf der Treppe. War er wirklich glücklich über das Baby? Oder nur froh, daß er sie jetzt um so schneller los sein würde?

Alexia setzte den Falken auf seine Sitzstange und befestigte ihn mit dem Falkenriemen, dann zog sie den Socken ab. Der Vogel schüttelte sein rotes Gefieder. Er blinzelte sie aus seinen gelben Augen an.

»Ich werde dich Apollo nennen«, sagte sie. »Nach dem Gott der Liebe.«

Sie dachte zurück an den Tag auf Ben Cruachen und daran, daß Jamie und sie sich dort zum ersten Mal geliebt hatten. Er liebte sie noch immer, das wußte sie genau. Sie mußte nur dafür sorgen, daß er es auch zugab.

Ein anderer Gedanke quälte sie. Da war etwas, das sie heute tun mußte. Etwas Unangenehmes. Dann erinnerte sie sich.

Heute war der Tag, an dem sie sich versprochen hatte, den Kampf mit Lady Annor Maxwell aufzunehmen.

Aber als sie das Vorzimmer verließ, traf sie Elspeth Campbell, die die Treppen herunterkam. »Oh, es tut mir leid, Elspeth«, rief Alexia und wurde etwas rot. »Ich habe mein Versprechen nicht vergessen, aber gestern abend waren andere Dinge...«

»Es ist nicht mehr nötig, Mylady«, sagte Elspeth tonlos. »Lady Annor hat es mir gerade gesagt. Ich soll meinen Vetter, den Grafen von Argyle heiraten.«

»O nein! Das heißt... möchtest du den Grafen heiraten?« Der Gedanke, daß die lebenslustige Elspeth diesen griesgrämigen Grafen heiraten sollte, erschütterte sie. »Ich bin sicher, Jamie wird dich nicht zwingen, wenn du ihn darum bitten würdest...«

Elspeth zuckte anmutig mit den Schultern. »Ich weiß nicht, ob ich Lord Argyle heiraten möchte oder nicht. Ich habe niemals darüber nachgedacht. Ich erwarte nicht, daß man mich bestimmen läßt, wen ich heiraten möchte. Ebensowenig wie Euch.«

»Aber...«, fing Alexia an, doch Elspeth war bereits an ihr vorbeigeglitten und ging weiter die Treppen hinunter.

Vielleicht machte es ihr wirklich nichts aus, dachte Alexia, als sie Elspeth nachstarrte. Viele Mädchen heirateten Männer, die alt genug waren, ihre Väter zu sein, und waren trotzdem zufrieden. Aber sie erinnerte sich daran, wie der Graf sie mit seinen grausamen, schwarzen Blicken durchbohrt hatte, als sie ihm jenes eine einzige Mal begegnet war. Sie hatte damals den Eindruck gehabt, er würde ihr gerne etwas antun – schreckliche, schmerzhafte Dinge.

In Wahrheit wünschte sich Alexia sehr, daß Elspeth in einer glücklichen Ehe zufrieden würde. Denn sie fühlte sich natürlich schuldig. Schuldig dafür, daß sie Elspeth das Glück verwehrt hatte, das sie vielleicht mit Jamie gefunden hätte.

Seufzend verdrängte Alexia Elspeth und ihre Ehe aus ihren Gedanken und ging schwerfällig die Treppen hinauf zu ihrem selbstauferlegten und gefürchteten Treffen mit Jamie Maxwells Mutter.

Alexia stand vor der geschlossenen Tür zu Lady Maxwells Zimmer, ihre Hand zum Anklopfen erhoben.

Ich werde nicht zulassen, daß sie mich einschüchtert, schwor sie sich, und dann klopfte sie gegen das glattpolierte Holz.

Sie betrat das Zimmer auf Annors »Herein« hin und war erstaunt über das, was sie dort sah. Sie hatte noch nie ein Zimmer gesehen, daß so mit allen möglichen Dingen vollgestopft war. An den Wänden hingen so viele Wandteppiche, daß sie einander überlappten, und alles, was man mit Stickerei bedecken konnte, war verhüllt, sogar die Buchrücken. Auf jeder glatten Oberfläche standen Kästchen, Uhren, Miniaturen, Gewürzkästen und Parfümtiegel. Die Parfümtiegel wurden offensichtlich benutzt, aber jeder enthielt einen anderen Geruch, so daß das ganze Zimmer mit einer Mischung aus Rosen-, Hyazinthen-, Rosmarin- und Thymianduft angefüllt war.

Alexia mußte die Hand heben, um ein Niesen zu unterdrücken.

Annor saß auf einem Hocker vor einem mit Kosmetiktöpfchen gefüllten Tisch. Die beiden Bulldoggen dösten zu ihren Füßen. Sie betrachtete sich in einem Stahlspiegel und bemalte ihre Lippen mit dem dunklen Saft von Blastentang. Alexia versuchte, sich ihren Weg über den mit perlenbestickten Kissen übersäten Fußboden zu bahnen. »Ich möchte nicht stören, Mylady...«

»Du störst aber. Na ja, macht nichts.« Annor legte den Spiegel hin und suchte einen Becher heraus. »Das ist etwas gegen Sommersprossen, sagt man. Es ist Harz aus Birkenbäumen. Man muß es im März oder April auftragen. Aber vielleicht wirkt es auch im Mai...« Sie hielt Alexia den Becher hin. »Ich brauche es nicht, aber du. Ich schenke es dir.«

»Mylady, ich komme, um die Schlüssel der Schloßherrin zu holen.«

Annor setzte den Becher mit Harz heftig ab. Einer der Hunde wachte auf und schnaubte. »Ich werde mit Jamie darüber sprechen.«

»Wie Ihr wünscht. Ich werde morgen wiederkommen.«

Annor sprang auf. Sie ging zu einer kleinen Truhe neben ihrem Bett. Darauf stand ein Elfenbeinkästchen mit den Initialen A M aus roten Steinen auf dem Deckel eingelegt. Alexia hätte gern gewußt, ob es Rubine waren. Annor nahm einen Schlüsselring aus dem Kästchen, einen schweren, schwarzen Metallring, vom Alter verrostet. Die Schlüssel klirrten, als sie aneinanderschlugen.

Sie hielt den Ring einen Augenblick an die Brust gepreßt, dann übergab sie ihn langsam Alexia. Es konnte nur eine Herrin auf der Burg geben. Als Jamies Frau war es jetzt Alexias Privileg und ihre Aufgabe.

»Es war einmal ein Lord Maxwell, der dumm genug war, eine Johnstone zu heiraten«, erzählte Annor, und ihre Stimme zitterte vor unterdrückter Wut. »Er wurde ihrer bald überdrüssig, wie das bei Männern so ist. Er schloß sie im Nordturm in ein Zimmer ein. Sie lebte in diesem Zimmer dreißig Jahre und die letzten zwanzig wurde sie ganz verrückt. Mein Sohn wird deiner auch bald überdrüssig sein.«

Alexia wollte gerade die Tür öffnen, drehte sich aber lächelnd um. »Ich hatte einen Urgroßvater, der so etwas ähnliches gemacht hat... mit einer ständig nörgelnden Schwiegermutter.«

Annors Gesicht war vor Wut verzerrt. »Raus hier!«

Alexia schloß leise die Tür hinter sich. Sie lehnte sich dagegen und schlug mit dem Ring gegen ihr Handgelenk. Sobald sie die Worte ausgesprochen hatte, tat es ihr auch schon leid. Sie würde niemals Frieden mit Annor Maxwell machen, wenn sie die Frau weiterhin so quälte. Oder wenn sie sich von ihr quälen ließ. Annor war immerhin die Mutter ihres Mannes und verdiente ihren Respekt. Sie würden hier jahrelang zusammenleben müssen. Vorausgesetzt, daß Jamie mich nicht zwingt, zurück nach England zu gehen, dachte sie. Sie fragte sich, ob Annor von seinem Versprechen wußte. Vertraute sich Jamie seiner Mutter an? Alexia glaubte es nicht. Wenn Annor einen Augenblick lang gemeint hatte, daß...

Andy kam die Treppen hochgerannt und rief etwas mit seiner jungen, hellen Stimme. »Alexia! Alexia, da ist eine Dame... eine Person mit einer Maske...«

»Oh, Andy!« rief Alexia, hob ihn hoch und drehte ihn einmal in der Luft herum. Dann rannte sie die Treppen hinunter, einen aufgeregten Andy an ihre Fersen geheftet.

Evie stand im Hof, Rufus Hall neben ihr. Er hielt die Pferde.

Alexia warf sich ihrer Schwester in die Arme. »Oh, Evie, du hast dich dazu entschließen können, zu mir zu kommen!«

»Ja. Macht es dir etwas aus?«

»Ausmachen! Aber ich bin so einsam ohne dich. Und Vater. Wie geht es Vater?«

»Sir Thomas geht es gut«, antwortete Rufus. »Er hat Euch geschrieben. Er erwartet eine Antwort.«

Alexia ließ Evie los und sah zu Rufus hinüber. Noch immer das gleiche, schüttere mausgraue Haar, der verkniffene Mund und die farblosen Augen.

Sie lächelte ihn an, aber er lächelte nicht zurück. »Hallo, Rufus.«

Er sah sich im Burghof um, betrachtete die Fensterreihen und die Nischen mit den Steinfalken, die Giebel und Kamine und die Steinornamente.

»Ihr habt Euch gut versorgt, Alexia. Es macht nichts, wenn man einen Schotten heiratet. Hauptsache, es geht jetzt ›Mylady hier‹ und ›Mylady da‹, nicht wahr?«

Alexia lachte. »Oh, Rufus. Du hast dich nicht verändert. Du bist noch immer so lächerlich großspurig.«

Jamie kam aus den Ställen. Alexia winkte ihn herüber.

»Jamie, sieh. Meine Schwester Evie ist hier.«

Jamie neigte sich über Evies Hand. Auch wenn er über ihre Maske erschrocken war, zeigte er es nicht.

»Lord Maxwell«, sagte Evie. Ihre Stimme klang fremdartig.

»Ich erinnere mich an Euch«, meinte Rufus sauer. »Ihr habt meinem Bruder Fergie letztes Jahr bei den Langholm-Rennen eine erstklassige Stute gestohlen.«

»Falsche Beschuldigung.« Jamie lächelte. »Ich habe Fergie Hall den Gaul beim Würfeln abgenommen. Ich habe ihn mit meiner zwölf über seiner sechs geschlagen. Aber der arme Teufel hatte einen Wurf mit einer zwei und einem As herausgelegt. Die Stute war erstklassig. Sie hat mir an dem Nachmittag einen Preis eingebracht.«

Ein leises Lachen kam hinter Evies Maske hervor. Alexia war erstaunt. Evie lachte selten.

Ein Stalljunge kam heraus und führte ihre Pferde weg.

Alexia klopfte Rufus auf den Arm. »Vielleicht kannst du sie heute abend zurückgewinnen. Ihr bleibt doch die Nacht über?«

Rufus Gesichtsausdruck wurde etwas weicher. »In Ordnung.«

»Wann wirst du deine Maske abnehmen?« fragte Andy. Er hatte Evie mit unverhüllter Neugier angestarrt.

Jamie rieb seinem Bruder das Köpfchen. »Sei nicht unverschämt. Führe unsere Gäste in den Saal hinauf... und frag nicht so viel!« rief er, als Andy Evies Hand nahm und sie fortzog. Dabei fragte er sie die ganze Zeit aus, ob sie mit einem Schwert so kämpfen könne wie Alexia und ob sie auf dreihundert Fuß Entfernung ins Schwarze treffen könne wie Alexia...

»Ich sehe, daß jetzt du Andys Idol bist«, sagte Jamie. »Das war ich einmal. Ich fühle mich richtig im Stich gelassen.« Er schob seinen Arm um ihre Hüfte und zog sie an sich. Dabei deutete er auf den Eisenring, den sie noch immer ganz vergessen in der Hand hielt. »Und ich sehe, du hast die Schlüssel von Mutter bekommen. Mußtest du dabei mit ihr ringen?«

Alexia lachte und küßte ihn auf die Wange. Er blieb stehen und zog sie in seine Arme, um sie richtig küssen zu können. Als er sie freigab, drehte sie sich um und stellte fest, daß Evie und Rufus am Eingang auf sie warteten. Rufus hatte wieder seinen gewohnt beleidigten Ausdruck angenommen. Was Evie auch denken mochte, es blieb hinter ihrer Maske verborgen.

Normalerweise aß Evie nicht gern mit anderen, auch wenn sie dabei ihre Maske nicht abnehmen mußte, weil Schlitze in die dünne Gaze für Mund, Augen und Nasenlöcher geschnitten waren. Aber Evie mußte wohl beschlossen haben, »Nägel mit Köpfen zu machen« (ein Lieblingsausdruck von Lady Edwina), denn sie ging bereitwillig mit ihnen in den Speisesaal, wo sie zu Alexias Erstaunen zwei Teller gekochten Hasen aß und nicht nur über Jamies neckische Scherze lachte, sondern tatsächlich selbst ein paar komische Erzählungen zum Besten gab. Alexia wurde ein klein wenig eifersüchtig, daß Evie die Aufmerksamkeit ihres Mannes so fesselte, und sie mußte sich selbst befehlen, nicht so albern zu sein.

Also konnte sie erst nach dem Abendessen, als sie Evie in ihr Zimmer hinaufbrachte, die Frage stellen, die ihr schon die ganze Zeit am Herzen lag. »Nun, was meinst du, Evie? Was hältst du von meinem schottischen Lord?«

Evie saß auf einer Truhe neben dem Bett und nahm ihre Maske ab. Sie war so vorsichtig wie immer, die verwüstete Seite ihres Gesichts in den Schatten zu wenden und die schöne Hälfte zu Alexia hin. Wenn Alexia ihre Schwester so sah, konnte sie sich fast vormachen, der Unfall hätte nie stattgefunden.

»Er ist anders als alle Menschen, die ich bisher kennengelernt habe«, sagte Evie.

»Was soll das heißen?«

»Es heißt...«, Evie zuckte mit den Schultern. »Vater sagt, daß du ihn wirklich liebst.«

Alexia setzte sich auf einen Hocker und zog ihre Knie an. »Kannst du dich erinnern, wie ich Vater damals heimlich zu der Grenzland-Versammlung folgte? An diesem Tag habe ich Jamie kennengelernt und ihn von jenem Augenblick an geliebt. Evie, wir werden ein Baby bekommen.«

Evie schnellte herum. Alexia zuckte zusammen wie jedesmal, wenn sie die grausam zugerichtete Haut sah. Sie mußte sich zwingen, nicht wegzusehen.

»Ach, wie aufregend«, sagte Evie. »Ich werde Tante. Ich muß immer daran denken, meine Maske zu tragen. Ich möchte nicht, daß das arme Kind Alpträume bekommt.«

»Oh, Evie...«

Evie sah weg und fingerte an einem Stück Gaze herum. »Es tut mir leid, ich hätte nicht... Oh, ich hasse Selbstmitleid so sehr, besonders bei mir.« Als sie ihr Gesicht wieder bedeckt hatte, drehte sie sich zu Alexia um. »Immerhin... bei all dem gebührt zumindest einem Menschen Mitleid.«

Alexia nickte. »Ich weiß. Der arme Seymour. Aber ich hätte ihn nicht heiraten können. Ich habe ihn niemals wirklich geliebt.«

»Er hat dich geliebt«, sagte Evie.

Seymour Howards Hand schloß sich so fest um den Stuhlrücken, daß seine Knöchel weiß hervortraten. »Hat er sie berührt?«

Sir Thomas seufzte. »Seymour, sie sind verheiratet.« Er hatte sich vor diesem Gespräch gefürchtet. Jetzt wünschte er, er hätte die Nachrichten lieber in einen Brief gepackt.

»Er hat sie vergewaltigt. Ich wußte, daß er das tun würde.« Seymour durchmaß das Zimmer. »Aber ich kann ihr vergeben. Bekommt sie ein Kind?«

»Ich weiß es nicht. Ich glaube nicht. Sie sind verheiratet, Junge.«

Der junge Mann drehte sich erschrocken um, seine schmerzerfüllten Augen lagen auf Sir Thomas. »Aber sie gehört mir.«

»Die Königin ...«

Er stieß den Hocker um und schickte ihn wie ein Geschoß durch das Zimmer. »Zum Teufel mit der Königin. Sie gehörte mir. Mir! Und er hat sie mir weggenommen. Ich werde ihn dafür umbringen.«

»Am besten vergißt du es, Junge. Das ist alles, was du jetzt tun kannst.«

»Nein«, sagte Seymour. »Ich kann sie nicht vergessen.«

Kapitel 10

Alexia hielt eine brennende Fackel an das Rad. Das harzgetränkte Holz ging mit einem Zischen in Flammen auf. Jamie gab ihm einen Stoß mit seinem Stiefel, so daß es den Hügel hinunterrollte, und die Zuschauer, Dorfbewohner und freie Bauern, klatschten Beifall.

Es war St. Johannistag, das Mittsommernachtsfest. An dem Tag wurde nach altem Brauch ein Rad angezündet und den nächsten Hügel hinuntergerollt, um zu verkünden, daß die Sonne ihren Zenit erreicht hatte und jetzt rückwärts gehen würde. Normalerweise freute sich Alexia an Festtagen, die den Zyklus des Lebens und der Jahreszeiten markierten. Aber heute hätte sie am liebsten das Rad angehalten, damit ihre Ehe wenigstens so lange hielt, bis zwei Söhne geboren waren.

Ihr bauschiges Unterkleid versteckte noch immer ihre Schwangerschaft, aber nicht mehr lange. Bis zum Lammastag würde es zu sehen sein, und nach Lichtmeß würde das Baby geboren sein. Sie blickte hinauf zu Jamie. Er lächelte sie an und legte seinen Arm um ihre Schulter.

»Eines Tages werden unsere Söhne und Töchter das Johannisrad in Brand setzen«, sagte er. Es schien, als habe er ihre Gedanken gelesen.

»Jamie ...«

»Ja, meine Geliebte.«

»Diccon ist auf dem Turnierplatz. Sollten wir nicht hingehen und ihm zusehen?«

An der Art, wie er sie anschaute, erkannte sie, daß er wußte, daß sie etwas ganz anderes sagen wollte. Aber er blieb still. Statt dessen nahm er ihre Hand, und sie gingen gemeinsam den Hügel hinunter.

Aus Anlaß des Festes hatte man auf den Weiden außerhalb der Stadt einen Jahrmarkt aufgebaut. Die Stadt lag acht Meilen von

Caerlaverock Castle entfernt, nahe der Mündung des schnell dahinströmenden Flusses Nith. Dumfries war immer wieder von den Engländern niedergebrannt und geplündert worden, dennoch war es der Stadt gelungen, eine blühende Webereiindustrie aufzuziehen. Jemand, der an einem sonnigen Tag durch die Stadt ritt, konnte das Klappern der Webstühle aus den offenen Türen der roten Steinhütten hören.

Heute aber standen die Webstühle still, denn alles war auf dem Jahrmarkt. Dessen Mittelpunkt bildete ein Stechpuppenrennen, zu dem jeder Junge im Alter von zehn bis siebzehn angetreten war, um seine Kunstfertigkeit mit der Lanze zu beweisen.

Diccon mußte nach ihnen Ausschau gehalten haben, denn er rief ihnen etwas zu und kam sofort zu ihnen herangaloppiert.

Er begrüßte sie atemlos. »Habt ihr gesehen? Mat Johnstone ist hier.«

Jamie klopfte dem Jungen auf die Schenkel. »Vergiß ihn. Paß auf dich auf, und denke daran, daß du dein Gewicht fest mitten unter deinem Hintern zentriert haben mußt.«

»Ja.« Diccon begann, sein Pferd zu wenden.

»Warte«, rief Alexia. Sie riß eine Rüsche von ihrem Handgelenk und hielt sie ihm hin. »Du wirst den Gunstbeweis einer Dame brauchen, Herr Ritter.«

Diccon zögerte einen Augenblick. Dann nahm er die Rüsche und zog sie über seine Lanzenspitze. Er lächelte Alexia zögernd an, drehte sich dann um und galoppierte bis zum Ende der Bahn, wo die übrigen Jungen versammelt waren.

Das Quintainrennen war ein Sport, der noch aus den Tagen der Turnierkämpfe stammte. Die Jungen griffen mit der Lanze der Reihe nach ein zweiarmiges, hölzernes Ziel an, das ein Loch in der Brust hatte. Die Aufgabe bestand darin, die Lanze durch das Loch in der Stechpuppe zu stoßen. Wenn ein Junge das »Mannekin« an irgendeiner anderen Stelle traf, drehte es sich um die eigene Achse und warf ihn vom Pferd. Das wurde so lange wiederholt, bis nur noch ein Junge auf seinem Pferd saß. Und der würde dann zum Sieger gekrönt werden.

Beim ersten Durchgang waren schon über die Hälfte der Jungen sofort ausgeschieden. Von der allgemeinen Aufregung gepackt, jubelte Alexia Diccon jedesmal heftig zu, wenn er an der Reihe war. Jamie tat so, als käme er um vor Verlegenheit, bis Alexia ihm den Ellenbogen in den Leib stieß und sagte, er solle aufhören, sich so albern zu benehmen.

Bald waren nur noch Diccon und sein Erzrivale Mat Johnstone übrig. Diccon ritt zuerst. Sein Stoß war ungenau, die Stechpuppe wackelte, drehte sich aber nicht. Alexia applaudierte. Mat Johnstone schob sich die Lanze unter und gab seinem Pferd die Sporen. Alexia buhte, und das erste Mal an diesem Tag verfehlte Mat Johnstone das Ziel. Er versuchte, sich zu ducken, aber das Mannekin erwischte ihn an der Schulter und warf ihn in den Staub. Alexia jubelte.

Diccons Preis war eine Lorbeerkrone. Er führte sein müdes Pferd dahin, wo sie standen, und lehnte sich hinüber, um Alexia die Krone auf den Kopf zu setzen. Und dieses Mal jubelte ihr alles zu.

Sie sah ringsum in die lächelnden Gesichter der Dorfbewohner. Es würde natürlich Zeit brauchen, aber bald würden alle sie akzeptieren. Vielleicht allmählich sogar genauso lieben wie Jamie. Sie sah hinüber, wo die übrigen Maxwells sich versammelt hatten: Annor, Malcolm, Robin und Elspeth Campbell. Sie lächelten nicht, außer Malcolm, dessen Lächeln sowieso immer wie ein spöttisches Grinsen wirkte. Diese für mich einzunehmen wird länger dauern, dachte sie. Viel länger.

Nachdem sie einen Imbiß, bestehend aus Bier und Haferflockenkuchen, eingenommen hatten, erklärte Jamie Alexia, er müsse mit einem Mann wegen einer Zuchtstute sprechen. Alexia ging unterdessen einkaufen.

Sie erstand eine Tüte Pfefferminzdrops für Andy und eine Kappe mit einer Wachtelfeder für Diccon. Die Kappe sah derjenigen, die sie an dem Tag der Grenzland-Versammlung vor Jahren getragen hatte, sehr ähnlich. An dem Tag hatte sie Jamie zum ersten Mal gesehen. Und wenn sie daran dachte, spürte sie einen Kloß im Hals. Sie verliebte sich in ein ausgestopftes Lamm, das einen Körper aus weißer Wolle, einen Holzkopf und Blechbeine hatte. Sie kaufte es für das Baby und war sich plötzlich sicher, daß es ein Mädchen würde.

Robin trat an sie heran, als sie einige Spitzenballen betrachtete. Er lächelte sie gewinnend an, und sein Lächeln erinnerte sie an Jamie. »Ich dachte, vielleicht möchtet Ihr ein wenig Gesellschaft. Darf ich Eure Einkäufe für Euch tragen?«

Sie gingen zusammen neben den Zelten und Buden in Richtung Fluß hinunter. Robin sprach zu ihr über die kommende Ernte und über ein Zuchtexperiment, das er und Jamie mit ein paar Kühen vorhatten. Sie hielten neben einer Baumgruppe. In der Ferne versuchten ein paar Jungen vom Pferderücken herab, Lachs mit dem Speer aus dem Fluß zu holen. Alexia dachte, einer von ihnen sähe aus wie Diccon.

»Alexia ... liebst du Jamie?«

Sie mußte plötzlich die Luft anhalten und konnte nicht sprechen.

»Warum ... warum fragst du? Hat er etwas gesagt ...«

Robin stellte die Pakete auf den Boden und packte sie an den Armen. Sie dachte, er wolle sie schütteln. Statt dessen drückte er seine Handflächen gegen ihren Hinterkopf und seine Lippen in einem zermalmenden Kuß auf die ihren.

Sie schob ihn von sich und gab ihm eine schallende Ohrfeige.

Er keuchte schwer und rieb sich die Wange.

»Alles in Ordnung«, sagte er. »Alles in Ordnung. Das war's dann.« Und er stob an ihr vorbei, ohne noch einmal zurückzublikken.

Irgend jemand lachte. Sie wußte, es war Malcolm, noch ehe sie sich umdrehte.

Er kam auf sie zu. Sein nachschleifender Fuß hinterließ eine Rille im Gras. »Was mag er jetzt wohl im Schilde führen?«

Alexia wischte sich den Mund mit dem Handrücken ab. »Ich würde meinen, das sei doch offensichtlich.«

»Du solltest dir nicht schmeicheln, daß er in heißer Liebe zu dir entbrannt ist, Schwester. Robin wünscht sich Frauen, die etwas einfältig sind und ihn anbeten. Mit Mondgesichtern und Grübchen auf ihren Knien. Hast du Grübchen auf deinen Knien?«

»Hör auf! Sei nicht so albern, Malcolm, erzähl bitte Jamie nichts davon.«

Er zog eine Augenbraue hoch. »Um welchen von beiden hast du Angst? Jamie oder Robin?«

»Malcolm, bitte. Meine Ehe ist sowieso schon schwierig genug. Sie kann nie gedeihen inmitten all dieser Verdächtigungen und dem Mißtrauen.«

Er sah sie an. Sie fragte sich, was er wohl denken mochte. »Nun gut«, sagte er plötzlich. »Weil du mich darum bittest, werde ich Jamie nichts sagen.«

Im August, nach Lammas, reifte die wilde Baumwolle, und die Hügel sahen aus wie weiche Daunenkissen. Wildenten und Wildgänse auf ihrem Weg nach Süden blieben eine Weile, um in den Sümpfen rund um den nördlichen Teil des Solway Firth nach Nahrung zu suchen. Alexia spürte, wie sich das Baby bewegte.

Es würde bald Zeit für die Ernte und für das Schlachten eines Teils der Herden für den kommenden Winter sein. Alexia befand sich im Vorratshaus und machte Inventur, als der Landstreicher vorbeikam. Er trug nichts als ein Bündel Lumpen und erschien einfach in der Türöffnung, sein Gesicht unkenntlich durch einen verfilzten, ungepflegten Bart.

»Seid Ihr Carletons Tochter?« fragte er mit einer Stimme, die klang wie das Reiben einer Ahle auf Holz.

Alexia, die gerade nach einem Topf Honig gegriffen hatte, drehte sich um, und der Topf fiel ihr auf den Fuß.

Sie hinkte hinüber zu einem Heringsfaß, setzte sich und massierte ihre Zehen. Sie blinzelte den Landstreicher an. »Wer bist du? Was willst du? Hast du einen Brief von meinem Vater?«

»Ihr seid voller Fragen, seid Ihr. Tatsache ist, meine Aufgabe ist es, Briefe und ähnliches von Euch an ihn weiterzugeben. Nicht umgekehrt.«

»Oh.« Alexia hatte das Ganze fast vergessen. Sie hatte es vergessen wollen.

»Ich treibe mich hier seit Mittsommernacht herum. Habt Ihr mich nicht bemerkt?«

Alexia fragte sich, wie sie ihn hatte übersehen können, wieso sie ihn nicht gerochen hatte.

Der Lumpenmann hustete und spähte über die Schulter. »Ich bin dabei, wichtige Papiere in die Hände zu bekommen. Es liegt Verrat in der Luft. Ihr müßt das dem alten Mann schreiben. Wichtige Papiere.«

Alexias Lippen formten sich zu einer Frage, aber noch ehe sie sprechen konnte, war die Türöffnung plötzlich leer. Sie trat hinaus in den Burghof. Der Mann war verschwunden.

Sie wollte gerade wieder hineingehen, als sie hörte, wie aus dem engen Durchgang, eigentlich eher einem Abflußgraben, der zwischen der Rückseite des Vorratshauses und der Räucherkammer verlief, leise ihr Name gerufen wurde. In der Annahme, daß es der Landstreicher war, der noch weiter sein geheimnisvolles Spiel mit ihr spielen wollte, hatte sie gerade beschlossen, ihn zu ignorieren, als das Wispern wiederkam, diesmal eindringlicher.

In der Hofmauer gab es am Ende des Durchgangs eine Hintertür. Sie führte direkt hinaus in das Moor von Solway und wurde daher selten benutzt. Irgend jemand hatte sie jedoch kürzlich erst benutzt, denn sie stand leicht offen.

Alexia schob die Tür auf. Es war Ebbe, und das morastige Brachland stank nach Schimmel und Fäulnis. Der Dampf stieg in trägen Schwaden auf, während der kühle, nasse Schlamm allmählich in der heißen Augustsonne gebacken wurde.

»Wer ist da?« rief Alexia, hörte aber nur das Zirpen der Heuschrecken.

Sie wollte gerade das Tor zuziehen, als sie wieder ihren Namen hörte. Nur dieses Mal war es kein Wispern, sondern mehr ein dünner, hoher Schrei.

Sie sah etwas Weißes in dem Gewirr von Reetklumpen und Gras am Rande des Firth schimmern. Es sah aus wie ein Arm, der um Hilfe winkte. »Wer ist da?« rief sie wieder, aber keiner antwortete.

Widerwillig ging sie hinüber zum Moor. Der Schlamm stieg um ihre Schuhe herum hoch. Das Gras geriet unter ihre Röcke und streifte über ihre nackten Beine. Als sie die Stelle erreichte, wo sie meinte, einen winkenden Arm gesehen zu haben, war nichts dort. Aber das Gras war stumpf und heruntergedrückt, als ob jemand dort gelegen hätte oder vielleicht heruntergefallen wäre.

Ein Teil des Grases glänzte dunkel und feucht. Sie berührte die Stelle mit den Fingern. Es war Blut.

Plötzlich war sie sicher, daß Jamie hier draußen war; Jamie verletzt und irgendwie unfähig, nach Hause zu kommen. Sie schrie seinen Namen, und der Schrei kam als Echo zu ihr zurück; schließlich verlor er sich in der heißen, schwülen Stille.

Eine Spur von zerbrochenem Schilfrohr und niedergetrampeltem Gras führte von Caerlaverock südlich zum Solway Firth. Sie begann, ihr zu folgen.

Sie war so damit beschäftigt, die Spur zu verfolgen, daß sie zuerst nicht merkte, wie das Wasser über ihre Schuhspitzen und um ihre Knöchel herum stieg. Schließlich würde sie durch die plötzliche Kühle aufmerksam. Die Kühle nach der Wärme des Moores.

Jamie hatte sie vor der gefährlichen steigenden Flut des Solway Firth gewarnt, wie selbst nackter, trockener Boden in einem Augenblick versinken konnte, wie die täuschenden Gezeiten ohne Vorwarnung die ruhigen Sümpfe in gefährliche Moraste verwandeln konnten. Alexia beschloß zurückzugehen.

Aber sie konnte nicht.

Ihre Füße wurden wie in einem Schraubstock festgehalten. Sie griff nach einer Handvoll Schilf und versuchte, sich freizuziehen. Der Schlamm stieg ihr bis an das Schienbein.

Sie befahl sich, nicht in Panik zu geraten, da Panik das Schlimmste wäre. Ich werde nicht schreien, sagte sie sich. Ich werde auf keinen Fall schreien. Und in diesem Augenblick sah sie die Frau.

Sie war groß und dünn und ganz in Schwarz gekleidet. Über den Kopf hatte sie einen Schal gezogen, wie eine Witwe, obwohl Alexia schon in dem Augenblick wußte, daß sie keine Witwe war, nie eine Witwe gewesen war. Ihr Gesicht war blaß, mit scharfen Zügen. Ein ovales Gesicht mit geschwungenen Augenbrauen über aschgrauen Augen, aus denen sie Alexia kalt und gleichgültig betrachtete.

»Ich bin offenbar steckengeblieben«, sagte Alexia und zwang sich zu einem kläglichen Lachen.

Der gleichgültige Ausdruck auf dem Gesicht der Frau änderte sich nicht. Sie stand da, unbeweglich, ganze zehn Sekunden lang. Dann wandte sie sich ab und ging in einem großen Bogen um Alexia herum, bis sie hinter ihr war. Sie kniete auf einem Klumpen Schilf, drei Fuß von ihr entfernt, und streckte ihren Arm aus.

Alexia packte das Handgelenk der Frau. Durch die rauhe Wolle des Ärmels spürte sie die Muskelstränge der Frau. »Vielleicht ziehe ich Euch mit mir hinab.«

»Seid keine Närrin«, sagte die Frau mit dem rauhen Akzent eines guten, cumbrischen Englisch.

Alexia betrachtete zweifelnd die fettige, schlammige Flüssigkeit. Sie nahm einen vorsichtigen Schluck und erstickte fast an dem bitteren Geschmack.

»Was ist das?«

»Ein türkisches Getränk«, meinte die Frau. »Es wird Euch wiederbeleben.«

»Oh. Es schmeckt aber... seltsam.«

Die Frau zuckte mit den Schultern. »Man braucht eine Weile, bis man sich daran gewöhnt.«

Alexia saß an einem groben Holztisch, die Frau ihr gegenüber beobachtete sie. Seit die Frau sie hereingeführt hatte, in diese tief im Moor versteckte Hütte, hatten sie kaum miteinander gesprochen. Es war eine einfache Hütte aus Lehm und Gitterwerk. Der einzige Raum war primitiv möbliert, bis auf die Regale, die drei Seiten der Wände bedeckten, Regale, auf denen Hunderte von Kästen und Töpfen standen. Alexia überlegte, was wohl darin sein könnte. Sie dachte, die Frau ist wahrscheinlich eine Hexe.

»Ihr habt mein Leben gerettet.«

Die Frau zuckte wieder mit den Schultern. »Ihr seid die Frau des Lords.«

»Ihr kennt Jamie?«

»Jeder kennt den Lord.«

Alexia nahm noch einen Schluck von der schlammigen Flüssigkeit und unterdrückte ein Schaudern. Sie bezweifelte, daß sie sich jemals daran gewöhnen würde.

Unter dem Bett, das an der anderen Wand stand, bewegte sich etwas. Zwei gelbe Augen leuchteten ihr aus dem Schatten entgegen. Es ist nur eine Katze, sagte sich Alexia, und achtete nicht auf die innere Stimme, die ihr sagte, daß diese Augen viel zu weit auseinanderstanden, um zu einer Katze zu gehören. Nun, es war eben eine sehr große Katze.

»Es ist ein Ozelot«, sagte die Frau.

»Oh ... natürlich.«

Alexia nickte verständnisvoll. Ein Ozelot. Sie würde in Plinys *Naturgeschichte* nachsehen müssen, wenn sie wieder zu Hause war. Vielleicht war ein Ozelot eine Art Drache. Es war eine bekannte Tatsache, daß Hexen Drachen bei sich aufnahmen. Oder waren das die Zauberer ...

»Ich habe ihn aus einer Menagerie gerettet«, sagte die Frau gerade. »Man hatte ihn auf einer spanischen Galeone aus der Neuen Welt herübergebracht. Er ist furchtbar scheu, aber im übrigen nur so etwas wie eine zu groß gewachsene Schmusekatze.«

»Wer seid Ihr?« fragte Alexia.

Die Frau lachte. Es war ein heiseres, erdiges Lachen, das Alexia seltsam beruhigend fand. »Wer glaubt Ihr?«

»Seid Ihr eine ... Hexe?«

Die Frau lachte wieder. »Warum? Möchtet Ihr gerne einen Liebestrank? Ich kann Euch einen machen. Tröpfelt ihn auf die in Ingwer eingelegten Birnen Eures Mannes heute abend, und er wird verrückt nach Euch sein.«

Alexia fühlte sich versucht, aber sie sagte: »Nein, danke. Warum mit Ingwer eingelegte Birnen? Ich meine, warum müssen es in Ingwer eingelegte Birnen sein?«

»Warum nicht?« Die Frau stand abrupt auf. »Kommt. Ich führe Euch zurück zur Burg.«

Alexia war erstaunt, wie dunkel es geworden war. Es war ganz gewiß erst früher Nachmittag gewesen, als der Landstreicher das erste Mal in der Tür zum Vorratshaus erschienen war. Sie folgte der Frau, die aufgrund ihrer schwarzen Bekleidung nur noch als dunkler Schatten zwischen den wogenden Schilfrohren und den stacheligen, blätterlosen Büschen zu erkennen war, durch das Moor.

Dann hörte sie, wie Jamie ihren Namen rief.

Sein Pferd brach durch das Buschwerk vor ihr. Die Schatten, die von der Fackel auf sein Gesicht geworfen wurden, ließen es hart und grausam erscheinen.

»Um Gottes willen. Wo zur Hölle bist du gewesen?«

»Ich dachte, du wärst... das heißt, ich, nun, ich blieb im Moor stecken, und diese Frau...«

»Welche Frau?«

Alexia sah sich um. Die Frau war weg.

»Da war eine Frau...«

Jamie warf die Fackel in den Sumpf. Sie ging sofort mit einem lauten Zischen aus. Er beugte sich herunter und zog sie vor sich in den Sattel.

»Du brauchtest nicht wegzulaufen«, sagte er barsch. »Wenn du so verzweifelt nach England zurückwillst, werde ich dich zurückbringen.«

Alexia kämpfte gegen einen lächerlichen Drang zu weinen. »Ich... ich habe nicht versucht, nach England zurückzugehen.«

Jamie sagte nichts. Dann drehte er ihren Kopf am Kinn herum und küßte sie fest auf den Mund.

»Mach mir nie wieder solche Angst.«

Am Tag darauf wachte Alexia mit einer Gier nach in Ingwer eingelegten Birnen auf.

Sie ging in den Obstgarten der Burg, pflückte ein paar und wollte gerade zur Küche zurückgehen, ihre Schürze voll der dicken, gelben Früchte, als sie Jamie in intensiver Unterhaltung mit Elspeth vor der Eingangstür zum Wohntrakt sah. Als sie stehenblieb, um die beiden zu beobachten, warf Jamie den Kopf zurück und lachte. Und Alexia war irritiert und erstaunt, wie etwas, was Elspeth zu sagen hatte, so interessant für ihn sein konnte.

Sie ging auf die beiden zu und hielt sich dabei im Schatten der Mauer, denn die Sonne war heiß. Als sie einige Meter von ihnen entfernt war, sprach sie seinen Namen aus, und er drehte sich um, eine Spur des Lachens noch immer auf seinem Gesicht. Dann schien alles auf einmal zu geschehen.

Jamie warf sich auf sie, und sie stürzte genau in dem Augenblick zu Boden, als etwas Großes und Schweres so nahe an ihrem Kopf vorbeiflog, daß der Luftzug ihre Haare hochstehen ließ. Die Birnen kullerten fort. Der schwere Gegenstand krachte neben ihr auf die Erde.

Jamie war leichenblaß geworden.

»Oh, Alexia. Das Baby. Bist du in Ordnung?«

»Ich glaube schon...« Sie setzte sich auf und schüttelte Birnenfleisch von ihrem Mieder. »Wahrscheinlich hattest du keine Zeit, mich zu warnen?«

Er lächelte und half ihr auf die Beine. »Nein, es tut mir leid.«

»Oh, Alexia«, jammerte Elspeth. »Du könntest jetzt tot sein.«

Malcolm und Robin klopften an die Tür, einer nach dem anderen.

»Ich habe einen Schrei gehört«, sagten sie beide gleichzeitig.

»Elspeth hat geschrien«, sagte Alexia.

»Ich? Ich kann mich nicht erinnern«, meinte Elspeth.

Alle zusammen untersuchten das große und schwere Etwas, das zerbrochen auf dem Boden lag. Es war einer der Steinfalken aus den Sockeln zwischen den Fenstern.

Jamie sah hinauf. Einer der Sockel, nahe dem Fenster direkt über der Stelle, wo Alexia gestanden hatte, war jetzt leer. »Er muß zu nahe an der Kante gestanden haben und nicht richtig befestigt gewesen sein«, meinte er. »Ich werde den Steinmetz deswegen einen Kopf kürzer machen lassen.«

Evie stolperte aus der Tür und fiel selbst beinahe hin, so daß Jamie sie auffangen mußte.

»Ich habe jemanden schreien hören«, sagte sie.

»Elspeth schrie«, meinte Alexia und starrte das Mädchen an, als wolle sie sie herausfordern, noch einmal zu leugnen.

Jamie legte den Arm um seine Frau und schob sie zu ihrer Schwester. »Sie muß einen Schock gehabt haben und sollte sich jetzt eine Weile hinlegen.«

»Jamie, mach kein Theater. Ich bin in Ordnung.«

Er strich Alexia das Haar aus ihrem Gesicht und rieb einen Staubfleck von der Nase, um sie dann zu küssen. »Keinen Streit, bitte.«

Evie und Elspeth brachten Alexia in ihr Zimmer. Auf dem ganzen Weg dorthin schimpfte Alexia, daß sie nicht die Art Frau sei, die beim kleinsten Unfall gleich schwach würde, und sie lehnte es ab, sich von den beiden ausziehen zu lassen und sich hinzulegen.

»Dann mach dich wenigstens sauber«, meinte Evie. »Siehst du, da ist ein Tropfen Blut auf deinem Ärmel.«

»Oh, Alexia«, rief Elspeth aus. »Du bist verletzt!«

»Unsinn.« Alexia untersuchte sich sorgfältig. »Ich blute nirgends. Vielleicht Jamie. Nein, Elspeth, wie dumm du bist es. Du hast dir irgendwo deine Knöchel aufgerieben.«

»Wie seltsam...« Elspeth betrachtete schaudernd die offene Wunde auf ihren weißen, wohlgeformten Händen. »Oh, ich hoffe, das gibt keine Narbe.«

»Wie ist es passiert?« fragte Evie, und Alexia blickte auf, als sie den anklagenden Ton in der Stimme ihrer Schwester bemerkte.

Elspeth blinzelte. »Ich weiß nicht. Vielleicht der Steinfalke...«

»Aber du warst doch überhaupt nicht in der Nähe«, fuhr Evie fort. »Lord Maxwell und seine Brüder standen alle um Alexia und den Falken, aber du warst auf der anderen Seite der Tür. Ich berührte dich, als ich herausgerannt kam, nachdem Alexia geschrien hatte.«

Alexia seufzte laut. »Hört auf, ich habe nicht geschrien. Ich schreie niemals. Elspeth schrie.«

Plötzlich, ängstlich bemüht, die beiden loszuwerden, behauptete Alexia, sie hätte beschlossen, sich doch hinzulegen und auszuruhen. Aber sobald beide das Zimmer verlassen hatten, sprang sie aus dem Bett und ging hin und her. Sie ließ den beiden genügend Zeit, in ihre eigenen Zimmer zu gelangen, dann schlich sie heimlich die Treppen hinauf bis zu dem Raum, vor dem auf einem Sockel draußen jetzt ein Steinfalke fehlte.

Es war das kleine Zimmer, das selten benutzt wurde, außer wenn in der Burg sehr viele Gäste zu beherbergen waren. Das Zimmer roch modrig. Die wenigen Möbelstücke waren mit alten Bettlaken zugedeckt, das Fenster geschlossen.

Alexia zog an dem Schloß, sie mußte fest rütteln, damit es aufging, und auch das nur unter lautem Quietschen.

Sie lehnte sich hinaus und betrachtete die Kante, wo der Falke gestanden hatte. Im roten Sandstein, wo die Skulptur heruntergefallen war, gab es frische Kratzer und eine breite Schleifspur bis hinunter zur Kante.

»Also war es kein Unfall.«

Alexia drehte sich um. »Oh, Malcolm... du hast mich erschreckt.«

Er warf ihr sein sarkastisches Lächeln zu. »Nein, ich glaube nicht. Du fürchtest dich nicht so leicht, nicht wahr, Alexia Carleton?«

Sie überhörte nicht, daß er ihren Clan-Namen benutzte. Wußte aber nicht genau, was er damit meinte.

»Sage Jamie nichts davon, ich meine, daß es kein Unfall war. Außerdem: Wir können nicht wirklich sicher sein. Und es würde nur noch mehr Schwierigkeiten geben.«

»Noch mehr Geheimnisse vor deinem Mann, liebe Schwester? Kaum die Art, wie man eine Ehe auf Vertrauen aufbaut.« Er lehnte sich aus dem Fenster und fuhr die Kratzspur auf dem Sockel mit seinem langen, dünnen Finger nach. »Findest du es nicht seltsam, daß Jamie nicht selbst heraufgekommen ist, um das hier zu untersuchen?«

»Er... er hat wichtigere Dinge zu tun.«

»Wirklich? Was könnte wichtiger sein als festzustellen, wer versucht, seine Frau zu ermorden? Es sei denn, er wüßte es schon.«

Kapitel 11

Alexia legte ihre Arme sanft um Jamies Taille und drückte ihre Lippen gegen seine nackte Schulter.

»Du bist früh auf, Mylord.«

Jamie verzog den Mund, denn er rasierte sich gerade um das Kinn herum. »Wenn du dein Morgenbier in diesem Winter regelmäßig haben willst, muß jemand die Gerste einbringen.«

Der Lord behielt ein Drittel des Landes um die Burg herum zur eigenen Nutzung, der Rest wurde von den Häuslern und freien Bauern bebaut. Sie zahlten für ihren Anteil mit zwei bis drei Tagen Arbeit pro Woche auf der Domäne des Herrn. Zu jeder Erntezeit mußte zuerst das Land des Herrn abgeerntet werden. Diese Woche waren es die Gerstenfelder.

Alexias Lippen waren den ganzen Weg über Jamies Rücken zu seinem Nacken hinaufgewandert. Sie knabberte an seinen Ohrläppchen, öffnete mit einer Hand seinen Hosengürtel und glitt mit der Hand hinein.

Jamie fluchte und betupfte einen kleinen Schnitt an seinem Hals. »Versuchst du, mich dadurch umzubringen, daß ich mir selbst den Hals durchschneide, Frau?«

Sie streichelte ihn ein bißchen grob. »Ich spiele. Ich spiele mit deinen Gefühlen.«

Er packte sie am Handgelenk und zog ihre Hand weg. »Ich täte nichts lieber, als den ganzen Tag mit solchen ergötzlichen Spielen zu verbringen, meine Süße. Aber ich habe tausend Dinge zu tun.«

Seufzend wandte sich Alexia ab. Sie zog ihr Nachthemd über den Kopf, ging nackt zum Bett hinüber und zog die Strümpfe an. Dabei hob sie den Fuß hoch und streckte die Zehen vor. Obwohl sie spürte, wie er sie ansah, tat sie so, als merke sie nichts. Sie nahm ihre Haarbürste von der Kommode neben dem Bett und fing an, mit langen

Strichen ihr Haar zu bürsten. Mit jeder Bewegung ihres Armes hoben und senkten sich ihre Brüste.

»Um Gottes willen, Alexia!«

Sie sah ihn unschuldig an. »Was ist, Jamie?«

»Wirst du dich endlich anziehen, ehe ich ...«

Sie zuckte mit den Schultern. »Wenn du darauf bestehst.«

Es würde wieder ein heißer Tag werden. Sie beschloß, keine Unterröcke und keine Krinoline anzuziehen, und suchte sich ein loses bäurisches Mieder aus und einen Rock aus rauher Baumwolle. Aber das Hemd, das sie darunter anzog, war von reinster, feinster Seide und mit belgischen Spitzen abgesetzt.

»Kennst du die Stelle am Locker-Fluß, Jamie?« sprach sie ihn über die Schulter an. »Die Stelle, wo er sich zu einem Teich ausbreitet, in der Nähe eines kleinen Nußbaumwäldchens?«

»Ich glaube, ich bin dort ein- oder zweimal in meinem Leben vorbeigeritten.«

»Ich habe mir überlegt, ich werde dort zu Mittag hingehen und meine heißen, schmerzenden Füße etwas eintauchen.«

»Ja? Und was willst du sonst noch dort tun?«

Sie warf ihm durch das Haar, das ihr ins Gesicht gefallen war, einen Blick zu. »Oh... vielleicht nehme ich einen Korb mit Essen mit und halte ein Mittagsschläfchen im Gras.«

»Allein?«

»Vielleicht nicht. Vielleicht wird mein Liebhaber dort sein. Wenn er die tausend Dinge getan hat, die er unbedingt tun muß.«

»Und während du das alles tust mit deinem Liebhaber, was soll ich...«, und er zeigte auf einen Buckel in seiner Hose, »in der Zwischenzeit mit dem da machen?«

»Na ja, Mylord. Kann man das nicht aufbewahren?«

Sie schwebte lachend aus dem Zimmer. Nie hätte sie gedacht, daß es soviel Spaß machen würde, den eigenen Ehemann zu verführen.

Sie ging an dem Podest im Vorzimmer vorbei, auf dem Apollo saß. Der Falke ging in diesen Tagen mit Alexia, auf ihrem Handgelenk sitzend, fast überall hin. Am Anfang trug der Vogel eine Haube, damit sich seine Geschmacks-, Gehör- und Tastsinne voll entwickeln konnten, aber in letzter Zeit hatte sich Alexia angewöhnt, die Haube wegzulassen. Bald würde es Zeit für die nächste Phase von Apollos Ausbildung sein. Dann würde er lernen müssen, seine Herrin auf dem Rücken eines Pferdes zu begleiten. Erst dann würde Alexia ihm beibringen können, auf den Lockvogel zu reagieren. Falken waren sehr empfindsame, erregbare Geschöpfe. Man durfte sie nicht hetzen. Ähnlich wie die Schotten, dachte Alexia und lachte hell auf.

Jamie trat aus dem Schlafzimmer. »Was ist so komisch?«

»Nichts«, kicherte Alexia.

»Hmm.«

Jamie ging weg und tat so, als sei er beleidigt. Alexia befestigte den Lederschutz um ihr Handgelenk, der ihre Haut vor Apollos nadelscharfen Krallen schützen sollte. Sie sang dem Vogel etwas vor, während sie ihn aufhob, dann gingen sie gemeinsam hinunter in die Küche, wo sie der Köchin ausrichten mußte, daß zwei weniger beim Mittagessen sein würden. Schließlich wählte sie noch die Delikatessen aus, die sie mit an den Teich nehmen wollte.

Nach sorgfältiger Überlegung und auf Empfehlung der Köchin entschied sich Alexia für gebratenes Hähnchen, geräucherten Aal, Käse und ein Fläschchen Muskatwein. Weil die Köchin darauf bestand, nahm Alexia eine ihrer Spezialitäten mit, einen Gewürzkuchen.

Sie überließ es der Köchin, den Korb zu packen, und ging hinüber in die Backstube, um zu sehen, was an diesem Morgen gebacken wurde. Gerade kamen große Laibe Weißbrot aus dem Ofen, und sie schickte einen davon hinüber zur Küche, um ihn in den Korb packen zu lassen.

Heute morgen war Waschtag, und Alexia ging in die Waschküche, um den Fortgang der Arbeit zu überwachen. Natürlich wäre es ungehörig für die Dame des Hauses, ihre Hände mit so rauher Arbeit zu verderben, aber sie war immer darauf bedacht, sich zu zeigen, damit die Dienerschaft wußte, daß ihre Arbeit anerkannt war, und ganz nebenbei zu sehen, ob sie ordentlich arbeiteten. Und der Waschtag war die beste Gelegenheit, sich über den letzten Klatsch auf dem laufenden zu halten.

Maggie Armstrong, eine Kusine von Big Jock und, was allein die Größe anging, seine Rivalin, saß auf einem Schemel am Waschtrog, und ihre ältere Schwester Mary tat die Arbeit, indem sie einige von Jamies Hemden in einer Lauge hin- und herschwenkte.

»Oh, Mylady«, rief Maggie, als sie Alexias ansichtig wurde. »Ich habe gerade Mary von Mistress Parsons, der Frau des Müllers, erzählt. Sie müßte fünfzig sein, wenn sie einen Tag...«

»Vierzig«, sagte Mary.

»Jedenfalls ist sie gerade von einem Jungen entbunden, wollte ich damit sagen. ›Teufelsbrut‹, sagt ihr Mann. Denn das Baby hat ein Muttermal auf der Wange, der arme Kleine. Es hat die Form von einem Pferdefuß, heißt es und...«

»Maggie, du redest zu viel«, sagte Mary und blickte entschuldigungheischend zu Alexia, die plötzlich unkontrollierbar zittern mußte.

»Mary, kennst du eine Frau, die im Moor wohnt?« fragte Alexia, hauptsächlich um das Thema zu wechseln.

»Ja, die kenn ich«, sagte Maggie schnell, ehe ihre Schwester überhaupt den Mund aufmachen konnte. »Das wäre dann die Hexe von Solway. Aber niemand weiß, wo genau im Moor von Solway sie wohnt. Sie hätte schon lange umgebracht werden sollen, aber manche sagen, sie war von dem alten Lord die...«

»Maggie, halt's Maul!« unterbrach Mary. »Sie ist eine Frau, die einfach gern allein lebt, sonst nichts. Hexe! Du hast so viel Stroh im Kopf, Maggie, daß man eine ganze Herde davon ernähren könnte.«

Alexia lächelte insgeheim. »Wohnt sie denn schon lange dort, die Frau im Moor?«

Maggie schielte zu dem verschlossenen Gesicht ihrer Schwester. Sie zuckte mit der Schulter. »Ja, ziemlich lange. Schon seit vor Lord Jamies Geburt.«

Sosehr sie sich anstrengte, Alexia konnte aus den Armstrong-Schwestern nicht mehr über die Frau im Moor herausbringen. Nach einer Weile überließ sie sie ihrer Wäsche und nahm Apollo mit hinüber zu den Stallungen, wo die übrigen Falken der Burg gehalten wurden. Sie befestigte Apollo an einem der Blöcke außerhalb der Stallungen, damit er die Gesellschaft seiner Artgenossen und gleichzeitig die frische Luft genießen konnte. Dann holte Alexia ihren Essenskorb ab, sattelte die Stute und machte sich auf den Weg zum Teich. Sie wählte den langen Weg über einen der Schafspfade, die sich durch das hügelige Gelände schlängelten.

Es fehlte noch eine halbe Stunde bis Mittag, als sie am Teich ankam. Das Wasser sah einladend kühl aus. Sie warf ihre Schuhe beiseite, zog die Strümpfe aus und ließ sich am Ufer nieder, um auf Jamie zu warten, die Füße im Wasser baumeln lassend.

Alexia blickte sich zu den Hügeln um, die sich wie ein Kranz um diesen Teich reihten. Heiße Luft lag schimmernd über dem braunen Gras. Insektenschwärme summten, und so herrschte eine Art dröhnende Stille. Sie stellte sich vor, wie schön es wäre, den ganzen Körper in so köstlich kühles Wasser zu tauchen. Da zog sie sich auch schon bis aufs Hemd aus und watete hinein.

Das kalte Wasser auf ihrer heißen Haut war wie ein Schock, und sie schnappte laut nach Luft. Sie legte sich flach auf das Wasser und schwamm auf dem Rücken. In dieser Lage starrte sie in das blaue Gewölbe des Himmels. Ihr Haar driftete hinter ihr her und vermischte sich mit dem trüben Wasser.

So fand Jamie sie. Er stieg im Schatten der Walnußbäume ab und sah ihr zu. Sie war wie eine Gestalt aus einer mystischen Sage, diese Frau aus Stahl und Erde und Feuer; ein Geheimnis, diese Frau, die seine Frau war. Er hatte sie kennengelernt, kannte sie im intimsten Sinne seit mehr als hundert Tagen und Nächten, und doch hatte er das Gefühl, daß er sie überhaupt nicht kannte. Alexia, das Geheimnis, das Alexia hieß, blieb ihm verborgen. Auch wenn es ihn zugleich glücklich machte und abstieß. Auch wenn er mit ihr hundertmal hundert Nächte schlafen würde, er würde sie nicht kennen. Und er lebte in der schrecklichen Angst, daß er sie verlieren könnte, noch ehe er ihr Geheimnis ergründet hätte. Er glaubte, wenn er Alexia erst einmal wirklich verstünde, dann würde er nicht nur alle Frauen verstehen, er würde das Geheimnis des Universums selbst begreifen.

Sie mußte gespürt haben, daß jemand sie beobachtete, denn sie stand plötzlich auf, die Augen wegen der blendenden Sonne zusammengekniffen, dabei kreuzte sie die Arme über den Brüsten in dieser uralten, ausschließlich weiblichen Geste der Selbstverteidigung. Dann sah sie ihn und ließ die Arme sinken zu einer einladenden Geste.

Das nasse Seidenhemd klebte glatt an ihrer Haut. Wasser rann aus ihren Haaren herab und verschwand in dem Hohlraum zwischen ihren Brüsten – folgten der gleichen Spur, der seine Lippen so oft nachgingen. Das Wasser strich über ihr Gesäß und floß zwischen ihre Oberschenkel und über die runde Wölbung ihres Leibes, unter der das Baby wuchs. Ihre Beine, lang und schlank, verschwanden im Wasser, endlos.

»Du solltest nicht«, fing er an, und dann mußte er noch einmal ansetzen, denn irgend etwas war mit seiner Stimme passiert. »Du solltest nicht allein schwimmen, halbnackt. Wenn jemand zufällig vorbeikäme...«

Ein kleiner Dolch flog an seinem Ohr vorbei, und er zuckte zusammen. Die Waffe biß sich tief in den Baumstamm hinter ihm, zitterte noch einen Augenblick und blieb dann ruhig stehen.

»Was beliebten Mylord zu sagen?«

»Um Gottes willen, Alexia! Wenn du daneben geworfen hättest?«

»Ich werfe nie daneben.«

Sie stand im Wasser, die Hände auf den Hüften und sah ihn stolz mit erhobenem Kopf unter halb geschlossenen, schläfrigen Lidern hervor an. Das Sonnenlicht glänzte auf ihrem nassen Hals, und Jamie hätte sie am liebsten so genommen, wie sie war – dort im Teich unter dem heißen, wolkenlosen Himmel.

Er ging auf sie zu und zog dabei seine Jacke und sein Hemd aus. Am Ufer setzte er sich nieder, um seine Stiefel abzustreifen, dann seine Hosen und seine Unterhosen. Als er nackt war, watete er hinein.

Er zog sie an sich, und sie spürte ihn zwischen ihren Schenkeln. Sie bog sich ihm entgegen, das Gesicht zum Himmel gewandt. Er spürte, wie sie in seinen Armen zitterte. Als er sie endlich richtig lieben wollte, rutschten sie auf dem schleimigen Teichboden aus und fielen prustend ins Wasser.

Sie standen auf, spuckten Wasser und lachten, und Jamie meinte:

»Laß uns das noch einmal auf trockenem Boden versuchen.« Er hob sie auf und trug sie an das trockene Ufer. Gras und Moos gaben ein natürliches, weiches Bett ab. Er legte sie hin und streckte sich neben ihr aus, zog sie zu sich herüber und küßte sie lang.

Dann legte er sich etwas zurück und sah tief in ihre Augen. Seine Hände umschlossen ihr Gesicht. Ihre Augen schienen wie von einem inneren Feuer erleuchtet, das ihn anzog, ihn verzehrte. Liebst du mich? fragte er in diese Augen hinein, in diese unglaublichen Augen, mit einem stillen Flehen. Ich liebe dich, antworteten sie. Liebe dich, liebe dich, liebe dich...

Er rollte auf den Rücken und zog sie auf sich. Sie umschloß ihn vollständig. Ihre inneren Muskeln zogen sich um ihn zusammen, und er hielt ihre Hüften und schob sie auf und ab, bis sie ihren Kopf zurückwarf und ein rosiger Hauch über ihr Gesicht und ihre Brüste glitt. Ihre Sehnen spannten sich an. In diesem Augenblick überließ er sich selbst dem Ansturm der Wollust, die ihn beinah aufschreien ließ.

Er kämpfte, um wieder zu Atem zu kommen. Sie sprach seinen Namen mit einem leisen, glucksenden Lachen und lehnte sich über ihn, um sein Haar zurückzustreichen und einen leichten, neckischen Kuß auf seinen Lippen unterzubringen. Aber ihre Augen... Noch einen Augenblick zuvor war er sich so sicher gewesen, daß in ihnen die Antwort auf all seine Träume stand. Jetzt waren es die glasigen Augen einer von körperlicher Leidenschaft gesättigten Frau, und das Geheimnis, das Geheimnis, das Alexia hieß, war wieder da.

Weil er nicht sicher sein konnte, die Antwort zu bekommen, die er sich wünschte, fragte er nicht. Statt dessen nahm er Stimme und Ausdruck des Burgherrn an und fragte: »Wo ist mein Mittagessen, Frau?«

»Oh!« Sie zwickte ihn in den Bauch. »Ist das alles, woran du jemals denken kannst?«

Er packte ihr Handgelenk, zog ihre Hand an seine Lippen und küßte sie flüchtig. Dann zog er sie herab neben sich, hielt sie fest an sich gedrückt, rieb seine Wange an ihrem Kopf entlang und genoß das Streicheln ihrer nackten Brüste, die sich an seine Brust schmiegten.

Er strich ihr über den Rücken. »Alexia...?«

»Ja?«

Er gab ihr einen leichten Klaps auf den Po. »Mein Essen!«

Er mußte lachen, als sie sich mit einem gespielt ärgerlichen Hüftschwung von ihm weg bewegte. Dann stand er auf und folgte. Sie halfen einander beim Anziehen und nahmen dann im Schatten der Nußbäume ihr Mittagessen ein. Er erzählte ihr, wie die Ernte voranging, und sie erzählte ihm von der Müllersfrau, erwähnte aber nicht die Hexe von Solway. Er fragte sie, ob sie im Frühjahr einige Zeit am Hof verbringen wollte, nachdem das Baby geboren wäre, und war erleichtert, als sie sagte, sie fände den Prunk und die Förmlichkeit des höfischen Lebens albern und langweilig.

»Wenn dir der Londoner Hof schon langweilig vorkommt«, erklärte Jamie ihr, indem er sich so hinsetzte, daß er ihren Kopf in den Schoß legen konnte, »dann würde dich der Hof unseres frömmelnden King James bald in Tiefschlaf versetzen.«

Sie glitt mit ihren Fingern durch sein Haar. Die Sonne hatte silberne Strähnen hineingebleicht. »Außerdem möchte ich Caerlaverock im Frühling sehen«, sagte sie.

Er lächelte, sagte aber nichts.

Sie nahm seine Hand und preßte sie gegen ihren Leib. »Fühl, wie sie strampelt. Ich glaube, sie wird schon bei der Geburt schottisch tanzen können. Ich werde sie Madeleine taufen, nach deiner Tante Mad.«

»Du klingst sehr sicher, daß es ein Mädchen wird. Und habe ich kein Mitspracherecht, wenn es um ihren Namen geht?«

»Warum? Wenn ich doch die ganze Arbeit mache? Wenn es ein Junge ist, heißt er John, nach deinem Vater und deinem...«

»Nein. Nicht John.« Er setzte sich auf und rückte ein wenig von ihr ab.

»Warum nicht?« Als er nicht antwortete, wurde sie dringlicher. »Jamie, ich weiß, du hattest einen älteren Bruder mit Namen John, nach deinem Vater, und daß er starb...«

»Ich habe ihn getötet.«

Sie hielt einen Augenblick den Atem an und ließ ihn dann langsam heraus. Es geschah die ganze Zeit, natürlich – der Bruder tötete den Bruder wegen des Landes und des Titels und der Macht. Und wenn es um den Clan ging, darum, den Clan zu beschützen, konnte Jamie Maxwell grausam sein. Aber seinen eigenen Bruder ermorden. Nein, sie würde das niemals von ihm glauben. Niemals.

Jamie zupfte eine Handvoll Gras ab und blickte zu ihr auf. Sie sah Schmerz und Schuld auf seinem Gesicht. Eine Schuld, die ihr sehr vertraut war. Und plötzlich verstand sie intuitiv. »Erzähl mir, was geschah«, sagte sie sanft.

Er preßte die Lippen zusammen, dann schüttelte er den Kopf und seufzte. »Ich habe ihn natürlich nicht umgebracht. Nicht im wahren Sinn des Wortes. Aber ich war verantwortlich für seinen Tod. Johnnie war ein Jahr älter, aber langsamer und vorsichtiger, so daß ich bei allen unseren Spielen der Anführer war. In dem Frühjahr, als ich acht und er neun Jahre alt war, nahm uns der Vater mit nach Dumfries. Normalerweise durften wir an einem heißen Tag im Nith schwimmen gehen, während Vater seine Geschäfte in der Schenke erledigte. Aber in dem Winter hatte es sehr viel geschneit, und im Frühjahr waren die Flüsse übers Ufer getreten, und die Strömung ging schnell, und der Pegel stand hoch. Es war uns verboten worden, ins Wasser zu gehen.« Bitterkeit lag um seinen Mund. »Natürlich wollte ich genau das sogleich tun, sobald Vater verschwunden war.«

Er hielt inne, und Alexia meinte, er würde nicht mehr sagen. Aber nach einem tiefen Atemzug fuhr er fort.

»Johnnie wollte nicht. Er fürchtete sich vor der Tracht Prügel, die wir bekommen würden, wenn man uns dabei erwischte. Aber ich verspottete ihn, bis ihm nichts anderes übrig blieb. Und ... na ja, du kannst dir denken, was geschah. Er ertrank. Ich war der bessere Schwimmer.«

Sie griff nach seiner Hand. Das Schweigen zwischen ihnen dehnte sich aus.

Schließlich sprach Jamie. »Du hast nicht gesagt, daß es meine Schuld war.«

»Soll ich das sagen?«

»Nein. Nur ... es ist, nehme ich an, die zu erwartende Antwort.«

»Du hast einen schrecklichen Fehler gemacht. Du warst jung, ja, aber nicht so jung, als daß du es nicht hättest besser wissen können.

Und nicht so jung, als daß du dich nicht erinnern könntest und noch immer Schuld empfindest.«

Er lachte kurz und freudlos auf. »Weise Alexia.«

Sie preßte die Lippen zusammen und schüttelte den Kopf. »Nicht weise. Oder wenn ja, dann ist es Weisheit aufgrund bitterer Erfahrung. Jamie, hast du dich nicht gefragt, was mit Evie ist? Warum sie eine Maske tragen muß?«

»Ich weiß, daß sie durch einen Unfall schwer verbrannt wurde.« Er zog sie zwischen seine aufgestellten Knie, und sie lehnte ihren Kopf gegen seine Schulter. Seine gefalteten Hände lagen auf der sanften Wölbung ihres Leibes.

Sie hatte nie zuvor davon gesprochen. Zu niemanden. Aber sobald sie einmal angefangen hatte, strömten die Worte nur so aus ihr heraus. Es schien, als sei die Wunde nie richtig verheilt und jetzt wieder aufgebrochen.

Es war ein bitterkalter Wintertag gewesen, und sie hatten zusammen gespielt, sie und Evie, vor dem riesigen Kamin in der Küche von Thirlwall Castle. Der Tag zuvor war Evies sechster Namenstag gewesen, und Lady Edwina hatte Evie eine italienische Puppe mit einem bemalten Gesicht und echten Damenkleidern geschenkt, bis hin zu den seidenen Spitzenhemden. Alexia, die normalerweise Puppen nicht mochte, hatte noch nie etwas so sehr begehrt wie diese Puppe.

Anfänglich war Evie großzügig gewesen und ließ Alexia mit der Puppe spielen. Aber als sie Alexias ständig schmuddelige Finger sah, die auf den hellblauen Röcken der Puppe ihre braunen Schmutzflecken hinterließen, nahm sie sie ihr wieder ab. Alexia brüllte vor Wut und riß ihrer Schwester die Puppe aus den Armen. Als Evie versuchte, sie zurückzubekommen, warf Alexia sie in den Kamin.

Evie schrie und langte in das Feuer, zerrte die Puppe an einem glühenden Fuß aus dem Feuer und drückte sie gegen ihre Brust. Aber die blauen Satinröcke der Puppe hatten bereits Feuer gefangen, und Evies langes Haar – das Haar, auf das sie so stolz war, weil es ihr bis hinab in die Kniekehlen reichte – brannte lichterloh.

»Sie wäre verbrannt, aber die Köchin erstickte die Flammen, indem sie sie in einen Mehlsack warf und hin und her rollte. Und dabei schrie sie... schrie sie... und ihr Gesicht, o Gott, Jamie, ihr Gesicht...«

Alexia wurde von leisem Schluchzen geschüttelt, als Jamie sie in seinen Armen wiegte. »Ich liebe dich, Alexia«, sagte er. »Ich liebe dich.« Er hielt sie fest, bis sie still war, und nach einer Weile schlief sie ein.

Ihre Hände berührten sich, als sie gleichzeitig nach der leeren Weinflasche griffen. Ihre Blicke trafen sich, und sie lächelten einander schelmisch zu.

Alexia legte die Flasche zurück in den Korb und schnürte ihn zu. Jamie stand auf und streckte sich.

»Ich muß zurück auf die Felder«, sagte er. »Big Jock wird denken, ich sei dem Johnstone-Pack in die Quere gekommen. Gott möge sie ausrotten.«

Alexia stand auf, schüttelte Blätter und Grashalme aus ihrem Rock. »So, wie ich Big Jock kenne, wird er schon einen Nachtrab organisiert haben, damit du gerettet wirst, noch ehe deine Entführer eine Chance haben, das Lösegeld einzufordern.«

Jamie lachte. »Soll ich dich bis Caerlaverock begleiten? Ich weiß, daß du absolut in der Lage bist, für dich selbst zu sorgen, aber sollten da ein oder zwei Johnstones frei herumlaufen...«

Sie küßte ihn auf die Wange. »Nein, Jamie, ich möchte ein wenig über die Hügel reiten und einen klaren Kopf bekommen.«

Sein Arm legte sich fester um ihre Taille. »Alexia... ich meinte, was ich gesagt habe. Ich liebe dich.«

Sie wollte ihm gerade sagen, wie sehr auch sie ihn liebe, als sie von einer lächerlichen Panik ergriffen wurde, die ihr den Hals zuschnürte, so daß die Worte nicht herauskommen konnten.

Jamie wartete, dann wurde seine Miene hart. Er ließ sie los und ging davon.

Es schien, als brauche er nur ein paar Sekunden, um sein Pferd zu besteigen und wegzureiten. Sie wollte ihm etwas nachrufen, besann sich dann aber anders. Aus irgendeinem Grund war es ihr nie leicht gefallen, jene drei einfachen Worte auszusprechen. Auch in den

Wochen voller Liebe auf Kilchurn Castle hatte sie die Worte nur ein einziges Mal ausgesprochen und hatte sie auch damals noch einschränken müssen, indem sie sagte: »Ich glaube, ich liebe dich« und nicht: »Ich liebe dich.« Aber sie versprach sich, daß sie ihm heute abend, wenn sie allein in ihrem Schlafzimmer wären, sagen würde, daß sie ihn liebte. Wenn nötig, würde sie es tausendmal wiederholen, so lange, bis sie sicher sein konnte, daß er von der Wahrheit überzeugt war.

Sie ließ die Stute laufen und galoppierte über die Felder. Der heiße Wind schlug ihr ins Gesicht und hob ihr Haar hoch, so daß es sich wie ein Segel hinter ihr aufblähte. Sie näherten sich einer Steinmauer, und Alexia lehnte sich über den Kopf der Stute und forderte sie zum Sprung auf. Das Tier zog die Beine unter den Bauch und sprang hinüber. Es schien zu fliegen, und Alexia lachte laut auf.

Sie sammelte die Zügel, als sie an den Waldrand kam. Nun stiegen sie zu den Hügeln empor und folgten dem Pfad, der von einem schnellen Bach in die Felsen gegraben worden war. Als sie auf einer kleinen Hügelkuppe angekommen war, hielt sie an und sah zurück in die Richtung, aus der sie gekommen war, hinunter ins Tal.

Sie sah einen einsamen Mann, der so schnell dahinritt, als hinge sein Leben davon ab. Zuerst dachte sie, es sei Jamie, aber das Pferd des Mannes war dunkler als Jamies', und dann sah sie, wie die Sonne von den Helmen einer Meute Reiter reflektiert wurde, die ihm folgte. Sie waren noch zwei Meilen hinter ihm, holten aber auf. Der Anführer saß auf einem Pferd, das sie erkannte – ein falbenfarbener Hengst, der Robin Maxwell gehörte. Und hinter ihm Malcolms kleiner Rotschimmel.

Der Mann, den sie jagten, verschwand hinter einer Reihe von Bäumen. Die verfolgenden Maxwells ritten zwischen die Bäume, wechselten aber die Richtung nach Norden genau in dem Augenblick, in dem der Mann auf einer Lichtung auf der anderen Seite auftauchte, weit südlich von ihnen.

Er wird davonkommen, dachte Alexia und war erstaunt, daß sie sich erleichtert fühlte. Das Pferd des Mannes stolperte, und er fiel zu Boden. Sein Fuß verfing sich in den Steigbügeln, und er wurde mehrere Fuß weit geschleift, ehe das Pferd sich aufbäumte und er mit einem Ruck freikam. Dann rannte es in offensichtlicher Panik davon.

Alexia trieb ihr eigenes Pferd zurück den Hügel hinunter. Das Unterholz versperrte ihr bald die Sicht, aber sie erinnerte sich genau an die Stelle, wo er gefallen war. In einiger Entfernung hörte sie jemanden rufen. Vielleicht Robin, als er entdeckte, daß sie ihre Beute verloren hatten. Sie würden aber eiligst zurückgehen und versuchen, seine Spur wieder aufzunehmen.

Dem Mann war es gelungen, sich an den Rand der Lichtung zu schleppen. Als Alexias Stute aus dem Wald hervorbrach, zog er sein Schwert und versuchte, auf die Beine zu kommen. Er kam nur bis auf die Knie, und sie sah seinen Schreck, als er erkannte, daß sie nicht der war, den er erwartet hatte. Seine Hand, die Hand ohne Schwert, war fest auf seine linke Seite gepreßt, und sein Wams war schwarz von Blut. Er ließ das Schwert fallen und streckte seinen Arm nach ihr aus.

»Hilf mir«, sagte er, dann glitt er langsam zu Boden.

Alexia kniete sich neben ihn und rollte ihn herum. Er war unterhalb der Rippen von einem Pfeil getroffen, und der Schaft war direkt über der Wunde abgebrochen. Sie blutete ungehindert, und Alexia suchte sofort nach dem verdächtigen Zeichen von Luftblasen, was bedeuten würde, daß eine Lunge getroffen war. Aber da waren keine Blasen.

Seine Augenlider flatterten und öffneten sich. Seine Augen waren schwarz und glasig vor Schmerz, und sein dunkler, roter Bart stand in scharfem Gegensatz zu seiner blutlosen Haut. »Wer...«, begann er, dann zog er scharf die Luft ein. »Oh, Gott... es tut so weh.«

Alexia hörte noch einen Ruf, diesmal näher und mit einer Stimme, die zweifellos Robin gehörte.

Sie half ihm aufzusitzen. »Wenn sie Euch finden... werden sie Euch töten?«

Er nickte einmal. Sein Atem kam pfeifend bei der Anstrengung, wieder auf die Beine zu kommen. Alexia trug ihn mehr, als daß sie ihn stützte, und zweimal wäre sie fast gestolpert, als sie ihn halb tragend, halb zerrend zu ihrem Pferd schleppte. Mit einer Kraft, von der sie nicht wußte, daß sie in ihr war, schob sie ihn in den Sattel. Dann stieg sie hinter ihm auf und hielt ihn mit einem Arm um seine Mitte geschlungen fest. Sein Kopf wackelte hin und her, und sein Atem war nicht mehr zu hören. Er war wieder ohnmächtig.

Sie wendete sich in die Richtung, die ihr am besten vertraut war, auf Caerlaverock zu und in das Moor von Solway Firth.

Kapitel 12

»Hebt seinen Kopf an, damit ich sein Gesicht sehen kann«, sagte die Frau.

Der Mann hörte es und hob den Kopf.

»Er ist ein Johnstone«, sagte die Frau.

Der so Bezeichnete versuchte zu lachen, aber als er den Mund aufmachte, kam nur ein Stöhnen heraus.

»Er ist verletzt.« Alexia glitt vom Pferd und half dem Mann herunter. Er fiel kraftlos gegen sie.

»So?« Die Stimme der Frau verriet Wut. »Was erwartet Ihr von mir?«

»Helft ihm. Helft uns.«

Die Frau drehte sich um und verschwand in der Hütte. Alexia hielt ihr Schweigen für Zustimmung und wollte ihr folgen, aber der Mann hielt sie zurück.

»Hexe...«, murmelte er.

»Unsinn«, sagte Alexia. »Sie ist einfach nur eine Frau, die gerne allein lebt.« Allein in einer Hütte mitten im Moor mit seinem todbringenden Morast, in einer Hütte, in der Töpfe und Kästen voller geheimnisvoller Essenzen herumstanden, und mit einer exotischen Kreatur als Haustier. Eine Frau mit einem weißen, alterslosen Gesicht, die sich ganz in Schwarz kleidete, die wenig sprach, und wenn sie sprach, ergab es meist wenig Sinn. Alexia schob den Gedanken weit von sich. »Kommt«, sagte sie und zog den Mann hinter sich her.

Die Frau bedeutete dem Mann, sich auf das einzige Bett in der Hütte zu legen, ein einfaches Möbelstück, kaum breit genug für eine Person. Die Beine des Mannes ragten über das Fußende hinaus. Sie schob sein blutgetränktes Wams und das Hemd beiseite und untersuchte die Wunde.

Die alte Frau deutete auf ein Regal auf der anderen Seite des Zimmers. »Bringt mir diese lange, schmale Schachtel, auf dem unteren Regal links.«

Alexia tat, wie ihr geheißen. Die Frau öffnete die Schachtel und nahm ein seltsames Instrument heraus. Es sah aus wie eine Feuerzange, war aber feiner und schien aus Toledostahl gemacht.

Die Frau betrachtete Alexia von unten. »Haltet ihn fest«, sagte sie.

Alexia legte dem Mann ihre Hände auf die Schultern und drückte ihn fest in den Strohballen, mit dem das Bett gepolstert war. Er riß die Augen weit auf, als er die Zange sah. »Was ...«, fing er an, dann stieß er einen lauten Schrei aus, als die Frau seine Wunde mit dem Instrument untersuchte.

Der Schweiß tropfte ihm vom Gesicht und lief in sein Haar. Er unterdrückte einen weiteren Schrei, indem er sich die Lippen blutig biß. Die Frau hatte den abgebrochenen Pfeil gefunden und zog ihn heraus. Es war ein todbringender Pfeil, wie eine dreikantige Speerspitze, und aus dem Loch, das er in das Fleisch des Mannes gerissen hatte, quoll sehr viel Blut. Alexia schluckte und sah weg. Plötzlich spürte sie, wie die Anspannung seiner Muskeln nachließ. Sie stellte mit Erleichterung fest, daß er nur ohnmächtig geworden war.

Die Frau verband die Wunde mit einer Salbe aus einer schlammartigen Substanz und zerstoßenen Blättern, die sie aus verschiedenen Behältern von den Regalen nahm. Alexia hätte gern gewußt, was es war, aber der verschlossene Ausdruck auf dem Gesicht der Frau erlaubte keine Fragen.

Danach saß Alexia an dem groben Holztisch, während die Frau mehr von dem bitteren Gebräu erhitzte, das sie Alexia das erste Mal aufgezwungen hatte. Sie tat das alles schweigend, und Alexia kam ihr Schweigen allmählich selbstverständlich vor.

Alexia nahm die Tasse aus der Hand der Frau entgegen und zwang sich, einen Schluck zu trinken. Dabei schauderte sie nur ein ganz klein wenig. In den blaßgrauen Augen der Frau meinte sie, ein belustigtes Glitzern zu erkennen.

»Wird er es überstehen?« fragte Alexia.

Die Frau zuckte mit den Schultern und setzte sich ihr gegenüber.

»Er ist das Oberhaupt des Johnstone-Clans und ein erbitterter Feind Eures Mannes. Es war ein Maxwell-Pfeil, den ich aus seinem Körper gezogen habe.«

Alexia setzte die Tasse so heftig auf den Tisch, daß etwas von der dunklen Flüssigkeit überlief. »Er ist gejagt worden wie ein Tier.«

Die Frau stand auf. »Man wird Euch hierher verfolgen!«

»Ich bin im Ödland geboren und aufgewachsen. Ich kann eine Spur ebenso gut verwischen wie ein Schotte. Aber wenn Ihr Angst habt, kann ich ihn woanders hinbringen.«

Die Frau lachte. »Ihn wegbringen wohin? Nach Caerlaverock? Oder vielleicht nach England? Und was meint Ihr, würden sie, Euer früherer Verlobter zum Beispiel oder Euer Vater, mit Angus Johnstone anfangen? Oder seid Ihr vielleicht nur darauf aus, Euch an Jamie Maxwell zu rächen, weil er Euch gegen Euren Willen genommen und in diese schottische Ehe gezwungen hat?«

Alexia war überrascht. »Ihr scheint ziemlich viel über mich zu wissen. Und ich kenne nicht einmal Euren Namen.«

»Mein Name ist Katherine«, gab die Frau in schnippischem Ton zurück. »Der Mann kann im Moment weder laufen noch reiten, sonst wird er verbluten. Laßt ihn hier.«

Alexia holte tief Luft. »Danke... Katherine.«

Das Lächeln der Frau war voller Hohn. »Oh, nichts zu danken. Ihr seid jederzeit willkommen, Mylady.«

Es fiel Alexia ein, daß sie die Frau eventuell für ihre Bemühungen bezahlen müsse. Aber sie hatte kein Geld bei sich, und das Versprechen zukünftiger Zahlung würde wohl nur ein weiteres höhnisches Lächeln hervorrufen.

Alexia stand unsicher auf. »Ich sollte... das heißt, ich muß zurück zur Burg, ehe ich vermißt werde.«

»Ja.«

Katherine folgte Alexia nach draußen und sah schweigend zu, wie sie auf ihr Pferd stieg. Alexia war gerade dabei, die Stute zu wenden, als die Frau nach den Zügeln griff.

»Warum tut Ihr das? Warum stellt Ihr Euch gegen Euren Mann?«

Alexia blickte in Richtung Caerlaverock. Von hier konnte sie nicht einmal eine Andeutung der roten Sandsteintürme der Burg sehen, weil die Hütte in einem Gewirr von Weidengeflecht und anderem Buschwerk versteckt lag. Warum hatte sie das getan? Sie wußte es eigentlich selbst nicht genau.

»Wenn ein schottischer Junge getauft wird«, sagte die Frau, »ist sein Schwertarm von der Zeremonie ausgeschlossen, so daß er entheiligende Streiche gegen die Feinde seiner Familie ausführen kann, sobald er ein Mann ist. Ihr könnt Lord Maxwell genauso wenig verändern, wie Ihr den Lauf der Welt verändern könnt.«

»Ich kann versuchen, in meinem Teil der Welt etwas zu verändern.«

Die Wut schoß der Frau ins Gesicht. »Du dummes, närrisches Kind! Was meinst du, was Angus Johnstone mit dir getan hätte, wenn er nicht zu Tode verwundet gewesen wäre? Er hätte dich vergewaltigt, dann hätte er dich seinen Männern überlassen, damit sie sich alle mit dir amüsieren könnten. Anschließend würde er dich deinem Mann für ein Lösegeld zurückverkaufen, das die Maxwells für Generationen in riesige Schulden stürzen würde. Aber Jamie Maxwell hätte gezahlt. Und zwar um seiner Ehre willen, nicht aus Liebe zu dir, denn an der Frau, die man ihm überlassen hätte, wäre nichts mehr zu lieben gewesen. Das ist deine Welt, Lady Maxwell. Und ich sage dir noch einmal, du kannst sie nicht ändern.«

Alexia mußte es sich verbeißen, in Tränen auszubrechen. Sie wollte einfach nur das Leben eines Menschen retten. Warum machte diese verrückte Frau, diese Hexe, so viel Aufhebens darum?

Sie riß der Frau die Zügel aus der Hand und hieb der Stute die Fersen in die Flanken und ritt ins Moor hinaus. Die Frau blieb stehen, bis von Alexias Pferd nichts mehr zu hören war.

Normalerweise hätte die Frau die Stille als freundlichen, alten Freund willkommen geheißen, aber jetzt machte sie ihr angst.

Du kannst die Welt nicht ändern, dachte sie. Aber sie wird dich verändern. Dich verändern oder dich vernichten.

Sie standen im Burghof beisammen und warteten schon auf sie. Jamie mit seinen Brüdern, Annor Maxwell und Elspeth. Sogar Evie war da. Ihre Schwester stand etwas abseits, ihre Hände ruhten auf Andy Maxwells Schultern. Der kleine Junge schien der einzige zu sein, der erleichtert war, sie zu sehen.

Alexia stieg ab und trat vor ihren Mann. Sein Gesichtsausdruck war grimmig, als kenne er keine Gnade. Dies schien unmöglich der gleiche Mann, der sie vor nur ein paar Stunden so sanft geliebt hatte.

»Wo ist er?« forderte Jamie streng.

Alexia mußte sich zwingen, ihm in die Augen zu sehen. »Wo ist wer?«

Robin trat einen Schritt vor, seine Hände an den Seiten zu Fäusten geballt. »Gib dir keine Mühe zu leugnen, du englische Hure. Deine Stute hat kleine Hufe, und sie tritt mit dem linken Vorderfuß etwas heftiger auf. Ihre Spuren und Angus Johnstones Blut waren überall auf der Lichtung. Jetzt wirst du mir sagen, wo du ihn versteckt hast, oder bei Gott, ich werde ...«

Jamie ergriff den Arm seines Bruders und hielt ihn zurück. »Sie ist meine Frau, Robin, ich werde das machen.«

»Ihr gebührt eine ordentliche Tracht Prügel.«

Malcolm lachte höhnisch. »Damit sie danach häßlich aussieht? Sei nicht albern, Robby.«

Sir Thomas hatte einmal ihre Mutter geschlagen. Alexia erinnerte sich an die Flecken, die am ersten Tag noch deutlich zu sehen waren, dann aber bald verblaßten. Doch die Angst war nie aus den Augen ihrer Mutter gewichen.

Als Jamie auf sie zukam, mußte sie sich zwingen, nicht einen Schritt zurückzugehen. Er spuckte die Worte heraus wie Schläge: »Sag mir, wo.«

»Nein.«

Seine Augen verengten sich. »Jock!« brüllte er, und Alexia schrak zusammen.

Big Jock trat aus dem Torhaus. »Mylord?«

»Begleite Lady Maxwell in meine Gemächer, und schließe sie ein. Stell dich dann draußen vor der Tür als Wache auf.«

»Ja, Mylord.«

»Du Narr!« Annor Maxwell ging auf ihren Sohn zu. Ihr Gesicht war voller roter Wutflecken. »Sorge dafür, daß sie die Wahrheit sagt.«

Jamie wandte seiner Mutter den Rücken zu. »Jock...«, sagte er ruhig.

Big Jock nahm Alexia sanft am Arm. »Kommt, Mylady.«

Sie hielt das Haupt erhoben und den Rücken gerade, als sie Big Jock in die Burg folgte.

Hinter ihr sagte Robin: »Du hättest es aus ihr herausprügeln müssen.« Er hielt inne, und sie hörte Jamies gemurmelte Antwort, verstand die Worte aber nicht. »Du bist zu weich, Jamie«, fuhr Robin fort, Verachtung in seiner Stimme. »Mutter hat es immer gesagt. Du bist zu weich.«

Malcolm sagte in seiner hellen, schleppenden Stimme: »Wenn die Spur am Rand des Moors endet, können wir dort anfangen.« Und dann schlug die schwere Holztür hinter ihr zu.

Sie folgte Big Jock die Treppe hinauf. Er zog den Schlüssel aus der Tür zum Vorzimmer und folgte ihr hinein. Er warf ihr ein Lächeln zu, das sie wohl als reumütig ansehen sollte, aber es sah auf Big Jocks rundem haarigen Gesicht eher wie eine Grimasse aus.

»Ihr kennt doch den Lord. Er schließt Euch nur zu Eurem eigenen Schutz ein«, meinte er. »Und ich werde dafür sorgen, daß Euch niemand etwas zuleide tut.«

»Oh... ja, ich verstehe.«

Es war ihr bisher nicht eingefallen, daß die Maxwells ihr in ihrer Wut etwas antun könnten. Jetzt sah sie, daß sie Jamie in eine verzweifelte Lage gebracht hatte. Sie erinnerte sich an Tante Mads Warnung, ihn niemals zur Wahl zwischen ihr und seinem Clan zu zwingen. Er würde sie jetzt sicherlich nach England zurückschikken. Sie hatte ihm keine andere Wahl gelassen.

Sie ging zum Fenster und sah hinunter. Robin kam aus dem Stall und führte Jamies Pferd. Jamie hängte sein Schwert ein. Ein Windstoß hob sein Haar in die Höhe, und über den Hof wirbelte eine Staubwolke.

Er setzte seinen Fuß in den Steigbügel und zog sich in den Sattel.

Dann sah er noch einmal zu ihr hinauf. Aus dieser Entfernung wirkte sein Gesicht, als sei es aus Stein gehauen, wie einer der Caerlaverockschen Falken.

Sie sah zu, wie sie aus dem Hof ritten, Jamie und seine Brüder und ein Großteil der übrigen Clanmitglieder. So viele, um einen einzigen Mann zu jagen.

Alexia dachte an die Frau im Moor. Wenn sie sie fänden, wenn sie ihre Hütte mit Angus Johnstone darin fänden, wäre auch sie des Todes. Sie mußte die Frau irgendwie warnen.

Katherine. Sie mußte daran denken, daß die Frau »Katherine« hieß. Der Name paßte überhaupt nicht zu ihr, das war das Problem. Wer hatte schon von einer Hexe mit Namen Katherine gehört? Hexen wurden verbrannt. Oder man steinigte sie zu Tode. Sie hätte diese ganzen Schwierigkeiten niemals heraufbeschwören dürfen. Nein, sie hatte richtig gehandelt. Sie würde es Jamie erklären, würde ihn überzeugen, daß sie recht hatte. Aber zuerst mußte sie die Frau warnen.

Sie ging zur Kommode und nahm den Eisenring mit den Schlüsseln der Schloßherrin. Sie hatte die Schlüssel zu allen Schlössern auf Caerlaverock, einschließlich den zur Tür des Vorzimmers.

Jetzt mußte sie sich eine List ausdenken, um Big Jock von der Tür wegzulocken. Ihn Jamie nachschicken? Aber wie?

Ihren ersten spontanen Einfall verwarf sie sofort. Aber er kam ihr immer wieder in den Sinn, und sie dachte weiter darüber nach. Der Vorteil war, daß sie nicht nur Big Jock eine Zeitlang los würde, sie würde auch Jamie zurück in die Burg bringen. Der Nachteil war, daß Jamie ihr wahrscheinlich niemals verzeihen würde. Aber schließlich war sie ja sowieso über die Grenzen des Verzeihlichen hinausgegangen. Außerdem, was bedeuteten ihre eigenen persönlichen Sorgen, wenn zwei Menschenleben auf dem Spiel standen?

Sie würde es tun. Sie mußte.

Sie nahm den Dolch aus seiner Scheide an ihrem Gürtel und starrte ihn finster an. Sie hielt ihn gegen ihre linke Handfläche, schloß die Augen und preßte ihn hinein. Die Zähne zusammengebissen, preßte sie noch stärker, bis das Blut richtig floß. Dann drückte sie die Schnittwunde gegen ihren Schoß und sah zu, wie sich das grobe Gewebe des Rockes voller Blut sog und der Fleck immer größer wurde.

Sie ging ins Schlafzimmer, legte sich vorsichtig hin, zog die Knie hoch, und preßte sie an ihren Leib. Sie holte tief Luft.

Dann schrie sie.

Die Tür schlug gegen die Wand, als Big Jock in das Zimmer stürmte. Er sprang durch das Vorzimmer und blieb an der Tür zum Schlafzimmer stehen.

»Mylady, was ...«

Alexia stöhnte laut und drehte sich zu ihm um, dabei streckte sie die Beine aus, und er wurde blaß, als er das Blut sah.

»Gott im Himmel ...«

»Jock, bitte ...«, stöhnte Alexia. »Jamie ...«

Die Hintertür quietschte laut, als Alexia sie aufzog, aber es war niemand im Vorratshaus, der es hätte hören können. Jetzt blies der Wind noch stärker. Er drückte das schwankende, zusammengeballte, stachelige Riedgras und die Rohrkolben hin und her und ließ die Weidenbäume ächzen, als hätten sie Schmerzen. Sturmwolken schichteten sich am westlichen Horizont auf, rußgrau und regenschwer.

Als sie die Hütte endlich erreichte, war sie völlig außer Atem. Von der Frau oder von dem verwundeten Johnstone war weit und breit nichts zu sehen. Selbst der Ozelot war verschwunden.

»Katherine?« rief Alexia vorsichtig, dann lauter, sie schrie gegen den Wind an.

Die Hütte wirkte völlig verlassen, wie ein leerer Heuschober. Es hatte sogar den Anschein, als ob dort schon seit Jahren niemand mehr hauste. Sie schauderte. Wäre sie eine dieser häretischen Katholiken gewesen, sie hätte sich bekreuzigt. War die Hexe in die Unterwelt verschwunden und hatte den armen Angus Johnstone mit sich genommen?

Ein Zweig schlug gegen die Rückwand der Hütte, und Alexia fuhr zusammen.

»Was tut Ihr da hinten?«

Sie drehte sich um und war nahe daran loszuschreien. Die Frau stand in der Tür, eine hohe, geisterhafte Erscheinung. Ganz und gar in Schwarz, nur ihr ovales Gesicht war zu sehen, und das glühte von innen heraus, als wäre es erleuchtet.

»Oh! Gott sei Dank, Ihr seid es!« rief Alexia. »Jamies Brüder sind mir bis an den Rand des Moores gefolgt. Sie werden vielleicht hierherfinden. Ich bin gekommen, um Euch zu warnen. Wo ist...« Sie befeuchtete ihre Lippen. »Wo ist Angus Johnstone?«

Die Frau lachte – dieses warme, verhaltene Lachen, das so im Gegensatz zu ihrer übernatürlichen Erscheinung stand. »Was glaubt Ihr denn, wo er ist? In einem Fleischtopf über meinem Herd?«

Alexia mußte ihre ganze Willenskraft zusammennehmen, nicht zum Herd hinüberzuschauen. Sie wußte, dort gab es weder Feuer noch einen Topf.

»Macht Euch keine Sorgen. Euer armer Spatz mit gebrochenen Flügeln ist in Sicherheit.« Als die Frau das sagte, konnte man die Belustigung in ihren Augen deutlich erkennen. »Er ist gut versteckt, aber es wäre nicht ratsam, wenn Eurer Mann Euch hier entdecken würde. Es wäre ziemlich schwierig für mich, Eure Gegenwart zu erklären.«

Alexia zog sich schnell in Richtung Tür zurück und kam sich vor wie eine Närrin. »Nein... ich gehe schon. Es tut mir leid.« Sie drehte sich um und floh ins Moor.

Sie empfand einen heftigen Schmerz in der Seite und ging langsamer. Sie mußte kämpfen, um wieder Atem zu bekommen. Ich muß vorsichtiger sein und mich nicht so überanstrengen, dachte sie, ich könnte dem Baby schaden.

Sie dachte an die scheußliche Szene, die sie Jock vorgespielt hatte. Dabei war alles unnötig gewesen, wie es jetzt schien. Sie stellte sich Jamies Wut vor, wenn er zur Burg zurückkäme und feststellte, daß sie weg war.

Die Hintertür stand noch immer ein wenig offen, genauso, wie sie sie verlassen hatte. Sie spähte um die Ecke des Vorratshauses. Der Hof lag verlassen da. Erste Regentropfen fielen und hinterließen große Abdrücke im Staub. Es war plötzlich dunkel geworden. Durch die Fenster des großen Saals sah sie das flackernde Licht eines

Kerzenanzünders, als sich der Diener aufreckte, um die großen Kronleuchter anzuzünden.

Im Inneren der Burg war es still. Alexia blieb am Fuß der Treppe stehen und lehnte sich gegen die rauhe Steinmauer. Der Stein kühlte ihre Haut. Sie schloß die Augen und holte tief Luft.

Sie würde all ihren Mut zusammennehmen müssen, um die Treppen hinaufzugehen und das Zimmer zu betreten, in dem, das wußte sie, Jamie Maxwell auf sie wartete.

Er stand vor dem Kamin, den Kopf gebeugt, eine Hand ruhte auf dem Kaminsims.

Beim Geräusch ihrer Schritte an der Tür wandte er sich um. Seine schummrig-grünen Augen waren jetzt dunkel und blitzten – nicht vor Wut, aber vor Schmerz. Bitter und untröstlich.

Sie streckte eine Hand nach ihm aus. »O Jamie, es tut mir so leid...«

»So leid!« Seine Faust schlug auf den Kaminsims. »Als Jock mir sagte, du blutest... O Gott, ich dachte, du wärest... Wie kannst du mir das antun? Was bedeutet dir Angus Johnstone, daß du das getan hast? Ist er dein Liebhaber?«

»Aber nicht doch!«

Es sah aus, als ob er ihre Verneinung mit der Hand wegwischen wollte. »Es macht nichts. Ich kann so nicht weitermachen, Alexia. Ich kann nicht mit dir tagaus und tagein zusammenleben, nachts neben dir schlafen und dabei daran denken, daß du mir jeden Augenblick einen Dolch in den Rücken stößt.«

Sie preßte die Augen zusammen, ballte ihre Hände zu Fäusten und grub dabei die Nägel in die Handflächen, als ob ein wirklicher, physischer Schmerz irgendwie diesen anderen, schlimmeren Schmerz auslöschen könnte.

»Wirst du mich nach England zurückschicken?«

Als er nicht antwortete, öffnete sie die Augen. Er hatte ihr den Rücken zugewandt und starrte in den leeren Kamin. Als er schließlich sprach, war seine Stimme hart und unpersönlich.

»Wir haben eine Vereinbarung, nicht wahr? Du hast mir zwei Söhne zu geben.«

»Siehst du es denn nicht, Jamie? Das ist doch der Grund, warum ich es tat. Für unsere Söhne.«

Sie war zu ihm getreten und stand neben ihm, aber um ihn herum war etwas Undurchdringliches, das sie davor warnte, ihn zu berühren.

»Was haben meine ungeborenen Söhne mit deinem Verrat zu tun?«

Alexia zuckte unter den Worten zusammen, aber sie reagierte nicht darauf. Es war wichtig, daß sie ihn dazu brachte, sie zu verstehen.

»Es ist dieses Kämpfen, dieser ständige Tod und diese ständige Zerstörung. O Jamie, sieh doch, wie wir leben. Wir leben in Angst und Schrecken hinter Steinmauern, immer bewaffnet. Wir überfallen und töten. Ist das die Welt, die du deinen Kindern hinterlassen willst?«

Er sah auf, und seine Augen bohrten sich in ihre – forschend, fragend. Als ob sie, nicht er, das Geheimnis wäre.

»Was soll ich denn tun, Alexia, mein Schwert niederlegen? Und wie lange, glaubst du, daß ich und mein Clan überleben würden, gegen Männer wie Johnstone und Seymour Howard? Gegen einen Mann wie dein eigener Vater? Das Überleben ist nur durch Stärke zu sichern.«

»Und ist es denn Stärke, einen Verwundeten zu erledigen, als würdest du einem Wild die Kehle durchschneiden, das du bei der Jagd verwundet hast?«

Seine Augen wurden groß, und er starrte sie erstaunt an. »Hältst du mich für so einen Mann?«

»Aber deine Brüder... Sie waren...«

»Ich bestimme hier, nicht meine Brüder!« Seine Stimme wurde tiefer und fast zärtlich. »Und auch du nicht, Alexia... meine Frau.«

Er stieß sich vom Kamin ab und ging zu dem Stuhl, auf den er seine Jacke und sein Schwert geworfen hatte. Er hob das Schwert auf und begann, es festzumachen. Alexia brauchte einen Augenblick, bis ihr klar wurde, daß er sie verließ.

»Wo... wo gehst du hin?«

»Sie haben das Korn in Threave schon vor über einer Woche geschnitten. Ich müßte dort sein.« Er zog sich die Jacke an und wandte ihr sein Gesicht zu. Um seine Mundwinkel lag ein bitteres Lächeln. »Aber ich war nicht fähig, meine liebende, treue Ehefrau zu verlassen.«

Sie ging zu ihm hinüber und legte ihren Kopf an seine Brust. Er versteifte sich, obwohl er sie nicht wegstieß.

»Jamie, bitte verlaß mich nicht so«, sagte sie, ihre Stimme durch seine Jacke gedämpft. »Hasse mich nicht. Ich könnte es nicht ertragen, wenn ich denken müßte, daß du mich haßt.«

»Dich hassen?« Er hielt ihren Kopf in seiner Hand und drehte ihr Gesicht zu sich um. »Ich wollte, ich könnte dich hassen. Um meiner Ehre und meines Stolzes willen. Aber, o Gott... selbst jetzt, wo du mich so betrogen und so lächerlich gemacht hast, selbst jetzt spüre ich dieses schreckliche Sehnen nach dir...«

Er brach ab und machte schließlich eine Bewegung, als wolle er sie zurückstoßen, statt dessen schlossen sich seine Hände um ihre Schultern, und er küßte sie heftig auf den Mund.

Es war ein harter, grausamer Kuß, und sie spürte darin seine Wut und seinen Schmerz. Sie schlang ihre Arme um ihn und zog ihn fest an sich. Und seine rauhen, strafenden Lippen wurden über den ihren weicher. Seine Hände begannen, ihren Rücken sanft zu streicheln.

Als der Kuß zu Ende war, drehte sie ihr Gesicht zur Seite und preßte ihre Wange in seine Halsbeuge. Sie fühlte seinen schnellen Pulsschlag, der zu seinem regelmäßigen, beherrschten Atmen in Gegensatz stand.

Er wickelte ihr Haar um seine Hände und zog es zu seinen Lippen. Dann riß er sich los und ging mit großen Schritten zur Tür. Dort hielt er inne, seine Hand auf dem Riegel, und drehte sich um.

»Du solltest verdammt sein«, sagte er sanft, und in seiner Stimme lag etwas ebenso Unerklärliches wie in seinen Augen.

Dann war er weg.

Kapitel 13

Die Sonne wurde vom Helm des näher kommenden Reiters reflektiert.

»Er ist es!« rief Alexia, auf- und abspringend wie ein aufgeregtes Kind. »Es ist Jamie!«

Sie drückte sich die Nase an der Fensterscheibe platt, um besser durch das dicke, unregelmäßige Glas sehen zu können. Dabei hielt sie die Luft an und preßte die Faust auf ihre Brust. Ihr Herz raste so sehr, daß sie meinte, es müsse zerbersten.

Von seinem Posten auf dem Torhausturm rief der Wächter ein Losungswort, und der Reiter, sein Pferd zügelnd, antwortete ihm laut und vernehmlich. Dann nahm er seinen Helm ab und warf den Kopf zurück, so daß ein Büschel dichtes, schwarzes Haar zum Vorschein kam.

Alexia weinte heiße Tränen der Enttäuschung und sackte langsam auf den bestickten Kissen der Fensterbank in sich zusammen.

»Nun?« fragte Evie und sah nicht einmal von ihrem Stickrahmen auf. Sie stickte gerade an einem Bild, auf dem Richard Löwenherz' Belagerung von Akko zu sehen sein würde. Jetzt arbeitete sie bereits seit zwei Jahren daran. Liebevoll betrachtete sie die rechte untere Ecke, wo eine Gruppe tapferer Kreuzritter die Zitadellenmauer erstürmte. Sie ließ ihren Finger über das hübsche, bartlose Gesicht des Ritters gleiten, der den Angriff gegen die Ungläubigen anführte. Er war fertig bis auf das Haar. Sie lehnte sich über den Korb zu ihren Füßen und wählte einen hellgoldenen Faden.

Als ihre Schwester schwieg, sah sie auf: »War es nicht Lord Maxwell?«

Alexia schüttelte den Kopf. »Big Jock.«

»Oh, na ja, vielleicht bringt er eine Nachricht.«

»Vielleicht.« Alexia verzog den Mund. Die Ernte in Threave war bereits seit einer Woche eingebracht, und Jamie war noch nicht zurück. In den vergangenen Tagen waren Alexias Gefühle hin- und hergeschwankt zwischen fürchterlicher Angst, ihn für immer verloren zu haben, und Wut, weil er sie durch eine solche Hölle gehen ließ.

»Das war's dann wohl!« rief sie aus und sprang so heftig auf, daß die Kissen durcheinanderflogen.

Evie fuhr von ihrem Schemel auf und wollte sich ihrer Schwester in den Weg stellen. »Was willst du tun?«

»Ich reite nach Threave. Wenn Jamie denkt, er kann mir immer und ewig aus dem Wege gehen, dann irrt er sich. Ich werde ihn zwingen, mich anzuhören. Ich werde ihn dazu zwingen.«

»O Alexia, wie kannst du nur? Hast du keinen Stolz?« Evie packte sie am Arm, als könne sie sie mit Gewalt zurückhalten. »Ist dir noch nicht eingefallen, daß er Grund genug hat wegzubleiben? Und ist es etwa ein Wunder? Eine verräterische Frau, die dem schlimmsten Feind ihres Mannes geholfen hat?«

Alexia befreite sich aus Evies Griff. »Ich habe Jamie nicht verraten!«

»Aber du...«

Alexia warf die Arme hoch. »Was hat es für einen Zweck, etwas zu erklären, wenn niemand zuhört?« Sie wandte sich um und lehnte sich gegen den Fensterrahmen. »Bitte geh weg, Evie. Ich bin müde und möchte allein sein.«

Evie packte Alexia bei den Schultern und drehte sie um. Wie gewöhnlich versteckte die Gazemaske Evies Gesichtsausdruck, aber Alexia spürte die Wut der Schwester in ihrem festen Griff.

»Es gibt keine Rechtfertigung für das, was du getan hast. Lord Maxwell hat dich immer mit größter Liebe und äußerst respektvoll behandelt. Und du... du hast ihn vor seiner Familie und seinem Clan blamiert. Er ist der liebenswürdigste, tapferste aller Ehemänner. Und du...«

Evie brach ab und preßte die Finger auf die Maske und gegen ihre Lippen.

»Und du meinst, du hättest alles besser gemacht als ich?« Alexia war zu wütend, um an Evies narbiges Gesicht und ehelose Zukunft zu denken. »Wärst du vielleicht eine bessere Ehefrau für Jamie Maxwell gewesen?«

Evie senkte den Kopf und schüttelte ihn schwach. »Ich... ich meinte doch nur, daß jede Frau, die so viel Glück hat, das Herz eines Mannes wie Lord Maxwell zu gewinnen, alles in ihrer Macht Stehende tun sollte, um sein hohes Ansehen zu bewahren.«

»Du wärst dann also eine pflichtbewußte und gehorsame Ehefrau? Sanftmütig und in allen Dingen ihm zu Gefallen?«

Evie reckte sich. »Na gut, jawohl! Wenn du mich schon fragst. Wenn er nach einem anstrengenden Tag von der Ernte zurückkäme, würde er mich in seinem Zimmer wartend vorfinden. Ich hätte einen kühlen Trunk Bier für ihn bereit, und ich würde nicht mit seinen Brüdern auf dem Stallboden kämpfen. Er würde mich mit ordentlich frisierten Haaren vorfinden, wie es sich für die Frau eines Gentleman gehört, nicht mit um den Kopf fliegenden Zotteln wie eine Bäuerin. Er würde mich mit einem Hemd in den Händen antreffen, das ich ihm in den Stunden der Trennung genäht hätte, und nicht bei Übungen zur Vervollkommnung meiner Schießkünste mit Pfeil und Bogen.«

Alexia spürte, wie sie rot wurde. War sie wirklich eine so schreckliche Ehefrau?

»Du bemühst dich noch nicht einmal, dich für ihn schön zu machen«, fuhr Evie unerbittlich fort. »Na, sieh dir doch bloß einmal den Zustand deiner Hände an.«

Alexia betrachtete die braune Haut und die abgebrochenen Nägel. Sie ballte ihre Hände zu Fäusten.

»Ich kann nicht etwas darstellen, was ich nicht bin«, sagte sie, Verzweiflung und Dickköpfigkeit in der Stimme. »Nicht einmal für Jamie.«

Am frühen Morgen des nächsten Tages kletterte Alexia auf die Spitze des Südturms. Sie mußte sich bücken, um unter einem niedrigen Türsturz durchzukommen, und betrat ein Erkertürmchen. Es war ein enger, überhängender Anbau, der als Aussichtsturm bei Überfällen diente. In der einen Richtung konnte sie von hier oben in luftiger Höhe meilenweit über die windgepeitschten, salzigen

Sümpfe des Solway Firth, bis zu den roten Sandsteinklippen von Cumberland blicken. Aber heute wandte sie ihren Rücken England zu, nach Westen über die welligen Hügel mit ihrer lila blühenden Heide und den goldenen Herbstblättern. Nach Westen, durch den Morgendunst, den die aufgehende Sonne in Rauch zu verwandeln schien. Nach Westen, wo der zweihundert Jahre alte graue Steinturm von Threave mitten in dem breiten, flachen Dee-Fluß aufragte, mehr als vierzig Meilen entfernt.

Und sie konnte sich Jamie vorstellen, wie er am Fenster stand, sein Blick hinüber nach Caerlaverock gerichtet, und wartete. Aber worauf wartete er?

Unter ihr im Hof erwachte die Burg zu Leben. Ein Maultier schleppte Wassereimer, die an einem Joch über seinen Schultern hingen, und trottete von der Zisterne hinüber zu den Küchen. Die Eimer schwangen hin und her und hinterließen eine Wasserspur. Durch das offene Scheunentor sah sie ein halbes Dutzend freier Bauern, die mit Dreschflegeln die neue Ernte droschen. Sie sangen bei der Arbeit eine Grenzballade von Verrat und Tod in einer kalten, mondlosen Winternacht. In einer Ecke neben dem Taubenschlag versuchte Diccon seinem Bruder Andy die Kunst des Fechtens beizubringen. Durch seine Begeisterung glich Andy das aus, was ihm mit seinen sechs Jahren an Koordinationsfähigkeit fehlte. Ihre nackten Füße hinterließen Muster im Staub, und das Klirren ihrer stumpfen Schwerter hatte die Tauben zu einem girrenden Chorgesang animiert.

Noch während sie zusah, hielt Diccon mit einemmal inne und blickte zu Alexia hinauf. Er starrte sie einen Augenblick an, die Arme steif herunterhängend. Und Alexia konnte sich vorstellen, wie sein rotes Haar sich sträubte in dem Haßgefühl, das er jetzt gegen sie hegte. Alle Männer der Maxwell-Familie, hatte sie inzwischen erkannt, waren schnell in Wut zu bringen und langsam im Vergeben.

Dann hob Diccon zu ihrer Überraschung eine Hand und winkte ihr zu. Alexia winkte zurück.

Andy ließ sein Schwert fallen und rief ihr, seine Hände um den Mund zu einem Trichter formend, etwas zu. Der Sinn der Worte ging verloren, aber Alexia konnte den einladenden Ton nicht überhören.

Zum ersten Mal seit Jamies Fortgang lächelte sie. Dann winkte sie noch einmal, und Diccon bedeutete ihr, sie möge zu ihnen herunterkommen.

Sie verließ leichtfüßig den Erkerturm. Als sie durch das Turmzimmer ging, bemerkte sie einen Schatten im Treppenhaus und hörte leichtes Kratzen von Metall auf Stein.

»Du bist ungefähr so leise wie ein Kesselflicker mit einem Wagen voller Blech, Jock Armstrong«, rief sie mit leisem Lachen. »Hör auf, dich zu verstecken, und zeige dich.«

Big Jocks Kopf erschien an der Tür, mit vor Erstaunen übergroßen Augen in seinem dunklen, haarigen Gesicht.

»Komm, komm hier herein, und stell dich mir wie ein Mann«, forderte Alexia. »Warum hast du mir nachspioniert?«

Big Jock schlurfte herein. Er betrachtete die Spitzen seiner abgeschabten Stiefel. »Mylady ... ich wurde von Seiner Lordschaft ausgesandt, um zu sehen, wie es Euch geht.«

»Also, von allen arroganten ...« Alexia stemmte die Fäuste in die Hüften. »Und sehe ich so aus, als ob ich vor Sehnsucht nach ihm verschmachte?«

Big Jock schüttelte heftig den Kopf. »Nein, das tut Ihr nicht. Wenn mich einer fragen würde, könnte ich nur sagen: Beim Anblick von jemand, der so fröhlich aussieht wie Ihr, würden die Vögel in den Bäumen anfangen zu zwitschern.«

»Und würdest du das auch Seiner Lordschaft sagen, wenn er danach fragt?«

Der große Mann grinste breit. »Wohl, wohl. Das hier gefällt mir auch nicht, aber ich habe meine Befehle.«

»Dann wirst du auch Jamie Maxwell von mir ausrichten, wenn es ihm beliebt, sich von seiner Burg zu absentieren, dann ist es seine Sache. Aber wir haben eine Absprache, er und ich, und ich beabsichtige, hier auf Caerlaverock zu bleiben, bis die Vereinbarung erfüllt ist. Wenn er wünscht, daß ich schon früher gehe, dann muß er hierher zurückkommen und mich mit Gewalt wegtragen. Ich habe nicht die Absicht, ihm das leichtzumachen.«

»Ach, der arme Junge.« Big Jock lachte stillvergnügt in sich hinein. »Er wußte nicht, was er tat an dem Tag, als er Euch von Carlisle weggetragen hat.« Er imitierte eine Verbeugung und wandte sich zum Gehen, drehte sich dann aber noch mal um: »Mylady,... wenn Ihr meint, er leidet nicht, dann irrt Ihr Euch.«

Ein festes Band, das sich um Alexias Herz gelegt hatte, lockerte sich etwas. »Oh, Jock. Sag ihm... sag ihm, daß auch ich leide.«

Big Jock sah sich im Zimmer um, dann holte er ganz tief Luft. »Ihr müßt verstehen, Mylady, er ist... zerrissen.« Von Natur ein eher stiller Mann, kam ihr Big Jock jetzt ganz nahe, als könnte er sie mit der Kraft seiner Worte überzeugen.

»Schon einmal habe ich das erlebt. Als sein Vater die Rebellion gegen den König anführte. Er glaubte nicht, daß das gerecht war, und trotzdem stand er zu ihm und kämpfte neben dem alten Lord. Und als der König seine Männer und den Meuchler unter ihnen sandte, erschlug er den Mörder seines Vaters und zwang den König, die Herrschaft der Maxwells im westlichen Moorland zu akzeptieren. Er erschlug seines Vaters Mörder kaltblütig, müßt Ihr wissen, obwohl es ihn fast dabei zerriß. Aber wenn er es nicht getan hätte, und zwar schnell, hätte der Clan niemals überlebt. Ihr seid seine Frau, aber Ihr seid keine Maxwell und... Vielleicht versteht Ihr, was ich sagen will, Mylady?«

Alexia verstand. Jamie würde alles tun, was nötig ist, um sicherzustellen, daß die Maxwells über jeden Feind triumphierten. Ob nun dieser Feind sein König oder die Frau ist, die er liebt.

Aber sie hatte ihren eigenen Stolz und ihre eigenen Kämpfe auszutragen und zu gewinnen.

Sie sah in Jocks ernste, braune Augen. »Sag ihm, ich liebe ihn, Jock. Aber sag ihm auch das: Ich mußte tun, was ich tat. Und ich würde es wieder tun.«

Alexia verbrachte den Morgen damit, die Klinge mit Jamies Brüdern zu kreuzen. Und als es dann Zeit zum Mittagessen war, konnte sie annehmen, daß zumindest die jüngsten Maxwells bereit waren, ihr das Vergehen gegen den Clan nachzusehen.

Sie jagte die Jungen ins Haus und rief ihnen zu, sie sollten sich ordentlich waschen »bis hinauf zu den Ellenbogen«. Dann stieg sie hinter ihnen die Treppe hoch.

Sie stand im Eingangsbereich zum großen Saal und wusch ihre Hände unter dem Wasserrinnsal, das aus dem Hahn in dem Kupferlöwen über dem Waschbecken tropfte, als sie Robin Maxwells helles Lachen hörte und die kalte, trockene Stimme seiner Mutter, die Jamies Namen aussprach. Ohne irgendwelche Skrupel drehte sie den Hahn zu, um zu lauschen.

»Ich bezweifle, daß er jetzt zurückkommt. Er wird erst nach der Geburt kommen«, sagte Annor. »Wenn es ein Junge ist, kann er sie ihrem Vater nach England zurückschicken, und wir sind sie los.«

»Und wenn es ein Mädchen ist?« spöttelte Robin. »Auf jeden Fall muß man hoffen, daß Jamie nichts mehr mit ihr zu tun haben will. Und doch sollten wir uns nicht darauf verlassen, daß er vernünftig wird, Mutter. Nicht, was Alexia betrifft. Und dann ist da noch diese Kleinigkeit, daß er dem König etwas versprochen hat. Wir andererseits sind in keiner Weise verpflichtet.«

»Aber ein Erbe muß her.«

»Es gibt doch einen Erben. Wir sind sogar vier. Warum muß der neunte Lord Maxwell ein Sohn von Jamie sein? Immerhin, wenn Johnnie am Leben geblieben wäre ...«

Annor seufzte. »Wenn Johnnie am Leben geblieben wäre ..., aber er ist es nicht, und Jamie ist der Lord. Zumindest scheint es so, als ob er aus der Dummheit dieser Heirat gelernt hätte und vernünftig geworden wäre.«

»Verdammt noch mal, es ist wirklich schade, daß sie die Nonnenklöster abgeschafft haben. Das waren außerordentlich praktische Einrichtungen, in denen man unerwünschte Ehefrauen loswerden konnte.«

»Oh, Robin, schäm dich!« rief Annor und lachte böse. »Aber immerhin, vielleicht hast du recht. Wenn Jamie nicht das Rückgrat hat, sich von einer verräterischen Ehefrau zu befreien, sollten vielleicht wir das übernehmen.«

Alexia trat aus dem Eingangsbereich in den Saal. Robin saß auf Jamies Platz auf der Empore. Ein Bein lag lässig über der Armlehne. Er stocherte mit einem silbernen Zahnstocher in seinem Gebiß. Annor stand vor dem Kamin und streckte ihre Hände über den Flammen aus.

Als Robin Alexia bemerkte, setzte er seinen Fuß stampfend auf den Boden und wurde rot. Annor drehte sich langsam um und nahm ihre Ambrakugel, die sie an einer Kette um den Hals trug. Sie hielt sie an ihre Nase, als ob ein zweifelhafter Geruch durch das Zimmer zöge.

Alexia stellte sich direkt vor ihnen auf. Sie begegneten ihren feindseligen Blicken ebenso feindselig, so lange, bis beide wegschauen mußten.

Schweigend nahm sie ihren rechtmäßigen Platz am Kopf der Tafel auf der Empore ein. Sie klingelte nach einem Diener, der sofort aus der Vorratskammer herbeieilte. Zweifellos hatte auch er gelauscht, dachte sie. Bis morgen würde ganz Schottland wissen, daß die Familie ihres Mannes sich verschworen hatte, Alexia zu beseitigen. Und Jamie war in Threave. Wenn er davon hörte, würde er nach Caerlaverock zurückkommen? Oder würde er in seiner Steinfestung am Dee-Fluß warten, bis seine geheimsten Wünsche von anderen erfüllt würden?

Ob er kommt oder nicht, schwor sich Alexia, ich werde Caerlaverock nur unter Zwang verlassen. Ich bin noch immer Jamies Ehefrau, ich trage sein Kind, und ich werde mich nicht aus meinem eigenen Heim vertreiben lassen.

Aber der Entschluß, so leicht am Nachmittag gefaßt, schien später in der Nacht sinnlos, als sie mit der Einsamkeit des leeren Schlafzimmers konfrontiert war.

Mit dem Kopf gegen die hohe Rückenlehne des Kastenbettes gelehnt, starrte Alexia in die bläulich flackernden Flammen des Kaminfeuers. Ein so kleines, schwaches Feuer, dachte sie. Es würde nie die Kälte vertreiben können, die sie tief in sich spürte. Sie vermißte Jamie mit beinahe physischem Schmerz, und das Stechen in ihrer Brust wollte und wollte nicht aufhören.

Vom Leuchtturm her hörte sie die Glocke Mitternacht schlagen. Ein Tag endete, ein neuer begann. Einst hatte sie darauf gezählt, daß mit der Zeit eine Grundlage für ihre Ehe entstehen würde. Statt dessen verbrachten sie jetzt nicht nur ihre Tage, sondern sogar ihre Nächte getrennt voneinander, geschieden durch einen sinnlosen Stolz und eine Wut, so alt und sinnlos wie die Asche eines Feuers, das vor langer Zeit erloschen war.

»Warum kommt er nicht?« fragte sie das leere Zimmer. »Warum? Warum?«

Ein heftiges Klopfen an der Tür ließ sie aufspringen. Einen Augenblick blieb Alexia fast das Herz stehen.

Es klopfte noch einmal.

»Wer ist da?« brachte sie schwach hervor.

Ein Dienstmädchen drückte die Tür auf und balancierte ein silbernes Tablett auf einer Hand. Auf dem Tablett stand ein Krug mit heißem Wein.

Alexia seufzte tief und setzte sich in den Sessel. »Was ist das, Molly?« fragte sie matt.

»Der Wein, den Ihr verlangt habt, Mylady.«

»Ich habe keinen Wein verlangt.«

Einen Augenblick lang schien das Mädchen verwirrt. »Ach, dieser Andy, der kleine Teufel. Er hat mir wahrscheinlich wieder einen seiner Streiche gespielt. Er hat mir gesagt, Ihr könntet nicht schlafen und brauchtet ein Glas warmen, gewürzten Wein, damit es Euch bessergeht.«

»Macht nichts, Molly. Laß ihn hier, bitte. Vielleicht macht er mich wirklich müde.« Alexia lächelte gezwungen. »Und solltest du nicht im Bett sein? Du mußt dich doch ausruhen.«

Molly setzte das Tablett auf den Tisch neben ihrem Sessel. »Nicht mehr als Ihr, Mylady, wenn Ihr mir erlaubt, das zu sagen.«

Wie Alexia war Molly Bell jung verheiratet. Es war zwei Wochen her, als Molly ihrer Herrin gestanden hatte, daß sie in acht Monaten ihr erstes Kind erwartete. Seither hatten die zwei jungen Frauen viele Stunden damit verbracht, sich über Babys und die Freuden und Leiden der bevorstehenden Mutterschaft zu unterhalten.

»Es wäre nicht gut, wenn Seine Lordschaft Euch krank vorfinden würde, wenn er von Threave zurückkommt«, meinte Molly.

»Nein ... nein, das wäre nicht gut. Danke, Molly.«

Molly räusperte sich. »Nun ja ... gute Nacht, Mylady«, sagte sie und ging rückwärts hinaus.

Alexia seufzte und streckte ihre Hand nach dem schlanken, langstieligen Glas aus. Sie umfaßte es mit beiden Händen, spürte die Wärme des glatten, venezianischen Glases und starrte in die schimmernde, rubinrote Flüssigkeit. Wolken würzigen Dampfes stiegen auf und kitzelten ihre Nase. Noch einmal seufzend stellte sie das Glas zurück auf das Tablett. Sie hatte keinen Durst und auch keine Lust, schlafen zu gehen.

Sie starrte in das Feuer. Die Flammen begannen, Muster und Formen anzunehmen. Sie und Jamie zusammen, Hand in Hand laufend, eine Horde Johnstones an ihre Fersen geheftet. Jamie auf einer Laute klimpernd, von Liebe singend, und mit Blicken nur für sie. Jamie, wie er den Mantel auf dem Boden ausbreitete und sie unter dem weiten, blauen schottischen Himmel liebte.

Die Tür wurde aufgerissen und schlug gegen die Wand. Alexia sprang auf, eine Hand am offenen Kragen ihres Nachthemds. Das Weinglas schwankte, fiel um und rollte auf den Boden. Aber Alexia hatte nur Augen für den Mann, der im Türrahmen stand. Ihre Lippen formten seinen Namen, obwohl sie keinen Ton herausbrachte.

Jamie Maxwell stand groß und schweigend vor ihr. Seine feinen Gesichtszüge waren gespannt und seine Augen tiefgrün wie ein Highland-Loch, das einem nichts zeigt außer dem eigenen Gesicht.

Er stand unbeweglich, sein Stülphelm baumelte am Arm. Dann warf er ihn in die Zimmerecke und breitete die Arme aus, als habe er alles, was zwischen ihnen in letzter Zeit vorgefallen war, weggeworfen. So standen sie und sahen einander an.

Er tat einen Schritt vor, dann noch einen, und dann lag sie in seinen Armen.

Sie schmiegte sich eng an ihn, als versuche sie, ihren Körper mit seinem verschmelzen zu lassen, um auf diese Weise alles auszulöschen, was trennend zwischen ihnen lag. Einmal schien er zu erschauern, und sie dachte, er hätte ihren Namen gewispert. Dann spielte er mit seinen Fingern in ihrem Haar und bog ihren Kopf zu einem Kuß zurück.

Sein Mund lag fest auf ihren Lippen. In diesem Kuß lag noch ein Rest von Wut, aber sie war überlagert von dem Sehnen und der Verzweiflung, die genauso groß waren wie ihre. Sie schlang ihre Arme um seinen Hals und hing an ihm wie eine Ertrinkende. Die Lippen weiter auf ihren Mund gepreßt, trug er sie hinüber zu dem großen Himmelbett.

Sie hatte nur ein Nachthemd an. Er packte den Stoff am Halsausschnitt und riß es herunter. Dann zerrte er mit der gleichen Wildheit an seinen Hosenbändern. Er setzte sich sofort auf sie, und sie hob ihm ihre Hüften entgegen. Die Freude und die Begierde ihrer beiden Körper trafen sich, und sie schienen in eins zu verschmelzen.

Jamie lag auf dem Rücken, ein Knie aufgestellt, seine Arme locker an beiden Seiten. Der Schweiß ließ das Hemd auf seiner Haut kleben, und seine Brust hob und senkte sich; er atmete schwer. Alexia drehte sich zur Seite und betrachtete ihn. Ihr Herz war so weit, es füllte ihre ganze Brust.

Sie zog seine Gesichtszüge mit ihren Fingerspitzen nach. »Jamie...«

»Nicht, Alexia.« Er drehte den Kopf weg, entfernte aber nicht die Hand, die besitzergreifend auf ihrem Schenkel ruhte. »Big Jock brachte mir die Nachricht. Die ganze Nachricht.«

»Ich wollte nur sagen, daß...« Sie schluckte und drückte die Augen zu. »Ich liebe dich wirklich.«

Er war lange Zeit still, dann seufzte er. »Liebe? Nein, ich glaube nicht. Du hattest damals recht. Es ist etwas Körperliches, diese Kraft, die uns gegen alle Vernunft zueinander hinzieht.« Er stützte sich auf die Ellenbogen und sah auf sie herab. Er schien in Gedanken weit weg. Sein Gesichtsausdruck war schmerzerfüllt

»Oh, Jamie, nein. Ich hatte unrecht...« Sie hielt inne und konnte nicht weitersprechen. Sein Gesicht verschwamm vor ihren Augen, die sich mit Tränen füllten.

»Ich brauche dich, Alexia«, sagte er. »Ich brauche dich so sehr, wie ich Luft und Essen und Wasser brauche, um zu überleben. Aber ich kann dir niemals wieder vertrauen. Und ich werde niemals wieder den Fehler machen zu vergessen, daß du Engländerin und eine Carleton bist.«

Eine einzelne, verlorene Träne rollte an ihrer Wange herunter. Er strich sie mit dem Daumen weg.

»Aber, o Gott, ich brauche dich... und ich will dich.« Und dann preßte er seinen Mund auf den ihren.

Alexia saß an dem groben Holztisch, der Ozelot schnurrte zu ihren Füßen, während sie den nachtschwarzen, türkischen Trank schlürfte. Sie mußte noch immer ein Schaudern unterdrücken, wenn sie das scheußliche Zeug herunterschluckte. Aber aus irgendeinem Grund konnte sie nicht aufhören, davon zu trinken.

Genauso erging es ihr mit der Frau namens Katherine. Sie ängstigte und ärgerte Alexia zugleich, und doch konnte sie der Hütte im Moor nicht fernbleiben.

Die Frau saß ihr gegenüber und starrte sie mit Augen an, in denen ein heimliches Lachen lag. »Wenn Ihr hier seid, um nach Eurem verwundeten Spatz zu fragen«, meinte sie, »er ist schon lange weggeflogen, hinauf auf seine Burg in Lochwood, und zweifellos ist er schon wieder stark damit beschäftigt, seine nächsten Überfälle auf die Maxwell-Herden zu planen.«

Alexia konnte nicht umhin zu lächeln. »Zweifellos tut er das.«

Sie betrachtete die Regale an den Wänden, die vielen geheimnisvollen Kästen und Töpfe. »Ich will Euch etwas zeigen.«

Katherine winkte, wie als Einladung weiterzusprechen.

Alexia langte zwischen ihre Füße und hob ein Bündel Lumpen hoch. In dem Bewußtsein, endlich einmal die Neugier der Frau geweckt zu haben, entfernte sie vorsichtig die Lappen, und zum Vorschein kam ein venezianisches Glas. Ein haarfeiner Riß lief über den Stiel, und der Rand war abgesplittert. Es war leer bis auf eine weiche Substanz, die sich am Glasboden abgesetzt hatte, und einige Weinflecken. Alexia gab der Frau das Glas.

Katherine hielt es an die Nase und roch daran, dann rührte sie mit ihrer Fingerspitze durch den Rückstand. Sie zögerte einen Augenblick, berührte ihren Finger mit der Zunge, sah auf und fixierte Alexia mit ihren kühlen, grauen Augen. »Wer auf Caerlaverock wünscht Euren Tod?«

»Dann ist es Gift?«

»Alraunewurzel. Nur ein wenig davon klug angewandt kann Schmerzen lindern und zu Schlaf verhelfen. Wenn man mehr nimmt, schläft man für immer ein. Wahrscheinlich, da Ihr hier seid, habt Ihr den Wein nicht getrunken, der in diesem Glas war. Ihr habt Glück gehabt, daß Ihr so vorsichtig wart.«

»Es war keine Vorsicht«, verbesserte sie Alexia. »Ich habe das Glas umgeworfen, bevor ich etwas trinken konnte.«

Und der Wein war ausdrücklich für sie bestimmt gewesen. Sie hatte bereits Molly und Andy verhört. Molly glaubte fest, daß es ein kindischer Scherz von Andy war, aber Andy hatte entrüstet seine Unschuld beteuert.

»Du warst es«, hatte er immer wieder behauptet und schmollend seinen sinnlichen Maxwell-Mund verzogen. »Du hast mich doch darum gebeten.«

»Aber ich war's nicht.« Sie drehte ihn zu sich herum. »Wie kommst du darauf, daß ich es war?«

Er riß sich von ihr los. »Du warst es! Ich stand im Treppenhaus, und du warst im großen Saal. Und du hast gerufen, du könntest nicht einschlafen, und hast mich gebeten, etwas gewürzten Wein aus der Küche zu holen. Also bin ich in die Küche gelaufen und habe Molly das gesagt. Dann ging ich hinauf zu Mama und sagte ihr gute Nacht. Mama küßte mich und sang mir etwas vor.«

»Andy, warum bist du so sicher, daß du mich gehört hast? Hast du mich gesehen?«

Andy strengte sich an und dachte konzentriert nach. Aber schließlich, da er sich nicht erinnern konnte, die Person gesehen zu haben, die ihm das zugerufen hatte, war er überzeugt, daß es Alexia selbst gewesen war.

Was Molly betraf, so hatte Alexia durch sorgfältige, eingehende Befragung herausgefunden, daß jemand genügend Zeit gehabt hatte, das Gift in den Wein zu tun, denn sie hatte ihn einige Minuten auf einem Regal in der Speisekammer stehenlassen und war auf Lady Annors Befehl zu dieser hinaufgegangen.

Alexia spürte, wie Katherines Blicke jetzt auf ihr ruhten, und sie wußte, daß Katherine ihren Gesichtsausdruck zu deuten verstand.

»Das ist nicht der erste Anschlag auf Euer Leben«, sagte Katherine.

Alexia biß auf einem ihrer abgerissenen Nägel herum. »Es hat ... Unfälle gegeben.«

»Welche Art Unfälle?«

Alexia erzählte ihr von dem heruntergefallenen Steinfalken und den Kratzspuren auf dem Sockel, was darauf hinwies, daß er über die Kante gestoßen worden war. »Und ich glaube, an dem Tag, an dem wir uns kennenlernten, bin ich in das Moor gelockt worden«, endete sie, »ich sollte wohl jener Spur folgen, und zwar genau zu der Tageszeit, wenn der Gezeitenwechsel am gefährlichsten ist.«

»Hat Lord Maxwell...«

»Es war nicht Jamie!« protestierte Alexia heftig. Zu heftig.

Katherines schön geschwungene Augenbrauen schnellten hoch. »Ich wollte nur fragen, ob Lord Maxwell von diesen Unfällen weiß.«

Alexia wurde rot und schüttelte den Kopf. »Er würde es nicht verstehen. Er denkt, daß ich...« Sie zögerte. Wie konnte sie erklären, daß Jamie ihre Anschuldigungen nur als weiteren Beweis sehen würde, wie sehr sie seine Familie und alles Schottische haßte? Und wen genau sollte sie anklagen? In der Burg gab es so viele Menschen, die sich zweifellos über ihren Tod freuen würden. Elspeth Campbell, die Jamies Frau werden sollte und immer noch werden konnte, wenn Alexia beseitigt wäre. Und Annor natürlich, die nie ein Geheimnis aus ihrer Ablehnung Alexias gemacht hatte noch aus ihrem Haß auf alle Carletons insbesondere und die Engländer im allgemeinen. Und Robin Maxwell? Jedermann wußte, daß er nach dem Titel strebte. Wenn das Kind, das sie jetzt trug, ein Junge würde... Selbst Malcolm, dessen sarkastischer Humor seine Bitterkeit zu verstecken schien. Es konnte jeder von ihnen sein.

Außer Jamie. Jamie, verheiratet mit einer Frau, der er nicht traute, ohne die er aber nicht leben konnte. Jamie, der Treue und Pflichterfüllung gegenüber seinem Clan über alles stellte. Jamie, der fähig war, ihr so viel Freude zu bereiten und so viel Schmerz. Nein, wenn sie wirklich glauben würde, daß der Mann, den sie mehr liebte als ihr Leben, ihren Tod wünschte, dann könnte sie sich gleich selbst umbringen und ihm die Mühe sparen.

»Ich muß erst feststellen, wer es ist«, sagte sie laut zu Katherine. »Ich muß einen Beweis haben. Dann werde ich es Jamie sagen.«

»Ach so. Dann müßt Ihr Euch in der Zwischenzeit vorsehen. Eßt und trinkt nichts, was die übrigen Familienmitglieder nicht auch essen und trinken. Und umgebt Euch so viel wie möglich mit anderen Menschen. Vermeidet es, allein zu sein.« Katherine lächelte. »Für die meisten Gifte gibt es Gegengifte. Aber gegen einen gespaltenen Schädel kann man wenig tun. Und ich gehe nicht immer durch das Moor spazieren, in der Annahme, daß gerade jemand gerettet werden muß.«

Alexia trank den Rest des schwarzen Zeugs in ihrer Tasse aus. Sie stand auf, um zu gehen, und störte den Ozelot, der mit beleidigtem Schwanzschlagen vor ihr aus der Tür sprang.

»Habt Ihr viele Gifte hier? Und Gegengifte?«

»Vieles ist giftig, wenn man es im Übermaß nimmt. Alraune ist nur ein Beispiel. Und nicht für jedes Gift existiert ein Gegengift.«

Alexia deutete auf eine Blechdose. »Was enthält die?«

»Lungenkraut. Wenn man es auf der Brust hat.«

Katherine führte Alexia durch das Zimmer und erklärte den Inhalt der verschiedenen Töpfe und Schachteln und ihren Zweck. Da war Anissamen und Bergminze gegen Kopfschmerzen, Weißer Andorn gegen Husten, Wermut gegen Magenschmerzen. Es gab Mittel gegen die alltäglichsten, aber ärgerlichen Heimsuchungen des Lebens, wie zum Beispiel eine Salbe, aus Lorbeer und Quecksilber, von der Katherine versicherte, daß es genau das richtige gegen Übelkeit sei.

Es gab Mineralien, die Gefühle beeinflussen konnten. Granat, den man um den Hals trug oder in ein Getränk tat, wies Sorgen ab, Hyazinth erleichterte Wut und Leid. Topas kurierte Verrücktheit.

Alexia hörte mit wachsender Faszination zu. Bis jetzt hatte sie von Heilkünsten keine Ahnung gehabt. In den Grenzländern schickte man nicht nach einem Heiler, wenn man krank wurde. Außer, wenn man schon alle Hoffnung auf natürliche Heilung verloren hatte.

»Wie kommt es, daß Ihr all das hier gelernt habt?« fragte Alexia.

»Die Frau, die mich aufgezogen hat, war eine gute Heilerin«, sagte Katherine. »Ich war, das heißt, ich bin die uneheliche Tochter des Bischofs von Carlisle. Aber ich wurde betreut und geliebt von Nana, der Hebamme, die meiner Mutter bei der Geburt half. Meine Mutter hat die Qual nicht überlebt, so sagte man mir. Sie war aus einer guten Familie, hatte aber wenig Verstand.«

»Aber das bedeutet ja, daß Ihr Engländerin seid«, rief Alexia aufgeregt. Sie hatte das bereits geahnt, denn Katherine sprach in dem rauhen Ton und mit den deutlichen Vokalen, die typisch für den Cumberland-Dialekt waren. »Wie kommt es, daß Ihr hier in Schottland lebt?« Und in dieser Hütte, versteckt im Moor, dachte sie, aber stellte die Frage nicht.

Katherine lächelte. »Aha, ich habe mich schon gefragt, wann die Neugier über Eure Angst vor mir siegen würde.«

Alexia widersprach. »Ich habe keine Angst vor Euch.« Dann grinste sie. »Jedenfalls nicht viel.«

»Und Ihr glaubt nicht mehr, daß ich eine Hexe bin?«

Alexia errötete und stotterte eine Entschuldigung.

Die Frau lachte ihr rauhes Lachen. »Macht Euch nichts draus, Ihr seid nicht die erste, die solche Schlüsse zieht.«

»Seid Ihr schon früher der Hexerei beschuldigt worden?« Alexia unterdrückte ein Schaudern. Wenn man bloß leugnete, eine Hexe zu sein, war das schon ein Beweis für Komplizenschaft, und die Wahrheit mußte durch Folter aus einem herausgepreßt werden. Die arme Unglückliche mußte sich auf dem Boden ausstrecken, dann wurden schwere Gewichte auf ihre Brust gelegt, bis sie entweder gestand oder starb. Der Tod bewies die Unschuld der Angeklagten, aber Alexia hatte nie verstanden, was dieser Beweis der Angeschuldigten nützte.

»Da war eine Zeit«, sagte Katherine, »ich war gerade sechzehn, als geheimnisvolle Dinge in und um Carlisle geschahen. Das Bier der Brauerei wurde aus keinem ersichtlichen Grund sauer. Die Ernten wurden schlecht. Der Blitz schlug in Bäume ein. Der Bäcker wurde eines Abends verrückt, nahm eine Axt und erschlug seine Frau und seine fünf Kinder. Die Leute in der Stadt gingen zu meinem Vater, dem Bischof, und baten ihn, beim Allmächtigen für sie um Beistand zu bitten. Der meinte, er könne nichts tun, denn Carlisle sei verflucht, weil jemand seine Seele dem Teufel für die Übertragung der Hexenkunst verkauft habe. Man sagte ihnen, daß die Hexe gefunden und verbrannt werden müßte, bevor der Fluch aufgehoben würde.«

Katherine schluckte heftig und senkte den Blick. »Die arme Nana mit ihren Kräutern, ihren Liebestränken und ihrem albernen, dummen Geschwätz. Sie hatte sogar eine winzige Warze auf der Nase, als ob das bedeutete...« Sie brach ab und biß sich auf die Lippen. »Sie wurde gefoltert und gestand. Kurz bevor sie starb, nannte sie mich noch als Helferin.«

Alexias Augen wurden vor Schreck riesengroß. »Aber das hieße... Ihr solltet verbrannt werden.«

Die Stimmung der Frau schlug um, und sie lachte. »O ja, die Reisigbündel und der Scheiterhaufen waren schon aufgeschichtet, und ich sollte dorthin geschleppt werden zu meinem vorzeitigen und sehr schmerzhaften Tod, als ein Riese von einem Mann mit flammend rotem Haar über den Marktplatz stob. Er hob mich auf sein Pferd, schlug den Mob mit seinem großen Schwert zurück und führte mich weg.« Sie starrte in die Ferne und ihr Augen leuchteten. »Oh, er war so ein herrlicher Mann! So groß und breitschultrig. So voller Leben und Lachen. Er führte mich auf seinem Pferd weg und machte mich noch in der gleichen Nacht zu seiner Geliebten.«

Alexia dachte, das war die romantischste Geschichte, die sie je gehört hatte, viel besser als ein italienischer Roman. »Der Mann... es war Jamies Vater, nicht wahr?«

Katherine lächelte, aber sie sah Alexia dabei nicht an. Sie schwelgte in ihren Erinnerungen. »Ja. Bis zu diesem Augenblick hatte ich ihn noch nie gesehen. Ich erfuhr erst später, daß er ein schottischer Lord war, daß er an diesem Tag unter dem Schutz der Friedensflagge in Carlisle gewesen war, um Geiseln mit dem englischen Landeshauptmann auszutauschen.«

»Und Ihr seid mit ihm nach Schottland zurückgekommen, in diese Hütte in dem Moor von Solway, damit Ihr bei ihm sein konntet?«

Katherine sah Alexia fest in die Augen, und diesmal wußte Alexia ganz genau, was die Frau fühlte – Stolz und Scham, Ekstase und Verzweiflung.

»Wir haben uns geliebt«, sagte sie trotzig. »Aber er mußte... ich war Engländerin, wie Ihr wißt. Und ich hatte keinen Namen, keine Familie. Er heiratete Lady Annor Campbell, und sie brachte ihm reinrassige, blaublütige Söhne zur Welt. Aber er liebte nur mich. Zu mir kam er, um zu lachen und um sich trösten zu lassen. Und wegen der Leidenschaft.«

Und eines Tages kam er nicht wieder, dachte Alexia. Und würde auch niemals wiederkommen.

Und Alexia, zwanzig Jahre jung und das Leben noch vor sich, verstand zum ersten Mal, wie schrecklich der Tod ist. Nicht, weil er so unvermeidlich ist, sondern so andauernd.

Kapitel 14

Die Sommertage schwanden dahin, und der Herbst kam ins Land.

Zum Erntedankfest war auf Caerlaverock, an Michaelsmeß, dem neunundzwanzigsten September, eine besondere Feier geplant.

Alle Nachbarn aus dem ganzen Umkreis, waren eingeladen worden: die Maxwells der anderen Linien, die Armstrongs, die Bells, die Chrichtons, die Douglas, diejenigen aus dem Irvin-Clan, die sich im Johnstone-Maxwell-Streit nicht mit der falschen Seite verbündet hatten. Am Vortag war eine Wildschweinjagd angesetzt, und hinter der Küche hatte man schon eine Grube gegraben, in der der Eberkopf geröstet werden sollte. Auf drei Feuerstellen würden sich die Spieße mit den drei Dutzend Gänsen drehen, die mit Gerste von den Stoppelfeldern nach der Ernte gemästet worden waren. Es waren ausreichend viele Brotlaibe für alle gebacken worden, und Butter war auch vorhanden, um die dicken weißen Scheiben zu bestreichen. Alle Sorten Fisch würden aufgetragen: Stör, Flußaal und Karpfen; ebenso wie das feinste Geflügel: Schwäne, Wachteln und Tauben. Und kein Michaelsmeßfest wäre komplett ohne gebratene Kürbisse, Minzekuchen und Dutzende von verschiedenen Pasteten. Schließlich würde man so seltene Köstlichkeiten wie Pudding, Kompott und Konfekt mit der Würze jener dunkelbraunen Samen genießen können, die aus der Neuen Welt herübergebracht worden waren, und die man Kakao nannte. Zur Unterhaltung würden Madrigale gesungen, und es würde getanzt werden. Malcolm plante eine geheimnisvolle Überraschung, zu deren Vorbereitung er stundenlang verschwunden war.

Besonders Alexia freute sich auf den Tag, denn an Michaelsmeß war es Tradition, die Haushaltsbücher abzuschließen. Sie würde stolz sein, Jamie zeigen zu können, wie gut sie seit ihrer Hochzeit die Bücher geführt hatte, denn sie hatte alle Eintragungen selbst vorgenommen, anders als Annor, die weder schreiben noch lesen konnte. Sie hatte sich auf den Haushofmeister verlassen müssen, der, wie Alexia entdeckt hatte, den Burghaushalt jahrelang regelmäßig um Summen betrogen haben mußte, die fast den Preis von drei Rassepferden ausmachten.

Am Festtag wachten sie auf und stellten fest, daß Rauhreif über dem Boden lag und die Pfützen auf den Misthaufen mit einer dünnen Eiskruste überzogen waren.

»Die Nächte werden kälter und länger«, bemerkte Jamie, als er sich aufs Bett setzte und seine Stiefel anzog. »In dieser Jahreszeit werden die Überfälle bald wieder zunehmen. Himmelherrgott, Alexia, was machst du da? Du wirst dir den Hals brechen!«

Sie hatte sich aus dem Fenster gelehnt und dem Stalljungen zugerufen, daß er Jamies Pferd satteln soll. Sie zog ihren Oberkörper wieder zurück und wandte sich ihm zu. »O Jamie, du wirst doch nicht...«

»Habe ich das gesagt?« Er stand auf und stampfte auf den Boden, um seine Fersen fest in die Stiefel zu drücken. Er machte ein verdrießliches Gesicht. »Aber du kannst dich darauf verlassen: Jeder Hurensohn von Johnstone und ein gewisser Engländer werden noch vor Ende der Woche auf Raubzug sein.«

Alexia rieb ihren vorstehenden Leib. »Ich will, daß dieses Kind sich an einen Vater aus Fleisch und Blut erinnert, wenn es aufwächst, nicht nur an einen Namen, der in die Wand einer Gruft gemeißelt ist.«

Jamies Gesicht nahm einen sanften Ausdruck an. Er kam zu ihr herüber und nahm ihre Hand, streichelte sie und küßte sie zärtlich. »Ich werde kein unnötiges Risiko auf mich nehmen, mein Liebes. Ich verspreche es dir.«

Sie entzog sich ihm und ging auf die Tür zu. Die Hand auf dem Riegel, drehte sie sich noch einmal um, lächelte ihn an und löste so die Spannung zwischen ihnen.

»Ich werde an dem Papageienschießen heute nachmittag teilnehmen. Werdet Ihr auf mich setzen, Mylord?«

Jamie lachte. »Und mein schwerverdientes Geld verlieren? Ich denke nicht daran.«

Alexia streckte ihm statt einer Antwort die Zunge heraus, dann war sie draußen. Leichtfüßig eilte sie die engen, gewundenen Treppen hinunter zu den Küchen; das Festmahl sollte um elf beginnen, und sie hatte noch viel zu tun. Irgendwo mußte sie genügend Krüge und Becher auftreiben, um die fünfzig Faß Bier und Apfelmost auszuschenken, die jetzt in den Burgkellern noch kühl gelagert waren. Und dann, erst gestern abend, hatte Andy ein Schaf, das als Haustier gehalten wurde, vor dem Schlachtermesser bewahrt, indem er es hinter den Außengebäuden losgebunden hatte. Das Schaf hatte die Tür zur Speisekammer offenstehend vorgefunden und sich an zwei Dutzend Pasteten gütlich getan, die dort zum Auskühlen auf den Regalen lagen; jetzt schwor der Koch, sich im Solway Firth zu ertränken. Und Annor verkomplizierte die Situation, indem sie darauf bestand, daß kein Michaelsmeß-Festessen ohne Marzipantorte vollständig wäre, und natürlich mußte Alexia ausgerechnet die Mandelpaste vergessen haben.

Alexia hatte noch nicht einmal bemerkt, wie die Tür geöffnet wurde, als sie ihr ins Gesicht schlug. Sie schlug ihr so fest auf die Nase, daß der Schmerz ihr Tränen in die Augen trieb. Die Hand vor der Nase, fragte sie: »Esspesth! Was wisst du denn hii?«

Lady Elspeth Campbell hielt sich an der Tür fest, weil sie leicht wankte. Ihr Mund war geschwollen, ihr Gesicht schamrot. Tatsächlich sah sie so aus, als sei sie eben gründlich abgeküßt worden.

Sie betrachtete Alexia geistesabwesend. »Was?«

Alexia nahm die Hand von ihrer Nase, die sie massiert hatte. Sie versuchte, hinter die Tür zu spähen. »Ich fragte, was du hier tust.«

Elspeth schob die Tür zu und lehnte sich dagegen. Der Ausdruck in ihrem Gesicht ließ deutlich erkennen, daß nicht einmal die vereinten Armeen Europas sie von der Stelle brächten.

Alexia riß die Augen auf, denn plötzlich hatte sie verstanden. Die Tür führte zu dem Teil der Burg, in dem sich die Junggesellenzimmer befanden. Wenn Elspeth einen Liebhaber hatte, der sich dort herumtrieb, dann war es sicher einer, der einer Erbin und Tochter eines Herzogs nicht würdig war.

Sie wollte etwas sagen, ließ es dann aber bleiben. Die Verhandlungen zwischen den Maxwells und dem Grafen von Argyle wegen seiner Heirat mit Elspeth gingen nur langsam voran. Versuchsweise war aber schon ein Termin für nächsten Mai angesetzt worden. Wie konnte sie Elspeth ein paar Augenblicke gestohlenen Glücks jetzt mißgönnen, wenn sie so wenig davon bekommen würde, sobald sie Colin Campbells Frau wäre?

Sie sah sich hastig im Treppenhaus um. »Lady Maxwell ist im Musikzimmer«, warnte sie. »Ich würde empfehlen, daß du hinten herum in dein Zimmer zurückgehst. Du siehst etwas mitgenommen aus.«

Elspeth errötete noch mehr. »Mylady, werdet Ihr?« fing sie an, hielt dann aber inne.

»Elspeth, ich habe dich den ganzen Morgen nicht gesehen.« Alexia lächelte und klopfte der jungen Frau ermutigend auf den Arm, als sie an ihr vorbei die Treppen hinunterrauschte. Elspeth starrte ihr völlig verwirrt nach.

Alexia legte den Kopf zurück und konzentrierte sich auf das Ziel, einen grüngefiederten Papagei, der an einer Querlatte auf einem hohen Pfosten festgebunden war.

»Man muß so stark sein wie ein Mann, wenn man beim Papageienschießen mithalten will.«

Sie drehte sich nach dem Mann um, der plötzlich neben ihr aufgetaucht war. »Tag, Robin, ich freue mich, daß du es dir überlegt hast und zu Michaelsmeß zurückgekommen bist.«

Sie hatte Robin in den letzten Wochen selten gesehen. Bei Jamies Rückkehr wieder in den Schatten gedrängt, hatte sich Robin angewöhnt, mehr Zeit auf Lochmaben und Threave zu verbringen.

»Ich bin nur wegen des Wettschießens hier«, erklärte er. »Ich habe gehört, Jamie spendiert als Preis das Fohlen von Satans Steed.« Jamies schwarzer Hengst hatte sieben Silbermedaillen auf einmal bei den Langholm-Rennen gewonnen – etwas, was es bis dahin noch nie gegeben hatte. Und bei Rennen zu melden und zu wetten, war Robin Maxwells Hauptzeitvertreib. Außerdem war es seine Haupteinkommensquelle.

Er wies hinüber zur Stange. »Du willst doch nicht wirklich bei dem Wettbewerb antreten?« Das sagte er in einem Ton, daß Alexia die Zähne zusammenbeißen mußte.

»Ich habe auch die Absicht zu gewinnen.«

Robin machte ein verdrossenes Gesicht, starrte sie kurz an und schlenderte dann davon.

Jeder Wettbewerber hatte drei Schüsse mit dem Bogen frei, um den Papagei von seinem Pfahl zu holen, und der Bogenschütze, dem es zuerst gelang, bekam den Preis. Für die Zuschauer waren Bänke aufgestellt worden, denn wenn die Wettbewerber ungeübt waren, konnte das Spiel stundenlang dauern.

Die Reihenfolge wurde ausgelost. Alexia zog den fünften Platz, Robin den Platz vor ihr.

Die ersten drei Bogenschützen nahmen mehr zum Spaß teil, als in der Hoffnung zu gewinnen, und es dauerte nicht lange, bis Jamie, der das Spiel leitete, Robin aufrief.

Robins erster Pfeil ging weit daneben, aber sein zweiter Schuß war nahe genug, um den Papagei auf seinem Pfahl in helle Aufregung zu versetzen, so daß er heftig mit den Flügeln schlug und laut vor Entrüstung kreischte. Robin warf einen triumphierenden Blick hinüber zu Alexia und schoß den letzten und dritten Pfeil ab.

Er traf den Pfahl, aber der Papagei überlebte.

Alexia nahm den Platz an der Schußlinie ein. Ein plötzlicher Windstoß drückte ihre Röcke platt gegen ihre Beine und sandte eine Staubwolke zu den Zuschauern hinüber. Hinter sich hörte sie, wie die Leinwandvordächer, die für die Tische mit dem Essen Schatten spenden sollten, im Wind flatterten.

Sie stemmte den Holzschaft des Kreuzbogens in den Boden und drehte die Kurbel an der Winde. Gleichzeitig lud sie den Bolzen, zielte und drückte ab. Sie hatte den Wind zu stark eingeschätzt und zu hoch gezielt.

Robin sagte etwas zu dem Mann neben ihm, und beide lachten. Alexia blinzelte zu Jamie hinüber, und er winkte ihr zu. Sie warf ihm ein strahlendes Lächeln zu und setzte zum zweiten Schuß an.

Das Geschoß surrte, als es durch die Rinne strich, und in dem Moment wußte sie, daß sie gut gezielt hatte. Die Menge hielt wie ein Mann den Atem an. Dann brach Jubel los, als der Papagei in tausend Stücke gerissen wurde und ein Durcheinander von Knochen und Federn herunterfiel.

»Gut gemacht!« rief Jamie aus und kam auf sie zu. Er lachte, als er sie um die Taille faßte und durch die Luft wirbelte. Dann nahm Diccon seinen Platz ein, der ihr einen schmatzenden Kuß auf die Wange drückte. »Ich habe gerade fünf Golddukaten gewonnen!«

»Du hast was?« brüllte Jamie. »Woher hast du das Geld für einen so hohen Einsatz?«

»Oh, ich hatte keins«, strahlte er sie an. »Aber ich wußte, daß du gewinnen würdest, Alexia, denn du schießt nie daneben.«

Alexia ließ sich entkräftet auf die nächste Bank nieder. »O Gott, ich glaube, ich falle in Ohnmacht.«

Die Miene seines Bruders veranlaßte Diccon, schleunigst zu verschwinden.

Jamie blickte finster hinter ihm her. »Fünf Dukaten! Ich werde ihm die Haut abziehen.»

Alexia entdeckte Robin, der sich zu Pferde seinen Weg durch die Menge bahnte.

»Robin, warte!«

Er wendete sein Pferd, während sie auf ihn zulief. »Ich wollte dir sagen... ich möchte dir Satans Fohlen schenken.«

Robin schäumte vor Wut. »Ihn mir schenken! Also, du, du kannst... ich würde keinen Tropfen Wasser von dir annehmen und wenn ich verdursten müßte!«

Malcolm Maxwell stand gegen die Hofmauer gelehnt und beobachtete die Tänzer, die sich im Dreivierteltakt einer französischen Galliard bewegten. Es war dunkel geworden, aber die Musiker und die herumwirbelnden Paare waren in den Lichtkegel der auf Pfähle gesteckten Fackeln getaucht. Er runzelte die Stirn, als die Frau seines Bruders vor seinen Augen vorbeiwirbelte mit flatternden Haaren und lachendem Mund.

»Warum tanzt du nicht mit ihr?« flüsterte eine Stimme in sein Ohr.

»Warum nimmst du nicht deine Maske ab?« Er bekam einen Seidenärmel zu fassen. »O nein, nicht weglaufen, liebe Schwägerin. Es ist wenig fair, einen so niederträchtigen Seitenhieb auszuteilen und sich dann zu beschweren, wenn der Gegner beschließt, sich zu wehren.«

Sie stemmte sich gegen ihn. »Laß mich los.«

»Du kannst wohl den Gedanken nicht ertragen, daß ich deine Schwester gern haben könnte, nicht wahr, Evie Carleton?«

»Warum sollte mir das was ausmachen?«

»Warum? Weil du gern sehen würdest, wie man Alexia aus Caerlaverock wegjagt. Aber du hast dir das Ganze nicht gut überlegt, meine Liebe. Denn wenn Alexia geht, gehst auch du.»

Sie lachte und lehnte sich entspannt an ihn. »Ich habe keine Ahnung, wovon du redest.«

Er ließ ihren Arm los, weil er sie neugierig gemacht hatte und jetzt sicher war, daß sie bleiben würde. Sie betrachteten schweigend die Tänzer. Die Musik war langsamer geworden. Sie tanzten gerade eine feierliche Allemande, und Jamie nahm die Gelegenheit wahr, seiner Frau in den tiefen Ausschnitt zu sehen.

»Sie sind vollkommen in jeder Weise, nicht wahr?« fing Malcolm an. »Mein Bruder und deine Schwester. Schönheit, Anmut und Witz, aber vor allem Schönheit. Wir Armen, wie könnten wir sie nicht lieben?«

Die Gaze ihrer weißen Maske bauschte sich auf, als sie sich heftig zu ihm umwandte. »Du bist verrückt, verrückt, wenn du denkst...« Sie preßte die Hand auf den Mund.

Er seufzte. »O Gott, denkst du, ich verstünde nicht? Ich, Malcolm der Bucklige, der nicht einmal eine häßliche, von Seuchen geplagte Hure bezahlen kann, sein Bett zu teilen?«

Sie stieß ein leises triumphierendes Lachen aus. »Das ist es also, du denkst, ich bin so verzweifelt auf Liebe aus, daß ich tun würde, was nicht einmal Huren tun wollen?«

Einen Augenblick blieb er still, dann sagte er ruhig: »Ich würde dich nicht haben wollen, meine Liebe, aber nicht aus dem Grund, den du meinst. Aber deine Schwester: Wenn sie morgen die Blattern bekäme und pockennarbig und glatzköpfig überleben würde, ich wäre noch immer froh, sie auch nur eine Freundin nennen zu dürfen...«

Er schwieg, als er feststellte, daß Evie sich nicht mehr neben ihm befand. Lange blieb er noch stehen und dachte nach. Dann, er wollte gerade weitergehen, tauchte aus den Schatten eine zerlumpte Figur mit langem Bart auf.

»Unsere kleinen Lieblinge sind fertig zum Hochgehen, Meister«, sagte der Mann mit kratziger Stimme.

Malcolm wandte den Kopf ab, denn von dem Mann ging ein entsetzlicher Gestank aus. »Ach, ja. Wie konnte ich meine Überraschung vergessen?« lachte er. »Es ist jetzt dunkel genug, um den Effekt zu erzeugen, den wir uns wünschen, meinst du nicht?«

Aber der Mann nahm keine Notiz von ihm. Statt dessen hatte er seine Blicke auf Alexia geheftet, die sich unter den anderen Tänzern bewegte. Und der Ausdruck auf dem Gesicht des Mannes ließ Malcolm amüsiert spekulierend aufschauen.

Malcolms Überraschung erwies sich als besonders spektakuläres Feuerwerk, das sich mit allem messen konnte, was Alexia am Hofe von Königin Elizabeth gesehen hatte. Sie lehnte sich in Jamies Armen zurück und rief bei jeder dumpfen Explosion und jedem Sternenschauer, der herunterkam, begeistert »Ah!« und »Oh!«

Zum Finale war ein hölzernes Gestell in der Form eines Falken hochgeschoßen worden und als Bildnis in weiße gleißende Flammen aufgegangen, die einen hellen Schein über die Menge warfen. Alexia erschrak, als sie den Landstreicher zwischen den Raketen hin und her springen sah.

Jamie neigte den Kopf und strich mit seinen Lippen über ihr Ohr. »Was ist mein Liebes?«

»Nichts«, aber sie schauderte und fühlte, wie sich Kälte und Übelkeit in ihr ausbreiteten.

Sie hatte den Landstreicher seit dem Tag nicht mehr gesehen, an dem sie in das Solway-Moor gelockt worden war, und hatte gedacht, sie sei ihn für immer los. Bedeutete sein erneutes Erscheinen hier, daß er endlich jener »wichtigen Papiere« habhaft geworden war, die er gesucht hatte? Papiere, aus denen sich der Beweis ergeben würde, daß jemand Verrat plante. Aber wessen Verrat? Schottischer oder englischer?

Wenn er sie hatte, würde sie, Lady Maxwell, geborene Alexia Carleton, sich entscheiden müssen, ob sie die Papiere nach England weitergeben sollte. Sie würde sich zwischen Jamies Land und ihrem eigenen entscheiden und von da an mit ihrer Entscheidung leben müssen.

Bereits eine Stunde vor Morgengrauen erwachte das Leben in der Burg, weil die Glocke des Clans zu läuten begonnen hatte. Jamie sprang nackt aus dem großen Bett und suchte fluchend in dem dunklen Zimmer nach seiner Hose und seinem Schwert.

Alexia zündete eine Öllampe an und zog sich schnell ein Kleid über. Dann folgte sie Jamie die Treppen hinunter in den Hof, wo der Rest der Familie bereits versammelt war. Ein feiner Dunst bedeckte alles mit silbernem Glanz, und die Luft war still und schwer.

Eine Gruppe von Männern, angeführt von Robin Maxwell, ritt durch das Tor. Die Hufe ihrer Pferde klapperten laut auf der Zugbrücke. Robin hielt sein Pferd neben Jamie an und sprang ab. Weißer Schaum bedeckte die Seiten des Pferdes.

»Threaves ist überfallen worden«, meldete er keuchend. »Seymour Howard und der Bastard von Engländer. Sie haben alles mitgenommen, was vier Beine hatte.«

Jamie starrte auf die Gruppe Männer und Pferde, die sich im Hof ansammelten. »Wenn du hier bist, wer ist ihnen dann nachgeritten?«

»Niemand.« Big Jock kam vor und trocknete dabei seine Axt. »Sie hatten einen Hinterhalt für uns auf ihrer Seite des Esk-Flusses vorbereitet und hatten eine Art Arkebuse. Nickie Bell ist tot.«

Jamie fluchte. »Jetzt werden inzwischen alle hinter den Mauern von Carlisle in Sicherheit sein.«

Big Jock räusperte sich und spuckte aus. »Ja. Es besteht keine Hoffnung, die Tiere zurückzukriegen.«

»Warum unternehmen wir nicht einen Rachezug gegen seine Herden auf Rose Castle?« schlug Robin vor.

»Nein!« Alexia trat vor und war sich völlig bewußt, daß die Augen sämtlicher Maxwells wütend auf sie gerichtet waren. »Wollt ihr schon wieder eine neue Fehde hervorrufen?«

»Hört nicht auf sie!« rief Annor Maxwell. »Ihr wißt genau, wem sie treu ist.«

»Ja, Jamie«, schnaubte Robin. »Sie will Howards Haut retten. Immerhin waren sie einmal ein Liebespaar, nicht wahr?«

Alexia ignorierte sie. Sie sprach allein zu Jamie, und er betrachtete sie, als könne er nicht glauben, daß sie ihn wieder betrügen wolle.

»Als Landeshauptmann bist du verpflichtet, dich an Recht und Gesetz zu halten. Und Rachezüge sind nach dem Gesetz der Moore verboten. Warum nutzt du nicht statt dessen das Gesetz zu deinem Vorteil? Klage Seymour beim nächsten Treffen der Räuberei an.«

Robin prustete. »Wir werden uns vor dem ganzen Westmoor lächerlich machen!«

»Ich glaube, sie hat nicht ganz unrecht«, sagte Malcolm.

Alexia warf ihm einen kurzen Dankesblick zu, dann konzentrierte sie sich auf Jamie und zwang ihn mit ihrer Willenskraft, ihr zuzuhören. Denn nur ihn mußte sie überzeugen.

»Klage Seymour des Verbrechens bei der nächsten Grenzland-Versammlung an«, erklärte sie. »Als englischer Landeshauptmann wird er sich einem Verfahren stellen müssen. Und du kannst den Prozeß gewinnen, Jamie. Du weißt, daß du ihn gewinnen kannst. Warum nicht das Gesetz als Rache verwenden?«

»Du weißt nicht, was du verlangst«, erwiderte er steif.

»Ich werde dir zur Seite stehen, Jamie. Vertrau mir...«

»Dir vertrauen!« fiel ihr Robin schreiend ins Wort. »Du verräterische englische Hure!« Und er hob die Hand, um sie zu schlagen.

Jamie fing den Schlag ab, als er niedergehen wollte, und schob Robin mit solcher Kraft zurück, daß dieser das Gleichgewicht verlor, auf dem festgetrampelten Dreck landete und die Beine von sich streckte.

Jamie lächelte ihn finster an. »Wenn du dich an einer Frau vergreifen willst, Robin, dann sieh dich nach jemand anderem um.«

Robin rappelte sich auf, dabei langte er nach seinem Schwertgriff. Jamie trat einen Schritt zurück und zog sein eigenes Schwert mit einer schnellen, eleganten Bewegung aus der Scheide. So schnell, daß Alexia es kaum wahrnahm.

Robin nahm seine Hand vom Schwertgriff. Er lächelte gezwungen. »Warum sollten wir unsere Schwerter in Maxwell-Blut tauchen? Howard und die übrigen Engländer müssen bekämpft werden.«

»Es wird kein Überfall auf Rose Castle stattfinden«, verkündete Jamie und wiederholte es noch einmal lauter für den Rest des Clans. »Es wird keinen Überfall geben.«

Robin schnellte herum. »Bei Gott, ich werde den Clan ohne dich anführen!«

Jamie steckte sein Schwert ein. »Sie werden dir nicht folgen.«

Robin schaute in die Runde, und er erkannte an den ausweichenden Blicken und den gesenkten Köpfen, daß Jamie recht hatte.

Annor Maxwell schob Alexia zur Seite und baute sich vor ihrem Sohn auf.

»Es war ein trauriger Tag für die Maxwells«, zischte sie. »Wirklich ein trauriger Tag, der Tag an dem Johnnie starb und du der Erbe wurdest. Ich hätte dich bei deiner Geburt erdrosseln sollen.«

Jamie wurde blaß, sagte aber nichts. Alexia griff nach seiner Hand, aber er nahm eine steife Haltung an und wandte sich ab.

Allein ging er hinüber zu Big Jock und den anderen Familienmitgliedern, die ihm mit unsicheren Blicken entgegensahen. Als sie ihn befragten, klangen in ihren Stimmen die ersten Anzeichen von Mißtrauen durch.

Tiefhängende, dunkle Regenwolken gaben dem Moor ein schauerliches, abweisendes Aussehen an diesem späten Oktobermorgen. Alexia stand auf einem Hügel, verdeckt von dem knorrigen Stamm einer einsamen Ulme. Sie beobachtete das Burgtor. Als der letzte Mann hindurchgeritten war und die Eisenstäbe sich gesenkt hatten, saß sie auf, nahm die Zügel fest in die Hände und ließ ihr Pferd im leichten Galopp zur Gruppe der Reiter gehen, um ihnen den Weg zu verstellen.

Als Jamie Maxwell ihrer ansichtig wurde, hob er die Hand und hielt die Gruppe hinter ihm an. Er trabte ihr allein entgegen.

»Ich hätte wissen sollen, daß du so etwas versuchen würdest.« Er funkelte sie an, in seiner Miene spiegelte sich strenger Widerstand.

»Ich nehme an, ich verschwende meinen Atem, wenn ich dir befehle, nach Caerlaverock zurückzureiten.«

Alexia blickte schüchtern auf ihre Handschuhe aus weichem Ziegenleder. »Im Gegenteil, mein Herr und Gemahl. Ich habe geschworen, dir in jeder Weise gehorsam zu sein.«

Er zog seine sonnengebleichten Augenbrauen hoch. »Tatsächlich? Ich bin versucht, deinen Entschluß auf die Probe zu stellen, Alexia, aber ich fürchte, wir werden beide enttäuscht sein.«

Er sah sie prüfend an. Sie trug einen weiten, wollenen Umhang mit einer Kapuze und Silberfuchsbesatz. Ihr breitrandiger Filzhut war mit einer großen Feder geschmückt und mit einer edelsteinbesetzten Nadel an ihrem Kopf befestigt. Die frische Herbstluft hatte einen leicht rosigen Schein auf ihre Wangen gezaubert.

»Du siehst ganz anders aus als das letzte Mal, als wir uns auf einer Grenzland-Versammlung sahen«, bemerkte er. Seine Stimme klang milder.

Sie sah zu ihm auf und schenkte ihm ihr süßestes Lächeln. »Ich habe mich erinnert und meinen Dolch mitgebracht, falls du ihn wieder brauchst.«

Dann lachte er und wandte sein Pferd in Richtung England. »Also dann komm, Frau. Da diese Konfrontation deine Idee war, kannst du zusehen, wie alles durcheinandergeraten wird.«

Dieses Mal sollte die Grenzland-Versammlung auf der englischen Seite der Grenze nahe der Festung Rockcliffe stattfinden. Lord Jamie Maxwell hatte ordnungsgemäß beim Amt des Landeshauptmanns der englischen, westlichen Grenzländer eine Beschwerde eingereicht und Seymour Howard von Carlisle und Rose Castle angeklagt, fünfunddreißig Stück Vieh, genauer gesagt, zweiundzwanzig Schafe und sieben Pferde geraubt zu haben. Da Seymour Howard selbst der englische Landeshauptmann war, hatte Jamies Eingabe eine Menge Kopfschütteln und Gekicher auf beiden Seiten hervorgerufen.

Nur ein Mensch hatte nicht gelacht.

Während ihrer ganzen Kindheit hatte Elizabeth Tudor, Königin von England, ihren Vater, den König, beobachtet, wie er das Gesetz mißbrauchte, um sich einer Reihe von Frauen zu entledigen, die ihm nichts anderes als Mädchen zu gebären schienen. Später, von ihrer Halbschwester, Königin Mary, gefangengehalten und fast auf das Schafott gebracht, schwor Elizabeth, daß sie überleben, den Thron besteigen und niemals die Macht dieses Throns und das Gesetz mißbrauchen würde. Und wenn die Königin das Gesetz des Landes ehrte, dann hätten es auch ihre Adeligen zu tun.

Als Elizabeth von den Anschuldigungen des schottischen Lords hörte, sandte sie per Kurier ein Schreiben nach Carlisle und befahl dem Landeshauptmann der englischen Westgrenze in steifer Amtssprache, Seymour Howard zu laden, damit er sich der Rechtsprechung der Grenzbehörden auf einer Grenzland-Versammlung stelle, die »so schnell wie möglich und so wirksam wie möglich« einberufen werden müsse.

So geschah es, daß Seymour Howard in die peinliche und lächerliche Situation kam, in der er einen Landfrieden ausrufen, eine öffentliche Schiedsverhandlung abhalten, sich selbst anklagen und aburteilen mußte.

Nachdem er seine Wut an den Möbeln ausgelassen hatte, setzte sich Seymour an seinen Schreibtisch, dem man ansehen konnte, daß er ihn vorher mit seinen Stiefeln bearbeitet hatte. Er zog ein leeres Blatt Pergament hervor und saß eine Weile still auf seiner Feder kauend da. Dann fing er an, mit der gespitzen Feder eifrig zu schreiben. Als er schließlich fertig war, hallte der Raum von seinen Flüchen wider, und das Pergament war übersät von kleinen Rissen und Tintenflecken. Aber er hatte diese Botschaft keinem Schreiber diktieren wollen.

Er faltete das Schreiben und versiegelte es, dann klingelte er nach seinem Stellvertreter. »Laß dies hier unter einer Friedensflagge an Angus Johnstone von Lochwood aushändigen«, befahl er dem Eintretenden.

Der Stellvertreter war ganz erstaunt, aber er wußte aus Erfahrung, daß er solche Anordnungen nicht zu hinterfragen hatte.

Jetzt, als er auf der englischen Seite des Esk-Flusses stand, suchte Seymour Howard unter den versammelten Schotten nach Angus Johnstone mit seinem hellroten Bart. Als er ihn entdeckte, lächelte er zufrieden.

Jamie Maxwell aber lächelte nicht. »Verfluchte Johnstones«, brummte er. »Wer zum Teufel hat die da eingeladen?« Er wandte sich in scharfem Ton an Alexia: »Alexia, bei Gott, du hast schon wieder …«

Sie tätschelte seinen Arm. »Sei nicht albern, Jamie. Alle sind hier. Sieh mal, ist das nicht Sir Wat Scott, der den ganzen Weg von Hermitage hierher gemacht hat?«

»Ja, und ich werde ihn mir mal vorknöpfen. Er und seine Männer sind gesehen worden, wie sie in der Gegend von Lochmaben geräubert haben. Es ist schlimm genug, von den Irvins und den Johnstones ausgeblutet zu werden, da brauchen wir uns nicht auch noch von Schotten zum Gespött machen zu lassen.« Er zeigte mit dem Finger auf sie. »Und was dich betrifft, versuche ein einziges Mal, keine Schwierigkeiten zu bereiten.«

»Ja, Vater.«

Jamie, der schon weggehen wollte, drehte sich noch einmal um. »Was hast du gesagt?«

Sie lachte und scheuchte ihn weg. »Schon gut. Ich werde brav sein, ich verspreche es.«

Als einzige Frau zog Alexia viele Blicke und Tuscheleien auf sich. Aber sobald sie jemand ansah, mußte derjenige dringend etwas auf dem Boden, am Himmel oder in der englischen Versammlung drüben untersuchen. Besonders gern hätte sie kurz mit Angus Johnstone gesprochen, aber sie hatte Angst, daß das unter »Schwierigkeiten bereiten« fallen würde.

Auf der englischen Seite blies jemand ein Horn, und auf einmal wurde alles still im Moor. Alexia sah aufmerksam hinüber, und ihr Magen verkrampfte sich, als ihr Mann aufstieg und sein Pferd ins Wasser trieb, so daß das Wasser aufspritzte.

Drüben angekommen, saß Jamie ab und ging seinem Kontrahenten, dem englischen Landeshauptmann, entgegen.

Alexia betrachtete Seymour Howard mit unverhohlener Neugier. Als sie ihren ehemaligen Verlobten das letzte Mal gesehen hatte, lag er gefesselt und geknebelt zu ihren Füßen, und Jamie hatte die Spitze seines Schwertes auf ihre Brust gerichtet. Aber jetzt trafen sich die beiden Männer unter ganz anderen Umständen. Umstände, unter denen Verstand viel wichtiger sein würde als eine Stahlklinge. Seymour war in blendend weißen Brokat gekleidet, eine unkluge Kleiderwahl in Anbetracht des schlechten Wetters. Seit mehr als einer Stunde ging beständiger Regen hernieder, und schon jetzt war seine Hose bis über die Knie mit Schlamm bespritzt. Der dünne Stoff klebte an seinem Körper und enthüllte die Form seiner Beine, die auf Alexia inzwischen ziemlich dürr wirkten. Besonders wenn man sie mit Jamies schlanker, muskulöser Eleganz verglich...

Sie lächelte voller Stolz. Jamie war bescheidener gekleidet: einfache Wollreithosen in hohen Lederstiefeln und eine Lederjacke über einem weißen Hemd. Er hatte keinen Hut auf, und seine blonden Haare leuchteten hell, selbst unter diesem düsteren Himmel. Im Gegensatz dazu trug Seymour eine weiße Samtkappe, deren regennasse Feder schlaff herunterhing.

Schweigend musterten sich die Männer eine Weile. Dann sprach Jamie.

»Diese Versammlung des Westlichen Moorlandes wurde mit gemeinsamer Zustimmung der Vertreter ihrer Majestäten von Schottland und England einberufen. Die Versammlung wird von jetzt an nach den strengen Regeln abgehalten, die das Gesetz der Moore vorschreibt. Verpflichtet Ihr Euch, bis zum morgigen Sonnenaufgang den Frieden einzuhalten?«

»Jawohl«, anwortete Seymour.

Jamie streckte Seymour seine Hand entgegen, der sie ansah wie einen Klumpen madiges Fleisch.

»Ihr habt meine Zusicherung, den Frieden zu halten«, schnaubte Seymour. »Und mehr bekommt Ihr nicht.«

Jamie zog die Hand zurück, sein Gesicht blieb ausdruckslos. Er wandte sich um und gab seinen schottischen Landsleuten das Zeichen, ihm zu folgen und den Fluß nach England zu überqueren.

Das Treffen fand nicht in der Burg selbst statt, sondern auf einem nahen Feld. Zu viele Schotten waren in den Verliesen von Rockcliffe umgekommen, als daß ihre Verwandten freiwillig durch die Burgtore gegangen wären. Wegen des Regens hatte Seymour ein großes Zelt im Schatten der Mauerreste des Hadrianswalls aufstellen lassen. Der Wall war von den Römern vor über tausend Jahren errichtet worden. Die Schotten waren besonders stolz, daß Rom, obwohl es England erobert hatte, so viel Angst vor den grimmigen Männern des Nordens gehabt hatte, daß es eine Mauer quer durch das Land bauen ließ, um die kämpferischen Schotten in Schach zu halten.

Die Männer drängten sich in das Zelt, Alexia unter ihnen. Sie blieb so weit wie möglich im Hintergrund. Sie wollte außer Sichtweite von Jamie bleiben, aber immer noch nahe genug, um beobachten und hören zu können, was vor sich ging. Einmal blickte Seymour Howard in ihre Richtung, aber er verzog keine Miene.

Als Gastgeber bei dem Treffen durfte England die Tagesordnung bestimmen, das hieß, in welcher Reihenfolge die Beschwerden vorgebracht werden sollten. Seymour hielt Jamies Antrag absichtlich zurück, weil er ihn nervös machen wollte. Aber als der Augenblick kam, die Beschwerde aufzurufen, war es Seymour, der trotz der kühlen Luft im Zelt in seinem steifen Wams heftig schwitzte. Dann bemerkte er mit großem Ärger, daß seine Hand zitterte, als er aufstand und die gegen ihn erhobenen Vorwürfe verlas.

Traditionell wurden für jede Entscheidung über eine Beschwerde zwölf Geschworene ausgewählt, sechs Schotten, vom englischen Landeshauptmann bestimmt, sechs Engländer vom schottischen. Jamie wählte zuerst und nahm willkürlich einige Männer seiner Umgebung. Dann war Seymour an der Reihe.

»Ich ernenne Angus Johnstone«, rief er, unfähig sein Triumphgefühl zu verstecken. Schnell, noch ehe jemand reagieren konnte, leierte er fünf weitere Namen herunter – alles Johnstones.

Alexia bedeckte ihren Mund mit der Hand, damit man ihr Stöhnen nicht hörte, auch wenn das kaum möglich gewesen wäre, denn unter den Anwesenden erhob sich sowieso ein vernehmliches Gemurmel nach Seymours Wahl. Der unbewegte Ausdruck auf Jamies Miene änderte sich in keiner Weise, aber alle wußten, daß der Engländer aus dieser Verhandlung als Sieger hervorgehen würde, denn es gab nicht einen Johnstone auf der Welt, der ein Urteil zugunsten eines Maxwell fällen würde.

Alexia biß sich auf die Lippen und unterdrückte einen lächerlichen und sinnlosen Weinkrampf. Welch eine Närrin sie gewesen war mit ihrem Geschwätz von Recht und Gesetz! Ihretwegen hatte Jamie auf unmittelbare, gewalttätige Rache verzichtet, und nun kam das. Jetzt war nicht nur das Vieh unwiederbringlich verloren, er würde sogar den Respekt seiner Landsleute verlieren. Robin hatte recht gehabt: Die Maxwells würden sich lächerlich machen, und alles war ihre Schuld.

Obwohl es sinnlos erschien, benannte Jamie seinen Bruder Robin und Jock Armstrong als Zeugen. Die beiden Männer schworen, daß es Seymour Howard war, den sie als Anführer des Überfalls auf Threave in jener Nacht von Michaelsmeß gesehen hatten.

Seymour seinerseits rief seinen Stellvertreter auf, der beschwören sollte, daß der englische Landeshauptmann zu der Zeit, als der Überfall stattgefunden haben sollte, fest in seinem Bett geschlafen habe. Er rief keinen weiteren Zeugen auf, weil er meinte, keinen zu brauchen.

Die Geschworenen zogen sich zurück, um ihr Urteil zu fällen. Nach einer geflüsterten Unterhaltung von kaum drei Minuten trat Angus Johnstone vor und verkündete, daß sie zu einem Urteilsspruch gekommen seien.

Seymour ordnete die Rüschen an seinem Ärmelbündchen und unterdrückte ein Lächeln. »Also, dann laßt hören, heraus damit, Mann.«

Angus Johnstone räusperte sich. »Wir halten Seymour Howard von Carlisle für schuldig, den Überfall auf Threave in der Nacht von Michaelsmeß letztes Jahr angeführt zu haben.« Seine Stimme schallte laut durch das ansonsten mucksmäuschenstille Zelt. »Wir fordern nach den Gesetzen der Moorländer, daß Seymour Howard eine Entschädigung zu zahlen hat, die von dem Landeshauptmann der Westlichen Moore von Schottland zu bestimmen ist. Dies ist unser Urteil, ergangen an diesem einundzwanzigsten Oktober im Jahre unseres Herrn, 1585.«

Die Schotten brachen in lauten Jubel aus, die Engländer murrten und fummelten an ihren Schwertern herum. Aber niemand konnte behaupten, die Verhandlung sei nicht mehr als gerecht gewesen, und kurz darauf löste sich die Spannung.

Die Wut hatte Seymours Blut zum Kochen gebracht, so daß sein

Gesicht sich purpurrot verfärbte. Die Beschwerdevorlage, die er immer noch in der Hand hielt, zerknüllte er zu einer Pergamentkugel. »Du verdammter verräterischer Schotte«, dabei wollte er fast ersticken und warf Angus Johnstone die Pergamentkugel an den Kopf.

Johnstone ließ ein Löwengebrüll los und wollte sich auf Seymour stürzen, aber Big Jock trat zwischen sie. »S war wohl n' Unfall«, meinte er. »Das Ding rutschte ihm vom Kopf, nicht wahr?«

Johnstone holte tief Luft: »... Aye... aye...«

Seymour ordnete seine Kleidung. Einmal blinzelte er hinüber zum offenen Eingang des Zeltes. Er wußte, es gab für ihn kein Entrinnen durch den Pulk der schweigend lauernden Männer, die ihn umstanden. Also drehte er sich um und sah seinem Feind ins Angesicht. »Welche Entschädigung fordert Ihr?«

»Daß mir das Vieh, das Ihr mir gestohlen habt, gesund zurückgegeben wird«, erwiderte Jamie gleichmütig.

Seymour nickte steif. »Gut, ist das alles?«

»Nein.« Jamie ließ seinen Blick durch das Zelt schweifen und gewahrte seine Frau. »Es ist eher eine Aufforderung als eine Forderung: Ich fordere Euch auf, mit mir gemeinsam auf Treu und Glauben alles zu tun, um unsere Differenzen zu beseitigen, damit wir zusammen als Landeshauptmänner Ordnung und Frieden zu den Menschen in den Westlichen Mooren bringen mögen.«

Seymours erstaunter Blick wurde gefolgt von brüllendem Gelächter. »Ordnung und Frieden! Das ziemt sich vielleicht für zivilisierte Nationen. Was weiß ein Schotte von solchen Dingen? Nein, wenn Ihr Ordnung und Frieden wollt, mein lieber Lord Maxwell, sucht auf Eurer Seite der Grenze.« Dann lachte er noch einmal laut und verächtlich.

Er machte einen Schritt nach vorn, blieb stehen und sah Alexia stolz und begehrlich an. Dann drehte er sich auf dem Absatz um und verließ das Zelt. Die Menge machte ihm den Weg frei.

Alexia kämpfte sich zu Jamie durch. Sie wollte ihn nicht blamieren, indem sie ihn in der Öffentlichkeit umarmte, ließ aber auf ihrem Gesicht deutlich die Liebe und den Stolz erkennen, die sie für ihn empfand.

»Nun, Madam, es scheint, ich habe Euch wieder enttäuscht, es tut mir leid.«

»Ihr habt mich nicht enttäuscht, Mylord, ich...«

Jemand berührte sie am Arm. Widerwillig drehte sie sich um. Vor ihr stand Angus Johnstone mit seinem mächtigen Bart und seinen schwarzen Augen, an die sie sich gut erinnern konnte.

»Ich hoffe, Mylady, daß ich Euch heute auf bescheidene Weise vergelten konnte, daß Ihr mein Leben gerettet habt.«

»Wir sind es, die Euch zu danken haben, Master Johnstone.« Sie lächelte schüchtern zu ihm auf. »Obwohl Ihr uns ganz schön erschreckt habt. Als Seymour Euch benannte, schien für mich unsere Sache verloren.«

Angus Johnstone wurde so rot wie sein Bart. »Na ja, ich wollte, ich könnte das ganze Verdienst in Anspruch nehmen, aber das Ganze war die Idee Eures Lords. Er sagte, na ja, er sagte, der Erfolg dieses Tages sei für Euch wichtig.« Alexia wandte sich vorwurfsvoll zu ihrem Mann um. »Ihr habt das alles gemeinsam geplant?«

»Ich dachte, Howard wäre versucht, das Gesetz in die eigene Hand zu nehmen.« Jamie zog sie zu sich herüber und legte den Arm um sie. »Leider kann so was auch zugunsten der anderen Seite ausgehen, mein Liebes. Also sprach ich mit Angus hier, und wir beschlossen, daß Schottland keinen Schaden nähme, wenn man einem gewissen Engländer eine kleine Lektion erteilt.«

Angus Johnstone lachte unmerklich in sich hinein. »Aye, es gibt nur eins, was ein Schotte mehr haßt als einen anderen Schotten, merkt Euch das, und das ist ein gottverdammter Engländer. Nichts für ungut, Mylady.«

»Macht nichts, Master Johnstone.« Sie lehnte sich an Jamie und schenkte beiden Männern ihr freundlichstes Lächeln. »Zumindest heute hat Schottland meine ganze Sympathie.«

Die drei begaben sich nach draußen. Es fing an dunkel zu werden, und der Regen war jetzt in ein kaltes, ununterbrochenes Schütten übergegangen. Jamie setzte seinen Helm auf und bog den Rücken bei dem vergeblichen Versuch, dem Wasser auszuweichen, das ihm den Rücken hinunterlief.

Er bot dem anderen Mann die Hand. »Nun, Johnstone, du verdammter Räuber, ich wette, daß ich dich über kurz oder lang in einer finsteren Nacht antreffen werde, wie du eine Herde vor dir hertreibst, die das Maxwellsche Brandzeichen trägt.«

Angus Johnstone lachte brüllend und drückte Jamies Hand so fest, daß dieser beinahe aufschrie. »Paß bloß auf, daß du deine verdammten, alles abgrasenden Biester von meinem Land fernhältst, du verdammter, gieriger, verfressener Schuft.«

»Man kann sehen, daß Ihr Euch gut leiden könnt«, kommentierte Alexia den Dialog und sah zu, wie Angus und die übrigen Johnstones aufstiegen und davonritten. Schnell verschwanden sie hinter einem Regenvorhang.

Jamie hob sie in den Sattel. »Häme steht dir nicht, Alexia.«

Sie lächelte in sich hinein und zog ihren warmen Umhang fest um den Hals; mit den Knien trieb sie sanft ihr Pferd an.

In Sichtweite anderer schottischer Familien ritten sie an die Grenze. Dabei wurde wachsam nach Anzeichen englischer Verräterei Ausschau gehalten. Obwohl der Waffenstillstand vor dem nächsten Sonnenaufgang nicht gebrochen werden sollte, waren schon früher solche Vereinbarungen mißachtet worden, und bevor sie nicht alle hinter ihren eigenen Burgmauern in Sicherheit waren, gab es keine Entspannung.

Sobald sie über den Esk-Fluß waren, löste sich die Maxwell-Gruppe von den anderen und wandte sich nach Westen, in Richtung Caerlaverock. Zumindest im Augenblick hatte der Sturm sich gelegt, und sie ritten schweigend durch die trostlosen regennassen Hügel und Erosionsrinnen. Ihre Gedanken flogen ihnen voraus in die Wärme und Bequemlichkeit, die sie erwarteten.

Alexia stellte sich vor, wie sie langsam in eine Wanne mit brühend heißem Wasser glitt, die vor ein bullerndes Kaminfeuer gestellt worden war. Vielleicht würde Jamie zu ihr in die Wanne kommen. Er hatte das schon einmal gemacht. Aber als sie schließlich fertig waren, stand mehr Wasser auf dem Fußboden, als in der Wanne übrig geblieben war, und sie hatte Seife in den Augen, und Jamie hatte...

Jamie ließ auf einmal sein Pferd nach der Seite ausbrechen und das ihre berühren. Ein feuriger Blitz kam von einem fünfzig Meter entfernten Felshügel vor ihnen auf sie zu, gefolgt von einer donnernden Explosion, wie sie Malcolms Raketen produziert hatten.

Jamies Pferd bäumte sich auf und warf ihn zu Boden.

Sie kämpfte mit aller Kraft, um ihr Pferd unter Kontrolle zu bekommen, so daß sie nicht sah, wie Jamie herunterfiel, bis die Hufe ihres Pferdes ihn beinahe zertrampelt hätten. Sie schrie seinen Namen und wollte aus dem Sattel springen, als sie von hinten heruntergezogen und auf den Widerrist eines anderen, größeren Pferdes gehoben wurde.

Der Mann, der sie festhielt, war stark; sein Arm lag wie ein Eisenband um ihre Brust und drückte ihr die Luft ab. Sie fingerte verzweifelt nach ihrem Dolch, aber die Falten ihres weiten Umhangs und der harte Griff des Mannes behinderten sie. Sie hieb ihre Nägel in den Arm des Mannes, rutschte aber an dem nassen Leder seine Jacke ab. Jetzt regnete es wieder stark.

Da ihre Sicht verschwommen war, sah sie nur den Rauch der Explosion und die Regenschwaden. Sie hörte Wutgebrüll und Schmerzensschreie. Big Jock schwang seine Jedburgh-Axt, und Jamie... Jamie lag auf dem Boden, sein Gesicht in Blut gebadet.

Schließlich schlossen sich ihre Finger um den Griff ihres Dolchs.

Sie bekam ihn frei und stieß ihn nach rückwärts. Es gab ein widerliches kratzendes Geräusch auf den Metallplatten der Jacke des Mannes. Der Mann murmelte einen Fluch. Eine Faust in dickem Handschuh ging auf Alexias Auge nieder, dann wurde alles dunkel.

Kapitel 15

Rufus Hall hatte sich erst vor einer Stunde hinter den Felsen aufgestellt, als es zu regnen begann.

Der Regen machte ihm Sorgen. Feuchtigkeit verdarb das Pulver. Er versuchte, es trocken aufzubewahren, indem er es in sein Hemd und unter das Wams direkt auf seine Haut legte. Aber der Regen war beständig und durchdringend, sogar seine Haut fühlte sich ein bißchen feucht an. Außerdem machte er sich Sorgen wegen des Kampfes. Im Augenblick ruhte die Hakenbüchse auf ihrer Gabel und war mit Ölzeug abgedeckt. Aber wenn der Augenblick käme, sie abzufeuern, müßte er das Tuch abnehmen. Er sollte einen Hebel betätigen, wodurch eine Zündschnur auf einem Stift zum Drehen gebracht würde und mit einem Schlagbolzen in Berührung käme – so etwas war bei Dauerregen nicht möglich.

Rufus Hall verfluchte das Wetter. Er verfluchte Schottland und alles, was schottisch war, und am Ende verfluchte er den Mann, der ihm die Feuerwaffe in die Hände gelegt und ihn hinausgeschickt hatte, um sie zu benutzen. Er verfluchte Seymour Howard, verfluchte aber nicht die tausend Pfund, die Howard ihm bezahlt hatte.

Sein Problem war, daß er, wenn er hier so sitzen und warten mußte, zu viel Zeit zum Nachdenken hatte. Und Rufus dachte nicht gerne nach. Er dachte insbesondere nicht gern über das nach, was er zu tun im Begriff war. Denn wenn er es tat, mußte er sich am Ende für immer selbst hassen. Er erinnerte sich daran, daß er als jüngster von sieben Söhnen einer verarmten Familie geboren wurde. Daß er ohne Geld wenig Aussichten und keine Hoffnung auf eine bessere Zukunft hatte. Er würde immer für andere arbeiten müssen. Daß er zu einfältig, zu wenig gutaussehend war, um das Herz einer reichen Erbin zu erobern, brauchte ihm keiner zu sagen, aber er konnte nicht die andauernd mahnende Stimme in sich ersticken, die ihm sagte, er sei lediglich ein Werkzeug. Ein Werkzeug, um einen dreckigen, widerlichen Auftrag auszuführen, der ein bißchen zu dreckig war und ein bißchen zu häßlich für den feinen, verwöhnten Gentleman, der ihn angeheuert hatte.

Es fing an, dunkel zu werden, und zumindest im Augenblick hatte es aufgehört zu regnen. Rufus wurde unruhig. Wo waren sie? Vielleicht war etwas bei dem Treffen geschehen. Vielleicht gingen sie auf einem anderen Weg nach Hause. Vielleicht – Er hörte einen gedämpften Fluch, das Klirren von Zaumzeug und das dumpfe Aufschlagen von Hufen auf dem aufgeweichten Boden.

In der Hast ließ er fast das Pulver fallen. Ein Geräusch. Er war zu laut. O Gott, wenn sie ihn fangen würden...

Er hatte die Büchse in dem Augenblick bereit, in dem sein Ziel in Sicht kam. Und dann sah er Alexia Carleton und sein Finger erstarrte am Abzug.

Howard hatte nichts davon gesagt, daß sie hier sein würde. Wie typisch für das verdammte Mädchen, immer dort aufzutauchen, wo man sie nicht vermutete. Er hatte stets ehrgeizige Gefühle für Alexia gehegt. Als Kind war sie ein lästiges, verzogenes Balg gewesen. Als Frau aber war sie Symbol seines Ehrgeizes. Sie war Thirlwall Castle. Er hätte sie gern zur Frau gehabt wegen dem, was sie ihm einbringen konnte, ja. Aber auch aus einem tieferen, dunkleren Grund: Er wollte sie beherrschen. Er wollte, daß sie vor ihm auf den Knien läge und zugeben würde, daß er der Stärkere war.

Jetzt, während er sie so beobachtete und Alexias Ehemann in seinen Blickwinkel trat, fragte er sich, was der Tod des Mannes für sie bedeuten würde. Würde er sie vernichten oder freimachen? Und dann sah er ein, daß ihm das nichts ausmachen sollte, daß er an sich denken mußte.

Er richtete die Büchse auf Jamie Maxwells Brust und zog den Hebel.

Das Krachen der Feuerwaffe war ohrenbetäubend, und der Rückschlag warf ihn auf seinen Hintern. Rauch hing in der Luft und stach in seine Augen. Er sah nicht, daß er daneben gezielt hatte, bemerkte nicht, daß er auch daneben geschossen hätte, wenn etwas – eine Bewegung oder rein animalischer Instinkt – Jamie nicht veranlaßt hätte, sein Pferd zu Alexias hinüberzulenken, um sie vor irgendeiner unbekannten Gefahr zu schützen. Er hatte nicht gesehen, daß der Schuß trotzdem daneben gegangen wäre, wenn Jamies Pferd sich bei dieser unerwarteten, plötzlichen Bewegung nicht aufgebäumt und Jamies Kopf direkt in den Weg des heißen, schnellen Geschosses gestoßen hätte.

Rufus sah nicht, daß die Büchsenkugel an der Seitenkante von Jamies Helm abgelenkt worden war und eine Scharte über seine Stirn gerissen hatte. Rufus sah nur das Ergebnis. Er sah Jamie mit blutigem Gesicht und mit leblosem Körper am Boden liegen. Mehr meinte er nicht sehen zu müssen.

Er kroch mühselig auf Händen und Knien den Hügel hinauf. Fluchend tastete er in der Dunkelheit nach seinem Pferd und wäre beinah von einem der Hufe am Kopf getroffen worden. Er knüpfte die Zügel, die er um einen Ginsterbusch gewickelt hatte, auf und setzte den Fuß in den Steigbügel. Hinter ihm brüllte ein wütender Schotte, und er hörte, wie Schwerter aufeinanderklirrten.

Zuerst dachte er, die Reiter, die von hinten herangaloppiert kamen, seien Schotten, die zu Hilfe eilten. Dann hörte er ihre Rufe und sah, daß es Engländer und keine Schotten waren. Es waren Howards Männer. Plötzlich hatte er einen bitteren Geschmack von Betrug im Mund. Nach dem Plan sollte er Lord Maxwell töten und dann in der Verwirrung allein im Moor verschwinden. Es war keine Rede von einem Massaker an dem gesamten Maxwell-Clan gewesen.

Der Tod eines einzelnen Mannes würde sich in diesem gewalttätigen Land der Überfälle und Fehden wie das Kräuseln einer Wasseroberfläche ausnehmen, in die ein Stein geworfen wurde. Nicht aber der Tod einer ganzen Familie. Dieser Vorfall würde genügen, um wieder einen Krieg zwischen Schottland und England entbrennen zu lassen. Und er, Rufus Hall, würde dafür verantwortlich gemacht werden. Was würden dann tausend Pfund einem Mann helfen, der als Gesetzloser und Verräter gebrandmarkt war?

Dann erinnerte er sich, daß er die tausend Pfund noch nicht einmal hatte. Er stand da, einen Fuß noch immer im Steigbügel, unentschlossen, ob er zu Howards Männern reiten sollte, als er ein Pferd aus dem Kampf ausbrechen sah. Der Reiter kämpfte verzweifelt darum, das Gewicht der ohnmächtigen Alexia Carleton zu halten.

Rufus Hall stieg auf und folgte dem Pferd mit seiner doppelten Last, denn es bedurfte keines Genies, um zu wissen, daß man das Mädchen zu Seymour Howard bringen wollte. Und Seymour Howard schuldete ihm eintausend Pfund.

Alexia öffnete die Augen. Ein verschwommenes, gelbes Glühen kam von einem Leuchter an der Holzwand. Sie blinzelte verwirrt, und die Flamme begann, sich vor ihren Augen zu drehen. Sie schloß die Augen wieder und glaubte, sie sei krank.

Als sie das nächste Mal wieder aufwachte, waren die Übelkeit und das Schwindelgefühl vergangen. Geblieben war die Verwirrung. Sie sah sich um, suchte nach einem Hinweis darauf, wo sie sich eigentlich befand.

Als Grenzlandkind konnte sie fast sofort erkennen, wo sie war: In einem befestigten Unterstand von Räubern, einer runden Hütte mit Wänden aus Eichenstämmen, deren Ritzen mit Torf verstopft und die mit einem niedrigen Strohdach gedeckt war. Sie lag auf einem Strohbündel, wo man sie ohnmächtig abgelegt haben mußte. In dem Raum war sonst nichts als ein wurmstichiger Hocker vor einer gewöhnlichen, leeren Feuerstelle. Der Fußboden war mit einer dünnen Schicht verrottender Binsen ausgelegt.

Sie versuchte, sich zu erinnern, wie sie hierhergekommen sein könnte. Sie war geritten... Ja, sie war geritten, und es war kalt und naß gewesen, und sie hatte sich vorgestellt, wie sie in einer Wanne voller heißem Wasser gemeinsam mit Jamie baden würde.

Der Raum verschwand vor ihrem geistigen Auge, und statt dessen sah sie Jamie auf dem Boden liegen, sein Gesicht voller Blut.

Sie vergrub den Kopf in den Händen, um das Bild zu vertreiben. Grauenhafter Schmerz drohte sie zu überwältigen. Ein Schmerz, so riesig, daß sie verrückt werden müßte, wenn sie ihm nachgeben würde. Einen Augenblick schien sie verloren, verloren in einem schwarzen Loch, und dann kämpfte sie sich aus der Verzweiflung zurück und klammerte sich an den Glauben, an die absolute Überzeugung, daß Jamie nicht tot war. Einfach deswegen, weil er nicht tot sein durfte.

Ihr Gesicht schmerzte. Sie berührte ihre linke Wange. Die war geschwollen und so weich, daß die bloße Berührung mit ihren Fingerspitzen sie fast zum Weinen brachte.

Sie setzte sich auf und erstarrte, als sie plötzlich das Getrampel von Füßen und Stimmen hörte. Die Tür ging auf und Seymour Howard stand im Rahmen, mit dem Rücken zu ihr gewandt. Alexia war von seiner Gegenwart hier nicht überrascht. Sie hatte schon immer gewußt, daß sie eines Tages ihr Verhältnis zu dem Mann würde regeln müssen, den sie geheiratet hätte, wäre Jamie nicht gewesen.

Er trug jetzt einen hüftlangen Ledermantel über seinem weißen Brokatanzug und hatte keinen Hut mehr auf. Er sprach ärgerlich mit dem Mann, der noch vor der Tür stand. Dieser antwortete ihm in dem weinerlichen Ton eines Menschen, der ihm völlig ausgeliefert war. Alexia konnte nicht sehen, wer es war, aber die Stimme kam ihr sehr bekannt vor.

»Ich habe dich nicht absichtlich betrogen«, hörte sie Seymour sagen. »Die Umstände zwangen mich zu einer Änderung meiner Pläne.«

»... mit Lady Maxwell?« hörte sie den anderen fragen.

»Was ich mit ihr vorhabe, geht dich gar nichts an, verdammt noch mal. Du bekommst deine tausend Pfund dafür, daß du Maxwell umgebracht hast. Das ist alles, womit du dich zu befassen hast.«

»... Familie?«

»Die? Die werden viel zu beschäftigt sein, ihre Wunden zu lekken, als sich darum zu kümmern, was mit ihr geschieht.« Seymour wandte sich um und kam in den Raum.

Alexia stand zitternd auf. Seymour blieb stehen, als er sie sah. »Alexia...« Seine Augen waren auf ihr verletztes Gesicht gerichtet, dann sah er weg. »Man sollte dir nicht weh tun, glaube mir...«

»Dir glauben! So wie Jamie an dein Versprechen, den Landfrieden einzuhalten, geglaubt hat?«

Der Mann, dem die andere Stimme draußen gehörte, zögerte

noch einen Augenblick und folgte dann Seymour ins Zimmer. Alexia erkannte erschrocken Rufus Hall.

Sie sah ihn haßerfüllt an. »Und du, Rufus. Wie ich sehe, hast du deine wahre Berufung im Leben erkannt: die eines bezahlten Mörders.«

Er wurde glutrot und wollte etwas sagen, aber Seymour unterbrach ihn.

»Laß uns allein. Geh raus und sieh nach, ob die Beobachter alle auf ihren Posten sind.«

Rufus hielt sofort den Mund. Er warf Alexia einen verstohlenen, flehenden Blick zu und ging hinaus, die Tür vorsichtig hinter sich schließend.

Seymour stand vor ihr, in ihrem Anblick schwelgend. Ihre Kapuze war zurückgefallen und hatte ihr dunkel schimmerndes, herabfallendes Haar freigegeben, in dem Strähnen golden und rot wie Feuer leuchteten. In ihren Augen blitzte es, und sie lächelte ihn verächtlich an.

»Wie wenig du dich verändert hast«, sagte er sanft.

»Und wie sehr du«, antwortete sie mit schneidender Stimme. »Du bist ein Feigling und ein Lügner geworden. Oder vielleicht warst du es immer, und ich war zu dumm, es zu merken?«

Er wandte sich ab. »Du konntest schon immer mit Worten Wunden schlagen... konntest verletzen und gleichzeitig liebkosen. Es gab einmal eine Zeit, in der du sagtest, daß du mich liebst.«

Der verächtliche Zug um ihren Mund ließ etwas nach, aber er hatte ihr den Rücken zugewandt und konnte es nicht sehen. »Es gab eine Zeit, als ich das glaubte«, antwortete sie sanft. »Aber die Ereignisse waren gegen uns und haben uns getrennt.«

»Nicht die Ereignisse.« Er drehte sich um, und die Wut stand auf seinem Gesicht geschrieben. »Nicht die Ereignisse. Es war Jamie Maxwell, der uns getrennt hat. Du hättest ihm wenigstens ein bißchen widerstehen können, meine Liebe.«

Alexia lachte beinahe hysterisch. »Mit wieviel Widerstand wärst du zufrieden gewesen, Seymour? Einmal schreien? Zweimal schreien? Wäre es genug gewesen, mich umzubringen?«

»Zumindest hättest du deine Ehre bewahrt.«

»Oh, meine Ehre. Und wie viele Tränen würdest du für mich vergossen haben, für deine reine, aber leider tote Liebe? Wie viele Nächte hättest du um mich geweint, bevor du dir eine andere geeignete Bewerberin für dein Bett gesucht hättest?«

»Das ist unfair«, sagte er. Er näherte sich ihr und trat auf ihren langen Mantel, ohne daß einer von ihnen es bemerkte. »Nicht ich habe eine andere geheiratet.«

Alexia preßte ihre zitternde Hand an die Stirn. »Ich weiß. Ich... ich wollte dir nicht weh tun, Seymour. Das mußt du mir glauben. Wie kann ich das mit Jamie und mir erklären? Er ist mein...«

»Still.« Er nahm ihre Hand und hielt sie fest, drückte sie einen Augenblick, dann schob er seine Finger unter den Ärmelbund auf ihrem nackten Arm. »Das macht nichts mehr. Er ist tot, und du bist frei. Du bist wieder mein, und ich...«

»Nein!« Sie machte sich los. Ihr Mantel unter seinem Stiefel öffnete sich, und Seymour erkannte mit Entsetzen vor sich eine Frau, die im sechsten Monat schwanger war.

Ihm wurde schwarz vor Augen. Einen Augenblick dachte er, daß ihn die Wut ersticken würde. Was vorher nur ein abstrakter Gedanke für ihn war, wurde jetzt auf einmal bittere Wirklichkeit. Sie hatte mit ihm geschlafen. Mit diesem bartlosen, mädchengesichtigen Jungen. Sie hatte sich ihm hingegeben, ihm ihren weichen, nackten Körper gegeben. Sie hatte ihn in sich eindringen lassen, seinen Samen aufgenommen.

»Du Hure!« schrie er. »Was hast du getan?«

Er machte einen Sprung auf sie zu, aber sie war schneller, hob die Röcke und rannte zur Tür. Sie war schnell gewesen und hatte ihn überrascht, aber das Schloß klemmte, und er konnte sie von hinten am Mantel erwischen. Er stemmte fest die Füße in den Boden und drehte sie auf die Seite, bis sie zu Boden fiel.

Schwer atmend stand er über ihr. Sie warf den Kopf zurück, so daß er die nackte Haut an ihrem Hals und auf ihrer Brust sehen konnte, wie sie in den flackernden Binsenlichtern goldrosa schimmerte. Ihr langes, wirres Haar schleifte auf dem Boden. Sie hatte ihren durchdringenden Blick auf ihn gerichtet. Ihre Augen verengten sich, und ihre Nasenflügel bebten vor Wut und Angst. Sie sah jetzt aus wie die Hure, als die er sie bezeichnet hatte, und er hatte sie nie heißer begehrt.

Er zog an seinem Hosenlatz. Jetzt würde er ihr zeigen, wie es ist, einen richtigen Mann zu haben.

Rufus Hall brach in wilder Panik durch die Tür.

»Er ist gekommen, um sie zu holen! Maxwell – er ist hier!«

»Du sagtest, er sei tot!«

Rufus schluckte und schüttelte den Kopf. »Nicht tot...«

Seymour knirschte mit den Zähnen. Was zur Hölle ist mit den Beobachtern geschehen? Er zerrte Alexia an ihren Haaren auf die Füße und zog sein Schwert aus der Scheide. Er riß sie heftig an sich, und schritt langsam, die nackte Klinge seines Schwertes gegen ihren Hals haltend, zurück ins Zimmer, als Jamie Maxwell mit dem Schwert in der Hand durch die Tür trat.

Licht blitzte über die Schwertklinge, die an Alexias Hals gepreßt war. Sie stieß einen kleinen, erstickten Schrei aus, und ein Blutrinnsal lief an ihrem Hals herunter.

Jamie blieb stehen und packte den Schwertgriff fester. Sein Lächeln war jetzt kalt und grausam. »Ihr habt verloren, Howard. Nicht einmal der Tod kann Euch jetzt die Ehre zurückgeben. Laßt sie los.«

»Im Gegenteil, mein lieber Lord Maxwell. Wir werden jetzt die Sache mit meiner Ehre zwischen uns regeln. Schließt die Tür und verriegelt sie.«

Rufus, der sich langsam seinen Weg zur Tür gebahnt hatte, rannte durch und schlug sie hinter sich zu.

Seymour lachte kurz. »Einzelkampf, Ihr und ich«, sagte er. »Einzelkampf oder Alexia stirbt. Ich werde ihr den Hals durchschneiden wie ein Koch einer Taube. Das ist Eure Wahl. Verriegelt die Tür.«

Jamie langte hinter sich und schob den Riegel vor. »Ich habe getan, wie Ihr wünscht, Howard«, sagte er. »Jetzt wird uns niemand stören.«

Seymour lachte wieder und warf Alexia von sich. Dabei brachte er sein Schwert in die *en garde*-Position. »Alexia, meine Liebe, ich bin dabei, dich heute nacht zum zweiten Mal zur Witwe zu machen.«

»Seymour, nein!« schrie Alexia. »Du kannst nicht mit einem verwundeten Mann kämpfen. Siehst du nicht, daß er kaum stehen kann?«

Dies war nur allzu wahr, obwohl Jamie entsetzt und verzweifelt war, daß man es so offensichtlich erkennen konnte. Seine Glieder waren schwach und schwer von dem Blutverlust. Das tiefe Loch in seiner Stirn hämmerte und fühlte sich an, als ob erfinderische Folterknechte Nägel durch seine Schädeldecke trieben.

Er hob sein Schwert gerade rechtzeitig, um Seymours erstem Hieb zu begegnen. Sein Arm bewegte sich, als ob er durch Sirup hindurchschneiden müßte. Die Wunde öffnete sich wieder und nasses, klebriges Blut rann ihm in die Augen.

Jahre der Übung, in denen seine Bewegungen sich so eingeschliffen hatten, daß sie allein von Reflexen kontrolliert wurden, retteten ihn vor dem sofortigen Tod. Aber alle trainierten Sehnen seines Körpers zusammengenommen konnten den Blutverlust und seine schnell schwindende Sehfähigkeit nicht ausgleichen. Das Klicken und Krachen der Klingen aneinander schien von irgendwo weit her zu kommen, als er von Seymours Schwert immer weiter gegen die Wand gedrängt wurde. Jamie wußte, er würde schnell ein Ende machen müssen oder Seymour würde es für ihn tun. Und er bereitete sich vor, in einer einzigen, verzweifelten Attacke alles zu wagen.

Dann geschah etwas mit seiner Sicht. Der Mann mit dem Schwert wackelte und tanzte vor ihm, spaltete sich und wurde zu zwei Männern und zwei Schwertern. Er war bereits mitten im Ausfall, und jetzt war es zu spät, sich zurückzuziehen. Die flachen Seiten ihrer Klingen kamen mit solcher Wucht aufeinander, daß Jamie die Vibration bis in seine Zähne spürte. Ein schrilles Kreischen von Stahl gegen Stahl war zu hören, als Seymours Schwert an dem seinen vorbeistrich.

Schwarze Wellen der Ohnmacht nahmen ihn gefangen und seine Knie fingen an einzuknicken. Es war einfach zu blöd und albern, dachte Jamie, so zu sterben – auseinandergespalten wie ein gemästetes Schwein, als er schmählich zu Boden ging und in einer Ohnmacht versank.

Seymour sah, wie die Augen seines Feindes glasig wurden, und lachte triumphierend. Er entlastete und bereitete sich zum endgültigen, tödlichen Hieb vor.

Aber er hatte Alexia vergessen. Sie warf sich gegen seinen Arm und lenkte den Stoß ab, so daß die Klinge an dem steifen Leder von Jamies Jacke abrutschte, als er ohnmächtig zu Boden fiel. Seymour brüllte vor Wut und stolperte rückwärts. Seine Füße verhedderten sich in Alexias langem Mantel.

Er holte mit dem Schwert aus und hätte Alexia mit einem Hieb in zwei Hälften geschnitten, als die Tür hinter ihm aufgebrochen wurde. Seymour drehte sich überrascht um und lief in Angus Johnstones ausgestrecktes Schwert.

Angus starrte überrascht auf Seymours Kopf und bog sich zurück. Einen Augenblick dachte er, der Mann verbeuge sich vor ihm, dann stieß er einen halberstickten Ton des Ekels aus und drehte sein Schwert aus dem Körper, um es frei zu bekommen. Seymour brach langsam in der zersplitterten Tür zusammen und rollte auf den Rücken. Seine blinden Augen starrten zur Decke.

Angus schritt über ihn hinweg und fiel neben Jamie Maxwells Körper auf die Knie. Der Mann sah tot aus, obwohl seine Frau ihm sanft ein abgerissenes Stück Unterrock auf die Kopfwunde legte.

»Mylady... seid Ihr sicher, daß er nicht...«

Sie preßte die Lippen fest zusammen und schüttelte den Kopf.

Alexia rief seinen Namen, riß ihn aus der Dunkelheit zurück. Es war eine süße, sanfte Dunkelheit, und er wollte sie eigentlich nicht verlassen. Aber sie bestand darauf und war richtig wütend.

Ich bin wach, versuchte er ihr zu sagen. Laß mich, ich bin wach. Er dachte, wenn er die Augen öffnete, dann könnte sie sehen, daß er wach war, aber sein Kopf schmerzte zu sehr.

Sie krallte ihre Finger in seine Schultern und schüttelte ihn. »Jamie Maxwell, wenn du mir stirbst, werde ich dich mit meinen nackten Händen erdrosseln.«

Die Widersinnigkeit dieser Erklärung kam Jamie so komisch vor, daß er die Augen öffnete, um ihr das zu sagen.

Alexias Gesicht schwankte hin und her und nahm dann Form an. Sie war tatsächlich wütend. Ihre Augen spien Feuer, ihr kleines spitzes Kinn war auf ihn gerichtet. Er hatte keine Schwierigkeiten, diesen Ausdruck zu interpretieren, denn er war nur allzu gut mit ihm vertraut.

Er grinste sie an. »Ich werde nicht sterben«, flüsterte er. »Ich verspreche es.« Und zu seiner Überraschung brach seine starke, tapfere Alexia in Tränen aus.

Er versuchte, die Hand zu heben und sie zu trösten, überrascht, wie schwer sie sich anfühlte. Alexia packte sie und brachte sie an ihre Lippen, küßte den Handrücken und dann immer wieder die Handflächen. »Dumme Frau«, seufzte er und glitt zurück in die Dunkelheit.

Alexia fühlte eine Hand auf ihrer Schulter.

»Wir haben eine Trage für ihn vorbereitet«, sagte Angus Johnstone.

Sie nickte, stand auf und folgte ihm in die Nacht.

Der Sturm war vorüber und hatte einen Himmel voller Sterne hinterlassen. Die Johnstones und die Maxwells standen gemischt in verschiedenen Gruppen draußen. Sie entdeckte Robin und Big Jock, die sich um die Trage herumbewegten, als man sie hinaustrug. Robin hatte einen blutigen Verband an einem Arm und ein schwarzer Fleck hatte Big Jocks Jacke verunstaltet. Alexia fragte sich, ob das sein Blut war. Sie glaubte es nicht.

Sie erschauerte, als sie nachträglich alles noch einmal an sich vorbeiziehen sah, und blickte Angus an. »Wie habt Ihr . . . ?«

Er zuckte mit den Schultern und betrachtete den Himmel. »Ich hatte ein Gefühl im Bauch, als ob Howard den Landfrieden brechen würde. Es lief alles zu glatt. Also dachte ich, wir sollten Euch vorsichtshalber eine Weile folgen.«

Alexia versuchte zu lächeln, obwohl ihr das kaum gelang. »Ihr habt meinem Gemahl das Leben gerettet.«

»Nein, er war schon wieder aufgestanden und kämpfte, als wir ankamen.« Er kicherte leise. »Gütiger Himmel, wenn ich an all das Blut denke, das schwarz an seinem Gesicht klebte. Er sah aus wie ein Dämon, der direkt aus der Hölle gekommen war. Er hätte sich durch die ganze Hölle gekämpft, um Euch zurückzubekommen. Er war so in Sorge.«

Jemand rief nach Angus, und er brüllte eine Antwort. Rufus Hall wurde herbeigezerrt, seine gefesselten Arme im harten Griff eines rotschopfigen Johnstone.

»Was sollen wir mit dem hier machen, Sir?«

»Hängt ihn auf«, brummte Angus.

Alexia trat vor und stellte sich vor Rufus. Er versuchte, ihrem Blick auszuweichen. »Laßt ihn laufen«, sagte sie.

»Mylady, seid Ihr sicher...«

»Ja. Sein Leben gehört mir, mir und meinem Gemahl. Und ich schenke es ihm in seinem Namen.«

Rufus' Rücken krümmte sich, und er hielt ein Schluchzen zurück. Er hob den Kopf, und sein Gesicht war naß von Tränen. »Mylady... wenn Ihr eines Tages das Herz hättet, zu vergeben...«

»Nein. Niemals. Ich will dein Gesicht nie wiedersehen. Und du wirst auch nicht nach Thirlwall Castle zurückkehren, denn ich werde meinem Vater von deinen Untaten heute nacht berichten.«

Sie wandte ihm den Rücken zu und ging weg. Obwohl Rufus nach ihr rief, blickte sie nicht zurück.

Kapitel 16

Alexia formte den Schnee zu einem festen Ball in ihrer Hand. »Das müßte genügen«, meinte sie. »Ich glaube, wir haben jetzt genug für alle Eventualitäten.«

»Ja. So, wer greift jetzt zuerst an?« fragte Andy Maxwell genüßlich. Er betrachtete den hochaufgetürmten Haufen von Schneebällen. Wie es mit allen Kriegswaffen war, wenn man sie einmal erworben hatte, war die Versuchung, sie zu benutzen, unwiderstehlich.

Alexia spähte hinter der Wand von Andys Festung hervor, die in weniger gefährlichen Zeiten aus einem Stapel Fässer bestand. Der Schnee, der erste in diesem Winter, hatte der Burg und der umliegenden Landschaft ein frisches, sauberes Aussehen verliehen und das schmutzige Grau der letzten Herbstblätter verdeckt.

Die Nachmittagssonne war warm und ließ den gefallenen Schnee bereits wieder schmelzen. Aber der kalte Wind trug das Versprechen weiterer Schneefälle mit sich.

Maggie Armstrong segelte auf ihrem Weg vom Vorratslager zur Küche an ihr vorbei. Sie trug einen Korb, in dem verschrumpelte Holzäpfel hoch aufgeschichtet lagen. Einer fiel zu Boden und rollte weg. Sie fluchte laut und sah sich dann schuldbewußt um. Den Korb unter einen Arm geklemmt, beugte sie sich nieder.

Alexia nahm einen Schneeball auf und wog ihn in der Hand.

»Tu es«, wisperte Andy, und Alexia ließ ihn fliegen.

Das Geschoß landete mit einem ordentlichen Knall. Maggie quietschte, drehte sich um und bekam Alexias zweiten Schneeball direkt ins Gesicht.

Alexia und Andy verschwanden kichernd hinter den Fässern, wo sie in Sicherheit waren. Alexia war die erste, die wieder Haltung annahm. »Das hätten wir nicht tun sollen«, sagte sie selbstkritisch.

»Nein«, antwortete Andy feierlich. »Das hätten wir nicht tun sollen.«

Dann bekamen sie noch einen Lachanfall.

Lady Annor Maxwell ging aus Richtung der Bienenstöcke um das Siebhaus herum. Die Honigproduktion der Burg war ihr eigenes Spezialgebiet, und sie war gerade draußen gewesen, um sich zu vergewissern, daß die Stöcke den Schneefall überstanden hatten. Alle paar Schritte hielt sie an, pfiff und rief den Namen ihrer Lieblingsbulldogge. Der Hund wurde schon seit zwei Wochen vermißt, und jeder außer Annor glaubte, das Tier sei wahrscheinlich hinaus ins Moor gelaufen und von der Flut überrascht worden.

Andy, der auf seinen Fersen gehockt hatte, verlegte sein Gewicht und strich an dem Stapel vorbei, so daß ein Schneehaufen losgetreten wurde. Die Bewegung weckte Annors Aufmerksamkeit. Sie hielt inne, hob den Kopf, pfiff noch einmal und ging dann einen Schritt in ihre Richtung.

Wie Alexia später zu erklären versuchte, war Annors Hut schuld. Er war aus Frankreich und hatte die Form eines umgekehrten Kegels. Nach oben zu einer zweigeteilten Spitze auslaufend, gab er ein herrliches Ziel ab.

Andy und Alexia drehten sich um und sahen einander an, und in diesem Augenblick war ihr Schicksal besiegelt.

Andy bekam kein Abendbrot und mußte früh zu Bett. Alexia mußte eine Mahlzeit in eiskaltem Schweigen im großen Saal ertragen. Sie fand, seine Bestrafung sei bei weitem die leichtere.

»Dein Vater hat dich nicht oft genug übers Knie gelegt, als du klein warst«, tadelte Jamie sie später, als sie ins Bett gehen wollten. »Wenn du nicht so viel schwerer wärst als ich, würde ich dich direkt jetzt übers Knie legen und diese Nachlässigkeit ausgleichen.«

»Schwerer als du!« kreischte Alexia. Sie sah sich nach etwas um, das sie auf ihn werfen konnte. Sie hob eine Parfümflasche auf, beschloß, der Schaden sei zu groß, und nahm statt dessen ein Kissen.

»Leg das hin und komm her«, befahl Jamie.

Sie legte das Kissen weg und kam zu ihm ans Bett. Er saß auf dem Rand, und sie stellte sich vor ihm auf. Sie studierte das Teppichmuster und versuchte, schüchtern und reumütig zu wirken.

»Sieh mich an.«

Sie sah ihn an. Sein Gesicht war ernst, aber sie meinte, ein winziges Zucken in seinem Mundwinkel zu erkennen.

Er hob zu einem riesigen Seufzer an. »Was soll ich nur mit dir tun, Alexia? Es ist zum Verzweifeln, du wirst niemals lernen, dich wie eine ordentliche Ehefrau zu benehmen.«

»Ich werde mich dem Studium dieses Gegenstandes widmen, Mylord. Vielleicht könntest du deine gnädige Frau Mutter überreden, mir Unterricht zu geben.«

Jamie lachte, packte sie an der Hand, legte sich auf dem Bett zurück und zog sie zu sich herab. Er streichelte ihren Rücken, wobei die Schwielen an seinen Fingern die feine Seide ihres Nachthemdes aufkratzten. Er küßte sie lange und innig, dann setzte er sich zurück und betrachtete ihr Gesicht.

Er rieb mit den Knöcheln an ihrer Wange entlang. »Du bist das Leben für mich«, sagte er heiser. »Die Sonne und der Mond und die Sterne. Versprich mir, daß du dich nie ändern wirst.«

Sie stand auf und lehnte sich über ihn. Ihre Augen, rauchig-golden, glühten vor Verlangen. Irgend etwas, ein unerträgliches Gefühl erfüllte ihn, und er spürte, wie sich seine Augen mit Tränen füllten.

Er hauchte ihren Namen. Sie senkte den Kopf und küßte ihn auf den Mund, aber nur kurz und mit der Zunge neckend. Sie schob sein Hemd zurück, leckte und küßte seine Brust, spielte mit seinen Brustwarzen und fuhr dann weiter hinunter über seinen flachen Bauch. Haut und Muskeln zuckten und schauderten unkontrollierbar, und sein Herz schlug schneller und lauter, als ihre Lippen weiter nach unten glitten, Eis und Feuer mit sich führend. Ihr Haar fiel wie ein Vorhang über seine Hüften, und er hielt in köstlichem Erschrecken den Atem an, als ihr Mund sich um ihn schloß...

Viel später legte er sich auf die Seite und preßte seine Lippen gegen ihren geschwollenen Leib.

»Ich bin jetzt so häßlich und fett. Es ist ein Wunder, daß du es ertragen kannst, mit mir zu leben«, sagte Alexia mit dem Selbstvertrauen einer Frau, die soeben gut und gründlich geliebt worden war.

Er hielt seine Hände um ihre geschwollenen Brüste und grub

seine Nase in das Tal zwischen ihnen. »Mehr zu lieben an dir«, murmelte er. »Und alles so schön.«

Alexia lächelte und fuhr mit den Fingern durch sein Haar. Sie fühlte den Rand der fast verheilten Narbe – eine dauerhafte Erinnerung an Seymour Howard und seine Rache.

»Du bist ein schamloser Lügner, Jamie Maxwell.«

Er murmelte etwas von einem »schamlosen Nimmersatt« und streckte sich neben ihr aus. Sie schob ihr schweres Gewicht hin und her, um eine bequeme Stellung zu finden. Oh, ich werde froh sein, wenn das Baby geboren ist, dachte sie. Und doch auch wieder nicht. Denn wenn es ein Junge ist... Obwohl jetzt, nach allem, was zwischen ihnen geschehen war, würde Jamie nicht mehr darauf bestehen, daß sie sich an ihre Verabredung hielten. Vielleicht sollte sie eine raffinierte Andeutung machen, daß zwei Söhne nicht genug sein könnten, um den Titel zu sichern. Sie könnte es als Witz hinstellen und sehen, was er sagen würde.

Sie schloß die Augen und versuchte sich vorzustellen, wie sie ein Baby in den Armen hielt. Sie berührte ihre Brustwarzen, die jetzt nach ihrem Lieben weich waren. Das Baby würde dort saugen. Wie seltsam und wunderbar das schien. Sie hatte sich immer vor den Babys anderer Frauen gefürchtet. Sie waren so furchtbar winzig, so sehr abhängig von ihren Müttern...

»Frierst du, mein Liebes?« Jamie zog die Bettdecke fester um sie.

»Nein. Ich habe nur manchmal Angst, Jamie. Ich weiß überhaupt nichts über das Muttersein.«

»Du wirst das schon können«, sagte er schläfrig, dann lachte er leise. »Sieh doch nur, wie gut du mit Andy zurechtkommst.«

Alexia vermied es, ihn darauf hinzuweisen, daß ein Sechsjähriger kaum mit einem ewig schreienden Kleinkind zu vergleichen sei, das an beiden Enden undicht war.

»Vielleicht werde ich feststellen, daß ich talentiert bin. Dann könnte ich sie zu Dutzenden produzieren, wie ein Bäcker. Jamie? Jamie?«

Aber er war eingeschlafen.

Drei der Maxwell-Brüder – Malcolm, Diccon und Andy – gingen auf die Jagd. Bogen, Köcher, Pfeile, Steinschleudern, Speere und Messer lagen verstreut am Boden. Es war ein kalter, aber klarer Tag, und der Atem verließ ihre Münder in Dampfwolken, während sie miteinander scherzten und lachten und ihre Pferde sattelten. Vier Paar Jagdhunde kläfften und jagten einander, liefen zwischen den Pferdebeinen herum und stifteten allgemein Verwirrung.

Es war November, der Blutmonat, und die Burg bereitete sich auf den Winter vor. Ein Teil der Herden war bereits geschlachtet, das Fleisch gepökelt und geräuchert und im Vorratshaus aufgestapelt. Auch große Mengen Fisch und Aal waren geräuchert oder in Ingwer und Zimt eingelegt worden. Winterweizen und Roggen waren ausgesät, der Weizen zu Mehl gemahlen, das Bier zur Gärung tief in den Burgkellern angesetzt. Die Knaben hatten beschlossen, an diesem Tag ihren Beitrag zu leisten und eine Hirschkuh und Hasen zu den Vorräten beizusteuern.

Alexia kam zu ihnen gerannt, gerade als sie aufsteigen wollten. Sie trug Reitkleidung und einen Falken auf ihrem behandschuhten Handgelenk. Der Falkner folgte bescheiden in einiger Entfernung.

»Geht ihr jagen?« fragte sie und streichelte Apollos aufgeplustertes Federkleid. »Wir würden gerne mit euch kommen.«

Drei Paar grüne Maxwell-Augen starrten sie unsicher an.

»Was ist denn los? Warum seht ihr mich alle so an?«

»Och...« Andy schluckte und starrte auf seine Stiefelspitzen. Diccon spitzte die Lippen und pfiff in den Himmel.

Malcolm räusperte sich. »Es ist so, wir haben Befehle. Von Mutter, nicht von Jamie«, setzte er hastig hinzu, als Alexia die Brauen hob und ihr Kinn wütend vorstreckte. »Wir sollten an deinen Zustand denken und dich nicht ermutigen.«

Alexias Lächeln wurde täuschend süß. »Mich ermutigen zu was, bitte?«

»Zu Exzessen.«

Sie schnaubte undamenhaft. »Seid nicht albern. Ihr geht doch nur jagen und führt keinen Überfall auf Carlisle an. Andy, geh und sag einem Jungen, er solle mein Pferd satteln.«

Andy grinste und rannte zu den Ställen.

»Aber das Ba...« fing Malcolm an.

»Das Baby wird erst in mehr als zwei Monaten geboren. Liebste Brüder«, und sie klopfte Malcolm auf die Wange, »ich bin nicht so unförmig, als daß ich nicht auf einem Pferd sitzen könnte.«

Sie lächelte die Brüder freundlich an, und sie grinsten zurück, insgeheim froh, daß sie mitkam. Wenn Alexia dabei war, passierte immer etwas. Schon jetzt schien der Aufbruch zur Jagd weniger eine lästige Pflicht als ein Abenteuer.

Zuerst jagten sie am Rande der Sümpfe, wo Alexia den Falken gegen seine natürlichen Opfer, Enten und Reiher, fliegen lassen konnte. Apollo saß ruhig auf dem Handgelenk seiner Herrin und trug eine Haube, die mit Gold durchwirkt war, mit Perlen bestickt und mit hellen Federn geschmückt. Jamies Hochzeitsgeschenk für sie hatte sich zu einem prächtigen Exemplar seiner Gattung entwikkelt. Gemeinsam mit dem Falkner hatte Alexia ihn gut ausgebildet.

Sie entdeckten einen Reiher, der tief unten über der Grasnarbe dahinflog. Alexia nahm Apollo den Fußring ab und zog ihm die Haube vom Kopf. Der Falke flog mit einem schnellen Schlag seiner Flügel davon, stieg höher und höher und tauchte dann herab, um seine Klauen in das Opfer zu schlagen.

Er ließ die Beute los und schwebte aufwärts. Alexia stieß einen schrillen Pfiff aus und lockte mit dem Köder, einem roten Tuch in der Form eines Vogels, an dem ein bißchen Fleisch klebte. Der Falke reagierte sofort, stieß herab und glitt elegant um Alexias Kopf, bis er sich auf ihrem ausgestreckten Handgelenk niederließ.

Nachdem sie diese Art Sport ein paar Stunden betrieben hatten, gab Alexia Apollo dem Falkner, der ihn zur Burg zurücktrug. Dann wurden die Hunde freigelassen, und sie ritten der bellenden Meute hinterher, hinauf in die bewaldeten Hügel. Diccon und Andy erwischten je zwei Hirschkühe, und Malcolm erlegte einen Rothirsch. Alexia, die ihren Bogen nicht mitgebracht hatte, war es zufrieden, nur so mit ihnen zu reiten. Sie genoß das Gefühl des Pferdes zwischen ihren Beinen und den belebenden Wind auf ihrem Gesicht.

Das Wild wurde auf Pferde gepackt und von Bediensteten zur Burg zurückgebracht, während die Jäger langsamer folgten, ihre Pferde schnaufen ließen und selbst Atem holten. Sie teilten sich in

Paare auf. Diccon und Andy übernahmen die Führung, Alexia und Malcolm folgten.

Alexia studierte das Profil des jungen Mannes, der neben ihr ritt. Er saß aufrecht im Sattel, so daß die Deformation seiner Wirbelsäule kaum zu sehen war. Obwohl er dunkles Haar hatte und mager aussah, war sein Gesicht dem Jamies sehr ähnlich – hohe, wie gemeißelt wirkende Wangenknochen, eine lange, schmale Nase, weit auseinanderstehende Augen mit schweren Lidern. Nur sein Mund war anders, er trug einen harten, bitteren Zug, den Jamie nicht hatte.

Malcolm spürte ihre Augen auf sich. Er drehte sich um und lächelte sie schief an. »Bist du dazu übergegangen, Gesichter lesen zu wollen, liebe Schwester? Versuchst du, Schatten und Nuancen zu erforschen, so wie es ein Zigeuner mit den Tarotkarten tut?«

»Ich habe mich gefragt, wie alt du bist.«

»Ich bin siebzehn.«

»So jung? Irgendwie dachte ich, du seist älter.«

»Manche von uns werden alt geboren. Die Welt ist kein toleranter Platz für Krüppel.«

»Das ist nur so, weil jemand anders ist«, sagte Alexia. »Selbst die geringsten Abweichungen werden von allen anderen mit Mißtrauen betrachtet. Sie bedrohen und ängstigen uns, weil sie die Ordnung der Dinge umkehren.«

Er betrachtete sie mit Erstaunen und lachte dann. »Vorsicht, Alexia. Solche Gedanken im Kopf einer Frau sind in der Tat bedrohlich.«

Sie lächelte. Aber nach einem kurzen Schweigen sagte sie: »Jamie hat nichts mehr gezeichnet, seit wir nach Caerlaverock gekommen sind.«

»Ah, das ist also das Ziel dieser Konversation. Ich hätte es mir denken können. Wenn du auf eine Erklärung aus bist, kann ich dir vielleicht eine geben. Vater, weißt du, war viel toleranter mir gegenüber, dem Krüppel, als Jamie gegenüber mit seinen Büchern, seinen Zeichnungen und seiner Musik. Jetzt, wo er Vaters Platz eingenommen hat, wirst du feststellen, daß Jamie zu sich selbst weniger tolerant ist, was diese sanfteren Bestrebungen betrifft.«

»Aber Jamie ist nicht wie...«

»Der typische Grenzlandbaron? Lärmend und angeberisch, ewig streitend, mit Überfällen beschäftigt sein ganzes Leben lang? Nein, jetzt noch nicht. Und vielleicht wird er es mit dir als seiner Ehefrau niemals werden.«

Er schwieg einen Augenblick und sagte dann abrupt: »Du liebst meinen Bruder sehr, nicht wahr?«

»Ja«, antwortete Alexia einfach und fragte sich, warum es ihr so leichtfiel, ihre Liebe zu Jamie anderen gegenüber zu gestehen, und so schwierig, ihm selbst diese Worte zu sagen.

Malcolm betrachtete seine Hände, die sich um die Zügel spannten. »Mein Bruder ist ein sehr glücklicher Mann«, sagte er. Aber er sagte diese Worte so leise, daß Alexia nicht wußte, ob sie überhaupt für ihre Ohren bestimmt waren.

Diccon und Andy hatten ihre Pferde gewendet und kamen zu ihnen zurückgetrabt.

»Alexia!« schrie Diccon. »Reite schnell zurück zum Burgtor!« Ohne eine Antwort abzuwarten, gab er seinem Pferd die Sporen zu einem Galopp, und Andy folgte ihm mit lautem Rufen.

Sie rasten über Hecken und Gräben und kämpften sich durch Steinbrüche. Als sie auf das offene Feld kamen, ließ Alexia, die bis dahin vorsichtig gewesen war, die Zügel schleifen und lehnte sich über den Pferdenacken, so daß das Pferd loslegen konnte. Sie und Andy ritten Seite an Seite, die Hufe klopften im gleichen Rhythmus auf dem weichen Boden und warfen Brocken nasser Erde auf. Die anderen zwei waren ihnen mehrere Längen voraus.

Alexia kam allmählich an Andy vorbei und schloß die Lücke zwischen ihnen und den Anführern. Vor ihnen waren die Bediensteten, die die Packpferde führten, der Burg schon ganz nahe. Das Fallgitter war bereits hochgezogen und das hölzerne Tor schwang auf. Malcolm hatte seinem Pferd Auslauf gegeben und wurde jetzt langsamer. Alexia ritt an ihm mit einem triumphierenden Schrei vorbei. Nur Diccon war jetzt zwischen ihr und dem Sieg.

Diccon kam etwa hundert Meter vor der Zugbrücke auf gleiche Höhe mit den Packpferden. Er rief den Bediensteten warnend zu, daß sie zur Seite gehen sollten. Alexia wußte, sie mußte an ihm vorbeikommen, bevor er die Zugbrücke erreichte, oder sie würde das Rennen verlieren. Sie schloß ihre Schenkel fester um das Pferd und stieß ihm ihren Stiefelabsatz in die Seite. Sie überholte die Packpferde...

Sie sah die Bulldogge erst, als sie bei ihr war. Dann dachte sie, das Tier wolle sie anspringen und nicht das frische Fleisch auf den Packpferden, und sie straffte, in den Steigbügeln stehend, die Zügel. Ihr Pferd bäumte sich auf. Es warf den Kopf zurück und traf Alexias Schulter, so daß sie zu Boden fiel.

Sie landete so hart, daß ihr die Luft wegblieb. In ihren Ohren rauschte und klingelte es, so daß ein Gewirr anderer Geräusche nicht zu ihr vordrang. Wutgebrüll, das ängstliche Wiehern eines Pferdes, ein wütendes Knurren und dann ein letzter, hoher Schrei. Sie hustete, holte tief Luft und kämpfte, um aufzusitzen.

Die Bulldogge lag auf der Straße, und das Blut breitete sich wie eine Pfütze um ihren Kopf aus. Er war ein trauriger Sack Haut und Knochen, aber das edelsteinbesetzte Halsband um ihren Nacken glitzerte in der Abendsonne.

Malcolm kniete sich neben Alexia, ein blutbeschmierter Dolch lag vergessen in seiner Hand. Sein Gesicht war weiß vor Schreck. »Mutters Bulldogge war hinter dem Wild her. Das Tier war halb verhungert. Bis du in Ordnung?«

Sie nickte und begann aufzustehen. In diesem Augenblick spürte sie den ersten fürchterlichen Schmerz.

Jamie setzte sich erschöpft auf das Feldbett, wo er die letzten sechs Wochen geschlafen hatte, legte das Gesicht in die Hände und preßte die Handballen gegen die Augen. Er saß so einen Augenblick schweigend da, dann stand er auf und ging ins Schlafzimmer.

Er blieb im Türrahmen stehen, denn er fühlte sich wie ein Eindringling. Alexia saß in einem Stuhl mit hoher Rückenlehne vor dem Feuer. Ihre Hände lagen untätig im Schoß. Ihr Gesicht war eine Maske der Gleichgültigkeit.

Er nahm sein Schwert und seinen Gürtel ab und legte sie auf den Tisch. Er machte genügend Lärm, um sich bemerkbar zu machen, aber sie drehte sich nicht um und grüßte ihn auch nicht.

Er ging um ihren Stuhl herum und stand vor dem Feuer, mit dem Rücken zu den Flammen. Das Zimmer war entsetzlich heiß und voller schlechter Luft. Er spürte, wie der Schweiß unter seinen Armen und zwischen seinen Schulterblättern anfing zu laufen.

»Ich dachte, ich könnte heute nach Dumfries reiten«, meinte er und zwang sich zu einem fröhlichen Klang in der Stimme. »Auf den Markt gehen. Vielleicht möchtest du mitkommen?«

Sie schüttelte den Kopf.

Er kniete sich neben sie und nahm ihre Hand. Sie war kalt und sehr dünn. »Mein Liebes, du brauchst frische Luft und Bewegung. Du kannst deine Tage nicht hier eingeschlossen verbringen, nur dasitzen und ...« Er unterbrach sich selbst, aber das unausgesprochene Wort schien im Raum widerzuhallen. Trauernd.

Sie entzog ihm ihre Hand und drehte sich schließlich um. Er wollte, sie hätte es nicht getan.

»Du verstehst nicht«, sagte sie, ihre Stimme war bitter und anklagend. »Meine Tochter ist tot!«

Jamie seufzte und stand auf. »Sie war auch meine Tochter. Glaubst du, ich trauere nicht um sie?«

Das stimmte natürlich, auch wenn es am Anfang anders schien. Aber deswegen, weil der Schmerz, den er vielleicht bei dem Verlust des Kindes empfunden hatte, von seiner schrecklichen Angst, daß Alexia sterben könnte, vertrieben wurde. Stundenlang hatte sie im Delirium in dem großen Bett gelegen, war fast ausgeblutet, bis er schließlich in seiner Verzweiflung und gegen die hysterischen Einwände seiner Mutter zu Katherine, der Hexe von Solway, der Geliebten seines Vaters, gelaufen war und sie gebeten hatte, zu kommen und alles zu tun, um Alexias Leben zu retten.

Die Frau war schweigend, aber willig gekommen, hatte ihre Salben und Tränke mitgebracht. Und nur ihr war es zu verdanken, daß Alexia am Leben geblieben war.

Annor hatte Jamie angeklagt, Alexias Leben gegen ihre Seele eingetauscht zu haben. Es war ihm egal. Er würde seine eigene Seele dem Teufel tausendmal und öfter verkauft haben, um Alexia zu retten. Statt dessen gab er Katherine eine Geldbörse.

Die Frau hatte seltsam gelächelt und sie ihm zurückgegeben.

»Wir sind Schwestern im Geist, Eure Dame und ich«, hatte sie gesagt. »Ich lasse mich nicht dafür belohnen, daß ich ihr Leben gerettet habe.«

Als er an die Frau dachte, kam ihm eine Idee.

»Alexia, wenn ich Katherine herbrächte, würdest du sie sehen wollen?«

»Nein.«

»Alexia...«

»Geh weg, Jamie. Laß mich allein. Ich möchte jetzt allein sein.«

Seine Miene wurde kalt. »Sehr wohl, Madam. Mit Eurer Erlaubnis.« Er verbeugte sich steif und tat, worum sie ihn bat.

Aber an der Tür hielt er an und drehte sich zu ihr um, Schmerz und Verlangen in den Augen.

Alexia hörte nicht, wie er wegging. Sie war zurückgegangen in die Zeit vor sechs Wochen. Sie wollte jede Minute noch einmal durchleben, als würde dann alles anders kommen. Manchmal rannte sie über den Hof, den Falken auf dem Handgelenk, und Jamie rief nach ihr, sie blieb stehen und redete mit ihm, und als sie sich zu den Jungen umdrehte, waren sie schon weg und der Hof leer. Andere Male war sie doch mit den Jungen auf die Jagd gegangen, aber es gab kein Wettrennen zurück zum Burgtor, und statt dessen trabten sie auf ihren Pferden langsam über die Felder und beobachteten den Sonnenuntergang hinter den Burgwällen.

»Sieh mich an.«

Jemand grub seine Finger in ihren Arm, die Nägel schnitten in ihr Fleisch. »Sieh mich an.«

Alexia hob den Kopf und sah in stahlgraue Augen.

»Glaubst du, du bist die erste Frau, die ein Kind verliert?« sagte Annor Maxwell. »Ich hatte einen Sohn, der ertrunken ist, und drei Töchter wurden tot geboren.« Alexia drückte den Rücken zurück in den Stuhl. Sie schloß die Augen, um die Worte zu vertreiben. Aber Annor fuhr unbarmherzig fort.

»Ich habe über sie geweint und sie dann beerdigt, und dann habe ich meinen Mann wieder in meinem Bett begrüßt. Wenn nicht mit Freude, dann doch mit Geduld. Alexia Carleton, du hast dich jetzt lange genug deinem Schmerz hingegeben.«

Heiße, brennende Wut brach durch den Schleier der Dumpfheit, in den sie sich gehüllt hatte. »Wie kannst du es wagen!« schrie Alexia. »Wie kannst du es wagen, das zu mir zu sagen, wo ihr beide selber, du und dein Sohn, meine Tochter umgebracht habt!«

Annor reckte sich auf und ging einen Schritt zurück. Sie stand vor Alexia, großartig in ihrer rotblonden Perücke und den reich bestickten Kleidern. »Du weißt nicht, was du sagst. Deine Krankheit hat dich um den Verstand gebracht.«

»Dreimal, dreimal haben du und dein Sohn versucht, mich umzubringen, und dreimal ist es euch mißlungen.« Alexia zog sich aus dem Stuhl hoch. »Also habt ihr deinen Hund angekettet und hungern lassen, und als du gesehen hast, wie wir von der Jagd zurückkamen, hast du ihn losgelassen, weil du wußtest, er würde, wenn er das frische Blut roch, sich heißhungrig auf die Packpferde werfen. Oh, wie müßt ihr euch gefreut haben, du und Robin, denn dieses Mal schien eure Methode zum Erfolg zu führen. Obwohl vielleicht nicht ganz so, wie ihr gehofft hattet.«

Annor starrte sie einen Augenblick verwundert an und lachte dann kurz auf. »Mein liebes Kind, wenn ich deinen Tod geplant hätte, kannst du sicher sein, ich wäre in der traditionellen Art vorgegangen und weniger dilettantisch. Einen Hund hungern zu lassen, ihn dann genau in jenem Augenblick loszulassen, wenn er vielleicht dein Pferd angreifen und dich aus dem Sattel werfen könnte, um eventuell deinen Hals zu brechen, ist kaum der Plan, der zum Erfolg führt. Nein, der Hund wurde aus Versehen in einem der Keller eingeschlossen. Den Rest hast du dir ausgedacht.«

Alexia rieb sich die Stirn. »Nein ... nein ... ich habe mir das andere nicht ausgedacht ...« Sie ballte die Hand zur Faust. »Aber du kannst nicht leugnen, daß du mich gern aus Caerlaverock weg hättest.«

»Das habe ich nie geleugnet«, antwortete Annor hochmütig. »Aber Jamie ist mein Sohn, und du bist, jedenfalls für den Augenblick, seine Frau. Ob es mir gefällt oder nicht, er braucht dich.«

Alexia schüttelte den Kopf.

»Er braucht mich nicht. Er wollte mich nicht einmal haben, außer, um mit mir im Bett seinen Spaß zu haben, und später, als uns der König zwang zu heiraten, wegen des Kindes, das er von mir haben konnte. Nein, wenn er mich wirklich brauchen würde, würde er…«

»Würde er was? Auf seine Knie fallen und dir ewige Liebe gestehen? Halte dich an die Bedürfnisse eines Mannes, nicht an seine Worte, Mädchen. Denn darin findest du, was sein Herz verlangt.«

Sie ging an Alexia vorbei, blieb dann aber stehen und legte ganz kurz eine Hand auf die Schulter der jungen Frau. »Du hattest eine Tochter. Sie war tot geboren, und das ist tragisch. Aber du mußt ihr jetzt ihre Ruhe gönnen. Lege sie zur Ruhe, und führe dein Leben weiter.«

»Um meine Pflicht als Jamies Frau zu tun?« sagte Alexia verächtlich und voller Wut in der Stimme.

Annor, die gerade den Raum verlassen wollte, blieb stehen und drehte sich langsam zu Alexia um.

»Tu deine Pflicht als Lady Maxwell.«

Vor langer Zeit hatte man in der südwestlichen Ecke der äußeren Burgmauer eine kleine Kirche gebaut. In dieser Kirche war früher die Familie zusammengekommen, um an besonderen Festen die Messe zu hören. Hier wurden die Neugeborenen der Maxwells zu dem großen marmornen Taufstein gebracht, und hier beerdigte man auch die Toten der Maxwells, in der Krypta unter dem Steingewölbe.

In der Kirche gab es keine Messe mehr, denn die katholischen Riten waren vor mehr als zwanzig Jahren vom schottischen Parlament verboten worden. Wenn Maxwell-Kinder überhaupt getauft wurden, dann in einer Zeremonie vor der protestantischen Gemeinde in Dumfries. Aber die Toten der Maxwells wurden noch immer in der Krypta zu Caerlaverock beerdigt.

Alexia, die den Weg zur Kirche hinunterging, wehte der bitterkalte Wind um den Kopf. Sie trug nur Schuhe mit Korksohlen, die nun knirschend das gefrorene Gras niedertraten. Die Hände, um ihren Mantelausschnitt geklammert, waren rot vor Kälte und rissig. Nach Wochen der Krankheit und Untätigkeit war sie von der Bewegung ermüdet, und sie hielt einen Moment inne, um Atem zu schöpfen.

Aus dem gleichen wertvollen gebrannten Stein erbaut wie die Burg, sah die Kirche seltsam einladend aus, trotz ihres vernachlässigten Äußeren. Der größte Teil ihrer kleinen Fenster war zerbrochen, und durch die Risse wuchs das Unkraut in den Steinstufen. Aber die schwere Holztür mit ihren geölten Scharnieren schwang leicht auf, als Alexia sie berührte.

Im Inneren waren das Holzgestühl und die Betschemel wurmstichig, der Steinaltar war nackt. Die Nischen in den Wänden hatten einst die Heiligenfiguren beherbergt, und jetzt wohnten dort nur Käfer und Spinnen.

Sie hatte eine Kerze mitgebracht, brauchte sie aber nicht, denn eine Öllampe brannte am Treppeneingang hinunter zur Krypta, und sie sah weiter unten noch eine Lampe mit flackerndem Licht.

Leise ging sie die Stufen hinunter und hielt sich an dem schmiedeeisernen Geländer, das in den Stein eingelassen war, fest.

Die Krypta war überfüllt. Fünfzehn Generationen von Maxwells ruhten unter den Steinplatten auf dem unebenen Fußboden vor den gebogenen Mauern oder lagen in Särgen mit reichen Schnitzereien, die willkürlich verteilt herumstanden. Unter ihnen, stark und jung und lebendig, stand Jamie, der achte Lord Maxwell.

Er stand mit gebeugtem Haupt vor einer kleinen Platte, die erst kürzlich vor der hinteren Wand eingelassen war. Während sie ihn betrachtete, hob er eine Hand und fuhr mit seinen Fingern über das Wort MADELEINE, das frisch in den Stein gehauen war.

Sie hielt sich die Faust vor den Mund, als wolle sie einen Schrei oder ein Schluchzen unterdrücken, obwohl sie eigentlich nichts empfand. Weder Trauer noch Mitleid, nicht einmal Wut. Sie griff nach dem Geländer, wollte sich hochziehen und hinaus, wollte fliehen, aber sie wurde plötzlich von einem überwältigenden Bedürfnis nach Trost und Umarmung erfaßt. Und vielleicht auch nach Vergebung.

Weil sie eine kleine Bewegung machte oder vielleicht, weil er ihre Gegenwart nur gespürt hatte, drehte er sich erschrocken um, und dieses eine Mal konnte er nicht mehr alle seine Gefühle aus dem

Gesicht verbannen. Sie sah alles, was er empfand, all den schrecklichen Schmerz und die Einsamkeit, und sie wußte, daß es all das widerspiegelte, was in ihrem eigenen Herz tief verborgen war.

Er trat einen Schritt auf sie zu. Einen Augenblick hielt sie sich zurück, hatte plötzlich Angst. Und dann ging sie auf ihn zu und in seine geöffneten Arme.

Kapitel 17

Es war der Heilige Abend und Schwärme von Bediensteten gingen im großen Saal ein und aus, die Arme mit Efeu und Stechpalmenzweigen beladen. Dazu noch Rosmarin und Mistelzweige. Alexia stand auf einem Hocker mitten in der Halle und überwachte die Arbeiten in einer Art und Weise, daß selbst der griesgrämigste Stallknecht sich beeilen würde, alles richtig zu machen.

Draußen bedeckte der Schnee in zwei Fuß hohen Wehen den Boden, und der Wind warf winzige Eisstückchen klopfend an die Fenster. Doch der grüne Schmuck gab dem Saal einen warmen, festlichen Glanz und erinnerte an den Sommer. Später am Vormittag würde das Weihnachtsscheit hereingetragen und in den großen Kamin gelegt werden. Am Nachmittag, im Laufe des Festmahls, würde Jamie es anzünden. Ein zehn Fuß großes Stück, aus einem riesigen Baumstamm herausgeschnitten, würde das Weihnachtsscheit den ganzen Kamin füllen und zwölf Tage und Nächte bis Epiphanias brennen.

Als sie sich an das Weihnachtsscheit erinnerte, sprang Alexia vom Hocker herab und ging zum Kamin hinüber. Er sah genauso aus, wie sie es erwartet hatte.

»Molly«, rief sie einem Mädchen zu, das gerade aus der Speisekammer kam und Tabletts mit Essen trug, die sie auf die Anrichten stellen wollte. »Bitte einen der Männer, den Kamin auszukehren. Er sieht aus, als wäre er seit Wochen nicht mehr sauber gemacht worden.«

Als das getan war, sah sie sich um, die Hände auf dem Rücken, und inspizierte gerade die Länge der Kerzen in den Leuchtern, als ihr ein seltsam scheußlicher Geruch um die Nase strich. Sie wandte sich um und stand plötzlich dem Landstreicher mit seinem verfilzten Bart und zerschlissenen Wams gegenüber.

Er hatte den Besen in der Hand. »Muß hier was gekehrt werden, Mylady?«

Sie erschrak und sah sich schuldbewußt um. »Was tust du hier?« zischte sie ihn an.

»Ich kehre, Mylady.« Er grinste, rieb sich mit dem Ärmel über die Nase und schlurfte dann davon.

»Wer ist der Mann?« rief sie laut.

Malcolm, der gegen einen Stuhl gelehnt stand, sich wichtig machte, aber nichts beizutragen hatte, fragte: »Welcher Mann?«

Alexia deutete mit dem Kinn in die Richtung: »Dieser Mann, du Dummkopf. Der den Kamin ausfegt.«

»Ach der. Das ist der neue Schmied.«

»Der was?«

»Der Schmied«, betonte Malcolm die Worte. »Du weißt doch, der Mann, der die Pferde beschlägt.«

Sie fuhr ihn an: »Malcolm Maxwell, ich habe keine Zeit, hier zu stehen und mir deine lächerlichen Witze anzuhören. Wenn du nichts zu tun hast, schlage ich vor, daß du dich nützlich machst und Robin mit dem Wein hilfst.«

Dann stapfte Alexia aus dem Raum und ließ Malcolm hinter ihr herstarrend und gekränkt zurück.

Alexia begab sich zu den Küchen, beschloß dann aber, in der Vorratskammer nachzusehen, ob sich Robin tatsächlich, wie versprochen, um das Abfüllen des Weins gekümmert hatte. Über die allgemeine Nutzlosigkeit der Männer vor sich hinschimpfend, ging sie zurück zur Treppe hinter der Eingangswand und durch die Mauerpassage an der Großen Halle.

Sie hatte bereits die Hand an der Klinke der Tür zur Vorratskammer, als sie leise Stimmen im Inneren hörte. Nachdem sie einen Augenblick mit ihrem Gewissen gekämpft hatte, das ihr sagte, daß sie ihre Nase und Ohren da herauszuhalten habe, öffnete Alexia die Tür einen Spalt weit und spähte hinein.

Robin Maxwell stand halb von ihr abgewandt und sprach mit jemand, den sie nicht sehen konnte. Er war wütend, oder zumindest ungeduldig, und die Spitze seines roten Bartes war streitlustig vorgestreckt.

»Die Dichter singen zu ihrer Harfe immer davon, daß man von der Liebe leben kann«, ereiferte er sich gerade. »Du kannst aber von der Liebe nicht abbeißen wie von einem Stück Fleisch.«

Das Rascheln von Röcken war zu hören, und eine Frau trat in Alexias Blickwinkel. »Wir können doch von meiner Erbschaft leben.«

Alexia konnte sich kaum noch rechtzeitig beherrschen, um nicht laut herauszuplatzen, denn die Frau, die da sprach, war Elspeth Campbell.

Robin fluchte und schlug eine Faust in seinen Handteller. »Lieber Himmel, Elspeth, kannst du denn nicht einsehen, daß es genau deine Erbschaft ist, die trennend zwischen uns steht? Ein zweiter Sohn ist nicht gut genug für dich.«

»Wer sagt, daß du nicht gut genug für mich bist, Robby? Wer macht diese Regeln?« Sie legte ihren Kopf an seine Brust. »Wir wollen Lord Maxwell sagen, daß wir uns lieben. Er wird einer Heirat zustimmen. Ich weiß, daß er es tun wird.«

»Ja, das ist genau die Art von weichherziger, romantischer Geste, der mein Bruder Jamie nicht widerstehen könnte.« Robin packte sie an den Schultern, strich dann aber zärtlich an ihr herunter. »Ich bin aber nicht die Art Mann, die sich von einer Frau aushalten läßt. Ich werde nicht ohne Titel und als Bettler zu dir kommen, Elspeth. Ich kann es nicht.«

»Und würdest du zusehen, wie ich mit Argyle verheiratet werde, nur um deines Stolzes willen?«

Robin knirschte mit den Zähnen. »Beim gütigen Himmel. Ich werde den Mann umbringen, der es wagt, dich zu berühren!«

Elspeth seufzte. »Ich will nicht mehr darüber sprechen, Robby. Küß mich lieber.«

Er hob ihr Kinn, bog ihren Kopf zurück, und sie reckte sich auf ihre Zehenspitzen. Er hielt den Kopf gesenkt, und als sich ihre Lippen trafen, sah Alexia etwas auf Robin Maxwells Gesicht, das sie nie dort zu sehen erwartet hatte. Sie sah Liebe und eine sanfte, hingebungsvolle Zärtlichkeit.

Sie zog die Tür zu und lehnte sich gegen die rohe Holzlatte. Sollte sie Jamie von der Szene erzählen, die sie gerade beobachtet hatte?

Sie würde sicherlich wenig Dank von Robin dafür ernten, wenn sie sich in seine Liebesangelegenheiten einmischte. Und als Elspeth' Vormund und Treuhänder ihres Vermögens wäre es Jamies Pflicht, die beiden Liebenden zu trennen, sobald er davon wußte. Arme Elspeth. Verdammter Robin und sein verdammter Maxwell-Stolz.

Sie ging gebückt und leise den Korridor entlang und tauchte vor dem Eingang auf, wo sie Malcolm anrempelte, der gerade den großen Saal verließ.

Er packte sie an den Schultern, damit sie wieder gerade stehen konnte, und ihre Augen trafen sich einen Augenblick. Er sagte nichts, ließ sie los und wollte davongehen.

»Malcolm.«

»Was ist?«

Sie lächelte über seinen Schmollmund. »Es tut mir leid, daß ich dich vorhin so angeblafft habe. Ich weiß, ich kann schon eine furchtbare Xanthippe sein. Ich wollte dir nur sagen, daß du mir von allen Brüdern Jamies der liebste bist.«

Er betrachtete sie mißtrauisch, um festzustellen, ob sie das auch so meinte, dann grinste er. »Nun, von allen Ehefrauen Jamies bist du mir die liebste.«

Die Maxwell-Brüder standen beisammen, tranken und warfen hungrige Blicke auf die riesige Schweinskopfsülze in der Mitte der Tafel. Es war ein besonderes Weihnachtsgericht aus einem zahmen Eber, den man mit Hafer und Erbsen gefüttert hatte. Das Fleisch wurde dann in Bier eingelegt und gepökelt, später in einer Soße gekocht, die so scharf gewürzt war, daß sich der herbe Duft über den ganzen Raum verbreitete.

Diccon wurde ungeduldig. »Wo bleiben sie? Ich schwöre, wenn sie nicht gleich kommen, werde ich die ganze Platte allein leer essen.«

»Hab lieber wenigstens noch eine Stunde Geduld, kleiner Bruder«, gab Malcolm in seiner gedehnten Sprechweise von sich. »Wenn eine Frau ein Uhr sagt, meint sie zwei Uhr. Stimmt das nicht, Jamie?«

Jamie gab keine Antwort. Er sah zur Tür, und der Ausdruck auf seinem Gesicht ließ Malcolm leicht erraten, wer gerade den Raum betreten hatte.

Alexia gestaltete einen perfekten Auftritt. Sie hielt einen kurzen Augenblick inne, bevor hinter ihr Annor und Elspeth zusammen und dann Evie auftraten.

Alexia trug Grün und Gold. Ihr Gürtel war aus smaragdfarbenem Satin mit goldenen und silbernen Fäden durchwirkt. Ihre gerafften und geschlitzten Ärmel waren sehr blaß zitronengelb und ihr Mieder mit Edelsteinen und Perlen bestickt. Ihr Gesicht war eingerahmt von einem steifen Kragen mit Spitzenrand in einem Drahtrahmen, der hinter ihrem Kopf in der Form von Flügeln aufragte. Unter allem trug sie ein Hemd, das so reich mit Spitzen besetzt war, daß sie den Ausschnitt ihres Mieders absichtlich tiefer gesetzt hatte, damit man es sah.

Sie hatte Dutzende von Perlen zwischen ihren Haarlocken befestigt, und Jamies Gedanken sprangen sofort weiter zu dem Augenblick, wenn er später das Vergnügen haben würde, eine nach der anderen herauszulösen.

»Du siehst wunderschön aus«, sagte er, zog ihre Hand zu seinen Lippen und küßte ihre Fingerspitzen.

»Du auch«, lächelte sie ihn an, dann wurde ihr Lächeln breit, und sie bezog alle seine Brüder ein. »Und ihr alle auch.«

Die Brüder hatten sich herausgeputzt. Sie trugen bestickte Hosen, und jedes Wams war mit Edelsteinen verziert. Sie standen den Frauen in ihrer weihnachtlichen Festtagskleidung in nichts nach.

Man aß *en famille* in der unteren Halle, denn der lange Tisch im großen Saal war für die Festlichkeiten am späten Nachmittag hergerichtet worden. Alexia war erstaunt, einen Fremden in ihrer Mitte zu sehen, denn man hatte ihr nicht gesagt, daß ein Gast erwartet wurde.

Er hielt sich im Hintergrund in der Nähe des Kamins auf, als zögere er, sich den anderen anzuschließen. Seine Kleidung war einfach. Obwohl er ein schmuckloses schwarzes Wams trug, war seine Erscheinung doch ganz die eines Edelmannes. Er hatte ein schmales, ästhetisches Gesicht und kalte, blaue Augen.

»Und wer ist das?« wisperte Alexia Jamie zu, als er ihr ein Glas süßen, weißen Wein reichte.

»Ach... nur ein alter Freund von Mutter«, sagte er beiläufig, nahm ihre Hand und zog sie vorwärts, um sie vorzustellen.

Der Mann, der ihr als Geoffrey Peale vorgestellt wurde, führte während der ganzen Mahlzeit eine lebhafte, aber leise Unterhaltung mit Annor Maxwell. Alexia wurde allmählich ärgerlich über den Mann, denn seine Gegenwart schien der Laune der jüngeren Brüder einen Dämpfer verliehen zu haben, die ausnahmsweise einmal eine ganze Mahlzeit lang ohne die üblichen Neckereien und Albernheiten auskamen. Was noch schlimmer war: Sein Blick wanderte immer wieder hinüber zu Evie, auf die Maske, die Evies Gesicht bedeckte, woraufhin sich diese so unbehaglich fühlte, daß sie mit dem Essen aufhören mußte.

Elspeth und Robin ignorierten einander so übertrieben, daß Alexia lächeln mußte, als sie sich an die Szene in der Vorratskammer am Nachmittag erinnerte. Jamie aß ebenfalls schweigend mit einem nachdenklichen Ausdruck, der im Gegensatz zu dem stand, mit dem er sie sehnsüchtig anstarrte, wann immer sein Blick auf sie fiel. Alexia fing Malcolms Blick auf. Er wies auf sie und lehnte sich zu dem Mann hinüber, dem er etwas sagte, wobei er seine Mutter mitten im Satz unterbrach.

»Es gibt immer eine Wahl«, antwortete der Mann auf Malcolms Frage. Seine Stimme übertönte die anderen Unterhaltungen am Tisch. Er wandte sich an Jamie. »Und Ihr, Lord Maxwell? Würdet Ihr nicht die Familie über Schottland stellen?«

Jamie lehnte sich in seinem Stuhl zurück. Er drehte mit der einen Hand an dem Stiel seines Weinglases, mit der anderen tastete er unter dem Tisch nach Alexia. »Ich glaube, es kommt auf die Umstände an, aber normalerweise ja. Ich würde meine Frau und meine Familie immer an die erste Stelle setzen.«

»Und Gott? Hat die Treue zu Gott keinen Platz in Eurer Ordnung der Dinge?«

»Gott ist allgegenwärtig, oder nicht? Also ist es wahrscheinlich doch so: Gleich, was ich wähle, Familie oder Land, er würde immer seinen Anteil bekommen.«

Der Mann wurde blaß. Er öffnete den Mund und wollte sprechen, aber Annor stand abrupt auf, schob den Stuhl mit soviel Kraft zurück, daß er wackelte und fast umfiel.

»Bitte...«, sagte sie, ihre Stimme zitterte leicht. »Ich möchte nicht unterbrechen, aber unsere Dienerschaft und die Mitglieder des Clans erwarten uns im großen Saal. Wir haben ihnen Tanz und Musik versprochen, und ich möchte sie nicht enttäuschen.«

Der Fremde bedachte Jamie mit einem letzten, durchdringenden Blick, aber er hatte keine andere Wahl, er mußte ihnen allen die Treppen hinauf in den großen Saal folgen.

Die Diener und Lakaien, die Schafhirten und Bauern, die Maxwells Güter bearbeiteten – sie warteten tatsächlich alle und jubelten ihrem Herrn und seiner Gemahlin zu, als sie eintraten. Jamie hielt eine kurze Ansprache voller Doppeldeutigkeiten und sexueller Anspielungen, bei denen die Frauen erröteten und die Männer feixten und sich gegenseitig in die Seite stießen. Als er fertig war, gab Alexia Anweisung, den Apfelwein und das Bier hereinzubringen.

Jamie setzte sich vor die Harfe, die aus dem Musikzimmer hereingebracht worden war, und fing an, muntere Weisen zu spielen.

Diccon forderte Elspeth sofort zum Tanz auf. Robin konnte den Anblick genau zwei Minuten ertragen, dann unterbrach er die beiden und sagte seinem Bruder rüde, er möge abhauen und seinen Kopf in einen Pferdetrog stecken. Verdutzt stand Diccon zwischen den umherwirbelnden Tänzern und starrte ihnen nach.

Alexia klopfte ihm auf die Schulter. »Ich habe scheinbar keinen Partner, Sir Diccon. Ob mir wohl ein galanter Ritter zu Hilfe kommen könnte?«

Malcolm blickte hinüber zu Evie, die gegen eine Wand gelehnt stand, und deren Fuß im Takt der Musik schlug. Er verbeugte sich tief. »Madam, würde es Euch etwas ausmachen, ein Tänzchen zu wagen?« Er lächelte sie verschmitzt an. »Ich werde versuchen, unsere Füße nicht allzusehr zu verwechseln.« Sie zögerte einen Augenblick, nickte dann und gab ihm ihre Hand.

Niemand bemerkte, daß Annor und der Fremde verschwunden waren.

Später, während einer Tanzpause, saß Alexia auf der Wandbank und versuchte Atem zu schöpfen, als Elspeth kam, ihre Schulter anfaßte und sie zur Eingangstür hindrehte. Ein provisorischer Vorhang war an diesem Ende des Saals von einer Seite zur anderen gespannt, und dahinter waren Schläge und Lachen zu hören.

»Sieh, Alexia!« rief Elspeth aus. »Das Spiel beginnt.«

»Ich wußte nicht, daß wir Komödianten hier haben. Wann sind sie angekommen?«

»Keine Schauspieler, Dummchen. Es sind Lord Maxwell und seine Brüder. Sie tun das jedes Jahr am Heiligen Abend. Das ist eine Tradition. Letztes Jahr war Robin ein Türke.«

Dieses Jahr war Robin ein König. Er kam als erster auf die Bühne und trug einen falschen Bart, eine Perücke aus grauem Garn, einen Nachttopf als Krone, und als Zepter trug er einen Topfhenkel vor sich her. Er setzte sich auf seinen Thron – Jamies Hochsitz – und kündigte mit Stentorstimme an, daß er seine Tochter, die Prinzessin, mit dem Mann verheiraten würde, der es wagte, den bösen Drachen zu töten.

Die Prinzessin trippelte auf die Bühne. Es war Malcolm. Er hatte eines von Annors abgelegten Gewändern an. Sein Gesicht war mit viel Schminke zugedeckt, die Lippen mit Lippenstift nachgezogen, und er hatte Kohlestriche um die Augen. Er hätte sehr schön ausgesehen, dachte Alexia, wenn er sich nicht so albern benommen hätte, herumhüpfend, mit den Augenwimpern klimpernd und Küsse in das Publikum werfend.

Andy war der tapfere Prinz, komplett ausgestattet mit Schwert und Schild, und Diccon war sein treuer Gaul. Andy vergaß immer wieder seinen Text. Diccon, der einen Pferdekopf aus Papier trug, hatte ihn verkehrt herum aufgesetzt, so daß schwer festzustellen war, ob er kam oder ging.

Plötzlich kam der Drache brüllend auf die Bühne. Alles schrie – sogar Alexia. Er hatte einen riesigen Kopf mit grünen Schuppen, roten Nasenflügeln, die richtigen Rauch herausbliesen. Dadurch sah er so lebensecht aus, daß selbst Alexia kaum glauben konnte, daß Jamie wirklich in dem monströsen Kopf steckte.

Das ist mein schönstes Weihnachtsfest, dachte Alexia, sogar besser als alle auf Thirlwall Castle. Sie sah verschwommen durch ihre tränengefüllten Augen, wie die Figuren auf der Bühne herumsprangen. Andy, der sein Schwert um sich schwang, Malcolm fast auf dem Boden liegend wie in einer mädchenhaften Ohnmacht, Jamie, der Feuer spie und kämpfen mußte, um zwischen seinem Gebrüll nicht immer wieder zu lachen. Das ist meine Familie, dachte sie. Wie konnte ich glauben, daß einer von ihnen meinen Tod gewollt hätte? Die Maxwells sind jetzt meine Familie. Ich gehöre hierher zu ihnen, zu Jamie, in diese Burg, in dieses Land.

Später in der Nacht, als sie in ihrem Schlafgemach allein waren, wollte sie Jamie etwas von ihren Gefühlen erzählen.

»Jamie«, begann sie und wandte sich ihm zu, aber sie vergaß alles, was sie ihm sagen wollte, als ihre Blicke sich trafen, die seinen lebhaft grün schillernd im flackernden Kerzenlicht.

Er lag auf dem Bett, die Schultern auf dem Polster, seine Hände hinter dem Kopf verschränkt. »Leg deine Kleider ab«, befahl er mit rauher Stimme.

Sie drehte sich zu ihm um. Erst zog sie den hohen steifen Kragen aus und warf ihn auf den Boden. Die Rüschen am Handgelenk kamen als nächstes, dann die Ärmel. Sie legte jedes Kleidungsstück langsam und mit erotischem Schweigen ab. Und nicht einen Augenblick lang wandte sie ihre Augen von seinem Gesicht. Als sie vollständig nackt war, hob sie die Hand, um ihre Haare herabfallen zu lassen.

»Nein«, sagte Jamie. »Laß dein Haar in Ruhe.«

Sie ließ die Hände herabfallen.

»Schließ die Augen«, sagte er.

Sie schloß die Augen, hörte, wie die Matratze sich unter seinem Gewicht bewegte, und spürte, wie er in der Dunkelheit aufstand. Sie hob ein Augenlid leicht an. Er nahm etwas aus der Kommode.

»Hör auf zu blinzeln.«

»Ich blinzele nicht«, sagte sie entrüstet und kniff zum Beweis die Augen zusammen.

Sie spürte, wie seine Finger über ihren Nacken strichen, dann legte sich etwas Kaltes und Schweres auf ihre Brust. Sie öffnete die Augen. Er stand hinter ihr und hielt ihr einen Spiegel vor das Gesicht.

Ein Feuerkreis fing das Licht auf und reflektierte es. Um ihren Hals lag eine Kette aus fein geschmiedetem Gold, und in jedem Glied war ein einzelner, makelloser Brillant gefaßt. Von der Mitte der Kette hing ein Anhänger herab, ein Saphir, der wiederum in glitzernden Brillanten gefaßt war.

Ihre Hände flogen hinauf zur Kette, obwohl sie es nicht wagte, sie anzufassen, voller Angst, daß sie nicht wirklich war, sondern nur eine Spiegelung des Lichts. »O Jamie...«

»Gefällt sie dir?«

»O Jamie...«

Jamie lachte und warf den Spiegel weg. Er beugte sich zu ihr und küßte sie auf den Nacken. Sie lehnte sich an ihn, schob ihre Arme unter seinen Armen durch, dabei wanderten seine Lippen über ihren Nacken und an ihren Schultern herab. Sie fing seine Hände auf und brachte sie tiefer an sich herunter. Er seufzte glücklich, nahm sie in die Arme und trug sie zu dem großen Bett hinüber.

Alexia wurde plötzlich wach.

Der Mond, der vom Schnee draußen reflektiert wurde, tauchte das Zimmer in silbernes Licht. Alles war still. Sie seufzte schläfrig und bewegte sich, suchte Jamie mit den Beinen. Er war nicht da.

Sie setzte sich auf und rief leise nach ihm, weil sie dachte, er sei aus irgendeinem Grund in das Vorzimmer gegangen. Als sie keine Antwort bekam, stand sie auf und suchte ihn. Aber das Vorzimmer war leer.

Die Tür zum Treppenhaus stand etwas offen. Alexia ging zurück ins Schlafzimmer, um ihren Morgenmantel zu holen, fand die Feuersteine und die Kerze neben dem Bett. Im letzten Moment ging sie noch einmal zurück, um ihre Hausschuhe anzuziehen; die Steinstufen würden kalt sein.

Einige Binsenlichter ließ man die ganze Nacht im Treppenhaus und vor dem Eingangsbereich zur Großen Halle brennen. Die Flammen warfen unheimliche Schatten an die Wände, so daß sie an brennende Hexen denken mußte und an Höllenfeuer. Ein kalter Luftzug fuhr unter ihren Mantel und wölbte ihn um ihre nackten Beine. Ein Schauer lief ihr den Rücken herab. Es war niemand da.

Sie schlüpfte durch die Eingangstür und in die Große Halle. Die eisernen Läden waren dort über die Fenster geklappt, aber das Weihnachtsscheit brannte im Kamin am anderen Ende des Raums und verbreitete einen roten Glanz. Sie zündete die Kerze an und ärgerte sich, daß ihre Hände dabei zitterten. Wovor fürchtete sie sich? Geister?

Sei nicht albern, sagte sie zu sich selbst.

»Jamie«, rief sie. »Bist du da?«

Der Klang ihrer eigenen Stimme gab ihr Sicherheit. Sie hielt die Kerze hoch und spähte in die schattigen Ecken der Halle. Abfälle von der Weihnachtsfeier lagen überall auf dem Boden verstreut. Die Bediensteten würden morgen viel Arbeit haben, dachte sie.

Ein Wehklagen drang aus der Mauer. Nein, es war nicht die Mauer, es war jemand oder etwas, das hinter der Mauer wehklagte.

Sie trat einen Schritt zurück, dann noch einen. Und dann faßte sie Mut. Sie biß die Zähne zusammen und schritt entschlossen in die Richtung, aus der das Geräusch kam. Das Stöhnen hörte auf.

Sie betrachtete diesen Teil der Mauer. Es war direkt rechts neben dem Kamin. Sie stellte sich im Geiste vor, wie die Serviceräume um die Halle angeordnet waren. Soviel sie wußte, gab es dort kein Zimmer – und das war seltsam, denn dort mußte ein Zimmer sein, denn die Speisekammer lag auf der anderen Seite.

Die Mauer war mit bemalten Gipsreliefs geschmückt, die die Sternzeichen darstellten, sechs auf jeder Seite des Kamins. Der Widder befand sich direkt in Augenhöhe. Alexia hob die Hand und drückte auf seine Nase. Nichts geschah.

Sie mußte sich das Ganze eingebildet haben, dachte sie. Wahrscheinlich war Jamie nur kurz hinausgegangen. Er würde jetzt wieder im Bett liegen und sich wundern, wo sie blieb. Und wenn sie nicht bald zurückginge, würde er die ganze Burg aufwecken und nach ihr suchen lassen. Sie drehte sich um und...

Der Löwe blinkte sie an.

Alexias Schrei drang nur bis zu ihrer vorgehaltenen Hand. Die Kerze fiel ihr aus der Hand und ging aus. Die Augen des Löwen glühten gelb in der Dunkelheit, und sie erkannte, daß der Löwe nur scheinbar gewunken hatte, weil das Licht, das durch die Löcher drang, unruhig flackerte.

Sie konnte das Relief, das den Kopf des Löwen darstellte, nicht erreichen. Also zog sie eine Bank an die Wand und stellte sich darauf. Sie reckte sich hoch und drückte ihre eigenen Augen gegen die Öffnungen, die die Augen des Löwen in dem Bildnis darstellten.

Sie sah hinunter in eine kleine, mit Kerzen erleuchtete Kapelle, die voller Menschen war. Ein Priester in rotem Talar stand mit dem Gesicht zum Altar. Er hielt einen goldenen Kelch in beiden Händen, hob ihn hoch über seinen Kopf und fing an, in Latein zu singen. Das war das Wehklagen, was sie vorhin für Stöhnen gehalten hatte. Ein kleiner Junge in einem weißen Gewand mit rotem Überwurf kniete neben ihm. Der Junge hob eine Messingkugel vom Boden auf und fing an, sie in weitem Bogen um sich herumzuschwingen. Der Geruch des Weihrauchs füllte die Luft. Er drehte etwas den Kopf und warf einen kurzen Blick über die Schulter, und Alexia sah sein Gesicht. Es war Andy.

Sie waren Papisten. Die Maxwells waren Papisten. Sie hätte es nie für möglich gehalten, wenn sie es nicht mit eigenen Augen sehen würde. Und doch hatte sie von solchen Dingen gehört. Priester, die in Verkleidung durch das Land reisten und in den Heimen der Katholiken die Beichten abnahmen und die Messe zelebrierten. Die katholischen Riten waren verboten worden, aber diejenigen, die die alten Gebräuche nicht aufgeben wollten, waren in den Untergrund gegangen, um ihre Religion in Kellern und geheimen Räumen zu praktizieren. Die Strafen, wenn man sie fing, waren schwer. Konfiszierung aller ihrer Besitztümer, Exil oder Tod.

Der Priester hatte seine Stimme zu einem letzten, traurigen Amen erhoben. Er knickste und wandte sich um, breitete die Arme segnend aus, und über dem roten Gewand sah Alexia das schmale, dunkle Gesicht Geoffrey Peales.

Ein fester Arm packte Alexia um die Hüften und hob sie von der Bank. Sie strampelte und wollte schreien; da preßte sich eine schwielige Hand auf ihren Mund. Das Weihnachtsscheit brach in sich zusammen und spuckte noch einen Funkenschauer aus, so daß Alexia Jamies goldglänzendes Haar erkannte.

Sie hörte auf zu strampeln, obwohl er sie nicht losließ. Er zog sie aus dem Saal und die Treppen hinauf, seine Hand noch immer fest über ihren Mund gepreßt. Erst als er die Tür zu ihrem Schlafzimmer mit seinem Stiefelabsatz zugeschlagen hatte, ließ er sie los.

Sie entfernte sich rückwärtsgehend von ihm und wischte sich den Mund mit dem Handrücken. »Du brauchtest nicht so grob zu sein.«

Seine Lippen wurden schmal, verzogen sich zu einem kalten Lächeln, und in seiner Wange zuckte es. Sie hatte diesen Ausdruck schon zweimal auf seinem Gesicht gesehen, diese Weißglut, so intensiv, so wild, daß er sie nur mit enormer Anstrengung unter Kontrolle halten konnte. Aber bis jetzt war diese Wut niemals gegen sie gerichtet gewesen, und zum erstenmal hatte sie wirkliche Angst vor ihm.

Seine Stimme peitschte durch die Luft. »Was wolltest du dort?«

Sie strich sich das Haar aus dem Gesicht. »Ich... ich bin aufgewacht, sah, daß du weg warst, und dachte, irgend etwas mußte passiert sein. Ich hatte nicht die Absicht, dir nachzuspionieren.«

»Ach nein? Aber von der Stelle, wo ich gestanden habe, sah es ganz so aus, als ob du spioniertest.«

Alexias eigene Wut entflammte. »Und was ist dabei? Habe ich nicht das Recht zu wissen, was unter meinem Dach passiert? Insbesondere daß das, was passiert, mein eigenes Leben in Gefahr bringt?«

Er sagte nichts. Aber das Zucken in seinem Gesicht ließ nach und sein Mund entspannte sich.

»Hättest du mir nicht sagen müssen, daß du katholisch bist?« fragte sie. »Es ist keine Kleinigkeit, und ich bin deine Frau. Ich hätte es wissen müssen.«

Er seufzte und kam ins Zimmer. »Wir haben von solchen Dingen wie Gott und Religion bisher nicht gesprochen. Vielleicht habe ich mich gescheut.« Er lächelte gezwungen. »Es gab schon eine so lange Liste von Dingen, über die wir aneinandergeraten konnten. Ich wollte nicht noch einen Punkt hinzufügen.«

Er saß in einem Stuhl vor dem Kaminfeuer und hatte seine Ellenbogen auf die Knie gestützt. »Ich bin nicht katholisch. Aber meine Mutter und meine Brüder sind es. Wie kann ich ihnen den Trost ihres Glaubens verweigern? Ich habe dir schon einmal gesagt, daß du nicht für gesetzlos erklären kannst, was ein Mann oder eine Frau glauben. Die Maxwells waren über dreihundert Jahre lang treue Katholiken. So etwas liegt im Blut.«

»Und doch scheint es nicht in deinem zu liegen.«

Er zuckte mit den Schultern. »Ich finde Gott in anderen Dingen, nicht in Ritualen.«

Sie kam und kniete sich neben ihn, eine Hand legte sie leicht auf seinen Oberschenkel. Er hob die Augen und betrachtete sie intensiv.

»In Schottland gibt es Gesetze gegen solche, die Menschen katholischen Glaubens Unterschlupf gewähren. Jetzt, wo du von der Kapelle hinter der Halle weißt, was wirst du tun?«

»O Jamie. Wie kannst du das auch nur fragen? Du weißt, ich würde dich niemals verraten.«

Er streichelte ihre Wange und hob dann ihren Kopf. »Weiß ich das, Alexia? Wie kannst du erwarten, daß ich deine Gedanken lesen kann, wenn du sie selbst nicht kennst?«

Kapitel 18

Alexia spähte hinauf zu den Tupfern aus blaßrosa Blüten und lanzenförmigen Blättern. Sie schüttelte zweifelnd den Kopf. »Ich weiß nicht, Cobie. Ich fürchte, das ist nicht logisch.«

»Nein, Mylady, es kann nicht anders sein. Ich sage es Euch!« Cobie, der Gärtner, hüpfte vor Aufregung auf und ab, denn er glaubte, er hätte gerade eine Möglichkeit gefunden, einen Pfirsichbaum dazu zu bringen, daß er Granatäpfel hervorbringt, indem er die Blüten mit Ziegenmilch besprüht hatte. Granatäpfel mußten sonst importiert werden, waren teuer, und andererseits hatte die Burg einen Obstgarten voller Pfirsichbäume.

»Ich habe es direkt von Master Collier: Er ist Verwalter da unten am Lochwood Tower, und der hat es von dem Herboristen am Königshof. Er sagt, es gelingt immer.«

Alexia überließ Cobie seinem Experiment und ging weiter, um den übrigen Garten zu inspizieren. Sie ging durch die Blumenbeete, wo Veilchen, Klatschmohn, Bartnelken und Narzissen lebhafte, kontrastreiche Muster bildeten. Dieses Jahr hatte sie den Kräutergarten erweitert, hatte echte Kapernsträucher und Schwarzwurzel zu den Minze- und Petersilienbeeten, zu Koreander und zu Fenchel gepflanzt. Sie kniete einen Augenblick nieder, zog ein Minzeblatt aus und zerrieb es zwischen ihren Fingern, um den scharfen, frischen Geruch einzuatmen.

Schnurgerade Reihen von Gemüse, wie die Garde des Königs im Gänsemarsch, breiteten sich links von ihr aus. Gurken, Rote Bete, Kohl und Gelbe Rüben. Ein kleines Feld von Senfpflanzen stand gerade in Blüte, prächtige, tiefgelbe Blumen, die so hell leuchteten, daß sie das Auge blendeten. Vielleicht sollte sie den Koch bitten, für morgen eine Seezunge in Senfsoße zum Abendessen zuzubereiten. Es war eines von Jamies Lieblingsgerichten.

Sie setzte sich auf eine Bank vor dem Laubengang, lehnte sich zurück und ließ sich das Gesicht von der warmen Sonne bescheinen. Sie hieß den Frühling willkommen, obwohl sie sich nicht untätig durch die Wintermonate gequält hatte. Jamie war wie ein eingeschlossenes Tier durch die Räume der Burg getappt und hatte viele Stunden beim Fechten mit seinen Brüdern in der Großen Halle verbracht. Gelegentlich war er ein paar Tage verschwunden, und sie wußte, daß er auf Raubzügen war. Einmal waren sie selbst überfallen worden, von diesen Grahams von der anderen Seite der Grenze. Die Erregung auf seinem Gesicht und der gewisse Ton in seiner Stimme, wenn er sein Schwert gürtete und sich anschickte, den Nachtrab anzuführen, überzeugte sie, daß er sich in manchen Dingen niemals ändern würde. Die gleichen Finger, die die Saiten einer Laute schlagen konnten oder Kohlezeichnungen anfertigten, führten mit ebensoviel Geschicklichkeit Schwert und Degen, wenn nicht noch geschickter. Er war ein echter Sohn der Grenzländer, erzogen zum Kämpfen und zum Räubern. Und obwohl er auch eine sanfte Seite hatte, die ihn in Gegensatz brachte zu diesem Ort und zu seiner Zeit, waren dies doch Eigenschaften, die in Jamie Maxwell immer miteinander kämpften, der Lord, Häuptling und Anführer eines harten und gewalttätigen Volkes war.

Etwas Schweres landete mit einem weichen Plumps in ihrem Schoß.

Alexia betrachtete das viereckige Lederpaket, das auf ihren Schenkeln ruhte, dann das abgetragene, staubige Wollwams und schließlich das verwilderte Gesicht des Landstreichers. Sie wollte ihn gerade ausschimpfen, als er sich auf die Bank neben sie setzte, so nah, daß seine befleckte Hose an ihren Röcken vorbeistrich.

»Wie kannst du es wagen!« zischte sie ihn an. »Wer bist du …«

»Seid still. Ich habe gehört, daß Ihr für eine Frau recht vernünftig seid, aber ich kann nicht sagen, daß ich etwas davon gemerkt hätte. Diese Papiere müssen sofort in Carletons Hände kommen. Die Sicherheit Englands und das Leben der Königin hängen davon ab. Was ich gar nicht brauchen kann, ist, daß Ihr hysterisch werdet und mich so hochnäsig behandelt.«

Sie bemerkte, daß ihr Mund weit offenstand und schloß ihn langsam. Der Landstreicher hatte seine grobe, bäurische Redeweise aufgegeben und sprach jetzt zu ihr in der sorgfältig modulierten Stimme eines, wenn nicht Gentleman, dann zumindest eines Handwerkersohns. Es gab noch etwas an ihm, das ganz anders war, obwohl sein Haar und Bart verfilzt waren und seine Kleider genauso zerlumpt und dreckig.

Alexia schluckte und blickte auf das Paket. Die Sicherheit Englands und das Leben der Königin ... Ihre Hände schlossen sich um das Leder, sie konnte die steifen Papiere darunter spüren.

»Ihr könnt sie lesen, wenn Ihr wollt«, sagte er. »Seht nur zu, daß sie nicht in falsche Hände geraten. Ihr werdet erfreut sein zu sehen, daß die Maxwells bis zu ihren eleganten Hälsen in landesverräterischen Machenschaften stecken.«

Alexia fand ihre Stimme wieder. »Wieso glaubst du, ich wäre erfreut?«

»Nun, es geht das Gerücht, daß seine hohe und mächtige Lordschaft Euch aus Carlisle entführt, mißbraucht und dann geheiratet hat, um den Skandal zu vermeiden. Es scheint, als würdet Ihr gern von ihm weg und auch von dem Rest der Familie, und nun habt Ihr die Möglichkeit dazu. Er wird aufs Schafott gehen und Schlimmeres für das, was er tut. Aber wenn Ihr Angst habt, diese Papiere weiterzugeben, sollte ich sie lieber zurücknehmen.«

»Nein!« Alexia drückte das Paket an ihre Brust und sprang auf, dabei entfernte sie sich von ihm. »Du hast recht, ich möchte meine Rache an Lord Maxwell nehmen für das, was er mir angetan hat.«

Er schnaubte und lachte. »Das habe ich mir gedacht. Manche Leute tun es aus Liebe, manche aus Haß. Was mich betrifft, ich tue es für Geld.«

Er stand auf, ging einen Schritt auf sie zu und stellte sich so nah vor ihr auf, daß sie den Dreck sehen konnte, der in den Falten seines Gesichts eingegraben war. Dann erkannte sie, was so anders an ihm war. Der Gestank, der über ihm hing wie eine miasmische Wolke, war heute weniger stark, das heißt kaum wahrnehmbar. Vielleicht badete er sich alle zehn Jahre einmal, und dieses Jahr war wieder gekommen.

Er nickte mit dem Kopf in Richtung auf das Paket in ihrer Hand.

»Ihr werdet sehen, was ich mit Wichtigkeit der Papiere meine. Am besten bringt Ihr sie ohne Zögern zu Eurem Vater.« Sein Mund öffnete sich zu einem Grinsen und ließ eine Reihe Zahnlücken sehen. »Und laßt Seine Lordschaft wissen, daß er jetzt einen neuen Schmied braucht. Ich war lang genug in dieser Ecke Schottlands und muß dringend einmal nach Paris.«

Dann ging er davon, direkt durch den Garten, machte sich aber nicht die Mühe, auf den Wegen zu gehen, sondern trampelte über die sorgfältig gepflegten Blumen- und Gemüsebeete. Aber Alexia bemerkte es nicht. Sie hatte das Lederpaket unter ihr Mieder geschoben und eilte zur Burg zurück. Ihr Herz klopfte in der Brust wie das Tamburin eines Zigeuners.

Sie schlug die Tür zum Schlafzimmer hinter sich zu und warf sich auf das große Bett. Alexia riß das Paket auf und legte den Inhalt in ihren Schoß. Es waren mehrere Blätter Papier, die auf beiden Seiten mit feiner, spinnenartiger Schrift bedeckt waren. Sie hob ein Blatt hoch. Es war ein Brief an Ihre Majestät, Mary Stuart von Schottland, Chartley Castle, Staffordshire, adressiert, und sie konnte kaum lesen, so sehr zitterten ihre Hände.

Der Landstreicher hatte nicht übertrieben, als er die Papiere wichtig nannte. Hier, vor ihren Augen in präzisen, schrecklichen Details ausgebreitet, war von einem Komplott die Rede, das ihre Welt zerstören würde. Eine Gruppe Grenzlandschotten und englische Adelige hatten sich zusammengerottet, um Mary Stuart aus ihrem Gefängnis in England zu befreien. Die Schotten sollten sich am letzten Apriltag am Wehrturm, den man Liddleskeep nannte, in den Cheviot-Hügeln versammeln. Am nächsten Tag würden sie die Grenze nach England überschreiten, sich mit den englischen Rebellen vereinen und Chartley Castle überfallen, um die alte Königin zu befreien. Mary, die abgesetzte Mutter von König James, würde zur Königin von Schottland und England erklärt. Dann würden sie nach London marschieren, um einen Aufstand der katholischen Untertanen beider Länder anzuführen. Alle protestantischen Sekten würden aufgelöst, der katholische Glaube als einzig legitimer wieder eingesetzt. Der Erfolg des Aufstands wäre garantiert, hieß es in dem Brief, denn an dem Tag, dem ersten Maitag, würde Elizabeth Tudor von einem Mörder getötet, der bereits in ihren privaten Haushalt eingeschleust worden sei. Der Brief endete mit dem Gruß »Für Königin Mary und den wahren Glauben«, dahinter ein Name, der ihr nichts sagte.

Dann folgte eine Liste der beteiligten Adeligen. Alexia erkannte die Namen der Engländer, alles Katholiken, obwohl sie keinen von ihnen persönlich kannte. Die schottischen Namen kannte sie überhaupt nicht... außer einem.

Hier war der Beweis für Jamie Maxwells Doppelzüngigkeit. Die Erkenntnis ging wie ein Riß durch ihren Körper, ließ das schwache Fundament ihrer Ehe, den Turm ihrer Liebe und den Glauben an sich selbst zusammenbrechen.

Am hervorragendsten unter den schottischen Verfechtern des wahren Glaubens und der Sache Euer Gnaden, so hieß es in dem Papier, sind der junge Lord Maxwell und seine gnädige Frau Mutter. Sie haben sehr viel dazu beigetragen, daß unsere leeren Kassen nun wieder gefüllt sind, und an dem Tag, den wir alle sehnsüchtig erwarten, wird der junge Maxwell das Feld in Schottland anführen für die Sache Euer Gnaden. Als Anerkennung für die Dienste Eurer größten und glühendsten Untertanen habe ich dafür plädiert, daß die Baronie der Maxwells zu vergrößern sei und zur Grafschaft erhoben werde und den Ländereien der Maxwells sollen die englischen Domänen Penrith, Cockermouth, Thirlwall –

Thirlwall! Alexias Hände zitterten so stark, daß sie fast das Papier zerriß. Dieser lügnerische, räuberische Maxwell-Schuft! Konnte noch nicht einmal warten, bis Vater tot war, um seine gierigen Hände auf ihr Erbe zu legen. Er und seine Mitketzer schnitten England auf wie eine geröstete Gans, planten den Mord, um eine katholische Königin auf den Thron zu heben. Und sie hatte an ihn geglaubt, während er die ganze Zeit gelogen, konspiriert, Landesverrat und Mord geplant hatte.

Sie warf die Papiere zur Seite und bedeckte ihr Gesicht mit den Händen, preßte sie fest auf den Mund, damit man ihr Schluchzen nicht hörte, das aus ihr herausbrechen wollte, wie Wasser durch einen Deich.

Sie wollte ihn töten, so groß war ihre Wut auf ihn wegen seiner

Lügen und auf sich selbst, weil sie ihm geglaubt hatte. Und sie wollte ihn festhalten, fest an sich drücken in ihren Armen, so daß er diese schreckliche Sache nicht tun könnte, die sie alle zerstören würde.

Jamie ging ans Licht zum Fenster und lehnte sich an den Rahmen. Seine Augen wanderten schnell über die Dokumente, und sein Mund verzog sich grimmig.

»Es ist nicht schlimmer, als du erwartet hattest«, sagte Malcolm aus seinem Stuhl vor dem Schreibtisch seines Bruders in dessen privatem Arbeitszimmer. Er streckte seine Beine aus und legte sie übereinander. »Konspirative Zusammenkünfte in der Nacht, Mörder, die in den Küchen lauern... Das liest sich wie ein Weihnachtsstück.«

Jamie sah kurz auf und las dann weiter. »Es mag dir amüsant vorkommen, Malcolm, aber für jene, die damit befaßt sind, fürchte ich, ist es tödlicher Ernst. Jock, hat Nad gesagt, er hätte Kopien davon Alexia gegeben?«

Big Jock, der seine breiten Schultern gegen die Tür gelehnt hatte, seufzte und machte sich gerade. »Ja.« Er warf Seiner Lordschaft einen tadelnden Blick zu. »Und dabei ist etwas komisch. Er sagte, es seien Eure Befehle.«

Malcolm sah von Big Jock zu Jamie. »Was spielt ihr jetzt für ein Spiel? Ihr glaubt doch nicht wirklich, daß Alexia diese Papiere nach England weiterschickt?«

Jamie lächelte ihn seltsam an. »Ich habe vor langer Zeit schon gelernt, nicht erraten zu wollen, was die gnädige Frau, meine Gattin, tun oder nicht tun wird. Immerhin korrespondiert sie ziemlich regelmäßig mit ihrem Vater.«

»Aber jeder, der die Tatsachen nicht kennt, würde meinen, du wärst an dem Komplott beteiligt. Einer dieser Briefe erwähnt insbesondere einen Lord Maxwell als Anführer der schottischen Seite in dem Aufstand.«

»Ja... Und da ist wirklich etwas seltsam, wie Jock sagen würde.« Jamie machte sich nicht die Mühe, die Bitterkeit in seiner Stimme zu verstecken.

»Aber du glaubst doch sicher nicht... ich meine, sicherlich würde er nicht...« Malcolm sagte nichts mehr. Es gab tatsächlich nur zwei Erklärungen für den Inhalt dieses Briefes. Denn wenn, wie sie annahmen, ihr Bruder Robin beteiligt war, dann sollten die anderen Konspirateure, was seine Identität betraf, tatsächlich irregeführt werden, oder aber Robin erwartete, daß er selbst am Tage der Rebellion Lord Maxwell sein würde. Was bedeuten würde, daß...

»Nein«, sagte Malcolm laut und schüttelte den Kopf. »Ich würde meinen Seelenfrieden verpfänden, daß Robin niemals absichtlich deinen Tod herbeiführen würde. Ich kann auch nicht glauben, daß Alexia diese Papiere ihrem Vater schicken wird. Nicht, wenn sie annimmt, sie würde deinen hübschen Kopf in eine häßliche Schlinge legen. Mein Gott, Jamie, sie ist deine Frau.«

»Sie ist auch Engländerin. Und eine Carleton.«

»Aber sie liebt dich«, sagte Malcolm.

»Tut sie das?« schoß Jamie zurück.

Malcolm antwortete nicht. Wenn Jamie darauf bestand, der Wahrheit gegenüber dickköpfig und blind zu sein, konnte er nichts dagegen tun. »Sie würde uns nicht verraten«, sagte er statt dessen.

»Ich habe dir gesagt, daß ich niemals sicher sein kann, was Alexia tun wird, obwohl es immerhin interessant wäre, das herauszufinden.« Jamie faltete die Papiere und schlug sie lässig gegen seine Handflächen. »Nein, es ist wohl besser, wenn ich sie selbst nach Stirling bringe. Und es ist besser, wenn ich heute nachmittag noch abreise, denn es bleibt nicht viel Zeit. Jock, du wirst mit mir kommen.« Er ging zur Tür.

Malcolm sah auf. »Du wirst doch nicht wirklich hiermit zum König gehen? Ich will nicht unbedingt deinen Heldenmut vereiteln, lieber Bruder, aber was ist mit Robin und mit Mutter? Was ist, wenn sie wirklich damit zu tun haben?«

Jamie drehte sich zu seinem Bruder um. Sein Miene war hart. »Was mit ihnen ist? Ich werde versuchen, James ihr Leben abzuringen als Gegenleistung für Einzelheiten des Komplotts. Aber für nichts in der Welt und für niemanden in der Welt werde ich danebenstehen und zusehen, wie dieses Land in einen Bürgerkrieg gezerrt wird, in einen Krieg, der solche Ströme von Blut hervorbringen würde, daß sie noch hundert Jahre durch das Land fließen würden!«

Malcolm dachte an Mary Stuart, die diese letzten achtzehn Jahre im Gefängnis saß, länger gefangen, als er selbst lebte. An den Tag, an dem sie ihre Krone den adeligen Wölfen zugeworfen hatte, die kläffend an ihren Fersen hingen, und in ein Gefängnis nach England geflohen war. Geflohen, um achtzehn Jahre lang Verschwörungen anzuzetteln, zur Rückeroberung ihrer Freiheit und ihres Thrones. Jetzt war sie eine alte Frau. Eine arme, dumme, närrische Frau. Ein Pfand für Männer wie seinen Bruder Robin, der ein gefährliches und verzweifeltes Spiel um einen Titel spielte und um ein Land kämpfte, das ihm nicht gehörte.

Er merkte, daß Jamie etwas gesagt hatte und ungeduldig auf eine Antwort wartete.

Er stand ungeschickt auf. »Entschuldige, was hast du gesagt?«

»Ich sagte, du solltest hier und jetzt entscheiden, Malcolm, wo du stehst.«

Hinter Jamie trat Big Jock einen vorsichtigen Schritt zur Seite. Seine Hand wanderte zu dem Degen an seiner Seite.

Malcolms Mund verzog sich zu einem bitteren Lächeln. »Und wenn dir die Antwort nicht gefällt, mein Lord Bruder, was wirst du dann tun?«

Jamie lachte, und Malcolm errötete bei diesem Lachen, denn in ihm war keinerlei Böswilligkeit noch Wut. Nur echtes Amüsement.

»Ich werde dich fesseln, knebeln und in einen der Keller sperren. Und wenn ich von Stirling zurückkomme, werde ich dir die Haut in Streifen abziehen, weil du mir solche Schwierigkeiten gemacht hast. Nun?«

Malcolm lachte auf, erleichtert, aber voller Schmerz. »Gütiger Himmel, Jamie. Ich bin für dich. Und Schottland und König James. Was hast du denn erwartet?« Er hinkte hinüber zum Tisch, nahm ein Holzkästchen und hielt es Jamie hin. »Da du darauf bestehst, das Königreich mutterseelenallein zu retten, könnte dir dies nützlich sein.«

»Was ist es?« Jamie nahm den Kasten und öffnete ihn. Auf einem Kissen aus rotem Samt lag ein Paar neuer Luntenschloßpistolen.

Sie waren schön und sahen doch todbringend aus. Aber in Wirklichkeit waren sie langsam zu laden, schwierig genau abzufeuern und hatten eine sehr kurze Reichweite. Jamie hatte immer abgelehnt, sie im Kampf oder bei einem Überfall zu verwenden. Er nahm an, als Waffe könnten in einem Angriff Mann gegen Mann die Pistolen furchterregend sein. Aber wenn man die Absicht hatte, einen Menschen mit einem Paar Pistolen direkt zu töten, sollte man dafür sorgen, daß die zwei Kugeln ausreichten, um den anderen zu erledigen. Denn wenn man danebenschoß, würde der Feind Zeit genug haben, einem mit dem Schwert den Kopf mitten durchzuhauen, ehe man wieder laden konnte.

»Es ist ein Geschenk, das ich mir selbst mit dem Geld gekauft habe, das ich letzten Sonntag in Langholm durch deinen Gaul gewonnen habe. Wenn du willst, kannst du sie mit nach Stirling nehmen«, bot Malcolm an.

Jamie lächelte über den Jungen und umarmte ihn kurz. »Es ist lieb von dir, mir das anzubieten, Malcolm. Aber ich gehe dorthin, um den König zu sprechen, nicht um ihn totzuschießen.«

Jamie kam bis zur Tür, ehe er sich noch einmal umdrehte. »Und, Malcolm, du weißt natürlich, daß, bis ich den König gesprochen habe, keiner außerhalb dieses Zimmers wissen darf, daß ich diese Papiere habe.«

»Ja, natürlich. Aber was ist mit Alexia?«

»Alexia soll selbst entscheiden, was sie mit den Kopien macht, nicht wahr? Ich bezweifle, daß wir befürchten müssen, sie würde ihre Existenz Robin oder Mutter gegenüber erwähnen.«

Alexia hörte die Schritte ihres Mannes auf der Treppe und wie die Tür zum Vorzimmer aufgeklinkt wurde. Sie schnappte sich die brisanten Papiere und schob sie eilig unter das Kopfpolster. Sich vom Bett entfernend, verschränkte sie die Hände hinter ihrem Rücken und versuchte, ihrem Gesicht einen gleichgültigen Ausdruck zu geben.

Jamie sah sie erstaunt an, als er das Schlafzimmer betrat. »Ist was?« fragte er. »Du siehst aus, als hättest du zum Frühstück Zitronen gekaut.«

Ohne auf eine Antwort zu warten, ging er zu einer Kommode und nahm kniend seine Satteltasche heraus.

Alexia fächelte sich Luft zu. »Ich... ich war ein bißchen im Garten. Es ist warm für April, nicht wahr, Mylord?«

»Hmm.« Er stopfte mehrere Hemden in die Satteltasche.

»Wo reitest du hin?«

»Nach Stirling.«

Lügner, dachte sie. Du wirst Mord und Verrat begehen. »Und hast du nicht genügend Hemden in deinem Stadthaus in Stirling?«

Die Schärfe in ihrer Stimme ließ ihn aufblicken, aber er sagte nichts, sondern verschnürte die Riemen und stand auf.

Er warf die Tasche aufs Bett, kam herüber zu ihr und nahm sie in die Arme. »Ich kann noch eine Weile bleiben«, sagte er mit belegter Stimme.

Es war unmißverständlich, in seiner Stimme lag dieser besondere Ton. Und die leichten, neckischen Küsse, mit denen er ihre Lippen bedeckte, brachten sie völlig durcheinander. Ein Verlangen, verräterisch und unbeherrschbar, ließ ihr Blut schneller fließen und nahm ihr den Atem. Sie konnte sich selbst, sooft sie wollte, sagen, daß sie ihn haßte, aber ihr Körper hatte noch immer nicht verstanden.

Er hob ihre Arme hoch über den Kopf und küßte sie auf Hals und Schulter. Dann strich er ihre Haare zurück und küßte den Puls, der unter dem Ohr am heftigsten schlug.

Alexia holte Luft, und es gelang ihr, den Kopf abzuwenden. »Jamie, bitte. Es ist mitten am Vormittag.«

Er lachte leise, und sein Atem strich zärtlich über ihre empfindliche Haut. »Und was? Es gibt keine einzige der vierundzwanzig Stunden des Tages, in der wir es nicht wenigstens einmal gemacht haben.«

Er preßte sich mit der ganzen Länge seines Körpers eng an den ihren und hob sie etwas hoch, indem er mit beiden Händen ihr Gesäß anhob. Sein Kuß war grob und fordernd, seine Zunge bewegte sich tief in ihrem Mund. Sie lehnte sich fest an ihn, und jeder Nerv reagierte auf seine Berührung, auf sein heftiges, forderndes Verlangen.

Er wollte gerade die Haken an ihrem Mieder lösen, als sie ihn von sich stieß. »Hör auf!«

»Was ist, mein Liebes?« Er war einen Schritt zurückgetreten, hatte aber seine Hände noch leicht auf ihren Armen.

»Es ist ... es ist, ich habe meine Regel. Sie hat wieder angefangen.«

Sie wußte, wenn sie ihm ins Gesicht sah, würde er die Lüge in ihren Augen lesen können. Er würde sowieso wissen, daß sie log, denn er konnte genauso Tage zählen wie sie.

Er ließ sie sofort los und ging einen Schritt zurück. »Ein einfaches Nein hätte genügt«, sagte er steif. »Ich würde mich dir nie aufdrängen.«

Er hängte sein Schwert am Gürtel ein und hob seine Jacke und die Satteltasche auf. An der Tür blieb er einen Moment stehen, die Hand auf dem Riegel. Dann zog er sie zurück und wandte sich um. Er nahm sie fest in den Blick, und sie wußte, daß er alles in ihrem Gesicht lesen konnte. Die Existenz der Papiere, ihre Kenntnis von ihnen, sogar, was sie mit ihnen tun würde, obwohl sie das selbst nicht einmal genau wußte.

»Möchtest du mir etwas sagen?« fragte er.

Sie hob den Kopf. »Nein, nichts. Warum?«

Er hob die Schultern. »Nur so.«

Er öffnete die Tür.

»Jamie?«

Er drehte sich um.

»Sei vorsichtig«, flüsterte sie.

Er sagte nichts, sah sie nur einen Augenblick länger an und ging dann.

Alexia baute ein Feuer im Kamin auf. Sie sorgte dafür, daß es groß und sehr heiß wurde, so daß die Flammen bis zum Sims hinaufleckten und das Geräusch von knisterndem Holz den ganzen Raum füllte. Ohne die furchtbare Hitze wahrzunehmen, kniete sie sich hin, das Paket Papiere in der Hand.

»Gott vergib mir, aber ich kann es nicht tun«, sagte sie laut. »Ich liebe ihn so sehr, ich kann ihn nicht betrügen. Nicht einmal, um das Königreich zu retten, werde ich ihn betrügen.«

Sie fütterte die Flammen mit den Papieren, eins nach dem anderen warf sie hinein. Und während das Feuer die Papiere auffraß, schien etwas tief in ihr auch zu vergehen. Denn Liebe wie die, die sie für Jamie Maxwell empfand, war nicht in einem Augenblick zu töten. Sie konnte sterben, aber langsam, aus Enttäuschung, Desillusionierung und Verzweiflung.

Es pochte heftig an der Schlafzimmertür. Alexia sprang schuldbewußt auf die Füße.

»Wer ist da?«

Niemand antwortete, aber einen Augenblick später öffnete sich die Tür, und Malcolm hinkte herein.

Er blieb auf der Türschwelle stehen und schreckte übertrieben zurück. »Hier ist es ja so heiß wie im Boudoir des Teufels!«

»Ich ... ich hatte so ein komisches Gefühl, als ob ich mich erkältet hätte, also machte ich ein Feuer.« Alexia schlug die Arme um sich und produzierte ein heftiges Zittern. »Jamie ist nicht hier. Und ich fühle mich noch immer nicht wohl, Malcolm ...« Sie hoffte, er würde den Hinweis verstehen und sich entfernen.

Aber das tat er nicht. Statt dessen ging er hinüber zum Kamin. Er stand davor, die Hände auf dem Rücken verschränkt. Jetzt fielen die Flammen in sich zusammen. Er rührte mit seiner Stiefelspitze an der Kante eines besonders dicken Haufens Asche.

»Hast du etwas verbrannt?« Er drehte sich um und lächelte sie schelmisch an. »Ein geheimes Tagebuch vielleicht?«

Alexia zwang sich zu einem Lachen. »Nein, nur ein paar alte ... Briefe von meinem Vater.« Sie merkte, daß sie rot wurde, und hoffte, er würde das der Hitze zuschreiben. Oder ihrer angeblichen Krankheit.

Malcolm hatte sich vom Kamin abgewandt. Er ging ziellos im Zimmer umher, hob hier eine Miniatur auf, strich dort über ein Seidenkissen. Er hob Jamies Laute auf und spielte ein paar Takte. »Ich habe mich gefragt, ob Jamie mit dir gesprochen hat, bevor er ging?«

»Nur um mir zu sagen, daß er nach Stirling reitet.«

»Oh ...« Er zupfte noch einen Takt. »Und hat er dir gesagt, warum?«

»Warum?«

»Warum er nach Stirling reitet.«

Alexia suchte verzweifelt in ihrem Gedächtnis. Hatte Jamie sich die Mühe gemacht, seine offensichtliche Lüge weiter auszubauen?

»Er war in Eile«, wich sie aus.

Sie hätte gerne gewußt, welche Rolle Malcolm in dieser ganzen Sache übernommen hatte. Der Landstreicher hatte angedeutet, daß alle Maxwells damit zu tun hatten. War Malcolm von Jamie hier heraufgeschickt worden, um festzustellen, wieviel sie wußte? Oder erraten hatte?

Einen Augenblick lang überlegte sie, ob sie ihm alles sagen konnte, ihm von dem Landstreicher berichten konnte und von den Papieren. Aber dann erinnerte sie sich an die starke Clantreue der Maxwells. In Anbetracht ihrer früheren Handlungen konnten sie auf ihre Treue jetzt niemals mehr zählen. Und wenn sie dachten, sie wäre eine Bedrohung für ihre Pläne, würden sie sicher nicht zögern, sie auszuschalten.

Sie merkte plötzlich, daß Malcolm sie seltsam ansah. »Alexia...«, fing er an, dann hielt er inne. Er lachte unverschämt. »Nun gut«, sagte er und verließ ohne ein weiteres Wort das Zimmer.

Jamie übergab sein erschöpftes Pferd einem Stalljungen und machte sich auf den Weg zu den Wohngebäuden auf der anderen Seite des Hofes. In der Ferne grollte Donner, und er sah in Richtung Westen, wo dunkle Wolken sich über die untergehende Sonne schoben. Er hoffte, dieser Sturm würde nicht über das Land hinweggehen wie die anderen. Die neugepflanzten Setzlinge würden das Wasser brauchen, denn es war bereits Ende April, und der Frühling hatte wenig Regen gebracht.

Sein Kopf begann zu schmerzen, ein dumpfer Schmerz hinter den Augen. Er war direkt von Stirling hergeritten, eine Nacht und einen Tag, und jetzt war er müde.

König James war erwartungsgemäß entsetzt, von dem Komplott zu hören, das seinen Thron und seine Hoffnung auf die Erbfolge in England gefährdete. Und er war erwartungsgemäß dem Manne dankbar, der ihn gewarnt hatte. Aber nicht dankbar genug, um das Leben irgendeines Menschen zu schonen, der beim Verrat erwischt wurde. Am Ende hatte Jamie seinen Stolz aufgeben müssen und war zu seinem Vetter, dem Grafen von Argyle, gegangen. Er hatte ihn angefleht, sich beim König für die Maxwells einzusetzen. Argyle hatte ihn sich winden und erniedrigen lassen, nur um dann lediglich einzuräumen, daß er sehen würde, was sich machen ließe. Und weil er wußte, daß er mit wenig gutem Willen und noch weniger offener Hilfe von seinem kriecherischen Vetter rechnen konnte, traf Jamie seine eigenen illegalen und teuren Vorkehrungen.

Dann hatte der König, plötzlich mißtrauisch geworden, Jamie nach Caerlaverock zurückgeschickt, er möge in den Mauern seiner Burg verharren, bis die Rebellen sicher festgenommen wären, oder warten, bis er selbst des Verrats angeklagt würde. Erleichtert hatte Jamie getan, wie ihm befohlen wurde.

Er hatte ein schiefes Lächeln für sich selbst auf den Lippen, denn nicht einmal jetzt war er sich sicher, ob seine Motive rein waren. König James wäre nicht der einzige, der einen Titel verlöre, wenn Robins Aufruhr Erfolg hätte. Obwohl ich immer behauptet habe, mein Erbe nicht haben zu wollen, dachte er, habe ich natürlich wie ein wütender Keiler mit Hörnern gekämpft, um es zu behalten.

»Mylord!« Einer der Diener kam herbeigerannt, seine spärlichen, karottenfarbenen Haare waren gesträubt. »Es ist meine Frau Molly, Mylord. Sie liegt ganz schlimm in den Wehen.« Er keuchte, dann schien er dem Ersticken nahe und bekam keine Luft. »Mylord, ich glaube, sie stirbt.«

Jamie stand auf und legte eine Hand auf die Schulter des jungen Mannes. Er beruhigte ihn, wie man ein ängstliches Pferd beruhigt. »Was ist denn mit der Hebamme? Hat man nicht nach ihr geschickt?«

»Ja, Mylord. Aber sie ist in Dumfries beschäftigt. Zwei andere Babys sollen heute abend kommen. Molly sagt, irgend etwas muß in der Luft liegen.« Sein Lachen zerbrach an seiner panischen Angst. »Aber das ist schon eine Weile her. Sie war nicht in der richtigen Stimmung zu...«

»Wo ist die gnädige Frau?« unterbrach ihn Jamie und ging auf den Turm zu, wo die Dienerschaft wohnte.

»Ich weiß es nicht, Mylord. Ich habe nach ihr geschickt, aber...«

»Und meine Mutter, Lady Annor?«

Der Mann zuckte mit den Schultern. »Mylord, es ist niemand da außer den Bediensteten.«

Jamie betrat das Zimmer, wo Molly in den Wehen lag. Man hatte sie auf einen Heuballen gelegt, ihre Knie waren gebogen und weit auseinandergespreizt, ihr Leib ein riesiger Berg unter dem Bettlaken. Neben ihr stand eine Frau. Ihre Mutter, dachte Jamie, obwohl er sich nicht sicher war. Mollys Mund war weit aufgerissen, sie schrie und klammerte sich an die Handgelenke der Frau.

Er war froh, daß so viele Frauen im Zimmer waren, bis sich alle zu ihm umwandten und ihn hilflos ansahen.

»Mylord, was sollen wir tun?« sagte eine. »Sie liegt jetzt seit Stunden in den Wehen. Das Baby will nicht kommen.«

Jamie spürte, wie der Schweiß an seinem Hals herunterlief. Sie starrten ihn alle an, die Gesichter voller Vertrauen und in der Erwartung, von ihm zu hören, was sie tun sollten. Sie zählten auf ihren Herrn, daß er für sie sorgte, wie er es immer getan hatte.

Jamie sah auf den schmerzverzerrten Körper der jungen Frau auf dem Bett. Er war bei der Geburt von Dutzenden von Kälbern und Fohlen dabeigewesen, und viele waren schwierige Geburten gewesen. Aber dies hier war etwas anderes. Oder nicht?

Er zog sich die Jacke aus und rollte seine Ärmel hoch. Er sah sich nach dem Waschbecken um. »Wir brauchen mehr Licht hier drin«, sagte er. »Und schickt noch einmal jemand zur gnädigen Frau. Und, um Gottes willen, schnell.«

Am Ende, als es sich entschlossen hatte, sich doch aus dem Schoß zu lösen, kam das Baby leicht, eilte in die Welt mit einem lauten, lustvollen Schrei. Jamie hatte den Knaben seiner weinenden Großmutter gereicht und wandte sich jetzt nach dem um, was er für die Nachgeburt hielt, als er hörte, wie sich die Tür hinter ihm öffnete.

»Nun, Frau«, sagte er, konnte sich aber nicht nach ihr umdrehen. »Du bist spät, aber trotzdem willkommen... wir haben hier ein winziges Problem. Es scheint zwei von ihnen zu geben.«

Er hörte ein Schnauben und eiliges Schlurfen, und die Tür schlug zu. Jamie sah auf.

»Es war nur Master Malcolm, Mylord«, sagte die frischgebackene Großmutter, aber Jamie hörte nicht zu, denn der zweite Junge war auf dem Weg.

Malcolm lehnte sich gegen die Wand und wartete auf Jamie, als er aus dem Zimmer kam, sich die Hände mit einem Handtuch trocknend.

Malcolm sprang ihm entgegen. »Jamie...«

Jamie warf dem Jungen einen Blick zu, der absichtlich sein Blut zum Erstarren bringen sollte. »Wenn du es wagst, nur ein Wort von dem weiterzusagen, was du da drin gesehen hast, mein lieber Bruder, werde ich dir mit dem größten Vergnügen den Hals umdrehen.«

Er schauderte unfreiwillig, wenn er daran dachte, was Männer wie Angus Johnstone oder Wat Scott sagen würden, wenn sie erführen, daß der Lord Maxwell persönlich ein Dienstmädchen nicht nur von einem Baby, sondern sogar von zweien entbunden hatte... Guter Gott, das Gelächter würde man von einem Ende des Moors bis zum anderen hören können.

»Jamie. Alexia ist weg.«

Er fuhr herum. »Weg? Und wo, zum Teufel, bist du gewesen? Du solltest doch auf sie aufpassen.«

Malcolm sah ihn groß an. »Laß deine Wut nicht an mir aus, Mylord. Du hast gesagt, ich solle auf sie aufpassen, nicht mir ihr schlafen. Sie sagte, sie wolle sich hinlegen und sich etwas ausruhen. Ich habe nicht gedacht, daß ich ihr ins Schlafzimmer folgen sollte.«

»Malcolm...«, warnte Jamie.

»Sie ging direkt nach dem Essen weg. Reisefertig angezogen und hatte Essen und Wasser bei sich. Und ein Schwert. Das ist das, was mir der Stalljunge sagte. Er hat versucht, sie zurückzuhalten. Natürlich vergebens. Und sie muß ihn zu Tode erschreckt haben, denn ich mußte ihn praktisch bewußtlos schlagen, damit er mir die Wahrheit sagte.«

Jamie knirschte mit den Zähnen und brachte ein besonders übles Schimpfwort hervor, dann flog er die Treppen hinunter. »Du weißt, wohin sie geritten ist, nicht wahr? Verdammt noch mal. Sie meint, sie kann England eigenhändig retten. Die kleine Närrin. Wenn ich sie zu fassen kriege, werde ich...«

Malcolm packte seinen Bruder am Arm und drehte ihn zu sich um. »Was ist, wenn sie nicht England retten will, sondern dich? Du warst so schlau, lieber Bruder, daß du dich selbst überlistet hast. Sie hat diese Papiere niemals an ihren Vater weitergeleitet, sie hat sie verbrannt. Aber sie denkt natürlich noch immer, daß du die Rebellion anführen wirst, denn du hast dir nie die Mühe gemacht, ihr etwas anderes zu erklären. Und da ich Alexia kenne und weiß, was sie für dich empfindet, kann ich dir sagen, wohin sie gegangen ist. Sie will dich aufhalten... oder bei dir sein.«

Jamie starrte seinen Bruder an und konnte es nicht glauben, wußte aber, daß es stimmte. Er wollte herausfinden, was sie tun würde, und jetzt wußte er es.

Wegen ihm ritt jetzt Alexia, seine geliebte Frau, allein mitten in die Schlacht um einen Thron.

KAPITEL 19

Alexia ließ sich aus dem Sattel gleiten und hielt die Steigbügel so lange fest, bis sie ihre zitternden Beine wieder unter Kontrolle hatte. Ihr Pferd wandte den Kopf, um sich nach ihr umzusehen, dabei schnaubte es laut und vernehmlich.

Der Klang wurde durch den Morgennebel zurückgeworfen, und sie bedeckte die Nasenflügel des Tieres mit der Hand. »Scht«, sagte sie.

Wind kam auf und kühlte den Schweiß auf ihrer Stirn. Er brach den frühen Morgennebel auf. Um sie herum streckten sich die Cheviot-Hügel aus, kahle, zerfurchte Gipfel. Hier und da gab es Ginsterbüsche, die sich wie gelbe Tupfer gegen die Abhänge aus rotbraunem Gras abhoben, über das kleine Felsbrocken verstreut lagen.

Sie befestigte die Zügel an einem Büschel Adlerfarn, den Rest des Weges würde sie zu Fuß gehen müssen.

Sie kletterte auf einen steilen, baumlosen Kamm. Das Schwert, das sie um ihre Taille gegürtet trug, schlug gegen ihre Unterschenkel, und ihre Stiefel – ein altes Paar von Jamie – schlappten um ihre Füße, so daß sie zweimal stolperte und ihre Handflächen an der steinigen Erde zerkratzte. Trotzdem war sie jetzt froh, daß sie, sobald Caerlaverock hinter ihr lag, sich die Zeit genommen hatte, anzuhalten und Jamies Reithosen und sein Hemd anzuziehen. Seine Kleider gaben ihr die Möglichkeit, sich freier zu bewegen, als es in einem langen Unterkleid und Reifrock möglich gewesen wäre.

Sobald sie nahe dem Gipfel war, legte sie sich auf den Bauch und schlitterte wie eine Schlange den Rest des Weges. Sie spähte über den Rand des Gipfels hinunter in eine kleine Mulde weit unten – dem Treffpunkt einer Bande verräterischer, aufrührerischer Schotten.

Ein rechteckiger Wehrturm, verwittert und grau, schmiegte sich an den Fuß eines zerklüfteten Hügels. Der Turm sah bewohnt aus. Der Rauch von verbranntem Torf kräuselte sich in die Luft, der Wind fing ihn auf und trug ihn davon. Bewaffnete Männer patrouillierten über den Wehrgang des Wachturms. Und irgendwo da drin war der Mann, den sie liebte, und der eine Verschwörung anzettelte, um gegen ihr Land und ihre Königin aufzustehen.

Das erste Mal im Leben spürte Alexia Mitleid und Verständnis für jene andere Königin, Mary Stuart, die wie in einem Kloster als Gefangene in jener Burg in England lebte. Denn sexuelle Leidenschaft hatte Mary Stuart ruiniert. Eine sexuelle Leidenschaft, die einen dazu trieb, Risiken auf sich zu nehmen, die jeder Vernunft entgegenstanden. Eine sexuelle Leidenschaft, die Alexia nur zu gut kennengelernt hatte.

Als junge Witwe des impotenten Thronfolgers von Frankreich hatte Mary ihren zweiten Mann, Lord Darnley, wegen seines hübschen Gesichts geheiratet – nur um festzustellen, daß er nichtssagend und degeneriert war. Von Darnley enttäuscht, verliebte sie sich in James Hepburn, Graf Bothwell. Bothwell, der ungeheuer anziehend war, ein Mann von ungezügelten Lüsten und einem allesverzehrenden Hunger nach dem Thron von Schottland, hatte Mary dazu angestiftet, sich ihres geckenhaften Ehemannes zu entledigen, ganz gleich wie. Also wurde Darnley aus Liebe ermordet, und Bothwell nahm seinen Platz als Ehemann und Prinzgemahl der Königin ein. Aber die anderen schottischen Adeligen konnten es nicht ertragen, von einem arroganten Emporkömmling wie Bothwell regiert zu werden. Ein Kästchen mit Liebesbriefen, die Marys Schuld bewiesen, fiel in die falschen Hände und gab den Adeligen die Waffe in die Hand, die sie brauchten. Mary konnte wählen – abdanken oder sich einem Mordprozeß stellen. Aus Liebe und für Bothwell hatte sie den Kampf mit ihm gewagt. Aber sie versagte auf dem Schlachtfeld genauso, wie sie in jeder anderen Arena ihres Lebens versagt hatte.

Aus Liebe hatte Mary Stuart eine Krone eingesetzt und verspielt. Aus Liebe würde Alexia jetzt reiten, um eine Bande bewaffneter Rebellen aufzuhalten und Lord Jamie Maxwell davor zu bewahren, daß er zum Verräter wurde. Und wenn man ihn nicht aufhalten konnte, dann würde sie aus Liebe mit ihm gehen. Mit ihm gehen in seinem Verbrechen und in sein Schicksal.

Ein Ruf hallte vom Wehrturm nieder, und das Tor in der Befestigungsmauer schwang auf. Eine Kolonne Männer, vier voraus, ritten aus. Ihre Helme aus Stahl blitzten silbrig, als sie die ersten Strahlen der aufgehenden Sonne reflektierten. Ein Fahnenträger führte sie an. Die Fahne, die er trug, flatterte im Wind – grauer Falke auf rotem Feld, die Standarte des Hauses Maxwell.

Alexia schlitterte den Hügel weiter hinab, eine kleine Staub- und Steinlawine folgte ihr. Sie griff nach den Zügeln und zog sich wieder in den Sattel. Bei der Kraftanstrengung knirschte sie ein wenig mit den Zähnen. Dann ließ sie ihr Pferd den Schafsweg hinauftraben. Bis sie entscheiden konnte, wie sie sich am besten Jamie nähern würde, wollte sie über den Kamm da oben reiten, parallel zu der Straße, auf der die Männer ritten, und die sich durch die Mulde schlängelte.

Die Rebellen, ganz auf den Konflikt, der ihnen bevorstand, konzentriert, bemerkten das Pferd und den Reiter nicht, die auf dem weit über ihnen liegenden Kamm gingen und parallel zu ihnen blieben. Eine Reihe von Silhouetten zeichnete sich gegen die niedrigstehende Morgensonne ab. Die Bande schlängelte sich durch das breite, trockene Flußbett und verteilte sich danach auf einem Feld mit groben Grasnarben.

Alexia zog die Zügel fester, schützte ihre Augen mit den Händen vor der grellen Sonne und versuchte auszumachen, welcher der Anführer Jamie war, denn sie sahen in ihren Stülphelmen und Lederjacken alle gleich aus. Sie hatte sich schon fast für eine hohe, schlanke Figur entschieden, die wie angegossen auf dem Pferd saß, als der Mann, der neben ihm ritt, seine Hände in die Luft warf und über den Sattelrücken fiel.

Einen Augenblick blieb alles ruhig und still, als ob nichts geschehen sei. Und dann hörte man ein zischendes Geräusch, wie das Knistern von Seide gegen rauhen Stein, und die Luft war mit Pfeilen gefüllt.

Männer und Pferde schienen aus dem Dunst hervorzutreiben, als ob sie von einem Magier aus einer Kristallkugel herausgezaubert würden. Die Rebellen gruppierten sich und versuchten, ihre Pfeile und Bogen zusammenzubringen, ihre Lanzen zum Angriff zu balancieren, aber die Soldaten des Königs kamen zu schnell über sie. Dann gab es ein lautes, klirrendes Geräusch, als ein Schwert und eine Lanze aufeinandertrafen, und danach konnte man des Königs Soldaten und die Rebellen nicht mehr voneinander unterscheiden. Das Feld wurde zu einer schäumenden Masse aus Hufen und Fleisch und Stahl, und die Grasnarben wurden rot vom Blut.

Alexia beobachtete den Hinterhalt vom Kamm aus, starr vor Schreck und Angst, als ihr das ganze Ausmaß dessen, was hier geschah, bewußt wurde. »Jamie!« schrie sie und gab dem Pferd die Sporen, um hinunter in die Mulde zu reiten.

Sie hörte einen Ruf hinter sich, sah über die Schulter und fing kurz den Anblick eines Mannes auf einem Pferd ein, der sich auf sie stürzen wollte. Sie preßte ihre Absätze in die Seiten ihres eigenen Pferdes und gab seinen Hals frei. Dadurch wurde sie immer schneller.

Ihr Pferd sprang über einen kleinen, trockenen Graben und landete hart auf den Knien, kam hoch und drängte Alexia halb aus dem Sattel. Sie verlor einen Steigbügel und wurde seitwärts nach unten geschleudert. Sie konnte sich nur vor dem Herunterfallen bewahren, indem sie die Mähne des Pferdes packte und sich mit den Fingern festkrallte. Es kam ihr einen kurzen Augenblick lang so vor, als ob der Boden in unglaublicher Geschwindigkeit an ihr vorbeiraste, bevor sie sich wieder hochziehen konnte.

Sie tastete nach dem losen Steigbügel und konnte ihn nicht finden. Das Lederband, mit dem sie ihr Haar zusammengebunden hatte, war längst abgegangen, und der Wind blies ihr Haar in wirren Locken um das Gesicht, so daß sie nichts mehr sehen konnte. Aber sie hörte den Kampfeslärm, die Wut- und Schmerzensschreie, das Aneinanderschlagen von Lanzen und Schwertern, das Krachen von Feuerwaffen und das Zischen der Pfeile.

Ihr Pferd versuchte, einen Hügel zu erklimmen, glitt dann aber auf seinen Schenkeln abwärts. Es gab nur noch eine Wasserrinne zu überqueren, dann würde sie...

Ihr Pferd bekam einen Schlag, so daß es in die Knie ging. Sie zog verzweifelt an den Zügeln und wollte es durch bloße Willensanstrengung hochziehen. Aus dem Augenwinkel sah sie den Arm eines Mannes in einer Lederjacke und den hochgebogenen Rand seines Helms, dann warf er sich auf sie, und sie fiel aus dem Sattel.

Sie rollten zusammen, die Arme ineinander verschlungen wie Liebende, über den rauhen, felsigen Boden. Ihre Hand, einen Augenblick zwischen ihrem Bauch und den harten Stahlplatten seiner Jacke eingequetscht, langte hinunter zum Degengriff. Sie packte ihn fest, zog ihn heraus und fuhr mit der Klinge aufwärts, so wie sie als Kind einst Fische ausgenommen hatte.

Sie fühlte, wie die Klinge durch Fleisch schnitt und hörte, wie der Mann zischend einatmete. Sie kämpften um das Messer. Er quetschte ihr Handgelenk, so daß sie laut aufschluchzte, aber sie ließ nicht los.

»Um Gottes willen, Alexia! Willst du uns beide umbringen?« keuchte Jamie Maxwell.

Sie erstarrte unter ihm. Sie hörten einen schrillen Schrei, gefolgt von einem gebellten Befehl. Jamie war in einer schnellen Bewegung sofort auf den Füßen und zog sie hinter sich her, als er zu seinem Pferd lief, das am Abhang graste, als wäre es auf der Weide zu Hause in Caerlaverock. Ihr eigenes Pferd jammerte und kämpfte, um mit einem gebrochenen Bein aufzustehen. Sie hatte seine Schreie in dem Höllenlärm um sie herum nicht einmal vernommen.

Jamie warf sie in den Sattel und sprang hinter ihr auf. Das Pferd sprang vorwärts und warf sie zurück gegen seine Brust.

»Bete«, sagte er, und seine Atem wehte heiß über ihre Wange. »Bete, wie du nie zuvor gebetet hast, denn ob ich nun Mann des Königs oder schottischer Rebell bin, es gibt keine Erklärung dafür, warum ich hier bin.«

Die Sonne stand hoch am Himmel, als sie in die kleine Ansammlung von Hirtenhütten ritten. Es war der Ort, wohin er sie einst gebracht hatte, nachdem er sie aus Carlisle entführt hatte. Aber im Herd brannte diesmal kein Feuer, und auf dem Tisch standen weder Bier noch Brot für sie bereit.

Sie sprang vom Pferd, ohne auf seine Hilfe zu warten, und rannte vor ihm durch den niedrigen Türeingang. Aus der steifen Art, wie sie ihren Kopf hielt, konnte er erkennen, daß sie wütend war. Fast hätte er sich lieber den spitzen Lanzen der königlichen Wache gegenüber gesehen als Alexia in ihrer Wut.

Er zog seinen Helm ab, warf ihn auf den Tisch und wischte sich Schmutz und Schweiß mit seinem Ärmelaufschlag ab. Seine Seite, wo sie ihn gestochen hatte, brannte, als würde sie mit einem heißen Eisen versengt. Er biß vor Schmerzen die Zähne aufeinander, als er gegen die Hüttentür gelehnt stand und seine Jacke auszog. Sein Hemd war von Blut durchweicht, aber der Schnitt, obwohl tief, hatte keine lebenswichtigen Organe berührt. Er würde noch eine schöne Narbe zurückbehalten.

»Mein Gott«, sagte er. »Du hast auf mich eingestochen, als wäre ich ein Wildhuhn, das du am Spieß braten wolltest. Ich wußte, das würde eines Tages passieren. Du warst immer zu schnell mit dem Messer.«

Alexia ging wütend auf und ab. Er stellte ganz nebenbei fest, daß die weiche Wolle seiner Reithosen sich eng um ihre langen, geschmeidigen Schenkel schmiegte und sich verführerisch um ihren frechen, kleinen Po spannte. Ihr Haar lag wie eine dunkle Wolke um ihr Gesicht, so daß sie wie eine Furie aussah.

Sie trat auf ihn zu, nahe genug, daß er sie hätte küssen können. Aber obwohl er daran dachte, machte er klugerweise keine Anstalten, sie zu berühren.

»Auf welcher Seite stehst du, Jamie Maxwell?«

»Auf König James' Seite. Und auf der Schottlands. Und Englands auch, wenn du es so sehen willst.«

»Aber ich habe deine Fahne gesehen, die Maxwell-Fahne... und in diesen Papieren...« Ungeduldig strich sie sich das Haar aus dem Gesicht, starrte ihn an und wollte die Wahrheit finden. »Ich habe einen Brief gesehen, der dich als Verräter benannte. War das eine Lüge?«

»Der Brief, den du gesehen hast, war zweideutig. Mein Bruder Robin ist der Verräter.«

Er beobachtete, wie sich ihr Gesichtsausdruck änderte – von Verwirrung bis zu Erleichterung und schließlich zu heftiger Wut, als ihr langsam die Wahrheit dämmerte.

»Du wußtest...«, sagte sie sanft. »Du wußtest es die ganze Zeit. Der Landstreicher... das war dein Mann.«

Jamie zuckte die Schultern. »Sagen wir, er dient mehreren Herren.«

»Aber du wolltest, daß ich diese Papiere bekomme. Es war eine Probe. Eine Prüfung, damit du sehen konntest, was ich tun würde.«

Er seufzte matt und zog sich hoch. »Ich mußte es wissen, Alexia. Ich mußte es endlich einmal wirklich wissen, wem deine Treue gehört. Was ich nicht erwartete, war, daß du...«

»Du Bastard!« schrie sie und schlug ihm mit der geballten Faust ins Gesicht. Sie schlug so hart zu, daß sein Kopf nach hinten flog und seine Haut aufriß. Dann zog sie die Faust zurück, um ihn nochmals zu schlagen.

Er packte ein Handgelenk, dann das andere, als sie mit der anderen Faust auf ihn einschlagen wollte, hielt ihre Hände hinter ihrem Rücken fest und zog sie an sich. Sie wollte sich freikämpfen und rieb sich dabei an ihm zu seiner Begeisterung, und zu seinem Leidwesen spürte er ein Ziehen in seinen Lenden.

»Laß mich los«, forderte sie.

Er wandte seinen Kopf zur Seite und spuckte einen Mundvoll Blut aus. Sie hatte ihn so geschlagen, daß seine Wange innen von einem Zahn aufgerissen worden war. »Wirst du mir gefälligst zuhören?«

»Laß mich los!«

Er ließ sie müde los. Als sie keine Anstalten mehr machte, ihn zu schlagen, dachte er, sie sei bereit, ihm zuzuhören. Er irrte sich.

»Ich kann erklären...«

»Erklären! Warum sollte ich nur ein Wort von dir glauben? Ein Mann wie du würde immer wieder lügen, nur um nicht aus der Übung zu kommen.«

»Und was habe ich jemals getan, daß du glauben konntest, ich sei die Art Mann, der seinen König und sein Land für einen Titel und ein Stück Land verraten würde?« fragte er sie und wurde allmählich selbst wütend. »Verrat, Mord. Wie konntest du mich dieser Taten für fähig halten?«

»Du hast mich dazu gebracht, absichtlich hast du mich dazu gebracht zu glauben, daß es so ist.«

»Du hättest mir zumindest soviel vertrauen können, um ...«

»Vertrauen!« schrie sie ihn an. »Wie kannst du es wagen, das Wort vor mir auszusprechen? Wenn du mir vertraut hättest, hättest du es nicht für nötig gehalten, dieses doppelte Spiel mit mir zu treiben.«

Sie wischte sich mit ihrem Handrücken wütende Tränen aus dem Gesicht. »Und ich, närrisch wie ich war, war bereit, alles zu vergessen, was ich sonst für gut und anständig hielt, und nur aus Liebe zu dir!«

»Lieber Himmel, Alexia, bitte nicht... es tut mir leid.« Sie weinte so selten, daß er jetzt, wo sie es tat, das Gefühl hatte, als ob jemand ein Messer in seinem Bauch herumdrehte. Er konnte es nicht ertragen.

»Ich hätte nie gedacht, daß du so etwas tun würdest. Ich erwartete, daß du entweder diese Papiere deinem Vater weitergeben oder mich mit deinem angenommenen Beweis meiner Sünden konfrontieren würdest. Ich konnte nicht... Wie konnte ich wissen, daß du mich so sehr liebst?« Und er wollte ihre Tränen abwischen.

Sie schauderte und trat einige Schritte zurück. »Wage es nicht, mich anzufassen, Jamie Maxwell.« Sie spuckte seinen Namen aus, als ob er ihren Mund beschmutzte. »Du sollst mich niemals wieder berühren.«

Sie ritten die paar Meilen in verbittertem Schweigen nach Caerlaverock zurück, obwohl es so nah beieinander auf einem Pferd schwierig war, den körperlichen Kontakt vollständig zu vermeiden. Sie ritt vor ihm auf dem Sattelknopf, und bei jeder heftigen Bewegung des Pferdes wurde sie dagegen geschleudert. Dann versteifte sie sich, als hätte sie gerade einen Leprakranken berührt.

Einmal wollte er ihre Entschlußkraft testen und legte seine freie Hand auf ihre Taille. »Weg da«, sagte sie in eiskaltem Ton.

Ein Windstoß blies eine Locke ihres losen Haares über seine Wange, streichelte ihn und trieb den Geruch von Rosenknospen und Sommerregen in seine Nase. Das Pferd stolperte, er mußte die

Zügel fester halten, und dabei streifte sein Arm kurz ihre Brüste. Sein Mund wurde trocken, und die Muskeln in seinem Bauch spannten sich an. Jamie fluchte leise und biß die Zähne zusammen. Typisch für die menschliche Natur, dachte er verärgert. Nur weil sie ihm gesagt hatte, er dürfe sie nicht anfassen, brannte er plötzlich vor Verlangen nach ihr.

Die Dämmerung war hereingebrochen, als sie schließlich in die Nähe des Burgtores kamen. Binsenlichter leuchteten von den Trägern in den Steinmauern herunter und warfen helle und anheimelnde Lichtflecken über den leeren Hof. Jamie stieg vorsichtig ab, wobei er ein Stöhnen unterdrückte. Die Wunde an seiner Seite klopfte heftig, und er spürte die vertrauten Zeichen hohen Blutverlustes – Benommenheit im Kopf und Durst.

Big Jock trat schließlich leibhaftig aus dem Schatten hervor. »Mylord... Mylady.«

Alexia rannte an ihm vorbei, ohne ihn zur Kenntnis zu nehmen. Jamie starrte einen Augenblick hinter ihr her und sah dann zu Big Jock auf. Ein Schwertstreich über einer Augenbraue leuchtete schwarz vor vertrocknetem Blut, und sein riesiges, haariges Gesicht war grau vom Staub und von der Müdigkeit. Jamie hatte Big Jock dahin geschickt, wo er, wie man ihm geheißen hatte, nicht sein durfte – in den Hinterhalt an die Seite der Männer des Königs.

Big Jock grinste. »Der Kampf war schlimm. Ich hab gedacht, ich sehe schon Gespenster. Ich hatte nämlich so ein komisches Gefühl, als würde ich Euch und die gnädige Frau auf einem Ritt durch die Gegend da unten sehen.«

Jamie grinste zurück. »Das ist aber komisch. Das muß wohl von der Schnittwunde an deinem Kopf gekommen sein.«

Jock ließ ein kehliges Lachen ertönen und wurde dann wieder ernst. »Ich habe nach Eurem Bruder ausgeschaut, Mylord, wie Ihr mir aufgetragen hattet, aber ich habe ihn nicht gesehen. Weder tot noch gefangengenommen. Aber ich konnte nicht überall zugleich sein. Einige der Rebellen flohen über die Grenze. Vielleicht war er bei ihnen.«

»Vielleicht ist er aber auch allein geflüchtet.«

Big Jock zuckte mit den Schultern. »Sie wurden sofort verfolgt.«

Jamie wankte leicht, und Big Jock hielt ihm die Hand hin. Gerade rechtzeitig, denn Jamie brach langsam in seinen Armen zusammen, wie ein kleines Kind, wenn es einschläft.

Big Jock sah herab auf das gebogene, blonde Haupt, und sein Gesicht wurde ganz sanft. »Och, Jüngelchen, du närrischer...«, sagte er zärtlich. »Was hast du jetzt wieder angestellt? Du läufst ja aus wie eine Blase, in die man lauter Nadeln gesteckt hat.«

Elspeth rieb sich mit ihrem Ärmelaufschlag ein Stück Glas am Fenster sauber und spähte hinunter in den Hof. Sie sah, wie zwei Männer auf einem Pferd durch das Tor ritten, und sie hielt die Luft an. Aber als die beiden Reiter abstiegen, bemerkte sie, daß der andere Mann, obwohl der eine zweifellos Lord Maxwell war, überhaupt kein Mann war. Es war Alexia, die aus irgendeinem ihr unbekannten Grund mit Hose und Hemd bekleidet war. Elspeth biß sich auf die Lippen und versuchte angestrengt zu erraten, was diese seltsame Entwicklung bedeuten könnte.

O Robin, rief sie leise, als ob sie die Meilen zwischen ihnen mit ihrem Herzen überbrücken könnte. Warum mußte er so etwas Schlimmes tun? Denn es war schlimm, das wußte sie. Er tat es natürlich für sie, damit er mit ihr vor dem Altar stehen und sie zur Frau nehmen konnte, weil er dann einen Titel vor seinem Namen haben würde, mit Burgen und Ländern, die er ihr zu Füßen legen wollte. Wo doch alles, was sie je von ihm wollte, seine Liebe war.

Sie hörte das Rascheln von Röcken hinter sich und Evies fliegenden Atem gegen die Gaze über ihrem Gesicht. Sie trat zur Seite, und Evie nahm ihren Platz am Fenster ein.

»Aber er ist ja verwundet!« rief Evie.

Elspeth sank auf einen Stuhl vor dem Kamin. Sie breitete ihre Hände über den Flammen aus. »Was?«

»Lord Maxwell. Er ist verwundet. Man erkennt es daran, wie er den Kopf hält, steif und ein wenig zur Seite geneigt. Das macht er immer so, wenn er Schmerzen hat.«

»Oh!«

Robin hatte Elspeth zuerst nichts von seinen Plänen sagen wollen, aber dann hatte sie ihm das Ganze entlockt. Er konnte ihr nichts verweigern, wenn sie in seinen Armen lag. Es war eine Macht, die sie gleichzeitig erregte und ängstigte. Aber sie mußte sie nutzen, wenn es nötig war, um ihn an sich zu binden.

Sie preßte ihre Handfläche gegen den Leib. Hatte sie da eben eine Bewegung gespürt? Nein, es war noch zu früh. Aber die Tage vergingen, ob man wollte oder nicht. Und Babys klammern sich ans Leben, auch wenn sie nichts von der Welt wissen, in die sie hineingeboren werden, wenn sie aus dem Schoß kommen. Bald würde sie schwer und dick sein, und ihr Geheimnis wäre nicht länger ein Geheimnis. Würde Robin überleben, um zu ihr zurückzukommen? Wenn er bei diesem Kampf unterläge, würde er sie trotzdem heiraten? Er war so stolz.

Evie wandte sich mit einem Ausruf des Ekels vom Fenster ab. »Es wird sich herausstellen, daß das alles wieder ihre Schuld war«, sagte sie. »Denk an meine Worte.«

Elspeth sah überrascht auf. »Wessen Schuld?«

»Alexias natürlich. Sie quält ihn täglich mit ihrem Eigensinn und ihrem Ungehorsam.«

Elspeth kicherte. »Nein, da irrst du dich. Jeder kann sehen, daß sie verrückt nacheinander sind. Ihr Geplänkel macht ihre Liebe nur noch süßer.«

»Er hat sie nur geheiratet, weil ihn der König dazu gezwungen hat.«

Elspeth machte den Mund auf und wollte dazu etwas sagen, als sie den Schrei von jemand hörte, der Einlaß begehrte, und das Quietschen des Tors, als es wieder aufgestoßen wurde.

Sie rannte zum Fenster, und wenn es nicht das Schlimmste war, was sie befürchtet hatte, so war es doch fast so schlimm. Der Mann, der durch das Tor ritt, war staubbedeckt, und an den Flanken seines Pferdes stand Schaum. Sie erkannte das Gesicht, es war Robins Diener, der Mann, der an Robins Seite ausgeritten war, als er sie verließ, um eine Königin zu befreien und einen Thron zu erobern. Selbst aus dieser Entfernung konnte sie sehen, daß Mann und Tier in großer Panik waren.

Annor Maxwell trat aus der unteren Tür, und der Diener stolperte auf sie zu. Elspeth konnte nicht hören, was er sagte, aber der

Sinn seiner Worte war offensichtlich. Der Aufstand war fehlgeschlagen.

Sie schlug die Hand vor den Mund, um ein Schluchzen zu unterdrücken. Sie stellte sich vor, wie ein Mann an einem Galgen hing und vorwärts und rückwärts schwang wie das Pendel einer Uhr. Sie sah sein rotes Haar nach vorne fallen und seine verzerrten Gesichtszüge bedecken.

Leise stöhnend glitt sie zu Boden. Sie hörte nicht einmal Evies Schreckensschrei.

Alexia durchmaß mit großen Schritten das Vorzimmer, die Füße in Jamies flatternden Stiefeln.

Wie kann er es wagen zu behaupten, er liebe sie, und sie dann so behandeln? Er wollte den Beweis ihrer Treue, nicht wahr? Gut, das hatte er gesehen – egal, ob es ihm jetzt etwas nützte oder nicht. Wenn sie an die Folter dachte, zu der er sie in diesen letzten Tagen verdammt hatte – oooh! Sie packte ein Kissen und warf es an die Wand. Wenn er dachte, sie würde weiterhin seine Frau sein, mit ihm in dem großen Bett liegen, als sei nichts geschehen...

Es klopfte leise an die Tür. »Wenn du...«, schrie Alexia, drehte sich um und stand der gebieterischen Gestalt und dem angemalten, blassen Gesicht Annor Maxwells gegenüber.

»Oh, Ihr seid es«, sagte Alexia etwas leiser.

Annor sah sie von oben bis unten an und nahm ihre Männerkleidung und ihr von dem Ritt verdrecktes Aussehen zur Kenntnis. »Ich sehe, daß Ihr es wieder einmal seid, der wir für diesen Verrat danken müssen.«

»Nein, du hast mich...«

Jamie betrat das Zimmer. Er war nackt von der Taille aufwärts bis auf einen weißen Verband um seine Mitte; der scharf gegen seine braune Haut abstand. Er machte den Eindruck, als litte er unter Schmerzen und Übermüdung.

»Du?« preßte Annor heraus. »Ich bin erstaunt, wie du überhaupt davon wissen konntest. Ganz davon abgesehen, daß du den Scharfsinn hattest, dich mit etwas anderem als deinen Malereien und deiner Laute zu befassen.«

Jamie lächelte sie hämisch an, sagte aber nichts. Alexia erinnerte sich an die Aussage, die er einmal ihr gegenüber hinsichtlich des Spionagesystems machte, das er überall in den Grenzländern errichtet hatte.

Annor sah ihren Sohn verächtlich an. »Und dann hätte ich wissen müssen, daß du zu dieser Sache fähig bist«, sagte sie. »Als Junge hast du ständig enttäuscht und als Mann wenig mehr getan. Du hast deinen Clan für einen pickelgesichtigen König und seine verweichlichten Konsorten in Stirling verraten. Oder . . .« Sie warf den Kopf hochmütig in Alexias Richtung. »Oder hast du es getan, um dich bei deiner ausländischen Frau einzuschmeicheln? Was hat sie dir dafür versprochen? Thirlwall? Einen englischen Titel vielleicht?«

Die Muskeln auf Jamies Brust glänzten vor Schweiß, und als sich ihre Blicke kurz trafen, sah Alexia Fieberglanz in den seinen. Ein Gefühl der Schuld überkam sie, als sie daran dachte, daß sie ihn selbst verwundet hatte. Dann schob sie dieses Schuldgefühl beiseite. Alles war einzig und allein seine Schuld, denn wenn er ihr von Anfang an vertraut hätte, wäre nichts dergleichen geschehen.

»Eure Königin Mary warf ganz schön großzügig mit Titeln herum, die ihr zu verteilen überhaupt nicht anstand«, meinte Jamie leise. »Sag mir, Mutter, was sollte mit mir geschehen, wenn Robin Lord Maxwell geworden wäre?«

Unter dem weißen Reispuder war Annors Gesicht noch blasser geworden. Die rote Farbe auf ihren Lippen und Wangen stach jetzt als schreiender Kontrast ab, so daß sie aussah wie eine Schauspielerin mit einer Maske.

»Und was ist mit Robin? Willst du jetzt dabeistehen und jubeln, wenn er den Verrätertod stirbt?«

Er antwortete, und man merkte, wie schwer es ihm fiel. »Wenn Robin den Kampf überlebt, wird man ihn laufenlassen. Es hat mich eine Menge Geld gekostet, du glaubst gar nicht, wieviel, aber ich habe ihm eine Chance erkauft. Das ist mehr, als er verdient.«

Sie hob ihre gezupften Augenbrauen. »Wie rücksichtsvoll von dir. Und was ist mit mir? Was hast du für mich geplant?«

»Im Augenblick sind die Männer des Königs beschäftigt, aber zweifellos wird bald ein Trupp auf dem Weg hierher sein, um dich wegen Hochverrats festzunehmen. Ich habe dafür gesorgt, daß dich ein Schiff nach Frankreich bringt. Die Entscheidung liegt natürlich bei dir, aber wenn dir die Gefängniszelle nicht gefällt, dann würde ich vorschlagen, du nimmst sie wahr.« Er starrte sie mit strenger Miene an. »Wenn du bereit warst, nur wegen deiner Religion ein Land in Stücke zu reißen, dann muß sie dir teuer und wert sein. In Frankreich gibt es Klöster. Nimm den Schleier.«

Sie erschauerte. »Eine Zelle in einem Kloster oder eine Gefängniszelle. Ich habe wohl wenig Auswahl.« Sie hielt inne, aber er sagte nichts.

Annor wartete noch einen Augenblick in der Hoffnung, er würde einlenken, dann ging sie steif zur Tür. Aber als sie dort ankam, blieb sie stehen und hob stolz den Kopf. »Wie ich sehe, habe ich einen sehr schweren Fehler begangen. Ich habe dich unterschätzt.«

»Ja, das hast du immer. Auch Robin.« Er sah Alexia durchdringend an. »Und viele andere Leute auch.«

Die Tür schloß sich leise hinter Annor. Gegen ihren Willen schauten sie sich in die Augen. In dem gedämpften Licht der Öllampen sahen sie einander verletzt an. Er hatte gerade eine emotionale Niederlage erlitten, die einen schwächeren Mann vernichtet hätte. Und sie spürte den Drang, zu ihm zu gehen und seinen Schmerz zu lindern, den er jetzt fühlen mußte.

»Alexia...«

Sie holte tief Luft und nahm sich zusammen für den Kampf gegen ihn und gegen die Schwäche in ihr. »Ja, Mylord?«

»Ich dachte, wir könnten miteinander sprechen.«

»Es gibt nichts, was ich mit Euch zu besprechen hätte, Mylord.«

»Ich glaube doch.«

»Ich glaube nicht, Mylord.«

»In Gottes Namen, hör auf damit!«

»Aufhören mit was, Mylord?«

»Damit! ›Mylord‹ und so weiter, das verfluchte Papageiengeplapper. Verdammt, Alexia, willst du nicht mit diesem lächerlichen Spiel aufhören? Du hast mir deinen Standpunkt klargemacht. Ich habe eingestanden, daß ich einen Fehler gemacht haben könnte...«

»Haben könnte!«

»Nun gut, gemacht habe. Daß ich schrecklich dumm und arrogant und im Unrecht war. Was willst du noch mehr von mir? Meine Güte«, er zwang sich zu einem Lachen, »du hast sogar mein Blut bekommen. Ist das nicht genug?«

Der Ausdruck auf seinem Gesicht, zugleich reumütig und voller Hoffnung, ließ sie völlig verstummen. Sie konnte erst später wieder sprechen. Als es ihr schließlich gelang, schwand das letzte bißchen Farbe auf seinem Gesicht.

»Es gibt nichts, was du mir tun oder sagen könntest, um das auszulöschen, was du mir angetan hast.«

Sie ließ ihn mitten im Zimmer stehen und ging aus dem Schlafzimmer. Und dann, nicht zufrieden damit, daß sie ihre Liebe damit schon fast zerstört hatte, wandte sie sich um und gab ihr den Todesstoß:

»Ich bitte um Verzeihung, Mylord. Da ist doch noch etwas, was ich Euch sagen muß. Ich muß Euch sagen, daß ich in zwei Tagen nach Thirlwall Castle reisen werde.«

Er erschrak: »Alexia, das kannst du nicht wirklich wollen.«

»Ich will damit sagen, daß ich Euch verlasse, Mylord. Ich werde nicht zurückkommen.«

Noch ehe er etwas sagen oder tun konnte, um sie zurückzuhalten, schloß sie die Tür und ließ ihn völlig verblüfft allein.

Er starrte einen Augenblick auf die polierten Eichenpaneele der Tür. Er wollte sie einschlagen, damit er sie in seine Arme nehmen und küssen konnte, bis sie wieder zu Verstand käme. Aber er sah auch ein, daß es besser war, es so zu beenden. Was nutzte es, daß sie einander im Bett so viel Freude bereiteten, wenn sie sich außerhalb in Stücke rissen? Er hatte ihr weh getan, das sah er ein. Aber er hatte es doch zugegeben, nicht wahr? Wenn sie nicht verzeihen konnte, nun, dann eben nicht. Und obwohl er fast daran zugrunde gehen würde, sie gehen zu lassen, konnte er sie nicht gegen ihren Willen bei sich behalten.

Alexia hörte seine Schritte auf der Treppe und entfernte sich von der Tür. Sie hatte gehofft, er würde ihr nachkommen, obwohl sie noch immer vor sich selbst behauptete, daß sein Nachlaufen nichts ändern könnte. Manche Männer, ihr Vater zum Beispiel, hätten die

Tür eingerannt und sie dann verhauen, weil sie ihn so in Schwierigkeiten gebracht hatte. Aber sie kannte Jamie, kannte seinen Stolz. Er würde sie weder bitten noch verlassen und sie auch nicht zum Hierbleiben prügeln.

Nein, an dem Tag, an dem sie fortginge, würde er ihr wahrscheinlich sogar noch das Tor öffnen, damit sie hinausreiten konnte.

Die Frau nahm eine angeschlagene Tasse und füllte sie erneut mit ihrem scheußlichen Gebräu. Sie stellte sie auf den Tisch vor Alexia und nahm ihren gewohnten Platz auf der Bank gegenüber ein. Alexia trank einen Schluck, schauderte und zog Grimassen.

»Ich dachte, Ihr hättet wenigstens verstanden«, sagte sie.

»Ich verstehe, daß Ihr Lord Maxwell liebt, obwohl Ihr sagt, daß Ihr ihn verlaßt«, antwortete Katherine.

Alexia warf ihr einen störrischen Blick zu. »Er hat sich das Recht, mich zu lieben, verspielt.«

»Dann sollte es irgend jemand auch Eurem Herzen sagen. Sogar jetzt wird Euer Gesicht bei der Nennung seines Namens weich.«

Alexias Hand lag auf dem Tisch. Die Frau wollte danach greifen, dann zog sie die eigene Hand zurück. Sie stand wütend auf. »Närrisches Kind! Habt Ihr am Anfang nie daran gedacht, daß eine Zeit kommen könnte, da er Euch kränken oder enttäuschen würde? Immerhin ist er nur ein Mann, mit allen Fehlern eines Mannes. Stolz, überheblich, störrisch ...« Sie holte mit einer Hand weit aus, um die riesige Menge an Sünden zu zeigen, die ausschließlich männlicher Art waren.

»Wenn er mir vertraut hätte ...«

»Mir scheint, er hat Euch viel zu sehr vertraut«, sagte Katherine. »Die meisten Männer loben eine Frau nicht dafür, daß sie sich für mehr als sein Vergnügen interessiert. Und doch macht Ihr Lord Maxwell dafür verantwortlich, daß er zugegeben hat, Ihr hättet Loyalitäten und Überzeugungen, die über die Frage hinausgingen, welche Hutmacherin man mit seiner Kundschaft beehrte oder welche Anweisungen man dem Koch bezüglich des Abendessens geben müsse. Es mag unfair von ihm gewesen sein, Euch einer solchen Prüfung auszusetzen ... war unfair«, fügte Katherine hinzu, als

Alexia protestierte. »Zumindest hat er Euch nicht für so unvernünftig gehalten, daß Ihr losgehen und Euch einem Aufstand anschließen würdet, weil Ihr ihn für närrisch genug hieltet, das getan zu haben.«

Alexia errötete. »Wenn Ihr das so seht...«

»Ich werde Euch noch etwas anderes vorhalten.« Katherine sprach mit ernster Stimme und drehte ihren Kopf etwas zur Seite, damit Alexia die Belustigung in ihren Augen nicht sehen konnte. »Was für eine Art Frau ist das, die in mädchenhaftem Trotz beim ersten Anzeichen von Schwierigkeiten in ihrer Ehe zu ihrem Vater zurückrennt?«

Alexia seufzte tief. »Oh, Katherine. Ich fürchte, Ihr habt recht, aber es ist schon zu spät. Die Worte kann man nicht mehr zurücknehmen. Sein Stolz würde ihm niemals erlauben, mich zurückzunehmen, und meiner nicht, ihn darum zu bitten.«

»Stolz, Stolz. Eines Tages könntet ihr beide an dem Wort erstikken. Aber wer bin ich, um von Stolz zu sprechen? Er hat mich genug gekostet.«

Alexia wandte sich zum Gehen. Sie sagte Katherine nicht Lebewohl, obwohl sie die Frau möglicherweise nie mehr wiedersehen würde. Ihre Unterhaltungen hatten immer auf einer Ebene stattgefunden, die so hoch lag, daß die Banalität trivialer Reden sie nicht erreichte. Wenn man jetzt Konventionen in ihre Beziehung aufnehmen würde, würde sie dadurch irgendwie verändert, würde alltäglich.

Aber als sie ihr Pferd wendete, um aufzusteigen, hielt die Frau sie zurück. »Da gibt es etwas, was ich vergessen habe, Euch zu sagen. Lady Elspeth bekommt ein Kind. Sie kam erst eine Stunde vor Euch hierher und bat mich um einen Trank, damit sie es los würde.«

»Ihr habt aber nicht...«

»Nein. Aber sie ist verzweifelt, glaube ich. Ich sage Euch dies, denn es könnte sein, daß sie sich etwas antut.«

Alexia nickte, und ihr Gesicht zeigte Besorgnis. Sie war so sehr mit dem Drama ihres eigenen Lebens beschäftigt gewesen, daß sie nicht daran gedacht hatte, was Robins Niederlage in dem Komplott für Elspeth bedeuten würde. Arme Elspeth. Der Vater ihres Kindes war entweder tot, gefangen oder vogelfrei. Der Stolz hatte sie auseinandergehalten. Sein Schicksal trennte sie nun endgültig.

Am ersten Tag jeder Woche traf sich Lord Maxwell mit den Verwaltern seiner Domänen, um die verschiedenen Angelegenheiten der Güter zu besprechen. Dann, obwohl das der Teil seiner Pflichten als höchster Lord war, die er am meisten haßte, mußte er sich in seinem privaten Arbeitszimmer einschließen und die Arbeiten machen, die entweder zu kompliziert oder zu wichtig waren, als daß einer der Haushofmeister sich darum kümmern konnte.

An diesem Morgen saß er an seinem Schreibtisch und kaute an einem Ende seines Federhalters, als er versuchte, eine Eintragung in den Aufzeichnungen für Lochmaben zu verstehen, bei der siebzehn kastrierte Kälber in der vorigen Woche eingetragen waren, obwohl er sicher wußte, daß...

Die Tür öffnete sich, so daß ein Luftzug die Papiere vor ihm hochblies. Er sah nicht auf, weil er dachte, es sei der Haushofmeister, der auf seine gebrüllte Anweisung hin gekommen war.

Ein Dolch schnitt durch die Luft, nur wenige Zoll vor seinem Gesicht. Seine Spitze fuhr tief in die Blätter des Kontobuchs zwischen seinen Händen, durch den Ledereinband und in das Holz. Jamie senkte seinen Federhalter, streckte seine Handfläche flach auf den Schreibtisch und hob langsam den Kopf – und sah das scharfe Ende eines Schwertes und ein Paar grüner Augen, ganz gleich seinen eigenen, vor sich.

Das Schwert zitterte und deutete auf den Dolch. »Heb ihn auf«, befahl Robin Maxwell.

Kapitel 20

Schon etwas früher am Morgen hatte Alexia zufällig gehört, wie Big Jock sagte, daß es einem der neugeborenen Fohlen schlechter ging. Also sah sie sich zuerst in den Ställen nach Jamie um.

Er war nicht da. Das Fohlen war wieder auf den Beinen, sah etwas mitgenommen aus, lebte aber wenigstens. Sie blieb, um es eine Weile zu beobachten. Als sie gerade am Gehen war, sah sie einen roten Haarschopf weiter hinten in den Ställen, die meist leer waren, aufblitzen.

Sie ging zurück und fand Diccon mit seinen Ellenbogen an einer Stalltür lehnend, eine Wange ruhte auf seiner geballten Faust, und er starrte finster auf den Stallboden. Seine Unterlippe stand vor, so wie sie es an Andy oft gesehen hatte, und sie mußte lächeln.

Sie fragte sich, ob er seine Mutter vermißte, die vor ein paar Tagen nach Frankreich abgereist war. Sie glaubte nicht, daß Diccon und Annor sich besonders nahegestanden hatten, aber immerhin hatte er schon seinen Vater verloren und versuchte immer, so heftig erwachsen zu erscheinen, obwohl er eigentlich noch ein Junge war.

»Hallo, Sir Diccon«, sagte sie und legte eine Fröhlichkeit an den Tag, die sie eigentlich nicht empfand.

»Hallo«, murmelte er.

Sie setzte sich rittlings auf einen Sattelbock und schwang die Beine. »Malcolm sagte, man hätte dich gestern zum Maiburschen gewählt. Ich wollte, ich wäre dort gewesen.«

Die Maifeier war für sie immer eines ihrer Lieblingsfeste gewesen. Da waren die Moriskentänzer und Spiele und der Tanz um den Maibaum. Vor Tagesanbruch pflegten die jungen Leute in den Wald zu gehen, »um den Mai hereinzuholen«. Sie schnitten wilde Blumen und brachen Weißdornzweige.

»Als ich ein Mädchen war, hatte ich immer gehofft, man würde mich einmal zur Maikönigin wählen, aber es ist nie geschehen. Hat dir dein Amt etwas eingebracht?«

Er zuckte mit den Schultern und wurde rot. »Es ging.«

Alexia dachte, vielleicht hatte sie ungewollt Diccons schwache Seite berührt. So mancher Junge und viele Mädchen hatten in einer Maifeier-Nacht ihre Unschuld verloren. Vielleicht war Diccons Erlebnis nicht so ausgefallen, wie er gehofft hatte.

»Ich wollte, ich müßte niemals älter werden!« platzte er heraus und schlug mit der Faust gegen die Stalltür.

»Du kannst nicht ewig jung bleiben«, entgegnete Alexia.

Diccon warf ihr den Blick zu, den ein solcher Ausspruch verdiente. »Du verstehst nicht. Jamie schickt mich auf die Universität nach Stirling, jetzt, wo ich vierzehn bin. Ich will aber nicht dorthin. Es soll zwei ganze Jahre dauern!«

Also das war der Grund. Alexia unterdrückte ein Lächeln. Im allgemeinen dauerte ein Studium an einer Universität sieben Jahre. Zwei Jahre waren ungefähr das Minimum, das der Sohn eines Gentleman hinzunehmen hatte.

»Ich glaube nicht, daß es allzu schlimm wird«, meinte sie. »Da gibt es eine Menge Jungen deines Alters, und es ist auch nicht immer nur Arbeit, habe ich gehört.« Sie boxte ihn leicht an den Arm. »Mehr Hahnenkämpfe und Würfelspiel als studieren. Das kann ich dir garantieren.«

»Ja?« Diccons Gesicht hellte auf. Dann fiel es wieder in sich zusammen. »Aber Malcolm sagte, unsere Hauslehrer, Gott möge sie alle verrotten lassen, schlagen dich mit Birkenruten, wenn du die Regeln brichst. Oder wenn du deine Aufgaben nicht machst. Schade, daß du nicht mitkommen kannst. Aber Mädchen sind nicht zugelassen.«

»Ich würde auch nicht gehen wollen«, sagte Alexia mitfühlend.

»Macht nichts.« Diccon klopfte ihr auf die Schulter. »Ich nehme an, ich werde öfters auf Besuch hier sein. Dann kannst du mich sehen.«

»Vielleicht bin ich nicht hier«, meinte Alexia und hatte Mitleid mit sich selbst.

»Um Gottes willen, Alexia! Sag das nicht. Das bringt Unglück.«

Er stellte sich gerade hin und streckte sich. »Schau her, Alexia, ich muß jetzt zu Malcolm gehen, nehme an, er wird mir sagen können, was ich dort alles brauchen werde.« Leichtfüßig entfernte er sich, seine unglückliche Stimmung von vorhin war verflogen.

Alexia sprang von dem Bock herunter und folgte ihm. »Diccon, weißt du, wo Jamie heute morgen ist?«

Er dachte einen Augenblick nach und schnalzte dann mit den Fingern. »Ja. Er ist in seinem Arbeitszimmer. Aber ich würde ihn nicht stören, wenn ich du wäre. Die Konten bringen ihn immer in schlechte Laune. Er wird dir den Kopf abbeißen und frühstücken.«

»Heb den Dolch auf«, sagte Robin noch einmal.

Sein Schwertarm fing an zu zittern, und seine Knöchel wurden weiß in dem Bemühen, den Arm festzuhalten. Ein Muskel zuckte in seinem Gesicht. Blut sickerte durch eine schmutzige Binde, die er sich um eine Lanzenwunde im Oberschenkel gebunden hatte.

»Und wenn ich es nicht tue?« fragte Jamie.

»Bist du denn ein Feigling?«

»Du weißt, daß ich kein Feigling bin. Genauer gesagt, ich weiß es. Du wirst mich nicht zu einem Kampf zwingen, Robin.«

Robin verzog den Mund zu einer häßlichen Grimasse. »Dann werde ich dich durchbohren, da wo du sitzt, da in deinem großen, fetten Lordsessel, hier in dieser gottverdammten Burg. Sie werden dich in der Krypta beerdigen, den achten Lord von Maxwell, und dann werde ich der neunte sein. Ich hörte, wie sie sagten, ehe ich fliehen konnte, daß du unsere Pläne dem König verraten hättest.«

Jamie sagte nichts. Er hatte seine Hände zu beiden Seiten des Dolches gespreizt auf den Tisch gelegt und achtete nicht auf die Spitze von Robins Schwert, sondern beobachtete dessen Augen.

»Sei verdammt!« schrie Robin. »Kann man dich mit nichts zum Kämpfen bringen?«

Hinter ihm öffnete sich die Tür.

Er drehte sich um, mehr instinktiv als in der Absicht anzugreifen. Als er sah, daß es Alexia war, zögerte er einen Augenblick und zog sie dann mit dem freien Arm ins Zimmer. Sie fing seine Stoßkraft auf, packte sein Handgelenk und seinen Ellenbogen und hakte mit ihrem Fuß hinter das Fußgelenk seines verletzten Beins. Sie drückte ihre Hüfte gegen seine und vollführte eine kurze Drehung. Da brach er auf dem Fußboden zusammen wie eine gefällte Eiche, und das Schwert fiel klirrend aus seiner Hand. Sie beugte sich nieder und hob es auf.

Jamie, der mit dem Dolch in der Hand hinter dem Schreibtisch hervorgeschossen war, stolperte und blieb stehen. Er schaute Alexia an, und in seinen Augen stand ein schelmisches Lachen. Dann erinnerte er sich, daß sie ihn verlassen wollte, und das Lachen erstarb.

»Zur Hölle, Jamie!« Robin stützte sich auf die Ellenbogen. »Das ist gegen die Gesetze der Natur, einer Frau solche Dinge beizubringen. Ich vermute, sie befördert dich abends auf diese Weise ins Bett.«

Jamie lachte.

Alexia funkelte ihn an. »Das ist nicht zum Lachen. Er wollte dich umbringen.«

»Nein, das wollte er nicht.«

»Doch, ich wollte es«, sagte Robin.

Alexia hob das Schwert und zielte auf seinen Hals. »So spricht ein feiger, räuberischer Maxwell-Schuft. Du würdest also den Mann umbringen, der dir zur Flucht verholfen hat?«

Robin sah Jamie fragend an. »Bei Gott, hast du das getan? Weichherzig und sentimental bis zum Ende, unser Jamie. Immerhin, ich nehme an, ich muß dankbar sein, denn sie haben angefangen, die Leute an Ort und Stelle aufzuhängen. Und da dachte ich, es sei reines verdammtes Glück gewesen, daß die Seile, mit denen ich gefesselt war, nicht so fest geknüpft waren, wie sich das gehörte.« Er setzte sich auf und legte seine Arme um die Knie. »Also, was passiert jetzt? Wird der König nicht zwei und zwei zusammenzählen und an deine Tür klopfen?«

»Man wird berichten, daß du mit den anderen zusammen aufgehängt worden bist.«

»Ah... du warst schon immer clever, Jamie. Weich, aber clever. Also soll ich verschwinden, was?«

»Wenn du leben willst.« Jamie warf den Dolch auf den Schreibtisch. »Mutter ist bereits auf dem Weg nach Frankreich. Ich empfehle dir, ihr zu folgen. Ihr werdet beide feststellen, daß das Klima dort euch besser bekommt. Du hast einen starken Arm und mehr Mut als Verstand. Wenn wir Alexia überreden können, dir dein Schwert zurückzugeben, müßtest du in der Lage sein, deinen Lebensunterhalt damit zu verdienen.«

Robin starrte seinen Bruder an. »Macht es dir gar nichts aus, was ich getan habe? Ich hätte alles, was du besitzt, von dir genommen, einschließlich deines Lebens, wenn nötig. Alles, was dir gehört, wollte ich haben. Caerlaverock, Threave, den Titel...« Er grinste kläglich und deutete mit der Hand auf Alexia. »Alles, bis auf die. Die kannst du behalten.«

Jamies Antwort war ein kaltes, grausames Lächeln. »Wenn du denkst, es macht mir nichts aus, dann bist du ein Narr. Ich würde niemals das Blut meines eigenen Bruders vergießen, wenn ich es irgendwie verhindern könnte. Aber wenn du noch einmal herkommst, Robin, dich noch einmal in meine Angelegenheiten mischst, werde ich dich töten.«

Die zwei Brüder starrten einander in die Augen, und Robin wußte, daß Jamie die Wahrheit sagte. Aus welchem Grund auch immer, Jamie hatte ihn einmal verschont. Noch einmal würde er das nicht tun.

Robin senkte den Kopf und war einen Augenblick still. Dann kam er ungeschickt auf die Füße und hielt sich das Bein. Er hielt Alexia die Hand hin, die etwas zitterte. Nach kurzem Zögern gab sie ihm das Schwert.

Er wandte sich zu seinem Bruder um. »Du siehst mich gehörig geläutert. Ich werde nach Frankreich gehen, weil, wie du sagst, mir das Klima dort besser bekommt.« Dann salutierte er vor seinem Bruder spöttisch zum Abschied.

»Nimm Elspeth mit«, sagte Alexia.

Beide Brüder drehten sich gleichzeitig nach ihr um, als würden sie an unsichtbaren Fäden gezogen. Einen Augenblick flackerte Hoffnung in Robins Augen. Dann schüttelte er den Kopf.

»Nein, das kann ich nicht.«

»Würdest du sie hierlassen, damit sie dein Kind in Schande austrägt?«

»Mein ...?« Er starrte sie wie betäubt an.

Alexia nickte. Sie bemerkte, daß er angestrengt nachdachte. Für eine Frau, die hinter einer Armee herfuhr, war das Leben sicher schwer, aber viele Söldner hatten ihr Glück auf den Schlachtfeldern Europas gemacht, und Elspeth hatte selbst genügend Geld. Wenn er seinen Stolz genügend unter Kontrolle bringen konnte und sie es benutzen durfte...

»Zumindest solltest du ihr die Chance geben, ihre eigene Wahl zu treffen«, sagte Alexia sanft. »Vielleicht wird sie dich überraschen.«

Robin schluckte heftig. Er öffnete den Mund und schloß ihn wieder. Dann sah er sie beide noch einmal verzweifelt an und floh humpelnd und mit einem steifen Bein durch die offene Tür. Aber Alexia bemerkte, daß er nicht die Treppe hinunterging, sondern hinauf in die Richtung von Elspeths Zimmern.

Sie sah Jamie an. Seine Miene war undurchdringlich. Nur das Zucken in seiner Wange verriet ihr, daß er irgendein starkes Gefühl niederkämpfte.

»Ich nehme an, es ist dir nie eingefallen, daß ich mitzubestimmen hätte, wenn es um mein Mündel geht«, sagte er mit kalter, kontrollierter Stimme.

»Mitbestimmen! Sie ist ein Mensch. Nicht irgendein Stück Vieh, bei dem du entscheiden kannst, ob es verkauft oder geschlachtet werden soll!«

Sie biß sich auf die Lippen. Eigentlich war sie gekommen, um einen Weg zu finden, die schreckliche Kluft zwischen ihnen zu überbrücken. Und schon nach wenigen Minuten keifte sie ihn an wie ein Fischweib.

Er setzte sich halb auf die Schreibtischkante, nahm den Dolch auf, der da lag, und warf ihn lässig von einer Hand in die andere. Als er seinen Kopf beugte, leuchtete sein Haar golden in der Sonne, die in Streifen durch das offene Fenster strömte.

Sie beobachtete seine Finger beim Spiel mit dem Messer. Sie waren feingliedrig und lang, und mit ihnen hatte er sie einst geliebt, war über ihren Körper gestrichen und hatte darauf gespielt wie auf seiner Laute, anmutig, liebevoll und leidenschaftlich.

O Gott, dachte sie, wie konnte ich jemals daran denken, ihn zu verlassen? Wie könnte ich ohne ihn leben?

»Ich war nicht darauf aus, mich in deine Angelegenheiten zu mischen, Mylord«, sagte sie steif. »Ich hörte von Robin und Elspeth durch reinen Zufall. Aber sie lieben sich wirklich, und ich glaube, wenn sie eine Chance hätten zusammenzubleiben, dann sollte man sie ihnen lassen.«

»Du überraschst mich, Alexia. Mir scheint, daß du deine Finger überall drin hast hier auf Caerlaverock. Deine Aufmerksamkeit wird uns fehlen, wenn du weg bist.« Mit gespielter Höflichkeit fragte er: »Übrigens, wann dürfen wir mit deiner Abreise rechnen?«

Sie wußte nicht, wie sie die Worte hervorbringen sollte. »Ich... oh, ich dachte, vielleicht am Freitag? Ich habe noch keine festen Pläne.«

Er legte das Messer sorgfältig zurück, ging dann um den Schreibtisch herum, setzte sich in seinen Sessel und zog das zerfledderte Kontenbuch an sich heran. »Laß es mich wissen, wenn du dich entschieden hast, ja?« sagte er und sah sie nicht einmal an. »Ich werde eine Eskorte zusammenstellen müssen.«

Als er wieder aufsah, war sie gegangen. Er raufte sich die Haare. Einen Augenblick versuchte er, ganz ruhig zu sein, dann griff er mit einem Fluch nach dem Dolch und warf ihn an die Wand.

Alexia ging quer durch den leeren Saal. Staubteilchen tanzten in den Säulen, die das Sonnenlicht malte, das durch die hohen Fenster fiel. Das Holz der Anrichten und Schränke glänzte von dem Bienenwachs, mit dem es eingerieben wurde. Der Läufer auf dem Tisch, mit seinem leuchtenden Muster in Indigo und Weinrot, verlieh dem Raum ein freundliches Aussehen. Der große Salzspender stand noch immer auf seinem Platz auf dem Tisch vor dem Sessel des Hausherrn. Die silberne Meerjungfrau trug ruhig und würdevoll die Last aus dem Meer.

Sie stieg auf das Podest und ging hinüber zu dem erhöhten Sitz. Mit den Fingern zeichnete sie die Flügel des Falken nach, der in die hohe Rückenlehne eingeschnitzt war. Sie dachte daran, wie sie einmal Annor gegenüber geprahlt hatte, daß ihr Sohn eines Tages hier als ihr Lord sitzen würde. Wie hochmütig und stolz war sie an dem Tag gewesen.

Sie würden jetzt keinen Sohn mehr haben, sie und Jamie. Es war ihm prophezeit worden, daß ihre Ehe zugrunde gehen würde, und so geschah es auch. Sie waren Todfeinde gewesen, Feinde durch ihre Clans, die trotzdem gemeint hatten, ihre Liebe könne dreihundert Jahre des Hasses und des Mißtrauens überwinden. Und die Liebe und das Leben hatten sie ins Unrecht gesetzt.

Sie hob die Ecke des Läufers an und betrachtete den Namen, der so tief in das feine Holz geschnitzt war. Annor hatte recht gehabt an dem Tag, als sie sagte, daß die Carletons schon früher nach Caerlaverock gekommen seien, aber nie geblieben waren. Du wirst nie hierher passen, hatte Annor gemeint. Aber nicht Annor hatte sie besiegt, sie hatte sich selbst geschlagen.

Das Kratzen von Stiefelsohlen auf Stein war zu hören, und sie erschrak. Jamie stand in der Tür, dann kam er auf sie zu. Seine Hacken schlugen auf dem Boden auf.

Vor dem Podest blieb er stehen und sah sie an. »Du wirst am Freitag nicht nach Thirlwall gehen«, sagte er.

Alexia hob den Kopf. »Warum nicht?«

Mit seinen starken Händen umfaßte er ihre Taille und zog sie herunter. Sie stand jetzt direkt vor ihm. Er wollte sie küssen, aber sie hob die Arme, um ihn wegzustoßen. Doch ihre Hände wollten ihr nicht gehorchen. Statt dessen legten sie sich um seinen Hals. In der Wildheit seines Kusses spürte sie, welchen Kampf er in seinem Inneren durchgefochten haben mußte, eine Schlacht zwischen Stolz und Verlangen. Als er sie losließ, mußte sie sich an der Tischkante festhalten, um nicht umzufallen.

Er atmete schwer, und seine Augen waren dunkel, beinahe schwarz.

»Warum?« flüsterte sie und wußte nicht einmal, was sie fragen wollte, noch viel weniger, welche Antwort sie erwartete.

Er wollte schon weggehen, und sie wollte ihm gerade nachlaufen, als er sich umwandte und auf dem gleichen Weg zurückkam.

Er packte sie bei den Schultern und schüttelte sie heftig. »Weil du meine Frau bist, verdammt noch mal, und eine Frau gehört zu ihrem Mann, in seine Burg und in sein Land!«

»Wirst du mir verbieten zu gehen?« fragte sie ihn ruhig.

»Ja!« Er holte tief Luft. »Ja, bei Gott, das werde ich.«

Alexia senkte demütig den Kopf. »Nun gut, Mylord, ich werde nicht gehen. Da du darauf bestehst.«

Er lockerte den Griff an ihren Schultern. Langsam legte er seine Hände um ihren Hals, zog ihren Kopf zu sich heran und küßte sie langsam und zärtlich.

Als der Kuß schließlich endete und er sie freigab, lehnte er sich zurück und betrachtete sie mißtrauisch. »Es sieht dir gar nicht ähnlich, dich so leicht zu ergeben. Normalerweise muß ich immer für die geringste Kleinigkeit einen großen Kampf mit dir durchfechten.«

»Du tust mir unrecht, Mylord Ehemann«, sagte sie. »Ich habe immer versucht, dir eine gehorsame Frau zu sein.« Bei den Worten schnaubte Jamie leise. Sie ignorierte ihn aber und fuhr fort. »Außerdem ist da die Sache mit den zwei Söhnen...«

»Und das ist auch so etwas«, unterbrach Jamie sie. »Ich will von dieser lächerlichen Idee von dir nichts mehr hören, daß ich mit zwei Söhnen zufrieden wäre.«

Ihre Hände, die seine Brust gestreichelt hatten, schoben ihn weg. »Meine Idee! Das Ganze war deine Idee, Jamie Maxwell.«

»Nein, das war es nicht.« Er lachte laut. »Ich wäre nie ein solcher Narr gewesen.« Er hielt sie an den Handgelenken, drehte sie ihr auf den Rücken und zog sie ganz dicht an sich. Sie tat, als wollte sie sich gegen ihn wehren.

»Es ist immerhin keine so schlechte Idee«, sagte sie, und ihr Atem berührte sanft seinen Hals. »Denk daran, wieviel Freude wir haben werden, wenn wir sie machen.«

»Ja.« Jamie zeigte sein schalkhaftes Lächeln. »Aber wir wollen nicht bei zwei aufhören.« Seine Hände glitten über ihren Körper, als müsse er sich vergewissern, daß sie da war, da in seinen Armen. »Oh, Alexia. Ich hatte so entsetzliche Sehnsucht nach dir in diesen vergangenen Tagen. Ich habe nicht geschlafen und konnte kaum essen.«

»Und gab es in Stirling nicht eine einzige Frau, die dich hätte heilen können?« neckte sie ihn.

»Nein, da gibt es nur eine einzige Frau, die diese Zaubermacht hat. Eine bernsteinäugige, englische Verführerin.«

Jamie fand, daß es entschieden etwas Wunderbares war, seine wunderschöne und leidenschaftliche Frau wieder in den Armen zu halten, aber wenn er sie nicht sofort losließe, würde das auf jeden Fall dazu führen, daß er sie am hellichten Tag auf dem Boden des großen Saals lieben müßte. Widerwillig ließ er sie los, hielt sie aber fest an der Hand.

Sie seufzte und lehnte sich zufrieden an ihn. »Ich war eine solche Närrin. Ich habe dir seit unserer Hochzeit so viel Schwierigkeiten gemacht, und du hättest allen Grund, mich zu hassen.«

Er lächelte und zog ihre Hand an die Lippen. »Ich muß also ein ganz unvernünftiger Mann sein, denn ich bin noch immer verrückt nach dir.«

Er trat einen Schritt zurück, damit er ihr Gesicht genau sehen konnte, und ließ alle seine Gefühle in seinem eigenen Gesicht leuchten. Ich werde sie fragen, dachte er. Ich werde sie einfach fragen, ob sie mich liebt. Ich werde sie zwingen, die Worte zu sprechen. Und dann, wenn sie sie ausspricht, werde ich mir erlauben, ihr zu glauben.

»Alexia...«, fing er an.

Da explodierte das Salzfaß auf dem Tisch in tausend Splitter.

Hätten sie auf dem Podest gestanden, hätte jede dieser Scherben ihren sicheren Tod bedeutet. Ein Stück von dem Salzfaß riß Jamies Oberschenkel auf. Es brannte wie Feuer. Sein verletztes Bein knickte ein, als ein anderes, größeres und schwereres Geschoß in seine Schulter schlug, so daß er sich um die eigene Achse drehte. Durch die Wucht des Schlages fiel er auf den harten Steinboden, mit seinem ganzen Gewicht auf die verwundete Schulter. Alexia war von ihm abgerückt, hielt die Hände vor den Mund, um nicht laut zu schreien. Und er sah, daß die Hände vor ihrem Gesicht voller Blut waren. Erst jetzt nahm er den Knall des Pistolenschusses wahr, der von der Gewölbedecke der Großen Halle und als Echo zurückgeworfen wurde. Dann herrschte Totenstille.

Und in diese Stille hinein hörte Jamie, wie sich die Tür des Vorratsraumes quietschend hinter ihm öffnete. Er sah, wie Alexias Augen sich vor Angst weiteten, und im Geiste blitzte das Bild von Malcolm auf, wie er ihm einen Holzkasten mit zwei in Samt geschmiegte Pistolen zeigte. Zwei Pistolen.

Er versuchte, sich trotz des brennenden Schmerzes aufzurappeln, aber er wußte auch, daß er nicht rechtzeitig zu Alexia gelangen konnte, denn der Mörder hob in diesem Augenblick die zweite Pistole und drückte gerade den Abzugsbügel durch.

»Bleibt liegen, Lord Maxwell.« Die Stimme klang eiskalt und war völlig ruhig. »Bleibt, wo Ihr seid, wenn Ihr nicht wollt, daß Eurer Frau noch Schlimmeres passiert.«

»Evie!« keuchte Alexia.

Man hörte ein Rascheln von Röcken, und dann stand das Mädchen vor ihnen – klein und schlank, ihr Gesicht hinter der weißen Maske verborgen. Aber obwohl die Waffe zu schwer für ihre schwachen Hände schien, hielt sie sie gerade und fest, die runde, furchterregende Öffnung des Laufes direkt auf Alexias Herz gerichtet. Obwohl Jamie wußte, daß man mit solchen Pistolen auf die Entfernung leicht sein Ziel verfehlte, hatte er Angst, daß sie auf diese kurze Distanz nicht danebenschießen könnte.

Evie lachte leise, und ihr ausgestoßener Atem ließ die Gaze um ihren Mund flattern. »Sieh dir deine Hände an, Alexia. Du mußt wirklich lernen, deine Hände besser zu pflegen.«

Alexia betrachtete ihre zerschnittenen und blutigen Hände, dann schauderte sie und schlang die Arme um sich selbst. »Evie, warum hast du ...«

»Frage Lord Maxwell. Er weiß, warum.« Ihre Augen blitzten Jamie an und dann Alexia. »Ihr habt angefangen, mißtrauisch zu werden, nicht wahr, Mylord? Ihr hattet einen Verdacht, also habt Ihr sie Tag und Nacht bewachen lassen. Ich hatte an vieles gedacht, an viele Unfälle, aber immer war jemand da, der aufpaßte.« Sie packte den Pistolengriff fester. »Sagt Ihr, warum.«

»Ich weiß nicht, warum«, antwortete Jamie.

Ein dünner Rauchfaden schlängelte sich aus der Zündpfanne. Er dachte, wenn er sich gegen ihre Beine werfen könnte, würde sie umfallen, noch ehe sie eine Chance hatte, den Abzug zu ziehen und das Pulver zu entzünden. Er entlastete sein schmerzendes Bein. Durch die Bewegung rieben die gebrochenen Knochenstücke in seiner Schulter aneinander. Der Schmerz fuhr ihm wie ein weißglühender Blitz durch den Körper, und er merkte, wie der Schweiß über sein Gesicht lief.

»Aber Ihr wißt es, Ihr müßt wissen, warum«, sagte Evie und ihre Stimme ging in einen trillernden Singsang über. »Wegen ihr, wenn sie mir das nicht angetan hätte, wäre ich eine schöne Frau gewesen.« Alexia stöhnte, und Evie lachte. »Und ich wäre eine perfekte Frau für Euch geworden. Ihr wißt das, ja, Ihr wißt das. Ihr hättet bei mir nie Grund gehabt, wütend zu werden. Ich würde Euch so viel Freude bereitet haben, in einer Weise, von der Ihr nur träumen könnt. Oh, Mylord Maxwell, wenn Ihr mich sehen könntet, wie ich geworden wäre, Ihr würdet sie sofort vergessen.«

»Evie«, fing Jamie an und zwang sie, ihn anzusehen, zwang sie, die Pistole von Alexia weg und auf ihn zu wenden.

Die Tür der Vorratskammer schlug gegen die Mauer. Evie erschrak und drehte sich schnell um.

Malcolm warf sich direkt auf sie.

Er hatte sie überrascht und einen Augenblick der Unentschlossenheit genutzt. Wenn er nicht durch die Deformation seiner Wirbelsäule behindert gewesen wäre, hätte er ihr die Waffe aus der Hand schlagen können, noch ehe sie abdrücken konnte. Aber mit seinem nachgezogenen Fuß strauchelte er über eine unebene Fußbodenkachel, so daß sie die Pistole heben, auf seine Brust zielen und abdrücken konnte.

Ein leuchtender Blitz zuckte auf, als der Zünder das Pulver in der Pfanne in Brand setzte, dann folgte eine markerschütternde Explosion. Malcolm sackte zusammen, einen Ausdruck der Überraschung auf dem Gesicht, dann glitt er langsam zu Boden.

Evie fauchte wie eine Wildkatze, die in die Falle geraten war. Sie warf die Pistole weg und wandte sich nach Alexia um, mit klauenartig gekrümmten Fingern.

Alexia schrie und trat einen Schritt zurück. Und schrie wieder, als Evie ihr folgte.

Jamies Hand schnellte vor, er packte Evie am Fußgelenk und zerrte an ihrem Bein, so daß sie auf ihn fiel – direkt auf seine gebrochene Schulter. Sein Atem entwich mit einem hohen, spitzen Ton. Ihre Wut richtete sich jetzt gegen ihn, und sie richtete ihre Fingernägel auf seine Augen. Rasend vor unsäglichen Schmerzen in seiner Schulter hieb er blind auf sie ein, und seine Finger verfingen sich in der Gaze der Maske und zogen sie ihr vom Kopf.

Er starrte wie gebannt auf das scheußliche, narbenentstellte und mit Blasen übersäte, zerfressene Gesicht, und vor Ekel verzerrte sich seine Miene zu einer Grimasse des Abscheus.

»Neiiin!« schrie sie und ging rückwärts von ihm weg, drehte sich um und rannte davon. Sie rannte weg vor dem Entsetzen, das sie in seinen Augen gelesen hatte.

Malcolm versuchte, sich aufzusetzen, überlegte es sich dann aber anders. Er legte seinen Kopf zurück in Alexias Schoß, der, so dachte er schläfrig, für ein so mageres Mädchen ziemlich weich war. Erst bei der kurzen Anstrengung, sich aufzusetzen, hatte er bemerkt, daß sich in seiner Brust ein häßliches, vielleicht auch lebensgefährliches Loch befand. Es tat nicht weh, und er hoffte, daß das kein schlechtes Zeichen sei.

Er streichelte Alexias Wange und wunderte sich dabei, wie schwer sein Arm war. »Du weinst«, sagte er. »Ich habe dich noch nie vorher weinen sehen.«

»Malcolm ...«

Er wandte den Kopf um. Sein Bruder kniete neben ihm und sah noch viel schlimmer aus, als er sich fühlte. »Du verdammter Narr«, sagte Jamie mit rauher Stimme.

Malcolm versuchte zu lächeln. »Ich dachte, sie würde danebenschießen. Das hätte ich besser wissen müssen ... verdammte Carleton.«

Auf den Treppen hörte man das dumpfe Stapfen von Schritten. Big Jock stürmte in die Halle, seine Kriegsaxt um sich schwingend, und ihm auf den Fersen folgten weitere Männer. Er blieb stolpernd stehen, als er die Szene vor sich erfaßt hatte.

»Dummkopf«, sagte er. »Was ist geschehen?«

»Jock, du mußt zu der Frau im Moor gehen.« Alexias Stimme war klar und beherrscht, trotz der Tränen, die weiter über ihr Gesicht flossen. »Sag ihr, sie muß Instrumente mitbringen, um eine Pistolenkugel aus der Brust eines Mannes herauszuoperieren.«

»Ja, Mylady«, und Big Jock gehorchte sofort.

»Instrumente?« Malcolm schluckte. Aus seinem Mundwinkel kam ein kleines Rinnsal Blut. »Jamie, laß nicht zu...«

»Pscht«, sagte Jamie. »Das ist schon in Ordnung.« Er strich das Haar aus Malcolms Stirn. Der Junge atmete jetzt schwächer, dann fiel er in Ohnmacht.

Jamie blickte auf, und er und Alexia sahen sich an.

»Er wird nicht sterben«, meinte Alexia. »Er wird nicht sterben.«

Sie legten Malcolm in das bequemste Bett, das große Bett im Herrenschlafzimmer. Alexia setzte sich neben ihn, bis Katherine kam, groß und gespenstisch in ihren schwarzen Kleidern. Ihre kühle Ausstrahlung wirkte jetzt auf alle beruhigend.

»Geht«, sagte sie zu Alexia. »Ich kann besser hier arbeiten, ohne daß ihr um mich herumschwirrt.«

»Aber...«

»Geht zu Eurem Herrn. Er braucht Euch auch.«

Jamie saß auf einem Stuhl im Vorzimmer, das eine Bein vor sich ausgestreckt, das andere gebogen. Seine Schulter war ungeschickt geschient worden, der Schnitt in seinem Schenkel verbunden. Die Flammen des flackernden Kaminfeuers warfen Schatten über sein Gesicht, und seine Augen waren abgeschirmt. Der Schmerz hatte eine weiße Furche um seinen Mund gezogen.

Alexia kniete neben ihm. Seine Hand lag an ihrem Hals.

»Warum hat sie es getan?« fragte sie. »Sie sagte, du hättest sie im Verdacht gehabt. Warum?«

Jamie schüttelte den Kopf. »Alles, was ich wußte, war, daß dir Dinge passierten, die wie Unfälle aussahen, aber keine waren. Ich habe Malcolm und Big Jock gebeten, auf dich aufzupassen, wenn ich nicht da bin. Malcolm hatte angefangen, deine Schwester zu verdächtigen. Ich glaube, er sah etwas von sich selbst in ihr. Oder etwas, das er auch hätte werden können, wenn er zugelassen hätte, in Selbstmitleid und Bitterkeit zu versinken.«

Alexia empfand tiefe, brennende Schuld, und ein bitterer Geschmack trat in ihren Mund. »Wie sehr sie mich hassen muß. So sehr meinen Tod zu wünschen.«

»Du darfst dir nicht die Schuld dafür geben. Es war auch erst zum Ende zu, glaube ich, als sie vollkommen den Verstand verlor und bewußt deinen Tod wollte. Die Unfälle waren eher dazu gedacht, dir Angst einzujagen und dich aus Caerlaverock zu vertreiben. Und vor allen Dingen von mir, glaube ich. Das Ganze war zu ausgefallen, zu sehr zum Mißerfolg verdammt. Sie hat einfach nur etwas arrangiert und dann zugesehen, was passieren würde.«

»Einer der Unfälle hat zum Tod unserer Tochter geführt.«

Jamie preßte die Lippen zusammen. »Dafür werde ich mir immer die Schuld geben. Wenn ich nur früher darauf gekommen wäre... Aber erst nach dem Vorfall mit der Bulldogge meiner Mutter fing ich an, auch andere Dinge zu hinterfragen, die dir passiert waren.«

»Der Wein... Ich hätte dir das erzählen sollen...«

»Was?«

Sie schauderte. »Vergiß es...«

Sie wandte das Gesicht ab und verfiel in grüblerisches Schweigen. Er streichelte ihr Haar und genoß das seidige Gefühl. Dann spürte er, wie sie erstarrte, und als sie sich umwandte, stieg in ihren Augen die bekannte Wut auf. Er wußte, welche Frage sie ihm jetzt stellen würde.

»Warum hast du nicht mit mir darüber gesprochen? Ich hätte sie zu Vater nach Hause schicken können. Er hätte sich um sie gekümmert und hätte dafür gesorgt, daß sie wieder gesund wird. Wenn du einen Verdacht hattest, warum hast du ihn mir gegenüber nie erwähnt?«

Er wartete einen Augenblick, ihr Gesicht durchforschend. »Mein Liebes... hättest du mir etwa geglaubt?«

Sie hatte keine Antwort. Als sie schließlich sprach, war dies in vollkommener Offenheit. »Nein, du hast recht. Sie ist meine Schwester. Ich hätte nie etwas so Übles von ihr geglaubt. Es hätte bedeutet, daß ich hätte zugeben müssen, daß wegen mir...« Sie brach ab und preßte ihre Hand auf den Mund.

»Ich weiß«, sagte Jamie sanft, und wünschte sich, daß er einen Teil der Schuld, die auf ihr lastete, von ihr nehmen könnte.

»Ich glaubte zuerst, es sei ein Maxwell, der hinter all diesen Unfällen steckte«, fuhr sie dann fort. »Später wollte ich das nicht mehr wahrhaben, denn allmählich betrachtete ich deine Familie als meine eigene. Malcolm und die zwei Jungen hatte ich lieben gelernt wie meine eigenen Brüder. Und Robin, obwohl wir uns nie leiden mochten – zumindest verstand ich ihn.« Sie lächelte Jamie sanft an. »Hätte Robin mir ein Leid zufügen wollen, hätte er es offen und gewissermaßen fair getan mit einem Schwert oder einem Dolch. Selbst deine Mutter... Weißt du, daß sie es war, die mir geholfen hat, den Tod unserer Tochter zu akzeptieren? Sie ist nicht ganz egoistisch, Jamie. Sie hat doch etwas Fürsorgliches an sich gehabt, glaube ich.«

Bei der Erwähnung seiner Mutter verhärteten sich seine Gesichtszüge. »Ich bin froh, daß zumindest du so denkst. Was mich betrifft, so habe ich längst erkannt, daß ich ihr nie gefallen konnte, wenn ich mich nicht in etwas verwandeln würde, das mir selbst zuwider wäre – da hörte ich auf, mich überhaupt noch darum zu kümmern, was sie von mir dachte.«

Man hörte ein leises Kratzen an der Tür, und Big Jock trat ein.

»Keine Spur von ihr, Mylord. Wir sind jeden Zoll der Moore abgeritten. Aber die Flut ist heute da draußen besonders tückisch. Danach suchten wir die Flüsse bis Dumfries ab und noch weiter. Sie ist so schnell verschwunden wie eine Dose Bonbons zwischen einer Horde Kinder.«

»Dann nimm die Hunde.«

»Hunde!« Alexia sprang auf. Sie fuhr Jamie an. »Jamie, das kannst du nicht tun! Du kannst sie nicht jagen wie eine Verbrecherin oder wie ein Tier.«

Jamie warf Big Jock einen Blick zu. Er verschwand leise.

»Alexia, es wird ihr nichts geschehen. Du weißt das. Aber wir müssen sie finden, es geht ihr nicht gut. Sie sollte sich oder anderen nichts antun.«

Alexia schloß die Augen. »Versprichst du, daß ihr nicht weh getan wird?«

»Ich verspreche es. Komm her«, sagte er sanft.

Er zog sie auf seinen Schoß und hielt sie fest in seinen Armen. Er legte seinen Kopf gegen die hohe Stuhllehne. Wie er sie ansah – es lag kein Lächeln in seinem Blick, denn die Tragödie hing noch immer schwer über ihnen. Aber zwischen ihnen bestand eine seltsame, stille Freude. Die Freude zweier Menschen, die wissen, daß alles, was zu ertragen sein würde, von ihnen gemeinsam getragen wird.

Sie strich mit ihren Fingerspitzen zärtlich über seine Wange. »Ich liebe dich so sehr, Jamie Maxwell«, sagte sie und beantwortete endlich die Frage in seinen Augen.

Er zog sie fester an sich.

Sie protestierte: »Aber was ist mit deiner Schulter?«

»Nein«, sagte er und legte sich ein bißchen zurück, denn der gebrochene Knochen verursachte ihm einen reibenden, beständigen Schmerz.

Sie ruhte sich an seiner Brust aus. Als sie schließlich sprach, fühlte er ihren Atem wie ein Streicheln auf seiner Haut.

»Sie hat dich auch geliebt. Ich habe das schon am ersten Tag bemerkt, als sie nach Caerlaverock kam. Für sie war es genauso wie für mich – eine plötzliche, blendende Liebe, die einem den Atem nahm.«

Er errötete und wirkte ein wenig betreten. Aber er hörte die Worte auch gern. »War das wirklich so etwas Plötzliches, Blendendes? Du warst nicht älter als dreizehn, als wir uns das erste Mal trafen.«

»Vierzehn, und du hast mich geküßt, erinnerst du dich? Ich kann verstehen, warum Evie wegen dir zur Mörderin werden wollte.« Sie sah ihn drohend an. »Wenn ich dich jemals mit einer anderen Frau erwische, durchbohre ich euch beide mit meinem Schwert.«

Er lachte und preßte seine Lippen auf ihren Hinterkopf. »Also dann brauchst du keine Angst zu haben, daß ich dir untreu werde, denn ich bin im letzten Jahr so oft angebohrt worden, daß es für den Rest meines Lebens reicht.«

Sie lächelte und schmiegte sich eng in seine Arme. Nach einer Weile fühlte er ihren leisen, regelmäßigen Atem, und er wußte, daß sie schlief.

Es dauerte noch eine lange Zeit, bevor sich die Schlafzimmertür öffnete und Katherine heraustrat.

Jamie sah sie fragend an.

»Die Kugel ist an einer Rippe abgeprallt«, sagte sie ganz sachlich. »Sie ist nicht in die Lunge eingedrungen. Es besteht Hoffnung, daß er am Leben bleibt.«

Sie betrachteten beide Alexia.

»Weckt sie nicht auf«, meinte Jamie und legte schützend den Arm um sie.

»Aber sie wird sich um ihn ängstigen. Sie hat ihn so lieb.«

»Ich werde hier sein, wenn sie aufwacht, und ich werde es ihr sagen.«

Sie stand mitten im hohen Moorgras. Das glatte Wasser des Solway Firth erstreckte sich vor ihr in dem Grün eines flachen Gewässers, das auf dunklem Sand steht. Diese Farbe war auch die Farbe seiner Augen.

Sie zog ihre Kleider aus. Langsam, genießerisch, mit dem Gefühl der warmen Sonne auf ihrer Haut. Sie hatte ihren Körper noch nie so der Sonne ausgesetzt. Das seidige Streicheln gefiel ihr, wie die Berührung eines Geliebten, dachte sie – obwohl sie noch nie einen Geliebten gehabt hatte.

Sie schritt nackt ins Wasser. Der nasse Sand fühlte sich unter ihren nackten Füßen gut an. Sie spürte, wie ihre Zehen in den Sand drangen. Es kitzelte, aber auf eine fast schmerzhaft-erotische Art, so daß sie die Zähne zusammenbeißen mußte, nicht um ein Lachen zu unterdrücken, sondern einen Schrei.

Sie legte die Hände um ihre Brüste, drückte auf ihre Brustwarzen und fühlte, wie sie sich zwischen ihren Fingern verhärteten. Sie legte den Kopf zurück und schloß die Augen. Das Wasser klatschte sanft zwischen ihren Oberschenkeln und streichelte sie dort.

»Jamie«, seufzte sie.

Als das Wasser ihre Hüften erreicht hatte, legte sie sich nieder und ließ sich hinwegtragen. Ließ sich schaukeln. Ihr Haar schwamm hinter ihr her, zog ihren Kopf zurück, ihr Hals bog sich abwärts. Der Himmel über ihr war von einem verschwommenen, gelblichen Blau.

Das Wasser war kalt. Sie zitterte und drehte sich um, weil ihre

Füße keinen Boden mehr fanden. Dann ging sie unter, würgte, wurde wieder hochgehoben, Wasser lief ihr übers Gesicht, aus ihrem Haar in die Augen und machte sie blind. Die Küste war ein brauner Fleck, weit weg, zu weit. Das Wasser schloß sich wieder über ihrem Kopf. Es war kalt, so kalt.

Etwas zog an ihren Beinen, zog sie abwärts. Sie schlug aus, kämpfte dagegen, aber es war viel zu stark, viel zu kalt. Sie schrie, und Wasser füllte ihren Mund.

Ein Fischer fand sie kurz darauf. Er beugte sich über den Bootsrand, um sie in seinen Kahn zu ziehen, obwohl sie schon tot war und mit dem Gesicht nach unten im Wasser trieb. Als er ihren Arm berührte, drehte sich ihr Körper, und er sah ihr halbes Gesicht. In diesem Augenblick und ehe er den Rest von ihr sah, dachte er, er hätte nie etwas so Schönes gesehen.

Kapitel 21

»Tod und Teufel!« Alexia fluchte mit dem Finger im Mund. Sie starrte wütend auf das Stück Leinen in ihrem Schoß, aus dem ein Hemd für Jamie werden sollte. »Ich habe es schon zweimal blutig gemacht, und dabei bin ich noch nicht einmal mit dem ersten Ärmel fertig.« Sie warf das Ganze angewidert auf den Boden.

Jamie saß neben ihr auf einem hohen Hocker und spielte die Laute. Er stellte das Instrument beiseite und hob das Kleidungsstück auf. Er hielt es vor dem Fenster ans Licht und mußte über die schiefen Säume und die Zickzackstiche lachen.

»Ich habe dir doch gesagt, du brauchst nichts für mich zu nähen. In Dumfries ist eine Frau, die mir das ganz gut machen kann.«

»Ich bin deine Frau, und ich muß deine Hemden nähen, nicht irgendeine... wer ist diese Frau in Dumfries überhaupt?«

Er grinste sie an, nahm wieder seine Laute und zupfte die ersten Takte einer zärtlichen Liebesballade. »Bist du eifersüchtig, meine Süße?«

»Sei nicht albern. Ist sie hübsch?«

Er lachte. »Sie hat sieben Enkel. Und wenn ich mich recht an die Umstände erinnere, habe ich dich nicht wegen deiner Nähkunst geheiratet, Alexia. Meine Aufmerksamkeit wurde geweckt durch deine Kunst, mit dem Schwert umzugehen.«

Sie stellte sich hinter ihn, die Handflächen auf seinen Schultern. Er lehnte den Kopf zurück und rieb sich an ihren Brüsten.

»Ich habe längst mit Schwertern und Bogen abgeschlossen, Mylord. Jetzt, wo der König dich zum Grafen gemacht hat, bist du so aufgeblasen geworden, daß ich mich um so mehr anstrengen muß, eine richtige Ehefrau zu werden.«

»Oho, das ist also der Grund für die ganze plötzliche Betriebsamkeit im Hause. Nein, du bist es, Mylady Alexia Maxwell, Gräfin von

Morton, die mit diesen Ehren herumstolziert wie ein Pfau auf der Balz. Als nächstes wirst du wollen, daß ich dich nach Stirling bringe, damit du deinen Titel vor dem ganzen Hof vorführen kannst.«

»Nun ja, es ist so... ich wollte dir das schon die ganze Zeit sagen...«

Er stöhnte und hob den Blick zum Himmel. »Ich wußte es.«

»Es ist nur so, wenn wir dieses Jahr nach Stirling gehen wollen, so sollte das besser bald geschehen. Solange ich noch ohne Gefahr reisen kann.«

Er hatte gerade nach oben gegriffen, um ihre Hand an seine Lippen zu ziehen, als er sich plötzlich streckte. Er zog sie vor sich und hielt sie mit den Knien fest. »Alexia, willst du mir sagen, daß...«

Sie spitzte den Mund zu einem Kuß, verfehlte aber seinen Mund. »So ist es. Und wir werden, mein Herr Graf, in acht Monaten... Es wird ein Junge werden, und er wird den Namen Thomas bekommen, nach seinem Großvater.«

Er lachte begeistert und zog sie auf den Schoß, damit er sie richtig küssen konnte. Sie kam seinen Lippen freudig entgegen, und sie legte ihre Hände um seinen Hals. Er strich an ihrem Körper herab, und dann hinauf zu dem losen Oberteil ihres Morgenrocks, um erfreut festzustellen, daß sie kein Mieder und kein Korsett trug, die seinen forschenden Fingern im Wege sein konnten. Er zog die seidigen Rüschen beiseite, und ihre Brust lag nun in seiner Hand. Er fing sich eine ihrer Brustwarzen, die er neckisch ganz hart werden ließ, um dann zu hören, wie ihr Atem stockte. Sie bog den Kopf zurück und gab ihren Hals seinen Lippen frei. Er fühlte wieder die bekannte Enge in seinem Hals.

Die Lippen an ihrem Ohr seufzte er: »Alexia, Alexia... ich liebe dich, ich liebe dich.«

In diesen letzten Wochen hatte er einen Frieden und eine Erfülltheit gefunden, die er nie für möglich gehalten hätte. Natürlich würde das nicht immer so sein, denn ihre Ehe würde höchstwahrscheinlich niemals leicht sein. Sie war stolz und willensstark. Und er war stolz und dickköpfig. Eine unbeständige Kombination, die nur die Liebe binden konnte. Aber der Vertrauensverlust, der sie fast zerstörte hätte, war jetzt verflogen. Und wenn Reste davon übrig wären, dann würde das Kind, das kommen sollte, diese für immer verscheuchen. Alexia pflegte ihn nicht ständig mit Liebesworten zu überschütten, aber jetzt zweifelte er nicht mehr an ihrer Liebe. Und jetzt verbrachte er seine Zeit damit, Pläne zu schmieden, wie er ihr seine Liebe zeigen konnte. Sie würden hier auf Caerlaverock Castle zusammen alt werden, und viele Kinder und Enkel würden den großen Saal füllen.

Zwischenzeitlich gab es das Hier und Jetzt, und jetzt wollte er sie haben, in diesem Augenblick, in heftigem Begehren, das sich als freudvoll-schmerzliches Ziehen in seinen Lenden manifestierte. Er begehrte sie hier, oder lieber dort drüben, auf dem großen Bett.

»Alexia...« Er hielt ihr Gesicht zwischen seinen Händen, und seine Augen suchten und hielten die ihren fest. Er sah, wie ihr Mund weich wurde, ihre Augen dunkel. Sie zitterte unter seinen Händen wie ein kleiner, wilder Vogel, den er einst als Junge in der hohlen Hand gehalten hatte. Und ihre Antwort war ein Seufzer, gemischt aus Versprechen und Ergebung.

»Ja...«

Er stand auf, hielt sie fest in den Armen und brachte sie hinüber, um sie auf das große Bett zu legen.

Mit sanften Händen zog er sie aus. Er breitete die dunkle Pracht ihrer Haare auf dem Kopfkissen aus, die golden in dem Sonnenlicht glänzten, das auf das Bett fiel. Ihre topasfarbenen Augen glänzten wie Juwelen, während sie zusah, wie er sich selbst auszog, und bewunderte ihn ihrerseits. Dabei ließ sie keinen Zweifel für ihn, daß auch sie ihn mit der gleichen heftigen Begierde haben wollte wie er sie. Als er zu ihr kam, streckte sie die Arme aus, als wolle sie ihn daheim willkommen heißen.

Er erforschte ihren Körper mit seinen Händen und bedeckte ihr Gesicht und ihren Hals mit seinen Küssen. Sie zu fühlen, das weiche, warme Gefühl dabei, erfüllte ihn mit dem Staunen, daß etwas so Zartes, Göttlich-Sanftes, einem einfachen Sterblichen geschenkt sein konnte.

Sie zog mit ihren Fingern zwischen seinen Oberschenkeln entlang, neckte ihn, bis er laut aufstöhnte. Er nahm ihr Handgelenk und führte ihre Hand dahin, wo sie seine aufsteigende Härte umspannen konnte. Ihr Atem war heiß und schlug keuchend an sein Ohr. Ihr Herzschlag klopfte gegen seine Lippen und paßte sich dem schnellen Schlag seines eigenen an. Mit der einen Hand schob er ihre Brust bis zu seinem Mund, so daß seine Lippen ihre Brustwarze fassen konnte, mit der anderen Hand streichelte er ihre Seite, folgte der Rundung ihrer Hüfte bis zu dem Spalt zwischen ihren Beinen. Ihre Oberschenkel fielen auseinander und lagen nun weit offen unter seinen suchenden, lockenden Fingern. Ihre Muskeln spannten sich, und ihr Mund öffnete sich. Es bedurfte nicht ihrer atemlosen Seufzer, um ihm zu sagen, daß sie bereit war.

Mit seinen Händen auf ihren Hüften zog er sie in die richtige Stellung, und sie legte ihre Oberschenkel um seine Taille und zog ihn in sich hinein. Einen Augenblick hielt er still, um das heiße, feuchte Gefühl zu genießen, dann stützte er sich auf seine Arme über sie, so daß sie beide zusehen konnten, wie er in sie hineinstieß.

Sie schwebten gemeinsam, Flügel an Flügel, stiegen auf bis auf jene Höhe, von der sie herabstürzten, gleichzeitig dem Tode nahe und einen flüchtigen Blick auf die Ewigkeit werfend.

Sie lehnte sich über ihn, ihr dichtes Haar fiel wie ein Zelt um ihn herum und schloß das helle Sonnenlicht aus. Mit ihren Fingern zog sie seine Lippen nach.

»Ist dir klar, daß wir heute vor einem Jahr verheiratet wurden?«

Er nahm einen Finger zwischen seine Zähne und beknabberte ihn zärtlich. Dann zog er sie neben sich, einen Arm um ihre Schultern gelegt, der andere besitzergreifend um ihre Hüfte.

»Sind wir denn verheiratet?« neckte er sie. »Seltsam, aber ich kann mich nicht erinnern, jemals etwas so Närrisches getan zu haben. Das Erlebnis muß so schrecklich gewesen sein, daß ich es verdrängt habe.«

Er lächelte still vor sich hin. Im Stall stand eine Stute, so fein, von so reiner Abstammung, allein ihr Anblick konnte einen Mann zum Weinen bringen. Er würde sie Alexia später schenken.

Alexia schlüpfte aus seinen Armen und hüpfte auf nackten Füßen hinüber zu der Truhe aus Zedernholz an der Wand unter dem Fenster. Jamie rollte sich auf eine Seite, stützte sich auf seinen Unterarm, so daß er die langen, schlanken Beine seiner Frau bewundern konnte und den verführerischen Schwung ihrer nackten Hüften.

Sie beugte sich hinab, und er war von dem Anblick völlig überwältigt, denn ihr Haar fiel über ihre Schulter, dieser zobelfellartige Vorhang mit Streifen aus Rot und Gold, der ihr Gesicht verhüllte. Sie warf es ungeduldig hinter sich, und als es wieder über ihre Schultern fiel, griff sie es mit einer Hand auf und hielt es von sich weg. Bei der Bewegung stand ihre Brust aufwärts, und die Warze zeigte zum Himmel. Wieder spürte Jamie, wie sich die Muskeln in seiner Lende bemerkbar machten.

Ich werde mich selbst zugrunde richten, dachte er und lachte innerlich, bevor ich damit fertig bin, sie zu lieben.

»Um Gottes willen, Alexia! Was tust du da?« Sie hatte die Truhe vorgezogen, um etwas rauszuangeln, das zwischen ihr und der Wand lag. »Verdammt noch mal, was bist du für ein unmögliches Weib...«

Sie warf ihm ein Lächeln über die Schulter zu. »Das ist nicht schwer. Reg dich nicht auf.«

»Komm her«, befahl er mit einer Stimme, in der die Drohung lag, daß sie es bereuen würde, wenn er sie holen müßte.

Sie kam und trug ein altes, zerbeultes Schwert, das einen verrosteten Griff hatte, dazu eine mit Schimmelflecken übersäte Scheide. Er kniete auf dem Bett, und sie stand vor ihm und hielt ihm das Schwert hin, das sie auf ihren beiden Händen balancierte.

»Was ist das?« fragte er und nahm es ihr ab.

»Es ist ein Schwert.«

»Das kann ich sehen, du Schelm. Ich meine, wessen Schwert?«

»Nach dem Erbrecht ist es dein Schwert, Mylord Maxwell.«

Er starrte sie an, die Finger fest um die Scheide gespannt. »Das ist meines Großvaters...?«

Sie nickte, und ihre Augen leuchteten voller Vergnügen. »Ich schrieb Vater vor Monaten und bat ihn, es mir zu schicken. Seine Antwort lautete, wenn du es zurückhaben wolltest, müßtest du nach Thirlwall Castle kommen, um es zu holen.« Sie grinste. »Er nannte dich einen räuberischen, diebischen Maxwell-Schuft. Also glaubte ich nicht, daß er dich zu einem freundlichen Besuch einladen wollte. Ich mußte ihm drohen, daß er sein erstes Enkelkind nicht sehen dürfte.«

»Hah. Das war aber geblufft. Ich bezweifle, daß er das nicht durchschaut hat.«

»Na ja... vielleicht hat er das.« Sie lächelte in seine Augen. »Vielleicht suchte er nach einer Entschuldigung, Frieden zu schließen.«

Er zog die Klinge aus der Scheide. Sie war schartig und halb verrostet.

»Als ich ein Junge war, hat mich mein Vater einmal zu der geheimen Kapelle gebracht. Er ließ mich niederknien und vor dem Altar schwören, daß ich ihm dieses Schwert nach Schottland zurückbringen werde.« Er lächelte sie schelmisch an. »Das ist Ironie, findest du nicht, daß dieser Schwur nur durch eine Carleton-Frau erfüllt werden konnte. Denn wenn der alte Lord gelebt hätte, um zu sehen, wie ich dich als Braut hierher brachte, hätte er mich dafür umgebracht. So groß war sein Haß auf alles Englische.«

Sie nahm seine Hand und drückte sie auf ihren Leib. »Vielleicht wird unser Sohn sich auch eine englische Frau nehmen, wenn er erwachsen ist. Du kannst ihm dieses Schwert dann vererben, als Erinnerung, daß Liebe wirklich stark genug ist, um dreihundert Jahre Haß zu besiegen.«

Er stand vom Bett auf und hielt das Schwert vor ihr in die Höhe. Er kniete nackt vor ihren Füßen. Sie lachte aber nicht, denn in dieser Geste lag so viel wilde Schönheit. Sie erinnerte sich an ein Zitat im Gebetbuch ihrer Mutter: »Nackt kam er aus seiner Mutter Leib...« Und sie spürte, wie ihre Augen sich mit bitteren Tränen füllten.

Als er sprach, waren dies die förmlichen Worte des Grenzeides; Worte, die über die Jahre weitergegeben worden waren; Worte, mächtig genug, um die Ehre eines Mannes zu binden und seine Seele zu verpfänden.

»Ich schwöre beim Himmel über mir, bei der Hölle unter mir, bei meinem Anteil am Paradies und bei allem, was Gott in sechs Tagen und sieben Nächten erschaffen hat, und bei Gott selbst, daß ich, James, Lord von Maxwell und Graf von Morton, wahr und fest zu der Frau Alexia halten werde, auf daß wir zusammen gedeihen mögen in Liebe und Treue und Lachen, damit aus diesem Land ein Hort des Friedens für unsere Kinder und unsere Kindeskinder werden möge.«

Sie legte ihre Hände fest um seine Hände, die das Schwert hielten, und Tränen liefen ungehemmt über ihr Gesicht.

»Weine nicht«, sagte er. »Ich fühle mich dann wie ein Narr.«

Sie wischte sich mit dem Handrücken über die Augen. »Ich weine nicht.«

Er lächelte sie sanft an, warf das Schwert beiseite, stand auf und zog sie in seine Arme. Er küßte die Tränen von ihren Wangen, er küßte ihre Augen, dann ihre Lippen. Er hielt sich so an ihr fest, wie ein Mann mit einem starken Glauben an seiner Hoffnung auf Erlösung festhalten würde.

Als er schließlich ihre Lippen freigab, seufzte sie glücklich und lehnte sich in seiner Umarmung zurück, um sein Gesicht zu erforschen, und lächelte dann schelmisch. »Jamie... würde es dir wirklich nichts ausmachen, einen oder zwei Monate in Stirling zu verbringen?«

»Nein, wenn es dir gefällt, meine Liebste. Allerdings würde ich nur ungern während der Erntezeit von Caerlaverock weggehen.«

»Malcolm kann ohne weiteres über die Felder reiten, interessiert und wichtig aussehend. Dafür ist er begabt. Ich hörte, wie du ihm das einmal gesagt hast. Und wir müssen natürlich Andy mitnehmen. Er ist in einem Alter, wo man ihm das Stadtleben zeigen sollte. Du hast ihn ziemlich wild aufwachsen lassen. Etwas zivilisierte Verfeinerung wäre angebracht. Wir müssen auch Diccon in seiner Universität besuchen. Ich wollte mir gern den Lehrer ansehen, den du für ihn eingestellt hast. Ich habe Angst, daß er zu streng ist. Ich habe noch nie verstanden, warum man Wissen in einen Jungen hineinprügeln muß wie den Schmutz aus einem Teppich.«

Jamie sandte ihr diesen Märtyrerblick zu. »Jetzt tust du es mir schon wieder an. Warum der König sich die Mühe gemacht hat, mir eine Grafschaft zu geben, kann ich mir nicht vorstellen. Er hätte sie direkt dir überlassen sollen. Bald wirst du dir mein

Schwert umgürten, um den Nachtrab anzuführen, und ich werde hier mit Nadel und Garn umgehen müssen.«

Sie schnaubte und hob den Kopf. »Du beschwerst dich zu laut und zu oft, Jamie Maxwell. Du wärst niemals mit einer untertänigen und langweiligen Ehefrau zufrieden. Du wärst sie innerhalb einer Woche leid.«

»Meinst du?« Er küßte sie auf das Grübchen neben ihrem Mund, das immer dann erschien, wenn sie lächelte. »Das nächste Mal, wenn ich heirate, werde ich mir eine ruhige, selbstaufopfernde Frau nehmen, die ihren Platz kennt und ihn nicht verläßt.«

»Und was ist das für ein Platz?«

Er fiel zurück auf das Bett und zog sie mit sich hinab. Er rollte über sie, bis sein Gewicht sie festhielt.

»Ich weiß nicht, welches ihr Platz wäre, aber dein Platz ist hier. In meinen Armen.«

Band 2

Unter dem Himmel von Notre-Dame

PROLOG

1783

Seit zwanzig Jahren besaß Simon Prion einen Pfandleiherladen neben dem Palais Royal. Diese Gegend war sehr belebt, und nichts Unmenschliches war Simon Prion fremd geblieben. Was auch immer seine Kunden ihm brachten – ein Diamantenhalsband der Großmutter, einen Degen des Vaters, die silbernen Schnallen der im Vorjahr gekauften Schuhe –, es lief alles aufs gleiche hinaus: Sie verpfändeten ihre letzte Hoffnung, das letzte Stück eines zerbrochenen Traums.

Nicht so diese Frau ... Sie kam Simon anders vor.

Seit mehr als einer Stunde beobachtete er sie jetzt. Sein Geschäft befand sich in der neuen Galerie de Valois, rechts neben dem Palast, den sich ursprünglich Kardinal Richelieu hatte erbauen lassen. Eingangstür und Schaufenster blickten auf den Park hinaus. An sonnigen Tagen herrschte in dem rückwärtig gelegenen Park und den umgebenden Arkaden des Palais Royal ein überaus geschäftiges Treiben. Bettler und Balladenerzähler, Herzöge und Flickschuster – irgendwann kamen sie alle her. Denn das Palais Royal war das Zentrum von Paris, und Paris war das Zentrum der Welt, und hier verpfändeten sie ihre Träume.

Heute war es anders. Heute war der Himmel schmutziggrau. Der Wind blies feucht und kalt und zauste die letzten welken Blätter an den Ästen der Kastanienbäume. Manchmal rüttelte er an dem Geschäftsschild über dem Eingang – den drei goldenen Kugeln der Pfandleiher; dann knarrte das Schild. Es war zwar erst November, doch die Ränder der Pfützen auf den gepflasterten Straßen und sandigen Wegen hatten eine Eiskruste.

Der Park war menschenleer, nur die junge Frau ging auf der anderen Straßenseite hin und her. Ab und zu blieb sie stehen und blickte zu ihm hinüber, und Simon dachte, daß sie nun endlich kommen würde. Statt dessen setzte sie ihre unruhige Wanderung fort. Es fiel ihr schwer, sich von den Träumen zu trennen, die sie nun endgültig aufgeben mußte.

Von Neugierde getrieben, trat Simon an das vollgestellte Schaufenster, von wo er sie besser beobachten konnte. Sie war groß und schlank, und in dem weiten, schwarzen Cape wirkte sie zart und zerbrechlich. Das war nicht die Tochter eines Kaufmanns aus der Provinz, auch kein Bauernmädchen. Ihre gemessene Art, sich zu bewegen, und die stolze Haltung ihres Kopfes entsprachen der guten Erziehung, wie sie in Familien mit alter Tradition vermittelt wurde. Der Schnitt ihres weiten Mantels, ihre selbstbewußten, zielstrebigen Bewegungen – die Frau war zweifellos in Paris zur Welt gekommen und aufgewachsen.

Ihr Gesicht war blaß und glatt, ohne Pockennarben. Sie hatte klare, kräftige Züge, ein ausgeprägtes Kinn, eine breite Stirn und dunkle, kräftige Brauen. Während Prion die Frau beobachtete, fuhr ihr der Wind unter die Kapuze; eine Haarsträhne löste sich und fiel ihr auf die Wange. Das Haar war flammend rot.

Plötzlich blieb die junge Frau stehen, drehte sich um und blickte zum Laden herüber.

Simon stolperte vom Fenster zurück und hätte beinahe eine orientalische Vase von ihrem Podest gestoßen, deren Preis er mit zwanzig Livres angesetzt hatte. Sein Gesicht glühte. Er konnte sich gut vorstellen, wie er aussah – ein älterer Mann, beleibt und mit halb kahlem Kopf, der dabei ertappt wurde, wie er hinter dem Fenster eine hübsche Frau beobachtete.

Prion holte tief Luft. Sie kam auf seinen Laden zu.

Doch im letzten Augenblick bog sie nach links zum Tor des Palais ab. Simon hatte sich in den dunklen hinteren Teil seines Ladens zurückgezogen und sah der Frau nach, als sie an seinem Schaufenster vorbeiging und verschwand. Sie hatte sich also doch nicht überwinden können, sein Geschäft zu betreten, was ihn schmerzlich enttäuschte.

Ohne nachzudenken zog der Pfandleiher seinen Arbeitskittel aus und griff sich von einem Wandhaken eine Jacke. Sein linker Arm steckte im Ärmel und mit dem rechten tastete er nach der Türklinke, als die Tür aufgestoßen wurde und ihm hart auf die Nase knallte.

»Oh, entschuldigen Sie bitte!«

Simon nahm verschwommen eine schwarze Gestalt wahr. Vor Schmerz kamen ihm die Tränen, und er mußte blinzeln, um wieder klar zu sehen. Vor ihm stand die junge Frau.

»Es tut mir leid«, murmelte er. »Ich habe nicht achtgegeben, wohin ich ...«

Er tastete nach seiner schmerzenden Nase und bemerkte dabei, daß sein Arm in einer geschmacklosen grellbunten Jacke steckte.

»Ich wollte soeben ausgehen, um ...«

Er versuchte, seinen stämmigen Körper in die Jacke zu zwängen, und mußte feststellen, daß er in der Eile einen Überrock erwischt hatte, der um mindestens zwei Nummern zu klein für ihn war.

»Das heißt, ich muß nicht unbedingt sofort ausgehen ...«

Er verstummte und stand mit schmerzender Nase und der halb angezogenen häßlichen Jacke vor ihr und wurde knallrot.

Aber sie sah ihn nicht an, sondern blickte sich im Laden um. »Wo ist Monsieur Prion?« fragte sie schließlich.

»Ich bin Prion. Aber wieso kennen Sie meinen Namen?«

Jetzt wandte sich die junge Frau zu ihm um. Prion blickte in ihre faszinierenden, dunkelblauen Augen. Sie war zwar noch sehr jung, aber in ihren Augen lagen Weisheit und schmerzliche Erfahrungen, wie bei jemandem, der um Jahre älter war.

Die Frau lächelte. Sie hatte ein entzückendes Lächeln, wenn es auch ein wenig gespannt wirkte, als hätte sie lange nicht gelächelt. »Über Ihrer Tür hängt ein Schild. Darauf steht: Inhaber Simon Prion.«

Prion lachte unsicher. »Natürlich, wie dumm ...« Er sprach undeutlich und wurde wieder rot. Er wußte, daß er sich dumm und unbeholfen benahm, und normalerweise konnte er es nicht ausstehen, wenn ihn jemand in Verlegenheit brachte. Doch heute ärgerte er sich nicht; die junge Frau machte ihn neugierig.

Prion schlüpfte aus der lächerlichen Jacke und warf sie in eine Ecke. Danach verbeugte er sich galant. »Wie kann ich Ihnen behilflich sein, Mademoiselle?«

Die Frau sah ihn unverwandt an. »Ich habe etwas zu versetzen ...«

Sie sprach nicht weiter, aber Simon sagte seinerseits auch nichts. Er hoffte, daß sie nicht ihr Cape versetzen wollte. Dafür könnte er ihr keinen guten Preis zahlen. Nicht nur, daß er ohnehin zu viele Mäntel und Capes hatte, aber der Winter fing erst an, und es war bereits kalt. Sie würde ihr Cape brauchen.

»Sagen Sie mir, Monsieur Prion«, begann sie. Im Unterschied zu ihren weise blickenden Augen klang ihre leise Stimme kindlich. »Kommen viele Ihrer Kunden zurück, um die Dinge, die sie versetzten, wieder auszulösen?«

»Aber natürlich!« log er. »Das passiert häufig. Sie wollen doch Ihren, nun den Gegenstand, nicht tatsächlich verkaufen, sondern ihn nur als Pfand für ein seinem Wert entsprechendes Darlehen hergeben.« Seinem halben Wert, fügte Prion insgeheim hinzu. Nicht zu reden von den Zinsen natürlich.

Die Frau holte tief Luft, als träfe sie eine Entscheidung. Dann schob sie mit einer ungeduldigen Geste die Kapuze vom Kopf. Die kräftigen, langen Haare fielen ihr über den Rücken und reichten beinahe bis zu ihrer Taille. Prion kannte Haare von solcher Farbe nur vom Hörensagen – Tizianrot war die schwärmerische Bezeichnung für Haare mit diesem rotgoldenen Schimmer.

Die Frau zog einen großen Ring vom Mittelfinger ihrer linken Hand. Ihre Finger waren von der Kälte ein wenig geschwollen, und der Ring blieb am Fingerknöchel stecken. Schließlich hielt sie den Ring in der Hand und schob ihn Prion ungeduldig zu, so als könnte sie das Schmuckstück nicht schnell genug loswerden.

Prion nahm den Ring und trat hinter den Ladentisch, wo er ihn im flackernden Licht eines silbernen Armleuchters betrachtete. Er klemmte ein Vergrößerungsglas ins Auge.

»Er ist aus Gold«, erklärte die junge Frau leise.

Simon brummte.

»Und die Steine sind echt. Ein Saphir und Rubine.«

Prion seufzte.

Es handelte sich um ein altes Schmuckstück, zumindest hundertfünfzig Jahre alt, vielleicht auch zweihundert. Ein zweikarätiger Saphir saß auf halbkarätigen Rubinen in einer zarten Goldfassung. Eine neue Gravur auf der Innenseite des Ringes lautete: *Für G. In Liebe M*. Wer war M? Ihr Liebhaber? Ihr Ehemann? Vielleicht war der Ring Teil eines Familienschmucks und war von der Mutter an die Tochter vererbt worden. Vielleicht hatte sie ihn gestohlen oder in glücklicheren Tagen, da sie mehr Geld gehabt hatte, bei einem Pfandleiher gekauft. Prion seufzte; er würde es nie erfahren.

»Wieviel geben Sie mir dafür?« fragte die Frau.

Simon sah auf. Zu seiner Überraschung war das Gesicht der Frau nicht traurig, sondern hart. Schön und jung, aber hart.

»Fünfzehn Louisdor, mit zwanzig Prozent Zinsen«, antwortete er.

Sie streckte die Hand nach dem Ring aus, aber Prion schloß seine Faust um das Schmuckstück. »Anderswo würden Sie nur zehn dafür bekommen.«

»Aber er ist doppelt soviel wert!«

»Sein ideeller Wert vielleicht. Das Gold ist von minderer Qualität, und der Saphir ist nicht lupenrein. Selbst als Antiquität beläuft sich sein Wert auf höchstens zwanzig Louisdor. Im allgemeinen erfolgt eine Beleihung mit fünfzig Prozent des Wertes.«

Sie wich seinem Blick aus. Sie weiß es, dachte er. Sie hat schon öfter etwas versetzt.

»Ich gebe Ihnen fünfzehn Louis dafür. Jeder andere würde Ihnen nur zehn geben«, wiederholte er gutwillig und tat, als würde er an ihre Naivität glauben, denn er wollte daran glauben. »Wenn Sie den Ring nicht wieder auslösen können, sehe ich mich gezwungen, ihn zu verkaufen. Auch wir Pfandleiher müssen leben. Wir müssen Gewinn machen, auch wenn er noch so klein ist. Ich habe eine Frau und Kinder zu ernähren«, fügte er hinzu. Auch das war eine Lüge.

Die junge Frau zog die Brauen hoch. »Warum sind Sie dann mir gegenüber so großzügig?«

»Weil ...« Er zuckte lächelnd die Achseln. »Weil Sie jung und hübsch sind.«

Ihr Gesicht blieb ausdruckslos, aber sie zog die Hand vom Ladenpult zurück. »Wie lange behalten Sie den Ring für mich?«

»Sechs Monate.«

Sie lächelte kurz und gezwungen. »Sechs Monate ist eine lange Zeit, Monsieur. Sie sind wirklich sehr großzügig.«

Simon Prion hob die Schultern und wurde wieder rot. Was sollte er ihr sagen? Daß sie ihn an seine Tochter erinnerte, auch wenn er nie eine Tochter gehabt und nie geheiratet hatte? Daß er für sie gesorgt hätte und daß sie nie ihre zerbrochenen Träume verpfänden müßte, wäre sie tatsächlich seine Tochter?

Aber da sie nicht seine Tochter war, zog er eine zerbeulte eiserne Kassette hervor, schloß sie auf und zählte fünfzehn Louisdor auf den Tisch. Die junge Frau trat näher, und Prion sah auf. Eine Falte ihres Capes blieb an der Ecke des Pultes hängen, und der schwere Umhang klaffte vorne auf. Simon sah die Frau erschrokken an.

Unter ihren steifen schwarzen Röcken wölbte sich ihr hochschwangerer Bauch.

Ein eisiger Windstoß trieb Regentropfen durch die dürren Kastanienblätter im Park des Palais Royal. Gabrielle de Vauclair de Nevers wickelte sich fest in ihren weiten wollenen Umhang und stemmte sich gegen den Wind. Ihr Rücken schmerzte, aber sie beachtete das dumpfe Pochen kaum.

Der Geldbeutel, den sie trug, war schwer. Seit Wochen war er leer gewesen, aber jetzt hatte sie fünfzehn Louisdor. Wenn sie sparsam lebte, würde das Geld lange reichen. Es mußte lange reichen.

Sie dachte nicht darüber nach, was sie getan hatte, um die fünfzehn Louis zu bekommen, und zerbrach sich auch nicht den Kopf darüber, was sie tun würde, sobald das Geld einmal verbraucht war. Sie besaß nichts mehr, das sie versetzen konnte. Sie bildete sich auch nicht ein, daß sie den Ring in sechs Monaten würde auslösen können. Der Ring war für immer dahin. Geradeso wie der Mann, der ihr den Ring geschenkt hatte.

Sie überquerte die weite Place du Carrousel. Der Wind zerrte an ihren Röcken und blies ihr Staub in die Augen. Bald würde der Regen den Straßenstaub in dunklen, klebrigen Schlamm verwandeln.

Der Wind trug Gabrielle den Duft von frischen, heißen Crêpes zu, und ihr Magen krampfte sich vor Hunger zusammen. Seit zwei Tagen hatte sie nichts gegessen. Sie zögerte kurz, aber dann bemerkte sie, daß der Crêpes-Verkäufer seine Bude wegen des Wetters dichtmachte, und sie ging weiter.

Gabrielle schritt an der Seine entlang zum Pont Neuf. Unter ihr rauschte dunkel der Fluß. Unter den steinernen Brückenbogen flakkerten die Feuer der Bettler und Obdachlosen.

Auf der Brücke war wenig Verkehr. Die Quacksalber und Zahnzieher hatten vor dem Regen Zuflucht gesucht. Die meisten Läden und Buden waren mangels Kundschaft bereits geschlossen; sogar die Schießbuden hatten geschlossen. Gabrielle war beinahe am anderen Ufer angekommen, als hinter ihr eisenbeschlagene Räder über das Kopfsteinpflaster ratterten. Unwillkürlich drückte sie sich zur Seite, um nicht von der vorbeirollenden Kutsche mit Schlamm bespritzt zu werden.

Sie drehte sich um. Eine schwere schwarze Berline, gezogen von vier dunklen Pferden, rollte langsam näher. Gabrielle zuckte ängstlich zusammen.

Närrin, schalt sie sich. In Paris gab es hundert solcher Kutschen.

Dennoch beschleunigte sie ihre Schritte. Neben ihr schien der Wagen sein Tempo zu verlangsamen. Die Männer auf dem Kutschbock trugen schwarz-goldene Livreen. Zögernd, wie von unsichtbaren Zügeln gelenkt, wandte Gabrielle den Kopf.

Eine lange, schlaffe Hand schob den ledernen Vorhang am Fenster der Kutsche zur Seite. Gabrielle blieb einen Augenblick wie angewurzelt stehen und blickte unbeweglich in die dunklen vorstehenden Augen, die durch die dicken Brillengläser noch größer wirkten. Auf einer Wange des blassen Gesichts prangte eine frische Narbe. Der Mann blinzelte; dann erkannte er sie und lächelte triumphierend.

Gabrielle lief los.

»Gabrielle!« schrie der Mann in der Kutsche. »Warten Sie! Ich möchte nur mit Ihnen reden!«

Gabrielle lief schneller. Hinter ihr wurde geschrien, Pferdegeschirr klirrte, und die Hufe der Tiere klapperten über das Pflaster. Von Angst getrieben, flog sie förmlich über den Quai und tauchte im Viertel der Fleischer in den schmalen Straßen, Gäßchen und Hinterhöfen unter.

Ihr runder Bauch machte ihre Bewegungen schwerfällig, und mehrmals wäre sie beinahe hingefallen. Es regnete jetzt stärker, aber der Wind hatte nachgelassen, da sie nicht mehr so nahe am Fluß war. Sie drückte sich in einen dunklen, engen Durchgang, und es würgte sie im Hals, weil es hier so stank. Sie trat auf etwas Schlüpfriges und redete sich zur eigenen Beruhigung ein, daß es nur irgendwelche Eingeweide seien, die ein Metzger vor die Tür geworfen hatte.

Am Ende des Durchgangs führte eine Treppe nach unten zur tiefer gelegenen Straße. Gabrielle hielt inne; ihr Atem ging rasselnd. Die steinernen Stufen waren rutschig vom Regen.

»Hierher!« rief jemand. Schritte waren zu hören. Für die schwere Berline waren die Straßen hier zwar zu schmal, aber ihr Widersacher hatte seine Lakaien nach ihr ausgeschickt.

In Panik rannte Gabrielle die Treppe hinunter.

Sie glitt aus. Mit einem unterdrückten Schrei suchte sie verzweifelt mit den Fingern an den steinernen Stufen nach Halt. Ihre Fingernägel brachen, und die Arme schmerzten, aber sie fand ihr Gleichgewicht wieder und stolperte weiter in die ungewisse, dunkle Tiefe.

Die Treppe endete im Hof einer Poststation. Zwischen drei Schweinen bahnte sich Gabrielle einen Weg, wich einem Dunghaufen aus und huschte durch die Hintertür eines Ladens, in dem es stechend scharf nach Wein roch.

Rasch eilte sie an übereinandergetürmten Fässern und aufgestapelten Flaschen vorbei und schlüpfte durch die Vordertür wieder ins Freie. Niemand hatte sie gesehen.

Nach Atem ringend, lehnte sie sich gegen die Wand. Der Lärm ihrer Verfolger war verklungen. Sie spürte einen stechenden Schmerz in der Seite, und ihr Herz klopfte zum Zerspringen. Gabrielle schloß für einen Augenblick die Augen und kämpfte gegen ihre Benommenheit.

Louvois. Sie sagte in Gedanken den verhaßten Namen.

Er wolle nur mit ihr reden, hatte er gesagt, aber er log. Sie preßte die Hände auf ihren Leib mit dem Kind. Gabrielle wußte, was er ihr antun würde, wenn er sie zu fassen bekäme, ihr und ihrem Kind.

So schnell würde sie nicht aufgeben.

Suchend sah sie sich um. Aus dem Inneren einer Druckerei auf der anderen Straßenseite kam flackernder Lichtschein. Wasser sprudelte in den Rinnstein, und über ihrem Kopf knarrten die Laternen, die von den zwischen den Dächern der Mietshäuser gespannten Drähten und Seilen hingen. Obwohl es bereits später Nachmittag war und es allmählich dunkel wurde, brannten nur wenige Kerzen.

Sie wußte, wo sie sich befand. Erschöpft lief sie zwei Straßenecken weiter und bog in die Rue de la Huchette ein. Die Lakaien in ihren schmucken schwarz-goldenen Uniformen würden es nicht wagen, ihr hierher zu folgen.

Dunkle Gestalten huschten zwischen den Torbogen und Pfeilern hin und her. Gabrielle umklammerte ihre Geldbörse noch fester und zog das Cape enger zusammen; aber das geschah eher aus Vorsicht denn aus Angst. Vor fünf Monaten, in ihrem alten Leben, hätten ihr die Diebe, Beutelschneider und Banditen in diesen engen Gäßchen panisches Entsetzen eingejagt. Jetzt war sie eine von ihnen.

Der strömende Regen schoß zusammen mit den Abwässern durch den Rinnstein zum Abfluß, der sich allmählich verstopfte. Große, stinkende Pfützen mit Schmutzwasser bildeten sich. An der Ecke der Rue Saint-Jacques hatte ein einfallsreicher junger Mann eine kleine rollende Behelfsbrücke aufgestellt.

»Nur zwei Sous, und Ihre Füße bleiben trocken!« rief er.

Er sah Gabrielle, zog seinen triefenden Dreispitz vom Kopf und verbeugte sich grinsend. »Für Sie, meine Süße, macht es einen Kuß.«

Gabrielle ignorierte ihn und stieg gleichgültig in das gurgelnde Schmutzwasser.

»Hochnäsige Schlampe!« rief der junge Mann ihr nach. »Ich hoffe, Sie ertrinken!«

Bei der Kirche Saint Séverin blieb Gabrielle stehen und drückte sich unter einen Torbogen, um dem strömenden Regen zu entkommen. Ihr wollener Umhang war vollkommen durchnäßt, und sie fror.

Mit klammen, blutenden Fingern tastete sie unter ihre Röcke und riß ein Stück Stoff aus dem Unterrock, in das sie die Münzen wikkelte; nur zwei beließ sie in der Börse. Das Päckchen verbarg sie unter dem Brusttuch im Mieder zwischen den Brüsten. Sie mußte unwillkürlich lächeln. Noch vor einem Jahr hatte sie sich über ihre zierlichen Formen beklagt. Jetzt kamen sie ihr sehr zugute.

Als Martin sie an jenem Abend zum ersten Mal nackt gesehen hatte, hatte er behauptet, ihre Brüste hätten genau die richtige Größe. Staunend hatte er sie berührt und gestreichelt und …

Nein, dachte sie, ich kann jetzt nicht daran denken. Vielleicht später, wenn ich mehr Kraft habe und in Sicherheit bin, aber nicht jetzt …

Der stechende Schmerz in der Seite war verschwunden, aber ihr Rücken schmerzte schlimmer denn je. Vielleicht drückte das Baby gegen ihre Wirbelsäule. Ihr Bauch fühlte sich riesig an; seine Größe widersprach allen Naturgesetzen. Über ihr begannen die Glocken zur Vesper zu läuten. Gabrielle lehnte sich gegen die Kirchentür und schloß die Augen. Aber es war zu kalt und zu naß, und sie hätte sich viel lieber hingelegt.

Knarrend öffnete sich die Kirchentür, und ein alter, buckliger Priester trat heraus. Als er sie sah, blieb er stehen.

»Fehlt Ihnen etwas, mein Kind?« fragte er freundlich.

»Nein, Vater.«

»Es ist kalt. An einem solchen Abend sollten Sie zu Hause vor dem Feuer sitzen.«

»Es geht schon, Vater«, antwortete Gabrielle und zwang sich zu einem Lächeln.

Der Priester nickte, hob die Hand zum Segen und ging zittrig die flache Treppe hinunter.

Es wird schon gehen, wiederholte sich Gabrielle und klammerte sich an die Worte wie an einen Talisman.

Das Schild über dem Gasthaus zeigte einen Schmortopf über dem Feuer, und darunter stand ZUR KUPFERPFANNE. Früher einmal war der Topf vergoldet gewesen, doch die Farbe war längst abgeblättert, und der Topf war schmutzig braun. Das Schild hing an einer rostigen Kette und knarrte im Wind.

Gabrielle stieß die Tür auf, und eine kleine Glocke über dem Türstock verkündete mit falscher Fröhlichkeit ihre Ankunft.

Madame Falour war ohne große Begeisterung damit beschäftigt, im Schankraum die Gläser notdürftig zu polieren. Jetzt watschelte sie in den Vorraum. Sie war groß und üppig, aber bereits schwammig. Ihr Gesicht war voll von Pockennarben, und sie trug eine altmodische Perücke aus Roßhaar, die für ihren großen Kopf zu klein war.

Sie stemmte die Hände auf ihre ausladenden Hüften und sah Gabrielle böse an. »So, so! Wenn das nicht die feine Madame Nasehoch ist! Sie sind also zurückgekommen? Ich habe gedacht, Sie hätten sich aus dem Staub gemacht.«

Gabrielle traten die Tränen in die Augen. Sie begriff nicht, warum Madame Falour so gehässig war. Seit ein paar Monaten wohnte sie schon hier und hatte kaum mit der alten Frau gesprochen. Bisher hatte es sie einfach nicht interessiert, aber jetzt ... Das kommt nur davon, weil ich müde bin, dachte Gabrielle. Schrecklich müde.

»Ich habe Ihnen doch heute früh gesagt, daß ich zurückkomme.« Gabrielle zwang sich, laut zu sprechen.

Die alte Frau zog die Nase hoch. »Und ich habe Ihnen gesagt, Madame«, sie betonte die Anrede, als hielte sie sie für unverdient, »daß Sie entweder mit Barem kommen, oder ich werfe Sie zur Tür hinaus, schwanger oder nicht. Ich betreibe hier ein Gasthaus und kein Armenhaus.«

Gabrielle öffnete die Börse.

Als Madame Falour das sah, beugte sie den massigen Oberkörper vor. »Sie schulden mir Miete für drei Wochen! Vierzig Livres.« Fordernd streckte sie Gabrielle ihre schmutzige Hand entgegen.

Gabrielle zog einen Louisdor aus der Börse und legte ihn der alten Frau auf die Hand.

Beim Anblick der Goldmünze glitzerten die Augen von Madame, aber sie zog die Hand nicht zurück. »Sie schulden mir mehr.«

Gabrielle seufzte und gab vor zu zögern. Dann nahm sie das zweite Goldstück heraus und reichte es der alten Frau. Als sie den Geldbeutel wieder zuzog, ließ sie die alte Frau wie unabsichtlich sehen, daß die Börse leer war.

»Damit ist meine Rechnung beglichen.«

Madame brummte.

»Noch etwas«, fügte Gabrielle hinzu.

»Nun, also ...«

»Ja.« Gabrielle starrte die alte Frau so lange an, bis diese verlegen den Blick senkte. »Ich möchte heiße Suppe auf mein Zimmer.«

Madame Falour blieb der Mund offen stehen. Dieses junge Ding wagte es, wie eine Herzogin Befehle zu erteilen, und rauschte einfach davon, als hätte sie mit ihren zwei Louisdor das ganze Haus gekauft!

»Wenn Sie heiße Suppe wollen, Madame Hochwohlgeboren«, schrie sie Gabrielle nach, die bereits die Treppe nach oben stieg, »dann können Sie sie selbst holen!«

Gabrielle antwortete nicht. Sie blieb nicht einmal stehen.

Ihr Zimmer befand sich fünf Treppen höher unter dem schrägen Mansardendach. In der Ecke neben dem winzigen Fenster war die Decke so niedrig, daß Gabrielle dort nicht einmal aufrecht stehen konnte. Während der ersten Monate hatte sich Gabrielle ständig eine Beule geholt. Jetzt zog sie rechtzeitig den Kopf ein.

Das Zimmer hatte keinen eigenen Kamin, aber durch die Ritzen im Fußboden stieg Wärme aus dem darunterliegenden Zimmer auf. Schon bald war Gabrielle warm genug geworden, um das tropfnasse Cape auszuziehen. Sie hängte es über die Lehne des einzigen Stuhls im Zimmer und entzündete den Stummel der Talgkerze im Wandleuchter.

Gabrielle krümmte den Rücken, um die schmerzhafte Steifigkeit loszuwerden, aber der dumpfe Schmerz blieb. Stöhnend legte sie sich auf das schmale, unebene Bett. Ihr monströser Bauch stand ihr wie ein Berg vor Augen; sie fand ihn einfach unglaublich.

Gabrielle schwitzte, und der Schmerz im Rücken war stärker geworden. Sie holte tief Luft, während sich ihre Bauchmuskeln zusammenkrampften. Sekunden später war der Krampf verschwunden und ebenso der Schmerz. Gabrielle seufzte laut auf vor Erleichterung. Plötzlich begriff sie, was das bedeutete.

O mein Gott, dachte sie. Nicht jetzt ... schreckliche Angst überkam sie. Mehr Angst als vorhin, als Louvois' Lakaien sie durch die Straßen gejagt und beinahe eingeholt hatten.

Sie biß sich auf die Lippen und unterdrückte einen Schrei, als sich ihr Bauch neuerlich zusammenkrampfte. Sie hatte dieses Kind gewollt, Martins Kind. Sie hatte alles für dieses Kind aufs Spiel gesetzt. Aber jetzt, Gott möge ihr beistehen, sie hatte solche Angst!

Sie wollte nicht sterben.

Eine Stunde später kletterte Madame Falour mit einer dampfenden Suppenschüssel mühsam die fünf Treppen zu Gabrielles Zimmer hinauf und murmelte etwas vor sich hin, über hochnäsige Frauenzimmer, die sich wie Herzoginnen benahmen und sich als angeblich verwitwete Madame bezeichneten. Man mußte schon eine besonders leichtgläubige Seele sein, wenn man eine solche Geschichte glaubte! Wenn das Kind, das sie trug, kein Bastard war, dann ...

Madame stellte das Tablett im Flur auf dem Boden ab und wollte soeben mit ihrem dicken Finger an der Tür kratzen, als sie die unterdrückten Schreie und das heftige Atmen einer von Wehen geplagten Frau hörte.

Madame Falour hielt unentschlossen inne. Sie sollte nach der Hebamme schicken, aber sie dachte an die leere Geldbörse. Wenn das verdammte Dämchen starb, würde die Hebamme die Rechnung ihr präsentieren. Vielleicht sollte sie sich selbst um die Frau kümmern? Doch diesen Gedanken verwarf sie sofort wieder. Falls Madame Nasehoch starb, und sie war in die Sache verwickelt, würde sie es mit der Gendarmerie zu tun bekommen. Man würde ihr alle möglichen bohrenden Fragen stellen, so wie vergangenes Jahr, als man auf ihrem Abfallhaufen die zerstückelte Leiche des Kerzenmachers gefunden hatte.

Nein, die dort drinnen sollte allein mit der Geschichte fertig werden. Hätte Madame Hochwohlgeboren nicht von der verbotenen

Frucht genascht, wäre sie gar nicht in diese unglückliche Lage gekommen. So war es doch, oder nicht?

Die alte Frau wollte schon wieder die Treppe nach unten steigen, kehrte aber noch einmal um und nahm das Tablett mit. Das gute Essen sollte nicht verderben, das wäre nicht recht.

Hinter der Tür erklang ein erstickter Schrei.

»Martin! Ach, mein Gott, Martin! Hilf mir!«

Madame Falour schniefte und schüttelte den Kopf. »Er wird dir jetzt nicht helfen, mein Kind. Niemand wird dir jetzt helfen.«

So geschah es, daß Gabrielle de Vauclair de Nevers ihr Kind allein zur Welt brachte. Sie zitterte vor Erschöpfung und weinte vor Schmerz und Freude, als sie den blutverschmierten winzigen Körper an die Brust drückte.

Mit dem aufdämmernden Tag hatte der Regen aufgehört, und die Sonne stieg über den Horizont. Ihr Sohn war erst ein paar Minuten alt. In drei Tagen würde Gabrielle de Vauclair de Nevers siebzehn Jahre alt werden.

TEIL EINS

1787

KAPITEL 1

Simon Prion betrachtete vom Park des Palais Royal aus sein Geschäft. Das Ladenschild mit den drei goldenen Kugeln leuchtete hell in der Sommersonne. Simon nickte zufrieden und lachte; er war richtig glücklich.

Ehe er die Frau auf so wundersame Weise wiedergefunden hatte, war ihm seine Einsamkeit nie bewußt geworden. Mit ihr zusammen war Agnes in sein Leben getreten, auf die er, wenn er ehrlich war, hätte verzichten können, und der kleine Junge, Dominique; ohne ihn konnte er sich sein Leben nicht mehr vorstellen.

Wir sind eine Familie, dachte Prion und nickte zufrieden. Sie und ich, Agnes und der Junge. Eine richtige Familie.

Die Ladentür stand offen und war mit einem Messingstopper arretiert, weil es so heiß war. Simon blieb an der Schwelle stehen und sah hinein und konnte nicht anders als lächeln.

Gabrielle saß auf einem hohen Hocker hinter dem Ladentisch, die Beine um die Stuhlbeine geschlungen, und polierte einen Satz silberner Teelöffel. Die rotgoldenen Haare waren nach vorn gefallen und verdeckten ihr Profil. Sie wandte sich um und blickte auf; als sie sah, wer in der Tür stand, lächelte auch sie.

»Gabrielle!«

»Wie sieht das neue Schild aus?« fragte sie.

»Großartig!« rief er und betrat den Laden. »Der Maler hat zur Abwechslung einmal seine Arbeit ordentlich gemacht.« Simon lächelte ihr zu. »Ich glaube, er wollte dich beeindrucken.«

»Ach. Wir werden sehen, wie beeindruckt ich sein werde, sobald wir die Rechnung bekommen.«

Dominique streckte seinen blonden Wuschelkopf zwischen den Mänteln hervor, die an einem Kleiderständer hingen. Der Junge grinste Simon und Gabrielle an.

Simon blinzelte Gabrielle zu. »Ich sehe, die kleine Maus ist schon wieder zwischen meinen Mänteln. Ich muß einen Besen holen und sie verjagen.«

Quietschend und kichernd zog der Junge den Kopf zurück, stürzte zwischen den Mänteln hervor und klammerte sich an Simons Beine.

»Dominique!« wies Gabrielle ihn scharf zurecht. »Wie oft muß ich dir noch sagen, daß du im Laden nicht herumrennen sollst?«

Simon hob den Kleinen hoch. »Schelte ihn nicht. Du bist zu streng mit ihm.«

»Jemand muß es sein. So wie du und Agnes ihn verwöhnt, wird er ...«

Gabrielle unterbrach sich, als eine junge Frau zur Tür hereinkam, die dünnen Arme schwer mit Lebensmitteln beladen. Sie trug keine Kopfbedeckung, und die aschbraunen Haare standen ihr in kurzen, strähnigen Büscheln vom Kopf ab. Ihre kleine Oberlippe war immer ein wenig hochgezogen, was ihr einen leicht überraschten Ausdruck verlieh.

»Verdammt noch mal!« rief die Frau nach Luft ringend. »Der verdammte Bäcker will zehn Sous für einen Laib Brot!«

Gabrielle seufzte, mußte aber unwillkürlich lachen. »Agnes, du sollst nicht fluchen.«

Noch vor einem Jahr war Agnes – obwohl fast noch ein Kind – eine Prostituierte und Taschendiebin gewesen. Das war, bevor Gabrielle sie gerettet hatte, oder Agnes hatte Gabrielle gerettet. Die beiden waren sich noch uneinig, wer nun tatsächlich die Retterin und wer die Gerettete war. Agnes hatte mittlerweile die meisten Angewohnheiten aus ihrem früheren Leben aufgegeben, bis auf das Fluchen.

»Ich habe nicht geflucht«, entgegnete Agnes prompt. »Zehn Sous! Ich habe dem Bastard nur gesagt, wohin er sich sein Brot stecken kann.« Damit ließ sie ihre Bündel neben Gabrielle auf den Ladentisch fallen und machte eine grobe Handbewegung mit der Faust.

Simon stellte Dominique wieder auf den Boden. Der kleine Junge lief zu Agnes und zupfte sie am Rock.

»Agnes, du mußt Mama erklären, daß ich nicht verwöhnt bin ...«

»Natürlich bist du nicht verwöhnt, mein kleiner Engel«, beruhigte sie ihn und drückte ihm ein Stück dunklen, klebrigen Kuchen in die Hand. »Sieh nur, ich habe dir Lebkuchen mitgebracht. Und für mich auch«, fügte sie hinzu und stopfte sich lachend ein Stück in den Mund. Agnes konnte sich wie eine Erwachsene benehmen und im Handumdrehen wie ein kleines Kind. In Wahrheit war sie fünfzehn Jahre alt und ziemlich klein. Aber Gabrielle fiel auf, daß Agnes allmählich Rundungen entwickelte und die Männer sich die Köpfe nach ihr ausrenkten.

»Schau, Mama!« rief Dominique und zeigte seiner Mutter den Leckerbissen.

Gabrielle lächelte ihren Sohn an und schüttelte den Kopf. »Ach, Agnes, du sollst das nicht machen! Jetzt wird er beim Abendessen keinen Appetit haben.«

»Abendessen!« rief Simon erschrocken. »Du lieber Himmel! Ich habe dem Vicomte de Saint-Romain versprochen, den Kupferstich noch vor dem Abendessen abzuholen!«

Gabrielle schob den Hocker zurück und stand auf. Sie zog den Arbeitskittel über den Kopf und warf ihn auf den Ladentisch. Dann glättete sie den Rock ihres billigen Baumwollkleides. »Ich hole ihn für dich. Wo wohnt er?«

»Nein!« rief Simon so laut, daß der kleine Laden von seiner Stimme widerhallte.

Alle sahen ihn erstaunt an. »Warum nicht?« wollte Gabrielle schließlich wissen.

»Warum nicht? Warum nicht?« wiederholte Dominique wie ein Papagei, bevor er das ganze Stück Lebkuchen auf einmal in den Mund schob.

»Weil ... weil das eben nicht richtig wäre.«

»Warum nicht?« fragte Agnes.

Simon wurde rot und murmelte. »Weil eben ... Der Stich ist von Arentino, verstehst du, sonst würde ich nicht ... Er ist wirklich ziemlich wertvoll, aber er ist ein wenig ... eigenartig.«

»So?« entgegnete Gabrielle.

Simon seufzte und wurde dabei noch röter. »Er trägt den Titel ... ›Unzucht‹.«

»›Unzucht!‹« johlte Agnes. »Monsieur Simon! Kaufen Sie jetzt vulgäre Bilder?«

Simon richtete sich zu voller Größe auf. »Es ist ein bedeutendes Kunstwerk, auch wenn es ein wenig, nun ...«

Agnes johlte vor Lachen.

»Ist schon in Ordnung, Simon«, lachte Gabrielle. »Ich bin bestimmt keine Unschuld, aber wenn es dich beruhigt, dann verspreche ich dir, das Bild nicht anzusehen.« Sie lachte noch einmal. »Zumindest nicht genau.« Sie drückte Dominique einen Kuß auf die runden Wangen. »Sei brav, mein Kleiner. Ich bin bald zurück.«

»Der Vicomte de Saint-Romain wohnt über dem Café de Foy«, rief Simon ihr beunruhigt nach. »Ich habe für das Bild bereits bezahlt, laß dir also nichts anderes einreden.«

Als Gabrielle gegangen war, hörte sie noch Dominique mit seiner hohen Stimme fragen: »Agnes, was heißt Unzucht?« Gabrielle dachte schaudernd an die deftigen Erklärungen, die Agnes dafür haben mochte.

Die Sonne brannte heiß auf die Parkwege. Gabrielle überlegte, ob sie umkehren und einen Hut holen sollte, ließ es aber sein. Simon hatte es womöglich schon wieder bereut, daß er sie zu dem zügellosen Vicomte geschickt hatte, um sein freches Bild abzuholen. Er wollte sie nur beschützen, aber von den Dingen, vor denen sie tatsächlich Schutz brauchte, hatte er keine Ahnung.

Sie hatte Simon nie etwas davon erzählt, was sie an jenem kalten Novembernachmittag veranlaßt hatte, in seinen Laden zu kommen und den Ring zu verpfänden, damals an dem Tag, an dem Dominique zur Welt gekommen war. Vermutlich erriet er, was sie in den langen Monaten danach durchgemacht hatte, bis das Schicksal in Gestalt der kleinen Prostituierten namens Agnes sie vor einem Jahr wieder Simon Prions Weg kreuzen ließ.

Er hatte Gabrielle allen als eine Verwandte seiner Frau vorgestellt und erzählt, sie sei die Witwe eines Neffen – den es nicht gab –, der bei einem Perückenmacher in Versailles in der Lehre gewesen war. Prion überredete Gabrielle sogar, den Namen Prion zu benutzen –

»um das Gerede zum Verstummen zu bringen«, wie er behauptet hatte. Anfangs hatte sie gedacht, er würde von ihr erwarten, mit ihm zu schlafen, aber er hatte sie nicht einmal angerührt. Eines Abends war er ein wenig betrunken gewesen und hatte ihr gestanden, daß er zwar nie in Erwägung gezogen hatte zu heiraten, sich aber immer eine Tochter gewünscht hatte. Seit Gabrielle in sein Leben getreten war, redete er sich ein, daß er endlich seine Tochter hatte. Gabrielle hatte ihm mit Tränen in den Augen zugehört, aber auch jetzt nicht gewagt, ihm von ihrer Vergangenheit zu erzählen, weder von Martin noch vom Herzog und vor allem nicht von dem verhaßten Louvois. Nicht einmal ihren Namen hatte sie ihm genannt. Alles, was Simon wußte, war, daß sie an einem kalten, trüben Tag im November vor vier Jahren in seinen Laden gekommen war, um einen Ring zu verpfänden.

Jetzt war es Sommer, und im Palais Royal herrschte lebhaftes Treiben. Prächtig gekleidete Kurtisanen spazierten durch den Park und ließen vor gaffenden Passanten aus der Provinz ihren Charme spielen. Noch vor dem nächsten Morgen würden sie diesen Spießbürgern ihr Geld abgeknöpft haben. Zwei politische Redner standen auf Bänken und überschrien einander, während ein Quacksalber eine Kur gegen die Englischen Pocken so lautstark anpries, daß er die beiden damit übertönte. Ein wohlhabender Bürger führte seinen Hund spazieren und machte an einem Verkaufsstand unter einem Kastanienbaum halt, um Lakritzensaft zu kaufen.

Gabrielle kam an den teils aus Holz, teils aus Stein errichteten Arkaden vorbei. Vor einigen Jahren hatte der Herzog von Orléans – ein Vetter des Königs und einer der reichsten Männer Frankreichs – die Idee gehabt, in drei Flügeln seines Palastes Geschäfte und Wohnungen unterzubringen und damit noch mehr Geld zu verdienen. Jetzt war das Palais Royal ein Vergnügungszentrum mit Kasinos und Bordellen, Restaurants, Kaffeehäusern, Bücherläden, Badehäusern; natürlich durften Pfandleihanstalten nicht fehlen.

Vor einem Spielclub forderte ein Anreißer Gabrielle scherzend auf, doch ihr Glück zu versuchen. Sie lachte und warf ihm eine Kußhand zu.

Im Café de Foy hielt sie einen Servierkellner an, der ein Tablett mit Mokkatassen balancierte, und fragte ihn, wo der Vicomte de Saint-Romain zu finden sei.

Der Kellner dachte kurz nach, dann wies er mit dem Kopf nach oben. »Ich glaube zwei Treppen höher. Im Appartement auf der Parkseite.«

Im Treppenhaus roch es unangenehm nach Parfum. Aus einer offenen Tür drangen das Lachen einer Frau und das Rasseln von Würfeln.

Höflich klopfte Gabrielle an die Tür zum gartenseitigen Appartement. Niemand antwortete. Sie klopfte lauter.

»Ach, verdammt!« fluchte eine leise, tiefe Stimme. »Scher dich davon.«

Gabrielle zögerte, dann hämmerte sie ungestüm mit der Faust an die Tür.

»Zur Hölle!«

Sie konnte den Klang von Schritten vernehmen, und die Tür wurde aufgerissen. »Was willst du? Ich ... Du lieber Gott! Wer sind Sie?«

Gabrielle blickte auf ... und erstarrte.

Sie wollte etwas sagen, brachte aber nichts heraus als sinnloses Gestammel. Mit offenem Mund starrte sie ihr Gegenüber an und schnappte atemlos nach Luft.

Er war groß. Das war das erste, was ihr an ihm auffiel, denn sie mußte den Kopf in den Nacken legen, um ihm ins Gesicht zu sehen. Sein Gesicht war hart, um seinen Mund spielte ein grausamer Zug, und die grauen Augen waren zusammengekniffen, trotzdem sah er ausgesprochen gut aus. Er hatte eine schmale, edle Nase, hohe Bakkenknochen und eine straffe Haut. Seine dunkelbraunen Haare waren nicht gepudert und wurden von einem schmalen Band zusammengefaßt.

»Was wollen Sie?« fragte er, diesmal etwas sanfter. Er sprach mit tiefer, zärtlicher Stimme und senkte dabei die Lider mit den langen Wimpern tief über die Augen.

Gabrielles Mund war trocken, und ihr stockte der Atem. Schließlich brachte sie hervor: »Monsieur Prion schickt mich.«

»So? Wie großzügig von ihm.«

»Ja, Monsieur«, antwortete sie, und seine Anspielung trieb ihr die Röte ins Gesicht. Zumindest konnte sie jetzt wieder normal atmen. Sie sind doch alle gleich, dachte sie halb enttäuscht, halb erleichtert. Diese gelangweilten Aristokraten hatten nichts anderes im Kopf als das nächste amouröse Abenteuer. Warum sollte dieser zügellose Vicomte mit seinem pornographischen Kupferstich anders sein?

Sie versuchte, an ihm vorbei das Zimmer zu betreten, aber er blieb in der Tür stehen und starrte sie derart arrogant und unverschämt an, daß sich Gabrielle in ihrem Stolz herausgefordert fühlte.

Aus diesem Stolz heraus lächelte sie ihn freundlich und vielversprechend an, ohne die geringste Absicht, dieses Versprechen zu erfüllen. Früher hatte sie dieses Lächeln oft benutzt, und sie kannte seine Wirkung.

Spöttisch erwiderte er ihr Lächeln.

»Kommen Sie doch bitte herein«, bat er und öffnete weit die Tür.

Gabrielle trat ein und sah sich um. Zum zweiten Mal innerhalb einer Minute stockte ihr der Atem.

Sie befand sich in einem Laboratorium. Tische, Bänke und Simse waren vollgestellt mit Flaschen, Destillierapparaten, leeren Bechergläsern und solchen mit geheimnisvollen Flüssigkeiten. Auf einem Tisch stand, zwischen Stapeln von Büchern, ein Mikroskop. Am Fenster wies ein riesiges Fernrohr gegen den Himmel. Obwohl es heller Tag war, brannten Dutzende Kerzen, und ihr Licht spiegelte sich in den unzähligen Gläsern und den Spiegeln an den Wänden.

Aber das Erstaunlichste befand sich in der Mitte des Raums. Es sah aus wie die Miniatur einer Montgolfiere, eines Heißluftballons. Er maß etwa einen halben Meter im Durchmesser und war aus dünnem Leinen oder aus Seide gefertigt. Sie schwebte über einem Metallkanister, aus dem eine blaue Flamme emporzischte. Der Ballon schien immer größer zu werden, während Gabrielle ihn anstarrte.

»Warum?« fragte er.

Gabrielle drehte sich um. Der Mann stand so nahe hinter ihr, daß sie unsicher den Blick senkte. Sein weißes Leinenhemd stand am Hals offen und seine glatte, braune Brust glänzte schweißnaß. Er hatte eine schmale Taille, und seine Kniehose saß so eng um die Hüften, daß sich jeder Muskel abzeichnete. Nackt muß er einfach wunderbar aussehen, dachte Gabrielle.

Sie erschrak über sich selbst und hob rasch den Kopf. Aus seinen grauen Augen funkelte ihr wissender Spott entgegen. Gabrielle wurde rot und wandte den Blick ab. Unbegreiflich, wieso sie auf solche Gedanken kam! Du lieber Himmel, sie war schon beinahe so schlimm wie Agnes, die keinen Mann ansehen konnte, ohne seine Qualitäten im Schlafzimmer abzuschätzen.

»Warum?« wiederholte er geduldig.

»Warum was? Sie meinen, warum ich hier bin?«

Er lächelte belustigt, und sein Gesicht wirkte plötzlich viel weicher. »Ja, das habe ich gemeint. Sie werden es mir hoffentlich gleich sagen. Ja?«

Gabrielles Blick wanderte unruhig zwischen dem Vicomte und dem immer größer werdenden Ballon hin und her. Er vergrößerte sich, das war eindeutig. Sie war erst ganz kurz hier, aber das Ding hatte mittlerweile bestimmt seinen Umfang verdoppelt. »Ich bin wegen der ›Unzucht‹ gekommen«, antwortete Gabrielle gedankenlos; der Mann und der sich vergrößernde Ballon lenkten sie gleicherweise ab.

»›Unzucht‹ ...« Der Mann lachte; er hatte ein warmes, heiseres Lachen. »Gott segne Monsieur Prion, wer er auch sein mag. Ich muß zugeben, so offen wurde mir noch nie ein Antrag gemacht«, fügte er leise hinzu. »Es gefällt mir.« Er legte ihr einen Arm um die Taille und wollte sie an sich ziehen.

Gabrielle verlor das Gleichgewicht, stolperte und mußte sich an seinem Ärmel festhalten, um nicht zu fallen. Er spannte seine Armmuskeln an und zog sie an die Brust. Sogar durch ihre voluminösen gesteppten Röcke hindurch spürte Gabrielle jeden seiner gespannten Muskeln, seinen flachen Bauch ... einfach alles.

Ihr Gesicht lag so dicht an seinem Hals, daß sie ihn hätte küssen können. Sie öffnete die Lippen ...

»Seien Sie doch kein Narr!« fuhr Gabrielle ihn an und machte sich mit mehr Ungestüm von ihm los, als notwendig gewesen wäre. »Ich habe nicht die Absicht, Ihre dummen Spielchen mitzumachen.«

Seine Augen waren beinahe wieder geschlossen, und er wirkte irgendwie gefährlich. »Und ich will Ihre Spiele nicht spielen. Wer schickt Sie?«

»Ich habe es Ihnen bereits gesagt. Monsieur Prion. Wiederholen Sie immer ein und dieselbe Frage mehrmals? Das ist äußerst einfallslos.«

Er lachte. »Beantworten Sie Fragen immer mit unsinnigen Feststellungen? Das ist ebenfalls einfallslos.«

Die seltsame Art des Vicomte verunsicherte Gabrielle, und sie wußte nichts zu sagen. Er beobachtete sie. Es ist viel zu warm hier, dachte sie und hob ihre langen, schweren Haare im Nacken hoch. Warum mußte er so dicht vor ihr stehen! Sie konnte kaum atmen. War der Mann vielleicht verrückt? Du lieber Himmel, war es heiß hier. Die vielen Kerzen! Und der Ballon ... Der Ballon war ziemlich groß geworden. Seine Hülle war beinahe durchsichtig geworden, so sehr hatte sie sich ausgedehnt und war mittlerweile so gespannt, daß man meinte, sie könne jeden Augenblick ...

»Monsieur«, rief Gabrielle plötzlich, »ich glaube, Ihre Montgolfiere wird gleich platzen!«

Der seltsame Mann wandte sich nicht einmal um, sondern ließ Gabrielle, die hochrot geworden war, nicht aus den Augen. »Es ist keine Montgolfiere. Montgolfieren sind mit heißer Luft gefüllt. Dieser Ballon ist mit Wasserstoff gefüllt. Mit brennbarer Luft. Ich nenne ihn Aerostat.«

Brennbarer Luft? Der Mann war eindeutig verrückt.

Die Kerzen flackerten im Luftzug, und der Ballon schwankte sanft, während er weiterhin größer und größer wurde ...

Gabrielle wollte zur Tür. »Ganz gleich, wie Sie das Ding nennen, Monsieur, es wird jeden Augenblick zerplatzen.«

Endlich blickte er doch auf den Ballon. Dann sah er Gabrielle an und grinste waghalsig. »Ich glaube, Mademoiselle, Sie haben recht.«

Er stürzte sich auf Gabrielle und warf sie zu Boden; im selben Moment erschütterte eine gewaltige Explosion das Gebäude.

Alles Glas im Raum zersprang in tausend Stücke. Die Wände zitterten, und der Fußboden schwankte. Das Getöse verebbte allmählich, ein paar Spiegelscherben fielen klirrend zu Boden, dann herrschte Stille.

Gabrielle öffnete die Augen. Zwischen ihr und der Zimmerdecke zogen Staubwolken durch die Luft. In ihren Ohren war ein dumpfer Druck, als würde sie unter Wasser schwimmen.

Der seltsame Vicomte lag in voller Länge auf ihr und drückte mit seiner Brust ihre Brüste flach. Seine Schenkel lagen zwischen ihren Beinen, und sein Gesicht war so nahe, daß sie die winzigen Falten um seine Augen sah und seine unglaublich langen Wimpern über ihre Wangen strichen, wenn er blinzelte; sein Mund wirkte nicht mehr so hart und grausam. An seinem Hals pochte sein Puls, und Gabrielle bemerkte, wie die Schläge immer schneller wurden.

»Sie liegen auf mir, Monsieur«, bemerkte Gabrielle und wünschte, sie hätte es nicht gesagt. Er kam vielleicht auf unliebsame Gedanken. Auch ihr kamen diese Gedanken.

Er schwieg und sah sie ernst an. Dann schob er seinen Leib ein wenig zur Seite, und Gabrielle spürte ein eigenartiges Flattern in ihrem Bauch.

Er berührte ihre Wange mit seinen Fingerspitzen. »Sie bluten ein bißchen. Es ist nur ein Kratzer.«

Gabrielle mußte über seine leidenschaftslose Feststellung lächeln. Nur ein Kratzer. Als wären sie nicht beide soeben dem Tod entgangen! Vermutlich war er ein wenig verrückt, aber vielleicht fand sie ihn gerade deshalb so aufregend.

Der verrückte Vicomte strich ihr über Wangen und Stirn und zeichnete mit den Fingern die Konturen ihres Gesichts nach. Die Berührung seiner rauhen, schwieligen Hand jagte Gabrielle eine Gänsehaut über den Rücken.

»Ihr Experiment hat einen höchst unheilvollen Verlauf genommen, Monsieur.« Gabrielle wollte mit dieser Bemerkung nur das flaue Gefühl in ihrem Bauch bekämpfen, aber ihre Worte klangen selbst in ihren eigenen Ohren zittrig und atemlos.

»Ganz im Gegenteil ...« Der Mann beugte sich näher zu ihr hin, bis sein Gesicht nur wenige Zentimeter von ihrem entfernt war. Sie glaubte, er würde sie küssen. Sie wünschte es. »Es war ein durchschlagender Erfolg«, stellte er mit leiser, sanfter Stimme fest.

Gabrielle schloß die Augen und öffnete seufzend den Mund. Seine Lippen berührten die ihren ...

»Der Teufel soll dich holen, Max, du Halunke! Willst du uns alle umbringen?«

Gabrielle riß die Augen auf. Der Mann wandte das Gesicht etwas zur Seite und sah die Frau, die ins Zimmer gestürzt war, aus halb geschlossenen Augen an.

»Verschwinde, Sophie! Siehst du nicht, daß ich beschäftigt bin?«

Die Frau hatte die Hände auf die Hüften gestützt und betrachtete die beiden Gestalten auf dem Boden. »Du bist wirklich unverbesserlich, Max. Dafür ist jetzt keine Zeit!« Sie sah sich in dem Trümmerfeld um. »Verdammt! Sämtliche Fenster sind zerbrochen und meine Kunden, ich meine Gäste, wurden zu Tode erschreckt.«

Gabrielle stemmte sich gegen die Brust des Mannes. »So stehen Sie doch endlich auf, Sie Flegel!«

Er erhob sich lachend und zog Gabrielle mit sich hoch. Er hatte sie schon längst losgelassen, aber Gabrielle fühlte immer noch den prickelnden Druck seiner Finger auf ihrem Handgelenk.

Die Frau nahm Gabrielle von oben bis unten in Augenschein, während Gabrielle sich Mühe gab, ihr Äußeres wieder in Ordnung zu bringen. Das Brusttuch war verrutscht, und Gipsstaub bedeckte Kleider und Haare. Von einem ihrer Schuhe war der Absatz abgebrochen, so daß sie vollkommen schief stand.

Gabrielle hatte die Frau früher schon einmal gesehen, auch wenn sie nie miteinander bekannt gemacht worden waren, denn Sophie Restonne war wohlbekannt im Palais Royal. Die Zeit von Jugend und Schönheit hatte diese Frau bereits hinter sich gelassen, aber Sophie Restonne verstand es, diesen Umstand mit einem geschickt geschminkten Gesicht und einer gekonnt gepuderten Frisur zu überspielen. Sie trug immer aufwendige teure Kleider und Reifröcke mit Bändern und Volants. Sie bewohnte ein Appartement über dem Café de Foy, wo sie gemeinsam mit mehreren »Schwestern« ein Etablissement betrieb, in dem man zu jeder Tages- oder Nachtzeit Rouge et Noir spielen oder zwischen Blonden und Brünetten wählen konnte.

»Die habe ich noch nie gesehen, Max«, stellte Sophie mit falscher Freundlichkeit fest. »Wer ist sie?«

Max zuckte die Achseln und betrachtete Gabrielle gelassen. »Ich habe nicht die leiseste Ahnung.«

»Jetzt reicht es aber!« rief Gabrielle und schüttelte sich zornig den Staub aus den Röcken. »Sie müssen verrückt sein. Zuerst verkaufen Sie Monsieur Prion einen Kupferstich, und dann tun Sie so, als würden Sie ihn nicht kennen. Sie lassen es zu, daß dieser Aero –, wie das Ding auch heißen mag ...«

»Aerostat.«

»... daß er zerplatzt ...«

»Welchen Kupferstich?« fragte Sophie.

»Ja, welchen ...« begann Max, aber Gabrielle hatte nur Luft geholt und fuhr gleich wieder fort: »Dann werfen Sie mich zu Boden und fallen über mich her ...«

»Es ist mir nicht aufgefallen, daß Sie sich gewehrt hätten ...«

»Ich wollte ... ich hätte mich gewehrt, wenn Sie ... ach, egal! Was mich betrifft, Vicomte, können Sie zur Hölle fahren! Und nehmen Sie Ihren unanständigen Kupferstich mit, dort paßt er zweifellos hin!«

»Vicomte!« kreischte Sophie. »Schäm dich, Max! Seit wann bist du so tief gesunken, daß du Lügen erzählst, um eine Frau ins Bett zu bekommen?«

Gabrielle humpelte auf ihrem absatzlosen Schuh an ihm vorbei, doch Max hielt sie auf. »Warten Sie«, bat er in leisem, aber bestimmtem Ton und packte sie am Arm.

Eine dunkle Vorahnung drängte sich Gabrielle auf. »Sie ... Sie sind nicht der Vicomte?«

Er sah sie nachdenklich an, dann lächelte er verschmitzt. »Mein Bruder ist ein Vicomte. Ich bin einfach nur Monsieur.«

»Monsieur de Saint-Romain?«

Er schüttelte den Kopf. »Maximilien de Saint-Just.«

»Max, du bist ein Schurke!« lachte Sophie. »Ihr solltet euch zumindest vorstellen, bevor ihr ...«

»Verschwinde, Sophie!« befahl er, und ihr helles Gelächter brach abrupt ab.

Sophies geschminkte Wangen wurden zuerst rot, dann bleich. »Und was ist mit meinen zerbrochenen Fenstern? Gleich wird die Gendarmerie hier sein, das kannst du mir glauben, und ...«

Er antwortete nicht. Sie zögerte noch einen Augenblick. »Nun, wirklich!« Mit wogenden Röcken stürmte sie wütend aus dem Zimmer.

Die beiden bemerkten es nicht einmal. Max' Blick ruhte auf Gabrielles Gesicht. Gabrielle empfand den zwingenden Blick dieser geheimnisvollen grauen Augen so intensiv wie einen Kuß. Der Druck seiner Finger auf ihrem Arm brannte wie Feuer durch den Stoff ihres Kleides. Sie hörte ihren Atem, sie hörte Max atmen. Sie atmeten beide im Gleichklang ...

Gabrielle schüttelte seine Hand ab und wollte rückwärtsgehend den Raum verlassen. »Ich ... ich habe einen dummen Fehler begangen.«

»Haben Sie?« Max machte wieder einen Schritt auf sie zu.

Gabrielle spürte die Tür im Rücken, tastete mit den Fingern nach der Klinke und zog die Tür auf. »Ich habe jemand anderen gesucht.«

»Und mich gefunden.«

»Nein ...« Sie drehte sich rasch um und lief durch den Korridor zur Treppe.

Vor dem Café de Foy hatte sich eine Menschenmenge versammelt. Ein Mann zupfte Gabrielle am Arm, als sie aus der Tür stürzte.

»Was ist geschehen, Mademoiselle? Was war das?«

Ohne auf die Fragen zu achten, bahnte sich Gabrielle einen Weg durch die Menge. Sollte er doch selbst erklären, was geschehen war, warum er Aero-dings – Aerostate – mit brennbarer Luft aufblies! Das sollte gesetzlich verboten sein. Vielleicht erfuhr der König davon, dann ließe er ihn verhaften und in eine Zelle in der Bastille werfen. Recht würde es ihm geschehen, weil er versucht hatte, sie zu küssen. *Ich habe nicht bemerkt, daß Sie sich gewehrt haben.* In der Erinnerung klangen die Worte noch sarkastischer als in Wirklichkeit. Der sollte noch einmal versuchen, sie zu küssen! Sie würde es ihm zeigen!

»Hast du die Explosion gehört?« fragte Agnes aufgeregt, kaum daß Gabrielle den Laden betreten hatte. »Angeblich hat irgendein verrückter Adliger mit Schießpulver experimentiert. Er ist dabei gestorben, und eine Hure, die er ... Ach, du lieber Himmel! Du blutest ja!«

Gabrielle drückte den Handrücken auf ihre Wange. »Es ist nur ein Kratzer. Wo ist Dominique?«

»Monsieur Simon hat ihn mitgenommen; er bringt den Sack mit den alten Kleidern, die wir nicht verkaufen konnten, zu den Lumpensammlern. Sie sind eben erst fortgegangen. Es wundert mich, daß du sie nicht gesehen hast. Was ist mit dir geschehen? Du siehst aus, als hättest du dich im Staub gewälzt.«

»Ich bin über einen Stein gestolpert.«

Gabrielle sah beunruhigt zum Fenster hinaus und unterdrückte den Wunsch, sofort ihrem Sohn nachzulaufen. Es war nicht gut für den Jungen, wenn sie jeden seiner Schritte überwachte, das wußte sie. Außerdem unterschied sich Dominique in nichts von anderen kleinen Jungen. Niemand würde auf den Gedanken kommen ... In Simons Begleitung war er sicherer als in ihrer. Er könnte Simons Enkel sein.

Erst jetzt bemerkte sie, daß Agnes etwas gesagt hatte. »Entschuldige, wie war das?«

»Wir wollen uns Monsieur Simons unanständiges Bild anschauen, solange er fort ist.« Agnes sah Gabrielle erwartungsvoll an. »Wo ist das Bild?«

Schuldbewußt gab Gabrielle zu: »Ich habe es nicht bekommen. Simon muß mich in das falsche Appartement geschickt haben.«

Simon und Dominique kehrten bald zurück; das Bündel Kleider waren sie losgeworden, aber Dominique trug einen seltsamen Filzhut mit einer schmutzigen, zerbrochenen Feder auf dem Kopf. Die weiche Krempe des Hutes ragte dem Jungen in die Stirn, und die herunterhängende Feder ringelte sich vor seinem Auge. Agnes und Gabrielle brachen in Gelächter aus.

Simon tauschte einen Blick mit Gabrielle und erklärte achselzuckend. »Als er das Ding gesehen hat, mußte er es unbedingt haben.«

»Der Hut hat einem Esel gehört, Mama«, erzählte Dominique. »Aber der nette Mann hat ihn uns um einen Livre ...«

Ohne sich um das Protestgeschrei des Jungen zu kümmern, riß Gabrielle ihrem Sohn den Hut vom Kopf. »Du lieber Himmel! Er ist vermutlich voll von Zecken und Läusen!« Mit den Fingerspitzen reichte sie Agnes den Hut. »Nimm ihn in die Küche, Agnes, und halte ihn über das Feuer. Vielleicht kannst du so das Ungeziefer ausräuchern.«

»Wo ist der ... nun du weißt schon, was?« fragte Simon, sobald Agnes und der Junge den Laden verlassen hatten.

Gabrielle schob die Haare aus der geröteten Stirn. »Simon, du bist ein gedankenloser Tropf! Du hast mich in das falsche Appartement geschickt. Es war sehr peinlich. Dir habe ich es zu verdanken, daß ich mich komplett zum Narren gemacht habe ...«

»Das Appartement über dem Café de Foy?«

Gabrielle nickte.

»War der Vicomte de Saint-Romain nicht dort?«

»Nein. Statt dessen traf ich einen arroganten Wissenschaftler, der Sachen aufbläst. Er rennt die Leute um und hat versucht, mich zu küssen ...«

Aber Simon war schon aus dem Laden gelaufen.

Eine halbe Stunde später kam er mit gerötetem Gesicht zurück und murmelte etwas vor sich hin. Der Vicomte de Saint-Romain war seit zwei Wochen verschwunden und hatte nichts als einen Berg Spielschulden zurückgelassen.

»Fünfhundert Livres!« jammerte Simon und raufte sich die Haare. »Ich hätte den Stich sofort an dem Tag, an dem ich ihn gekauft habe, mitnehmen sollen. Aber ich hatte mit dem Schreibpult und dem schweren marmornen Schachspiel schon mehr als genug zu tragen. Du lieber Gott, fünfhundert Livres ... ›Ich muß jetzt nach Versailles zum König‹, hatte er gesagt, ›aber kommen Sie in zwei Wochen, dann gebe ich Ihnen den Stich.‹ Ich war ein Narr, daß ich ihm vertraut habe, nur weil er gute Manieren und gute Verbindungen hatte. Diese verdammten Aristokraten. Ich sage dir, Gabrielle, sie finden nichts dabei, wenn sie uns bestehlen. So als wären wir keine Menschen! Daher zählt es nicht für sie. Er muß an dem Tag, nachdem ich das Bild gekauft habe, abgereist sein und hat das Appartement bis auf die nackten Wände ausgeräumt. Es ist bereits wieder vermietet. Du guter Gott, fünfhundert Livres!« Simon seufzte.

»Hast du mit ihm gesprochen?« fragte Gabrielle und gab sich Mühe, gleichgültig zu klingen. »Mit dem Mann, der jetzt dort wohnt. Vielleicht weiß er, wohin sich dieser diebische Vicomte abgesetzt hat.«

»Ob ich mit wem gesprochen habe? Ach, du meinst den Mann, der Ballons aufbläst. Nein, nein, er war nicht da. Ich habe mit Sophie Restonne gesprochen. Sie hat mir meine Befürchtung bestätigt. Dieser Halunke von Saint-Romain! Ich werde weder meinen Kupferstich noch meine fünfhundert Livres je wieder zu Gesicht bekommen.«

Nachdem Gabrielle Dominique an diesem Abend in sein Bettchen in der kleinen Stube über dem Laden gelegt hatte und neben Agnes ins Bett gekrochen war, gestattete sie sich, an ihn zu denken, an Monsieur Maximilien de Saint-Just.

Er gehörte zum Adel, hatte er doch gesagt, daß sein Bruder ein Vicomte sei. Sie hatte von einem Grafen von Saint-Just gehört; das war vermutlich sein Vater. Dieser Graf von Saint-Just war Marschall in der französischen Armee und berühmt wegen seiner Tapferkeit und Kampfeslust. Von ihm hatte Maximilien de Saint-Just vermutlich seine arrogante, aristokratische Nase. Aber er besaß weder den blassen Teint noch das laue, verweichlichte Gehabe vieler Höflinge. Seine gebräunte Haut und sein muskulöser Körper erinnerten eher an einen Dockarbeiter vom Fluß als an einen hochnäsigen Edelmann.

Früher hatte Gabrielle unter den begüterten, verwöhnten Höflingen der Salons gelebt, unter Männern, die mit leisen Stimmen flöteten und sich die Wangen rot schminkten. Später hatte sie ihr Leben unter dem Abschaum in den Straßen von Paris gefristet, zusammen mit gewalttätigen, groben Männern, die für eine Handvoll

Münzen einen Mord begingen und ihre Bedürfnisse mit billigem Wein und noch billigeren Huren stillten. Aber dieser Maximilien de Saint-Just, mit seinen schwieligen, vernarbten Händen und dem hübschen Aristokratengesicht, stammte aus keiner dieser Welten, obwohl er von beiden etwas an sich hatte.

Er war ohne Zweifel gebildet, denn er war Wissenschaftler. Gabrielle lächelte – ein leichtsinniger Wissenschaftler. Ein Aristokrat mit ungehobelten Manieren und ein leichtsinniger Wissenschaftler, der noch dazu sehr gut aussah. Vermutlich gaben sich Dutzende Frauen die Klinke zu seinem Appartement in die Hand. Er würde sich wohl kaum für sie interessieren. Warum kam sie überhaupt auf solche Gedanken?

Gabrielle unterdrückte einen Seufzer. Sie konnte es sich ruhig eingestehen. Ein Blick hatte genügt, und sie hatte sich in ihn verliebt – wenn man dieses lächerliche Gefühl, das das Herz befiel, Liebe nennen mochte.

Liebe! Welcher Hohn! Man sollte meinen, daß Gabrielle dazugelernt hätte! Liebe gab es nur in Romanen. Narren träumten von der Liebe. Im wirklichen Leben stirbt der Geliebte, und man bleibt allein und schwanger zurück – und wird verfolgt.

Gabrielle schob die quälenden Erinnerungen beiseite, drehte sich um und schob die Beine zwischen die Laken. Neben ihr regte sich Agnes im Schlaf und murmelte etwas.

Und wenn er nicht stirbt, setzte Gabrielle ihre Gedankengänge fort, dann vergehen die Jahre, und man muß entdecken, daß der Angebetete entweder schwach, faul oder grausam ist. Die Frau bekommt Kinder, und der Mann nimmt sich eine Geliebte. Über kurz oder lang dreht man ihm abends im Bett den Rücken zu, blickt am Morgen in sein schlaffes, unrasiertes Gesicht und fragt sich, was man in diesem Mann einst gesehen hat, daß einem das Blut bei seinem Anblick in Wallung geriet und die Knie weich wurden, wenn er einen berührte ...

Gabrielle lächelte bitter. So endete die Liebe, ganz gleich, wie wundervoll sie begonnen hatte. Sie kannte die Wahrheit über die Liebe. Warum konnte sie dann ihr pochendes Herz nicht zur Ruhe zwingen, wenn sie daran dachte, wie sich sein Mund dem ihren genähert hatte? Warum half ihr dieses Wissen über die Liebe nicht, das quälende Verlangen zu kontrollieren, das sogar jetzt ...

»Agnes?« flüsterte Gabrielle und rüttelte die Gefährtin an den Schultern.

Agnes vergrub sich tiefer in die Kissen. »Beim Schnarchen des heiligen Petrus, ich möchte schlafen!«

»Glaubst du, daß es stimmt, was man über Männer sagt, daß sie nämlich nicht lange ohne eine Frau auskommen?«

»Waas?« Agnes grunzte und warf sich auf den Rücken. Sie deutete auf das Fenster, das auf die Straßen von Paris hinausging. »Schau dir die vielen Huren an, die ihren Lebensunterhalt damit verdienen, dieses Verlangen zu befriedigen, und dann sag mir, was du darüber denkst.«

»Aber glaubst du, daß es umgekehrt genauso ist? Für eine Frau. Wenn sie die Liebe einmal kennengelernt hat, will sie dann auch ...?«

»Ob sie sich auch danach sehnt, wenn sie längere Zeit ohne Liebe gelebt hat? Ich glaube, das kommt auf die Frau an. Und wie gut ihr Liebhaber gewesen ist. Wenn er ... oho!« Agnes setzte sich auf und lachte ausgelassen. »Spürst du dieses Verlangen, Gabrielle?«

»Sei nicht lächerlich.«

»Doch, es juckt dich!« triumphierte Agnes. »Und du hast den richtigen Mann dafür gefunden, stimmt es? Gib es zu!«

»Werde ich nicht tun.« Gabrielle zog die Decke über den Kopf. »Jetzt sei still und schlafe, Agnes.«

»Wer ist er? Hast du es schon gemacht?«

Gabrielle stöhnte. Sie wünschte, sie hätte das Gespräch nie begonnen. »Es gibt niemanden, ich schwöre es.«

Agnes seufzte trübselig. »Arme Seele.«

»Meine Seele ist nicht in Gefahr, das versichere ich dir.«

»Ich habe nicht deine gemeint. Ich meinte seine. Du möchtest ihn, und wenn du ihn willst, dann hat er keine Chance. Der Teufel soll mich holen, wenn du nicht der stärkste Mensch bist, den ich kenne. Wenn du dir einmal etwas in den Kopf gesetzt hast ...«

»Du sollst nicht fluchen.«

»Möge die Jungfrau Maria uns beide beschützen, ich habe nicht geflucht. Ich habe nur festgestellt, daß ich noch nie jemanden gesehen habe, der so entschlossen gewesen ist wie du, sobald du dir einmal etwas in den Kopf gesetzt hast. Du machst vor nichts halt, ehe du nicht hast, was du willst. Vor nichts.«

»Schlaf jetzt, Agnes!«

Agnes rollte sich in die Decke ein, und Gabrielle hörte ihr glucksendes Lachen. Sie mußte die Zähne zusammenbeißen, um nicht wie Agnes handfest zu fluchen.

Viele Minuten verstrichen. Gabrielle starrte in die Dunkelheit und hörte Agnes' rhythmische Atemzüge. Hatte Agnes recht? War sie tatsächlich so entschlossen und würde vor nichts haltmachen, bis sie erreicht hatte, was sie wollte? Sie dachte an Martin. Er hatte ihr seine Liebe zuerst gestanden, aber sie hatte sich ihn in den Kopf gesetzt ... Sie hatte zugelassen, daß Martin für sie sein Leben ruinierte. Weil sie ihn gewollt hatte. Die Liebe hatte sie beide zerstört.

Gabrielle schloß krampfhaft die Augen und versuchte, sich Martin vorzustellen, aber das Bild vor ihrem geistigen Auge blieb verschwommen. Der Schmerz darüber, daß sie ihn verloren hatte, war zwar vorhanden, aber er war gedämpft. Es kam Gabrielle vor, als wäre alles vor langer Zeit geschehen, als wäre es jemand anderem zugestoßen, einer anderen Frau, die sie einst gut gekannt, aber seit langer, langer Zeit nicht mehr gesehen hatte.

»Martin.« Gabrielle flüsterte seinen Namen in die Dunkelheit hinein, aber als sie die Augen schloß, sah sie nicht sein Gesicht. Sie sah zwei graue Augen und ein spöttisches Lächeln.

Zur selben Zeit stieg draußen in Versailles, fünfzehn Kilometer von Paris entfernt, ein kleiner Mann aus einer schwarzen Kutsche und erklomm die Stufen zu einem eleganten Haus neben dem königlichen Schloß. Man hatte ihn bereits erwartet, denn die Tür wurde geöffnet, ohne daß er klopfte. Er überreichte einem Diener in schwarz-goldener Livree Hut und Stock, das Licht der Leuchter in der großen Empfangshalle spiegelte sich in den dicken Brillengläsern des Neuankömmlings. Unbewußt berührte er die entstellende Narbe auf seiner Wange.

»Der Herzog erwartet Sie bereits in seinem Schlafgemach, Monsieur Louvois«, begrüßte ihn der Diener.

Die Absätze von Louvois' Schuhen klickten auf dem Marmorboden, als er zur Treppe schritt. Er kannte den Weg. Seit mehr als zehn Jahren war er Verwalter und Anwalt des Herzogs von Nevers und dazu sein engster, vertrautester Freund.

Sein Kammerdiener und zwei Diener halfen dem Herzog von Nevers bei den Vorbereitungen für die Nacht. Als Louvois das Schlafgemach betrat, stand der Herzog nackt vor ihm und kratzsich. Sein Bauch hing schlaff wie ein halbvoller Sack über die dünnen Beine. Auf seiner weißen Brust wuchs kein einziges Haar. Er war dreiundsechzig Jahre alt und sah nicht einen Tag jünger aus.

»Sie kommen spät, Louvois«, empfing er den Besucher.

Louvois' vorstehende Augen blinzelten hinter der Brille.

»Ich bitte um Vergebung, Durchlaucht.«

Der nackte Körper des Herzogs erinnerte Louvois an eine Schnecke, die soeben unter einem Stein hervorgekrochen war. Kein Wunder, daß die Herzogin sein Bett mied und sich lieber auf den Landsitz der Nevers in Burgund zurückzog. Aber Louvois verbarg diese Gedanken vor seinem Herrn, als er ihm jetzt seine untertänigste Aufmerksamkeit zukommen ließ.

Der Herzog war soeben erst aus dem Schloß zurückgekehrt, wo er dem *Coucher* von Ludwig XVI. beigewohnt hatte. Es war ein besonderes Privileg, den König zu Bett zu begleiten. Nur Adeligen, deren Titel vier Generationen zurückverfolgt werden konnte, war es gestattet, dem König die Perücke abzunehmen, ihm das Nachtgewand anzulegen und den Nachttopf aus Perlmutt zu entleeren. Louvois hielt das Ritual des *Coucher* für erniedrigend – doch er hätte dem Teufel seine Seligkeit für das Privileg geboten.

Aber das war natürlich undenkbar. Er konnte ein Vermögen erwerben, er konnte sogar einen Adelstitel kaufen, aber es gab nichts, was man gegen eine zweihundert Jahre alte ehrwürdige Ahnenreihe eintauschen konnte.

Louvois nahm vom Kammerdiener das gefaltete Nachthemd in Empfang und reichte es dem Herzog. Das ist mein Schicksal, dachte er bitter. Dem Mann das Nachthemd zu reichen, der seinerseits dem König das Nachthemd reichte.

Der Herzog spuckte seine Zähne in die Hände seines Kammerdieners, und Louvois wandte das Gesicht ab, um seinen Abscheu zu verbergen. Es waren echte Zähne, keine aus Holz. Man hatte sie einem während der Amerikanischen Revolution in der Schlacht gefallenen Rotrock gezogen und später mit Draht verbunden. Sie paßten nicht gut, und der Herzog bekam davon Zahnfleischbluten. Jeden Abend mußte er den Schmerz mit einem Glas Wein lindern.

Der Herzog kroch ins Bett und machte es sich zwischen den Satinlaken bequem. Er schlürfte seinen Wein, während Louvois neben dem Bett stand und ihm erzählte, was sich tagsüber zugetragen hatte und was morgen zu erledigen sei. Louvois stand dem Herzog näher als jeder andere, aber es kam dem Herzog nie in den Sinn, ihm Platz anzubieten oder ihm ein Glas Wein anzubieten.

Als das Gespräch allmählich dem Ende zuging, richtete der Herzog seinen Blick auf das Porträt seines einzigen Sohns über dem Kamin. Das Gesicht auf dem Bild war hübsch, mit weichen kastanienfarbenen Locken und traurigen braunen Augen, aber es fehlte ihm Charakter. Das Bild war ein Jahr vor dem Tod des jungen Mannes gemalt worden; er war damals siebzehn Jahre alt gewesen.

Louvois wußte, was nun kommen würde, denn dieses Gespräch hatten sie schon oft geführt.

»Neuigkeiten?« fragte der Herzog.

»Nein, nichts, Durchlaucht.«

»Vielleicht ist das Kind tot.«

»Vielleicht«, pflichtete Louvois ihm bei.

»Er muß tot sein, sonst hätten Sie ihn mittlerweile gefunden. Vielleicht ist er bei der Geburt gestorben und die Schlampe mit ihm.«

Die nicht, dachte Louvois und tastete über die Narbe auf seiner Wange. Es brauchte mehr als die Geburt eines Kindes, um diese Schlampe umzubringen.

»Er müßte mittlerweile vier Jahre alt sein«, überlegte der Herzog. »Mein Enkel ... falls er noch am Leben ist.«

»Ja, beinahe vier Jahre.«

Seit vier Jahren suchte Louvois nach ihr. Einmal hatte er sie beinahe gehabt. Sie war ihm so nahe gewesen, daß er nur die Hand aus dem Kutschenfenster hätte strecken müssen, um ihr Gesicht zu berühren. Aber sie war davongelaufen, hatte sich im Viertel der Fleischer versteckt, und seine dämlichen Lakaien hatten ihre Spur verloren. Das hatte ihn jedoch nicht entmutigt, damals nicht. Er war davon überzeugt, daß sie ihm nicht für immer entgehen konnte. Dazu sah sie zu gut aus. Sie fiel auf, besonders den Männern. Und wer sie einmal gesehen hatte, der vergaß sie nicht. Louvois hatte die Macht und das Geld der Nevers auf seiner Seite. Sie hatte nichts. Kein Geld, keine Familie, nichts.

Dennoch hatte sie sich ihm entzogen. Sie war nicht tot, davon war Louvois überzeugt. Sie hatte überlebt, auch wenn er hoffte, daß es nicht leicht für sie gewesen war. Er hoffte, daß sie gelitten hatte, daß sie jetzt litt. Er hoffte, daß sie ihren Körper auf den Straßen für ein paar Sous an derbe Männer verkaufte – an Gerber, Schuster, Kaminfeger –, an Männer mit schmutzigen Händen und stinkendem Atem, die sie grob erniedrigten, die ihren Stolz brachen –

Ein stechender Schmerz durchzuckte Louvois' Arm. Er hatte die Hand so fest zur Faust geballt, daß er einen Krampf bekommen hatte.

Gabrielle ... Ich werde dich finden, schwor er sich. Und wenn es Jahre dauert.

Er würde beide finden. Das Kind würde er dem Herzog zum Geschenk machen. Aber Gabrielle ... Gabrielle würde er behalten und sie töten, aber erst, nachdem er mit ihr abgerechnet hatte.

KAPITEL 2

Agnes versetzte dem Reifen einen kleinen Stoß, und Dominique lief mit einem kleinen Stöckchen hinterher. Der Reifen schwankte, wackelte und fiel um.

»Nein, Kleiner«, lachte Agnes. »Du darfst nicht so stark zuschlagen. Nur sachte, so wie ich, schau zu.«

Gabrielle stand unter der Markise vor dem Eingang zum Pfandleiherladen und sah ihrem Sohn beim Spielen zu. Sie dachte daran, was Agnes am Vorabend gesagt hatte: *Du machst vor nichts halt, ehe du nicht hast, was du willst.*

Manchmal, besonders in den schrecklichen Monaten nach der Geburt, als das Geld für den Ring bereits aufgebraucht gewesen war, hatte sich Gabrielle gefragt, ob sie richtig gehandelt hatte. Nicht für sich, sondern für Dominique. Sie hatte ihren Sohn gewollt und war vor nichts zurückgeschreckt, um ihn zu behalten. Aber als Enkel des Herzogs von Nevers könnte er seidene Breeches tragen, nicht auf den Knien geflickte Hosen aus grobem Stoff. Er könnte heute nachmittag Rebhühner und Kaupaune essen und nicht das gekochte Schaffleisch, das jetzt in der Küche auf dem Herd schmorte. Er würde Monsieur Dominique sein und in einem Palast mit Dienern wohnen, die nur darauf warteten, ihm jeden Wunsch zu erfüllen.

Aber sie wäre nicht bei ihm. Bei dieser Vorstellung wurde ihr klar, daß sie doch richtig gehandelt hatte.

»Schau, Mama!«

Der Reifen rollte ruhig dahin, und Dominique lief lachend daneben her, so schnell ihn seine dünnen Beine trugen. Dann stieß er aus Versehen mit dem Knie an den Reifen, so daß er klappernd zu Boden fiel. Dominique starrte auf den Reifen, und seine Unterlippe zitterte.

»Nicht weinen, Dominique«, rief Gabrielle. »Heb ihn auf und versuche es noch einmal.«

Agnes setzte den Reifen für Dominique wieder in Gang, und schon lief der Kleine wieder neben dem Reifen über die Gartenwege; Vorübergehende blieben stehen und stimmten in sein fröhliches Lachen ein.

Ein Kunde kam, um eine Schmuckschatulle aus Elfenbein auszulösen, die er einen Monat zuvor verpfändet hatte. Gabrielle trat mit ihm in das Geschäft, wo es kühl war. Simon war nicht anwesend; er spielte an diesem Nachmittag in seinem Lieblingscafé Schach.

Nachdem der Kunde gegangen war, setzte sich Gabrielle hinter den Ladentisch und vertiefte sich in ein Buch. Es handelte sich um eine fesselnde politische Satire von einem englischen Schriftsteller namens Jonathan Swift; der Held namens Gulliver war durch höchst außergewöhnliche Länder gereist.

Aber heute fesselte das Buch sie nicht wie sonst. Immer wieder tauchte das Gesicht von Maximilien de Saint-Just vor ihrem geistigen Auge auf, und beim Lesen der gedruckten Worte hörte sie Maximiliens weiche Stimme. Zwei Tage waren vergangen, seit er sie mit seinem verrückten Experiment mit brennbarer Luft beinahe in die Seine gesprengt hätte, und Gabrielle mußte ständig an ihn denken.

Sie hatte sich hundert Ausreden ausgedacht, warum sie ihn besuchen könnte, und sie alle wieder verworfen. Er hätte ihr die Geschichten nie geglaubt, und sie wollte sich auf keinen Fall lächerlich machen. Trotzdem hatte sie heute morgen ihr bestes Kleid angezogen – ein veilchenfarbenes Musselinkleid, das die Farbe ihrer Augen unterstrich – und war ohne Grund am Café de Foy vorbeispaziert, mit dem Hintergedanken, daß er vielleicht auftauchte, sie sah, stehenblieb und ein Gespräch anfing ... Wenn sie nur daran dachte, blieb ihr schon vor Aufregung die Luft weg.

Eine Schwärmerei, weiter nichts, redete sie sich ein. Es war kein Wunder – der Mann sah gut aus, war weltoffen und interessant, ohne exaltiert zu wirken. Vor Jahren hatte sie etwas Ähnliches erlebt; damals war es der Tanzlehrer gewesen, den ihre Mutter in jenem glücklichen Sommer, als Gabrielle zwölf war, angestellt hatte.

Gabrielle ertappte sich dabei, daß sie die Buchstaben MAX mit dem Fingernagel in den Buchrand ritzte. Daraufhin schlug sie das Buch unwillig zu und stand auf. Damals war sie erst zwölf gewesen, das entschuldigte vieles; diesmal hatte sie keine Entschuldigung.

Ziellos ging sie im Laden auf und ab. Das kleine Schreibpult, das Simon von dem diebischen Vicomte de Saint-Romain gekauft hatte, stand auf einem Tisch im hinteren Teil des Ladens. Als Gabrielle das Pult gestern einem interessierten Kunden gezeigt hatte, entdeckte sie im Inneren, Papier, Federn und Kohlestifte. Damit wollte sie sich jetzt ablenken, um endlich den Gedanken an den verrückten Wissenschaftler loszuwerden.

Gabrielles Mutter war eine *Salonière* gewesen. In ihrem eleganten Stadtpalais in der Rue de Grenelle hatte sich jeden Abend die Elite der literarischen Welt versammelt. Romanschriftsteller, Dichter, Philosophen oder Freidenker – darunter die klügsten Köpfe ihrer Zeit – hatten sich bei Madame Marie-Rose de Vauclair eingefunden, um aus ihren Werken zu lesen und über das Leben, die Religion oder über Politik zu diskutieren.

Gabrielle war noch ein Kind gewesen, war aber dennoch bei diesen Abendgesellschaften zugegen gewesen. Manchmal hatte sie zur Belustigung der Gäste Kohlestift und Papier zur Hand genommen und Karikaturen von berühmten Leuten am Hof gezeichnet. Eines ihrer beliebtesten Opfer war die hochmütige, leichtfertige Königin Marie Antoinette, die von den Philosophen »die österreichische Schlampe« genannt wurde. Gabrielle überbetonte die Züge der Königin, so daß das Gesicht dem eines gefräßigen Wiesels glich, und alle lachten.

Jetzt nahm sie hinter Simons Schreibtisch Platz und wollte die Königin zeichnen, wie sie maskiert und als Engel verkleidet in ein Theater ging, in dem die Schauspieler alle Teufel waren. Statt dessen zeichnete Gabrielle einen Ballon. Es wurde ein großer Ballon, an dessen unterem Ende ein bootförmiger Korb an Seilen schaukelte. Sie zeichnete Ruder und ein schmuckes Segel. Dann fügte sie voll Eifer einen Mann hinzu, der mit dem Kopf nach unten hing und sich nur mit einem Fuß am Rand des Korbes festhielt. Sie betonte die aristokratische Nase und die markanten Backenknochen. Gabrielle mußte lachen, als sie seine komisch-schreckhaft aufgerissenen Augen und den zum Schrei geöffneten Mund zeichnete.

Ein Schatten fiel über das Papier, und Gabrielle blickte auf. Zwei graue Augen sahen sie an, und Schamröte stieg ihr ins Gesicht.

Verstohlen versuchte sie, das Papier mit den Händen zu bedekken, aber Max holte es unter ihren Fingern hervor und drehte sich damit zum Licht, das von der offenen Tür hereinfiel.

Ein Lächeln huschte über seinen arroganten Mund. »Nicht besonders ähnlich, meine Liebe. Die Nase ist ein wenig lang und das Kinn viel zu schwach.«

Gabrielle biß sich auf die Lippen, um nicht zu lächeln. Dann meinte sie mit hochmütiger Miene: »Nicht nur Wissenschaftler, sondern auch Kunstkritiker; Ihre Talente scheinen ja sehr vielfältig zu sein, Monsieur de Saint-Just ...«

»Max. Bitte nennen Sie mich Max, meine Liebe.«

»Monsieur de Saint-Just. Außerdem bin ich nicht ›Ihre Liebe‹.« *Auch wenn ich es gern wäre, so wahr mir Gott helfe.*

»Ich bestehe darauf, daß Sie mich Max nennen.« Sein Lächeln war einfach zum Verrücktwerden. »Schließlich haben wir doch gemeinsam dem Tod ins Auge gesehen ... Gabrielle.«

Mit seiner geschmeidigen Stimme gab er ihrem Namen einen melodischen Klang. So hatte bisher noch nie jemand ihren Namen ausgesprochen; es wurde ihr richtig warm ums Herz.

Rot geworden senkte Gabrielle den Blick. Jetzt erst bemerkte sie, wie krampfhaft sie den Kohlestift festhielt. Sie ließ ihn los und hob den Kopf. »Wieso kennen Sie meinen Namen? Wie haben Sie herausgefunden, wo ich ...« Sie sprach nicht weiter; statt dessen ärgerte sie sich über sich selbst. Wieso nahm sie an, er sei ihretwegen hergekommen?

»Ich habe nach einem geheimnisvollen Monsieur Prion gesucht. So bin ich auf Sie gestoßen«, erklärte er in der langgezogenen Sprechweise der Höflinge des Königs in Versailles. »Der geheimnisvolle Monsieur Prion ist zu meiner Enttäuschung nichts weiter als der gewöhnliche Besitzer eines Pfandleiherladens.«

Max sah sich müßig im Laden um und betrachtete die Gegenstände auf den Regalen und in den Schaukästen. Er war sehr korrekt gekleidet in einen schwarzen Samtanzug, der mit Silberfäden bestickt war. Sein Hemd war am Hals und an den Manschetten mit üppigen Rüschen besetzt, die seinen dunklen Teint vorteilhaft zur Geltung brachten. Trotzdem betonte die Eleganz seiner Kleider die herbe Männlichkeit seiner Erscheinung, die Gabrielle bei ihrem ersten Zusammentreffen aufgefallen war.

»Um herauszufinden, wer Sie sind, mußte ich mich nur ein wenig mit der Bäckersfrau unterhalten«, fuhr er neckend fort. »Bäckersfrauen sind zuverlässige Informationsquellen. Sie hat mir zum Beispiel erzählt, daß Sie eine Witwe seien und ein Kind hätten, einen kleinen vierjährigen Jungen. Sie sind Monsieur Prions angeheiratete Nichte und wahrhaftig ein Segen für ihn. Den hat er auch bitter nötig, da er sich die Sorge für den ungezogenen Balg namens Agnes aufgebürdet hat. Wenn es nach der Bäckersfrau ginge, sollte Agnes wegen ihrer Impertinenz im Gefängnis landen.«

Gabrielle lachte. Plötzlich war sie sehr glücklich. Er wollte sie wiedersehen, und der Wunsch nach einem Wiedersehen war so stark gewesen, daß er sich die Mühe gemacht hatte, ihren Namen und ihren Wohnort herauszufinden.

Max' Lächeln war offen und freundlich geworden, und der Spott war aus seinem Gesicht verschwunden. Die Falten um seinen Mund wurden weicher, und das zynische Funkeln in seinen Augen verschwand.

Er hob einen elfenbeinernen Fächer hoch und entfaltete ihn mit seinen langen, gebräunten Fingern. Max trug, entgegen der herrschenden Mode, keinen Schmuck; die einfachen Silberschnallen an seinen Schuhen waren das einzige Putzwerk an seiner Kleidung. Ohne sein Aristokratengesicht hätte er wie ein Bauer gewirkt, der die Kleider seines Herrn trägt. Alles an ihm war ein seltsames Gemisch aus Eleganz und Derbheit. Gabrielle konnte sich ihn genausogut bei einem Faustkampf vorstellen wie bei einem Kampf mit dem Degen.

Der Fächer war mit einer ländlichen Szene bemalt, eine Hirtin, umgeben von ihrer Herde. Max besah den Fächer abschätzend und schob ihn dann beiseite. »Wenn ich schon hier bin, könnte ich ebensogut etwas kaufen«, stellte er beiläufig fest. »Ein Geschenk für meine Geliebte.«

Gabrielle erhob sich; ihre Fröhlichkeit schwand dahin, wie Rauch, der zum offenen Fenster hinauszieht. Sie hätte es sich denken können, daß er eine Geliebte hatte; vermutlich Hunderte. »Wenn Sie mir eine Andeutung über den Geschmack der Dame machen, könnte ich Ihnen vielleicht behilflich sein«, machte Gabrielle sich förmlich erbötig.

»Sie hat natürlich einen teuren Geschmack. Welche Frau hat das nicht?« Wieder lächelte er spöttisch. »Ich hätte gern etwas Persönliches, aber nicht zu extravagant. Ich möchte es ihr heute abend zum Abschied überreichen ...« Er sah Gabrielle tief in die Augen.

Weder seine Worte noch sein Blick ließen einen Zweifel offen. Gabrielle fühlte sich zwischen Freude, Angst, Aufregung und Schuld hin- und hergerissen. Ein Wort von ihr, eine einzige Bewegung würden genügen. War es Ja oder Nein? Sollte er gehen oder bleiben?

Gabrielle war unsicher und tat nichts.

Im hinteren Teil des Ladens stand eine große Glasvitrine mit kleinen, wertvollen Gegenständen: Schnupftabakdosen, Kameen und Schmuck. Max trat zur Vitrine und betrachtete prüfend ihren Inhalt. Gabrielle wollte ihn aufhalten und konnte die Bewegung gerade noch rechtzeitig unterdrücken.

»Vielleicht einen Ring«, überlegte er. Gabrielle schnappte entsetzt nach Luft ...

Denn auf dem Samtkissen in der Vitrine lag immer noch der Ring, der Saphirring, den sie vier Jahre zuvor an Simon Prion verpfändet und den ihr der Sohn des Herzogs einst an den Finger gesteckt hatte. Simon wollte ihn ihr schon oft zurückgeben, aber sie hatte sein Angebot immer abgelehnt. Sie wollte ihn auslösen, hatte sie stolz erklärt, sobald sie ihre Schuld abgezahlt hatte.

Aber es lagen ja noch andere Ringe zum Verkauf bereit, beruhigte sie sich. Schönere und kostbarere Ringe.

Max hatte sich wieder der Vitrine zugewandt. »Diesen hier.« Er zeigte auf einen Ring mit Rubinen. Gabrielle atmete erleichtert auf.

Sie holte einen kleinen Schlüssel aus dem Schreibtisch und schloß die Vitrine auf. Ihre Hände zitterten, und sie war überzeugt, daß Max es bemerkte.

Max schob den Rubinring auf den kleinen Finger seiner linken Hand. Er hauchte den Edelstein an, rieb ihn mit der Spitze an seiner Manschette blank und streckte die Hand aus, um ihn besser betrachten zu können.

»Was meinen Sie?«

Gabrielle lächelte gezwungen. »Er ist hübsch, Monsieur ... und er kostet nur fünfhundert Livres.«

»Ich weiß nicht recht.« Max betrachtete den Ring abermals und legte ihn nach einer Weile zur Seite. »Ich konnte mich nie für Rubine erwärmen.«

Sein Blick wanderte wieder über den Inhalt der Vitrine. Gabrielle umklammerte die Kante des Ladentisches so fest, daß ihre Fingerknöchel weiß hervortraten.

Max griff nach Ohrringen: ein paar Perlen an einer zarten Goldkette. Er warf einen Blick auf Gabrielle, dann schob er die Ohrringe fort. Seine Finger glitten über den Deckel einer emaillierten Schnupftabakdose, danach hob er ein mit Diamantensplittern besetztes Armband heraus und wieder einen Ring. Ihren Ring.

Gabrielle erstarrte. Max sah sie lächelnd an.

Er hielt den Ring gegen das Licht. Die Sonne schien zum Fenster herein; ihre Strahlen brachen sich in den Facetten des Saphirs und warfen regenbogenfarbene Lichtreflexe an die Wand.

»Vielleicht nehme ich diesen.«

»Nein!« hauchte Gabrielle.

Max sah sie an. »Warum nicht? Gefällt er Ihnen nicht?«

»Nein .... ich meine ja.« Sie nahm ihm den Ring aus der Hand. »Er steht nicht zum Verkauf.«

Max zog die Brauen hoch und fragte herausfordernd. »Warum stellen Sie ihn dann aus?«

Gabrielle zuckte gespielt gleichgültig die Achseln. »Da müssen Sie Monsieur Prion fragen.« Sie fuhr sich mit der Zunge über die trockenen Lippen. »Mir persönlich gefällt der Rubin besser, Monsieur ... Max.«

Max lächelte. »So? Das hätte ich nicht gedacht. Saphire passen besser zu Ihnen. Besonders dieser. Ist Ihnen aufgefallen, daß er die gleiche Farbe wie Ihre Augen hat?«

Gabrielle zuckte die Achseln und schloß die Faust fest um den Ring. »Das habe ich noch nicht bemerkt.«

Max griff in die Tasche seiner Samtjacke und zog eine dicke Börse hervor. »Dann nehme ich eben den Rubin, da der Saphir nicht zum Verkauf steht.«

Er leerte eine Handvoll Goldmünzen aus und stapelte sie auf dem Ladentisch auf. Beim Anblick seiner schmalen, braunen Finger mußte Gabrielle daran denken, wie rauh sie sich angefühlt hatten, als Max ihr Gesicht gestreichelt hatte; eine Gänsehaut lief ihr über den Rücken.

»Soll ich ...« Sie räusperte sich. »Soll ich den Ring für Sie einpacken, Monsieur?«

»Das ist nicht notwendig.« Er nahm den Ring und steckte ihn in die Westentasche.

»Ich schulde Ihnen zehn Livres Wechselgeld, Monsieur.« Gabrielle war froh, daß ihre Stimme so forsch und geschäftsmäßig klang.

Sie trat an den Schreibtisch, wo Simon die Stahlkassette aufbewahrte. Als sie die Schublade aufzog, wo der Schlüssel verwahrt wurde, bemerkte sie, daß sie Martins Ring immer noch festhielt. Vorsichtig legte sie ihn neben den Kohlestift und das Blatt mit der Karikatur. Der Ring hatte einen kleinen Abdruck in ihrer Handfläche hinterlassen.

Max war ihr zum Schreibtisch gefolgt und stand dicht neben ihr. Seine dominante Gegenwart verwirrte sie, und sein männlicher Duft stieg ihr zu Kopf. Sie spürte, daß er sie beobachtete.

Ihre Hände zitterten, als sie die Geldkassette öffnete und zehn Livres abzählte. Ohne aufzusehen, reichte sie ihm das Geld. Seine Finger berührten ihre, als er die Münzen nahm, und Gabrielle wußte vor Verwirrung nicht, wo oben oder unten war.

Du lieber Gott, dachte sie. Was bringt mich an ihm derart aus der Fassung?

»Gabrielle ...«

Sie seufzte und sah ihn forschend an.

»Morgen ist Sonntag. Gehen Sie mit mir in den Botanischen Garten? Ich möchte Ihnen einen anderen Aerostaten zeigen, den ich baue, einen wirklich großen.« Und lächelnd fügte er hinzu: »Ich verspreche Ihnen, diesmal wird er nicht explodieren.«

»Nun ... ich weiß nicht recht ... Mein Sohn. Ich muß mit ihm zur Messe.«

»Dann eben nach der Messe. Wir nehmen den Jungen mit. Der Botanische Garten wird ihm gefallen.« Der samtweiche Ton seiner Stimme gab den einfachsten Worten eine tiefsinnige Bedeutung. »Sagen Sie ja, Gabrielle. Bitte.«

Gabrielle lachte über das ganze Gesicht, und ihr Herz schlug vor Glück.

»Ja«, antwortete sie.

»Mama!« rief Dominique, als er wenige Minuten, nachdem Maximilien de Saint-Just gegangen war, in den Laden stürzte. »Ich habe den Reifen bis zur Place du Carrousel gerollt. Dort war ein Bär! Ein tanzender Bär! Ich bin auf seinem Rücken geritten.«

Agnes lachte über Gabrielles bestürztes Gesicht. »Es war ein sehr alter Bär. Außerdem hatte er keine Zähne mehr. Sieh her!« Bei diesen Worten wickelte sie ein kleines mit Garn umschnürtes Päckchen aus. »Wir waren auch bei Madame Tussard. Ich habe neue Fichus für uns gekauft.« Agnes hielt Gabrielle ein sehr dünnes Halstuch aus Musselin hin. »Wir bekamen sie praktisch geschenkt.«

»Ich kann es morgen tragen, wenn ich ... Wenn ich zur Messe gehe«, rief Gabrielle begeistert und freute sich über Agnes' günstigen Kauf.

Agnes riß die Augen weit auf. »Aha! Er kommt also morgen in die Kirche, nicht wahr?«

»Ich weiß wirklich nicht, wovon du sprichst, Agnes. Im Unterschied zu dir gehe ich zur Kirche, um zum Erlöser zu beten, und nicht, um die Lebemänner aus der Nachbarschaft zu begaffen.«

Agnes lachte. »Seit wann gehen die Lebemänner aus unserer Gegend zur Messe? Lenke nicht vom Thema ab, Gabrielle. Ich erinnere mich an eine Unterhaltung, die wir kürzlich abends hatten ...«

Das Gespräch langweilte Dominique, und er verschwand im Laden. Er versteckte sich zwischen den Mänteln und gab vor, eine Maus zu sein. Aber da Monsieur Simon nicht hier war, um ihn mit einem Besen hervorzujagen, verlor das Spiel bald seinen Reiz. Er entdeckte das Papier und den Kohlestift auf dem Schreibtisch und entschloß sich, ein Bild von dem Bären zu zeichnen. Mama sollte wissen, wie mutig er war. Er hatte auf dem Bären gesessen, obwohl es ein sehr großer Bär gewesen war.

Dominique griff nach dem Kohlestift und bemerkte den funkelnden blauen Stein auf einem Ring. Begeistert nahm er ihn an sich; in dieser Woche hatte er nämlich eine Steinesammlung angelegt. Monsieur Simon hatte ihm einen runden, glatten Stein geschenkt, den man gut auf dem Teich in den Tuilerien springen lassen konnte. Gestern hatte er einen roten Stein mit gelben Streifen gefunden. Heute vormittag hatte er im Park noch andere gesammelt, aber dieser blaue war bis jetzt der schönste. Dominique steckte ihn zu den anderen in seine Jackentasche.

Dominiques Magen knurrte. Wie lange dauerte es noch bis zum Abendessen? Er schlenderte zu seiner Mutter, die das neue Halstuch gegen das Licht hielt und die Stickerei begutachtete.

»Wir werden deine Haare morgen für die Messe mit der Lockenschere frisieren und vielleicht ein wenig mit Mehl aufhellen ...«

»Mama, kann ich ein Brot mit Marmelade haben?« bat Dominique seine anderweitig beschäftigte Mutter.

»Natürlich, mein Kleiner«, erwiderte Gabrielle abwesend, und Dominique sauste in die Küche, bevor sie womöglich ihre Meinung änderte.

Agnes hänselte Gabrielle mit verschiedenen Vorschlägen, welches Kleid Gabrielle am nächsten Tag zur Kirche tragen solle. Gabrielle machte dem Gespräch unter dem Vorwand ein Ende, daß sie vor Simons Rückkehr den Laden in Ordnung bringen wolle. Sie versperrte die Stahlkassette und stellte sie wieder in den Schreibtisch. Dann nahm sie die Zeichnung zur Hand, die sie gemacht hatte, und beim Gedanken an Max' neckende Stimme und sein spöttisches Lächeln mußte sie schmunzeln. Sie faltete das Papier und steckte es in die Tasche ihres Rockes. Plötzlich wurde sie ernst.

Hatte sie nicht Martins Ring hier abgelegt?

Sie suchte in den kleinen Fächern des Schreibtisches und bückte sich, um auch auf dem Fußboden danach zu suchen. Dann öffnete sie die Geldkassette und kramte zwischen den Münzen und Banknoten. Gabrielle schloß die Augen.

Sie sah genau vor sich, wie sie zum Schreibtisch gegangen war und Max neben ihr gestanden hatte. Hatte sie den Ring nicht in dem Augenblick neben die Karikatur und den Kohlestift gelegt? Nein, sie mußte ihn zurück in die Vitrine gelegt haben. Gabrielle lief zum Ladentisch –

»Dieser diebische Bastard!« schrie Gabrielle.

Agnes war gerade auf dem Weg in die Küche und drehte sich um. »Was ist geschehen?«

»Er hat ihn gestohlen! Meinen Ring!«

»Welchen Ring?«

»Meinen Ring!«

Agnes lief zur Vitrine, um sich selbst zu vergewissern. Unzählige Male hatte sie Simons seltsame Geschichte gehört, wie Gabrielle damals in den Laden gekommen war, um einen Saphirring zu verpfänden.

»Nun, das wird dir vielleicht eine Lehre sein«, schalt sie ärgerlich, »daß du ihn nicht einfach herumliegen läßt, wo ihn jeder stehlen kann. Wie konnte dir das passieren?«

»Es ist mir nicht passiert. Dieser ... dieser Schuft hat ihn vor meinen Augen gestohlen.« Weil ich eine dumme, vernarrte Gans bin, schalt sich Gabrielle insgeheim, und es gab ihr einen schmerzhaften Stich.

»Welcher Schuft?« fragte Agnes. »Wer hat ihn gestohlen?«

»Ein Mann«, antwortete Gabrielle vage. Sie konnte ihre Einfältigkeit nicht eingestehen, nicht einmal sich selbst.

Agnes machte eine wegwerfende Handbewegung. »Aber ganz klar. Ein Mann. Gibt es etwas Einfacheres? Wir suchen in ganz Paris nach einem Mann, und wenn wir ihn gefunden haben, holen wir die Gendarmen und bitten sie, ihn wegen Diebstahls zu verhaften.«

»Ich weiß, wer er ist«, stieß Gabrielle zwischen zusammengepreßten Zähnen hervor. »Er heißt Maximilien de Saint-Just. Er ist dieser verrückte, unerträglich arrogante Wissenschaftler, der über dem Café de Foy wohnt. Er war heute hier, um ein Geschenk für eine von seinen Flammen zu kaufen, und verschwand mit meinem Ring.«

Agnes starrte wieder auf die Glasvitrine. »Das ist ja entsetzlich, Gabrielle. Denk nur, wie gekränkt Monsieur Simon sein muß, wenn er davon erfährt. Du weißt, wieviel dieser Ring ihm bedeutet.«

Schuldbewußt mußte sich Gabrielle eingestehen, daß sie noch gar nicht an Simon gedacht hatte. Sie war zu sehr mit dem Gedanken beschäftigt gewesen, warum Maximilien de Saint-Just den Ring genommen hatte. Er hatte auf sie nicht wie ein gewöhnlicher Dieb gewirkt. War es möglich, daß er den Ring der Herzogin von Nevers erkannt hatte? Gabrielle betete zu Gott, daß es nicht so war, denn falls es sich tatsächlich so verhielt, dann waren sie und Dominique bereits verloren.

Nein, nein, er hat ihm einfach gefallen – hat er das nicht zugegeben? Nachdem sie ihm den Ring nicht verkaufen wollte, hatte er ihn einfach genommen. Er wollte ihn einer seiner Frauen geben. Gabrielle stellte sich vor, wie eine schöne, elegant gekleidete Kurtisane den Saphirring vielleicht auf einer Abendgesellschaft oder auf einem Ball trug. Womöglich entdeckte ihn jemand, der die vornehme Familie Nevers kannte, und lenkte die allgemeine Aufmerksamkeit auf den alten Familienschmuck, den er einmal an der Hand der alten Herzogin gesehen hatte. Louvois würde davon erfahren; er hatte seine Spione überall. Er würde die Kurtisane befragen, und er würde Maximilien de Saint-Just befragen, und dann ...

Sie mußte den Ring zurückhaben. Sie mußte ihn sofort zurückhaben, oder sie mußte mit Dominique verschwinden. Sie müßte Simon und Agnes und ihr Zuhause über dem Pfandleiherladen im Palais Royal verlassen und würde fortan wieder auf der Flucht sein.

»Ich muß ihn zurückholen«, sagte Gabrielle laut mit verzweifelter Entschlossenheit.

Agnes sah sie verwundert an. »Gabrielle ... wie willst du das anstellen?«

»Er hat ihn mir gestohlen, und ich werde ihn zurückstehlen.«

»Du und stehlen? Das schaue ich mir an!« prustete Agnes.

»Es wäre nicht das erste Mal. Früher war ich manchmal gezwungen zu stehlen. Aber diesmal wäre es nicht richtig stehlen. Ich beschaffe mir nur wieder, was mir ... was Simon gehört.«

»Diesmal! Gütiger Himmel, willst du damit sagen, daß du tatsächlich schon einmal gestohlen hast?« Agnes war verblüfft. Es hatte Gabrielle immer amüsiert, wenn Agnes sie für so tugendhaft wie eine Heilige hielt.

»Hör zu, ich habe einen Plan«, begann Gabrielle.

Agnes rollte mit gespieltem Entsetzen die Augen.

»Es ist ganz einfach«, fuhr Gabrielle fort. »Wir behalten heute nachmittag sein Appartement im Auge, und wenn er das nächste Mal seine Wohnung verläßt, lauerst du ihm auf und borgst dir den Schlüssel ...«

»Borgen!«

»Du nimmst ihn dir eben aus seiner Tasche, verdammt noch mal! Dann gibst du mir den Schlüssel, und ich laufe hinauf und hole mir den Ring.« Es sei denn, er hat den Ring mitgenommen. Du guter Gott, was ist, wenn er den Ring mitnimmt?

»Der Plan gefällt mir nicht«, stellte Agnes fest.

»Er muß dir auch nicht gefallen. Aber was ist schlecht an meiner Idee?«

»Was ist, wenn er mich dabei erwischt, wie ich ihm den Schlüssel entwende? Man könnte mich dafür auf der Place de la Grève auspeitschen.« Agnes spreizte die Finger und krümmte sie; besorgt runzelte sie die Stirn. »Ich bin nicht mehr in Übung.«

Gabrielle sah sie skeptisch an.

Agnes legte die Hand auf die Brust und beteuerte mit unschuldigen Augen: »Ich schwöre es dir bei meiner Jungfräulichkeit ...«

»Was für ein lügnerischer Eid ist nun das wieder?«

»Möge mich eine Bande Teufel über dem offenen Feuer rösten, wenn ich seit jenem Tag, an dem ich dir Undankbaren das Leben gerettet habe, auch nur einen Sou gestohlen habe.«

Gabrielle griff nach Agnes' Händen. »Willst du es für mich tun, Agnes, ja?«

Agnes lächelte spitzbübisch. »Und ob ich es machen will! Um nichts in der Welt möchte ich das versäumen!« Plötzlich riß sie

Mund und Augen auf. »Dieser Dieb ist nicht zufällig der Mann, der dir seit zwei Tagen den Kopf verdreht?«

Gabrielle ließ sich nichts anmerken. »Ich weiß wirklich nicht, wovon du sprichst, Agnes. Ich fühle mich vollkommen normal.«

Gabrielle wartete beim Stand des Zeitungsverkäufers gegenüber dem Café de Foy und las anscheinend interessiert in einer Schrift über die Vorzüge des bäuerlichen Lebens. Alle paar Sekunden sah sie über die mit Wäscheklammern auf einer langen Leine befestigten Zeitungen hinweg hinüber zum Eingang von Maximiliens Wohnung.

Sie war so nervös, daß sie vor Schreck beinahe laut aufgeschrien hätte, als er schließlich auftauchte. Sie drehte sich um und stieß mit Agnes zusammen, die unmittelbar neben ihr stand.

»Da ist er«, flüsterte Gabrielle aufgeregt.

Agnes stellte sich auf die Zehenspitzen und spähte über die Leine mit den Zeitungen. »Du lieber Himmel. Du hast mir nicht gesagt, daß er ein so hübscher Teufel ist. Ich habe eine bessere Idee. Anstatt ihm den Schlüssel zu entwenden, könnte ich doch mit ihm in seine Wohnung gehen. Wenn er nachher eingeschlafen ist, könnte ich nach dem Ring suchen.«

Gabrielle versetzte ihr einen Stoß in den Rücken. »Benimm dich nicht wie eine Hure von Saint-Denis. Lauf, sonst entkommt er dir.«

Agnes fuhr sich mit den Fingern durch die kurzen Locken und schob ihr Brusttuch zurecht, um ihren weißen Busen besser zur Geltung zu bringen; Gabrielle sah ihr neidisch zu. Dann hob Agnes den Korb mit verwelkten Veilchensträußchen auf, den sie abgestellt hatte, und mischte sich, aufreizend mit den Hüften wackelnd, unter die Menge vor dem Café de Foy.

Max ging schnell und sah konzentriert vor sich auf den Boden. Unmittelbar vor ihm drehte Agnes sich unvermittelt um und ging zwei Schritte zurück, schwang dabei drohend die Faust, beschimpfte irgend jemanden hinter ihr und nannte ihn einen Hahnrei und gehörnten Bastard.

Max rammte Agnes.

Der Korb flog ihr aus der Hand und die Blumensträußchen landeten im Schmutz. Agnes begann zu jammern.

»Ach weh! Jetzt schauen Sie nur, was Sie gemacht haben, Sie Tolpatsch. Wer hat Ihnen beigebracht, blind wie ein Hornochse durch die Gegend zu laufen? Jetzt haben Sie meine Blumen ruiniert, sie verdammter Hurensohn!«

»Ich bitte tausendmal um Verzeihung, Mademoiselle«, bat Max höflich und bückte sich, um die Blumen wieder in den Korb zu sammeln.

»Ach, fahren Sie doch zur Hölle! Sie trampeln doch alles nieder, mit Ihren großen Füßen!« rief Agnes. Sie riß ihm den Korb aus den Händen und stieß dabei mit ihm zusammen.

Max hielt sie fest. »Ich glaube, Sie sind ein wenig betrunken«, meinte er lachend und warf einen anerkennenden Blick auf die halb entblößten, wogenden Brüste der jungen Frau.

»Wo denken Sie hin!« entgegnete Agnes entrüstet und wölbte herausfordernd den Busen.

Sie rülpste und fuhr sich mit dem Handrücken über den Mund, was die Wirkung ihres Busens wieder verdarb. Agnes machte sich davon, und Max sah ihr belustigt nach. Schließlich schüttelte er den Kopf, drehte sich um und setzte seinen Weg fort.

Gabrielle wartete auf einer Bank in der Nähe auf Agnes, da ihr der Zeitungsverkäufer bereits mißtrauische Blicke zugeworfen hatte. Sie war schrecklich enttäuscht. Warum konnte sie sich nicht in einen einfachen Mann verlieben – in einen Bauern oder einen Geschäftsmann? Aber nein, zuerst mußte es Martin de Nevers sein, der einzige Sohn eines Herzogs und Erbe eines der mächtigsten Adelsgeschlechter in ganz Frankreich. Und jetzt war es Maximilien de Saint-Just. Der war bestenfalls ein Dieb, schlimmstenfalls ...

Als Agnes angelaufen kam, hätte Gabrielle fast geschrien vor Erleichterung.

Agnes drückte Gabrielle einen schweren schwarzen Schlüssel in die Hand. »Da ist er«, sagte sie atemlos und blickte sich um. »Ich glaube, er hat etwas bemerkt.«

»Warum glaubst du das?«

»Ich weiß es nicht ...« Agnes sah Gabrielle besorgt an. »Trödle nicht lange herum, Gabrielle. Nimm den Ring und verschwinde. Er kann jeden Augenblick zurück sein. Seine Augen verheißen nichts

Gutes. Ich möchte ihm nicht in die Quere kommen, wenn er gereizt ist.«

Gabrielle nickte und schluckte. »Geh zurück in den Laden, Agnes, für den Fall, daß Simon und Dominique früher nach Hause kommen und sich wundern, wo wir sind.« Nach dem Essen hatte sie den beiden zwei Angelruten in die Hand gedrückt und sie für den Nachmittag zum Fischen an den Fluß geschickt. Gabrielle hatte Simon und den Jungen rasch zur Tür hinausgeschoben, ehe Simon den leeren Platz in der Schmuckvitrine entdecken konnte.

Gabrielle straffte den Rücken, erhob sich und ging mit fahrigen Bewegungen zum Café de Foy.

Im Treppenhaus roch es nach dem gleichen Parfum, aber heute waren weder Würfelbecher noch Frauengelächter zu hören. Das Haus wirkte seltsam leer, nur vom Café klangen Gesprächsfetzen und erregte Stimmen herauf.

Gabrielles Hände zitterten so sehr, daß der Schlüssel anfangs nicht in das Schlüsselloch passen wollte. Sie fürchtete bereits, daß Saint-Just mehr als einen Schlüssel bei sich getragen und Agnes den falschen erwischt hatte. Doch plötzlich steckte der Schlüssel im Schloß, Gabrielle drehte ihn um, und die Tür ging auf. Schnell trat sie ein und zog die Tür hinter sich zu.

Sobald sie in der Wohnung war, schwand ihre Nervosität, vielleicht weil sie schon einmal hier gewesen war. Die Glasscherben von den zerbrochenen Fenstern und Spiegeln waren in eine Ecke gekehrt worden, aber die wissenschaftlichen Utensilien, die bei der Explosion nicht zerbrochen waren, standen nach wie vor auf den Tischen und Regalen in dem großen Zimmer herum.

Gabrielle sah durch das Mikroskop, zuerst mit einem Auge, dann mit dem anderen, aber sie konnte nichts erkennen. Dann blickte sie durch das Fernrohr und sah ein Stück blauen Himmel. Sie kippte das Instrument, richtete es auf die Geschäfte auf der anderen Straßenseite und fokussierte den Zeitungsverkäufer. Sein faltiges Narbengesicht schien erschreckend nahe, und Gabrielle beobachtete ihn eine Weile fasziniert, wie er mit einem Zweig seine Ohren säuberte.

An einem Ende des Raums befand sich ein großer offener Kamin mit einem Bratspieß und einem Dreifuß zum Kochen, aber auf dem

Feuerrost lag keine Asche. Vermutlich ißt er unten im Caféhaus, dachte Gabrielle. Der Gedanke, daß er niemanden hatte, der für ihn kochte, stimmte sie traurig.

An der Wand neben der Tür standen schwere Bücherregale aus Mahagoni. Er besaß alle sechsunddreißig Bände von Buffons Naturgeschichte sowie die komplette Enzyklopädie von Diderot. Die meisten Bücher waren wissenschaftliche Bände, Reiseberichte oder geographische Abhandlungen. Hier und dort entdeckte Gabrielle einen Roman; viele waren englische Originalausgaben. Sie freute sich, als sie ihre Lieblingsbücher von Fielding und Defoe entdeckte. Neben den Bücherregalen waren Himmelskarten mit Sternen und Sternbildern an die Wand geheftet. Auf manchen Karten waren Korrekturen eingetragen; Max hatte hier offenbar eigene Entdekkungen gemacht.

Im Erdgeschoß fiel eine Tür ins Schloß, und Gabrielle erschrak. Erst jetzt wurde ihr bewußt, wieviel Zeit verstrichen war. Verzweifelt sah sie sich in dem mit so vielen Dingen überhäuften Raum um. Falls der Ring hier war, würde sie ihn niemals finden.

Zuerst wollte sie im Schlafzimmer danach suchen.

Er hatte ein großes, aber einfaches Bett, ohne Vorhänge, nur mit einem Kissen und einer Federdecke. An einer Wand stand ein imposanter Schrank, gegenüber eine Kommode mit einer Marmorplatte, deren Laden mit Einlegearbeiten aus Perlmutt verziert waren. Auf der Kommode standen nur zwei silberne Kerzenleuchter. Neben dem Fenster hockte, mit dem Gesicht zum Garten, eine ausgestopfte Eule; die paßte nicht in den Raum. Ganz anders als das Laboratorium wirkte dieser Raum nüchtern und ordentlich.

Gabrielle legte den Schlüssel auf die Kommode und zog eine Lade auf.

Uhuu –

Gabrielle drehte sich rasch um. Das seltsame Geräusch hatte sie so erschreckt, daß sie einen leisen, hohen Schrei ausstieß und ihre zitternde Hand auf ihr wild klopfendes Herz drückte. Aber der Raum war leer, und es war wieder vollkommen still.

»Wer ist da?« rief Gabrielle vorsichtig und schalt sich gleich darauf eine Närrin. Sie war doch schließlich der Eindringling hier!

Ein Windhauch kam zum zerbrochenen Fenster herein und fuhr kühlend über Gabrielles schweißnasses Gesicht. Die Federn der ausgestopften Eule sträubten sich; dann blinzelte sie mit den glasigen gelben Augen.

Vorsichtig näherte sich Gabrielle dem Vogel. Sie wollte ihn berühren, um zu sehen, ob er lebendig sei, da blinzelte ihr die Eule abermals zu.

Gabrielle zog die Hand mit einem Ruck zurück. Sie mußte lachen. Das paßte zu dem Mann: Er hielt sich eine Eule als Haustier. Wie ein Zauberer aus einem englischen Märchen. Die Hand auf den Mund gepreßt, unterdrückte Gabrielle ein Lachen; sie war ja schon hysterisch! Entschlossen wandte sie dem Vogel den Rücken zu und begann, die Laden der Kommode zu durchsuchen, obwohl es ihr unter den wachsamen Augen der Eule nicht leicht fiel. Sie kicherte nervös.

In der oberen Lade befand sich der Ring nicht, dafür erregte etwas anderes Gabrielles Aufmerksamkeit. Es war eine Kassette mit Gießformen, wie man sie zum Kopieren der Wachssiegel verwendet, mit denen Briefe versiegelt werden. Wessen Korrespondenz mochte Maximilien de Saint-Just wohl heimlich geöffnet und dann erneut versiegelt haben?

In der zweiten Lade fand sie eine geschnitzte chinesische Holzschatulle. Das Kästchen war mit den Bildern von fremdartig gekleideten Schwertkämpfern verziert. Sie hob den Deckel. In der Schatulle lag eine schwarze, gut geölte Pistole. Sie sah gepflegt und benutzt aus. Gabrielle nahm sie heraus. Ob sie geladen war?

Außer der Pistole enthielt die Schatulle noch ein Samtsäckchen. Gabrielle leerte den Inhalt auf die Kommode. Ausländische Münzen, eine Krawattennadel mit einem Diamanten und ein Miniaturbild einer jungen Frau kollerten auf die Kommode. Und ein Ring – der Rubinring, den Maximilien de Saint-Just am Vormittag bei ihr gekauft hatte.

Gabrielle nahm die Miniatur zur Hand.

Es war eine sehr junge Frau, fast noch ein Mädchen. Sie hatte helle Haare, vermutlich gepudert, denn ihre Augen waren dunkelbraun. Die Lippen waren üppig und an den Mundwinkeln leicht nach oben gezogen, so daß sich auf einer Wange ein Grübchen bildete. Etwas an der jungen Frau kam Gabrielle bekannt vor, aber sie wußte nicht, was es war. War das die Frau, für die der Ring bestimmt war, oder war sie eine verflossene Liebe? Vielleicht war sie der Grund für das zynische Funkeln in Max' grauen Augen.

Gabrielle betrachtete die Miniatur eine Weile und legte sie danach vorsichtig zurück in das Samtsäckchen. Den Rubinring behielt sie in der Hand.

»Suchen Sie etwas?«

KAPITEL 3

Jede andere Frau hätte geschrien, dachte Maximilien de Saint-Just. Jede Frau, nur nicht diese.

Gabrielle schob die Schublade mit einer raschen Bewegung zu und drehte sich um. »Du lieber Himmel! Was machen denn Sie hier?« fragte sie verärgert.

Ihre Worte überraschten ihn, und er mußte lachen. »Ich Dummkopf habe geglaubt, daß ich hier wohne«, antwortete er spöttisch.

Maximilien lehnte mit gekreuzten Beinen am Türstock, die Hände tief in den Taschen seiner engen Kniehose vergraben, und beobachtete Gabrielle aus halb geschlossenen Augen. Ihre roten Haare leuchteten im Licht der Nachmittagssonne, das durch das offene Fenster fiel, und ihre Haut schimmerte durchsichtig. Ihre dunkelblauen Augen funkelten böse.

Sie ist verdammt schön, dachte er. Aber das waren die hinterhältigen Frauen meistens.

»Wenn Sie Geld suchen, werden Sie hier nichts finden«, begann Maximilien wieder.

Gabrielle verzog verächtlich das Gesicht. »Sie sind mir der Richtige! Sie nennen mich eine Diebin, nach dem, was Sie getan haben!«

Max dachte an die vielen Untaten, die er im Laufe der Jahre begangen hatte, und überlegte, welche davon dieser seltsamen Frau zu Ohren gekommen sein mochte. Er war davon überzeugt, daß er sie vor zwei Tagen zum ersten Mal gesehen und nie zuvor mit ihr gesprochen hatte; seither allerdings geisterte sie unaufhörlich durch seine Gedanken.

Maximilien ging auf sie zu. Gabrielle erschrak, aber sie hielt seinem Blick stand. Max blieb unmittelbar vor ihr stehen. Gabrielle schob das Kinn vor und schluckte krampfhaft.

»Gabrielle.« Sein Blick verlor sich in ihren faszinierenden Augen, und Max vergaß, was er hatte sagen wollen.

Er schob seine Hand unter ihre Lockenmähne. Gabrielle zitterte, als er sie berührte. Max zeichnete mit dem Daumen die Konturen ihres Gesichts nach und schob ihren Kopf mit sanftem Druck zurück. Gabrielle wollte das Gesicht abwenden, doch als sein Mund den ihren berührte, hielt sie still.

Ihr weicher, warmer Mund öffnete sich willig unter dem zwingenden Druck seiner Lippen. Maximilien tastete mit seiner Zunge über ihre Zähne und erkundete spielerisch ihren Mund. Gabrielle gab einen kehligen Ton von sich, der Protest oder Hingabe bedeuten konnte.

Maximilien war auf ihren Zorn gefaßt gewesen, hatte Widerstand oder Angst erwartet, aber nicht das. Die Art, wie sie seinen Kuß erwiderte, weckte in ihm ein unerwartetes, tiefes Verlangen. Er wollte das Gefühl unterdrücken, und es überraschte ihn, wieviel Willenskraft es ihn kostete.

Gabrielle schmiegte sich an ihn und hielt sich an den Aufschlägen seiner Jacke fest. Sie erwiderte seinen Kuß mit wachsender Leidenschaft.

Max spürte, wie er seinem Verlangen allmählich erlag. Er wollte diese Frau besitzen, er würde sie besitzen, aber zuerst ... Ohne sich von ihr zu lösen, ließ er seine Hand über ihren Hals und ihre Schultern gleiten und strich über ihren Arm. Der Stoff ihres Kleides war vom Waschen dünn und verschlissen, und er spürte darunter ihre warme Haut; sie duftete nach Sonne und Sommerblumen. Mit seinen kräftigen Fingern umfaßte er ihr schmales Handgelenk.

Maximilien löste sich unvermittelt von ihr und riß ihre zur Faust geballte Hand hoch. »Öffnen Sie die Faust«, befahl er unter Keuchen mit gefährlich leiser Stimme.

Gabrielle schloß die Finger nur noch fester. »Nein«, widersprach sie. Ihre Lippen waren rot und feucht von seinem Kuß, aber ihr Blick blieb hart und trotzig. »Zuerst geben Sie mir den anderen, dann bekommen Sie diesen wieder.«

»Den anderen was? Wovon zum Teufel reden Sie?« Der Druck seiner Finger um ihr Handgelenk wurde fester. Gabrielle preßte den Mund vor Schmerz zusammen, doch sie gab keinen Ton von sich. Max verachtete sich, weil er ihr willentlich Schmerz zufügte.

Er lockerte seinen Griff, ließ sie jedoch nicht los.

»Öffnen Sie die Faust, oder ich breche Ihnen die Hand!« Zum ersten Mal in seinem Leben stieß er eine Drohung aus, die er bestimmt nicht in die Tat umsetzen würde. Jetzt sprach er jedoch nicht mehr im galanten Ton der Höflinge, sondern im groben Französisch der Taschendiebe und Zuhälter aus den Straßen von Paris, um die Frau zu überzeugen, daß er meinte, was er sagte.

Gabrielle ließ ihn nicht aus den Augen; sie maßen einander und versuchten, die Stärke des anderen auszuloten. Max wußte, daß sie seinem Gesichtsausdruck nichts entnehmen konnte, aber daß auch sie ihre Gefühle und Gedanken vor ihm verbarg, machte ihn wütend. Noch nie zuvor war ihm eine so willensstarke Frau begegnet.

Plötzlich überraschte sie ihn aufs neue und lächelte betörend.

»Also gut, Monsieur de Saint-Just!« Sie ahmte seinen spöttischen Ton von vorhin nach. »Nachdem Sie mich so höflich darum gebeten haben, bitte sehr.« Damit öffnete sie die Faust.

Auf ihrer Handfläche lag der Ring, den er am Morgen im Pfandleiherladen gekauft hatte. Noch mehr überraschte ihn seine Enttäuschung darüber, daß sie nur in sein Appartement gekommen war, um den Ring zu stehlen. Es war lange her, seit Maximilien de Saint-Just das letzte Mal von jemandem oder über etwas enttäuscht gewesen war. Denn man konnte nur enttäuscht über etwas sein, das einem wichtig war.

Max hatte das Spiel der kleinen Taschendiebin sofort durchschaut. In den achtundzwanzig Jahren seines Lebens war er stets auf seine Wachsamkeit angewiesen gewesen, wenn er überleben wollte. Und er wollte überleben. Sobald er bemerkt hatte, daß die üppige kleine Dirne seinen Schlüssel und nicht seine Börse geklaut hatte, war er neugierig geworden, worauf sie aus war. Er ließ sie gewähren und gab ihr oder ihrem Komplizen genügend Zeit, mit dem Schlüssel seine Wohnung zu betreten. Erst dann folgte er.

In jahrelanger Übung hatte Max gelernt, sich lautlos zu bewegen. In seiner eigenen Wohnung, wo er jedes lose Bodenbrett, jede knarrende Türangel kannte, fiel ihm das besonders leicht. In der Tür zu seinem Schlafzimmer war er stehengeblieben und hatte gewartet, während die Frau, in der er Gabrielle erkannte, seine Schubladen durchsuchte; er zögerte, bis er sicher war, daß sie gefunden hatte, was sie suchte.

Seufzend nahm er ihr den Ring aus der Hand und warf ihn auf die Marmorplatte der Kommode. Beide sahen zu, wie er über die glatte Platte rollte und neben dem Samtsäckchen liegen blieb.

»Wie oft wurde dieser Ring hier schon verkauft?« fragte er gelangweilt.

Gabrielle sah ihn verwirrt an. »Was?«

Er lachte spöttisch. »Kommen Sie, Gabrielle, das ist nicht besonders originell, wenn auch sicher gewinnbringend. Sie verkaufen den Ring und stehlen ihn wieder zurück. Immer wieder ...«

»Sie wagen es, mich einer solchen Tat zu bezichtigen! Dabei sind Sie selbst ein ... oh!« Sie schüttelte die kupferfarbenen Locken und funkelte Max zornig an. »Ich weiß, was Sie bezwecken, aber es wird Ihnen nicht gelingen!«

Er lachte. »Die hochmütige Masche ist nicht angebracht, wenn ich Ihnen die unschuldige Gabrielle glauben soll, die zu Unrecht beschuldigt wurde. Oder ist Gabrielle gar nicht Ihr richtiger Name?«

»Ich bin tatsächlich unschuldig. Aber Sie sind ein Dieb!«

Er zuckte die Achseln und deutete auf die Tür. »In diesem Fall ist es besser, wir holen die Gendarmerie ...«

»Nein!« Gabrielle packte Max verzweifelt am Arm und krallte sich an ihm fest. Sie zwang sich zu einem Lächeln. »Wir können die Angelegenheit bestimmt auch ohne Gendarmerie regeln. Ich bin nicht hergekommen, um Sie zu bestehlen, Monsieur, das schwöre ich Ihnen. Bitte ...« Ihre Lippen zitterten, und in ihren Augen standen Tränen. Belustigt beobachtete er, wie sie sich Mühe gab, die Tränen zurückzuhalten. »Ich möchte nur zurückhaben, was mir gehört«, flüsterte sie heiser.

Ohne es zu wollen, hob Max die Hand, streichelte ihr Gesicht und zwang Gabrielle, ihn anzusehen. »Du lieber Himmel, Gabrielle ...« Er trat einen Schritt zurück und löste ihre Finger von seinem Arm. »Was soll ich haben, das Ihnen gehört?«

»Meinen Ring!«

Max runzelte die Stirn. »Aber ich habe diesen Ring bezahlt.

Fünfhundert Livres. Sie wollten ihn mir einpacken, erinnern Sie sich?«

»Nicht diesen Ring, Sie Narr. Den anderen.«

»Welchen anderen?«

»Aber Sie ...«

Sie sah ihn fragend an. Ihre Augen verrieten Max, was in ihr vorging. Aus ihrer Angst und Zorn wurden Unsicherheit und Verzweiflung.

»Mein Gott, ist es möglich, daß Sie den Ring gar nicht gestohlen haben?« fragte sie mehr sich selbst als ihn. Bestürzt kaute sie an ihrer Unterlippe und sah dabei aus wie ein schmollendes Kind, was Max bezaubernd fand. »Ich glaube, es war vielleicht alles nur ein dummer Fehler, Monsieur ...« Sie wollte an ihm vorbeihuschen und den Raum verlassen.

»Nein, nein, Sie gehen jetzt nicht, meine Liebe.« Max erwischte Gabrielle am Arm, drehte sie um und warf sie auf das Bett. Er sah die Angst in ihren Augen und den pochenden Puls an ihrem Hals. Vielleicht war es auch nicht Angst, vielleicht war es ein Gefühl, an das er gar nicht denken wollte.

»Ach, zum Teufel!« sagte er schließlich laut und trat auf sie zu, mit der unbestimmten Absicht, sie in die Arme zu nehmen und diesen schmollenden Mund zu küssen. Das wäre, seiner Meinung nach, das einzig Vernünftige gewesen.

Sie verstand seinen entschlossenen Gesichtsausdruck falsch und schreckte zurück. »Bitte, Monsieur, nicht! Ich kann es Ihnen erklären.«

Max hielt inne. »Also gut ...« Die Arme vor der Brust verschränkt, lehnte er sich gegen den Schreibtisch. »Dann erklären Sie!«

Er erwartete nicht viel Glaubhaftes an ihrer Erklärung, aber im Laufe der Jahre hatte er gelernt, daß Lügen oft ebensoviel enthüllten wie die Wahrheit, wenn nicht sogar mehr.

»Es geht mir um den Saphirring, Monsieur«, begann Gabrielle. »Sie erinnern sich an den Ring, den Sie heute vormittag so bewundert haben. Kurz nachdem Sie den Laden verlassen haben, war er verschwunden. Ich nahm selbstverständlich an ...«

»... daß ich ihn gestohlen habe.«

Auf ihren Wangen prangten zwei rote Flecken, wie mit Rouge gemalt, und sie senkte den Blick. »Ja. Es tut mir leid.«

»Ist schon in Ordnung. Man hat mich schon schwerwiegenderer Dinge beschuldigt.« Und ich habe schon viel Ärgeres getan, dachte er.

»Ich habe diesen Ring von meinem Mann bekommen«, plapperte sie weiter und versuchte verzweifelt, ihren Fehler wiedergutzumachen. Er ließ ihr Gesicht nicht aus den Augen, während sie ihm eine Geschichte erzählte, die er nicht glaubte. Von einem Ehemann, der bei einem Perückenmacher in Versailles gearbeitet hatte, bevor er viel zu früh verstarb. Den Ring hatte er ihr im ersten und einzigen Jahr ihrer Ehe geschenkt.

»Nach seinem Tod war ich völlig mittellos. Wir waren verschuldet, denn er mußte standesgemäß leben. Als er dann starb und ich ein Kind erwartete ... was hätte ich tun sollen?« Gabrielle zuckte die Achseln. »Ich lieh mir von seinem Onkel, Simon Prion, Geld und gab ihm dafür den Ring. Ich hatte nie wirklich die Absicht, ihn zu verkaufen. Nur aus Stolz bestand ich darauf, daß er in der Vitrine ausgestellt wurde, bis ich ihn auslösen kann. Und jetzt ist er verschwunden ...«

Sie fuhr sich nervös mit der Zungenspitze über die Lippen. Max fiel ein, wie süß diese geschmeckt hatten. Er wollte ihr keine weiteren Fragen stellen, er wollte keine weiteren Lügen aus ihrem Mund hören. Er wollte diesen Mund küssen.

»Ihr Perückenmacher-Ehemann muß einen großzügigen Meister gehabt haben, daß er Ihnen einen solchen Ring schenken konnte.«

»Es war ein Geschenk von einem reichen Kunden bei Hof. Er hatte eine neue Perücke erfunden, die üppig aussah und nur wenig wog. Außerdem ging er sehr geschickt mit Puder um. Der Kunde wollte seine Zufriedenheit mit einem kleinen Geschenk zum Ausdruck bringen, verstehen Sie. Das passierte öfter.« Sie preßte die Hände in einer flehenden Geste zusammen, die Max mehr bewegte als ihre Worte. »Warum glauben Sie mir nicht?«

»Ich glaube Ihnen doch«, log Max. »Sie haben Ihren Fall überzeugend vorgebracht.« Er faßte sie an den Händen und zog sie vom

Bett hoch. Lächelnd sah er auf sie hinunter. »Es tut mir leid, daß Sie Ihren Ring verloren haben, aber Sie hätten nicht meinen Schlüssel stehlen müssen, nur um meine Schubladen zu durchsuchen. Im Laufe der nächsten Tage ... und Nächte hätten sich ungezählte Gelegenheiten geboten ...«

Gabrielle wurde noch röter. »Ich ... ich verstehe nicht.«

Er streichelte ihre geröteten Wangen. »O doch, Sie verstehen. Sie hätten mein Zimmer nach Herzenslust durchsuchen können, nachdem wir miteinander geschlafen haben.«

Sie taumelte zurück und mußte sich am Bettpfosten festhalten, um nicht zu stürzen. Als sie bemerkte, daß sie sich am Bett festhielt, ließ sie es sofort wieder los, als hätte sie sich verbrannt. Max verbiß ein Lachen.

Gabrielle reckte den Kopf hoch und schob die Haare aus der Stirn. »Ich weiß nicht, wie Sie auf den Gedanken gekommen sind, daß ich den Wunsch hege, Ihre Geliebte zu werden ...«

Jetzt lachte Max tatsächlich. »Sie wissen verdammt gut, wieso ich auf diesen Gedanken gekommen bin. Dieser ...«

Max zog sie an sich, faßte mit der Hand in ihre Haare und bog ihr den Kopf zurück. Er küßte sie hart und leidenschaftlich. Zuerst wehrte sich Gabrielle und stemmte sich mit geballten Fäusten gegen seine Brust. Bald ergab sie sich jedoch seufzend.

Max wollte mit diesem Kuß von ihr Besitz ergreifen, zuerst von ihrem Mund, später von ihrem Körper. Aber aus der Eroberung wurde sehr bald Hingabe. Ihre wunderbaren, weichen Lippen raubten ihm den Atem.

Maximilien löste sich von ihr, schob sie auf Armeslänge von sich und schloß nach Atem ringend die Augen.

»Gabrielle ...« begann er.

Gabrielle machte blitzschnell kehrt und floh.

»Warten Sie, Gabrielle!« Max stürzte hinter ihr her und stemmte sich mit der Hand gegen die Eingangstür, noch ehe Gabrielle sie öffnen konnte. »Was ist mit morgen? Mit dem Botanischen Garten. Ich möchte Sie trotzdem wiedersehen.«

»Ich Sie nicht.«

»Doch, das wollen Sie.«

»Bitte!« Flehentlich sah sie ihn an. »Bitte, lassen Sie mich gehen.«

Max sah ihr an, daß sie genauso fühlte wie er und darüber ebenso erschrocken war wie er.

Er ließ den Arm fallen und trat zurück.

Gabrielle zog die Tür auf und lief, ohne sich umzusehen, durch den Korridor und über die Treppe hinunter. Maximilien schloß die Tür und trat an das Fenster, damit er sie sehen konnte, wenn sie in den Park lief. Ihr Kopf mit den rotgoldenen Haaren erinnerte ihn im Licht der Abendsonne an Herbstlaub, das im Wind tanzte. Er sah ihr nach, wie sie zwischen den Stühlen und Tischen des Café de Foy davoneilte und zwischen den Bänken und Bäumen des Parks verschwand.

»Aber nicht für immer«, sagte Maximilien laut in den leeren Raum hinein. »Was oder wer du auch bist, Gabrielle, du wirst in meinen Armen liegen, in meinem Bett! Meine liebste Gabrielle!«

Gabrielle lehnte am knorrigen Stamm eines Kastanienbaums und rang nach Luft, als wäre sie fünfundzwanzig Kilometer rund um die Stadtmauer gelaufen und nicht nur ein paar Meter durch den Park des Palais Royal. Mit zitternden Fingern tastete sie über ihre geschwollenen Lippen. Noch nie war sie so geküßt worden, nicht einmal in ihren Träumen.

Von den Strahlen der untergehenden Sonne geblendet, schloß sie die Augen, riß sie aber gleich wieder auf, da das Bild von Maximilien de Saint-Just vor ihren geschlossenen Augen auftauchte.

Als sie daran dachte, wie sie seinen Kuß erwidert hatte, stieg ihr brennende Röte ins Gesicht. Sie, Gabrielle de Vauclair de Nevers, die stolz auf ihre nüchterne Einstellung zum Leben war, hatte sich in einen vollkommen Fremden verliebt! Wenn es um Maximilien de Saint-Just ging, hatte sie keine Kontrolle über sich, nicht über ihren Kopf und bestimmt nicht über ihr Herz. In ihrem derzeitigen Zustand könnte er sie zu allem überreden, sie würde alles tun.

Geh ihm aus dem Weg, redete sie sich zu und stemmte sich vom Stamm des Baums weg. Entschlossen reckte sie die Schultern. Solange du ihm aus dem Weg gehst, kann dir nichts geschehen.

Aber es war bereits zu spät, das wußte sie. Eine unwiderstehliche Kraft zog sie zu Maximilien de Saint-Just hin. Sie kam sich vor wie ein auf dem Fluß treibendes Blatt, das hilflos dem Strudel entgegentanzte.

Kaum hatte Gabrielle den Laden betreten, stürzte Agnes ihr entgegen. »Hast du ihn gefunden?« flüsterte sie und warf dabei einen ängstlichen Blick zur Küche.

Gabrielle biß sich auf die Lippen. »Hat Simon ...?«

»Nein, er hat nichts bemerkt«, antwortete Agnes rasch; sie hatte Gabrielles schlimmste Befürchtung erraten. »Er trinkt in der Küche ein Glas Wein. Dominique ist bei ihm. Es gibt Fisch zum Abendessen. Beeil dich und leg den Ring zurück, bevor er es bemerkt.«

»Er war nicht ... ich habe ihn nicht gefunden«, wich Gabrielle vage aus. Kaum war sie Maximiliens faszinierender Gegenwart entronnen, bezweifelte sie seine Unschuld bereits wieder. Wenn er den Ring nicht genommen hatte, wer war es dann gewesen? Und wenn auf irgendeinem Weg ...

Louvois!

Gabrielle überlief es kalt vor Angst. Wenn Louvois den Ring sah oder davon erfuhr, könnte er sie und Dominique in Simons Laden aufspüren. Die Gefahr, entdeckt zu werden, war jetzt zu groß. Sie mußten wieder verschwinden; der Gedanke war ihr unerträglich. Sie war mit Simon und Agnes so glücklich gewesen im Pfandleiherladen! Noch nie im Leben war sie so glücklich gewesen.

Nicht heute abend, dachte sie. Heute abend kann ich es nicht tun. Morgen. Wir gehen morgen.

»Was willst du damit sagen, du hast ihn nicht gefunden?« flüsterte Agnes aufgeregt. »Was willst du jetzt tun?« Gabrielle eilte in die Küche, ehe Agnes weitere Fragen stellte.

Simon hielt ein leeres Weinglas in der schlaffen Hand und war vor dem Feuer eingedöst. Sein Gesicht war vom Wein und von der heißen Sonne am Nachmittag gerötet. Gelegentlich stieß er ein leises Schnarchen aus.

Dominique stand auf einem Hocker vor dem Tisch und hantierte mit einem blutverschmierten Messer. Vor ihm lag ein blutiger

Berg von Fischstücken. »Schau, Mama«, rief er und schwenkte das Messer. »Ich habe die Fische allein ausgenommen.«

Gabrielle riß ihrem Sohn das gefährliche Instrument aus der Hand, bevor er sich womöglich noch die Nase abschnitt. Von seinen bloßen Füßen bis hinauf zu den flachsblonden Locken war er mit schleimigen Fischschuppen und Blut verschmiert.

»Kind, du stinkst wie eine zwei Tage alte Makrele.«

Dominique schnupperte. »Ich rieche nichts.«

»So. Man kann dich bestimmt bis nach Versailles hinaus riechen. Der dicke alte König Ludwig schreit jetzt vermutlich seine Minister an.« Gabrielle senkte die Stimme und sprach mit einem tiefen Bariton: »Wer ist für diesen abscheulichen Gestank verantwortlich, der in meine königliche Nase steigt? Findet den Schuldigen, damit ich ihn in die Bastille werfen lasse.«

Dominique kicherte, aber sein Lachen erstarb, als seine Mutter einen schweren hölzernen Zuber in die Küche schleppte.

Vor der Hintertür, die in einen Hof hinausführte, stand eine aus einem halben Weinfaß gefertigte Regentonne, in der das Badewasser gesammelt wurde. Seit Wochen hatte es in Paris nicht mehr ausgiebig geregnet, aber in den vergangenen drei Tagen hatte Gabrielle jeweils einen oder zwei zusätzliche Eimer Wasser beim Wasserverkäufer gekauft; sie wollte sich den Luxus eines langen, wohltuenden Vollbades gönnen. Jetzt mußte sie sich damit begnügen, sich in einem Handwaschbecken zu waschen, und das kostbare Wasser für Dominique verwenden.

»Aber Mama! Ich brauche wirklich kein Bad!« protestierte Dominique.

»Ausziehen, junger Mann!« befahl Gabrielle in einem Ton, von dem Dominique wußte, daß er keinen Widerspruch duldete. Mit einem lauten Seufzer knöpfte er den Knoten in der Kordel auf, die seine Hose zusammenhielt.

Gabrielle stand wartend neben dem Faß, während Dominique sich langsam entkleidete. Schließlich war er nackt, und das Unvermeidliche duldete keinen Aufschub mehr.

Gabrielle hob ihn in das Wasserfaß, und der Junge heulte auf. »Das Wasser ist eiskalt!«

Simon brummte von seinem Stuhl neben dem Feuer her, öffnete ein Auge und schlief sogleich wieder ein.

»Du sollst nicht schimpfen!« ermahnte Gabrielle den Jungen. »Das Wasser kann gar nicht kalt sein. Das Faß stand den ganzen Tag in der Sonne.« Sie reichte dem Jungen ein Stück Laugenseife und eine Bürste. »Schrubbe dich ordentlich, sonst muß ich es für dich tun.« Dominique schnappte schnell nach der Bürste, bevor seine Mutter ihre Drohung womöglich in die Tat umsetzte.

Mit den Fingerspitzen hob Gabrielle die schmutzige Hose vom Boden auf und staunte über ihr Gewicht. Sie schüttelte die Hose, und in den Taschen klapperte etwas. »Was hast du denn in deinen Taschen? Steine?«

»Wirf sie nicht fort, Mama! Das ist meine Sammlung.«

Gabrielle lehrte den Inhalt der Taschen auf den Tisch. Runde Kiesel und andere Steine kollerten über die abgenützte Tischplatte. Just in diesem Augenblick fielen die letzten Strahlen der Abendsonne schräg durch das Fenster, und auf der Tischplatte funkelte etwas Blaues.

Gabrielle mußte lachen, und gleichzeitig stiegen ihr die Tränen in die Augen. Hastig griff sie nach Martins Saphir und drückte ihn an die Brust. Er ist unschuldig, dachte sie, und ihr Herz jubelte. Max ist unschuldig, der Ring war nie verschwunden gewesen. Wir müssen nicht wieder fliehen. Ach Gott, wie habe ich mich zum Narren gemacht! Aber das spielt keine Rolle, denn morgen kann ich alles erklären. Sie hörte förmlich Max spöttisch lachen, wenn sie ihm den Hergang der Sache erzählte. Laut lachend drehte sie sich frohlokkend im Kreis.

Als sie bemerkte, daß Dominique sie mit offenem Mund über den Rand des Waschzubers hinweg beobachtete, hielt sie inne. Agnes sah Gabrielle von der Tür her ebenfalls erstaunt zu. Simon hatte sich aufgesetzt und starrte sie an.

»Gabrielle, was ...«

Gabrielle steckte den Ring an den Finger und streckte Simon ihre Hand hin. »Simon, ich habe mich entschlossen, von nun an meinen Ring zu tragen. Es ist doch dumm, wenn er in der Vitrine liegt, wo ihn jeder sehen kann, findest du nicht auch? Womöglich möchte ihn jemand kaufen. Trotzdem werde ich dir die fünfzehn Louisdor eines Tages zurückzahlen.«

»Mein liebes Kind ...« Simon strahlte sie an, und seine Augen schimmerten feucht. »Du hast den Preis für den Ring schon tausendmal verdient, einfach durch deine Anwesenheit.«

»Aber Gabrielle«, staunte Agnes, »ich habe geglaubt, du kannst ihn nicht finden ...« Gabrielle funkelte Agnes so wütend an, daß sich diese mit der Hand auf den Mund schlug und ihren Wortschwall unterbrach. »Äh ... äh«, stammelte sie nur noch.

»Aber Mama«, wehrte Dominique sich heftig. »Den kannst du doch nicht tragen! Das ist mein Lieblingsstein!«

Zu später Stunde desselben Abends studierte ein Mann namens Abel Hachette an seinem Schreibtisch in seiner Bibliothek die Marktberichte des Tages. Die Bibliothek war ihm von den dreiundzwanzig Räumen seines Hauses in einer exklusiven Gegend des Stadtteils Saint-Honoré der liebste. Der Raum war kostbar mit Goldintarsienarbeit dekoriert, und die weißen Marmorsäulen hatten bronzene Kapitelle; der gediegene Luxus brachte Abel den Kontrast zwischen seiner Herkunft und seinem jetzigen Zuhause am deutlichsten zu Bewußtsein.

Er war in der Bretagne als Kind eines Bauern in einer Grashütte zur Welt gekommen; sein Großvater war noch Leibeigener gewesen. Heute war Abel Hachette Bankier, Unternehmer und Finanzmann. Er stand einer Clique von Pariser Geschäftsleuten vor, die allesamt reich genug gewesen wären, um ohne mit der Wimper zu zucken das Königreich Frankreich zu kaufen. Die Macht und der Reichtum dieser Männer, das Geheimnis ihres Erfolges, beruhten auf ihren Informationen.

Denn Abel Hachette erhielt aus allen europäischen Hauptstädten wortgetreu Bericht über jedes Gespräch, das einigermaßen bedeutsam war.

Würde der Brotpreis in Paris nächste Woche fallen, würde Abel rechtzeitig davon erfahren, so daß er seine Getreidevorräte zurückhalten konnte, bis der Preis wieder gestiegen war. Versprachen französische Brusttücher im nächsten Monat der letzte Schrei am

Londoner Hof zu werden, dann wußte er es rechtzeitig und konnte Anteile an den Spitzenklöpplereien in Lyon kaufen. Seine Rivalen beschuldigten ihn oft, im Besitz einer magischen Kristallkugel zu sein. Tatsächlich saßen seine Spione in ganz Europa und trugen ihm Informationen zu; er brauchte keine Kristallkugel.

Informationen, dachte Abel Hachette bei sich, als er im abendlichen Dämmerlicht allein hinter dem eleganten Schreibtisch in seiner prunkvollen Bibliothek saß. Informationen waren der Schlüssel zum Reichtum. Und eines Tages ... eines Tages würden sie die Grundlage für etwas noch viel Größeres werden. Informationen würden dem heimlichen Unternehmen zum Erfolg verhelfen, an dem er und die Clique in den vergangenen acht Jahren gearbeitet hatten: der Revolution.

Eines Tages, und zwar bald, würden kluge und wohlhabende Männer, die sich ihre Position erarbeitet hatten, nicht mehr untätig zusehen, wie ihr Land und ihr Leben von einem unfähigen alten Narren regiert wurde, der nur deshalb König war, weil er in die Stellung hineingeboren worden war. Eines Tages würde ein Mann aus einer Bauernkate mit dem Sprößling aus einem herrschaftlichen Palast gleichgestellt sein. Eines Tages müßte man vor Titeln und Adelsnamen keine Bücklinge mehr machen. Eines Tages ...

»Zwiebeln! Frische, junge Zwiebeln! Zwiebeln!«

Die laute Stimme eines Gemüseverkäufers übertönte den Straßenlärm, den der Abendwind zum offenen Fenster hereintrug. Hachette seufzte, legte die Zeitung beiseite und griff nach der Klingel. Dann überlegte er es sich anders, stand auf und trat ans Fenster.

Unter ihm auf der Rue Royal bahnte sich ein Strom eleganter Kutschen einen Weg durch die vielen Fußgänger auf der Zufahrtsstraße zur Place Louis XV. Wenn sich Hachette zum Fenster hinauslehnte und den Kopf reckte, konnte er die riesige neue Bronzestatue in der Mitte des Platzes sehen, die den früheren König zu Pferd darstellte. Doch sich zum Fenster hinauszulehnen war gewöhnlich und bäurisch; so etwas würde Hachette nie tun.

Den Verkehr auf der Straße unter ihm konnte er hingegen beobachten, ohne sich zu verrenken oder sich hinauszulehnen. Soeben machten die Lampenanzünder ihre Runden. In diesem vornehmen

Bezirk waren vor kurzem an den Ecken aller Gebäude an Stelle der alten Kerzenlaternen Öllampen installiert worden. Die neue Beleuchtung verlieh dem Straßenzug einen modernen Anstrich, der Hachette gefiel.

Hachette holte tief Luft, dann hielt er sich ein duftendes Taschentuch an die Nase, um ein Niesen zu unterdrücken. An diesem Abend roch es unangenehm nach Ruß und Staub. Wenn man sich Paris näherte, roch man die Stadt oft lange, ehe man sie sah; an diesem Abend traf das bestimmt auch zu. Wir brauchen einen tüchtigen Regen, der den Staub aus der Luft wäscht, dachte Hachette. Ein tüchtiger Regen würde ...

Er entdeckte eine vertraute Gestalt, die von der Rue Saint-Honoré kommend um die Ecke bog; Hachette brummte zufrieden. Dem athletischen jungen Mann fielen die Haare locker auf die Schulter, als er schwungvoll zwischen den mittlerweile zum Stillstand gekommenen Kutschen und Wagen über den Platz schritt. Hachette lächelte, als der junge Mann stehenblieb und mit einer koketten Geste eine Dame in einer Sänfte grüßte.

»Da bist du endlich«, murmelte Abel Hachette und grinste breit. Mein schwarzer Engel.

Hachette schloß das Fenster, und es wurde still im Raum. Als er sich umdrehte, fiel sein Blick auf sein Spiegelbild in den Spiegeln an der gegenüberliegenden Wand: Unter den funkelnden kristallenen Kerzenleuchtern stand ein großer, überschlanker Mann, mit blassem Gesicht, an die sechzig Jahre alt, in einem mit Goldfäden bestickten Anzug aus silbrigem Satin, auf dem Kopf eine gepuderte Perücke mit dezenter Stehfrisur. Für einen Augenblick erschreckte ihn sein Spiegelbild, als hätte ein Fremder plötzlich sein Heiligtum betreten.

Hachette zuckte die Achseln und versuchte, sich wieder zu fassen. Der Junge – verdammt, er war schließlich noch ein Junge, mit seinen noch nicht einmal dreißig Jahren – verwirrte Hachette immer. Sein schwarzer Engel. Hachette mußte sich ständig in Erinnerung rufen, daß der junge Mann für ihn arbeitete. Aber im Grunde belog sich Hachette mit dieser Einbildung, und er wußte es auch. Sein schwarzer Engel hatte bei allen Unternehmungen immer sein eigenes Ziel im Auge, und er, Hachette, zahlte bloß die Rechnungen.

Die vergoldete Uhr auf dem Kaminsims aus Lapislazuli schlug neun, und ein Lakai öffnete beide Flügel der Doppeltür.

»Du kommst spät!« Hachette wollte zur Abwechslung einmal von Anfang an seine Autorität zum Ausdruck bringen.

Maximilien de Saint-Just grinste anmaßend. »Mein lieber Abel, wann wirst du endlich lernen, dankbar zu sein, daß ich überhaupt komme?«

Ohne eine Aufforderung abzuwarten, ließ sich Max in einen vergoldeten Armstuhl fallen. Er schob die Hände in die Taschen, streckte seine langen Beine von sich und schloß die Augen.

Erst jetzt bemerkte Hachette, daß er mitten im Raum stand, und eine verlegene Röte stieg ihm ins Gesicht. Das Benehmen des Jungen, diese reservierte Geringschätzung gegenüber der übrigen Welt, ärgerte Hachette, denn es erinnerte ihn jedesmal daran, wer von ihnen als Bauernsohn und wer als Sohn des Grafen von Saint-Just zur Welt gekommen war.

Hachette räusperte sich und drückte ein Taschentuch an die Lippen. »Ich werde eine Tasse Schokolade nehmen«, begann er und seine Stimme kam ihm unsicher vor. »Möchtest du auch eine Tasse?«

Max öffnete ein Auge. »Nein, ich möchte keine Schokolade. Aber ich nehme gern ein Glas von dem Brandy, den du in den Tiefen deines Kellers versteckt hast. Von dem, den du nicht versteuert hast.«

Hachette trat zum Schreibtisch und läutete. Sofort trat ein Diener ein, der draußen vor der Tür darauf gewartet hatte, daß man ihn rief. Er erhielt den Befehl, entfernte sich sogleich wieder, und es wurde still, während Hachette hinter seinem eleganten Schreibtisch wie hinter einer sicheren Barrikade Platz nahm.

»Ich entnahm deiner Nachricht, daß du etwas Wichtiges für mich hast«, begann Hachette, als er merkte, daß der junge Mann in seinem Stuhl offenbar allmählich einschlummerte; er mußte das Gespräch selbst eröffnen. »Es hat dich anscheinend die ganze Nacht wach gehalten.«

Max lächelte mit geschlossenen Augen. »Du hast vollkommen recht, ich habe die ganze Nacht dafür gebraucht.«

Hachette bekam vor Aufregung eine Gänsehaut. Ah, mein schwarzer Engel, dachte er, was hast du diesmal für mich?

Als die verschwörerische Gruppe um Hachette begonnen hatte, sich der Mitarbeit von Agenten zu bedienen, um an die notwendigen Informationen für ihre Investitionen und Finanzierungsschachzüge zu kommen, bezeichneten sie in ihren Korrespondenzen die Spione als »Engel«, da die Schriftstücke versehentlich in falsche Hände hätten fallen können. Jetzt bediente sich niemand mehr dieser kindischen Spiele, aber für Hachette blieb der dunkle, gefährliche Maximilien de Saint-Just sein schwarzer Engel.

Der Diener kam herein und brachte eine Baccarat-Karaffe mit Brandy und ein dazu passendes Schwenkglas sowie die Schokolade in einer Tasse aus Sèvres-Porzellan.

Max erhob sich ein wenig, um das Glas in Empfang zu nehmen. Er ließ die Flüssigkeit im Glas kreisen und sog ihren Duft ein, ehe er den Inhalt mit zwei Schlucken hinuntergoß. Sobald sich die Tür hinter dem Diener geschlossen hatte, ging er zur Anrichte und füllte sein Glas nochmals aus der Karaffe.

Dann drehte er sich um und warf Hachette einen mit einem Band verknoteten Stoß Papiere zu.

»Was ist das?« fragte Hachette erregt und griff nach den Papieren.

»Lies und sieh selbst. Manches mag vielleicht unleserlich sein. Aber ich mußte viel abschreiben und hatte nur wenig Zeit.«

Hachette blinzelte durch ein Lorgnon und studierte die Papiere, während Max sich wieder setzte. Er lehnte den Kopf zurück und vertiefte sich anscheinend in die Putten und Engel des Deckenfreskos.

»Aber das ist ja unglaublich, Max!« rief Hachette. Mit den Informationen aus diesen Papieren konnte er alle Mitbewerber ausstechen, die sich gleich ihm für das einträgliche Geschäft der Versorgung der königlichen Armee mit Verpflegung und Uniformen interessierten. »Das ist einfach unglaublich. Wie, um Himmels willen, bist du an diese Papiere gekommen?«

Max schmunzelte und neigte den Kopf vor, bis er Hachette in die Augen sehen konnte. »Die Papiere, das heißt die Originale dieser Papiere, befinden sich im Besitz eines Monsieur Voltiere. Das ist der Sekretär des Kriegsministers. Du wirst sehr froh darüber sein, wenn ich dir sage, daß Monsieur Voltiere ein sehr vorsichtiger Mann ist. Die Papiere waren daher versiegelt und werden in einer versperrten Kassette im Geheimfach einer versperrten Kommode in seiner versperrten Bibliothek aufbewahrt.«

»Aber wie ...?«

Max' Augen funkelten sarkastisch. »Was glaubst du, Abel? Monsieur Voltiere war gestern abend nicht zu Hause, dafür aber die charmante und sehr einsame Madame Voltiere.« Max zuckte die Achseln. »Siegel können gebrochen und Schlösser geöffnet werden.«

Und Frauen können verführt werden, dachte Hachette. Er hatte zwar keine Frau, aber er nahm sich trotzdem vor, niemals Dokumente, und seien sie noch so unverfänglich, in einer versperrten Schreibtischlade aufzubewahren.

»Diese Arbeit der vergangenen Nacht könnte sich als äußerst gewinnbringend herausstellen, Max«, lobte Hachette. »Ich muß dich dafür beglückwünschen ...«

Max lachte schallend. »Ich brauche deine Glückwünsche nicht, Abel. Aber vergiß nicht, mir zwanzig Prozent zu geben, falls das Geschäft realisiert wird.«

»Aber natürlich, mein Junge. Das ist doch selbstverständlich!«

Hachette sah den jungen Mann liebevoll an, während Max ihn unter müden Lidern hervor beobachtete.

»Wer also ist die Frau, du elender Zuhälter?« fragte Max plötzlich im ordinären Französisch der Ganoven und Zuhälter.

»Welche Frau? Ich weiß nicht, wen du meinst.«

»Versuch nicht, mich zu verarschen, Hachette. Ich rede von der hübschen Kleinen, die du mir geschickt hast und die in den vergangenen zwei Tagen versucht hat, mir den Kopf zu verdrehen.«

»Ich bediene mich keiner Frauen, das weißt du, Max. Frauen sind unzuverlässig.« Hachette versuchte, verletzt zu wirken. »Außerdem lasse ich meine eigenen Leute nicht bespitzeln.«

»Wenn es dir in den Kram paßt, tust du das sehr wohl. Und genauso setzt du auch Frauen ein. Wer ist sie also?«

Hachette sah Max offen an. Sein blasses, ein wenig faltiges Gesicht spiegelte Neugierde wider, vielleicht ein wenig Ärger, nicht mehr. »Ich schwöre dir, ich weiß nichts von einer Frau. Außerdem schätze ich es nicht, mein Junge, wenn man mich einen Zuhälter nennt.«

Ein gequälter Zug huschte über Maximiliens Züge. »Aber bist du das nicht, Hachette? Ein Zuhälter profitiert doch von der Arbeit seiner Hure. Was glaubst du, was ich letzte Nacht gemacht habe, um an diese Papiere zu kommen?«

»Das ist nicht das gleiche.«

»Nicht?« Max sah ihn lange an, dann zuckte er müde die Schultern. »Es spielt keine Rolle. Die Frau nennt sich Gabrielle Prion. Ich habe sie heute nachmittag dabei überrascht, wie sie meine Wohnung durchsuchte.«

Hachette wurde bleich. Er dachte an die vielen Feinde, die er sich im Laufe der Jahre in den verschiedenen Ministerien gemacht hatte. König Ludwig XVI. hatte zwar keinen annähernd so umfangreichen Spionageapparat wie sein Großvater ihn hatte, aber trotzdem ... Außerdem durfte man das politische Ziel des Geheimbundes nicht vergessen. Wenn davon etwas bekannt wurde, landeten sie alle auf dem Rad auf der Place de la Grève.

Er tastete nach den von Max vollgekritzelten Blättern. »Hat sie das zu Gesicht bekommen?«

Max schenkte Hachette nur einen verächtlichen Blick.

»Aber das ist gefährlich, Max. Vielleicht arbeitet sie für den König.«

»Das bezweifle ich. Wer sie auch sein mag, sie ist eine blutige Amateurin.«

Hachette überlegte kurz, dann zuckte er die Achseln. »Der Name ... Gabrielle Prion. Ich kenne den Namen nicht. Beschreibe sie mir.«

»Jung, ungefähr zwanzig Jahre. Blaß, auffallende rotgoldene Haare. Dunkelblaue Augen, beinahe violett.«

»Ist sie schön?«

»Atemberaubend.«

Hachette wandte den Blick ab und lachte, aber es klang unaufrichtig. »Mein lieber Junge, ich kann es kaum glauben. Hat sie dir den Kopf verdreht?«

»Du kennst sie also.« Max wollte seine Vermutung bestätigt wissen.

»Es gibt da etwas ...«

Hachette forschte in seinem Gedächtnis. Eine Information mochte noch so unbedeutend erscheinen, Hachette vergaß sie nie, für den Fall, daß sie ihm einmal von Nutzen sein könnte. Hachettes Gedächtnis war legendär, und so mancher seiner Feinde und Rivalen wußte ein Lied davon zu singen.

»Könnte sein, daß ich von ihr gehört habe«, bemerkte Hachette schließlich. »Ich glaube, der Polizeiminister von Paris hat sich einmal nach einer Frau erkundigt, auf die deine Beschreibung passen könnte; es muß drei, vielleicht vier Jahre her sein.«

»Warum?«

Wieder grübelte Hachette eine Weile. »Ich glaube, er gab keinen besonderen Grund dafür an. Aber ich gewann den Eindruck, daß sich der Minister im Auftrag eines anderen nach ihr erkundigt hatte. Für irgendeine wichtige Persönlichkeit. Du hast dich doch nicht wirklich in sie verliebt, Max, oder etwa doch?«

Max überging die Frage. »Könntest du herausfinden, warum die Polizei sich für diese Frau interessierte, Abel? Diskret, bitte.«

»Natürlich. Aber du könntest doch genau so gut ...«

Max schüttelte den Kopf und stand auf. »Wenn es sich um dieselbe Frau handelt und sie Feinde hat, will ich nicht, daß diese sie durch mich finden.«

»Und wenn es sich herausstellt, daß sie auf der anderen Seite steht?«

»Abel, bitte!« Max sprach gedehnt und grinste spöttisch. »Du kennst doch meine Talente, wenn es darum geht, das schöne Geschlecht zu verführen; es überrascht mich, daß du überhaupt fragst.«

Hachette verbarg seine Sorge hinter einem Lächeln. Er mußte sich über diese Gabrielle Prion erkundigen. Falls sie eine Bedrohung darstellte, mußte man sie ausschalten. Wenn notwendig, für immer.

Es ging um den Geheimbund, um Frankreich und um die Revolution.

KAPITEL 4

Gabrielle träumte, daß es regnete. Sie wollten im Bois de Boulogne ein Picknick machen, sie und ihre Mutter. Als sie am Morgen in der Kutsche losgefahren waren, hatte die Sonne geschienen, und Gabrielle trug ihren neuen Hut, den Strohhut mit der großen rosafarbenen Seidenschleife. Dann schoben sich dicke, schwarze Wolken vor die Sonne, und schwere Regentropfen fielen, trommelten auf die Blätter der Bäume und drückten das Gras flach.

»Du lieber Himmel, wir werden klatschnaß!« rief ihre Mutter. Sie nahm Gabrielle bei der Hand, und sie begannen zu laufen.

Doch dann bemerkte Gabrielle, daß sie Dominiques Hand festhielt. Er lachte sie an. »Mama, wir werden naß!«

Es hagelte. Hagelkörner, so groß wie Eicheln, fielen knatternd zu Boden. Gabrielle und Dominique liefen schneller, der Wind heulte, der Hagel knatterte immer lauter, und es klang, als würde jemand Steine gegen die Fensterscheibe werfen.

»Gabrielle!«

Mit einem Ruck fuhr Gabrielle im Bett hoch. Immer noch prasselten Kieselsteine an die Fensterscheibe, und eine Männerstimme rief ihren Namen.

»Der Teufel soll dich holen, Gabrielle, ich weiß, du bist dort oben!«

Gabrielle schlüpfte aus dem Bett und tastete sich im Dunkeln zum Fenster. Vorsichtig öffnete sie den Fensterladen und erschrak über das Quietschen der Angeln. Sie lehnte sich zum Fenster hinaus, um in den Garten sehen zu können.

Der Mann trat unter den Bäumen hervor, ein dunkler Schatten, der sich zwischen den vielen anderen Schatten bewegte. Als er den Kopf zurücklegte und hochblickte, fiel das schwache, flackernde Licht der Straßenbeleuchtung auf sein markantes Gesicht.

»Ga ...«

»Still!« zischte Gabrielle. »Um Himmels willen, was machen Sie ... es ist nach Mitternacht, Sie Narr!«

»Kommen Sie herunter!« bat er.

»Nein!«

»Kommen Sie herunter, oder ich bringe Ihnen ein Ständchen dar. Ein russisches Liebeslied. Ein lautes russisches Liebeslied, dazu wird laut geklatscht und mit den Füßen getrampelt.«

»Das würden Sie nicht wagen!«

Er begann zu singen.

»Du lieber Himmel, nein! Ich komme hinunter!«

Gabrielle trat vom Fenster zurück, stolperte über die Truhe am Fußende des Bettes und schlug sich die Zehe an. Sie unterdrückte einen Schrei, ließ sich auf die Truhe fallen und massierte den schmerzenden Fuß.

»Bei der Geduld des armen Job!« Agnes setzte sich im Bett auf und fuhr sich mit der Hand durch die strähnigen Haare. »Wieso bist du um diese Zeit wach und rumorst wie verrückt im Zimmer herum?«

»Er ist hier!« preßte Gabrielle zwischen den vor Schmerz zusammengepreßten Zähnen hervor. »Der Verrückte.«

»Wer? Hier? Warum?«

»Um mich zu quälen, warum sonst?«

»Ah!«

Gabrielle ließ ihren Fuß los und drehte sich um. Sie versuchte, Agnes' Gesicht im Dunkeln zu erkennen. »Was soll das heißen?«

»Was soll was heißen?«

»Das Geräusch, das du gemacht hast und das zu deinem hämischen Grinsen paßt.«

»Wie kannst du mein Gesicht sehen? Es ist stockdunkel, und ich habe nichts gesagt. Ich habe bloß gegähnt.«

»So.«

»Die arme Seele«, fuhr Agnes fort. »Du siehst, was du bereits aus ihm gemacht hast. Zuerst stiehlt er Dinge und legt sie dann wieder zurück, dann wandert er mitten in der Nacht singend durch den Park. Er ist wirklich verrückt. Gib deinem Herzen einen Stoß und erlöse ihn aus seiner Pein. Du möchtest es doch selbst genauso gern.«

»Das beweist, wie wenig du verstehst«, zischte Gabrielle.

Dominique bewegte sich im Schlaf und murmelte etwas. Agnes stand auf und tappte zu seinem Bettchen.

»Psst, mein Kleiner.« Sie nahm den Jungen in die Arme und trug ihn in das große Bett. »Du kannst bei Agnes schlafen, während deine Mutter ihren Geliebten trifft.«

Gabrielle wollte etwas sagen, ließ es dann aber sein. Sie schlüpfte mit bloßen Füßen in ihre Holzschuhe, holte ihren Umhang vom Haken neben der Tür und legte ihn über das Nachtgewand um die Schultern.

Im Flur hörte sie Simon hinter der geschlossenen Tür seines Zimmers schnarchen. Zum Glück ging sein Fenster nicht hinaus in den Park, sondern nach hinten in den Hof. Aber Simon schlief ohnehin immer tief und fest. Manchmal, wenn er in seinem Stuhl vor dem Feuer in der Küche eingeschlafen war, konnten weder sie noch Agnes ihn wecken und zu Bett bringen.

Als Gabrielle durch die Ladentür ins Freie trat, war der Park leer und verlassen. Er ist also gegangen, dachte sie. Doch sie war keineswegs erleichtert darüber, sondern tief enttäuscht.

»Ich habe geglaubt, Sie hätten Ihre Meinung geändert.«

Gabrielle fuhr erschrocken zusammen und stieß einen leisen Schrei aus. Sie zog den Umhang unter dem Kinn noch fester zusammen und drehte sich um. Maximilien de Saint-Just lehnte unbefangen, die Arme vor der Brust verschränkt, an der Wand. Der Hut saß ihm schief auf dem Kopf, und sein Schatten ließ den Ausdruck auf Max' Gesicht nicht erkennen.

Die Nacht war mild; die beiden Menschen sahen einander schweigend an, und alles, was Gabrielle hörte, war das wilde Hämmern ihres Herzens und ihr keuchender Atem.

»Sie jaulten wie ein liebestoller Kater, laut genug, um ganz Paris zu wecken«, brach Gabrielle schließlich die gespannte Stille, und ihre Stimme klang dabei zorniger als beabsichtigt. Aber er sollte auf keinen Fall erraten, wie sehr seine Anwesenheit sie beunruhigte.

»Ein liebestoller Kater?« Max lachte. »Wenig schmeichelhaft.« Er trat näher, griff nach ihrer Hand und hob sie an seine Lippen.

»Guten Abend«, grüßte er.

Er hauchte einen zarten Kuß auf die Innenseite ihrer Finger, und Gabrielle empfand die Berührung seiner Lippen wie die ersten wärmenden Strahlen der Morgensonne.

»Was wollen Sie von mir?« fragte sie heiser.

»Gabrielle, Gabrielle!« Er sang ihren Namen. »Ich möchte Ihnen die Sterne zeigen.«

Mitternacht war längst vorüber, aber die Straßen von Paris waren keineswegs leer. Aus dem Dunkeln tauchten Mietkutschen auf, schaukelten durch den gelben Lichtkreis der Laternen und verschwanden wieder in der Dunkelheit. Aus den Guinguettes, den Freiluftcafés und Tanzetablissements, die die ganze Nacht Betrieb hatten, drangen Gelächter und Geschrei der Nachtschwärmer. Irgendwo bellte ein Hund, und eine Katze jaulte ihm ihre Antwort zu.

Gabrielle klapperte in ihren Holzschuhen laut über das Pflaster. Sie zog den Umhang enger um die Schultern, da sie sich plötzlich daran erinnerte, daß sie darunter nur ein dünnes Baumwollnachthemd trug. Sie staunte über sich selbst, daß sie einem Mann, einem Fremden, in die dunkle, unbekannte Nacht gefolgt war.

Aber die Hand, die sie führte, war stark und beruhigend. Sie verstand es zwar nicht, aber sie hatte keine Angst, denn es war seine Hand.

Max führte sie in den Park der Tuilerien. Dieser Park, der früher der Garten des königlichen Palastes gewesen war, bevor die Könige von Frankreich ihre Residenz in Versailles aufgeschlagen hatten, war tagsüber ein mondäner Promenadenplatz. Kinder ließen ihre Spielzeugboote auf dem Teich fahren; im Schatten der alten Bäume glitzerten die Brunnen; unter der Statue des Kriegsgottes Mars umarmten sich die Liebespaare.

Aber nachts lag der Park dunkel und verlassen da.

Auf der Promenade, von der man die Seine überblickte, blieb Max stehen. Er nahm ihren Kopf zwischen seine Hände und drehte ihr

Gesicht etwas nach oben, so daß sie in den Himmel über dem Wasser blickte.

»Sehen Sie nur«, flüsterte er.

Gabrielle hielt den Atem an. Die Sterne! Der nachtschwarze Himmel war übersät mit funkelnden Sternen, die wie Diamanten glitzerten. Sie schienen so nahe, daß man meinen konnte, nur die Hand ausstrecken zu müssen, um sie einzusammeln. Gabrielle hatte ihr Leben lang in Häusern in engen Straßen gewohnt, hatte nachts zwar unzählige Male nach oben geblickt und die Sterne bemerkt, aber das hatte sie noch nie gesehen, das nicht. Es war so schön, daß ihr die Tränen kamen.

»Max!« Sie lachte und umklammerte vor Aufregung seine Hände. »Das ist wunderschön, Max!«

»Es ist eine schöne Nacht zum Sterngucken, und nicht alltäglich. Die Sterne werden nicht vom Mond überstrahlt, und der Himmel ist klar und wolkenlos.«

Sein Gesicht lag im Schatten, aber Gabrielle wußte, daß er lächelte. Sie bemerkte, daß sie seine warme, rauhe Hand noch immer festhielt, ließ sie los und blickte seufzend nach oben. Der Mann und ihre Gefühle für ihn waren ihr unbegreiflich.

»Es müssen Millionen sein.« Gabrielle sprach nur, um die plötzliche Stille zwischen ihnen zu unterbrechen, da sie Angst vor dem hatte, was diese Stille verbarg.

Max trat hinter sie.

Seine Ausstrahlung wirkte auf Gabrielle wie Feuer, dem man frierend die Hände entgegenstreckt. Halte mich fest, forderte sie ihn im Geist auf, und wie als Antwort auf ihre stumme Bitte legte er seine Hände leicht um ihre Taille. Sein Atem strich über ihre Haare, als er ihr zärtlich ins Ohr flüsterte.

»Die Menschen der Antike sahen Bilder in den Sternen, die Bilder ihrer Götter, und sie gaben daher den Sternen Namen. Dieser hier ...«, Max zeigte auf einen besonders strahlenden Stern, der leicht rötlich funkelte, und Gabrielle folgte mit dem Blick seinem Finger, »diesen nannten die Babylonier Sibzianna. Es ist der Stern der Hirten und der himmlischen Herden.«

Max zeigte Gabrielle noch andere Sterne und nannte ihre Namen, die in Gabrielles Ohren wie Musik klangen. Andromeda, Delphinus, Perseus ... Der Klang seiner verführerischen Stimme betörte sie.

»Perseus«, flüsterte Gabrielle tonlos. Sie bemerkte gar nicht, daß sie sich enger in seine Arme schmiegte und ihre Schultern an seine Brust drückte. »Perseus ... wie schön.«

Max ließ eine Hand von Gabrielles Taille höher gleiten, strich ihr über den Arm und legte sie ihr auf die Schulter. Er schob ihre Haare zur Seite und entblößte ihren Nacken. Als er den Kopf neigte, um ihren weißen Hals zu küssen, erwartete Gabrielle die Berührung seiner Lippen mit angehaltenem Atem.

Aber er küßte sie nicht, sondern begann zu sprechen. Sein Atem roch angenehm nach Brandy und strich feucht über ihren Nacken, aber es war nicht das, was Gabrielle erwartet und erhofft hatte. Enttäuscht schloß sie die Augen.

»Kennen Sie nicht die Geschichte von Perseus?« fragte er. »Perseus war ein griechischer Krieger, der auszog, um die Gorgo Medusa unschädlich zu machen. Er war sehr tapfer, und es gelang ihm auch, der Gorgo das Haupt abzuschlagen. Ihr Haupthaar waren Schlangen, und sie war so häßlich, daß jeder, der sie ansah, zu Stein wurde.«

Gabrielle legte den Kopf zurück und sah Max fragend an. »Wie gelang es dann diesem Griechen, sie zu töten, ohne sie anzusehen?«

Max funkelte Gabrielle an. »Seien Sie doch nicht so schrecklich praktisch. Ich weiß nicht, wie er es gemacht hat. Vermutlich hat ihm eine Frau dabei geholfen.« Gabrielle rümpfte die Nase, und Max drückte verspielt ihre Schulter. »Unterbrechen Sie nicht meine Geschichte!«

Gabrielle schmiegte sich wieder in seine Arme, legte den Kopf an seine Schulter und blickte hinauf zu den Sternen, die Max das Sternbild des griechischen Helden Perseus genannt hatte. »Was geschah, nachdem er die Frau mit den Schlangenhaaren getötet hatte?«

»Er nahm das Medusenhaupt als Beute mit nach Hause. Unterwegs stieß er auf eine wunderschöne Frau, die an einer Meeresküste an einen Felsen gekettet war. Sie sollte einem bösen Seeungeheuer als Opfer dargebracht werden, um es zu beruhigen. Die Frau hieß Andromeda, und Perseus verliebte sich sofort unsterblich in sie. Mit seinem Schwert durchtrennte er die Ketten und verwandelte das Seeungeheuer zu Stein, indem er ihm das Medusenhaupt zeigte. Er bot Andromeda entweder die Freiheit oder seine Liebe an, aber nur eines davon, nicht beides.«

Gabrielle traten die Tränen in die Augen, und der Kloß im Hals ließ sie kaum schlucken. Zornig löste sie sich aus Max' Armen und trat an die Steinmauer, die die Uferpromenade begrenzte. Der sternenübersäte Himmel spiegelte sich im ruhigen Wasser der Seine.

Gabrielle vernahm seine Schritte auf dem Kies hinter ihr.

Sie drehte sich um. »Warum konnte sie nicht beides haben?«

Max legte ihr die Hände auf die Schultern. »Beides war nicht möglich, vielleicht auch nicht notwendig.«

»Für welche Möglichkeit hat sie sich entschieden?«

Gabrielle hatte die Lippen zornig aufeinander gepreßt. Max zog die Konturen ihres Mundes sanft mit dem Finger nach, bis Gabrielle zitternd den Mund öffnete. »Für die Liebe natürlich. Gab es da je einen Zweifel?«

Gabrielle wandte den Blick ab. »Es ist keine wahre Geschichte, nur eine Sage.«

»Aber die Griechen haben sie geglaubt«, antwortete Max leise. »Perseus und Andromeda und ihre Liebe leben in den Sternen für immer weiter.«

Max streichelte ihren Hals, spielte mit ihren Haaren und bog ihren Kopf nach hinten, um sie zu küssen.

Ihre Lippen waren kühl von der Nachtluft und wurden unter seinem Kuß warm und weich. Gabrielle legte ihm die Hände um den Nacken, zog ihn näher an sich und schmiegte sich eng an seinen Körper. Sie ergab sich seinem Kuß mit der gleichen süßen Hingabe wie am Nachmittag.

Nichts zählte, außer diesem Augenblick mit diesem Mann. Die Vergangenheit war bedeutungslos, die Zukunft ungewiß. Nur diese Nacht hatte Gewicht, die Nacht und die Sterne und die Erinnerung an seine Stimme und seine Geschichte von einer sagenumwobenen Liebe.

Doch der Augenblick währte nicht ewig. Max löste sich von ihr und ließ ihre Haare los. Auch Gabrielle ließ ihn los und trat einen Schritt zurück, so daß sie einander nicht mehr berührten. Es hätte Gabrielle nicht überrascht, wenn er in diesem Augenblick wortlos gegangen wäre und sie allein im dunklen Park der Tuilerien hätte stehen lassen.

Aber er verließ sie nicht. »Suchen wir ein Café.« Das Glück, das in seiner Stimme mitschwang, war ansteckend, und Gabrielle lächelte. »Suchen wir ein gemütliches, belebtes Lokal, wo wir ein Glas trinken und unsere Lebensgeschichten erzählen können.«

Ihre Lebensgeschichten erzählten sie einander dann doch nicht. Das Gefühl, das sie füreinander empfanden, war noch so neu und so zerbrechlich, daß sie es nicht wagten, ihre dunklen Geheimnisse aufzudecken.

In dem Café in einem schmalen Gäßchen abseits der Rue de Rivoli drängte sich auch um diese Stunde noch eine lärmende Menge. Eine Gruppe von Studenten war in ein politisches Streitgespräch vertieft, und die Worte »Freiheit« und »Revolution« tönten laut durch den hohen Raum.

Max und Gabrielle bahnten sich einen Weg durch die Menge in den hinteren Teil des Cafés, wo ein kleiner Tisch aus einer Marmorplatte auf eisernen Füßen frei war. Es stand nur ein Stuhl dabei, aber Max stahl sich einen zweiten von einem Mann, der soeben auf einen Tisch gesprungen war, um mit seiner Meinung auch etwas zu dem Lärm beizutragen. Seine Äußerung erfreute sich offensichtlich keiner großen Beliebtheit, denn jemand zielte mit einer Schüssel nach seinem Kopf. Der Mann bückte sich, und das Geschoß zerschmetterte hinter ihm an der Wand. Leider war die Schüssel nicht leer, sondern mit dicker, klumpiger Suppe gefüllt gewesen. Der Tischredner heulte laut auf, als sich die heiße, fettige Brühe über ihn ergoß.

Max und Gabrielle sahen einander an und lachten.

Es war warm im Café, und Gabrielle wollte ihren Umhang ablegen, erinnerte sich jedoch gerade noch rechtzeitig, daß sie darunter nur ihr Nachthemd trug. Max beobachtete sie, und Gabrielle wurde rot, als sie begriff, daß auch er ihre unpassende Kleidung bemerkt hatte.

Ein Kellner schlurfte heran und warf Max einen unverschämten Blick zu: »Ja, mein Herr?«

»Brandy.« Max sah Gabrielle fragend an.

»Englischen Tee«, bestellte Gabrielle, worauf der Kellner verächtlich den Mund verzog und wieder davonschlurfte.

Die Studenten hatten ihr Streitgespräch im Freien fortgesetzt, und im Café war es etwas stiller geworden. Gabrielle betrachtete ihr Gegenüber. Bei ihrem ersten Zusammentreffen mit Maximilien de Saint-Just hatte er hart und grausam auf sie gewirkt. Auch jetzt, da Max entspannt lächelte, blieb seine Mundpartie hart. In seinen dunkelgrauen Augen stand ein Lächeln, aber es konnte die bittere Ernüchterung nicht verdrängen, die Max mit seiner spöttischen Art verbergen wollte.

Gabrielle fragte sich, wer oder was ihn so verletzt haben mochte.

»Wieso wissen Sie so viel über die Sterne?« wollte Gabrielle wissen.

»Gezwungenermaßen. Ich bin einmal zwischen Frankreich und Amerika zur See gefahren. Der Atlantische Ozean ist groß, und ein Kapitän ist gut beraten, sich nach den Sternen zu orientieren, wenn er ihn sicher überqueren will.«

»Amerika!« rief Gabrielle leise aus. »Ich wollte immer einmal Amerika sehen. Ich bin noch nie über Paris hinausgekommen, außer dem einen Mal. Damals war ich noch ein Kind, und meine Mutter fuhr mit mir in dem alten Topf nach Versailles, wo wir dem König und der Königin beim Essen zusahen.«

Gabrielle erinnerte sich noch lebhaft an diesen Tag, obwohl sie damals erst fünf oder sechs Jahre alt gewesen sein mochte. Sie und ihre Mutter hatten sich in eine der Touristenkutschen gedrängt, die der Volksmund »Topf« nannte, vermutlich weil die vielen ungewaschenen Menschen, die darin fuhren, einen ähnlich üblen Geruch verströmten. In Versailles angekommen, waren sie in einer langen Reihe am königlichen Tisch vorbeigezogen, bei einer Tür hinein, bei der anderen wieder hinaus. Gabrielle erinnerte sich, wie der König, der damals schon fett gewesen war, das Essen so schnell in den Mund gestopft hatte, daß er kaum zum Kauen kam. Die Königin schien schrecklich unglücklich darüber zu sein, wie ein Tier im Zoo zur Schau gestellt zu werden, und sie aß überhaupt nichts. Das war das einzige Mal, daß ihre Mutter Gabrielle nach Versailles mitgenommen hatte, obwohl Marie-Rose de Servien de Vauclair – hätte sie es gewollt – als Hofdame der Königin hätte fungieren können.

Gabrielle fiel ein, daß Max sie für die Frau eines kleinen Perükkenmachers hielt, die die königliche Vornehmheit sehr beeindrukken mußte. »Das muß ja eine ziemlich tolle Erfahrung gewesen sein«, stellte Max mit leichtem Spott fest.

Der Kellner tauchte wieder auf. »Englischer Tee«, sagte er abfällig und setzte die Tasse mit dem Tee mit Milch derart unsanft vor Gabrielle ab, daß der Tee überschwappte. Das Glas mit dem Brandy stellte er vorsichtig auf den Tisch, beinahe ehrfürchtig, und bewies damit einerseits seinen Patriotismus und andererseits seine Verachtung für alles Englische.

Max bezahlte und gab dem Kellner zu verstehen zu gehen. Er trank einen Schluck Brandy und verzog das Gesicht. »Du lieber Gott! Ist das Zeug gräßlich! Vermutlich wurde es hier im Keller gebrannt.«

Gabrielle lachte leise, und auch Max lächelte. Ohne den Blick von ihm zu wenden, griff Gabrielle nach dem Löffel auf der Untertasse.

Plötzlich verschwand Max' Lächeln. Er faßte nach ihrem Handgelenk und legte ihre Hand unsanft auf den Tisch. Der Saphirring funkelte im Licht der Wandleuchten.

»Ist das der Ring, den ich gestohlen haben soll? Der kostbare Ring, den Sie von Ihrem Ehemann erhalten haben?«

Gabrielle schluckte, aber sie hielt seinem Blick stand. »Es war ein dummes Mißgeschick. Mein Sohn hat ihn genommen. Er hielt ihn für einen Stein.«

Sie erzählte Max den Hergang und versuchte, der Geschichte einen heiteren Anstrich zu geben, aber ihre Stimme zitterte vor Nervosität. Langsam entspannte sich Max wieder, und der bedrohliche Ausdruck auf seinem Gesicht verschwand. Am Schluß der

Geschichte konnte er sogar lachen, obwohl der Ausdruck seiner Augen Gabrielle verriet, daß er ihr immer noch nicht ganz glaubte.

Max streichelte zart ihr Handgelenk, das er vorhin so grob gepackt hatte; bei seiner Berührung geriet Gabrielles Blut in Wallung.

Ich begehre ihn aus tiefstem Herzen, dachte Gabrielle. Und wenn Begehren etwas mit Liebe zu tun hat, dann – Gott möge mir beistehen –, dann liebe ich ihn.

Max ließ ihre Hand los, und sie schwiegen.

»Erzählen Sie mir von Amerika«, bat Gabrielle schließlich.

»Amerika ist groß, wild und unwirtlich. Alles ist neu. Neu und sauber.«

»Die Wiege der Freiheit ...«

Max lächelte zynisch. »So behauptet man.«

»Sind Sie nach Amerika gesegelt, um sich an der Revolution zu beteiligen?«

»Nicht unbedingt. Ich hatte zwar Musketen geladen und mußte den englischen Kriegsschiffen ausweichen, aber ich tat es für Geld, nicht für die Freiheit.« Er grinste verwegen, und wahrscheinlich war es dieser verwegene Gesichtsausdruck, in den sich Gabrielle zuerst verliebt hatte. »Für Geld tue ich alles«, gestand Max.

Dann wurde er wieder ernst und faßte über den Tisch hinweg nach Gabrielles Hand, die bis dahin nervös mit dem Teelöffel gespielt hatte. »Sie wissen, was geschehen wird, nicht wahr, Gabrielle?«

Gabrielle schüttelte den Kopf, unfähig, ihn anzusehen, aber sie sagte: »Ja.«

»Ich begehre Sie, Liebste, und ich will Sie besitzen. Aber geben Sie sich keinen Illusionen über mich hin, denn ich bin ein Halunke und habe nicht die Absicht, mich bessern zu lassen. Ich werde Sie belügen und Sie wahrscheinlich benutzen, und letztendlich werde ich Sie bestimmt verletzen. Wenn Sie auch nur eine Spur von Verstand besitzen, dann werden Sie ...«

»Es ist mir vollkommen gleichgültig, wie Sie sind!« rief Gabrielle, und es störte sie nicht im geringsten, daß er genau wußte, was sie mittlerweile für ihn empfand. »Außerdem glaube ich nicht, daß Sie ... daß Sie tatsächlich so sind.«

Max schüttelte den Kopf und legte ihr seine Finger auf die Lippen. »Sie können nicht wissen, was ich getan habe.«

Gabrielle faßte nach seiner Hand, drehte sie um und drückte einen Kuß auf seine Handfläche. Es war eine intimere Geste als ihre Küsse vorhin. »Ich weiß, was Sie getan haben«, flüsterte sie und glaubte es auch. Denn in diesem Augenblick durchschaute und verstand sie ihn, besser als sie sich selbst verstand. »Manche Dinge muß man einfach tun, um zu überleben. Später ... später sind sie dann nicht mehr wichtig. Ich weiß es, denn wahrscheinlich habe ich selbst ähnliches getan wie Sie.«

Max lächelte skeptisch. »Das ist so gut wie unmöglich.«

Gabrielle ließ seine Hand los und griff nach der Teetasse. »Ich verdiente mir einmal Geld als Briefschreiberin auf dem Friedhof der Innocents. Mit Feder und Papier saß ich auf einem Grabstein und schrieb Liebesbriefe für die armen Kerle vom Land, die nach Paris gekommen waren, um ihr Glück zu machen, und statt dessen ihr Herz verloren hatten. Ich bekam zehn Sous für einen Brief. Ich wette, daß Sie so etwas noch nie gemacht haben.«

Max lachte. »Nein, wirklich nicht.«

Sie lachten beide herzlich und verdrängten damit die Intimität, die auf unerklärliche Weise zwischen ihnen entstanden war. Gabrielle wußte, daß das die Gelegenheit gewesen wäre, ihm die Wahrheit über sich und ihre Vergangenheit zu erzählen. Aber es war noch zu früh dafür.

KAPITEL 5

Gabrielle schnitt ein Gesicht in dem fleckigen Spiegel über ihrem wackeligen Schminktisch. Das Getue um ihr Aussehen kam ihr lächerlich vor.

»Bist du noch nicht fertig?« klagte sie und rutschte unruhig auf dem Holzhocker hin und her.

Agnes löste eine rotgoldene Locke vom Lockeneisen und steckte sie zu den anderen gelockten Strähnen, die sie kunstvoll auf Gabrielles Kopf arrangiert hatte, und befestigte sie mit einer Lockennadel. »Zu schade, daß wir uns weder Pomade noch Mehl zum Pudern deiner Frisur leisten können«, bedauerte Agnes und steckte die letzte Strähne fest. »Dann entspräche dein Kopf wirklich dem letzten Schrei der Mode.«

Gabrielle tastete vorsichtig über Agnes' aufwendiges Meisterwerk auf ihrem Kopf. »Ich komme mir vor wie ein Schiff unter vollen Segeln.«

Plötzlich lachte sie, und Agnes schmunzelte über Gabrielles ansteckende Heiterkeit. »Du kannst dich nun ziemlich unbesorgt bewegen, nur niesen solltest du nicht, sonst löst sich alles auf!«

Gabrielle lachte wieder, dann stand sie vorsichtig auf und hielt ihre Haarpracht fest. Agnes half ihr beim Ankleiden und arrangierte den weiten Rock über die kleinen, auf den Hüften befestigten Kissen, die jetzt oft anstelle der eher altmodischen Reifröcke getragen wurden. Gabrielles Kleid war eine einfachere Version des dünnen, weißen Musselinkleides, das die Königin im vergangenen Sommer in Mode gebracht hatte; das enge Oberteil hatte einen so tiefen Ausschnitt, daß Gabrielle sich nicht zu bücken wagte.

Agnes schnalzte bestürzt mit der Zunge, als Gabrielle das neue Brusttuch vom Bett aufhob. »Wenn du deine Reize versteckst, Gabrielle, wirst du ihn nie einfangen. Du solltest es wie ein Pfau machen und deine Reize zur Schau stellen.«

Gabrielle arrangierte die Falten des Brusttuchs so, daß es ihre Reize bescheiden bedeckte. »Du vergißt, daß es der männliche Pfau ist, der mit gespreizten Schwanzfedern herumstolziert. Ich habe nicht den Wunsch, Monsieur de Saint-Just einzufangen. Dominique und ich machen mit ihm einen Ausflug in den Botanischen Garten, das ist alles.«

Agnes zuckte die Schultern über diese Ausrede. »Du hast ihn praktisch schon erobert, Gabrielle. Es ist nicht zu übersehen, daß die arme Seele total verrückt nach dir ist.«

Gabrielle schnaubte verächtlich. »Sei doch nicht albern!«

»Er ist ein toller Mann und gäbe einen wunderbaren Liebhaber ab. Um so schlimmer, daß seine Absichten vollkommen ehrenhafter Natur sind.« Agnes gab sich verschwörerisch.

Jetzt wurde Gabrielle wirklich unwillig. »Vollkommen wollüstiger Natur, willst du wohl sagen.«

»Ich glaube, daß du ihm Unrecht tust, Gabrielle. Warum sonst sollte er sich eine ganze Stunde mit deinem Sohn und Monsieur Simon unterhalten?«

»Was hat er getan?«

Gabrielle drehte sich so schnell um, daß Agnes entsetzt zurückfuhr. »Bitte. Gabrielle! Deine Haare! Gib acht, sonst wirst du ...«

»Agnes, du bist niederträchtig! Ich fasse es nicht! Er ist seit einer Stunde hier, und ich erfahre erst jetzt davon!«

»Aber bitte! Ich habe es dir doch soeben gesagt, oder nicht? So gereizt kenne ich dich gar nicht. Er kam zu früh, und du warst noch nicht fertig. Er hat für Dominique ein Spielzeug mitgebracht. Er, Monsieur Simon und der Junge spielen damit im Park.«

Gabrielle schlüpfte rasch in ihre schönsten Lederschuhe und suchte in der Unordnung des Zimmers nach ihrem Hut. »Er hat für Dominique ein Spielzeug mitgebracht? Was ist das für ein Spielzeug? Wo, um Himmels willen, Agnes, ist mein Hut?«

»Vor deiner Nase.« Agnes setzte Gabrielle das mit einer rosafarbenen Feder geschmückte bootförmige Gebilde aus Stroh auf den Kopf. »Dein Wissenschaftler hat Dominique etwas sehr Interessantes mitgebracht. Es sieht aus wie die Miniatur von einem Heißluftballon, aber er hat es anders genannt. Aero-, so etwas ähnliches hat er gesagt. Gabrielle! Wohin gehst du? Ich bin noch nicht fertig!«

Gabrielle lief so schnell die Treppe hinunter, daß sie beinahe über ihre Röcke gestolpert wäre. Sie erwartete jeden Augenblick, den Knall einer Explosion aus dem Park zu hören. Der Mann war unmöglich! Vollkommen verrückt.

Zuerst erblickte sie den Ballon, der als leuchtend gelber Ball wie eine Sonne zwischen den Blättern der Kastanienbäume tanzte. Dann entdeckte sie ihren Sohn, dessen Haare ebenso golden leuchteten wie der Ballon. Um sein Handgelenk war eine Schnur gewickelt, die ihn mit dem Ballon verband. Simon und Maximilien de Saint-Just standen neben dem Jungen unter der rot und weiß gestreiften Markise des Limonaden-Standes. Alle drei hatten die Köpfe in den Nacken gelegt und beobachteten den im Wind tanzenden Ballon.

Gabrielle riß Dominique an sich und löste die Schnur von seinem Handgelenk. Der Ballon segelte über die Dächer des Palais Royal davon.

Dominique brüllte. »Mama! Du hast meinen Stat verloren! Hole ihn wieder zurück! Ich will ihn wiederhaben!«

»Gabrielle!« rief Simon überrascht.

Wütend wandte sich Gabrielle an Max. »Wie können Sie es wagen, meinen Sohn in Gefahr zu bringen!«

»Es war nur ein Spielzeug, Gabrielle.« Max mußte schreien, um Dominiques Gejammer zu übertönen.

»Leugnen Sie, daß das Ding mit brennbarer Luft gefüllt war?«

»Es war mit Wasserstoff gefüllt, das schon, aber ...«

Gabrielle drehte sich um und ging steifbeinig zum Laden zurück, ohne den brüllenden, sich wehrenden Dominique loszulassen.

Max mußte laufen, um die beiden einzuholen. Er faßte Gabrielle am Ellbogen und zwang sie stehenzubleiben. »Verdammt noch mal, Gabrielle! Hören Sie mir jetzt zu? Es war vollkommen ungefährlich. Der Ballon wäre nie explodiert ...«

»Er ist damals auch explodiert!«

»Nur weil ich es beabsichtigt habe. Ich habe die Widerstandskraft der neuen gummierten Seidenhülle getestet. Das Material ist meine Erfindung. Es wurde unter großer Hitzeeinwirkung hergestellt.«

Gabrielles Zorn war so schnell verflogen, daß sie sich wie ein Ballon vorkam, dem die Luft ausgegangen war. Sie wurde rot vor Verlegenheit. Du lieber Himmel! Es war ihr wieder gelungen, sich vor diesem Mann zum Narren zu machen. Am liebsten wäre sie im Erdboden versunken.

Dominique hatte aufgehört zu brüllen und schluchzte nur noch leise vor sich hin. »Ich will ihn wiederhaben«, jammerte er immer wieder. »Ich will ihn wiederhaben, Mama! Hol ihn mir zurück.«

Gabrielle war den Tränen nahe. »Es tut mir leid, Dominique!«

Max nahm den Kopf des Jungen zwischen seine Hände und hob sein Gesicht zu sich hoch. »Ich werde dir noch einen machen«, tröstete er den Kleinen leise. »Einen größeren und noch besseren.«

Dominique schniefte und wischte sich mit dem Handrücken über die Nase. »Ich möchte einen roten.«

»Dann bekommst du einen roten.« Max lächelte Gabrielle an, und sie erwiderte zaghaft sein Lächeln.

Dominique stemmte sich gegen ihre Brust und wollte sich auf den Boden setzen. Gabrielle stellte ihn auf die Beine, und der Kleine lief sofort zu Simon, der sich in diskreter Entfernung gehalten hatte, und schrie ihm schon von weitem die Neuigkeit von dem roten Ballon zu, den er bekommen würde.

Gabrielle sah dem Jungen noch einen Augenblick nach, ehe sie zu Max gewandt flüsterte: »Vielen Dank.«

»Es war mir ein Vergnügen.«

Max sah sie mit zärtlicher Vertrautheit an, und plötzlich schienen alle Geräusche des belebten Parks zu verstummen. Ein heißer Sommerwind strich Gabrielle über die Wangen, und es roch nach Zitronen, nach Staub und Kastanien.

»Guten Morgen, Gabrielle«, begrüßte er sie. Gabrielle wurde warm ums Herz; sie liebte es, wenn er ihren Namen sagte.

Verlegen strich sie sich eine lose Locke aus der geröteten Stirn und zupfte nervös an ihrem Hut herum, der bei ihrem Lauf die Treppe hinunter verrutscht war.

Max hielt ihre Hand fest. »Lassen Sie ihn, wie er ist. Mir gefällt es besser, wenn Sie ein wenig zerzaust aussehen.«

Gabrielle lachte nervös. »Sie haben mich noch nie anders gesehen.«

Ein breites Lächeln überzog sein Gesicht, und seine Augen funkelten. Gabrielle konnte sich nicht sattsehen an diesen Augen. Sie verlor sich in seinem Anblick und vergaß darüber alles. Es gab nur sie und ihn.

Sie waren so vertieft, daß Simon zweimal sprechen mußte, ehe sie ihn hörten.

»Monsieur de Saint-Just! Die bestellte Droschke ist da.«

Die Kutsche reihte sich schwankend in den Verkehr über den Pont Neuf ein. Gabrielle sah zum Fenster hinaus und gab vor, fasziniert zu sein, obwohl sie die Szene schon unzählige Male gesehen hatte; nur von Zeit zu Zeit warf sie einen verstohlenen Blick auf ihr Gegenüber.

Aus dem Korb zu ihren Füßen ragte der Hals einer Champagnerflasche. Dominique saß neben Max und plapperte ununterbrochen. Er erzählte von Ballons, Steinesammlungen und tanzenden Bären und hielt nur inne, wenn Max seinen Kommentar abgab; dann redete er sogleich über etwas anderes weiter.

»Wenn Sie ihn ermutigen, redet er, bis Ihnen die Ohren abfallen«, entschuldigte sich Gabrielle.

»Das macht nichts.« Max grinste, und das Grübchen auf seiner Wange ließ ihn knabenhaft jung wirken.

Er sah atemberaubend gut aus an diesem Morgen, in seiner weißen Weste und der grünen Jacke im sportlichen englischen Schnitt. Er trug enge Breeches aus weichem Leder, und die blank polierten Stiefel betonten seine langen, muskulösen Beine. Wenn man ihn ansah, mußte man ihn einfach begehren, so gut sah er aus.

Die Droschke fuhr so geschwind um eine Ecke, daß Gabrielle sich an der Halteschlaufe festhalten mußte, um nicht vom Sitz zu rutschen. Ihr war vor Müdigkeit schwindlig, und sie schloß die Augen. Geschieht dir recht, schalt sie sich. Warum stehst du auch mitten in der Nacht auf, jagst hinter den Sternen her und trinkst bis in die frühen Morgenstunden hinein Tee in einem Café! Aber wenn sie mit ihm zusammen war, dann wurde Zeit bedeutungslos. Dann zählten nur sein Lächeln, seine Augen und der weiche Klang seiner Stimme.

Nachdem sie gestern nacht das Café verlassen hatten, waren sie beinahe schon vor seiner Haustür angekommen, als Gabrielle bemerkte, daß Max sie in die falsche Richtung geführt hatte.

»Es bleiben uns noch Stunden, bis unsere Sterne im Licht der Sonne verblassen«, hatte er verführerisch geflüstert. »Wollen Sie die Zeit bis dahin mit mir verbringen, Gabrielle?«

»Nein, ich kann nicht«, hatte sie protestiert und damit ihm und sich selbst einen Wunsch abgeschlagen. In Wahrheit wünschte sie sich im geheimen, daß er sie in die Arme nahm und über die Treppe nach oben auf sein Bett trug.

In diesem Augenblick hatte sie versucht, vor ihm und vor sich davonzulaufen, aber er hatte rasch nach ihren Händen gegriffen und sie an seine Lippen gezogen.

»Morgen, Liebste«, hatte er gesagt.

Danach hatte er sie durch den Park zum Pfandleiherladen begleitet. Zum Abschied küßte er sie, aber nicht auf den Mund, wie Gabrielle es heimlich wünschte, sondern auf die Innenseite ihres Handgelenks. Das Gefühl, das sein Mund auf ihrer zarten Haut hervorrief, verwirrte sie zutiefst.

Du bist raffiniert, gestand sie ihm in Gedanken zu. Du bist so raffiniert, daß du mein Verlangen weckst und es dann nicht stillst. So agieren Frauen und Verführer. Ich werde Sie belügen und vermutlich benutzen, hatte er gesagt. Sie würde gut daran tun, sich daran zu erinnern.

Die Droschke hielt vor einem imposanten Gebäude. Der Kutscher öffnete den Wagenschlag und klappte das Treppchen aus. Max stieg aus und hob Dominique aus dem Wagen. Er faßte Gabrielle am Arm, um ihr beim Aussteigen zu helfen, und seine Hand blieb auf ihrer Taille liegen, als er sie zum Portal des Gebäudes führte. Es war eine ungezwungene, höfliche Geste, weiter nichts, doch diese Nähe beunruhigte Gabrielle; seine Hand auf ihrem Rücken und die Berührung seiner Beine, die beim Gehen an ihren Rock streiften, irritierten sie. Sie zitterte, obwohl die Sonne heiß auf die Steintreppe niederbrannte.

Der Botanische Garten war das Zentrum der französischen wissenschaftlichen Forschung. Vor über hundertfünfzig Jahren gegründet, gab es hier Laboratorien, Vorlesungssäle, Säle mit seltenen Sammlungen und Gewächshäuser mit exotischen Pflanzen. Die Gärten erstreckten sich viele Hektar weit bis hinunter zur Seine.

Dominique schlug vor Begeisterung die Hände zusammen, als sie einen riesigen Saal betraten. Entlang der Wand waren in Gläsern fremdartige naturkundliche Präparate ausgestellt. Auf den Tischen befanden sich Sextanten und Quadranten, Schmelztiegel und Destillierapparate. In der Mitte des Saals stand ein großer Himmelsglobus. Durch die hohen Bogenfenster strömte das Sonnenlicht herein, so daß auch die letzte Ecke gut beleuchtet war. Dort baumelte von einem Wandhaken an einer Schnur ein Skelett.

»Schau, Mama!« rief Dominique und stürzte zielstrebig auf das Skelett zu. »Der Mann hat seine Haut verloren!«

»Dominique!« rief Gabrielle ihrem Sohn nach, als dieser quer durch den Saal stürmte. »Faß nichts an!«

»Der Junge will mit dem alten Knochenmann Bekanntschaft schließen«, stellte Max amüsiert fest und brach in Gelächter aus, als Gabrielle sich vor Abscheu schüttelte.

Die meisten Männer, die hier im Saal waren, begrüßten Max mit Namen. Einige beäugten Gabrielle mit unverhohlener Neugierde. Einer schien vorlauter als die anderen und humpelte auf einen Stock gestützt Max und Gabrielle entgegen. Er hatte apfelrunde Wangen und lächelte fröhlich.

»Saint-Just, du Teufel! Das also beschäftigt dich seit Tagen. Ich hätte es mir denken können!« Anerkennend musterte er Gabrielle und verbeugte sich dann mit übertriebenem Schwung. »Ihr ergebenster Diener, Mademoiselle.«

Max stellte Gabrielle als Madame Gabrielle Prion vor. »Gabrielle, darf ich Sie mit Percival Bonville bekanntmachen? Er ist der nicht besonders bekannte Amerikaner, der bewiesen hat, daß ein Blitz nichts anderes ist als Elektrizität ... und das nur zwei Monate nach Benjamin Franklin.«

Der Amerikaner lachte herzlich. »Sehr unfair, Saint-Just. Ich hätte den alten Onkel Ben bestimmt geschlagen, wäre ich nicht gleichzeitig auch noch mit anderen Dingen beschäftigt gewesen.«

Bonville nahm Gabrielles Hand und legte sie auf seinen Arm. »Ich möchte wetten, daß er Sie hergebracht hat, um mit seinem Aerostaten anzugeben. Kommen Sie, Madame Prion, wir wollen seiner Eitelkeit schmeicheln. Gehen wir hinaus und bestaunen wir begeistert sein Werk.«

Gabrielle drehte sich lachend zu Max um, während Bonville sie zur Doppeltür drängte, die in den Garten hinaus führte. »Max, können Sie bitte ...«

Max winkte ihr zu. »Gehen Sie nur! Ich hole den Jungen.«

Der Garten leuchtete bunt wie eine Malerpalette. Blumenbeete und blühende Sträucher entfalteten ihre farbenfrohe Pracht in solcher Fülle und Intensität, daß das Auge gar nicht alles aufnehmen konnte. Gabrielle blieb stehen und bewunderte einen grünen Strauch mit weißen Blüten, die einen wunderbaren, schweren Duft verströmten.

Gabrielle warf Percival Bonville einen fragenden Blick zu, als er sich ein Taschentuch an die Nase preßte. »Fragen Sie mich nicht, was das für ein Strauch ist«, murmelte er hinter seinem Taschentuch hervor. »Ich weiß nur eines über Pflanzen: Je schöner sie sind, desto mehr stinken sie wie ein Bordell.«

Gabrielle lachte fröhlich; Max' Freund gefiel ihr. Er sah zwar nicht besonders gut aus, aber sein amerikanischer Akzent war charmant.

Sie nahm wieder seinen Arm und spazierte mit ihm zum Fluß. Die Sonne schien gnadenlos heiß vom Himmel, und Gabrielle bedauerte, daß sie in der Eile ihren Fächer vergessen hatte.

»Sind Sie schon lange in Frankreich, Monsieur Bonville?« fragte Gabrielle.

»Nennen Sie mich Percy. Benjamin Franklin ist Ihnen doch ein Begriff? Er ist mein Onkel. Nach dem Krieg habe ich mich hier bei ihm niedergelassen.« Er tupfte mit der Spitze seines Stockes an seinen Fuß. »Dieses dämliche Bein habe ich mir im Kampf gegen die verdammten Engländer geholt.«

»Ich habe natürlich von Monsieur Franklin gehört, aber ich habe ihn nie kennengelernt«, log Gabrielle, denn Franklin war früher ein häufiger Gast im Salon ihrer Mutter gewesen. Doch von der Nichte eines einfachen Pfandleihers erwartete man wohl kaum, daß sie je Gelegenheit gehabt hatte, den berühmten Monsieur Franklin kennenzulernen.

Der Amerikaner war einige Jahre zuvor nach Frankreich gekommen, um französische Unterstützung für die Revolution in Amerika zu erwirken. Man schätzte ihn in Paris und am Hof in Versailles, und er war in Frankreich geblieben, auch nachdem der Unabhängigkeitskrieg in Amerika zu Ende gegangen war. Gabrielle erinnerte sich an den alten Mann, der ein Lebemann und großer Bewunderer der Frauen gewesen war.

Als hätte er ihre Gedanken erraten, lächelte der Amerikaner schlau und beugte sich vertraulich näher. »Jedes Wort, das Sie über meinen Onkel gehört haben, entspricht der Wahrheit, Madame Prion. Jedes Wort. Das liegt übrigens bei uns in der Familie.«

Sie spazierten durch einen Obstgarten mit Zitrusbäumen und traten hinaus auf eine weite Wiese.

»Oh!« rief Gabrielle begeistert. Sie mußte ihren Hut festhalten, als sie den Kopf in den Nacken legte und nach oben sah.

Zwischen zwei Masten tanzte der große blau-goldene Seidenballon. An seinem oberen Ende hatte man einen Ring befestigt, durch den ein Kabel zu den Masten lief. Obwohl der Ballon erst zum Teil gefüllt war, hatte er bereits die Höhe eines fünfgeschossigen Gebäudes. Am unteren Ende waren mehrere Fässer angebracht, die mit Metallrohren untereinander verbunden waren. Zwei Männer hantierten eifrig an den Fässern, in denen es seltsam blubberte.

Percy lachte leise. »Ganz außerordentlich, nicht wahr? Wäre es nicht schön, in einem solchen Luftschiff durch den Himmel zu segeln? Vielleicht kann ich Saint-Just dazu überreden, mich mitzunehmen. Er schuldet mir den einen oder anderen Gefallen.«

»Kennen Sie Max schon lange?« fragte Gabrielle und benutzte die Gelegenheit, daß hier jemand war, der ihr etwas über den geheimnisvollen Maximilien de Saint-Just erzählen konnte.

»Lange genug, um zu wissen, daß er einer der größten Wissenschaftler ist, den Ihr Land besitzt. Wissen Sie, daß er allein in diesem Jahr zwei neue Monde des Saturn und das Phänomen der Doppelsterne entdeckt hat?« Er deutete auf die bunte Kugel, die sachte im warmen Wind schwankte, und fuhr fort: »Von der experimentellen Arbeit an den mit Wasserstoff gefüllten Ballons ganz zu schweigen.«

Gabrielle schüttelte überrascht und beeindruckt den Kopf. Doch sie hatte es ja vom ersten Augenblick an gewußt, daß Maximilien de Saint-Just im Grunde nicht der aristokratische Dilettant war, als der er sich ausgab.

»Er könnte so viel erreichen!« Percy sprach bedauernd. »Statt dessen vergeudet er seine Zeit und sein Talent. Darüber hinaus riskiert er mit seinen gefährlichen, ruchlosen Spielereien sogar sein Leben. Er ist wie ein vom Sturm getriebenes Schiff auf hoher See.« Percy machte eine Pause und blickte Gabrielle an. »Er braucht einen sicheren Hafen.«

Gabrielle wich dem Blick des Amerikaners aus. Sie betrachtete den Ballon und überlegte dabei, welche gefährlichen und ruchlosen Spiele Maximilien de Saint-Just wohl betreiben mochte. »Ich verstehe Sie nicht ganz.«

Percy zuckte die Schultern. »Ich verstehe es ja selbst nicht. Aber eines weiß ich: In Max' Leben gab es viele Frauen. Aber Sie sind die erste, die er hierherbringt.«

»Mama!«

Max kam aus dem Obstgarten und trug Dominique auf seinen Schultern. Der Junge hatte die Hände in den dunklen Haaren des Mannes vergraben, und sein Gesicht strahlte. Er legte den Kopf in den Nacken und bestaunte mit groß aufgerissenen Augen den Ballon.

»Er ist groß«, stellte er schließlich lakonisch fest, was alle zum Lachen brachte.

Max setzte Dominique auf dem Boden ab, nahm ihn bei der Hand und führte ihn näher an den riesigen Ballon heran, der sich ächzend gegen die Drahtseile zu wehren schien, die ihn festhielten.

Gabrielle folgte etwas nervös dem Mann mit ihrem Sohn an der Hand. »Ist es nicht gefährlich?«

»Unsinn!« Percy tat ihre Befürchtungen ab.

Max lächelte auf seine bezaubernde, selbstsichere Art.

»Gabrielle war zufällig Zeugin eines meiner seltenen Fehlschläge«, erklärte Max dem Freund. »Sie muß mich immer wieder daran erinnern.«

Max hockte sich neben Dominique und erklärte ihm, daß die verschlossenen Fässer an der Basis des Ballons mit Schwefelsäure gefüllt seien. Die Arbeiter fügten Eisenspäne hinzu, und dadurch entstand das Gas, das die Hülle des Ballons füllte. Dominique verstand wenig von dem, was Max erklärte, aber sein Blick wanderte mit gespannter Aufmerksamkeit zwischen Max und dem Ballon hin und her. Dabei umklammerte er mit seinem runden Händchen krampfhaft Max' Ärmel.

Er braucht einen Vater, dachte Gabrielle beim Anblick der beiden und bedauerte sofort ihre unsinnige Sehnsucht.

Sie blickte auf und bemerkte, daß Percy Bonville sie beobachtete. Im ersten Moment fürchtete sie, sie hätte den Gedanken womöglich laut ausgesprochen, denn Percy lächelte und nickte wissend.

Dann drehte sich Percy um und klopfte Max mit seinem Stock an das Bein. »Wann läßt du ihn steigen, Saint-Just?«

»In ein paar Tagen müßte es soweit sein.« Max richtete sich auf und klopfte sich den Schmutz von den Knien. »Es dauert zumindest eine Woche, um auf diese Weise genügend Wasserstoff herzustellen«, erklärte er Gabrielle. »Ich hoffe, daß ich einmal eine schnellere Methode finde.«

Dominique packte Max bei der Hand und sprang hoch. »Nehmen Sie mich mit, Monsieur Max. Nehmen Sie mich mit in dem Stat, wenn Sie fliegen!«

»Jetzt nicht. Vielleicht ein andermal. Wenn du älter bist.«

»Versprechen Sie es!«

»Es ist schwer, Dinge zu versprechen, die so weit in der Zukunft liegen.« Max' Gesichtsausdruck blieb undurchdringlich, während er Gabrielle ansah. »Das hängt alles von deiner Mutter ab.«

Was wollte er damit sagen? Unsicher murmelte Gabrielle: »Wir werden sehen.«

Max preßte die Lippen fest aufeinander und wandte sich ab.

Schweigend betrachteten sie den Ballon, während Dominique ihn in weitem Bogen umkreiste. Max schlug vor, auf dem Rückweg durch den Tierpark zu gehen, damit Dominique die Tiere sehen konnte. »Ich habe im Schatten unter den Pfirsichbäumen eine kleine Erfrischung richten lassen. Leiste uns doch Gesellschaft, Percy.«

»Vielen Dank, aber ich muß ablehnen. Es verletzt zwar meinen Stolz, aber ich glaube, daß meine Anwesenheit in diesem Fall überflüssig ist.« Er verbeugte sich auf seine geschraubte Art und grinste breit. »*Au revoir,* Madame ... Möge dir der Wind in den Rücken blasen, Saint-Just.« Er blinzelte Gabrielle verschwörerisch zu. »Und mögest du nur sichere Häfen anlaufen.«

Max starrte dem Amerikaner nach, als er davonhumpelte. »Was hat er damit gemeint?«

Gabrielle tat, als hätte sie nichts gehört. Sie packte ihren Sohn am Arm, als er gerade an ihr vorbeikam. »Es ist wirklich zu heiß, Dominique, um so wild zu laufen.«

Gabrielle führte eine dick mit Sahne bedeckte Erdbeere an den Mund, legte den Kopf zurück und leckte mit der Zunge die Sahne ab. Danach nahm sie die pralle Frucht zwischen die Lippen und biß sie vom Stengel ab.

Max wandte sich rasch ab; der Anblick erregte ihn. Er lehnte sich fest gegen den rauhen Stamm des Pfirsichbaums, und seine Hand zitterte, als er nach dem Champagnerglas griff, das neben ihm auf dem Boden stand. Mit zwei Schlucken goß er die goldgelbe, schäumende Flüssigkeit hinunter.

»Was ist los?«

»Nichts.« Er wußte, daß er wie ein trotziger kleiner Junge klang.

Ein Lächeln umspielte Gabrielles Mund, der wegen der Erdbeeren noch röter und verführerischer war. Max wußte, wie diese Lippen schmeckten, wie sie sich anfühlten. Er wußte, wie ...

»Sie machten ein finsteres Gesicht«, stellte Gabrielle fest.

»Ich habe über etwas nachgedacht.«

»Worüber?«

»Über Sie. Wer sind Sie, Gabrielle?«

Gabrielle wandte den Blick ab und wurde rot. Sie saß mit gekreuzten Beinen neben ihm auf der Decke. Max stützte sich auf einen Ellbogen auf und beugte sich vor. Er faßte nach ihrem Kinn, drehte ihren Kopf und hob ihr Gesicht hoch. Gedämpftes Sonnenlicht fiel durch die Zweige über ihren Köpfen und warf Schatten auf Gabrielles Haut. Ihre Haut war so zart, daß die pulsierenden Adern an ihren Schläfen durchschimmerten. Ihre Haare leuchteten. Max begehrte diese Frau mit jeder Faser seines Körpers.

Er neigte sich über sie und spürte ihren süßen, nach den Früchten duftenden Atem, als er ihre Lippen berührte.

»Gabrielle ...«

Sie wandte sich ab. »Nicht hier.«

»Kommen Sie heute abend in meine Wohnung.«

»Nein!« Gabrielle sprang auf und legte das Picknickgeschirr in den Korb. »Wir sollten allmählich gehen. Es wird spät.«

Max biß die Zähne zusammen, um nicht laut zu fluchen. Hatten ihm die Götter diese Frau nur geschickt, um ihn für seine vielen Sünden zu strafen? Noch nie war er auf etwas so versessen gewesen wie auf Gabrielle Prion – oder wie immer sie heißen mochte. Sie war wie das Sumpffieber, das er am Mississippi kennengelernt hatte. Hatte es einer einmal im Blut, so war er dem Wahnsinn verfallen. Max konnte nicht von Gabrielle lassen, aber sie in seiner Nähe zu wissen, war qualvoll. Das einzige Mittel gegen dieses Fieber war, sie in sein Bett zu bringen, obwohl er bereits ahnte, daß es bei dieser Frau mit einem Mal nicht getan sein würde. Er bezweifelte, ob die Ewigkeit lang genug sein würde, um sein Verlangen nach Gabrielle zu stillen ... Gabrielle.

Max erhob sich. Auf einem kleinen Hügel spielte Dominique ein Spiel, bei dem er einen Ritter verkörperte, der sich mit einem Drachen schlug. Max verspürte Neid. Aber er beneidete nicht den Jungen, sondern den Mann, der sein Vater gewesen war. Bisher war es Max stets gleichgültig gewesen, ob die Frauen, mit denen er schlief, vor ihm Liebhaber gehabt hatten. Aber der Gedanke, daß Gabrielle, seine Gabrielle, in den Armen eines anderen Mannes gelegen hatte, war ihm unerträglich.

Vor allem deshalb, weil ihr das Vergnügen in seinen Armen noch bevorstand.

Er bückte sich und hob die Decke ungestüm vom Boden auf.

Dominique kam mit rotem Gesicht keuchend gelaufen. Seine prall gefüllten Hosentaschen zogen ihm die Hose bis auf die Hüften hinunter.

Gabrielle seufzte beim Anblick ihres unmöglichen Nachwuchses. »Dominique! Was hast du jetzt wieder in deinen Taschen?«

»Steine für meine Sammlung. Und das hier.« Er legte Gabrielle etwas Glattes, Langes in die Hand.

Verwirrt betrachtete sie den Gegenstand. Es sah aus wie drei dünne Stücke Elfenbein, die mit Draht verbunden waren.

Gabrielle kreischte und schleuderte das Ding fort. »Bei allen Heiligen im Himmel!«

Max war mit einem Schritt bei ihr. »Was ist geschehen?«

Gabrielle zeigte auf den abstoßenden Gegenstand im Gras.

»Es ist ... ein Finger.«

Max bückte sich und hob ihn auf. Dominique sah ihn mit großen, unschuldigen Augen an. »Hast du ihn vom Alten Knochenmann abgebrochen?« fragte Max; er bemühte sich vergeblich, ernst zu bleiben.

Gabrielle hörte das unterdrückte Lachen in Max' Stimme. »Das ist nicht lustig!«

Max sah Dominique an und runzelte die Stirn. Der Junge kicherte, und Max mußte ebenfalls lachen.

Gabrielle sah von einem zum anderen. »Aber Sie ... ach, ihr Männer! Ihr seid doch alle gleich!« Sie machte kehrt und stolzierte über die Wiese zurück zu den Institutsgebäuden.

Max und der Junge sahen einander an und zuckten die Achseln.

»Mama ist sehr böse auf uns«, stellte Dominique fest.

»Ich fürchte, du hast recht.«

»Glauben Sie, daß sie uns den Hintern versohlen wird, wenn wir nach Hause kommen?«

Max verbiß sich ein Lachen. »Nein. Aber eine kleine Wiedergutmachung könnte nicht schaden.«

»Eine was?«

»Wiedergutmachung. Man kauft etwas Hübsches und Teures, um eine Frau zu versöhnen.«

Dominique runzelte die Stirn. »Aber ich habe kein Geld.«

»Nicht? Nun, dann müssen wir etwas improvisieren.«

Max nahm den Jungen an der Hand und führte ihn zu einem Beet mit Osterglocken und Löwenmaul. Während Max nach einem Aufseher Ausschau hielt, pflückte Dominique seinen Versöhnungsstrauß.

»Ich verstehe nicht, warum sie so bös geworden ist«, überlegte der Junge. »Es waren doch nur ein paar alte Knochen.«

Max stimmte Gabrielles Sohn seufzend bei und grübelte im stillen über das Geheimnis Frau nach.

Im engen, stickigen Büro des Polizeiministers im Justizpalast ging es ebenfalls um eine Frau.

Abel Hachette saß auf einem knarrenden Stuhl und tat, als störte ihn der Schweiß nicht, der ihm über die blassen Wangen rann. Der Pariser Polizeiminister gab sich nicht diese Mühe. Er saß Hachette gegenüber hinter seinem Schreibtisch und wischte sich mit einem alten, feuchten Taschentuch über die schweißnasse Stirn.

»Es ist verdammt heiß heute«, schimpfte der Polizeiminister.

Hachette gab ihm recht, es war wirklich ziemlich warm. Der Minister sprach jetzt zum dritten Mal über das Wetter. Seit einer halben Stunde wichen sie beharrlich dem tatsächlichen Grund für Hachettes Besuch aus. Sie benahmen sich wie zwei Wölfe, die einen ausgelegten Köder umschlichen; sie waren zwar hungrig, aber zu vorsichtig, um durch einen Angriff das Zuschnappen der Falle zu riskieren.

Der Polizeiminister räusperte sich. »Sie sagen, Ihr Freund ...«

»Ich würde ihn nicht unbedingt meinen Freund nennen. Eher ein Geschäftsfreund. Aber er ist Engländer, auf Besuch in unserem Land. Ich hielt es nicht für angebracht ...«

»Selbstverständlich. Ich verstehe, was Sie meinen. Es ist äußerst peinlich, wenn Ausländer, vor allem Engländer, von unseren Huren geschröpft werden, was?« Der Minister zwinkerte Hachette zu und lächelte. Als Hachette weder lächelte noch zwinkerte, wurde der Minister wieder ernst und richtete sich hinter seinem Schreibtisch auf. Er zog ein Blatt Papier heran und griff nach einer Feder.

Das Papier klebte an seiner schweißfeuchten Hand, und der Minister unterdrückte einen Fluch. »Sie sagen also, dieser Engländer traf die junge Dame in einem Café in der Rue de Rivoli. Er nahm sie mit auf sein Zimmer, wo er, äh ... das vereinbarte Geschäft abwickelte. Danach schlief er ein, und die Dame durchsuchte seine Taschen, so behauptet er zumindest.«

Hachette nickte. »Ja. Sie stahl sein Geld und eine wertvolle goldene Taschenuhr samt Kette.«

»Sie hat ihn in mehrfacher Weise fertiggemacht, was?« Der Minister war nahe daran, laut zu lachen, aber beim Anblick von Hachettes Miene verging es ihm. »Ja, nun ... Es gibt viele Huren in Paris, Monsieur.«

»Aber nicht viele, die so schön sind, mit rotgoldenen Haaren und dunkelblauen Augen.«

Der Minister kaute an seiner Feder. »Rotgoldene Haare ... Trotzdem, Paris ist eine große Stadt. Können Sie mir sonst noch etwas über die Dirne erzählen? Vielleicht ihren Namen?« Er konnte Hachette nicht in die Augen sehen; sein Blick wanderte zum schmutzverklebten Fenster, dessen untere Hälfte von einer mit Akten gefüllten Kiste verstellt wurde.

Hachette beobachtete das Gesicht des Ministers. »Es ist vielleicht bedeutungslos, aber sie ließ sich Gabrielle nennen.«

Jetzt reagierte der Minister, davon war Hachette überzeugt. Er preßte die vollen Lippen aufeinander und blinzelte kurz. Hachette ließ es für den Augenblick genug sein. Der Minister war aufmerksam geworden. Nun wollte Hachette beobachten, wen der Minister informierte. Hachette hatte bereits im Justizministerium einen Mann mit der Überwachung betraut.

Mit gespielter Gleichgültigkeit zuckte der Minister die Achseln. »Nichts weiter? Nur Gabrielle?«

Hachette nickte, ebenfalls gleichgültig.

Der Minister notierte sorgfältig etwas auf seinem mittlerweile feuchten Notizblatt. »Wie Sie richtig sagten, es ist vermutlich bedeutungslos.« Er legte die Feder beiseite und erhob sich langsam. »Nun, Monsieur, wenn Ihnen nichts mehr dazu einfällt? Nein?« Er begleitete Hachette rasch aus dem Zimmer. »Seien Sie versichert, daß meine Leute die Zuhälter in ihrem Bezirk befragen werden. Wir werden nach der rothaarigen Hure Ausschau halten. Und bitte, sagen Sie doch Ihrem ... ich meine diesem Engländer, daß Paris den Vorfall sehr bedauert.«

Hachette hatte seine Verbeugung zum Abschied kaum beendet, als die Tür vor seiner Nase ins Schloß fiel.

Er setzte seinen Dreispitz auf die Perücke und machte mit einem verstohlenen Lächeln auf den Lippen kehrt.

»Verzeihen Sie, Monsieur!«

Der Mann, der mit ihm zusammengestoßen war, trat zur Seite und bedeutete Hachette vorbeizugehen. Hachette sah kurz auf. Der andere sah ihn hinter seinen dicken Brillengläsern aus dunklen vorstehenden Augen an. Ehe Hachette sich höflich abwandte, fiel ihm die häßliche Narbe auf der schmalen, blassen Wange des Mannes auf.

Louvois sah dem eleganten Fremden nach, wie er durch den Korridor davoneilte und um die Ecke verschwand. Danach betrat er, ohne anzuklopfen, das Büro des Ministers.

»Heute abend, bei Sonnenuntergang, soll eine Lieferung kommen«, verkündete er ohne Einleitung.

Er stellte sich vor den an die Wand geklebten Stadtplan von Paris, auf dem die wichtigsten Straßen sowie die Stadtmauer mit den Stadttoren, den sogenannten Barrières, eingezeichnet waren. »Sie kommen vom Süden, durch das Dijon-Tor.« Louvois zeigte auf das Tor auf dem Stadtplan. »Vergewissern Sie sich, daß Ihre Leute diesmal informiert sind. Ich habe die Zollwache bereits in Kenntnis gesetzt.«

Der Minister lief nervös um Louvois herum. »Aber natürlich, selbstverständlich. Seien Sie versichert ...«

Louvois fixierte den Minister mit seinen vorstehenden Augen. »Wir wollen keine irrtümlichen Verhaftungen mehr, so wie im vergangenen Monat, nicht wahr, mein Freund?«

Der Minister rang die Hände. »Nein, nein, Monsieur. Ich werde meine Offiziere informieren. Wir haben einen wichtigen Hinweis bekommen: Heute nacht soll vom Norden ein Schmuggeltransport eintreffen. In Ordnung? Alle Patrouillen werden dann nach Norden umgeleitet.« Er zwang sich zu einem Lachen.

»Übrigens, wer war Ihr erlauchter Besucher?« fragte Louvois mit einer Ungezwungenheit, die sogar den Minister täuschte.

»Mein erlauchter ...? Ach so, mein Besucher.« Ein Lächeln überzog das verschwitzte Gesicht des Ministers. »Die Geschichte wird Ihnen gefallen, Monsieur, wirklich gefallen wird sie Ihnen. Der Mann heißt Abel Hachette ...«

»Ich kenne Abel Hachette, Sie Narr. Das heißt, ich habe von ihm natürlich gehört. Wer in Paris hat das nicht?«

»Selbstverständlich, Monsieur.« Der Minister nickte überschwenglich. »Aber ich wette, was jetzt kommt, wissen Sie nicht. Abel Hachette ist der Mann«, er machte eine dramatische Pause, »der uns zu einer hübschen, flüchtigen Hure namens Gabrielle führen kann.«

»Gabrielle!«

Der kleine Louvois zitterte vor Aufregung. Im ersten Moment befürchtete der Minister, Louvois könnte einen Anfall bekommen. Er wollte ihm zu Hilfe eilen, doch als er den rasenden Zorn in Louvois' Augen bemerkte, wich er zurück.

KAPITEL 6

Der Bauer schlich sich hinter der Milchmagd an und kniff sie ins Hinterteil. Die Magd schrie auf, drehte sich um und schlug ihm den Milcheimer seitlich an den Kopf. Der Bauer blieb wie angewurzelt stehen, dann sackte er zusammen.

Das Publikum lachte und gröhlte, als der Vorhang vor der kleinen Bühne fiel. Er ging sofort wieder hoch, und die Puppen verbeugten sich.

Dominique zupfte Gabrielle am Rock. »Ich habe Durst, Mama.«

»Ich weiß, mein Kleiner«, antwortete Gabrielle und warf einen Sou in den Eimer, den eine Frau in einem ähnlichen Kostüm wie die Milchmagd auf der Bühne herumreichte. »Simon und Monsieur Max holen für uns alle etwas Kühles zum Trinken.«

Gabrielle sah den beiden Männern nach. Der breitschultrige Maximilien de Saint-Just und der zierlichere Simon schoben sich durch die Menge, die sich vor dem Getränkestand drängte, an dem Apfelsaft und Bier verkauft wurden. Max sagte etwas zu Simon, und der ältere Mann lachte so herzlich, daß sich alle Köpfe nach ihnen umdrehten.

Gabrielle runzelte die Stirn. Sie wußte nicht, was sie davon halten sollte, daß der bürgerlich gesinnte Simon Prion plötzlich Geschmack am aristokratisch wirkenden Maximilien de Saint-Just gefunden hatte. Auch Agnes redete ununterbrochen von ihm, und Dominique, mit seinen vier Jahren, betete ihn förmlich an. Ihrer Meinung nach war der Mann zu charmant, als daß man ihm trauen konnte.

Gabrielle sah sich nach Agnes um. Hier auf dem Champ-de-Mars, wie das staubige Feld hieß, auf dem traditionellerweise der Jahrmarkt der Stadt abgehalten wurde, wuchsen nur wenige Bäume. Agnes hatte im Schatten einer solchen Baumgruppe einen

Platz für alle reserviert und rief heftig gestikulierend Gabrielle und den Jungen zu sich.

Gabrielle legte einen Sack mit Äpfeln, Brot und Käse neben Agnes auf den Boden. Als Dominique sich setzte, bemerkte seine Mutter eine verdächtige Ausbuchtung in seiner Hose.

»Was hast du diesmal in deinen Taschen, Dominique?« wollte sie wissen, und es bangte ihr vor der Antwort.

Dominique zeigte es ihr: drei kleine Wachsstatuetten, wie sie an den Verkaufsbuden hier auf dem Jahrmarkt angeboten wurden. Eine Figur stellte den König dar, eine die Königin und die dritte war ein alter Mann mit Brille; der hätte Benjamin Franklin sein können. Gabrielle seufzte und wunderte sich über die jüngste Neigung ihres Sohnes, alles, was ihm gefiel, einfach zu nehmen. »Wo hast du sie denn her?«

»Monsieur Max hat sie für ihn gekauft«, antwortete Agnes für ihn.

»Ach so ...« Gabrielle lächelte erleichtert. Sie nahm ihren Strohhut ab und fächelte sich damit Kühlung zu. Die Geräusche und Gerüche auf dem Jahrmarkt waren Gabrielle zuwider. Die Zuschauer der Stier- und Hundekämpfe grölten, es roch unangenehm nach Karamelpfirsichen, Röstkastanien und saurem Wein, und unter das Kreischen der Pfeifen und Trompeten mischte sich die schrille Stimme eines Jungen, der Lose für eine Lotterie anpries.

Agnes deutete mit dem Kopf in die Richtung, wo Max' dunkler Kopf über der Menschenmenge zu sehen war, die die Bierfässer umstand. »Er verschlingt dich heute mit den Augen, Gabrielle.«

»Um Himmels willen, Agnes!«

»Und du machst es nicht anders.«

»Stimmt nicht!« widersprach Gabrielle verärgert. Sie raffte ihre blauen Baumwollröcke zusammen und hockte sich neben Agnes in das trockene Gras. Dann holte sie ein paar Äpfel aus dem Sack, warf einen Dominique zu und einen in den Schoß der Gefährtin. Sie konnte es jedoch nicht verhindern, daß ihr verräterische Röte in die Wangen stieg. Du lieber Gott, wenn es sogar Agnes auffiel, dann mußte er es bestimmt ...

Agnes biß knackend in den Apfel. »Ich frage mich, Gabrielle, spielst du mir etwas vor, oder spielst du dir selbst etwas vor, oder bist du wirklich so blind und merkst nicht, was los ist. Du hast diesen Mann vor fünf Tagen kennengelernt, und seither hängt er um den Laden herum wie ein herrenloses Hündchen. Der Mann ist in dich vernarrt und kann dich nicht aus den Augen lassen.«

Der Vergleich des arroganten Maximilien de Saint-Just mit einem herrenlosen Hündchen erheiterte Gabrielle. Max kam mit langen Schritten zu den Frauen zurück und balancierte tropfende Krüge mit Bier in seinen Händen. Vielleicht war Agnes selbst ein wenig in den Mann verliebt, dachte Gabrielle, oder die Andeutungen über Max' dunkle Vergangenheit hatten sie einfach neugierig gemacht.

Es hatte begonnen, als sie am Nachmittag gemeinsam zum Jahrmarkt aufgebrochen waren. Simon war mit Dominique am Schluß gegangen, da der Junge langsam wie eine Schildkröte ging und die nervenaufreibende Angewohnheit hatte, alles und jedes, was auf der Straße lag und ihm gefiel, aufzuheben. Gabrielle und Agnes hatten Max in die Mitte genommen und gingen voran. Zwischen Max und Agnes entspann sich bald ein freundschaftliches Geplänkel; Gabrielle wurde mißgelaunt und fühlte sich ausgeschlossen. Vielleicht ist es meine monatliche Laune, dachte sie. Falls es jedoch so war, dann kam diese eine Woche zu früh. Als sie am Pont des Invalides den Fluß überquerten, drängte sich Gabrielle zwischen Max und Agnes und fühlte sich sofort wieder besser.

»Sie sollten mir dankbar dafür sein, daß ich die liebliche Gabrielle in Ihr Leben gebracht habe«, plapperte Agnes.

Gabrielle blieb der Mund offen; vor Staunen wurde sie nicht einmal verlegen. »Was, bitte, hattest du damit zu tun?«

»Ich habe dir dein jämmerliches Leben gerettet, das habe ich damit zu tun. Ohne mich würdest du nicht hier bei Monsieur Simon im Palais Royal sein, das weißt du genau.«

Gabrielle schnaubte verächtlich. »Reine Erfindung!«

»Ich werde Ihnen die Geschichte erzählen«, schlug Agnes Max vor, der sich klugerweise nicht eingemengt hatte. »Es war an einem kalten, regnerischen Wintertag. Damals verdiente ich mir meinen Lebensunterhalt als Straßenkehrerin an der Place Maubert ...«

»Als Straßendirne, meinst du wohl«, warf Max dazwischen und nahm Gabrielle das Wort aus dem Mund.

Jetzt brachte Agnes den Mund vor Staunen nicht zu. »Aber ich habe nicht mit Ihnen geschlafen, oder? Ich würde mich bestimmt daran erinnern. Natürlich hatte ich viele Kunden, aber es gibt Männer, die eine Frau nicht ...« Sie warf Gabrielle einen entsetzten Blick zu. »O mein Gott!«

Max lachte und fuhr Agnes über die kurzen, borstigen Haare. »Ich zählte nicht zu deinen Kunden, aber wenn du deine Vergangenheit im Dunkeln belassen willst, dann solltest du etwas auf dem Kopf tragen und deine Haare darunter verbergen.«

Wenn Verbrechen und Gewalt auf den Straßen von Paris überhand nahmen, griff die Pariser Polizei ein. Die Unzahl von Prostituierten wurde in Gewahrsam genommen (alle jene, deren Zuhälter keine Bestechungsgelder zahlen wollten oder konnten); man schor ihnen die Köpfe kahl und ließ sie zwei Wochen lang die Straßen fegen. Es würde mindestens noch ein weiteres Jahr dauern, bis Agnes' Haare so weit gewachsen waren, daß sie nicht mehr auffielen.

»Ich habe ihr eine Haube gekauft«, erzählte Gabrielle. »Sie will sie nicht tragen.«

Agnes streckte Gabrielle die Zunge heraus. »Damit sehe ich aus wie ein dickes Brötchen. Also wie gesagt, ich arbeitete als Hure, obwohl ich in Wahrheit die Straßen fegte, weil Paul, dieser Hurensohn, mögen ihn alle Teufel der Hölle braten, vergessen hat, die Polizei zu bestechen. Ich fegte auf der Place Maubert den Rinnstein – dort war es vielleicht schmutzig! –, als ich diese arme Seele von einer Frau mit einem kleinen Kind in den Armen sah. Aus ihrer Tasche ragte ihre Geldbörse heraus und bettelte förmlich darum, gestohlen zu werden.«

»Ich war müde.« Gabrielle sprach mehr zu sich selbst. Sie hatte gefroren, war durchnäßt, müde und hungrig gewesen. Außerdem war sie halb wahnsinnig vor Angst, weil Dominique hohes Fieber hatte. Er war damals gerade erst drei Jahre alt gewesen, doch sie mußte ihn tragen, weil er zu krank war, um allein zu gehen. Er war leicht wie eine Feder, und sein heißer Atem an ihrem Ohr ging flach. Sie hatten den ganzen Tag im Freien verbracht; auf dem

Friedhof des Innocents war es kalt und naß gewesen. Gabrielle mußte arbeiten, um ihr Leben zu fristen, und sie mußte den Jungen mitnehmen, da sie es nicht wagte, ihn allein zu lassen. Er war so krank gewesen, und sie hatte schreckliche Angst gehabt, er könnte sterben.

»... und zufällig war auch Monsieur Simon zur selben Zeit auf der Place Maubert«, erzählte Agnes weiter. »Nun, vielleicht war es nicht so ganz zufällig, da er dort immer seine Hühnchen für das Abendessen kauft. Auf alle Fälle war es mein Pech, daß er Gabrielle entdeckte. Er kannte sie von früher, müssen Sie wissen. Sie ist einmal in sein Geschäft gekommen, um ihren Ring zu verpfänden. Er erkannte Gabrielle und schrie, und ich ...«

»Er schrie, weil er gesehen hat, wie du meine Geldbörse gestohlen hast«, warf Gabrielle dazwischen.

»Ich sagte doch, ich sei unschuldig.«

»Du bist davongelaufen wie eine Diebin und hast meine Geldbörse mitgenommen!«

»Aber Monsieur Simon hat mich erwischt«, fuhr Agnes fort, als wäre sie nicht unterbrochen worden. »Er verprügelte mich mit seinem Stock. Dann kam Gabrielle gelaufen. Sie war so schön! Wie ein zorniger Racheengel hat sie ausgesehen. Sie riß Monsieur Simon den Stock aus der Hand und zerbrach ihn an seinem Kopf.«

Max mußte so herzlich lachen, daß die Vorbeigehenden sich nach ihm umdrehten. »Der arme Monsieur Simon«, brachte er endlich heraus, als er wieder zu Atem kam.

»Aber er hätte sie nicht schlagen sollen«, protestierte Gabrielle. »Sie war noch ein halbes Kind.«

»Die Polizei war mit Ihnen einer Meinung, Monsieur Max«, erzählte Agnes gewandt weiter. »Man wollte Gabrielle verhaften, weil sie Monsieur Simon den Kopf blutig geschlagen hatte.«

Max funkelte Gabrielle von der Seite belustigt an. »Lassen Sie mich raten! Simon erbarmte sich und nahm euch beiden armen Geschöpfe mit in seinen Laden, alle drei, besser gesagt. Denn ich nehme an, das Kind war Dominique.«

»Im Grunde wollte er nur Gabrielle und Dominique«, gab Agnes zu. »Aber Gabrielle bestand darauf, daß er mich auch mitnahm.«

»Dann war es aber Gabrielle, die dich gerettet hat, nicht umgekehrt«, stellte Max fest.

Agnes schniefte. »Was wissen denn Sie! Hätte Simon Gabrielle überhaupt bemerkt, wenn ich nicht ihre Geldbörse gestohlen hätte? Beantworten Sie mir das.«

Max wollte etwas sagen und ihr die Unlogik dieses Arguments vor Augen führen, ließ es aber bleiben. Gabrielle wußte, daß er jetzt an die Geschichte dachte, die sie ihm erzählt hatte, daß nämlich Simon der Onkel ihres verstorbenen Mannes sei. Doch Max sah sie nur prüfend an, sagte aber nichts.

Agnes seufzte. »Es ist schön und gut, ein so tugendhaftes Leben zu führen, aber manchmal sehne ich mich nach meinem früheren Leben.«

Gabrielle blies eine Haarsträhne fort, die ihr über das Auge gefallen war, und seufzte wütend. »Du weißt dein Glück nicht zu schätzen, Mädchen. Wenn du so weitergemacht hättest, würdest du jetzt vermutlich den Boden im Kerker fegen.«

»Sie hat recht«, stimmte Max zu. »Ich weiß nicht, wie du als Hure warst, aber als Taschendiebin bist du eine Amateurin.«

Agnes räusperte sich. »Aber ich habe Sie doch bestohlen, nicht wahr?«

»Nur weil ich es zugelassen habe«, antwortete Max. Du warst so langsam und ungeschickt wie ein Zweizehenfaultier.«

»Was wissen denn Sie davon ...« Agnes riß die Augen auf, als Max ihre Geldbörse vor ihren Augen hin und her schwenkte. »Verdammt und zugenäht! Hast du das gesehen, Gabrielle? Er hat mir die Börse aus der Tasche geklaut, und ich habe es nicht bemerkt.«

»Ich weiß. Das ist aber noch immer kein Grund, wie ein Dockarbeiter zu fluchen.«

»Jesus ...« Agnes begann zu zittern und bewegte ihre Finger vor ihren Augen; sie dachte zweifellos an die Place de Grève, wo man Taschendiebe auspeitschte. »Ich habe gewußt, daß ich nicht in Übung bin.«

»Deshalb mußt du aber nicht gleich morgen mit dem Üben beginnen und im Palais Royal die Leute beklauen. Ich werde dir auch bestimmt keinen Unterricht darin geben!« Max schätzte Agnes richtig ein.

Gabrielle warf Max einen verstohlenen Blick zu; diese neue Facette seines Charakters überraschte sie. Das war kein galantes Zauberkunststück gewesen, was er gerade vorgeführt hatte. Er mußte geschickte Finger haben und in Übung sein, um Agnes so zu beeindrucken. Er lächelte zwar draufgängerisch, aber sein Blick wirkte verschlossen. Gabrielle dachte an die Gießformen für die Siegel in seiner Schublade, an die Pistole und an seine gewandte Art, sich lautlos zu bewegen. Percival Bonvilles Ausspruch fiel ihr ein: *Er spielt ein gefährliches, ruchloses Spiel ...*

»Hier hast du einen Becher gutes französisches Bier gegen deinen Durst, Dominique.« Simon reichte dem Jungen einen Holzbecher mit dünnem Bier, den der Junge gierig austrank.

Gabrielle fühlte sich von Agnes beobachtet und gab sich daher unbekümmert, als Max ihr einen Krug Bier in die Hand drückte. Da es heiß war, trug Max keine Jacke, und als er sich neben Gabrielle im Gras ausstreckte, streifte sein seidener Hemdärmel ihren bloßen Arm. Gabrielle lief ein Schauer über den Rücken, und sie redete sich ein, das sei auf das kalte Getränk zurückzuführen.

Agnes grinste wissend, während sie das mitgebrachte Essen auspackte.

»Beim kopflosen Geist von Sir Thomas More«, rief Agnes, »wir haben das Messer für den Käse vergessen.«

Max winkelte ein Bein an und zog einen schmalen italienischen Dolch aus dem hohen schwarzen Stiefel. Er hielt der erstaunten Agnes den Dolch mit dem Griff voran hin. »Da-danke«, stammelte sie.

Gabrielle war ebenfalls überrascht und vergaß, Agnes zu tadeln, weil sie wieder geflucht hatte. Aber Simon fand nichts Besonderes daran, daß ein Mann mit einem mörderisch aussehenden Dolch im Stiefel durch Paris spazierte. Sogar Dominique gab sich unbeeindruckt.

Gabrielle und Agnes tauschten Blicke, und Gabrielle zuckte die Achseln. Ob sie je die Männer begreifen würde?

Agnes reichte Simon ein Stück Brot mit Käse. Dabei beugte sie sich vor und zog aus der Tasche von Simons bunt gestreifter Weste ein Flugblatt. »Was haben Sie denn hier, Monsieur Simon? Wieder ein paar unanständige Bilder?«

»Das ist eine Druckschrift über die jüngsten Ausschweifungen der Österreicherin«, erklärte Simon und drückte sich mit Rücksicht auf die Anwesenden dezenter als üblich aus. Simon war überzeugter Republikaner, und Geschichten, die Königin Marie Antoinettes Namen beschmutzten, verstärkten seine Abneigung gegen die Monarchie.

»Angeblich schläft sie auf schwarzen Satinlaken, und in Trianon hat sie ein Zimmer, das mit Diamanten bestückt ist. Diamanten! Aber auf den Straßen von Paris verhungern die Kinder, und überall im Land erfrieren sie in den Bauernkaten.« Simon überging die Tatsache, daß das Land derzeit unter einer Hitzewelle stöhnte.

Da Agnes nicht lesen konnte, reichte sie das Flugblatt Max.

Gabrielle beugte sich über seine Schulter, um es zu lesen. Es war in groben Druckbuchstaben, in fünf verschiedenen Schrifttypen gesetzt. »Angeblich beleuchtet sie ihr Schlafzimmer jeden Tag mit zweitausend Kerzen.«

»Man sollte meinen, der ganze verdammte Palastkasten würde dabei in Flammen aufgehen«, kommentierte Max das Flugblatt, und Gabrielle lachte leise. Ihr Atem strich über sein Ohr.

Max zuckte zusammen und rückte ein wenig von ihr ab.

Gabrielle betrachtete ihn von der Seite. An seiner Backe zuckte ein Muskel, und Schweiß rann ihm über die Stirn, doch seine gesenkten Lider verdeckten seine Augen. Plötzlich kühn geworden, lehnte sich Gabrielle weiter vor und faßte ihn um die Taille, um sich abzustützen; er zuckte zusammen.

»Was steht noch da?« fragte Agnes neugierig.

Gabrielle versuchte das Flugblatt zu lesen, aber obwohl kein Lüftchen wehte, zitterte das Papier in Max' Hand so heftig, daß Gabrielle kein Wort entziffern konnte. Sie legte ihre Hand unter die von Max, damit er stillhielt. Dabei streifte eine ihrer Haarlocken seine Wange. Max stöhnte leise.

»Da steht ... du lieber Gott!« Gabrielle stieß einen Schrei aus, als sie die Bedeutung der Druckschrift erfaßte. Die Königin hatte angeblich die schöne Comtesse de Polignac zu ihrer lesbischen Geliebten gemacht.

»Glauben Sie, daß das wahr ist?« fragte sie Max. Sie überlegte, ob Max, als Sohn des Grafen von Saint-Just, je bei Hof gewesen und der Königin begegnet war. Als sie sich umdrehte, um Max zu fragen, berührte sie mit ihrem Oberkörper Max an der Schulter. Beide hielten den Atem an.

Max murmelte etwas vor sich hin und rückte von ihr ab. »Ich bezweifle es«, beantwortete er ihre Frage mit unsicherer Stimme und wischte sich mit den Rüschen an seiner Ärmelmanschette den Schweiß von der Stirn. »Marie Antoinette mag oberflächlich und frivol sein. Wahrscheinlich ist sie auch sehr einsam. Aber ich glaube nicht, daß sie solche Neigungen hat.«

Agnes konnte ihre Neugierde kaum bezähmen. »Ob was wahr ist? Du lieber Gott, was hat das böse Ding jetzt wieder angestellt?«

»Ich erzähle es dir später«, vertröstete Simon sie und blickte bedeutungsvoll auf Dominique. Der Junge war zwar in sein Spiel mit den Wachsfiguren vertieft, aber alle wußten aus Erfahrung, daß er alles mitbekam, was rund um ihn geschah oder gesprochen wurde.

Gabrielle war still geworden. Die Berührung mit Max hatte Gabrielle maßlos erregt. Ihre Blicke begegneten sich. Max atmete heftig, und sein Körper war gespannt vor Erregung.

Gabrielle senkte die Lider. Sie war selbst überrascht über ihre ungezügelte Begierde.

Agnes hatte die Röcke über die Knöchel hochgerafft und spazierte mit Dominique zum Fluß hinunter, wo man ein Uferstück zum Baden abgezäunt hatte. Simon war bald nach dem Essen gegangen, unter dem Vorwand, daß er in seinem Stammcafé zu einer Schachpartie verabredet sei.

Gabrielle und Max blieben allein.

Sie waren darauf bedacht gewesen, auch zufällige Berührungen zu vermeiden. Aber durch Max' Nähe waren Gabrielles Nerven den ganzen Nachmittag zum Zerreißen gespannt gewesen.

Sie saß gegen einen Baum gelehnt, die Knie ans Kinn gezogen, und blickte über die Wiese hinunter zum Flußufer. Max lag auf einen Arm gestützt auf dem Boden. Die Stille baute eine intime Spannung auf, so daß Gabrielle sich gezwungen fühlte, etwas zu sagen.

»Wie sind Sie ein so geschickter Taschendieb geworden? Wo haben Sie das gelernt?«

Max setzte sich auf und rückte näher. Gabrielle wußte nicht, ob er es mit Absicht getan hatte und ob er versuchen würde, sie zu küssen, falls sie ihn diesmal ließe.

»Dort, wo es Agnes auch gelernt hat«, beantwortete er ihre Frage. »Auf der Straße. Um genau zu sein, auf den Straßen von Saint-Antoine.« Der Vorort Saint-Antoine war ein Arbeiterviertel mit überfüllten Mietshäusern und rauchenden Metallgießereien.

Auch in Gabrielles Leben hatte es eine Zeit gegeben, in der sie sich, um zu überleben, als Taschendiebin durch das Leben geschlagen hätte, wenn sie dazu geschickt genug gewesen wäre. Aber ihr Leben war nicht immer so hart gewesen und hatte sich durch viele Jahre nicht wesentlich von dem anderer Söhne und Töchter aus guten Familien unterschieden. In einer solchen Umgebung lernte man nicht, wie man anderen Leuten ihr Eigentum aus den Taschen stiehlt.

»Für den Sohn eines berühmten französischen Marschalls und Grafen haben Sie eine seltsame Erziehung genossen.« Gabrielle war auf seine Antwort neugierig.

»Und welche Erziehung haben Sie genossen, Gabrielle?« Er hob mit einem Finger ihr Kinn hoch und zwang Gabrielle, ihn anzusehen. »Ich nehme Ihnen nicht ab, daß Sie eine gewöhnliche Verkäuferin sind, wie Sie behaupten. Ich glaube, es gab einmal eine Zeit, da Sie seidene Kleider und Juwelen getragen und im Licht strahlender Leuchter Menuett getanzt haben. Wer sind Sie, Gabrielle?«

Hätte sie jetzt sprechen können, sie hätte ihm die Wahrheit gesagt. Aber als sie seinen Mund ansah und seine Lippen sich leicht öffneten, streckte sie die Hand aus und zog mit den Fingern die Konturen seines Mundes nach.

Was sie hatte sagen wollen, war vergessen.

Max zog sie an sich und küßte sie, wild und sanft zugleich, drängend und verweilend. Mit seinem Kuß drückte er ihr seinen Stempel auf, sie war sein Eigentum. Sein Feuer griff auf Gabrielle über; hingebungsvoll schmiegte sie sich an ihn. Sie legte ihre Arme um seinen Hals, streichelte seinen Nacken und seinen muskulösen Rücken und drückte ihre Brust an ihn, daß sich die Welt rund um sie zu drehen begann.

Max verkrallte seine Finger in ihren Schultern; dann schob er sie mit einem heiseren Stöhnen von sich.

Er sprang auf und ging mit langen Schritten hinunter zum Fluß, wo Agnes und der Junge durch das Wasser wateten.

Im Westen waren Gewitterwolken aufgezogen, und es wurde früh dunkel.

Um den Rummelplatz hatte man zwischen Pfählen Ketten mit Lampions gespannt. Je dunkler es wurde, desto heller leuchteten die Lampions, und Musik und Lachen tönten weit über den Platz.

Sie verließen den Jahrmarkt auf dem Champ-de-Mars und gingen am Flußufer entlang Richtung Osten, ins Zentrum der Stadt. Max trug Dominique auf den Schultern und schritt voran. Der Junge stellte ihm endlose Fragen, die Max geduldig zu beantworten suchte. In der Ferne zuckte ein Blitz, und nach langer Pause grollte der Donner. Das Gewitter war noch weit entfernt.

Agnes schob ihren Arm unter Gabrielles. »Wenn du uns verläßt, Gabrielle, dann geh nicht zu weit fort. Simon und ich, wir brauchen dich.«

Agnes sprach damit einen seltsamen Gedanken aus. Er stimmte Gabrielle schwermütig, denn sie war glücklich im Pfandleihladen im Palais Royal, und das Leben hatte sie gelehrt, daß das Glück ein flüchtiger Gast war. Aber, so Gott will, vielleicht auch das Leid.

»Wohin sollte ich gehen?« Gabrielle bemühte sich, heiter zu klingen und ihre traurigen Gedanken zu verscheuchen.

Max ging vor den beiden Frauen; seine Gestalt wurde in der rasch einbrechenden Dunkelheit immer schattenhafter. Mit dem Jungen auf seinen Schultern wirkte er übergroß und mißgestaltet. Agnes deutete mit dem Kopf auf ihn. »Zu ihm«, beantwortete sie Gabrielles Frage.

Gabrielle schwieg. Ich werde zu ihm gehen, wenn er mich darum bittet. Plötzlich glaubte sie, die Lösung zu einem komplizierten Rätsel gefunden zu haben. Die Lösung schien ihr so klar und selbstverständlich, daß sie sich wunderte, warum sie nicht früher darauf gekommen war. Es war ganz einfach. Sehr, sehr einfach. Ich liebe ihn, und wenn er mich darum bittet, gehe ich mit ihm. Und ich werde bei ihm bleiben.

In der Nähe flackerte das helle Lagerfeuer eines Zigeunerlagers. Dem Gewitter ging ein sanfter Wind voraus, der vom Fluß her den Duft nach Knoblauch und Würsten herauftrug, die die Zigeuner über dem Feuer brieten. Leise erklang das melancholische Lied einer Violine.

Zwei Zigeuner tanzten um das Feuer. Agnes und Gabrielle blieben stehen und sahen zu.

Die Frau hatte lange Haare; die dicken Flechten reichten fast bis zu ihren Knöcheln. Sie bog den Rücken, warf die Arme in die Luft und stampfte mit den Füßen im Takt zu der sinnlichen Musik. Ihr schmerzlicher Gesichtsausdruck sprach von quälendem Kummer, von verlorener Liebe und gebrochenen Herzen. Der junge Mann, der mit ihr tanzte, umwarb sie mit seinem biegsamen, schlanken Körper, der Leidenschaft und Verlangen ausstrahlte. Er war der Herzensbrecher.

Eine Korbflasche mit Wein ging von Hand zu Hand. Jemand warf ein Stück Holz ins Feuer; die Flammen loderten auf und erhellten den Umkreis des Feuers. Gabrielle bemerkte Max auf der anderen Seite der Tanzenden; er unterhielt sich mit einem Zigeuner, nach seinen prächtigen Kleidern zu schließen, dem Anführer der Gruppe. Er hatte ein strahlendes Lächeln, und an einem Ohr baumelte ein goldener Ohrring. Dominique war nirgends zu sehen.

Gabrielle bahnte sich einen Weg durch die Leute. Sie lief nicht, aber sie war besorgt. Max würde ihren Sohn nicht verlieren.

Als sie an der Stelle ankam, an der sie Max gesehen hatte, war Max verschwunden.

Rund um das Feuer standen viele fremdartige Menschen mit dunklen Gesichtern und schwarzen Haaren. Gabrielle sah sich suchend unter ihnen um. Die Musik war schneller geworden; die Tänzer bewegten sich rascher. Die Frau warf den Kopf zurück und begann zu singen. Das Lied sprach von Einsamkeit. Ein plötzlicher Donnerschlag ließ alle aufschrecken.

Gabrielle verließ den Kreis der Menschen um das Feuer und suchte zwischen den Wagen der Zigeuner weiter. In den eigens dazu angebrachten Halterungen an den Ecken der Wagen steckten Fakkeln, und ihr flackerndes Licht warf seltsame Schatten, die ihren eigenen Tanz vollführten. Musik und Lachen klangen hier gedämpfter. Der sachte Wind hatte sich gelegt, brütende Hitze lag über dem Lager.

Ein Blitz zuckte über den Himmel und beleuchtete für einen Augenblick das ganze Lager. Niemand war zu sehen; die Zigeuner standen alle am Feuer.

»Dominique!« rief Gabrielle.

»Mama?«

Im ersten Moment konnte Gabrielle nicht sagen, woher die Stimme gekommen war. Ein Windstoß ließ die Fackeln aufflammen, und Gabrielle bemerkte unter einem der Wagen einen hellen Schimmer. Dominiques Haare.

Sie bückte sich und zog den Jungen am Kragen hervor. Sie hatte schreckliche Angst gehabt und war so erleichtert, ihn gefunden zu haben, daß sie zornig wurde.

Sie schüttelte den Jungen grob. »Wie kannst du dich einfach so davonstehlen!«

»Ich habe mich nicht ...«

»Wo ist Monsieur Max?«

Dominique befreite sich aus ihrem Griff. »Weiß nicht«, antwortete er trotzig und stampfte mit dem Fuß auf den staubigen Boden.

Ein kleines Mädchen mit riesigen braunen Augen kroch unter dem Wagen hervor. Sie sah Gabrielle ernsthaft an. Es war ein hübsches Kind, mit dunkler Haut, und ihre Kleider waren aus teurem, goldbesticktem Satin. An ihrem dünnen braunen Arm trug sie vier schwere Goldreifen, und in der Hand hielt sie eine Wachsfigur von Marie Antoinette.

»Das ist meine neue Freundin, Mama«, verkündete Dominique. »Sie heißt Lia. Ich habe ihr etwas geschenkt, und sie hat mir das dafür gegeben.« Dabei streckte er Gabrielle seinen Arm entgegen, an dem ein schweres Goldarmband hing.

Gabrielle betrachtete es bestürzt. Das Armband war viel mehr wert als die kleine Wachsstatue, aber das Mädchen war noch zu jung, um den materiellen Wert der Dinge richtig einschätzen zu können. Dennoch konnte Gabrielle es nicht zulassen, daß Dominique das Geschenk annahm. Sie hatte einmal gehört, daß die Mitgift eines Zigeunermädchens in seinem Schmuck bestand. Das Mädchen war zwar kaum älter als fünf oder sechs Jahre, aber schon in wenigen Jahren würde es im heiratsfähigen Alter sein, denn Zigeunerkinder heirateten jung.

Gabrielle kniete neben Dominique nieder und sah ihn ernst an. »Dominique, mein Kleiner, es war sehr lieb von dir, daß du deiner Freundin etwas geschenkt hast, aber ...«

»Ich gebe es nicht zurück«, verkündete der Junge entschlossen und preßte den Arm mit dem Armband fest an die Brust. »Lia will nicht, daß ich es zurückgebe.«

Gabrielle seufzte und schloß ihren Sohn in die Arme. Dann legte sie ihm die Hand auf den Kopf und spürte statt der seidigen Haare klebrigen Sand unter ihrer Hand. »Du lieber Himmel, Kind! Wo bist du gewesen?«

Sie schnupperte an ihren Fingern, schleckte sie ab und kostete ... Salz.

Gabrielle stand auf und besah sich den Zigeunerwagen näher. Es war zwar sehr dunkel, da die Gewitterwolken den Mond verdeckten, aber im Licht der Fackel konnte sie unter dem Wagen eine weiße Staubschicht auf dem dunklen Boden erkennen.

»Ist das dein Wagen?« fragte Gabrielle das kleine Mädchen. »Wohnst du hier?«

»Nein, Madame«, antwortete Lia ernst. »In diesem Wagen wohnen die Schweine.« Es roch hier tatsächlich nach Stall.

Der Wagen war aus Holz und sah aus wie eine kleine Hütte auf Rädern. An der Rückseite war eine Tür, die mit einem Schnappriegel verschlossen war. Bevor Gabrielle die Tür öffnete, fragte sie das kleine Mädchen: »Darf ich die Schweine sehen, Lia?«

Lia strahlte. »Natürlich, Madame! Es ist ein Mutterschwein mit drei Ferkeln. Wir hatten noch ein anderes Schwein, aber das haben wir gegessen.« Beflissen öffnete die Kleine für Gabrielle die Tür.

Die Sau lag auf der Seite im Stroh, und die jungen Schweinchen saugten an ihren Zitzen. Der Wagen war zwar ziemlich groß, doch abgesehen von den Schweinen leer. Auf dem Boden lag eine dicke Schicht Stroh, doch für seine äußere Größe wirkte der Wagen von innen viel zu niedrig.

Gabrielle schob das Stroh zur Seite. Auf den geworfenen Bodenbrettern lag weißer, körniger Staub.

Salzschmuggler.

Die Zigeuner schmuggelten Salz.

Jede Familie in Frankreich mußte pro Jahr eine bestimmte Menge Salz zu staatlich vorgeschriebenen Preisen kaufen. Die *Gabelle*, die sogenannte Salzsteuer, war die am meisten gehaßte Steuer im Land. Geschmuggeltes Salz zu verwenden und den König um die *Gabelle* zu betrügen, war für die Pariser zur Ehrensache und der Salzschmuggel damit zu einem einträglichen, ehrenwerten Geschäft geworden. Ein Heer von Polizisten und Zöllnern war aufgeboten worden, um den Salzschmuggel zu unterbinden. Wurde jemand beim Schmuggeln erwischt, drohte als Strafe sofortiges Erhängen.

Gehörte Max zu der Schmugglerbande? Gabrielle fiel sofort wieder ein, wie sie ihn soeben im Gespräch mit dem Anführer der Zigeuner gesehen hatte. *Spiele*, dachte sie, *gefährliche, ruchlose Spiele …*

»Haben Sie genug gesehen, Gabrielle?«

Gabrielle wandte sich langsam um. Max stand im Licht der Fackel, einen Schritt hinter ihm der Zigeuner mit dem goldenen Ohrring. Max blieb unmittelbar vor ihr stehen, die Beine leicht gespreizt, die Finger in den Taschenrand seiner Hose gehakt. Der Zigeuner hielt eine Muskete im Arm.

»Papa!« zwitscherte das kleine Mädchen fröhlich und lief dem Zigeuner entgegen. Doch als es das zornige Gesicht seines Vaters sah, blieb es stehen und steckte einen Finger in den Mund.

Dominiques Blick wanderte zwischen seiner Mutter und dem

großen Mann mit der ernsten Miene und der sanften Stimme hin und her; ausnahmsweise sagte der Junge diesmal kein Wort.

»Ich habe Sie gefragt, Gabrielle, ob Sie genug gesehen haben«, wiederholte Max gefährlich leise.

Gabrielle warf den Kopf hoch und sah ihn herausfordernd an.

Der Zigeuner trat näher. »Sie hat zu viel gesehen.«

Max streckte die Hand aus und hielt den Zigeuner zurück. »Es ist in Ordnung, Bruder. Du kannst sicher sein, daß sie schweigen wird.« Hinter Max bewegte sich etwas, und Agnes tauchte neben ihm aus der Dunkelheit auf. »Geh mit Dominique zum Fluß hinunter und warte dort«, befahl er ihr.

»Monsieur Max, Sie werden doch nicht ...«

Max sagte etwas zu Agnes, das Gabrielle nicht verstand, aber Agnes gab sich zufrieden und nahm Dominique in die Arme. »Du kommst auch mit«, forderte sie Lia auf und hielt ihr die Hand hin.

»Wir werden unser Geschäft später zu Ende bringen, Prado«, wandte sich Max an seinen Begleiter, der Gabrielle einen letzten haßerfüllten Blick zuwarf, bevor er in der Dunkelheit der Nacht verschwand.

Gabrielle wunderte sich, warum sie nichts unternahm, warum sie einfach dastand, als hätten ihre Füße im Boden Wurzeln geschlagen, und darauf wartete, daß Max zu ihr kam. Sie dachte an den Dolch in seinem Stiefel und an die Kraft seiner Hände. Wie wollte er für ihr Stillschweigen garantieren? Wollte er ihr die Kehle durchschneiden oder sie erwürgen?

Max kam näher –

Gabrielle trat zurück. »Was spielt es für eine Rolle, ob ich von dem Schmuggelgeschäft weiß?« fragte sie mit zittriger Stimme. »Glauben Sie, mich interessiert es, ob Sie einen Weg gefunden haben, die *Gabelle* zu umgehen? Es war pure Neugierde ...«

»Sie sind überhaupt sehr neugierig, nicht wahr, Gabrielle?«

Er machte zwei Schritte und stand vor ihr, aber sie war zu schnell für ihn. Blitzartig drehte sie sich um, huschte hinter den Wagen und wollte zurück zum Champ-de-Mars laufen, wo es hell war und die Menschenmenge Sicherheit bot.

Gabrielle stolperte im Dunkeln über eine Baumwurzel und fiel der Länge nach hin. Nach Atem ringend stand sie auf, aber Max beugte sich bereits über sie. Er packte sie an den Schultern, drehte sie um und schob sie mit dem Rücken gegen einen Baumstamm. Er legte ihr die Hände um den Hals …

Max hatte nie die Absicht gehabt, ihr weh zu tun, er wollte nur Antworten von ihr bekommen. Daß sie vor ihm davonlaufen würde, hatte er nicht erwartet. Doch als sie es tat, ging sein Temperament mit ihm durch. Er hatte ihre Spielchen satt. Entweder sie sagte ihm, wer sie war und warum sie ihm nachspionierte, oder, Gott bewahre ihn, er würde sie …

Sie fiel hin, und er zog sie hoch und war mittlerweile so wütend geworden, daß er ihr, wenn nötig, die Wahrheit aus dem Leib geschüttelt hätte. Doch just in diesem Augenblick schob sich der Mond hinter den Wolken hervor, und in seinem Licht sah Max ihr bezauberndes Gesicht vor sich, ihre unergründlichen Augen und ihren verlockenden Mund …

Er dachte nur an eines, und die Wahrheit über ihre Herkunft war ihm plötzlich gleichgültig geworden. Er neigte den Kopf und legte ihr die Hände um den Hals, um sie näher an sich zu ziehen.

Gabrielle schlug ihm die geballte Faust ins Gesicht und traf ihn am Backenknochen. Ein stechender Schmerz fuhr Max durch den Kopf. Sie schlug ein zweites Mal zu, und diesmal traf sie ihn mit solcher Wucht am Hals, daß es ihn würgte. Sie schien so viele Arme zu haben wie ein Riesentintenfisch. Kaum daß Max einen Arm zu fassen bekam, schlug Gabrielle mit der anderen Hand erneut zu. Für eine Frau hatte sie einen verdammt kräftigen Schlag.

»Zum Teufel, Gabrielle, ich habe doch nicht die Absicht, Sie …!« schimpfte er, und sie trat nach ihm.

Schließlich gelang es ihm, ihr beide Arme hinter dem Rücken festzuhalten und sie gegen den Baum zu drücken. Ihre schlanken Handgelenke umfaßte er mühelos mit einer Hand, und da er sein Becken gegen sie stemmte, konnte sie auch mit den Füßen keinen Schaden mehr anrichten.

»Warum sind Sie fortgelaufen? Ich wollte Ihnen doch nichts tun.«

»Lügner!« fauchte sie.

Ihr Brusttuch war verrutscht, und die kurzen Ärmel ihres Kleides waren über ihre Schultern geglitten. Sie atmete heftig, und ihre Brüste unter dem dünnen Baumwollstoff ihres Kleides hoben und senkten sich bei jedem Atemzug.

Max lehnte sich an sie und bemerkte das leidenschaftliche Funkeln in ihren Augen. Sie öffnete den Mund ... und er küßte sie.

Max ließ ihre Handgelenke los und nahm ihren Kopf in seine Hände. Ihre Haare schimmerten im blassen Licht des Mondes wie ein feuriger Wasserfall. Max wühlte in ihren Locken und bog ihren Kopf zurück; Gabrielle ergab sich voll Leidenschaft seinen Liebkosungen.

Sie zitterte unter seinen heißen Küssen. Unter leisem Stöhnen tastete sie mit suchenden Händen besitzergreifend über seinen Leib ...

Max küßte sie auf den Hals und fand eine Stelle seitlich unter ihrem Kinn, die Gabrielle besonders zu gefallen schien. Unter der zarten Haut raste ihr Puls, und Max verweilte an dieser Stelle. Ihr heißer Atem blies ihm in sein Ohr. Sie duftete nach Salz und Äpfeln – und nach Sinnlichkeit.

Max schob die Ärmel ihres Kleides weiter über die Arme hinunter und zerrte ein wenig zu derb an dem engen Oberteil, so daß es zerriß und ihre Brüste entblößte. Gabrielle hatte kleine, aber feste Brüste, die rund in seinen Händen lagen, und Max liebkoste sie spielerisch. Gabrielle flüsterte stöhnend seinen Namen.

Er schob ihre Röcke hoch, griff unter ihr Hemd und tastete über die nackte Haut oberhalb ihrer Strümpfe. Sie war zart und weich, unglaublich weich. Er streichelte über ihre Schenkel und die Rundung ihres Gesäßes, ließ seine Hände über ihre Hüften gleiten und vergrub die Finger im Gelock ihrer Schamhaare. Gabrielle schmiegte ihren Körper an seinen und küßte Max auf Gesicht und Hals, bis sein suchender Mund ihre Lippen fand.

Max faßte nach Gabrielles tastender Hand. »Gabrielle, ich begehre Sie! Spüren Sie, wie sehr?« stöhnte er zwischen zusammengepreßten Zähnen; er war nahe daran, die Kontrolle über sich zu verlieren.

Max war mit den Knöpfen an seiner Hose beschäftigt und hatte nicht bemerkt, daß Gabrielle sich mit den Händen gegen seine Brust stemmte. Als sie ihn schließlich fortstieß, stolperte er zurück und ließ sie los.

Gabrielle versetzte ihm eine kräftige Ohrfeige. »Verdammt noch mal, Max. Wenn Sie mit mir schlafen wollen, dann tun Sie es richtig. Nicht an einen Baum gelehnt, wie mit einer billigen ... mit einer billigen Hure!«

Benommen und nach Atem ringend starrte Max sie an. Seine Wange brannte, wo ihn ihr Schlag getroffen hatte. *Wenn Sie mit mir schlafen wollen, dann tun Sie es richtig ...*

Max lachte und schüttelte den Kopf, um wieder klar denken zu können. Was war sie doch für eine unglaubliche Frau! So etwas gab es nur einmal auf der Welt.

»Gabrielle ...« Er streckte die Hand nach ihr aus.

Sie schob seine Hand fort. »Nein, Max. Es reicht mir. Sie reichen mir.« Gabrielle war außer Atem, und ihre Worte kamen stockend. Sie rang nach Luft, und ihre entblößte Brust hob und senkte sich unter ihren krampfhaften Atemstößen. »Zuerst wollen Sie mich erwürgen ...«

»Ich wollte Sie nicht erwürgen, obwohl ich in Situationen wie dieser hier manchmal versucht war, es zu tun. Ich war nur ...«

»Seit ich Sie kenne, wollen Sie nichts anderes als mich verführen.«

»Falls ich das tatsächlich getan habe, dann war das einzig und allein Ihre Schuld.« Sein Kopf war wieder klar, und sein Herz schlug ruhig, aber sein Verlangen nach ihr war ungeschmälert. »Sie sind so verdammt begehrenswert. Sie wissen ja gar nicht, was Sie mit mir angestellt haben.«

Gabrielle versuchte, ihre Kleider in Ordnung zu bringen, aber ihre Hände zitterten. Sie preßte die Lippen aufeinander, weil sie ihre Gefühle nicht zeigen wollte, doch Max konnte nicht sagen, ob sie ein Lächeln oder ihren Ärger verbarg.

Er wollte sich mit seinem spitzbübischen Lächeln entschuldigen und war erstaunt, weil sie ihm nicht sofort verzieh. Plötzlich hatte er Angst, sie könnte ihm womöglich nie verzeihen. Der Gedanke erschreckte ihn, doch nicht nur, weil dann sein verzehrendes Begehren ungestillt bleiben würde. Nein, das war es nicht allein. Körperliches Begehren konnte er im Handumdrehen in den Armen einer anderen Frau befriedigen. Das wäre nicht das erste Mal gewesen; es hatte immer eine andere Frau gegeben, im Zimmer nebenan, in der nächsten Straße, in der nächsten Stadt. Aber diesmal war es anders. Diesmal konnte er sich nicht umdrehen und fortgehen. Es war eine schmerzliche Erkenntnis für ihn, daß es nur eine Gabrielle gab und daß sich auch in Zukunft für ihn nichts daran ändern würde.

Verzweifelte Situationen verlangen verzweifelte Maßnahmen, dachte er und warf sich vor Gabrielle auf die Knie.

»Madonna, Madonna, vergib mir«, flehte er schmachtend und faltete die Hände vor seiner Brust.

Sein Kniefall wurde belohnt. Gabrielle lachte unbekümmert und fröhlich, preßte aber gleich die Hände auf den Mund und sah sich unsicher um.

Dann funkelte sie Max belustigt an. »Stehen Sie auf, Max! Was ist, wenn jemand Sie sieht! Sie machen sich ja zum Narren!«

Max stand auf und streckte ihr die Hand hin.

Sie nahm sie nicht; nicht sofort.

Nicht bevor er ihr nicht versprochen hatte, daß er für den Rest des Abends nur ihre Hand berühren würde, sonst nichts.

Aber morgen ... Für den morgigen Tag machte er keine Versprechungen.

KAPITEL 7

»Sie sehen also, Monsieur, wir dürfen keine Zeit verlieren und müssen diese rotblonde Hure finden, die sich Gabrielle nennt. Falls es sich um dieselbe Frau handelt und sie ein Kind hat ...«

Der Mann verstummte. Abwartend vorgebeugt saß er in einem samtbezogenen Lehnstuhl, die Hände auf den Knien seiner groben schwarzen Hose. Das Licht der vielen Kerzen in den Leuchtern der Bibliothek spiegelte sich in seinen Brillengläsern. Sein schweißbedecktes Gesicht glänzte, die purpurrote Narbe auf seiner Wange sah wie eine frische Wunde aus.

»Im Vertrauen gesagt«, fuhr der Mann fort, »der Herzog befindet sich nicht wohl. Er hat den verzweifelten Wunsch, sein einziges Enkelkind wiederzufinden, seinen Erben. Sind Sie also ganz sicher ...?«

»Vollkommen sicher. Ich habe keine Ahnung, wo wir die Frau finden können«, log Abel Hachette.

Hachette saß hinter seinem Schreibtisch. In seinem Anzug aus königsblauem Satin sah er besonders vornehm aus. Er hielt die Augenlider gesenkt und spielte mit seinem Lorgnon, während er den Advokaten Louvois beobachtete. Den Trick, die Augen zu verbergen und seine Gedanken nicht preiszugeben, hatte Hachette von seinem schwarzen Engel gelernt, der ihn oft genug mit großem Erfolg angewandt hatte.

Hachette wollte sich seine Überraschung darüber nicht anmerken lassen, daß seine Vorsprache beim Polizeiminister einen Besuch dieses Mannes namens Louvois zur Folge hatte, der sich als Prokurator des Herzogs von Nevers ausgab.

Aber obwohl der Anwalt behauptete, Verbindungen in höchste Kreise zu haben, war er ganz offensichtlich von niedriger Geburt und tat zu Hachettes Entrüstung wenig dazu, diese Tatsache zu verbergen. Statt einer gepuderten Perücke hingen ihm die struppigen Haare offen auf die Schultern. Sein einfacher Anzug war aus grober schwarzer Wolle, und seine Schuhe waren abgenutzt und an den Fersen abgetreten. Hachette trug nachts im Bett Handschuhe aus Hühnerhaut, damit seine Hände weiß und weich blieben, und Louvois' abgebissene Fingernägel entsetzten ihn. Was die entstellende Narbe in Louvois' Gesicht anging, so konnte Hachette seinen Ekel kaum unterdrücken.

Louvois räusperte sich ungeduldig. »Vielleicht könnten Sie mit diesem Engländer sprechen ...«

»Völlig ausgeschlossen. Der Mann ist nach England zurückgekehrt«, schmückte Hachette seine Lüge weiter aus. Bevor er die Frau diesem Anwalt Louvois auslieferte, wollte er über die näheren Umstände genau informiert sein. Eine geldgierige Verführerin, ein rebellischer Sohn, ein verlorener Erbe – die Geschichte des Anwalts war zu absurd, um noch glaubwürdig zu klingen. Dann war da noch etwas ... Das Funkeln in den hervorquellenden Augen des Mannes ließ Hachette vermuten, daß Louvois noch andere Gründe hatte, um die Frau und ihr Kind zu finden; er wollte nicht nur seinem Herrn, dem Herzog, eine Freude machen.

Hachette hatte einen Entschluß gefaßt. Er beendete die Unterhaltung und stand auf. »Sie müssen Nevers sagen, daß ich Nachforschungen veranlaßt habe. Falls die Frau tatsächlich existiert, werde ich sie für ihn finden. Das Kind natürlich auch«, fügte er lächelnd hinzu.

Louvois rutschte auf seinem Stuhl nach vorn. »Ich bin sicher, Seine Durchlaucht, der Herzog, wird von ... nun, sagen wir, von Dankbarkeit überwältigt sein, falls es Ihnen gelingt, ihm seinen Enkelsohn zurückzubringen, Monsieur Hachette.« Louvois blickte sein Gegenüber durchdringend an.

Das wollen wir hoffen, dachte Hachette. Er lächelte immer noch, sagte aber nichts. Der Herzog von Nevers war einer der mächtigsten Männer im Land, und es konnte nicht schaden, sich einen solchen Mann zu verpflichten. Andererseits konnte es empfindliche Nachteile bringen, hatte man sich einmal einen solchen Mann zum Feind gemacht. Der Mann besaß vom König unterzeichnete Haftbefehle, auf denen nur der Name eines Beschuldigten eingesetzt werden mußte, um eine Verhaftung zu veranlassen. Der Herzog von Nevers könnte Hachette mit einem einzigen Federstrich vernichten. Er könnte Abel Hachette ohne Gerichtsverhandlung in den tiefsten, dunkelsten Kerker der Bastille verbannen, wo ihm keine Hoffnung blieb und von wo ihn alles Geld der Welt nicht freikaufen konnte.

Der Advokat war bereits im Hinausgehen, blieb aber noch einmal stehen und wandte sich um. »Wir haben eine Menge gemeinsam, Sie und ich, Monsieur Hachette.«

Hachette schob die Lippen vor und runzelte die Stirn. »Finden Sie?«

Louvois lächelte wissend. »Ja, das finde ich. Auch ich komme aus dem Bauernstand, Monsieur Hachette. Wir wurden zwar auf reichem, fruchtbarem Land geboren, aber meine Schwestern und ich haben dennoch gehungert, weil unsere Ernten von den Tauben der hohen Herrschaften ruiniert wurden und wir es nicht gewagt haben, diese Tauben zu schießen. Mein Vater war zwar erst dreiunddreißig Jahre, als er starb, dennoch war er ein alter und gebrochener Mann. Im Gesicht hatte er eine Narbe, die von einer Reitgerte herrührte, weil er es einmal versäumt hatte, vor einem vorbeireitenden Herrn den Hut zu ziehen. Ja, wir haben eine Menge gemeinsam, Sie und ich.«

Sekundenlang vermeinte Hachette, wieder in der Hütte in der Bretagne zu sein, wo der kalte Wind durch die Ritzen im Dachgebälk blies und er zwischen den Hühnern und Ziegen auf dem Fußboden schlief, weil seine Bettstatt verkauft worden war; mit dem Erlös hatten sie die Steuern bezahlt. Hachette glaubte, ein bohrendes Hungergefühl im Bauch zu spüren, obwohl er erst vor einer Stunde eine volle Mahlzeit gegessen hatte. »So ist es eben«, sagte er. »So ist es immer gewesen ...«

»Ja, ja, sie glauben, daß sie die Welt regieren, und das tun sie auch, diese feinen Herren, mit ihrem dünnen Blut und ihrer Arroganz.« Louvois' hervortretende Augen funkelten leidenschaftlich hinter den Brillengläsern. »Aber ihre Zeit ist bald abgelaufen, und dann sind wir an der Reihe. Eines Tages wird ihr edles Blut die

Straßen von Paris besudeln, und sie werden für ihren falschen Stolz bezahlen. Sie werden bezahlen!«

»Die Frau namens Gabrielle ...«, unterbrach ihn Hachette.

Louvois blinzelte. Er berührte die Narbe an seiner Wange. »Ja, die. Die als allererste!« Er drehte sich unvermittelt um, als hätte er bereits zuviel gesagt. »Sollten Sie sie finden, wenden Sie sich direkt an mich!«

»Selbstverständlich«, beeilte sich Hachette hinzuzufügen.

Hachette läutete einem Diener, der den Advokaten zur Tür begleitete, dann setzte er sich wieder hinter seinen Schreibtisch. Er war müde, und seine Glieder schmerzten. Louvois' letzte Worte hatten alte, bittere Erinnerungen in ihm geweckt, die er lieber unberührt gelassen hätte. Hachette gähnte; beinahe hätte er seine Augen gerieben, ließ es aber im letzten Augenblick sein. Davon bekäme man Falten, hatte er gehört. Ein schauderhafter Gedanke! Louvois' Narbe auf der Wange fiel ihm ein, und abermals lief es ihm kalt über den Rücken. Wie war ein Mann, ein einfacher Advokat, zu einer solchen Wunde gekommen? Hachette grübelte darüber nach. Hatte der Mann es versäumt, einem launischen Aristokraten den nötigen Respekt zu erweisen, so wie einst sein Vater?

Hachette sah hoch und betrachtete seine vielen Spiegelbilder an den spiegelbehangenen Wänden. Seine Haut wirkte heute abend schlaff. Er durfte nicht vergessen, die Spezialmixtur aus Balsam und Wein aufzutragen, bevor er sich zur Ruhe begab. Die Salbe bleichte die Haut und verlieh ihr das »nonnenhafte« Aussehen, das Menschen von hoher Geburt auszeichnete. Abel Hachette war zwar der Enkelsohn eines Leibeigenen, aber niemand sollte das an seinem Aussehen erkennen, das schwor er sich.

Seufzend unterdrückte er abermals ein Gähnen. Er konnte noch nicht zu Bett gehen. Er mußte noch über einiges nachdenken. Was hatte diese Frau namens Gabrielle zum Beispiel mit seinem schwarzen Engel zu tun? Sie hatte mächtige Feinde. Durch sie könnten sich Schwierigkeiten ergeben, nicht nur für Max, sondern auch für den Geheimbund und sein Vorhaben.

Hachette überlegte; vielleicht würde er es trotz der Haftbefehle riskieren, mit dem Herzog von Nevers ein doppeltes Spiel zu spielen. Schließlich war er schon viel gewagtere Risiken eingegangen und hatte gewonnen. Aber konnte er mit seinem schwarzen Engel ein solches Spiel wagen?

Dunkel und gefährlich …

Er dachte an seine erste Begegnung mit Maximilien de Saint-Just. Das war jetzt elf Jahre her. Er war in seiner Kutsche nachts auf der Straße zwischen Calais und Paris unterwegs gewesen. Jemand hatte den häßlichen Lauf einer Pistole durch das Fenster der Kutsche geschoben, auf Hachettes Gesicht gezielt und ihn aus dem Schlummer gerissen. Eine durch eine schwarze Seidenmaske gedämpfte Stimme forderte Hachette auf, seine Wertsachen herauszugeben.

Hachette war auch damals schon reich gewesen, aber der Gedanke, einer dreckigen Diebsbande auch nur einen Sou zu überlassen, war ihm unerträglich. »Fahr zur Hölle«, hatte er gefaucht und dabei mutiger geklungen, als er sich fühlte.

»Das werde ich auch tun«, lachte der andere. »Aber wenn Sie sich nicht hübsch gefügig zeigen, werden Sie vor mir dort sein. Mir bleibt dann zumindest das Vergnügen, Ihr gesamtes Geld auszugeben, bevor ich Ihnen folge.«

Hachette versuchte aus dem Fenster zu sehen. Die kleine Laterne auf dem Dach der Kutsche gab nur wenig Licht, und das Gebüsch, das die Straße säumte, blieb im Dunkeln. Seltsamerweise waren weder der Kutscher noch die Begleitreiter zu sehen; Hachette fühlte sich alleingelassen.

Auch der Straßenräuber war anscheinend allein. Unbefangen saß er auf seinem dunklen Pferd, die Pistole auf dem Handgelenk abgestützt, das auf dem Sattelknauf ruhte. Wie konnte ein Mann fünf andere aus dem Weg räumen, die genau wegen solcher Überfälle schwer bewaffnet waren? Das war absurd!

»Wo sind meine Leute?« verlangte Hachette zu wissen.

»Bei meinen«, lachte der Reiter. »Ich habe mehr Leute als Sie, und sie sind weniger nett als die Ihren.« Der Fremde schob die Pistole näher und zielte zwischen Hachettes Augen. »Ich hätte gern Ihr Geld, Monsieur Hachette, und Ihre anderen hübschen Sachen. Wenn Sie also gestatten.«

Hachette hatte erstaunt gefragt: »Woher wissen Sie, wer ich bin, und wer zum Teufel sind Sie?«

Die Pistole klickte, als der andere den Hahn spannte. »Ihr Geld, Monsieur Hachette ...«

Hachette türmte seine Wertsachen neben sich auf dem Ledersitz auf – eine Geldbörse, dick mit Gold- und Silberlouisdorstücken gefüllt, seine diamantenbesetzte Krawattennadel, mehrere Ringe, eine Schnupftabakdose, ein Lorgnon. Nach sichtbarem Zögern legte er eine hübsch geschnitzte, sehr kostbare silberne Streusandbüchse obenauf. »Bitte, nehmen Sie diese nicht. Sie gehörte meinem Vater«, log er.

Der Maskierte zog die Pistole zurück, riß aber gleich darauf die Tür der Kutsche auf und stieg ein. Er schien den gesamten Innenraum zu füllen, und Hachette drückte sich in seinen Sitz.

»Ich möchte Ihnen ein Geschäft vorschlagen, Monsieur Hachette«, begann der Fremde erneut.

Hachette lachte unsicher. »Sie müssen verrückt sein oder mich für verrückt halten. Mit maskierten Straßenräubern mache ich keine Geschäfte.«

»Kommen Sie, Monsieur Hachette, seien Sie nicht zimperlich. Sie sind ebenso ein Dieb wie ich, nur daß ich kein Geheimnis daraus mache.«

Hachette war neugierig geworden. Er beugte sich vor. »Was haben Sie vorzuschlagen? Sie Straßenräuber, Sie!«

Vor sechs Monaten, so begann die gesichtslose Stimme, hatten sich die englischen Kolonien in Amerika gegen die Krone des Mutterlands erhoben. Jetzt brauchten die amerikanischen Rebellen dringend Waffen und Munition, so dringend, daß sie beinahe jeden Preis dafür bezahlten. Wenn Hachette den Ankauf der Gewehre und eines Schiffes finanzierte, dann versprach der maskierte junge Mann, für den Transport nach Amerika zu sorgen, wo die Waffen mit garantiertem Gewinn an den Mann gebracht werden könnten.

»Beim Licht meiner Augen, Sie müssen verrückt sein!« rief Hachette; er war so erstaunt, daß er in die grobe Umgangssprache der Bauern verfiel. »Glauben Sie wirklich, daß ich einem Straßenräuber

Geld gebe, damit er Waffen kauft? Ich soll zusehen, wie er in einem Schiff, das ich bezahlt habe, davonsegelt? Den Teufel werde ich das tun!«

»Ich werde Sie nicht betrügen.«

»Den Teufel werden Sie. Warum soll ich Ihnen trauen?«

Der Straßenräuber zog das schwarze Tuch vom Gesicht. Durch die offene Wagentür fiel das flackernde Licht der Laterne ins Innere und beleuchtete das Gesicht eines jungen Mannes mit markanten Backenknochen, einem harten Mund und zusammengekniffenen Augen.

Der junge Mann lächelte spöttisch. »Ich werde Sie nicht betrügen, das schwöre ich Ihnen, bei der Ehre meines Namens.«

»Und wie ist Ihr Name, Sie Ganove?«

»Saint-Just. Maximilien de Saint-Just.«

»Sie lügen. Ich kenne einen Grafen von Saint-Just; das ist eine alte, stolze Familie. Beide Söhne des Grafen sind Offiziere in der Armee Seiner Majestät.«

»Dieser Sohn nicht.«

»Dieser ist ein Dieb.«

Der junge Mann schwieg und hielt Hachettes forschendem Blick stand.

»Nun gut«, sagte Hachette schließlich, und es überraschte ihn selbst, was er tat. »Ich werde Ihren Vorschlag überdenken. Kommen Sie am Freitag mittag zu mir in die Rue Royal. Dann werde ich Ihnen mitteilen, wie ich mich entschieden habe.«

Der junge Mann erwiderte nichts. Gerade war er noch in der Kutsche gewesen, und im nächsten Augenblick schon saß Hachette allein im Wagen, und nichts war zu hören als das Summen der Insekten. Seine Geldbörse, die Juwelen, die Schnupftabakdose – alles war verschwunden. Sogar die silberne Streusandbüchse.

Abel Hachette lachte laut. Er hoffte, der junge Mann würde so dumm sein und am Freitag in seinem Haus in der Rue Royal auftauchen; Hachette wollte dafür sorgen, daß ihn dort die Polizei begrüßte. Dennoch, dieser Maximilien de Saint-Just hatte etwas an sich, das Hachette gefiel. Er besaß Schwung und Mut ...

Der junge Mann würde beides brauchen, wenn er eines Tages die

Stufen zum Schafott hinaufstieg, dachte Hachette und mußte abermals lachen.

Zuerst glaubte Hachette, daß ihn das Schlagen der Uhr in die Gegenwart zurückgerufen hatte.

Er richtete sich auf und sah auf die Uhr: Es war Mitternacht. Die Zeitung, die er vor Louvois' Besuch gelesen hatte, war von der glatten Schreibtischplatte auf den Fußboden gerutscht. Hachette bückte sich, um sie aufzuheben. In diesem Augenblick bemerkte er den Mann, der in der Tür zur Bibliothek stand.

Zuerst wollte er schreien, dann stieß er jedoch einen Fluch aus. »Der Teufel soll dich holen, du Halunke. Kannst du dich nicht wie jeder andere auch anmelden lassen?«

»Es ist spät. Ich wollte die Diener nicht wecken.«

Maximilian de Saint-Just trat ein, und Hachette mußte nachsichtig lächeln.

»Entschuldige, aber du hast mich erschreckt«, erklärte er. »Ich habe dich nicht kommen gehört.«

»Offensichtlich nicht ... Das ist ein Zeichen von Geistesschwäche.«

»Was?«

»Im Irrenhaus findet man viele Leute, die irgendwo allein sitzen und vor sich hin kichern.«

Hachette wurde verlegen; anscheinend hatte er laut gelacht, während er seinen Erinnerungen nachhing. In diesem Moment wünschte er, daß er damals vor elf Jahren zum Empfang des jungen Straßenräubers die Polizei gerufen hätte. Dem jungen Gauner wäre recht geschehen.

»Heute abend habe ich dich nicht erwartet, Max. Ich dachte, du würdest morgen früh mit dem verrückten Ballon in die Lüfte steigen. Oder hast du Vernunft angenommen?«

»Nein ...« Max fuhr sich geistesabwesend mit der Hand durch die Haare. »Nein, ich habe nach wie vor die Absicht, morgen zu starten.«

Hachette beobachtete Max, der unruhig das Zimmer durchquerte. Im flackernden Licht der Kronleuchter funkelten seine dunklen Augen wild und entschlossen. Max wirkt heute abend wirklich ungebärdig, dachte Hachette und ließ sich von der Erregung des jungen Mannes anstecken. Für den Moment vergaß er Louvois, die Frau und den Herzog von Nevers.

»Was ist geschehen, Max? Was ist los?«

Max setzte sich auf die Kante von Hachettes Schreibtisch. Spielerisch griff er nach den Gegenständen auf dem Tisch, nach der emaillierten Schnupftabakdose, dem Lorgnon und dem Brieföffner mit dem Griff aus Horn. Erschrocken stellte Hachette fest, daß die Hände des jungen Mannes zitterten.

»Glaubst du an die Hölle?« fragte Max unvermittelt.

Hachette war nicht sicher, ob er an Gott glaubte, und was von der göttlichen Vergeltung zu halten sei, wußte er schon gar nicht. Dennoch nickte er unwillkürlich. »Natürlich.«

Max lächelte spöttisch. »Ich auch.« Er schleuderte den Brieföffner auf das Wandgemälde, daß die Spitze das Auge eines harfenspielenden Cherubs durchbohrte. »Die Hölle, mein lieber Abel, das ist eine Frau mit Haaren so rot wie die untergehende Sonne und dunkelblauen Augen, die dir bis auf den Grund deiner bösen, lüsternen Seele schauen.«

Hachette wußte mit den spöttischen Worten nicht viel anzufangen. Im Augenblick machte er sich mehr Sorgen um das beschädigte Wandgemälde. Er sah den jungen Mann strafend an, stand auf und entfernte das Messer aus dem Auge des Cherubs. »Ich hoffe, du bist nicht nur gekommen, um mit mir über Theologie zu reden, Max, denn es ist spät, und ich bin müde ...«

Max erhob sich. Er nahm Hachette das Messer aus der Hand und warf es auf den Tisch. »Ich bin gekommen, weil in der kommenden Nacht noch eine Ladung Salz nach Paris geschmuggelt wird.« Hachette konnte seine Erregung nicht verbergen. Max lachte leise. »Ich habe mir gedacht, daß das dein Reptilienblut in Wallung bringen wird. Morgen um diese Zeit werde ich die Namen der Anführer kennen. Falls es dich interessiert.«

»Du hast den Salzring gesprengt?« Hachette rieb sich begeistert die Hände. »Großartig, mein Junge! Großartig! Die Sache entwikkelt sich besser als gehofft.«

Max grinste gelangweilt. Seine Stimme klang bedrohlich leise. »Du hintergehst meine ... Verbindungsleute zur Polizei, mein lieber Abel, und du hintergehst auch mich.«

»Nein, nein, so etwas würde ich selbstverständlich nie tun!« Hachette schüttelte so heftig den Kopf, daß seine Perücke verrutschte. »Unser Geheimbund will den Salzschmuggel nicht unterbinden, Max. Das weißt du doch! Warum sollten wir etwas beenden, das nur dem König schadet und den Narren, die seine Finanzen kontrollieren? Nein, nein, wir wollen nur herausfinden, wer hinter der Schmuggelaffäre steht, damit wir diese Leute unter unsere Kontrolle bringen können. Du bekommst wie immer deine zwanzig ...«

»Nein!« warf Max rasch ein. »Diesmal nicht. Das ist der letzte Auftrag, den ich für dich erledige, und ich mache es umsonst. Nenne es ein Abschiedsgeschenk.«

»Aber ...«

»Gute Nacht, Abel!« Max verabschiedete sich und verschwand ebenso geräuschlos, wie er gekommen war. Hachette blieb, über seinem Stuhl halb aufgerichtet, allein zurück.

Ein Abschiedsgeschenk?

Hachette setzte sich langsam nieder; er war so verblüfft, daß es ihm den Atem verschlug. Sein schwarzer Engel wollte ihn verlassen.

Die Frau hat schuld, fuhr es Hachette durch den Kopf. Der verrückte Kerl hat sich in diese geheimnisvolle hochgeborene Hure verliebt, in diese Gabrielle. Haare von der Farbe der untergehenden Sonne ... Hachette schnaubte abfällig. Er hätte die Anzeichen dafür früher erkennen sollen. Diese verrückte Rederei über die Hölle, die eine Frau sei! Nur die Liebe konnte der Grund für den gequälten Ausdruck auf diesem arroganten Gesicht sein. Der großspurige junge Lebemann hat sich verliebt. Plötzlich ist er nicht gut genug für seine Geliebte und muß sein ganzes Leben ändern. Am Ende wird der Narr noch ins Kloster gehen, um für seine Sünden zu büßen – bei dem Gedanken stieß Hachette ein heiseres Lachen aus.

Nicht, solange ich es verhindern kann, schwor er sich. Denn der

Advokat Louvois hatte recht; die Zeit war nicht mehr fern, da der König und seine vornehmen Lakaien fallen würden. In dem darauf folgenden Chaos würde es nicht nur um die Freiheit gehen, sondern auch darum, ein Vermögen zu machen. Hachette und der Geheimbund waren jetzt mehr denn je auf die Dienste eines Mannes angewiesen, der ihnen bei der Bewältigung der Gefahren behilflich war, die ein derartiger Umsturz unweigerlich mit sich bringen würde. Ein Mann, der im Dunkeln agierte und die Gefahr liebte ... ein Mann wie sein schwarzer Engel.

»Du gehörst Frankreich, Maximilien de Saint-Just!« Abel Hachette hatte laut in den leeren Raum hinein gesprochen. »Du gehörst Frankreich und wirst Geschichte machen.« Keiner Frau würde es gestattet sein, den Lauf der Geschichte zu verändern.

Der große seidene Ballon schwankte im Wind; die blauen und gelben Streifen schimmerten im Licht der Morgensonne. Der Ballon war voll aufgeblasen und zerrte an den Tauen, wie eine riesige lebendige Kreatur, die sich die Freiheit erkämpfen wollte.

Die obere Hälfte des Ballons war mit einem Netz aus Seilen umspannt, von dem Seile nach unten liefen, die die mit türkisfarbenem Band dekorierte Gondel aus Korbgeflecht trugen. Maximilien de Saint-Just, ohne Hut und in Hemdsärmeln, stand neben dem Korb und überprüfte das Seil, das durch die Mitte des riesigen gasgefüllten Ballons lief.

Percival Bonville humpelte heran. Er trug eine üppige Spitzenkrause um den Hals und eine dandyhaft kurze Jacke. Percy glich eher einem der jungen Edelleute, wie sie in Versailles umherschwirrten, als einem grobschlächtigen amerikanischen Patrioten. Mit seinem Spazierstock aus Ebenholz deutete er auf den Korb. »Sag, Saint-Just, bist du sicher, daß du keinen Platz für einen zusätzlichen Passagier hast?« fragte er.

Max grinste. »Tut mir leid, Percy. Der Platz ist bereits besetzt.«

Percy gab sich durch die Abweisung gekränkt, drehte sich um und betrachtete die wachsende Zuschauermenge. Im Unterschied zu Max' erstem Versuch drei Jahre zuvor hatten sie diesmal wenig Werbung gemacht (damals hatte Percy mitgeholfen, die gewaltigen

Kosten für den Ballonstart aufzubringen, indem er von der schaulustigen Menge einen Louisdor für einen Platz in den vordersten Reihen beim Start kassierte). Doch es konnte kein Geheimnis bleiben; ein solches Ereignis mußte eine Attraktion werden, so abgestumpft waren nicht einmal die Pariser. Immerhin bestand die aufregende Möglichkeit, daß der Ballon explodierte oder vom Himmel fiel und kostbares Blut vergossen wurde.

Außerdem war bei jeder Menschenansammlung Geld zu verdienen, das wußten die Pariser auch. Ein Mann verkaufte aus einem Faß auf einem Karren Wein, obwohl es noch sehr früh am Morgen, zwei Stunden seit Sonnenaufgang, war. Neben ihm bot eine Frau Waffeln an – dem Geruch nach zu schließen, waren sie halb verbrannt.

Percy entdeckte Gabrielles rotblonde Haarpracht unter einem Federhut. »Guter Gott!« rief er laut, da ihm ein Gedanke durch den Kopf geschossen war. Er starrte Max an. »Du denkst doch nicht ernsthaft daran ...?«

In Max' Augen glitzerte es teuflisch.

»Du guter Gott!« wiederholte Percy. »Wie um alles in der Welt hast du sie dazu gebracht?«

»Ich habe sie noch gar nicht gefragt.«

Percy zog fragend die Augenbrauen hoch.

»Aber sie wird mitkommen«, versicherte Max.

Max hatte sie noch nicht einmal angesehen, aber er wußte, daß sie hier war. Vom ersten Augenblick an, da sie vom Obstgarten kommend die Wiese betreten hatte, wußte er es. Er war von vornherein davon überzeugt gewesen, daß sie kommen würde, obwohl sie ihm am Vorabend beim Abschied geschworen hatte, es nicht zu tun.

Lügner, schalt er sich innerlich. Du hast nicht gewußt, daß sie tatsächlich auftauchen würde. Du hast es nur gehofft. Seiner Meinung nach war die Chance, Gabrielles Handlungen im voraus zu erraten, ebenso groß wie die Chance, in der Lotterie das große Los zu gewinnen.

Max begriff einfach nicht, warum es so schwierig war, diese Frau in sein Bett zu bekommen. Sie war nicht unerfahren. Sie war verheiratet gewesen; sie hatte sogar ein Kind! Im Laufe der Jahre hatte er mit genügend vielen Frauen das Spiel der Liebe gespielt, um den Zeitpunkt zu erkennen, da aus einem Flirt mehr wurde als ein bloßes Geplänkel. Was sich zwischen ihm und Gabrielle abspielte, war vom ersten Augenblick ihrer Begegnung an mehr gewesen. Das war von Anfang an kein Flirt gewesen, sondern eine Begegnung, die von einer ungeheuren, unkontrollierbaren Kraft gesteuert worden war. Er begehrte sie leidenschaftlich, und sie begehrte ihn mit der gleichen Intensität. Was zum Teufel hielt sie also auf?

Während er sich bückte und einen Sandsack in den Korb hob, kam ihm plötzlich ein Gedanke. Max stöhnte.

Vielleicht wollte sie zuerst heiraten?

Er knirschte mit den Zähnen, und Percy fragte besorgt: »Hast du dich verletzt, Saint-Just?«

Max richtete sich auf und schüttelte den Kopf. »Nein, alles in Ordnung.« Er zog sein Taschentuch hervor und wischte sich über die schweißnasse Stirn. *Ehe.* Er knirschte mit den Zähnen. Eher frieren dem Teufel in der Hölle alle Gliedmaßen ab, bevor ich heirate, schwor sich Max insgeheim.

Die Ehe zerstörte die größten Freuden im Leben, indem sie sie ehrbar und verpflichtend machte. Es gab drei Gründe für einen Mann, sich eine Frau zu nehmen: Geld, Grundbesitz oder Leidenschaft. Wenn man aus einem der ersten beiden Gründe heiratete, so erhielt man zumindest einen greifbaren Gegenwert für seine Leiden. Nur ein Narr heiratete aus Leidenschaft; die war kurzlebig und leicht zu befriedigen. Was aber die Liebe betraf, so glaubten nur Frauen und Dichter an ihre Existenz.

Jemand berührte ihn am Arm. »Saint-Just, ist auch wirklich alles in Ordnung?«

Percy sah Max besorgt an. »Was?« fragte Max abwesend.

»Du zitterst und knirschst mit den Zähnen. Vielleicht solltest du lieber ...«

»Nein, nein, alles in Ordnung. He, Percy! Falls ich einmal auch nur den Ansatz dazu zeige, mich einer Kirche zu nähern, versprich mir, daß du mich davon abhältst, ja?«

Percy runzelte verwirrt die Stirn. »Kirche? Warum solltest du ...« Plötzlich riß er die Augen auf und warf einen raschen Blick auf

Gabrielle, die hinter Max in der Menge stand. Max hatte sie noch immer nicht angesehen.

Der Amerikaner lachte vergnügt. »Tut mir leid, Saint-Just. Aber du hast dich selbst in diese Lage gebracht und mußt daher zusehen, wie du allein wieder herauskommst. Um ehrlich zu sein, wenn ich an deiner Stelle wäre, würde ich sie packen und zum nächsten Priester zerren, so schnell ich kann, bevor ein anderer auf die Idee kommt. Aber Gott sei's gedankt, daß ich nicht an deiner Stelle bin.«

»Gabrielle gehört mir.« Eine leise Drohung lag in Max' Stimme.

Der Amerikaner wurde zornig. »Verschone mich mit deiner Eifersucht, Saint-Just. Rothaarige waren noch nie mein Fall. Die sind zu temperamentvoll für meinen Geschmack.«

Die zwei Männer sahen einander wütend an. Schließlich seufzte Max reumütig und fuhr sich mit den Fingern durch die Haare. »Zum Teufel, Percy, es tut mir leid. Du siehst also, was sie aus mir gemacht hat. Ich bin dabei, den Verstand zu verlieren.«

Percy schüttelte mitleidig den Kopf. »Frauen! Seit Eva damals im Paradies ihr Feigenblatt abbekommen hat, machen sie nichts als Probleme.«

Während Percy ihm unaufgefordert alle möglichen Ratschläge gab, wie Frauen zu behandeln seien, kontrollierte Max alles ein letztes Mal. Er gab seinen Helfern einige Instruktionen, als jemand seinen Namen rief. Er drehte sich um und sah Dominique und Simon Hand in Hand auf sich zukommen.

»Monsieur Max!« rief Dominique erneut, riß sich von Simon los und lief Max entgegen.

Max hob den Jungen hoch in die Luft. »Lauf und sag Monsieur Bonville, daß ich dir erlaubt habe, in den Korb zu klettern und dich umzusehen, bevor ich starte.«

Dominique packte Max am Nacken und machte große Augen. »Darf ich wirklich?«

»Habe ich das nicht soeben gesagt?«

»Sagen Sie es nicht Mama!« flüsterte Dominique Max ins Ohr.

»Warum nicht?«

»Weil sie es vielleicht nicht erlaubt. Agnes hat gesagt, daß sie heute morgen schrecklich schlecht gelaunt ist.«

Max stellte den Jungen lachend auf den Boden. »Dann lauf jetzt! Sie schaut gerade nicht her.«

Mit einem Freudenschrei rannte Dominique zum Ballon, und Simon folgte langsam. Gabrielle war am Rand der Menschenmenge im Schatten eines Orangenbaumes stehengeblieben.

Als Simon an Max vorbeikam, nickte er, grinste über das ganze runde Gesicht und meinte augenzwinkernd: »Vielleicht interessiert es Sie, daß Dominique und ich am Nachmittag zum Fischen gehen wollen. Agnes wird sich um den Laden kümmern.« Max mußte lachen. Er lächelte immer noch, als er seine Ärmel hinunterrollte und Hut und Jacke anzog. Dann drehte er sich um und sah Gabrielle zum ersten Mal an diesem Morgen an.

Sie lächelte ihm scheu zu, als er ihr entgegenging. Ihre Schönheit verschlug Max den Atem, und er brachte kein Wort heraus.

Sie trug ein grünes Taftkleid mit beigem Rüschenbesatz. Das Kleid war offenbar neu und vermutlich teurer gewesen, als Gabrielle es sich leisten konnte. Ob sie es gekauft hatte, um ihm zu gefallen? Der Gedanke gefiel Max. Das Kleid war tief ausgeschnitten, und diesmal trug Gabrielle nicht einmal ein Brusttuch. Er hätte sie gern auf die Vertiefung zwischen ihren Brüsten geküßt.

Statt dessen küßte er ihre Hand. »Danke, daß Sie doch gekommen sind.«

Gabrielle wurde rot. »Ich ... ich fand, daß ich mich dumm benommen habe.«

»Das stimmt.«

Sie zog die Brauen hoch. »Sie müssen nicht so ungalant sein und mir recht geben.«

Max lachte. »Sie sind heute wirklich schrecklich schlecht gelaunt.«

Gabrielle versuchte, ihn finster anzusehen, aber ihre Augen straften sie Lügen, und in ihren Augenwinkeln bildeten sich Lachfalten. Als ihre Unterlippe zu zittern begann, mußte sich Max sehr beherrschen, um sie nicht zu küssen.

»Ich wollte zur Abwechslung einmal ein Streitgespräch vermeiden, daher habe ich Ihnen zugestimmt«, bedauerte Max. »Kann man Ihnen immer so schwer etwas recht machen, oder liegt es an mir?« Max hielt immer noch ihre Hand fest, obwohl Gabrielle sie ihm entziehen wollte. Ihre zitternden Finger beruhigten sich allmählich. »Fühlen Sie sich heute unternehmungslustig?«

Gabrielle sah ihn mißtrauisch an. »Warum fragen Sie?«

»Begleiten Sie mich, Gabrielle!«

Im ersten Moment war Gabrielle verwirrt. Dann wechselte ihr Blick von Max zum Ballon und wieder zurück. »Sie begleiten! Sie müssen ...«

»... verrückt sein«, beendete Max den Satz an ihrer Stelle. »Kommen Sie mit, Gabrielle. Ich habe Sie bis jetzt noch nicht vergewaltigt, und ich werde es siebenhundert Meter über dem Erdboden höchstwahrscheinlich auch nicht tun.«

»Das habe ich nicht ... siebenhundert Meter über der Erde!«

»Es ist nicht gefährlich. Zumindest nicht gefährlicher, als an einem Sonntag nachmittag die Champs-Élysées zu überqueren. Simon wird auf Dominique achtgeben, und ich verspreche Ihnen, daß wir bei Sonnenuntergang zu Hause sind.« Der letzte Satz war eine Lüge, aber Max zählte darauf, daß sie bei Sonnenuntergang in einem Dorfgasthaus gemeinsam im Bett lagen. Dann würde sie mit anderen Dingen beschäftigt sein als mit Heim und Herd.

Gabrielle wurde schwach, Max sah es ihrem Gesicht an. Sie kaute an ihrer Unterlippe, was er besonders hinreißend fand.

Er legte ihr seine Hand auf die Schulter und ließ seine Finger spielerisch über ihren Nacken gleiten. Gabrielle sah ihn nicht an, aber Max spürte ihre Erregung. Er beugte sich zu ihr und berührte mit dem Mund beinahe ihre Wange. »Gabrielle ... Gabrielle. Kommen Sie mit, und wir schweben gemeinsam durch den Himmel.«

Gabrielle löste sich von ihm, und Max befürchtete bereits, versagt zu haben. Doch sie schritt entschlossen auf den Ballon zu, drehte den Kopf nach ihm um und rief herausfordernd: »Kommen Sie jetzt, Monsieur, oder haben Sie Angst?«

Percy Bonville konnte seine Belustigung kaum verbergen, als Max Gabrielle an den Absperrseilen und den Gendarmen vorbeiführte, die den Ballon von der Menge trennten.

»Guten Morgen, Madame Prion!« Percy verbeugte sich wie immer mit übertriebener Höflichkeit. Er wollte ihr die Hand küssen, doch als er Max' wütenden Blick bemerkte, beschränkte er sich auf eine Verneigung seines Kopfes. »Hat Saint-Just Sie also überredet, ihn auf diesem waghalsigen Unternehmen zu begleiten?«

Gabrielle lächelte nervös. »Er hat mir versichert, es sei nicht gefährlich.«

Percy lachte. »Aber nein, ein Aerostat ist nicht gefährlich. Überhaupt nicht.« Er lachte und blinzelte Max zu. »Solange man Kirchtürmen ausweicht.«

Max faßte Gabrielle am Arm und zog sie zum Korb des Ballons. »Hören Sie nicht auf ihn. Er ist nur eifersüchtig, weil er auch mitkommen wollte.«

Simon hatte Dominique soeben überzeugt, daß es an der Zeit sei, den Korb zu verlassen. Als der Junge begriff, daß seine Mutter ohne ihn im Ballon mitfahren würde, bestand er lautstark darauf, ebenfalls mitzukommen. Simon mußte ihn mit Lebkuchen bestechen und ihm versprechen, nicht nur heute, sondern auch am morgigen Nachmittag mit ihm fischen zu gehen.

Mit ihrem Reifrock und den vielen Unterröcken hatte Gabrielle – zu Max' Freude – beträchtliche Mühe, in den Korb zu klettern. Als er ihr beim Einsteigen half, ergab sich ganz zufällig die Gelegenheit, mit dem Arm über ihre Brust zu streifen, und er erhaschte einen Blick auf ihren weißbestrumpften Knöchel, der so zart war, daß Max ihn mühelos mit zwei Fingern hätte umfassen können. Aufgeregtes Gemurmel lief durch die Menge, als die Menschen begriffen, daß eine Frau den verrückten Wissenschaftler Saint-Just bei seiner wagemutigen Unternehmung begleiten würde.

Sobald Gabrielle im Korb stand, sah sie sich um. Ihre Augen wurden schmal, als sie die Decken und den Korb mit Essen und den Champagner erblickte.

Mißtrauisch wandte sie sich an Max. »Sie scheinen einen Passagier erwartet zu haben, Monsieur!«

»Ein guter Wissenschaftler ist auf alles vorbereitet«, entgegnete er mit spöttischem Lächeln.

Gabrielle legte den Kopf in den Nacken und blickte nervös nach oben in das gähnende Loch des bunten Seidenballons. Max legte ihr unbekümmert den Arm um die Taille und lächelte insgeheim, als Gabrielle sich nicht dagegen wehrte.

»Das Prinzip ist folgendes: Eine Hülle, die mit einem Stoff gefüllt ist, der leichter ist als Luft, steigt hoch, bis ihr Gewicht dem der umgebenden Atmosphäre entspricht.«

Der Ballon zitterte in einem plötzlichen Windstoß und zerrte heftig an den Haltetauen. Gabrielle sah Max mit ihren großen blauen Augen an. Obwohl sie noch fest am Boden vertäut waren, umklammerte Gabrielle krampfhaft den Rand des Korbes.

Max lächelte. »Fürchten Sie sich nicht.«

Gabrielle lachte unsicher. »Ich fürchte mich nicht. Ich habe nur entsetzliche Angst. Wie ... was werden Sie jetzt tun?«

»Es ist ganz einfach. Damit wir hochsteigen, werden wir Ballast abwerfen, das hier ist unser Ballast.« Max stieß mit dem Fuß gegen die Sandsäcke auf dem Boden des Korbes. »Wenn wir wieder nach unten wollen, ziehe ich an diesem Seil. Dann öffnet sich oben am Ballon ein Ventil und Gas entweicht. Die Windströmungen treiben uns durch die Luft.«

»Ach so!« Gabrielles Stimme zitterte. »Wohin fahren wir?«

»Sie werden es sehen.«

Max wagte nicht, ihr einzugestehen, daß er bis jetzt noch keine Methode zur Richtungskontrolle gefunden hatte. Er konnte den Ballon steigen lassen und wieder zu Boden bringen, aber was dazwischen geschah, blieb so ziemlich den Windgöttern überlassen.

Abermals schwankte der Korb sanft, und Gabrielle stieß einen leisen Schrei aus.

»Er kippt nicht um«, beruhigte Max sie, nahm jedoch ihre Angst zum Anlaß, Gabrielle enger an sich zu ziehen. Den Mund dicht an ihrem Ohr, flüsterte er: »Bei mir sind Sie vollkommen sicher. Ich verspreche es.«

Gabrielle lächelte. »Ach Max, Sie sind ein schamloser Lügner.«

Der Wind löste eine Haarsträhne aus ihrer Frisur, und die Locke strich Gabrielle über die Wange; Gabrielle schob sie hinter das Ohr. Sie sah Max von der Seite an, ohne den Korbrand loszulassen. Max faßte nach ihrer Hand am Korb, die unter seinem Griff wie ein gefangenes Vögelchen zitterte.

»Vertrauen Sie mir«, bat er.

Gabrielle holte tief Luft. »Ich wage es nicht.«

»Sie haben keine andere Wahl. Sie sind zu weit gegangen; jetzt können Sie nicht mehr zurück.«

Sie schwieg so lange, daß Max schon etwas sagen wollte, da wandte sie sich zu ihm um, ließ den Korb los und legte ihre Hand tapfer lächelnd in die seine; die Geste berührte Max.

Er drückte ihre Hand. »Sind Sie bereit, Liebste?«

»Ja!« Plötzlich mußte Gabrielle lachen. »Aber denken Sie daran, daß Sie versprochen haben, sich ordentlich zu benehmen.«

»An ein derartiges Versprechen kann ich mich nicht erinnern.« Max grinste. »Außerdem wissen Sie, was für ein schamloser Lügner ich bin.«

Einer der Helfer ließ einen kleinen grünen Ballon steigen, um den Wind zu testen; dann gab Max das Signal, die Haltetaue zu lösen.

Simon hielt Dominique über die Köpfe der Menge hoch; Gabrielle winkte und rief seinen Namen. Dominique winkte so ungestüm zurück, daß er Simon den Hut vom Kopf stieß. Max warf den Ballast über Bord, und unter den Freudenrufen der Menge hob der Ballon vom Boden ab, die Gebäude der Akademie und der Botanische Garten blieben unter ihnen zurück, und sie schwebten hinaus über die Seine.

Max warf noch einige Sandsäcke in das Wasser unter ihnen; der Ballon stieg höher und trug sie über die Dächer von Paris.

Max stellte sich neben Gabrielle.

»Es ist wunderschön, Max. Von hier oben sieht man die ganze Welt!« rief sie verzückt.

»Und Sie, Gabrielle, Sie sind schöner als die ganze Welt!« Max strich ihr zart über Wangen und Haare.

Gabrielle wandte sich ab. »Bitte, Max ... Ich komme mir dumm vor.« Sie zitterte, obwohl die Luft angenehm mild war. »Sehen Sie doch!« Gabrielle zeigte nach unten, wo ein Entenschwarm vom Fluß aufstieg und über das Wasser flog. »Von hier sehen sie nicht größer aus als Wasserkäfer.«

Max zog an dem Seil, um Gas abzulassen und den Höhenflug des Ballons zu verlangsamen. Sie schwebten über der Stadtmauer dahin. An einem der Stadttore warteten Karren und Wagen, die die Stadtgrenze passieren wollten. Minuten später befand sich der Ballon über dem Land. Statt der dunklen Straßen und grauen Wohnhäuser von Paris dehnten sich unter ihnen grüne Felder, durchsetzt mit Bäumen und Büschen. Ab und zu durchschnitt eine Straße das grüne Land, wie eine Narbe, die die kleinen Bauerngehöfte miteinander verband. Max entdeckte eine Windmühle und hatte das unglaubliche Gefühl, daß er nur hinunterzugreifen brauchte, um sie mit einem allmächtigen Finger in Bewegung zu setzen.

Plötzlich unterbrach Gabrielles Lachen die Stille, und Max drehte sich nach ihr um.

Sie nahm den Federhut vom Kopf und legte den Kopf in den Nakken, als wollte sie ein Gebet in den weiten Himmel schicken. Ihre Haare leuchteten in der Sonne, und Gabrielle seufzte glücklich.

Max sah den begehrlichen Blick in ihren Augen, als sie ihm ihr Gesicht zuwandte. Ihr Verlangen machte ihm Angst, zog ihn aber gleichzeitig an. Sie war alles, was er sich je gewünscht hatte, alles, was er brauchte. Sie war Gabrielle, seine Gabrielle.

Und er war ein Narr, der schlimmste aller Narren, einer, der sich selbst belog. Denn plötzlich wurde es ihm schmerzhaft bewußt ...

Er liebte sie.

KAPITEL 8

Ich liebe dich.

Die Worte formten sich in Gabrielles Kopf, während sie ihn ansah. Seine Augen funkelten wild und gefährlich.

Es ist mir gleichgültig. Ich liebe dich.

Schließlich drehte sie sich um und versuchte, sich in das Wunder zu vertiefen, daß sie wie eine Wolke durch die Lüfte schwebte, so hoch, daß die Schafe und Kühe auf den Weiden unter ihr so klein wirkten wie die Keramiktiere, mit denen sie als Kind gespielt hatte. In bunter Folge dehnten sich die Weizen- und Rapsfelder über das Land. Der Ballon trieb auf ein Dorf zu, das im Dunst aufgetaucht war. Das vergoldete Kreuz auf der Kirchturmspitze blitzte in der Sonne. Quer durch die Felder verlief ein Fluß.

Max berührte sie.

»Gabrielle.«

Seine Finger lagen auf ihrem bloßen Arm und brannten wie Feuer auf ihrer Haut.

Ich ertrage es nicht, dachte Gabrielle.

Max ließ seine Finger spielerisch nach oben gleiten, umfaßte ihren Ellbogen und zog sie an sich. *Aufhören,* bettelte Gabrielle stillschweigend. *Aufhören ... Nicht aufhören, nicht ...*

Max küßte sie, und sein Kuß raubte ihr alle Widerstandskraft. Gabrielle konnte sich kaum aufrecht halten und mußte sich an die Korbwand lehnen und sich an den Rüschen seines Hemdes festklammern. Dabei spürte sie, wie ein Zittern durch seinen Körper lief.

Als er sie schließlich viel zu bald losließ, wandte Gabrielle sich ab; Max sollte ihr Gesicht nicht sehen. Vor Erregung sah sie erst allmählich wieder klar.

Unter ihr waren die schwankenden Wipfel eines Pinienwäldchens deutlich zu erkennen und die Grasdächer der Häuser, der Kirchturm mit dem schimmernden Kreuz … Bildete sie es sich nur ein, oder wurde der Kirchturm tatsächlich immer höher? Die Enten, die zuvor so winzig wie Wasserkäfer ausgesehen hatten, wirkten jetzt eindeutig so groß wie Feldmäuse. War es möglich, daß sie …

»Max!« Gabrielle machte sich los und beugte sich über den Rand des Korbes. »Max! Wir sinken!«

Max sah nach unten. »Du liebe Zeit!« Mehr sagte er nicht.

Du liebe Zeit?

Sie stürzten zu Tode, und der Irre sagte nichts weiter als *Du liebe Zeit!* Gabrielle hätte ihn am liebsten geohrfeigt. Aber dazu hätte sie den Rand des Korbes loslassen müssen, doch ihren Halt wollte sie jetzt um nichts in der Welt aufgeben.

Gabrielle schloß krampfhaft die Augen. Der Korb schwankte, da Max hin und her ging und die restlichen Sandsäcke über Bord warf. Jetzt sanken sie zwar langsamer, aber nur unwesentlich.

Gabrielle wagte einen Blick nach unten. Die Äste der Kiefern schienen wie Hexenklauen nach ihr zu greifen. Gabrielle gab sich Mühe, möglichst ruhig zu sprechen, als sie fragte: »Wir sinken immer noch zu schnell, nicht wahr, Max?«

Max warf einen Blick nach oben in den Ballon und runzelte die Stirn. »Eine Naht hat ein Loch.«

»Ich bin entzückt, daß Sie zumindest die Ursache kennen«, knirschte Gabrielle. »Wären Sie jetzt bitte so gut, es in Ordnung zu bringen!«

»Das kann ich nicht.«

Gabrielle holte tief Luft. Auf keinen Fall wollte sie ihre Selbstbeherrschung verlieren und ihn womöglich anschreien. »Nun, warum drehen wir dann nicht um und steuern wieder Paris an?« fragte sie mit gezwungener Fröhlichkeit. »Hier sind Bäume und ein Kirchturm, Max.«

Max wich ihrem Blick aus. »Ich kann auch nicht umkehren.«

»Du lieber Gott! Wenn wir umkommen, dann will ich nie mehr etwas mit Ihnen zu tun haben, Maximilien de Saint-Just. Sie und Ihre Aerostaten, die entweder explodieren oder zum unpassendsten Zeitpunkt ein Loch bekommen …«

»Wir werden nicht umkommen.« Max warf den Eßkorb, die

Champagnerflaschen und die Decken über Bord. Gabrielle sah zu, wie sie nacheinander in einem Rübenfeld aufschlugen. Zumindest hatten sie die meisten der hohen Bäume hinter sich gelassen, aber sie trieben immer noch auf das bedrohlich nahe liegende Dorf zu. Der Wind trieb sein eigenes übermütiges Spiel mit ihnen, und sie steuerten direkt auf die Kirche mit ihrem hohen Turm zu. Gabrielle konnte bereits die Zeit auf der Uhr ablesen – beide Zeiger standen auf zwölf, und wie auf Kommando schlug eine Glocke die Stunde.

»Wenn wir auf dem Boden aufschlagen, rumpelt es vielleicht ein wenig«, verkündete Max; seine Fröhlichkeit konnte einen zum Wahnsinn treiben. Er besaß sogar die Kühnheit, sie aufmunternd anzulächeln!

Gabrielle war wütend.

»Wir müssen so viel Gewicht wie möglich abwerfen.« Dabei zog er seine Jacke aus, nahm den Hut vom Kopf und warf beides hinaus.

Er streckte die Arme nach ihr aus und sie glaubte, er wolle sie in die Arme nehmen. Ohne die Korbwand loszulassen, wich sie seitlich aus, wie ein Matador dem Stier. »Max! Wie können Sie in einem solchen Augenblick an so etwas denken?«

Max packte sie mit einer Hand um die Taille und griff ihr mit der anderen Hand unter die Röcke, wo er an den Schnüren zerrte, die ihre Unterröcke mit dem Korsett verbanden. »Hören Sie doch um Himmels willen auf zu zappeln, Gabrielle!« brummte er.

Gabrielle war so verblüfft, daß sie stillstand. Seine wollüstige Begierde hatte ihm vermutlich den letzten Rest Verstand geraubt. Der Aerostat fiel wie ein Stein vom Himmel, und statt daß er etwas dagegen unternahm, riß er ihr die Kleider vom Leib!

Gabrielle trommelte mit den Fäusten gegen seine Brust. »Lassen Sie mich sofort los. Ich weigere mich, mit Ihnen zu schlafen, wenn wir im nächsten Augenblick sterben können.«

Der Verrückte lachte einfach! Er hatte es irgendwie geschafft, seine Finger zwischen ihr Hemd und ihre Haut zu zwängen, und trotz des drohenden Todes tanzten Gabrielle die Schmetterlinge im Bauch.

»Ah!« Sie stöhnte und lehnte sich schwankend mit geschlossenen Augen gegen ihn.

»Gabrielle, meine Liebe, Sie sind absolut unwiderstehlich, wenn Sie das tun!« Max rang nach Luft. »Aber jetzt ist keine Zeit dafür. Helfen Sie mir, Sie müssen den Reifrock und die Unterröcke ausziehen. Wir müssen alles über Bord werfen. Alles.«

Gabrielle wollte den Korbrand nicht loslassen und konnte Max daher auch nicht daran hindern, ihr die Unterröcke auszuziehen. Die drei Unterröcke und der Rock mit den Reifen aus Weidenzweigen waren ziemlich schwer, und kaum waren sie über Bord, verlangsamte sich der Sinkflug des Ballons deutlich.

Aber es reichte noch nicht. »Die Schuhe auch«, befahl Max und zog Gabrielle die Schuhe von den Füßen und zur Sicherheit auch noch die Strümpfe. An die Korbwand gelehnt, zog sich Max schließlich unter Stöhnen die engen schwarzen Lederstiefel aus und warf sie über Bord. Seufzend sah er ihnen nach. »Zu blöd! Ich habe mehr als hundert Livres für diese Stiefel bezahlt.«

Gabrielle kamen beinahe die Tränen bei dem Gedanken an das viele Geld, das sie für ihr Kleid, die Unterröcke und das sonstige Zubehör ausgegeben hatte. Sie hatte damit nur ein Ziel verfolgt: Sie wollte einen gewissen verrückten Wissenschaftler beeindrucken. Sie hatte sich vorgestellt, wie er ihr jeden der drei duftigen, teuren Unterröcke einzeln ausziehen würde ...

»Gabrielle ...«

Gabrielle riß sich vom Anblick des Kirchturms los, der bedrohlich rasch näherkam. Max betrachtete sie nachdenklich.

»Was ...?« begann sie und riß die Augen entsetzt auf, als sie seine Absicht erriet. Jetzt ließ sie doch die Brüstung des Korbes los und verschränkte die Arme schützend vor der Brust. »Das werden Sie nicht wagen!«

»Ihr Kleid wiegt bestimmt ...«

Gabrielle wies mit zitternden Fingern auf seinen Bauch. »Bevor ich mich ausziehe, sehe ich Sie nackt, Maximilien de Saint-Just. Ziehen Sie Ihre Hose aus!«

Max' wütender Blick ließ Gabrielle fürchten, daß sie als nächstes über Bord fliegen würde, falls sie nicht tat, was er verlangte. »Verdammt, Gabrielle, seien Sie doch vernünftig!«

»Vernünftig! Sie ...« Der Kirchturm war jetzt so nahe, daß

Gabrielle die roten Dachschindeln einzeln zählen konnte. »Du lieber Himmel!« rief sie leise und bekreuzigte sich.

Der Korb drehte sich, berührte das Dach, schlingerte und kippte. Gabrielle schrie, als sie über den Boden rutschte und gegen die harte Seitenwand des Korbes prallte.

Ihr Rock schlug über ihrem Kopf zusammen, und für einen Augenblick war die Welt rund um sie stockdunkel. Gabrielle wurde von Panik ergriffen, aber sie kämpfte tapfer dagegen an. Sie riß sich den Rock wieder vom Gesicht, und das erste, was sie erblickte, war das traurige Gesicht einer riesigen vergoldeten Christusstatue. Sie glaubte, sie wäre bereits gestorben und im Himmel. Dann bemerkte sie, daß der vergoldete Heiligenschein der Figur mit Taubenexkrementen beschmutzt war und der Figur ein Fuß fehlte.

Mit einem kräftigen Ruck löste sich der Korb vom Turm und richtete sich wieder auf. Gabrielle wurde direkt in Max' Arme geschleudert.

»Ich wußte, daß ich Kirchen besser aus dem Weg gehen sollte!« stellte Max fest. Jetzt hielt ihn Gabrielle wahrhaftig für verrückt.

»Heirate mich, Gabrielle.«

Gabrielle öffnete die Augen; über ihr dehnte sich ein türkisfarbener Himmel mit zarten weißen Wolken. Im Kieferngeäst hing der Korb. Der Stoff flatterte im Wind, und die Seile hingen schlaff herunter.

Im ersten Augenblick hatte Gabrielle keine Ahnung, wo sie sich befand und was geschehen war. Sie erinnerte sich nur dunkel daran, in Max' Armen gelegen und seine leise Stimme gehört zu haben, die etwas von Kirchen flüsterte und sie fragte –

Nein, sie konnte unmöglich richtig gehört haben. Sie hatte schließlich erwartet, im nächsten Augenblick zu sterben. Vielleicht hatte sie sich in ihrer Angst etwas eingebildet.

Gabrielle setzte sich auf und sah sich um. Sie befand sich am Rand einer brachliegenden Wiese. In der Mitte der Wiese lag der Ballon, der sich vom Korb gelöst hatte. Das Gas entwich durch die Risse im Stoff, und der Ballon hob und senkte sich auf dem feuchten, dunklen Boden wie ein lebendiges Wesen. Ein Bauer hatte auf einem angrenzenden Feld gepflügt und kam jetzt gelaufen; er starrte das Ungeheuer mit offenem Mund an und rannte schließlich in Richtung Dorf davon.

Max war nirgends zu sehen.

»Max!« rief Gabrielle und erhob sich mühsam. »Max, Sie dürfen mich nicht so erschrecken! Wo sind Sie?«

Gabrielle wollte beim Ballon nachsehen, ob Max vielleicht im Gewirr der seidenen Hülle steckte. Ihr fiel ein, daß der Korb die Baumwipfel gestreift hatte und wieder umgekippt war. Sie war dabei hinausgeschleudert worden. Vielleicht hatte sich Max im Ballon verstrickt.

Sie stolperte über eine frisch gepflügte Furche und verlor das Gleichgewicht. Mit den Händen fing sie ihren Fall ab; dabei fiel ihr in einem Graben etwas Weißes auf: die Manschettenrüschen eines Männerhemdes.

Gabrielle lief hin, stolperte über die Erdklumpen und fiel neben Max auf die Knie. Er lag auf dem Rücken und hatte die Arme von sich gestreckt. Sein Gesicht war regungslos. Er hielt die Augen geschlossen, aber sein Brustkorb hob und senkte sich in regelmäßigen Abständen. Gabrielle schluchzte vor Erleichterung.

»Max ... aufwachen.« Sie nahm seinen Kopf zwischen ihre Hände, aber er fiel schlaff auf ihre Brust. »Max, Liebster, bitte wach auf!« Er regte sich nicht; Gabrielle bekam wieder Angst. Sie hatte einmal von einem Mann gehört – ein Graf und enger Vertrauter des Königs –, der war auf der Jagd vom Pferd gestürzt und ohnmächtig geworden; er war nie mehr aufgewacht. Er lag noch Jahre im Bett, wurde dünner und dünner und welkte dahin; seine Haut war schließlich zäh wie Leder geworden.

Gabrielle rüttelte Max ein wenig grob. »Verdammt noch mal, Max! Wach auf, oder ich ... ich ...« Sie versuchte, sich daran zu erinnern, was zur Wiederbelebung eines Ohnmächtigen zu tun sei. »Oder ich schütte dir einen Krug Essig ins Gesicht«, drohte sie, ohne zu bedenken, daß weit und breit nicht einmal ein Fingerhut Essig zu finden war.

In der Ferne läuteten Kirchenglocken; die Alarmglocke für die Dorfbewohner. Max' Augenlider zuckten.

Gabrielle rüttelte ihn nochmals, diesmal etwas sanfter. »Wenn du nicht sofort aufwachst, Max, dann heirate ich dich wirklich, auch wenn ich die Sache nur geträumt habe. Es würde dir recht geschehen.«

Max hatte die Augen immer noch geschlossen, aber seine Nasenflügel bebten und verrieten Gabrielle, daß er sie gehört hatte.

Gabrielle rüttelte ihn, so fest sie konnte. Sie war wütend, weil er sie beinahe umgebracht hatte, selbst fast starb und noch dazu schuld daran hatte, daß sie ihn liebte.

»Ich lade dir ein Dutzend Kinder auf, für deren Unterhalt du aufkommen mußt«, schwor sie; das war in ihren Augen die schlimmste Drohung. »Und ich werde auf dir herumhacken, ärger als ein Fischweib vom Markt. Ich lasse dich nachts auf dem Boden schlafen und ... autsch!« Max zog sie an sich und verschloß ihr den Mund mit einem Kuß. Es war ein leidenschaftlicher Kuß, und Gabrielle erwiderte ihn mit dem gleichen Ungestüm. Sie wollte Max nicht nur berühren, sie wollte mit ihm verschmelzen. Es war kein sanftes Verlangen, das sie empfand, sondern gierige, verzehrende Leidenschaft.

Gabrielle packte ihn an den Haaren und zog seinen Kopf noch näher an sich, und Max strich ihr über den Rücken, legte seine Handfläche auf ihr Gesäß und preßte ihren Körper an seinen. Seine Nähe war überwältigend, und Gabrielle glaubte zu ersticken.

Max ließ sie so unvermittelt los, daß Gabrielle fürchtete, er sei zornig.

»Du lieber Himmel, Gabrielle ...«, stöhnte er, doch Gabrielle hörte ihn kaum, so laut dröhnte das Blut in ihren Ohren. Sie preßte ihr Gesicht an seinen Hals, unfähig, ihm ins Gesicht zu sehen. So benahm sich wohl nur eine Hure, dachte sie. Was mußte er von ihr halten?

»Gabrielle?«

Zögernd hob sie den Kopf und sah ihm in die Augen. Sie ahnte seine Gedanken, aber seine Augen verrieten nichts.

Sekunden verstrichen, und für Gabrielle schien die ganze Welt atemlos darauf zu warten, was er zu sagen hatte. Max setzte sich auf. »Du kannst alles mit mir anstellen«, begann Max schließlich mit zittriger Stimme, »aber verlaß mich nie!«

Gabrielle war immer noch unfähig zu denken und wußte nicht, wovon er eigentlich sprach. Doch im Unterbewußtsein hörte sie das Echo seiner Stimme, die sagte: *Heirate mich, Gabrielle.*

»Max, ich ... Wenn du nur willst, daß ich mit dir schlafe ...«

Max verschloß ihr den Mund mit seiner Hand. »Zum Kuckuck, ja, ich will mit dir schlafen, wahnsinnig gern sogar! Aber ich will dich auch am Morgen beim Erwachen an meiner Seite haben. Jeden Morgen. Ich will, daß du mir Kinder zum Unterhalt aufbürdest, je mehr, desto besser, und mit deinem entzückenden Sohn fangen wir an. Ich möchte jemanden, der in schönen Zeiten mit mir lacht und mir in schlechten Zeiten eine Stütze ist. Ich will dich, Gabrielle! Als meine Frau.«

Hinter ihnen rauschte der heiße Wind in den Bäumen, und es klang wie Wellen, die gegen einen Felsen schlugen. Der moorige Geruch der feuchten, frisch gepflügten Erde stieg Gabrielle in die Nase, und die klebrigen Kiefernnadeln zerstachen ihr die Beine. Es ging ihr durch den Kopf, daß er wahrscheinlich der schönste Mann war, den sie je gesehen hatte.

Sie hatte nicht geahnt, daß man so glücklich sein konnte.

Plötzlich wurde sie verlegen und mußte den Blick abwenden. Ihr Kleid war zerrissen und schmutzig. Sie trug keine Schuhe und keinen Hut, und der Wind blies ihr die zerzausten Haare ins Gesicht. Sie versuchte, die Haare zu bändigen, und als das mißlang, rieb sie unsicher an einem Schmutzfleck auf ihrem Rock.

Max griff mit einer Hand nach ihren Händen, mit der anderen bog er ihr das Gesicht nach hinten, bis sie seinem Blick nicht länger ausweichen konnte. »Es gefällt mir, wenn du ein wenig aufgelöst aussiehst, weißt du das nicht? Heirate mich, Gabrielle!«

Sie lächelte, aber das Lächeln verschwand sofort wieder, als ihr einfiel, daß er ihr noch nicht gesagt hatte, daß er sie liebe. Aber dann begriff sie, daß er es ihr auf seine Weise zu verstehen gegeben hatte, und sie strahlte über das ganze Gesicht.

Max wartete auf ihre Antwort. Gabrielle vertiefte sich in das geliebte Gesicht mit den markanten Backenknochen, dem fest geformten, geschwungenen Mund, der pulsierenden Ader an seinem schlanken Hals.

Sie legte einen Finger auf diese pulsierende Stelle, der Pulsschlag hielt kurz inne und schlug gleich darauf um so schneller weiter. »Ja«, sagte sie heiser und ein wenig unsicher.

Max' Augen leuchteten auf, und er lächelte; Gabrielle tastete nach seinem Mund, um dieses Lächeln mit den Fingern einzufangen. Max faßte mit den Lippen nach einem ihrer Finger, knabberte und saugte daran und ließ ihn wieder los.

»Ach, Max!« hauchte sie. Sie barg sein Gesicht in ihren Händen, küßte seine Augen, zuerst eines, dann das andere. Sie wollte ihn küssen, zögerte den Kuß jedoch hinaus, bis ihre Nerven vor Erregung straff gespannt waren.

Doch selbst dann küßte sie ihn nicht, sondern tastete nur mit der Zunge zart über seine Lippen. Sein Hemd stand am Hals offen und war ihm halb über eine Schulter geglitten. Gabrielle drückte einen zarten Kuß auf die bloße Stelle zwischen Hals und Schulter, und als sie sich an ihn lehnte, spürte sie den dumpfen Schlag seines Herzens. Sie ließ ihre Hände tastend über seinen Körper gleiten und erkundete ihn langsam, Zentimeter für Zentimeter.

»Gabrielle ...« Sein Atem hauchte über ihren Hals, als er sprach, und Gabrielle bekam am ganzen Körper Gänsehaut. »Wir machen besser Schluß, solange wir noch ...«

Die Stille wurde von Stimmengewirr und Schreien unterbrochen, die der Wind ihnen zutrug. Gabrielle hob den Kopf und blickte über die Wiese. Sie riß die Augen auf und lachte leise.

Die Dorfbewohner schwärmten, mit Heugabeln, Äxten und Sensen bewaffnet, über das Feld. Ein Mann – vermutlich der Gutsverwalter, denn er trug als einziger eine enge Kniebundhose und eine Jacke – näherte sich zögernd dem Ballon. Er schwang eine lange Heugabel am Stielende durch die Luft.

Dann stach er die Heugabel wie einen Speer in das Ungeheuer. Der Ballon stieß ein rülpsendes Geräusch aus, und das Gas entströmte unter wimmerndem Zischen. Der Mann sprang schreiend zurück und ließ sein Gerät fallen.

»Verdammt!« fluchte Max und stolperte auf die Beine, um das verunglückte Ungeheuer zu retten.

Doch Gabrielle umfaßte seine Taille und hielt ihn zurück. »Sei nicht dumm, Max. Willst du, daß sie mit ihren Heugabeln nach dir stechen? Das sind zumindest dreißig Leute. Außerdem ist es bereits zu spät.«

Mittlerweile warfen mehrere Männer mit Steinen nach der flatternden, sich windenden Hülle, die stöhnend in sich zusammensank und schrumpfte. Jetzt wurden die Männer mutiger und pirschten sich näher. Als keine Anzeichen für eine Gegenattacke kamen, zerfetzten sie das Gebilde mit ihren Sensen und Äxten.

»O Gott! Ich kann nicht hinsehen«, jammerte Max. Er hockte sich auf die Fersen, stützte die Ellbogen auf die Knie und vergrub den Kopf in den Armen. »Sie bringen ihn um.«

»Gott sei Dank«, fügte Gabrielle hinzu.

Max riß den Kopf hoch und sah sie böse an. »Gott sei Dank? Hast du eine Ahnung, wie sehr ich mich für die Konstruktion des verdammten Aerostaten verschuldet habe?«

Gabrielle war sich nicht sicher, wann ihr Max am besten gefiel, wenn er mit herausforderndem Wagemut grinste oder wenn er, so wie gerade jetzt, den Mund trotzig wie ein kleiner Junge verzog.

Sie küßte ihn. »Ich heirate dich trotzdem«, tröstete sie ihn. »Ob reich oder arm, ich liebe dich, Maximilien de Saint-Just. Ich werde dich immer lieben.« Gabrielle schmiegte sich an ihn und wollte ihn küssen.

Max schob sie von sich. »Wenn du willst, daß ich erst mit dir schlafe, sobald wir ordnungsgemäß getraut sind, meine Liebe, dann komme mir besser nicht zu nahe. Meine Willenskraft ist dahin, und du bist die wandelnde Versuchung. Du lieber Himmel, was machen sie denn jetzt?«

Gabrielle reckte sich, um auf die Wiese hinauszusehen. Die Dorfbewohner hatten einen Ackergaul vor den besiegten Ballon gespannt und wollten ihn mit Schimpf und Schande über die Wiesen zerren.

Noch ehe Gabrielle es verhindern konnte, war Max aufgesprungen und der Menge nachgestürmt. Als Gabrielle ihn einholte, hatte er bereits vier Männer niedergestreckt und mehrere verwundet, bevor ihn schließlich die zahlenmäßig überlegene Menge überwältigte. Ein kleiner, runder Mann in einer schwarzen Soutane sprang um die sich auf dem Boden wälzenden, kämpfenden Leiber herum, rang die Hände und schrie.

»Laßt ab davon! Im Namen unseres Erlösers befehle ich euch, diese Rauferei sofort zu beenden!« Er schloß seinen Redefluß mit einem heftigen Niesanfall.

Die Dorfbewohner gehorchten, Max nicht. Er machte sich ein perverses Vergnügen daraus, mit den Fäusten auf seine Gegner einzuschlagen. Zwei weitere Dorfbewohner erhielten blutige Nasen, bevor Max abermals überwältigt wurde.

Man zerrte ihn hoch und schleppte ihn vor den Mann in der schwarzen Soutane.

»Sind Sie dafür verantwortlich, daß dieses heidnische Ungeheuer unser Dorf heimgesucht hat?« wollte der Pfarrer wissen und deutete dabei mit bebendem Finger auf den einstmals so großartigen Ballon, der jetzt geschrumpft, welk und schmutzig auf dem Boden lag.

Trotz seines verschwollenen Auges blickte Max hochmütig auf den Pfarrer hinunter. »Das, Sie dämlicher Priester, der sich überall einmischen muß, ist kein heidnisches Ungeheuer, sondern ein agnostischer Aerostat.«

Gabrielle schmunzelte hinter der vorgehaltenen Hand. Der Pfarrer fand das dagegen keineswegs lustig. Er funkelte sie zornig an. Gabrielle glaubte, noch nie einen derart häßlichen Mann gesehen zu haben. Er hatte dicke Hängebacken und eine vom Tabakschnupfen deformierte Nase. Gabrielle mußte an die großen Kampfhunde denken, die als Bärenköder gezüchtet wurden.

»Dieser Mann ist vermutlich der Teufel in Verkleidung«, donnerte der Pfarrer, »und ist gekommen, um uns zu quälen und zu verführen. Und diese Frau«, er deutete mit ausgestrecktem Finger auf Gabrielle, die erschrocken zusammenzuckte, »ist die Magd des Teufels!«

Ein zorniges Murren ging durch die Schar der Dorfbewohner, und ein Mann trat mit drohend geschwungener Axt einen Schritt vor.

»Ich dulde keine weitere Gewalttätigkeit!« brüllte der Geistliche und schloß mit einem gewaltigen Niesen. Der Bauer zog sich wieder zurück und schützte sein Gesicht mit vorgehaltenem Arm vor der Spucke des Priesters.

Max hatte sich von der Hand, die ihn zurückhielt, losgerissen und packte den Abbé vorn an der Soutane. Er schüttelte den Priester so ungestüm, daß seine Füße haltlos in der Luft zappelten.

»Drücken Sie sich gefälligst anständig aus, wenn Sie über meine ...« Max hielt mitten im Satz inne, und ein seltsamer Ausdruck huschte über sein Gesicht. Gabrielle hatte Angst, er könnte in seinem gereizten Zustand einen Mord begehen; beruhigend legte sie ihm die Hand auf den Arm.

Max lockerte seinen Griff und ließ den Priester zu Boden gleiten. Er brachte das Gewand des Geistlichen in Ordnung und bürstete sogar Staub von der Soutane, den es gar nicht gab. »Mein lieber Herr Abbé«, begann er dann aufs neue und lächelte dabei wahrhaft teuflisch, »Sie sind genau der richtige Mann, den ich im Augenblick brauche.«

»Sie brauchen mich?« preßte der Pfarrer hervor.

»Ja.« Max nahm Gabrielle in die Arme. »Ich brauche Sie, damit Sie mich mit dieser Frau trauen.«

»Jetzt?« rief Gabrielle.

Der Pfarrer nieste; es war ein furchteinflößendes Geräusch. »Ich ... Sie trauen?«

»Herr Pfarrer?« unterbrach ein Dorfbewohner die Unterhaltung.

»Schweig!« fuhr der Abbé ihn an.

»Jetzt«, wandte sich Max an Gabrielle. »Bevor du deine Meinung änderst.«

Der Pfarrer schnaubte gewaltig laut. »Unmöglich. Wo ist der Ehekontrakt? Wurde das Aufgebot ordnungsgemäß erstellt? Ich brauche zumindest zehn Tage, um die notwendigen Dokumente auszustellen.«

Max' Augen wurden schmal, und mit samtweicher Stimme fuhr er fort: »Vielleicht sollte ich es anders ausdrücken, Herr Pfarrer, damit Sie es verstehen. Wenn Sie mich nicht heute nachmittag noch mit dieser Frau verheiraten, werden wir heute nacht eine schwere Sünde begehen.«

Der Abbé wurde blaß und fuhr sich mit der Zunge über die Lippen. »Sie werden doch nicht meinen ... Sünde?«

»Sünde. Unzucht, um es genau zu sagen.«

Gabrielle stieß einen Laut aus, der wie das letzte Zwitschern eines beinahe erwürgten Vogels klang. Die Schamröte war ihr ins Gesicht gestiegen. Gabrielle funkelte ihren zukünftigen Gatten wütend an und gab ihm mit Blicken zu verstehen, was ihm bevorstand, sobald sie das nächste Mal wieder allein waren.

Aber sie mußte zugeben, daß er die Wahrheit sprach. Denn, verheiratet oder nicht, heute nacht würde sie mit Maximilien de Saint-Just schlafen.

»Sie werden die Verantwortung dafür tragen«, warnte Max den Priester und fügte mit spöttischem Lächeln hinzu: »Wenn Sie uns jedoch innerhalb einer Stunde trauen, zahle ich Ihnen hundert Livres.«

Der Abbé streckte die Arme aus. »Fort!« brüllte er so laut, daß ein Taubenschwarm aus den nahen Kiefern aufstob. Gabrielle befürchtete bereits, daß der Priester sie und Max tatsächlich für Teufel hielt, die er jetzt austreiben wollte.

Aber der Priester wollte nur die Schäflein seiner Herde zurück ins Dorf scheuchen. »Laßt das heidnische Ungeheuer liegen, wo es ist«, befahl er und räumte die Wiese; zwei Männer sahen sich noch einmal zornig um.

In die darauffolgende Stille hinein nieste der Priester zuerst einmal, dann räusperte er sich. »Einen Geistlichen kann man nicht bestechen«, mahnte er ernst. »Doch sind der Kirche wohltätige Spenden stets willkommen.« Er rieb seine verunstaltete Nase. »Ich bin Pater Etienne Benoit, der Abbé im Dorf Chênaie-sur-Seine. Und Sie sind Monsieur ...«

»Saint-Just.«

»Doch nicht der Graf von Saint-Just? Sie sind viel zu jung. Vielleicht der Sohn des Grafen?«

Max sah Gabrielle an; sein Gesicht wurde hart, und in seinen Augen funkelte der alte Zynismus. »Ja, ich bin der Sohn des Grafen. Sein unehelicher Sohn«, fügte er grob hinzu, als wollte er sie herausfordernd fragen, ob sie ihn noch immer liebe, jetzt, da sie die Schande seiner Herkunft kannte.

»Aha.« Der Abbé legte in diesen Laut die ganze Verachtung, die die Gesellschaft illegitimen Nachkommen entgegenbrachte.

Aber Gabrielle war es gleichgültig, wie Max geboren war. Für sie stand fest, daß er nur deshalb auf dieser Welt war, damit sie ihn liebte. Das gab sie ihm zu verstehen, indem sie ihn bei der Hand nahm und ihn genauso liebevoll anlächelte wie Dominique, wenn er Kummer hatte und Trost brauchte.

Zuerst verharrte Max in seiner starren, ablehnenden Haltung. Schließlich seufzte er und strahlte über das ganze Gesicht. Seine Augen leuchteten, aber diesmal nicht vor Leidenschaft, sondern vor Glück. Pater Benoits Blick wanderte zwischen Gabrielle und Max hin und her. »Und du, meine Tochter, du wünschst diese Ehe ebenfalls?« fragte er, plötzlich freundlich geworden.

Gabrielle öffnete den Mund, brachte aber zuerst kein Wort heraus. »J-ja«, stammelte sie schließlich.

Der Abbé nieste. »Dann soll es geschehen.«

Die Kirche war alt.

Es roch nach muffigen Bänken und modrigen Meßbüchern. Durch die schmalen Fenster des Mittelschiffs fielen Sonnenstrahlen, und winzige Staubkörner tanzten durch die Luft. Steinfliesen führten durch das Hauptschiff zum Altar, und eine abgetretene Spur zeugte von den vielen Füßen, die im Lauf der vielen Jahre nach vorn gegangen waren, um den Leib Christi zu empfangen.

Pater Benoit ließ Max und Gabrielle vor dem Kommuniongitter stehen und verschwand in der Sakristei. Gleich darauf dröhnte das Echo seines gewaltigen Niesens durch das Kirchenschiff; Pater Benoit hatte sich wohl eine Prise gegönnt.

Max legte den Arm um Gabrielles Taille und küßte sie auf die Wange. Gabrielle schob Max halbherzig von sich. »Wir sind in der Kirche, Max.«

Max ließ seine Hand höher gleiten und umfaßte ihre Brust. »Ahh«, murmelte er, küßte ihr Haar und streichelte ihre Brust unter dem steifen Stoff. »Wir sind in der Kirche und wollen heiraten.«

Gabrielle stöhnte und drehte den Kopf so, daß Max ihr Ohr berühren konnte. »Das ist keine Entschuldigung.«

»Ich brauche keine Entschuldigung.«

»Hm.«

Gabrielle löste sich hastig aus Max' Umarmung; der Abbé sah sie ernst an, und Gabrielle wurde rot vor Zorn.

Pater Benoit schob die Stola, die er um seinen dicken Nacken trug, zurecht und kam watschelnd auf sie zu. »Ich glaube, eine Beichtsitzung wäre angebracht«, begann der Priester.

Gabrielle wurde noch röter im Gesicht, und Max schnitt eine Grimasse.

»Vor dem Empfang eines Sakraments, besonders vor dem Empfang des Sakraments der Ehe«, der Abbé hob drohend seinen fetten Finger vor Max' Nase, »müssen eure Seelen im Stande der Gnade sein. Kannst du mir versichern, mein Sohn, daß deine Seele rein von Sünde ist?«

»Nein«, gestand Max, aber so hochmütig, daß sich Gabrielle insgeheim bekreuzigte.

Der Priester schüttelte den Kopf. »Die schlimmste aller Sünden, mein Sohn, ist der Stolz.«

Max hielt dem Blick des Priesters lange stand, bevor er schließlich die Augen niederschlug und auf seine nackten Füße blickte. Der Priester folgte Max' Blick mit den Augen und zog erstaunt die Brauen hoch. »Das ist eine lange Geschichte«, erklärte Max.

Im Gesicht des Priesters zuckte es. »Das kann ich mir vorstellen. Aber Sie müssen sie mir nicht erzählen.« Er wandte sich an Gabrielle und deutete auf den Beichtstuhl. »Wollen wir beginnen, mein Kind?«

»Das hat nicht lang gedauert«, empfing Max Gabrielle, als sie kurz darauf aus dem Beichtstuhl trat.

»Ich hatte nicht viel zu sagen«, bekannte sie blasiert. Sie wurde rot, denn die einzigen Sünden, die sie in der vergangenen Woche begangen hatte, waren ihre wollüstigen Gedanken und ihr lüsternes Betragen gewesen.

Max verblieb lange im Beichtstuhl. Gabrielle schritt im Kirchenschiff auf und ab und versuchte, nicht nachzudenken, denn sie würde diesen verrückten, unbedachten Schritt, den sie im Begriff war zu tun, nie wagen, wenn sie zu viel darüber nachgrübelte.

Sie hätte heute morgen nicht einmal zum Botanischen Garten gehen sollen. Sie war nur deshalb gekommen, weil Max sie so lieb darum gebeten hatte und sie den Gedanken nicht ertrug, ihn zu enttäuschen. Aber es war ein großes Risiko gewesen, sich bei einem öffentlichen Ereignis dieser Art blicken zu lassen. Als sie mit Max dann in den Aerostaten geklettert war und das allgemeine Interesse auf sich gezogen hatte, war alles noch viel schlimmer geworden. Jeder sah sie, und man hätte sie leicht erkennen können ...

Louvois ... Plötzlich hatte sie entsetzliche Angst. Womöglich war Louvois ebenfalls dort gewesen!

Du liebe Mutter Gottes! Was hatte sie sich dabei gedacht! Sie konnte Max niemals heiraten. Ganz Paris würde in Kürze über den verrückten Wissenschaftler Saint-Just und seine Experimente mit den mit entzündlicher Luft gefüllten Ballonen reden, falls das nicht bereits der Fall war. Mittlerweile kannte sie Max gut genug und wußte, daß er es genoß, wenn die Leute über ihn redeten. Er war der Typ von Mann, der mit seiner frisch vermählten Frau am Arm im Palais Royal herumspazieren wollte. Wie konnte sie ihm erklären, daß ihre Ehe geheim bleiben mußte und niemand davon erfahren durfte? Wie konnte sie ihm das erklären, ohne ihm alles zu erzählen? Und wenn sie ihm alles erzählte, was würde er ...

Nicht daran denken. Nicht ...

»Denk an etwas anderes«, flüsterte Gabrielle. Nervös schlug sie die Hände zusammen und seufzte; der scharfe Rand des Saphirrings drückte sich in ihre Hand. Die Erinnerungen, die bei seinem Anblick in Gabrielle wach wurden, wären beinahe ihr Ruin geworden. Rasch zog sie den Ring vom Finger und steckte ihn in eine Tasche ihres Rocks.

Gabrielle starrte auf die geschlossenen Türen des Beichtstuhls. Wieso brauchte er so lange? Nicht einmal ein Lebemann wie Max konnte so viele Sünden auf sein Gewissen geladen haben.

Sie mußte lächeln. Er mochte ein Lebemann sein, aber er war ein anbetungswürdiger Lebemann. *Ich bin ein gemeiner Kerl und habe nicht die Absicht, mich zu ändern,* hatte er sie damals nachts beim Sterngucken gewarnt. Gabrielle wurde ernst. Würde die Ehe Max bessern? Sie bezweifelte es. Max liebte die Frauen und die Vergnügungen, die sie ihm boten. Er bildete sich vielleicht ein, sie zu lieben, aber wie lange würde es dauern, bevor er die impulsive Entscheidung dieses Tages bedauerte? *Ich werde dich belügen und dich vermutlich benutzen,* hatte er gesagt, *ich werde dir ziemlich sicher auch sehr wehtun …*

Die Tür zum Beichtstuhl öffnete sich quietschend, und Max trat heraus. Er lächelte, doch als er ihr Gesicht sah, wurden seine Lippen schmal, und er senkte die Lider.

»Bedauerst du deine Antwort schon jetzt, Gabrielle? Dort hinten ist das Portal. Nichts hält dich.«

Gabrielle warf den Kopf in den Nacken und sah Max herausfordernd an. »Bedauerst du vielleicht die Frage?«

Sie wartete, aber Max schwieg. Es war so still in der Kirche, daß man die Fledermäuse im Gebälk hörte. Weder Max noch Gabrielle gingen zum Portal.

Gabrielle fragte sich, was er wirklich für sie empfand. Es war doch wohl Liebe, was ihn dazu gebracht hatte, jetzt in dieser Kirche zu stehen? »Was ist mit dem Priester geschehen?« fragte Gabrielle schließlich, als sie die Stille nicht mehr länger ertrug.

Max grinste spöttisch.

»Er bestand darauf, daß ich alle meine Sünden aufzähle, und ich habe es getan. Vermutlich muß er sich von dem Schock erholen.«

Gabrielle lachte, weil ihr plötzlich viele Gründe dafür einfielen, warum sie ihn liebte. »Ach Max, du bist ein unverbesserlicher …«

In diesem Augenblick stolperte der Abbé auf der Priesterseite aus dem Beichtstuhl. Sein Gesicht war so weiß wie seine Stola, und er warf Max einen Blick zu, als erwarte er, daß ihm im nächsten Moment Hörner und Bockshufe wüchsen. »Wir brauchen noch …«, begann er, aber seine Stimme versagte, so daß er nochmals beginnen mußte. »Wir brauchen zwei Zeugen.«

Max ging nach draußen und kam mit zwei Dorfbewohnern zurück, deren Gesichter mitgenommen wirkten. Anscheinend nahmen sie Max jedoch nichts übel, denn sie grinsten und klopften ihm auf den Rücken, ehe sie in eine Betbank schlüpften.

Die Hochzeitszeremonie kam Gabrielle endlos vor. Sie knieten nebeneinander vor dem Altar und hielten einander an den Händen.

Die dröhnende Stimme des Priesters wurde ab und zu von einem Niesen unterbrochen. Gabrielle hörte nicht richtig zu. Sie sah Max von der Seite an. Er hielt den Kopf gebeugt und die Augen halb geschlossen. Zuerst glaubte sie, daß er bete, aber dann wurde ihr klar, daß er in den tiefen Ausschnitt ihres Kleides schielte. Sie lächelte und streichelte zärtlich die Innenseite seines Handgelenks. Nur wenige Minuten waren seit der Lossprechung verstrichen, und schon sündigte er wieder.

Es kam ihr alles so unwirklich vor, als geschehe es jemand anderem und sie würde aus großer Höhe zusehen, so wie sie vom Ballon aus auf die Welt hinuntergesehen hatte. Sie versuchte, nicht daran zu denken, wie selbstsüchtig es von ihr war, Max zu heiraten. Sie würde nur Kummer und Schmerz in sein Leben bringen. Es wäre besser gewesen, mit ihm in Sünde zu schlafen, sich ein paar wunderbare, von Liebe erfüllte Nächte zu vergönnen und dann mit Dominique in den Straßen von Paris unterzutauchen, wie sie bereits einmal untergetaucht waren. Aber sie liebte doch Max, wie konnte sie ihm diesen Schmerz zufügen! Damit log sie sich jedoch auch etwas vor, denn früher oder später würde sie Max auf alle Fälle Kummer bereiten. Und was Dominique anging, wovor wollte sie ihn bewahren? Vor einer Kindheit in Luxus und Überfluß und einer Zukunft in grenzenlosem Reichtum und mit unbegrenzter Macht? Nein, in Wahrheit hatte sie nicht den Mut, Max oder ihren Sohn aufzugeben. Aus freien Stücken und ohne zwingende Notwendigkeit würde sie das nie tun! Nicht, ehe die beiden die Wahrheit erfuhren und sie verließen ...

Erschrocken bemerkte Gabrielle, daß der Priester darauf wartete, daß sie das Ehegelöbnis wiederhole. Noch war es nicht zu spät.

Schließlich war es dann zu spät.

Als es zur Weihe der Ringe kam, überraschte Max Gabrielle damit, daß er einen schweren Siegelring von der Kette um seinen Hals nahm. Es war ein Männerring, aber er mußte einmal verkleinert worden sein, denn er paßte perfekt auf Gabrielles Finger.

Endlich war alles vorüber. Der Priester machte über ihren Köpfen das Zeichen des Kreuzes, segnete sie und erklärte sie für Mann und Frau.

Sie erhoben sich gemeinsam. Gabrielle sah ihren Ehemann an. Er wirkte ernst, beinahe traurig. Bedauerte er diese Heirat womöglich schon jetzt?

Gabrielle kam es wie der längste Augenblick in ihrem Leben vor, bis Max endlich den Kopf neigte und sie zart auf den Mund küßte. Dann wandte er sich an den Priester, und ein übermütiges Lächeln zuckte um seinen Mund. »Meinen verbindlichsten Dank, Pater. Sagen Sie mir bitte jetzt, wo ich das nächste leere Bett finde?«

Die beiden Zeugen brachen in schallendes Gelächter aus.

Pater Benoit wurde dunkelrot. »Aber, aber, aber«, stotterte er und nieste wieder, »zuerst müssen Sie sich noch in das Register eintragen. Außerdem müssen die Formulare ausgefüllt werden ...«

»Mein lieber Monsieur Abbé«, Max schlug seinen hochmütigsten Ton an. »Sie haben einen Mann und eine Frau vor sich, ein Ehepaar, die der Versuchung bis an den Rand des Erträglichen widerstanden haben.« Er schloß seine lachend errötende Gabrielle in die Arme. »Verdammt, Mann, wir brauchen ein Bett!«

»Ich verstehe.« Der Abbé nickte. »Das heißt, ich verstehe natürlich nicht, ich bin ja Priester. Aber ich würde verstehen. Ach zum Henker damit!« Er gestikulierte mit den Armen und scheuchte mit seinem Gebrüll die Fledermäuse im Glockenturm auf. »An der Straße nach Paris gibt es einen guten, sauberen Gasthof. Geht, geht! Das Register kann warten.«

Max trug Gabrielle durch das Mittelschiff aus der Kirche. Auf dem oberen Treppenabsatz blieb er stehen, um seine Augen an das grelle Sonnenlicht zu gewöhnen.

Gabrielle legte ihm die Arme um den Hals und küßte ihn auf den Mund. »Du bist ein schrecklicher Mann, Max. Du hast den armen Priester bestimmt schockiert.«

»Wenn ich nicht bald ein Bett finde, werde ich ganz Chênaie-sur-Seine schockieren.« Auf seinem Gesicht lag ein Ausdruck zärtlichen Verlangens und aus seinen Augen sprach Liebe.

»Ich begehre dich, Gabrielle, meine Frau und Liebe meines Lebens. Ich begehre dich so sehr, daß es nicht auszuhalten ist. Ich warte keine Minute länger.«

»Und ich begehre dich, mein Ehemann.«

KAPITEL 9

Der Wirt stand über einen Kochtopf gebeugt. Als die Tür aufflog, drehte er sich um und blickte die Ankömmlinge finster an.

»Hier hat niemand hereinzustürmen wie ein vom Teufel besessener Esel!«

»Ich möchte ein Bett!« verlangte Max.

Der Wirt richtete sich auf. Kurzsichtig beäugte er den großen Mann mit dem zerschundenen Gesicht, der eine leblos wirkende Frau im Arm hielt. »Ist sie tot? Hat sie eine ansteckende Krankheit? Ich vermiete meine Zimmer nicht an eine ...«

Gabrielle brach in Gelächter aus, und Max stellte sie auf den Boden. Sie fühlte sich heiter benommen, als hätte sie den ganzen Nachmittag Champagner getrunken. »Wir haben soeben geheiratet!« verkündete sie.

Der Wirt machte eine Verbeugung und dazu einen Kratzfuß, wie ihn die Höflinge vor hundert Jahren gemacht hatten. »Meinen Glückwunsch, Madame ... Monsieur.«

Max zog seine Börse aus der Westentasche und drückte dem Gastwirt ein paar Münzen in die Hand. »Wir wollen ein Zimmer, guter Mann. Mit einem Bett. Scheuen Sie keine Kosten.«

Das Zimmer, in das der Wirt sie führte, befand sich im hinteren Teil des Erdgeschosses. Mit einer Verbeugung riß er die Tür auf. »Monsieur, Madame, ein Zimmer mit einem Bett.«

Gabrielle stand hinter Max' breitem Rücken und hörte wie ihr Ehemann stotterte: »Gott sei es gedankt, ein Bett!«

Max trat durch die Tür, und Gabrielle folgte ihm. Sie wäre beinahe gestolpert. Ein dermaßen großes Bett hatte Gabrielle in ihrem ganzen Leben noch nicht gesehen. Es hatte Klauenfüße, so groß wie die eines Elefanten, und schwere, purpurrote Vorhänge. Es füllte das winzige Zimmer beinahe völlig aus, so daß man sich kaum darin bewegen konnte.

Der Gastwirt strahlte vor Stolz, verbeugte sich noch ein letztes Mal und schloß die Tür. Gabrielles Augen funkelten fröhlich. »Du hast es so gewollt!« Lachend deutete sie auf das riesige Bett.

»Stimmt genau!« Max' dunkles, heiseres Lachen mischte sich mit ihrem.

Plötzlich hörten beide auf zu lachen und sahen einander an.

Es war so still, daß sie das dröhnende Hämmern des Schmiedes hörten, der in dieser Straße seine Werkstatt hatte. Das Geräusch war beinahe so laut wie das Schlagen von Gabrielles Herz. Durch die halb geöffneten Fensterläden drang mattes Licht, und es roch nach frisch gemähtem Heu. Wie oft hatte sie sich diesen Augenblick vorgestellt und davon geträumt, und jetzt, da er gekommen war, hatte sie Angst.

Max machte eine Bewegung, und Gabrielle zuckte zusammen.

Doch Max kam nicht zu ihr, sondern begann im Zimmer auf- und abzugehen, zum Fenster, von dort zur Tür und zurück zum Fenster.

Er kehrte Gabrielle den Rücken zu, fuhr sich mit einer Hand durch die Haare und hielt die andere in der Hosentasche vergraben. »Ich habe nicht gedacht, daß es eine solche Tortur sein würde, sich eine Frau zu nehmen. Dieses ewige Geplapper in Latein. Warum konnte uns der fette Narr nicht einfach zu Mann und Frau erklären und es dabei belassen?«

Sein Wortschwall überraschte Gabrielle. Er ist auch nervös, dachte sie, und liebte ihn dafür noch mehr.

»Verdammt!« Max drehte sich um, stellte sich mit herabhängenden Händen vor ihr auf und sah sie forschend an. Das Hämmern draußen hatte aufgehört; es war vollkommen still geworden.

»Max, ich liebe dich.«

Max seufzte. »Ich weiß, ich weiß ... Komm her!« Sie kam seiner Bitte nach, und Max nahm sie in die Arme. Er legte seine Wange auf ihren Kopf, und sie hielten einander fest.

»Ich liebe dich auch«, gestand er endlich.

Gabrielle fühlte sich leicht und schwerelos, so daß sie glaubte, wie ein Aerostat aufsteigen und aus dem Zimmer schweben zu können, wäre da nicht der Anker gewesen, der sie festhielt. Sie tastete nach dem Bettpfosten. Das Holz fühlte sich glatt und warm an in ihrer Hand.

Max' Finger spielten mit dem Spitzenbesatz an ihrem Ärmel. »Hast du dieses Kleid für mich gekauft?«

»Ich habe an dich gedacht«, flüsterte Gabrielle heiser. Max ließ seine Finger unter den Spitzen höher gleiten. »Ich habe mir vorgestellt, wie du es mir ausziehst ...«

Wie eine erfahrene verheiratete Frau drehte sie sich wortlos und selbstverständlich um, damit er den Verschluß am Rücken öffnete. Doch als seine Finger ihren Nacken berührten, lief ihr ein Schauer über den Rücken, und sie stöhnte.

Max umfaßte ihre Haare, führte sie an seinen Mund und barg sein Gesicht darin. »Pfirsich«, stellte er fest. »Ich liebe den Geruch deiner Haare. Sie duften wie frisch gepflückte Pfirsiche.«

Gabrielle schloß die Augen und sah Max vor sich, wie er einen Pfirsich pflückte, seine weißen Zähne in das weiche Fruchtfleisch grub und mit der Zunge den klebrigen Saft von seinen Lippen leckte.

Max schob ihre Haare zur Seite, entblößte ihren Nacken und drückte einen Kuß darauf. Gabrielles Augenlider zuckten. Sie neigte den Kopf und genoß es, seinen warmen, feuchten Mund auf ihrer Haut zu spüren.

Max öffnete mit geübten Fingern die Haken an ihrem Kleid. Er nahm sich Zeit, hielt nach jedem Haken inne und küßte das soeben entblößte Stück Haut.

Sobald er bei Korsett und Hemd angelangt war, wurde er ungeduldig und ging rascher vor. Er ließ das Oberteil ihres Kleides zur Taille hinuntergleiten, entblößte ihre Arme und schob den Stoffwulst über Gabrielles Hüften, so daß er zu ihren Füßen liegen blieb. Mit dem Daumen strich er über ihr Schulterblatt oberhalb des Korsetts und küßte sie auf den Nackenansatz.

Ein Zittern durchlief Gabrielles Körper. Wie konnte ein Mund, der so hart aussah, so zart küssen?

»Gefällt dir das?« flüsterte Max und drückte ihr einen zärtlichen Kuß nach dem anderen auf den Rücken.

Er schnürte ihr Korsett auf, Gabrielle zog es über den Kopf aus und schleuderte es mit einer raschen Handbewegung durch das Zimmer.

Max umfaßte ihre Taille und drehte Gabrielle so schnell um, daß sie beinahe gefallen wäre. Seine untere Gesichtshälfte lag im Schatten, aber seine Augen strahlten bei Gabrielles Anblick. Sekundenlang regte er sich nicht, dann ließ er ihre Taille los, umfaßte ihren Kopf und küßte sie auf den Mund. Gabrielle umklammerte seine Unterarme und erwiderte seinen Kuß mit leidenschaftlicher Hingabe.

Ihr Mund brannte von seinen ungestümen Liebkosungen. Max küßte ihre Wangen, vergrub seine Hand in ihren Haaren und zog ihren Kopf zurück, um ihren Hals zu entblößen und mit vielen kleinen Küssen zu bedecken.

Gabrielle streichelte seinen Rücken, drückte ihre Brüste gegen seine Brust, und plötzlich störten sie die restlichen Kleider, die sie noch trennten. Ungeduldig öffnete sie die Knöpfe an seiner Weste, bis einer klappernd über den Boden rollte.

Max hielt ihre Hände fest. »Willst du mir die Kleider vom Leib reißen, Frau?«

»Ja.«

Max schlüpfte aus der Weste und ließ sie zu Boden fallen. Gabrielle zerrte am Rüschenkragen um seinen Hals, daß Max beinahe erstickte und erbarmungswürdig mit den Augen rollte; Gabrielle lachte leise. Sie zog sein Hemd aus der Hose, Max schob es über den Kopf und schleuderte es fort.

Gabrielle legte ihm die Arme um die Taille, dann lehnte sie sich zurück und bewunderte seine Brust. Genauso hatte sie sich seinen Oberkörper vorgestellt – braungebrannt, breit und muskulös. Sie drückte ihr Gesicht in die dunklen, weichen Haare, die sie in der Nase kitzelten.

»Mmmh ... du riechst gut.«

»Gut!«

»Ja, würzig gut. Wie Zitroneneis.«

»Du lieber Himmel!«

Gabrielle fuhr mit der Zunge über seine Brust. »Du schmeckst auch gut.«

Max lachte. »Hör auf, du kleine Närrin.«

Das Lachen blieb Max im Hals stecken. Sein Blick glitt von ihrem Gesicht über ihren Hals zu ihren Brüsten. Mit dem Handrücken strich er über die weichen Formen, die aus dem Spitzenbesatz ihres Hemdes quollen und wickelte ein Wäscheband spielerisch um den Finger.

Gabrielle schüttelte den Kopf und hielt seine Hand fest. »Zuerst möchte ich dich nackt sehen, Maximilien de Saint-Just«, neckte sie ihn und mußte lächeln, weil er kurz erschrak.

Sie betrachtete prüfend seinen Körper. Ihr eigenes Verlangen saß verborgen in ihrem wild klopfenden Herzen und rauschte durch ihre Adern; Max konnte die Anzeichen seines Verlangens nicht verbergen. Mit den Fingerspitzen tastete Gabrielle zart wie eine Feder über seinen Leib. Max stöhnte, und seine Muskeln spannten sich, da er sich zwang stillzustehen.

Gabrielle wurde mutiger und streichelte kräftiger und schneller. Schließlich hielt er es nicht mehr aus und hielt ihre Hand fest. »Willst du Gabrielle?«

Sie hielt die Hand kurz still, dann ließ sie ihn los und bat mit heiserer Stimme: »Zieh die Hose aus.«

Max hatte die Augen halb geschlossen und lächelte. Er öffnete den Verschluß seiner Hose und ließ sie zu Boden gleiten. Dann machte er einen Schritt zurück, damit sie ihn besser sehen konnte. Stolz stand er vor ihr, und Gabrielle sah sich satt. Seine Augen funkelten, und ein Muskel an seiner Wange zuckte, aber Gabrielle hatte kein Auge für sein Gesicht. »Willst du?« fragte Max nochmals heiser.

Gabrielle schloß die Augen und schwankte, als wäre sie einer Ohnmacht nahe. Sie schluckte und nickte.

»Dann sag es.«

»Ich . . . will.«

Max hob sie hoch und ließ sich mit ihr auf das riesige Himmelbett fallen.

Sie rollten hin und her über das breite Bett, ohne von einander zu lassen. Schließlich kam Max obenauf zu liegen. In seinem Gesicht konnte Gabrielle alles lesen, was er mit ihr anstellen wollte, und ihr Körper zitterte ahnungsvoll vor Freude und Furcht.

»Du gehörst mir, Gabrielle, mir allein.« Max faßte nach ihrem Hemd und riß es Gabrielle vom Leib.

Er massierte ihre prallen Brüste, und Gabrielle folgte mit den Augen der Bewegung seiner dunklen Hände auf ihrer weißen Haut. Sie stöhnte, als Max' heißer Atem über ihren Nacken strich. Dann küßte Max sie auf die Brust, zuerst unter dem Arm, dann höher, bis er mit den Zähnen zart die Spitze umfaßte und daran saugte. Ein süßer, vertrauter Schmerz durchzuckte Gabrielle.

»Oh, Max!« flüsterte sie und hielt seinen dunklen Kopf fest. Überwältigt von ihrer zärtlichen Liebe zu ihm traten ihr die Tränen in die Augen.

Max' streichelnde Hände glitten über ihre Taille, ihre Hüften und ihre Schenkel. Er legte ihr die Hand auf den Bauch und ließ sie dort einen Augenblick reglos liegen. Dann tastete er tiefer, und Gabrielle zitterte ahnungsvoll.

Sie hatte es erwartet und sich danach gesehnt, dennoch zuckte sie zusammen und holte tief Luft, als Max' Hand über ihren Schamhügel glitt. Sie bog sich seiner tastenden Hand entgegen. »Bitte, bitte!« stöhnte sie.

»Oh, du mein Gott, Gabrielle!« hauchte Max, und es klang wie ein Wehklagen.

Mit den Knien schob er ihre Beine auseinander, Gabrielle hob ihm ihr Becken entgegen und stieß dabei einen kehligen Schrei aus.

Max sah sie erschrocken an. »Gabrielle? Um Himmels willen, habe ich dir wehgetan?«

»Nein, nein. Liebe mich!« flüsterte sie und hielt sein Gesäß mit beiden Händen fest an sich gepreßt. Es war ein wunderbares Gefühl. »Liebe mich!«

Max verschloß ihr den Mund mit einem Kuß und mit kräftigen, rhythmischen Bewegungen drängten sie der gemeinsamen Erfüllung entgegen.

Stöhnend ließ sich Max über ihr fallen und vergrub sein Gesicht in ihren Haaren. Er hielt die Augen immer noch fest geschlossen und atmete keuchend durch den leicht geöffneten Mund. Gabrielle spürte die samtene Überdecke unter ihrer nackten Haut. Ihr Herz raste, und sie zitterte vor Erschöpfung. Max lag immer noch auf ihr, und sein Gewicht machte ihr das Atmen schwer. Doch als er sich zurückziehen wollte, kreuzte sie die Beine um seine Hüften und hielt ihn fest.

»Bleib hier«, bat sie.

Max stützte sich auf die Ellbogen auf und sah sie an. Er legte seine Handflächen auf ihre Wangen und küßte sie zart. »Ich habe gewußt, daß es mit dir so sein würde«, flüsterte er zärtlich und strahlte sie liebevoll an.

Gabrielle hatte nicht gewußt, daß es so sein konnte. Aber sie fand keine Worte, um es ihm zu sagen.

Mit einem glücklichen Seufzer drehte sich Max auf den Rücken. Eine Weile blieben sie schweigend in satter Zufriedenheit nebeneinander liegen, die Beine umeinander geschlungen, und genossen das Stadium zwischen Schlaf und Wachen.

»Gabrielle«, murmelte Max. Er faßte nach ihrer Hand und legte sie auf seine Brust.

Seine Brust fühlte sich warm und hart an. Sie hob und senkte sich im Rhythmus seiner Atemzüge, und sein Herz schlug gegen Gabrielles Hand. Er wirkte so stark, so lebendig, doch Gabrielle wußte, wie zerbrechlich das Leben war. *Max ... Wenn ich dich auch noch verliere ...* Der Gedanke war zu schrecklich, als daß sie ihn zu Ende dachte.

Gabrielle drehte sich auf die Seite, stützte den Kopf auf die Faust und betrachtete Max' Körper. Erneut erwachte in ihr das Verlangen. Sie hätte Max gern aufs neue erregt und seine Begierde geweckt, doch sie war zu schüchtern und wagte es nicht.

Max deutete ihren Blick und lächelte. »Es hat dir also gefallen, nicht wahr?«

Gabrielle wurde rot und wandte sich ab. Ihre Haare fielen nach vorn und blieben auf seiner Wange liegen.

Max faßte zärtlich nach ihrem Kinn und zwang sie, ihn anzusehen. »Gib es zu, Gabrielle!«

»Es hat mir gefallen.«

»Das ist gut, Liebste, denn von jetzt an werden wir das oft machen.«

Das Rot auf Gabrielles Wangen vertiefte sich, und sie konnte ihm nicht länger in die Augen sehen. Sie fand es schockierend, offen darüber zu sprechen. Schockierend und gleichzeitig sehr erregend.

»Ich weiß, daß du mich begehrst, und ich sage das nicht aus Selbstgefälligkeit. Ich begehre dich genauso.« Max wickelte eine Haarsträhne um seine Faust. »Ich habe dich vom ersten Augenblick an begehrt, meine Liebste. Ich habe die Tür geöffnet, und du standest vor mir. Deine Haare leuchteten rotgolden, und deine Augen funkelten zornig ... Warum warst du zornig?«

»Es hat so lange gedauert, bis du endlich die Tür geöffnet hast.« Und du hast so unglaublich gut ausgesehen, dachte Gabrielle. Es war nicht fair gewesen!

»Violettblaue Augen«, erinnerte sich Max wieder an damals. »Solche Augen hatte ich noch nie zuvor gesehen. Ich habe dich sofort begehrt.«

Gabrielle war entsetzt. Max lachte leise und zog ihren Kopf näher. »Kannst du dich erinnern, du wolltest von mir die *Unzucht*. Du kannst von Glück reden, daß ich deinem Verlangen nicht an Ort und Stelle auf dem Fußboden nachgekommen bin.«

»Max!«

Max zog sie an sich, legte sich auf den Bauch und küßte Gabrielle gierig auf den Mund. Ihr Körper glühte vor Leidenschaft.

Max streichelte sie zwischen den Beinen; sie war feucht und warm, und er wollte sie küssen ...

Es klopfte leise an der Tür.

»Verschwinde!« rief Max.

»Monsieur, Madame?« antwortete eine leise Frauenstimme. »Mein Vater dachte, Sie sind vielleicht hungrig.«

Max brummte und stand auf. Gabrielle beobachtete wohlgefällig das Spiel seiner Muskeln, als er durch das Zimmer ging. Plötzlich wurde ihr klar, daß er im Begriff stand, die Tür zu öffnen, so wie er war.

Sie setzte sich auf, faßte verzweifelt nach der Bettdecke, um wenigstens sich zu bedecken, doch vergeblich. Max hatte die Tür bereits geöffnet. Die junge Frau in der Tür schnappte erschrocken nach Luft; beinahe wäre ihr das Geschirr aus der Hand gefallen.

»Vielen Dank, Mademoiselle.« Max nahm ihr das Tablett mit den

Speisen – gebratenes Geflügel, Brot, Käse und Wein – aus der Hand. Er trat zur Seite und balancierte das Tablett auf einer Hand. Jetzt konnte Gabrielle die junge Frau sehen. Sie hatte ein rundes, pokkennarbiges Gesicht, umrahmt von zwei hochgesteckten Zöpfen. Die großen Augen weit aufgerissen, wanderte ihr Blick zwischen Gabrielle und Max hin und her.

»Du lieber Gott!« rief die Wirtstochter, schlug die Tür knallend zu und lief davon.

»Du bist schamlos, Maximilien de Saint-Just. Du hast das arme Geschöpf in arge Verlegenheit gebracht ...«

»Sie hat nichts Neues gesehen«, antwortete Max lakonisch und stellte das Tablett mit dem Essen auf einen Beistelltisch neben dem Bett.

Gabrielle richtete sich auf. »Tatsächlich? Und wann, bitte, war das?«

Max sah Gabrielle erstaunt an. Dann lachte er herzlich. Er kniete neben ihr auf dem Bett nieder, ein Knie zwischen ihren Beinen, und beugte sich zu ihr.

»Du bist eifersüchtig!«

Gabrielle zog die samtene Bettdecke bis zum Kinn hoch. »Sei nicht albern ... War sie deine Geliebte?«

»Ich habe sie noch nie zuvor gesehen, du kleine Närrin. Ich wollte damit nur sagen, daß sie bestimmt schon einen nackten Mann gesehen hat; sie ist doch erwachsen.« Max küßte Gabrielle herzlich. »Wie alt warst du, Gabrielle, als du den ersten Schwanz erblickt hast?«

Entsetzt über seine Ausdrucksweise, riß Gabrielle die Augen auf. »Max!«

Max lachte und küßte sie wieder. »Tu nicht so unschuldig! Sag nicht, daß du das Wort noch nie gehört hast. Dieses und hundert andere. Ich wußte nicht, daß die Pariser Ladenmädchen eine so behütete Kindheit haben. Ich dachte, nur die Damen der Gesellschaft müssen bis zur Hochzeitsnacht warten, bis sie einen Mann in seiner ganzen Pracht und Herrlichkeit zu Gesicht bekommen.«

Gabrielle war feuerrot geworden und überzeugt, daß ihr die Wahrheit ins Gesicht geschrieben stand. Denn er hatte natürlich recht; sie kannte diese Wörter alle. Wie ging das alte Sprichwort: Du kannst nicht in der Gosse schlafen, ohne schmutzig zu werden. Aber auch sie war einmal unschuldig gewesen. Das war noch gar nicht lange her. Nicht einmal im Haus ihrer Mutter, in dem die Liebhaber ihrer Mutter zu jeder Tages- und Nachtzeit ungezwungen ein- und ausgingen, hatte sie einen unbekleideten Mann gesehen. Bis Martin kam. Damals war sie sechzehn Jahre alt gewesen, und es war ihre Hochzeitsnacht gewesen …

Erzähle es ihm. Erzähle es jetzt.

Doch Max war wieder aufgestanden und goß Wein aus dem Krug in die Gläser. Immer noch lächelnd reichte er ihr ein Glas.

Er hob sein Glas hoch und prostete Gabrielle zu. »Auf daß diese Nacht hundert Jahre dauert und unsere Liebe die Ewigkeit überlebt!« Er war in einen zärtlichen Singsang verfallen, und Gabrielle wußte, daß die Chance, ihre Geschichte zu erzählen, vorüber war.

Allmählich wurde es dunkel, und die Schatten wurden tiefer. Gabrielle beobachtete Max, wie er trank. Auf seinem Hals glitzerte der Schweiß, denn im Zimmer war es stickig und heiß. Als er den Kopf zurückneigte, fielen ihm die Haare über den Rücken; Gabrielle verfolgte wohlgefällig jede Bewegung seiner Schulter und des gebeugten Arms, als er das Glas an den Mund führte, und freute sich am Spiel seiner Bauchmuskeln, als er schluckte.

Mein Ehemann, dachte sie, und ein warmes Gefühl der Geborgenheit erfüllte sie. Das Gefühl war ihr neu, und Gabrielle hatte plötzlich Angst, es wieder zu verlieren. Sie trank, aber ihre Hand zitterte so sehr, daß das Glas an ihre Zähne schlug.

Sie spürte, daß Max sie beobachtete, und als sie aufsah, bemerkte sie, daß er den Ring an ihrer Hand nachdenklich betrachtete. Gabrielle setzte das Glas ab, spreizte die Finger und beobachtete den Ring zum ersten Mal genau. Der breite Reif war vom Tragen abgenutzt, und auf dem goldenen Oval der Oberseite war das berühmte Wappen der Saint-Just eingraviert, ein Löwenkopf zwischen zwei gekreuzten Schwertern.

Der Ring schien plötzlich schwer zu werden, und Gabrielle krümmte die Finger zur Faust. »Hat er … hat er deinem Vater gehört?« fragte sie und hoffte, daß es nicht so war, denn sie wollte nicht noch einmal an ein Familienerbstück gebunden sein.

»Mein Vater hat ihn früher immer getragen. Das ist lange her.« Max setzte sich neben Gabrielle auf das Bett, lehnte sich zurück und balancierte ein Weinglas auf seinem Bauch. Er nahm ihre Hand und rieb mit dem Daumen über die Gravur des Ringes. »Er ließ ihn kleiner machen, damit er meiner Mutter paßte. An ihrem Hochzeitstag hat er ihn ihr geschenkt.«

»Aber du hast doch gesagt ...«

»Ich weiß. Die Hochzeit war ein Schwindel. Mein Vater hat einen falschen Priester dazu angeheuert.«

»Dein Vater hat deiner Mutter eine Hochzeit vorgetäuscht? Aber warum?«

»Warum, glaubst du? Sie war schön, sie war eine Jungfrau, und er wollte sie haben. Aber sie gehörte nicht seiner Gesellschaftsschicht an. Außerdem war er bereits verheiratet.« Max lächelte bitter. »Der geile Bastard hat sich vermutlich nicht die Mühe machen wollen, sie ehrlich zu verführen, und hat lieber die falsche Hochzeit inszeniert.«

»Wie gemein!«

»Gemein?« Max lachte. »Er ist der Graf von Saint-Just und Marschall von Frankreich. Als er das nächste Mal mit dem König zur Jagd ritt, konnte er eine heitere Anekdote zum Besten geben.« Max sah sie an. Aus seinem Gesicht sprachen der Zorn, die Schmach und der Schmerz eines Kindes, das viel zu früh mit der Grausamkeit des Lebens konfrontiert worden war.

»Sie ist als Hure gestorben, Gabrielle.« Seine Stimme klang rauh und verbittert. »An einer Krankheit, wie sie Huren bekommen. Aber sie hat den Halunken bis an ihr Lebensende geliebt. Alles kann ich ihr verzeihen, nur das nicht.«

Max setzte sich mit einem Ruck auf, zog ein Knie an und goß Wein nach. Gabrielle streichelte ihm vorsichtig über den Rücken, und als er ihr nicht auswich, drückte sie ihr Gesicht auf seine nackte Haut. »Ich liebe dich«, flüsterte sie. Es kam ihr unzureichend vor, aber es war alles, was sie ihm geben konnte.

Doch anscheinend genügte es, denn kurz darauf seufzte Max erleichtert. Er legte einen Arm um sie, zog sie an sich und streichelte sie. »Gabrielle«, flüsterte er und schloß die Augen. Es klang wie ein Gebet.

Gabrielle hielt ihn fest und zog seinen Kopf an ihre Brust. Sie dachte über Mütter und Söhne nach. Derzeit liebte Dominique sie bedingungslos. Sie war die Sonne in seiner Welt. Wofür würde er sie einmal hassen, sobald er ein Mann geworden war?

»Was glaubst du, wird Dominique sagen, wenn er erfährt, daß wir geheiratet haben?« fragte sie und sprach damit eine ihrer vielen Ängste aus.

Max zog sie noch fester an sich. »Das wird schon in Ordnung gehen.« Er trank einen Schluck Wein. »Anfangs wird er ein wenig eifersüchtig sein, aber er wird sich daran gewöhnen.«

Gabrielle hob ihren Kopf von seiner Schulter. »Ich habe noch nie eine Nacht ohne ihn verbracht.«

»Simon wird ihm irgend etwas erzählen.«

Agnes würde vermutlich überall im Palais Royal herumerzählen, daß Gabrielle die Nacht mit ihrem Geliebten verbringe, dachte Gabrielle verzweifelt. Aber Simon, der sie einmal als die Tochter bezeichnet hatte, die er sich immer gewünscht hatte ...

»Simon wird sich vermutlich schreckliche Sorgen machen.«

Max lächelte verdächtig selbstgefällig. »Nein, macht er sich nicht.«

»Wieso willst du das wissen?«

»Weil er weiß, daß du mit mir zusammen bist.«

»Ihr Männer glaubt immer, alles zu wissen.«

»Das tun wir auch.«

»Ach! Und wer behauptet das?«

»Ich.«

Gabrielle gab vor zu schmollen. »Ich glaube, ich habe einen despotischen Tyrannen geheiratet.«

Max schob seinen Arm um ihren Hals und zog ihren Kopf näher an seinen. »Ich werde dich Tag und Nacht drangsalieren, wenn ich weiß, daß du dann immer deine Unterlippe so süß vorschiebst.«

Er nahm ihre Unterlippe zwischen seine Zähne. Zuerst kaute er nur leicht daran, dann wurde sein Kuß feurig und leidenschaftlich.

Etwas Kaltes, Feuchtes, spritzte Gabrielle auf die Brust. »Max! Du verschüttest ...«

Max drückte sie in die Kissen zurück, beugte sich über sie und in seinen Augen blitzte es leidenschaftlich. Gabrielle holte tief Luft und sog genüßlich das würzige Aroma des Weines ein. Jetzt sahen beide nach unten, wo zwischen Gabrielles Brüsten zwei rote Rinnsale verschwanden und sich etwas tiefer auf ihrem flachen Bauch verliefen. Max neigte den Kopf und leckte die rubinrote Flüssigkeit von ihrer Haut. Gabrielle sah ihm dabei zu; dann schloß sie die Augen und gab sich seiner Liebe hin.

Ich begehre dich, las Gabrielle in Max' Augen, als er schließlich wieder den Kopf hob.

Nimm mich, war Gabrielles stillschweigende Antwort.

Ohne den Blick abzuwenden, tauchte Max zwei Finger in den Wein, strich damit über die Innenseite ihrer Schenkel und berührte Gabrielle auf köstlich intime Weise. Er senkte den Kopf und leckte mit der Zunge die einzelnen Tropfen von ihrem Bauch, bis Gabrielle voll entzücktem Erschrecken spürte, wie seine Zunge seinen Fingern folgte.

»Max!« rief sie elektrisiert, wie vom Blitz getroffen.

Sie hatte Bilder gesehen – im Palais Royal gab es mehrere Läden, die pornographische Bilder verkauften und diese auch unverfroren zur Schau stellten. Bilder, auf denen Männer das mit Frauen machten, und auf denen Frauen ...

Bestimmt sollte sie das nicht zulassen ...

Aber sie ließ es zu, und es bereitete ihr unsägliches Vergnügen, bis sie schließlich glaubte, es nicht länger zu ertragen, und ihn an den Haaren packte. »Bitte!« wimmerte Gabrielle, ohne zu wissen, ob sie ihn bat, aufzuhören oder weiterzumachen.

Max hob ihr Gesäß an. »Laß mich dich lieben, Gabrielle!« flüsterte er.

Gabrielle ergab sich seinen wilden Liebkosungen. Der Baldachin über ihr schien sich zu drehen, ihre Haut brannte wie Feuer, und der Höhepunkt überwältigte sie mit solcher Intensität, daß sie glaubte zu sterben.

Als sie die Augen wieder öffnete, beugte sich das geliebte Gesicht über sie.

Max hielt ihren Kopf zärtlich zwischen seinen Händen. »Frau, ich liebe dich.«

Wieder kamen Gabrielle aus Liebe die Tränen, und sie schloß die Lider, um sie zu verbergen.

Dennoch lief eine einzelne Träne über ihre Wange, und Max wischte sie mit dem Daumen fort. »Gabrielle? Nicht weinen.«

»Das hättest du nicht tun sollen. Ich hätte es nicht zulassen dürfen.«

Er mißverstand sie. »Daran ist nichts Schlechtes. Es ist keine Sünde, was wir getan haben. Wie könnte das Sünde sein?«

Gabrielle schüttelte ungestüm den Kopf, und jetzt strömten ihr die Tränen ungehemmt über die Wangen. »Du hättest mich nicht heiraten sollen. Ich werde dir nichts als Probleme bereiten.«

Max umarmte sie. »Liebste. Es wird keine Probleme geben. Seit meiner Geburt bin ich eine Schande für den Namen Saint-Just. Sogar mein Vater wird in dieser Ehe das geringste meiner Vergehen sehen.«

»Nein, nein, du verstehst noch immer nicht.«

»Dann erklär es mir.«

Gabrielle konnte nicht.

»Erzähl es mir, Gabrielle.« Max beugte sich zu ihr. Es war bereits zu dunkel, und sie konnte sein Gesicht nicht sehen. Aber das war nicht notwendig. Schreckliche Angst übermannte sie. »Erzähle es mir, Gabrielle! Erzähle mir, wer du bist.« Max flüsterte, und die Worte kamen mit einer flehenden Inbrunst.

Er war ihr Ehemann, und er bat sie, ihm zu vertrauen. Aber sie schwieg.

»Gabrielle ... ich liebe dich. Ganz gleich, was geschieht, ich werde dich immer lieben«, bat er ein letztes Mal.

Jetzt, erzähle es ihm jetzt, dachte Gabrielle.

Max würde ... er würde sie hassen.

Er würde sie dafür hassen, weil sie es ihm nicht eher gestanden hatte. Ihretwegen drohten ihm Gefängnis und Exil, und er wußte es nicht einmal. Sie hätte es ihm viel früher erzählen sollen, hätte ihn warnen sollen, ihr aus dem Weg zu gehen. Statt dessen hatte sie ihn geheiratet, und jetzt war es zu spät.

Denn wenn er sie verließ ... Sie liebte ihn unendlich und könnte es nicht ertragen ...

Erzähle es ihm!

... ihn zu verlieren. Aber sie würde überleben. Sie hatte einmal überlebt, sie konnte überleben ...

Erzähle es ihm!

... sie konnte alles überleben, nur das nicht. Sie würde es nicht überleben, Max zu verlieren.

KAPITEL 10

Gabrielles Großvater war ein Galeerensklave gewesen, ein sogenannter *Galérien.*

Acht Jahre war Sébastien de Servien, an ein Ruder gekettet, über das Mittelmeer gerudert. Nackt, mit geschorenem Kopf, getrieben von der Peitsche, so hatte er die Erfahrung gemacht, daß auf dieser Welt nur eines zählte – man mußte überleben.

Diese Lektion hatte er an seine Tochter weitergegeben, und die hatte diese Erkenntnis an Gabrielle vererbt.

Sébastien war ein Ritter gewesen; während der Kreuzzüge vor vierhundert Jahren hatte ein glanzvoller Vorfahre den Titel erworben. Als Marquis de Servien hätte Sébastien dem *Coucher* des Königs beiwohnen können, hätte er es gewünscht. Aber Sébastien verachtete das frivole, zügellose Leben am Hof. Es stand ihm nicht der Kopf danach, sich der kriecherischen Menge in Versailles anzuschließen, die um die Brosamen königlicher Gunst bettelte. Servien lebte auf seinem Landschloß und bearbeitete zusammen mit seinen Bauern und Leibeigenen seinen Besitz. Er war arm, ärmer als viele seiner Pächter. Aber er war trotzdem ihr Herr und Gebieter.

Mit dreißig Jahren verliebte sich Sébastien in eine Frau von einem benachbarten Gut. Charlotte war von adeliger Geburt und hatte sogar eine Mitgift. Aber es gab ein nicht unerhebliches Problem: Charlotte war Hugenottin, eine Protestantin.

Der König wollte die Hugenotten damals unbedingt zur Aufgabe ihrer Religion bewegen und sie dazu bringen, sich zum katholischen Glauben zu bekehren. Die Hugenotten versuchten, der Bekehrung zu entgehen, indem sie Frankreich verließen. Das wurde ihnen jedoch unter Androhung einer lebenslänglichen Strafe auf den Galeeren vom König verboten. Wer so leichtsinnig war, Hugenotten Unterkunft zu gewähren, dem drohte die gleiche Strafe; selbst Aristokraten waren nicht ausgenommen.

Sébastien kümmerte sich weder um Hugenotten und Katholiken, noch um die Gesetze des Königs. Er wollte Charlotte in seinem Bett. Um das zu erreichen, beschloß er, ihren Vater, einen frommen Hugenotten, an Bord eines Schiffes zu bringen, das nach Amerika segelte. Doch die Leute des Königs erwischten sie dabei, und es war Sébastien, der an Bord eines Schiffes landete – an ein Ruder gekettet.

Acht Jahre erduldete Sébastien die Hölle der Galeeren. Eines Tages brach im Hafen von Marseilles eine Pestepidemie aus. In den Straßen lagen die Toten aufgestapelt, denn es fand sich niemand, der sie begrub. Als jeden Tag tausend neue Todesfälle verzeichnet wurden, verzweifelte der Gouverneur der Provinz. Er bot den Galeerensklaven die schauerliche Aufgabe an, die Stadt von ihren Toten zu befreien. Wer die Epidemie überlebte, sollte frei sein.

Sébastien überlebte.

Er kehrte zurück auf sein Gut. Seine Felder waren von Unkraut überwuchert, und das Herrenhaus war halb verfallen, aber Charlotte wartete auf ihn. Sie heirateten und hatten ein Kind – eine Tochter mit den rotgoldenen Haaren und den violettblauen Augen ihres Vaters. Sie nannten sie Marie-Rose.

Marie-Rose war fünfzehn Jahre alt, als beide Eltern zur gleichen Zeit an einem Fieber starben. Allein und ohne Geld stand sie da; es war ihr nichts geblieben, als das gute Aussehen ihres Vaters und sein verbissener Überlebenswille. Marie-Rose verließ das heruntergekommene Schloß von Servien und ging nach Paris. Sie ging zur Bühne und hatte sensationellen Erfolg; der Küchenchef des berühmten Café Caveau benannte sogar eine Nachspeise nach ihr. Noch ehe drei Jahre vergangen waren, war sie mit einem Adeligen verheiratet, hatte eine Tochter zur Welt gebracht und in der Rue de Grenelle im vornehmen Bezirk Saint-Germain ein Palais gemietet. Aber sie hatte so hohe Schulden angehäuft, daß man die Wände im Schloß von Versailles damit hätte tapezieren können. Der Ehemann blieb nicht lange, die Tochter und die Schulden hingegen blieben.

Marie-Rose öffnete ihren Salon für die Elite der Kunstwelt, und schon bald verkehrten die berühmtesten Männer ihrer Zeit bei ihr. Manche nahm sie auch mit in ihr Bett. Die Geschenke, die sie erhielt

– Juwelen, Seide und Geld, sicherten ihr und ihrer Tochter Gabrielle das Überleben. Marie-Rose ging nie an den Hof nach Versailles; der Hof kam zu ihr.

Der Salon ihrer Mutter zählte zu Gabrielles frühesten Kindheitserinnerungen: das in Blau und Silber dekorierte Zimmer, die kostbar gekleideten Gäste und ihre geistreichen Gespräche. Bis in die frühen Morgenstunden trugen Dichter ihre Verse vor, und Schriftsteller lasen aus ihren Manuskripten. Die Philosophen unter den Gästen diskutierten über die Macht des Verstandes und die Allmacht und Tyrannei der Könige. Jeder sprach von Freiheit.

Doch Gabrielle konnte sich nicht daran erinnern, sich je als sorgloses Kind gefühlt zu haben. Sie lernte Latein und Philosophie – und wie man mit einem Lächeln und einem Versprechen vom geizigsten Kaufmann Kredit bekam. Sie sprach fließend Italienisch und rechnete blitzschnell – und sie kannte alle Läden in Paris, in denen man Kleider aus zweiter Hand kaufen konnte. Sie trug Seidenkleider der letzten Mode, doch das Hemd darunter war zerrissen. Sie verstand es geschickt, so zu tun, als sei sie nicht hungrig, wenn elegant gekleidete Lakaien am Tisch ihrer Mutter halbvolle Tablette herumreichten.

Gabrielle lernte sehr jung zu überleben.

Dann kam eines Tages der einzige Sohn und Erbe des Herzogs von Nevers in den Salon in der Rue de Grenelle. Er sah Gabrielle und verliebte sich in sie.

Ich liebe dich, Gabrielle.

An einem Sonntag nachmittag im Januar hatte Martin von Nevers diese Worte das erste Mal gesprochen. Dick eingemummt wegen der Kälte waren sie durch den Park der Tuilerien spaziert. Die Bäume waren kahl, die Brunnen ohne Wasser und mit gefallenem Laub verstopft, und der Boden war hart gefroren gewesen.

Gabrielle hatte Martin nicht geglaubt. Sie war erst sechzehn Jahre alt, aber sie war damals bereits davon überzeugt, daß es die Liebe nicht wirklich gab. Liebe entsprach nicht dem Zeitgeist.

»So, so!« Gabrielle lachte spöttisch. Sie strich ihm mit dem Muff über die blassen Wangen. »Ich kenne dieses Spiel, Monsieur. Sie behaupten, daß Sie mich lieben, und ich verteidige meine Tugend. Sie beharren auf ihrer Behauptung, und ich gebe meine Tugend preis.«

Martin von Nevers blieb ernst. Sein schmales Gesicht war traurig, und er blickte Gabrielle mit seinen braunen Augen verletzt an. In diesem Augenblick glaubte Gabrielle doch an die Liebe. Sie mußte daran glauben, denn sie liebte Martin.

»Ich meine es ernst, Gabrielle. Wenn es Worte gäbe, die nicht schon tausendmal benutzt worden wären, dann würde ich es anders sagen ... Aber es gibt diese Worte nicht. Alles, was ich sagen kann, ist, daß ich Sie liebe.« Plötzlich fiel er vor Gabrielle auf die Knie; sie erschrak darüber. »Gabrielle ... würden Sie mir die Ehre erweisen und meine Frau werden?«

»Du lieber Himmel, Martin! Was tun Sie? Um Gottes willen, stehen Sie auf! Die Leute schauen uns bereits an.«

Martin faßte nach ihren Händen. »Lassen Sie die Leute schauen. Ganz Paris soll wissen, daß Sie meine Frau werden.«

Gabrielle machte sich los. Sie war zornig geworden, denn sie wußte bereits im voraus, daß sie diejenige sein würde, die leiden mußte. Die Gesellschaft, in der sie lebten, verzieh zwar jede Unmoral, nicht aber eine unstandesgemäße Heirat.

»Seien Sie kein Narr, Martin. Ihr Vater, der Herzog, würde eine solche Mesalliance nie zulassen.«

Martin stand auf und bürstete Schmutz und Laub von den Knien seiner Satinhose. »Warum sollte er etwas dagegen haben? Ihr Vater war ein Vauclair, Ihre Mutter ist eine Servien. Das ist doch ebenso gut wie ein Nevers.«

»Mein Großvater war ein Galeerensklave, und meine Mutter war eine Schauspielerin.«

»Und meine Urgroßmutter war eine Küchenmagd, auch wenn die Familie nicht davon spricht.« Martin versuchte zu lachen und Gabrielle in die Arme zu nehmen. »Gabrielle ...«

»Meine Mutter hat Liebhaber, und ich habe keine Mitgift.«

»Mein Vater hat ein Dutzend Geliebte und Berge von Geld. Er hat genug und braucht keine reiche Schwiegertochter. Wenn er Sie einmal sieht, wenn er Sie kennenlernt, wird er nichts gegen unsere

Heirat einzuwenden haben. Ich will Sie haben, Gabrielle, und mein Vater hat mir meine Wünsche immer erfüllt. Außerdem bin ich sein einziger Sohn. Er hat keine Wahl.«

Aber in diesem Punkt irrte sich Martin von Nevers gewaltig.

Der Herzog von Nevers schickte seinen Advokaten Louvois in das Haus in der Rue de Grenelle. Gabrielle empfing ihn im blau-silberfarbenen Salon.

Sie empfing ihn allein. »Wenn du darauf bestehst, meine Liebe, diesen Jungen zu heiraten«, hatte Marie-Rose zu ihr gesagt, »dann mußt du die Sache allein durchstehen. Meine Unterstützung wird sich darauf beschränken, dir aus dem Hintergrund lautstark Beifall zu spenden.«

Gabrielle konnte Louvois von Anfang an nicht leiden.

Auf den ersten Blick hielt Gabrielle ihn für einen unbedeutenden Mann. Er war klein und schlank, trug eine einfache Jacke mit kurzer Weste und ein lose Kniehose. Sein Hemd war schmucklos und ohne Rüschen, seine dunklen Haare waren nicht gepudert und fielen ihm lose auf die Schultern. Mit vorstehenden Augen starrte er sie mit seinen dicken Brillengläsern an, und Gabrielle bekam eine Gänsehaut. Er war gefährlich, und sie hatte Angst vor ihm.

Sie hob das Kinn. »Bevor Sie beginnen, Monsieur, möchte ich Ihnen sagen, daß Martin von Nevers mich gebeten hat, ihn zu heiraten; ich habe mich einverstanden erklärt.«

»Der Herzog wurde in diesem Sinn informiert. Es ist nicht möglich.«

»Vielleicht für den Herzog, aber für mich schon. Und für Martin auch. Wir lieben uns.«

Louvois neigte den Kopf. »Monsieur Martin braucht die Einwilligung seines Vaters, wenn er heiraten will. Ich bin gekommen, um Ihnen mitzuteilen, daß der Herzog in Ihrem Fall seine Einwilligung nicht gibt.« Ein hämisches Lächeln überzog sein Gesicht. »Sie müssen in anderen Gewässern fischen, Mademoiselle de Vauclair.«

Gabrielle schwieg.

Louvois seufzte leise und sah Gabrielle mit unendlich geduldiger Miene an. »Sie verstehen eines nicht. Wenn Monsieur Martin mit

Ihnen flieht, wird er enterbt. Er bekommt keinerlei finanzielle Unterstützung. Das hat der Herzog zu verstehen gegeben, und es ist keine leere Drohung.«

»Dann sagen Sie das Martin, nicht mir. Ich habe bisher auch ohne das Wohlwollen des Herzogs von Nevers gut gelebt.«

»Äh ...« Louvois seufzte wieder. »Aber jetzt müssen Sie versuchen, mit seiner Feindschaft zu leben.«

Die Vorahnung der Angst, die noch kommen sollte, jagte Gabrielle einen eisigen Schauer über den Rücken. Sie zitterte, und Louvois bemerkte es.

»Wieviel würde es kosten, um Sie dazu zu bringen, sich anderswo nach einen Ehemann umzusehen?« fragte er leise.

Gabrielle lächelte. »Was bieten Sie mir denn an?«

Vielleicht war der Advokat ein wenig enttäuscht. Dann senkte er den Blick, griff mit zwei Fingern in seine Westentasche und zog ein zusammengefaltetes Papier heraus. Er reichte es Gabrielle.

Es war eine Banknote.

Gabrielle hatte noch nicht viele gesehen. Sie waren rar, denn die Franzosen hatten wenig Vertrauen in Geld, dessen Wert man nicht mit einem kräftigen Biß testen konnte. Das Papier, das Gabrielle in den Händen hielt, war angeblich hundert Livres wert.

»Dort wo diese Banknote herkommt, warten noch fünfhundert weitere auf Sie«, versicherte Louvois. »Sechshundert Livres, ist das Anreiz genug, Mademoiselle?«

»Es ist viel Geld«, antwortete Gabrielle, und Louvois lächelte.

Aber sein Lächeln verschwand, als Gabrielle das Papier mehrmals zerriß, bis die Papierfetzen nicht größer waren als Münzen. Dann ließ sie die Schnipsel auf den Teppich flattern.

Gabrielle sah auf; die Augen des Anwalts funkelten zornig. »Sagen Sie Ihrem Herrn, Sie Lakai, daß ich nicht käuflich bin.«

Louvois trat dicht vor Gabrielle hin. Mit Daumen und Zeigefinger faßte er nach ihrem Kinn, hob ihr Gesicht hoch und drückte so fest zu, daß Gabrielle die Tränen in die Augen traten. Aber sie gab keinen Ton von sich und rührte sich nicht.

»Sie sind eine hochmütige aristokratische Dirne, nicht wahr?« stellte Louvois verächtlich fest. »Aber jeder hat seinen Preis, Gabrielle de Vauclair. Eines Tages werde ich auch Ihren Preis kennen. Und dann werde ich Sie vernichten.«

Sie heirateten.

Sie fuhren mit der Postkutsche in ein kleines Dorf in Lothringen, wo sie einen Priester fanden, der weit genug vom Machtbereich der Nevers entfernt war, um sich nicht vor dem Herzog zu fürchten. Er traute sie in der Kirche, und sie waren vor Gott und dem Gesetz verheiratet. *Was Gott verbunden hat, soll der Mensch nicht trennen*, sagte er.

Bis zu diesem Augenblick hatte Gabrielle nicht daran geglaubt, daß es tatsächlich dazu kommen würde. Sie traute Martin nicht die Willenskraft zu, sich gegen seinen Vater zu stellen. Als er es ihr bewies und ihr den Saphirring seiner Mutter an den Finger steckte, glaubte sie, ihn noch mehr lieben zu müssen.

In einer Poststation schliefen sie zum ersten Mal miteinander.

Gabrielle saß angekleidet auf dem Bett. Die Hände hielt sie zu Fäusten geballt im Schoß und spielte nervös mit dem Saphirring an ihrem Finger. Martin schloß die Tür zum Zimmer und blieb vor Gabrielle stehen.

»Gabrielle ... was ist los? Tut es dir jetzt leid ...?«

Sie lachte unsicher und stand auf. »Ach Gott! Was glaubst du? Ich bin nervös. Das ist für mich das erste Mal.« Sie sah ihn an und bemerkte, daß er ebensolche Angst hatte.

Auf seinen blassen Wangen standen rote Flecken. »Für mich ist es auch das erste Mal.«

»Wirklich?« Gabrielle war überrascht. Martin war schließlich achtzehn Jahre alt. Für einen Mann war das nicht so besonders jung.

»Ich wollte es vor der heutigen Nacht bei einer Hure versuchen, damit ich mich nicht vollkommen zum Narren mache. Aber dann kam es mir so ... ich weiß nicht.« Martin zuckte die Achseln. »Es war zwecklos. Ich wollte mit niemandem schlafen, außer mit dir.«

Gabrielle streichelte seine Wange und lächelte krampfhaft. »Dann werden wir es eben gemeinsam herausfinden. Es kann nicht so kompliziert sein.«

Sie drehte sich um, hob die Haare im Nacken hoch und neigte den Kopf. Nichts geschah, und Gabrielles gespielte Kühnheit begann zu schwinden. Innerlich fürchtete sie, zu versagen und Martins Unmut zu erregen. Sie war jetzt mit diesem Mann verheiratet und bekam Angst. Sie kannte ihn doch überhaupt nicht.

Endlich drückte ihr Martin einen Kuß auf den Nacken. Doch schon im nächsten Augenblick stieß er einen tiefen Seufzer aus und trat zurück.

Gabrielle hielt den Kopf gebeugt und blieb mit dem Rücken zu ihm stehen; sie wußte nicht, was sie tun sollte. Er hat noch mehr Angst als ich, dachte sie. Plötzlich kam sie sich betrogen vor, als hätte sich der Diamant, den sie für echt gehalten hatte, als Fälschung entpuppt. Bisher hatte sie immer selbstsicher auftreten müssen. Jetzt wollte sie in Martin eine Stütze haben; er sollte stark sein für sie. Doch sie ahnte bereits, daß er nie dieser Mann sein würde.

Nun war er ihr Ehemann, und sie liebte ihn, oder? Ich liebe Martin, redete sie sich entschlossen ein und versuchte, die unwillkommene Enttäuschung zu verscheuchen. Ich liebe ihn. Ich liebe ihn wirklich ...

»Martin ...« begann Gabrielle zögernd und konnte ihn dabei immer noch nicht ansehen. »Du kannst mich jetzt ausziehen.«

Sie hatte sich für ihre Hochzeit sehr förmlich gekleidet und trug ein Kleid mit eingearbeitetem Korsett und einem spitzenbesetzten Mieder. Das Kleid war steif und schwer wie ein Brustpanzer. Martin hantierte ungeschickt mit Häkchen und Bändern und behauptete nervös lachend, es sei ihm ein unlösbares Rätsel, wie er sie aus dieser Umklammerung befreien solle.

Schließlich war das Kleid ausgezogen und wurde auf das Bett geworfen. Die Unterröcke bereiteten weniger Schwierigkeiten, ebenso der Reifrock, der den Röcken Halt verlieh. Auch ein Teil der Rüstung, dachte Gabrielle und mußte lächeln. Sie zog sich das Hemd über den Kopf und ließ es mit ausgestreckten Fingern zu Boden fallen. Nackt bis auf Schuhe und Strümpfe stand sie Martin gegenüber.

Eine Veränderung ging mit ihm vor. Seine Augen leuchteten,

und sein Atem ging rascher. Gabrielle wurde verlegen, als sie das bemerkte. Sie versuchte, mit den Händen ihre Blößen zu bedecken, und im Licht der Kerzen warf der Saphirring an ihrer Hand einen funkelnden Reflex über ihre Haut.

»Mein Gott, bist du schön!« Martins Stimme klang heiser.

Er streckte die Hand aus und streichelte zögernd über ihre Brust. Gabrielle zitterte bei seiner Berührung. Ihre Bauchmuskeln spannten sich, und sie spürte einen seltsam ziehenden Schmerz. »Sie sind so klein«, flüsterte sie, besorgt, daß dieser Mangel seinen Unwillen erregen könnte.

»Nein ...« Martin streichelte sie nun fester, und das Gefühl in Gabrielles Bauch wurde stärker, so daß sie die Zähne zusammenbeißen mußte, um nicht laut zu stöhnen. »Sie sind nicht zu klein«, widersprach Martin und wog beide Brüste auf seinen Handflächen. Gabrielle hörte ihn kaum, so laut pochte das Blut in ihren Ohren. »Sie sind gerade richtig.«

Gabrielle senkte den Blick und zitterte vor erregter Vorfreude.

»Martin ...« Sie schwankte.

Martin nahm sie zart und vorsichtig in die Arme, als fürchtete er, ihr wehzutun. Instinktiv rieb Gabrielle verlangend ihren Bauch gegen seinen, ohne zu wissen, wonach genau es sie verlangte.

Einen Kuß ... Sie sehnte sich nach einem Kuß und hob ihm ihr Gesicht entgegen.

Sie hatten sich früher schon geküßt, aber das war etwas anderes gewesen. Diesmal küßte Martin sie heftig und leidenschaftlich, und Gabrielle zuckte erschrocken zusammen, als sie seine Zunge zwischen ihren Zähnen spürte. Martin hielt sofort inne. »Nein ...« protestierte Gabrielle und zog Martins Kopf näher.

Zögernd erwiderte sie jetzt seinen Kuß und tastete spielerisch mit ihrer Zunge über seinen Mund. Das ist wunderbar, dachte sie. Der Kuß steigerte ihr sexuelles Verlangen, und sie zitterte am ganzen Körper. Einfach wunderbar!

Unruhig ließ sie ihre Hände über seine Arme und Schultern gleiten und tastete suchend über seinen Rücken. Sie löste sich von ihm und flüsterte: »Deine Jacke! Ich möchte dich berühren, zieh deine Jacke aus.«

In der Eile hätte Martin die Jacke beinahe zerrissen. Gabrielle freute sich, daß sie ihn erregte, und half ihm lachend, das Hemd auszuziehen. Langsam streifte sie es über seine Schultern und streichelte seine muskulösen Arme. Sie küßte ihn auf den Hals und fuhr mit der Hand über seine nackte Brust. Auch seine Brustwarzen waren spitz und hart.

Gabrielle tastete tiefer, und Martin zuckte zusammen, als hätten ihn Feuerzungen berührt.

Gabrielle sah ihn fragend an. »Martin?«

Martin stieß einen erstickten Laut aus und zog sie so ungestüm in die Arme, daß es ihr den Atem nahm. Er bedeckte ihr Gesicht und ihren Hals mit Küssen, und Gabrielle stemmte sich nach Luft ringend gegen seine Brust. Seine Hände waren nicht länger zärtlich, sondern wild und fordernd; Martin tat Gabrielle weh. Sie bemühte sich, loszukommen und zu atmen, und drückte dabei ihr Becken mit aller Kraft gegen seines.

Stöhnend ließ sich Martin auf das Bett fallen, zog Gabrielle mit sich nieder und rollte sie auf den Rücken. Gabrielle hatte jetzt wirklich Angst und wehrte sich gegen ihn. Aber Martin drückte sie mit seinen Schultern in das Bett. »Bitte, Martin«, keuchte Gabrielle. »Ich bekomme keine Luft.«

Er schien nicht zu hören. Ungestüm riß er die Knöpfe an seiner Hose auf und seufzte erleichtert. Eine Flut von Gefühlen brach über Gabrielle herein. Sie hatte Angst, fühlte sich aber gleichzeitig hingezogen, wollte Martin berühren und streicheln, wagte es aber nicht.

Gabrielle war bereit für Martin, doch er war ein unerfahrener, ungestümer Liebhaber. Als er Gabrielle mit forschenden Fingern berührte, bog sie sich ihm stöhnend entgegen.

»Ich will dich haben, Gabrielle«, keuchte er. »Ich muß ...«

Gabrielle schrie auf vor Schmerz, doch Martin reagierte nicht. Plötzlich erschlaffte er.

Wie tot lag er auf Gabrielle und keuchte. Reglos und benommen wartete Gabrielle, bis er sich auf den Rücken drehte und aufsetzte.

Sie stützte sich auf die Ellbogen auf. Ihre Beine und die Bettdecke waren blutverschmiert. Gabrielle fühlte sich seltsam leer und alleingelassen. Ohne zu wissen warum, traten ihr die Tränen in die Augen.

Langsam drehte sie den Kopf und sah Martin an. Aus seinem Gesicht sprachen Schuld und Entsetzen, und zu ihrer Überraschung begannen seine Schultern zu zucken; er weinte ebenfalls.

»Es tut mir leid«, murmelte er mit erstickter Stimme und barg seinen Kopf in den Händen. »Ich habe dir wehgetan, Gabrielle.«

»Es ist ... es ist schon gut, Martin«, beruhigte sie ihn. Sie lächelte, denn sie wußte, daß alles gut werden würde. Sie würde dafür sorgen.

Martin schüttelte ungebärdig den Kopf. »Nein. Ich habe dir wehgetan.«

»Es ist alles in Ordnung.«

Er faßte zitternd nach ihrer Hand. Als sie ihre Hand nicht zurückzog, zog er sie an seinen Mund und küßte sie. Er streckte sich neben ihr aus, und Sekunden später schmiegte sich Gabrielle in seine Arme.

»Ach, mein Gott, Gabrielle, ich habe dir wehgetan«, stammelte er. »Ich liebe dich, und trotzdem habe ich dir wehgetan.« Er streichelte ihre Haare. »Habe keine Angst vor mir. Ich könnte es nicht ertragen, wenn du Angst vor mir hättest.«

»Ich habe keine Angst vor dir«, versicherte sie ihm. Sie fühlte sich zwar wie zerschlagen, aber sie fürchtete sich nicht vor ihm. Ihre Mutter hatte sie davor gewarnt, daß das erste Mal schmerzhaft und unangenehm sein könnte. »Er ist ein unerfahrenes Kind«, hatte Marie-Rose gesagt. »Wenn er überhaupt schon einmal mit einer Frau geschlafen hat, dann mit der falschen. Du mußt ihn lehren, vorsichtig zu sein, mein Kind.«

»Ich werde dich nie mehr berühren«, schwor Martin leidenschaftlich, und in diesem Augenblick glaubte er das auch tatsächlich. Aber Gabrielle wußte, daß sein Verlangen nach ihr mit der Zeit größer sein würde als sein Schuldgefühl; außerdem war es sein Recht, denn er war ihr Ehemann. Dabei war es anfangs so schön gewesen, als er ihre Brüste gestreichelt und sie geküßt hatte!

Sie legte seine Hand auf ihre Brust. »Berühre mich jetzt, Martin. Zart.«

Er starb im Frühling.

Der Arzt behauptete, es sei Ruhr. Der Wundarzt wurde geholt; der ließ Martin zur Ader, klistierte ihn und verschrieb eine teure Chininbehandlung. Marie-Rose erbot sich, den Juwelier in der Rue Vendôme zu fragen, wieviel er ihr für ihre Rubinohrringe zahlen würde; Gabrielle mit ihrem blassen, schmalen Gesicht tat ihr unendlich leid.

Sie hatten kein Geld. Niemand, auf keinen Fall Martin, hatte das Ausmaß des Zorns des Herzogs von Nevers vorhergesehen. Sie lebten bei Marie-Rose in der Rue de Grenelle, doch niemand kam mehr in ihren Salon. Die drängenden Kaufleute waren auch nicht mehr so leicht abzuwimmeln. Der Bürger, dem das Haus gehörte, verfügte eine Zwangsräumung. Möbel, Porzellan und Kristall sowie die Gemälde wanderten nach und nach an die Gläubiger oder in Pfandleihanstalten. Anfangs trennten sie sich nur ab und zu von einem Stück, dann ging es am laufenden Band.

Die Diener und Lakaien gingen zuerst. »Die Ratten verlassen das sinkende Schiff«, zitierte Marie-Rose verächtlich. Die gleiche Verachtung hatte Sébastien einst für die Wachposten gehabt, die mit der Peitsche über das Schiffsdeck patrouillierten.

Der Herzog von Nevers hatte Petitionen nach Rom und an den Hof nach Versailles geschickt, um die Ehe anullieren zu lassen. Doch der Vatikan und der Hof agierten langsam, und Martin starb früher.

Danach saß Gabrielle im trüben Zwielicht und hielt seine Hand fest, die schon lange erkaltet war. Blaß, mit blutleeren Lippen und trockenen Augen starrte sie vor sich hin; ihr Schmerz war zu groß für Tränen.

Sie überhörte das Klopfen an der Tür. Das Haus war leer; ihre Mutter war unterwegs, um den letzten Schmuck zu verkaufen, damit sie das Chinin beschaffen konnten, das jetzt nicht mehr gebraucht wurde. Gabrielle hörte nicht die Tritte auf der Treppe und bemerkte den Mann erst, als er das Zimmer betrat.

Es war Louvois.

Er betrachtete den Leichnam des jungen Mannes. Er hatte keine Ahnung gehabt, daß Martin tot war, dennoch zeigte sich nicht der

Schimmer eines Gefühls auf seinem Gesicht. Er war nicht einmal überrascht. Gabrielle stand auf und stellte sich zwischen Louvois und das Bett.

Louvois ließ sie nicht aus den Augen. Dann ging er an ihr vorbei und trat an das Bett.

Er warf noch einmal einen Blick auf den Toten, strich dann ein Streichholz an und entzündete damit die einzige Kerze in einem Kerzenständer aus Messing, der neben dem Bett stand. Mit der Kerze nahe an Martins Gesicht schob er ein Augenlid hoch und hielt eine Handfläche an Martins Lippen. Danach stellte er die Kerze zurück auf den Nachttisch und drehte sich zu Gabrielle um.

»Er ist tot«, stellte Louvois fest.

Gabrielle richtete sich stolz auf. »Der Herzog dürfte zufrieden sein.« Sie gab sich keine Mühe, ihre Verbitterung zu verbergen. »Eine höhere Macht als die seine hat sich eingeschaltet und die Ehe seines Sohnes beendet.«

Louvois zog die Brauen hoch und verbeugte sich spöttisch. »Bitte nehmen Sie den Ausdruck meiner Anteilnahme zu Ihrem plötzlichen Verlust entgegen, aber ich habe Ihnen den Grund meines Kommens noch nicht mitgeteilt.« Seine Augen hinter den Brillengläsern funkelten böse. »Ich habe traurige Neuigkeiten für Sie ... noch mehr traurige Neuigkeiten. Ihre Mutter ...«

Gabrielle wunderte sich, daß sie es ertrug. Ihre Knie wurden weich, und sie tastete nach dem Bettpfosten. Louvois rührte sich nicht, behielt sie aber sorgfältig im Auge.

»Ihre Mutter wurde von einem Einspänner niedergefahren und getötet, als sie heute nachmittag die Rue Vendôme überquerte. Sie hatte Schmuck verkauft, wußten Sie das?« Er warf einen flüchtigen Blick auf das Bett. »Die Leiche Ihrer Mutter ist in Polizeigewahrsam. Es bleibt noch die Frage zu klären, ob der Schmuck nicht vielleicht gestohlen war ...«

Gabrielle hielt sich mit den Händen die Ohren zu. »Lassen Sie mich allein. Gehen Sie!« stieß sie hervor.

Louvois packte sie an den Handgelenken und zog ihr die Hände von den Ohren. Dann entdeckte er den Ring an ihrem Finger und zog ihre Hand näher zum Licht. »Dieser Ring gehört der Herzogin ...«

Gabrielle entriß ihm ihre Hand und schloß sie zur Faust. »Verschwinden Sie von hier!«

»Wußten Sie, daß der arme Monsieur Martin vergangene Woche seinem Vater, dem Herzog, geschrieben hat?« Louvois lächelte. »Ein sehr berührender Brief. Ich glaube, der Junge wurde allmählich schwach. Er wäre nicht viel länger bei Ihnen geblieben.«

Gabrielle wurde übel, und plötzlich war ihr schrecklich kalt. Sie biß die Zähne zusammen, damit sie nicht klapperten.

»Er schrieb seinem Vater, daß Sie schwanger seien. Ist das wahr?«

Gabrielle schluckte. »Ich ... ja.«

Louvois warf noch einmal einen Blick auf den toten jungen Mann auf dem Bett, und sein Mund wurde schmal. »Das ändert manches«, sagte er.

Gabrielle preßte die Hände auf den Mund. Gleich würde sie schreien, und sie würde nicht so schnell damit aufhören können.

Sie beerdigte beide gemeinsam.

Sie wollte warten, bis die Totengräber die Gräber wieder zugeschaufelt hatten. Der Priester hielt das für eine makabre Bitte, aber er gestattete es. Das arme Geschöpf hatte den Ehemann und die Mutter am selben Tag verloren. Er hatte noch nie so furchtbare Trauer erlebt, die um so schrecklicher war, als die junge Frau ihren Schmerz schweigend ertrug.

Gabrielle stand neben den offenen Gräbern. Die Schaufeln kratzten über die sandige Erde, und die Erdklumpen landeten mit einem hohlen Geräusch auf den hölzernen Särgen. Es war ein wunderschöner Frühlingstag. Ein warmer Wind strich ihr über das Gesicht, und der Himmel war blau und wolkenlos.

Eine schwarze Berline, ein viersitziger Reisewagen, hielt am schmiedeeisernen Friedhofszaun. Kutscher und Lakaien trugen schwarz-goldene Livreen. Die Tür der Kutsche ging auf, die Treppe wurde ausgeklappt, und ein kleiner Mann mit Brille stieg aus.

Gabrielle nahm keine Notiz von ihm, nicht einmal, als er sich so knapp neben sie stellte, daß sein Jackenärmel an ihren Arm streifte.

»Er war als Kind immer kränklich«, begann Louvois und sah hinunter in die Gräber. »Doch in letzter Zeit haben wir gehofft, daß er seine Anfälligkeit überwunden hat.«

»Ich hasse Sie«, stieß Gabrielle hervor.

»Ich weiß.« Die Augen hinter seiner Brille funkelten, als bereitete es ihm Vergnügen, es aus ihrem Mund zu hören. »Ich bin gekommen, um Ihnen mitzuteilen, wie es weitergehen soll.«

Gabrielle wandte sich ab und ging den gepflasterten Weg in Richtung Friedhofstor.

Louvois holte sie ein. »Der Herzog hat die Petition zur Annullierung Ihrer Ehe zurückgezogen.«

»Wie großzügig von ihm.«

»Er will sein Enkelkind.«

»Eher fährt er zur Hölle!«

Die beiden Kutscher hatten den Wagen verlassen, durchschritten das Friedhofstor und kamen ihnen langsam entgegen.

Gabrielle kehrte um und setzte sich auf eine wackelige Bank unter einem Baum. Louvois nahm neben ihr Platz. Die Lakaien blieben stehen und warteten in einiger Entfernung in der Nähe des Tors.

Louvois sah Gabrielle von der Seite an. »Nachdem der Junge zur Welt gekommen ist ...«

»Es könnte ein Mädchen werden.«

»Der Herzog hat verfügt, daß es ein Junge zu werden hat.« Er lächelte bitter. Dann wurde seine Miene wieder hart. Er griff in die Tasche und zog einen dicken versiegelten Umschlag hervor. »Wissen Sie, was das ist?«

Sie wußte es. Es war ein Haftbefehl.

»Ihr Name steht darauf, Gabrielle, und er ist vom König unterzeichnet.«

Gabrielle sah zu den Lakaien hinüber und verzog geringschätzig den Mund. »Sie brauchen eine Menge Unterstützung, Monsieur, um eine unbedeutende Frau zu verhaften.«

Louvois verlor für einen Augenblick die Haltung. »So lange Sie kooperieren, werden Sie nicht verhaftet.« Dann nahm seine Stimme einen vertrauenheischenden Ton an. »Denken Sie nach, Gabrielle. Jetzt haben wir Frühling. Wann soll das Kind zur Welt kommen, im November? Wollen Sie Ihren Sohn im Winter auf dem Steinboden eines Gefängnisses zur Welt bringen? Glauben Sie, daß einer von euch beiden überleben würde?«

Gabrielle stieß mit der Schuhspitze gegen einen Stein. Sie bückte sich, hob ihn auf und fuhr mit den Fingern über die scharfen Kanten. Sie dachte an die Lakaien am Tor, aber sie sah nicht mehr hin.

»Was muß ich tun?« fragte sie, und Louvois lächelte, denn er schloß aus ihrer Stimme, daß sie nachgab.

»Sie kommen jetzt mit mir.«

»Nein.«

»Sie werden die Zeit bis zu Ihrer Niederkunft bei der Herzogin im Schloß der Nevers' verbringen«, fuhr Louvois unbarmherzig fort. »Natürlich werden Sie sich nie mehr verheiraten. Der König hat es verboten. Nach der Geburt des Kindes erhalten Sie eine nicht unerhebliche Aussteuer als Brautgeschenk und ziehen sich in ein Kloster zurück. Es wird nicht so schlimm werden, nicht so schlimm wie Sie glauben. Bestimmt nicht so schlimm wie die Bastille oder ein früher Tod. Wenn Sie sich Mühe geben, können Sie eines Tages Äbtissin werden. Sie besitzen den nötigen Ehrgeiz und sind zäh.«

»Nein.«

»Sie werden keinen Kontakt mit dem Kind haben. Wenn der Knabe alt genug dafür ist, wird man ihm sagen, sie wären gestorben. Sie werden ihn nie wiedersehen und nie mehr von ihm sprechen.«

»Nein.«

»Gabrielle, Gabrielle«, flüsterte er wie ein Liebhaber. »Sie haben keine Wahl. So wird es sich abspielen.«

»Nein!« schrie sie und zerschnitt Louvois mit dem scharfen Stein das Gesicht, daß er laut aufschrie. Die Schreie der beiden Menschen gellten durch die Stille des Friedhofs, und die erschrockenen Lakaien liefen herbei.

Gabrielle rannte davon.

KAPITEL 11

»Der blöde Esel soll aus meinem Garten verschwinden! Er frißt meine Rosen, der verdammte Freßsack!«

Gabrielle zog stöhnend das Kissen über den Kopf.

Ein jämmerlicher Schrei ertönte. Gabrielle setzte sich auf und schob sich die Haare aus dem Gesicht. Das zornige Gebrüll eines Mannes übertönte das Geschrei des Esels. »Verschwinde! Raus mit dir!«

Gabrielle wollte aufstehen, fiel aber stöhnend in die Kissen zurück. Sie fühlte sich wie zerschlagen. Als sie hochsah, erblickte sie den pupurroten Baldachin des Himmelbetts und hatte im ersten Augenblick keine Ahnung, wo sie war. Dann kamen die Erinnerungen an die vergangene Nacht zurück und mit ihnen ein wahnsinniges Glücksgefühl.

Max. Ihr Herz jubelte. Gabrielle ließ ihre Hände über ihren Körper gleiten, berührte ihre Brüste, ihre Hüften. Doch sie hatte das Gefühl, einen fremden Körper zu berühren. Seine Berührungen hatten ihr einen Stempel aufgedrückt. Ihr Körper gehörte nicht mehr ihr, er gehörte ihm. Verwundert sah sie sich um. Das Zimmer war sonnendurchflutet, und die Sonne schien heller als sonst. Die Morgenluft war unwahrscheinlich lind. Gabrielle holte tief Luft; seine Liebe verlieh ihr Leben. *Max, mein Geliebter, mein Ehemann*, dachte sie. *Meine Freude*.

Die Quelle ihrer Freude war jedoch nicht in ihrem Bett, ja nicht einmal im Zimmer. Bevor sie noch überlegen konnte, wo Max sein mochte, schrie der Esel erneut fürchterlich laut. Vorsichtig schwang Gabrielle die Beine aus dem Bett, stand langsam auf und humpelte zum Fenster. Sie mußte die arme Kreatur sehen, die an einem so wunderschönen, sonnigen Morgen derart gequält wurde.

Durch die Fensterläden konnte sie in den Hof hinunter sehen, wo ein Junge einen Esel am Kopf zog, während der Gastwirt brüllend um die beiden herumsprang und mit einem flachen Stock auf das kahle Hinterteil des Esels einschlug. Der Esel schien von der von ihm verursachten Aufregung unbeeindruckt. Mit weit gespreizten Beinen stand er unbeweglich da, ein Ohr aufgestellt, das andere umgelegt, und aus seinem breiten Maul rieselten rosarote Rosenblätter zu Boden.

Gabrielle lachte zuerst leise, bald aber laut und herzlich. »Max!« rief sie laut, tanzte durch das Zimmer und genoß ihr uneingeschränktes Glück. »Max, Max, Max!« sang sie und wirbelte immer schneller durch das Zimmer. »Max, Max ...«

Plötzlich blieb sie befangen stehen. Wenn er gerade in diesem Augenblick gekommen wäre und gesehen hätte, wie sie nackt durch das Zimmer tanzte wie ein verrücktes Huhn und seinen Namen schrie! Er hätte sich bestimmt gefragt, welcher Teufel ihn geritten hatte, eine Idiotin zu heiraten. Wo war er überhaupt?

Gabrielle sah sich um und suchte nach einem Gegenstand, der ihr bewies, daß Max wieder zurückkommen würde. Über den Fußboden verstreut lagen verschiedene Kleidungsstücke, doch sie gehörten alle ihr.

Mit zitternden Fingern hob sie das Hemd auf. Es war zerrissen. Ihr fiel ein, wie er ausgesehen hatte, ehe er das letzte trennende Hemmnis zwischen ihr und ihm zerrissen und ihren Körper in Besitz genommen hatte. Aus seinen Augen sprach glühendes Verlangen, aber war es auch Liebe gewesen?

Sie mußte an die Geschichte denken, die Max über seinen Vater erzählt hatte, der eine sich zierende Jungfrau durch einen Trick in sein Bett geholt hatte. Hatte er nach dem innigen Liebesspiel ein Stück aus seiner Vergangenheit mit ihr geteilt? Oder hätte es eine Beichte sein sollen? Max konnte doch nicht geplant haben, daß der Aerostat genau über diesem Dorf ein Leck bekam! Ihr Herz protestierte. *Natürlich hätte er es tun können,* widersprach ihr Verstand. Aber Pater Benoit mit seiner komischen Nase war doch bestimmt ein echter Priester, beharrte ihr Herz. *Er könnte irgend jemand sein,* spottete ihr Verstand. Max liebt mich, behauptete ihr Herz. *Er begehrte dich,* höhnte ihr Verstand. *Jetzt hat er dich gehabt, was soll er also noch hier?*

»Nein!« schrie sie und vergrub ihr Gesicht in dem zerrissenen Hemd. Es roch nach ihm, es roch nach Mann. Gabrielle war jetzt vollkommen überzeugt, daß Max gegangen war. Menschen, die sie liebte, verließen sie immer.

Im Korridor erklangen Schritte, und Gabrielle hob den Kopf. Die Tür ging auf, und Max betrat das Zimmer. Er blieb stehen und sah sie an, ehe er mit der Ferse die Tür zustieß. Gabrielle starrte wie gebannt in das geliebte Gesicht, doch seine ausdruckslosen, kalten Augen und sein zusammengekniffener Mund machten ihr mit einem Mal das Herz schwer.

Max trat auf sie zu, und Gabrielle wich zurück, bis sie am Fenster stand. Sie war bereit, sich mit einem Sprung auf das Bett zu flüchten, als Max sie in die Arme nahm und sie an sich zog. Schon bei seiner ersten Berührung war ihr klar, daß sie sich wie ein dummes, ängstliches Kind benommen hatte.

»Du zitterst ja, Liebste«, flüsterte er. »Warum spazierst du denn in deiner herrlichen Nacktheit hier herum?«

Gabrielle lachte ein wenig zu laut; sie war erleichtert und gleichzeitig nervös und verlegen. »Meine Kleider befinden sich heute morgen in einem äußerst traurigen Zustand, Monsieur. Es hat den Anschein, als hättest du den ganzen gestrigen Tag damit zugebracht, mir die Kleider Stück für Stück vom Leib zu reißen. Jetzt habe ich nur noch Lumpen.«

Max lächelte. »Ich werde dir einen Schrank voll mit Sachen kaufen, sobald wir wieder in Paris sind. Wie eine Königin werde ich dich ausstaffieren, und Marie Antoinette wird grün vor Neid werden.«

Es war das erste Mal, daß er an diesem Morgen lächelte, und Gabrielle wurde warm ums Herz. Sie drückte das Gesicht an seine Brust und schmiegte sich fester in seine Arme. Er war stark und kräftig. »Du machst übereilte Versprechungen, Mann. Der Tag wird kommen, und ich wette, er kommt bald, da wirst du mich dafür schelten, daß ich dein ganzes Geld für unnötigen Tand ausgebe.«

Max schob ihre Haare hoch und knabberte an ihrem zarten Hals. Gabrielle fand das äußerst vergnüglich und gab sich willig dem herrlichen Gefühl hin.

»Aber wenn ich so nachdenke, dann möchte ich dich gern so belassen, wie du in diesem Augenblick bist.« Er streichelte ihre Hüften, ließ die Hände auf ihrem Gesäß liegen und zog sie näher an sich. »Kleider, Korsetts und ähnlicher Unsinn wären mir nur im Weg ...«

Durch das Fenster drang gequältes Gejammer. Max riß den Kopf hoch und umklammerte Gabrielle noch fester. »Du lieber Gott! Was ist denn das für ein Gejaule? Bindet jemand Knöpfe in den Schwanz einer Katze?«

Gabrielle lachte herzlich, nahm sein Gesicht in ihre Hände, zog Max' Kopf an sich und küßte ihn auf den Mund. »Es ist ein Esel; er frißt Rosen zum Frühstück.«

»Was für ein glücklicher Esel!« antwortete Max lächelnd.

Gabrielles Mund war warm und fest, einfach perfekt. Max ließ sich rücklings auf das zerwühlte Bett fallen, zog Gabrielle mit sich und rollte sie auf den Rücken. Er richtete sich ein wenig auf, sah sie an und zeichnete mit den Fingerspitzen zärtlich die Konturen ihres Gesichtes nach – fuhr über ihre Augen, die Nase, den Mund, über ihren Hals und tastete tiefer. Er ließ die Hand schwer auf Gabrielles rechter Brust ruhen; eine beinahe schmerzhafte Erregung durchzuckte Gabrielle.

»Aber wie glücklich bin erst ich!« fügte Max noch hinzu, bevor er Gabrielle küßte.

Sie frühstückten spät in der Gaststube, tranken Kaffee und aßen Gebäck dazu. Der Gastwirt hatte gerade die Teller fortgetragen, als Pater Benoit niesend und sich die Nase reibend die Gaststube betrat. Er trug ein großes, altes schwarzes Buch in den Händen, auf dem ein Tintenfaß mit einer Feder balancierte.

Pater Benoit ließ sich gegenüber von Gabrielle neben Max auf die Bank fallen. »Guten Morgen, meine Kinder!« rief er mit seiner dröhnenden Stimme. »Ihr habt hoffentlich nicht vergessen, daß ihr euch in das Kirchenbuch eintragen müßt. Wir müssen auch noch die Papiere ausstellen. Der Verwalter ist in dieser Hinsicht sehr streng. Außerdem sind da noch ...« er sah Max um Entschuldigung heischend an, »nun, es sind Gebühren zu entrichten.« Er lachte stillvergnügt vor sich hin und tauchte den Federkiel in die Tinte.

»Ich versichere Ihnen, Monsieur de Saint-Just, Gott ist mehr als zufrieden mit Ihrer Großzügigkeit, aber auch Cäsar steht etwas zu, nicht wahr?« Der Priester schlug das dicke schwarze Buch auf, hielt die Feder abwartend in der Hand und blickte Gabrielle ernst an. »Name!« polterte er los.

»Gabrielle Prion«, antwortete Max an ihrer Stelle. Gabrielle spürte, wie er sie beobachtete. Er liebte sie, das wußte Gabrielle, aber er traute ihr nicht. Nach gestern abend konnte ihm niemand daraus einen Vorwurf machen, sie hatte ihm schließlich nichts erzählt. Sie hatte geweint, und er hatte sie in die Arme genommen, danach hatten sie sich geliebt. Aber den Grund für ihre Tränen hatte sie ihm verschwiegen, und er hatte seinen Stolz nicht aufs Spiel gesetzt und sie nicht danach gefragt.

Gabrielle fragte sich, ob die Ehe wohl gültig sein würde, wenn sie einen falschen Namen benutzte.

»Prion ist eigentlich nicht ... also mein Name ist Gabrielle Marie Vauclair«, antwortete Gabrielle dem Priester und beobachtete dabei Max ebenso genau wie er sie. Falls der Name ihm etwas sagte, so zeigte er es nicht, und Gabrielle atmete erleichtert auf. Vielleicht war er in jenem Jahr nicht in Paris gewesen, als ihre Flucht mit dem Sohn des Herzogs von Nevers ganz Paris schockiert hatte. Aber sie hatte auch das verräterische »de« vor ihrem Nachnamen nicht angeführt. Dieses Wörtchen, das sie als die Tochter eines Adeligen auswies, hatte sich in Gabrielles Leben eher als Fluch denn als Segen erwiesen.

Der Priester war mit ihrer Antwort zufrieden. Umständlich schrieb er ihren Namen in sein schwarzes Buch und auf verschiedene Dokumente. Sie und Max unterschrieben an mehreren Stellen, dann zählte Max fünfundzwanzig Livres auf den Tisch, die die Gebühren und die Bestechungssumme abdeckten. Die Bestechung war notwendig, um die Wogen wegen der überstürzten Heirat wieder zu glätten.

Bald darauf verließen die beiden Chênaie-sur-Seine und schlugen den Weg nach Paris ein. Die Sonne stand als weißer Ball hoch am Himmel; es war heiß, und ihre bloßen Füße wirbelten kleine Staubwolken auf. Seit der Geistliche ihr Frühstück mit seinem schwarzen

Buch unterbrochen hatte, hatte Max außer höflichen Floskeln kein Wort gesprochen. Gabrielle fragte sich, ob Max beabsichtigte, den ganzen Weg nach Paris zu Fuß zurückzulegen. Vielleicht hatten der Gastwirt und Pater Benoit Max' Geldmittel erschöpft, so daß er kein Geld mehr hatte, um einen Wagen oder eine Kutsche zu mieten. Aber Gabrielle wagte nicht, den schweigsamen Fremden, der neben ihr ging, danach zu fragen.

Das Dorf lag ungefähr drei Meilen hinter ihnen, als Max auf einer Hügelkuppe stehenblieb. Das Feld, auf dem sie am Vortag so unglücklich mit dem Aerostaten gelandet waren, lag ganz in der Nähe. Zwischen den Kiefernstämmen, die schuld an ihrem Unglück hatten, entdeckte Gabrielle sogar Teile der zerrissenen Hülle.

Max bog von der Straße ab und ließ sich im Schatten einer einsam stehenden Eiche nieder. Gabrielle blieb stehen, wo sie war, und sah ihm wütend nach. Wenn er noch öfter rastete, würden sie es nie nach Paris schaffen!

»Max, warum sitzt du unter diesem Baum?« fragte sie.

»Weil es hier viel kühler ist als auf der staubigen Straße. Warum setzt du dich nicht zu mir?«

Sie machte ein paar Schritte, hielt aber am Rand des Schattens inne. Das Funkeln in seinen Augen war unmißverständlich. »Auf den Feldern wird gearbeitet«, mahnte sie und deutete auf die Wiesen hinter ihm.

Max lächelte. »Ja und?«

»Die Leute können uns sehen, Max. Im Freien miteinander zu schlafen, wie zwei ... zwei ...« Sie war rot geworden und konnte nicht weitersprechen.

Max warf den Kopf zurück und lachte. Seine weißen Zähne blitzten in der Sonne, und seine dunklen Haare schimmerten. Gabrielle wurde ganz anders zumute, als sie ihn ansah.

»Gabrielle, Gabrielle! Schäme dich, du lüsterne Dirne!« spottete Max, und sein Lachen verebbte allmählich. »Forderst du mich damit auf, dich hier in freier Natur zu lieben? Du traust dich etwas, und deine Energie setzt mich in Erstaunen!«

Gabrielle war entrüstet. »Ich habe dich nicht aufgefordert ...«

»Du hast eine Andeutung gemacht.«

»Habe ich nicht. Du hast mich so lüstern angesehen.«

Max machte ein engelhaft unschuldiges Gesicht. »Ich und lüstern?«

Gabrielle verkniff sich ein Lachen. »Du weißt es genau!«

Max sprang auf und benahm sich plötzlich wie ein wild gewordener Lüstling. Gabrielle stieß einen spitzen Schrei aus und wollte davonlaufen. Aber sie war nicht schnell genug, und Max hatte sie nach zwei Schritten eingeholt.

Lachend faßte er sie um die Taille, hob sie hoch und wirbelte sie im Kreis, bis Baum, Himmel und Wiese vor ihren Augen zu einem bunten Band von Farben verschmolzen. Als Max sie wieder auf die Füße stellte, mußte sie sich an seinem Arm festhalten, um nicht zu fallen, während sich vor ihren Augen immer noch alles drehte.

Max zog sie fest an sich. »Komm, setz dich zu mir, meine süße Verführerin«, flüsterte er ihr mit seiner sanften Stimme ins Ohr.

»Du bist der Verführer«, protestierte sie, denn genau das machte er in diesem Augenblick.

Max küßte sie sanft auf ein Ohr. »Aber nur, weil ich dich völlig unwiderstehlich finde. Ich verspreche dir jedoch, meine lüsternen Anwandlungen unter Kontrolle zu halten, wenn du es auch tust. Ich möchte dich daran erinnern, Gabrielle, daß dort drüben auf den Feldern Leute arbeiten.« Dabei deutete er entrüstet auf die Feldarbeiter.

Gabrielle gab nach, lehnte sich lachend an ihn und schmiegte sich genießerisch in seine Arme. Es war wirklich heiß und staubig auf der Straße. Max führte sie unter den Baum, und sie ließen sich im Schatten nieder.

Er spielte mit ihren Haaren und streichelte mit einer Locke über ihre Wange. Es kitzelte angenehm. Gabrielle saß an seine Brust gelehnt und lauschte seinem regelmäßigen Herzschlag. Sie streckte die Beine neben seinen aus, so daß sich ihre Oberschenkel berührten; Max zuckte zusammen, und sein Atem ging schneller. Wohlgefällig nahm Gabrielle die Macht zur Kenntnis, die sie über ihn besaß.

Ein glückliches Lächeln umspielte ihren Mund. Sie wackelte mit den Zehen, die bereits staubig und geschwollen waren. »Wie weit ist es noch bis Paris? Was glaubst du?« fragte sie.

»Vier bis fünf Stunden mit der Kutsche«, antwortete Max. Er

strich mit dem Daumen über ihren Nacken, über ihre Schulter und dann langsam hinauf zum Ohr. Wieder hinunter, und wieder hinauf, hinunter ...

Gabrielle bekam ein flaues Gefühl im Bauch, und ihr Herz schlug schneller. »Warum hast du dann ...« Sie hatte vergessen, was sie sagen wollte. Max hatte seinen Arm um ihre Schulter gelegt, so daß seine Hand über ihre Brust hinunterhing, ohne sie jedoch zu berühren. Gabrielle holte tief Luft, ihre Brust hob sich und streifte seine Finger.

Sie machte noch einen tiefen Atemzug und noch einen. Dann fragte sie: »Warum haben wir so bald Rast gemacht?« Sie zitterte und ließ ihre Hand, die in ihrem Schoß gelegen hatte, wie zufällig auf seinen Schenkel gleiten. »Wenn wir in diesem Tempo weitermachen, brauchen wir Wochen, bis wir in Paris sind.«

Max spannte seine Oberschenkelmuskeln an, und sein Atem wurde unregelmäßig. »Dummes Gänschen, ich habe nicht die Absicht, zu Fuß nach Paris zu gehen.«

Zärtlich küßte er sie auf die Wange, schob dabei seine Finger unter das Oberteil ihres Kleides und ertastete eine Stelle auf ihrer Brust, wo weder Korsett noch Hemd ihn störten.

»Aber wieso ... Ach, Max, laß das, ... Ich kann nicht denken, wenn du das tust ...« Ihre Gedanken begannen sich im Kreis zu drehen, so wie vorhin, als Max sie herumgewirbelt hatte ...

Von der Wiese ertönte lautes Eselsgebrüll, und Gabrielle erschrak schuldbewußt. Auf der Straße trottete der räudige Esel mit der Vorliebe für Gartenblumen, und hinter ihm kam ein grinsender Junge, der ihnen höhnisch etwas zurief und mit der Faust eine eindeutig anzügliche Geste machte. Am Halfter des Esels steckte eine Rosenknospe, deren Blütenblätter ebenso rot waren wie Gabrielles schamgerötete Wangen.

Max lachte und drückte sein Gesicht in Gabrielles Rücken. Gabrielle drehte sich um und drohte ihm mit dem Finger. »Das ist alles deine Schuld, Maximilien de Saint-Just! Du hast versprochen, dich ordentlich zu benehmen.«

»Ich habe gelogen.«

»Du bist verschlagen, schamlos, wahrhaft teuflisch ...«

»Und böse«, fügte er hilfreich hinzu.

»Das bist du auf alle Fälle, böse!« Gabrielle gab sich Mühe, zornig auszusehen, doch ohne Erfolg; sie mußte lächeln. »Aber in der Liebe bist du wie ein Engel.«

»Engel sind zölibatär lebende Geschöpfe, meine Liebe.«

Gabrielle drückte ihm einen unschuldigen Kuß auf den Mund. »Vielleicht solltest du sie um ihre Hilfe bitten, wenn du wieder einmal Versprechen machst, die du nur schwer halten kannst.«

Max nahm sie in die Arme und vergrub sein Gesicht an ihrer Schulter. »Ich habe wirklich geglaubt, wir könnten hier sitzen, und ich halte dich einfach nur in den Armen, Gabrielle.« Er lachte leise. »Wo wir uns doch die ganze Nacht und den größten Teil des Vormittags geliebt haben! Aber kaum daß ich dich geliebt habe, begehre ich dich schon wieder.«

Gabrielle begriff das nur zu gut, denn es ging ihr nicht anders. »Wirst du mich in einem Jahr noch ebenso begehren?« wollte sie wissen. Sie konnte ihm diese Fragen nur stellen, weil er sein Gesicht immer noch in ihrer Schulter vergraben hatte.

Max knabberte spielerisch an ihrem Kinn. »Ich werde dich auch in fünfzig Jahren noch begehren.«

»Dann werde ich ein altes Weib sein, mit vielen Falten und ohne Zähne.«

Max lächelte. »Gut so. Wenigstens wird dir kein anderer Mann mehr den Hof machen, und ich brauche mir nicht den Kopf zu zerbrechen, wie ich dich für mich allein behalten kann.«

Sie hielten einander schweigend fest. Plötzlich packte Max Gabrielle an den Schultern und schob sie von sich. »Wir müssen ein paar Dinge besprechen, Gabrielle.«

Gabrielle erschrak. »Welche ... welche Dinge?«

Max sah sie forschend an, und Gabrielle verschlug es den Atem. Schließlich ließ er seinen Blick in die Ferne wandern, und ein seltsamer Ausdruck trat auf sein Gesicht. Er wirkte beinahe erleichtert.

»Hier kommt unsere Fahrgelegenheit nach Paris«, verkündete Max.

Gabrielle drehte sich um. Auf der Straße vom Dorf her näherten sich ihnen Zigeuner in ihren bunten Wagen. Max stand auf und winkte. Ein Reiter löste sich aus der Kolonne und galoppierte sein Pferd auf sie zu.

Das Pferd, ein prächtiger scheckiger Hengst, kam unmittelbar vor Max und Gabrielle zum Stehen und hob sich auf die Hinterbeine. Der Reiter blickte überrascht auf Gabrielle hinunter. Seine Zähne blitzten in seinem dunklen Gesicht, als er zu Max gewandt feststellte: »Du bist nicht weit gekommen. Ich halte seit Provins nach dir Ausschau.«

Es war derselbe Mann, den Gabrielle neben dem Wagen mit dem geschmuggelten Salz gesehen hatte und der der Ansicht gewesen war, sie wüßte zuviel.

»Der Ballon bekam ein Leck«, erklärte Max. »Wir landeten früher als geplant. Was noch übrig ist, liegt auf einem Feld nicht weit von hier. Ich würde gern retten, was noch zu retten ist.«

»Natürlich.« Der Zigeuner deutete mit dem Kinn auf Gabrielle. »Was macht sie hier?«

»Sie ist meine Frau«, antwortete Max leicht gereizt.

Der Zigeuner machte große Augen, dann entgegnete er vollkommen ausdruckslos: »Meinen Glückwunsch, Bruder.«

Er wendete sein Pferd und trabte zurück zu den Wagen. Max wollte ihm folgen, aber Gabrielle packte ihn am Arm.

»Was machen sie hier, diese Zigeuner?«

»Ich habe es dir gesagt. Sie bringen uns zurück nach Paris. So haben wir es vereinbart.«

Ungeduldig wandte er sich zum Gehen, aber Gabrielle ließ ihn nicht los. »Wieso? Wieso hast du gewußt, daß wir hier sein würden?«

»Ich habe nicht genau gewußt, daß wir gerade hier sein würden. Nach der vorherrschenden Windströmung kannte ich nur die ungefähre Richtung, in die uns der Aerostat tragen würde, und habe Prado gebeten, nordwestlich von Provins nach uns zu suchen.«

Gabrielle sah ihm nach, wie er der Zigeunerkarawane entgegenging; sie war zornig und verwirrt und kam sich verraten vor. Warum hatte Max ihr nicht früher von den Zigeunern erzählt? Er arrangierte alles einfach zu perfekt. Sie hatte zwar Geheimnisse vor ihm, aber hatte er nicht auch welche vor ihr? Er war ihr Ehemann, aber was wußte sie über Maximilien de Saint-Just? Sie kannte nur seinen Körper und das, was er ihr aus freien Stücken über sich erzählt hatte; das war jedoch herzlich wenig.

Ungefähr genauso viel weiß er über mich, mahnte ihr Gewissen.

Gabrielle blieb wie angewurzelt stehen und ließ die Zigeuner näher kommen. Max verschwand mit mehreren Männern im Kiefernwäldchen am Fuß des Hügels, um die leere Hülle des Aerostaten zu bergen. Sie führten ein Gespann und einen Karren mit sich, denn der riesige Ballon aus gummierter Seide war schwer. Die Frauen waren bei den Wagen zurückgeblieben und beobachteten Gabrielle verstohlen. Nach einiger Zeit setzte sich Gabrielle unter der Eiche nieder; hier war es wenigstens kühl.

In einem Fenster in der Holzwand eines der Wagen tauchte plötzlich ein kleiner Kopf auf. Gabrielle winkte dem Mädchen lächelnd zu, denn es war Lia, Dominiques Freundin. Sekunden später riß das Mädchen ungestüm die Wagentür auf.

Langsam schlurfte Lia auf bloßen Füßen durch den Sand. Wenige Meter vor Gabrielle blieb sie stehen und sah sie aus halb geschlossenen Augen an. »Wo ist Dominique, Madame? Haben Sie ihn mitgebracht?«

Gabrielle schüttelte lächelnd den Kopf. »Er ist in Paris bei seinem ... seinem Onkel.«

Lia war enttäuscht. »Schade. Ich habe immer noch die Figur, die er mir gegeben hat. Ich habe sie in meiner Schatztruhe aufgehoben.«

»Er bewahrt dein Armband unter seinem Kopfkissen auf«, erzählte Gabrielle der Kleinen, und das stimmte. Das Armband lag zusammen mit seiner Steinesammlung, seiner Handpuppe und dem Kreisel unter dem Kopfkissen. Gabrielle hatte sich oft gefragt, wie ihr Kind auf einem derart unebenen Kissen nachts schlafen konnte.

Das kleine Mädchen strahlte Gabrielle an. »Würden Sie ihm etwas von mir ausrichten, Madame, sobald Sie ihn wieder sehen? Sagen Sie ihm, daß ich meine Wange waschen mußte, die er geküßt hat, obwohl ich versprochen habe, es nicht zu tun. Aber meine Mama hat mich gezwungen.«

Gabrielle riß erstaunt den Mund auf. Dann mußte sie sich ein

Lächeln verbeißen. Ihr Dominique, der sich wehrte und unwillig das Gesicht verzog, wenn sie ihn umarmte und ihn liebkosen wollte, er hatte dieses kleine Mädchen aus freien Stücken geküßt! Männer waren wohl in jedem Lebensalter unergründlich.

»Lia!«

Das Mädchen drehte sich um und lief rasch zum Wagen zurück. Prado, der Anführer der Zigeuner, trabte heran. Max saß hinter ihm auf dem Perd.

»Was hat Lia Ihnen erzählt?« wollte der Zigeuner wissen, während Max sich vom Pferd gleiten ließ und neben Gabrielle trat.

Gabrielle erwiderte den Blick des Zigeuners mit zornigem Trotz. Auf seine Art sah er gut aus, mit seinen farbenprächtigen Kleidern und dem goldenen Ohrring. Trotz seines Mißtrauens, das er Gabrielle gegenüber hegte, wirkte er nicht gefühllos.

»Sie hat mir nichts erzählt«, beantwortete Gabrielle seine Frage. »Sie hat mich nur begrüßt. Bestrafen Sie sie nicht dafür.«

Der Mann war entsetzt. »Das würde ich nie tun!«

»Gabrielle.« Max nahm sie am Arm. Seine Berührung war sanft, doch sein Gesichtsausdruck blieb hart. »Wir werden zusammen mit dem Aerostaten auf dem Lastkarren nach Paris fahren. Macht es dir etwas aus?«

Er wartete ihre Antwort nicht ab, sondern führte sie den Hügel hinauf, wo der Karren mit seiner buntgestreiften Fracht auf sie wartete. Der Kutscher war ein alter Mann mit einer violettfarbenen Samtjacke und einer geblümten Weste. In einem Ohr steckten zwei ineinander verschlungene goldene Reifen. Er griff grüßend an seinen Dreispitz und lächelte; dabei entblößte er eine Zahnlücke.

Gabrielle betrachtete das Gefährt mißtrauisch. »Vermutlich ist darunter irgendwo Salz versteckt.«

Prado hatte sie auf seinem Schecken zum Karren begleitet und sah jetzt Max scharf an. »Du mußt mit deiner Frau reden, Bruder, sonst bringt sie uns mit ihrer losen Zunge noch alle auf die Bäume«, mahnte er und bezog sich dabei auf die gängige Vorgehensweise der Zollbehörde, Schmuggler kurzerhand am nächsten Baum aufzuhängen.

»Sie wird vorsichtig sein. Ich glaube nicht, daß Gabrielle mit dem Gesetz in Konflikt kommen möchte. Das stimmt doch, Liebste?«

Max lächelte sie mit unverhohlenem Mißtrauen spöttisch an. Gabrielle traten die Tränen in die Augen, und sie schüttelte verneinend den Kopf.

»Mach dir keine Sorgen. Gabrielle und ich werden lange vor euch allein und zu Fuß das Stadttor passieren«, beruhigte Max den Zigeuner.

Prado überlegte kurz, dann nickte er. Er zog dem Pferd scharf den Kopf herum und galoppierte hinter den Wagen nach.

Gabrielle sah ihm nach. »Ich kann diesen Mann nicht leiden.«

»Er dich auch nicht«, gab Max ihr zu verstehen, während er eine Hand unter ihr Hinterteil legte und sie auf den Karren hob. »Er ist davon überzeugt, daß ich dich geheiratet habe, um mich deines Stillschweigens zu vergewissern, und begreift nicht, warum ich dich statt dessen nicht einfach umgebracht habe. Außerdem liebt er seine Frau und seine Tochter sehr und würde sich lieber den Arm abhacken, bevor er ihnen ein Leid zufügt.«

Mit einem Ruck setzte sich der Karren in Bewegung. Gabrielle streckte Max die Hand hin, und er ergriff sie und kletterte neben sie in den Wagen.

»Stimmt es?« fragte Gabrielle.

»Was?«

»Daß du mich geheiratet hast, damit ich schweige?«

»Ja.« Max legte sich auf die seidene Stoffhülle und verschränkte die Hände hinter dem Kopf. »Und jetzt will ich etwas von diesem Schweigen genießen, Frau.« Damit schloß er die Augen und war binnen Sekunden eingeschlafen.

Gabrielle stützte sich auf einen Arm und nützte die Gelegenheit, das Gesicht ihres Mannes eingehend zu studieren, ohne daß er sie ansah. Im Schlaf wurden die harten Linien um seinen Mund weich. Die geschlossenen Lider mit den unglaublich langen Wimpern verbargen den Spott in seinen Augen. Max sah sanft, vertrauenswürdig und unschuldig aus. Wenn er schlief, sah ihr schelmischer Lausebengel von Sohn genauso aus – wie ein Engel.

Agnes wirkte nie so sanft und verletzlich, auch nicht wenn sie schlief; und soweit sich Gabrielle erinnerte, hatte auch ihrer Mutter dieser weiche Zug gefehlt. Vermutlich blieb dieser Vorzug dem männlichen Geschlecht vorbehalten.

Lächelnd berührte Gabrielle Max' Wange; sofort öffnete er die Augen und war hellwach.

»Schau! Paris!« Gabrielle richtete sich auf und deutete auf den Horizont, wo rauchverhangene Gebäude zu erkennen waren. Der heiße Wind trug den ungesunden Gestank der Stadt mit sich.

Max setzte sich auf, legte ihr den Arm um die Schultern und zog sie an sich. Sein Lächeln war zwar nicht mehr engelsgleich, dafür warm und liebevoll. »Wieder zu Hause«, seufzte er.

Die Zigeuner schlugen außerhalb der Stadtmauer ihr Lager auf. Max und Gabrielle passierten das Stadttor zu Fuß und nahmen eine Droschke zum Palais Royal.

Gabrielle schmiegte sich auf dem zerschlissenen Ledersitz dicht an Max und hielt die Hände krampfhaft verschlungen im Schoß, während die Droschke durch die überfüllten Straßen der Stadt holperte. Max griff nach ihrer Hand und führte sie an seinen Mund. Gabrielle dachte, er wolle ihr vielleicht Mut machen, aber sie hatte keine Angst, sie war glücklich. Sie kam nach Hause und war mit dem Mann verheiratet, den sie aus ganzem Herzen liebte, mit Leib und Seele. Sie bedauerte nichts.

Sie stiegen in genau dem Augenblick am Parktor aus, als die Sonne hinter den Mauern des Palastes verschwand. Langsam spazierten sie durch die Arkaden, vorbei an den Läden und Kaffeehäusern, und nickten den Kurtisanen, Buchhändlern und Quacksalbern zu, die ihre Nachbarn im Palais Royal waren. Zwar mußten sie einen seltsamen Anblick bieten, barfuß und grau vom Staub der Straße, wie sie nun einmal waren, aber niemand sah sie schief an. In dieser Gegend wirkten noch viel ungewöhnlichere Gestalten, als sie es waren, ganz alltäglich.

Die drei goldenen Kugeln des Pfandleiherladens blinkten ihnen durch die Bäume hindurch entgegen. Gabrielle entdeckte ihren Sohn, der auf der kleinen Veranda vor dem Laden kauerte und sich auf ein schwarzes schachtelähnliches Gebilde konzentrierte, das zwischen seinen weit gespreizten Knien stand. »Dominique!« rief Gabrielle, ließ Max los und lief auf ihren Sohn zu.

Dominique sah zu ihr hoch und lächelte. »Hallo, Mama!« grüßte er erfreut, aber keineswegs überwältigt vor Aufregung über das Wiedersehen. Sie hätte genauso gut zwei Minuten oder zwei Tage fort gewesen sein können.

Gabrielle bückte sich, um zu sehen, womit er spielte. Es war ein kleiner, aus Weidenruten geflochtener Käfig, der mit einem Tuch bedeckt war.

»Das ist mein neuer Freund, Mama. Ich habe ihn mit einem Stück Käse gefangen.«

Gabrielle lächelte ihren Sohn an, hob den Käfig hoch und zog das Tuch zur Seite. »Und wer ist dein neuer ... Du lieber Himmel!« Gabrielle kreischte und ließ den Käfig entsetzt fallen. Durch den Aufprall auf dem Boden öffnete sich die Käfigtür, und eine riesige Ratte, so groß wie ein junger Hund, mit einem haarlosen schwarzen Schwanz und langen, zuckenden Schnurrbarthaaren, suchte ihr Heil in der Flucht in Richtung Rinnstein.

»Mama!« jammerte Dominique. »Jetzt schau, was du gemacht hast! Du hast meinen Freund entkommen lassen!«

Max stützte Gabrielle mit seinem starken Arm. »Aber Dominique! Du kannst doch eine Ratte nicht als Haustier halten«, ermahnte Max den Jungen. Gabrielle wußte, daß er ernst klingen wollte, obwohl sie das unterdrückte Lachen in seiner Stimme hörte.

»Warum nicht?« wollte Dominique wissen.

»Weil deine Mutter sie nicht mag.«

»Warum nicht?«

»Nun, weil ...«

Gabrielle schauderte. »Sie sind schmutzige, abstoßende Tiere.«

Sie sah die beiden böse an. Wie verabredet rissen Max und Dominique unschuldig die Augen auf, aber Gabrielle ließ sich nicht täuschen. »Wenn ihr zwei glaubt, ihr könnt ...«

Die Ladentür flog auf, und Agnes stand auf der Schwelle; die Arme auf die Hüften gestützt, grinste sie hämisch. »Wen haben wir denn da?« flötete sie. »Mögen mich tausend Teufel in der Hölle braten! Wo habt ihr zwei denn seit gestern früh gesteckt?«

Gabrielle brachte kein Wort heraus und sah Agnes einfach nur an.

»Wir haben geheiratet«, antwortete Max.

Agnes verdrehte lachend die Augen und wandte sich zu Simon um, der eben aus dem Laden gelaufen kam. »Haben Sie gehört, Monsieur Simon? Die beiden haben ...« Mit vor Staunen weit aufgerissenem Mund wandte sie sich wieder zu Gabrielle und Max um. »Geheiratet! Bei der heiligen Jungfrau ...«

Endlich erwachte Gabrielle aus der Starre, die sie so plötzlich befallen hatte, daß ihr die Worte im Hals stecken geblieben waren. »Du sollst nicht fluchen, Agnes«, mahnte sie automatisch. Dann trat sie unsicher zu Simon. »Simon, Max und ich ... Wir haben gestern geheiratet. Der Ballon stieß an einen Kirchturm. Max hatte an allem schuld. Wir landeten auf einem Feld und beschlossen zu heiraten. In der Nähe war ein Dorf. Chênaie-sur-Seine, nicht wahr? Der Priester hieß Pater Benoit; er war eigentlich sehr nett, obwohl er schrecklich viel gebrüllt und geniest hat. Wir ...« Sie hielt inne, weil ihr die Worte fehlten. Sie kam sich wie eine Tochter vor, die ängstlich besorgt auf die Zustimmung ihres Vaters wartete.

Die bekam sie auch. Simon strahlte über sein ganzes rundes Gesicht. Er nahm Gabrielle in die Arme und hielt sie fest. Dann wandte er sich an Max. »Sie haben Sie also geheiratet?« Simons Stimme klang rauh vor Rührung.

Max erwiderte Simons Blick. »Ja.«

»Und Sie werden für sie sorgen und auf sie achtgeben?«

»Ja.«

Simon nickte kräftig. Er schüttelte Max die Hand, und im Licht der Laterne schimmerten seine Augen feucht. »Kommt, kommt.« Er ging ihnen voran in die Küche. »Darauf werden wir ein Glas Wein trinken und feiern.«

»Nun ja!« Agnes klang ein wenig verstimmt und wischte sich eine Träne von der Wange. »Ich kann nur sagen, ihr zwei schaut ziemlich mitgenommen aus. Ich hoffe, ihr habt nicht so in der Kirche gestanden und habt vor Gott euren Eid geleistet wie zwei Taschendiebe aus Marseille.«

Gabrielle warf den Kopf in den Nacken und lachte herzlich. Max schmunzelte und sah sie liebevoll an. Barfuß, mit zerrissenem, schmutzigem Kleid stand sie vor ihm, die rot schimmernden Haare umrahmten ihr Gesicht in wirren Locken; für Max war sie das schönste Geschöpf auf Erden.

Auf dem Weg in die Küche erzählte Gabrielle glücklich ihre Abenteuer mit dem Aerostaten. Max wollte ihr folgen, als ihn Dominique an der Knieschnalle seiner Breeches zupfte.

Der kleine Junge blickte ängstlich zu Max hoch. Seine Unterlippe zitterte ein wenig, aber er gab sich redlich Mühe, nicht zu weinen.

»Warum hast du meine Mama geheiratet?« fragte er mit erstickter Stimme. »Ich habe doch nicht gesagt, daß ich einverstanden bin.«

Max hockte sich neben den Jungen und legte ihm die Hände auf die schmalen Schultern. »Ich liebe deine Mama«, erklärte er dem Kleinen. »Wenn ein Mann eine Frau liebt, dann heiratet er sie.«

Dominique blickte zu Boden. »Bist du jetzt mein Papa?«

»Ja ... In gewisser Weise bin ich das.«

»Mein anderer Papa ist fortgegangen. Er ist jetzt im Himmel.«

Max spürte ein schmerzhaftes Ziehen in der Brust. »Ja, ich weiß.«

Langsam hob Dominique den Kopf, und Max bemerkte die ungeheure Angst in seinen blauen Augen. »Du gehst aber jetzt nicht auch in den Himmel, ja?«

Max lachte unsicher. »Das glaube ich denn doch nicht.«

»Gut.« Dominique gab sich zufrieden. Er legte seine kleine Hand in Max' große. »Mama war sehr böse mit uns wegen der Ratte.«

»Die Ratte hat ihr Angst gemacht.«

Dominique stieß einen lauten Seufzer aus. »Müssen wir wieder Blumen pflücken?«

»Diesmal werde ich mich um die Versöhnung kümmern«, versicherte Max dem Jungen ein wenig selbstgefällig.

Dominique strahlte. »Gut! Hilfst du mir dann, eine andere Ratte zu fangen?«

KAPITEL 12

In der darauf folgenden Nacht passierten die Zigeuner das Stadttor an der Rue Chaillot. An der Zollschranke waren die Wachen mürrisch und die Zigeuner grob. Die Soldaten nahmen sich viel Zeit und untersuchten jeden Wohnwagen genauestens. Sie brauchten so lange, daß sich der Verkehr am Tor bereits staute und Unmut laut wurde. Ein Bürger in einem eleganten Landauer drohte, sich beim Polizeiminister zu beschweren. Der Hauptmann der Wachposten machte ein finsteres Gesicht und entschuldigte sich halbherzig; der Anführer der Zigeuner lachte.

Die Zigeunerkarawane erregte allgemeine Aufmerksamkeit. Ihre Wagen aus Holz waren bunt bemalt; die meisten Zigeuner trugen grellfarbene Seidengewänder, goldene Armreifen und mit Edelsteinen besetzte Gürtel. Mit zotigen Bemerkungen und aufmunterndem Lachen versuchten zufällig vorbeikommende Männer, die Aufmerksamkeit der dunkeläugigen Schönen zu erregen. Ein paar Verkäuferinnen auf dem Heimweg aus dem Kaffeehaus ließen sich das freundliche Lächeln eines hübschen Zigeuners gern gefallen und erwiderten es. Einer Frau fiel der hochbeladene Karren auf, den der Mann lenkte. Sie hätte gern gewußt, wofür die blau und gelb gestreifte Seide war, die sich auf dem Wagen bauschte. Nie hätte sie erraten, daß es sich dabei um die leere Hülle eines Ballons handelte und daß sich darunter eine Ladung Salz verbarg.

Die Zigeunerkarawane überquerte die prächtigen Champs-Élysées und zog durch die Rue Saint-Honoré weiter. Hier standen die Stadthäuser der reichen Bürger; sie konnten sich mit den Palästen der Adeligen durchaus messen. Am Großmarkt, Les Halles genannt, schlug den Zigeunern der Gestank von Fisch, Käse und schalem Bier entgegen. Als sie an den klotzigen Türmen der Bastille vorbeikamen, schwenkte der Mann, der den Karren lenkte, seinen

Dreispitz vor den diensthabenden Soldaten zum kecken Gruß. Neben ihm ritt ein dunkelhäutiger Zigeuner mit einem goldenen Ohrring und lachte.

Der Zug der Zigeuner bog in die Rue du Faubourg Saint-Antoine ein. Die Färbereien, Gerbereien und Bierbrauereien hier waren bereits geschlossen und lagen im Dunkeln; die Arbeit war für diesen Tag beendet. Aus einer Eisenhütte quoll schmutziger Rauch. Zwischen den Gießereien gab es mehrere kleine Läden, die ebenfalls bereits dunkel waren. Die Geschäftsschilder über den Portalen ragten in die enge Gasse hinein. Die Schilder der rechten und linken Straßenseite berührten einander beinahe und bildeten einen im Wind knarrenden rostigen Bogengang.

Die Räder rollten durch Pfützen aus Exkrementen und Eingeweiden; ein paar Schweine stöberten hier herum und liefen erschrokken davon. Hinter den unverglasten Fenstern der schiefen Behausungen flackerte schwaches Kerzenlicht. Die Glocken von Saint Marguerite schlugen elf, aber die Nacht war noch voll von anderen Geräuschen; kleine Kinder schrien, Betrunkene sangen, Wut- und Schmerzensschreie klangen durch die Nacht. Der Vorort Saint-Antoine war keine vornehme Gegend. Das Leben hier war hart, Trunkenheit und Hurerei standen auf der Tagesordnung; Saint-Antoine kam kaum zur Ruhe.

Der Mann, der den Karren lenkte, wußte das, denn er war in diesen Straßen aufgewachsen. Die meisten Kinder, die in Saint-Antoine zur Welt kamen, überlebten ihr erstes Jahr nicht. Die Zähen – die die ersten Jahre überlebten – waren später kaum umzubringen, obwohl der Tod überall lauerte. In vielerlei Gestalt konnte man ihm an jeder Ecke, in jedem dunklen Hinterhof begegnen. Man konnte am Galgen sterben, an den Pocken oder durch einen Messerstich in den Bauch. Maximilien de Saint-Just hatte in diesen Straßen Dinge getan, für die er sich jetzt schämte. Aber er hatte gelernt zu überleben.

Den Tod zu überlisten, war für ihn eine Herausforderung geworden, so daß ihm das Leben nach einer Weile unerträglich langweilig schien, wenn es nicht mit Gefahr verbunden war; das war es, was Percy Bonville »mit gefährlich hohem Einsatz spielen« nannte.

Max ließ seine Auftraggeber in dem Glauben, daß er die Risiken wegen des Geldes einging. Da sie ihn bei der Stange halten wollten, hatten sie ihn stets gut bezahlt. In Wahrheit tat er es weniger wegen des Geldes, sondern wegen der damit verbundenen Aufregung. Aber heute nacht war er nicht bei der Sache.

Heute nacht war er in Gedanken bei Gabrielle ... seiner Frau.

Meine Frau! Bei diesen Worten empfand er unbeschreibliche Freude, die er nie für möglich gehalten hatte. Gleichzeitig überkam ihn schreckliche Angst. Zum ersten Mal in den achtundzwanzig Jahren seines Lebens hatte Maximilien de Saint-Just etwas anderes zu verlieren als sein eigenes Leben.

Schon jetzt liefen die Dinge gar nicht gut.

Es war seine Schuld. In der Hauptsache zumindest. Sie hatten den Abend in Simons Pfandleiherladen verbracht, hatten Wein getrunken, gelacht und Geschichten erzählt. Max hatte in seinem Leben schon viele Nächte in lärmender Fröhlichkeit verbracht, hatte gezecht, gespielt, gehurt, aber nie war er glücklicher gewesen als an diesem Abend, da er mit Dominique auf den Knien am abgenutzten Küchentisch saß, den Arm um die Schultern seiner Frau gelegt. So fühlte man sich also mit einer Familie, wenn man geliebt und gebraucht wurde.

Leicht betrunken hatten sie den Laden verlassen und waren durch den Park in sein Appartement gegangen. Dominique war für eine letzte Nacht bei Agnes geblieben. Am nächsten Tag sollte der Tischler kommen und in Max' Wohnung an der Wand neben dem Kamin ein Wandbett für den Jungen bauen. Heute gingen Max und Gabrielle allein nach Hause. Sie hielten einander umschlungen, lachten ohne Grund und blieben alle paar Schritte stehen, um sich zu küssen. Ihre Erregung wuchs, und als sie die Treppe zu Max' Wohnung hochstiegen, lagen Max' Hände auf Gabrielles Brüsten, und Gabrielle hatte Ihre Hand in Max' Hosentaschen gesteckt.

Ihre Leidenschaft hatte Max von allem Anfang an überrascht. Noch nie hatte er eine Frau gekannt, die so viel Spaß an Sex hatte und die im Bett so unbekümmert war wie Gabrielle. Keine andere Frau hatte ihm im Bett so viel Vergnügen bereitet, und zwar nicht durch ihre Fertigkeit oder ihre Erfahrung. Ihr erster Mann war vermutlich kurz nach der Hochzeit gestorben, und Max glaubte nicht, daß sie seither viele Männer gekannt hatte, wenn überhaupt.

Martin hatte er geheißen. Soviel hatte Max Agnes entlockt, dazu noch die beruhigende Meinung der Gefährtin seiner Frau, daß dieser Martin ein mondsüchtiger Jüngling gewesen sein mußte, der von der Liebe keine Ahnung gehabt hatte. Max bezweifelte, ob der junge Mann tatsächlich der Gehilfe eines Perückenmachers gewesen war. Die Perückenmacher, die Max kannte, waren ihr Leben lang von Kopf bis Fuß mit Mehl bestäubt. Er konnte sich nicht vorstellen, daß eine solch lächerliche Figur seiner wunderbaren Gabrielle gefiel. Der Gedanke an jenen Martin war ihm trotzdem äußerst unangenehm. Die Tatsache, daß der junge Mann mit Gabrielle das Bett geteilt hatte, störte Max zwar, aber er konnte damit leben. Doch die Vorstellung, daß Gabrielle ihn genug geliebt hatte, um ihn zu heiraten und ein Kind von ihm zu bekommen, war schwer zu verkraften. Sie war die einzige Liebe seines Lebens, und Max wollte das gleiche in ihrem Leben sein.

Dann war da noch etwas ... Diesen Martin umgab ein Geheimnis, das Gabrielle nicht mit ihm teilen wollte. Dieses Geheimnis hinderte Max daran, Gabrielle voll und ganz zu vertrauen, auch wenn er sie noch so sehr liebte.

Dieses Geheimnis zwang ihn, vor ihr ebenfalls Geheimnisse zu haben.

Nachdem die beiden an diesem Abend das Appartement betreten hatten, ließ er Gabrielle los. Er entzündete eine Wachskerze am Kaminsims, und als er sich zu Gabrielle umdrehte, wäre es beinahe um ihn geschehen gewesen. Ihre wunderbaren Haare, das Verlangen in ihren Augen und der zum Kuß geöffnete volle Mund machten es Max unendlich schwer. Er wußte nicht, woher er die Kraft nahm, sie nicht in die Arme zu nehmen und auf sein Bett zu tragen.

»Gabrielle ...« Seine Stimme zitterte, und er mußte tief Luft holen. »Ich muß dich ein paar Stunden allein lassen. Wirst du auf mich warten?«

Ihr Lächeln verschwand. »Jetzt gehst du fort? Aber warum?«

»Ich muß mich noch um eine geschäftliche Angelegenheit kümmern.«

Gabrielle zuckte zusammen, als hätte er sie geschlagen. »Was für ein Geschäft?«

Er antwortete nicht. Er wußte, daß seine Miene in diesem Augenblick völlig undurchdringlich, wie aus Stein gemeißelt, wirkte. Er konnte es nicht ändern. Als Kind in Saint-Antoine hatte er früh gelernt, daß man Gefühle nie zeigen durfte, denn Gefühle machten einen verwundbar; das konnte er sich damals als Dieb und Sohn einer Hure nicht erlauben. Deine Feinde werden deine Gefühle dazu benutzen, dich zu zerstören. Deine Freunde ebenfalls.

Gabrielle verschränkte die Arme fest am Körper. »Du gehst zu den Zigeunern zurück, nicht wahr? Du hilfst ihnen dabei, das Salz in die Stadt zu schmuggeln.«

»Ja.«

»Ach Gott! Ich habe dich nicht geheiratet, um wieder Witwe zu werden!« Sie ballte die Hände zu Fäusten und schloß fest die Augen. Doch als sie die Augen wieder öffnete, waren sie trocken. Max bewunderte ihre Beherrschung; sie wollte vor ihm nicht weinen.

»Gabrielle ...« Er streckte die Hand nach ihr aus, aber sie zuckte zurück und kehrte ihm den Rücken zu. »Ich schwöre dir, daß es nicht gefährlich ist. Die Wachen am Tor sind bestochen. Der Schmuggel wird von jemandem ganz oben in der Regierung betrieben. Es ist völlig ausgeschlossen, daß die Aktion auffliegt.« Max war sich nicht sicher, ob sein Vertrauen in sie gerechtfertigt war und er ihr wirklich soviel erzählen durfte, aber er konnte ihren kummervollen Gesichtsausdruck nicht ertragen.

Gabrielle hatte sich abgewandt, doch als sie sich jetzt wieder umdrehte, funkelte sie Max zornig an.

»Warum?« wollte sie wissen. »Warum tust du das?«

»Ich schulde jemandem einen Gefallen.«

»Prado?«

Max schwieg. Von Abel Hachette und dem Geheimbund durfte er ihr nichts erzählen. Noch nicht; nicht ehe er herausgefunden hatte, was sie ihm aus ihrer Vergangenheit nicht erzählen wollte oder konnte.

Gabrielle war immer noch zornig. »So verdienst du also deinen Lebensunterhalt, Max? Durch Schmuggeln. Daher kommt das

Geld, mit dem du das alles gekauft hast?« Mit einer weit ausholenden Handbewegung zeigte sie auf seine Laboratoriumsausrüstung und seine Bücher. »Oder stammt das aus Taschendiebereien?«

Das hatte ihn getroffen, aber er zeigte es nicht.

Leise, fast tonlos, fuhr Max fort: »Ich frage dich nicht um Erlaubnis und erbitte nicht deine Zustimmung, Gabrielle. Du hast gewußt, wer und was ich bin, als du mich geheiratet hast, denn ich habe dich von Anfang an gewarnt ...« Max hielt inne und ließ die Behauptung unausgesprochen im Raum stehen, daß sie ihm nicht das gleiche Entgegenkommen gezeigt hatte.

Wie immer, wenn er wütend war, lächelte er eisig und fuhr fort: »Ich bin ein Bastard, Gabrielle. Erinnerst du dich?«

Gabrielle warf den Kopf in den Nacken. »Ich habe es nicht vergessen. Ich habe nur nicht angenommen, daß du unsere Ehe aufs Spiel setzt, um es zu beweisen.« Ihre sarkastischen Worte trafen ihn tief.

Danach blieb nichts weiter zu sagen. Er ging in sein Schlafzimmer, zog saubere Lederbreeches, eine einfache Lederjacke und seine alten Stiefel an. Die waren zwar nicht ganz so schön wie die, die er beim Ballonflug eingebüßt hatte, dafür aber bequemer. Er überlegte, ob er die Pistole mitnehmen sollte, entschied sich aber dann doch für das Stilett und setzte sich auf das Bett, um es in den Stiefel zu stecken.

Die Eule beobachtete ihn mit vorwurfsvollem Blick von ihrem Platz neben dem Fenster. Max spürte, daß er deswegen tatsächlich rot wurde. Ein Mann braucht seiner Frau nicht zu antworten, verteidigte er sich vor den allwissenden Augen. Warum soll ich mein ganzes Leben ändern, nur weil ich verheiratet bin? Bevor sie an meine Tür geklopft hat, war ich mit meinem Leben voll und ganz zufrieden gewesen.

Der Vogel blinzelte, und Max zog die Brauen hoch. Also gut, ich war nicht vollkommen glücklich. Du bist doch angeblich so klug, was würdest du jetzt tun?

Der Vogel schlug mit den Flügeln, und Max legte die Stirn in Falten. Leicht gesagt, mein gefiederter Freund, aber ich habe keine Flügel. Max preßte die Lippen fest aufeinander, um nicht in lautes Gelächter auszubrechen. Guter Gott! Gabrielle hielt ihn bereits für halb verrückt. Was würde sie denken, käme sie in diesem Augenblick herein und ertappte ihn bei seinem stummen Zwiegespräch mit einer Eule?

Max ging wieder in das andere Zimmer, wo Gabrielle unbeweglich am selben Fleck stand, wie zuvor. Sie hatte geweint. Max wollte zur Tür, konnte aber so nicht fortgehen. Mit wenigen Schritten stand er neben ihr, und noch ehe sie denken konnte, drückte er sie an sich. Gabrielle wandte den Kopf zur Seite, aber Max faßte sie am Kinn und zwang sie, ihn anzusehen. Er küßte sie auf den Mund, und sein Kuß drückte seine ganze Liebe zu ihr aus, aber auch seinen Zorn und seine Enttäuschung.

Gabrielle hatte den Kuß nicht erwidert, aber sie hatte Max auch nicht geohrfeigt. Er nahm das als ein positives Zeichen.

An der Ruine eines abgebrannten Schlachthauses löste sich der dunkelhäutige Mann auf dem großen Schecken vom Troß der Zigeuner, und der Karren folgte ihm. Die frisch geölten Räder rollten lautlos unter dem halb verfallenen Torbogen durch, und der Wagen verschwand in einem schwarzen Gewölbe, in dem man früher die Tiere geschlachtet und ausgenommen hatte.

Obwohl das Schlachthaus schon seit Jahren nicht mehr benutzt worden war, stank es hier entsetzlich. Max kannte den Ort seit Kindertagen; der Schlachthof war bereits damals nur noch eine Ruine gewesen. Der Gestank von Blut und verwesenden Eingeweiden hatte sich schon vor langer Zeit in den Steinen und in der festgetretenen Erde festgesetzt und war nicht mehr zu entfernen. Das Dach war vom Feuer zerstört, so daß zwischen den eingestürzten Dachbalken der Nachthimmel durchschimmerte. Ein heißer Wind war aufgekommen, und Wolken verdeckten den Mond. Regen lag in der Luft.

Am Torbogen flammten Fackeln auf, und über die gegenüberliegende Mauer tanzten die Schatten von Wagen und Reiter. Prado sprang vom Pferd. Max blieb auf dem Karren sitzen und zog den Dreispitz tief in die Stirn, so daß die Krempe knapp über den Augen saß.

Ein Mann kam durch den Torbogen. Links und rechts neben ihm

gingen Diener mit Fackeln. »Hättest du nicht einen besseren Platz wählen können?« beschwerte sich der Ankömmling. »Es stinkt hier wie auf dem Abfallhaufen eines Fleischers.«

Prado lachte und beruhigte den Mann mit ein paar entschuldigenden Worten. Max saß schweigend auf dem Karren und beobachtete den Ankömmling aus halb geschlossenen Augen. Er war klein und ganz in Schwarz gekleidet. Die langen, struppigen schwarzen Haare hingen ihm offen über die Schultern. Seine dicken Brillengläser funkelten im Licht der Fackeln und ließen die Augen nicht erkennen. Max prägte sich das Gesicht gut ein, was nicht schwer war, denn auf einer Wange prangte eine tiefe, häßliche Narbe, wie ein Brandmal. Der Mann hatte Prado nie seinen Namen genannt; Prado nannte ihn daher das Narbengesicht.

Das Narbengesicht trat an den Karren und warf einen Blick hinein. »Was, um Himmels willen, ist das?«

»Ein Aerostat«, antwortete Prado.

»Ein was?«

»Ein Ballon.«

»Und das Salz?«

»Das ist hier.«

Der Mann blinzelte. Jetzt erkannte Max die vorstehenden Augen und dicken Lider des anderen; er sah aus wie eine Kröte. Die Brillengläser vergrößerten die Augen noch auf groteske Weise. Jetzt bemerkte das Narbengesicht Max. »Wer ist der? Bisher hast du ihn noch nie mitgebracht.«

Prados Zähne blitzten im Dunkeln. »Das ist mein Vetter Ludo. Er ist ein Ochse.«

Max starrte den kleinen Mann mit leerem, blödem Blick an.

Das Narbengesicht blinzelte wieder und hielt sich ein parfümiertes Taschentuch vor die Nase. »Er soll das Zeug ausladen. Sag ihm, er soll sich beeilen. Du lieber Himmel, hier stinkt es vielleicht!«

Eine große schwarze Berline fuhr durch den Torbogen. Die beiden Diener halfen Max beim Umladen des Salzes vom Karren in die Kutsche. Währenddessen unterhielten sich Prado und das Narbengesicht leise. Max gab sich keine Mühe, ihr Gespräch zu belauschen; Prado würde ihm später alles erzählen.

Das Narbengesicht bestand darauf, daß Prado und Max den Hof zuerst verließen. Es hatte zu regnen begonnen, und die schmale Gasse verwandelte sich im Nu in ein schmutziges Rinnsal. Max saß auf dem Karren, und das kalte Wasser tropfte ihm in den Nacken. Warum mußte es immer regnen, wenn er nachts jemanden verfolgte?

Er lenkte den Karren gemächlich mehrere Häuserblöcke weit, und Prado ritt leise vor sich hin summend neben ihm. An einer Ecke löste sich aus einer Einfahrt ein Schatten und sprang auf den Karren. Max ließ sich auf der anderen Seite zu Boden gleiten und lief auf leisen Sohlen zum Schlachthaus zurück. Als die schwarze Berline unter dem Torbogen auftauchte, sprang ungesehen ein blinder Passagier auf.

Zwei Stunden später stand Max in der Tür zu seinem Schlafzimmer. Zu seinen Füßen bildelte sich eine Wasserpfütze. Gabrielle war da – sie lag an der äußersten Kante auf ihrer Seite des Bettes und hatte das Gesicht zum Fenster gekehrt. Vor Erleichterung brannten Max Tränen in den Augen, und er schwankte. Er hatte nicht gewußt, daß er solche Angst gehabt hatte, Gabrielle könnte ihn verlassen haben.

Die Jalousien waren offen, und der Wind blies den Regen in das Zimmer; wahrscheinlich bekam der Fußboden Flecken. Doch da der Platz der Eule leer war, ließ Max das Fenster offen. Er blieb in der Tür stehen und lauschte Gabrielles Atemzügen. Sie war wach. »Gabrielle?« rief er leise, und als sie nicht antwortete, zog er sich im Dunkeln aus.

Er schlüpfte neben ihr ins Bett. Sie rührte sich nicht. Max lag auf dem Rücken und starrte zur Decke. Vermutlich hätte er es mit seinen erfahrenen Händen erreicht, daß sie ihn trotz ihres Zorns begehrte. Aber er wollte sie nicht wie das bloße Objekt zur Befriedigung seiner Begierde behandeln. Er wollte versuchen, mit Worten ihre Vergebung zu erreichen, und erwog mehrere Möglichkeiten, aber keine gefiel ihm. Daher schloß er die Augen, kehrte sich von ihr ab und legte sich auf den Bauch.

Das Bett bewegte sich. Dann spürte er ihren nackten Körper auf seinem Rücken. Er mußte sich sehr beherrschen, sich nicht im nächsten Augenblick umzudrehen und Gabrielle wild und leidenschaftlich in die Arme zu schließen. Mit zusammengebissenen Zähnen zwang er sich, still liegen zu bleiben.

Gabrielle legte ihm zaghaft die Hand auf den Arm. »Max …? Bitte sei mir nicht böse! Ich ertrage es nicht, wenn du böse auf mich bist.«

Max drehte sich um und nahm sie in die Arme. Vor Liebe verschlug es ihm für einen Augenblick den Atem. »Ich habe geglaubt, du seist mir böse«, flüsterte er.

Sie hatte bei seiner ersten Berührung gezittert. Jetzt preßte sie ihren Körper an seinen, und Max spannte die Muskeln an, als ihre Brüste über seine Brust streiften.

»Ich war so wütend auf dich, daß ich dich am liebsten am nächsten Baum aufgeknüpft hätte.« Gabrielle wurde immer noch zornig, wenn sie daran dachte. »Aber nachdem du gegangen warst, bekam ich Angst, du könntest nicht zurückkommen.«

Er streichelte sie, hielt ihre Gesäßbacken fest und zog ihr Becken höher, damit er ihre weichen, lockigen Haare spürte, die die Quelle seiner Freude und seines quälenden Verlangens verbargen.

»Ich werde immer zurückkommen, Liebste«, beteuerte er ihr. Sie mußten unbedingt über die vergangene Nacht sprechen, aber nicht jetzt; jetzt war es unmöglich. Jetzt wollte er sie lieben.

Gabrielle zitterte, und dann entrang sich ihrer Kehle ein schmerzlicher Laut. Max spürte ihre Tränen an seinem Hals und erschrak. »Du lieber Himmel, Gabrielle, weine nicht.« Er hielt sie fest umschlungen und ärgerte sich maßlos über sich. »Es tut mir so leid! Es tut mir furchtbar leid …«

Sie erstickte seine Worte mit einem leidenschaftlichen Kuß und preßte seinen Kopf tief in die Kissen. Max zog ihr Bein über seine Schenkel, und Gabrielle richtete sich auf. Im Dunkeln konnte Max zwar ihre Umrisse erkennen, nicht aber ihre Gesichtszüge. Plötzlich huschte ein Lichtstrahl von draußen herein, und ihre Haare leuchteten wie eine feurige Krone. Oder wie ein Heiligenschein. Max lächelte. Gabrielle, sein feuriger, leidenschaftlicher Engel. Gabrielle machte ihn so glücklich, daß er glaubte zu fliegen.

Später hielt Max seine Frau erschöpft in den Armen, und seine Gedanken kreisten nur um sie, um seine Gabrielle ... Es war schwer genug gewesen, sie zu gewinnen. Sie zu behalten würde noch schwieriger sein, so viel war ihm klar geworden. Er mußte die heutige Nacht wieder gutmachen. Zwar konnte er ihr nicht geben, was sie wollte, nämlich sein bedingungsloses Vertrauen, aber er würde etwas von seinem Stolz opfern und ihr zu Füßen fallen und um ihre Vergebung flehen.

Max nahm alle Kraft zusammen und bereitete sich auf die bevorstehende qualvolle Unterredung vor. »Gabrielle?«

Ihre Hand lag auf seinem Herzen. Sie seufzte und drehte spielerisch seine Brusthaare um ihre Finger. »Nein«, antwortete sie.

»Aber du weißt doch gar nicht, was ich sagen wollte.«

»Doch, das weiß ich. Wenn du glaubst, Maximilien de Saint-Just, daß ich dir verzeihe, wenn du in unserer Hochzeitsnacht schmuggeln gehst ...«

»Unsere Hochzeitsnacht war bereits gestern.«

»... nur weil du mir ein paar Küsse gibst ...«

»Ein paar Küsse!«

»Dann eben viele Küsse!« Sie zwickte ihn in die Brust. »Nein, nein. Ich erwarte dafür schon mehr.«

Mit wachsender Sorge wartete Max darauf, was sie von ihm verlangen würde. Heute nacht konnte er sie wirklich nicht mehr lieben. Im Augenblick konnte er nicht einmal den kleinen Finger heben.

»Im Schaufenster von Madame Bertins Laden habe ich einen ganz bezaubernden Hut gesehen«, eröffnete ihm Gabrielle.

»Er gehört dir!« Max lachte und schob den Gedanken beiseite, daß Madame Bertin Hüte für die Königin anfertigte und entsprechend viel für ihre Kreationen verlangte.

Plötzlich wurde ihm etwas klar, und plötzlich hatte er einen Kloß im Hals. Aus Liebe wollte er Gabrielle seinen Stolz opfern, und Gabrielle hatte sein Opfer nicht angenommen. Aus Liebe!

In diesem Augenblick war er davon überzeugt, daß etwas Besonderes sie verband, das alles überdauern konnte – auch Zorn und Enttäuschungen ... auch Geheimnisse.

Maximilien de Saint-Just schloß die Augen, lauschte dem Regen und schlief, die Hände in den Haaren seiner Frau vergraben, selig ein.

Am nächsten Nachmittag regnete es noch immer.

Abel Hachette stand am Fenster seiner Bibliothek und beobachtete die Passanten auf der Straße. Mit jeder Minute wurde er ungeduldiger. Max hatte versprochen, gestern spät nachts noch vorbeizukommen und über den Ablauf der Schmuggeloperation zu berichten. Den ganzen Vormittag hatte Hachette gewartet, aber Max war nicht aufgetaucht. Nicht daß sich Hachette Sorgen machte – Max konnte auf sich selbst aufpassen. Nein, Hachette war nicht besorgt, er war aufgeregt. Er hatte eine Überraschung für seinen schwarzen Engel und konnte es kaum erwarten, sie ihm zu unterbreiten.

Hachette erinnerte sich daran, wie er das erste Mal an diesem Fenster gestanden und auf Max gewartet hatte. Bis zum letzten Augenblick hatte er damals beabsichtigt, Max der Polizei zu übergeben; die sollte den jungen Briganten verhaften. Im Geist hatte er ein paar bissige Bemerkungen konzipiert; die wollte er dem jungen Mann in sein arrogantes Gesicht schleudern, wenn man ihn auf das wohlverdiente Schafott zerrte.

Letztendlich hatte er damals vor elf Jahren doch nicht die Polizei gerufen, und als die Uhr auf dem Kaminsims zuerst zwölf und dann zwölf Uhr dreißig schlug, war Hachette schwer enttäuscht gewesen. Es war ihm ein kleiner Trost, daß er sich nicht zum Gespött gemacht und unnötigerweise die Polizei gerufen hatte. Es schlug eins, und Hachette stand vom Schreibtisch auf und läutete seinem Diener. Noch einmal trat er ans Fenster, um einen letzten Blick auf Fußgänger und Fahrzeuge zu werfen, die wie immer die Rue Royale verstopften. Von dem adeligen jungen Herrn war nichts zu sehen.

Da war hinter Hachette eine Hälfte der Doppeltür aufgegangen.

»Bringen Sie mir Hut und Stock, bitte!« Hachette drehte sich um. »Ich will ...«

»Entschuldigen Sie die Verspätung«, erklang die spöttische

Stimme, diesmal durch keine Maske gedämpft. Eisiger Schreck durchfuhr Hachette. »Ich wurde aufgehalten. Ich hatte den verrückten Verdacht, Sie könnten die Polizei rufen.«

Dem Bankier stand der Schweiß auf der Stirn. »Wie ... wie sind Sie hereingekommen?«

Der junge Mann zog spöttisch die Brauen hoch. »Durch die Vordertür.«

Hachette trat steif an seinen Schreibtisch, tastete mit den Beinen nach dem Stuhl und setzte sich. Mit ernstem Gesicht begann er: »Nun, Brigant ...«

»Meine Freunde nennen mich Max.«

»Und wie werden Sie von Ihren Feinden gerufen?«

»Die leben nicht lange genug, um mich beim Namen zu rufen.«

Hachette wollte diese Prahlerei mit einem höhnischen Grinsen quittieren, als er den belustigten Gesichtsausdruck des jungen Mannes bemerkte. Hachette lächelte. »Ich werde mir ihren gefährlichen Charakter stets vor Augen halten ... Max. Schließlich werden wir gemeinsam Geschäfte machen.«

Bis zum offiziellen Eintritt Frankreichs in den Unabhängigkeitskrieg der Amerikaner sollten noch zwei Jahre vergehen, und in dieser Zeit überquerten ihre Transporte dreimal den Atlantik. Danach wurden die heimlichen Waffenlieferungen hinfällig und daher auch unprofitabel. Als Hachette Max am Morgen vor der ersten Fahrt am belebten Hafen von Nantes traf, wurde er erneut von Zweifeln geplagt. Was für ein Narr mußte er gewesen sein, einem Fremden – einem Wegelagerer noch dazu – Musketen und Munition anzuvertrauen, die ein Vermögen wert waren.

»Wie soll ich wissen, daß Sie nicht mit meinem Schiff und dem Gewinn in der Karibik verschwinden, sobald Sie einmal die Gewehre verkauft haben?« hatte er gefragt, bemüht, seine Nervosität zu verbergen.

Der Wind trug von den Lagerhäusern den Duft von Zimt, Tabak und Kaffee zur Luke herein, überlagert vom Gestank nach verrottetem Fisch. Max stand über den Schreibtisch gebeugt und studierte eine Hafenkarte; er sah nicht einmal auf. »Das können Sie nicht wissen, nur hoffen. So wie ich an jenem Nachmittag gehofft habe, daß Sie mich nicht dem Henker ausliefern, als ich unmaskiert Ihr Haus betrat.«

»Sie waren nicht bewaffnet?«

Max lächelte breit. »Zum Teufel! Nein!«

Als Max mit dem Erlös der letzten Ladung zurückkehrte, erwartete ihn Hachette am Hafen, wie nach jeder Reise. Denn Hachette war nie wirklich von Max' Rückkehr überzeugt. Doch als Max ihm das Gold und die Silbermünzen aushändigte, das er von den Amerikanern für die Gewehre bekommen hatte, wunderte sich Hachette, warum er dem jungen Mann je mißtraut hatte.

Hachette zählte Max' Anteil für die letzte Ladung ab und bedauerte dabei zutiefst, daß seine eigenartige Beziehung zu Maximilien de Saint-Just nun enden sollte.

Neugierig fragte er den jungen Mann – mit dem er zu Tisch gesessen und getrunken hatte, dem er wie einem Sohn vertraute, den er aber im Grunde nicht kannte –, nach seinen Plänen. Wollte er sich vielleicht der Creme der französischen Aristokraten anschließen, die sich, dem Beispiel des Marquis de Lafayette folgend, scharenweise freiwillig zum Kampf für den Ruhm und die Freiheit Amerikas gemeldet hatte?

Max packte gerade seine Habseligkeiten in einen Seekoffer und zuckte unbeteiligt die Achseln. »Ich bin kein guter Befehlsempfänger.«

»Aber Junge, du würdest die Befehle *geben* und nicht entgegennehmen. Du bist ein Aristokrat und kannst dir ein Offizierspatent kaufen. Dein Vater ist schließlich der Graf und Marschall. Er wird doch bestimmt ...«

Max lachte bitter. »Mein Vater würde nicht einmal einen Sou ausgeben, um mich zur Hölle zu schicken.«

»Schade, daß du ein so schlechtes Verhältnis zum Grafen hast«, bedauerte Hachette und dachte laut weiter: »Mit seinem Einfluß bei Hof könntest du es weit bringen, sogar bis zu einem einträglichen Amt.«

»Ich bin sein Bastard, Abel. Mein Vater hat meine Existenz akzeptiert, aber das war auch schon das Ende unserer Beziehung.«

»Ich verstehe. Trotzdem, in den vergangenen zwei Jahren hast du genug verdient. Du könntest dir ein Dutzend Offizierspatente kaufen ...«

Jetzt verlor Max zum ersten Mal die Geduld. Ungestüm ließ er den Deckel seines Koffers zufallen. »Verdammt, Abel! Was geht dich das an? Wenn du es unbedingt wissen willst, ich sehe keinen zwingenden Grund, warum ich für ein Land kämpfen soll, das nicht meine Heimat ist und das mir nichts bedeutet.«

»Ich habe geglaubt, daß es dir etwas bedeutet.« Mit einer umfassenden Armbewegung fuhr er fort: »Warum hast du dann die Waffen geliefert?«

»Ich tat es für Geld, Abel. Genau wie du. Wenn ich für etwas kämpfe, muß ich auch bereit sein, dafür zu sterben.«

»Du bist bereit, dein Leben für Geld aufs Spiel zu setzen, nicht aber für die Freiheit?«

»Was ist Freiheit? Das ist nur ein Wort.«

Hachette blickte aufmerksam in das junge, zorngerötete Gesicht. »Was ist dir dann wirklich wichtig?« wollte Hachette wissen. »Was erwartest du dir vom Leben?«

Max seufzte. »Ich möchte Dinge entdecken. Ich möchte Dinge erfinden, die noch nicht entdeckt werden können, weil es sie noch nicht gibt. Vielleicht will ich nur der Langeweile entgehen.«

Er gehört doch nicht zu uns, hatte Hachette damals mit versteckter Enttäuschung gedacht. Dann ließ er das Thema fallen.

Hachette hatte nicht wirklich erwartet, den jungen Briganten wiederzusehen, nachdem sie sich an jenem Tag getrennt hatten. Aber wie so oft bei Max, hatte sich Hachette auch damals geirrt. Kaum ein Jahr war vergangen, da tauchte Max in Hachettes Haus in Saint-Honoré auf und brachte ihm den Schlüssel zu dem Code, den die Engländer für ihre verschlüsselte militärische Kommunikation verwendeten.

Abel Hachette war hinter seinem Schreibtisch gesessen und hatte das Papier in seinen zitternden Händen gehalten. »Guter Gott! Das ist ja unglaublich. Woher hast du ...«

»Aus einem Schlafzimmer in London.«

»Aber wie ...«

»Ich habe das Papier gestohlen.«

»Das ist unglaublich Max. Ist dir klar, was das für die Armee und den König bedeutet?«

Max lächelte. »Daher habe ich den Schlüssel dir gebracht, mein lieber Abel. Denn du weißt, wieviel er wert ist. Du kannst ihn für mich verkaufen.«

Max war aufgeregt im Zimmer hin- und hergegangen, und Hachette hatte ihn beobachtet. Es war an der Zeit, stellte Hachette fest, daß der Junge sich für eine Richtung entschied.

»Die Schatzkammern Frankreichs sind leer«, begann Hachette. »Dieser amerikanische Krieg hat sich als kostspieliger herausgestellt, als vorherzusehen war. Warum willst du den Schlüssel nicht an die Engländer verkaufen?«

Max blieb wie angewurzelt stehen und starrte Hachette an.

»England kann es sich leisten zu bezahlen, was du verlangst. Ich glaube, unser König kann keine hundert Louisdor zusammenkratzen.«

»Dann schenk ihm den Code, um Himmels willen!« Max ließ sich schwer in einen von Hachettes zierlichen Stühle fallen und sah den alten Mann finster an. Dann lachte er. »Schau nicht so entsetzt, Abel! Ich habe ein paar Prinzipien und versuche sogar manchmal, danach zu leben. Zumindest solange ich dadurch nicht meine Überlebenschance gefährde.«

»Dann liegt dir also etwas an der Zukunft Frankreichs?«

Im ersten Augenblick erwartete Hachette eine für Max typische respektlose Floskel als Antwort. Doch Max erwiderte: »Ich bin Franzose. Natürlich liegt mir etwas daran.«

»Wie alt bist du?« fragte Hachette plötzlich.

Max zuckte die Schultern. »Ich weiß es nicht. Ich glaube ungefähr zwanzig.«

»Zwanzig! Guter Gott! Das heißt, daß du erst siebzehn warst, als du das erste Schiff mit den Musketen befehligt hast!«

Max grinste. »Ich verrate dir noch ein Geheimnis, Abel. Ich bin davor noch nie zur See gefahren. Ich hatte in meinem ganzen Leben noch kein Schiff betreten. Ich konnte ein Achterdeck nicht von einem Segel unterscheiden.«

Hachette lachte herzlich. Er lachte, bis ihm die Tränen über die

Wangen liefen und er sie mit seinem spitzenbesetzten Taschentuch fortwischen mußte. Wieder nüchtern geworden, betrachtete er den jungen Mann ernst.

»Max, mein lieber Junge, ich möchte dir ein Geschäft vorschlagen ...«

Tatsächlich hatte sich ihre Partnerschaft bis zu diesem Tag sehr einträglich gestaltet. Einträglich für den Geheimbund, für Frankreich und für die Sache der Revolution. Um diese Dinge kreisten Abel Hachettes Gedanken, als jetzt der dunkelhaarige Mann, auf den er gewartet hatte, in der regennassen Rue Royal auftauchte. Und im Stillen schwor Hachette diesem Mann etwas, denn Maximilien von Saint-Just war ihm so teuer – und so unentbehrlich – geworden wie ein Sohn.

Ich werde nichts und niemanden zwischen mich und dein Schicksal kommen lassen.

Hachette verbarrikadierte sich hinter seinem Schreibtisch und wartete ungeduldig, daß der Haushofmeister den Besucher meldete. Er mußte sich zwingen, nicht aufzuspringen, als die Tür endlich aufging und Max hereinkam.

»Der Graf de Saint-Just«, verkündete der Lakai mit dröhnender Stimme.

Hachette mußte unwillkürlich lächeln, als Max wie angewurzelt stehenblieb. Es war Hachette bisher noch nie gelungen, Max aus der Fassung zu bringen.

Doch nur kurz war Hachettes Triumph, denn Max fand sehr rasch zu seiner arroganten Sicherheit zurück. Er wartete, bis der Lakai die Tür geschlossen hatte, dann sah er Hachette mit hochgezogenen Brauen an. »Mein lieber Abel, willst du mir auf deine höchst diskrete Art etwas sagen?«

»Dein Bruder ist tot«, erklärte ihm Hachette unumwunden. »Ein Jagdunfall.«

Max blieb äußerlich vollkommen unbeeindruckt, nur der Muskel an seiner Wange zuckte. Der junge Mann setzte sich und sah Hachette unter den halb geschlossenen Lidern hervor an. »Armer François ... er hat nie richtig reiten gelernt.«

Hachette war wütend. »Du lieber Himmel, Max! Begreifst du nicht, was das bedeutet?«

Der älteste Sohn des Grafen von Saint-Just war zehn Jahre zuvor im Kampf für die Amerikaner gefallen. Gestern hatte der zweite Sohn eine Hecke falsch eingeschätzt und sich das Genick gebrochen. Die Linie der Saint-Just ruhte nun auf dem einzigen noch überlebenden Sohn des Grafen, der zwar unehelich geboren war, den der Graf aber schon vor Jahren formell anerkannt hatte. Er konnte Max ohne weiteres zu seinem Erben machen und ihm den verwaisten Titel eines Vicomte de Saint-Just verleihen. Hachette zitterte vor Aufregung, wenn er an den steilen Aufstieg dachte, der seinen schwarzen Engel erwartete. Mit dem mächtigen Titel und dem Rückhalt seines Vaters standen ihm hohe Ämter offen. Welche Informationen würden da durch seine Hände gehen!

»Ich weiß, was es bedeutet, aber du mußt das Gesetz kennen, Abel. Der Tod meines Halbbruders bedeutet noch nicht, daß ich ohne weiteres den Titel erbe.«

Hachette machte eine wegwerfende Handbewegung. »Bastard oder nicht, du bist der einzige Sohn, der dem Grafen geblieben ist. Er wird dir den Titel vererben, und wenn er es nur deshalb tut, um ihn dem Familienzweig der Guillard vorzuenthalten. Soviel ich weiß, hassen die beiden Familien einander.«

Max zuckte die Achseln. »Wir werden sehen.« Er wollte offensichtlich nicht darüber sprechen, und Hachette ließ zögernd zu, daß er das Thema wechselte. »Ich habe erwartet, daß du ganz versessen darauf sein wirst, über den Schmuggel zu hören.« Max gab vor, verletzt zu sein. »Ich hätte mir gestern nacht im Regen eine Erkältung holen können, als ich versuchte, den Drahtzieher herauszufinden. Und jetzt muß ich sehen, daß es dich gar nicht interessiert.«

Hachette lächelte und öffnete seine Schnupftabakdose. »Also erzähle! Wer ist der Bösewicht, der unseren bösen König um seine verdammte Salzsteuer betrügt?«

»Er heißt Louvois. Er ...«

Hachette ließ die Schnupftabakdose fallen. Sie landete klappernd auf dem Boden, und der braune staubige Inhalt ergoß sich über Hachettes champagnerfarbene Satinhose.

»... arbeitet für den Herzog von Nevers«, fuhr Max fort, als wäre nichts geschehen. »Es macht Sinn, wenn du dich daran erinnerst, daß eines der lukrativen Einkommen des Herzogs aus der Erhebung der Salzsteuer stammt. Warum, zum Teufel, habe ich mich vergangene Nacht vier Stunden bemüht, die Identität eines Mannes zu klären, den du bereits kennst?«

»Ich kenne ihn nicht!« Hachette war in Schweiß gebadet. Er zwang sich, Max' scharfem, fragendem Blick standzuhalten. »Nun, vielleicht habe ich ihn einmal getroffen. Es überrascht mich nur, daß der Herzog in die Schmuggelgeschichte verwickelt ist.« Hachette wollte das Gespräch von Louvois ablenken.

»Ich glaube nicht, daß der Herzog davon weiß«, fuhr Max' unbeteiligt fort. »Warum auch? Ihm bleiben Tausende von dem, was er für den König an Salzsteuer erhebt. Je mehr Salz versteuert wird, desto mehr verdient Nevers. Es ist viel wahrscheinlicher, daß Louvois die Idee mit dem Schmuggel hatte. Er schadet damit seinem reichen Herrn und verdient dabei selbst ein paar Livres.«

Max lächelte, und wie so oft hätte Hachette viel darum gegeben, Max' Gedanken zu kennen.

»Dieser Advokat, wie heißt er doch gleich? Louvois? Es dürfte nicht schwierig für uns sein, ihn zu kontrollieren. Louvois kontrolliert den Schmuggel, und wir kontrollieren Louvois, und der König und sein Herzog brauchen keine Ahnung davon zu haben, was man an bestimmten Tagen durch die Stadttore passieren läßt.«

Hachette kam es wie eine Ewigkeit vor, ehe Max den Mund zu einem kleinen Lächeln verzog und aufstand. »Soll ich Louvois die Sache erklären, oder willst du es tun?« fragte er

Hachette räusperte sich. »Nein ... mach du es.« Er erhob sich und war überrascht, daß seine Beine nicht versagten. Max war schon fast bei der Tür, als Hachette leise seinen Namen rief.

Max drehte sich um. Hachette schloß aus seinem unglücklichen Gesichtsausdruck, daß sein junger Freund bereits ahnte, was jetzt kommen würde. Hachette sagte es dennoch.

»Du hast gesagt, daß es dein letzter Auftrag sein würde ...«

»So ist es«, antwortete Max. »Es tut mir leid, Abel. Wirklich.« Der traurige Ausdruck verschwand und machte einem glücklichen

Lächeln Platz, das beinahe ansteckend wirkte. »Es ist Zeit, daß ich erwachsen werde und mit meinen riskanten Spielen aufhöre, Abel. Ich trage jetzt eine gewisse Verantwortung. Ich habe gestern geheiratet.«

Hachette wurde bleich. »Wie ... wie schön für dich. Und deine Frau ... Ist sie die geheimnisvolle Fremde mit den rotblonden Haaren?«

Max' Züge wurden weich, und seine Augen strahlten. »Gabrielle. Sie heißt Gabrielle.« Dann fiel die Tür hinter ihm ins Schloß.

Abel Hachette nahm wieder hinter seinem Schreibtisch in der Bibliothek seines prächtigen Stadthauses in der Rue Royale Platz. Draußen hatte es aufgehört zu regnen, und es war wärmer geworden. Seine Diener glaubten, daß er arbeitete, und da sie wußten, wie sehr er es haßte, gestört zu werden, ließen sie ihn in Ruhe. Aber Hachette arbeitete nicht, er dachte nach. Als die Uhr auf dem Kaminsims sechs schlug, nahm er Feder und Papier zur Hand und begann zu schreiben.

Anfangs zitterten seine Finger, und er mußte zweimal das Papier zerreißen und neu beginnen. Doch am Schluß war seine Hand ruhig, und er beendete sein Schreiben in der Überzeugung, das Richtige getan zu haben.

Für den Geheimbund und für Frankreich.

KAPITEL 13

»Wenn ich einmal heirate, werde ich ein weißes Kleid tragen, das mit den feinsten Lyoner Spitzen besetzt ist«, schwärmte Agnes Gabrielle vor, die über einem Dreifuß Glühwein zubereitete.

»So, so«, antwortete Gabrielle, die gar nicht richtig zugehört hatte. Über dem Feuer briet ein Hühnchen, und das Fett troff zischend in die Glut. Gabrielle überlegte, ob sie es vom Spieß nehmen solle, ehe es zu trocken wurde. Max war bereits vor Stunden verschwunden; Gott allein wußte, wohin. Wenn er nicht bald zurückkehrte, würde er zum Abendessen zu spät kommen. Es war der zweite Tag ihrer Ehe, und Gabrielle bereitete das erste Abendessen für ihn zu.

»... und auf dem Kopf werde ich einen Kranz aus Orangenblüten tragen«, träumte Agnes weiter. »Ich werde eine Jungfrau sein.«

Jetzt hob Gabrielle den Kopf. Agnes trug zur Abwechslung eine Haube, unter der sie die kurzen Haare versteckte, aber die Kopfbedeckung war wirklich nicht besonders kleidsam. »Eine Jungfrau!« spottete Gabrielle. »Nicht einmal ein vor Liebe blinder Mann würde ein solcher Dummkopf sein und diese Geschichte schlucken.«

Agnes kniff die Augen zusammen und lächelte schlau. »Oh, da gibt es Mittel und Wege! Ein Gebräu aus Essig und ...« Sie brach mitten im Satz ab und stieß einen Schreckensschrei aus, als im Schlafzimmer lautes Flügelschlagen zu hören war. Der Schatten einer fliegenden Kreatur strich über die Wand, und Agnes schrie erneut. Stocksteif saß sie in ihrem Stuhl, jederzeit bereit, zur Tür zu stürzen.

»Du lieber Himmel, Gabrielle! Das ist eine Fledermaus!«

»Das ist nur Sokrates«, beruhigte Gabrielle die Gefährtin. Sie nahm den Glühwein vom Feuer und goß ihn in die bereitgestellten Tassen. »Er hat sich sein Abendessen geholt; jetzt ist er nach Hause gekommen. Er bevorzugt die Tauben, die auf dem Dach des Rathauses sitzen.«

Agnes sah nervös ins Schlafzimmer. Das Flügelschlagen war verstummt, nur leises Rascheln war noch zu hören. »Sokrates? Ihr habt Namen für eure Fledermäuse?«

Gabrielle lachte. »Sokrates ist Max' Eule.«

»Eine Eule? Ich hoffe, du nimmst es mir nicht übel, Gabrielle, aber ich muß dir sagen, daß Monsieur Max ein wenig ...«

»... verrückt ist«, vollendete Gabrielle den Satz. Sie lächelte verstohlen. »Ich weiß. Das ist vermutlich einer der Gründe, warum ich ihn so sehr liebe.«

Agnes zuckte die Achseln. »Jedem das Seine.« Ihr Magen knurrte, und sie blickte sehnsüchtig nach dem Hühnchen. »Ich bin am Verhungern. Falls du auf Monsieur Max wartest, so glaube ich nicht, daß er kommt. Auf dem Rückweg vom Bäcker habe ich ihn gesehen. Ich war heute bei dem Bäcker beim Café Monoury ...«

»Aber der ist doch jenseits von der Place de l'École!«

»Ja, und? Es war den Spaziergang wert. Ich weigere mich, bei dem alten Rosière noch einen Tag länger einzukaufen, seit seine Hexe von Frau im Laden bedient. Ist dir aufgefallen, daß sie immer versucht, uns die verbrannten Brote anzudrehen? Auf alle Fälle habe ich zufällig durch die Fenster des Café Monoury geschaut, und da war er, Monsieur Max, meine ich, nicht der alte Rosière. Es wird Stunden dauern, bis er nach Hause kommt. Wenn ein Mann einmal mit seinen Kumpanen zu trinken anfängt, dann vergißt er die Zeit und seinen Magen, besonders einer, der ein wenig verrückt ist. Weil wir gerade vom Magen sprechen ...«

Gabrielle lachte. »Wie kannst du überhaupt hungrig sein, Agnes! Vor kaum zehn Minuten hast du Unmengen von Lebkuchen gegessen.«

»Dominique hat das meiste davon gegessen. Dieser Freund von Monsieur Max sah seltsam aus«, fuhr Agnes ohne Übergang fort. »Er war eher einfach gekleidet, aber er muß Geld haben, denn er trug Brillengläser. Er hatte komische Augen, groß und rund wie Kieselsteine, und eine häßliche Narbe auf einer Wang ... Gabrielle! Du liebe Zeit, was ist los? Ist dir nicht gut?«

Gabrielle stand vornüber gebeugt und klammerte sich an einer Stuhllehne fest. Eine Hand preßte sie auf den Bauch. Unwillkürlich vergewisserte sie sich, ob Dominique immer noch unter Max' Teleskop auf dem Boden saß. Der Kleine spielte zufrieden mit seinem neuen Spielzeug – verschieden geformte, flache, bunt bemalte Holzstücke, die man zu einem Bild zusammensetzte. Max hatte Dominique das Spiel am Morgen geschenkt und es ein *Puzzle* genannt.

Max. Ihr Ehemann, ihr Geliebter, ihr ein und alles ...

Er hatte sie verraten.

Nein! Sie konnte es nicht glauben. Nicht Max. Nicht der Mann, der ihr die süßen Geheimnisse der Liebe gezeigt hatte, der ihr seine Liebe gestanden hatte, obwohl es ihm nicht leicht gefallen war. Der Mann, der sie geheiratet hatte. Mein Ehemann! Gabrielle war so verzweifelt, daß ihr übel wurde. Mein Ehemann. Er hatte offen zugegeben, ein Dieb und Lügner zu sein und ihr einmal gestanden, *daß er für Geld alles tun würde.*

Agnes wollte zur Tür gehen, aber Gabrielle hielt sie am Arm zurück. »Warte!« zischte sie leise, da sie ihren Sohn nicht beunruhigen wollte.

Agnes machte sich los. »Mein Gott, Gabrielle, du bist krank. Ich laufe hinüber in den Laden und hole Monsieur Simon.«

»Nein! Es ist keine ...« Gabrielle rang nach Luft. »Du mußt jetzt tun, was ich dir sage, Agnes, ohne Widerspruch.«

»Aber ...«

»Bitte!«

Agnes nickte.

»Du nimmst jetzt Dominique und verschwindest sofort von hier, aber vollkommen unbekümmert, als wäre nichts geschehen.«

»Was ist denn geschehen, Gabrielle?«

»Später. Ich habe keine Zeit, es dir zu erklären. Du bringst Dominique zum ... zum Port Royal«, entschied Gabrielle; Port Royal war das südliche Stadttor. »Erzähle es aber niemandem, nicht einmal Simon.«

Agnes nickte zustimmend, obwohl ihr die Tränen über die Wangen liefen.

Gabrielle nahm sie kurz in die Arme und drückte sie fest, dann küßte sie die Freundin auf die nassen Wangen. »Am Tor wartest du auf mich, aber wenn ich bei Einbruch der Nacht nicht dort bin, dann ...« Sie brach ab. Sie würde dort sein. Sie riskierte viel, um der Liebe willen, aber sie würde nicht riskieren, ihren Sohn zu verlieren. Sie drückte Agnes noch einmal fest an sich. »In der Nähe des Tors ist bestimmt ein Café. Kaufe für Dominique Schokolade, während ihr auf mich wartet. Agnes, du bist der einzige Mensch, dem ich vertrauen kann.«

Agnes biß sich auf die Lippen, um ein Schluchzen zu unterdrükken, und lächelte unter Tränen. »Natürlich kannst du mir vertrauen. Schließlich habe ich dir doch schon einmal dein jämmerliches Leben gerettet.«

Gabrielle versuchte ein Lächeln, aber es mißlang. Sie bezweifelte, ob sie je wieder lächeln würde.

Zwanzig Minuten zuvor hatte ein livrierter Diener das Café Monoury durch die elegante Glastür betreten und sich nach dem Advokaten Louvois erkundigt. Der Kellner deutete zuvorkommend auf Louvois, denn der war hier Stammgast; wenn er sich in Paris aufhielt, nahm er hier immer sein Abendessen ein: Blutwurstpastete, Würste und Rübensalat, dazu zwei Gläser roten Burgunder. Der Kellner hatte gegen die Störung während des Essens nichts einzuwenden, denn der Advokat Louvois wurde oft von Boten unterbrochen, die ihm irgendwelche Nachrichten überbrachten; Louvois war eben ein viel beschäftigter und wichtiger Mann.

Der Kellner behielt seinen Gast diskret im Auge; der Diener hatte seine Nachricht überbracht und war wieder gegangen. Es mußte etwas Wichtiges gewesen sein, denn der Anwalt war beim Lesen beinahe aufgesprungen. Dann hatte er das Papier in die Westentasche gesteckt, den halbvollen Salatteller beiseite geschoben und den restlichen Wein mit zwei Schlucken hinuntergestürzt (ein Sakrileg, hatte der Kellner naserümpfend festgestellt, aber bei einem Bauern verständlich). Louvois hatte fünf Livres auf den Tisch gelegt (zwei zuviel), um die Rechnung zu begleichen. Der Kellner war es gewohnt, die Wünsche seiner Gäste vorauszuahnen, und war bereits an den Tisch getreten, um dem Anwalt beim Aufstehen behilflich zu sein, als ein großer, breitschultriger Mann zwischen ihn und Louvois trat. Louvois zischelte etwas und setzte sich langsam wieder nieder. Der Kellner zog sich diskret zurück.

Louvois blinzelte sein Gegenüber verwirrt an. Der Mann mit dem hübschen, dunkelhäutigen Gesicht und den grauen Augen kam ihm bekannt vor, aber er konnte sich nicht erinnern ... dann fiel es ihm ein. Es war das Gesicht des dämlichen Zigeuners, der den Karren mit dem geschmuggelten Salz gefahren hatte.

Louvois erhob sich halb aus seinem Stuhl und seine hervorstehenden Augen traten ihm vor Zorn beinahe aus dem Kopf. »Bist du verrückt? Was fällt dir ein, mich hier anzusprechen?«

»Es dauert nur einen Augenblick, Monsieur, wenn Sie gestatten. Die Angelegenheit betrifft uns beide.«

Louvois ließ sich langsam wieder in seinen Stuhl fallen, denn an der wohlklingenden Aussprache des anderen hatte er den Höfling erkannt, und die grauen Augen waren nicht die Augen eines Dummkopfs. »Welche Angelegenheit?« fragte er zögernd.

»Das Schmuggelgeschäft natürlich.«

»Ach so.« Louvois wunderte sich über sich selbst. Angst wäre jetzt angebracht gewesen, aber der Brief ... der Brief ließ alle anderen Angelegenheiten unwichtig erscheinen, auch das hier. Louvois hatte das Schreiben in seine Westentasche gesteckt, und dort brannte es wie eine glosende Lunte.

Der Kellner entzündete die Kerzen in den Wandleuchtern hinter Louvois; das Licht fiel auf das Gesicht von Louvois' Gegenüber und ließ es weniger hart erscheinen. Das dunkle Stimmengemurmel an den benachbarten Tischen bildete eine angenehme Geräuschkulisse. Die Reste von Louvois' Mahlzeit standen noch auf dem Tisch; Louvois stieg der Essiggeruch der Salatmarinade in die Nase, und ihm wurde plötzlich übel.

Louvois nahm sein Abendessen immer hier im Café Monoury ein. Das Caféhaus lag nicht nur in praktischer Nähe zu seiner Wohnung, sondern er liebte auch das Ambiente des Lokals, den schwarz und weiß gefliesten Boden, der sich in den Spiegelwänden unzählige Male spiegelte. Louvois saß immer am selben Tisch, in der Ecke neben einem blau-weißen Kachelofen. Diese Gewohnheit hatte es dem Diener, der ihm den Brief überbracht hatte, leicht gemacht, ihn zu finden. Ebenso diesem Mann, der von Schmuggelgeschäften sprach und der wußte ... der alles wissen mußte.

»Sie haben ihren Herrn, den Herzog, in den vergangenen Monaten viel Geld gekostet, von Ihrem König ganz zu schweigen«, begann der Fremde. »Ich kann mir nicht vorstellen, daß einer der beiden großzügig darüber hinwegsehen würde.« Der Fremde drehte das leere Weinglas zwischen seinen langen schmalen Fingern. In seinem benebelten Zustand begriff Louvois erst allmählich die Bedeutung der Worte, und es wurde ihm äußerst unbehaglich zumute.

Louvois warf einen sehnsüchtigen Blick auf die Tür, aber sein Stuhl stand an der Wand. Er konnte erst gehen, wenn der Fremde es zuließ. »Hat man Sie geschickt, um mich zu verhaften?«

»Wer soll mich geschickt haben, der Herzog?« Der Fremde lächelte, und Louvois lief ein kalter Schauer über den Rücken. »Nein, nein, ich fürchte Sie mißverstehen mich, Monsieur. Die Schmuggelgeschäfte sollen weiterlaufen. Die Idee, den ohnehin bankrotten Staatshaushalt unseres Königs zu schröpfen, gefällt uns. Das schwächt eine bereits schwache und korrupte Regierung noch mehr.«

Wer ist »wir«? fragte sich Louvois. Die Zigeuner? Bestimmt nicht. »Sind Sie ein Revolutionär?« fragte Louvois, ohne wirklich eine Antwort zu erwarten.

Der Fremde lächelte wieder. »Ich schlage Ihnen ein Geschäft vor, Monsieur. Die Schmuggelgeschäfte sollen weiterlaufen, nur mit einer kleinen Änderung.«

Louvois war erleichtert. Man wollte ihn natürlich erpressen. Nun gut, damit wußte er umzugehen. Der Kerl sollte seine leeren Drohungen ausstoßen, dann würde er ihn mit einer Börse voll mit Louisdor abspeisen und seinerseits ein oder zwei Drohungen aussprechen. Er sympathisierte zwar mit den Republikanern, doch er würde es nicht zulassen, daß sich eine Bande fanatischer Rebellen in ein profitables Schmuggelgeschäft drängte.

Louvois dachte wieder an den Brief. Er hätte ihn gern herausgezogen und ihn noch einmal gelesen, auch wenn ihm die Worte schon nach dem ersten Mal ins Gehirn gebrannt waren. *Die Frau, die Sie suchen, wurde gesehen, wie sie das Appartement über dem Café de Foy im Palais Royal betrat und wieder verließ.* Das war alles, keine Unterschrift, nicht einmal Initialen. Aber Louvois hegte keine Zweifel an der Echtheit des Briefes.

Die Frau, die Sie suchen … im Palais Royal.

Gabrielle, dachte er. Gabrielle. Jetzt habe ich dich endlich.

Gabrielle verschlug es den Atem, als sie durch das hohe Bogenfenster des Café Monoury blickte. Zuerst sah sie nur das Spiegelbild ihres eigenen gequälten Gesichts. Allmählich konnte sie auch Einzelheiten im Inneren des hell beleuchteten Raums ausmachen.

Die Tische waren dicht besetzt; einige Herren aßen ihr Abendessen, aber die meisten spielten entweder Schach oder diskutierten über einer Flasche Wein. Sogar auf der Bank, die rund um den Kachelofen lief, saßen dicht gedrängt einfach gekleidete Studenten, die anscheinend einen Trinkwettbewerb abhielten.

Am letzten Tisch an der entgegengesetzten Wand des Cafés saß ein kleiner, dunkel gekleideter Mann mit Brillengläsern. Er nickte und tastete mit seiner blassen Hand über die häßliche Narbe auf seiner Wange.

Louvois.

Gabrielle wollte gleich wieder davonlaufen. Jede Faser ihres Seins drängte: Lauf! Aber ihr Herz gebot ihr zu bleiben. Vor dem Tisch stand ein Kellner. Auf den Fingern einer Hand balancierte er ein Tablett mit Branntweingläsern. Sein breiter Rücken verwehrte Gabrielle den Blick auf den anderen Mann, der gegenüber von Louvois am Tisch saß. Sie mußte Gewißheit haben …

Dann hatte sie Gewißheit, denn der Kellner war einen Schritt zurückgetreten und hatte sich abgewandt. Gabrielle sah, wer der andere Mann war.

Vielleicht spürte er ihre Anwesenheit, denn er hob den Kopf und sah sich um. Gabrielle kam es wie eine Ewigkeit vor, während sie das geliebte Gesicht anstarrte, die markanten Backenknochen, die schmale Nase, die harten Lippen, die unter ihren Küssen so weich und zart wurden. Gabrielle schwankte, stieß einen wimmernden Laut aus und hob wie um Gnade flehend die Hand.

Max wandte sich wieder seinem Gegenüber zu und sagte etwas. Gabrielle konnte zwar sein Gesicht nicht sehen, aber sie wußte, daß er lächelte. Sie ließ die Hand sinken und wollte fortstolpern, drehte sich aber noch ein letztes Mal um, um einen letzten Blick auf ihre zerstörte Welt zu werfen.

Louvois lächelte, zuckte mit den Schultern und griff in seine Jackentasche. Er zog eine dicke Geldbörse hervor. Sie mußte schwer sein, denn er wog sie demonstrativ in der Hand. Dann streckte Louvois die Hand aus und schob Max die Börse über den Tisch zu.

Und Max – ihr Geliebter, ihr Ehemann, ihr Glück –, er griff nach der Börse.

»Nein!« Gabrielle taumelte zurück und schüttelte wild den Kopf. »Nein!«

Dunkelheit senkte sich wie eine dicke, schwarze Decke über ihre Augen. Gabrielle drehte sich um, stieß an einen Laternenpfahl und fiel auf die Knie. Ihr Magen krampfte sich zusammen, sie beugte sich vor und übergab sich.

Direkt neben ihr klapperten zwei Wagenräder vorbei; Schmutz spritzte ihr in die Augen, aber Gabrielle merkte nichts davon. Ein klagender Laut klang in ihren Ohren, wie das ferne Gejammer von Tausenden von Trauernden. Aus dem Klagen wurden Stimmen, jemand beugte sich über sie und berührte ihren Arm.

»Sie ist betrunken.«

»Nein, sie ist krank. Sie braucht Hilfe.«

Ihr Überlebenswille war ebenso ein Teil von Gabrielle wie ihre rotblonden Haare und ihre dunkelblauen Augen. Dieser Überlebenswille zwang sie, jetzt aufzustehen. Sie schob die helfenden Hände beiseite und tat ein paar taumelnde Schritte auf die Straße. Ein riesiger grauer Hund fuhr sie knurrend an, schnappte nach ihr und zerrte an seiner Leine, die ein in den Farben Silber und Blau livrierter Diener in der Hand hielt.

Der Diener stieß sie grob zur Seite. »Aus dem Weg, du Närrin. Willst du überfahren werden? Mach Platz für den Herrn Grafen!«

Hunde und Diener hatten den Weg für den wappengeschmückten Landauer freigemacht, der jetzt um die Ecke sauste und mit großer Geschwindigkeit über das Pflaster klapperte. Die hohen Speichenräder verfehlten Gabrielle nur um wenige Zentimeter. Sie zuckte unwillkürlich zurück, und in diesem Augenblick sah sie plötzlich wieder klar, das Rauschen in ihren Ohren verstummte, und es wurde ihr das volle Ausmaß dessen bewußt, was Max ihr angetan hatte und warum er es getan hatte.

Blind und ziellos lief sie durch die Straßen, getrieben von Angst und Schmerz, bis sie keuchte und ihre zitternden Beine sie nicht mehr weiter trugen. Mitten auf dem Pont Neuf blieb sie stehen, beugte sich über die Brüstung und starrte hinunter auf die glatte Wasseroberfläche der Seine. Tränen rannen ihr über das Gesicht.

Max, Max, Max! wehklagte ihr Herz. Sie liebte ihn! Und er ... er hatte behauptet, sie ebenfalls zu lieben, hatte ihren Körper geliebt, sie geheiratet und danach alles wegen ein paar schmutziger Münzen zunichte gemacht. Er hatte sie verkauft, sie und Dominique, ihren Sohn, der seinen neuen Vater bereits ins Herz geschlossen hatte und ihm vertraute.

»Max!« schrie Gabrielle, daß es weit über den Fluß zu hören war. »Wie konntest du uns das antun!«

Leute blieben stehen und starrten sie an. Gabrielle nahm sie nicht wahr. Tief unter ihr schimmerte das dunkle Wasser und schien sie zu locken. Friedvolles Wasser, wo es keine Liebe, keinen Verrat und keinen Schmerz gab; sie wäre beinahe gesprungen.

Aber in ihren Adern rann das Blut des Sébastien de Servien, und die Serviens hatten immer überlebt. Sie hatten die Aufseher auf den Galeeren und die drängenden Gläubiger überlebt, sie würde auch einen verräterischen Geliebten überleben – sie konnte noch viel mehr aushalten! Nur der Tod besiegte eine Servien, und Gabrielle war noch nicht bereit zu sterben.

Statt dessen tat sie, was sie früher bereits getan hatte – sie lief davon.

Mit dem schwungvollen Schritt eines verliebten Mannes, der unterwegs war zu seiner Geliebten, so schritt Max durch den Park des Palais Royal.

Gabrielle, jubelte es in ihm. Am liebsten hätte er den Kopf zurückgeworfen und es in die Welt hinausgeschrien. Er hatte den Brunnen der ewigen Freude gefunden; sie gehörte ihm.

Es lief zwar nicht alles reibungslos. Heute abend würde es zum Beispiel noch ein kleines Gewitter geben, denn er hatte ihr nicht gesagt, daß er sich zum Abendessen verspäten würde. Er war es nicht gewohnt, jemand anderem sein Kommen und Gehen mitzuteilen, daher hatte er es völlig vergessen. Er mußte sich eben erst daran gewöhnen, verheiratet zu sein. Doch er war gewillt, alles tun, um sie glücklich zu machen.

Gabrielle wußte es nicht, aber sein Rückzug aus dem Geheimbund war der erste Schritt dazu gewesen. Doch etwas beunruhigte ihn noch und trübte sein Glück. Seine letzte Mission im Auftrag des Geheimbundes war zwar abgeschlossen, aber Max hatte ein unbehagliches Gefühl. Louvois hatte sich eigenartig verhalten, seltsam unkonzentriert, als wüßte er nicht, worum es gehe, oder es war ihm gleichgültig. Abgesehen von einem einzigen Bestechungsversuch, hatte der Advokat allen Forderungen, die Max gestellt hatte, bereitwillig zugestimmt. Max hatte beinahe den Eindruck gewonnen, als könne der Advokat kaum erwarten, die Angelegenheit zu beenden, um sich mit einer wichtigeren Sache zu beschäftigen. Etwas daran war faul, aber Max hatte nichts mehr damit zu tun.

Max nahm an, daß einer der anderen »Engel« von nun an die Schmuggelgeschäfte an seiner Stelle übernehmen würde. Er hatte Abel Hachette informiert, daß dies sein letzter Einsatz sein würde, und sein Entschluß war unumstößlich. Als Max an jenem Abend in der Rue Royale gewesen war, um seinen abschließenden Bericht vorzulegen, hatte er halb erwartet, daß Abel einen letzten Versuch machen würde, ihn umzustimmen. Aber wie Louvois, so hatte auch Abel damals offenbar andere Dinge im Kopf gehabt.

Die Besitzer des Café de Foy hatten vor einigen Tagen Lampions in den Kastanienbäumen aufgehängt. Heute tanzten und hüpften die bunten Lichter in der feuchten Sommerluft, als tanzten sie zu Max' innerem Freudengesang. Das Caféhaus war gut besucht; durch die geöffnete Tür drang Gelächter und erregte Max' Aufmerksamkeit.

Plötzlich glaubte Max, außerhalb des hellen Lichtscheins, der aus dem Café kam, funkelnde Brillengläser und ein blasses Gesicht mit einer Narbe zu entdecken. Max trat einen Schritt zur Seite, aber einen Augenblick später war Louvois – falls es Louvois gewesen war und nicht nur eine Einbildung – verschwunden. Nur zwei Huren lungerten im Schatten des Säulenganges herum.

Zuerst wollte sich Max vergewissern, dann überlegte er es sich anders. Gabrielle wartete auf ihn. Falls der Anwalt sich die Mühe gemacht hatte, ihm bis nach Hause zu folgen, dann wollte Max ihm großzügig das Vergnügen lassen. Es würde ihm nicht viel nützen.

Vor seiner Wohnung verlangsamte Max den Schritt. Durch das Fenster fiel der warme Schein des Kerzenlichts und hieß ihn willkommen. Max wurde warm ums Herz. Er hatte in seinem Leben schon viele Wohnungen bewohnt, in Baracken und in Palästen, doch hier hatte er zum ersten Mal ein Zuhause.

Er wartete einen Augenblick, in der Hoffnung, vielleicht ihre Silhouette im Fenster zu sehen, aber das beleuchtete Fenster blieb leer. Max schüttelte den Kopf über seine Torheit, trat mit großen Schritten durch das Haustor und eilte zur Treppe.

»Bastard!« Aus dem Dunkeln löste sich eine zierliche Gestalt und schlug auf seine Brust ein. »Sie Bastard!«

»Agnes! Was ...«

Agnes zerkratzte ihm mit den Fingernägeln das Gesicht, daß Max das Blut über die Wangen lief. Er packte Agnes an den Handgelenken und bog ihr die Arme auf den Rücken. Dann zwang er sie, sich umzudrehen, so daß er im Licht der Lampions, das durch das Tor ins Treppenhaus fiel, ihr Gesicht sehen konnte. Es war rot und vom Weinen verschwollen. Sie schluchzte immer noch.

Max wurde plötzlich eisig kalt. Seine Stimme schien von weither zu kommen, als er laut und beherrscht fragte: »Was ist mit Gabrielle passiert?«

Agnes versuchte, ihre Arme zu befreien. »Sie haben versprochen, auf sie achtzugeben, Sie Bastard Sie! Statt dessen haben Sie sie vertrieben!«

»Wo ist sie?«

»Bastard!«

Max schüttelte Agnes so ungestüm, daß ihr der Kopf in den Nakken fiel und sie mit den Zähnen klapperte. »Zum Teufel mit dir! Wo ist sie?«

»Sie und Dominique haben Sie verlassen. Sie sind fortgegangen, und Sie werden sie niemals finden!«

Max drückte Agnes die Handgelenke zusammen, bis sie vor Schmerz schrie. Mit dem Gesicht ganz nahe an ihrem, fuhr er sie barsch an: »Wo ist sie?«

Agnes brach in hysterisches Gelächter aus. »Glauben Sie, sie hat mir gesagt, wo sie hin will? Dazu ist sie viel zu klug. Sie wußte, daß sie versuchen würden, es aus mir herauszupressen.«

So muß man sich vor dem Ertrinken fühlen, dachte Max. Man weiß, daß man sterben wird, öffnet den Mund, um zu schreien, und das Wasser, das einen umbringt, füllt die Mundhöhle.

»Warum?« flüsterte er verzweifelt. »Sag mir, warum!«

Agnes spuckte ihm ins Gesicht. »Sie wissen es, Sie Bastard!«

Max ließ sie los. Agnes ging ein paar Schritte zurück und rieb sich die Handgelenke. Haß und Verachtung lagen in ihrem Blick, aber Max las noch etwas in ihren Augen – Verwirrung. Sie weiß es nicht, dachte er. Sie weiß, wie und vielleicht wohin Gabrielle geflohen ist, aber sie weiß nicht warum.

Es spielte keine Rolle, er wußte warum. Agnes hatte ihm die Antwort bereits mit ihrem ersten Wort gegeben.

Bastard.

Sein Vater hatte ihn bei seiner Geburt mit diesem Beiwort gebrandmarkt, und Max hatte sein Leben danach gerichtet. Wieso hatte er geglaubt, daß er sich über Nacht ändern konnte und gut genug für sie sein würde? Er allein hatte Schuld daran, wenn Gabrielle ihn als das sah, was er war. Ein Bastard, und zwar in doppelter Hinsicht.

»Wenn ich ein Mann wäre, ich würde Sie umbringen«, zischte Agnes.

Wenn ich ein Mann wäre, würde ich mich wahrscheinlich selbst umbringen, dachte Max.

Er ging die Treppe zu seiner Wohnung hinauf, denn er wußte nicht, wohin er sonst gehen sollte. Genauso wie er ohne hinzusehen spürte, wenn sie einen Raum betrat, so wußte er jetzt, daß sie unwiderruflich gegangen war.

Er ging trotzdem in das Schlafzimmer. Sie hatte noch nicht Zeit gefunden, viele von ihren Sachen aus dem Pfandleiherladen zu bringen. Die wenigen Habseligkeiten, die sie gebracht hatte, waren jetzt verschwunden. Aber sie hatte einen Weg gefunden, sich von ihm zu verabschieden. Auf der Marmorplatte der Kommode lag neben dem Kerzenleuchter der goldene Siegelring, den er ihr erst vor zwei Tagen an den Finger gesteckt hatte.

Max schloß die Faust um den Ring und hob den Arm, als wollte er den Ring fortschleudern, ihn mitsamt seinen Gefühlen loswerden. Doch er ließ den Arm wieder sinken und öffnete die Hand. Der Ring fiel zu Boden und rollte davon. Max sah ihm nicht nach. Blicklos starrte er auf die Wand. Etwas in ihm war zerbrochen, sein Lebensfunke erloschen.

Er ballte die Hände zu Fäusten und warf den Kopf zurück. »Gabrielle!« brüllte er, und ihr Name hallte durch die stille Nacht.

»Gabrielle! Gabrielle!«

ZWEITER TEIL

1788–1789

KAPITEL 14

Die drei Landstreicher – ein Mann, eine alte Frau und ein Jüngling – kauerten um ein Feuer, denn an diesem Abend im November blies ein bitterkalter Wind, und Regenwolken verdeckten den Mond.

Sie hatten ihr Lager in einem kleinen Buschwald an der Straße nach Lyon aufgeschlagen. Die drei kannten einander nicht wirklich, aber sie hatten ein Stück Weg gemeinsam zurückgelegt und nun ihr Lager in Sichtweite der Straße aufgeschlagen. So fühlten sie sich vor den Räuberbanden sicherer, die besonders auf dem Land ihr Unwesen trieben. Nicht daß es bei den dreien außer ein paar Rüben etwas zu stehlen gegeben hätte, aber so mancher war schon für weniger gestorben.

Die drei sprachen nicht viel. Geduldig warteten sie, bis die Rüben über den Flammen gar wurden. Der magere Jüngling war etwa siebzehn Jahre alt. Er hatte behauptet, so hungrig zu sein, daß sein Nabel schon an seiner Wirbelsäule nage; aber die anderen beiden konnten über den alten Witz nicht mehr lachen.

Aus Trotz hatte der junge Mann dann auch so lange gewartet, bis er die anderen auf eine Bewegung am Straßenrand aufmerksam machte. Schließlich war seine Angst doch größer als sein Stolz. »Schaut einmal dort hin!« dabei zeigte er in Richtung Straße. »Glaubt ihr, daß das Geister sind?«

Die alte Frau und der Mann folgten seinem Finger. Eine Frau stand mit gespreizten Beinen am Straßenrand, und ein kleines Kind klammerte sich an ihre Hand. Der Wind zerrte an ihrem zerrissenen Mantel und ließ ihn wie Fledermausflügel um ihre Beine flattern.

»Mir kommen sie ziemlich wirklich vor«, stellte der Mann fest. Er war ein seltsamer Kerl mit geziertem Benehmen und einer gewählten Ausdrucksweise. Seine Kniehose war dermaßen mit

Schmutz verkrustet, daß sie knackte, als er sich vor dem Feuer niederhockte. Aber es war nicht zu übersehen, daß die Hose aus Satin war. Er nannte sich Louis der Erfolgreiche, was ziemlich angeberisch klang.

»Was glaubst du, was sie von uns wollen?« fragte der junge Mann, der den gewöhnlichen Namen Gaston trug.

»Sie wollen ans Feuer, mein Junge«, antwortete die Alte. »Und sie wollen Gesellschaft, genau wie wir auch.« Dabei stocherte sie mit einem Stock nach den rauchenden Rüben. »Sie sind harmlos.«

Gaston seufzte. »Sie wollen etwas von unseren Rüben.«

Die Frau und das Kind näherten sich zögernd dem Feuer. In einiger Entfernung blieben sie ängstlich stehen.

»Guten Abend, meine Herren, guten Abend, Frau«, begann die Frau mit leiser, rauher Stimme. Der Stimme nach ist sie jung, dachte Gaston, vielleicht sogar schön. Aber er konnte ihr Gesicht nicht erkennen, da sie die Kapuze ihres Mantels tief in die Stirn gezogen hatte. Das Kind an ihrer Hand war ein Junge von vielleicht fünf Jahren. Er hatte blonde Haare und große blaue Augen, die sein schmales weißes Gesichtchen dominierten. Seine Füße waren in Lumpen gewickelt, und die bloße Haut, die an manchen Stellen durchblitzte, war blau vor Kälte.

Während Gaston noch überlegte, was er sagen sollte, stand Louis auf. Er klopfte den Staub von seiner schmutzigen Hose und machte eine höfliche Verbeugung. »Sehr erfreut ... Bitte treten Sie ein und nehmen Sie Platz. Ich werde läuten und lasse Tee bringen«, begrüßte er die Neuankömmlinge, und die Alte brach in krächzendes Gelächter aus, das sofort in krampfhaftes Husten überging.

Die Frau trat näher und schob die Kapuze aus dem Gesicht. Gaston schnappte nach Luft, denn das Haar der Frau leuchtete wie die Flammen des Lagerfeuers. Sie streckte den Arm aus und hielt Louis zwei fette Kaninchen hin. »Wir können das Fleisch teilen«, schlug sie mit einem gewinnenden Lächeln vor. Gaston pfiff durch die gespitzten Lippen. »Wenn ich dafür an eurem Feuer sitzen darf und ihr mir ein oder zwei Rüben abtretet.«

Die drei Landstreicher hätten ein ganzes Rübenfeld für ein Kaninchen eingetauscht. Gaston aber hätte das Kaninchen für ein

Abenteuer mit der Frau getauscht, denn noch nie in seinem Leben hatte er so eine hübsche Person gesehen.

Als sich die Frau gleich darauf setzte, änderte der Junge schnell wieder seine Meinung. Sie zog ein gefährlich aussehendes Messer aus einer provisorischen Scheide an ihrer Hüfte und begann, die Kaninchen zu häuten und auszunehmen. Gaston begegnete Louis' amüsiertem Blick. Louis beugte sich zu dem jüngeren Mann und flüsterte, allerdings so laut, daß es alle hörten: »Du nimmst dich besser in Acht und laß deinen Pimmel, wo er hingehört, junger Freund. Sonst schlitzt sie dir ein Loch in den Bauch und flicht aus deinen Eingeweiden einen Korb.«

Gaston wurde vor Verlegenheit feuerrot, aber falls die Frau die Bemerkung gehört hatte, ließ sie sich nichts anmerken.

Die Alte war nähergerückt, um die Kaninchen besser zu sehen. Sie tupfte eines mit dem Stock an. »Das sind zwei fette kleine Kerlchen.«

»Mama hat sie gestohlen«, ließ sich der kleine Junge mit piepsender Stimme vernehmen.

Alle sahen den Jungen an, der neben der Frau hockte und sich an ihrem Knie festhielt.

»Psst, Dominique«, schalt ihn die Frau. Sie war rot geworden, und sie umklammerte den Messergriff noch fester. Mit ihrem unbeirrten Blick zwang sie die drei anderen, sich wieder dem Feuer zuzuwenden.

Nach langem Schweigen schlug Louis die Hände zusammen und rieb sich die Fingerknöchel. »Gestohlen, was? Warum auch nicht? Gestohlene schmecken besser als bezahlte.«

Während das Fleisch garte, begannen die Landstreicher ein Gespräch über Politik, denn der Winter kam, und es herrschte bereits Hungersnot; nirgends gab es Arbeit. Sie waren sich alle einig: Die Königin hatte schuld daran. Marie Antoinette wollte lieber Königin der Mode sein, als Königin von Frankreich. Ihre Sucht nach neuen Kleidern und Juwelen und die Tatsache, daß sie am Pharo-Tisch ohne mit der Wimper zu zucken ein Jahreseinkommen verspielte, trieb den Staat in den Bankrott. Die Zeitungen nannten sie Madame Defizit. Der König war auch nicht ganz schuldlos; er war dumm und ließ sich von seiner leichtsinnigen, habgierigen Frau verleiten. Angeblich verbrachte er die Tage auf der Jagd und die Nächte bei üppigen Gelagen. Und sein Volk verhungerte!

Während die drei darüber diskutierten, was man dagegen unternehmen könnte, zog die Frau den kleinen Jungen unter ihren dünnen, zerrissenen Mantel und wickelte den Stoff fest um seine angezogenen Knie, um den Kleinen zu wärmen. Sie beteiligte sich nicht an dem Gespräch, was bei den anderen den Verdacht schürte, daß sie sich zu erhaben dazu wähnte; dennoch war es nett von ihr gewesen, die Kaninchen mit allen zu teilen.

Als die Ziegenlederflasche die Runde um das Feuer machte, bewegte sich die Frau. »Es ist leider nur Wasser«, erklärte Louis und reichte ihr die Flasche über die Flammen hinweg.

Gabrielles Hand zitterte, als sie danach griff, und Gaston bemerkte, daß ihr Gesicht fleckig und schweißbedeckt war.

»Sagen Sie, Sie haben nicht die Pocken?« fragte Gaston.

Gabrielle starrte ihn unverwandt an. Gaston hatte noch nie solche Augen gesehen; sie waren richtiggehend violett!

Gabrielle gab zuerst ihrem Jungen zu trinken, dann legte sie den Kopf in den Nacken und trank hastig selbst. Ihre Haare fielen ihr wie ein kupferner Schild über den Rücken, und Gaston seufzte.

Als sie die Flasche an Gaston weiterreichte, schwankte sie benommen und wäre ins Feuer gefallen, hätte Gaston sie nicht am Arm festgehalten. Ihr Arm war eiskalt.

»Wo sind wir?« wollte Gabrielle plötzlich von Gaston wissen.

Gaston starrte sie mit offenem Mund an. »Was?«

Die Alte antwortete mürrisch: »An der Straße nach Lyon, meine Tochter, was hast du denn geglaubt?«

»Wo wären Sie gern?« fragte Louis leise.

»Auf Schloß Nevers«, lallte Gabrielle halb im Fieberdelirium. Der Junge hatte seinen Kopf auf ihren Schoß gelegt und war eingeschlafen. Sie streichelte über seine blonden Haare. »Ich muß ihn dort hinbringen, verstehen Sie? Ich muß auf Schloß Nevers. Ich wollte ihm Mutterliebe schenken, aber ich habe ihm nur Leid gebracht. Ich muß ihn dorthin bringen, oder er wird sterben.«

Gaston hatte mit seinen siebzehn Jahren schon viele sterben gesehen. Der flachsköpfige kleine Junge sah verfroren und halb verhungert aus, aber er war bestimmt nicht dem Tode nahe. Die Frau jedoch steht mit einem Fuß bereits im Grab, dachte Gaston und bekreuzigte sich.

Die Postkutsche, mit der sie vor fünfzehn Monaten Paris verlassen hatten, war überfüllt gewesen, so daß Dominique auf Gabrielles Schoß sitzen mußte. Sie saßen eingezwängt zwischen einem mit weißem Staub bedeckten Stukkateur, der nach eingelegtem Hering stank, und einer Wäscherin, die nach Seife roch.

Dominique hatte tausend Fragen: Wohin fuhren sie? Was wollten sie tun, sobald sie dort angekommen waren? Wieso drehte sich das Auge des Mannes hin und her?

Der Mann, der ihnen gegenüber saß, hatte offenbar ein krankes Auge, denn er konnte seine Pupille nicht auf einen Punkt fixieren. Sie wanderte auf und ab und von einer Seite zur anderen. Gabrielle errötete und entschuldigte sich bei dem Mann für das unangebrachte Betragen ihres Sohnes.

»Regen Sie sich nicht auf, das Kind meint es nicht böse«, beruhigte sie der Mann. »Seine Neugierde ist erfrischend, wo er doch noch so klein ist.«

Dann gestand der Mann, daß er gezwungenermaßen ihr Gespräch mitangehört hatte, dem zufolge sie unterwegs nach Dijon seien. Wollten sie ihre Familie besuchen? Er fuhr noch ein Stück weiter, nach Beaune, wo er mit seiner Frau (leider waren sie kinderlos geblieben) lebte und wo er auch sein Geschäft als Weinhändler betrieb. Er füllte Wein in Flaschen ab und brachte diese zum Versand. Er hieß Baptiste Balue; kannte Madame vielleicht die Weinmarke Balue? Er wollte nicht prahlen, aber er lebte in guten Verhältnissen, in sehr guten Verhältnissen sogar, aber er hatte hart dafür gearbeitet. Weiß Madame vielleicht, wieviele Rebstöcke es braucht, um eine einzige Flasche guten Burgunder zu produzieren?

So redete er fort. Gabrielle war für die Ablenkung dankbar. Ihr Hals schmerzte, und ihre Augen brannten von der verzweifelten Bemühung, die Tränen zurückzuhalten. Am liebsten hätte sie sich in eine Höhle verkrochen und wäre gestorben oder hätte sich in einem von Monsieur Balues Weinfässern ertränkt. Sogar das Atmen kostete sie unendliche Mühe. Alles in ihr schrie nach Max, und der Schmerz wollte nicht vergehen. Er würde nie vergehen.

Die Postkutsche brauchte für zwanzig Meilen eine Stunde, nicht mitgerechnet die Pausen, wenn sie anhalten mußten, um Straßenmaut zu bezahlen, die Pferde zu wechseln oder die Baumstämme und Felsblöcke aus dem Weg zu räumen, die manchmal auf der Straße lagen. Es dauerte sehr lange, bis sie endlich in Dijon ankamen.

Baptiste Balue war ein großer Mann mit breiten, kräftigen Schultern und einem runden Kopf. Hätte er nicht so freundlich gelächelt und wie ein Kind unbekümmert lachen können, so hätte er mit seinem befremdlichen Auge bestimmt unheimlich gewirkt. Außerdem war er sehr scharfsinnig. In Dijon hatte er bereits erraten, daß sich Madame Prion und ihr Sohn auf einer Art Flucht befanden. Vielleicht vor einem grausamen Vater, einem groben Ehemann oder einem eifersüchtigen Geliebten? Ihm war es gleichgültig. Er sah, daß Madame nicht zum Pöbel gehörte; sie war gebildet, hatte gute Manieren und besaß Stil. Wollte sie vielleicht nach Beaune kommen und Gesellschafterin seiner kranken Frau werden? Sein Frau war einsam und brauchte jemanden, der sanft und geduldig war und ihr ein wenig die Zeit vertrieb?

Gabrielle schien Monsieur Baptiste Balue ein netter Mann zu sein, sobald man sich an sein unstetes Auge einmal gewöhnt hatte. Er bot ihr einen Lebensunterhalt an; sie würden ein Dach über dem Kopf haben und genug zu essen. Gabrielle redete sich ein, daß sie jederzeit wieder gehen könne, falls es ihr nicht gefiele. Ihr war es gleichgültig, wo sie lebte oder was sie tat; ihr war alles gleichgültig. Außerdem schien Dominique an dem Mann Gefallen zu finden.

Die Stadt Beaune war nicht groß, aber sie war das Zentrum der Weinregion Côte de Beaune. Das Haus des Baptiste Balue war das schönste weit und breit, sogar schöner als das des Gutsherrn, wie Balue ihr stolz versicherte. Balue hatte zweiundzwanzig Hausangestellte, davon zwei Mägde, die nichts anderes zu tun hatten, als hinter den anderen Dienern herzuräumen. Gabrielle und Dominique wurde ein eigenes Zimmer im vierten Stockwerk zugewiesen, wo auch die restliche Dienerschaft untergebracht war.

Das Zimmer gefiel Dominique, weil man vom Fenster über die Dächer der Stadt blicken und sich dabei vorstellen konnte, mit Monsieur Max in einem Ballon zu fahren. Jeden Tag fragte der Junge nach seinem neuen Papa, nach Agnes und Simon, und wann sie wohl kämen. Und Gabrielle erklärte ihm jeden Tag, daß alle in Paris seien und nicht kommen könnten.

Eines Tages hatte Dominique eine Idee und lief geradewegs zu seiner Mutter, um ihr seine Idee mitzuteilen. »Ich weiß, was wir machen können!« Vor Aufregung hüpfte er von einem Fuß auf den anderen. »Wenn sie nicht zu uns kommen können, dann fahren wir zurück nach Paris!«

Gabrielle kniete vor ihm nieder, so daß ihre Augen auf gleicher Höhe waren. »Wir können nicht nach Paris zurück, Liebling. Wir müssen hier bleiben und uns um Madame Balue kümmern. Sie ist sehr krank und braucht unsere Hilfe.«

»Ich kann Madame Balue nicht leiden. Sie stinkt. Außerdem weint sie so viel, ärger als ein Baby.«

»Sie weint nur, wenn sie Schmerzen hat.«

»Ich weine nie.«

Gabrielle schloß Dominique in die Arme, aber er wehrte sich und schnitt ein Gesicht. »Du bist auch mein kleiner tapferer Mann«, beruhigte ihn Gabrielle.

Darüber war Dominique so stolz, daß er für eine Weile den Gedanken fallenließ, nach Paris zurückzukehren.

Schließlich war Dominique davon überzeugt, daß Monsieur Max im Himmel sein mußte, genau wie sein anderer Papa, denn jeden Abend hörte er seine Mama weinen, wenn sie glaubte, daß er bereits schlief. Dann rief sie Monsieur Max' Namen und bat ihn, irgend etwas nicht zu tun. Eines Sonntags nahm ihn seine Mutter mit zur Messe. Der Priester forderte die Gemeinde auf, zum Himmel zu beten und ihre Bitten würden in Erfüllung gehen. Von da an betete Dominique zu Monsieur Max und bat ihn, den Himmel zu verlassen und nach Beaune zu kommen, wo es zwar schön sei, aber nicht so schön wie in Paris. Seine Mama ging mit ihm zwar zum Fischen, aber es war nur ein kleiner Bach, kein großer Fluß wie die Seine. Der Koch machte manchmal Lebkuchen für ihn, aber der war nicht so gut wie jener, den Agnes früher für ihn gekauft hatte. Monsieur Balue gefiel Dominique. Monsieur lachte viel, aber er hob ihn nie auf seine Schultern, wie Monsieur Max es getan hatte.

Und Mama war immer traurig. Früher war sie nie traurig gewesen, vor allem nicht, seit Monsieur Max dagewesen war.

Gabrielle konnte viel Zeit mit ihrem Sohn verbringen, da ihre Tätigkeit für Madame Balue nicht anstrengend war. Niemand hatte Gabrielle die Krankheit der Frau genau erklärt, sie wußte nur, daß die Arme jede Woche drei- oder viermal zur Ader gelassen wurde. Die Arme und Beine der armen Frau waren mit dicken Narben bedeckt, die vom Messer des Wundarztes stammten. Nach dem Aderlaß war sie stets so schwach, daß sie das Bett nicht verlassen konnte. Zwischen den Aderlässen ruhte sie auf einem Sofa. Dann las ihr Gabrielle vor, und zwar immer aus Büchern mit streng religiösem Inhalt. Madame Balue erzählte gern von ihrer Kindheit in der Provence. Sie hatte immer den Wunsch gehabt, Nonne zu werden, aber ihr Vater, der natürlich wußte, was am besten für sie sei, bestand darauf, daß sie heiratete.

Statt mit den Dienern zu essen, gehörte es zu Gabrielles Pflichten, mit Madame und Monsieur zu speisen. Wenn es Madame schlecht ging, dann aß Gabrielle mit Monsieur allein – unter der Aufsicht eines Majordomo und zweier Diener und getrennt durch einen fünf Meter langen Mahagonitisch und eine Tonne Silbergeschirr. Balue plauderte mit unermüdlicher Heiterkeit über den Wein, über Politik und über das Wetter und lachte immer wieder herzlich. Gabrielle lächelte höflich und hörte sogar ein wenig zu, denn dann mußte sie weder denken noch sich erinnern.

Außer bei den Mahlzeiten bekam sie Balue selten zu Gesicht. Gelegentlich hörte er eine Weile zu, wenn Gabrielle seiner Frau vorlas. Ein- oder zweimal war Gabrielle allein in einem Raum gewesen und hatte bemerkt, daß er sie beobachtete. Sein seltsames Auge rollte unheimlich in der Augenhöhle hin und her. Balue war dann stets noch ein paar Minuten geblieben und hatte höflich geplaudert.

Seine Geschäfte zwangen ihn, täglich viele Stunden außer Haus zu verbringen.

Die Stunden vergingen, fügten sich zu Tagen und die Tage zu Monaten; schließlich war ein Jahr vergangen. Aber nicht eine Minute war verstrichen, da Gabrielle nicht voll Trauer an Max gedacht hätte. Sie trauerte nicht um das, was sie verloren hatte, sondern um das, was nie gewesen war.

Sie hatte bereits mehr als ein Jahr in Beaune zugebracht, als Baptiste Balue sie und Dominique zur Weinlese einlud.

Es war ein schöner Tag im Oktober. Die Luft war trocken und mild, der Himmel strahlend blau, getupft mit kleinen weißen Wolken. Sie machten ein Picknick und aßen im Schatten eines Pappelwäldchens neben dem Weinberg. Sie beobachteten die Leser, die die Zeilen zwischen den Weinstöcken auf und ab gingen. Jeder trug einen Korb auf dem Rücken, der an einem Stirngurt hing. Waren die Körbe voll, wurden sie in einen Karren geleert; der fuhr seine Fracht zu den Bottichen, wo die Trauben zerstampft wurden.

Mit Dominiques begeisterter Hilfe füllte auch Gabrielle einige Körbe, während Balue neben ihr ging und ihr den aufwendigen Prozeß der Weinerzeugung bis ins Detail erklärte. Gabrielle lauschte seiner Stimme und genoß das Gefühl, nach so vielen im Haus verbrachten Stunden ihre Glieder zu dehnen und zu strekken.

An diesem Abend versammelten sich alle zu einem Fest und feierten den Erntebeginn. Wie die anderen Frauen im Dorf, so schürzte auch Gabrielle die Röcke über die Knie, kletterte in den Bottich und zertrat die Trauben.

Jemand spielte auf der Gitarre, und alle stampften mit den Füßen im Takt zur Musik wie in einem plumpen Tanz. Der klebrige Saft quoll zwischen den Zehen hervor und spritzte an den Unterschenkeln hoch. Es war ein wunderbares Gefühl – kühl und sinnlich. Der Geruch des Mosts stieg Gabrielle zu Kopf und machte sie ein wenig trunken.

Sie warf den Kopf zurück; die Haare fielen ihr über den Rücken und leuchteten in den letzten Strahlen der Abendsonne. Gabrielle lachte laut, und der Ausdruck ihrer Freude schallte durch die Weinberge. Balue hatte sie zum ersten Mal lachen gehört und sah sie benommen an.

In dieser Nacht versuchte er, sie zu vergewaltigen.

Gabrielle sperrte immer ihre Tür ab, aber er mußte wohl einen Schlüssel zu ihrem Zimmer haben, denn plötzlich war er da, ohne Vorwarnung. Die Tür war aufgeflogen, und Balue warf sie mit seinem massigen Körper auf die Matratze. Mit einer Hand erstickte er ihre Schreie, mit der anderen riß er ihr das Nachthemd vom Leib und faßte nach ihren Brüsten. Heiser flüsterte er, wie schön sie sei, daß sie ihn verrückt mache und er wisse, daß sie das gleiche wolle wie er. Sie bettle ja förmlich darum ... Seine Hände waren schweißnaß, und sein Atem stank nach saurem Wein und Knoblauch. Gabrielle wehrte sich, aber sie hatte keine Chance gegen ihn. Er war so schwer und stark ...

Jemand weinte. Dominique! dachte Gabrielle. Sie kratzte und biß und trat mit den Beinen, doch vergeblich. Balues widerlicher, massiger Körper lastete schwer auf ihr. Dominique beobachtet uns, er wird sehen ...

Plötzlich schrie Balue laut auf, kreischte mit hoher Stimme, wie eine Frau und krümmte sich. Sein Gesicht war schmerzverzerrt. Er ließ von Gabrielle ab und umklammerte fluchend und schluchzend seinen Oberschenkel. Dominique, ihr fünf Jahre altes Kind, stand mit einem Messer in der Hand neben dem Bett.

»Ich habe hineingestochen, Mama!« schrie Dominique mit hysterisch zitternder Stimme. »Ich habe ihn aufgeschlitzt, wie wir es bei den Fischen machen!«

»Verdammter Teufelsbraten! Dafür bringe ich dich um!« brüllte Balue. Er versuchte, sich an der Bettdecke festzukrallen und sich aufzurichten. Durch das enge Fenster fiel schwaches Mondlicht; auf Balues Schenkel glänzte feuchtes Blut.

Gabrielle sprang aus dem Bett, schnappte ihren Sohn und zog sich in Richtung Korridor zurück. Balue versuchte aufzuspringen und ihr nachzusetzen, aber sein Bein gab unter ihm nach, und er fiel zu Boden. Unten ging eine Tür, und ein Mann rief etwas. Balue brüllte so laut, daß es vermutlich ganz Beaune hörte.

»Und du, du Schlampe, dich lasse ich durch die Straßen peitschen. Du wirst dir wünschen, daß du ...«

Gabrielle drehte sich um und floh aus dem Zimmer des Grauens.

Die Dienerschaft wollte unbedingt herausfinden, wer so fürchterlich brüllte und kümmerte sich nicht um Gabrielle. Mit Dominique in den Armen stürzte sie hinaus in die Nacht und lief auf die Felder, wo sie sich in Gräben und Hohlwegen verstecken konnten. Als sie stehenblieb, wußte sie weder, wie lange sie gelaufen war, noch wo sie sich befand. Rundherum wuchsen Bäume, und irgendwo plätscherte Wasser über Felsen. Ihr Atem dröhnte ihr laut in den Ohren. Sie lehnte sich an einen großen Felsblock und ließ sich sachte zu Boden gleiten; Dominique ruhte in ihrem Schoß.

Ihr Sohn hielt immer noch krampfhaft das Messer fest. Es war ein Küchenmesser, und Gabrielle wußte nicht, wie er an das Messer gekommen war. Aber glänzende, scharfe Gegenstände hatten ihn schließlich immer fasziniert. *Oh, Dominique, mein Dominique ...* Am Ärmel seines Nachthemdes klebte Blut.

»Dominique«, begann Gabrielle leise, da sie ihn nicht erschrekken wollte. Er weinte nicht, aber sie spürte, wie er am ganzen Körper zitterte. »Gib mir das Messer, Liebling.«

Er gab es ihr. »Er war ein böser Mann, Mama.«

»Ja, er war böse, sehr böse.«

»Ich habe ihn aufgeschlitzt.«

»Liebling ...« Gabrielle weinte lautlos vor sich hin. Was habe ich dir angetan, mein Sohn?

Der November 1788 war angeblich der kälteste November seit Menschengedenken. Flüsse und Bäche froren zu. Hagelstürme überzogen das Land. Es war so kalt, daß in den Kellern die Weinflaschen barsten, und die Segelbespannung der Windmühlen mußte mit warmem Wasser berieselt werden, um das Eis zu schmelzen.

Gabrielle und Dominique waren mit nichts als einem Messer und ihren Nachtgewändern aus Beaune geflohen. Noch ehe die Morgendämmerung hereinbrach, schlug Gabrielle das Fenster einer Wäscherei ein und stahl, was sie brauchte, um sich und den Jungen ordentlich zu kleiden und vor der Kälte zu schützen. Später stahl sie noch einmal Kleider und auch Essen, einfach um zu überleben. Manchmal bettelte sie, aber die Zeiten waren schwer; sie und Dominique waren Fremde, Landstreicher, und die Landbevölkerung half lieber ihren eigenen Leuten. Gabrielle hatte zu viel Angst, als daß sie für längere Zeit an einem Ort geblieben wäre und sich nach Arbeit umgesehen hätte. Balues Drohung waren keine leeren Worte gewesen – für das, was man ihm angetan hatte, könnte er sie auspeitschen und brandmarken lassen.

Ein Schuster schenkte ihr und Dominique jedem ein Paar Holzschuhe, weil sie ihm leid taten, als sie barfuß durch die Straßen gingen. Am nächsten Tag nahm ein Bauer sie in seinem Karren mit ins nächste Dorf, und Gabrielle glaubte schon, daß sich das Blatt für sie allmählich zum Besseren wenden würde. Aber nachdem der Karren über der nächsten Hügelkuppe verschwunden war, begann es zu regnen. Gabrielle faßte Dominique bei der Hand, und sie suchten im Straßengraben ein wenig Schutz. Dann bemerkte sie die bloßen Füße ihres Sohnes.

Sie packte ihn an den Schultern und schüttelte ihn. »Was hast du mit deinen Holzschuhen gemacht?« schrie sie ihn an.

Dominique hob sein kleines, bleiches Gesicht und sah sie widerspenstig an, während der eisige Regen in dicken Tropfen auf sie niederfiel.

»Ich weiß es nicht. Wahrscheinlich habe ich sie im Karren vergessen.«

»Wahrscheinlich! Ach, Dominique! Woran hast du nur gedacht? Ich kann nicht mitten im Winter mit dir quer durch Frankreich wandern, wenn du keine Schuhe hast!« Sie brach in Schluchzen aus, als ihr die Aussichtslosigkeit ihrer Lage bewußt wurde. Sie flohen, aber wohin? Sie hatten keine Zufluchtsstätte und niemanden, der sie erwartete.

Gabrielle kniete neben ihrem Sohn nieder und schloß ihn in die Arme. Durch die dünnen Kleider spürte sie, wie mager und knochig er war. Seine Nase lief, und seine Lippen waren blau; sie würde ihn mit ihrer Selbstsucht noch umbringen.

Ihr Hals schmerzte, und sie spürte, daß sie fieberte. Sie war krank. Was würde geschehen, sollte sie einmal zu krank sein, um sich um Dominique zu kümmern? In welche Lage hatte sie ihn gebracht? Er würde verhungern oder erfrieren oder im eiskalten Regen in einem Straßengraben an Fieber sterben.

Sie mußte auf ihn verzichten und ihn der Familie Nevers überlassen. Schließlich war er einer der ihren. Nevers würde für Dominique sorgen, ihn vielleicht auch lieben. Nevers hatte den Jungen unbedingt haben wollen und sie jahrelang verfolgt, nur um des Jungen habhaft zu werden. Nach allem, was sie getan hatte, hielten die Nevers jetzt wahrscheinlich eine Klosterzelle noch für zu gut für sie, aber was mit ihr geschah, spielte keine Rolle, wenn nur Dominique in Sicherheit war und geliebt wurde.

Gabrielle schob den Kleinen ein wenig von sich und zwang sich, heiter zu klingen. »Möchtest du gern deine Großmutter kennenlernen, Dominique? Sie ist eine vornehme Herzogin und lebt in einem großen Schloß nicht weit von hier. Würde dir das gefallen?«

Dominique nickte und wischte sich mit dem Ärmel die Nase ab. »Ich denke schon. Aber wird uns Monsieur Max dort finden? Er kommt vom Himmel und weiß womöglich nicht, wo er uns suchen soll.«

Gabrielle schluchzte verzweifelt und zog Dominique an die Brust. Ach, Max! Ihr Herz schrie und weinte nach ihm, ihrem Ehemann, der nicht im Himmel, sondern wohlgeborgen in Paris lebte. Lachte er bei dem Gedanken an sie und Dominique, die wie aufgescheuchte Fasane durch Frankreich liefen und nichts besaßen als ein Paar Holzschuhe? Haßte er sie so sehr? Warum? Warum hatte er ihnen das angetan?

Ich habe dich so geliebt, Max. Ich habe geglaubt, daß auch du mich liebst, du hast es gesagt, du hast mich geheiratet. Ich liebe dich, ich liebe dich ...

Ihr Herz schrie nach ihm, aber nur der kalte Novemberwind antwortete, und der Regen trommelte auf ihre gesenkten Köpfe nieder. Zum ersten Mal im Leben fühlte sich Gabrielle besiegt.

KAPITEL 15

Die vergoldeten Verzierungen im prunkvollen Ballsaal im Palast des Herzogs von Orléans funkelten mit den kostbaren Roben der Gäste um die Wette. Von der mit Fresken bemalten Kuppeldecke hingen Kristallkronleuchter mit unzähligen Kerzen. Ein Orchester spielte ein Menuett, aber niemand tanzte.

Quer über den überfüllten Saal hinweg entdeckte eine Frau zwei dunkelgraue Augen und deutete mit einer kleinen Bewegung ihres Kopfes auf einen Alkoven. Danach wandte sie sich wieder ihrem Gesprächspartner zu, dem Grafen von Artois, der ein Bruder des Königs war. Sie lachte über seine Worte und klopfte ihm mit ihrem Fächer auf die Wange – aber nur leicht, denn es war ja schließlich eine königliche Wange. Von Zeit zu Zeit wanderte ihr Blick durch den Saal.

Der Mann, dem ihre Aufmerksamkeit galt, lehnte abwartend an der Wand und gab sich für den Augenblick damit zufrieden, sie zu beobachten. Ihr silbriges Abendkleid war mit Rosengirlanden aus Lamé verziert, und in ihren hellblonden Haaren ringelten sich weiße Federn; wie ein Diamant falsche Edelsteine überstrahlte, so überstrahlte sie die übrigen Damen der Gesellschaft. Sie strahlte heller als das Diamantenhalsband an ihrem schlanken Hals.

Der Graf von Artois verbeugte sich und verließ die Frau, die sich jetzt einen Weg durch die Menge zu dem Alkoven bahnte. Ihr Blick suchte nicht länger den des Mannes, den sie dort treffen wollte, aber die roten Flecken auf ihren Wangen stammten nicht nur vom Rouge. Als sie die Vorhänge zur Seite zog und dahinter verschwand, folgte ihr der Mann.

Er hatte hinter den Vorhängen nur eine Fensternische erwartet, statt dessen sah er sich einer Tür gegenüber, die sich leicht und problemlos öffnen ließ.

Blumiger Duft empfing ihn, und weiche Arme legten sich um seinen Hals. Feuchte, kühle Lippen begrüßten ihn.

»Du hast geschworen, nicht zu kommen«, schalt die Frau im nächsten Augenblick.

Er schob ihr Abendkleid über die Schultern hinunter und strich liebkosend über ihr Dekolleté. Als sie leise stöhnte, ließ er die Hand tiefer gleiten und streichelte ihre bloßen Brüste. »Ich habe es mir anders überlegt.«

»Mein Ehemann ist hier.« Sie holte tief Luft, als er ihre Brustspitze berührte.

»So?«

»Auf dem Weg hierher hat er mich in der Kutsche geliebt.« Sie knöpfte seine Hose auf und streichelte ihn mit beiden Händen. Er preßte die Zähne aufeinander. »Bist du eifersüchtig?« fragte sie, und ihre Stimme zitterte, als er seine Knie zwischen ihre Beine schob. »Nein«, antwortete er. »Vielleicht kann ich das nächste Mal zusehen, wenn er dich liebt.«

»Du bist grausam.«

»Du liebst es doch, wenn man dich grausam behandelt. Was du brauchst, verehrte Marquise, ist ein Gebieter.«

In ihrem Lachen schwangen Angst und Erregung. »Und du glaubst, verehrter Graf, daß du mein Gebieter bist?«

Statt einer Antwort legte er ihr die Hände auf die Schultern und drückte sie auf die Knie. »Max!« stöhnte sie.

Er schloß die Augen und gab sich den Liebkosungen ihres Mundes hin. Das Vergnügen würde, wie stets, nur kurz sein und ihn mit einem Gefühl der Leere zurücklassen.

Als der Vicomte Maximilien von Saint-Just den Alkoven verließ, hatte sich die drangvolle Enge im Ballsaal bereits etwas gelichtet. Die Gesichter der Anwesenden glänzten, denn es war heiß im Saal geworden. Das Orchester spielte Musik von Mozart, wurde jedoch von vielstimmigen Seufzern, Rufen und Gelächter übertönt. Der Lärm drang aus einem angrenzenden kleineren Raum, der durch eine Doppeltür vom großen Ballsaal getrennt war; hier wurde Pharo gespielt.

»Auf den Herz König!« rief jemand. Max wollte in den Spielsalon gehen, als ihn jemand am Arm berührte. Vor ihm stand Percival Bonville. Das jungenhafte Gesicht des Amerikaners blieb heute ernst.

»Ich habe nicht erwartet, dich heute abend hier zu treffen«, begann Percy.

Max seufzte. »Warum glauben die Leute alles, was ich sage?« Ein dumpfer Schmerz meldete sich in seinem Kopf. Das bedeutete, daß er allmählich nüchtern wurde, und um diese Katastrophe zu verhindern, griff er sich vom Tablett eines vorbeieilenden Dieners ein Glas Champagner. »Entschuldige mich, Percy, aber ich glaube, ein Herz König ruft mich.«

Der junge Amerikaner ließ Max' Arm nicht los, obwohl Max ihn böse ansah. »Warum bist du nicht bereits unterwegs nach Schloß Morvan?« fragte Percy. »Soviel ich weiß, ist dein Vater krank und hat nach dir verlangt.«

»Was hast du gemacht, mein Freund? Hast du meine Briefe heimlich geöffnet?«

Percy blieb ernst. »Das liegt eher auf deiner Linie. Wenn dein Vater stirbt ...«

»Ach, zum Teufel mit dem alten Gauner.« Die Grobheit paßte zu Max' Laune. Sein Blick wanderte zur Tür zum Spielsalon, aus dem erneut Gelächter und Gejammer kam. »Ich spiele lieber Pharo als den verlorenen Sohn.«

»Tatsächlich? Ich denke, du solltest dich zuerst deines Erbes versichern. Wieviel hast du heute bereits verloren?«

»Zufälligerweise habe ich dreißigtausend Livres gewonnen. Du weißt doch, daß ich nie verliere.« Max lachte bitter. »Außer dem einen Mal. Das war zwar äußerst denkwürdig, wird jedoch bald in Vergessenheit geraten sein.« Sein Blick wanderte wieder hinüber zu der Frau, deren Haare zum silbrigen Farbton ihres Kleides paßten. Sie unterhielt sich mit einer übergewichtigen Matrone in einem braunen Seidenkleid, beobachtete jedoch Max hinter dem vorgehaltenen Fächer. Max lächelte und prostete ihr mit dem leeren Champagnerglas spöttisch zu. »Ich gebe mir viel Mühe, das Desaster zu vergessen.«

»Sie zu vergessen, meinst du vermutlich«, entgegnete Percy, ohne die Frau im silberfarbenen Seidenkleid anzuschauen.

Max wandte sich wieder dem Amerikaner zu, aber auf seinem Gesicht lag immer noch das spöttische Lächeln. In seine Augen war jedoch für einen Augenblick ein schmerzlicher Ausdruck getreten.

»Stimmt, sie zu vergessen. Gabrielle, meine Ehefrau.«

Eine Frau wie Gabrielle vergißt man nicht, mein armer Freund. Du wirst sie lieben, bis dich diese Liebe umbringt, dachte Percy und wünschte sich, er hätte den Mut besessen, seine Gedanken laut auszusprechen.

Percy besah sich Max' neue Geliebte und konnte seine Verachtung nicht verhehlen. »Für eine kostspielige Kokotte, wie sie eine ist, reichen dreißigtausend gerade.«

Max lachte neuerlich. »Sie ist mit dem Marquis de Tessé verheiratet, und er ist es auch, der die Unkosten trägt.«

»Er bringt dich um, wenn er erfährt, daß du mit seiner Frau schläfst.«

»Falls es ihm gelingt. Falls er es erfährt und falls ihm etwas daran liegt.«

»Er weiß es, und es liegt ihm etwas daran, und er ist im Billardzimmer.« Zu spät begriff Percy, daß das ein Fehler gewesen war, und er verwünschte sich dafür.

Max ging ins Billardzimmer, entschlossen, sich dort den Problemen zu stellen. Percy folgte ihm auf seinen Stock gestützt und überlegte, ob er den Freund vielleicht niederschlagen oder ihn vollständig betrunken machen solle, ehe eine der vielen möglichen Katastrophen tatsächlich eintrat.

Als er später Max beobachtete, wie er am Billardtisch stand, eine Elfenbeinkugel in eine Eckposition stieß und verfehlte, dachte Percy schon, er hätte sich unnötig Sorgen gemacht. Wenn Max dieses Spiel verlor, mußte er seinem Gegner, dem Ehemann seiner blonden Geliebten, unglaubliche fünfzigtausend Livres bezahlen. Der Einsatz war Max' Idee gewesen, und Percy hoffte, Max würde verlieren. Vielleicht würde der Marquis de Tessé dann seine Ehre für hinlänglich wiederhergestellt erachten und auf Pistole oder Degen verzichten.

»O weh! Schon wieder daneben, Monsieur«, rief der Marquis de Tessé, und seine schwarzen Augen funkelten höhnisch. Er nahm den Billardstock auf, denn jetzt war er an der Reihe. »Ich hoffe, sie verfügen bei der Liebe über mehr Geschick als beim Billard.«

Max schwieg, er lächelte nur kühl und senkte die Lider. Percy wußte, was dieser Gesichtsausdruck bedeutete, und unterdrückte einen Seufzer. Womöglich ließ sich die Ehre doch nicht so einfach wiederherstellen.

Dabei war sich Percy klar darüber, daß die wirkliche Ursache für all das nicht die silberblonde Marquise im Ballsaal war, sondern in einer Frau namens Gabrielle lag, die schöner gewesen war, als die Marquise je hoffen konnte zu sein. Sie war voll Liebe, Heiterkeit und Güte gewesen und hatte das Herz seines Freundes nicht nur gebrochen. Sie hatte ihn in tiefster Seele verletzt.

Percy hatte geglaubt, Gabrielle würde Max' Rettung sein, und er begriff nicht, was geschehen war, daß sie ihn verlassen hatte. Eines Abends, kurz nach Gabrielles Verschwinden, war Max stockbetrunken gewesen und hatte versucht, Percy das Geschehene zu erklären. »Ich habe sie gewarnt, aber sie wollte nicht hören«, hatte Max gesagt. Er lallte mehr als er sprach, und Percy verstand ihn kaum. »Vermutlich hat sie die Wahrheit herausgefunden und konnte sie nicht verkraften.«

Percy hatte nichts davon begriffen.

Ebenso wenig begriff er Max' Verhalten in den darauffolgenden Monaten. Max war früher einer der schlimmsten Lebemänner von Paris gewesen; doch für länger als ein Jahr mied er jetzt die Frauen wie der Teufel das Weihwasser. Gerade als sich Percy an das seltsame Zölibat seines Freundes gewöhnt hatte, nahm Max sein früheres Leben wieder auf und begann unverblümt eine hitzige Affaire mit der Frau des Marquis de Tessé, der bekannt war für sein heißes Temperament und seine Vorliebe für Duelle …

Maximilien de Saint-Just spielte in der Folge nicht nur riskant, er suchte richtiggehend die Gefahr.

Das Billardspiel nahm seinen Lauf. Die Feindseligkeit der beiden Männer nahm spürbare Formen an. Die Kunde von dem Spiel hatte die Runde gemacht, und eine Menschentraube umstand den Tisch.

Jedermann wußte, daß der Vicomte Maximilien de Saint-Just, der uneheliche Sohn des berühmten Marschalls von Frankreich und jetzt sein offizieller Erbe, ein Verhältnis mit der Frau des Marquis de Tessé hatte. Nun trugen die beiden Männer ihre Rivalität bei einem Billardspiel aus. Der Skandal und der sorglose Spieleinsatz waren genau von der Art, wie sie die zügellose, unbekümmerte Gesellschaft aus dem Palais Royal liebte. In diesen Kreisen gehörte es zum guten Ton, sich Liebhaber zu nehmen und ein Vermögen zu verspielen. Duelle waren zwar offiziell verboten, aber schon die kleinste Provokation genügte, daß die Kontrahenten zum Degen oder zur Pistole griffen.

Zum Vergnügen der Zuschauer tauschten die Gegner immer häufiger nur schwach verschleierte Beleidigungen aus.

Als der Marquis de Tessé eine schwierige Karambolage spielte, kamen bewundernde Rufe aus der Zuschauermenge, und Tessé lächelte Max triumphierend an. »Ich hoffe, Sie können sich diese kleine Demütigung leisten, Sie kleiner Bastard.«

Percy fuhr bei dieser Beleidigung zusammen, aber Max zuckte nicht mit der Wimper. Vermutlich war er daran gewöhnt, ein Bastard genannt zu werden, dachte Percy. Doch dann erwiderte Max. »Komisch, daß Ihre Frau nicht hier ist, um Ihrem Triumph beizuwohnen ... aber vielleicht ist es ihr gleichgültig.« Percy unterdrückte ein Stöhnen.

Der Marquis hatte sich auf den Tisch gestützt und überlegte gerade sein nächstes Manöver. Er richtete sich langsam auf; um seinen Mund lag ein zorniger Zug. »Meine Frau ist zumindest heute bei mir. Wo ist denn Ihre?«

Max wurde kreidebleich. Er umklammerte krampfhaft den Billardstock. »Ich bin nicht verheiratet.«

»So? Ich habe gehört, sie hätten geheiratet. Ein kleines Ladenmädchen, das etwas weniger als eine Woche ihr Bett geteilt hat und dann entsetzt die Flucht ...«

Max ließ den Billardstock – einen dünnen, biegsamen Schaft mit Elfenbeinspitze – vorschnellen und traf Tessé an der Wange. Tessé wich mit einem Aufschrei zurück und griff sich an die Wange. Blut quoll zwischen seinen Fingern hervor.

Percy packte Max am Arm und entwand ihm den Billardstock, aber es war zu spät. Das Unglück war bereits geschehen.

»Ich überlasse Ihnen die Wahl der Waffen.« Die Stimme des Marquis klang gepreßt. Blut sickerte zwischen seinen Fingern durch und tropfte auf den Boden.

»Pistolen.«

»Max, um Himmels willen ...« mahnte Percy.

»Morgen vor Sonnenaufgang«, fuhr Max fort. »Im Bois de Boulogne.«

»In Ordnung.«

Der Marquis de Tessé ließ es zu, daß ihn jemand aus dem Zimmer führte. Von seiner silberblonden Frau war nichts zu sehen. Die Menge hatte sich bald wieder zerstreut, nur Max und Percy standen noch am Billardtisch.

Percy war von Zorn und Trauer überwältigt. »Wenn er dich tötet, dann geschieht dir recht! Du hast ihn für sein ganzes Leben gebrandmarkt!«

Max schwieg. Er trat zu einer Anrichte an der Wand, wo Branntwein und Gläser bereitstanden, und goß sich einen Drink ein. Er wollte das Glas an den Mund heben, als Percy es ihm mit dem Stock aus der Hand schlug. Percy packte den Freund mit eisernem Griff an den Armen und zwang ihn, einen Blick in den Wandspiegel zu werfen.

»Sieh dich an!« Percy schüttelte Max. Beide starrten sie auf das dunkle Aristokratengesicht im Spiegel, das trotz der Tränensäcke unter den blutunterlaufenen Augen und dem schlaffen Mund immer noch hübsch war. »Was bezweckst du damit? Willst du der Welt beweisen, daß Gabrielle dich mit gutem Recht verlassen hat?«

Max machte sich mit einer so ungestümen Bewegung los, daß Percy zurücktaumelte. Sein Stock fiel zu Boden, und Percy mußte sich an einem Stuhl festhalten, um nicht zu fallen. Der Amerikaner war zwar einen halben Kopf kleiner als Max, aber ungeachtet dessen stellte er sich breitbeinig vor dem Freund auf.

»Was willst du jetzt tun, Saint-Just? Willst du mir auch das Gesicht zerschneiden? Zu schade, daß ich keine Frau habe, mit der du schlafen kannst.«

Max atmete schwer; sein Kinn und sein Hals waren straff gespannt. »Stecke deine Nase nicht in meine Angelegenheiten!«

»Ich tue es trotzdem.« Er deutete auf den Ballsaal. »Diese Schlampe ist es nicht wert, daß du jemanden umbringst, und sie ist es bestimmt nicht wert, daß du für sie stirbst. Sie besitzt zwar einen Titel und ein Kleid aus Satin und Juwelen, aber sie ist trotzdem eine Hure.«

»Ich habe auch mit ihr geschlafen wie mit einer Hure.«

»Was ist aus dir geworden?«

Max grinste. »Ein Mann, der mit Huren schläft.«

Percy holte tief Luft. »Du bist ein Bastard.«

»Ich weiß. Wirst du mein Sekundant sein?«

»Nein. Ja, natürlich, verdammt noch mal!«

Das alte draufgängerische Lächeln huschte über Max' Gesicht. »Mach dir keine Sorgen. Wenn ich mich umbringen wollte, hätte ich es längst getan. Mit dem Degen ist Tessé unschlagbar, aber mit der Pistole trifft er nicht einmal das Hinterteil einer Kuh. Wie du aber weißt, schieße ich auf fünfzig Meter ein Auge aus einer Spielkarte. Ich hätte den Narren nicht so schlimm erwischt, hätte er mich nicht derart gereizt.«

Percy lächelte schwach. »Du lieber Himmel ... Wovon sprichst du überhaupt?«

Max lachte. »Ich habe ihn geschlagen, damit er mich zum Duell fordert, was wieder mir die Wahl der Waffen überließ. Ich werde ihn nicht umbringen. Ich werde ihm nur einen Denkzettel verpassen; damit ist jedermans Ehre wiederhergestellt. Ich gebe ihm sogar seine Frau zurück. Bist du jetzt glücklich?«

»Nein.«

Dicker, weißer Nebel kondensierte in kleinen Tropfen an den dürren Zweigen. Das trübe Licht der ersten Morgendämmerung sikkerte zwischen den Bäumen durch. Es war totenstill. Sogar die Eichhörnchen und Amseln schienen an diesem kalten Novembermorgen den Bois de Boulogne verlassen zu haben.

Mit dem Rücken zu seinem Gegner entfernte sich Max die geforderten fünfzehn Schritte und hörte dabei nur halb auf den Mann, der laut zählte. Die Pistole in seiner Hand wog schwer. Seine Schuhe versanken tief in der feuchten Erde und dem toten Laub. Aus dem dumpfen Pochen hinter seinen Augen war ein brummender Kopfschmerz geworden. Er hatte versucht, nüchtern zu werden, um nicht erschossen zu werden. Jetzt verlangte es ihn nur nach einem Glas Schnaps und Schlaf.

Plötzlich wußte er nicht mehr, warum er hier war, warum er sich mit diesem Mann wegen einer Frau duellierte, die er nicht liebte und die er nach dem heutigen Tag nicht einmal wiedersehen wollte. Das ist sinnlos, dachte er einen Bruchteil einer Sekunde, bevor das Kommando Feuer kam.

Max hatte immer das Talent besessen, sich schnell und mit Anmut zu bewegen, selbst wenn er nicht ganz nüchtern war. Auch jetzt reagierte er blitzartig, drehte sich um, hob die Pistole und zog den Abzug.

Der Marquis de Tessé hatte nicht einmal genügend Zeit, sich vollkommen umzudrehen, gar nicht davon zu reden, daß er die Waffe gezogen und geschossen hätte. Aus diesem Grund berechnete Max sein Ziel falsch, und statt den Mann an der Schulter zu treffen, durchbohrte die Kugel seinen Brustkorb und streckte ihn zu Boden. Das weiße Hemd färbte sich augenblicklich purpurrot.

Jemand schrie, und zwei Männer liefen an Max vorbei zum Marquis, der reglos und blutüberströmt auf dem Boden lag. Max blieb wie angewurzelt stehen, unfähig sich zu bewegen.

Die Hand des Marquis zuckte einmal, dann lag sie still. Endlich machte Max ein paar Schritte, aber Percy, der neben dem Verletzten gekniet war, stand auf und humpelte Max entgegen, um ihn aufzuhalten.

Zornig fuhr der Amerikaner Max an: »Ich hoffe, du bist jetzt zufrieden. Dafür gehst du ins Gefängnis.«

Ein kalter Wind war aufgekommen, und Max zitterte. »Ist er tot?«

»Noch nicht. Aber der Arzt behauptet, daß die Kugel einen Lungenflügel gefährlich nahe gestreift habe; er wird es also bald sein. Es sei denn, du hast mehr Glück, als du verdienst.«

Glück? Max unterdrückte ein Lachen. Er wünschte sich sehnlichst, in die Arme genommen und getröstet zu werden. Nur das eine wünschte er sich – sie sollte ihn in die Arme nehmen und ihn festhalten. Zum letzten Mal hatte er diesen Wunsch als kleiner Junge gehabt, als er, das Ohr an die Schlafzimmertür seiner Mutter gedrückt, ihrem Stöhnen gelauscht hatte. Wann hatte sie aufgehört, ihn in die Arme zu nehmen? Es muß um die Zeit gewesen sein, da er herausgefunden hatte, daß sie nicht aus Schmerz stöhnte.

»Du verläßt Paris am besten sofort«, riet Percy. »Schließe Frieden mit deinem Vater. Falls Tessé stirbt, kann dein Vater für dich beim König intervenieren.«

»Ist in Ordnung«, antwortete Max, ohne wirklich zuzuhören.

Gabrielle, ich brauche dich, dachte er verzweifelt. *Warum nur, Gabrielle? Warum hast du mich verlassen? Du hast doch gewußt, wie sehr ich dich brauche!*

KAPITEL 16

Max kutschierte den offenen Einspänner mit halsbrecherischer Geschwindigkeit, zu schnell für die nächtliche, kurvenreiche Straße mit den tiefen Spurrinnen. Es schneite heftig, und die Flocken peitschten ihm ins Gesicht, daß es vor Kälte brannte. Max trug einen dicken, langen Wollmantel, aber seine Hände und Füße waren trotz der Handschuhe und Stiefel längst gefühllos geworden. Die kalte Nacht paßte zu seinen Gefühlen. Auch seine Gefühle waren kalt und tot.

Wäre das Schloß seines Vaters nicht so nahe gewesen, so hätte Max bei einem Rasthaus an der Straße angehalten. Nur ein Verrückter war in einer solchen Nacht unterwegs, dachte er und mußte lachen. Hatte sie ihn nicht oft genug als verrückt bezeichnet? Vielleicht hatte sie ihn deshalb verlassen. Vielleicht hatte sie gefürchtet, er würde durchdrehen und sie eines Nachts, im Schlaf, erwürgen. Vielleicht –

»Was zum Teufel ist das!« schrie er laut.

Der Wagen machte eine abrupte Wendung, und vor dem Kopf des Pferdes tauchte eine Erscheinung auf. Das Pferd wieherte und stieg vorne hoch, so daß der Wagen auf der morastigen Straße gefährlich schief stand. Das rechte Rad kam dem Rand des tiefen Grabens neben der Straße bedrohlich nahe. Max zog an den Zügeln und versuchte mit Gewalt, den Kopf des Pferdes zu wenden.

Das Rad drehte sich im Morast und fand schließlich Halt auf festerem Boden, so daß sich der Wagen wieder aufrichtete. Fluchend brachte Max das Pferd zum Stehen, sprang aus dem Wagen und lief zurück an die Stelle, an der er aus dem Augenwinkel einen Körper im Graben liegen gesehen hatte, oder zumindest geglaubt hatte, etwas zu sehen.

Es war ein Körper, fest zusammengerollt und mit einem schwarzen Mantel zugedeckt. Die gespenstische Erscheinung, die sein Pferd erschreckt hatte, bewachte die reglose Gestalt. Das weiße längliche Gesicht blickte ihm vom Straßenrand erwartungsvoll entgegen. Die kleine Gestalt hob beschwörend die Hand, und Max, der normalerweise nicht abergläubisch war, standen die Haare zu Berge.

»Bitte, Monsieur«, kam die Stimme eines kleinen Kindes, das in einen abgetragenen hellen Mantel gehüllt war, der um zwei Nummern zu groß war. »Sie müssen etwas tun. M-meine Mama wacht nicht auf.«

Max kletterte in den Straßengraben und kniete neben der Gestalt nieder. Er konnte nicht viel erkennen, nur daß es sich um eine Frau handelte. Sie hatte offenbar versucht, aus dem Graben zu klettern, denn sie hielt eine Hand über dem Kopf ausgestreckt und hatte die Finger tief in die feuchte Erde verkrallt. Aber sie mußte schon sehr lange hier liegen, denn auf ihrem nassen Mantel lag der Schnee zumindest fünf Zentimeter hoch.

Max hob das Handgelenk der Frau hoch. Es fühlte sich so zerbrechlich an wie der Flügel eines kleinen Vogels; die Finger waren eiskalt und steif.

Max sah das Kind an. Es war ein kleiner Junge, so viel sah er, aber es war zu dunkel und schneite zu dicht, als daß er das Gesicht des Kindes hätte erkennen können. »Sie w-wollte nicht aufwachen«, stammelte der Junge.

»Ich werde sie hochheben und zu meinem Wagen tragen«, erklärte Max dem Kleinen, denn er wollte das Kind nicht beunruhigen. Er hob die Frau hoch und kletterte mit ihr aus dem Graben. Sie war leicht wie eine Feder.

»Sie kommt wieder in Ordnung, sobald sie nur aufwacht«, versicherte er dem Jungen mit gespielter Zuversicht. »Sie ist nur ein wenig krank.«

Sie ist tot, dachte Max. Der arme kleine Kerl.

Der Einspänner war ein leichtes, schnelles Gefährt, das nicht für zusätzliche Passagiere gebaut war. Max setzte den Jungen zwischen seine Knie und lehnte die Frau neben sich auf den Sitz.

Er knallte mit der Peitsche und ließ das Pferd so schnell traben, als er es mit der zusätzlichen Last wagte. Der Frau war nicht mehr zu helfen, aber dem Jungen schon. Seine Füße waren nur in Lumpen gewickelt, und er zitterte am ganzen Körper. Es schneite immer dichter, und die Straße war kaum zu erkennen.

Max hatte einen Teil seiner Jugend auf Schloß Morvan, dem Landsitz seines Vaters, verbracht, und er kannte den Weg genau. Trotz Dunkelheit und Schnee fand er die Abzweigung ohne Mühe. Vor dem großen Parktor hielt er an.

»Hallo! Aufmachen!« schrie Max; sein Atem bildete dicke weiße Wolken vor seinem Gesicht.

Er wollte gerade aus dem Wagen klettern und die Glocke betätigen, als sich die Tür zum Portierhaus öffnete und ein Mann auftauchte. Der Pförtner hob eine Laterne hoch und ließ das Licht auf Max' Gesicht fallen.

»Herr Graf! Wir haben Sie nicht erwartet ... Sie haben uns nicht benachrichtigt, andernfalls hätte ich Sie ...«

»Reg dich nicht auf, du Narr, sondern mach das Tor auf! Ich habe eine To ...?« Er stotterte, als er bemerkte, wie der Junge zusammenzuckte. »Ich habe eine kranke Frau und ein halb erfrorenes Kind im Wagen.«

Das große Tor ging knarrend auf, und Max fuhr rasch die gewundene Auffahrt hinauf. Hinter ihm verkündete die Glocke mit lautem Schellen seine Ankunft.

Das große Holztor des Schlosses wurde aufgerissen, als Max den Wagen anhielt. Zwei Diener in der blau-silbernen Livree liefen ihm über die Mamortreppe entgegen. Max übergab ihnen den Jungen und trug die Frau selbst ins Schloß.

Die Halle war hell erleuchtet, und nach dem nächtlichen Schneetreiben tanzten Max nur helle und dunkle Punkte vor den Augen. »Einer von euch soll nach Chaumard reiten und den Doktor holen«, rief er über die Schulter und eilte auf die Mamortreppe zu.

»Was machen Sie mit meiner Mama? Wo bringen Sie sie hin?« fragte eine leise Stimme, und Max spürte, wie ihn jemand am Mantel zupfte.

Ungeduldig blieb er stehen und sah auf das dünne, tränenverschmierte Gesichtchen hinunter. Eine Haarlocke war dem Jungen in die Stirn gefallen, und obwohl die Haare schmutzig und strähnig waren, so war doch das Blond unverkennbar, ebenso unverkennbar wie die blauen Augen.

Max blieb beinahe das Herz stehen.

»Dominique?« fragte er. Er glaubte es nicht, wollte es nicht glauben.

Der Junge starrte ihn an, und seine Augen wurden immer größer. »Papa!« Er lächelte zaghaft. »Du bist gekommen! Ich habe es Mama immer gesagt, daß du kommen würdest. Sie hat steif und fest behauptet, du seist in Paris beschäftigt, aber ich habe gewußt, daß du in Wirklichkeit im Himmel bist und kommen würdest, wenn ich zu dir bete.«

Max blickte der toten Frau zum ersten Mal ins Gesicht.

Gabrielle.

Sie war es – die dunklen, geschwungenen Brauen, der schöne Mund, die zarte, durchscheinende Haut. Und ihre Haare ... ihre Haare leuchteten immer noch flammendrot, auch wenn sie jetzt naß und schmutzig waren.

Ein stechender Schmerz durchzuckte Max; er mußte die Augen schließen und sich an das Treppengeländer lehnen. »Gabrielle ...«

Er hatte für diesen Augenblick gelebt. Nur deshalb hatte er ausgeharrt, hatte den Augenblick herbeigesehnt, da er in ihre verlogenen blauen Augen sehen und sie für das, was sie ihm angetan hatte, bezahlen lassen würde. Sie war die einzige Frau, die er je geliebt hatte. Gabrielle, seine Ehefrau. Gabrielle, die ihn betrogen hatte. Sie hatte ihn benutzt, ihn belogen, verraten und verlassen. Jetzt hielt er sie in seinen Armen, aber er konnte ihr keinen Schmerz mehr zufügen, konnte sich nicht mehr an ihr rächen. Weder sein Haß noch seine Liebe konnten sie erreichen.

»Euer Durchlaucht ...«

Max sah auf. Vor ihm stand Guitton, der Kammerdiener seines Vaters.

»Das Rosenzimmer ist gerichtet, Euer Durchlaucht. Soll ich sie hinauftragen?«

»Nein ... nein, das mache ich selbst.« Er blickte auf Dominique hinunter, der immer noch seinen Mantel festhielt. Der Junge runzelte die Stirn, und ein trauriger Blick trat in seine Augen. Er hat Angst, daß sie tot ist, dachte Max, aber er getraut sich nicht zu fragen. »Kümmere dich um den Jungen«, befahl Max dem Diener. »Bring ihn in die Küche und gib ihm etwas Warmes zu essen. Ich habe bereits nach dem Arzt geschickt. Sag ihm aber nicht ...«

»Ich verstehe, Durchlaucht«, fiel ihm der erfahrene Guitton ins Wort. Binnen Sekunden war die Halle leer, und der Graf von Saint-Just trug seine Frau über die Treppe nach oben.

Sie hat nicht ein Gramm Fleisch auf den Knochen, dachte Max. Ihre Kleider waren nichts als Lumpen, die sie kaum bedeckten und schon gar nicht wärmten, in diesem schlimmsten Winter seit Jahrhunderten. Wie, um alles in der Welt, war sie so weit gekommen? Warum hatte sie ihn überhaupt verlassen? Warum, warum nur?

Sanft ließ er sie auf die seidene Bettdecke gleiten. Das Licht der Kerze neben dem Bett fiel auf ihr Gesicht. Krankheit und Entbehrung betonten ihre markanten Züge und ließen sie schöner denn je wirken. Gabrielle war das wunderbarste Geschöpf, das er je gesehen hatte.

Max kniete neben dem Bett nieder und hob ihre Hand an seine Lippen. Heiße Tränen traten ihm in die Augen, und er kämpfte dagegen an. Das Leben hatte ihn gelehrt, seine Gefühle zu unterdrücken, und er würde bestimmt ihretwegen nicht weinen. Nicht einmal im Tod würde er ihr die Genugtuung bereiten und sie wissen lassen, wie sehr sie ihn verletzt hatte, als sie ihn verließ. Die Zeit hatte weder seinen Schmerz noch seinen Haß gedämpft. Aber als er in ihr totes Gesicht blickte, gestand er sich zumindest ein, daß außer seinem Haß auch seine Liebe, seine Sehnsucht und sein Verlangen nach ihr lebendig geblieben waren, alles, was ihn ursprünglich zu ihr hingezogen hatte. Sie ein zweites Mal zu verlieren, war unerträglich.

Er beugte sich über sie und wollte sie ein letztes Mal auf den Mund küssen, als etwas in ihm zersprang. Er vergrub sein Gesicht an ihrem Hals, und ein stummes Schluchzen erschütterte ihn. Dann entrang sich der Kehle des Mannes, der nie geweint hatte, ein Schrei, und Max weinte laut und bitterlich.

»Warum, Gabrielle?« schrie er. »Mein Gott, warum nur, Gabrielle? Ich habe dich geliebt!«

Er hatte sie geliebt und an sie geglaubt. Zum ersten Mal in seinem

Leben hatte er auch an sich geglaubt. Durch sie hatte er die Welt mit anderen Augen sehen gelernt, und dann hatte sie ihn verlassen, und die Welt war in Scherben zersprungen. Er würde alles von neuem durchmachen, den Schmerz und das Leid, nur für die wunderbaren Stunden, die sie gemeinsam verbracht hatten.

Max küßte ihre kalten, reglosen Lippen. »Ich liebe dich, Gabrielle«, flüsterte er. Dann legte er den Kopf auf ihre Brust ... und hörte ihr Herz schlagen.

Max sprang so ungestüm auf, daß er den Nachttisch umwarf und beinahe ein Feuer entfacht hätte. Er trat die Flammen mit den Schuhen aus und wich langsam zur Wand zurück. Ungläubig starrte er den reglosen Körper an.

Dann stürzte er mit einem Sprung zum Glockenzug.

Der Arzt deckte Gabrielle sorgfältig mit der dicken Wolldecke bis zum Kinn zu. »Ihre Säfte haben sich in ihre Körpermitte zurückgezogen.«

Max wischte sich mit dem Ärmel den Schweiß aus dem Gesicht. Im Kamin brannte ein mächtiges Feuer, und es war drückend heiß im Zimmer. »Säfte? Was soll das wieder heißen?«

Der Arzt sah ihn an und lächelte überheblich. Max fühlte sich hilflos, und das Lächeln ärgerte ihn maßlos. Er mußte sich zwingen, dem Arzt nicht die geballten Fäuste ins Gesicht zu schlagen, damit ihm das Lächeln vergehe.

»Das heißt, Monsieur, daß sie Fieber hat. Sie muß eine Infusion von Tausendgüldenkraut bekommen, ihr Darm muß mit Seidlitz-Puder gereinigt werden. Außerdem müssen wir sie natürlich zur Ader lassen.«

»Zur Ader lassen! Zum Teufel damit, sie kann nicht einen einzigen Tropfen Blut entbehren!«

»Herr Graf, ich habe drei Jahre an der Universität in Paris studiert. Wollen Sie mir jetzt vorschreiben, was ich zu tun habe?«

Max lächelte eisig. »Wenn sie stirbt, dann werde ich Sie mit ihr begraben.«

Der Arzt sah Max beunruhigt an. Dann zuckte er die Achseln. »Sie sind erregt«, stellte er schließlich fest und gab gleichzeitig dem

Bader, der an der Tür wartete, einen diskreten Wink. Natürlich würde der Bader die niedrige Arbeit erledigen und mit der Lanzette den Aderlaß einleiten.

Der Bader holte Gabrielles Arm unter der Decke hervor. Er war so dünn und weiß, daß Max sich nicht vorstellen konnte, wie hier noch Blut herausrinnen sollte. Der Feldscher stellte eine flache Messingschale unter den abgewinkelten Ellbogen und stach mit einem kleinen, spitzen Messer durch Haut und Muskeln in die Vene. Sofort quoll Blut aus dem Schnitt und tropfte in die Schale.

Max, der bislang geglaubt hatte, daß ihn nichts im Leben mehr erschüttern könne, stürzte aus dem Zimmer.

Kurz darauf fand ihn der Diener Guitton unruhig in der Halle auf und ab gehend. »Euer Durchlaucht, ich habe mir erlaubt, eine kleine Mahlzeit zu richten. In Ihrem kleinen Salon ist angerichtet.«

Max fuhr sich mit zitternder Hand durch die Haare. »Danke, Guitton, aber ich würde ersticken, wenn ich jetzt esse. Wo ist mein Vater? Ist er bei der Unruhe nicht längst aufgewacht?«

»Ich dachte, Sie wüßten es, Euer Durchlaucht. Der Marschall verbringt diesen Monat in Rambouillet. Er ist dort mit dem König zur Jagd.«

Max stieß ein hartes Lachen hervor. »Der alte Gauner! Ich habe geglaubt, er liegt im Sterben. Was hat ihn dem Leben wiedergeschenkt? Ich wette, es war eine Frau!«

Guitton zuckte nicht mit der Wimper. Aber viele vergebliche Versuche hatten Max im Lauf der Jahre gelehrt, daß es unmöglich war, den Diener seines Vaters zu schockieren oder ihn aus der Fasssung zu bringen.

»Bei seiner Abreise vor einer Woche erfreute sich der Herr Graf bester Gesundheit, Durchlaucht.« Dann zögerte Guitton und räusperte sich. »Durchlaucht ...?«

Max hielt in seiner unruhigen Wanderung inne und blickte fragend in das schmale, ausdruckslose Gesicht des Dieners. Noch nie hatte Max Guitton um Worte verlegen gesehen. »Ja?«

Der Diener holte tief Luft. »Das Kind ... der Junge fragte nach Ihnen. Er ist der irrigen Meinung, daß Sie sein Vater seien.«

Max schwieg. Dann lächelte er spöttisch und ein wenig bitter. »Ich bin der Stiefvater des Jungen, und die Frau, die dort drinnen zur Ader gelassen wird, ist seine Mutter. Meine Frau.«

Max machte sich auf den Weg zur Küche und ließ Guitton am oberen Treppenabsatz stehen. Hätte sich Max umgedreht, dann hätte er die Genugtuung erlebt, den Diener zutiefst erstaunt zu sehen.

»Sieh einer an!« flüsterte Guitton. »Eine Frau! Der Graf wird platzen, wenn er das erfährt.« Guitton lächelte, wenn er daran dachte, was das restliche Personal zu der jüngsten Eskapade des unzähmbaren Monsieur Max sagen würde.

Dominique saß auf einem hohen Stuhl vor dem Küchentisch. Auf seiner Oberlippe prangte ein Schokoladeschnurrbart, und er umklammerte krampfhaft eine halb leere Tasse. Neben dem Feuer hockte ein verschlafenes Dienstmädchen mit zerzausten Haaren und ärgerte sich, weil man sie aus dem Bett geholt hatte. Max entließ sie und zog sich einen Stuhl an den Tisch.

Dominique sah Max ängstlich an. Er schluckte. »W-wo ist Mama?«

»Der Arzt ist bei ihr. Sie schläft.«

»Aber wird sie wieder aufwachen?«

»Ja.« Max hoffte, Gott würde ihn nicht zum Lügner machen.

Dominique war erleichtert. Er stieß mit den Beinen gegen den Hocker und rutschte unruhig hin und her. »Wie war es im Himmel?«

»Ich war nicht ...« Max brach ab. Dann zwang er sich zu einem Lächeln. »Langweilig. Zu viele Engeln und nicht genügend Teufel ... Sag einmal Dominique, was haben deine Mama und du mitten in der Nacht bei einem Schneesturm auf der Straße gemacht?«

»Wir wollten zu meiner Großmutter gehen. Sie ist eine Herzogin und lebt in einem großen Schloß. So ein Schloß wie dieses hier, glaube ich. Aber wir haben uns verirrt.«

»Deine Großmutter ist eine Herzogin?« fragte Max. Vermutlich war der Junge verwirrt, oder er machte sich etwas vor. »Wie heißt sie denn?«

Dominique trank einen großen Schluck aus seiner Tasse, wischte sich mit dem Handrücken über den Mund und verschmierte die Schokolade über seine Wange. »Ich weiß es nicht.«

Max versuchte es anders. »Erinnerst du dich an den Tag, da ihr Paris verlassen habt?«

Dominique runzelte die Stirn. »Ich denke schon.«

»Warum seid ihr fortgegangen? Wolltet ihr deine Großmutter besuchen?«

Dominique schüttelte heftig den Kopf. »Wir mußten doch nach Beaune fahren, um uns um Madame Balue zu kümmern. Ich konnte sie nicht leiden. Sie hat schlecht gerochen und viel geweint. Ich weine nicht, weil ich Mamas kleiner Mann bin.«

Beaune, dachte Max. Das lag viele Meilen von hier und noch weiter von Paris entfernt. »Ist Madame Balue gestorben? Seid ihr deshalb aus Beaune fort?«

Ein gehetzter Ausdruck trat in die Augen des Jungen. »Nein, wegen des bösen Mannes sind wir davongelaufen. Kann ich noch Schokolade haben?«

Max bezwang seine Ungeduld, stand auf und holte noch Schokolade aus dem Topf, der auf einem Dreifuß über dem Feuer stand.

Er füllte Dominiques Tasse aufs neue. »Was war das für ein böser Mann?« fragte er vorsichtig. Er kam sich vor wie ein Zahnzieher, der einen widerspenstigen Backenzahn reißen wollte.

»Er wollte Mama wehtun, aber ich habe ihn erstochen.«

»Du lieber Himmel!« Max setzte sich langsam hin und vergaß den Topf mit Schokolade in seiner Hand. Das verrostete Küchenmesser an Gabrielles Taille fiel ihm ein. Er hatte es entdeckt, als er sie ausgezogen, gebadet und in die vor dem Feuer gewärmten Dekken gehüllt hatte, um wieder Leben in die steif gefrorenen Glieder zu bringen. Max konnte es kaum fassen, wie sie die Stunden in dem verschneiten Straßengraben überlebt hatte. Wie war sie überhaupt dorthin gelangt? Aber er begriff so viele Dinge nicht.

Die Tasse rollte klappernd über den Tisch . Erschrocken sah Max auf. Gabrielles kleiner Sohn hatte den Kopf auf seine verschränkten Arme gelegt und war eingeschlafen. Seine blonden Haare lagen in der verschütteten Schokolade.

Gesichter quälten ihre Träume.

Einmal erschien Agnes mit einer riesigen Haube auf dem Kopf. Zornig schalt sie Gabrielle: »Du hast versprochen, nicht zu weit fortzufahren, dabei bist du bis Beaune gefahren!«

»Aber es war wegen Louvois«, versuchte Gabrielle zu erklären. »Ich mußte so weit fort, damit Louvois mich nicht findet.«

Agnes wollte nicht hören. Sie ging, und Simon tauchte auf. »Was ist mit dem Ring geschehen? Wie konnte ihn jemand stehlen? Du weißt doch, wieviel er mir bedeutet!«

Gabrielles Augen füllten sich mit Tränen. »Es war ein Irrtum. Er hat ihn nicht gestohlen; Dominique hatte ihn in der Tasche. Später habe ich ihn in Beaune zurückgelassen. Ich mußte alles in Beaune zurücklassen.«

Aber sie sprach gar nicht mehr mit Simon, sondern mit Madame Balue, die sie mit ihren verschwollenen Augen ansah und ihr die Arme entgegenstreckte. »Schau die Narben an! Ich wollte eine Nonne werden, statt dessen läßt man mich zur Ader. Ich tue es für Jesus Christus.« Der Feldscher führte Madame Balue fort, hob seine Lanzette und stach zu. Gabrielle schrie auf, denn sie spürte den Schmerz, als hätte er sie verletzt. Eine zornige Stimme rief von ferne: »Jetzt reicht es! Wollen Sie sie umbringen!« Die Träume verblaßten, und lautlose Dunkelheit legte sich über sie.

Die Dunkelheit war angenehm. Sie war friedlich, nicht bedrohlich wie die Traumgesichter. Aber Dominique rief sie immer wieder, daher mußte sie die Dunkelheit verlassen. Dominique war krank, er fror, und sie mußte ihn zur Herzogin von Nevers bringen, die ihn lieben und ihn in Samt und Seide kleiden würde.

Aber die Gesichter lauerten ihr auf der Straße auf.

Baptiste Balue mit seinem rollenden dämonischen Auge; er lächelte sie an. »Du hast darum gebeten, meine Liebe. Ich hätte nicht gewagt, mich dir zu nähern, aber du hast darum gebeten.«

Auch Louvois' lächelndes, von der blutroten Narbe entstelltes Gesicht tauchte auf. »Ich werde ihn benutzen«, sagte Louvois. »Ihre Liebe zu ihm wird mir helfen, Sie zu zerstören.«

Dann tauchte Max auf, beugte sich über sie und sah sie zornig an. Sein Mund war streng, ohne das kleinste Lächeln.

»Nein!« schrie Gabrielle und drehte den Kopf fort. »Max! Warum hast du das getan, Max?«

Er grub seine Finger in ihre Schultern, daß es schmerzte und zerrte sie aus ihren Träumen hoch. »Verdammt, Gabrielle! Warum hast du mich verlassen?«

»Ich liebe dich!« rief sie. Sie wollte sein Gesicht in ihre Hände nehmen und seinen Zorn fortküssen. Aber als sie die Hände nach ihm ausstreckte, verblaßte sein Gesicht und die Dunkelheit kehrte wieder. Die beruhigende Dunkelheit.

Gabrielle öffnete die Augen und fand sich in einem fremden, luxuriös ausgestatteten Zimmer. Die Wände waren gelb und weiß, die Wandbehänge und Vorhänge türkis und rosenfarben. Sie lag in einem weichen Bett zwischen rosaroten Seidenlaken und trug das feinste Nachtgewand, das sie je gesehen hatte.

Sie drehte den Kopf. Eine fremde Frau mit gestärktem, spitzenbesetztem Häubchen beugte sich über sie. Sie hatte eine keck nach oben gerichtete Nase, einen herzförmigen Mund und lächelte Gabrielle freundlich an.

»Wo bin ich?« fragte Gabrielle. Sie wollte es zumindest fragen, brachte aber nur ein heiseres Krächzen heraus.

»Madame! Sind Sie endlich aufgewacht?«

Gabrielle schluckte. Ihr Hals schmerzte, und sie war sehr durstig. Mehrmals setzte sie an, aber die Stimme versagte ihr. Endlich brachte sie heraus: »Bin ich ... bin ich auf Schloß Nevers?«

Die Kammerjungfer verbarg ein Lachen hinter der vorgehaltenen Hand. »Um Himmels willen, Madame! Nevers ist weit von hier. Es liegt in der nächsten Provinz. Ich muß sofort Monsieur Vicomte berichten, daß Sie aufgewacht sind. Er ist halb verrückt vor Sorge um Sie. Ich glaube, er hat schon ernsthaft daran gezweifelt, daß Sie je von Ihrem Fieber genesen.« Sie kicherte. »Er hat den Arzt die Treppe hinuntergeworfen!«

Gabrielle gab sich Mühe, das Gesagte zu begreifen, aber es war zu anstrengend, und ihr Kopf schmerzte zu sehr. »Durst ...« flüsterte sie.

Die Zofe stützte Gabrielle mit ihrer kräftigen Hand im Nacken und half ihr, den Kopf zu heben. »Trinken Sie das, Madame. Es ist ein in Wasser geschlagenes Ei mit Zucker und Zimt. Es wird ihre Halsschmerzen lindern und den Husten unterdrücken.«

Gabrielle schluckte das Gebräu trotz der Schmerzen. Sie schloß die Augen. Das Licht war zu hell, und der hämmernde Kopfschmerz wurde stärker. Was war mit der beruhigenden Dunkelheit geschehen? Die Zofe entfernte sich.

Gabrielle riß die Augen auf. »Nein!« schrie sie heiser und wollte das Dienstmädchen zurückhalten, konnte aber nicht einmal den Arm heben, so schwach war sie. »Dominique! Wo ist mein Sohn?«

Die Kammerzofe war an der Tür stehengeblieben und lachte. »Schon gut! Machen Sie sich um ihn keine Sorgen. Der kleine Schelm reitet auf der alten Marthe auf der Koppel im Kreis. Monsieur Vicomte hat ihn vor zwei Wochen auf den Rücken des alten Gauls gesetzt, und ich schwöre, der Kleine ist seither nicht abgestiegen.«

Zwei Wochen? Nein, das war nicht möglich. Sie mußte Dominique sehen. Seit ihrer letzten Mahlzeit war mehr als ein Tag vergangen. Es hatte zu schneien begonnen, und bis Schloß Nevers war es noch weit. Sie mußten noch bis in die Nachbarprovinz, und der Kleine würde sterben, wenn sie ihn nicht aus dem Straßengraben holte.

Gabrielle begann haltlos zu weinen. »Bitte ...« bat sie das Dienstmädchen. »Sie müssen ihn holen.«

»Aber natürlich, Madame.« Die Zofe hatte sie mißverstanden. »Ich habe den Auftrag, Monsieur Max sofort zu holen, sobald sie aufgewacht sind.«

Gabrielle glaubte, wieder zu träumen, und schloß erschöpft die Augen. Sie hatte das Gefühl, durch die Luft zu wirbeln, und ihr wurde schwindelig. »Nein ...« Unruhig warf sie den Kopf von einer Seite zur anderen. »Nicht Max ...«

Von Ferne drang die Stimme der Kammerjungfer hohl an ihr Ohr. »Verzeihen Sie bitte meine Unverschämtheit, Madame Vicomtesse. Aus alter Gewohnheit habe ich Ihren Herrn Gemahl Monsieur Max genannt. Manchmal vergesse ich, daß er jetzt der Vicomte ist. Wenn Sie gestatten, Madame, so hole ich ihn sofort ...«

»Nein ...« Schlaf übermannte Gabrielle. Sie wollte sich dagegen wehren, aber sie war so müde ... so entsetzlich müde.

Als sie das nächste Mal die Augen öffnete, hörte sie Schritte. Gabrielle hatte den Kopf von der Tür abgewandt, aber ihr Herzschlag setzte für einen Augenblick aus. Sie wußte, daß er es war, hatte sie doch immer ohne hinzusehen gewußt, wenn er den Raum betreten hatte. Die Welt strahlte in einem anderen Licht, so wie jetzt, obwohl so viel Leid zwischen ihnen stand.

Gabrielle holte tief Luft und drehte langsam den Kopf ... und blickte in seine grauen Augen.

»Du hast dich also doch entschlossen, am Leben zu bleiben«, begrüßte er sie mit seiner samtweichen Stimme.

Mehr als ein Jahr war vergangen, aber nichts hatte sich geändert. Sie liebte ihn immer noch. Gabrielle kämpfte gegen die Tränen und wollte den Blick abwenden, aber sie konnte nicht. Nach der monatelangen Trennung konnte sie sich an dem geliebten Gesicht nicht sattsehen.

Max sah phantastisch aus in seinem Jagdrock mit dem hohen Kragen und den eng sitzenden Lederbreeches, die in hohen Reitstiefeln steckten. Das weiße Halstuch bildete einen scharfen Kontrast zu seiner dunklen Haut und den dunklen Haaren. Seine Anwesenheit hier, wo sie beinahe gestorben wäre, überraschte sie nicht. War er nicht aufs engste mit ihrem Schicksal verknüpft? War es nicht seine Bestimmung hier auf Erden, von ihr geliebt zu werden?

Und gehaßt zu werden. »Was hast du mit meinem Sohn gemacht?« verlangte sie mit rauher Stimme zu wissen.

Sein Gesicht blieb ausdruckslos, nur die Nasenflügel zitterten ein wenig. »Dein Sohn? Ich habe ihn neu eingekleidet, ihm zu essen gegeben, ihm beigebracht, wie man auf einem Pferd sitzt. Das gleiche, was jeder andere Vater tun würde.«

Gabrielle schloß die Augen und sammelte neue Kraft. Sie wollte sich auf die Ellbogen aufstützen, aber sie war zu schwach und fiel schwer in die Kissen zurück. »Ich glaube dir nicht.«

Max riß die Tür auf.

»Mama!« Dominique stürzte ins Zimmer. Gerade noch rechtzeitig fiel ihm ein, daß seine Mama sehr, sehr krank gewesen war und noch Ruhe und Erholung brauchte, und er zwang sich, langsam zu gehen. »Stell dir vor!« Der Kleine gab sich redliche Mühe zu flüstern, aber es gelang ihm nicht recht. »Papa bringt mir das Reiten bei. Bald kann ich mit ihm auf die Jagd gehen, hat er gesagt! Wir werden Kaninchen schießen, dann mußt du sie nicht mehr stehlen.«

Der Kleine strahlte. Er war immer noch dünn, aber seine Wangen hatten frische Farbe bekommen. Man hatte ihm die blonden Haare gebürstet, bis sie glänzten und sie mit einem Band zurückgebunden. In seinen dunkelblauen Samtbreeches und der Jacke mit den Silberknöpfen sah Dominique wie ein richtiger kleiner Gentleman aus. Sogar silberne Schnallen hatte er auf den Schuhen! Gabrielle traten die Tränen in die Augen, und sie weinte in ihr Kissen.

Dominiques Lächeln verschwand; besorgt sah er seine Mutter an. »Nicht weinen, Mama. Der Arzt wird dir nicht mehr wehtun. Papa hat ihm eins auf die Nase gegeben und ihn die Treppe hinuntergeworfen.«

Gabrielle lachte, trotz des schmerzenden Halses. Plötzlich war sie unbeschreiblich glücklich, doch als sie den Kopf wandte, um wie früher ihr Glück mit Max zu teilen, war er bereits gegangen.

KAPITEL 17

»Trink!«

»Pfui!« Gabrielle zog die Nase kraus und wandte den Kopf ab. »Es riecht wie Kuhpisse.«

»Trink, oder ich zwinge dich dazu!«

»Das würdest du nicht wagen!«

Max faßte Gabrielle an den Wangen und zwang sie, den Mund zu öffnen. Er hielt ihr die dampfende Tasse an die Lippen. »Wirst du jetzt trinken?«

Gabrielle blinzelte und wollte nicken. Max kippte die Tasse, und die Flüssigkeit, die auch wie Kuhpisse schmeckte, rann in Gabrielles Schlund. Sie schluckte automatisch und hoffte, daß sie das Gebräu nicht wieder hochwürgte.

Erst nachdem die Tasse vollständig leer war, ließ Max sie los. Es prickelte in ihrem Gesicht, wo er seine Finger in ihre Wangen gedrückt hatte, und sie zitterte innerlich. Zur Hölle mit dem Mann! Er war ein Lügner und Betrüger, der schlimmste Schurke, den man sich vorstellen konnte – und trotzdem verlor sie die Kontrolle über sich, sobald er sie nur berührte, auch wenn es im Zorn war.

Max richtete sich auf und trat vom Bett zurück, aber er blieb im Zimmer, was Gabrielle kaum gehofft hatte. Er war heute zum ersten Mal zu ihr gekommen, seit sie vor zwei Tagen aus dem Fieberdelirium aufgewacht war. Sie hätte es sich denken können, daß er nur gekommen war, um sie zu quälen!

Gabrielle wischte sich mit dem Handrücken über den Mund. Er beobachtete sie und lächelte arrogant. Gabrielle wünschte den Tag herbei, da sie wieder stark genug sein würde, ihm dafür ins Gesicht zu schlagen. »Ich hasse dich«, brummte sie. »Was war das für grausiges Zeug?«

Er lächelte breit, und das Grübchen auf seiner Wange ließ ihn knabenhaft jung aussehen; Gabrielle hätte zu gern einen Kuß auf das Grübchen gedrückt.

»Besser du weißt es nicht«, antwortete Max. Dann wurde sein Gesicht ernst. »Du solltest dein Gesicht sehen, du kleine Närrin. Du hast immer noch hohes Fieber. Willst du denn sterben? Denk zumindest an Dominique, wenn dir schon nichts an deiner eigenen Zukunft liegt!«

Gabrielle warf trotzig den Kopf zurück, was nicht ganz leicht war, da er auf allen Seiten von dicken Kissen gestützt wurde. »Ich würde meinen, daß Monsieur Vicomte mein Tod nur gelegen kommen kann. Dann könntest du frei verfügen und meinen Sohn noch einmal verkaufen. Oder brauchst du jetzt das Geld nicht länger, weil du ja ein Erbe antreten wirst?«

Max war ans Fenster getreten und hatte hinausgesehen in den Regen; jetzt drehte er sich unvermittelt um. Gabrielle erschrak über seine Wut.

»Ihn verkaufen! Worüber sprichst du, zum Teufel?«

»Das weißt du sehr gut!«

Max trat ans Bett, packte sie mit seinen kräftigen Händen an den Armen und hob sie halb aus dem Bett. »Ich will keine Ratespiele mehr spielen, Gabrielle. Im August war ein Jahr vergangen, seit du neben mir in der Kirche gestanden und mich zu deinem Mann genommen hast. Zwei Tage nach unserer Hochzeit bist du verschwunden. Jetzt möchte ich den Grund dafür erfahren, oder ich stelle dich auf den Kopf und schüttle ihn aus dir heraus!«

Zornige Tränen schnürten Gabrielle den Hals zu, und sie mußte erst schlucken, bevor sie ihm ihre Antwort entgegenschleuderte. »Zwei Tage nach unserer Hochzeit sah ich dich im Café Monoury, wie du uns an Louvois verkauft hast!«

»Louvois!«

Max ließ sie los, und Gabrielle plumpste ins Bett zurück. Max konnte sich nicht fassen vor Verwunderung und Entsetzen. Hätte Gabrielle seinen Verrat nicht mit eigenen Augen gesehen, sie hätte ihm seine Unschuld beinahe geglaubt.

»Mach mir nicht weis, daß du ihn nicht kennst«, warnte sie Max.

»Ich kenne ihn. Er ist der Kopf des Schmuggelrings. Er war es zumindest.«

Schmuggelring ...?

Nein, dachte Gabrielle, das glaube ich nicht. Das kann ich nicht glauben. Er lügt. Er muß lügen.

Max stand am Fenster, mit dem Rücken zum Licht, und seine Augen lagen im Schatten. Sein Mund war schmal, und Gabrielle hätte zu gern seine Augen gesehen.

»Du lügst«, behauptete sie.

Max zuckte die Achseln. »Warum fragst du ihn nicht selbst, da du ihn ja so gut zu kennen scheinst. Welcher Natur ist eigentlich deine Bekanntschaft mit ihm? Oder gehört das auch zu den vielen Geheimnissen, die du nicht mit mir teilen willst, meine ehrenwerte Frau?«

Gabrielle bekam kaum Luft. Ihre Stimme schien von weit her zu kommen. »Du weißt es. Du mußt es wissen. Er hat es dir bestimmt erzählt.«

»Verzeih, daß ich dir widerspreche, aber dein Name kam in unserem Gespräch nicht vor.«

Gabrielle schüttelte wild den Kopf. »Du lügst!«

Max machte Anstalten zu gehen.

Mit letzter Kraft richtete sich Gabrielle auf. »Warte ... bitte warte ...« Sie schloß krampfhaft die Augen und nahm allen Mut zusammen. »Er ... er arbeitet für den Herzog von Nevers.«

»Das weiß ich«, bemerkte Max gleichgültig. »Daher konnte er auch die Schmuggelgeschäfte abwickeln. Aber ich begreife immer noch nicht, was das mit dir zu tun hat.«

»Der ... der Herzog von Nevers war der ... der Vater meines ersten Mannes.«

Max schwieg lange. Dann stieß er einen Laut aus, der halb Ausdruck seiner Überraschung, halb Lachen war. Dieser impulsive Laut überzeugte Gabrielle schließlich von Max' Unschuld.

»Du lieber Himmel ... dieser Martin, von dem du immer gesprochen hast, war der Sohn des Herzogs von Nevers?« Max trat wieder ans Bett. Gabrielle wandte das Gesicht ab, denn der Ausdruck in seinen Augen war ihr unerträglich.

Max faßte sie am Kinn und zwang sie, ihn anzusehen. »Wer bist du wirklich, Gabrielle?«

Gabrielle erzählte es ihm. Sie erzählte alles. Als sie endete, war es Abend geworden. Max hatte die Diener hinausgewiesen, und im Zimmer war es allmählich dunkel geworden. Ihre Stimme aus dem Bett schien körperlos von weither zu kommen. Max lehnte am Kamin an der gegenüberliegenden Wand, so weit wie möglich von ihr entfernt, und hörte zu. Vielleicht spürte auch er die Anziehungskraft, die sie immer unwiderstehlich zueinander gezogen hatte, dachte Gabrielle. Wahrscheinlich mißtraute er diesem Gefühl jetzt ebenso wie sie.

»Warum hast du mir das nicht erzählt?« fragte Max schließlich.

»Mit einer solchen Geschichte platzt man nicht heraus, wenn man jemanden noch kaum kennt.«

»Noch kaum kennt! Wir waren verheiratet!«

»Wir waren nicht besonders lang verlobt. Wir haben uns kennengelernt und eine Woche später waren wir verheiratet. Ich wollte es dir erzählen. Ich habe es versucht, in unserer Hoch ...« Das Wort blieb Gabrielle im Hals stecken. »In unserer Hochzeitsnacht.«

»Das wäre ein guter Zeitpunkt gewesen, Gabrielle. An diesem Abend habe ich dir, so viel ich weiß, gesagt, daß ich dich liebe.«

Wie von einem Peitschenhieb getroffen, zuckte Gabrielle zusammen. Sie würgte an ihren Tränen. »Ich war eine Verfolgte. Durch unsere Hochzeit machte ich auch dich zu einem Verfolgten. Ich hatte Angst, du würdest mich dafür hassen und am Ende verlassen.«

Max lachte bitter. »Da hast du mich lieber verlassen.«

Jetzt weinte Gabrielle ungehemmt. »Aber ich habe dich doch mit Louvois gesehen! Er gab dir Geld. Du hast einmal gesagt, daß du für Geld alles tun würdest.«

Max lachte abermals bitter. »Habe ich das gesagt? Eines Tages werde ich vielleicht begreifen, daß nicht jeder den gleichen Humor hat wie ich.«

Er schwieg lange. Schließlich seufzte er. »Du hast mich mit Louvois gesehen. Er gab mir Geld. Hättest du nur ein wenig länger gewartet, so hättest du gesehen, daß ich es ihm wieder zurückgegeben habe. Ich bin nicht der Typ von Mann, der eine Frau dem Schicksal überläßt, das Louvois für dich vorgesehen hatte... Das würde ich keiner Frau antun. Wenn du mir vertraut hättest, wenn du an mich geglaubt und mich geliebt hättest, dann hättest du das gewußt.«

»Max, bitte! Ich liebe dich, ich habe nie aufgehört, dich zu lieben!«

Max schüttelte den Kopf. »Wenn du mich liebtest, hättest du mich nie verlassen. Ganz gleich, was du gesehen hast oder geglaubt hast zu sehen...«

Gabrielle hob flehentlich die Hand. »Sie wollten mir meinen Sohn wegnehmen.«

Max stieß sich vom Kaminsims ab und ging zur Tür.

»Max!«

Mit der Hand bereits am Türgriff, hielt Max nochmals inne und drehte sich um. Sein Blick war kalt und ausdruckslos. »Ich liebte dich, Gabrielle. Ich habe geglaubt, daß ich dich für immer lieben würde.«

Zwei Wochen später fühlte sich Gabrielle zwar immer noch ein wenig schwach, doch sie stand am Weidezaun und beobachtete bange ihren Sohn. Dominique saß auf einem gewaltig großen zimtfarbenen Pferd, wobei seine Beine kaum über den Rücken des Pferdes hinunterbaumelten.

Das Pferd schüttelte den Kopf und schnaubte und entblößte dabei zwei große gelbe Zähne. »Du lieber Gott!« rief Gabrielle. »Beißt er?«

Dominique kicherte. »Es ist eine Pferde-Frau, Mama. Sie ist sehr lieb. Sie heißt Marthe.«

Gabrielle wollte Marthe als kleinen Beweis ihrer Freundschaft streicheln. Aus sicherer Entfernung beugte sie sich bis zur Taille über den Zaun, streckte die Hand aus streichelte die graue Schnauze des Pferdes. Ein Windstoß erfaßte den Samtrock ihres neuen grünen Reitkleides, und die lange Reiherfeder auf ihrem Hut flatterte. Es war eine schöne, orangefarbene Feder.

Marthe riß ihr großes Maul auf, streckte den Hals und schnappte nach der Feder.

Mit einem Aufschrei fuhr Gabrielle zurück. »Du lieber Gott! Sie frißt meinen Hut!«

Dominique gackerte vor Lachen. »Sie hält die Feder für eine Mohrrübe.«

Gabrielle vergewisserte sich, ob niemand, vor allem nicht ein gewisser Jemand, gesehen hatte, wie lächerlich sie sich benahm. Sie glättete ihre Röcke und gab sich Mühe, wieder würdevoll auszusehen. »Also gut, Dominique, du kannst mir jetzt zeigen, was du gelernt hast.«

Dominique stupste das Pferd an, und es ging ruhig in die Mitte des Reitplatzes. »Schaust du zu, Mama?« rief der Junge.

»Ja, mein Kleiner«, antwortete Gabrielle und dachte dabei, daß ihr Leben in jeder Hinsicht ruhiger verlaufen würde, hätte sie einem Mädchen das Leben geschenkt.

Plötzlich fiel das Pferd in schnellen Trab, und Gabrielle grub vor Aufregung die Fingernägel in die Handflächen. Dominique und das Pferd liefen blitzschnell an ihr vorbei, und gleich darauf begann das Pferd zu galoppieren. Dominique winkte ihr zu. Gabrielle zwang sich zu einem aufmunternden Lächeln und winkte zurück. »Nimm beide Hände, Liebling!«

Sie atmete tief ein, und die frische Winterluft füllte ihre Lungen. Der Tag war klar, der Himmel strahlend blau, und die Sonne hing als dunstverhangene gelbe Scheibe tief über dem Horizont. Ein kalter Wind riß die letzten Blätter von den Bäumen und fuhr über Kornfelder. Die Luft roch nach Holzfeuer; im benachbarten Wald wurde Holzkohle hergestellt. Dazu wurden Holzstöße im Boden vergraben, angezündet und mit Erde abgedeckt.

Während der vergangenen zwei Wochen hatte Gabrielle mit verzweifelter Willensanstrengung darum gekämpft, sich von ihrer Krankheit zu erholen und wieder zu Kräften zu kommen. Sie hatte Heiltränke hinuntergewürgt, die abscheulich rochen und noch schlimmer schmeckten; sie hatte ungezählte Tassen Rübenbouillon getrunken und Senfbäder ertragen, von denen sie Ausschlag bekam. Sie hatte sich gezwungen aufzustehen – und vom Bett zur Toilette zu gehen und wieder zurück.

Die Toilette – ein Wasserklosett – hatte sie verblüfft. Alles war aus weißem Mamor und Porzellan und unvorstellbar luxuriös. Das ganze Schloß war überaus luxuriös. Die Böden aus kostbarem, duftendem Holz waren mit teuersten Aubusson-Teppichen ausgelegt. An den mit Seide tapezierten Wänden hingen Gobelins und Gemälde der großen Meister – Tizian, Rubens, Raphael. Bis ins kleinste Detail machte sich der Luxus bemerkbar. So wurden zum Beispiel an Stelle von Talgkerzen weiße Wachskerzen verwendet; auch die Nebengebäude des Schlosses waren weiß getüncht. Alles zeugte von Vornehmheit und von den Privilegien der Steuerfreiheit – bis hin zum vergoldeten Wetterhahn auf dem Stalldach.

Louise, die Kammerjungfer, erzählte Gabrielle, daß der Besitz dem Grafen von Saint-Just, dem Vater von Monsieur Max, gehöre. Da Monsieur Max nun der einzige überlebende Sohn des Grafen war, hatten Vater und Sohn ihre Differenzen beigelegt. Zwar nicht ganz, denn wenn sich ihre Wege kreuzten, gerieten sie sich immer noch in die Haare. Gabrielle hatte den Eindruck, daß die Dienerschaft gespannt auf die Entwicklung der Dinge wartete. Was würde geschehen, sobald der Graf von seinem Jagdausflug zurückkehrte und herausfand, daß sich sein Lebemann von Sohn zusammen mit einer plötzlich aufgetauchten Ehefrau samt Sohn auf Schloß Morvan häuslich eingerichtet hatte? Gabrielle kannte Max' sarkastische Art, und der arme alte Graf tat ihr unwillkürlich leid.

Seit ihrer ersten Aussprache war Max nicht bei ihr gewesen. In seidene Decken gehüllt saß Gabrielle in einem vergoldeten Armstuhl am Fenster und beobachtete ihn, wie er mit ihrem Sohn durch den Schloßpark tollte, ihm das Reiten beibrachte oder ihn über den Rasen jagte. Das Fenster war zwar geschlossen, um sie vor der Winterkälte zu schützen, trotzdem hörte sie die beiden lachen und hätte unendlich gern an ihren Spielen teilgenommen. Sie beneidete ihren Sohn um Max' bedingungslose Liebe. Aber schließlich hatte sich der Junge diese Liebe auch nicht verscherzt.

Es würde schwierig sein, die Liebe ihres Mannes zurückzugewinnen, das wußte Gabrielle. Max war kein Mann, der sein Herz leicht verschenkte, dennoch hatte er sich in sie verliebt. Und dann wurde er so furchtbar verletzt!

Davor hatte Max die Liebe noch nicht kennengelernt. Für ihn war sie ein Geschenk ohne Vorbehalte. Er begriff nicht, daß Gabrielle ihm mißtraut und ihn verlassen hatte, obwohl sie ihn liebte. Aus seiner Sicht hatte sie ihn nicht genügend geliebt, sonst hätte sie ihm nicht unterstellt, sie an Louvois zu verraten. Von nun an verbarrikadierte er seine Gefühle vor ihr und würde ihr sein Herz nie mehr wieder schenken.

Gabrielle sah für sich nur eine einzige Chance: Max mußte sie körperlich wieder begehren. Zu allem Unglück hatte das Fieber so sehr an ihr gezehrt, daß sie nur noch Haut und Knochen war und ihre Figur einem Besenstiel glich. Sie war blaß und sah aus wie eine ausgebleichte, faltige Pflaume. Dazu kam, daß sie buchstäblich nichts anzuziehen hatte.

Als sie sich endlich kräftig genug fühlte, um aufzustehen und beim Feuer zu sitzen, fragte sie Louise, was mit ihren Kleidern geschehen sei. Louise rümpfte die Nase. Ob sie die alten Lumpen meine, die man vor Tagen verbrannt hatte? Eine Stunde später kehrte die Kammerjungfer mit einem wunderschönen blauen Morgenmantel aus gesteppter Seide zurück. Am nächsten Tag traf eine Schneiderin auf dem Schloß ein und brachte meterweise Seide, Satin und Musselin mit.

Natürlich hatte Max dafür gesorgt, und während der nächsten zwei Tage summte Gabrielle glücklich vor sich hin. Als das erste neue Kleid eintraf – ein Kleid aus pfirsichfarbener Seide mit hellbraunen Volants –, wartete Gabrielle ungeduldig darauf, daß Max käme, um zu sehen, wie es paßte. Sie wartete vergeblich.

»Schau Mama!«

Dominique donnerte auf dem riesigen zimtfarbenen Pferd vorbei. Gabrielle wollte ihm gerade zurufen, daß er zu schnell unterwegs sei, als er zu ihrem Entsetzen die Zügel zwischen die Zähne nahm und die Arme seitlich ausstreckte. Seine Beine baumelten am Bauch des Pferdes hinunter, und seine Haare flatterten wie eine Fahne um seinen Kopf. Er würde vom Pferd stürzen und sich den Hals brechen!

Gabrielle wartete, bis er mit dem Pferd im langsamen Trab zu ihr zurückkam. Gabrielle klopfte unruhig mit dem Fuß auf den Boden; das hätte Dominique vor der bevorstehenden Explosion warnen können, doch der Junge bemerkte es nicht.

»Hast du es gesehen, Mama?« rief er stolz.

»Ich habe dich gesehen, junger Mann, und wenn ich dich je wieder bei einem derart waghalsigen, hirnverbrannten Kunststück erwische, kannst du dich auf eine ordentliche Tracht Prügel gefaßt machen!«

Gabrielle hatte noch nie die Hand gegen ihn erhoben, und Dominique war daher von ihrer Drohung nicht besonders beeindruckt. »Es war überhaupt nicht gefährlich. Papa sagt, daß ich ein gutes Gleichgewicht besitze.«

Gabrielle biß die Zähne zusammen und nahm sich vor, mit dem Vicomte Maximilien de Saint-Just ein Wort zu reden. »Steig ab«, befahl sie Dominique in einem Ton, der keinen Widerspruch duldete.

Dominique trieb Marthe zum Zaun und benutzte die Zaunlatten, um abzusteigen. Er grinste Gabrielle an. »Willst du jetzt reiten, Mama?«

Gabrielle öffnete den Mund und schloß ihn wieder. Die große zimtfarbene Stute stand friedlich neben ihnen und kaute an einem Grasbüschel. Es war einfach lächerlich. Sie war jetzt mehr als zweiundzwanzig Jahre alt und hatte noch nie auf einem Pferd gesessen! Wie schwierig konnte es sein, wenn ein fünfjähriges Kind es zuwege brachte?

Sie sah sich um und vergewisserte sich, daß es keine heimlichen Zuschauer gab. »Also gut, ich galoppiere ein- oder zweimal herum.«

Von den ungebetenen Ratschlägen ihres Sohnes begleitet, kletterte Gabrielle auf den breiten Rücken der Stute. Es war nicht so leicht, wie es aussah, und ein paar schreckliche Sekunden lang lag sie auf dem Bauch quer über Marthes breitem Rücken, während das Tier fürchterlich schnaubte und mit dem Schweif schlug. Endlich saß Gabrielle oben – und zwar sehr hoch über dem Boden.

Marthe hatte zu fressen begonnen. »Anscheinend will sie nicht gehen.« Gabrielle sah ihren Sohn nervös an.

»Drück ihr die Fersen in die Seiten, Mama.«

Gabrielle stupste die Stute zart an.

Marthe stampfte mit dem Huf auf.

Gabrielle schloß die Augen. »Du lieber Himmel ...«

»Drück einmal fest zu, Mama!«

Gabrielle tat ihr Bestes.

Marthe rannte schnaubend quer über den Reitplatz, daß die Hufe nur so flogen. Gabrielle überschlug sich rücklings und landete unsanft auf ihrem Hinterteil; sie stöhnte laut.

In Dominiques hohes, kreischendes Lachen mischte sich ein vertrautes Männerlachen. Gabrielle wurde feuerrot im Gesicht. Sie hätte es sich denken können, daß er rechtzeitig auftauchen würde, um Zeuge dieses peinlichen Auftritts zu werden.

Die Reiherfeder hing quer vor einem Auge. Gabrielle schob sie beiseite und sah wütend zum Zaun hinüber, wo ihr Mann und ihr Sohn sich auf ihre Kosten unterhielten. Sofort verstummten die beiden und sahen sie mit unschuldigen Augen an.

»Findest du daran etwas lustig, Monsieur Vicomte?« fragte sie eisig und rieb sich dabei das schmerzende Hinterteil.

Max verbeugte sich. »Verzeihung, Madame.« Er war ernst geworden, nur um seine Mundwinkel zuckte es verräterisch.

Gabrielle erhob sich unbeholfen und ging zum Zaun; die beiden wichen zurück. Gabrielle deutete mit dem Finger auf die friedlich grasende Marthe und schalt wütend: »Dieses wilde Tier ist gefährlich!«

Max stieß ein Geräusch aus, das wie Marthes Schnauben klang. »Dieses wilde Tier wurde im selben Jahr geboren wie ich. Sie würde keiner Fliege etwas zuleide tun.«

»Ha! Sie wollte meinen Hut fressen!«

»Vielleicht hat sie ihn für eine Mohrrübe gehalten.«

Die Hände auf die Hüften gestützt, stellte sich Gabrielle herausfordernd vor Max auf. Die Reiherfeder rutschte wieder nach vorn und verdeckte ein Auge. Gabrielle schob sie ungeduldig zurück.

Ihre Blicke kreuzten sich, und Gabrielle stockte der Atem.

Das Lächeln auf Max' Gesicht verschwand. Gabrielle hätte seinen harten Mund gern geküßt; sie wollte spüren, wie seine Lippen unter ihrem Kuß weich wurden. Ihre Liebe zu ihm tat weh.

Sie beugte sich vor und berührte Max' Hand. »Max ...«

Max zuckte zusammen, als hätte er sich verbrannt.

Max machte ein paar Schritte rückwärts, aber er ging nicht fort.

Er blickte über die Felder, und Gabrielle folgte seinem Blick. Gemeinsam beobachteten sie den Mann, der mit einem Pflug auf großen Rädern die schwarze Erde umpflügte. In der Nähe stand eine Mühle, und das Wasser, das über das Rad stürzte, fing die Sonnenstrahlen ein und funkelte wie Glas. Gabrielle spürte die Spannung in Max' Körper.

»Wenn du gesund genug bist, um auf der Wiese herumzutollen, dann kannst du heute auch mit mir zu Abend essen«, meinte Max, ließ es aber wie einen Befehl klingen.

Gabrielle lächelte ihn freundlich an. Das blieb nicht wirkungslos, denn an seiner Stirn begann eine Ader zu pochen. »Wenn du es wünschst«, antwortete sie, immer noch lächelnd. »Ich hatte bisher noch keine Gelegenheit, dir für die wunderschönen Kleider zu danken.«

»Das ist nicht notwendig. Ich bin dein Ehemann, und es ist meine Pflicht, für dich zu sorgen. Wenn du schon in der Gegend herumtollst, dann lasse ich es nicht zu, daß du es in Bettlerlumpen tust.« Max brach unvermittelt ab, aber es war zu spät. Beide dachten daran, in welchem Zustand Max sie gefunden hatte und wie es soweit gekommen war.

Max wandte sich zum Gehen. »Ich werde Guitton sagen, er möge für uns im kleinen Speisezimmer für ein intimes Abendessen dekken. Davor werden wir in der Bibliothek ein Glas Brandy trinken.«

Sobald Max hörte, daß im Obergeschoß eine Tür geöffnet und wieder geschlossen wurde, leerte er rasch sein viertes Glas Brandy. In seinem Kopf summte es angenehm, und seine Fingerspitzen waren bereits etwas gefühllos geworden. Genau in diesem Zustand wollte er sein – betrunken genug, um die bevorstehende Auseinandersetzung mit der nötigen Grausamkeit auszutragen.

Er zweifelte nicht daran, daß es zu einer Auseinandersetzung kommen würde. Offen war nur, mit welchem Feind er es zu tun haben würde. Sein schlimmster Feind war sein eigener Körper. Wie konnte es geschehen daß es ihn nur nach einer einzigen Frau verlangte! Welch ein feindlich gesinnter Gott hatte Gabrielle zu dieser Frau bestimmt?

Gabrielle.

Lügnerische, betrügerische, falsche Gabrielle. Er wollte nicht zugeben, daß er sie immer noch liebte. Er wollte sie nicht lieben. Sie würde ihn nur von neuem verletzen. Wahrscheinlich würde sie ihn verlassen oder sich einen Liebhaber nehmen. Nur ein Masochist würde sich freiwillig auf diese Qual einlassen.

Am liebsten wäre er an das andere Ende der Welt geflohen, nur um nicht dem verdammten Zauber ihres entzückenden Lächelns zu unterliegen. Andererseits war sie seine Frau, und er konnte sich ihres wunderbaren, sinnlichen Körpers bedienen, wann immer ihm danach zumute war. Und heute abend war ihm eindeutig danach zumute.

Die Tür ging auf.

Im Korridor brannte eine Öllampe und verlieh ihren Haaren strahlenden Glanz. Sie trug ein Kleid aus duftiger hautfarbener Seide, und im flackernden Licht kam es Max so durchsichtig vor, daß er ihren nackten Körper darunter zu erkennen glaubte. Sie hatte den Leib so eng geschnürt, daß sich ihre Brüste beim Atmen zitternd hoben und aus dem Dekolleté zu quellen drohten. Die Spitzen am Ausschnitt waren durchsichtig, so daß der Übergang zwischen Spitze und nackter Haut kaum zu erkennen war.

Max biß die Zähne zusammen, um nicht laut zu stöhnen. Wie sollte er diese Schlacht gewinnen, wenn der Feind über derart gefährliche Waffen verfügte?

Er goß sich noch einen Schnaps ein und verschüttete dabei einiges auf den rot und blau gemusterten Aubusson-Teppich. Er hob Gabrielle das Glas entgegen, prostete ihr spöttisch zu und wehrte sich mit der einzigen Waffe, die er besaß – mit Worten.

»Dieses Kleid solltest du nicht in der Öffentlichkeit tragen, meine Liebe. Du könntest eine Revolution heraufbeschwören.«

Gabrielle errötete, doch sie erwiderte Max' Blick mit hocherhobenem Haupt. »Ich hoffte, daß das Kleid gefällt, Monsieur Vicomte. Schließlich hast du dafür bezahlt.«

»Ich habe alles auf Rechnung meines Vaters angeschafft und hoffe nur, daß es unverschämt teuer war.«

»Oh, das war es ganz gewiß!« Gabrielle lachte leise, und um ihre

Augen bildeten sich kleine Lachfalten. Max ließ einen großen Schluck Schnaps durch seine Kehle rinnen.

Er trat zur Anrichte, um ein Glas für sich und eines für Gabrielle zu füllen. Gabrielle schwebte ins Zimmer, blieb stehen und sah sich um. Die Möbel aus kostbarem Mahagoniholz waren zum Teil vergoldet, auf den Bücherregalen an den getäfelten Wänden reihten sich die Bücher in goldgeprägten Ledereinbänden, und eine große Doppeltür führte hinaus in den Park. Max beobachtete sie.

Gabrielle trat zum offenen Kamin und betrachtete das Porträt eines ernst aussehenden Mannes in einer mit goldenen Tressen dekorierten Uniform. »Dein Vater, das sieht man gleich. Ihr habt die gleiche arrogante Nase.«

»So?« Mit den beiden Brandygläsern in der Hand trat er zu ihr und blieb so dicht neben ihr stehen, daß sein Hemdärmel ihren bloßen Arm streifte. Die zarten Härchen in ihrem Nacken stellten sich auf, und Max mußte lächeln. Es stimmte, er war halb wahnsinnig vor Verlangen nach ihr, aber zumindest übte er die gleiche Wirkung auf sie aus.

Er drückte ihr ein Glas in die Hand und berührte sie dabei mit seinen Fingern; Gabrielle stockte der Atem, und Max lächelte abermals. Sie duftete wunderbar, wie eine sonnenüberflutete Frühlingswiese.

Gabrielles Brüste preßten sich gegen das transparente Mieder und schimmerten wie zwei dunkelrote Rosenknospen ... Max fragte sich überrascht, ob sie vielleicht Rouge für ihre Brüste verwendet hatte.

Max nahm sich zusammen. Steifbeinig ging er zu einem Stuhl nahe am Fenster und ließ sich hineinfallen. Unbekümmert schwang er ein Bein über die Stuhllehne und hielt das Glas zwischen seinen vor Erregung zitternden Händen über dem Schoß.

Gabrielle betrachtete mittlerweile das Porträt an der Wand gegenüber dem Kamin. Es stellte eine Frau mit üppigen kastanienbraunen Haaren und strahlenden braunen Augen dar. Ein melancholisches Lächeln lag auf ihrem Gesicht, und auf einer Wange war ein winziges Grübchen zu erkennen.

»Meine Mutter, die Hure«, erklärte Max.

Gabrielle sah ihn überrascht an.

»Die Comtesse, die echte Comtesse, wurde auf den Dachboden verbannt.« Max stand auf und trat ebenfalls vor das Portrait. »Die echte Comtesse starb, und mein Vater entschloß sich, seine andere Frau zu suchen. Er fand sie in der Rue Faubourg Saint-Antoine, wo sie als Straßenhure arbeitete. Dort fand er auch mich.« Max lächelte Max bitter. »Ich war damals zwölf Jahre alt und habe Sachen gemacht, von denen du keine Ahnung hast. Er brachte uns hierher, und sechs Monate später starb meine Mutter.« Er prostete dem Bild zu und verschüttete dabei abermals seinen Brandy. »Seither ist der alte Bock davon überzeugt, daß sie die große Liebe seines Lebens war.«

»Vielleicht war sie es«, flüsterte Gabrielle kaum hörbar.

»Er hatte eine seltsame Art, das zu zeigen, findest du nicht? Er verließ sie und überließ sie einem Leben als Prostituierte. Aber vielleicht bin ich ein sentimentaler Narr, wenn es um Ehe und Liebe geht.«

Gabrielle wurde blaß, und Max verachtete sich selbst für seine Bemerkung. Um seinen Abscheu zu unterdrücken, leerte er sein Glas.

Gabrielle legte den Kopf in den Nacken und betrachtete nochmals das Bild. »Ich habe sie schon irgendwo gesehen, ich weiß nur nicht wo ... In deinem Appartement in Paris hattest du eine Miniatur von ihr.«

»Stimmt. Ich habe diesen Tag vergessen, an dem du dich in meine Wohnung geschlichen und meine Sachen durchwühlt hast. Ich weiß bis heute nicht, was du eigentlich gesucht hast. Aber das ist jetzt nicht mehr wichtig, Gabrielle. Vermutlich erzählst du mir ohnehin nichts als Lügen, außerdem wirkt das Geheimnis, das dich umgibt, wie ein Aphrodisiakum. Ich habe das Gefühl, daß ich jedesmal, wenn ich dich liebe, eine andere Frau in den Armen halte.«

Tränen glitzerten in Gabrielles Augen, und sie konnte sie nicht zurückhalten.

»Zum Teufel!« rief Max und schleuderte das leere Glas durch den Raum.

Ungeduldig wischte Gabrielle die Tränen fort. »Wenn du mich

für das, was ich getan habe, büßen lassen willst, Max, dann ist dir das gelungen. Was muß ich tun, damit du mir verzeihst?« Zu seinem Entsetzen fiel sie vor ihm auf die Knie. »Ich bitte ...«

Max packte sie an den Armen und zog sie hoch. »Um Himmels willen, mach das nicht!« Er schüttelte sie so heftig, daß sie die Augen schließen mußte, und ihr der Mund offen blieb. Er beugte sich über sie und wollte sie küssen, hielt aber im letzten Augenblick inne.

Er schleuderte sie von sich und verließ fluchtartig das Zimmer. Er floh vor ihrem blassen, verletzten Gesicht und vor der Gewißheit, daß er sie damals geliebt hatte, daß er sie jetzt liebte und sie immer lieben würde, ganz gleich was geschehen würde.

Zwei Tage später stand Gabrielle im Rosenzimmer vor dem hohen Spiegel am Schrank und wußte nicht, ob sie lachen oder fluchen solle. Sie hatte es nicht gewagt, eine Kerze anzuzünden, und im frühen Morgenlicht des bewölkten Tages konnte sie ihr Spiegelbild nur undeutlich wahrnehmen. Aber was sie sah, wirkte lächerlich. Als Mann verkleidet wollte sie aus dem Schloß flüchten. In ihrer Vorstellung hatte sie sich dabei als schneidiger Kavalier gesehen und nicht als Hofnarr.

Sie trug Max' Kleider, die viel zu groß für sie waren. Warum war ihr das nicht früher in den Sinn gekommen! Seine Kniehose hing über den Rand der lose sitzenden Stiefel und wurden in der Taille mit einer Vorhangkordel festgehalten. Der Dreispitz rutschte ihr in die Stirn, und Gabrielle schob ihn ständig zurück, was aber nichts half. In Max' Jacke hätte Gabrielle zweimal hineingepaßt.

Aber jetzt war es zu spät; sie war zu weit gegangen, jetzt konnte sie nicht mehr umkehren.

Bis auf die Sache mit den Kleidern hatte ihr Plan bisher genau geklappt. Dominique stand in eine dicke Jacke gehüllt neben ihr und umklammerte mit einer Hand einen Sack mit Eßwaren. Neben Gabrielle lag ein Reisesack mit Kleidung zum Wechseln für sie und Dominique. In der Jackentasche steckte eine gefüllte Geldbörse und eine Pistole. Die Welt war voll von Männern wie Balue einer war, und diesmal war sie darauf vorbereitet. Natürlich hatte sie bisher noch nie eine Pistole abgefeuert, aber was konnte daran so besonders schwer sein?

Die Sachen hatte sie am Nachmittag des Vortages aus Max' Zimmer gestohlen, während er mit Dominique auf der Koppel war und in der Vaterrolle dem Jungen beibrachte, auf dem gräßlichen zimtfarbenen Pferd mit dem grauen Maul zu reiten. Dieses Pferd und noch ein zweites würde sie jetzt stehlen. Zugegeben, ihre erste Erfahrung mit dem Reiten war zwar ein ziemlicher Fehlschlag gewesen, aber sie wollte es nicht zur Kenntnis nehmen, daß sie nicht reiten konnte, wo es doch für den Rest der Welt fast zur zweiten Natur geworden war.

Sie hatte keine Bedenken, Max zu bestehlen, nun, zumindest keine großen Bedenken. Es blieben ihr nur zwei Möglichkeiten: Entweder sie handelte, wie sie es getan hatte, oder sie blieb hier und lebte mit einem Mann, der sie nicht liebte. Mit einem Mann, der keinen Zweifel daran ließ, daß ihm nichts an ihr lag, und der bestenfalls seine Begierde an ihr stillen wollte. Als sie auf der Flucht gewesen war und Mühe gehabt hatte, sich und ihren Sohn durchzubringen, hatte sie nie ihren Körper verkauft. Alles würde sie eher tun, als Max zu erlauben, sie jetzt zu seiner Hure zu machen.

Gabrielle und Dominique schlichen über die Treppe hinunter und durch das bis zum Boden gehende Fenster in der Bibliothek in den Garten. Es hatte zu regnen begonnen. Gleichmäßiger, eisigkalter Nieselregen fiel, und Gabrielle war froh über Max' schwere Jacke.

Dominique hatte ihr gesagt, daß das zimtfarbene Pferd eine Stute sei, aber Gabrielle glaubte es nicht; nur ein männliches Tier konnte so widerspenstig sein. Das dumme Ding blieb niemals still stehen, um sich von Gabrielle den Sattel auflegen zu lassen. Das Tier entblößte zwei gefährlich aussehende Gebißreihen und scharrte so laut mit den Hufen, daß Gabrielle jeden Augenblick mit dem Auftauchen mehrerer neugieriger Stallburschen rechnete.

Schließlich sah sich Gabrielle gezwungen, den Gedanken an den Sattel aufzugeben. Außerdem entschied sie sich, nur ein Pferd zu nehmen; damit würde sie mehr als genug zu tun haben.

Dominique hatte die Idee, Marthe mit einem ihrer kostbaren Äpfel aus dem Essensvorrat aus dem Stall zu locken. Die Stute war anscheinend ebenso hinterhältig wie ihr Herr, denn kaum war sie durch die Stalltür, roch sie die Freiheit und riß sich von Gabrielle los, daß ihr der Dreispitz vom Kopf fiel.

Entsetzt sah Gabrielle der Stute nach, die unruhig den Kopf hin- und herwarf und mit wehendem Schweif davongaloppierte. Ihre Hufe klapperten über die Kiesauffahrt und übertönten das Geräusch von Pferd und Reiter, die hinter den Ställen auftauchten.

Die vertraute, leicht belustigte Stimme überraschte Gabrielle. »Willst du irgendwohin, Gabrielle?« Sie drehte sich um. Max sah sie spöttisch an.

»Du siehst hinreißend aus heute morgen, meine Liebe. Aber ist es nicht ein wenig früh am Morgen für einen Maskenball?«

Gabrielle blitzte ihren Sohn zornig an. »Du hast es ihm erzählt!«

»Nein, habe ich nicht.«

»Er hat nichts gesagt«, gab Max dem Jungen recht. Er saß entspannt auf einem riesigen schwarzen Pferd und hatte beide Hände auf dem Sattelknauf liegen. »Hat meine unaufrichtige kleine Frau gedacht, ich würde es nicht bemerken, daß wieder einmal jemand meine Schubladen durchwühlt und meine Pistole gestohlen hat? Wenn wir schon bei der Pistole sind, ich möchte sie jetzt wiederhaben, wenn du nichts dagegen hast. Sie ist geladen, und du schießt dir womöglich noch den Fuß ab.«

Gabrielle zog die Waffe aus der Tasche, aber statt sie Max zu reichen, zielte sie auf seine Brust. »Laß uns gehen!«

Max wurde ernst; er zog unwillkürlich an den Zügeln, so daß sein Pferd einen Tritt zurück machte. »O nein, Gabrielle, du läufst nicht wieder fort! Du bist meine Frau, und meine Frau wird bei mir bleiben. Ob sie will oder nicht.«

»Laß uns gehen, oder ich schieße!«

Max warf den Kopf zurück und lachte.

Gabrielle schoß.

KAPITEL 18

Das Pferd bäumte sich auf. Der Schuß hallte, vom Nebel gedämpft, über die Felder. Der Ärmel von Max' hellbrauner Jacke färbte sich rot.

»Mama, du hast auf Papa geschossen!« rief Dominique.

Gabrielle hatte nicht auf Max schießen wollen. Wie von selbst schien die schwere Pistole losgegangen zu sein. Gabrielle war so erschrocken, daß sie die Waffe mit einem Schrei fortschleuderte, als hätte die Kugel sie getroffen und nicht Max.

Max betastete seinen Arm. Erstaunt über das Blut auf seiner Hand zog er die Brauen hoch. »Ich habe nicht gewußt, daß du ein so guter Schütze bist.«

»Ich habe mein Ziel verfehlt. Ich habe auf dein falsches Herz gezielt«, log Gabrielle.

Max lachte. Das Pferd rollte die Augen, legte die Ohren an und begann zu tänzeln. Max nahm die Füße aus den Steigbügeln, glitt aus dem Sattel und versetzte dem Pferd einen Klaps, so daß es zum Stall galoppierte, wo bereits ein paar neugierige Stallknechte ins Freie gestürzt waren. Mit einem Blick hatten sie erfaßt, daß die Vicomtesse auf den Vicomte geschossen hatte und das nun Folgende sie nichts anging.

Dominique sah mit weit aufgerissenen Augen von einem zum anderen. »Papa, Mama hat auf dich geschossen!«

»Geh ins Haus, Dominique.«

»Aber Papa ...«

»Geh!«

Gabrielle hatte noch nie gesehen, daß ihr Sohn so bereitwillig gehorchte. Ohne sich noch einmal umzusehen, ließ er sie stehen, und sein geliebter Vater konnte sie umbringen.

Max kam auf sie zu.

Gabrielle wich zurück. »Wa-was hast du vor?«

»Es wird Zeit, daß du lernst, wie sich eine Frau zu benehmen hat, Gabrielle. Zum Beispiel ist es einer Ehefrau nicht erlaubt, ihren Mann zu verlassen. Es ist ihr auch nicht gestattet, auf ihren Mann zu schießen ...«

»Du hast mich ausgelacht!«

»... ganz gleich, wie sehr sie provoziert wurde.«

Gabrielle hob trotzig das Kinn hoch. »Ich bin nicht dein Eigentum, Maximilien de Saint-Just.«

Max neigte sich so nahe zu ihr, daß Gabrielle die kleinen Fältchen um seine Augen und die Bartstoppeln sehen konnte, da er sich heute früh noch nicht rasiert hatte. Sein hämisches Grinsen ließ Gabrielle noch weiter zurückweichen.

»Doch, du gehörst mir«, beharrte Max mit seiner samtweichen Stimme, die so gefährlich klang. »Das Gesetz ist in diesem Punkt sehr genau. Ich habe vollkommene Autorität über deinen Besitz und über deine Person.«

»Und wer hat diese Gesetze verfaßt? Männer! Männer, die ...«

»Schweig! Ich bin noch nicht fertig. Das ist erst der Anfang. Als dein Ehemann bin ich dein Herr ...«

»Mein Herr!«

»Dein Herr, liebe Frau. Es gehört zu meiner Pflicht, dich in den ehelichen Tugenden des Gehorsams, der Unterwürfigkeit und der Bescheidenheit zu unterrichten, und ich werde das tun. Komm her!«

Sie schüttelte den Kopf, aber ihre treulosen Beine gehorchten Max, als gehörten sie nicht zu ihr. Als sie auf Armlänge herangekommen war, packte Max sie um die Taille, hob sie hoch und legte sie wie einen Sack Getreide über seine Schulter. Gefolgt vom Gelächter der Männer, die vom Stall her zugesehen hatten, trug Max sie über die Treppe hinauf ins Schloß.

Gabrielle strampelte mit den Beinen. Max streifte ihr mühelos die großen Stiefel ab und schleuderte sie fort. Gabrielle hämmerte mit den Fäusten auf seinen Rücken, und Max versetzte ihr einen Klaps auf das Hinterteil. Gabrielle weinte vor Zorn. »Wie kannst du es wagen! Stell mich sofort wieder hin! Au!« rief sie, als sie noch einen Klaps bekam.

»Das hat nicht wehgetan. Noch nicht. Aber wenn du nicht aufhörst, mich zu drangsalieren, dann wird es Wochen dauern, bis du wieder sitzen kannst.«

Gabrielle hörte auf, sich zu wehren. Das würde er nicht wagen! Oder? Als ihr Mann konnte er sie nach dem Gesetz schlagen, so oft und so viel er wollte, so lange er nicht ihr Leben gefährdete. Und was hatte das Gesetz zu der Tatsache zu sagen, daß sie auf ihn geschossen hatte? Du lieber Himmel!

Max trug sie nach oben und betrat das Schlafzimmer, sein Schlafzimmer. Er warf sie auf das große Himmelbett. Gabrielle wollte sich aufsetzen, doch sein Gesichtsausdruck belehrte sie eines Besseren. Sie biß sich auf die zitternde Unterlippe. Der Muskel an seiner Wange zuckte, und Gabrielle hoffte, er würde sein Temperament zügeln.

Max zog seine Jacke aus, ohne Gabrielle aus den Augen zu lassen. Als er den verwundeten Arm bewegte, zuckte er zusammen. Das Hemd war blutig, und Gabrielle wurde übel vor Scham und Schuldbewußtsein. Was er auch mit ihr vorhaben mochte, sie verdiente es.

»Max? Wegen der Pistole ... Das war ein Versehen. Ich wollte dich nicht ...«

»Zieh diese lächerlichen Kleider aus.«

Gabrielle zuckte zusammen, als hätte sie bereits den ersten Schlag erhalten. Mit zitternden Fingern öffnete sie die Knöpfe an der Jacke, zog sie aus und reichte sie Max. Er ließ das Kleidungsstück auf den Boden fallen. Danach kam das Hemd. Um sich die Hose auszuziehen, mußte Gabrielle aufstehen.

Schließlich hatte sie nur noch das Baumwollhemd an.

»Das auch!« befahl Max mit rauher Stimme.

Max sah unter seinen halb geschlossenen Lidern auf sie hinunter; jetzt wußte Gabrielle, daß er nicht beabsichtigte, sie zu verprügeln.

Mit jeder Faser ihres Seins sehnte sie sich nach ihm. Aber ihr Stolz verhinderte, daß sie allzu leicht nachgab. Steif stand sie vor ihm. »Ich werde nicht die Frau eines Mannes sein, der mich nicht liebt. Ich werde es nicht zulassen, daß du ...«

»Halt den Mund!« Ungeduldig zerrte er an seinem Kragen und öffnete das Hemd bis zur halben Brust. »Du wirst das sein, was ich sage, und das tun, was ich dir befehle.«

Gabrielle senkte den Kopf. Sein physisches Begehren war nicht zu übersehen. Er konnte sagen, was er wollte, aber seine Gefühle konnte er nicht kontrollieren.

Langsam öffnete Gabrielle die Bänder an ihrem Hemd.

Max beobachtete jede ihrer Bewegungen. Plötzlich schob er ihre Hände grob beiseite, packte den zarten Stoff und zerriß das Hemd in der Mitte. »Du brauchst viel zu lange!« Gabrielle bebte angesichts seines Ungestüms.

Max packte sie um die Taille und ließ sich mit ihr auf das Bett fallen. Er vergrub seinen Kopf in ihren Brüsten und küßte sie voll gieriger Inbrunst, so daß ihm Gabrielles triumphierender Blick entging.

Gabrielle lag unter seinem Gewicht bewegungsunfähig auf dem Bett. Du gehörst mir, dachte Max. *Du verdammtes Stück, du gehörst mir!*

Max kam sich vor wie ein halb Verhungerter, der plötzlich vor einem üppig gedeckten Tisch steht. Er küßte Gabrielle auf die Brüste, auf den Mund, auf den Hals und wieder auf den Mund. Seine Hände waren überall, er streichelte ihre weichen Rundungen und Kurven, konnte einfach nicht satt werden, wollte sie verschlingen und ganz in Besitz nehmen.

Er schob seine Hand unter ihren Rücken und zog sie noch fester an sich, als könnten ihre Körper miteinander verschmelzen. Ein scharfer Schmerz durchzuckte seinen verwundeten Arm, aber der Schmerz war Max seltsamerweise willkommen, so als wollte er für die Schwäche des Fleisches leiden, für die Schwäche, Gabrielle so verzweifelt zu brauchen.

Max wollte nur ihren Körper besitzen, ohne dafür seine Seele aufzugeben, aber er vergaß den Vorsatz, sobald Gabrielle seinen Kuß leidenschaftlich fordernd erwiderte. Max vergrub seine Finger in ihren Haaren, zog ihren Kopf zurück und verlor sich in diesem alles verzehrenden Kuß. Er spürte ihre Hand auf seinem Bauch; Gabrielle fingerte am Gürtelband seiner Hose, um es zu öffnen.

Max setzte sich auf.

Er hatte Mühe, seine Stiefel auszuziehen, da sie naß und schlüpfrig von der feuchten Erde waren und er sich beeilen wollte. Er spürte, wie sich Gabrielle hinter ihm bewegte und ein Bein um ihn schlang.

»Bleib!« rief er. Er wollte nicht befehlen, aber Gabrielle faßte es so auf. Sie streckte die Beine aus und legte sich wieder auf das Bett.

Endlich hatte er die Stiefel ausgezogen und streifte, mit dem Rükken zu Gabrielle, die Hose ab. Er wußte, daß sie ihn beobachtete, und seine Muskeln spannten sich.

Sein Atem ging unregelmäßig, und er preßte die Zähne so fest zusammen, daß die Kiefer schmerzten. Noch nie hatte er eine Frau so begehrt und so bitter nötig gehabt wie jetzt. Er hatte das Gefühl, daß ihn eine einzige Berührung explosionsartig zerspringen lassen würde.

Max drehte sich um. Gabrielle lag mit leicht gespreizten Beinen auf dem Bett; ihre Hände ruhten neben ihrem Körper. Wie eine Jungfrau auf dem Opfertisch, dachte Max, aber er konnte darüber nicht lächeln. Ihre Haare waren über das Kissen gebreitet, und ihre Augen erinnerten ihn an den Nachthimmel über dem Ozean. Ich könnte für dich sterben, dachte Max. Ich würde dir zu Füßen kriechen! Warum zerbrach er sich über seinen verlorenen Stolz den Kopf, wenn er bei ihr keinen Stolz zu verlieren hatte?

Gabrielles Augen leuchteten und mit samtweicher Stimme bat sie: »Komm her.«

Er kniete zwischen ihren Beinen nieder. Ohne den Blick von ihrem Gesicht zu wenden, hob er ihre Schenkel an, legte sie auf seine Schultern und ließ ihr Becken über dem Bett schweben. So liebte er sie, wild und wie besessen tobte die Leidenschaft durch seinen Körper, durch ihren Körper. *Du gehörst mir,* dachte er triumphierend. Und obwohl er die Zähne aufeinander biß, entrang sich ihm, ohne daß er es verhindern konnte, ein Schrei. »Du lieber Himmel, Gabrielle, ich liebe dich!«

Mit dem Gesicht nach unten blieb er auf ihr liegen. Gabrielle trug glücklich sein Gewicht und genoß die Wärme seiner feuchtwarmen

Haut. Ihr Herzschlag dröhnte ihr in den Ohren, beinahe im gleichen Rhythmus wie der Regen, der an das Fenster trommelte. Ihr Gesicht und ihre Brüste brannten, wo Max' Bartstoppeln sie berührt hatten.

Max bewegte sich. Gabrielle hielt den Atem an. Was würde er tun? Was würde er sagen? Würde er zu den Worten stehen, die ihm im Rausch der Leidenschaft entschlüpft waren?

Max stützte sich auf, fuhr mit der Zunge zärtlich über ihren Mund und betrachtete ihren Körper.

»Verdammt! Es ist ja alles voll Blut!«

Gabrielles Spannung löste sich in Gelächter. »Sieh uns einmal an! Wir sind rot bemalt, wie die Wilden in Amerika.«

Max setzte sich auf, zog das blutgetränkte Hemd aus und untersuchte die Wunde. Am Oberarm klaffte eine Fleischwunde, und Gabrielle wurde beinahe übel.

»Max! Es tut mir schrecklich leid!«

»Ach zum Teufel, es geschah mir recht.« Er grinste dreist. »Niemand läßt sich gern auslachen.«

»Vielleicht sollten wir den Arzt holen.«

»Damit er mir noch mehr Blut abzapft? Nein, danke! Es ist nur eine Fleischwunde. Auf der Kommode steht Schnaps. Holst du ihn mir bitte?«

Gabrielle kletterte aus dem Bett und beeilte sich. Sie wollte etwas von dem Schnaps in ein Glas gießen, aber Max lachte.

»Dummes Närrchen. Ich will ihn doch nicht trinken!«

»Oh!« Gabrielle brachte ihm die Karaffe.

Die Kugel hatte einen tiefen Riß im Muskel hinterlassen. Max spreizte die Wundränder, so weit er es ertrug, auseinander. »Gieß jetzt etwas auf die Wunde.«

Gabrielle wurde es schwarz vor den Augen, und alles begann sich zu drehen. Sie mußte tief Luft holen, bevor sie die braune Flüssigkeit in die Wunde goß.

Max' Arm zuckte krampfhaft. »Allmächtiger Gott!« brüllte Max und ließ sich gegen die Kopfwand des Betts fallen. Sein Gesicht war schweißnaß, und er atmete stoßweise. Schließlich öffnete er wieder die Augen. »Das war gut, Liebste. Jetzt mach es noch einmal.«

»Nein, ich kann nicht ...«

»Los, noch einmal, bevor mich der Mut verläßt.«

Diesmal fluchte er nicht, aber seine Lippen wurden weiß. Er nahm Gabrielle die Karaffe aus den zitternden Händen und trank einen kräftigen Schluck. Lächelnd wischte er ihr danach die Tränen von den Wangen. »Warum weinst du denn?«

Gabrielle schluchzte: »Ich ... ich ertrage es nicht, wenn du leidest.«

Max sah sie unnachgiebig mit zornig funkelnden Augen an. Die Worte standen wie eine unsichtbare Trennwand zwischen ihnen.

Max zog einen Kissenbezug ab und zerriß ihn in der Mitte. Er versuchte, die Wunde mit einer Hand zu verbinden und benutzte die Zähne zum Festhalten, bis Gabrielle ihm den provisorischen Verband aus der Hand nahm und ihm damit den Oberarm verband.

»Max ...«

»Sag jetzt nichts, Gabrielle.«

»Das geht nicht. Es ist unerträglich, ich liebe dich, aber ... zwischen uns steht diese Wand.«

»Was willst du von mir? Es liegt nicht in meiner Macht, den früheren Zustand der Dinge wiederherzustellen.«

Max stand auf und schritt in seiner herrlichen Nacktheit im Zimmer auf und ab. Wie ein starkes, lüsternes männliches Tier. Gabrielle spürte ein gieriges Verlangen.

»Du könntest versuchen, mir zu verzeihen.«

»Das ist nicht so einfach.« Er lachte bitter. »In den ersten fürchterlichen Nächten, nachdem du mich verlassen hast, lag ich im Bett und träumte davon, wie du zu mir gekrochen kommst und mich anflehst, dir zu verzeihen. Allein der Gedanke an Rache schmeckte süß.«

»Ich habe dich angefleht, Max. Ich tue es noch einmal, wenn es hilft, diese Wand niederzureißen.« Gabrielle trat zu ihm. Er stand mit dem Rücken zu ihr, und sie drückte ihr Gesicht an seinen Rükken. »Wenn du dich rächen willst, dann tu es, Liebster.«

Max löste sich von ihr. Eine Ewigkeit schien zu vergehen, dann drehte er sich endlich um. Gabrielle brach das Herz, als sie sein vom Schmerz gezeichnetes Gesicht sah.

»Mir ist nicht mehr nach Rache zumute. Aber der Schmerz ist immer noch da, Gabrielle. Wie ein furchtbares Geschwür sitzt er in mir. Vergessen kann ich ihn nur, wenn wir uns lieben.«

Damit konnte sie leben. Für den Anfang. Wenn sie ihn lange genug und stark genug liebte, dann bestand Hoffnung, daß auch er sie eines Tages wieder liebte.

»Du bist mein Ehemann, und ich liebe dich.«

An seiner Wange zuckte ein Muskel, und Gabrielle glaubte schon, er wolle etwas sagen, aber er wurde unterbrochen. Auf der Auffahrt wurden Rufe laut, und Pferdegeschirre klirrten.

Max trat an das Fenster. »Percy ist gekommen!«

Er hob die Hose vom Boden auf und zog sie mit einiger Mühe an. »Du ziehst dich auch besser an, Liebste. Wenn Percy dich in deiner überaus reizenden Nacktheit erblickt, dann tut er womöglich etwas Verrücktes, und ich sehe mich noch einmal zu einem Duell gezwungen.«

Bevor sie ihn noch fragen konnte, was er mit der Bemerkung über das Duell gemeint hatte, war Max bereits aus dem Zimmer gestürzt. Er polterte über die Treppe nach unten und riß geräuschvoll das Eingangstor auf. Seine Stimme war bis in das Schlafzimmer zu hören. »Percy, du Hurensohn! Was zum Teufel machst du hier? War dir in Paris zu langweilig, da ich nicht da war, um dich auf den Pfaden der Sünde zu begleiten?«

Gabrielle verbarg sich hinter den gestickten Musselinvorhängen und spähte zum Fenster hinaus. Percy Bonville – in einer purpurroten Samtjacke und einer geblümten Weste – stieg soeben aus dem Reisewagen. Die Pferde waren mit Schmutz bespritzt und schweißnaß. Die beiden Männer umarmten einander und klopften einander auf den Rücken, dann führte Max Percy die Treppe zum Schloß hinauf und geleitete ihn in die große Halle.

»Paris ist langweilig, und Versailles ist noch schlimmer. Die Bauern hungern und sind bereit zur Revolte, und die Marquise de Tessé schmachtet nach dir. Gibst du mir etwas zu trinken, oder muß ich zuerst singen?«

Percy stand auf seinen Stock gestützt in der Bibliothek und sah sich um. Nur die Franzosen können ihren Reichtum ungestraft bis an die Grenzen der Dekadenz zur Schau stellen, dachte er.

Max drückte Percy ein großes Glas Brandy in die Hand.

Percy deutete auf den Verband um Max' Arm. Frisches Blut sikkerte bereits durch das dünne Leinen. »Hast du schon wieder ein Duell ausgetragen und diesmal verloren?«

»Gabrielle hat auf mich geschossen.«

»Gabrielle!«

Percy betrachtete den Freund. Max' Augen waren klar, und ein Lächeln spielte um seinen Mund. Percy lachte. »Wenn sie auf dich geschossen hat, dann hast du es vermutlich verdient. Wo ist sie?«

»Hier im Schloß. Sie ist oben.«

Percy lachte wieder. Jetzt erst fiel ihm auf, daß Max nichts als Breeches trug. »Habe ich euer, äh, euer Wiedersehen gestört?«

Max grinste. »Nein, wir waren schon fertig. Für den Anfang.«

»Fertig! Es ist doch erst Vormittag. Du wirst müde auf deine alten Tage.« Percy lachte und trank einen Schluck. »Es ist wunderbar, daß Gabrielle wieder hier ist. Wird sie diesmal bleiben?«

Max' Blick verdunkelte sich, und sein Gesicht wurde finster. Percy verfluchte seine lose Zunge. »Ich weiß es nicht«, antwortete Max.

Percy humpelte zum Kamin, in dem ein knorriges Holzscheit brannte. Percy stellte sein Glas auf das Kaminsims, hielt seine Hände vor die wärmenden Flammen und betrachtete dabei das Porträt über seinem Kopf.

»Unlängst bin ich deinem Vater begegnet. Jetzt weiß ich, von wem du deine scharfe Zunge hast.« Percy grinste. »Ich habe ihn freundlich begrüßt und wollte ein harmloses Gespräch über das Wetter beginnen, und er entgegnete mir, daß er mir empfehle, Französisch-Unterricht zu nehmen, falls ich das, was ich spreche, für Französisch halte. Ich glaube, er kann Amerikaner nicht leiden.«

»Er kann Leute nicht leiden, die mich mögen. Warum bist du gekommen. Ist Tessé gestorben?«

»Nein. Er wird überleben. Deshalb bin ich in dieser abscheulichen Kutsche herausgefahren und habe mir das Hinterteil beinahe abgefroren. Ich wollte dir sagen, daß du nach Paris zurückkommen kannst, falls du willst.« Percy war ernst geworden und sah Max abschätzend an. »Nicht daß mir Tessé jemals besonders sympathisch gewesen wäre, aber derzeit ist er ziemlich arm dran. Er kann sein Bett nicht länger als für eine Stunde verlassen. Du hast ihn für den Rest seines Lebens gebrandmarkt.«

Max lächelte kühl. »Mein Herz blutet. Er ist der Zuhälter seiner Frau, hast du das gewußt? Er drängt sie, sich Liebhaber zu nehmen, und sie muß ihm dann alles bis ins kleinste Detail erzählen. Wenn er dann der Sache überdrüssig ist, tötet er den Mann in einem Duell. Der Bastard hat verdient, was er bekommen hat.«

Percy lachte erstaunt. »Bei Gott, du bist doch für jede Schurkerei zu haben. Tessé mußte teuer für das Privileg bezahlen, daß er daran teilhaben durfte, wie du dich mit seiner ... Frau im Bett vergnügt hast.« Percy verstummte, als er die Frau in der Tür bemerkte.

Sie trug einen wunderschönen Morgenmantel aus blauer Seide, und ihre feurigroten Haare hingen ihr lose über die Schultern. Sie sah phantastisch aus. Und wütend.

»O verdammt!« entfuhr es Percy.

Mit dem Rücken zur Tür stand Gabrielle vor dem großen Himmelbett, als Max das Zimmer betrat. Es herrschte ein großes Durcheinander, die Decke war blutverschmiert, Kissen und Kleider lagen über den Boden verstreut.

»Gabrielle ...«

»Nein! Ich will deine Lügen nicht hören!« Sie drehte sich um. Auf ihren Wangen brannten zwei rote Flecken, und ihre Augen blitzten zornig. Max hatte sie noch nie so wütend gesehen.

Eine Haarsträhne war ihr ins Gesicht gefallen. Mit zittriger Hand schob sie die Haare zur Seite. »Wie konntest du nur eine andere Frau lieben?«

»Ich würde das, was ich mit Claire gemacht habe, nicht Liebe nennen.«

»Sie hat also einen Namen!«

Max hätte beinahe gelacht – aber die Situation war durchaus nicht komisch. »Natürlich hat sie einen Namen.«

Gabrielle verschränkte die Arme vor der Brust und wandte sich ab, aber ihr Schmerz war deutlich zu spüren, als sie fragte: »Liebst du sie?«

»Nein.«

Max erinnerte sich an seinen damaligen Zustand: Die meiste Zeit war er betrunken gewesen und hatte sich so elend gefühlt, daß er am liebsten gestorben wäre. Wie konnte er je das komplizierte Gemisch aus Schmerz, Einsamkeit und Zorn erklären, das ihn in die nur allzu willigen Arme der Marquise de Tessé getrieben hatte? Ironischerweise mußte er damals die Augen schließen und sich vorstellen, daß es Gabrielles Mund, ihre Hände, ihr Körper waren, sonst wäre er unfähig gewesen, den Liebesakt zu vollziehen.

Er starrte auf Gabrielles Rücken und erinnerte sich an die elende Situation, in die sie ihn gebracht hatte; da wurde Max zornig. »Du hast mich verlassen, Gabrielle, erinnerst du dich? Soviel ich wußte, würdest du nie mehr zurückkommen. Es ist viel verlangt, einer Erinnerung treu zu bleiben.« Plötzlich fragte er sich, ob sie ihm treu gewesen sei.

Ihre Schultern zitterten wie von Weinen geschüttelt. Doch als sie sich umdrehte, waren ihre Augen trocken.

»Als du mich in jener Nacht im Straßengraben gefunden hast, bist du direkt aus dem Bett jener Frau gekommen.«

»Ja.« Max lächelte zornig. »Ich habe nur einen kleinen Umweg über den Bois de Boulogne gemacht, wo ich mich mit ihrem Ehemann duellierte.«

»Sie war deine Geliebte.«

»Richtig. Eine Zeitlang.«

»Was du getan hast, war verabscheuungswürdig. Du ließest zu, daß ich mich erniedrigte, daß ich dich um Verzeihung anflehte, weil ich dir Schmerz zugefügt habe. Dabei hast du doch gar nicht gelitten! Claire hat dich getröstet. Gab es noch andere? Hast du in diesem Jahr überhaupt eine Nacht allein verbracht?«

»Sie war die einzige«, erwiderte Max. Sein Gesicht war maskenhaft starr geworden, wie immer, wenn er sich verletzt fühlte. »Aber wenn du mich schon dafür verdammst, dann tut es mir leid, daß es nicht Dutzende andere gegeben hat. Sophie Restonne hat mir für jede Nacht eine andere Frau angeboten. Ich hätte sie beim Wort nehmen sollen.«

Gabrielle kämpfte mit den Tränen und konnte sie schließlich nicht mehr zurückhalten. »Das werde ich dir nie verzeihen.«

Max machte eine spöttische Verbeugung. »Es hat den Anschein, Madame, daß unsere Rechnungen jetzt ausgeglichen sind.«

KAPITEL 19

Die Jagdgesellschaft überquerte donnernd die Straße. Das Bellen der Hunde und der klagende Klang der Hörner schallten durch die Luft. Percy Bonville lehnte sich zum Fenster des Reisewagens hinaus und sah den Reitern nach.

Die Hunde folgten dem Geruch des Wildes und führten die edlen Pferde mit ihren adeligen Reitern quer durch eine Ansiedlung von armseligen Bauerngehöften. Die harten Hufe der Pferde rissen die feuchte Erde auf den frisch gepflügten Feldern auf. Ein Reiter feuerte seine Muskete einfach zum Vergnügen auf eine Kuh ab, die auf der Stelle tot umfiel. Die Bauern standen geduckt in den Toreinfahrten zu ihren Häusern und sahen dem Spektakel halb verängstigt, halb erzürnt zu.

Ein Mann war mutiger als die anderen. Er stand neben einem wackeligen Hühnerstall und schüttelte die erhobene Faust. Ein Reiter schwenkte auf ihn zu, holte mit seinem blank polierten Stiefel aus und trat den Mann in die Brust, so daß er in die Knie ging. Das Pferd rammte den Hühnerstall mit seiner mächtigen Schulter und warf ihn um. Gackernde Hühner flatterten aufgeregt umher, und alles war mit Federn übersät.

Percy schüttelte den Kopf und zog sich in die Kutsche zurück. »Ihr französischen Adeligen seid ein überhebliches Pack. Ein Laib Brot kostet mehr, als ein Mann in einem Tag verdient. Im Volk gärt es, und Aufruhr liegt in der Luft. Die Philosophen schreien nach Freiheit, und ihr benehmt euch, als würden die Dinge noch tausend Jahre so laufen wie bisher. Seht ihr denn nicht, was unter euren hochmütigen Nasen vorgeht?«

»Zweifellos«, antwortete Max, der offensichtlich nicht zugehört hatte. Gabrielle war so weit wie möglich von Max fortgerückt und antwortete überhaupt nicht. Dominique saß zwischen den beiden;

er hatte den Kopf an den Arm seiner Mutter gelehnt und schlief. Die Stimmung zwischen den Eheleuten war gespannt. Max und Gabrielle waren so gesellige Reisegefährten, daß Percy ebensogut allein nach Paris hätte reisen können. Er gähnte verstohlen in sein parfümiertes Taschentuch.

Sobald die Jagdgesellschaft von der Straße war, setzte der Wagen seine Fahrt fort. Bei den Bauernhäusern sah Percy wieder zum Fenster hinaus. Er wollte winken, ließ aber die Hand sogleich wieder sinken. Die Bauern starrten den Reisewagen feindseilig an, da sie ihn fälschlicherweise für die Kutsche eines Adeligen hielten. Früher hätten sie gejubelt und ihre Hüte geschwungen. Jetzt blieben sie frech und aufrecht stehen und hielten die Hände tief in den Taschen vergraben.

»Frankreichs Problem heutezutage ist«, dachte Percy laut, »daß neunzig Prozent der Bevölkerung am Hunger, und die anderen zehn Prozent an Verdauungsstörungen sterben.«

Niemand lachte über seinen Witz. Percy bezweifelte, ob sie ihn überhaupt gehört hatten. Max saß steif da und starrte unbeweglich zum Fenster hinaus. Gabrielle wirkte gequält, strahlte aber dabei so viel Liebe aus, daß Percy die kühle Gleichgültigkeit, die Max ihr entgegenbrachte, unverständlich blieb. Noch dazu sah sie einfach entzückend aus, in ihrem Kleid aus zarter rosafarbener Seide mit hellgelben Spitzenrüschen. Darüber trug sie einen kurzen pelzbesetzten Mantel und auf dem Kopf einen farblich auf den Mantel abgestimmten Hut. Percy mußte sich ernstlich daran erinnern, daß sie die Frau seines besten Freundes war und daß er temperamentvolle Rothaarige nicht leiden konnte.

Percy fand sich damit ab, daß ihm noch viele unbehagliche Stunden gespannten Stillschweigens bevorstanden. Er lehnte den Kopf an die ledergepolsterte Rückenlehne und schloß die Augen. Als Gabrielle mit klarer Stimme zu sprechen begann, war er sofort wieder hellwach.

»Monsieur Vicomte?«

Monsieur Vicomte drehte sich zu seiner Frau um und zog fragend die Brauen hoch.

»Ich habe nachgedacht«, fuhr Gabrielle fort.

»Ist auch Zeit«, entgegnete Max, und Percy unterdrückte gerade noch rechtzeitig ein Lachen.

»Ich habe beschlossen, daß du so viele Geliebte haben kannst, wie du nur möchtest ...«

»Vielen Dank, aber ...«

»... und ich werde mir Liebhaber zulegen.«

Percys Augen wurden groß vor Staunen. »Das lasse ich nie zu, darauf kannst du dich verlassen«, fauchte Max erwartungsgemäß.

»Wir werden eine offene Ehe führen.«

»Ich werde dir offen den Hintern versohlen, wenn du einen anderen Mann nur ansiehst.«

Gabrielle reckte hochmütig das Kinn, und Percy mußte grinsen. »Ach!« Sie rümpfte verächtlich die Nase. »Deine Drohungen machen mir keine Angst.«

Max lächelte böse. »Ich hoffe, du erinnerst dich, daß du mir gehörst. Wenn notwendig, werde ich dich an mein Bett ketten. Du wirst mir eine Geliebte sein, Gabrielle, und niemandem sonst.«

Percy bekam plötzlich einen Hustenanfall und vergrub das Gesicht in sein Taschentuch, während die beiden wütende Blicke tauschten.

Jeder Narr konnte sehen, daß Max und Gabrielle bis über die Ohren in einander verliebt waren, aber Percy war klug genug, dies für sich zu behalten. Am Vortag auf Schloß Morvan hatte Percy nach dem Abendessen allein mit Gabrielle gesprochen; er wollte den durch seine taktlose Bemerkung angerichteten Schaden wieder gutmachen. Er versuchte, ihr zu erklären, wie sehr sein Freund während ihrer Abwesenheit gelitten hatte, doch sie blieb ungerührt. Dann hatte Percy den gravierenden Fehler begangen und gemeint, daß ein Mann wie Maximilien de Saint-Just gewisse physische Bedürfnisse habe, die er nur eine Zeitlang unterdrücken konnte.

»Und welche Bedürfnisse sollen das sein?« fragte sie.

Percys Gesicht glühte vor Verlegenheit. »Nun, äh, es ist so ... ein Mann, der immer eine Frau findet, wenn ihm danach zumute ist, der, nun, er ist an diese befreiende Wirkung gewöhnt.«

»Ich verstehe. Aus diesem Grund hat Max vermutlich geheiratet.

Damit er sich diese befreiende Wirkung jederzeit bequem und ohne Mühe verschaffen kann.«

Percy war einmal in einem Sumpf in North Carolina in ein Geplänkel mit den englischen Rotröcken verwickelt gewesen, aber jetzt befand er sich auf viel gefährlicherem Boden als damals. Schweiß rann ihm über das Gesicht, und er suchte verzweifelt nach den richtigen Worten, um seinem Freund nicht noch mehr zu schaden.

»Ein Mann kann mit einer Frau schlafen, ohne die geringste Zuneigung für sie zu empfinden, und er findet nichts dabei«, sagte er schließlich. »Aber ich würde mein Leben darauf verwetten, daß Saint-Just Sie nicht nur sehr liebt, sondern daß Sie auch die einzige Frau sind, die er je geliebt hat.«

Gabrielle hob den Kopf; ihr Gesicht war vom Schmerz gezeichnet. »Ich würde eher sterben, bevor ich mich von einem anderen Mann berühren lasse. Wenn Max mich wirklich liebte, dann hätte er nicht mit einer anderen Frau schlafen können.«

Darauf hatte Percy keine Antwort. Wahrscheinlich unterschieden sich Frauen nicht nur rein äußerlich von Männern. Deshalb war das Leben mit dem anderen Geschlecht manchmal wunderbar und dann wieder zum Verrücktwerden.

Als er und Max sich später in der Bibliothek mit Port und Brandy betranken, versuchte Percy, ihm das zu erklären.

»Frauen sind nur für eines gut«, hatte Max geantwortet und dabei so mürrisch geklungen, wie er aussah. »Jeder Mann, der das vergißt, ist ein Narr.«

Percy seufzte. »Gabrielle kann dir nur deshalb nicht verzeihen, weil sie dich so sehr liebt.«

»Sie liebt mich!« Max schleuderte sein Glas in die Flammen, wo es zerschmetterte und der verschüttete Schnaps mit einer blauen Stichflamme verbrannte. »Wie kann sie behaupten, daß sie mich liebt, und mich gleichzeitig einer derart verachtenswerten Handlung beschuldigen! Liebte sie mich wirklich, hätte sie mich nie verlassen, ganz gleich was sie gesehen hat oder glaubte, gesehen zu haben.«

Max hatte Percy den Grund für Gabrielles Flucht erzählt. Jetzt versuchte Percy, die Sache von Gabrielles Standpunkt aus zu betrachten. »Sie hatte Angst ...«

»Wenn sie Angst hatte, warum ist sie nicht zu mir um Hilfe gekommen? Warum hat sie alles vor mir geheimgehalten?« Max hämmerte so ungestüm auf die zierliche Armlehne des Stuhls, daß sie zerbrach. »Als meine Frau war es ihre Pflicht, es mir zu erzählen.«

»Ich weiß nicht, warum sie es dir nicht erzählt hat, aber ich kann es mir denken. Dein ständiges höhnisches Grinsen wirkt nicht eben vertrauenerweckend. Nur verstehe ich nicht, warum ihr beide euch jetzt so quält.« Percy machte eine vielsagende Handbewegung. »Es ist nicht zu übersehen, daß du sie immer noch liebst ...«

»Tue ich nicht.«

»Unsinn! Und sie liebt dich. Ihr solltet euren verdammten Stolz hinunterschlucken, eure Fehler zugeben und auf eurer gemeinsamen Liebe euer Leben aufbauen, anstatt einander zu quälen, indem ihr eure Gefühle abstreitet.«

Max blieb halsstarrig. »Ich gebe zu, daß Claire de Tessé ein Fehler war, wenn Gabrielle zugibt, daß sie mich dazu gebracht hat!«

Diese Gespräche des Vorabends gingen Percy jetzt durch den Kopf, als er in der ledergepolsterten Kutsche lehnte und hinter dem vorgehaltenen Taschentuch einen Seufzer unterdrückte. Er war froh, daß ihm das Unglück, sich zu verlieben, bisher erspart geblieben war. Die Liebe machte die vernünftigsten Männer und Frauen zu Idioten und richtete mehr Schaden an als ein Heuschreckenschwarm.

Die Kutsche bahnte sich langsam ihren Weg durch den dichten Verkehr auf dem Quai des Tuileries. Sie hatten Percy in seinem Quartier in Versailles abgesetzt und den Weg nach Paris allein fortgesetzt; den Wagen hatten sie von Percy geborgt. Max wohnte nicht mehr in dem Appartement im Palais Royal, sondern in einem großen Stadthaus in der Rue de Lille, das ihm zusammen mit dem Adelstitel zugefallen war.

Dominique saß auf Gabrielles Schoß, beugte sich zum Fenster hinaus und kommentierte alles, was er sah. »Schau, Mama!« rief er laut genug, daß es die ganze Straße hörte. »Alle Frauen haben buschige weiße Federn auf ihren Hüten.«

Gabrielle überzeugte sich: Tatsächlich zierte jeden Hut eine Straußenfeder – offensichtlich der letzte Schrei der Hutmode in diesem Winter; sie wollte es sich merken.

Dominique kreischte ihr ins Ohr und deutete auf eine dicke Frau, die in eine Sänfte gezwängt saß. Die Sänfte war auf einem Berg mit Küchenabfällen abgestellt worden, während sich der Träger mit einem Fuhrmann prügelte. »Diese Frau schimpft noch ärger als Agnes, Mama!«

Max unterdrückte ein Lachen. Unwillkürlich drehte sich Gabrielle zu ihm um, und sie lächelten einander an, bis sie sich wieder auf ihren Groll besannen und die Köpfe abwandten. Aber das Lächeln hatte die Spannung zwischen ihnen etwas gelockert, so daß Gabrielle zumindest die Feststellung herausbrachte: »Paris hat sich irgendwie verändert.«

»Percy würde sagen, Aufruhr liegt in der Luft«, erwiderte Max, und sein Lächeln ließ ihr Herz schneller schlagen.

Es war ein trüber, regnerischer Tag, und die Stadt wirkte genauso grau wie das Wetter. Am Straßenrand lagen Berge von gefrorenem Unrat, und wesentlich mehr Bettler als früher suchten unter den Steinarkaden an den Ufern der Seine Unterschlupf. Die grünen Holzläden vieler Läden am Quai waren geschlossen, obwohl es erst Mittag war. Vor den Bäckereien standen lange Schlangen, und im Rinnstein neben einem Fleischerladen stopfte sich eine bis auf die Knochen abgemagerte alte Frau rohe Innereien in den Mund.

Aber als die Kutsche über die Brücke fuhr und in den vornehmen Bezirk Saint-Germain einbog, veränderte sich das Aussehen der Stadt. Die baumgesäumten Straßen waren ruhig und sauber. Wenn man die prunkvollen Einfahrtstore zu den großen Adelspalais betrachtete, glaubte man, was Percy gesagt hatte, nämlich daß die Dinge noch tausend Jahre so weiterlaufen würden wie bisher.

Der Wagen hielt vor einer Einfahrt. Auf dem Steinbogen über dem Tor prangte das Wappen des Hauses Saint-Just. Zwei Lakaien in blau-silbernen Livreen öffneten beide Torflügel, und die Kutsche rollte über die lange, mit weißem Kies bestreute Auffahrt.

Ein Diener lief herbei, öffnete die Tür der Kutsche und klappte das Treppchen aus. Das riesige Haus hatte eine Marmorfassade und unzählige Fenster. Am weit geöffneten Eingangsportal warteten mehrere Bedienstete. Max betrat die Halle, ließ Übermantel und Hut einfach in die Arme eines Dieners fallen, ohne sich vorher zu vergewissern, ob der Mann überhaupt bereit war, sie aufzunehmen. Falls in Paris tatsächlich der Aufruhr brodelte, so hatte die Stimmung noch nicht auf den Haushalt der Saint-Just übergegriffen.

Gabrielle hatte noch nie eine so prächtige Eingangshalle gesehen. Die vielen vergoldeten Verzierungen an Decken und Wänden machten sie schwindlig. Der Haushofmeister erschien und führte sie über die breit geschwungene Marmortreppe nach oben, zuerst zum Kinderzimmer, wo der schläfrige Dominique blieb, um ein wenig zu ruhen, und danach zu »Madames Zimmer«, wo unsichtbare dienstbare Geister die Koffer mit Kleidern und Accessoires, die Max für Gabrielle gekauft hatte, abgestellt hatten.

»Madames Zimmer« war in Grün und Malvenfarbe gehalten und durch eine Tür mit »Monsieurs Zimmer« verbunden. Gabrielle hörte Max auf der anderen Seite der Tür sprechen. Sie stand in der Mitte des eleganten Raums und überlegte, ob sie zu ihm gehen solle. Lieber wäre es ihr gewesen, er würde zu ihr kommen, und am liebsten, wenn es gar nicht notwenig gewesen wäre, darüber nachzudenken.

Sie trat an eines der drei mit Samtvorhängen drapierten Fenster.

Die Rückseite des Hauses der Saint-Just grenzte an den Quai d'Orsay, und Gabrielle sah vom Fenster aus auf den Fluß. Sie konnte sich nicht erinnern, daß der Fluß je so fest zugefroren gewesen war, daß sich Schlittschuhläufer auf dem Eis vergnügten. An den Brückenpfeilern hatten sich Eisschollen aufgetürmt. Die Schiffe lagen an den Kaianlagen vor Anker, und auf den Decks brannten die Kochfeuer der Besatzungen. In der kalten Luft waren die Stimmen der fahrenden Händler am Quai weithin zu hören.

Plötzlich verschwamm das Bild vor ihren tränenverhangenen Augen. Fünf Tage und Nächte waren seit dem Eintreffen von Percy Bonville auf Schloß Morvan vergangen; seit jenem denkwürdigen Vormittag hatte Max sie nicht angerührt.

Gabrielle redete sich ein, daß es ihr gleichgültig sei. Er war zwar ihr Ehemann, aber sie würde es nie zulassen, daß er mit ihr schlief wie mit einer Hure, ohne sie zu lieben. Sie fühlte sich von ihm hintergangen, und ihr war elender zumute als zuvor, als sie noch glaubte, er hätte sie an Louvois verkauft. Wenn sie die Augen schloß, sah sie Max in leidenschaftlicher Umarmung mit einer gesichtslosen Frau, und ein zorniger Schmerz erfüllte sie.

Und trotzdem ... ein Blick in sein sinnliches Gesicht oder auf seinen fordernden Körper genügte; zu allen Bedingungen würde sie ihn wieder in ihr Bett lassen. Wenn es um Maximilien de Saint-Just ging, kannte sie weder Stolz, noch Scham, noch Vernunft.

Es klopfte an der Tür, und Gabrielle drehte sich mit pochendem Herzen um. Aber die falsche Tür ging auf.

Ein Zimmermädchen trat ein und brachte einen großen Krug mit Wasser. »Monsieur Vicomte meinte, die Vicomtesse möchte sich vom Reisestaub befreien.« Das Mädchen stellte den Krug auf die Marmorplatte eines kunstvoll verzierten Waschtisches mit Messingbeschlägen. Neben den Krug legte sie zwei dicke, weiße Baumwolltücher. Sie goß etwas Wasser in eine große Schüssel aus Sèvres-Porzellan und lächelte. Sie hatte ein freundliches Gesicht mit frischen, roten Wangen und sah mit ihren schiefstehenden Zähnen fast wie ein Junge aus.

Gabrielle lächelte krampfhaft. »Vielen Dank, Mademoiselle ...«

Das Mädchen knickste. »Ich heiße Henriette, Madame Vicomtesse. Wünschen Sie, daß ich für Sie jetzt auspacke, Madame?«

»Nein, danke. Später, wenn es recht ist, Henriette. In der Reisetasche neben der Tür ist ein grüner seidener Morgenmantel. Wenn du mir diesen auf das Bett legen könntest, bitte ...«

»Aber natürlich, Madame.«

»Ich ziehe mich lieber selbst aus.«

Das Mädchen knickste wieder. »Wie Sie wünschen, Madame.«

Allein gelassen, schlüpfte Gabrielle rasch aus den Kleidern, zog die Nadeln aus den Haaren und schüttelte den Kopf, bis die Haare lose über die Schultern fielen. Nackt und zitternd stand sie mitten im Zimmer; denn trotz der dicken Teppiche auf dem Boden und dem Feuer im Kamin war es in dem großen Zimmer zugig.

Das Wasser in der Waschschüssel duftete nach Lavendel. Gabrielle breitete ein Handtuch auf den Boden, griff nach einem Schwamm und ließ das weiche Wasser über ihren Körper rinnen. Sie genoß das angenehme Gefühl auf der Haut. Mit geschlossenen Augen stellte sie sich vor, es seien Max' Hände, die sie streichelten. Sie strich sich mit dem Schwamm über die Schenkel, vergrub die Finger spielerisch im Gelocke ihrer Schamhaare und stieß einen sehnsuchtsvollen Seufzer aus ...

Ein leises Geräusch hinter ihr ließ sie zusammenzucken; erschrocken drehte sie sich um. Sie wurde zuerst blaß und dann rot vor Zorn. Im dämmrigen Licht des Winternachmittags stand Max.

Hastig tastete Gabrielle nach dem Morgenmantel, ohne den Blick von ihm zu wenden. Sie band den Gürtel um die Taille. »Du könntest zumindest die Höflichkeit besitzen und anklopfen«, stammelte sie, halb verlegen, halb beschämt ... und erregt.

Max trat näher, so daß der Lichtschein des Feuers auf sein Gesicht fiel. Er war blaß, und auf seiner Wange zuckte ein Muskel. Sein Blick ruhte auf ihren Brüsten, wo die Seide an der nassen Haut klebte und die Konturen sich scharf abzeichneten. In seinen Augen funkelte leidenschaftliches Verlangen.

Max wandte den Kopf ab. Er hatte die Jacke abgelegt, und Gabrielle bemerkte, wie sich seine Brust unter dem dünnen Stoff seines Hemdes hob und senkte.

»Ich wollte dir etwas sagen«, begann Max mit heiserer Stimme. »Damit du nicht wieder fortläufst, falls du uns zusammen siehst.« Er wandte den Kopf und sah ihr fest in die Augen. »Ich habe die Absicht, morgen den Herzog von Nevers zu besuchen.«

Gabrielle wurde leichenblaß; Max verzog höhnisch den Mund. Sogar jetzt, da sie sich erneut Sorgen um ihren Sohn machte, hätte sie dieses höhnische Lächeln gern fortgeküßt. Sie wollte Max küssen, bis er sie liebevoll anlächelte.

Max reckte den Kopf und sah sie unter den halb geschlossenen Lidern von oben herab an. »Was ist los, Gabrielle? Traust du mir nicht?«

Gabrielle ballte die Hände zur Faust, um das Zittern ihrer Hände zu verbergen. »Wenn du ihm von uns erzählst, nimmt er mir meinen Sohn, und ich werde verhaftet. Der Herzog hat einen unterschriebenen Haftbefehl für mich. Dich kann man ebenfalls verhaften. Mir wurde vom König untersagt, je wieder zu heiraten.«

Mit einer ungeduldigen Handbewegung kam Max näher. Seine Mine blieb hart und ausdruckslos, aber Gabrielle spürte die Wärme seines Körpers.

»Wie hast du dir das vorgestellt, Gabrielle? Möchtest du im Haus herumschleichen, bis Nevers gestorben oder Dominique erwachsen ist? Diese Angelegenheit mit dem Herzog muß geklärt werden, damit wir ein normales Leben führen können. Zumindest so normal, wie es unter den gegebenen Umständen möglich ist.«

Es ging um etwas Wichtiges; die Zukunft ihres Sohnes stand auf dem Spiel. Sie aber konnte an nichts anderes denken, als daß Max in ihrem Zimmer stand und sie das erste Mal seit Tagen allein waren. Ein wildes, unbezähmbares Verlangen nach ihm überfiel sie.

Ohne es zu wollen, kaute sie an ihrer Unterlippe. Sie hielt den Kopf gesenkt und bemerkte nicht, wie er die Zähne zusammenbiß. »Was ... was wirst du ihm sagen?« fragte Gabrielle. »Wie soll das Problem gelöst werden?«

Max hob die Hand, zögerte einen Augenblick und strich ihr dann sanft über die Wange. Seine Gesichtszüge hatten sich etwas entspannt. Gabrielle mußte ihre ganze Kraft zusammennehmen, um nicht trostsuchend in seine Arme zu sinken.

»Du bist die Frau des Vicomte de Saint-Just. Der Name bedeutet etwas in diesem Land.« Auf seiner Wange tauchte ein Grübchen auf und verschwand gleich wieder. »Dank meinem großen, vornehmen Vater.«

»Aber der Herzog ...«

»Sei still und hör zu!« Seine Stimme klang samtig warm, und wie immer, wenn er so sprach, lief es Gabrielle heiß und kalt über den Rücken. »Ich habe bestimmte Informationen über den Herzog, die er vermutlich nicht dem König zu Ohren kommen lassen will. Ich glaube, daß wir ein faires Geschäft machen können. Er gibt deine Verfolgung auf und kann dafür gelegentlich seinen Enkelsohn besuchen. Dominique ist schließlich der Erbe des alten Herrn, und er sollte allmählich seinen ...«

Gabrielle fuhr zurück. »Niemals! Nie werde ich das Ungeheuer in die Nähe meines Sohns lassen! Er würde ihn entführen, und ich würde ihn nie mehr wiedersehen.«

Max packte sie an den Oberarmen und drehte sie um, so daß sie ihn ansehen mußte. Ein Zittern lief durch Gabrielles Körper, als Max sie berührte. Er mißdeutete die Ursache dafür als Angst und Abneigung und ließ Gabrielle so unvermittelt los, daß sie beinahe das Gleichgewicht verlor.

Er sah sie spöttisch von oben herab an. »Aber Gabrielle! Der Stolz der Saint-Just steht hier auf dem Spiel. Glaubst du wirklich, ich würde zulassen, daß Dominique etwas zustößt? Er ist jetzt mein Sohn, und ich werde ihn beschützen.« Max verbarg seine Gefühle gut, und Gabrielle konnte nichts in seinen dunklen Augen lesen. »Ich würde nie zulassen, daß dem Jungen etwas zustößt. Kannst du mir nicht ein wenig vertrauen, Gabrielle?«

Gabrielles Hals war wie zugeschnürt, und nur mit Mühe brachte sie die Worte hervor: »Natürlich Max .... natürlich vertraue ich dir.«

Max lachte bitter und wollte gehen, doch sie packte ihn am Arm und hielt ihn zurück. Max legte ihr ungestüm den Arm um den Hals und küßte sie.

Und während er sie leidenschaftlich küßte, tastete er bereits nach dem Gürtel um ihre Taille, öffnete den Morgenmantel und griff grob nach ihren entblößten Brüsten. Seine wilde Leidenschaft versetzte Gabrielle in schmerzhafte Ekstase. Sie bog den Rücken zurück und löste sich von seinem Mund.

Max küßte ihre Brüste, hob Gabrielle hoch und preßte sie an sich. Er umfaßte ihre Taille, sie legte die Beine um seine Mitte und klammerte sich an ihm fest. Sie keuchten vor Lachen und Leidenschaft, sanken zu Boden und genossen ihre Körper in wilder Gier, bis Gabrielle mit einem kehligen Schrei über seiner Brust zusammensackte und ihr Gesicht an seiner Schulter barg. Sie atmeten im Gleichklang, zuerst schnell, dann immer langsamer und entspannten sich schließlich, in Schweiß gebadet. Max strich zärtlich über Gabrielles Gesäß. Am Ende ihres Liebesspiels wurde Gabrielle immer ein wenig traurig. Sie empfand eine Leere, als wäre mit Max ein Teil von ihr entschwunden.

Sie legte sich auf die Seite und betrachtete sein Gesicht. Sie glaubte seine Augen geschlossen, aber als sie etwas sagen wollte, hielt Max ihr den Mund mit der Hand zu.

»Nicht. Sag jetzt nichts.«

Gabrielle blieben die Worte im Hals stecken; Max erstickte die Worte mit seiner Hand. *Liebst du mich? Hast du mich begehrt, oder hätte es jede andere Frau auch getan?*

Schweigend nahm Max sie in die Arme und trug sie auf das Bett. Schweigend legte er sie zwischen die seidenen Laken, zog sich aus und legte sich, zu Gabrielles freudiger Überraschung, neben sie. Einen Arm über ihre Brüste gelegt, schlief er ein, und als er ein paar Stunden später aufwachte, liebte er sie wieder, immer noch schweigend, diesmal langsam und überaus zärtlich.

Aber keiner von ihnen sprach von Liebe.

KAPITEL 20

Gabrielle hielt die Hand ihres Sohnes fest. Sie standen unter den kahlen, trockenen Ästen eines alten Kastanienbaums und betrachteten das Palais Royal. Straßendirnen und ihre Freier waren zahlreich wie eh und je, aber der Park war jetzt nicht nur eine Brutstätte der Sünde, sondern vor allem auch der politischen Aktivitäten.

Die Bücherkioske waren überladen mit druckfrischen Schriften und Traktaten, die noch den stechenden Geruch von Druckerschwärze verbreiteten. Eine Menschenmenge umringte eine Gartenbank, auf der ein Mann stand und laut aus einer Broschüre über die Rechte der Menschen vorlas. Vor dem Café de Foy berichtete ein Redner lautstark seinem Publikum von einem Plan, dem zufolge der König angeblich Paris aushungern wolle.

»Mama!« Dominique zog Gabrielle an der Hand. »Ich habe geglaubt, wir wollen Agnes und Simon besuchen!«

»Das wollen wir auch, mein Liebling. Nur noch einen Moment.«

Gabrielle sah hinüber zu dem Schild über dem Pfandleiherladen. Die drei goldenen Kugeln brauchten einen neuen Anstrich. Warum hatte sich Simon nicht darum gekümmert? Plötzlich bekam sie Angst. War er krank? Gingen die Geschäfte schlecht?

Durch das vordere Fenster drang der flackernde Lichtschein der Kerze vom Kerzenständer auf dem Ladentisch. Gabrielle dachte daran, wie sie das erste Mal hier gestanden und sich Mut gemacht hatte, endlich Simons Laden zu betreten. Wie seltsam das Schicksal manchmal verfuhr. Wie anders wäre ihr Leben verlaufen, hätte sie Martins Ring in einem anderen Laden verpfändet.

Die Glocke über dem Türrahmen läutete, als Gabrielle die Tür öffnete. Simon saß auf einem Hocker hinter dem Ladentisch und schrieb etwas in großen Buchstaben auf ein Blatt Papier. Er sah nicht sofort auf – erst als Dominique sich von seiner Mutter losgemacht hatte und durch den Laden stürmte. »Monsieur Simon! Monsieur Simon!«

Simon hob den Kopf und blinzelte. Der Junge sprang auf seine Knie und vergrub seinen Kopf an Simons Brust.

Simon streichelte dem Jungen über den blonden Kopf, und ein Zucken lief über sein Gesicht. »Barmherziger Gott ... Gabrielle! Bist du es wirklich?«

Tränen verschleierten Gabrielles Augen, und sie stolperte auf Simon zu. Simon stand stand mit Dominique in den Armen auf. Wortlos legte er Gabrielle den freien Arm um die Schulter und zog sie an sich. Sie drückte ihr Gesicht an seine Brust. Er roch wie immer – nach Rosenwasser, das den muffigen Geruch der alten Kleider überdeckte.

»Gabrielle, Gabrielle«, summte er mit weicher Stimme, während er beide in seinen Armen wiegte.

Ein lauter Schrei ließ sie alle zusammenfahren. Agnes stand in der Tür zur Küche. Sie drückte die Hände auf den Mund, und ihr Gesicht unter der riesigen Haube war knallrot geworden. »Bist du es wirklich! Der Teufel soll mich holen! Gabrielle!«

Dominique ließ sich zu Boden gleiten, lief zu Agnes und umklammerte ihre Knie. »Rate einmal, was ich kann, Agnes! Ich kann reiten! Das Pferd heißt Marthe.«

»Ist das wahr, Kleiner?« Agnes hatte Tränen in den Augen, und ihre Hände zitterten. »Du lieber Gott, ich kann es nicht glauben, daß ihr wirklich hier seid.«

Gabrielle war verlegen. Es gab so viel zu erzählen und zu erklären, daß sie nicht wußte, wie sie beginnen sollte. Sie murmelte nur: »Ich bin hier.«

Agnes hob Dominique hoch und drückte ihm einen schmatzenden Kuß auf die Wange. Dann stellte sie ihn wieder zu Boden, trat einen Schritt zurück und stemmte die Fäuste in die Hüften. »Laß dich einmal anschauen, mein Kind. Ich könnte schwören, daß du doppelt so groß geworden bist!« Dann betrachtete sie Gabrielle von oben bis unten. »Allmächtiger Gott, du bist dafür spindeldürr geworden, meine Gute!«

»Sprich ordentlich, Frau!« mahnte Simon.

Gabrielle wollte lachen, aber das Lachen blieb ihr im Hals stekken. »Frau?« fragte sie Simon verblüfft.

Agnes kicherte, und ihr prächtiger Busen hob sich dabei stolzgeschwellt. »Kannst du es glauben, Gabrielle? Simon, der alte Narr, hat mich zu seiner Frau genommen.« Sie gab ihm einen Klaps auf den Arm. »Und jetzt hält er sich für Gott weiß was!«

Simon rümpfte die Nase. »Jemand hat einmal gesagt, daß ein Mann, der sich nach Sorgen sehnt, nur heiraten braucht, und dieser Jemand hat gewußt, wovon er sprach.« Aber er strahlte Agnes glücklich an, als er das sagte.

Gabrielle blickte von einem lachenden Gesicht zum anderen. »Ich weiß nicht, was ich sagen soll, ich kann euch nur alles Gute wünschen!«

»Agnes!« meldete sich Dominique wieder zu Wort und schob sich zwischen die Erwachsenen. »Hast du Lebkuchen?«

»Ich habe darum gebetet, daß du eines Tages zu uns nach Hause kommst«, meinte Simon. Er saß auf seinem Stuhl vor dem Ofen, während Gabrielle mit einer Tasse Tee in den Händen neben ihm auf einer Eichenbank saß. Dominique und Agnes waren in der Küche und naschten ausgiebig Lebkuchen, Kekse und Traubenkonfitüre.

»An den eleganten Kleidern, die du und der Junge tragt, sehe ich, daß du zu ihm zurückgekehrt bist.« Simon verzog abfällig den Mund. »Vicomte de Saint-Just nennt er sich jetzt.«

»Maximilien de Saint-Just ist mein Ehemann.«

Simon schob trotzig die Unterlippe vor. »Das mag sein, aber wenn du Grund hattest, einmal von ihm fortzulaufen, wer sagt, daß er dir nicht wieder Anlaß dazu gibt? Ich weiß nicht, was er getan hat, aber ich werde es ihm nie verzeihen. Das habe ich ihm ins Gesicht gesagt, als er hier herumgeschnüffelt hat und unbedingt herausfinden wollte, wohin du gegangen warst.«

»Du hast es ihm gesagt! Ha!« rief Agnes, den Mund voll mit Lebkuchen. »Du bist mit dem Besen auf ihn losgegangen. Der arme Monsieur Max. Er stand einfach da und ließ sich von dir verprügeln.«

Gabrielle hatte Tränen in den Augen, aber sie mußte ebenfalls lachen. »Ach, Simon ...«

Simon schwang die Faust. »Wenn er noch einmal meinen Laden betritt, dann kann er wieder etwas erleben!«

»Max hatte keine Schuld, Simon«, beruhigte ihn Gabrielle.

Simon schüttelte den Kopf. »Er hat versprochen, für dich zu sorgen und auf dich achtzugeben. Statt dessen hat er dich vertrieben.«

»Beim Heiligen Christophorus!« fuhr Agnes ihn an und verspuckte dabei Lebkuchenkrumen. »Wenn du einen Augenblick still wärst, Mann, dann könnte Gabrielle auch zu Wort kommen und vielleicht alles erklären ...«

Simon sah seine Frau stirnrunzelnd an. »Du vergißt dich, Frau!«

Agnes rümpfte die Nase. »Ich bin schon in Ordnung. Nur was in letzter Zeit in deinem Kopf vorgeht, das macht mir Sorgen.« Sie grinste Gabrielle an und deutete dabei auf Simon. »Er ist jetzt bei diesem dummen Klub, bei den Freimaurern. Jetzt macht er den ganzen Tag nichts anderes, als Flugblätter abzufassen und politische Reden zu schwingen. Und nachts geht das weiter, falls ich ihn nicht anderweitig beschäftige.«

Simon wurde rot vor Zorn, und Gabrielle nahm einen Schluck Tee, um ihr Lächeln zu verbergen. Simon und Agnes waren verheiratet! Wer hätte das je gedacht!

Mißbilligend fuhr Agnes fort: »Überall wo er hinschaut, sieht er ein Komplott.«

Simon stand heftig gestikulierend auf. »Soll ich vielleicht untätig zusehen, wie die österreichische Schlampe und ihr Mann, dieser König von vorgestern, unser Land zerstören?« Er holte aus dem Mülleimer einen Laib dunkles, bröseliges Brot, das säuerlich roch, und hielt es seiner Frau unter die Nase. »Schau dir das an! Davon müssen sich die Leute in Paris ernähren, aber Madame Defizit behängt sich mit Diamanten!«

»Du machst alles voll mit Krumen, du Narr. Willst du, daß sich die Mäuse bei uns einquartieren?« Agnes verdrehte die Augen. »Ich habe drei Stunden verschwendet und mich dafür angestellt. Aber ich verschwende nicht noch einmal zwei Stunden und schreibe darüber ein Traktat.«

»In den Lagerhäusern verrottet das Getreide, während die Spekulanten darauf warten, daß die Preise steigen«, klagte Simon Gabrielle, ohne Agnes zu beachten. »Aber die Aristokraten brauchen täglich säckeweise Mehl für ihre gepuderten Köpfe.« Er betrachtete Gabrielles Haare, die ihr lose über den Rücken fielen und nicht gepudert waren. »Wenigstens hast du nicht vergessen, wer ...«

Simon hielt inne, und die Frage, die ihm plötzlich in den Sinn gekommen war, stand ihm ins Gesicht geschrieben. *Wer bist du wirklich, Gabrielle?*

Aber jetzt konnte Gabrielle ihm noch nichts erzählen. Während sie hier saß, war Max mit dem Herzog von Nevers verabredet und wollte durch eine Kombination von Erpressung, politischem Einfluß und seinem unglaublichen Charme für sie und ihren Sohn die Freiheit erwirken. Er hatte sie gebeten, ihm zu vertrauen, und Gabrielle wußte, daß sie ihm bedingungslos vertrauen mußte, sollte es für ihre Ehe noch Hoffnung geben.

Ihr Blick wanderte zu Dominique, der mit rotverschmiertem Mund neben der Kohlenkiste saß. Er baute ein Schloß aus Brikettstücken, und sein blauer Satinanzug war bereits voll Kohlenstaub. Gabrielle hatte riskiert, ihren Sohn zu verlieren, nur um Max' Liebe wiederzugewinnen. Ihr wurde übel vor Angst, wenn sie daran dachte.

In der Küche war es still geworden. Agnes und Simon sahen sie erwartungsvoll an und wollten hören, wo sie das vergangene Jahr gewesen und warum sie überhaupt fortgelaufen war. Sobald Gabrielle einmal Gewißheit hatte, daß sie und Dominique dem drohenden Arm des Herzogs entkommen waren, würde sie den beiden alles erzählen.

Aber bis dahin vermied sie das Risiko, Agnes und Simon in ihre Angelegenheiten zu verwickeln. Sie unterdrückte ein Lächeln, als sie sich vorstellte, wie Simon auf den Herzog von Nevers mit einem Besen losging.

Gabrielle lenkte ab. »Diese Schriften, die du verfaßt, Simon ... erinnerst du dich noch an die Karikaturen, die ich von der Königin gezeichnet habe?«

»Klar!« Simon klatschte in die Hände. »Eine hervorragende

Idee! Ich rede mit dem Drucker, wie man das machen könnte. Mit deinen Zeichnungen hätten meine Schriften eine viel bessere Wirkung!«

Agnes seufzte. »Mein Gott, Gabrielle, ich habe gedacht, du würdest seiner Narretei ein Ende setzen und ihn nicht noch darin bestärken.«

Gabrielle dachte an den Herzog von Nevers und seinen kriecherischen Günstling Louvois und an die schreckliche Angst und das Leid, die sie ihretwegen während der vergangenen fünf Jahre erlitten hatte. Ihre Augen funkelten zornig. »Niemand sollte durch das Vorrecht seiner Geburt absolute Macht über einen anderen Menschen besitzen. Wenn das die Bedeutung von Freiheit ist, dann bin ich gewillt, dafür zu kämpfen.«

Simon strahlte. »Siehst du Agnes, ich hätte es nicht besser sagen können.«

Später begleitete Agnes Gabrielle und Dominique durch den Park des Palais Royal. Es wurde allmählich dämmrig, und die Lampions und die geschäftig bunte Menschenmenge gaben dem Park einen festlichen Charakter. Im Palast gab der überspannte Herzog von Orléans wieder einmal eine Abendgesellschaft, und aus den Kutschen vor der Auffahrt stiegen elegante, mit Juwelen behängte Nachtschwärmer.

»Lauf nicht zu weit vor, mein Kleiner«, rief Gabrielle ihrem Sohn nach, der einem Eichhörnchen nachjagte.

Agnes und Gabrielle gingen Arm in Arm durch die Dämmerung. »Ich weiß, was du jetzt sagen wirst. Du denkst, daß Simon viel zu alt für mich sei.«

»Simon ist ein guter Mensch.«

Agnes stieß einen tiefen Seufzer aus. »Du wirst jetzt glauben, ich lüge, aber ich habe mich schon am ersten Tag in Simon verliebt.« Sie kicherte. »Als er mir mit seinem Stock gedroht hat, weil ich dich beklauen wollte. Natürlich war ich nichts weiter als ein lästiger Quälgeist für ihn, und er hat sich nur um deinetwillen mit mir abgefunden.«

»Sei doch nicht dumm!«

Agnes drückte Gabrielles Arm fest. »Nein, das ist wahr. Aber nachdem du und Dominique fortgegangen wart, waren wir beide schrecklich einsam. Eines Tages haben wir dann begriffen, daß wir uns nicht einsam fühlen mußten. Wir hatten einander.«

Agnes lächelte, und auf ihren Wangen bildeten sich Grübchen. »Wir haben in der Kirche des Heiligen Rochus geheiratet, und ich habe ein weißes Spitzenkleid getragen. Alles war, wie ich es mir immer erträumt hatte.« Wieder lachte sie. »Natürlich konnte ich Simon nicht vormachen, daß ich noch eine Jungfrau sei ...«

»Das hoffe ich denn auch!«

»Aber in gewisser Weise war es wie das erste Mal, denn wenn ich früher mit einem Mann zusammen war, dann war es Arbeit. Ich habe ihn weder gemocht, noch war er mir zuwider, so lang er nicht grob war. Aber mit Simon ist es anders. Er gibt mir das Gefühl, etwas Besonderes zu sein. Er berührt mich mit einer Zärtlichkeit, als hätte er Angst, ich könnte zerbrechen.«

Agnes' Gesicht strahlte vor Glück, und sie sah beinahe schön aus. Für einen Augenblick beneidete Gabrielle die Freundin. Nicht um Simon, denn für Gabrielle war Simon nie etwas anderes als die nie gekannte Vatergestalt gewesen. Sie beneidete Agnes vielmehr um die Geborgenheit und um das Wissen, geliebt und geschätzt zu werden.

Agnes blieb stehen und zwang Gabrielle, sie anzusehen. »Gabrielle, ist zwischen dir und Monsieur Max jetzt alles in Ordnung?«

»Ja ... natürlich«, log Gabrielle.

Agnes seufzte; sie deutete den traurigen Ausdruck in Gabrielles Augen falsch. »Simon ist der dickköpfigste Mann, den man sich vorstellen kann. Hat er sich einmal etwas in den Kopf gesetzt, kann ihm kein Ochsengespann den Gedanken mehr austreiben. Früher hatte er Monsieur Max sehr gern gehabt, vielleicht überlegt er es sich wieder. Dann könnte es sein wie früher, und wir wären alle wieder Freunde.«

»Schau, Mama, was ich gefunden habe!«

Gabrielle riß erschrocken die Augen auf, als sie die aufgeregte Stimme ihres Kindes hörte. Langsam drehte sie sich um und war auf alles gefaßt: Dominique konnte eine Maus und ebensogut den König von Frankreich im Schlepptau haben.

Ihr vollkommen unmöglicher Sohn kam ihr entgegengelaufen und drückte eine riesengroße rot und weiß gestreifte Katze an seine Brust. Die Katze war so groß, daß ihr Schwanz zwischen Dominiques Beinen über den Boden schleifte, während ihre Ohren Dominiques Nase umspielten. Um den dicken Hals trug sie ein glitzerndes Halsband aus wertlosen Steinen.

»Dominique!« Gabrielle biß sich in die Wangen, um nicht zu lachen. Agnes lachte unverblümt los.

Dominique sah seine Mutter mit großen, unschuldigen Augen an. »Sie will uns nach Hause nachlaufen, Mama. Können wir sie behalten?«

Gabrielle näherte sich langsam dem Stadthaus der Saint-Just und zog ihren schmollenden Sohn hinter sich her. Immer wieder sah sie sich um, ob nicht irgendwo die große schwarze Berline mit einem Kutscher in schwarz-goldener Livree auftauchte.

Auf der Kiesauffahrt parkte tatsächlich ein Wagen, aber es war ein eleganter weißer Landauer, und die Lakaien trugen Blau und Silber. Sogar die Kokarden der Pferde waren blau und silberfarben, und in ihre Mähnen waren passende Bänder eingeflochten. Auf der Tür der Kutsche prangte das Wappen mit dem Löwenkopf zwischen den gekreuzten Schwertern.

Als Gabrielle die weiträumige Halle mit ihrem Sohn betrat, kam ihnen der Haushofmeister, ein dünner, steifer Mann mit düsterem Gesicht, auf leisen Sohlen entgegen. Zwei Diener warteten bereits und nahmen ihnen Hüte und Mäntel ab.

»Ich rede nicht mit Mama«, verkündete Dominique so laut, daß seine Stimme von der Kuppeldecke der Halle widerhallte. »Sie hat nicht erlaubt, daß ich meine Katze behalte.«

Der Haushofmeister betrachtete Gabrielles Sohn, der rußverschmiert, mit Lebkuchenkrumen und roten Katzenhaaren bedeckt, vor ihm stand. Die lange, schmale Nase des Dieners zuckte. »Was Sie nicht sagen, Monsieur Dominique!«

Gabrielle lächelte entschuldigend. Schon als Kind hatte sie sich in Gegenwart der Dienerschaft ihrer Mutter immer unbehaglich gefühlt, und Aumont, der Haushofmeister von Max, wirkte besonders einschüchternd auf Gabrielle. »Wir waren ein wenig spazieren«, murmelte sie, obwohl sie wußte, daß sie als Vicomtesse niemandem Rechenschaft schuldete.

Aumont verbeugte sich. »Madame Vicomtesse.« Sein Gesicht blieb ausdruckslos, aber Gabrielle glaubte, so etwas wie Belustigung in seinen Augen zu sehen. »Der Herr Graf erwartet Sie im großen Salon.«

Gabrielle erfaßte nicht sofort, was er gesagt hatte. Dann wurde sie blaß und rief, ohne nachzudenken: »Max' Vater ist gekommen und will mich sehen?«

»Madame, wenn Sie gestatten, gehe ich voran.« Aumont ließ keinen Zweifel offen, daß der große Marschall einen Befehl erteilt hatte und erwartete, daß man diesem sofort nachkam.

»Ich komme auch«, verkündete Dominique. Er schmollte nicht länger, sondern klammerte sich starrköpfig an Gabrielles Röcken fest.

Zu Gabrielles Überraschung lag ein milder Zug auf Aumonts Gesicht, als er zu Dominique gewandt sagte: »Ich glaube, Monsieur Vicomte hat etwas von einer Überraschung erwähnt, die im Kinderzimmer wartet.« Dabei schnalzte er mit den Fingern, und ein Diener erschien. Aber Dominique lief bereits zur Treppe und rief etwas von einem roten Ballon, den ihm sein Papa versprochen habe.

Aumont zögerte noch, ehe er Gabrielle zum großen Salon begleitete. »Madame ... ich war mir nicht sicher, ob Sie damit einverstanden sind.« Sein Gesichtsausdruck ließ keinen Zweifel daran, daß er es nicht war. »Monsieur Vicomte hat eine ... eine Kreatur im Kinderzimmer untergebracht.«

Gabrielle wurde blaß. »Eine Kreatur?«

Aumont rümpfte die Nase. »Eine Eule, Madame.«

»Oh!« Sie lächelte. »Nun, ich werde mit Monsieur reden.«

Aumont verbeugte sich. »Danke, Madame.«

Als Gabrielle hinter dem Haushofmeister auf die vergoldete Doppeltür zuging, warf sie einen kurzen Blick in einen Spiegel und war entsetzt. Ihre Haare waren nicht frisiert und vom feuchten Winterwind durchgeblasen worden, so daß sie wie eine zerzauste Löwenmähne zu Berge standen. Für den Besuch bei Simon und Agnes hatte sie mit Absicht ein sehr einfaches Kleid gewählt, ein Kleid aus hellgrauem Wollstoff, das nur am Oberteil und an den Ärmeln einen schmalen Spitzenbesatz hatte; sie wollte ihre neue Stellung als Frau des Vicomte nicht hervorkehren. Als sie das Kleid angezogen hatte, war es ihr elegant vorgekommen; jetzt dachte sie, daß nur noch die Haube fehle, und sie würde wie eine Putzfrau aussehen.

Aumont öffnete schwungvoll die Türen und trat zur Seite. »Madame Vicomtesse«, verkündete er.

Gabrielle gab sich einen Ruck und betrat mit hocherhobenem Kopf den Salon. Als sie am Haushofmeister vorüberschritt, hatte sie den Eindruck, daß er ihr zublinzelte.

Der Marschall stand mit vor der Brust verschränkten Armen vor dem Kamin und hatte den Rücken dem Feuer zugekehrt. Er war groß, noch größer als Max, und hatte eine breite, runde Brust, wie ein Weinfaß, und Beine so stark wie ein Baumstamm. Er trug höfische Kleidung, eine Jacke aus gelbem Samt mit Goldverschnürung und eine weiße Kniehose aus Satin. An den modischen Schuhen mit den breiten Absätzen und den abgeflachten Zehen prunkten mit Diamanten besetzte Spangen. Auf dem Kopf saß eine aufwendig gearbeitete gepuderte Perücke, deren Locken dem Marschall bis auf die Schultern fielen.

Nur sein kräftiger Körperbau und die scharfen Falten um seinen hochmütigen, schmalen Mund verhinderten, daß der Graf von Saint-Just geckenhaft wirkte. So aber wurde er seinem Ruf gerecht. Er wirkte wie ein Mann, der mit einem einzigen Wort ganze Armeen in Bewegung setzen konnte.

Er hob das Monokel ans Auge und betrachtete Gabrielle. Sein höhnisches Grinsen glich dem von Max so sehr, daß Gabrielle trotz ihrer Nervosität ein Lächeln unterdrücken mußte.

»Seit mehr als einem Jahr höre ich die lächerliche Geschichte, daß mein Sohn ein Ladenmädchen geheiratet hat«, begann der Graf im näselnden Tonfall der Aristokraten. »Maximilien hat sich zwar immer einen Spaß daraus gemacht, sich Dinge auszudenken, mit denen er den guten Namen, den ich ihm gegeben habe, in Mißkredit brachte, aber eines solchen Schritts hielt ich selbst ihn nicht für fähig.« Seufzend ließ er das Monokel sinken und wand die Schnur spielerisch um einen Finger. »Aber wie ich sehe, hatte ich unrecht. Er ist nicht nur einer solchen Handlung fähig, er hat sie offenbar auch durchgeführt.«

»Herr Graf.« Gabrielle machte einen tiefen, respektvollen Knicks, wie es einer pflichtbewußten Schwiegertochter zukam, aber als sie sich aufrichtete, begegnete sie stolz dem harten Blick des Grafen. Sie weigerte sich, diesem hochmütigen Mann gegenüber ihre Herkunft oder ihre Vergangenheit zu verteidigen.

»Soviel ich weiß, gibt es auch ein Kind. Einen Jungen«, fuhr der Graf fort. »Ist er der Sohn meines Tunichtguts?«

»Nein, Monsieur.«

Der Graf zog die dünnen dunklen Brauen hoch. »Nicht?« Er zuckte mit den breiten Schultern. »Dann werde ich nicht fragen, wer sein Vater ist.« Wieder betrachtete er Gabrielle eingehend durch das Monokel. »Ich verstehe, was Maximiliens Aufmerksamkeit erregt hat. Auf Ihre zerzauste Art sind Sie schön. Aber ich hätte gedacht, daß Ihr Becken zu schmal ist, um einen Sohn zur Welt zu bringen. Sind sie derzeit schwanger?«

Gabrielle wurde rot vor Zorn. »Das ist nicht Ihre Angelegenheit, Monsieur.«

»Ganz im Gegenteil, es ist sehr wohl meine Angelegenheit. Denn wenn Sie noch nicht schwanger sind, ist es vielleicht noch nicht zu spät für mich, diese absurde Verbindung annullieren zu lassen.«

Gabrielle wäre beinahe in wildes Gelächter ausgebrochen. Unglaublich, daß ihr das gleiche wieder passierte! Es hätte sie nicht überrascht, hätte ihr der Graf jetzt einen Haftbefehl unter die Nase gehalten und ihr mit der Bastille gedroht.

Zorn und Empörung übermannten sie. Sie hatte es satt, sich von Männern ihr Leben ruinieren zu lassen, die besessen waren vom Gedanken an Ahnenreihen und Titel und die noch in fünfhundert Jahren in ihren modrigen alten Schlössern wohnen würden. Warum begriffen nur Frauen, daß nicht das Morgen das Wichtige im Leben war, sondern das Heute? Es war wichtig, einen Partner zu haben, den man liebte, von dem man geliebt wurde, mit dem man Bett und Tisch teilte; daß man glückliche, gesunde Kinder hatte, die man großzog und heranwachsen sah. Was ging es diesen aufgeblasenen, arroganten Mann an, was für eine Frau sein Sohn geheiratet hatte, solange Max Glück und Liebe in dieser Verbindung fand?

Gabrielle blickte den Grafen wütend an. »Wenn Sie mir drohen oder mir Geld anbieten wollen, Monsieur, können Sie sich das sparen. Denn ich habe Ihren Sohn vor Gott geheiratet, und ich werde verheiratet bleiben, bis es Gott gefällt, diese Verbindung zu lösen, auch wenn sie absurd sein mag.«

»Laß dir das eine Warnung sein, mein lieber Vater«, ließ sich jetzt eine sanfte, hämische Stimme vernehmen. »Meine Frau geht erschreckend geschickt mit einer Pistole um. Wenn du sie noch einmal beleidigst, fordert sie dich womöglich zum Duell.«

Maximilien de Saint-Just lehnte ungezwungen am Türrahmen, die langen Beine gekreuzt, die Hände in den Hosentaschen. Ein Lächeln huschte über Gabrielles Gesicht, wie immer, wenn sie ihn sah.

Beim Anblick seines Sohnes wurde der Marschall unwillig. »Da wir von Duellen sprechen, ich habe gehört, daß du den Marquis de Tessé getötet hast. Er war ein Freund von mir.«

»Soviel ich weiß, ist er noch am Leben.« Max betrat den Salon. Gabrielle hatte zwar nicht das geringste Mitleid mit dem Grafen von Saint-Just, aber sie mußte zugeben, daß Max' spöttisches Lächeln die Geduld des nachsichtigsten Vaters auf eine harte Probe gestellt hätte.

»Warum besuchst du nicht Tessé am Krankenbett?« fragte Max. »Ich bin sicher, er wäre entzückt darüber, dich zu sehen.«

Der Graf machte eine herrische Handbewegung. »Das ist vollkommen unwichtig. Ich bin wegen deiner Heirat gekommen ...«

»Du wolltest mir gratulieren. Ich wußte, du würdest begeistert sein.«

»Ich gebe dir ein Jahr Zeit, sie loszuwerden«, fuhr der Graf fort. Er sprach von Gabrielle, als wäre sie nicht mehr im Zimmer. »Ich habe mich mit dem Marquis de Sévigné bereits besprochen. Nächstes Jahr zu Weihnachten heiratest du seine Tochter.«

Max warf den Kopf in den Nacken und lachte. »Guter Gott! Die kann doch nicht älter als vierzehn Jahre sein!«

»Und ihr Ehemann wird die halbe Bretagne erben.«

»Dann heirate du sie doch!« Max legte Gabrielle den Arm um die Taille und zog sie an sich. »Wenn dir das Ehebett so viel Vergnügen bereitet wie mir, dann wirst du bald eine Reihe Söhne haben, mit denen du mich ersetzen kannst.«

Gabrielle errötete über Max' offene Ausdrucksweise, aber der Graf schenkte ihr keinen Blick. Seine dunklen Augen waren auf seinen Sohn gerichtet, und seine Hände waren zu Fäusten geballt.

»Bei Gott, ich habe dich vor dem Hof und dem König als meinen Erben anerkannt, aber das heißt nicht, daß ich einen Fehler nicht wiedergutmachen kann!«

Max zuckte die Achseln. »Dann tu es doch!«

Der Graf machte kehrt und ging mit gewichtigen Schritten zur Tür. An der Schwelle blieb er noch einmal stehen und drehte sich um. Sein Sohn stand immer noch mit dem Arm um Gabrielles Taille gelegt mitten im Raum. »Ich frage mich oft, von welchem Teufel ich in jener Nacht besessen war, als ich dich gezeugt habe.«

Max drückte Gabrielle so fest, daß sie kaum Luft bekam, aber er behielt seinen unbekümmerten, leicht spöttischen Tonfall bei. »Stimmt. Im Lauf der Jahre haben viele Leute unter deinem Fehler von damals gelitten.«

Der Graf wurde knallrot; er sah aus, als würde er im nächsten Augenblick an seinem Zorn ersticken. Er verließ den Salon und warf in kindischer Unbeherrschtheit die Türen hinter sich zu.

Gabrielle ließ den Kopf an Max' Schulter sinken. Er roch nach Tabak und Brandy, und sie hätte ihn gern geküßt, aber seine reservierte Haltung hielt sie davon ab.

Sie seufzte, und Max mißdeutete den Grund dafür. »Kümmere dich nicht um meinen Vater. Hunde die bellen, beißen nicht, das trifft auf ihn zu. Darin liegt vielleicht auch der Grund, warum Frankreich nie einen Krieg gewinnt.« Er umfaßte ihr Kinn und hob ihr Gesicht hoch. »Würde es dir etwas ausmachen, wenn ich plötzlich wieder arm und ohne Titel dastünde?«

»Sei kein Idiot.« Gabrielle zitterte. »Aber er ist widerlich.«

»Vergiß meinen Vater. Ich habe etwas für dich.« Max ließ sie los und zog ein Blatt Papier aus der Jackentasche. Es war ein Haftbefehl, ausgestellt auf Gabrielle, vom König unterzeichnet.

Gabrielle griff mit zitternden Händen danach. »Max, wie ...?«

»Ich habe ihm Stillschweigen geschworen und das Papier dafür eingetauscht. Dem Herzog von Nevers liegt sehr viel daran, daß gewisse Informationen dem König nicht zu Ohren kommen.« Max lächelte listig. »Im Grunde fürchtet er die Königin sogar noch mehr, denn er war dafür verantwortlich, daß einer ihrer besonderen Günstlinge in Ungnade fiel. Wenn sie je herausfindet, daß Nevers hinter dem Komplott gestanden hatte, dann läßt sie seine Eier braten und sich auf einem silbernen Teller servieren ...«

»Max!«

Max lachte. »Entschuldige, Liebste. Ich vergesse manchmal, was für ein Unschuldslamm du bist.« Er beugte sich zu ihr, und Gabrielle glaubte schon, er würde sie in die Arme nehmen, doch im letzten Augenblick hielt er sich zurück; sie versuchte, ihre Enttäuschung zu verbergen.

»Der Herzog hat darum gebeten, seinen Enkelsohn zu sehen«, fuhr Max trocken fort. »Ich ließ ihn wissen, daß das deine Entscheidung sei, und er hat sich damit einverstanden erklärt.«

»Ich werde darüber nachdenken«, antwortete Gabrielle beherrscht und den Blick auf den Haftbefehl gerichtet, den sie immer noch in den Händen hielt. Sie wollte Max so viele Dinge fragen. Wie war er zu Informationen gekommen, die einem mächtigen Mann wie dem Herzog von Nevers Angst einjagten? Hieß das jetzt, daß Max ihr verziehen hatte, daß sie fortgelaufen war? Existierte in seinem Herzen noch ein Funken Liebe zu ihr?

Max' Gesicht war hart und gleichgültig geblieben, beinahe grausam. So sah er sie jetzt immer an, außer wenn die Leidenschaft ihn übermannte. Aber Leidenschaft war nicht gleich Liebe. Oder doch?

»Ich ... ich weiß nicht, wie ich dir je zurückzahlen kann ...«

»Ein Ehemann hat bestimmte Verpflichtungen. Er muß seine Frau beschützen und für sie sorgen«, entgegnete Max förmlich.

Gabrielle hatte Tränen in den Augen, und sie drehte sich um, damit er sie nicht sah. »Trotzdem, ich werde dir immer dankbar dafür sein.«

Max trat einen Schritt zurück und verbeugte sich. »Wie du meinst. Und jetzt guten Abend, Madame.«

Er war beinahe an der Tür, als Gabrielle ihn noch einmal zurückhielt.

»Max, wirst du ... wirst du später am Abend zu Hause sein?« Sie hielt die zitternden Hände hinter dem Rücken verschränkt. »Dominique hat danach gefragt«, log Gabrielle schamlos.

»Ich bin verabredet.«

»Oh!« Gabrielle wurde übel.

Um seinen Mund zuckte ein wissendes Lächeln. »Will Dominique wissen, wo meine Verabredung stattfindet und wen ich dort treffe?«

Gabrielle schnappte nach Luft. »Du ... du Wüstling! Wenn du deine Geliebte triffst, dann möchte ich es lieber nicht wissen!«

Max lachte. »Dann werde ich es dir nicht erzählen. Auf Wiedersehen, Liebste.«

Spät an diesem Abend fuhr die schwarze Berline vor dem Haus des Herzogs von Nevers in Versailles vor. Der Anwalt Louvois eilte über die Treppe, und während er darauf wartete, daß man ihm öffnete, streifte sein Blick den benachbarten Palast, in dem Ludwig XVI. sein königliches, vermutlich betrunkenes Haupt zur Ruhe gebettet hatte.

Louvois lächelte. In diesem Augenblick wurden im ganzen Land Wahlen abgehalten, um die Vertreter für die Versammlung der Generalstände zu bestimmen. Es war das erste Mal seit hundertfünfundsiebzig Jahren, daß diese Ständeversammlung zusammentreten sollte, und die Delegierten würden nicht in bester Stimmung sein. Der König hoffte, durch das Zugeständnis, die privilegierten Schichten, den Klerus und den Adel, zu besteuern, Frankreich vor dem Bankrott zu retten. Die privilegierten Schichten hatten jedoch anderes vor: Sie wollten dem König so viel Macht wie nur möglich entreißen. Die Bürger, die schwer besteuerte Mittelschicht, waren zwar reich, besaßen jedoch keine Privilegien; sie wollten erreichen, was der Adel bereits hatte.

Und das Volk? Louvois lachte laut. Das Volk wollte Brot, den Laib für drei Sous.

Bald, mein dicker, alter König Ludwig, wird es keine hochgeborenen, lakaienhaften Diener mehr geben, die dir willig das Nachtgewand und einen leeren Nachttopf reichen.

Die Tür ging auf, und Louvois folgte einem niedriggeborenen Lakaien über die Treppe nach oben in das Schlafgemach des Herzogs von Nevers. Der Herzog lag im Bett und betrachtete das Porträt seines Sohns. Louvois unterdrückte einen Seufzer und betastete unbewußt die Narbe an seiner Wange. Müssen wir das neuerlich durchkauen, dachte er.

Louvois hatte die niederschmetternde Enttäuschung im vergangenen Jahr nie ganz verkraftet. Gabrielle, diese hochnäsige aristokratische Schlampe, war praktisch zum Greifen nahe gewesen, und dann doch wieder entkommen! Er hatte diesen Narren Abel Hachette wütend beschuldigt, ihr eine Möglichkeit zur Flucht geboten zu haben. Doch der Bankier hatte nur die Schultern gezuckt und mit eisiger Miene behauptet, Louvois alle ihm zur Verfügung stehenden Informationen gegeben zu haben. Wenn Louvois nichts damit anzufangen wußte, konnte man doch nicht ihm, Hachette, die Schuld zuschieben!

Bis zum gegenwärtigen Tag beobachtete Louvois den Eingang zum Appartement über dem Café de Foy. Wenn er selbst nicht dort sein konnte, ließ er es Tag und Nacht bewachen. Aber sie war nie mehr wieder aufgetaucht, falls sie je dort gewesen war.

»... und wenn die Vicomtesse einverstanden ist, kann ich meinen Enkelsohn sehen«, erzählte der Herzog.

»Was haben Sie gesagt?« rief Louvois und bemerkte zu spät am entsetzten Gesichtsausdruck des Herzogs, daß er seine Frage schreiend gestellt hatte. Er senkte die Stimme und versuchte ruhig zu bleiben. »Haben Sie ... haben Sie gesagt, daß Sie Ihren Enkel gefunden haben?«

»Mein lieber Louvois, das habe ich Ihnen gerade erzählt. Offenbar hat die Schl- die Frau meines Sohnes wieder geheiratet, und zwar den Vicomte de Saint-Just, den Sohn des großen Marschalls.«

Louvois wurde es schwarz vor den Augen. »Wollen Sie damit sagen, daß Gabrielle den Vicomte de Saint-Just geheiratet hat? Sie wissen also, wo sie ist?«

Der Herzog blickte verträumt auf das Portrait. »Gabrielle ...

Richtig, jetzt erinnere ich mich. Das war der Name. Gabrielle. Der Vicomte erzählte, daß das Kind Dominique heißt. Der Junge hat blonde Haare und blaue Augen.« Er runzelte die Stirn. »Ist die Frau blond? Ich erinnere mich nicht.«

»Sie hat rotblonde Haare«, antwortete Louvois kurz. »Und dunkelblaue Augen. Haben Sie noch niemanden geschickt, um sie zu verhaften? Sie ...« Beinahe hätte er den Herzog einen alten Narren geschimpft, hielt sich aber noch rechtzeitig zurück. »Sie ist schlüpfrig und gefährlich wie eine Schlange. Du lieber Himmel, mittlerweile kann sie über alle Berge sein! Womöglich hat sie auch den Jungen mitgenommen«, fügte er hinzu, in der Hoffnung, daß diese Möglichkeit den Herzog aus seinen nostalgischen Träumereien reißen würde.

Der Herzog sah den Advokaten mit glasharten Augen an. »Die Frau wird in Ruhe gelassen, verstanden, Louvois! Der Vicomte de Saint-Just hat sich diesbezüglich sehr deutlich ausgedrückt. Wenn ich darauf hoffen will, meinen Enkel einmal zu sehen, muß die Mutter des Jungen unbehelligt bleiben.«

Louvois bemerkte die Angst des Herzogs. »Ich verstehe«, antwortete er, und er verstand tatsächlich.

Aber es war ihm gleichgültig. Er wollte Gabrielle, nicht den Jungen. Die Wünsche des Herzogs interessierten ihn nicht im geringsten.

Louvois zitterte vor Aufregung, aber jetzt konnte er geduldig warten. Diesmal würde sie nicht fortlaufen. Diesmal fühlte sie sich sicher. Sie konnte bleiben, wo sie war, im Glauben, von ihrem mächtigen adeligen Ehemann beschützt zu werden.

Louvois schauderte bei dem Gedanken an die einzige, kurze Begegnung mit dem gefährlichen Mann, der, wie sich herausstellte, der Vicomte de Saint-Just war. Er mußte sehr, sehr vorsichtig agieren, wollte er sich der Schlampe vor den hochmütigen Augen ihres Mannes bemächtigen. Aber er würde es schaffen; er wußte bereits genau, wie er vorgehen wollte.

Er mußte sich zusammennehmen, um vor Aufregung nicht laut zu lachen. In Gedanken beschäftigte er sich schon mit einer gewissen Schmuckkassette, die er in einer Truhe in seinem Appartement unter Verschluß hielt. Darin waren keine Diamanten oder Rubine, sondern etwas viel Wertvolleres – darin bewahrte er einen Haftbefehl auf, unterschrieben und blanko ausgestellt. Den hatte er sich vor Jahren beschafft, für den Fall, daß er einmal einen Feind, ohne Aufsehen und ohne Spuren zu hinterlassen, beseitigen mußte.

KAPITEL 21

Die schwarze Dominomaske verbarg die obere Hälfte seines Gesichts. Er beugte sich zu ihr, bis sich ihre Lippen fast berührten, und tastete mit den Fingern spielerisch über den silberfarbenen Spitzenbesatz an ihrem tiefen Ausschnitt. Gabrielle öffnete zitternd die Lippen.

Max grinste befriedigt, lehnte sich wieder in den ledergepolsterten Sitz zurück und sah zum Fenster hinaus. Es war Karneval. Auf den Straßen von Versailles drängten sich die Nachtschwärmer. Manche trugen phantastische Kostüme und sahen aus wie Dämonen aus einer farbenprächtigen Hölle. Andere waren als Nymphen in hauchdünne Kostüme gewandet, die zu viel enthüllten.

»Bis zum Tor des Schlosses brauchen wir mindestens noch fünf Minuten«, behauptete Max.

Gabrielle hatte zwar auf ihrer Seite der mit schwarzem Japanlack überzogenen Kutsche ebenfalls ein Fenster, doch sie beugte sich über Max' Schoß und sah auf seiner Seite hinaus. Als sie sich mit der Hand auf seinem Oberschenkel abstützte, spürte sie, wie er zusammenzuckte, und stieß ein leises, kehliges Lachen aus. Gewöhnlich war es Max, der das verführerische Spiel begann, aber sie gewann es jedesmal.

Eine lange Reihe prächtiger Kutschen, gezogen von herausgeputzten, glänzend gestriegelten Pferden, staute sich vor den prunkvollen Toren zur königlichen Residenz von Versailles.

Schweizer Garden mit Fackeln säumten die Straße, und der Palast mit seinen unzähligen hohen, hell erleuchteten Fenstern hob sich strahlend gegen den dunklen Nachthimmel ab.

Gabrielle spürte, daß Max sie begehrlich ansah, und drehte sich ein wenig, damit er eine noch bessere Einsicht in ihr schockierend tiefes Dekolleté gewann. Sein Atem strich zärtlich über ihren Nakken. Ihre Diamantohrgehänge bewegten sich leise und kitzelten Gabrielle auf der Haut. Die Kutsche ruckte; Gabrielle gab vor, das Gleichgewicht zu verlieren, und hielt sich zwischen Max' Beinen fest.

Max stöhnte, packte sie am Handgelenk und schob sie auf ihren Platz zurück. Dort hielt er sie mit dem über ihren Oberkörper ausgestreckten Arm fest. Dabei beugte er sich so nahe zu ihr, daß Gabrielle mit der Zungenspitze seinen Mund hätte berühren können. Doch sie benetzte ihre eigenen Lippen.

Ein Muskel an seiner Wange zuckte; Max verschlang sie förmlich mit den Augen. Ihr Kleid aus duftiger Seide war mit Girlanden aus hunderten winzigen rosafarbenen Seidenrosen geschmückt. In der Mitte jeder Rose glitzerte ein Saphirsplitter, so daß Gabrielle wie der Sternenhimmel funkelte. »Ich wage es kaum, dich dem König in diesem Kleid vorzustellen, Liebste. Es ist viel zu verführerisch.«

Gabrielle senkte bescheiden den Blick. »Du brauchst dir keine Sorgen zu machen, Max. Der König war seiner Frau immer treu.«

Max' Augen funkelten gefährlich hinter der schwarzen Maske. »Das mag stimmen, doch die Königin ist ihrem Ehemann auch nie von der Seite gewichen.«

Max zog seinen Arm zurück, als die Kutsche durch das Palasttor in den Hof einfuhr. Die erleuchteten Fenster und die Fackeln an den drei Palastfronten tauchten den Hof in strahlendes Licht.

Max stieg aus und reichte Gabrielle den Arm. Gabrielle zog die Vogelmaske aus weißen Federn und winzigen Glasperlen vor das Gesicht und stieg aus der Kutsche. Durch die weit geöffneten Tore konnte sie die Menschenmenge sehen, die sich auf der breiten Marmortreppe mit den vergoldeten Verzierungen drängte.

»Oh, Max«, seufzte Gabrielle leise. »Es ist so ...« Sie fand keine Worte, um den Anblick zu beschreiben.

»Willkommen im düsteren Prunk von Versailles«, flüsterte Max ihr spöttisch ins Ohr.

Der Ball fand im Spiegelsaal statt. Eine Wand des großen, langen Saals bestand nur aus Spiegeln; an der gegenüberliegenden Wand befand sich die durchgehende Fensterreihe zum Park hin mit seinen weiten Rasenflächen, den Kanälen und Brunnen. Lampions warfen geheimnisvolle Schatten über den Grand Canal und ließen den Wasserstaub der Brunnen wie tausend Leuchtkäfer funkeln. Das Licht der Kerzen in den kristallenen Kronleuchtern im Saal wurde von den Spiegeln und Fensterscheiben wieder und wieder reflektiert. Wo die Wand nicht aus Glas oder mit Spiegeln verkleidet war, hingen geschnitzte, vergoldete Muscheln, Girlanden, Palmblätter und Putten oder Malereien.

Man konnte sich nirgendwo setzen. Andererseits war es ohnehin nur Herzoginnen oder noch höher gestellten Damen gestattet, in Gegenwart der Königin zu sitzen, und das auch nur auf einem dreibeinigen Hocker. Nur die Prinzessinnen von Geblüt hatten Stühle mit Armlehnen.

Der Saal war derart überfüllt, daß Gabrielle sich gerade noch umdrehen konnte. Die ausladenden Reifröcke der Damen stießen wippend aneinander. Die gekräuselten, gepuderten Haare waren zu kunstvollen Frisuren aufgetürmt und mit Federn geschmückt. Die Trägerinnen dieser Haarkunstwerke mußten achtgeben, daß ihr Kopfschmuck sich nicht an den Kerzen entzündete. Eine Frau trug als Zierde ihres Kopfes ein hölzernes Schiff, inklusive Segel und einer Flagge auf dem Hauptmast.

Es sollte ein festlicher Kostümball anläßlich des ausklingenden Karnevals sein – ein letzter Tag voll lärmender Festlichkeit vor dem Aschermittwoch und dem Beginn der stillen Fastenzeit. Manche Festgäste trugen nur Augen- oder Gesichtsmasken, andere waren kostümiert. Das königliche Paar stand am Saalende neben dem Kamin und wurde von den phantasievoll als Milchmägde und Hirtinnen verkleideten Hofdamen der Königin umdrängt. Die Damen hatten die Röcke gewagt hoch über die seidenbestrumpften Knöchel geschürzt und die Überröcke an den Hüften üppig drappiert.

Max nahm Gabrielle am Arm und führte sie durch den Saal, doch Gabrielle folgte ihm nur zögernd und widerwillig.

Max blieb stehen und flüsterte ihr ins Ohr: »Ich habe geglaubt, du willst dem König vorgestellt werden?«

»Ich habe es mir anders überlegt.«

Sie sah ihn an. Die Glasperlen und Federn auf ihrer Maske glitzerten im Licht der Kerzen, und ihr Gesicht schimmerte wie mit

Goldstaub überzogen. Ihr prächtiges rotblondes Haar war nicht gepudert und glänzte wie der kupferne Kopfschmuck einer antiken Göttin. Jede andere Frau im Saal verblaßt neben ihr, dachte Max.

Ohne es zu wissen, lächelte Max Gabrielle zärtlich an, und Gabrielle sah es nicht, weil seine Augenmaske einen Schatten über seine untere Gesichtshälfte warf.

Max streichelte beruhigend ihren Arm. »Sei nicht nervös, Liebste. Du bist mit Abstand die schönste Frau im Schloß.«

»Danke für das Kompliment, Monsieur, aber welche Rolle spielt das?«

Max lachte. »Das hast du doch mittlerweile bestimmt gelernt, Gabrielle! Sogar ein König wird einer schönen Frau alles verzeihen ...« Er verstummte. An diesem Abend schien jedes Gespräch den trennenden Schmerz und den Zorn aufs neue in Erinnerung zu rufen.

Gabrielle sah ihren Mann an. Der geschwungene untere Rand der Maske betonte seine markanten Backenknochen. In seinem silberfarbenem Anzug mit der Goldstickerei sah er großartig aus. Die Ärmel waren mit feinen Spitzenrüschen besetzt, und auf dem üppigen Spitzenkragen funkelte ein Diamant.

»Sag mir noch einmal, was ich tun muß«, bat Gabrielle; sie wollte ein neutrales Gesprächsthema finden und die Freude genießen, ihn anzusehen und zu wissen, daß sie die Frau seiner Wahl war.

Max zuckte wenig hilfreich die Achseln. »Sei nur du selbst.«

Sie wußte ohnehin, was sie zu tun hatte. Marie-Rose hatte einmal fünfzig Livres bezahlt, obwohl sie es sich kaum leisten konnte, und einen Tanzlehrer engagiert, der Gabrielle die verschiedenen Verbeugungen und Knickse der höfischen Etikette beibrachte. Es gab einen Hofknicks für den König und die Königin, einen anderen für die Prinzen und Prinzessinnen des Königshauses, einen für die Herzöge und die Herzoginnen und wieder einen anderen für die übrigen Sterblichen. Als Max mit ihr nun auf den König zuschritt, ging Gabrielle hektisch den ganzen Vorgang noch einmal durch.

Anmutig und ungezwungen wie immer machte Max seine Verbeugung und unterhielt sich kurz mit dem König, dann trat er zurück und führte Gabrielle an der Hand näher. »Majestät, darf ich

Ihnen meine Frau vorstellen, Gabrielle Vicomtesse de Vauclair de Nevers de Saint-Just.«

Mit respektvoll niedergeschlagenen Augen zog sich Gabrielle die Maske vom Gesicht und machte einen so tiefen Hofknicks, daß ihre Knie knackten. Sie glaubte, daß das Geräusch im ganzen Saal zu hören war, und errötete zutiefst. Dann bemerkte sie zu ihrem Entsetzen, daß der König von Frankreich auf seinem sehr großen rechten Fuß einen blauen Schuh trug und auf dem linken Fuß einen knallig türkisfarbenen. Gabrielle hätte am liebsten laut gelacht. Sie hielt den Atem an, biß sich in die Wangen und verkrallte die Hände in den Saphiren auf ihrem Kleid.

Ihre Augen tränten, und es sauste in ihren Ohren, als sie wie aus weiter Ferne hörte: »Meine liebe Vicomtesse, erheben Sie sich bitte, damit Wir Sie ansehen können.«

Langsam richtete sie sich auf und betete, daß ihre Beine nicht unter ihr einknickten. Ihr Busen bebte, als sie tief Luft holte. Mit feuchten Augen, den Mund leicht geöffnet, sah sie zu ihrem König auf. Die kriecherischen Höflinge, die den König umstanden, seufzten. »Wie bezaubernd!« murmelte einer von ihnen.

Das dicke Gesicht mit der Hakennase von Ludwig XVI. war auf den Silbermünzen eingestanzt, und Gabrielle kannte es, seit sie auf der Welt war. Von Angesicht zu Angesicht wirkte der König wesentlich weniger imposant. Indirekt war dieser Mann für viel Leid verantwortlich, das ihr widerfahren war, aber ihr wurde klar, daß er keine Ahnung hatte, wer sie war. Auch er war nur eine Marionette des Herzogs von Nevers und zappelte genau wie sie an den Fäden.

Der König lächelte sie freundlich an; in seinen blauen Augen lag eine leise Traurigkeit. »Madame Vicomtesse, Wir freuen uns, Sie kennenzulernen«, begann der König mit dünner Stimme. »Wir möchten Ihren geschätzten Gatten zum königlichen Astronomen ernennen. Wir bitten Sie, ihn jede Woche für ein paar Stunden zu entbehren, damit er seinem König und seinem Land diesen kleinen Dienst erweisen kann.«

Diese Bekanntgabe des Königs erregte unter den umstehenden Höflingen einiges Aufsehen. Der Adel Frankreichs war vielfach auf lukrative Einkünfte aus Ämtern am Hof angewiesen, um die gesellschaftliche Stellung finanzieren zu können; das Amt eines königlichen Astronomen war nicht zu verachten. Gabrielle warf Max einen hastigen Blick zu. Wollte er die Position oder nicht? Sein Gesichtsausdruck war unmöglich zu deuten.

»Wir sind von der Ehre überwältigt, die Eure Majestät die Gnade haben, uns zu gewähren«, antwortete Gabrielle und versank wieder in einen Hofknicks. Dabei glaubte sie, in Max' Augen ein fröhliches Funkeln zu bemerken.

»Hervorragend!« rief der König. »Sie müssen mir von Ihren Experimenten mit Ballonen erzählen, Monsieur Vicomte. Außerdem würde ich Ihnen gern einmal mein Laboratorium zeigen.«

»Es würde mir eine Ehre sein, Sire«, antwortete Max mit charmantem Lächeln. Es war bekannt, daß der König sich mit Vorliebe seinem plebeijschen Hobby der Schmiedekunst widmete und sehr zum Ärger seiner Frau Türschlösser und anderes schmiedete.

Bis jetzt hatte es Königin Marie Antoinette beliebt, Gabrielle zu ignorieren, aber als Ludwig sein Laboratorium erwähnte, wandte sie den Kopf. Sie sah Gabrielle kurz an, und Gabrielle erhaschte einen flüchtigen Blick auf das aschblonde Haar der Königin und ihr langes Gesicht mit den hochgezogenen Brauen und der hängenden Unterlippe.

Marie Antoinette bedachte ihren Mann mit einem verächtlichen Blick. »Das ist wirklich nicht der richtige Zeitpunkt, mein Gebieter, von solchen Dingen zu sprechen.« Dabei schob sie ihren Arm unter den des Königs und führte ihn fort. »Sieh an, dort ist die Comtesse de Polignac. Sie grämt sich, weil du sie den ganzen Abend nicht beachtet hast.«

Zögernd gehorchte der König, wandte sich um und begrüßte die Frau mit den honigblonden Haaren. Auf diese Weise formlos entlassen, schob Gabrielle rasch ihre Schleppe beiseite und knickste dem König geschickt nach, ohne daß diesmal auch nur ein einziges Gelenk knackte.

Als sie danach an Max' Arm durch den Saal schwebte, drückte ihr Max die Hand. »Du warst wunderbar, Liebste«, flüsterte er mit diabolischem Grinsen. »Nur müssen wir beim nächsten Mal daran denken, vorher deine Knie zu ölen.«

Gabrielle warf den Kopf zurück und lachte, so erleichtert war sie, daß die Aufregung vorbei war. »Du bist jetzt Hofastronom, Monsieur Vicomte. Du mußt einen neuen Stern entdecken und ihn nach dem König benennen.«

»Diese Stellung bringt fünfzigtausend Livres im Jahr«, erklärte Max trocken und faßte spielerisch nach ihren Diamantohrringen. »Ich werde das Geld brauchen, wenn ich dich auch in Zukunft mit solchen Kleinoden schmücken will.«

Gabrielle wollte ihm eine Rüge erteilen, aber ihre zitternde Unterlippe verriet sie. Max' begehrlicher Blick war eindeutig, und ihre Knie wurden schwach.

Gabrielle wandte sich rasch ab. »Sieh einmal, Max«, lenkte sie mit unsicherer Stimme ab. »Dort geht jemand mit einem Glas Rotwein und einem Teller mit Kuchen. Woher hat er es? Was glaubst du? Ich habe schrecklichen Hunger.«

Max ließ sich nicht ablenken. Barsch schlug er vor: »Fahren wir nach Hause!«

»Nach Hause! Aber wir sind doch eben erst gekommen!«

Max legte ihr den Arm um die Taille und beugte sich zu ihr, damit niemand seine geflüsterten Worte hörte. »Seit du dieses Kleid anhast, Gabrielle, denke ich an nichts anderes, als es dir auszuziehen. Sehr, sehr langsam. Ich werde mir heute nacht Zeit lassen, Liebste. Ich werde dich lieben, nicht einmal, sondern viele Male, bis du darum bettelst, daß ...«

»Das ist doch der schöne Max!« erklang plötzlich eine honigsüße Stimme. »Ich dachte, du seist auf Schloß Morvan.«

Max erschrak sichtlich. Gabrielle schob die schützende Maske über die Augen, drehte sich um und erblickte eine wunderschöne Frau mit silberblonden Haaren und kalten blauen Augen. Sie war in Begleitung eines schneidigen Gardeoffiziers mit Schnauzbart, bedachte aber Max mit einem einladenden, vielversprechenden Blick, aus dem unverhülltes Verlangen sprach.

Die Fremde schenkte Gabrielle ein unverschämtes Lächeln. »Sie müssen Max' Frau sein, das kleine Ladenmädchen.«

Gabrielle zog die Brauen hoch. »Und Sie müssen Max' kleine Hure sein.«

Max stieß einen komischen Laut aus, halb Stöhnen, halb Lachen. Der Offizier war entsetzt. Die Frau wurde bleich unter der dicken Schicht Reispuder; sie öffnete und schloß den Mund wie ein Goldfisch. Bevor sie noch etwas erwidern konnte, schob Gabrielle ihre Röcke zur Seite und rauschte hocherhobenen Hauptes durch den überfüllten Saal in Richtung Tür.

Schon nach wenigen Schritten hielt eine starke Hand sie fest.

»Gabrielle ...«

Sie versuchte, sich von Max zu befreien, aber er ließ sie nicht los.

»Laß mich gehen!«

»Nicht ehe du mir zugehört hast.«

Gabrielle wollte ihm die Maske ins Gesicht schleudern. Max wich ihr aus, entriß ihr die Maske und warf sie fort.

Gabrielle starrte ihn böse an. »Die Leute schauen uns bereits an.«

»Dann mach keine Szene!«

»Ich werde dir zeigen, was eine Szene ist, du Bastard. Wenn du mich nicht sofort losläßt, schreie ich aus Leibeskräften.«

Max wollte kein Risiko eingehen. Er legte ihr die freie Hand auf den Mund und schob sie durch das Gedränge zu einer kleinen Tapetentür zwischen zwei Säulen. Er riß die Tür auf und stieß Gabrielle hinein. Er mußte sich bücken, um ihr zu folgen.

Max schloß die Tür hinter sich mit dem Fuß und versperrte sie. Sie befanden sich in einem kleinen Empfangszimmer, in dem nur ein gepolsteter Stuhl und ein mit Einlegearbeit verzierter eleganter Schreibtisch standen. Zwei Kerzen in einem Wandleuchter erhellten das Zimmer.

Gabrielle funkelte Max böse an; ihre Haare hatten sich gelöst und fielen ihr wie ein feuriger Wasserfall auf die Schultern. Ihr Atem ging schwer, ihre Brüste hoben und senkten sich und drohten jeden Augenblick aus dem tief ausgeschnittenen Mieder zu schlüpfen. Sie sah großartig aus, und Max war verrückt nach ihr.

»Ich hasse dich, Maximilien de Saint-Just«, rief sie und fuhr sich mit dem Handrücken über den Mund; sie klang wie ein kleines Mädchen, das einen Tobsuchtsanfall hatte, und Max mußte beinahe lachen. »Ich weiß nicht, warum ich mich mit dieser Ehe herumquäle. Ich sollte dich zu ihr gehen lassen, zu deiner Geliebten. Dort möchtest du ja sein.«

»Der Teufel soll dich holen, Gabrielle. Ich bin hier, wo ich sein will, und sie ist nicht meine Geliebte.« Er ging auf sie zu, und Gabrielle wich zurück, bis sie an den Schreibtisch stieß. Der alte Schmerz überwältigte Max wieder, und er wurde zornig. Am liebsten hätte er sie erwürgt oder sie an sich gedrückt und geküßt, bis sie zugab, daß sie ihn immer noch liebe, daß sie ihn immer geliebt habe, ganz gleich, was ...

Er neigte den Kopf, bis er dicht über ihr war. Gabrielle riß die Augen auf, und Max glaubte, sie habe Angst. »Ich habe Claire de Tessé seit jener Nacht, in der ich dich später halb erfroren im Straßengraben fand, nicht angerührt.« Er packte sie an den Schultern und schüttelte sie. »Und ich hätte die Schlampe überhaupt nie angerührt, wenn du mich nicht verlassen hättest, verdammt noch mal!«

Der Kummer auf Gabrielles Gesicht tat Max unendlich weh.

»Wie konntest du das tun, Max?« flüsterte sie so leise, daß er sie kaum verstand. »Wie konntest du diese Frau lieben?«

Max schüttelte sie. »Ich habe sie nicht geliebt, ich habe sie gevögelt. Das ist ein Unterschied, und es ist an der Zeit, daß dir jemand diesen Unterschied zeigt.« Er nahm ihren Kopf zwischen seine Hände und küßte sie.

Sein Kuß war hart und gefühllos; Gabrielle blieb unbewegt stehen und preßte die Zähne fest aufeinander. Sobald der Druck seines Mundes auf ihrem nachließ, schlüpfte sie davon und sprang zur Tür.

Verzweifelt tastete sie nach dem Riegel. Max packte sie von hinten, umschlang sie mit einem Arm, drehte sie um und küßte sie wieder. Diesmal preßte er sie hilflos gegen die Wand, und es gab kein Entkommen für Gabrielle.

Aber sie wehrte sich und drohte, ihm mit den Fingernägeln das Gesicht zu zerkratzen. Max packte sie an den Handgelenken und hielt ihre Arme hinter ihrem Rücken fest. Sie stemmte sich jedoch immer noch so vehement gegen ihn, daß er sein ganzes Körpergewicht einsetzen mußte, um sie an die Wand zu drängen. Sie war stärker, als er gedacht hatte, und ihr Zorn verlieh ihr noch zusätzliche Kraft. Plötzlich fühlte sich Max in der Falle; er fürchtete, ihr wehzutun, aber noch mehr fürchtete er, daß sie fortlaufen würde, sobald er sie losließ. Wenn sie jetzt fortlief, hätte er sie für immer verloren.

Er hob den Kopf. »Wehr dich nicht gegen mich, Gabrielle.«

»Zum Teufel, Max! Ich bin nicht deine Hure!«

»Du bist meine Frau. Begreifst du nicht, was das für mich bedeutet? Weißt du nicht, wie es für mich war, als du fortgegangen bist? Siehst du denn nicht, wie sehr ich ... autsch!«

Sie hatte ihm einen Ellbogen in die Brust gerammt und ihn überrumpelt. Aber sofort hatte Max sie an einer Rüsche ihres Kleides gepackt. Der Stoff riß zwar, hielt dann aber doch fest. Max umschlang Gabrielle mit beiden Armen und hob sie hoch. Dabei blieb er mit dem Fuß an einem Stuhlbein hängen, und sie stolperten und rutschten gemeinsam über den glatten Parkettboden. Max schlug mit der Hüfte heftig gegen den Schreibtisch, so daß dieser gegen die Wand geschoben wurde. Max fluchte vor Schmerz.

Nach hinten über den runden Aufsatz des Schreibpults gebeugt, kam Gabrielle zur Ruhe. Max hielt sie immer noch fest und lag auf ihr. »Verdammt Gabrielle! Du gehörst mir!« keuchte er.

»Nie!« Sie spuckte ihm ins Gesicht; Max küßte sie wieder.

Er hatte zornig geklungen, aber die Rohheit war von ihm gewichen. Sein Kuß war ein verzweifelter Ausdruck seiner qualvollen, ekstatischen Liebe. Max' Mund wurde weich; sanft und zärtlich eroberte er mit seinen Lippen ihren Mund. Ohne es zu wissen, beschwor er sie mit seinem Kuß, beteuerte ihr seine Liebe. Tief in ihrem Innersten registrierte Gabrielle seine Beteuerungen und ergab sich.

Max spürte, wie ihr Zorn wich und ihr Begehren erwachte. Zögernd ließ er ihre Handgelenke los, und Gabrielle legte ihm die Arme um den Hals und küßte ihn gierig.

Max schob die engen Ärmel ihres Kleides bis über die Ellbogen hinunter, riß ungeduldig am Mieder und entblößte ihre Brüste. Zärtlich liebkoste er ihre Brustspitzen, während sie sich hungrig küßten. Max glaubte, gewonnen zu haben, aber vielleicht war es auch Gabrielle, die gewonnen hatte. Es war gleichgültig geworden.

Er küßte ihre Wangen, ließ seinen Mund über ihren straffen Hals gleiten, leckte mit der Zunge zart über die dünne Haut über der pulsierenden Halsschlagader und knabberte daran, bis Gabrielle aufseufzte. Dann tauchte Max seine Zunge in den feuchten Spalt zwischen ihren Brüsten. Gabrielle vergrub das Gesicht in seinen Haaren, rieb ihre Wangen in seinen Locken und schnurrte dabei wie eine zufriedene Katze.

Er drückte seinen Unterleib in kreisenden Bewegungen gegen ihren Körper, und die kantigen Saphire auf ihrem Kleid kratzten durch den dünnen Satin seiner Breeches. Max biß stöhnend die Zähne aufeinander.

Mit kräftigen Armen hob er Gabrielle hoch und setzte sie auf den Schreibtisch. Er schob ihre Röcke und Unterwäsche bis zur Taille hoch und streichelte ihre festen, gut geformten Oberschenkel. Gabrielle zitterte ihm entgegen, verkrallte sich mit den Fingern in seinen Schultern und ließ den Kopf in den Nacken fallen.

Max streichelte sie mit einer Hand, und Gabrielle fieberte vor Erwartung.

Gabrielle war einfach wunderbar, als hätte Gott sie nur für Max geschaffen. Sie paßte zu ihm, wie noch keine andere Frau zuvor; sie war meisterlich auf ihn abgestimmt.

»Gabrielle, Gabrielle …«

Wieder und wieder flüsterte er stöhnend ihren Namen, und als ihre Leidenschaft in einem Aufschrei gipfelte, verschloß er ihr den Mund mit einem Kuß.

Max' Stirn ruhte auf Gabrielles Brust, und keuchend rangen sie nach Luft. Gabrielles Röcke waren zerknüllt und über der Taille zusammengebauscht. Max hätte sich blasiert über seinen Triumph freuen können, aber schließlich befand er sich in einem ähnlich aufgelösten Zustand. Solange wir das gemeinsam haben, solange besteht Hoffnung, daß ich sie halten kann, dachte Max.

Vorsichtig richtete er sich auf, und brachte sein Äußeres in Ordnung. Dann zog er Gabrielle hoch und half ihr, ihr Kleid zu glätten. Das Rouge auf ihren Wangen und Lippen war über das Gesicht verschmiert, und ihre Haare waren in Unordnung, zum Teil noch am Kopf festgesteckt, zum Teil fielen sie ihr in krausen Strähnen über die Schultern. Gabrielle versuchte, das Kleid mit dem Korsett über die Brüste zu ziehen, aber in der Mitte klaffte ein Riß, den sie mit der Hand zusammenhalten mußte.

Ihre Unterlippe zitterte, und Max wußte von früher, daß sie ein Lachen unterdrückte. »Schau mich an, ich sehe aus, wie ...« Belustigt konnte sie den Satz nicht beenden.

Max legte die Arme um sie und verschränkte seine Finger hinter ihrem Rücken. Zart küßte er ihre Unterlippe, die er so liebte. »Du siehst aus, meine Liebste, als wärst du soeben gut und ordentlich ...« Gerade noch rechtzeitig fiel ihm ein, was er gesagt hatte, bevor das alles begonnen hatte, und er brach ab.

Wie erwartet verspannte sich Gabrielle in seinen Armen, und Max unterdrückte einen Seufzer. Sie schob das Kinn vor, und im Licht der Kerzen stellte Max entsetzt fest, daß ihr Gesicht völlig ausdruckslos war; nicht einmal Zorn war darauf zu erkennen.

»Du hast mir eine ordentliche Lehre erteilt, Monsieur. Hast du das mit der Marquise de Tessé gemacht?«

Max wollte ihr grob und verletzend antworten und sich für diese Bemerkung und viele andere rächen. Aber etwas hielt ihn zurück, vielleicht hatte er einfach genug, denn er sagte zum ersten Mal seit ihrer Rückkehr die unverblümte Wahrheit.

»Nein, Liebste. Mit keiner Frau war es je so wunderbar und perfekt wie mit dir.«

Gabrielle hielt die Lider gesenkt, aber Max bemerkte das winzige Lächeln um ihren Mund.

KAPITEL 22

»Wohin gehst du?«

Gabrielle ließ den Türgriff los und drehte sich schuldbewußt errötend um. Unbewußt drückte sie die Rolle mit den Zeichnungen fest an sich. Mit Absicht hatte sie die frühe Morgenstunde gewählt, um sich aus dem Haus zu stehlen, ohne daß Max ihr Fragen stellte. Er würde ihre Karikaturen, mit denen sie die vornehme Gesellschaft verspottete, kaum gutheißen – besonders jetzt nicht, da er der Astronom des Königs war.

Max stand am Fuß der Treppe und zog sich gerade Handschuhe an. Er trug seine hohen Reitstiefel und ein englisches Jagdsakko. Mit hochgezogenen Brauen sah er sie an. »Du hast meine Frage nicht beantwortet, Gabrielle.«

»Ich gehe aus.«

Max wurde ungeduldig. »Allein, wie ich sehe. Es gibt Augenblicke, Liebste, da würde ich dir von Herzen gern den Hals umdrehen. Hast du nicht gehört, daß es gestern früh auf der Place Maubert wieder einen Aufruhr um Brot gab?«

»Ich gehe nicht zur Place Maubert.«

Max lachte. »Natürlich nicht, meine kleine Rebellin.« Ehe Gabrielle es verhindern konnte, nahm er ihr die Karikaturen aus der Hand. »Du bringst diese aufrührerischen Zeichnungen zu deinem ehemaligen Onkel Simon, der sie drucken läßt, in der Hoffnung, daß sich der Pöbel erhebt, damit die Monarchie gestürzt wird.«

Gabrielle sah ihn trotzig an. »Was ist schlecht daran? Wir arbeiten für die Freiheit.«

Max gab keine Antwort. Amüsiert blätterte er die Karikaturen durch und gab sie Gabrielle – zu ihrer eigenen Überraschung – wieder zurück.

Gabrielle runzelte finster die Stirn. »Vermutlich wirst du mir jetzt verbieten auszugehen.«

»Würde es etwas nützen?«

»Nein.«

»Dann spare ich mir die Mühe.« Er tippte mit dem Finger an seinen Dreispitz und verbeugte sich kurz. »Dann wünsche ich einen guten Morgen, Madame Vicomtesse.«

Er ging an ihr vorbei und zog die Eingangstür auf. Plötzlich drehte er sich um, faßte sie um die Taille und drückte ihr einen Kuß auf den Mund.

»Max!« rief Gabrielle ihm nach. »Wohin gehst du?«

Max war bereits die ersten Treppenstufen hinuntergelaufen, drehte sich jedoch noch einmal um und grinste sie schelmisch an. »Ich gehe aus«, antwortete er.

Sie saß bereits in der Kutsche und war unterwegs zum Palais Royal, ärgerte sich jedoch immer noch über Max' Benehmen. Es war April geworden, und sie lebten nun bereits länger als vier Monate wieder zusammen. Sie lebten als Mann und Frau, teilten das Bett – und nicht nur das, auch den Boden, das Sofa und anderes, was sich gerade als nützlich erwies, wenn die Leidenschaft ihr Recht forderte. Gabrielle mußte lächeln, als sie daran dachte. Einmal hatten sie einander in einer Kutsche geliebt; sie waren vom Rennplatz in Vincennes kommend unterwegs nach Hause gewesen. Ein anderes Mal in ihrer privaten Loge in der Oper, während des zweiten Akts von Mozarts *Don Giovanni*. Dem aktuellen Trend entsprechend hatten sie zwar getrennte Schlafzimmer, doch Max schlief nie in seinem.

Gabrielle seufzte. Dieser Bereich ihres Lebens verlief perfekt. Doch das war auch schon der einzige Bereich.

Jeder von ihnen führte sein eigenes Leben. Sogar Dominique lebte jetzt in seiner eigenen Welt. Er hatte einen Hauslehrer, einen Reit- und einen Fechtlehrer. In seiner Mutter sah er nur eine Frau, mit der man nicht einmal die primitivsten Dinge dieser männlichen Tätigkeiten besprechen konnte. Als Vicomtesse hatte Gabrielle einen Schwarm von Dienern zu beaufsichtigen. In ihrer freien Zeit sollte sie Briefe schreiben und sticken. Statt dessen zeichnete sie bissige Karikaturen vom König und von der Königin und ihrem Gefolge und half Simon beim Verfassen seiner Traktate, in denen er eine republikanische Staatsform forderte. Was Max betraf, so beschäftigten ihn seine neuen Pflichten bei Hof und seine Experimente mit den Ballonen in seinem Laboratorium im Botanischen Garten. Mit ihr sprach er nie darüber. Hingegen ließ er sie wissen, was er von der Welle politischer Unrast hielt, die über das Land hinwegfegte.

Das Problem war, daß sie nicht miteinander sprachen, zumindest nicht über ernsthafte Dinge. Sie neckten einander, bis das verführerische Spiel in einem leidenschaftlichen Ausbruch gipfelte. Ernsthafte Gespräche führten sie nie. Sobald einer von ihnen ein persönliches Thema anschnitt, erwachten sofort wieder der alte Schmerz und der Zorn von früher. Sie hatte ihn verlassen, er hatte in ihrer Abwesenheit mit einer anderen Frau geschlafen. Einer von ihnen begann mit Sicherheit: Wenn du mich geliebt hättest. Wenn du mich geliebt hättest, entgegnete daraufhin der andere. Keiner von beiden war bereit zu vergessen oder zu vergeben.

Und dennoch ... Auch wenn Max sich dagegen wehrte, es zu glauben, sie hatte ihn damals geliebt, und sie liebte ihn jetzt. Ihre Liebe wuchs mit jedem Tag, und Max war aus ihrem Leben nicht mehr wegzudenken.

Vielleicht sollte ich den ersten Schritt tun, dachte Gabrielle. Aber sie hatte keine Ahnung, wie. Und dennoch ... sie liebte Max zwar, aber sie war überzeugt, daß er sie nicht mehr liebte. Vielleicht hatte er sie nie geliebt. Daher unternahm sie nichts.

Plötzlich wurde Gabrielle bewußt, daß die Kutsche stillstand. Von der Straße kamen Geschrei und das Geräusch rascher Schritte. Gabrielle schob das Rouleau am Fenster hoch und beugte sich hinaus, um zu sehen, was los war.

Die Kutsche stand mitten auf dem Pont Royal. In der Mitte der Brücke kam ihnen eine aufgebrachte Menschenmenge entgegen und riß alles mit, was ihr im Weg stand. Zuerst verstand Gabrielle nicht, was die Menschen schrien; allmählich wurden einzelne Sätze verständlich.

»Hängt die Reichen auf!«

»Tod den Getreidespekulanten!«

»Billiges Brot! Brot für zwei Sous!«

Die Menge bestand nicht nur aus Männern – auch Frauen und Kinder marschierten mit. Die Männer waren mit Spießen, Mistgabeln und Eisenstangen bewaffnet. Die Frauen schwangen Stöcke, die sie aus Zaunpfählen gemacht hatten, und hatten ihre Taschen und Schürzen mit Steinen und kleinen Pflastersteinen beladen. Zwei oder drei Männer trugen sogar Musketen und feuerten damit in die Luft. Aber trotz der haßerfüllten Parolen herrschte eine ausgelassene Stimmung. Ein Weinverkäufer schob seinen Karren in der Menge mit, und ein anderer Händler bot in Papiertüten Kastanien und Tabak an.

Der Mob hatte den Verkehr auf der Brücke völlig zum Stillstand gebracht. Vor Gabrielles Mietkutsche stand eine schmucke Kalesche – ein leichtes Gefährt mit niedrigen Rädern und einem Faltdach. Im Nu war sie vom aufrührerischen Pöbel umstellt. Der Wagen schaukelte zuerst gefährlich, dann kippte er um. Sein Insasse, ein Mann in seidenem Anzug mit gepudertem, gelocktem Haar, wurde herausgezogen und von der feindseligen Menge mitgeschleppt. Gabrielle bekam Angst.

Die Menge tobte. Ein Pferd wieherte erschrocken, und Gabrielles Kutscher versuchte, sich brüllend einen Weg zu bahnen. Gabrielle hatte das unwiderstehliche Bedürfnis, aus der Kutsche zu springen und sich zu Fuß in Sicherheit zu bringen. In der Kutsche fühlte sie sich eingesperrt und exponiert zugleich, wie ein Papagei im Käfig. Ein harter Gegenstand, vermutlich ein Stein, traf die Kutsche an der Seite.

Gabrielle riß die Tür auf.

Das war ein Fehler. Sie wurde derb aus dem Wagen gezogen. Ohne die kleine Treppe war der Abstand zum Boden ziemlich groß, und sie landete unsanft auf Händen und Knien. Jemand mit harten Holzschuhen trat sie in die Seite, dann zog die Menge weiter. Gabrielle streckte den Arm aus, klammerte sich mit Mühe am Türgriff der Kutsche fest und versuchte, sich daran hochzuziehen, bevor man sie niedertrampelte. Verzerrte, aufgebrachte Gesichter schwirrten an ihr vorbei. Sie wurde abermals getreten, diesmal so fest, daß ihr die Luft wegblieb und ihr schwarz vor den Augen wurde. Der Türgriff wäre ihr beinahe entglitten, als plötzlich eine vertraute Stimme erklang und ein bekanntes Gesicht auftauchte.

»Simon!« schrie sie.

Simon packte sie mit kräftigen Händen unter den Armen, zog sie hoch und lehnte sie gegen das Wagenrad. Schützend stellte er sich zwischen sie und die brodelnde Menschmenge.

»Gabrielle! Was machst du hier?«

»Ich wollte ...« Gabrielle zitterte und preßte die Hände gegen die Wangen. »O mein Gott! Was ist geschehen, Simon?«

»Man hat herausgefunden, daß ein reicher Aristokrat Getreide gehortet hat«, verkündete Simon; leidenschaftlicher Zorn schwang in seiner Stimme. »Wir werden sein Lagerhaus stürmen und das Getreide unter den Leuten verteilen.«

Simon hielt sie am Arm fest und zog sie mit über die Brücke. Gabrielle blieb keine Wahl, sie mußte ihm folgen.

Abel Hachette stand an diesem Morgen in seiner Bibliothek, ein zufriedener Mann, der seine Welt in Ordnung wähnt.

Jemand auf der anderen Straßenseite hatte in seinen Fensterkästen rote Blumen gepflanzt, was einen Hauch von Frühling verbreitete. Vor dem Nebenhaus wurde ein Wagen mit Hutschachteln und Reisekoffern beladen; Monsieur Costaine fuhr wie jedes Jahr zur Kur nach Vichy. Monsieur Costaine war Seidenkaufmann, verdiente fünfhunderttausend Livres im Jahr und litt an Wassersucht.

Das Gebimmel von Kuhglocken wurde laut, und Hachette sah die Straße hinauf. Wie jeden Morgen trieb ein Viehtreiber seine sechs mageren Kühe vor sich her. Wie jeden Tag, so fragte sich Hachette auch heute wieder, warum der Viehtreiber seine Tiere ausgerechnet durch diese Straße treiben mußte. Woher kam der Mann und wohin ging er mit seiner jämmerlichen Herde von –

In diesem Augenblick erblickte Hachette eine bekannte Gestalt in dem üblichen Gedränge von Kutschen und Karren. Er mußte mehrmals hinsehen, um sich zu vergewissern, daß es keine Einbildung war; er konnte nicht glauben, was er sah. Hachette griff sich an den Hals; seine Krawatte schien plötzlich zu eng zu sitzen, und er hatte Mühe zu schlucken.

Während der vergangenen achtzehn Monate hatte er so manche schlaflose Nacht darüber nachgegrübelt, was geschehen würde, falls sein schwarzer Engel je herausfände, daß er, Abel Hachette, versucht hatte, diese störende Frau an ihre Feinde zu verraten. Es spielte keine Rolle, daß der Narr Louvois die Sache vermasselt hatte oder daß die Frau mit dem Jungen es geschafft hatte zu entkommen. Was zählte, war die Absicht. Falls sein schwarzer Engel herausbekam, was er an jenem heißen Augusttag beabsichtigt hatte, war Hachette verloren. Denn Maximilien de Saint-Just würde nie vergessen und nie verzeihen.

Die Ironie an der Sache war, daß Max sich geweigert hatte, dem Geheimbund wieder beizutreten, obwohl die Frau auf geheimnisvolle Weise aus Max' Leben verschwunden war. Hachette hatte Max durch einen anderen seiner Engel ausspionieren lassen und erfahren, daß sich Max für nichts interessierte; er betrank sich und spielte, und gelegentlich, wenn er nüchtern genug war, widmete er sich seinen verrückten Experimenten mit den mit brennbarer Luft gefüllten Ballonen. Vor vier Monaten war die Frau plötzlich wieder aufgetaucht. Max hörte auf zu trinken und zu spielen, so wurde Hachette berichtet. Aber er kam auch jetzt nicht wieder zurück.

Bis zum heutigen Tag nicht.

Warum? fragte sich Hachette. Er zog sein parfümiertes Taschentuch hervor, betupfte damit die schweißnasse Stirn und trat hinter seinen Rosenholzschreibtisch, hinter dem er sich am sichersten fühlte. Kaum hatte er sich dahinter verbarrikadiert, da riß der Lakai die Doppeltür auf, und der Vicomte Maximilien de Saint-Just spazierte in die Bibliothek.

Hachette sah ihn prüfend an. Die halb geschlossenen Augen und das spöttische Lächeln verhießen nichts Gutes.

»Guten Morgen, Max.«

»Du bist immer schon ein Meister der Untertreibung gewesen, Abel. Seit neunzehn Monaten haben wir nicht miteinander gesprochen, und du tust, als wäre ich gestern erst hier gewesen.«

Hachette gab sich gleichgültig. »Du hast gesagt, daß du nicht mehr für uns arbeiten willst. Ich habe deinen Wunsch respektiert.«

»Einen Teufel hast du. Du hast mich bespitzeln lassen. Es hat mich nicht gestört, im Gegenteil. Ich fühlte mich geehrt.«

Hachette mußte erst gar nicht in den Spiegel schauen, er wußte, daß seine Wangen widerlich rot geworden waren. Er griff nach dem Lorgnon, aber seine Hand zitterte, und er legte sie lieber auf den Tisch. »Bist du …«, er mußte sich räuspern und fuhr fort: »Bist du deshalb gekommen?«

Max trat an den Schreibtisch und beugte sich vor, die Fäuste auf die polierte Schreibtischplatte gestützt. Hachette hätte sich am liebsten verkrochen.

»Ich bin gekommen, um den Schlüssel zu deinem Getreidespeicher zu holen«, antwortete Max.

Hachette riß den Mund auf. »Du willst was?«

Beim Klang von Max' samtweicher Stimme sträubten sich Hachette die Haare. »Das Volk hungert, Abel. Sie bezahlen zehn Sous für einen Laib Brot, das aus verdorbenem Getreide gemacht wurde und von dem sie krank werden. Und du sitzt hier und wartest vor deinen vollen Speichern, daß die Preise noch höher klettern.«

Hachette lächelte schwach und schüttelte den Kopf. »Du weißt, daß ich das Getreide nicht aus purer Gewinnsucht zurückhalte, Max. Wir wollen Freiheit, und der einzige Weg zu dieser Freiheit führt über die Revolution. Mit vollen Bäuchen steigt niemand auf die Barrikaden! Es ist vielleicht nicht leicht zu akzeptieren, aber für die gute Sache muß man Opfer …«

»Nein!« Max ließ seine Faust donnernd auf den Schreibtisch niedersausen, und Hachette fuhr erschrocken zusammen. »Ihr wollt nicht Freiheit. Ihr wollt Macht. Ihr möchtet sie jenen, die sie besitzen, rauben und sie für euch beanspruchen – du und dieser verdammte Geheimbund. Ihr benutzt das Wort Freiheit nur als Mantel für eure eigene Tyrannei. Und wie ein naiver Narr habe ich euch einmal geglaubt. Vielleicht habe ich mich damals selbst belogen. Nein, nicht vielleicht, es war so, ich habe mich selbst belogen. Eure aufregenden Spiele haben mir gefallen, ich habe das Geld geschätzt, das du mir bezahlt hast. Aber das ist vorüber. Ich werde es gutmachen, und du wirst mir dabei helfen.«

Max ging um den Schreibtisch herum, der sie wie eine Barriere trennte, und stellte Hachette auf die Beine. Seine Stimme wurde ganz leise. »Gib mir den Schlüssel.«

»Ich kann ihn dir nicht geben«, quiekte Hachette. »Er würde dir auch nichts helfen. Ohne mein Beisein würde dir der Aufseher die Tore nicht öffnen. So lauten meine Anweisungen.«

Max lächelte. »Dann hole deinen Hut, Abel, denn du kommst mit mir!«

Die Menge begann zu laufen, und Gabrielle wurde mitgerissen. Einmal stolperte sie über ein Reisigbündel, das jemand am Straßenrand zum Verkauf angeboten hatte. Sie fiel auf die Knie und stützte sich auf den Händen ab. Hätte Simon sie nicht wieder hochgezogen, sie wäre niedergetrampelt worden.

Die Menge strömte auf die Place Maubert. An anderen Tagen standen hier die Buden der Fisch- und Gemüsehändler und der Fleischer, aber heute war der Platz gespenstisch leer. Die Aufständischen entdeckten einen Bäckerladen und stimmten abermals ihren Sprechgesang an: »Billiges Brot! Brot für zwei Sous!«

Gardesoldaten mit ihren Fransenmützen und blauen Jacken umstanden den Laden mit aufgepflanzten Bajonetten. Die vorderste Reihe der Menge stürmte mit Spießen und Stangen bewaffnet los; die Soldaten legten die Musketen an. Aus ihren Gesichtern war deutlich abzulesen, daß sie sich vor der Menge mehr fürchteten als die Menge sich vor ihnen.

Der Bäcker hatte vor seinem Laden eine Barrikade aus Stühlen errichtet. Dort kletterte er jetzt hinauf und wandte sich an das aufgebrachte Volk.

»Hört her!« Er versuchte, das Gebrüll nach billigem Brot zu überschreien. »Ich kann euch kein Brot geben. Ich habe nicht einmal Mehl zum Backen.«

»Auf zum Lagerhaus!« schrie jemand, und andere übernahmen den Ruf. »Auf zum Lagerhaus!« Die Menge setzte sich in Bewegung, und Gabrielle und Simon mit ihnen.

Das Lagerhaus war ein massives, rechtwinkeliges Ziegelgebäude, drei Stockwerke hoch, mit einem schrägen Dach und vergitterten Fenstern. Es stand am südlichen Ende eines kleinen Platzes, der bekannt für seine Konditorläden war. Um die Ordnung aufrechtzuerhalten und Privateigentum zu schützen, hatte der Gouverneur von

Paris eine hundert Mann starke Gardetruppe hinbeordert, die den Platz wie eine Festung wirken ließ.

Der Anführer der Soldaten hegte jedoch wenig Sympathien für den Aristokraten, dem der Speicher angeblich gehörte und der mit dem Getreide spekulierte. Wesentlich mehr Verständnis hatte der Offizier hingegen für seine hungrigen Landsleute. »Öffnen Sie die Tore, Monsieur«, befahl er dem Aufseher des Lagerhauses.

Der Aufseher war ein kleiner, runder Mann. Er hatte einen dikken Hals, und sein Kopf bewegte sich wie der einer Schildkröte ruckartig hin und her. Der kleine Mann schaukelte auf den Füßen vor und zurück und rang jammernd die Hände. »Ich kann nicht, Herr Hauptmann. Ich habe keinen Schlüssel.«

Glockengeläut erklang, und die Schwingungen des dumpf dröhnenden Tons setzten sich sogar über den Boden fort, so daß sie der Hauptmann durch die dünnen Sohlen seiner eleganten Offiziersstiefeln zu spüren meinte. In der Ferne ertönte Gebrüll, wie das drohende Knurren eines Löwen. Es war das Gebrüll des sich heranwälzenden Mobs.

»Zur Hölle mit dem Schlüssel«, schrie der Soldat. »Brechen Sie die Tore auf, aber öffnen Sie sie, bevor wir alle zu Tode getrampelt werden!«

Der Aufseher wollte nicht sterben. Er wollte Monsieur Hachette auch nicht Rede und Antwort für zwei beschädigte Tore und einen leeren Speicher stehen; die Kosten dafür würde man ihm bestimmt vom Lohn abziehen. Du lieber Gott! Er hatte sechs Kinder, alle jünger als zehn Jahre, vier davon Mädchen, die noch zu klein zum Arbeiten waren!

Der Mann kaute an seiner Unterlippe, bis sie blutete. »Vielleicht sollten wir Monsieur Hachette benachrichtigen?«

Der Hauptmann drehte sich fluchend um und trat mit dem Schuh gegen das Gemäuer, was dem Schuh keineswegs guttat. »Wir haben keine Zeit, um jemanden zu benachrichtigen!« Er deutete über den Platz. »Hören Sie doch!«

Das Gebrüll war lauter geworden. Der Hauptmann war noch nie in der Schlacht gewesen, aber wenn er vom Ruhm träumte, hatte er sich das Dröhnen der Artillerie so vorgestellt. Das hier war jedoch kein Traum, sondern ein schauerlicher Alptraum. »Ich hole eine Axt und breche das Tor auf«, verkündete er, blieb jedoch wie angewurzelt stehen und starrte entsetzt auf die erste Welle der aufgebrachten Menge.

Die Ersten, die den Platz erreichten, wurden vom Anblick der in den Schaufenstern der Konditorläden aufgetürmten Kuchen und Torten abgelenkt. Steine flogen gegen die Fensterscheiben, und bald wurden köstliche Naschereien von Hand zu Hand gereicht. Doch die Schaufenster waren bald leer, und der Zorn in den hinteren Reihen wuchs. Die Menge drängte vorwärts; jeder wollte seinen Anteil an der Beute bekommen. Ein Mann hatte ein Faß gefunden und schlug darauf ein, wie auf eine Trommel. Wieder begann die Menge zu grölen. »Öffnet das Lagerhaus! Billiges Brot!«

Ein paar Männer kletterten auf die umliegenden Dächer und Laternenpfähle, und es hagelte Dachziegel, Steine und Pflastersteine auf den Hauptmann und seine Truppe. Ein Konditorladen war in Brand geraten, vielleicht war das Feuer auch gelegt worden, und der Gestank von öligem Rauch erfüllte die Luft und beeinträchtigte die Sicht. Die Wachsoldaten hielten nervös die Finger am Abzug ihrer Musketen, obwohl der Hauptmann befohlen hatte, nicht zu schießen. Aus Respekt vor den Musketen und Bajonetten hatten die Aufständischen bisher sicheren Abstand zu dem umstellten Lagerhaus bewahrt.

Durch eine schmale Seitengasse polterte eine Kutsche und bog auf den Platz ein. Der Aufseher des Lagerhauses zupfte den Hauptmann am Ärmel und schrie, um die Sprechchöre und das Knistern der Flammen zu übertönen: »Das ist er! Monsieur Hachette! Er bringt den Schlüssel!« Der Hauptmann schickte einen dankbaren Blick zum Himmel.

Ein junger Mann mit imponierendem Auftreten stieg aus der Kutsche, gefolgt von einem gebrechlichen alten Mann, dem die Angst ins Gesicht geschrieben stand. Der Hauptmann hielt den Alten für den Verwalter des adeligen Besitzers, übersah ihn geflissentlich und wandte sich an den jüngeren. »Ich bete zu Gott, daß Sie den Schlüssel gebracht haben, Monsieur, denn ...«

Max legte Abel Hachette die Hand auf die Schulter und schob ihn vor. »Öffne die Tür, Abel. Sofort.«

Beim Anblick det tobenden Menge war Hachette wie hypnotisiert. Keine seiner Vorstellungen von einer Revolution entsprach dem, was er hier sah. Die Macht der Gewalt war furchterregend. Man müßte sie nur kontrollieren, dachte Hachette, dann könnte man mit ihrer Hilfe ohne weiteres einen Thron stürzen. Ihn stürzen oder ihn ergreifen.

Der Anblick der Kutsche mit ihren gut gekleideten Insassen hatte die Wut der Leute aufs neue entflammt. Eine Frau mit eiternden Wunden im Gesicht und schwarzen, zahnlosen Kiefern schrie: »Tötet sie, tötet sie, tötet sie!« Andere stimmten in ihr Geschrei ein, stampften mit den Füßen und machten aus dem Aufruf ein Liedchen, dessen letzte Zeile lautete: »Hängt die verdammten Aristokraten auf!«

Hachette hatte sich von Max losgerissen und ging auf die wogende Menge zu, die nur noch zehn Meter von den Bajonetten der Soldaten trennten. Max wollte ihm nach, aber der Hauptmann und zwei seiner Leute hielten ihn zurück.

»Vergessen Sie ihn!« brüllte der Hauptmann Max mit entsetzt aufgerissenen Augen an. »Schließen Sie endlich diese verdammten Tore auf, ehe es zu einem Massaker kommt!«

»Tötet die Aristokraten!« schrie der Mob. »Hängt die Reichen auf!«

»Nein, wartet!« brüllte Hachette und streckte der tobenden Menge die erhobenen Handflächen als universell verstandenes Friedenszeichen entgegen. »Ich bin nicht von Adel. Ich bin einer von euch. Ich bin ein Mann des Volkes.«

Die Menge hörte ihn nicht oder wollte ihn nicht hören. Vielleicht war es ihnen mittlerweile gleichgültig geworden. Ein Junge war auf einen Laternenpfahl geklettert und zielte mit seiner Steinschleuder nach Hachettes Kopf. Er traf ihn zwischen den Augen, und der alte Mann sank mit blutüberströmtem Gesicht in die Knie. Als die Leute das sahen, fielen sie mit ihren behelfsmäßigen Waffen über ihn her.

Max wehrte sich gegen die Hände, die ihn festhielten. »Laßt mich los, verdammt noch mal!« Plötzlich gab er seinen Widerstand auf.

Starr vor Entsetzen beobachtete er, wie ein Speer durch die Luft flog, in der Sonne blitzte, sich in einer langsamen weiten Kurve zu Boden senkte und in Abel Hachettes Rücken bohrte.

»Max!«

Zuerst glaubte Max, Hachette hätte im Todeskampf seinen Namen geschrien. Eine feuerrote Lockenmähne tauchte in der Menge auf, und wieder hörte er den Schrei. Inmitten der gereizten Menge erkannte er sie.

»Gabrielle!«

Sie streckte ihm einen Arm entgegen, und nichts, nicht einmal drei kräftige Männer, konnten ihn zurückhalten. Er riß sich aus der Umklammerung der Soldaten los und lief auf sie zu, gerade als der Mob, der durch das erste vergossene Blut vollkommen außer Rand und Band geraten war, das Lagerhaus stürmte. Von der Überzahl verängstigt, eröffneten die Wachen das Feuer.

Ein Blitz zuckte auf, und ein rasender Schmerz fuhr Max durch den Kopf. Mit verzweifelter Willensanstrengung taumelte er der Geliebten entgegen und fiel vor Gabrielle auf die Knie. Das letzte, was er sah, bevor ein blutroter Schleier seine Welt verdunkelte, war Gabrielle, seine Gabrielle. Sie hatte Augen und Mund vor Entsetzen weit aufgerissen und wurde von der tobenden Menschenmenge verschlungen.

Maximilien de Saint-Just lag still und bleich auf Simons Bett über dem Pfandleiherladen im Palais Royal. Ein turbanähnlicher Verband um seinen Kopf verbarg die tiefe Schramme, die eine Musketenkugel in seinen Kopf gerissen hatte. Der Arzt war nicht besonders hilfreich gewesen. »Wenn er aufwacht, wird er wahrscheinlich am Leben bleiben«, hatte er gesagt. »Aber zuerst muß er aufwachen.«

Gabrielle saß neben dem Bett und hielt die Hand ihres Mannes zwischen ihren Händen, als könnte sie ihm so ihre Kraft, ihr Leben einflößen. Von Zeit zu Zeit tauchten Simon oder Agnes in der Tür auf, aber Gabrielle schickte sie immer fort. Einmal hörte sie von unten ihre lauten Stimmen; sie stritten sich über Simons Rolle an dem Aufruhr. Aber Agnes mochte sagen, was sie wollte, nichts konnte Simon jetzt noch aufhalten, davon war Gabrielle überzeugt. Wie so viele Menschen in Paris, so hatte auch Simon an diesem Vormittag die Macht des Volkes entdeckt.

Gabrielle hatte an jenem Tag erfahren, was Entsetzen wirklich hieß. Sie hatte miterlebt, wie der geliebte Mensch, ihr Lebensinhalt, von einer Musketenkugel getroffen wurde und zu Boden ging. Mit Zähnen und Krallen hatte sie sich zu ihm durchgekämpft, aber sie hatte gewußt, es würde zu spät sein. Sie hatte ihn wieder verloren ... diesmal für immer.

Sie hatte gebetet. Es war kein in Worte gefaßtes Gebet, sondern ein verzweifelter Schrei, den sie zum Himmel sandte, mit dem sie ihr Leben für seines bot und um ein Wunder bettelte. Und es war ein Wunder geschehen. Gerade als sie dachte, der Mob würde Max zerfleischen, war eine Kavallerieeinheit aufgetaucht. Fünf Mann nebeneinander waren sie von allen Seiten säbelschwingend auf den Platz gestürmt, und die Aufständischen hatten erschrocken die Flucht ergriffen.

Umgeben von Geschrei und Rauch, war Gabrielle mitten im Gewirr von zurückgebliebenen Speeren und Lanzen neben Max gekniet und hatte mit der Hand nach seinem Herzschlag gefühlt. Wenn sein Herz nicht mehr schlug, dann würde auch ihres aufhören zu schlagen, hatte sie gedacht.

Jetzt ließ sie ihn nicht aus den Augen, hielt seine Hand fest und wollte sein Herz zum Weiterschlagen zwingen.

Max bewegte sich, stöhnte und öffnete die Augen. Voll grenzenloser Angst sah er Gabrielle an. Sie drückte seine Hand und beugte sich über ihn.

Seine Angst wich. »Gabrielle ...« Er verzog den Mund zu einem schiefen Lächeln. »Mein Kopf tut verdammt weh.«

Auch Gabrielle lächelte und bemerkte gar nicht, daß ihr die Tränen über die Wangen liefen. »Still. Du sollst nicht sprechen.«

»Nein ... etwas muß ich sagen.«

Sie hob seine Hand an ihren Mund und küßte sie. »Später. Jetzt schlafe.«

Er seufzte und schloß die Augen. Dann murmelte er etwas, und sie beugte sich näher zu ihm.

»... liebe dich, Gabrielle.«

Sie glaubte, daß er es gesagt hatte, aber sie war nicht ganz sicher.

Erst spät am nächsten Nachmittag erwachte er wieder. Diesmal ging sein Atem regelmäßig, und seine Augen blickten klar. Gabrielles Augen waren rot vor Müdigkeit, und ihr Rücken schmerzte, weil sie eine ganze Nacht und einen Tag neben dem Bett gesessen hatte. Sie fühlte sich elend. Für Max war sie nie schöner gewesen, als jetzt.

Gabrielle hob seinen Kopf hoch und hielt eine dampfende Tasse an seinen Mund. Max schnupperte und rümpfte die Nase. »Was ist das?«

»Trink! Oder willst du, daß ich es dir hinuntergieße?«

»Du bist eine rachsüchtige Frau«, beschuldigte er sie und trank, verzog aber angewidert das Gesicht.

»Ich bin sehr böse mit dir, Frau.« Max versuchte, seine männliche Autorität wiederzugewinnen. »Du hast mir den größten Schrecken meines Lebens eingejagt, als ich dich mitten unter dem Mob erblickte. Weißt du, daß du heute vormittag beinahe getötet worden wärst?«

»Es war gestern vormittag, und du wärst beinahe getötet worden, Maximilien de Saint-Just. Du warst es, der auf Simons Bett beinahe verblutet wäre.«

»Simon ... da bin ich also?« Max sah sich um. Das Zimmer war vollgeräumt mit Dingen, die Simon nicht verkaufen konnte oder wollte. »Wie bin ich hergekommen?«

»Simon und ein paar seiner Freunde haben dich getragen.« Sie lächelte. »Die Soldaten wollten dich verhaften, weil du den Aufstand angezettelt hast.« Gabrielle hatte jedoch Max mit ihrem Körper geschützt und sich den Soldaten als Vicomtesse de Saint-Just zu erkennen gegeben. Aufgrund ihrer eleganten Kleider hatten es die Soldaten nicht gewagt, ihre Aussage anzuzweifeln.

Max klopfte auffordernd auf das Bett. »Komm, leg dich zu mir.«

»Nur wenn du versprichst, dich zu benehmen.«

Max grinste spitzbübisch, ohne etwas zu versprechen.

Gabrielle streckte sich neben ihm auf dem Bett aus. Er zog sie näher, bis ihr Kopf an seiner Schulter ruhte und er seinen Kopf in ihren Haaren vergraben konnte.

»Du riechst nach Rauch«, flüsterte er.

»Und du glühst vor Fieber.« Gabrielle stützte sich auf einen Ellbogen auf und strich ihm über die Wange, die rauh vom zwei Tage alten Bart war. Seine Haut war rot und heiß.

Gabrielle wollte sich zurückziehen, aber er hielt sie mit erstaunlicher Kraft fest. »Geh nicht. Ich muß etwas beichten.«

Sie beugte sich über ihn und küßte ihn auf den Mund. Seine Lippen waren trocken und aufgesprungen, aber für Gabrielle waren sie wunderbar. »Soll ich einen Priester holen?« fragte sie neckend, obwohl ihr keineswegs zum Scherzen zumute war. Hatte er Schmerzen und wollte es sie nicht merken lassen? Hatte er Angst, er würde sterben?

Erleichtert bemerkte Gabrielle, daß Max vor Lachen beinahe platzte. »Gott bewahre mich vor den Priestern und ihrem ewigen lateinischen Geplapper.« Er fuhr ihr mit den Fingern durch die Haare und strich mit dem Daumen über ihre Stirn. »Ich muß dir etwas beichten, Liebste.«

Die Traurigkeit in seinen Augen erschütterte Gabrielle zutiefst. »Ich hätte dich nie heiraten sollen«, gestand er, und Gabrielles Herz wurde schwer wie Blei.

Sie senkte den Blick. »Ich verstehe, Max. Du hast in den vergangenen Monaten kein Geheimnis daraus gemacht, daß du mich nicht mehr liebst.«

Max spielte immer noch mit ihren Locken; jetzt packte er Gabrielle an den Haaren und zog ihren Kopf hoch. »Aber ich liebe dich doch!«

Gabrielle schüttelte den Kopf. Sie drohte in Tränen auszubrechen und preßte die Augen fest zu. Ihr Hals war wie zugeschnürt, und sie konnte nicht atmen und nicht schlucken und schon gar nicht reden.

»Verdammt noch mal, Gabrielle, ich habe gesagt, daß ich dich liebe.«

»Du ... du begehrst nur meinen Körper«, stammelte sie.

»Zum Teufel, ja, ich begehre deinen Körper. Aber ich liebe dich. Ich liebe alles an dir, nicht nur deinen Körper.« Er streichelte ihr

Gesicht. »Gabrielle ... du müßtest verrückt sein, wenn du nicht siehst, wie sehr ich dich liebe.«

Gabrielle war so verrückt gewesen. Eine tiefe Freude erfüllte sie, und jetzt waren die Tränen nicht mehr aufzuhalten.

»Warum weinst du, Gabrielle? So sag doch etwas!« Seine Stimme klang schroff, aber er lächelte.

Gabrielle stotterte herum und stammelte schließlich: »Wenn du mich immer noch liebst, warum sagst du dann, du hättest mich nie heiraten sollen?«

Max legte ihr ernst die Hände auf die Schultern. »Weil du einen besseren Mann verdient hast, als ich es bin, Gabrielle. Ich war nicht wirklich überrascht, als ich damals nach Hause kam und du verschwunden warst. Ich wußte, daß ich deiner nicht wert sei.«

»Meiner nicht wert! Ich bin diejenige, die deiner nicht wert ist. Ich erklärte mich einverstanden, dich zu heiraten, obwohl ich wußte, daß ich dir nur Probleme bringen würde. Ich ...«

»Nein. Laß mich ausreden. Warum kannst du nicht einmal gehorsam sein und dich unterordnen, wie es sich für eine ordentliche Frau gehört? Laß mir einmal das letzte Wort!«

Gabrielle schob trotzig das Kinn vor. »Es tut mir schrecklich leid, mein Herr und Gebieter. Ich versuche, eine gute Frau zu sein. Nur manchmal ist das sehr schwer, besonders wenn alle Regeln von euch Männern stammen.«

Sein Mund zuckte, und seine Augen schimmerten feucht. Er schüttelte sanft ihre Schultern. »Ach Gott, Gabrielle, wie ich dich liebe!«

»Aber Max ...«

»Sei jetzt still, Frau. Ich muß dir Dinge sagen, die ich schon vor Monaten hätte sagen sollen. Jetzt werde ich es tun, und wenn ich das Kissen hier zerreißen und dich damit knebeln müßte!«

Aber zuerst ließ er sich von ihr dabei helfen, sich aufzusetzen. Er lehnte sich in die Kissen, zog Gabrielle neben sich auf das Bett und legte ihr den rechten Arm um die Schultern. Mit den linken Händen hielten sie einander fest. Es wurde allmählich dunkel im Raum. Ein leichter Wind wehte zum Fenster herein und trug ihnen vom Garten herauf den Geruch von Druckerschwärze und Pfannkuchen zu.

Zuerst erzählte Max von seiner Kindheit in Saint-Antoine und von seiner Jugend als Straßenräuber. Dann kam er zu der Geschichte mit Abel Hachette, erzählte vom Geheimbund, für den er jahrelang spioniert hatte.

»Ich hatte mir eingeredet, daß ich es für Frankreich tue, aber im Grunde habe ich die geheuchelten Ziele von Hachette und dem Geheimbund immer durchschaut. Damals spielte das für mich keine Rolle. Ich war viel mehr daran interessiert, mich an meinem Vater zu rächen, indem ich den guten Namen der Saint-Just in den Schmutz zog.« Max seufzte, verschob seinen Arm ein wenig und begann mit Fingern und Daumen zärtlich über ihre Rippen zu streicheln. »Dann hast du an meine Tür geklopft, und plötzlich war es mir nicht mehr egal, welche Art Mann ich war. Ich wollte dich nicht enttäuschen. Und genau das habe ich dann natürlich getan.«

Gabrielle hielt seine Hand krampfhaft fest. »Das ist nicht wahr, Max. Es war mein dummer Fehler, weil ich falsche Schlüsse gezogen habe und ...«

Max ließ sie nicht ausreden und küßte sie. Als sie seinen Kuß erwiderte, ließ Max sie wieder los.

»Laß mich zu Ende kommen, Liebste. Ich habe gewußt, daß ich es verdient hatte, daß du mich verlassen hast, und eben deshalb habe ich dich gehaßt. Ich warf dir vor, daß du mir derart abscheuliche Dinge zugetraut hattest, innerlich wußte ich aber, daß ich tatsächlich dazu fähig sei. Warum solltest du mir trauen? Bis zu dem Tag, an dem wir einander begegnet waren, habe ich nichts getan, womit ich dein Vertrauen verdient hätte. Auch deiner Liebe war ich nicht würdig.«

Gabrielle legte ihm die Hand auf die Wange, küßte seine Augen, rieb die Nase zart an seiner Wange und hauchte einen Kuß auf seinen Mund. »Du gehst zu hart mit dir ins Gericht, Liebster. Ich bin überzeugt, daß vieles, was du für den Geheimbund getan hast, zum Nutzen Frankreichs war, ganz gleich, welche Motive die Mitglieder des Geheimbundes hatten. Percy hat mir einmal gesagt, daß du der beste Wissenschaftler seist, den dieses Land hat.« Sie legte den Mund an sein Ohr und flüsterte: »Auf alle Fälle bist du der beste

Liebhaber in ganz Frankreich. Wahrscheinlich gibt es auf der ganzen Welt keinen besseren.«

Max stöhnte. »Wie willst du das wissen? Du kennst nur mich und deinen Martin. Und der hatte nun wirklich keine Ahnung!«

Gabrielle hob den Kopf. »Max!«

»Schau mich nicht so unschuldig an, Gabrielle. Du weißt, daß ich recht habe. Agnes ist übrigens der gleichen Meinung.«

»Agnes! Was weiß denn die!«

»Viel. Sie war bei mir.«

»Das ist nicht wahr! Wann war sie bei dir?«

»Vor ein paar Tagen. Am Tag nachdem du ihr und Simon die Geschichte von Nevers und Louvois und den Grund für dein Verschwinden erzählt hast.«

In der Vorwoche hatte Gabrielle dem Herzog von Nevers gestattet, unter Aufsicht ein paar Minuten mit seinem Enkelsohn zu verbringen. An diesem Nachmittag hatte sie Agnes und Simon alles erzählt und auf diese Weise endgültig ihre Vergangenheit bewältigt und ihren Haß für Dominiques Großvater überwunden.

Max vergrub das Gesicht in ihren Haaren und lachte. »Die kleine dralle Dirne sagte mir auf den Kopf zu, daß ich blind wie ein einäugiger Maulwurf sei und nicht begreife, was sich vor meiner Nase abspielt, nämlich daß du mich liebst und ich dir das Herz breche.«

»Du hast mir das Herz gebrochen, Max. Ich war in diesen Wochen schrecklich unglücklich, weil ich glaubte, daß du mich nicht mehr liebst. Es war unverzeihlich ...«

»Psss.« Er legte ihr den Finger auf den Mund und gebot so ihrem Wortfluß Einhalt.

Gabrielle wollte sagen, daß ihr Verhalten, mit dem sie ihn derart verletzt hatte, unverzeihlich gewesen war. Doch Max dachte, sie fände die Sache mit der Marquise von Tessé unverzeihlich. Er sah drein wie Dominique, wenn er ungezogen gewesen war und sich mit seiner Mutter wieder versöhnen wollte.

Max nahm ihre Hand in beide Hände. »Von allen Fehlern, die ich im Leben gemacht habe, und das waren eine ganze Menge, ist der mit der Marquise de Tessé derjenige, den ich am liebsten ungeschehen machen möchte. Ich habe mich davor erbärmlich gefühlt, und ich habe mich danach erbärmlich gefühlt. Ich habe mich sogar währenddessen erbärmlich gefühlt, falls das möglich ist. Ich schwöre dir, Gabrielle, bei allem was mir heilig ist, daß ich in meinem ganzen Leben keine andere Frau mehr begehrlich ansehen werde.« Er drückte ihre Hand fest auf sein Herz.

Seine reumütigen Worte taten Gabrielle gut. Aber jetzt machte sie eine abwehrende Handbewegung, als wollte sie eine Fliege verscheuchen. »Ach das, das ist vergessen.«

Max riß erstaunt die Augen auf. »Aber ...«

»Agnes sagte, es wäre mir recht geschehen, wenn du ein Dutzend Geliebte gehabt hättest. Sie bezeichnete mich als einen Dusselkopf, weil ich von dir erwartet habe, nach meinem Verschwinden wie ein Mönch zu leben. Du konntest ja nicht wissen, ob du mich je wiedersehen würdest. Agnes hält dich für einen Heiligen, weil du mich wieder zurückgenommen hast.«

»Ich und ein Heiliger!«

»Das waren ihre Worte. ›Möge ich auf der Stelle ersticken, wenn Monsieur Max nicht dafür heilig gesprochen werden sollte, weil er sich mit deiner Verrücktheit einfach abfindet.‹«

Max lachte und drückte Gabrielle an sich. Er spielte mit ihren Haaren und küßte sie schließlich auf den Mund.

Sein Kuß begann zärtlich, aber wie immer flammte ihre Leidenschaft blitzschnell auf. Gabrielle stand auf. »Wir dürfen nicht, Liebster. Du hast Fieber und bist geschwächt. Wenn du mir jetzt stirbst, würde ich dir das nie verzeihen!«

»Mein Kopf tut wirklich verdammt weh«, gab Max zu. Er strich Gabrielle die Haare aus der Stirn. »Agnes hat noch etwas gesagt. Ich verstünde es zwar recht gut zu überleben, aber vom Leben und von der Liebe verstünde ich so lange nichts, so lange ich nicht Mitleid und Vergeben gelernt habe.«

Gabrielle biß sich auf die Unterlippe, und in ihren Augen saß der Schalk. »Komisch, das gleiche hat sie zu mir auch gesagt.«

Max schmunzelte. »Agnes ist eine sehr kluge Frau.« Er drückte Gabrielle einen sanften Kuß auf den Mund, und mit dieser Zärtlichkeit gestanden sie einander, wie sehr sie einander begehrten und wie sehr sie einander brauchten und liebten.

»Glaubst du mir jetzt, daß ich dich liebe, mein Herz?« fragte Max schließlich, bequem in die Kissen zurückgelehnt.

»Ich glaube es«, antwortete Gabrielle feierlich. »Und glaubst du ...«

Max unterbrach sie neuerlich mit einem Kuß. »Natürlich glaube ich es«, flüsterte er dann und lächelte schelmisch. »Wie könnte es anders sein! Den besten Liebhaber Frankreichs, vielleicht der ganzen Welt, den mußt du doch lieben!«

»Bist du denn der beste?«

»Ja. Ich kann es dir beweisen.«

Und er bewies es ihr.

KAPITEL 23

Gabrielle setzte sich im Bett auf und sah ihrem Mann zu, wie er sich beim Schein einer kleinen Öllampe ankleidete. In dem dämmrigen Licht war die Narbe, die am Haaransatz von der Musketenkugel vor drei Monaten zurückgeblieben war, kaum zu erkennen.

Es war Juli geworden, und mittlerweile bezeichnete man die Aufstände um Brot vom Frühling des Jahres 1789 als Revolution. Aber obwohl die Redner auf den Parkbänken und in den Cafés des Palais Royal diesen Ausbruch des Volksunmuts den Beginn einer neuen Ära nannten, war der Brotpreis seither weiter angestiegen.

»Mußt du schon so früh fort?« fragte Gabrielle; ihr waren Freiheit und Brotpreis ebenso gleichgültig geworden wie die Frage, was der König am nächsten Tag tun wolle und was nicht, denn in den vergangenen zwei Monaten hatte Gabrielle ihren Mann nur sehr selten zu Gesicht bekommen. »Es ist noch nicht einmal dämmrig, und du hast letzte Nacht nur wenig geschlafen.«

Max zog sich das Hemd über den Kopf und setzte sich neben sie. Er zeichnete mit den Fingern die Konturen ihrer nackten Brüste unter dem Laken nach. »Ich kam nach Hause, um zu schlafen und um meine unwiderstehliche Frau ausgiebig zu lieben.«

»Das hast du getan. Nicht nur einmal.« Gabrielle schob ihre Hand in den offenen Kragen seines Hemdes. »Nimm mich mit nach Versailles.«

Max führte ihre Hand an seine Lippen. »Das ist zu gefährlich, das weißt du. Du würdest Dominique nicht mitnehmen und dir dann Sorgen machen, weil du ihn mit den Dienern allein gelassen hast. Außerdem könnte ich mich nicht konzentrieren, wenn ich mir um dich Gedanken machen müßte.« Er lächelte. »Es reicht, wenn du mir fehlst und ich bei dir sein möchte; das lenkt mich schon genügend ab.«

Im Mai waren die Generalstände endlich in Versailles zusammengetreten. Max war einer der Abgeordneten des Adelsstandes. Gabrielle war mit Dominique in Versailles gewesen und hatte der feierlichen Eröffnungszeremonie beigewohnt. Der Klerus in seinen schwarz-roten Roben ging als Erster Stand der Prozession voran, gefolgt von den Vertretern des Adelsstandes in weißen Umhängen mit goldenen Tressen, Federhüten und Säbeln. Aber obwohl Gabrielle sich auf die Zehenspitzen stellte und den Hals reckte, von Max war nichts zu sehen gewesen.

Als schließlich der Dritte Stand einzog, die Bürgerlichen, machte sich Gabrielle allmählich Sorgen. Dann entdeckte sie ihn. Seine schlanke Gestalt im weißen, goldgeschmückten Umhang ragte zwischen den schwarzen Anzügen der Bürger heraus, und Gabrielles Herz schwoll vor Stolz. Sie hatte Dominique hochgehoben, damit er seinen Vater sah. »Schau, mein Sohn, dort marschiert dein Papa für die Freiheit.«

Vom ersten Sitzungstag an entbrannte in der Ständeversammlung ein Machtkampf. Die Bürger gegen den Adel und den Klerus, die Bürger und der Adel gegen den König. Im Juni verwehrte der König den Teilnehmern den Zutritt zu den Versammlungsräumen und ließ an den Türen Wachen mit aufgepflanzten Bajonetten postieren. Die Abgeordneten traten daraufhin in einem Ballspielhaus zusammen und erklärten sich zur Nationalversammlung. Sie schworen, die Versammlung nicht eher aufzulösen, ehe Frankreich nicht eine Verfassung habe.

Ludwig XVI. sah die Monarchie in Gefahr und war entschlossen, den Kampf aufzunehmen. Seine jüngste Aktion war es, Necker, seinen Finanzminister, zu entlassen. Necker war beim Volk beliebt gewesen, weil er den König aufgefordert hatte, den Adel zu besteuern. Ludwig hatte bereits früher rund um Versailles Truppen ausländischer Söldner aufmarschieren lassen, und das Gerücht ging um, daß in der Bastille Vorbereitungen für Massenverhaftungen liefen.

»Max, vielleicht solltest du besser nicht nach Versailles fahren, wenn es so gefährlich ist …« bat Gabrielle und hielt seine Hand fest.

»Wir sind zwölfhundert Abgeordnete. Er kann uns nicht alle einsperren lassen.« Und mit spitzbübischem Lächeln fügte er hinzu: »Außerdem haben wir uns für immun erklärt.«

Gabrielle rümpfte die Nase. »Die Kugeln des Königs werden ohne Zweifel von euch abprallen.«

Max küßte sie lachend auf die Nase und stand auf. Er trat zur Kommode, und Gabrielle beobachtete das Muskelspiel seiner Beine. Mit begehrlichem Blick verfolgte sie seine Bewegungen im Spiegel, während er sich kämmte. Sein Hemd schob sich dabei hoch und entblößte sein nacktes Hinterteil.

Gabrielle stand auf und schlüpfte in ihren Morgenmantel, ohne ihn jedoch vorne zu schließen. Sie trat hinter Max und drückte ihre nackte Brust an seinen Rücken. Mit wachsender Begierde spürte sie bei jeder Bewegung, wie der rauhe Stoff seines Hemdes über ihre zarte Haut rieb, während sie seine Gesäßbacken massierte.

Dann ließ sie ihre Hände nach vorn wandern –

Max hielt sie an den Handgelenken fest und drehte sich um. »Gabrielle, ich möchte mich ankleiden. Versuche so zu tun, als wärst du eine brave, gehorsame Frau und bring mir etwas zu trinken, und zwar Brandy. Halte mir aber keinen Vortrag über die Tageszeit«, fügte er hinzu, als sie den Mund zum Widerspruch öffnete.

Gehorsam trat sie an den Servierwagen neben dem Bett, goß aber ein Glas Wein ein, anstatt Branntwein. »Erzähle mir, was du den ganzen Tag tust«, bat sie und stellte das Glas auf die Kommode. Danach half sie ihm, die Haare mit einem schmalen schwarzen Band im Nacken zu binden.

»Ich sitze herum und träume von dir.«

»Was noch?«

»Die meiste Zeit brüllen wir einander an und streiten.« Er lachte. »Wenn eine Nationalversammlung einmal richtig in Gang kommt, ist sie ungefähr ebenso laut wie ein Fischmarkt. Aber für gewöhnlich treten wir in kleineren Gruppen zusammen. Ich habe die Verantwortung für ein Komitee übernommen, daß eine Deklaration der Menschenrechte ausarbeiten soll. Bisher konnten wir uns auf einen Satz einigen: Alle Männer sind frei und haben gleiche Rechte ... Was schaust du mich so an?«

Gabrielle hatte die Hände auf die Hüften gestemmt. »Du hast die Hälfte der Menschheit in der Deklaration vergessen, Herr Abgeordneter.«

»Was?«

Gabrielle gestikulierte erbost. »Die Frauen, Max! Sind die Frauen nicht frei geboren und gleichberechtigt unter eurer Regierung?«

»Nun ...« Max legte ihr die Arme um die Taille und zog sie an sich. »Hab ein Herz, Gabrielle! Die Versammlung würde mich auslachen, wenn ich vorschlüge, in der Deklaration das Wort Frauen noch hinzuzufügen.«

Gabrielle machte einen Schmollmund. »Es ist so unfair. Wir Frauen dürfen nie etwas sagen.«

Max rieb sein Kinn zärtlich in ihren Haaren. »Es gibt einen Ort, Liebste, an dem du absolute Macht über mich hast. Du befiehlst, und ich gehorche dir bedingungslos.«

»So! Und wo ist das bitte?«

Max hob sie hoch, trug sie zum Bett und legte sie sanft zwischen die seidenen Laken. »Hier, in meinem Bett. Besser gesagt, was mir als mein Bett dient«, fügte er mit diabolischem Lächeln hinzu.

Er richtete sich auf und zog sein Hemd aus.

Gabrielle räkelte sich wie eine Katze und schnurrte. »Ich dachte, du hättest eine wichtige Verabredung, Monsieur Vicomte.«

Max lächelte sie liebevoll an. »Frankreich kann warten.«

Max legte sich zu ihr, doch Gabrielle stützte sich auf einen Ellbogen und drückte Max in die Kissen zurück. Sie fühlte sich plötzlich verwegen, gebieterisch und überlegen.

Sie hauchte Küsse auf seinen Mund und seine Wangen, benetzte seine Augen mit ihren Lippen und ließ ihre Zunge über sein Kinn spielen, bis hinauf zu den Ohrläppchen.

Als sie ihn ansah, stellte sie fest: »Du lächelst ziemlich selbstzufrieden.«

Auf Max' Wange bildete sich ein Grübchen, und Gabrielle küßte es. »Noch nicht zufrieden«, seufzte er. »Noch nicht!«

»So? Meine Küsse genügen dir also nicht?«

»Ich liebe deine Küsse.«

»Aber du willst mehr als Küsse?«

»Nun ... ich würde nichts ausschlagen, was du mir anbietest.«

Gabrielle legte ein Knie zwischen seine Beine und schob es vorsichtig höher. Dabei liebkoste sie ihn mit den Händen und überzeugte sich davon, wie begehrenswert er sie fand.

Immer neue Stellen fand sie auf seinem Körper für ihre Küsse und steigerte ihr Liebesspiel bis zur Ekstase. »Ich liebe dich«, stöhnten sie beide, als sie gleichzeitig zitternd den Höhepunkt erreichten.

Am nächsten Abend saß Gabrielle am Fenster ihres Lieblingszimmers, des kleinen Salons neben ihrem Schlafzimmer, und sah hinunter zur Seine; es regnete. Ihr Sohn kniete neben ihr, und sie tranken genüßlich Schokolade und aßen Kekse. Es war zwar bereits der dreizehnte Juli, aber im Kamin brannte ein Feuer, denn der Tag war kühl und feucht.

Dominique deutete hinunter auf den Kai, wo an jeder Ecke kleine Schmiedefeuer glühten. »Warum machen die Männer die Hufeisen auf der Straße, Mama?«

»Sie machen keine Hufeisen, Liebling. Sie schmieden Speerspitzen.«

Wenige Tage zuvor war Finanzminister Necker abgesetzt worden, und von da an war die Revolution wieder gefährlich aufgeflammt. Arbeiter aus den Vororten hatten sich zusammengerottet und brüllten, mit Knüppeln und Speeren bewaffnet, ihre Parolen »Billiges Brot!« und »Waffen für das Volk!« Sie stürmten eines der Stadtgefängnisse und brannten mehrere verhaßte Zollschranken nieder. Gabrielle war ihre fürchterliche Erfahrung am Tag des Brotaufstandes zu gut in Erinnerung, und sie ging nicht aus; sie ließ auch Dominique nicht aus den Augen. Max fehlte ihr, aber sie war froh, daß sie nicht mit ihm nach Versailles gefahren war.

Es klopfte leise an der Tür. Erschrocken sprang sie auf und griff sich mit der Hand an den Hals; ihr Herz hämmerte wie wild. Aumont, der Haushofmeister, trat ein, und Gabrielle schalt sich insgeheim für ihre Nervosität.

Aumont verbeugte sich. »Madame, ein Herr aus Versailles möchte Sie sprechen.« Beim Wort »Herr« verzog Aumont den

Mund, da er den Ausdruck offenbar nicht ganz angebracht fand. »Es sei dringend, behauptet er.«

»Du lieber Gott! Lassen Sie ihn sofort eintreten, Aumont. Bitte.«

Sogleich war die böse Vorahnung von vorhin wieder da, nur zehnmal stärker. Ihr eigener Herzschlag dröhnte Gabrielle in den Ohren, und sie mußte sich an der Stuhllehne festhalten.

Aumont kehrte mit dem Besucher zurück. Gabrielle hatte den Mann noch nie zuvor gesehen. Er war schwarz gekleidet wie die Bürger, aber sein Anzug war aus teurem Stoff, und der Mann roch intensiv nach einem blumigen Parfum. Er hatte kleine, unruhig blickende Augen und einen unreinen, pockennarbigen Teint.

»Madame Vicomtesse ...« Er verbeugte sich unbeholfen, und erst jetzt bemerkte Gabrielle die Kokarde aus Kastanienblättern, die neuerdings als Symbol für die Revolution getragen wurde. »Mein Name ist Jacques Marot. Ich muß Ihnen leider schlimme Nachrichten aus Versailles überbringen ...«

»Max!« schrie Gabrielle.

»Es tut mir leid, Madame, aber der Vicomte ist heute während der Versammlung zusammengebrochen. Davor hatte er noch über schreckliche Kopfschmerzen geklagt. Vermutlich hat er eine alte Wunde ...?«

Gabrielle nickte. Max bekam immer noch ab und zu Kopfschmerzen, wo die Kugel seinen Schädel gestreift hatte, aber in jüngster Zeit sei es viel besser geworden, hatte er ihr versichert.

»Wenn er bei Bewußtsein war, fragte er immer wieder nach Ihnen und dem Jungen.«

»Ich muß sofort zu ihm! Aumont!«

Aumont hatte diskret in der Tür gewartet, für den Fall, daß Madame ihn brauchte, um den Besucher loszuwerden; jetzt reagierte er sofort. »Ich lasse die Kutsche vorfahren, Madame.«

»Wenn Sie gestatten, Madame«, wandte Marot ein, »mein Wagen wartet bereits vor dem Haus. Sie und der Junge können mit mir nach Versailles fahren.« Er lächelte Dominique an. Der Junge stand neben seiner Mutter und machte ein Gesicht, als wolle er sie beschützen.

»Vielen Dank, Monsieur«, antwortete Gabrielle abwesend. Sie

mußte einen Umhang holen, denn es regnete. Dominique brauchte eine Jacke und seinen Hut. Sollte sie darüber hinaus noch Kleider mitnehmen? Nein, dafür war jetzt keine Zeit; das konnte man ihr später nachbringen.

Draußen roch es nach Rauch von den brennenden Zollhäusern. Einige mit Stöcken bewaffnete Männer standen unter dem Laternenpfahl neben der Einfahrt zum Haus. Sie ließen eine Weinflasche kreisen und wirkten weniger bedrohlich als betrunken.

Als der Wagen an ihnen vorbeikam, hob einer die geballte Faust und schrie: »Tod den Reichen!« Marot zog das lederne Rouleau halb zu.

»Mama, ich mag diesen Mann nicht«, flüsterte Dominique laut.

»Still, Kind. Es ist unhöflich, jemanden nicht zu mögen, wenn man ihn nicht einmal kennt«, schalt seine Mutter.

Ein Lichtstrahl beleuchtete kurz das Innere der Kutsche. Marot lächelte und entblößte seine gelben Zähne. »Der Junge gibt Ihnen bestimmt einiges aufzulösen, nicht wahr?«

Gabrielle schwieg, denn ehrlich gesagt, gefiel ihr Jacques Marot auch nicht.

Der Wagen klapperte über den Pont Solferino. Da das heruntergezogene Rouleau den Ausblick behinderte, bemerkte Gabrielle nicht sofort, daß sie nicht nach links Richtung Versailles abgebogen waren, sondern nach rechts den Quai entlang fuhren, zu den Tuilerien.

Sie wollte ihren Begleiter darauf hinweisen, daß sie in die falsche Richtung fuhren, als abermals ein Lichtstrahl auf Marots Gesicht fiel, so daß Gabrielle seine Augen sah.

Sie streckte die Hand nach dem Türgriff aus, aber Marot legte seine Hand auf die ihre. Jetzt bemerkte sie die auf Dominiques Kopf gerichtete Pistole.

»Machen Sie keine Dummheiten, Madame. Sie wollen doch bestimmt nicht, daß Ihr Sohn einen bedauerlichen Unfall hat.«

»Mama! Will mich dieser Mann jetzt erschießen?«

Gabrielle legte ihren Arm um Dominique und zog ihn an sich. »Nein, Liebling. Nicht wenn du zuhörst und genau das tust, was er dir sagt.«

Marot lächelte. »Siehst du, mein Junge. Deine Mama hat recht. Du wirst alles tun, was ich dir sage, ja?«

»Ich nehme an, mein Mann ist nicht krank?« fragte Gabrielle.

Marot lachte. »Ich habe nicht die geringste Ahnung, wie es Ihrem Mann geht, Madame. Ich kenne ihn nicht.«

»Bringen Sie uns zum Herzog von Nevers?«

»Das werden Sie bald genug herausfinden.«

Die Kutsche bog mehrmals ab, und Gabrielle verlor bald die Orientierung. Dem Rollgeräusch der Räder und dem Rauchgeruch nach, der zum Fenster hereinkam, waren sie immer noch in Paris. Plötzlich änderte sich das Geräusch der rollenden Räder; sie fuhren nicht länger über Pflastersteine, sondern über Holz, dann wieder über Steine. Der Wagen hielt, und die Tür wurde aufgerissen.

Sie hielten in einem weiten, von Fackeln erleuchteten Hof. Zwei massige Steintürme flankierten eine riesige Uhr, die von kettenbehangenen, nackten Männerfiguren getragen wurde. Mehrere Soldaten standen im Hof und beobachteten die steinernen Mauern. Ein Schatten tauchte vor der Kutschentür auf – dunkle, hervorquellende Augen blickten hinter dicken Brillengläsern zu Gabrielle hoch.

»Willkommen, Gabrielle«, empfing Louvois seine Besucherin; zum ersten Mal überzog ein Lächeln sein Narbengesicht. »Willkommen in der Bastille.«

KAPITEL 24

Es herrschte vollkommene Dunkelheit. Die Luft war dumpf und feucht, und es stank.

Gabrielle war schon ziemlich lange hier eingesperrt; sie wußte nun, was Hunger und Durst bedeuteten, und hatte alle Stadien der Angst durchwandert. Sie lehnte sich gegen das triefende Mauerwerk. Ihre Beine zitterten vor Anstrengung, aber sie wagte nicht, sich zu setzen, denn der Boden der Zelle war mit unbeschreiblichem Unrat bedeckt, der zwischen ihren Zehen hervorquoll und widerlich stank.

»Max, bitte ...« flüsterte sie heiser. Warum kam er nicht? »Verdammt! Max!« brüllte sie, und ihre Stimme hallte hohl durch das Gemäuer. Sie begann zu weinen, weil ihr klar war, daß Max nur ein Mensch war und kein Wunder wirkender Gott. Sie haßte ihn dafür, und sie haßte sich, weil sie ihn haßte, wo sie ihn doch ihn Wirklichkeit unendlich liebte. Schließlich war es doch nicht seine Schuld, nicht seine Schuld ...

In der Zelle war es kalt, und Gabrielle war nackt. Die Wachen hatten ihr die Kleider ausgezogen, bevor man sie hergebracht hatte. Die lüsternen Blicke der Soldaten jagten ihr Angst ein. Als die Männer sie betasteten, grob nach ihren Brüsten griffen und sie auf unflätige Weise intim berührten, fürchtete sie, man würde sie vergewaltigen. Louvois beobachtete alles anscheinend gleichgültig.

Als einer der Männer seine Hose aufknöpfte, wies Louvois ihn zurecht. »Dafür ist später noch Zeit. Ich möchte noch darüber nachdenken und mir vorstellen, wie es sein wird.« Er streichelte mit schlaffem Finger Gabrielles Wange. »Die Bastille wird von zweiunddreißig Männern bewacht, meine Liebe, und jeder von ihnen wird mit dir schlafen, und nicht nur einmal, ehe du diese Mauern verläßt. Was wird dein hochmütiger adeliger Gemahl dann von dir denken? Was meinst du?«

Gabrielle spuckte ihm ins Gesicht. Louvois holte aus und schlug Gabrielle mit dem Handrücken mit solcher Kraft ins Gesicht, daß sie gegen die Wand taumelte.

Mit zwei Fingern faßte er nach ihrem Kinn und zwang sie, ihn anzusehen. »Gabrielle, Gabrielle ... noch ehe ich mit dir fertig sein werde, wirst du um deinen Tod betteln.«

Gabrielle erwiderte seinen Blick, ohne mit der Wimper zu zukken, obwohl ihr vor Schmerz die Tränen kamen. »Und Sie, Louvois, sind bereits ein toter Mann. Schon Ihre Absicht, mich mit Ihren schmutzigen Händen zu berühren, genügt, daß der Vicomte von Saint-Just Sie töten wird.«

Ein ängstlicher Ausdruck huschte über Louvois' Gesicht. Lächelnd ließ er Gabrielle los. »Aber er weiß nicht, daß ich dich in meiner Gewalt habe. Vermutlich wird er annehmen, daß du wieder einmal verschwunden bist.«

Wilde Verzweiflung erfaßte Gabrielle. Natürlich würde Max glauben, daß sie fortgelaufen war und ihn wieder verlassen hatte. Der Gedanke an seinen Kummer war unerträglich. Er hatte ihr ein zweites Mal vertraut und sie vorbehaltlos geliebt. Was würde er denken, was würde er empfinden, wenn er von Versailles nach Hause kam und sie und Dominique waren verschwunden?

»Falls dich aber der Gedanke an meinen Tod tröstet, kannst du ruhig daran denken«, fuhr Louvois unbeschwert fort. »Denn du wirst in den kommenden Wochen, Monaten und Jahren etwas brauchen, das dich tröstet.«

Gabrielle blickte ihn haßerfüllt an. »Wo ist mein Sohn, Sie Bastard? Was haben Sie mit meinem Sohn angestellt?«

Louvois' Lächeln erschreckte sie zu Tode. »Das wirst du bald genug herausfinden.«

Noch in der Kutsche im Hof hatte man ihr Dominique genommen. Immer wieder redete Gabrielle sich ein, daß niemand so unmenschlich sein konnte, ein Kind ohne Nahrung und ohne Wasser in eine schmutzige, dunkle Zelle zu stecken. Die Tür zu ihrer Zelle hatte sich längst hinter ihr geschlossen, und Gabrielle war in der Dunkelheit allein geblieben, aber sie schrie in einem fort den Namen ihres Kindes. Sie schrie, bis sie heiser war.

Doch es blieb still, nur das Echo ihrer eigenen Stimme klang an ihr Ohr. Vor einer Stunde glaubte sie etwas zu hören; von weit weg kam ein dumpfes Grollen, wie Donner.

Gabrielle war so durstig, daß sie den Mund an die Mauer drückte, um ihre ausgetrocknete Zunge ein wenig zu befeuchten. Vor ihren Augen tanzten seltsame Lichter, und in ihrem Kopf begann sich alles zu drehen. Sie grub die Fingernägel in ihre Arme, bis das Blut kam, und hoffte, der Schmerz würde sie vor einer Ohnmacht bewahren.

Die Zellentür flog auf, und Gabrielle legte den Arm vor die Augen, weil das Licht sie blendete. Jetzt, da die Tür offen stand, hörte sie wieder das Grollen, diesmal viel lauter.

Sie blinzelte, bis sich ihre Augen an das Licht gewöhnten. Louvois stand in der Mitte der Zelle, umringt von vier Wachen. Zwei von ihnen trugen Fackeln, die sie in die Halterungen an der Wand steckten. Ein dritter Soldat trug einen Hocker und Ketten, während der vierte ein Tierhorn und einen großen Eimer mit Wasser mitgebracht hatte.

Jetzt werden sie mich foltern, dachte Gabrielle. Doch sie hatte keine Angst. Sie wollte einfach nicht glauben, daß die Leute sie foltern würden. Nicht sie.

Aber sie taten es.

Der Wächter stellte den Hocker und die Ketten in die Mitte der Zelle, während die anderen beiden Gabrielle vorwärts stießen. Sie wehrte sich, trat mit den Beinen und boxte mit den Ellbogen, bis einer der Männer ihr die Faust grob in den Bauch rammte. Gabrielle unterdrückte ein schmerzliches Schluchzen, als man sie auf den Hocker drückte und ihre Hand- und Fußgelenke jeweils an ein Stuhlbein kettete. Jetzt überfiel sie panische Angst.

Max! schrie sie in Gedanken. *Rette mich! O Gott! Hilf mir! Max, Max, Max ...*

Louvois beugte sich über sie und sprach wie beläufig: »Wußtest du, Gabrielle, daß jeder zum Tod Verurteilte dieser Folter unterzogen wird, bevor man ihn zur Hinrichtung auf die Place de Grève führt? Man bezweckt dabei nicht den Tod, sondern die Qual. Zur Strafe.«

Louvois hatte sie gewarnt, daß sie noch um den Tod betteln würde. Gabrielle schämte sich dafür, aber am liebsten hätte sie ihn jetzt bereits gebeten, ihr nicht wehzutun. Sein Blick verhieß nichts Gutes; er hegte nicht die geringste Absicht, sie zu schonen. Ihr blieb jetzt nur noch ihr Stolz, und dieser Stolz ließ sie schweigen.

Louvois' Gesicht verschwand. Jemand griff grob nach ihrer Nase und zwang sie, den Mund zu öffnen. Das Tierhorn wurde ihr in den Mund geschoben, bis in den Rachen. Entsetzt sah sie zu, wie man den Eimer über ihr auskippte und das Wasser in das Horn goß.

Sie konnte nicht schnell genug schlucken, begann zu würgen und nach Luft zu schnappen. Ihre Brust brannte, als Wasser in ihre Lungen drang. Ihr Magen füllte sich mit Wasser, bis Gabrielle glaubte, zu bersten. Die Schmerzen waren unerträglich, und sie wäre am liebsten gestorben, um diesem fürchterlichen Druck zu entkommen. Der Kopf dröhnte, sie ertrank, erstickte, sie starb, aber der Schmerz hörte nicht auf –

Als Gabrielle wieder zu Bewußtsein kam, kauerte sie auf Händen und Füßen in einer Wasserpfütze auf dem Boden. Sie schnappte nach Luft, übergab sich und spuckte hustend Unmengen Wasser, bis sie schließlich erschöpft zur Seite sank und sich den Bauch hielt. Ihre Brust brannte, und ihr Hals war wund.

Neben ihr kratzte etwas gegen den Stein, und Gabrielle öffnete die Augen. Ihr Blick fiel auf ein Paar schwarzer, schmutziger Schuhe.

»Hat das wehgetan, Gabrielle?«

»Bitte«, flüsterte sie, und ihr Hals schmerzte, als hätte sie Nägel geschluckt. Jetzt würde sie ihn anflehen, denn das konnte sie nicht mehr ertragen.

»Das nächste Mal wirst du zusehen, wie wir es mit dem Jungen machen.«

»Nein!« schrie sie heiser und erbrach abermals Wasser, daß sie beinahe daran erstickte.

»Bittest du mich jetzt, Gabrielle?«

»Ja ... ich flehe Sie an. Bitte ... bitte tun Sie meinem Sohn nicht weh.« Sie umklammerte Louvois' Fußgelenke und sah durch ihre nassen Haarsträhnen zu ihm auf. Sie versuchte, mitleiderregend zu lächeln. »Ich schenke mich Ihnen, Monsieur Louvois. Ich gehe mit Ihnen fort, wohin Sie wollen, freiwillig, und der Herzog kann seinen Enkelsohn haben. Nur tun Sie ihm bitte, bitte nicht weh.«

Louvois hob den Fuß, stellte ihn Gabrielle auf die Brust und warf sie auf den Rücken. Ausgestreckt lag sie ihm zu Füßen, und Louvois' Blick wanderte verächtlich über ihren nackten Körper. Ihre Haare waren schmutzverkrustet und ihre Augen verschwollene dunkle Höhlen. Louvois bezweifelte, daß jemand sie jetzt noch für schön hielt.

»Alle Frauen sind Huren, und du bist keine Ausnahme«, meinte er höhnisch. »Mich hat es nie nach deinem abstoßenden Hurenkörper verlangt. Ich will deinen Stolz, Gabrielle. Deine Seele.« Er berührte die Narbe an seiner Wange. »Dein Sohn hingegen, der ist schön. Sehr schön. Normalerweise bevorzuge ich sie ein paar Jahre älter, aber er ist sehr verlockend, äußerst verlockend.«

Gabrielle wurde übel bei Louvois gemeinen Worten. Bitte Gott, bitte! betete sie. Das darf nicht wahr sein. Er wollte ihr nur Angst einjagen. Das konnte er nicht tun, er würde es nicht tun! Niemand konnte derart verdorben sein. Jungfrau Maria, Mutter Gottes, beschütze meinen Sohn ...

Gabrielle stemmte sich auf die Ellbogen hoch und suchte mit den Fingern auf dem schmutzigen Boden nach Halt. Sie würde Louvois töten. Sie würde ihn mit ihren bloßen Händen umbringen –

Die Zellentür sprang auf, und Louvois drehte sich um und machte ein paar Schritte zur Tür; damit war er außerhalb von Gabrielles Reichweite. Ihr schwindelte, und sie sah alles wie durch einen Nebel.

Ihre Muskelkraft ließ nach, sie glitt zu Boden und drückte die Wange gegen den kalten, nassen Stein. Wieder hörte sie den Donner und Stimmen, aber sie sah nichts als weißen Nebel.

»Was zum Teufel ist los?« fragte Louvois zornig.

»Der Pöbel stürmt die Bastille!«

»Wie können sie die Bastille stürmen? Die Bastille ist eine Festung und angeblich uneinnehmbar.«

»Sie haben Kanonen. Ich werde mich ergeben.«

»Das können Sie nicht!«

»Ich bin hier der Kommandant, Monsieur. Das ist meine Entscheidung.«

Louvois fluchte abermals. Stiefel trampelten über den Steinboden, und die Zellentür schloß sich quietschend.

»Dominique ...« rief Gabrielle schwach.

Dann war es wieder dunkel.

Früh am Morgen des vierzehnten Juli war der Vicomte Maximilien de Saint-Just nach einer kurzen Nacht müde und abgespannt aufgewacht. Er hatte wenig geschlafen und unruhig geträumt.

Da die zwölfhundert Abgeordneten zur Nationalversammlung täglich tagten, hatte die kleine Stadt Versailles große Probleme mit der plötzlich sprunghaft angestiegenen Bevölkerung. Max wurde im Augenblick als einer der Helden der Revolution gepriesen und daher war es ihm gelungen, eine kleine, mit Flöhen verseuchte Dachstube zu finden. Zumindest hatte er die Kammer für sich, und damit ging es ihm besser als den meisten anderen.

Aber nicht die Flöhe hatten ihn in der vergangenen Nacht wachgehalten. Er war bereits am Abend unruhig gewesen. Die Gespräche waren erst nach ein Uhr früh zu Ende gegangen. Max war unkonzentriert gewesen und hatte sich dabei ertappt, wie er minutenlang in die Luft gestarrt und dabei den Faden der Diskussion verloren hatte. Etwas stimmte nicht, er wußte nur nicht, was es war.

Als er schließlich ins Bett fiel, quälte ihn immer wieder ein und derselbe Traum. Er sah Gabrielle, wie sie über eine Wiese auf eine Klippe zulief. Etwas verfolgte sie, aber Max konnte nie erkennen, was es war. Er rief sie und warnte sie vor der Klippe, dann lief er hinter ihr her, um sie zu retten. Aber jedesmal kam er zu spät. Er wollte sich auf sie werfen, streckte die Hand nach ihr aus und erwischte stets nur ihren Mantel; Gabrielle war verschwunden, über den Rand in eine schwarze Leere gestürzt, und Max wachte in Schweiß gebadet schwer atmend auf.

Eine Stunde nach Tagesanbruch war Max unterwegs nach Paris. Er wollte Gabrielle sehen und sich überzeugen, daß ihr nichts fehlte.

Die Straßen von Paris waren unheimlich leer. Die feuchte Luft war raucherfüllt, der Himmel trüb und grau; Regen hing in der Luft. Gerade als er auf den Quai d'Orsay einbog, strömten ihm mit Speeren und Keulen bewaffnete Männer entgegen, die Sprechchöre intonierten. »Wir wollen Schießpulver!« »Auf zur Bastille!« erklang es. Max riß sein Pferd herum und ritt über die Brücke zurück. Dieser Meute wollte er wirklich nicht in die Hände fallen.

Max galoppierte durch die Straßen, und mit jedem donnernden Hufschlag seines Pferdes wuchs seine Angst. Als er schließlich in die Rue de Lille einbog, war er verrückt vor Sorge. Er sprang vom Pferd, überließ die Zügel einem Stallburschen und rannte zwei Stufen auf einmal nehmend die Treppe zum Haus hinauf. Die Tür flog auf, und vor ihm stand Aumont, sprachlos vor Erstaunen.

»Monsieur!« rief der Haushofmeister schließlich. »Man hat uns gesagt, Sie seien krank. Madame und der Junge sind gestern abend nach Versailles gefahren.«

Etwas in Max zerbrach und starb.

Die zornigen Ermahnungen seiner Frau klangen Simon Prion noch in den Ohren, als er an jenem Morgen aufbrach, um sich einer Demonstration anzuschließen; man wollte Schießpulver auftreiben und unter dem Volk verteilen. Angeblich schickte der König Söldnertruppen gegen Paris, die die Stadt umzingeln und das Volk niedermetzeln sollten. Das Volk wollte darauf vorbereitet sein.

Zuerst wandte sich die Menge zum Hôtel des Invalides, wo angeblich große Mengen Schießpulver gehortet wurden. Man fand ein paar Musketen und ein paar alte Degen, sonst nichts. Dann ließ jemand laut werden, daß in der Bastille Schießpulver zu finden sei.

»Auf zur Bastille!« schrie eine alte Frau; die Menge griff den Ruf auf, und Simon stimmte laut und klar in den Sprechgesang ein: »Auf zur Bastille!«

Unterwegs schlossen sich mehr und mehr Leute dem Zug an. Doch als der dunkle, wuchtige, sieben Stockwerke hohe Bau mit den acht runden Türmen vor ihnen auftauchte, wurde die aufgebrachte Menge der Aufständischen ruhig. Schließlich war nur das weinerliche Jammern eines Kindes zu hören und das Scharren hunderter Füße.

Das also ist die uneinnehmbare Bastille, dachte Simon Prion ehrfürchtig. Der Inbegriff von Willkür und Macht; hier wurden Menschen festgehalten, ohne zu wissen warum und für wie lange, einfach weil der König es angeordnet hatte. Plötzlich ging es Simon nicht mehr um das Schießpulver, er wollte die Bastille. Wenn man die Bastille eroberte und sie zerstörte, hätte sich das Volk von Paris von der Monarchie frei gekämpft. Das Volk wäre frei.

Simon sah sich um. Er befand sich in den vorderen Reihen der Menge und stand unmittelbar vor dem verbarrikadierten Eingang eines Parfumladens, dicht am äußeren Festungswall. Aus dem Laden duftete es nach Kräutern und Gewürzen; und die Düfte stiegen Simon zu Kopf und machten ihn ein wenig trunken. Er entdeckte eine Regenrinne und kletterte daran bis zur Markise über der Tür hoch und von dort weiter auf das Dach.

»Hinein in die Bastille!« brüllte Simon, und seine Stimme dröhnte laut über die schweigende Menge.

»Wir wollen die Bastille!« wiederholte jemand Simons Ruf. Alle stimmten in den Ruf ein und schwenkten ihre Speere und Knüppel.

Ein dickbäuchiger Mann mit Armen dick wie Schinken kletterte neben Simon auf das Dach. Er grinste und entblößte dabei seinen zahnlosen Mund. »Auf in die Bastille!« rief er und sprang vom Dach in den äußeren Festungshof. Simon sah hinunter, murmelte ein Gebet und sprang dem anderen nach.

Mehrere mit Äxten und Keulen bewaffnete Männer folgten ihnen und durchtrennten die Ketten der Zugbrücke. Die Brücke krachte nieder und überspannte den Burggraben; die aufständische Menge strömte über die Brücke. Innerhalb von Sekunden waren die Tore der Festung gewaltsam geöffnet und der Mob strömte in den äußeren Burghof.

Die Wachen auf den Türmen eröffneten das Feuer.

Wie Gabrielle, so hielt auch Max' im ersten Moment den Herzog von Nevers für den Drahtzieher der Entführung.

Er sattelte ein frisches Pferd und galoppierte die fünfzehn Kilometer zurück nach Versailles. In seinem ganzen Leben hatte er keine solche Angst ausgestanden, und noch nie hatte er sich solche

Vorwürfe gemacht. Er hörte sich mit überheblicher Zuversicht sagen: *Dominique ist jetzt mein Sohn, und ich werde ihn beschützen.* Aber er hatte sie im Stich gelassen, seine Gabrielle, seine geliebte Frau, sein ein und alles. Zum zweiten Mal hatte er sie im Stich gelassen.

Selbst bei bedecktem Himmel schimmerte das Schloß rosa und goldfarben. Max hatte jetzt keinen Blick für die Schönheit; er tobte innerlich vor Wut. Er fragte die erstbeste Person – eine Frau, die genauso gut Marie Antoinette hätte sein können, für Max hätte es keinen Unterschied gemacht –, wo der Herzog von Nevers zu finden sei. Max folgte dem ausgestreckten Zeigefinger, der auf die Doppeltür wies, die ins Oeil-de-Boeuf führte.

Das Oeil-de-Boeuf war ein an das Appartement des Königs anschließendes Empfangszimmer, ein Wartezimmer für hohe Würdenträger des Hofs. Der Name des Zimmers rührte von seinen eigenwilligen Fenstern an der kuppelförmigen Decke her, die die Form von Rinderaugen hatten. Max blieb in der Tür stehen und überflog prüfend die Anwesenden. Der Herzog war nicht unter ihnen.

Max beachtete weder die überraschten Blicke der wartenden Adeligen, noch den schockierten Gesichtsausdruck der Leibwachen des Königs; ohne Erlaubnis und ohne Anmeldung stürzte er in die königlichen Gemächer.

Das erste, was Max sah, war ein breites Hinterteil in engen blauen Satinbreeches. Der König von Frankreich beugte sich über ein Fernrohr, das zum Fenster hinauszeigte und auf den Hof gerichtet war. Der Herzog von Nevers und ein paar andere Speichellecker standen neben dem König.

Der König richtete sich auf, wandte sich um und lächelte. »Nun, da kommt ja mein Astronom, der Vicomte de Saint-Just. Möchten Sie wieder in mein Laboratorium?«

Max beachtete ihn nicht. Er machte nicht einmal eine andeutungsweise Verbeugung. Jetzt wurde deutlich, wie sehr sich Frankreich in den vergangenen Monaten verändert hatte: Obwohl den Umstehenden der Mund vor Entsetzen offen stand, trat niemand Max entgegen, und niemand bestand darauf, daß Max seinem König den erforderlichen Respekt zeigte.

Mit wenigen Schritten durchquerte Max den Raum, packte den Herzog von Nevers an den Rockaufschlägen und hob ihn daran hoch.

»Was soll das!« rief der Herzog.

Max brachte sein Gesicht gefährlich nahe an das des Herzogs und fragte mit drohend leiser Stimme: »Wo sind sie?«

»Was?« quetschte der Herzog heraus.

Max hob den Herzog noch höher. »Meine Frau und der Junge. Was haben Sie mit ihnen gemacht?«

Jemand legte Max die Hand auf den Arm, und er wandte wütend den Kopf. Der Höfling, der sich nur ungern einmengte, wich zurück. Der Herzog war schreckensbleich geworden und verdrehte ängstlich die Augen. Max schüttelte ihn. »Meine Frau!«

»Ich bitte Sie! Verschonen Sie mich. Ich weiß es nicht.«

Max ließ ihn los, und der alte Mann sank auf die Knie. Der Kopf fiel ihm auf die Brust, und er atmete schwer, die Hand auf sein Herz gepreßt.

»Der Advokat, Louvois! Wo finde ich ihn?« wollte Max jetzt wissen.

Sekunden verstrichen. Max machte einen Schritt auf den nach Luft ringenden Herzog zu, der immer noch auf dem Boden kauerte. »Ich weiß es nicht, Monsieur. Ich schwöre Ihnen, ich weiß es nicht«, beteuerte der Herzog.

Max trieb sein erschöpftes Pferd die fünfzehn Kilometer zurück nach Paris. Louvois hatte sie, davon war er überzeugt. Seit achtzehn Stunden waren sie nun in der Gewalt dieses Bastards. Max wollte gar nicht daran denken, was in dieser Zeit alles mit ihnen geschehen sein könnte. Sie könnten mittlerweile –

Nein! Wenn sie tot wäre, dann wüßte er es. Er würde es spüren. Dann würde er sich selbst umbringen, denn das wollte er nicht überleben. Diese bittere Erfahrung hatte er einmal gemacht – ohne sie gab es kein Leben für ihn.

Vor mehr als einem Jahr war Max dem Anwalt Louvois von einem verlassenen Schlachthof im Vorort Saint-Antoine in ein Appartement auf der Place de l'École gefolgt. Damals war er leise durch ein Fenster geklettert. Heute trat er die Tür ein.

Louvois' Diener verschlug es vor Angst die Sprache. Max mußte seine Wut zügeln, als er sich bemühte, den Mann zum Sprechen zu bringen. Endlich hatte er den Mann so weit. Er räusperte sich, ging auf und ab, kratzte sich am Kopf und brachte schließlich heraus, daß Monsieur Louvois etwas von einer Verabredung in der Bastille erwähnt habe. Er hatte es anfangs für einen Witz gehalten. Monsieur Louvois habe einen seltsamen Sinn für Humor, gestand der Diener.

Rauch schwärzte Simon Prions Gesicht und trieb ihm die Tränen in die Augen. Der Pfandleiher kauerte hinter einem brennenden Heuwagen im äußeren Hof der Bastille. Ein zweiter breiter Graben trennte die Aufständischen vom Fort. Obwohl die Menschenmenge die Verteidiger wiederholt aufgefordert hatte zu kapitulieren, hatte man die hölzerne Zugbrücke noch nicht herabgelassen.

Von Zeit zu Zeit sauste eine Musketenkugel an Simons Kopf vorbei, da die Soldaten sporadisch durch die Scharten in den Mauerzinnen feuerten. Der Mann mit der Zahnlücke, der zusammen mit Simon auf das Dach geklettert war, lag tot neben Simon; eine Musketenkugel hatte ihm die Brust zerschmettert.

Ein Fremder mit rußgeschwärztem Gesicht tauchte hinter Simon auf und berührte ihn an der Schulter. Zwei Einheiten französischer Soldaten mit Kanonen seien zur Unterstützung der Soldaten in der Bastille unterwegs, berichtete der Fremde. Einige Anführer des aufständischen Mobs dachten an Rückzug; der Fremde wartete, was Simon dazu zu sagen hatte. Ich werde sterben, dachte Simon, und nackte Angst kroch in ihm hoch.

In diesem Augenblick ertönte von den hinteren Reihen lauter Jubel, und die Nachricht verbreitete sich in Windeseile: Die Kanonen waren auf die Befestigung gerichtet. Die Soldaten hatten sich der Volksmenge angeschlossen.

Jetzt jubelten auch die vordersten Reihen. Die Zugbrücken senkten sich. Die Bastille hatte sich ergeben.

Der scharfe Geruch von Schießpulver stieg Max in die Nase, und lang ehe die zinnengekrönten Türme der Bastille zu sehen waren, war bereits das Brüllen der Menge zu hören. Erstaunt stellte Max fest, daß die Zugbrücken heruntergelassen und die Gräben voll mit Papier waren. Von einem der Türme warfen Männer stoßweise den Inhalt der Festungsarchive in das Wasser in den Gräben. Das war die einzige Beute, die es in der Bastille zu holen gab.

Im inneren Hof standen entwaffnete Soldaten mit dem Gesicht zur Wand, und Männer mit Speeren und Mistgabeln bewachten sie. In einer Ecke kauerten ein paar zerlumpte Gestalten, und Max trieb sein Pferd zu ihnen. Mit einem kurzen Blick überflog er die blassen, verängstigten Gesichter. Es waren nur Männer.

»Sind das die einzigen Gefangenen, die befreit wurden?« fragte Max einen Mann, der ihm den Rücken zukehrte und die Befreiten entweder bewachte oder beschützte, welches von beiden, war schwer zu sagen.

Der Mann drehte sich zu Max um. »Monsieur Max!« rief Simon Prion. »Wie sind Sie hierher gekommen? Waren Sie bei den französischen ... Garden?« Beim Anblick von Max' Gesicht verschlug es Prion die Sprache. »Gabrielle?«

»Louvois hat sie in seiner Gewalt. Den Jungen auch. Ich glaube, er hat sie hierher gebracht.«

»Du lieber Himmel ...« Simon war blaß geworden und schüttelte den Kopf. »Sie befanden sich nicht bei den anderen Gefangenen in den Zellen im Turm.« Dabei deutete er auf die zerlumpten Männer. »Dort waren nur diese paar jämmerlichen Gestalten.«

»Und in den Verliesen?«

»Ich weiß nicht, ob die durchsucht wurden oder nicht.« Simon schrie einem anderen Mann eine Frage zu, aber Max wartete nicht auf die Antwort.

An einem brennenden Wagen entzündete er eine Fackel und machte sich an die methodische Durchsuchung der Verliese. Er hatte alle Gefühle abgeblockt, als er jetzt von Zelle zu Zelle ging. Später würde er genügend Zeit für seine Trauer und seine Wut haben. Im Augenblick beherrschte ihn nur ein Gedanke: Er mußte sie finden.

Vermutlich waren diese Zellen seit Jahren nicht benutzt worden. Es roch widerlich hier, als hätte man hier etwas eingeschlossen und dem Tod überlassen. Im tiefsten, dunkelsten Teil des Verlieses, am

Ende eines langen, niedrigen Tunnels, von dem das Wasser tropfte, stieß Max auf eine versperrte Tür.

Er hämmerte mit der Faust dagegen. »Gabrielle!«

Nichts.

Max wollte nicht in der ganzen Festung nach dem Schlüssel suchen; außerdem bezweifelte er, daß er zu finden sei. Bestimmt hatte ihn jemand mittlerweile in den Festungsgraben geworfen. Max machte einen Schritt zurück und feuerte seine Pistole auf das Schloß ab. Dann trat er die Tür mit dem Schuh ein. Er betrat die Zelle und hob die Fackel über seinen Kopf.

Sie lag zusammengerollt in der Ecke. Sie war nackt und hatte die Arme um die Beine geschlungen. Ihr zarter Körper war übel zugerichtet. Max kämpfte gegen ein Schluchzen.

Er steckte die Fackel in die Halterung an der Wand und kniete neben Gabrielle nieder. So zart wie möglich berührte er sie an der Schulter.

»Gabrielle ...«

Sie hob den Kopf und sah ihn ausdruckslos an.

Allmählich erkannte sie ihn, und der schmerzliche Ausdruck in ihrem Blick bestärkte in Max das Gefühl, versagt zu haben.

»Zu spät«, flüsterte sie. »Du kommst zu spät.«

KAPITEL 25

Mit der Hilfe von Simon und seinen Freunden durchsuchte Max das Verlies und die Türme und schließlich die ganze Festung nach Gabrielles Sohn. Einer der gefangenen Wachen war bemüht, sich hilfreich zu zeigen. Er versicherte, daß der Junge hier gewesen sei; man hatte ihn in eine Zelle gesperrt. Jetzt war er verschwunden, genau wie Louvois.

In der Unterkunft der Wachposten hatte Max auf einem Bett eine Decke gefunden. Mit zitternden Händen hüllte er seine mit Schmutz bedeckte, mißhandelte Frau ein. Er streichelte sie und flüsterte ihr zärtlich liebevolle Worte zu, aber der gequälte Ausdruck auf ihrem Gesicht wollte nicht weichen. Gabrielle schien ihn nicht wahrzunehmen; auch erkannte sie weder Simon noch ihre Umgebung. In ihrer Vorstellung schien sich ein unbeschreiblich entsetzliches Erlebnis ständig zu wiederholen. Aber außer ein paar Prellungen und kleineren Wunden fand Max keine ernsthaften Verletzungen an ihr. Äußerlich nicht.

Zu spät, hatte sie gesagt. *Du kommst zu spät.* Was mochte der Schuft ihr angetan haben?

Auf ihrer Wange prangte ein häßlich violetter Bluterguß, und Max drückte einen Kuß darauf. Er zitterte vor Wut. Und wenn er bis ans Ende seiner Tage brauchte, er wollte diesen Mann finden, der ihr das angetan hatte. Er würde ihn töten; langsam und qualvoll sollte er sterben.

Max hob Gabrielle hoch und trug sie in den Hof, wo Simon mit einem Wagen wartete.

»Ich bringe sie in den Laden zu Agnes«, erklärte Simon. »Sie wird eine Frau brauchen, für den Fall, daß sie ...« Simon konnte den Satz nicht zu Ende sprechen, aber die Worte hingen in der Luft. *Für den Fall, daß sie vergewaltigt wurde.*

Max Lippen waren blutleer. »Ich werde die Wachen nochmals befragen, vielleicht hat Louvois unabsichtlich eine Bemerkung darüber fallen lassen, wohin er wolle. Dann überprüfe ich die Stadttore. Er hat Paris mittlerweile bestimmt verlassen. In diesem Fall muß er eine Kutsche genommen und ein Stadttor passiert haben.«

»Dominique?«

»Als man ihn zuletzt gesehen hat, war er noch am Leben. Wir müssen einfach daran glauben, daß er lebt.«

Erst in den frühen Morgenstunden des nächsten Tages traf Max auf seinem müden Pferd vor dem Pfandleiherladen im Palais Royal ein. Simon und Agnes saßen in der Küche.

»Sie ist oben«, berichtete Simon, noch ehe Max fragen konnte. »Sie schläft.«

»Hat sie ...?«

»Nichts. Wenn sie wenigstens weinen oder schreien könnte oder ich weiß nicht was täte, das würde ihr vielleicht ... helfen.« Simon seufzte und fuhr sich mit den Fingern durch die schütteren Haare. »Agnes glaubt nicht, daß man sie vergewaltigt hat.«

Max schloß krampfhaft die Augen, um die Tränen zurückzuhalten. Die unterschiedlichsten Gefühle stürmten auf ihn ein – Wut, Mitleid und Erleichterung um Gabrielles willen, daß ihr zumindest eine Vergewaltigung erspart geblieben war. Beschämt mußte er sich aber eingestehen, daß er auch um seinetwillen erleichtert war. Sein Besitzerstolz hätte den Gedanken nicht ertragen, daß ein anderer seine Frau geschändet hatte.

Agnes blieb stumm, was selten vorkam, und drückte Max eine dampfende Tasse Kaffee in die Hand. Er ließ sich auf der Eichenbank vor dem Herd nieder. »Das Tor an der Straße nach Reims habe ich als eines der letzten kontrolliert. Dort traf ich einen Mann, der sich an jemanden erinnerte, auf den Louvois' Beschreibung passen könnte. Der Mann passierte gestern spät abends in einer großen schwarzen Berline das Tor, und in seiner Begleitung befand sich ein kleines blondes Kind. Der Torposten nahm an, daß das Kind schlief, denn es war in einen Mantel gewickelt. Deshalb konnte er auch nicht sagen, ob es ein Junge oder ein Mädchen war.« Ein verbitterter

Zug lag um Max' Mund. »Sie ließen Louvois passieren, weil er sich als Bürger und Freund der Revolution ausgab.«

»Mein Gott...« murmelte Agnes und warf ihrem revolutionären Ehemann einen wütenden Blick zu.

»Ich vermute, Louvois wird versuchen, die Grenze zu erreichen«, fuhr Max fort. »Derzeit sind die Straßen verstopft mit Leuten, die Paris verlassen. Es ist so gut wie unmöglich, aus der Stadt hinauszukommen. Er hat einen großen Vorsprung, und sobald er einmal in einem deutschen Staat ist, finden wir ihn womöglich nie mehr.« Und Dominique ebensowenig, dachten alle, aber keiner sprach es aus.

Auf den Straßen hatte man Barrikaden errichtet, aus allem was gerade zur Hand war – aus Zäunen, Kirchenbänken, Pflastersteinen. Die Barrikaden wurden von bewaffneten Wachposten besetzt, die niemanden durchließen, vor allem jene nicht, die im Verdacht standen, Sympathisanten der Royalisten zu sein. Die Läden waren geschlossen, und viele Stadtpalais hatten die geschlossenen Fensterläden verbarrikadiert, da die Adeligen und reichen Bürger versuchten, den Schrecken und der Gewalt der Stadt zu entkommen.

»Ich werde ihn mit dem Aerostaten verfolgen«, beschloß Max.

»Was!« rief Simon.

»Es sollte funktionieren«, dachte Max laut. »Es könnte möglich sein.«

Im vergangenen Jahr hatte Max beachtliche Fortschritte mit seinen wasserstoffgefüllten Ballonen gemacht. Erstens hatte er eine schnellere Methode zur Gasproduktion gefunden. Dazu ließ er in einem Ziegelofen Wasserdampf über heiße Eisenteile strömen und isolierte auf diese Weise den Wasserstoffanteil des Wassers. Außerdem hatte er einen elastischen Anstrich aus Gummi entwickelt, mit dem er die Hülle einstrich und dadurch die Wahrscheinlichkeit eines Lecks verringerte. Max' neue Aerostaten konnten bis zu drei Monaten aufgeblasen bleiben. Auf der Wiese im Botanischen Garten stand ein Ballon startbereit.

»Der Aerostat ist meine einzige Hoffnung«, überlegte Max. Mit neuem Schwung und neuer Energie stand er auf. »Louvois hat zumindest sechs Stunden Vorsprung. Verstopft wie die Straßen sind, kann ich ihn nicht einmal zu Pferd einholen. Aber der Himmel ist leer. Schaut ...«

Max ging aufgeregt im Zimmer auf und ab, während er seinen Plan im Geist entwickelte und ihn gleichzeitig den anderen erklärte. »Wir wissen, daß er die Straße nach Reims genommen hat und nach Osten fährt. In diese Richtung zieht auch das augenblickliche Schlechtwetter. Wäre nicht der kräftige Westwind, so hätte ich keine Chance. Selbst mit Hilfe des Windes ist es schwierig, im Aerostaten der Straße zu folgen. Aber ich glaube, ich habe eine Methode gefunden, die seitliche Drift etwas zu kontrollieren, und daher ...«

Er nannte es die Steigseile – eine Serie von Flaschenzügen, die rund um den Ballon angeordnet waren und mit deren Hilfe der Umfang des Ballons partiell reduziert und somit sowohl seine Seitwärtsbewegung als auch seine Höhe beeinflußt werden konnten. Natürlich war Max immer noch auf den Wind angewiesen, aber in diesem Fall war der Wind auf seiner Seite, und er mußte auf seiner Seite bleiben! Und wenn Max die Windrichtung erzwingen mußte! Er konnte und er wollte Gabrielle nicht noch einmal enttäuschen.

»Ich werde Louvois im Aerostaten verfolgen«, erklärte Max schließlich. »Es ist unsere einzige Chance ...«

»Ich komme mit dir.«

Alle drehten sich um. Gabrielle stand am unteren Treppenabsatz. Sie trug ein Nachtgewand von Agnes, das viel zu kurz für sie war und unter dem zwei ungemein zerbrechlich wirkende, weiße Beine hervorschauten. Ihr Gesicht wirkte angestrengt und war bis auf das bläulichrote Mal an der Wange leichenblaß.

Zögernd ging Max auf sie zu und blieb vor ihr stehen. Er wollte wissen, ob sie ihn noch dafür haßte, weil er sie enttäuscht hatte. Für einen kurzen Augenblick glaubte er einen Funken Liebe in ihren dunkelblauen Augen zu sehen. Vielleicht hatte er es sich auch nur eingebildet, denn schon im nächsten Moment blickten ihre Augen wieder kalt und ausdruckslos.

Max schloß sie in die Arme und vergrub sein Gesicht in ihren Haaren. Agnes mußte sie gewaschen haben, denn die Haare waren seidig sauber. Er rieb seine Wange an ihrem Kopf. »Gabrielle ...«

»Louvois hat unseren Sohn«, sagte sie tonlos.

Unseren Sohn. Zum zweiten Mal an diesem Morgen hätte Maximilien de Saint-Just vor Erleichterung beinahe geweint.

Er streifte ihr die Locken aus dem Gesicht und küßte ihre Stirn. »Ich werde ihn zurückbringen, Liebste.« Und wenn es mein Leben kostet, fügte er stillschweigend hinzu.

»Ich komme mit dir«, wiederholte Gabrielle.

Über ihren Kopf hinweg wechselte Max einen Blick mit Simon und Agnes; beide nickten stumm.

Agnes trat zu Gabrielle und faßte nach ihrer Hand. »Komm, meine Liebe, du kannst nicht in meinem Nachtgewand gehen. Ich borge dir etwas zum Anziehen.«

»Gib ihr etwas Warmes«, bat Max. »Gib ihr viele Unterröcke und einen Mantel, den wärmsten, den du hast. Dazu noch eine Fellmütze, falls du eine hast, und Handschuhe.«

Kurz bevor sie den Pfandleiherladen im Palais Royal verließen, steckte Simon Max ein rot-blaues Abzeichen an den Hut und Gabrielle eines an den Mantelaufschlag.

»Das ist das Symbol der Revolution«, erklärte er. »So wird man euch an den Barrikaden nicht anhalten.« Er hatte recht, denn sie brauchten weniger als eine Stunde für den Fußweg bis zum Botanischen Garten.

Während der ganzen Zeit sprach Gabrielle kein einziges Wort. Sie lebte in ihrer stummen Welt, bestehend aus Angst und Schmerz, und Max hatte keinen Zugang zu ihr. Er hoffte nur, daß sie sich erholte, sobald sie Dominique gefunden hatten. Max betete, daß er recht daran getan hatte, Gabrielle mitzunehmen, aber sowohl Simon als auch Agnes schienen zu glauben, daß andernfalls etwas in ihr vollkommen zerbrechen würde und ihren Verstand womöglich für immer beeinträchtigen könnte.

Sein Plan war es, den Ballon so hoch wie möglich steigen zu lassen, zumindest achttausend Fuß hoch. Dort würden sie auf die westliche Luftströmung treffen, die den Erdball umkreist. In dieser Höhe würden sie – vom Wind getrieben – rasch vorankommen, zumindest drei- bis viermal so schnell wie die Kutsche. So konnten sie Louvois' Vorsprung wettmachen. Sobald sie ihn ungefähr eingeholt hatten, wollte Max bis auf knapp über die Baumwipfel absteigen und die Straße nach der schwarzen Kutsche absuchen.

Nach den aufregenden Ereignissen des Vortages war um diese frühe Morgenstunde niemand außer den Aufsehern im Botanischen Garten. Die Außenhaut des neuen Aerostaten – diesmal war sie rot und weiß gestreift – schimmerte feucht vom Morgentau. Sie war gespannt und mit der richtigen Menge Gas gefüllt, und trotz seiner Sorge um Gabrielle und Dominique war Max sogar jetzt stolz auf seine neue Erfindung.

Das Lösen der Vertäuung vom Boden war kein Problem für Max, aber plötzlich stand Gabrielle neben ihm, um ihm zu helfen. Er gab Anweisungen, und sie folgte ihnen genau, obwohl sie immer noch in ihrem gespannten Schweigen verharrte.

Max ließ den Ballon durch die dicken Wolken steigen, und Haut und Kleider waren bald naß. Sie kletterten höher, bis sie die Wolkendecke durchstoßen hatten und schließlich durch den eisblauen, sonnendurchfluteten Himmel schwebten. Sie stiegen höher, bis Max in seinen Ohren und Kiefern den berüchtigten Schmerz spürte, der ihn warnte, daß er bald keine Luft mehr zum Atmen finden würde, falls er noch höher stieg.

In dieser Höhe war die Luft kalt und trocken, und Max' Gliedmaßen wurden von der Kälte rasch taub. Er machte sich Sorgen um Gabrielle und fragte sie wieder und wieder, ob alles in Ordnung sei. Sie antwortete nicht. Nur ihre Augen leuchteten. Ihr blasses Gesicht war vollkommen ausdruckslos, wie aus Marmor gemeißelt.

Zum Navigieren benutzte Max seinen Kompaß und die Sonne; dabei kam ihm seine jahrelange Erfahrung als Kommandant eines Segelschiffs auf dem weiten Ozean sehr zugute. Max betete die ganze Zeit, daß sich die Straße nach Reims auch tatsächlich unter ihnen befand, sobald sie die untere Wolkengrenze wieder durchstießen.

Nach ein paar Stunden rechnete er sich aus, daß sie nur noch etwa eine Stunde hinter Louvois sein konnten, und er beschloß, den Abstieg zu beginnen. Die Wolkendecke schien noch dicker geworden zu sein. Wie ein Schleier legten sich die Nebelschwaden um sie, und das Atmen wurde schwer. Max befürchtete, Kirchtürme und

Bäume könnten in der Tiefe auf sie lauern, doch dann hatten sie plötzlich freie Sicht und rauschten über dem braunen und grünen Erdboden dahin; und unter ihnen verlief eine Straße. Laß es die richtige Straße sein, betete Max.

Max öffnete abwechselnd die Ventile, warf Ballast ab und zog an den Seilen. Auf diese Weise gelang es ihm, den Ballon zu lenken, so daß sie der sich windenden Straße folgen und nach der schwarzen Kutsche Ausschau halten konnten. Gabrielle war die ganze Zeit über reglos dagestanden und hatte sich am Rand des Korbes festgehalten. Plötzlich lehnte sie sich weit hinaus.

Erschrocken packte Max sie am Arm. »Vorsicht, Liebste!« Er versuchte zu lächeln. »Denk daran, der Weg nach unten ist noch weit!«

»Er wird in einer schwarzen Berline fahren.« Es waren die ersten Worte, die sie sprach, seit sie über die Treppe in Simons Laden gekommen war.

»Würdest du sie erkennen?« fragte Max, bemüht unbeteiligt zu klingen.

»Ja.«

Wenige Augenblicke später deutete Gabrielle nach unten. »Da! Da ist er.« Ihre Stimme klang hart entschlossen.

Max suchte nach einer Stelle vor der Kutsche, wo er den Ballon landen konnte. Er kontrollierte Geschwindigkeit und Richtung des Abstiegs durch dosiertes Abwerfen von Ballast und Ziehen an den Steigseilen. Als die Kutsche eine Anhöhe hinauffuhr, setzte Max den Ballon auf dem bewaldeten Abhang jenseits der Kuppe auf. Die Pferde bäumten sich auf und wieherten erschrocken; die Kutsche drehte sich um die eigene Achse und landete im Straßengraben. Max zog an einer Reißleine – auch das war eine neue Erfindung. Das Gas trat mit großer Geschwindigkeit aus, und der Ballon fiel praktisch sofort in sich zusammen und konnte sich nicht wieder in die Luft heben.

Max sprang aus dem Korb und hob Gabrielle mit dem rechten Arm heraus. In seiner linken Hand hielt er schon eine Pistole, die er noch im Laufen in die rechte Hand wechselte. Beim Anblick des Ballons, der urplötzlich aufgetaucht war und sich auf die Kutsche zu senken drohte, war der Kutscher so erschrocken, daß er seinen Herrn verließ und auf der Straße davonlief.

Es war vollkommen still, nur die Feuchtigkeit tropfte von den Bäumen. Der Atem der Pferde kondensierte zu dampfenden Wolken, und eines stampfte nervös mit dem Fuß. Die schwarze Kutsche stand schief mit einem Rad im Graben; hinter den dunklen Vorhängen rührte sich nichts. Max verlangsamte den Schritt und hielt Gabrielle am Arm zurück. Vorsichtig näherten sie sich der Kutsche.

»Louvois. Öffnen Sie die Tür und lassen sie den Jungen langsam aussteigen. Langsam und vorsichtig.«

Die Tür flog auf. Dominique baumelte, von unsichtbaren Händen gehalten, an der Seite der Kutsche.

Sein Gesicht war schmutzig und tränenverschmiert. Sogleich entdeckte er seine Mutter. »Mama!« krächzte er heiser, und Gabrielle schluchzte. Max atmete erleichtert auf, denn der Junge schien unversehrt zu sein. Aber schon im nächsten Augenblick war Max' Erleichterung verschwunden, denn er bemerkte ein großes Messer dicht an Dominiques Hals.

»Werfen Sie die Pistole fort, Saint-Just. Hierher!« rief eine eisige Stimme. »Oder ich schlitze dem Jungen die Gurgel auf.«

Max zögerte nicht. Er warf die Pistole vor die Tür der Kutsche.

Einen endlosen Augenblick geschah nichts, dann wurde Dominique wieder in den Wagen gezogen. Gabrielle stieß einen Schrei aus und machte einen Schritt vor. Max hielt sie mit vorgehaltenem Arm zurück.

Louvois hatte sich Dominique unter den Arm geklemmt und stieg unbeholfen aus der Kutsche. Dabei hielt er dem Jungen immer noch das Messer an die Kehle. An die offene Kutschentür gelehnt blieb er stehen, legte sich Dominique über den Bauch, verschloß ihm mit einer Hand den Mund und drückte ihm den Kopf nach hinten, so daß der zarte weiße Hals unter der blitzenden Klinge sichtbar wurde.

»So, Gabrielle ...« keuchte Louvois und seine Augen funkelten irre hinter den Brillengläsern. »Du hebst jetzt die Pistole auf. Heb sie auf!« fauchte er, als Gabrielle zögerte.

Sie stolperte auf die Pistole zu. Als Max eine kleine Bewegung machte, zuckte die Messerklinge. Dominique riß die Augen auf, und schluchzte unterdrückt. Aus dem Hals des Jungen quoll ein wenig Blut, und Max zwang sich mit geballten Fäusten stillzustehen.

Louvois lächelte. »Bewegen Sie sich bitte nicht, Monsieur Vicomte. Wie Sie sehen, bin ich ziemlich nervös. ... Liebst du deinen Mann, Gabrielle?«

»Ach bitte, nicht ... Er wird tun, was Sie sagen.« Mit flehenden Augen sah sie Max an. »Das stimmt doch Max?«

Louvois lachte. »Erinnerst du dich Gabrielle, als wir einander im Haus deiner Mutter kennengelernt haben?« Gabrielle hielt inne und sah Louvois verwirrt an. »Erinnerst du dich?« brüllte er.

»J-ja«, beeilte sie sich zu sagen.

»An jenem Tag habe ich mir geschworen, daß ich den Preis deines Stolzes herausfinden und dich damit vernichten würde. Ich habe den Preis gefunden, Gabrielle. Du schuldest mir etwas. Für die Narbe und für die Jahre, die du mich zum Narren gemacht hast, weil du dich so verdammt unverwundbar geglaubt hast. Nun, jetzt bist du nicht unverwundbar, du hochmütige aristokratische Schlampe!«

»Ich werde Ihnen alles geben, was Sie wollen. Nur lassen Sie meinen Sohn frei!«

»Alles?«

»Ja, ja. Alles.«

Louvois blickte Max frech ins Gesicht. »Dann schenke mir sein Leben.«

»Nein!« schrie Gabrielle. »Das können Sie nicht ...«

»Nein! Ich werde es nicht tun. Du wirst ihn selbst erschießen, mit dieser Pistole. Bevor ich bis fünf zähle. Wenn du es nicht tust, dann stirbt der Junge durch mein Messer. Du hast die Wahl, Gabrielle. Das Leben deines Mannes oder deines Sohnes. Du, meine Liebe, du wirst morden, und dann lasse ich dich damit leben.« Er lachte abermals. »Das wird meine Rache sein. Dann habe ich dich in der Hand, Gabrielle.«

Stumme Tränen liefen Gabrielle über die Wangen. Langsam nickte sie mit dem Kopf, vor und zurück. »Nein, nein, nein ...«

»Eins.«

»Tu es«, flüsterte Max, so daß nur sie es hörte.

»Zwei.«

Gabrielle wandte sich mit schmerzverzerrtem Gesicht zu ihm, der die Liebe ihres Lebens war. »Ich kann es nicht ...«

Tu es, Liebste! Ich fürchte den Tod nicht, beschwor Max sie schweigend; nur mit den Augen vermittelte er ihr die Botschaft seines Herzens. *Für dich sterbe ich ohne Bedauern.* »Tu es! Für unseren Sohn.«

»Drei.«

Gabrielle hob die Pistole und zielte auf Max' Brust. Die Mündung zitterte einen Augenblick, dann blieb sie starr auf das Ziel gerichtet.

»Vier.«

»Ich liebe dich, Max.«

»Ich weiß, Liebste.«

»Fü-«

Sie drückte ab. Der Schuß verhallte, und Louvois schrie auf.

Dominique hatte Louvois so fest in die Handfläche gebissen, daß seine kleinen Zähne durch Haut und Muskeln drangen. Im Reflex ließ Louvois das Messer fallen und schleuderte den Jungen von sich. Max machte einen gewaltigen Sprung durch die Luft.

Er landete flach auf dem Boden, rollte sich ab, raffte das Messer an sich, sprang auf und versetzte Louvois einen Stoß in die Brust, daß er gegen die Kutsche geschleudert wurde. Einen Augenblick lang geschah nichts, dann senkte Max die Lider und lächelte schmallippig.

Langsam und wortlos trieb er Louvois das Messer zwischen die Rippen, hielt es einen Augenblick still, bevor er es drehte, bis dem Advokaten das Blut aus dem Mund strömte und er die Augen blicklos gegen den grauen Himmel wandte.

Max trat zurück und ließ Louvois zu Boden sinken. Ohne sich noch einmal umzudrehen, ging er zu Gabrielle, die auf dem Boden kniete und ihren Sohn an sich drückte. Max kniete neben den beiden nieder und umarmte sie.

»Papa, Mama hat wieder auf dich geschossen«, jammerte Dominique und befreite sich aus der Umarmung seiner Mutter.

»Nein, habe ich nicht.« Gabrielle setzte sich auf die Fersen zurück und mußte gleichzeitig lachen und weinen. »Ich habe daneben geschossen.«

Max lächelte und schüttelte den Kopf. »Gabrielle ... hast du absichtlich daneben geschossen?«

»Natürlich!«

Max lachte und drehte sich um, so daß sie den Riß in seiner Jacke sehen konnte und den Blutfleck, der allmählich größer wurde. »Wenn du noch öfter in meiner Gegenwart schießt, Liebste, dann muß ich dich einmal zielen lehren.«

»Ach, du lieber Gott!« Gabrielle sank in seine Arme und vergrub ihr Gesicht an seine Brust. Max hielt sie umschlungen, als wollte er sie nie wieder loslassen.

Sie hielten einander lange Zeit fest. Schließlich hob Gabrielle den Kopf und blickte über Max' Schulter zur schwarzen Berline, wo der Körper des toten Mannes lag. Sie zitterte.

»Du brauchst dich nicht fürchten, Mama«, tröstete Dominique und schlang seine Arme um ihre Taille. »Der böse Mann ist tot. Papa hat ihn erstochen.«

Max zog die Schultern hoch, um ihr auch den Anblick des toten Louvois zu ersparen. »Es ist alles vorüber.«

Gabrielle schmiegte sich in seine warmen, starken Arme und legte ihre Handfläche an seine magere Wange. Ihre Unterlippe zitterte, als sie flüsterete: »Oh, mein Liebling, es fängt erst richtig an.«

Maximilien de Saint-Just blickte in das geliebte Gesicht und verlor sich aufs neue in den dunkelblauen Augen. Ich weiß alles über dich, sagten ihm diese Augen. Alles. Und trotzdem will ich dich ...

Und ich werde dich immer lieben.

NACHWORT

Am 14. Juli 1789 sürmten die Pariser die Bastille. Dieser Tag wurde für Frankreich das Symbol für den Triumph der Freiheit über die Tyrannei. Seit jenem Tag vor zweihundert Jahren feiern die Franzosen den Tag der Erstürmung der Bastille, ähnlich wie die Amerikaner den vierten Juli, mit Feuerwerken und Picknicken. Die Zweihundertjahrfeier zelebrierten die Franzosen mit einer Riesenparty, wie sie nur die Franzosen feiern können.

Innerhalb von zwei Jahren nach ihrer Erstürmung wurde die Bastille Stein für Stein abgetragen. Die Pariser waren immer gute Geschäftsleute gewesen; aus den Steinen fertigten sie Armbänder, Briefbeschwerer und Anstecknadeln und verkauften sie als Souvenirs. Mit dem Fall der Bastille begann der Niedergang der Regentschaft von König Ludwig, aber es war nicht das Ende der Tyrannei, wie so viele gehofft hatten. In der neuen Republik kämpften verschiedene politische Gruppen um die Macht, und die Revolution wurde blutig. Eine neue Vollstreckung der Todesstrafe wurde gebräuchlich – die Guillotine. Tausenden Menschen, einschließlich Ludwig XVI. und Marie Antoinette, wurden die Köpfe abgeschlagen, und der Anfang der neunziger Jahre des achtzehnten Jahrhunderts ging als Regime des Terrors in die französische Geschichte ein.

Max und Gabrielle und die anderen Personen in diesem Buch sind erfunden. Aber ich glaube, daß es sie irgendwo in einer anderen Dimension gibt, wo sie leben und alt werden, streiten und sich lieben. Und folgendes ist ihnen widerfahren:

Max wollte – als unnachgiebiger Mann mit mehr Mut als Verstand – unbedingt in Frankreich bleiben und für Freiheit und Gleichheit weiterkämpfen. Aber in Gabrielles Adern floß Sébastiens Blut, und ihr ging es ums Überleben. Gabrielle drohte, mit ihren Kindern (mittlerweile hatten sie neben Dominique noch ein neugeborenes Kind) Frankreich zu verlassen. Max vermutete dahinter nur eine leere Drohung, aber er wollte seine Theorie nicht auf ihre Richtigkeit überprüfen. Hatte er doch auf schmerzhafte Weise lernen müssen, daß es für ihn ein Leben ohne Gabrielle nicht gab.

1791 wanderten daher der Vicomte de Saint-Just und seine Familie an den Mississippi aus, wo sie ein Leben voll Fröhlichkeit und Liebe lebten und noch drei weitere Kinder bekamen sowie zahlreiche Enkel und Urenkel.

Simon Prion blieb aktiver Revolutionär, bis er einmal unvorsichtig die falsche Seite in einem der politischen Machtkämpfe wählte. Er und eine murrende, schimpfende Agnes mußten aus Paris flüchten und entkamen nur mit Mühe der Guillotine. Sie verbrachten eine Zeit bei den Saint-Justs in Amerika, aber als das Regime des Terrors in Frankreich zu Ende gegangen war, kehrten sie zurück in ihren Pfandleiherladen im Palais Royal.

Bis an das Ende seiner Tage war Simon Prion davon überzeugt, daß das Palais Royal das Zentrum von Paris und Paris das Zentrum der Welt sei.

Penelope Williamson

Die Widerspenstige

Roman

Aus dem Amerikanischen von
Manfred Ohl und Hans Sartorius

Band 13039

Boston, 1721: Als die junge Delia McQuaid eine Heiratsannonce beantwortet, um als »Braut auf Bestellung« in den noch unzivilisierten Norden zu gehen, trifft sie auf den rauhen und gutaussehenden Arzt Dr. Savitch. Er gesteht ihr, die Anzeige für einen Nachbarn in seiner Heimatgemeinde, einen Witwer mit zwei Kindern, aufgegeben zu haben. Der Arzt wird ihr Begleiter und Brautführer auf der langen und beschwerlichen Reise an die Grenze der Zivilisation. Maine, 1724: Delia und Dr. Savitch erreichen die Gemeinde in der nördlichen Wildnis, und sie steht ihrem Bräutigam zum ersten Mal gegenüber. Inzwischen kennt sie jedoch auch Ty Savitch näher, ausgebildet in England, aufgezogen von Indianern – ein Fremder in allen Welten, mit einer verwundeten Seele und gespaltenen Gefühlen gegenüber Delia und seinem einzigen Freund, dem zukünftigen Ehemann.

Fischer Taschenbuch Verlag

fi 13039 / 2

Penelope Williamson

Flammen im Wind

Aus dem Amerikanischen
von Gabriele Haefs

Band 15936

»Er stand nackt auf der eingesunkenen Veranda der alten Sklavenhütte, und im Mondschein glänzte seine Haut im Elfenbeinton eines marmornen Grabsteins. Er hätte auf seine Geliebte warten können. Die Nacht roch nach Tod, drückend und stickig. Es war Sommer in New Orleans.«

Daman hat Remy einst geliebt – doch ihr dunkles Geheimnis reicht viel weiter zurück. Eine Geschichte von schwarzem und weißem Blut, von Sünde und Sehnsucht.

»... ein Buch, das man auch tief in der Nacht
nur schlecht aus der Hand legen kann.«
Buchjournal

Fischer Taschenbuch Verlag

fi 15936 / 1

Penelope Williamson

Manchmal in all den Jahren

Roman

Aus dem Amerikanischen von Brigitte Gruss

Band 13038

Dieser Roman führt in die erste Hälfte des 19. Jahrhunderts. McCady Trelawny, der jüngste Sohn von Lord Caerhays, experimentiert mit einer Dampfmaschine, die eine Lokomotive werden soll, doch seine Versuchsanordnung explodiert. Jessalyn Letty kümmert sich um den leicht verletzten jungen Mann. Und von da an wird die Beschäftigung mit dieser neuen technischen Erfindung – und natürlich mit McCady selbst – zum Hauptinhalt ihres Lebens. Gegen unzählige Widerstände und zähe Widersacher versucht sie, dem von seiner Idee geradezu besessenen Ingenieur zum Durchbruch zu verhelfen.

Fischer Taschenbuch Verlag

fi 13038 / 1

Penelope Williamson

Aus ruhmreichen Tagen

Roman

Aus dem Amerikanischen von Helga Weigelt

Band 13037

Romantischer Liebesroman, der in Wales im Mittelalter spielt. Wales wird hier als düsteres, noch halbwegs heidnisches Gebiet geschildert, das die Normannen im 14. Jahrhundert zu unterwerfen versuchen. Die mit übersinnlichen Kräften begabte neunzehnjährige Fürstentochter Arianna und ihre festungsartige Burg Rhuddlan sind quasi die Trophäe für den adligen normannischen Bastardsohn Raine. Schlachten und Turniere zu gewinnen ist für diesen kampferprobten, innerlich dennoch verletzlichen »Schwarzen Ritter« kein Problem, aber die Hochzeitsnacht mit der stolzen und widerspenstigen Arianna wird zum Fiasko.

Fischer Taschenbuch Verlag

fi 13037 / 1

Penelope Williamson

Wagnis des Herzens

Roman

Aus dem Amerikanischen
von Manfred Ohl und Hans Sartorius

Band 14681

Schon seit einiger Zeit wartet die reiche und vornehme Emma Tremayne darauf, dass der junge Geoffrey Alcott, Besitzer einer großen Wollspinnerei in Bristol, um ihre Hand anhält. Jeder erwartet es, und jeder erwartet auch, dass Emma sich in ihrem Leben um nicht viel mehr kümmern wird als um die neueste Mode. Schließlich ist es soweit, Geoffrey bittet sie, seine Frau zu werden. Aber als Emma an diesem Tag mitansehen muss, wie er eine Frau schroff zurückweist, die ihr totes Kind in den Armen hält, das in seiner Spinnerei durch einen Unfall gestorben ist, ändert sich ihr Leben von Grund auf. Sie bricht aus diesem unterkühlten goldenen Käfig aus. Endlich will sie leben, und sie lernt Shay McKenna, einen irischen Revolutionär und Landarbeiter kennen, in den sie sich leidenschaftlich verliebt. Noch ahnt sie nicht, dass er zu Bria, der Frau gehört, die es gewagt hat, Geoffrey Alcott die Stirn zu bieten und ihr damit die Augen zu öffnen.

Fischer Taschenbuch Verlag

fi 14681 / 2

Penelope Williamson

Wege des Schicksals

Roman

Aus dem Amerikanischen von

Manfred Ohl und Hans Sartorius

Band 14883

Ohne zu zögern hilft Rachel Yoder einem fremden schwerverletzten Mann und pflegt ihn gesund. Sie ahnt noch nicht, dass dies der Beginn einer großen Liebe, aber auch eines gefährlichen Abenteuers ist.

Penelope Williamsons neuer Roman erzählt die Geschichte einer starken Leidenschaft und einer großen Herausforderung an eine außergewöhnliche Frau.

»... nicht nur ein spannender Schmöker ...,
sondern auch ein Buch voller Humor
und Lebensklugheit.«
Margarethe von Schwarzkopf, NDR

Fischer Taschenbuch Verlag

fi 14883 / 2

Penelope Williamson

Westwärts

Roman

Aus dem Amerikanischen
von Manfred Ohl und Hans Sartorius

Band 13412

Neu-England 1879: Im Boston der besseren Kreise erzogen, kann Clementine Kennicutt es kaum erwarten, den Ketten der puritanischen Welt ihres Vaters zu entkommen. Als sie auf den wohlhabenden, aber gesellschaftlich geächteten McQueen trifft, werden ihre Träume wahr. Und als der Rancher mit den lachenden Augen und den großen Zielen sie zur nächtlichen Flucht bittet, hat sie bereits gepackt. Montana 1883: McQueens Ranch ist eine Bruchbude am Ende der Welt, das Leben außerhalb der Zivilisation birgt statt der großen Freiheit nur große Mühsal – und Clementine erfährt den Zwiespalt des Herzens durch Zach, den Bruder ihres Mannes, tollkühn, gutaussehend und ein dorfbekannter Taugenichts: ihre wirkliche, aber unerfüllbare Liebe. Doch auch an der Grenze der zivilisierten Welt bleibt sie ihrer Erziehung treu.

Fischer Taschenbuch Verlag

fi 13412 / 2

Penelope Williamson

Über den Wolken
Roman
Aus dem Amerikanischen
von Brigitte Gruss
Band 13120

Manchmal in all den Jahren
Roman
Aus dem Amerikanischen
von Brigitte Gruss
Band 13038

Aus ruhmreichen Tagen
Roman
Aus dem Amerikanischen
von Helga Weigelt
Band 13037

Im Herzen des Hochlandes
Roman
Aus dem Amerikanischen
von Helga Weigelt
Band 13119

Unter dem Himmel von Notre-Dame
Roman
Aus dem Amerikanischen
von Brigitte Gruss
Band 13118

Westwärts
Roman
Aus dem Amerikanischen
von Manfred Ohl
und Hans Sartorius
Band 13412

Die Widerspenstige
Roman
Aus dem Amerikanischen
von Manfred Ohl
und Hans Sartorius
Band 13039

Wagnis des Herzens
Roman
Aus dem Amerikanischen
von Manfred Ohl
und Hans Sartorius
Band 14681

Wege des Schicksals
Roman
Aus dem Amerikanischen
von Manfred Ohl
und Hans Sartorius
Band 14883

Fischer Taschenbuch Verlag

fi 555 003 / 1